OUTLANDER

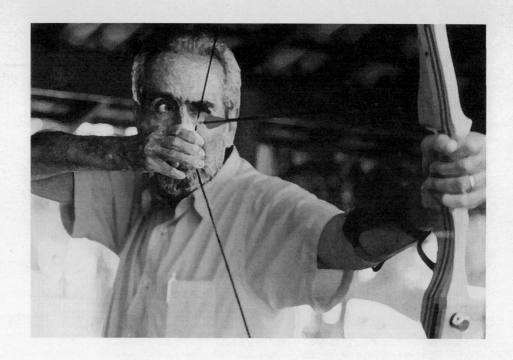

O Arqueiro

GERALDO JORDÃO PEREIRA (1938-2008) começou sua carreira aos 17 anos, quando foi trabalhar com seu pai, o célebre editor José Olympio, publicando obras marcantes como *O menino do dedo verde*, de Maurice Druon, e *Minha vida*, de Charles Chaplin.

Em 1976, fundou a Editora Salamandra com o propósito de formar uma nova geração de leitores e acabou criando um dos catálogos infantis mais premiados do Brasil. Em 1992, fugindo de sua linha editorial, lançou *Muitas vidas, muitos mestres*, de Brian Weiss, livro que deu origem à Editora Sextante.

Fã de histórias de suspense, Geraldo descobriu *O Código Da Vinci* antes mesmo de ele ser lançado nos Estados Unidos. A aposta em ficção, que não era o foco da Sextante, foi certeira: o título se transformou em um dos maiores fenômenos editoriais de todos os tempos.

Mas não foi só aos livros que se dedicou. Com seu desejo de ajudar o próximo, Geraldo desenvolveu diversos projetos sociais que se tornaram sua grande paixão.

Com a missão de publicar histórias empolgantes, tornar os livros cada vez mais acessíveis e despertar o amor pela leitura, a Editora Arqueiro é uma homenagem a esta figura extraordinária, capaz de enxergar mais além, mirar nas coisas verdadeiramente importantes e não perder o idealismo e a esperança diante dos desafios e contratempos da vida.

OUTLANDER
O RESGATE NO MAR

LIVRO TRÊS

DIANA GABALDON

Título original: *Voyager*

Copyright © 1994 por Diana Gabaldon.
Publicado originalmente na Inglaterra por Arrow Books, 1994
Copyright da tradução © 2016 por Editora Arqueiro Ltda.

Todos os direitos reservados. Nenhuma parte deste livro pode ser utilizada ou reproduzida sob quaisquer meios existentes sem autorização por escrito dos editores.

tradução: Geni Hirata
preparo de originais: Ana Cristina Rodrigues e Flávia de Lavor
revisão: Ana Grillo, Ana Kronemberger e Tomaz Adour
capa: Saída de Emergência
adaptação de capa e miolo: Ana Paula Daudt Brandão
impressão e acabamento: Lis Gráfica e Editora Ltda.

CIP-BRASIL. CATALOGAÇÃO NA PUBLICAÇÃO
SINDICATO NACIONAL DOS EDITORES DE LIVROS, RJ

G111o Gabaldon, Diana
Outlander: o resgate no mar/ Diana Gabaldon; tradução de Geni Hirata. São Paulo: Arqueiro, 2018.
992 p.; 16 x 23 cm.   (Outlander; 3)

Tradução de: Voyager
Sequência de: Outlander: a libélula no âmbar
Continua com: Outlander: os tambores do outono
ISBN 978-85-8041-822-4

1. Ficção americana. I. Hirata, Geni. II. Título. III. Série.

18-47701   CDD: 813
                                           CDU: 821.111(73)-3

Todos os direitos reservados, no Brasil, por
Editora Arqueiro Ltda.
Rua Funchal, 538 – conjuntos 52 e 54 – Vila Olímpia
04551-060 – São Paulo – SP
Tel.: (11) 3868-4492 – Fax: (11) 3862-5818
E-mail: atendimento@editoraarqueiro.com.br
www.editoraarqueiro.com.br

A meus filhos
Laura Juliet, Samuel Gordon e Jennifer Rose,
que me deram o coração,
o sangue e os ossos deste livro.

PRÓLOGO

Quando eu era criança, nunca gostei de pisar em poças. Não temia minhocas ou meias molhadas; eu era, de um modo geral, uma criança levada, com uma abençoada indiferença a imundícies de qualquer espécie.

Era porque eu não conseguia acreditar que aquela superfície perfeitamente lisa fosse apenas uma fina lâmina de água sobre solo firme. Eu acreditava tratar-se de um portal para algum espaço insondável. Às vezes, vendo as minúsculas ondulações na água causadas pela minha aproximação, eu imaginava a poça incrivelmente profunda, um mar abismal onde se ocultavam tentáculos preguiçosamente enroscados e escamas reluzentes, com a ameaça silenciosa de corpos imensos e dentes afiados à deriva nas profundezas sem fim.

Em seguida, olhando para o reflexo na água, eu podia ver meu próprio rosto redondo e os cabelos crespos contra uma expansão azul e uniforme. Pensava, então, que a poça fosse um portal para outro céu. Se eu pisasse ali, cairia de imediato, e continuaria caindo, indefinidamente, pelo espaço azul.

A única hora em que ousava atravessar uma poça era ao crepúsculo, quando as estrelas começavam a surgir. Se eu olhasse dentro da água e visse ali o reflexo de um pontinho cintilante, poderia passar sem medo, chapinhando água para todos os lados – porque se eu caísse na poça e dentro do espaço, eu poderia agarrar-me à estrela na queda e me salvar.

Mesmo agora, quando vejo uma poça em meu caminho, minha mente hesita – ainda que meus pés não o façam –, depois dispara, deixando para trás apenas o eco do pensamento.

E se desta vez você cair?

PARTE I

Guerra, e os amores dos homens

1
O BANQUETE DOS CORVOS

Muitos chefes de clã das Terras Altas lutaram,
Muitos cavalheiros tombaram.
A própria morte era comprada a um preço alto,
Tudo pela lei e pelo rei da Escócia.
– "Você não vai mais voltar?"

16 de abril de 1746

Ele estava morto. No entanto seu nariz latejava dolorosamente, fato que considerou estranho perante as circunstâncias. Embora depositasse grande confiança na sabedoria e clemência de seu Criador, alimentava aquele resíduo de culpa primordial que fazia todos os homens temerem a possibilidade do Inferno. Ainda assim, tudo que já ouvira sobre o Inferno fazia-o julgar improvável que os tormentos reservados a seus infelizes habitantes pudessem se restringir a um nariz machucado.

Por outro lado, aquilo não podia ser o Céu, por diversos motivos. Primeiro, ele não merecia. Segundo, não parecia ser o Céu. E terceiro, duvidava que as recompensas dos abençoados incluíssem um nariz quebrado, da mesma forma que os castigos dos amaldiçoados não deviam incluí-lo.

Embora sempre tivesse imaginado o Purgatório como um tipo de lugar cinzento, a fraca luz avermelhada, que nada iluminava ao seu redor, parecia adequada. Sua mente clareava-se aos poucos e a capacidade de raciocinar retornava, ainda que devagar. Alguém, pensou um pouco irritado, devia atendê-lo e dizer-lhe exatamente qual era sua sentença, até ele ter sofrido o suficiente para ser purificado e, por fim, entrar no Reino dos Céus. Não sabia ao certo se esperava um anjo ou um demônio. Não fazia a menor ideia dos requisitos de recrutamento do Purgatório; o assunto não fora tratado pelo mestre-escola em sua época.

Enquanto aguardava, começou a fazer um inventário de todos os outros tormentos que foi obrigado a suportar. Havia inúmeros cortes, arranhões e contusões aqui e ali; além disso, tinha quase certeza de que quebrara o dedo anular da mão direita outra vez – era difícil protegê-lo, da forma como se projetava, rígido, com a junta endurecida. Mas nada disso era muito grave. O que mais?

Claire. O nome cortou seu coração como uma faca, provocando uma dor mais torturante do que qualquer sofrimento que seu corpo já havia suportado.

Se ainda tivesse um corpo real, tinha certeza de que se contorceria de tanta agonia. Sabia que seria assim, quando a enviou de volta pelo círculo de pedras. A angústia espiritual podia ser a condição no Purgatório e ele sabia o tempo inteiro que a dor da separação seria seu maior castigo – suficiente, pensou, para compensar qualquer pecado que já tivesse cometido: inclusive assassinato e traição.

Não sabia se as pessoas no Purgatório tinham permissão para rezar ou não. Assim mesmo, tentou. *Senhor,* rezou, *que ela esteja a salvo. Ela e a criança.* Tinha certeza de que ela conseguira chegar ao círculo; grávida de apenas dois meses, ainda era leve e ágil – e a mulher mais obstinada e determinada que ele já conhecera. Mas se ela conseguira realizar a perigosa transição de volta ao lugar de onde viera – deslizando precariamente por quaisquer que fossem as misteriosas camadas do tempo, totalmente à mercê das garras da rocha – isso ele jamais saberia. Esse pensamento era suficiente para fazê-lo esquecer até do latejamento em seu nariz.

Retomou seu inventário dos danos físicos e ficou desconcertado com a ausência de sua perna esquerda. As sensações terminavam no quadril, com uma espécie de formigamento na extremidade. Provavelmente iria recuperá-la no devido tempo, quando finalmente chegasse ao Céu ou, no mínimo, no dia do Juízo Final. Além disso, seu cunhado Ian arranjava-se muito bem com a perna de pau que usava em substituição à sua perna perdida.

Ainda assim, sua vaidade estava ferida. Ah, devia ser isso; uma punição destinada a curá-lo do pecado da vaidade. Enrijeceu o maxilar mentalmente, determinado a aceitar qualquer punição que lhe fosse destinada com bravura e com toda a humildade possível. No entanto, não pôde deixar de levar a mão (ou o que quer que fosse sua mão) abaixo, tateante e exploratória, para ver onde o membro agora terminava.

A mão encontrou algo rígido e os dedos misturaram-se a pelos enroscados e úmidos. Sentou-se abruptamente e, com algum esforço, rompeu a camada de sangue seco que colara suas pestanas. A memória voltou de repente e ele soltou um urro. Estava enganado. Aquilo era o inferno. Mas James Fraser, afinal de contas, não estava morto.

...

O corpo de um homem jazia sobre o seu. O peso morto esmagava sua perna esquerda, explicando a ausência de sensibilidade. A cabeça, pesada como uma bala de canhão, pressionava seu abdômen, o rosto para baixo, os cabelos úmidos e escuros derramando-se sobre o linho molhado de sua camisa. Empertigou-se bruscamente, num pânico repentino; a cabeça rolou para o lado em seu colo e um olho semiaberto encarou-o, cego, por trás das mechas de cabelo que lhe cobriam o rosto.

Era Jack Randall, seu belo casaco vermelho de capitão tão escuro da chuva que quase parecia preto. Jamie fez um movimento desajeitado para afastar o corpo, mas constatou que estava surpreendentemente fraco; sua mão, frouxa, segurava o ombro de Randall e o cotovelo de seu outro braço cedeu de repente, quando tentou apoiar-se. Viu-se de novo estatelado de costas, o céu esbranquiçado de chuva e neve girando vertiginosamente acima. A cabeça de Jack Randall movia-se de modo repulsivo para cima e para baixo sobre sua barriga a cada respiração.

Apoiou-se no solo encharcado – a água molhava seus dedos e empapava as costas de sua camisa – e, contorcendo-se, virou-se de lado. Um pouco de calor ficara entre eles. Quando o flácido peso morto escorregou para o chão, a chuva enregelada atingiu sua pele, agora exposta como o choque de um soco, e ele tremeu violentamente com o frio inesperado.

Enquanto se revirava no solo, lutando contra as pregas amarrotadas e sujas de lama de seu kilt, pôde ouvir sons acima do lamento fúnebre do vento de abril; gritos distantes, gemidos e lamentações, como apelos de fantasmas. E, acima de tudo, os grasnidos roucos dos corvos. Dezenas de corvos, a julgar pelo barulho.

Que estranho, pensou vagamente. Os pássaros não deveriam estar voando numa tempestade como essa. Um puxão final libertou o xale debaixo dele, e ele o estendeu sobre o corpo. Quando se esticava para cobrir as pernas, viu que seu kilt e sua perna esquerda estavam encharcados de sangue. A visão não o perturbou; pareceu-lhe apenas curiosa, as manchas vermelho-escuras em contraste com o verde-acinzentado das plantas da charneca ao seu redor. Os ecos da batalha esvaíram-se de seus ouvidos e ele deixou Culloden entregue aos grasnidos dos corvos.

Foi acordado muito tempo depois com os gritos de alguém que chamava seu nome.

– Fraser! Jamie Fraser! Está aqui?

Não, pensou atordoadamente. Não estou. Onde quer que tivesse estado enquanto encontrava-se inconsciente, era um lugar melhor do que este. Jazia num pequeno declive, parcialmente cheio de água. A mistura de chuva e neve parara, mas não o vento; ele sibilava pela charneca, penetrante e gélido. O céu escurecera até tornar-se quase negro; devia ser noite então.

– Eu o vi descer por aqui. Perto de uma moita grande de urze. – A voz soava ao longe, desaparecendo gradativamente enquanto discutia com alguém.

Ouviu um ruído baixo junto ao seu ouvido e virou a cabeça para ver o corvo. Estava parado no capim, a uns 30 centímetros de distância, uma mancha de penas pretas agitadas pelo vento, fitando-o com um olho brilhante como uma conta de vidro. Concluindo que ele não representava ameaça, o animal virou-se com absoluta tranquilidade e arremeteu o bico grosso e afiado no olho de Jack Randall.

Jamie sobressaltou-se com um grito de repugnância e um alvoroço de movimentos que fez o corvo bater em retirada com um grasnido lancinante de susto.

– Ouviram? Lá embaixo!

Ouviu-se um chapinhar de pés pelo terreno encharcado, um rosto surgiu à sua frente e ele sentiu o toque reconfortante da mão de um homem em seu ombro.

– Ele está vivo! Venha, MacDonald! Dê-me uma ajuda aqui, pois ele não vai conseguir andar por conta própria.

Eram quatro homens e, com uma boa dose de esforço, ergueram-no, seus braços lânguidos em volta dos ombros de Ewan Cameron e Iain Mac-Kinnon.

Queria dizer-lhes que o deixassem ali; o propósito que tinha em mente retornara ao recuperar os sentidos e lembrava-se de que queria morrer. Mas o conforto da companhia dos homens era irresistível. O repouso restaurara a sensibilidade de sua perna e ele percebeu a gravidade do ferimento. Iria morrer logo, de qualquer maneira; graças a Deus que não precisaria ser sozinho, na escuridão.

– Água? – A borda da caneca pressionou seu lábio e ele se ergueu o suficiente para beber, com cuidado para não derramar o líquido. Alguém colocou a mão brevemente em sua testa e retirou-a sem comentários.

Ele ardia em febre; podia sentir as chamas por trás dos olhos ao fechá-los. Seus lábios estavam rachados e doloridos da alta temperatura, mas o calor era melhor do que os calafrios que o assolavam de vez em quando. Ao menos, quando estava com febre, podia ficar deitado quieto; os tremores dos calafrios acordavam os demônios adormecidos em sua perna.

Murtagh. Tinha uma sensação terrível em relação ao seu padrinho, mas nenhuma lembrança que concretizasse esse sentimento. Murtagh estava morto; ele tinha certeza, mas não sabia como ou por quê. A maior parte do exército das Terras

Altas estava morta, fora dizimada na charneca – foi o que apreendera da conversa dos homens na casa, mas não se lembrava da batalha.

Já lutara em outros exércitos e sabia que essa amnésia não era incomum entre soldados; já a presenciara antes, embora nunca a tivesse sofrido. Sabia que as lembranças retornariam e esperava estar morto quando isso acontecesse. Remexeu-se em pensamento e o movimento provocou uma dor tão lancinante na perna que o fez gemer.

– Tudo bem, Jamie? – A seu lado, Ewan surgiu apoiando-se sobre um dos cotovelos, o rosto preocupado e pálido à luz do alvorecer. Uma bandagem manchada de sangue circundava sua cabeça e viam-se manchas cor de ferrugem na gola da camisa, deixadas pelo ferimento no couro cabeludo produzido pelo raspão de uma bala.

– Sim, estou bem. – Estendeu a mão e tocou o ombro de Ewan num sinal de gratidão. Ewan bateu de leve em sua mão e voltou a deitar-se.

Os corvos haviam retornado. Negros como a própria noite, foram pernoitar em seus poleiros na escuridão, mas voltaram com a aurora – pássaros de guerra, as aves de rapina vieram se refestelar na carne dos abatidos. Podiam ser seus próprios olhos que os bicos cruéis devoravam, pensou. Podia sentir seus globos oculares sob as pálpebras, redondos e quentes, guloseimas gelatinosas revirando-se incessantemente de um lado para outro, buscando em vão o esquecimento, enquanto o sol nascente transformava suas pálpebras num vermelho sanguíneo e escuro.

Quatro dos homens reuniam-se junto à única janela da casa, conversando à meia-voz.

– Fugir correndo? – perguntou um deles, com um sinal da cabeça indicando o lado de fora. – Santo Deus, homem, os que não morreram mal conseguem se arrastar e pelo menos seis não podem andar de jeito nenhum.

– Vá quem conseguir – respondeu um homem deitado no chão. Fez uma careta em direção à sua própria perna, enrolada no que sobrara de uma coberta esfarrapada. – Não se prendam por nossa causa.

Duncan MacDonald virou-se da janela com um sorriso lúgubre, sacudindo a cabeça. A luz que penetrava pela janela iluminava as superfícies lisas de seu rosto, aprofundando as rugas de fadiga.

– Não, nós vamos aguardar – disse ele. – Para começar, os ingleses estão por toda parte, espalhando-se como a peste; pode-se vê-los pululando da janela. Ninguém conseguiria sair vivo de Drumossie agora.

– Mesmo aqueles que fugiram do campo ontem não irão longe – acrescentou MacKinnon serenamente. – Não ouviu as tropas inglesas passando a noite em marcha rápida? Acha que vão ter dificuldade em caçar nosso bando de estropiados?

Não houve reação; todos conheciam muito bem a resposta. Muitos dos escoceses mal conseguiam manter-se de pé no campo antes mesmo da batalha, enfraquecidos como estavam pelo frio, pela fadiga e pela fome.

Jamie virou-se para a parede, rezando para que seus homens tivessem partido com suficiente dianteira. Lallybroch era um lugar remoto; se conseguissem se afastar o suficiente de Culloden, era pouco provável que fossem capturados. E, no entanto, Claire dissera-lhe que as tropas de Cumberland iriam saquear as Terras Altas, alcançando os mais longínquos recônditos em sua sede de vingança.

A lembrança de Claire desta vez causou-lhe apenas uma onda de terrível saudade. Meu Deus, tê-la aqui, para tocá-lo, cuidar de seus ferimentos e embalar sua cabeça no colo. Mas ela partira – fora embora para duzentos anos de distância – e graças a Deus que o conseguira! As lágrimas escorreram lentamente por baixo de suas pálpebras cerradas e ele virou-se dolorosamente de lado, para escondê-las dos outros.

Deus, que ela esteja a salvo, rezou. *Ela e a criança.*

Perto do meio-dia, o cheiro de queimado surgiu repentinamente no ar, vindo da janela sem vidros. Era mais forte do que o cheiro de fumaça de pólvora, pungente, com um odor subjacente e aterrorizante, lembrando carne tostada.

– Estão queimando os mortos – disse MacDonald. Ele mal se movera de seu lugar junto à janela durante todo o tempo em que permaneceram na cabana. Ele próprio assemelhava-se à face da morte, os cabelos negros e emplastados de sujeira afastados de um rosto cadavérico.

Aqui e ali, um estalido seco ecoava na charneca. Tiros. Os tiros de misericórdia, administrados por oficiais ingleses que ainda possuíam algum resíduo de compaixão, antes que um miserável envolto em seu tartã fosse amontoado na pira com os companheiros que tiveram melhor sorte. Quando Jamie ergueu os olhos, Duncan MacDonald continuava sentado junto à janela, mas seus olhos estavam fechados.

A seu lado, Ewan Cameron benzeu-se.

– Que possamos encontrar a mesma compaixão – murmurou ele.

Encontraram. Passava um pouco do meio-dia do segundo dia quando passos de botas finalmente aproximaram-se da cabana e a porta abriu-se sobre as silenciosas dobradiças de couro.

– Santo Deus! – Foi a exclamação abafada diante da visão do interior da cabana. A corrente de vento que entrou pela porta agitou o ar fétido sobre os corpos imundos, ensanguentados e molhados que jaziam deitados ou sentados, amontoados no chão de terra batida.

Não houvera nenhuma discussão sobre a possibilidade de resistência armada; não tinham forças e não fazia sentido. Os jacobitas apenas ficaram ali, à mercê de seu visitante.

Era um major, saudável e bem-disposto em seu uniforme impecável e botas lustradas. Após um instante de hesitação para inspecionar os ocupantes da cabana, deu um passo para dentro, o tenente logo atrás.

– Sou lorde Melton – disse ele, olhando em torno como se buscasse o líder daqueles homens, a quem suas observações deveriam ser adequadamente dirigidas.

Duncan MacDonald, depois de também lançar um olhar à sua volta, levantou-se lentamente e inclinou a cabeça.

– Duncan MacDonald, de Glen Richie – respondeu. – E os outros – indicou com um gesto amplo –, integrantes das forças de Sua Majestade, o rei James.

– Foi o que imaginei – disse o inglês secamente. Era jovem, tinha 30 e poucos anos, mas sua postura revelava a confiança de um soldado experiente. Olhou deliberadamente para cada um deles, depois enfiou a mão no bolso do casaco e apresentou uma folha de papel dobrada.

– Tenho aqui uma ordem de Sua Excelência, o duque de Cumberland, autorizando a execução imediata de qualquer homem encontrado e que tenha participado da traiçoeira rebelião que acaba de ser debelada. – Olhou ao redor de toda a cabana outra vez. – Há algum homem aqui que alegue inocência da traição?

Ouviu-se um débil arfar de risos dos escoceses. Inocência, com a fumaça negra da batalha ainda em seus rostos, aqui à beira do campo de massacre?

– Não, senhor – disse MacDonald, um leve sorriso nos lábios. – Todos traidores. Seremos enforcados, então?

O rosto de Melton contorceu-se numa ligeira careta de nojo, depois retomou a expressão impassível. Era um homem delgado, de ossos pequenos e delicados, mas, ainda assim, transmitia autoridade.

– Serão fuzilados. Têm uma hora para se prepararem – disse ele, hesitante, lançando um olhar ao seu tenente, como se receasse parecer generoso demais diante de seu subordinado: – Se algum de vocês quiser deixar material escrito, talvez uma carta, o secretário de minha companhia os atenderá. – Balançou a cabeça rapidamente para MacDonald, girou nos calcanhares e saiu.

Foi uma hora sombria. Alguns aceitaram a oferta de pena e tinta e rabiscaram tenazmente, apoiando o papel contra a chaminé de madeira inclinada por falta de outra superfície firme para escrever. Outros rezaram em silêncio ou simplesmente continuaram sentados, aguardando.

MacDonald suplicara o perdão para Giles McMartin e Frederick Murray, argumentando que eles mal tinham 17 anos e não deviam ser responsabilizados como os mais velhos. O pedido foi negado e os dois rapazes sentaram-se juntos, pálidos, contra a parede, segurando as mãos um do outro.

Por eles, Jamie sentiu uma profunda pena – e pelos outros ali, amigos leais e bravos soldados. Por si mesmo, sentiu apenas alívio. Nada mais com que se preocupar, nada mais a fazer. Fizera tudo que podia por seus homens, por sua mulher, por seu filho que ainda não nascera. Agora, depois que o sofrimento físico terminasse, ele seria grato pela paz que viria.

Mais por costume do que por necessidade, fechou os olhos e começou o ato de contrição, em francês, como sempre fazia. *Mon Dieu, je regrette...* e, no entanto, não se arrependia; era tarde demais para qualquer tipo de arrependimento.

Encontraria Claire assim que morresse?, perguntou-se. Ou talvez, como esperava, seria condenado à separação por algum tempo? De qualquer forma, ele a veria outra vez; agarrava-se à convicção com muito mais firmeza do que abraçava os dogmas da Igreja. Deus a dera a ele; Ele a traria de volta.

Esquecendo-se de rezar, começou, em vez disso, a evocar o rosto de Claire por trás das pálpebras, a curva da face e da têmpora, a testa larga e alva que sempre o fazia querer beijá-la, bem ali, naquele ponto liso e macio entre as sobrancelhas, no começo do nariz, entre os claros olhos cor de âmbar. Concentrou sua atenção no formato de sua boca, imaginando cuidadosamente a curva meiga e cheia, e o gosto, a sensação e a pura alegria de seus lábios. Os sons de oração, o ruído arranhado de penas de escrever e os soluços curtos e abafados de Giles McMartin desapareceram de seus ouvidos.

Já era o meio da tarde quando Melton retornou, desta vez acompanhado de seis soldados, bem como do tenente e do secretário. Novamente, parou na soleira da porta, mas MacDonald levantou-se antes que ele pudesse falar.

– Irei primeiro – disse ele, atravessando a cabana destemidamente. Quando abaixou a cabeça para atravessar a porta, no entanto, lorde Melton segurou-o pela manga da camisa.

– Poderia me dar seu nome completo, senhor? Meu secretário fará a anotação.

MacDonald olhou para o secretário, o esboço de um sorriso amargo no canto da boca.

– Uma lista de troféus, hein? Sim, está bem. – Deu de ombros e empertigou-se. – Duncan William MacLeod MacDonald, de Glen Richie. – Inclinou-se educadamente para lorde Melton. – A seu serviço... senhor. – Atravessou a porta e logo se ouviu o barulho de um único tiro de pistola disparado à queima-roupa.

Os dois rapazes tiveram permissão de ir juntos, as mãos ainda agarradas quando atravessaram a porta. O resto foi levado um a um, cada qual solicitado a dizer o nome, para que o secretário pudesse fazer o registro. Este sentava-se em um banco junto à porta, a cabeça abaixada para os papéis em seu colo, sem erguer os olhos quando os homens passavam.

Quando chegou a vez de Ewan, Jamie esforçou-se para apoiar-se nos cotovelos e agarrou a mão do amigo com toda a força que conseguiu reunir.

– Logo o verei outra vez – murmurou ele.

A mão de Ewan tremia na sua, mas Cameron apenas sorriu. Em seguida, inclinou-se com simplicidade, beijou a boca de Jamie e levantou-se para sair.

Deixaram para o fim os seis que não podiam caminhar.

– James Alexander Malcolm MacKenzie Fraser – disse ele, falando devagar para que o secretário tivesse tempo de anotar direito. – Senhor de Broch Tuarach. – Pacientemente, soletrou as palavras, depois ergueu os olhos para Melton. – Tenho que lhe pedir a gentileza, senhor, de me ajudar a levantar.

Melton não respondeu, mas continuou olhando fixamente para ele, a expressão distante de asco alterando-se para uma mistura de assombro e algo semelhante a um horror crescente.

– Fraser? – indagou ele. – De Broch Tuarach?

– Sim – respondeu Jamie pacientemente. Será que o sujeito não podia se apressar um pouco? Estar resignado a ser fuzilado era uma coisa, mas ouvir seus amigos serem mortos era outra, e não propriamente algo que acalmasse os nervos. Seus braços tremiam com o esforço de soerguê-lo e seus intestinos, não compartilhando a resignação de suas faculdades superiores, contorciam-se com um gorgolejante pavor.

– Puta merda – resmungou o inglês. Inclinou-se e olhou atentamente para Jamie, deitado na sombra da parede, depois se virou e acenou para seu tenente.

– Ajude-me a colocá-lo na luz – ordenou. Não agiram com delicadeza e Jamie grunhiu quando o movimento provocou um lampejo de dor da perna direita até o topo de sua cabeça. Sentiu-se tonto por um instante e não ouviu o que Melton lhe dizia.

– Você é o jacobita que chamam de "Jamie, o Ruivo"? – perguntou outra vez, com impaciência.

Um calafrio de medo percorreu o corpo de Jamie diante da pergunta; se soubessem que ele era o famoso Jamie, o Ruivo, não iriam fuzilá-lo. Eles o prenderiam em correntes e o levariam para Londres, para ser julgado – um troféu de guerra. Depois disso, viria a corda da forca e ficar deitado, parcialmente estrangulado, no cadafalso, enquanto cortavam sua barriga e arrancavam suas entranhas. Seus intestinos emitiram um novo ronco, longo e gorgolejante; também não gostaram da ideia.

– Não – disse ele, com toda a firmeza que conseguiu reunir. – Ande logo com isso, hein?

Ignorando seus protestos, Melton ajoelhou-se e, com um puxão, abriu a gola da camisa de Jamie. Agarrou Jamie pelos cabelos e puxou sua cabeça para trás.

– Droga! – disse Melton. O dedo de Melton tateou sua garganta, logo acima da clavícula. Havia uma pequena cicatriz triangular ali e isso parecia ser o que estava causando a preocupação de seu interrogador. – James Fraser, de Broch Tuarach; cabelos ruivos e uma cicatriz de três pontas na garganta.

Melton soltou seus cabelos e sentou-se sobre os calcanhares, esfregando o queixo distraidamente. Em seguida, recuperou o autocontrole e voltou-se para o tenente, gesticulando na direção dos cinco homens que permaneciam na cabana.

– Leve o resto – ordenou ele. Suas sobrancelhas louras estavam unidas em profunda concentração. Ficou em pé acima de Jamie, a testa franzida, enquanto os outros prisioneiros escoceses eram removidos.

– Preciso pensar – murmurou ele. – Merda, tenho que pensar!

– Faça isso – disse Jamie –, se puder. Eu mesmo tenho que me deitar. – Haviam-no colocado sentado, escorado na parede oposta, a perna esticada à sua frente, mas sentar-se ereto depois de dois dias deitado era demais para ele; o aposento inclinava-se como se ele estivesse bêbado e pequenos lampejos de luz surgiam incessantemente diante de seus olhos. Inclinou-se para o lado e foi-se deixando escorregar para baixo, abraçando o chão de terra, os olhos fechados enquanto esperava a tontura passar.

Melton resmungava baixinho, mas Jamie não conseguia entender as palavras; não se importava muito, de qualquer forma. Sentado à luz do sol, ele vira sua perna claramente pela primeira vez e tinha absoluta certeza de que não viveria até ser enforcado.

O vermelho-vivo do tecido inflamado espalhava-se do meio da coxa para cima, muito mais vivo do que as manchas de sangue seco remanescentes. O ferimento estava purulento; com o mau cheiro dos demais homens arrefecido, ele podia sentir o leve odor agridoce da descarga do tiro. Ainda assim, uma bala rápida na cabeça parecia preferível à dor e ao delírio da morte por infecção. Ouviu o barulho do tiro?, perguntou-se, e foi perdendo a consciência, a terra fria lisa e reconfortante como o peito de uma mãe sob sua face quente.

Não estava realmente dormindo, apenas sendo levado numa sonolência febril, mas a voz de Melton em seu ouvido o fez recobrar a consciência.

– Grey – dizia a voz –, John William Grey! Conhece esse nome?

– Não – disse ele, entorpecido de sono e febre. – Olhe, meu caro, ou me fuzila ou me deixa ir embora, sim? Estou doente.

– Perto de Carryarrick. – A voz de Melton insistia, impaciente. – Um garoto, um garoto louro, de 16 anos. Você o encontrou na floresta.

Jamie estreitou os olhos para seu algoz. A febre distorcia sua visão, mas havia alguma coisa vagamente familiar no rosto de traços finos acima dele, com aqueles olhos grandes como os de uma moça.

– Ah – disse ele, fixando-se em um único rosto do fluxo de imagens que rodopiava erraticamente pelo seu cérebro. – O menino que tentou me matar. Sim, lembro-me dele. – Fechou os olhos outra vez. À maneira estranha da febre, uma sensação parecia se fundir com outra. Ele quebrara o braço de John William Grey; a lembrança do osso delgado do braço do rapaz sob sua mão tornou-se o braço de Claire quando ele a arrancou das garras das pedras. A neblina fria tocou seu rosto com os dedos de Claire.

– Acorde, desgraçado! – Sua cabeça caía de um lado para o outro sobre o pescoço conforme Melton o sacudia com impaciência. – Ouça-me!

Jamie abriu os olhos fatigados.

– Hein?

– John William Grey é meu irmão – disse Melton. – Ele me contou sobre o encontro que tiveram. Você poupou a vida dele e ele lhe fez uma promessa. É verdade?

Com enorme esforço, revirou suas lembranças. Encontrara o garoto dois dias antes da primeira batalha da revolta; a vitória escocesa em Prestonpans. Os seis meses decorridos até agora pareciam um enorme abismo; tanta coisa acontecera desde então.

– Sim, lembro-me. Ele prometeu me matar. Mas não me importo se você fizer isso por ele. – Suas pálpebras fechavam-se novamente. Tinha que estar acordado para ser fuzilado?

– Ele disse que tinha uma dívida de honra para com você, e tem. – Melton levantou-se, limpando os joelhos das calças, e virou-se para seu tenente, que observava o interrogatório com grande perplexidade.

– É uma situação infernal, Wallace. Este... este maldito jacobita é famoso. Já ouviu falar de Jamie, o Ruivo? Aquele dos cartazes? – O tenente balançou a cabeça, olhando com curiosidade para a forma imunda na terra a seus pés. Melton sorriu amargamente.

– Não, ele não parece tão perigoso agora, não é? Mas continua sendo Jamie Fraser, o Ruivo, e Sua Excelência ficaria mais do que satisfeita ao saber da existência de tão ilustre prisioneiro. Ainda não encontraram Charles Stuart, mas alguns jacobitas famosos contentariam igualmente a turba na Torre de Londres.

– Devo enviar uma mensagem a Sua Excelência? – O tenente estendeu a mão para sua caixa de mensagens.

– Não! – Melton girou nos calcanhares para fitar intensamente o prisioneiro. – Esta é a dificuldade! Além de ser uma excelente isca para a forca, este miserável imundo também é o homem que capturou meu irmão mais novo perto de Preston. Em vez de matar o moleque com um tiro, que era o que ele merecia, este sujeito poupou sua vida e devolveu-o a seus companheiros – disse entre dentes. – Assim, fez minha família contrair uma maldita dívida de honra!

– Santo Deus! – disse o tenente. – Então não pode entregá-lo à Sua Excelência.

– Não, maldito! Não posso nem mesmo atirar no desgraçado sem desonrar a palavra de meu irmão!

O prisioneiro abriu um dos olhos.

– Não contarei a ninguém se não o fizer – sugeriu e prontamente fechou-o outra vez.

– Cale-se! – Perdendo completamente a paciência, Melton chutou o prisioneiro, que gemeu com o impacto, mas não disse mais nada.

– Talvez possamos matá-lo sob um nome falso – sugeriu o tenente prestativamente.

Lorde Melton lançou um olhar de profundo desprezo a seu assistente, depois olhou pela janela para calcular a hora.

– Anoitecerá dentro de três horas. Vou supervisionar o sepultamento dos outros prisioneiros executados. Encontre uma carroça pequena e mande enchê-la de feno. Encontre um condutor... escolha alguém discreto, e isso significa subornável, Wallace... e mande-os para longe daqui assim que escurecer.

– Sim, senhor. E o prisioneiro, senhor? – O tenente indicou timidamente o corpo no chão.

– O que tem ele? – perguntou Melton bruscamente. – Ele está fraco demais para rastejar, quanto mais andar. Ele não irá a lugar algum, ao menos não até a carroça chegar aqui.

– Carroça? – O prisioneiro dava sinais de vida. De fato, sob o estímulo da agitação, ele conseguira erguer-se sobre um dos braços. Os olhos azuis injetados brilharam, arregalados de susto, sob as mechas de cabelos ruivos emaranhados.

– Para onde está me mandando? – Virando-se da porta, Melton lançou-lhe um olhar de intensa antipatia.

– Você é o senhor de Broch Tuarach, não é? Bem, é para lá que o estou enviando.

– Não quero ir pra casa! Quero ser fuzilado!

Os ingleses trocaram um olhar.

– Está delirando – disse o tenente de modo significativo, e Melton balançou a cabeça, concordando.

– Duvido que ele sobreviva à viagem, mas pelo menos sua morte não ficará na minha consciência.

A porta fechou-se com firmeza atrás dos ingleses, deixando Jamie Fraser inteiramente sozinho – e ainda vivo.

2

A BUSCA COMEÇA

Inverness
2 de maio de 1968

– É claro que ele está morto! – A voz de Claire estava aguda devido ao nervosismo; ressoou estridente no gabinete parcialmente vazio, ecoando entre as estantes de livros remexidas. Ficou parada contra a parede forrada de cortiça, como uma prisioneira aguardando o pelotão de fuzilamento, olhando de sua filha para Roger Wakefield e de novo para sua filha.

– Creio que não.

Roger sentia-se terrivelmente cansado. Esfregou a mão no rosto, depois pegou a pasta de arquivo da escrivaninha; a que continha toda a pesquisa que fizera desde que Claire e a filha o procuraram e pediram sua ajuda, havia três semanas.

Abriu a pasta e folheou o conteúdo devagar. Os jacobitas de Culloden. A Revolta de 1745. Os bravos escoceses que se reuniram sob o estandarte do príncipe Charles Stuart e atravessaram a Escócia como uma espada em chamas – apenas para se deparar com a derrota e a ruína ao enfrentar o duque de Cumberland na charneca cinzenta de Culloden.

– Tome – disse ele, arrancando várias folhas grampeadas. A escrita arcaica parecia estranha, reproduzida no preto intenso de uma fotocópia.

– Esta é a lista de chamada do regimento do senhor de Lovat.

Estendeu bruscamente o fino maço de folhas a Claire, mas foi sua filha, Brianna, que tomou o documento das mãos dele e começou a virar as páginas, as sobrancelhas ruivas levemente franzidas.

– Leia a página inicial – disse Roger. – Onde se lê "Oficiais".

– Está bem. Oficiais – leu em voz alta. – Simon, senhor de Lovat...

– A Jovem Raposa – interrompeu Roger. – O filho de Lovat. E mais cinco nomes, certo?

Brianna ergueu uma das sobrancelhas para ele, mas continuou a leitura.

– William Chisholm Fraser, tenente; George D'Amerd Fraser Shaw, capitão; Duncan Joseph Fraser, tenente; Bayard Murray Fraser, major... – Ela parou, engoliu em seco, antes de ler o último nome: – ... James Alexander Malcolm MacKenzie Fraser, capitão. – Abaixou os papéis, um pouco pálida. – Meu pai.

Claire aproximou-se rapidamente da filha, apertando o braço da jovem. Ela também estava pálida.

– Sim – disse ela a Roger. – Sei que ele foi a Culloden. Quando me deixou... lá no círculo de pedras... ele pretendia voltar, para resgatar seus homens que estavam com Charles Stuart. E sabemos que o fez. – Com um movimento da cabeça, indicou a pasta sobre a escrivaninha, a superfície de papel manilha vazia e inocente à luz do abajur. – Você encontrou seus nomes. Mas... mas... Jamie... – Pronunciar seu nome em voz alta parecia devastá-la e ela cerrou os lábios com força.

Foi a vez de Brianna apoiar sua mãe.

– Ele pretendia voltar, você disse. – Seus olhos, azul-escuros e encorajadores, fitavam intensamente o rosto de sua mãe. – Ele pretendia tirar seus homens do campo e depois voltar para a batalha.

Claire balançou a cabeça, recobrando-se ligeiramente.

– Ele sabia que não tinha muita chance de escapar; se os ingleses o pegassem... ele disse que preferia morrer em combate. É o que pretendia fazer. – Voltou-se para Roger, o olhar de uma desconcertante cor de âmbar. Seus olhos sempre o faziam lembrar dos olhos de um falcão, como se ela pudesse ver muito mais longe do que a maioria das pessoas. – Não posso acreditar que ele não tenha morrido lá... tantos homens morreram e ele pretendia fazer isso!

Quase metade do exército das Terras Altas morrera em Culloden, derrubado numa rajada de tiros de canhão e de fuzilaria. Mas não James Fraser.

– Não – disse Roger com teimosia. – Aquele trecho que eu li para você do livro de Linklater. – Pegou o livro, um volume branco, intitulado *O príncipe no urzal*. – *Após a batalha* – leu ele –, *dezoito oficiais jacobitas feridos refugiaram-se em uma* cabana próxima à charneca. Ali ficaram sofrendo, os ferimentos sem tratamento, por dois dias. Ao cabo desse tempo, foram levados para fora e fuzilados. Um dos homens, um Fraser do regimento do senhor de Lovat, escapou do massacre. Os demais estão enterrados no terreno da casa, junto ao bosque. Viu? – disse ele, abaixando o livro e olhando ansiosamente para as duas mulheres por cima das páginas. – Um oficial do regimento do senhor de Lovat. – Agarrou as folhas da lista de chamada. – E aqui estão eles! Apenas seis deles. Bem, o homem na cabana não pode ter sido o Jovem Simon; ele é uma figura histórica conhecida e sabemos muito bem o que aconteceu a ele. Ele retirou-se do campo, sem estar ferido, veja bem, com um grupo de seus homens e foi abrindo caminho para o norte, até chegar ao castelo Beaufort, perto daqui. – Acenou vagamente na direção da enorme janela, através da qual as luzes noturnas de Inverness cintilavam debilmente. – Nem o homem que escapou da casa da fazenda Leanach foi nenhum dos outros quatro oficiais, William, George, Duncan ou Bayard – disse Roger. – Por quê? – Agarrou com violência outro documento da pasta e brandiu-o, quase triunfalmente. – Porque eles morreram em Culloden! Todos os quatro foram mortos em combate, eu encontrei seus nomes listados numa placa na igreja em Beauly.

Claire soltou um longo suspiro, depois se deixou arriar na velha cadeira giratória de couro atrás da escrivaninha.

– Jesus H. Cristo! – exclamou, proferindo sua expressão favorita. Fechou os olhos e inclinou-se para a frente, os cotovelos sobre a escrivaninha e a cabeça apoiada nas mãos, com os cabelos castanhos, cheios e encaracolados, derramando-se pelas laterais de seu rosto. Brianna colocou a mão no ombro de Claire, o rosto transtornado ao inclinar-se sobre a mãe. Era uma jovem alta, de compleição forte e elegante, e seus longos cabelos ruivos brilhavam à luz cálida do abajur da escrivaninha.

– Se ele não morreu... – começou ela.

Claire ergueu a cabeça bruscamente.

– Mas ele está morto! – disse ela. Seu rosto estava atormentado e viam-se pequenas rugas ao redor dos olhos. – Pelo amor de Deus, são duzentos anos; quer ele tenha morrido em Culloden ou não, ele está morto agora!

Brianna recuou diante da veemência da mãe e baixou a cabeça, fazendo os cabelos ruivos – os cabelos ruivos do pai – cobrirem seu rosto.

– Creio que sim – murmurou ela.

Roger pôde ver que ela lutava para conter as lágrimas. Não era de admirar, pensou. Descobrir num curto espaço de tempo que o homem a quem amara e chamara de pai durante toda a vida não era seu pai; segundo, que seu verdadeiro pai era um escocês das Terras Altas que vivera há duzentos anos; e terceiro, descobrir que ele provavelmente morrera de alguma maneira terrível, longe da mulher e da filha por quem ele se sacrificara para salvar... era o suficiente para deixar qualquer um abalado.

Aproximou-se de Brianna e tocou em seu braço. Ela lançou-lhe um olhar breve e distraído, e tentou sorrir. Ele a abraçou, sentindo, mesmo na compaixão por seu infortúnio, o quanto era bom aquele toque, ao mesmo tempo macio, quente e vivo.

Claire permanecia sentada à escrivaninha, imóvel. Os olhos amarelos de falcão haviam adquirido uma cor mais suave agora, perdidos em lembranças. Pousaram, sem enxergar, na parede leste do gabinete, ainda recoberta do chão ao teto com os bilhetes, anotações e lembranças deixados pelo reverendo Wakefield, o falecido pai adotivo de Roger.

Olhando, ele mesmo, para a parede, Roger viu o aviso da reunião anual enviado pela Sociedade da Rosa Branca – aquelas almas entusiásticas, excêntricas, que ainda defendiam a causa da independência da Escócia, reunindo-se num tributo nostálgico a Charles Stuart e aos heróis das Terras Altas que o seguiram.

Roger pigarreou levemente.

– Há... se Jamie Fraser não morreu em Culloden... – disse ele.

– Então, provavelmente, morreu logo depois. – Os olhos de Claire encontraram-se com os de Roger, diretamente, o olhar frio de volta às profundezas castanho-amareladas. – Você não faz a menor ideia de como era – disse ela. – Houve um período de fome nas Terras Altas... nenhum dos homens comia há dias antes da batalha. Ele estava ferido, isso nós sabemos. Ainda que tivesse escapado, não haveria ninguém... para cuidar dele.

Sua voz fraquejou levemente; ela era uma médica agora, fora uma curandeira já naquela época, há vinte anos, quando atravessara um círculo sagrado de pedras e encontrara o destino com James Alexander Malcolm MacKenzie Fraser.

Roger tinha consciência de quem eram as duas mulheres; a jovem alta, trêmula, que tinha nos braços, e a mulher sentada à escrivaninha, tão quieta, tão serena. Ela viajara através das pedras, através do tempo; suspeita de ser uma espiã, presa como bruxa, arrancada por um inimaginável capricho das circunstâncias dos braços de seu primeiro marido, Frank Randall. Três anos mais tarde, seu segundo marido, James Fraser, a enviara de volta através das pedras, grávida, num esforço desesperado para salvar a vida dela e a da sua filha ainda por nascer do desastre iminente que logo o engolfaria.

Sem dúvida, pensou consigo mesmo, ela já sofreu o suficiente. Mas Roger era um historiador. Possuía uma curiosidade amoral, insaciável, poderosa demais para ser contida pela simples compaixão. Mais do que isso, estranhamente, também tinha consciência de quem era Jamie Fraser, a terceira figura na tragédia familiar em que se vira envolvido.

– Se ele não morreu em Culloden – repetiu ele, com mais firmeza –, então talvez eu possa descobrir o que realmente aconteceu. Quer que eu tente? – Esperou, a respiração presa, sentindo o hálito quente de Brianna atravessar sua camisa.

Jamie Fraser tivera uma vida e uma morte. Roger sentia obscuramente que era seu dever descobrir toda a verdade; que as mulheres de Jamie Fraser mereciam saber tudo que pudesse conseguir sobre ele. Para Brianna, esse conhecimento poderia ser a única informação que teria do pai que nunca conhecera. E para Claire... – Por trás da pergunta que ele fizera estava a ideia que ainda não a havia atingido completamente, abalada como estava: ela já atravessara a barreira do tempo duas vezes antes. Podia, provavelmente, fazê-lo outra vez. E se Jamie Fraser não tivesse morrido em Culloden...

Ele viu a consciência dessa possibilidade tremeluzir nos olhos de âmbar anuviados quando o pensamento lhe ocorreu. Ela era normalmente pálida; agora, seu rosto ficou lívido, branco como o cabo de marfim do abridor de cartas diante dela na escrivaninha. Seus dedos fecharam-se em torno do objeto com tanta força que os nós dos dedos projetaram-se de forma visível.

Ela permaneceu calada por um longo tempo. Seu olhar fixou-se em Brianna e deteve-se ali por um instante, retornando em seguida ao rosto de Roger.

– Sim – disse ela, num sussurro tão baixo que ele mal podia ouvi-la. – Sim. Descubra para mim. Por favor, descubra.

3

FRANK E A REVELAÇÃO COMPLETA

Inverness
9 de maio de 1968

A circulação de pedestres era grande na ponte sobre o rio Ness, com o fluxo de pessoas indo para casa para o chá. Roger caminhava à minha frente, os ombros largos protegendo-me dos esbarrões da multidão ao nosso redor.

Eu podia sentir as batidas de meu coração na capa dura do livro que segurava de encontro ao peito. Isso acontecia sempre que pensava no que estávamos realmente fazendo. Eu não sabia ao certo qual das duas alternativas era a pior; descobrir que Jamie morrera em Culloden ou que não morrera.

As tábuas da ponte ecoavam embaixo de nossos pés enquanto caminhávamos de volta à casa paroquial. Meus braços doíam pelo peso dos livros que carregava e eu mudava o fardo de um lado para o outro.

– Olhe para a frente, homem! – gritou Roger, empurrando-me habilmente para o lado quando um operário numa bicicleta passou, com a cabeça abaixada, bem pelo meio do tráfego na ponte, quase me jogando contra a balaustrada.

– Desculpe! – ouviu-se o grito de desculpas e o ciclista acenou por cima do ombro, enquanto a bicicleta abria caminho, ziguezagueando pelo meio de dois grupos de estudantes que retornavam para casa. Olhei para trás, ao longo da ponte, para talvez encontrar Brianna atrás de nós, mas não havia sinal dela.

Roger e eu passamos a tarde na Sociedade para a Preservação de Antiguidades. Brianna fora ao escritório de representação dos clãs das Terras Altas para obter fotocópias de uma lista de documentos que Roger compilara.

– É muita bondade sua se dar a todo este trabalho, Roger – disse, erguendo a voz acima do barulho da ponte e da correnteza do rio.

– Tudo bem – disse ele, um pouco sem jeito, parando para que eu o alcançasse. – Estou curioso – acrescentou, com um leve sorriso. – Sabe como são os historiadores, não conseguem deixar um quebra-cabeça em paz. – Sacudiu a cabeça, tentando afastar dos olhos os cabelos escuros soprados pelo vento.

Eu realmente conhecia os historiadores. Vivera com um deles durante vinte anos. Frank também não quisera deixar em paz esse enigma em particular. Mas também não quis resolvê-lo. Mas Frank estava morto há dois anos e agora era a minha vez – minha e de Brianna.

– Já teve notícias do dr. Linklater? – perguntei, quando descíamos o arco da ponte. Era final de tarde, mas o sol ainda estava alto, por estarmos tão ao norte. Preso entre as folhas das tílias nas margens do rio, brilhava em tons cor-de-rosa sobre o cenotáfio de granito que erguia-se embaixo da ponte.

Roger sacudiu a cabeça, estreitando os olhos contra o vento.

– Não, mas faz apenas uma semana desde que lhe escrevi. Se não tiver resposta até segunda-feira, tentarei telefonar. Não se preocupe – exibiu um sorriso enviesado –, fui muito circunspecto. Disse-lhe apenas que, para fins de um estudo que eu estava fazendo, precisava de uma lista, se é que existia essa lista, dos oficiais jacobitas que estavam na casa da fazenda Leanach após a Batalha de Culloden e, caso existisse alguma informação sobre algum sobrevivente dessa execução, se ele poderia me dar as referências das fontes.

– Você conhece Linklater? – perguntei, apoiando os livros inclinados sobre o quadril e, assim, conseguindo relaxar o braço esquerdo.

– Não, mas escrevi meu pedido num papel timbrado da Balhol College e fiz uma referência educada ao sr. Cheesewright, meu ex-orientador. Ele, sim, conhece Linklater. – Roger piscou o olho para mim e não pude deixar de rir.

Seus olhos eram de um verde brilhante e translúcido, luminosos contrastados com a pele cor de oliva. A curiosidade podia ser sua razão declarada para nos ajudar a descobrir a história de Jamie, mas eu tinha certeza de que seu interesse ia bem mais longe – na direção de Brianna. Eu também sabia que o interesse era recíproco. O que não sabia era se Roger também percebera o fato.

De volta ao gabinete do falecido reverendo Wakefield, larguei os livros sobre a mesa com alívio e deixei-me afundar na *bergère* junto à lareira, enquanto Roger ia buscar um copo de limonada na cozinha.

Minha respiração foi se acalmando enquanto eu bebia goles do líquido ácido e doce, mas minha pulsação continuou errática, conforme eu analisava a imponente pilha de livros que trouxéramos de volta. Jamie estaria ali em algum lugar? E se estivesse? Minhas mãos ficaram úmidas sobre o copo frio e eu afastei o pensamento. Não deseje demais, avisei a mim mesma. Era melhor esperar e ver o que poderíamos encontrar.

Roger examinava as prateleiras de livros do gabinete, em busca de outras possibilidades. O reverendo Wakefield, o falecido pai adotivo de Roger, fora um bom historiador amador, mas também um terrível colecionador; cartas, diários, folhetos, cartazes, livros antigos e contemporâneos – tudo estava amontoado nas estantes apinhadas.

Roger hesitou, depois sua mão recaiu em uma pilha de livros em uma mesa próxima. Eram os livros de Frank – uma notável realização, pelo que eu pude apreender pela leitura dos elogios impressos na sobrecapa.

– Já leu este aqui? – perguntou ele, apanhando o volume intitulado *Os jacobitas*.

– Não – respondi. Tomei um gole reanimador de limonada e tossi. – Não – repeti. – Não pude. – Depois que voltei, recusei-me terminantemente a olhar para qualquer material que tivesse a ver com o passado da Escócia, embora o século XVIII fosse uma das áreas de especialização de Frank. Sabendo que Jamie estava morto e diante da necessidade de ter que viver sem ele, evitei qualquer coisa que pudesse lembrá-lo. Uma fuga inútil. Não havia nenhum modo de esquecê-lo com a existência de Brianna diariamente trazendo-o à minha lembrança. Mesmo assim, não conseguia ler livros sobre Charles Stuart, aquele rapaz fútil e terrível, ou seus partidários.

– Compreendo. Pensei que talvez pudesse saber se haveria alguma coisa útil aqui. – Roger fez uma pausa, o rubor intensificando-se nas maçãs do rosto. – Seu, hã... seu marido... Frank, quero dizer – acrescentou ele apressadamente. – Você lhe contou, hã... sobre... – Sua voz foi desaparecendo, asfixiada pelo constrangimento.

– Ora, claro que sim – disse, um pouco bruscamente. – O que você pensou? Que eu simplesmente entrei no escritório dele depois de ter desaparecido por três anos e disse: "Olá, querido, o que gostaria para o jantar hoje?"

– Não, claro que não – murmurou Roger. Virou-se, tentando se concentrar nas estantes de livros. Sua nuca estava vermelha de constrangimento.

– Desculpe-me – disse, respirando fundo – É uma pergunta justa. É só que tudo ainda é... um pouco doloroso. – Muito mais do que um pouco. Eu estava tanto surpresa quanto horrorizada de ver o quanto a ferida ainda estava aberta. Coloquei o copo sobre a mesa, junto ao meu cotovelo. Se pretendíamos ir adiante com aquilo, eu iria precisar de algo bem mais forte do que limonada. – Sim – disse. – Contei a ele. Contei-lhe tudo sobre as pedras... sobre Jamie. Tudo.

Roger não disse nada por algum tempo. Então virou-se, parcialmente, de modo que apenas as linhas fortes e cinzeladas de seu perfil fossem visíveis. Não olhou para mim, mas para a pilha de livros de Frank, para a foto de Frank no verso da capa, magro, moreno e bonito, sorrindo para a posteridade.

– Ele acreditou em você? – perguntou ele em voz baixa.

Meus lábios estavam pegajosos da limonada e eu os umedeci antes de responder.

– Não – disse. – Não no começo. Achou que eu estava louca. Até me fez ser examinada por um psiquiatra. – Ri, um riso curto, mas a lembrança me fez cerrar os punhos de raiva.

– Então, mais tarde? – Roger virou-me para me encarar. O rubor desaparecera de sua pele, deixando apenas um eco de curiosidade em seus olhos. – O que ele pensou?

Respirei fundo e fechei os olhos.

– Não sei.

O minúsculo hospital de Inverness possuía um cheiro estranho, uma mistura de desinfetante e amido.

Eu não conseguia pensar e tentava não sentir. Retornar fora muito mais aterrorizante do que minha viagem ao passado, porque lá eu estava envolvida por uma camada protetora de dúvida e incredulidade a respei-

to de onde eu estava e o que estava acontecendo, e vivera na esperança permanente de fugir. Agora, eu sabia muito bem onde estava e sabia que não havia fuga possível. Jamie estava morto.

Os médicos e enfermeiras tentavam conversar gentilmente comigo, alimentar-me e trazer coisas para eu beber, mas não havia lugar em mim para nada além de tristeza e terror. Eu lhes dizia meu nome quando perguntavam, mas recusava-me a dizer qualquer coisa além disso.

Eu permanecia deitada na cama branca e limpa, os dedos entrelaçados com força sobre minha vulnerável barriga, e mantinha os olhos cerrados. Visualizava repetidamente as últimas cenas que vira antes de atravessar as pedras – a charneca chuvosa e o rosto de Jamie – sabendo que, se olhasse por muito tempo para o meu novo ambiente, essas visões feneceriam, substituídas por cenas mundanas, como as enfermeiras e o vaso de flores ao lado da cama. Secretamente, pressionava um polegar contra a base do outro, extraindo um consolo obscuro da presença do minúsculo ferimento, um pequeno corte na forma da letra J. Jamie a fizera, a meu pedido – seu último toque em minha carne.

Devo ter permanecido assim por bastante tempo; às vezes dormia, sonhando com os últimos dias da Revolução Jacobita – vi novamente o homem morto na floresta dormindo sob uma camada de fungos azuis brilhantes; e Dougal MacKenzie morrendo no chão de um sótão na Casa Culloden; os homens maltrapilhos do exército das Terras Altas dormindo nas trincheiras lamacentas; seu último sono antes do massacre.

Eu acordava gritando e gemendo, sentindo o cheiro de desinfetante e ouvindo palavras apaziguadoras, incompreensíveis diante dos ecos da gritaria em gaélico dos meus sonhos. Depois, adormecia de novo, a mão fechada com força sobre o pequeno ferimento na base do polegar.

Então, abri os olhos e Frank estava lá. Parado na porta, alisando os cabelos negros para trás com uma das mãos, parecendo hesitar – e não era de admirar, pobre homem.

Recostei-me nos travesseiros, apenas observando-o, sem falar. Ele se parecia com seus ancestrais, Jack e Alex Randall; feições aristocráticas, finas e puras, e uma cabeça bem-torneada, sob uma cabeleira lisa e escura. Mas seu rosto possuía uma certa diferença indefinível, além das pequenas diferenças de feições. Não havia nenhuma marca de medo ou de brutalidade nele; nem a espiritualidade de Alex nem a arrogância glacial de Jack. Seu rosto delgado parecia inteligente, bondoso e ligeiramente cansado, com olheiras e a barba por fazer. Percebi, sem que fosse necessário me dizer, que ele dirigira a noite toda para chegar ali.

– Claire? – Aproximou-se da cama e falou de forma hesitante, como se não tivesse certeza de que eu fosse realmente Claire.

Eu também não tinha certeza, mas assenti e disse:

– Olá, Frank. – Minha voz soou rouca e áspera, desacostumada a falar. Ele tomou uma de minhas mãos e deixei que a segurasse.

– Você está... bem? – perguntou ele, após um minuto. Olhava para mim com a testa ligeiramente franzida.

– Estou grávida. – Esse parecia o ponto crucial, em minha mente perturbada. Eu não pensara no que iria dizer a Frank, se viesse a revê-lo, mas no instante em que o vi parado na porta, tudo pareceu simples. Eu lhe diria que estava grávida, ele iria embora e eu ficaria sozinha com minha última visão do rosto de Jamie e seu toque ardente em minha mão.

Seu rosto crispou-se um pouco, mas ele não soltou minha mão.

– Eu sei. Eles me disseram. – Inspirou fundo e soltou a respiração. – Claire, pode me contar o que aconteceu com você?

Fiquei completamente aturdida por um instante, mas depois encolhi os ombros.

– Suponho que sim – disse.

Reuni os pensamentos, fatigada; não queria conversar sobre isso, mas eu tinha uma dívida para com aquele homem. Não era culpa, ainda não; mas, ainda assim, uma dívida. Eu fora casada com ele.

– Bem – disse –, apaixonei-me por outra pessoa e casei-me. Sinto muito – acrescentei, em reação ao olhar de espanto que atravessou seu rosto –, não pude evitar.

Não era o que ele esperava. Sua boca abriu-se e fechou-se, e ele agarrou minha mão com força suficiente para me fazer recuar e puxá-la.

– O que quer dizer? – perguntou ele, a voz estridente. – Por onde esteve, Claire? – Levantou-se de repente, assomando acima da cama.

– Lembra-se de que quando o vi pela última vez eu estava subindo ao círculo de pedras em Craigh na Dun?

– Sim? – Ele me fitava com uma expressão entre a raiva e a desconfiança.

– Bem – umedeci os lábios, que haviam ficado completamente secos –, o fato é que atravessei uma fenda na rocha naquele círculo e acabei em 1743.

– Deixe de brincadeira, Claire!

– Acha que estou fazendo graça? – A ideia era tão absurda que eu na verdade comecei a rir, embora me sentisse muito distante do verdadeiro humor.

– Pare com isso!

Parei de rir. Duas enfermeiras apareceram na soleira da porta como por mágica, deviam estar espreitando por perto no corredor. Frank inclinou-se e agarrou meu braço.

– Ouça-me – disse ele entre dentes. – Você vai me dizer onde esteve e o que andou fazendo!

– Eu estou lhe dizendo. Solte-me! – Sentei-me na cama e puxei meu braço com toda a força, soltando-me de sua mão. – Já lhe disse. Atravessei uma das pedras do círculo e acabei no passado, duzentos anos atrás. E encontrei seu maldito ancestral, Jack Randall, lá!

Frank piscou, completamente desconcertado.

– Quem?

– Black Jack Randall, e era um maldito pervertido, asqueroso, nojento! – Frank ficou boquiaberto, assim como as enfermeiras. Pude ouvir pés descendo o corredor atrás delas e vozes apressadas. – Tive que me casar com Jamie Fraser para me livrar de Jack Randall, mas depois... Jamie... não pude evitar, Frank, eu o amei e teria ficado com ele se pudesse, mas ele me enviou de volta por causa de Culloden, e da criança, e... – parei, quando um homem com uniforme de médico passou pelas enfermeiras na porta. – Frank – disse, cansada –, sinto muito. Não tive a intenção de que isso acontecesse e tentei de todas as formas voltar, realmente, tentei, mas não consegui. E agora é tarde demais.

Involuntariamente, as lágrimas começaram a assomar aos meus olhos e escorrer pelas minhas faces. Em grande parte, por causa de Jamie e de mim mesma, e da criança que carregava, mas algumas por Frank também. Inspirei com força e engoli as lágrimas, tentando parar de chorar, e sentei-me aprumada na cama.

– Olhe – disse –, sei que você não vai querer mais olhar na minha cara e eu não o culpo, absolutamente. Apenas... apenas vá embora, sim?

Seu rosto mudara. Não parecia mais zangado, mas perturbado e levemente intrigado. Sentou-se ao lado da cama, ignorando o médico que entrara e procurava medir meu pulso.

– Eu não vou a lugar algum – disse ele, com muita delicadeza. Segurou minha mão outra vez, embora eu tentasse retirá-la. – Este... Jamie. Quem era ele?

Inspirei fundo, a respiração entrecortada. O médico segurava minha outra mão, ainda tentando tomar meu pulso, e me senti absurdamente em pânico, como se os dois estivessem me mantendo prisioneira. No entanto, tentei debelar a sensação e falar de modo equilibrado.

– James Alexander Malcolm MacKenzie Fraser – disse, espacejando as palavras, formalmente, da maneira como Jamie as pronunciara para mim quando me disse seu nome completo pela primeira vez... no dia de nosso casamento. O pensamento provocou um novo transbordamento de lágrimas e eu as enxuguei no ombro, minhas mãos estando presas. – Era um guerreiro das Terras Altas. Ele morreu em Culloden. – Não adiantava, eu estava chorando outra vez, as lágrimas não representavam nenhum paliativo para a dor que me dilacerava, mas a única reação que eu podia ter à dor insuportável. Inclinei-me ligeiramente para a frente, tentando encapsular o bebê, envolver-me em torno da vida minúscula, imperceptível, em meu ventre, o único remanescente de Jamie Fraser para mim.

Frank e o médico trocaram um olhar do qual eu mal tive consciência. Obviamente, para eles Culloden fazia parte do passado distante. Para mim, acontecera havia apenas dois dias.

– Talvez seja melhor deixar a sra. Randall descansar um pouco – sugeriu o médico. – Ela parece um pouco transtornada no momento.

Frank olhou do médico para mim, indeciso.

– Bem, ela sem dúvida parece transtornada. Mas eu realmente queria saber... o que é isso, Claire?

Tocando minha mão, ele encontrara a aliança de prata no meu dedo anular e agora se inclinava para examiná-la. Era a aliança que Jamie me dera pelo nosso casamento; um largo aro de prata no padrão entrelaçado das Terras Altas, as ligações gravadas com minúsculas e estilizadas flores de cardo.

– Não! – exclamei, em pânico, quando Frank tentou tirá-la do meu dedo. Puxei minha mão bruscamente e a protegi, fechada, contra o peito, coberta pela mão esquerda, que ainda usava a aliança de ouro do casamento com Frank. – Não, não pode tirá-la, eu não vou permitir! É minha aliança de casamento!

– Vamos, veja bem, Claire... – As palavras de Frank foram interrompidas pelo médico, que dera a volta na cama, aproximara-se de Frank *e agora se inclinava e sussurrava alguma coisa em seu ouvido. Captei algumas palavras – "não perturbe sua mulher agora. O choque" –, e logo Frank levantou-se outra vez, sendo firmemente conduzido para fora do quarto pelo médico, que fez um sinal com a cabeça para uma das enfermeiras ao passar por elas.*

Eu mal senti a picada da agulha hipodérmica, absorvida demais por uma nova onda de tristeza e pesar para prestar atenção a qualquer coisa. Ouvi vagamente as palavras de Frank ao sair:

– Está bem. Mas, Claire, eu vou descobrir!

Em seguida, mergulhei numa abençoada escuridão e dormi um sono sem sonhos, por muito, muito tempo.

Roger inclinou a garrafa de uísque, serviu até a metade do copo. Entregou-o a Claire com um leve sorriso.

– A avó de Fiona sempre disse que uísque é bom para qualquer mal que nos aflija.

– Já vi remédios piores. – Claire pegou o copo e retribuiu o leve sorriso. Roger serviu uma dose para si próprio, em seguida sentou-se ao lado dela, sorvendo-o silenciosamente em pequenos goles.

– Eu tentei mandá-lo embora, sabe – disse ela de repente, abaixando o copo. – Frank. Eu disse que sabia que ele não poderia continuar a sentir o mesmo por mim, independentemente do que acreditasse que tivesse acontecido. Disse que lhe daria o divórcio, ele devia ir embora e se esquecer de mim, retomar a vida que começara a construir sem mim.

– Mas ele se recusou – disse Roger. Começava a fazer frio no gabinete conforme o sol desaparecia e ele inclinou-se e ligou o velho aquecedor elétrico. – Porque você estava grávida? – sugeriu.

Ela lançou-lhe um olhar repentino e penetrante, depois esboçou um sorriso enviesado.

– Sim, foi por isso. Disse que ninguém, exceto um canalha, pensaria em abandonar uma mulher grávida sem nenhum recurso. Particularmente alguém cujo elo com a realidade parecia um pouco tênue – acrescentou ela com ironia. – Eu não estava totalmente desprovida de recursos, possuía um pouco de dinheiro do meu tio Lamb, mas Frank também não era um canalha. – Seu olhar desviou-se para as estantes de livros. As obras históricas de seu marido estavam ali, lado a lado, as lombadas brilhando à luz do abajur sobre a escrivaninha. – Ele era um homem muito honrado. – disse ela num sussurro. Tomou outro gole de sua bebida, fechando os olhos conforme os vapores alcoólicos elevavam-se. – Além do mais, ele sabia, ou suspeitava, que ele próprio não podia ter filhos. Um grande choque para um homem tão envolvido em história e genealogias. Todas aquelas considerações de dinastia, sabe?

– Sim, posso compreender – disse Roger devagar. – Mas ele não se sentiu... quero dizer, era o filho de outro homem.

– Deve ter sentido. – Os olhos cor de âmbar fitavam-no outra vez, sua limpidez levemente amenizada pelo uísque e pelas recordações. – Mas diante da situação, já que ele não conseguia acreditar em nada que eu dissesse a respeito de Jamie, o pai da criança era essencialmente desconhecido. Se ele não sabia quem era o homem, e se convencera de que eu mesma também não sabia, apenas inventara aquelas histórias fantasiosas por causa do choque traumático... bem, então, não haveria ninguém para dizer que o filho não era dele. Certamente não eu – acrescentou ela, com um toque de amargura.

Tomou um grande gole de uísque que fez seus olhos lacrimejarem um pouco e fez uma pausa para enxugá-los.

– Mas, por garantia, levou-me para bem longe. Para Boston – continuou ela. – Haviam lhe oferecido um bom emprego em Harvard e ninguém nos conhecia lá. Foi onde Brianna nasceu.

O choro estridente acordou-me com um sobressalto outra vez. Eu voltara para a cama às 6h30, depois de levantar cinco vezes durante a noite com o bebê. Um olhar turvo para o relógio mostrou que agora eram 7h. Um cantarolar alegre vinha do banheiro, a voz de Frank elevada no hino imperialista inglês "Rule, Britannia", acima do barulho da água corrente.

Permaneci deitada, os membros pesados de exaustão, imaginando se eu teria forças para aguentar o choro da criança até Frank sair do chuveiro e trazer Brianna para mim. Como se o bebê soubesse o que eu estava pensando, o choro elevou-se dois ou três tons e foi aumentando para uma espécie de berro cíclico, pontuado por apavorantes tragadas de ar. Atirei as cobertas para o lado e pus-me de pé num salto, impulsionada pelo mesmo tipo de pânico com que recebia os bombardeios aéreos da guerra.

Arrastei-me pelo corredor frio até o quarto do bebê e encontrei Brianna, com 3 meses de idade, deitada de costas, gritando a plenos pulmões. Eu estava tão zonza de sono que levei algum tempo para perceber que eu a havia deixado de barriga para baixo.

– Querida! Você se virou! Sozinha!

Aterrorizada por seu ato audacioso, Brianna brandiu seus pequeninos punhos e berrou ainda mais alto, os olhos cerrados com força.

Peguei-a nos braços, dando uns tapinhas tranquilizadores em suas costas e sussurrando palavras de conforto no topo de sua cabecinha coberta de penugem ruiva.

– Ah, queridinha! Que menina inteligente você é!

– O que foi? O que aconteceu? – Frank emergiu do banheiro, enxugando a cabeça, uma segunda toalha enrolada em torno dos quadris. – Aconteceu alguma coisa com Brianna?

Aproximou-se de nós, preocupado. À medida que o nascimento se aproximava, nós dois ficamos tensos; Frank irritadiço e eu mesma aterrorizada, sem a menor ideia do que poderia acontecer conosco com a chegada do filho de Jamie Fraser. Mas quando a enfermeira pegou Brianna em seu berço e entregou-a a Frank, com as palavras "Aqui está a garotinha do papai", seu rosto ficou lívido e, em seguida, olhando para o rostinho minúsculo, perfeito como um botão de rosa, enterneceu-se. Em uma semana, apaixonara-se por ela, de corpo e alma.

Virei-me para ele, sorrindo.

– Ela se virou no berço! Sozinha!

– É mesmo? – Seu rosto recém-barbeado iluminou-se de prazer. – Ainda não é cedo demais para ela fazer isso?

– É, sim. O dr. Spock diz que ela só conseguiria daqui a um mês, no mínimo!

– Bem, o que o dr. Spock sabe? Venha cá, princesa. Dê um beijo no papai por ser tão precoce. – *Ele ergueu o corpinho macio, enrolado em seu aconchegante macacão rosa de dormir, e beijou a ponta do narizinho. Brianna espirrou e nós dois rimos.*

Parei naquele momento, repentinamente ciente de que era a primeira vez que eu ria em quase um ano. Mais ainda, era a primeira vez que eu ria com Frank.

Ele também percebeu isso; seus olhos encontraram os meus por cima da cabeça de Brianna. Eram de um suave tom castanho-claro e, no momento, estavam cheios de ternura. Sorri para ele, um pouco trêmula, e agora plenamente consciente de que ele estava nu, gotas de água deslizando pelos seus ombros rijos e brilhando na pele morena e lisa de seu peito.

O cheiro de queimado atingiu-nos simultaneamente, arrancando-nos daquela cena de felicidade doméstica.

— O café!

Atirando Bree sem a menor cerimônia em meus braços, Frank partiu como um raio em direção à cozinha, deixando as duas toalhas num monte a meus pés. Sorrindo diante da visão de suas nádegas nuas, brilhando de uma maneira inadequadamente branca enquanto ele corria para a cozinha, segui-o mais devagar, segurando Bree junto ao ombro.

Ele estava parado junto à pia, nu, em meio a uma nuvem de vapor malcheiroso que se erguia da cafeteira queimada.

— Que tal um chá? — perguntei, apoiando Brianna habilmente no quadril com um dos braços, enquanto remexia no armário. — Receio que não tenha sobrado nenhum Orange Pekoe, só saquinhos de chá Lipton.

Frank fez uma careta; inglês até a alma, ele preferia beber água do vaso sanitário a tomar chá de saquinho. O Lipton fora deixado pela sra. Grossman, a faxineira que vinha uma vez por semana, que achava que o chá feito de folhas soltas fazia sujeira e era repugnante.

— Não, tomarei uma xícara de café a caminho da universidade. Ah, por falar nisso, lembra-se de que vamos receber o decano e sua mulher para jantar esta noite? A sra. Hinchcliffe vai trazer um presente para Brianna.

— Ah, certo — disse, sem entusiasmo. Já me encontrara com os Hinchcliffes antes e não estava ansiosa para repetir a experiência. Ainda assim, era preciso fazer o esforço. Com um suspiro mental, mudei o bebê para o outro lado e tateei dentro da gaveta à cata de um lápis para fazer uma lista de compras.

Brianna começou a escarafunchar a frente do meu robe de chenile vermelho, fazendo vorazes barulhos guturais.

— Você não pode estar com fome outra vez — disse para o topo de sua cabeça. — Não faz nem duas horas que você mamou. — Mas meus seios começaram a vazar em reação aos seus movimentos e eu já estava me sentando e abrindo a frente do meu robe.

— A sra. Hinchcliffe disse que um bebê não deve ser alimentado toda vez que chora — observou Frank. — Ficam mal-acostumados se não respeitarem os horários.

Não era a primeira vez que eu ouvia a opinião da sra. Hinchcliffe sobre criação de bebês.

— Então ela vai ficar mimada, não é? — disse friamente, sem olhar para ele. A boquinha rósea agarrou-se ferozmente ao seio e Brianna começou a sugar com um apetite voraz. Eu também sabia que a sra. Hinchcliffe considerava a amamentação vulgar e pouco higiênica. Eu, que vira inúmeros bebês do século XVIII sendo alegremente amamentados no peito de suas mães, não concordava.

Frank suspirou, mas não disse mais nada. Após um instante, ele colocou o descanso do bule sobre a mesa e dirigiu-se para a porta.

– Bem – disse ele, um pouco sem jeito. – Vejo-a por volta das seis, certo? Devo trazer alguma coisa para que você não tenha que sair?

Dirigi-lhe um breve sorriso e disse:

– Não, darei um jeito.

– Ah, muito bem.

Ele hesitou por um instante enquanto eu ajeitava Bree mais confortavelmente no colo, a cabeça descansando na dobra do meu braço, a curva de sua cabeça reproduzindo a curva do meu seio. Ergui os olhos além do bebê e o vi observando-me atentamente, os olhos fixos na intumescência do meu seio exposto.

Meus próprios olhos desceram pelo seu corpo. Vi o começo de sua excitação e abaixei a cabeça sobre a criança para esconder o rubor no meu rosto.

– Até logo – murmurei, para o topo da cabeça do bebê.

Ele ficou parado por um instante, depois se inclinou para a frente e beijou-me rápido no rosto, o calor de seu corpo nu perturbadoramente perto.

– Até logo, Claire – disse ele ternamente. – Nos vemos à noite.

Ele não retornou à cozinha antes de sair, de modo que tive a oportunidade de terminar de amamentar Brianna e dar uma aparência de normalidade aos meus sentimentos.

Eu não vira Frank nu desde a minha volta; ele sempre se vestia no banheiro ou no closet. Tampouco ele tentara me beijar antes do cauteloso beijo desta manhã. A gravidez fora considerada "de alto risco" pelo obstetra e não houve sequer a hipótese de Frank compartilhar minha cama, ainda que eu estivesse disposta – o que não estava.

Eu devia ter previsto que isso iria acontecer, mas não previra. Absorvida primeiro no próprio infortúnio, depois no torpor físico da maternidade iminente, eu afastara quaisquer considerações que não dissessem respeito à minha barriga cada vez mais volumosa. Após o nascimento de Brianna, eu vivia de uma mamada à outra, buscando breves momentos de paz e despreocupação, quando podia segurar seu corpo adormecido bem junto ao meu e encontrar alívio dos pensamentos e das lembranças no prazer puramente sensual de tocá-la e abraçá-la.

Frank também embalava a criança e brincava com ela, adormecendo em sua enorme poltrona com ela estendida sobre seu corpo longo e esbelto, o rostinho rosado pressionado contra seu peito, enquanto roncavam em uníssono, numa tranquila camaradagem. No entanto, nós dois não nos tocávamos, nem realmente conversávamos sobre nada além de nossos arranjos domésticos básicos – e Brianna.

A criança era nosso foco mútuo; um elo através do qual podíamos imediatamente alcançar um ao outro e nos mantermos fisicamente próximos. Tudo indicava que essa proximidade já não era suficiente para Frank.

Eu podia fazê-lo – fisicamente, ao menos. Eu fizera um exame completo na semana anterior e o médico – com uma piscadela e um tapinha no meu traseiro – assegurou-me que eu podia retomar as "relações" com meu marido quando quisesse.

Eu sabia que Frank não se tornara um celibatário depois do meu desaparecimento. Tinha 40 e poucos anos, ainda era esbelto e musculoso, moreno e insinuante, um homem muito bonito. As mulheres aglomeravam-se ao seu redor nos coquetéis como abelhas em volta de um pote de mel, emitindo pequenos zumbidos de excitação.

Houve uma jovem de cabelos castanhos em particular que eu notei na festa do departamento; ela ficou parada no canto, fitando Frank melancolicamente por cima de seu drinque. Mais tarde, ficou bêbada e tornou-se chorosa e incoerente. Foi escoltada para casa por duas amigas, que se revezavam lançando olhares malignos para mim e Frank, parado a meu lado, silenciosamente volumosa em meu vestido de gravidez estampado.

Mas ele fora discreto. Sempre passava as noites em casa e tinha o cuidado de não apresentar manchas de batom no colarinho. Então, ele agora pretendia voltar para casa por completo. Suponho que tivesse algum direito a esperar por isso; não era um dever conjugal e eu não era de novo sua mulher?

Havia apenas um pequeno problema. Não era Frank quem eu desejava, na calada da noite, acordada. Não era seu corpo liso e delgado que povoava meus sonhos e me excitava, fazendo-me acordar molhada e arquejante, o coração disparado com a sensação relembrada. Mas eu jamais voltaria a tocar aquele homem outra vez.

– Jamie – murmurei. – Ah, Jamie. – Minhas lágrimas cintilaram na luz da manhã, adornando a penugem macia e ruiva de Brianna como pérolas e diamantes derramados.

Não foi um bom dia. Brianna teve uma séria assadura, o que a deixou irritada e mal-humorada, tendo que ser apanhada no colo a intervalos de poucos minutos. Ela mamava e criava confusão alternadamente, parando de vez em quando para soltar golfadas, produzindo manchas molhadas e gosmentas em tudo que eu estivesse usando. Mudei de blusa três vezes antes das onze horas.

O pesado sutiã de amamentação que eu usava atritava e irritava minha pele embaixo dos braços e meus mamilos estavam frios e rachados. Enquanto me esforçava para arrumar a casa, ouvi um resfolegar alto sob as tábuas do assoalho e depois um som agudo; em seguida, o registro de ar quente morreu com um débil suspiro.

– Não, semana que vem não dá – disse pelo telefone à loja de consertos de aquecedores. Olhei para a janela, onde a fria neblina de fevereiro ameaçava se infiltrar por baixo do parapeito e nos engolfar. – Está fazendo 5 graus e eu tenho um bebê de 3 meses!

O bebê em questão estava sentado em sua cadeirinha, enrolado em todos os seus cobertores, berrando como um gato escaldado. Ignorando a tagarelice da pessoa no outro lado da linha, segurei o receptor junto à boca escancarada de Brianna por vários segundos.

– Ouviu? – perguntei, levando o telefone ao meu ouvido outra vez.

– Está bem, madame – disse uma voz resignada do outro lado. – Irei aí hoje à tarde, entre o meio-dia e as seis horas.

– Meio-dia e seis horas? Não pode ser um pouco mais preciso? Tenho que sair para ir ao mercado – protestei.

– O seu aquecedor não é o único enguiçado na cidade, madame – disse a voz com determinação, e desligou.

Olhei o relógio; onze e meia. Eu jamais conseguiria fazer as compras no mercado e estar de volta em meia hora. Ir ao mercado com uma criança pequena era mais uma expedição de noventa minutos às selvas de Bornéu, exigindo muita parafernália e excessivos gastos de energia.

Rangendo os dentes, telefonei para um mercado mais caro, mas que entregava em domicílio, pedi o que precisava para o jantar e peguei o bebê, que a essa altura já estava da cor de uma berinjela e perceptivelmente fedorento.

– Credo, querida! Você vai se sentir muito melhor se tirarmos isso, não é? – disse, tentando tranquilizá-la enquanto limpava a sujeira marrom do traseiro vermelho-rubi de Brianna. Ela arqueava as costas, tentando

escapar do pano úmido e grudento, e berrava ainda mais. Uma camada de vaselina e a décima fralda limpa do dia; o caminhão do serviço de fraldas só viria amanhã e a casa cheirava a amônia.

– Está bem, benzinho, vamos, vamos. – Ergui a bebê, coloquei-a no ombro, batendo de leve para acalmá-la, mas a gritaria continuou sem cessar. Não que eu pudesse culpá-la, seu pobre traseiro estava quase em carne viva. O ideal seria deixá-la ficar numa toalha, sem fralda, mas sem aquecimento na casa, isso não era possível. Tanto ela quanto eu usávamos suéteres e pesados casacos de inverno, o que tornava as frequentes mamadas um transtorno maior do que o habitual, descobrir um seio podia levar vários minutos enquanto o bebê gritava.

Brianna não conseguia dormir por mais de dez minutos de cada vez. Consequentemente, eu também não. Quando nós duas finalmente cochilamos às quatro horas, fomos acordadas em quinze minutos pela barulhenta chegada do técnico de aquecedor, que batia na porta com toda a força, sem se incomodar em largar a enorme chave inglesa que segurava.

Sacudindo o bebê contra o ombro com uma das mãos, comecei a preparar o jantar com a outra, ao acompanhamento de berros no meu ouvido e os sons de violência no porão.

– Não vou lhe prometer nada, madame, mas por enquanto já tem o aquecimento de volta. – O sujeito do aquecedor surgiu repentinamente, limpando uma mancha de graxa da testa enrugada. Inclinou-se para a frente para inspecionar Brianna, que estava deitada mais ou menos tranquila em meu ombro, chupando sonoramente o polegar.

– Que tal o gosto desse dedo, doçura? – perguntou ele. – Dizem que não se deve permitir que a criança chupe o dedo, sabe? – informou-me ele, endireitando-se. – Ficam dentuças e depois têm que usar aparelho.

– É mesmo? – disse entre dentes. – Quanto eu lhe devo?

Meia hora depois, o frango estava na panela, recheado e costurado, cercado de alho amassado, raminhos de alecrim e rodelas de casca de limão. Uma rápida espremida de limão por cima da pele untada de manteiga e eu poderia enfiá-lo no forno, e eu e Brianna poderíamos nos aprontar. A cozinha parecia ter sido arrombada, tinha os armários abertos e a louça espalhada em todas as superfícies planas. Bati algumas portas de armários e depois a própria porta da cozinha, confiando que isso manteria a sra. Hinchcliffe longe dela, ainda que as boas maneiras não a fizessem.

Frank trouxera um vestido novo, cor-de-rosa, para Brianna usar. Era um lindo vestido, mas olhei com suspeita as camadas de renda em volta do pescoço. Pareciam não só causar coceira, como também eram muito delicadas.

– Bem, vamos experimentar – disse para ela. – Papai vai ficar contente de vê-la arrumada. Vamos tentar não cuspir nele, está bem?

Brianna respondeu fechando os olhos, retesando o corpo e grunhindo, enquanto expelia mais fezes.

– Ah, belo trabalho! – disse, sinceramente. Significava trocar os lençóis do berço, mas ao menos não iria piorar a assadura. Uma vez limpa a sujeira e uma nova fralda posta no lugar, sacudi o vestido cor-de-rosa e parei para cuidadosamente limpar o muco do nariz e a baba do rosto antes de enfiar o vestido pela sua cabeça. Ela pestanejou para mim e gorgolejou sedutoramente, girando os punhos no ar.

Obedientemente, abaixei a cabeça e fiz "Pfffft!" dentro de seu umbigo, o que a fez contorcer-se de alegria. Repetimos a brincadeira mais algumas vezes, depois começamos a difícil tarefa de entrar no vestido cor-de-rosa.

Brianna não gostou; começou a queixar-se quando enfiei o vestido por sua cabeça e, quando passei seus bracinhos gorduchos pelas mangas fofas, lançou a cabeça para trás e soltou um grito lancinante.

– O que foi? – perguntei, espantada. Eu já conhecia todos os seus choros a esta altura e em grande parte o que queria dizer com cada um deles, mas este era novo, cheio de medo e dor. – O que foi, querida?

Ela berrava furiosamente agora, as lágrimas rolando pelo rosto. Virei-a freneticamente de bruços e dei uns tapinhas em suas costas, achando que ela podia ter tido um ataque súbito de cólica, mas ela não estava dobrando-se ao meio. Debatia-se violentamente, e quando a desvirei para pegá-la no colo, vi o longo risco vermelho que corria pela delicada parte interna de seu braço agitado. Um alfinete fora deixado no vestido e arranhara seu braço quando enfiei a manga.

– Ah, neném! Ah, me desculpe! Mamãe sente muito! – As lágrimas corriam pelo meu próprio rosto quando removi com cuidado o alfinete. Aconcheguei-a no meu ombro, batendo de leve em suas costas e balbuciando palavras de consolo, tentando acalmar meus próprios sentimentos de pânico e culpa. É claro que eu não a ferira intencionalmente, mas ela não sabia disso. – Ah, querida – murmurei. – Está tudo bem agora. Sim,

mamãe a ama, está tudo bem. – Por que eu não pensara em verificar se havia algum alfinete na roupa? Na verdade, que tipo de maníaco embalaria roupas de bebê com alfinetes? Dilacerada entre a fúria e a agonia, vesti Brianna na roupa, limpei seu queixo e levei-a para o quarto, onde a coloquei em minha cama de solteira enquanto apressadamente mudava de roupa, vestindo uma saia apresentável e uma blusa lavada e passada.

A campainha da porta tocou quando eu calçava as meias de seda. Havia um buraco em um dos calcanhares, mas não havia nada que eu pudesse fazer agora. Enfiei os pés nas incômodas sapatilhas de pele de crocodilo, peguei Brianna no colo e fui atender a porta.

Era Frank, carregado demais de pacotes para usar a chave. Com uma das mãos, peguei a maior parte dos seus pacotes e coloquei-os na mesa do vestíbulo.

– Está tudo pronto para o jantar, querida? Trouxe uma toalha nova com guardanapos, achei que a nossa estava um pouco surrada. E o vinho, é claro. – Ergueu a garrafa na mão, sorrindo, depois inclinou-se para me examinar e parou de sorrir. Olhou com ar de desaprovação dos meus cabelos desgrenhados para a minha blusa, que acabara de ser manchada com uma nova golfada de leite.

– Nossa, Claire – disse ele. – Não podia ter se arrumado um pouco? Quero dizer, você não tem mais nada a fazer, em casa o dia todo... não podia gastar uns minutos para...

– Não – disse, com a voz alterada. Empurrei Brianna, que berrava outra vez com irritada exaustão, em seus braços. – Não – repeti, arrancando a garrafa de vinho de sua mão, que não ofereceu resistência. – NÃO! – gritei, batendo o pé.

Girei a garrafa com um movimento amplo e ele se esquivou, mas o que eu atingi foi a maçaneta da porta. Respingos de cor púrpura de Beaujolais voaram pela pequena varanda, deixando cacos de vidro brilhando à luz da entrada.

Atirei a garrafa estilhaçada no meio das azaleias e saí correndo pela calçada, sem casaco, na neblina gélida. No fim da calçada, passei pelos assustados Hinchcliffes, que estavam chegando meia hora mais cedo, provavelmente na esperança de me flagrar em alguma falha doméstica. Esperava que aproveitassem o jantar.

Dirigi sem rumo pelo nevoeiro, o sistema de aquecimento do carro soprando ruidosamente em meus pés, até começar a ficar sem gasolina.

Não voltaria para casa; ainda não. Um café aberto a noite toda? Então lembrei-me de que era noite de sexta-feira, perto da meia-noite. Havia um lugar para onde eu podia ir, afinal. Voltei para o subúrbio onde morávamos, para a igreja de St. Finbar.

A essa hora, a capela estava trancada para evitar roubos e vandalismo. Para os fiéis noturnos, havia uma tranca que funcionava com um teclado numérico, logo abaixo da maçaneta da porta. Cinco botões, numerados de um a cinco. Apertando três deles, na combinação adequada, a trava soltava-se para permitir a entrada legítima.

Caminhei silenciosamente pelos fundos da capela, até o livro de registros que ficava aos pés da imagem de são Finbar, para registrar minha presença.

– São Finbar? – dissera Frank, incrédulo. – Não existe esse santo. Não pode existir.

– Existe – disse, com uma ponta de orgulho. – Um bispo irlandês, do século XII.

– Ah, irlandês – disse Frank com desprezo. – Isso explica. Mas o que não consigo entender – disse ele, com cuidado para ser diplomático – é, hã, bem... por quê?

– Por que o quê?

– Por que entrar nesse negócio de Adoração Perpétua? Você nunca foi nem um pouco devota, não mais do que eu. E você não vai à missa nem nada; o padre Beggs me pergunta toda semana onde você está.

Sacudi a cabeça.

– Não sei realmente por quê, Frank. É algo... que eu preciso fazer. – Olhei para ele, incapaz de explicar adequadamente. – É que lá... é tranquilo – disse finalmente.

Ele abriu a boca como se fosse dizer mais alguma coisa, depois se virou, sacudindo a cabeça.

Era realmente tranquilo. O estacionamento da igreja estava deserto, a não ser por um único carro, do adorador de plantão, brilhando anonimamente em preto sob os postes de luz. No interior, assinei meu nome no livro de registros e caminhei para a frente, tossindo educadamente para avisar o adorador da minha presença, sem a indelicadeza do discurso direto. Ajoelhei-me atrás dele, um homem corpulento com um casaco impermeável amarelo. Após alguns instantes, ele se levantou, fez uma genuflexão diante do altar, virou-se e dirigiu-se para a porta, cumprimentando-me com um breve sinal da cabeça ao passar por mim.

A porta fechou-se com um som sibilante e eu fiquei sozinha, exceto pelo Sacramento exibido no altar, no majestoso ostensório de ouro na figura do sol e seus raios. Havia duas velas no altar, grandes. Lisas e brancas, queimavam firmemente no ar parado, sem tremeluzir. Fechei os olhos por um instante, apenas ouvindo o silêncio.

Tudo que acontecera durante o dia girou em minha mente num redemoinho de pensamentos e sentimentos desarticulados. Sem casaco, eu tremia de frio da curta caminhada para atravessar o estacionamento, mas aos poucos aqueci-me outra vez e minhas mãos, até então tensas, relaxaram-se no meu colo.

Finalmente, como sempre acontecia quando eu estava ali, parei de pensar. Se era a parada do tempo na presença da eternidade ou apenas o triunfo de uma extenuante fadiga, eu não sabia. Mas a culpa em relação a Frank abrandou-se, o dilacerante sentimento de pesar por Jamie arrefeceu e até mesmo as constantes exigências da maternidade sobre minhas emoções recuaram ao nível de um sussurro, mais baixo do que as batidas do meu próprio coração, regular e reconfortante na paz escura da capela.

– Ah, Senhor – murmurei –, confio à Sua misericórdia a alma de Seu servo James. – E a minha, acrescentei silenciosamente. E a minha.

Permaneci sentada ali sem me mover, observando o brilho trêmulo das chamas das velas na superfície dourada do ostensório, até ouvir o suave som dos passos do adorador seguinte atrás de mim, terminando no pesado rangido da genuflexão. Eles vinham a cada hora, dia e noite. O Sagrado Sacramento nunca era deixado sozinho.

Fiquei mais alguns minutos, depois saí discretamente do banco, com meu próprio sinal da cabeça em direção ao altar. Quando caminhava rumo aos fundos da capela, vi uma figura na fileira de trás, sob a sombra da imagem de Santo Antônio. Ela se moveu quando me aproximei. Em seguida, o homem levantou-se e veio ao meu encontro na nave.

– O que está fazendo aqui? – perguntei num sussurro.

Frank balançou a cabeça na direção da figura do novo adorador, já se ajoelhando em contemplação, e segurou meu cotovelo para me conduzir para fora.

Esperei até a porta da capela fechar-se atrás de nós e então libertei-me de sua mão e girei nos calcanhares para confrontá-lo.

– O que é isso? – perguntei com raiva. – Por que veio atrás de mim?

– Estava preocupado com você. – Fez um gesto na direção do estacionamento vazio, onde seu grande Buick aninhava-se protetoramente ao lado do meu pequeno Ford. – É perigoso, uma mulher sozinha andando por aí tarde da noite nesta parte da cidade. Vim para levá-la para casa. Só isso.

Não mencionou os Hinchcliffes nem o jantar. Meu aborrecimento diminuiu um pouco.

– Ah – exclamei. – O que fez com Brianna?

– Pedi à vizinha, a sra. Munsing, para ficar atenta para o caso de ela chorar. Mas ela parecia dormir profundamente; não tive outra opção. Vamos embora, está frio aqui fora.

Estava; o ar gélido que vinha da baía enroscava-se em anéis brancos em torno dos postes de luz e eu estremeci em minha blusa fina.

– Encontro-o em casa, então – disse.

O calor do quarto de bebê envolveu-me quando entrei para ver Brianna. Ela ainda dormia, mas debatia-se num sono agitado, virando a cabecinha ruiva de um lado para o outro, a boca pequenina abrindo-se e fechando-se como a respiração de um peixe.

– Ela está ficando com fome – sussurrei para Frank, que entrara atrás de mim e pairava acima do meu ombro, espreitando amorosamente a bebê. – É melhor alimentá-la antes de ir me deitar; assim, ela dormirá até mais tarde de manhã.

– Vou trazer uma bebida quente para você – disse ele, desaparecendo pela porta em direção à cozinha enquanto eu pegava no colo a trouxinha quente e sonolenta.

Ela esvaziara apenas um dos seios, mas já estava satisfeita. A boca frouxa foi largando o mamilo devagar, cingida de leite, e a cabecinha ruiva deixou-se afundar pesadamente em meu braço. Nenhuma sacudida delicada ou palavra sussurrada foi capaz de acordá-la para mamar no outro lado. Por fim, desisti e ajeitei-a de novo no berço, batendo de leve em suas costas até que um arroto fraco e satisfeito ergueu-se do travesseiro, seguido da respiração pesada da saciedade absoluta.

– Pronta para passar a noite, não? – Frank puxou o cobertor do bebê, decorado com coelhos amarelos, cobrindo-a.

– Sim. – Recostei-me em minha cadeira de balanço, demasiado cansada física e mentalmente para me levantar outra vez. Frank aproximou-se por trás de mim; pousou a mão de leve sobre meu ombro.

– Ele está morto, então? – perguntou ele delicadamente.

Eu já lhe disse, comecei a dizer. Depois, parei, fechei a boca e apenas assenti com um movimento da cabeça, balançando a cadeira de leve, fitando o berço escuro e seu minúsculo ocupante.

Meu seio direito ainda estava doloridamente inchado de leite. Por mais cansada que eu estivesse, não poderia dormir enquanto não cuidasse disso. Com um suspiro de resignação, peguei a bombinha de sucção, um dispositivo de borracha desajeitado e ridículo. Usá-lo era inconveniente e desconfortável, mas era melhor do que acordar dentro de uma hora com uma dor explosiva, encharcada de leite.

Sacudi a mão para Frank, mandando-o embora.

– Pode ir. Só vou levar uns minutos, mas tenho que...

Em vez de sair ou responder, ele tomou a bombinha da minha mão e colocou-a sobre a mesa. Como se tivesse vontade própria, sem obedecer a ele, sua mão ergueu-se lentamente pelo ar escuro e quente do quarto e envolveu delicadamente a curva inchada do meu seio.

Sua cabeça inclinou-se e seus lábios fecharam-se suavemente sobre meu mamilo. Gemi, sentindo a dolorida ferroada do leite correndo pelos minúsculos canais. Coloquei a mão em sua nuca e pressionei-o ligeiramente contra mim.

– Com mais força – murmurei. Sua boca era macia, suave em sua pressão, em nada semelhante à voracidade implacável das gengivas duras e desdentadas do bebê, que se agarram com sofreguidão, ansiosas e exigentes, liberando a fonte generosa imediatamente, em resposta à sua avidez.

Frank ajoelhou-se diante de mim, a boca suplicante. Seria assim que Deus se sentia, imaginei, vendo os adoradores diante Dele – Ele, também, se encheria de ternura e compaixão? A névoa de fadiga me fazia sentir como se tudo acontecesse em câmera lenta, como se estivéssemos submersos em água. As mãos de Frank moviam-se devagar como plantas marinhas, oscilando nas correntes, movendo-se pelo meu corpo com um toque tão suave como o roçar de algas, erguendo-me com a força de uma onda e deitando-me na praia do tapete do quarto. Fechei os olhos e deixei que a maré me levasse.

A porta da frente da residência paroquial abriu-se com um rangido de dobradiças enferrujadas, anunciando o retorno de Brianna Randall. Roger levantou-se imediatamente e dirigiu-se ao vestíbulo, atraído por vozes femininas.

– Meio quilo da melhor manteiga, foi o que você mandou pedir, e foi o que fiz, mas fiquei imaginando se existiria manteiga de segunda, ou manteiga péssima... – Brianna entregava pacotes a Fiona, rindo e falando ao mesmo tempo.

– Bem, se você comprar na loja daquele velho patife Wicklow, é bem provável que seja péssima, independentemente do que ele diga – interrompeu Fiona. – Ah, e você comprou canela, ótimo! Vou fazer pãezinhos de canela, então; quer ver como eu os preparo?

– Sim, mas primeiro quero jantar. Estou faminta! – Brianna ficou na ponta dos pés, cheirando o ar esperançosamente na direção da cozinha. – O que vamos comer... aquele prato escocês de miúdos de carneiro, *haggis*?

– *Haggis*! Santa Mãe de Deus, *sassenach* tola! Não se come *haggis* na primavera! Só no outono, quando os carneiros são abatidos.

– Eu sou uma *sassenach*? – Brianna pareceu encantada com o termo.

– Claro que é, boba. Mas gosto de você assim mesmo.

Fiona ergueu o rosto risonho para Brianna, que ultrapassava a pequena jovem escocesa em quase 30 centímetros. Fiona tinha 19 anos, era graciosa e ligeiramente rechonchuda; a seu lado, Brianna parecia uma escultura medieval, severa e de ossos largos. Com seu nariz longo e reto, e os cabelos compridos brilhando em vermelho e dourado sob a claraboia no teto do vestíbulo, parecia saída de uma obra de iluminura, suficientemente vívida para durar mil anos sem se alterar.

Roger percebeu repentinamente a presença de Claire Randall junto a seu cotovelo. Ela fitava a filha, com uma expressão onde se misturavam amor, orgulho e mais alguma coisa – lembrança, talvez? Compreendeu, com um leve choque, que Jamie Fraser, também, devia ter tido não só uma altura impressionante e os cabelos ruivos de um viking herdados por sua filha, mas provavelmente a mesma marcante presença física.

Era de fato notável, pensou ele. Ela não dizia nem fazia nada fora do comum, mas ainda assim Brianna inegavelmente chamava a atenção das pessoas. Ela possuía um fascínio, quase magnético, que atraía todo mundo para o brilho ao seu redor.

Atraiu-o; Brianna virou-se e sorriu para ele, e sem perceber que havia se deslocado, viu-se perto dela o suficiente para notar as sardas bem claras no alto das maçãs do rosto e sentir o leve sopro de tabaco de cachimbo que permaneceu em seus cabelos de suas andanças pelas lojas.

– Olá – disse ele, sorrindo. – Teve alguma sorte com o escritório dos clãs ou esteve ocupada demais bancando a faz-tudo de Fiona?

– Faz-tudo? – Brianna achou graça, os olhos puxados e azuis arregalando-se. – Faz-tudo? Primeiro, sou uma *sassenach*, e agora uma faz-tudo. De que vocês escoceses chamam as pessoas quando estão querendo ser gentis?

– Querrrrrida – disse ele, rolando o erre exageradamente e fazendo as duas jovens rirem.

– Você soa como um terrier escocês de mau humor – Claire observou. – Encontrou alguma coisa na biblioteca dos clãs das Terras Altas, Bree?

– Um monte de coisas – respondeu Brianna, remexendo na pilha de fotocópias que colocara na mesa do vestíbulo. – Consegui ler quase tudo enquanto tiravam as cópias... este aqui foi o mais interessante. – Puxou uma folha de papel da pilha e entregou-a a Roger.

Era um trecho de um livro sobre lendas das Terras Altas. Um dos títulos era "Salto do Barril".

– Lendas? – disse Claire, espreitando por cima do ombro de Roger. É isso mesmo que queremos?

– Talvez. – Roger examinava a folha e falou absortamente, a atenção dividida. – No que diz respeito às Terras Altas escocesas, a maior parte da história é oral até meados do século XIX, mais ou menos. Isso significa que não havia muita distinção entre histórias sobre pessoas reais, figuras históricas e personagens míticas, como fantasmas, monstros aquáticos e as façanhas do Povo Antigo. Os estudiosos que registravam as histórias em geral não sabiam ao certo com o que estavam lidando. Às vezes, era uma mistura de mito e realidade, outras vezes era possível saber que se tratava de um fato histórico real. Este aqui, por exemplo – ele passou a folha para Claire –, parece real. Descreve a história que originou o nome de uma determinada formação rochosa em particular, nas Terras Altas.

Claire ajeitou os cabelos atrás da orelha e baixou a cabeça para ler, estreitando os olhos na luz turva que entrava pela claraboia. Fiona, acostumada demais a papéis velhos e maçantes fragmentos históricos para se interessar, desapareceu de volta à sua cozinha para servir o jantar.

– *Salto do Barril* – leu Claire. – *Esta formação inusitada, localizada a alguma distância acima de um riacho, recebeu esse nome a partir da história de um senhor feudal jacobita e seu criado. O chefe de um clã, um dos poucos afortunados a escapar ao massacre de Culloden, conseguiu com muita dificuldade chegar à sua casa, mas foi obrigado a ficar escondido em uma caverna em suas terras por quase sete anos, enquanto os ingleses vasculhavam as Terras Altas à caça dos fugitivos partidários de Charles Stuart. Os arrendatários desse senhor de terras lealmente mantiveram sua presença em segredo e levavam comida e suprimentos ao chefe em seu esconderijo. Tinham o cuidado de sempre se referirem a ele como "Dunbonnet", a fim de evitar qualquer possibilidade de revelar sua presença às patrulhas inglesas que com frequência cruzavam a região.*

"*Certo dia, um garoto que levava um pequeno barril de cerveja pela trilha acima até a caverna do chefe do clã deparou-se com um grupo de soldados ingleses da Companhia dos Dragões. Corajosamente recusando-se a responder às perguntas dos soldados ou entregar seu fardo, o garoto foi atacado por um dos dragões e deixou cair o barril, que rolou pela íngreme colina abaixo, até o córrego lá embaixo.*"

Ela levantou os olhos do papel, erguendo as sobrancelhas para sua filha.

– Por que esta? Nós sabemos... ou achamos que sabemos – corrigiu ela, com um irônico sinal da cabeça em direção a Roger – que Jamie escapou de Culloden, mas muitas outras pessoas também escaparam. Por que você acha que este senhor de terras poderia ter sido Jamie?

– Por causa da história do Dunbonnet, é claro – respondeu Brianna, como se estivesse surpresa por ela estar perguntando.

– O quê? – Roger olhou para ela, intrigado. – O que tem o Dunbonnet?

Em resposta, Brianna pegou uma mecha de seus espessos cabelos ruivos e sacudiu-a debaixo do nariz de Roger.

– Dunbonnet! – disse ela com impaciência. – Significa um gorro marrom comum, certo? Ele usava um gorro o tempo todo, porque possuía cabelos que chamavam a atenção e podiam ser reconhecidos! Vocês não disseram que os ingleses o chamavam de "Jamie, o Ruivo"? Eles sabiam que seus cabelos eram ruivos. Ele tinha que escondê-los!

Roger fitou-a, temporariamente mudo. Os cabelos de Brianna caíam, soltos sobre os ombros, brilhando como a luz das chamas.

– Você pode ter razão – disse Claire. A empolgação tornou seus olhos brilhantes ao olhar para a filha. – Eram como os seus, os cabelos de Jamie eram iguais aos seus, Bree. – Estendeu a mão e acariciou delicadamente os cabelos de Brianna. O rosto da jovem enterneceu-se ao olhar para a mãe.

– Eu sei – disse ela. – Eu estava pensando nisso enquanto lia... tentando imaginá-lo, sabe? – Parou e limpou a garganta, como se algo a estivesse engasgando. – Pude vê-lo, na charneca, escondendo-se, e o sol refletindo em seus cabelos. Você disse que ele havia sido um fora da lei; só... só pensei que ele devia saber muito bem... como se esconder. Se estavam querendo matá-lo – concluiu suavemente.

– Certo – disse Roger vivamente, para dissipar a sombra nos olhos de Brianna. – Foi um belo trabalho de dedução, mas talvez possamos ter certeza com um pouco mais de investigação. Se pudermos encontrar o "Salto do Barril" no mapa...

– Que espécie de idiota você acha que eu sou? – disse Brianna desdenhosamente. – Já pensei nisso. – A tristeza desapareceu, substituída por uma expressão presunçosa. – Foi por isso que demorei tanto; fiz o funcionário trazer todos os mapas das Terras Altas que possuíam. – Apanhou outra fotocópia da pilha e bateu o dedo triunfalmente perto da margem superior. – Estão vendo? É tão pequeno que não aparece na maioria dos mapas, mas neste aparece. Aqui está a vila de Broch Mordha, que mamãe diz que fica próxima de Lallybroch, e ali... – Seu dedo moveu-se alguns milímetros, apontando para uma linha de impressão microscópica. – Estão vendo? – repetiu ela. – Ele voltou para Lallybroch, e escondeu-se lá.

– Não tendo uma lupa à mão, vou aceitar sua palavra de que ali está escrito "Salto do Barril" – disse Roger, aprumando-se. Exibiu um largo sorriso para Brianna. – Parabéns, então. Acho que você o encontrou... até aqui, pelo menos.

Brianna sorriu, os olhos desconfiados e brilhantes.

– Sim – disse ela suavemente. Tocou as duas folhas de papel delicadamente com o dedo. – Meu pai.

Claire apertou a mão da filha.

– Se você tem os cabelos de seu pai, é bom ver que tem a inteligência de sua mãe – disse ela, sorrindo. – Vamos comemorar sua descoberta com o jantar de Fiona.

– Excelente trabalho – disse Roger a Brianna, enquanto seguiam Claire em direção à sala de jantar. Sua mão descansou de leve em sua cintura. – Devia ficar orgulhosa de si mesma.

– Obrigada – disse ela, com um breve sorriso, mas a expressão pensativa retornou quase imediatamente à curva de sua boca.

– O que foi? – perguntou Roger delicadamente, parando no corredor. – Aconteceu alguma coisa?

– Não, na verdade, não. – Ela virou-se para encará-lo, uma pequena ruga visível entre as sobrancelhas ruivas. – É só que... eu estava pensando, tentando imaginar... como você acha que foi para ele? Viver numa caverna por sete anos? E o que aconteceu a ele depois?

Movido por um impulso, Roger inclinou-se para a frente e beijou-a de leve entre as sobrancelhas.

– Não sei, querida – disse ele. – Mas talvez a gente possa descobrir.

PARTE II

Lallybroch

4

DUNBONNET

*Lallybroch
Novembro de 1752*

Ele descia até a casa uma vez por mês para se barbear, quando um dos garotos vinha lhe dizer que era seguro. Sempre à noite, movendo-se silenciosamente como uma raposa pela escuridão. Parecia necessário, de certa forma, um pequeno gesto em favor do conceito de civilização.

Ele deslizava como uma sombra pela porta da cozinha, era recebido pelo sorriso de Ian ou o beijo de sua irmã e sentia a transformação começar. A bacia de água quente estaria preparada e a navalha recém-afiada à sua espera em cima da mesa, com o que houvesse de sabão para se barbear. De vez em quando, era sabonete de verdade, se o primo Jared tivesse mandado algum da França; mas em geral era apenas sebo transformado em sabão rústico, que fazia os olhos arderem com a solução alcalina desinfetante.

Ele podia sentir o começo da transformação com o primeiro cheiro da cozinha – tão forte e aromático, após os cheiros, diluídos pelo vento, de lago, charneca e floresta –, mas era somente depois de terminar o ritual da barba que ele se sentia completamente humano outra vez.

Haviam aprendido a não esperar que ele falasse enquanto não terminasse de se barbear; as palavras brotavam com dificuldade, após um mês de solidão. Não que ele não tivesse nada a dizer; era apenas que as palavras dentro dele formavam uma obstrução em sua garganta, digladiando-se para sair no curto tempo de que ele dispunha. Ele precisava daqueles poucos minutos de meticulosos cuidados pessoais para separar e escolher o que iria dizer primeiro e para quem.

Havia notícias para ouvir e sobre as quais indagar – de patrulhas inglesas na região, de política, de prisões e julgamentos em Londres e Edimburgo. Essas podiam esperar. Era melhor conversar com Ian sobre as terras, com Jenny sobre as crianças. Se lhes parecesse seguro, as crianças eram trazidas de seus quartos para cumprimentar o tio, para lhe dar abraços sonolentos e beijos molhados antes de saírem cambaleando de volta para suas camas.

– Logo ele se tornará um homem – fora sua primeira escolha de conversa quando veio em setembro, com um sinal de cabeça na direção do filho mais velho de Jenny, seu xará. O menino de 10 anos sentava-se à mesa com certo constrangimento, extremamente consciente da dignidade de sua posição temporária como homem da casa.

– Sim, tudo que eu preciso é de outra criatura com quem me preocupar – retrucou sua irmã com sarcasmo, mas tocou o ombro do filho ao passar, com um orgulho que contradizia suas palavras.

– Teve notícias de Ian? – Seu cunhado fora detido, pela quarta vez, havia três semanas, e levado para Inverness sob suspeita de ser um simpatizante jacobita.

Jenny sacudiu a cabeça, trazendo uma travessa tampada e colocando-a diante dele. O cheiro quente e penetrante da torta de perdiz desprendeu-se da crosta perfurada e fez sua boca aguar de tal forma que teve que engolir a saliva antes de falar.

– Não há com que se preocupar – disse Jenny, servindo a torta em seu prato. Sua voz era calma, mas a pequena ruga entre as sobrancelhas aprofundou-se. – Enviei Fergus para mostrar-lhes o documento de transferência de propriedade e a dispensa de Ian de seu regimento. Eles vão mandá-lo de volta para casa outra vez, assim que virem que ele não é o senhor de Lallybroch e que nada ganharão infernizando-o. – Com um olhar para o filho, estendeu o braço e pegou a jarra de cerveja. – Não têm a menor chance de provar que um menino pequeno seja um traidor.

Sua voz era sarcástica e amarga, mas revelava um tom de satisfação à ideia da perplexidade do tribunal inglês. O documento respingado de chuva que provava a transferência da propriedade de Lallybroch de James para seu sobrinho, o pequeno James, já fora apresentado à corte antes, a cada vez frustrando a tentativa da Coroa de confiscar as terras como a propriedade de um jacobita traidor.

Ele começava a senti-la se eclipsar quando ia embora – aquela fina camada de verniz de humanidade –, desaparecendo cada vez mais a cada passo com que se afastava da casa. Às vezes, ele mantinha a ilusão de calor humano e familiar durante todo o caminho até a caverna onde se escondia; outras, ela desaparecia quase instantaneamente, arrancada por um vento frio, fétido e penetrante com o cheiro de queimado.

Os ingleses haviam queimado três sítios, do outro lado da encosta. Arrancaram Hugh Kirby e Geoff Murray de seus lares e os executaram junto à própria soleira de suas portas, sem nenhuma pergunta ou palavra de acusação formal. O jovem Joe Fraser conseguira escapar, avisado por sua mulher, que vira os ingleses se aproximando, e viveu três semanas com Jamie na caverna, até que os soldados estivessem bem longe da região – e Ian com eles.

...

Em outubro, foi com os garotos mais velhos que ele falou; Fergus, o menino francês que resgatara de um bordel em Paris, e Rabbie MacNab, o filho da cozinheira e melhor amigo de Fergus.

Ele deslizou a navalha devagar por uma das faces e em torno do ângulo do maxilar, depois limpou a lâmina afiada na borda da bacia. Pelo canto de um dos olhos, percebeu um leve vislumbre de fascinada inveja no rosto de Rabbie MacNab. Virando-se ligeiramente, viu que os três garotos – Rabbie, Fergus e o Jovem Jamie – observavam-no intensamente, a boca ligeiramente aberta.

– Nunca viram um homem se barbear antes? – perguntou ele, arqueando uma das sobrancelhas.

Rabbie e Fergus entreolharam-se, mas deixaram a cargo do Jovem Jamie, como dono honorário da propriedade, responder.

– Ah, bem... sim, tio – disse ele, ruborizando-se. – Mas... que-quero dizer... – gaguejou um pouco e ficou ainda mais vermelho –, já que meu pai não está aqui, e mesmo quando ele está em casa, não o vemos se barbear sempre. E depois, você tem tanto pelo no rosto, tio, depois de um mês inteiro, e também estamos tão contentes de vê-lo outra vez, e...

Jamie percebeu de repente que, para os garotos, ele devia parecer uma figura muito romântica. Morando sozinho em uma caverna, saindo no escuro para caçar, surgindo de dentro da neblina à noite, imundo e desgrenhado, a barba crescida, ruiva e selvagem – sim, na idade deles, era provável que ser um fora da lei e viver escondido na charneca, numa caverna acanhada e úmida, parecesse uma fascinante aventura. Aos 15, aos 16 e aos 10 anos, não tinham nenhuma noção de culpa ou de amarga solidão, do peso de uma responsabilidade que não podia ser aliviado pela ação.

Deviam compreender o medo, de certa forma. Medo de ser capturado, medo da morte. Não o medo da solidão, de sua própria natureza, medo da loucura. Não o medo constante, crônico, do que sua presença poderia lhes causar – se chegavam a pensar nesse risco, o descartavam, com a descontraída presunção de imortalidade que era própria de rapazes.

– Bem, sim – disse ele, voltando-se novamente para o espelho, enquanto o Jovem Jamie parava seu discurso gaguejado. – O homem nasceu para a tristeza e os pelos do rosto. Uma das pragas de Adão.

– De Adão? – Fergus mostrou-se francamente estarrecido, enquanto os outros tentavam fingir que sabiam do que Jamie estava falando. Quanto a Fergus, entretanto, sendo francês, não se esperava que soubesse tudo.

– Ah, sim. – Jamie esticou o lábio superior sobre os dentes e raspou cuidadosamente o bigode sob o nariz. – No começo, quando Deus fez o homem, o queixo de Adão era tão liso quanto o de Eva. E os corpos de ambos eram macios como o de um recém-nascido – acrescentou ele, vendo os olhos do Jovem Jamie moverem-se rápido para a virilha de Rabbie. Rabbie ainda era imberbe, mas a leve penugem escura sobre o lábio superior indicava novos pelos surgindo em outros lugares. – Mas quando o anjo com a espada de fogo os expulsou do Éden, tão logo eles atravessaram o portão do jardim, os pelos começaram a crescer e coçar no queixo de Adão e, desde então, os homens foram amaldiçoados com a barba. – Terminou de barbear o próprio queixo com um floreio e inclinou-se de forma teatral para a sua plateia.

– Mas e os outros pelos? – Rabbie quis saber. – Você não raspa lá? – O Jovem Jamie deu uma risadinha diante da ideia, ficando vermelho outra vez.

– Ainda bem que não – observou seu xará mais velho. – Iria precisar de mãos muito firmes. Mas não seria necessário um espelho – acrescentou, para um coro de risadinhas estridentes.

– E as mulheres? – perguntou Fergus. Sua voz alquebrou-se na palavra "mulheres", num coaxar de sapo-boi que fez os outros dois rirem mais alto. – Certamente *les filles* têm pelos lá também, mas não raspam... geralmente não, eu acho – acrescentou, obviamente pensando em algumas das visões de sua infância no bordel.

Jamie ouviu os passos de sua irmã no corredor.

– Ah, bem, isso não é uma maldição – disse ele à sua plateia extasiada, pegando a bacia e arremessando o conteúdo com cuidado pela janela aberta. – Isso foi um presente de Deus para consolo dos homens. Se algum dia tiverem o privilégio de ver uma mulher nua, cavalheiros – continuou, olhando por cima do ombro em direção à porta e abaixando a voz em tom confidencial –, observarão que os pelos lá crescem na forma de uma seta, apontando o caminho, sabe, para que um pobre homem ignorante possa encontrar o rumo de casa em segurança.

Afastou-se pomposamente dos risinhos e gargalhadas atrás dele, para se sentir de repente envergonhado ao ver a irmã, descendo o corredor com o passo lento e gingado da gravidez adiantada. Segurava a bandeja com seu jantar em cima do ventre proeminente. Como podia ter zombado dela daquela forma por causa de um gracejo grosseiro e de um momento de camaradagem com os meninos?

– Quietos! – disse ele rispidamente aos garotos, que logo pararam com as risadas e fitaram-no espantados. Ele adiantou-se rápido para pegar a bandeja de Jenny e colocá-la sobre a mesa.

Era uma iguaria feita de carne de cabrito e bacon e ele viu o pomo de adão de

Fergus subir e descer na garganta com o aroma do prato. Ele sabia que guardavam o melhor da comida para ele; bastava ver os rostinhos macilentos do outro lado da mesa. Quando ele vinha, trazia toda caça que pudesse encontrar: coelhos e galinhas-do-mato capturados em armadilhas, às vezes um ninho de ovos de tarambolas – mas nunca era suficiente em uma casa onde a hospitalidade devia estender-se às necessidades não só da família e dos criados, mas às famílias de Kirby e Murray, executados na porta de suas casas pelos ingleses. Ao menos, até a primavera, as viúvas e filhos de seus rendeiros deviam ser amparados e ele tinha que fazer o melhor possível para alimentá-los.

– Sente-se aqui perto de mim – disse ele a Jenny, segurando seu braço e delicadamente conduzindo-a para seu lado no banco. Ela pareceu surpresa, tinha o hábito de servi-lo quando ele vinha, mas sentou-se com prazer. Era tarde da noite e ela estava cansada; ele podia ver as olheiras sob seus olhos.

Com grande firmeza, cortou uma grossa fatia da torta e colocou o prato diante dela.

– Mas é tudo para você! – protestou Jenny. – Eu já comi.

– Não comeu o suficiente – disse ele. – Precisa de mais, para o bebê – acrescentou, inspirado. Se não comesse por si própria, o faria pela criança. Ela hesitou mais algum tempo, mas depois sorriu, pegou a colher e começou a comer.

Agora era novembro e o frio penetrava pela camisa fina e pelas calças que ele vestia. Ele mal notava, absorto em sua caça. Estava nublado, mas com uma fina camada de céu azul-esverdeado através da qual a lua cheia lançava uma forte claridade.

Ainda bem que não chovia; era impossível ouvir através do tamborilar das gotas de chuva e o cheiro pungente de plantas molhadas mascarava o cheiro dos animais. Seu faro tornara-se quase dolorosamente apurado através dos longos meses de vida ao ar livre; os cheiros domésticos às vezes quase o derrubavam quando ele entrava em casa.

Ele não estava suficientemente perto para sentir o cheiro almiscarado do veado, mas ouviu o sussurro revelador de seu breve sobressalto quando este sentiu seu cheiro. Agora, ele devia estar paralisado, uma das sombras que ondulavam pela encosta da colina ao seu redor, sob as nuvens fugidias.

Virou-se o mais devagar possível na direção em que os ouvidos apontavam. Segurava o arco na mão, uma flecha pronta para o cordame. Ele teria apenas uma única chance – talvez – quando o veado saltasse, disparando em fuga.

Sim, lá estava ele! Seu coração saltou até a boca quando ele viu a galhada, projetando-se pontiaguda e negra acima das tojeiras ao redor. Aprumou-se, respirou fundo e deu um único passo para a frente.

O barulho do salto de fuga de um veado era sempre assustadoramente alto, para amedrontar e desestimular o caçador. Mas este caçador estava preparado. Ele nem se assustou, nem perseguiu o animal, mas permaneceu firmemente onde estava, mirando, seguindo com o olho o trajeto do salto do veado, avaliando o melhor momento, retendo o disparo e, em seguida, a corda do arco bateu em seu pulso com uma aguilhoada.

Foi um disparo limpo, logo atrás do ombro, e isso era uma vantagem; duvidava que tivesse forças para perseguir um veado adulto. O animal caiu num lugar plano, atrás de uma touceira de tojo, as pernas para cima, rígidas como varas, na maneira estranhamente indefesa com que os animais de casco morriam. A lua de caçador iluminava seu olho que aos poucos se vitrificava, de modo que o olhar escuro e suave ocultava-se, o mistério da morte encoberto por um prateado vazio.

Ele retirou a adaga da cintura e ajoelhou-se ao lado do animal, recitando apressadamente a prece da estripação da caça. O velho John Murray, pai de Ian, a ensinara a ele. A boca de seu próprio pai torcera-se ligeiramente ao ouvi-la, do que ele deduziu que esta prece talvez não fosse endereçada ao mesmo deus ao qual se dirigiam na igreja aos domingos. Mas seu pai não dissera nada e ele próprio murmurara as palavras, mal percebendo o que dizia, na empolgação e nervosismo de sentir a mão do velho John, firme sobre a sua, pela primeira vez pressionando para baixo a lâmina da faca no couro peludo e na carne quente.

Agora, com a confiança da prática, ele apoiou o focinho pegajoso com uma das mãos e com a outra cortou a garganta do veado.

O sangue jorrou, quente, pela faca e pela mão, em dois ou três jatos, que se enfraqueceram e passaram a um fluxo contínuo, enquanto a carcaça se exauria, os grandes vasos sanguíneos da garganta talhados. Se ele tivesse parado para pensar, talvez não tivesse feito o que fez, mas a fome e a tontura, assim como a intoxicação do ar frio e fresco da noite haviam-no transportado para muito além do pensamento. Colocou as mãos em concha sob o fluxo e levou o líquido quente à boca.

A lua lançou um brilho turvo sobre suas mãos transbordantes e foi como se ele absorvesse a essência do veado, em vez de bebê-la. O gosto do sangue era salgado e metálico, e o calor era o seu próprio. Não houve nenhum choque de temperatura enquanto sorvia, apenas o gosto, luxuriante em sua boca, o inebriante cheiro de metal incandescente e a repentina contração, seguida de um ronco em sua barriga, diante da expectativa de comida.

Fechou os olhos e respirou fundo. O ar úmido e frio voltou, entre o odor quente da carcaça e seus sentidos. Engoliu uma vez, passou as costas da mão pelo rosto, limpou as mãos no capim e iniciou o trabalho que tinha pela frente.

Primeiro, o esforço brusco de mover a carcaça flácida e pesada. Depois, a retirada das vísceras, o longo golpe de força e delicadeza que cortava o couro, mas não perfurava as entranhas. Enfiou as mãos dentro da carcaça, uma intimidade úmida e quente, e novamente ouviu-se o barulho surdo do puxão ao retirar as vísceras para fora, escorregadias e brilhantes em suas mãos, sob o luar. Um talho em cima e outro embaixo, e a massa deslizou, livre, a metamorfose mágica que transformava um veado em alimento.

Era um veado pequeno, embora tivesse a galhada pontiaguda. Com sorte, poderia carregá-lo sozinho, em vez de deixá-lo à mercê de raposas e texugos até poder trazer ajuda para removê-lo dali. Enfiou o ombro sob uma das pernas do animal e levantou-se devagar, grunhindo com o esforço enquanto mudava o peso para uma posição firme e sólida em suas costas.

A luz lançava sua sombra em uma rocha, corcunda e fantasmagórica, enquanto ele prosseguia lenta e desajeitadamente pelo declive. A galhada do veado balançava acima de seu ombro, dando à sua silhueta a aparência de um homem com chifres. Estremeceu ligeiramente diante da ideia, lembrando-se das histórias das festas das bruxas, quando o Chifrudo aparecia para beber o sangue do sacrifício de bodes ou galos.

Sentia-se um pouco enjoado e mais do que um pouco zonzo. Cada vez mais, sentia a desorientação, sua fragmentação entre o dia e a noite. Durante o dia, era uma criatura apenas do pensamento, fugindo de sua úmida imobilidade por um recolhimento disciplinado e obstinado para as avenidas do pensamento e da meditação, buscando refúgio nas páginas de livros. Mas com o nascer da lua, toda a razão desaparecia, sucumbindo imediatamente à sensação, quando ele emergia no ar puro e fresco como uma besta saída de sua toca, para correr pelas colinas escuras sob as estrelas e caçar, movido pela fome, bêbado de sangue e luar.

Fitava o solo enquanto caminhava, a visão noturna aguçada o suficiente para evitar que tropeçasse, apesar do fardo pesado. O veado estava lasso e cada vez mais frio, as cerdas macias roçavam em sua nuca e seu próprio suor esfriava na brisa, como se ele compartilhasse a sorte da caça.

Somente quando as luzes da mansão Lallybroch surgiram no campo de visão é que ele finalmente sentiu o manto da condição humana cair sobre ele. O corpo e a mente uniram-se outra vez, enquanto ele se preparava para reencontrar sua família.

5

UMA CRIANÇA DE PRESENTE

Três semanas mais tarde, ainda não tinha notícias da volta de Ian. Na verdade, nenhuma notícia de qualquer espécie. Fergus não vinha à caverna havia vários dias, deixando Jamie aflito de preocupação sobre o que estaria acontecendo na casa. Além do mais, o veado que ele abatera já devia ter acabado havia muito tempo, com todas as bocas extras para alimentar, e devia haver bem pouca couve no canteiro nesta época do ano.

Estava suficientemente preocupado para arriscar uma visita cedo, verificando suas armadilhas e descendo das colinas pouco antes do pôr do sol. Por precaução, teve o cuidado de colocar o gorro de lã, tricotado com um fio castanho rústico, que escondia seus cabelos de qualquer reflexo revelador dos últimos raios solares. Só o seu tamanho já poderia despertar suspeita, mas não certeza, e ele tinha plena confiança na força de suas pernas para levá-lo para longe do perigo, caso tivesse a má sorte de encontrar uma patrulha inglesa. Lebres nas urzes não eram páreo para Jamie Fraser, uma vez avisado.

A casa estava estranhamente silenciosa quando ele se aproximou. Não se via a algazarra de costume das crianças: os cinco de Jenny e os seis dos rendeiros, sem contar Fergus e Rabbie MacNab, que não se sentiam grandes demais para perseguirem um ao outro pelos estábulos, berrando como demônios.

A casa parecia estranhamente vazia ao seu redor, quando entrou e parou junto à porta da cozinha. Ficou ali na entrada, a despensa de um lado, a copa do outro e a cozinha principal em frente. Permaneceu imóvel, todos os sentidos aguçados, ouvindo enquanto sentia os cheiros dominantes da casa. Não, havia alguém ali; o leve som arrastado, seguido de um tinido baixo e regular vinha de trás da porta acolchoada de pano, que impedia que o calor da cozinha vazasse para a fria despensa.

Era um som doméstico reconfortante, então empurrou a porta cautelosamente, mas sem um temor exagerado. Sua irmã, Jenny, sozinha e com o corpo enorme do final de gravidez, estava de pé junto à mesa, mexendo alguma coisa numa tigela amarela.

– O que está fazendo aqui? Onde está a sra. Coker?

Sua irmã largou a colher com um grito de espanto.

– Jamie! – Pálida, apertou a mão contra o peito e fechou os olhos. – Santo Deus! Você quase me matou de susto. – Abriu os olhos, azul-escuros como os dele, e fitou-o com um olhar penetrante. – E o que em nome de Nossa Senhora você está fazendo aqui? Não o esperava antes de uma semana, no mínimo.

– Fergus não tem subido a colina ultimamente, fiquei preocupado – disse ele simplesmente.

– Você é um amor, Jamie.

A cor voltava ao seu rosto. Sorriu para o irmão e aproximou-se para abraçá-lo. Era um esforço desengonçado, com o bebê no caminho, mas agradável, ainda assim. Ele recostou a face sobre seus cabelos escuros e sedosos por um instante, inalando seu aroma complexo de cera de vela e canela, sebo de sabão e lã. Havia um elemento fora do comum em seu cheiro esta noite; ele achou que ela estava começando a cheirar a leite.

– Onde estão todos? – perguntou ele, soltando-a com relutância.

– Bem, a sra. Coker morreu – respondeu ela, a ruga entre suas sobrancelhas aprofundando-se.

– É mesmo? – disse ele à meia-voz, benzendo-se. – Sinto muito. – A sra. Coker fora primeiro empregada e depois governanta da família, desde o casamento de seus próprios pais, havia mais de quarenta anos. – Quando?

– Ontem de manhã. Já era esperado, pobre alma, e foi tranquila. Morreu em sua própria cama, como queria, e com o padre McMurtry rezando à sua cabeceira.

Jamie olhou pensativamente para a porta que levava aos aposentos dos empregados, depois da cozinha.

– Ela ainda está aqui?

Sua irmã sacudiu a cabeça.

– Não. Eu disse ao filho dela que podiam fazer o velório aqui em casa, mas os Coker acharam que, as coisas estando do jeito que estão... – seu beicinho abrangendo a ausência de Ian, guardas ingleses à espreita, colonos refugiados, escassez de comida e a sua própria presença inconveniente na caverna –, seria melhor fazer em Broch Mordha, na casa da irmã dela. Então é para lá que todos foram. Eu disse a eles que não me sentia bem para ir – acrescentou ela, depois sorriu, erguendo uma sobrancelha travessa. – Mas, na verdade, o que eu queria era algumas horas de paz e silêncio, com todo mundo fora.

– E então eu chego, interrompendo a sua paz – disse Jamie com tristeza. – Quer que eu vá embora?

– Não, idiota – disse sua irmã afavelmente. – Sente-se e eu continuarei a preparar o jantar.

– O que temos para comer, então? – perguntou ele, sentindo o cheiro da comida, o ar cheio de esperança.

63

– Depende do que você trouxe – respondeu sua irmã. Caminhava pesadamente pela cozinha, tirando louça do armário e da arca, parando para mexer a enorme caçarola suspensa acima do fogo, de onde se erguia um fino vapor. – Se trouxe carne, é o que comeremos. Se não, será caldo de aveia e mocotó.

Ele fez uma careta; a ideia dos últimos remanescentes da carcaça salgada de boi que haviam comprado dois meses antes não o atraía.

– Então, ainda bem que tive sorte – disse ele. Virou sua bolsa de caça e deixou os três coelhos caírem sobre a mesa numa pilha flácida de pelos cinza e orelhas amassadas. – E frutos de abrunheiro – acrescentou, despejando o conteúdo do gorro, agora manchado por dentro com o espesso suco vermelho.

Os olhos de Jenny brilharam.

– Torta de coelho – declarou ela. – Não temos groselhas, mas as frutas silvestres servirão melhor ainda. Graças a Deus temos bastante manteiga. – Vendo um ligeiro movimento entre o pelo cinza, ela deu um tapa na mesa, destruindo com precisão o minúsculo intruso. – Leve-os para fora e limpe-os, Jamie, ou a cozinha vai ficar infestada de pulgas.

Retornando com as carcaças limpas e sem pele, ele encontrou a massa da torta bem adiantada e Jenny com manchas de farinha no vestido.

– Corte-os em tiras e quebre os ossos para mim, sim, Jamie? – disse ela, franzindo a testa para um livro de receitas, aberto sobre a mesa, ao lado da forma de torta.

– Você sabe fazer uma torta de coelho sem ter que olhar no livro de receitas, não é? – disse ele, obedientemente pegando o grande martelo de madeira para quebrar ossos de cima da arca, onde ficava guardado. Riu ao segurá-lo, sentindo o peso do martelo. Era muito semelhante ao que quebrara sua mão direita havia vários anos, numa prisão inglesa, e ele teve uma lembrança repentina e vívida dos ossos estilhaçados em uma torta de coelho, fragmentados e rachados, vazando sangue salgado e tutano doce dentro da carne.

– Sim, eu sei – respondeu a irmã distraidamente, folheando as páginas. – É que, quando não se tem metade dos ingredientes necessários para fazer um prato, às vezes há alguma outra coisa que eu descubro e que pode substituir. – Franziu a testa para a página à sua frente. – Normalmente, eu usaria clarete no molho, mas não temos nenhum em casa, a não ser os barris de Jared no porão, e eu não quero abrir nenhum ainda... podemos precisar deles.

Não era preciso que ela lhe dissesse como poderiam precisar usá-los. Um barril de clarete podia "acelerar" a libertação de Ian – ou pelo menos pagar por notícias sobre seu estado. Ele lançou um olhar furtivo para a barriga grande e protuberante de Jenny. Não era um homem quem deveria dizer, mas para seus olhos experientes, a hora do parto parecia estar bem próxima. Distraidamente, estendeu a mão para a caçarola e passou a lâmina de sua adaga de um lado para o outro no líquido escaldante; em seguida, tirou-a e enxugou-a.

– Por que você fez isso, Jamie? – virou-se e viu Jenny fitando-o. Os cachos pretos soltavam-se da fita e ele sentiu uma pontada ao ver o reflexo de um único cabelo branco em meio ao ébano.

– Ah – disse ele, obviamente sem pensar, enquanto pegava uma das carcaças –, Claire... ela me disse que era preciso lavar uma faca em água fervente antes de usá-la em alimentos.

Ele pressentiu, mais do que viu, as sobrancelhas de Jenny arquearem-se. Ela lhe perguntara sobre Claire uma única vez, quando ele voltara de Culloden, semiconsciente e quase morto de febre.

"Ela se foi", dissera ele na época, virando o rosto. "Não pronuncie o nome dela para mim outra vez." Leal como era, Jenny não o fizera, nem ele. Não sabia dizer o que o fizera pronunciar seu nome hoje; a menos, talvez, que fossem os sonhos.

Tinha-os com frequência, de diversas formas, e isso sempre o deixava perturbado no dia seguinte, como se por um instante Claire estivesse realmente ao alcance de sua mão e depois tivesse sido tragada para longe outra vez. Podia jurar que, às vezes, acordava com o cheiro dela em sua pele, almiscarado e luxuriante, entremeado com os aromas pungentes, refrescantes, de folhas e ervas. Liberara seu sêmen durante o sono mais de uma vez enquanto sonhava, uma ocorrência que o deixava ligeiramente envergonhado e confuso. Para distrair Jenny e a si mesmo, fez um sinal com a cabeça indicando a barriga de Jenny.

– Para quando vai ser? – perguntou ele, franzindo a testa para seu ventre volumoso. – Está parecendo um daqueles cogumelos inflados... um toque e puuuf! – Abriu os dedos, para ilustrar.

– Ah, é? Bem, eu até que gostaria que fosse assim tão fácil. – Arqueou as costas, esfregando as cadeiras e fazendo a barriga projetar-se para a frente de um modo alarmante. Ele espremeu-se contra a parede para dar-lhe espaço. – Quando? A qualquer momento, espero. Não sei ao certo. – Pegou a xícara e mediu a farinha; no saco, restava apenas um pouco da preciosa farinha, ele notou com amargura.

– Mande me avisar na caverna quando começar – disse ele de repente. – Eu descerei, com ou sem casacos vermelhos.

Jenny parou de mexer e fitou-o.

– Você? Por quê?

– Bem, Ian não está aqui – ressaltou ele, pegando uma das carcaças sem pele. Com a experiência de longa prática, separou uma coxa com precisão e cortou-a da espinha dorsal. Três batidas rápidas com o martelo de madeira e a carne clara ficou achatada e pronta para a torta.

– E ele seria de muita ajuda se estivesse aqui – disse Jenny. – Ele cuidou de sua parte nove meses atrás. – Franziu o nariz para seu irmão e pegou a travessa de manteiga.

– Mmmhummm. – Ele sentou-se para continuar seu trabalho, o que levou a barriga de Jenny quase ao nível de seus olhos. O conteúdo, acordado e ativo, remexia-se de um lado para o outro sem parar, fazendo seu avental torcer-se e empinar-se conforme ela se mexia. Ele não pôde resistir a colocar a mão de leve contra a curva monstruosa, para sentir os empurrões e chutes surpreendentemente fortes do habitante, impaciente em seu acanhado confinamento. – Mande Fergus me avisar quando chegar a hora – disse ele outra vez. Ela olhou-o exasperada e afastou sua mão com a colher.

– Eu já não disse que não preciso de você? Pelo amor de Deus, como se eu já não tivesse o suficiente com que me preocupar, com a casa cheia de gente e quase nenhuma comida para alimentá-los, Ian numa cela em Inverness e os casacos vermelhos espreitando pelas janelas sempre que olho ao redor? Ainda vou ter que me preocupar que você seja preso também?

– Não precisa se preocupar comigo. Tomarei cuidado. – Não olhou para ela, mas focalizou sua atenção na junta que cortava.

– Bem, então, tenha cuidado e fique quieto lá na colina. – Ela olhou para baixo, espreitando-o por cima da borda da tigela. – Já tive seis filhos, certo? Acha que não sei lidar com isso a essa altura?

– Não tem conversa com você, não é? – disse ele.

– Não – respondeu ela prontamente. – Portanto, você fica lá.

– Eu virei.

Jenny estreitou os olhos e lançou-lhe um olhar longo e penetrante.

– Acho que você é o sujeito mais estúpido e teimoso daqui a Aberdeen, não?

Um sorriso espraiou-se pelo rosto de seu irmão quando ergueu os olhos para ela.

– Talvez sim – disse ele. Estendeu o braço e deu umas pancadinhas de leve em sua barriga arfante. – E talvez não. Mas eu virei. Mande Fergus me avisar quando chegar a hora.

Foi quase ao alvorecer, três dias mais tarde, que Fergus subiu a colina, arquejando, errando a trilha no escuro e fazendo tanto barulho pelas moitas de tojo que Jamie ouviu-o aproximar-se muito antes de ele chegar à entrada da caverna.

– Milorde... – começou ele, sem fôlego, quando emergiu no topo da trilha, mas Jamie já passava pelo garoto, colocando o manto em torno dos ombros enquanto corria em direção à casa. – Mas, milorde... – Ouviu a voz de Fergus atrás dele, arfante e assustada. – Milorde, os soldados...

– Soldados? – Ele parou bruscamente e virou-se, esperando impacientemente que o garoto francês descesse a encosta. – Que soldados? – perguntou, enquanto Fergus deslizava os últimos metros até ele.

– Dragões ingleses, milorde. Milady me mandou para avisá-lo. Não deve sair da caverna de modo algum. Um dos homens viu os soldados ontem, acampados perto de Dunmaglas.

– Droga.

– Sim, milorde. – Fergus sentou-se numa pedra e abanou-se, o peito franzino subindo e descendo, conforme ele tentava recuperar o fôlego.

Jamie hesitou, indeciso. Todos os seus instintos diziam-lhe para não voltar para a caverna. Seu sangue estava esquentado pela onda de adrenalina causada pelo surgimento de Fergus e rebelava-se contra a ideia de docemente se enfiar de volta no esconderijo, como um inseto buscando refúgio embaixo de sua pedra.

– Mmmhummm – disse ele.

Olhou para Fergus. A luz da aurora começava a delinear a figura mirrada do menino contra a escuridão das tojeiras, mas seu rosto ainda era uma mancha pálida, marcada por um par de manchas mais escuras onde estavam os olhos. Uma certa suspeita avolumava-se em Jamie. Por que sua irmã enviara Fergus numa hora tão estranha?

Se tivesse sido necessário avisá-lo com urgência sobre os dragões, teria sido mais seguro mandar o menino durante a noite. Se a questão não era urgente, por que não esperar até a noite seguinte? A resposta era óbvia – porque Jenny achou que talvez não pudesse lhe mandar o recado na noite seguinte.

– Como está minha irmã? – perguntou ele a Fergus.

– Ah, bem, milorde, muito bem! – O tom vigoroso de sua afirmação confirmou todas as suspeitas de Jamie.

– Ela está dando à luz, não está? – insistiu ele.

– Não, milorde! Absolutamente, não!

Jamie estendeu o braço para baixo e agarrou o ombro de Fergus. Os ossos do menino pareceram pequenos e frágeis sob seus dedos, fazendo-o lembrar-se desconfortavelmente dos coelhos que ele quebrara para Jenny. Mesmo assim, apertou com mais força. Fergus contorceu-se, tentando livrar-se.

– Conte-me a verdade, garoto – disse Jamie.

– Não, milorde! É verdade!

A mão apertou inexoravelmente.

– Ela lhe disse para não me contar?

A proibição de Jenny devia ter sido enfática, porque Fergus respondeu à pergunta com evidente alívio.

– Sim, milorde!

– Ah. – Relaxou o aperto da mão no ombro de Fergus e o menino pôs-se de pé num salto, agora falando sem parar enquanto esfregava o ombro esquelético.

– Ela disse que eu não devia lhe contar nada, exceto a respeito dos soldados, milorde, porque se eu contasse, ela iria cortar minhas partes e cozinhá-las como nabos e salsicha!

Jamie não conteve um sorriso diante dessa ameaça.

– Podemos estar com falta de comida – assegurou a seu protegido –, mas não tanto assim. – Perscrutou o horizonte, onde uma linha cor-de-rosa fina surgia, nítida e vívida, por trás da silhueta dos pinheiros negros. – Vamos, então; já será pleno dia dentro de meia hora.

Não havia nenhum vestígio de silêncio pela casa neste alvorecer. Qualquer pessoa notaria que as coisas não estavam como de costume em Lallybroch; o caldeirão de ferver roupas estava preparado sobre sua base no terreiro, com o fogo apagado embaixo, cheio de água fria e roupas fervidas. Roucos lamentos vindos do celeiro – como se alguém estivesse sendo estrangulado – indicavam que a única vaca que restava precisava ser ordenhada com urgência. Uns balidos irritados do barracão das cabras informaram-no que as habitantes também gostariam de um pouco de atenção semelhante.

Quando entrou no quintal, três galinhas passaram por ele num cacarejar de penas alvoroçadas, com Jehu, o terrier rateiro, logo atrás. Com um movimento rápido, ele saltou para a frente e chutou o cachorro, pegando-o bem embaixo das costelas. Ele voou no ar com uma expressão de intensa surpresa e, em seguida, com um ganido, recompôs-se e partiu em disparada.

Ele encontrou as crianças, os garotos mais velhos, Mary MacNab e a outra criada, Sukie, todos amontoados na sala de visitas, sob o olhar atento da sra. Kirby, uma viúva austera e rígida, que lia a Bíblia em voz alta.

– *E Adão não se deixou enganar, mas a mulher, sendo enganada, caiu em tentação* – leu a sra. Kirby.

Ouviu-se um berro alto e longo, do andar de cima, parecendo interminável. A sra. Kirby parou por um instante, para permitir que todos o avaliassem, antes de retomar sua leitura. Seus olhos, cinza-claros e úmidos como ostras cruas, piscaram na direção do teto, depois repousaram com satisfação na fileira de rostos tensos à sua frente.

– *Salvar-se-á, porém, dando à luz filhos, se permanecer com humildade na fé, na caridade e na santificação* – continuou a sra. Kirby. Kitty eclodiu em soluços histéricos e enterrou a cabeça no ombro da irmã. Maggie Ellen estava ficando esbaforida e vermelha sob as sardas, enquanto seu irmão mais velho ficara mortalmente pálido com o grito.

– Sra. Kirby – disse Jamie. – Fique em silêncio, por favor.

As palavras foram bastante educadas, mas a expressão em seus olhos deve ter sido a mesma que Jehu vira imediatamente antes de seu voo impulsionado pela bota de Jamie, porque a sra. Kirby soltou a respiração com uma arfada e deixou cair a Bíblia, que aterrissou no chão com um baque de folhas de papel.

Jamie inclinou-se e pegou-a, depois exibiu os dentes para a sra. Kirby. A expressão evidentemente não foi bem-sucedida como um sorriso, mas ainda assim teve algum efeito. A sra. Kirby ficou muito pálida e colocou a mão em seu vasto peito.

– Talvez a senhora deva ir para a cozinha e fazer alguma coisa – disse ele, com um movimento brusco da cabeça, o que fez Sukie, a criada, escapulir rapidamente como uma folha soprada pelo vento. Com muito mais dignidade, mas nenhuma hesitação, a sra. Kirby levantou-se e seguiu-a.

Animado com essa pequena vitória, Jamie livrou-se dos demais ocupantes da sala sem demora, enviando a viúva Murray e suas filhas para fora, para lidar com o caldeirão de lavar roupas, e as crianças menores para pegar as galinhas sob a supervisão de Mary MacNab. Os garotos mais velhos partiram, obviamente aliviados, para cuidar dos animais.

Com a sala finalmente vazia, ele parou por um instante, sem saber o que fazer em seguida. Sentia obscuramente que devia permanecer na casa, de guarda, embora tivesse plena noção que não poderia – como Jenny dissera – fazer nada para ajudar, não importa o que acontecesse. Havia uma mula desconhecida amarrada no pátio de entrada; provavelmente, a parteira estava no andar de cima com Jenny.

Sem conseguir ficar sentado, andava nervosamente de um lado para o outro da sala, a Bíblia na mão, tocando em tudo. A estante de livros de Jenny, surrada e marcada pela última invasão dos casacos vermelhos, havia três meses. O grande prato ornamental de prata, com divisões para frutas e doces, utilizado como centro de mesa. Estava levemente denteado, mas fora pesado demais para caber na mochila dos soldados e, assim, escapara do roubo de objetos menores. Não que os ingleses tivessem levado muita coisa; os poucos itens realmente de valor, bem como o pequeno estoque de ouro que lhes restava, estavam escondidos em segurança no porão, junto com o vinho de Jared.

Ouvindo um gemido prolongado vindo lá de cima, abaixou o olhar involuntariamente para a Bíblia em sua mão. Mesmo sem o desejar, ainda assim deixou o livro abrir-se, exibindo a página da frente, onde os casamentos, nascimentos e mortes da família eram registrados.

As entradas começavam com o casamento de seus pais. Brian Fraser e Ellen MacKenzie. Os nomes e a data estavam escritos na caligrafia redonda e elegante de sua mãe, com uma breve anotação embaixo, nos garranchos mais escuros e mais firmes de seu pai. *Casados por amor*, dizia a inscrição – uma observação intencional, tendo em vista que a entrada seguinte indicava o nascimento de Willie, que ocorrera apenas dois meses depois da data do casamento.

Jamie sorriu, como sempre o fazia, à vista das palavras, e ergueu os olhos para o quadro onde ele próprio estava retratado, com 2 anos de idade, ao lado de Willie e Bran, o enorme cão de caça. Tudo que restara de Willie, que morrera de varíola aos 11 anos. A pintura tinha um corte na tela – obra de uma baioneta, imaginava, descarregando a frustração do dono.

– E se você não tivesse morrido – disse ele para o quadro num sussurro –, o que teria acontecido?

Realmente, o que teria acontecido? Ao fechar o livro, seus olhos recaíram sobre a última entrada – *Caitlin Maisri Murray, nascida em 3 de dezembro de 1749, morta em 3 de dezembro de 1749*. Sim. Se os casacos vermelhos não tivessem vindo em 2 de dezembro, Jenny teria dado à luz prematuramente? Se tivessem tido comida suficiente, de modo que ela, como todos os demais, não passasse de pele e osso e o volume da barriga, teria sido diferente?

– Não há como saber, não é? – disse para o quadro. A mão de Willie na pintura descansava em seu ombro; sempre se sentira seguro com Willie de pé às suas costas.

Outro grito veio de cima e um espasmo de medo fez suas mãos agarrarem o livro.

– Reze por nós, irmão – sussurrou ele, e fazendo o sinal da cruz, colocou a Bíblia sobre a mesa e saiu para o celeiro para ajudar com os animais.

Havia pouco a fazer ali; Rabbie e Fergus eram mais do que capazes de cuidar dos poucos animais que restavam, e o Jovem Jamie, com 10 anos, já era grande o suficiente para dar uma ajuda substancial. Olhando à sua volta, à procura de algo para fazer, Jamie juntou uma braçada de feno espalhado e desceu o barranco, levando-a para a mula da parteira. Quando o feno acabasse, a vaca teria que ser abatida; ao contrário das cabras, ela não conseguia forragem suficiente nas colinas durante o inverno para se sustentar, mesmo com o capim e as ervas daninhas que as crianças catavam e traziam. Com sorte, a carcaça salgada duraria até a primavera.

Quando voltou ao celeiro, Fergus ergueu os olhos de seu ancinho de esterco.

– Ela é uma parteira adequada, de boa reputação? – perguntou Fergus. Lançou o queixo para a frente agressivamente. – Certamente madame não devia ser entregue aos cuidados de uma camponesa!

– Como posso saber? – disse Jamie, com impaciência. – Acha que fui eu quem a contratou?

A sra. Martin, a velha parteira que havia feito o parto de todos os filhos dos Murray anteriores, morrera durante a fome, como tantas outras pessoas, no ano seguinte a Culloden. A sra. Innes, a nova parteira, era muito mais jovem, esperava que ela tivesse experiência suficiente para saber o que estava fazendo.

Rabbie também parecia inclinado a participar da discussão. Franziu a testa com um ar soturno para Fergus.

– Sim, e o que quer dizer com "camponesa"? Você também é um camponês, ou ainda não percebeu?

Fergus olhou para Rabbie com alguma dignidade, apesar do fato de que, para isso, tivesse que inclinar a cabeça um pouco para trás, sendo muitos centímetros mais baixo do que seu amigo.

– Se eu sou ou não um camponês, não vem ao caso – disse ele com arrogância. – Não sou uma parteira, sou?

– Não, você é um filho da mãe! – Rabbie deu um forte empurrão em seu amigo e, com uma súbita exclamação de surpresa, Fergus caiu de costas, aterrissando pesadamente no chão do estábulo. Com a rapidez de um raio, pôs-se de pé. Lançou-se sobre Rabbie, sentado na borda da manjedoura, rindo, mas a mão de Jamie segurou-o pela gola e puxou-o para trás.

– Vamos parar com isso. Não vou deixar que estraguem o pouco de feno que resta. – Colocou Fergus de pé outra vez e, para distraí-lo, perguntou: – E, aliás, o que você sabe de parteiras?

– Muita coisa, milorde. – Fergus bateu a poeira das roupas com gestos elegantes. – Muitas das mulheres na casa de madame Elise vieram à luz enquanto eu estava lá...

– Acredito que sim – interrompeu Jamie secamente. – Você quis dizer "deram à luz"?

– Deram à luz, sem dúvida. Ora, eu mesmo nasci lá! – O menino francês estufou o peito franzino, pomposamente.

– De fato. – A boca de Jamie torceu-se ligeiramente. – Bem, e imagino que você fez observações cuidadosas na ocasião, a ponto de poder dizer como essas questões devem ser resolvidas?

Fergus ignorou o tom de sarcasmo.

– Ora, claro – disse ele, de modo prático –, a parteira certamente deve ter posto uma faca embaixo da cama, para cortar a dor.

– Não tenho tanta certeza se ela fez isso – murmurou Rabbie. – Ao menos, não parece. – A maior parte dos gritos era inaudível no celeiro, mas nem todos.

– E um ovo deve ser abençoado com água benta e colocado no pé da cama, para que a mulher expulse a criança facilmente – continuou Fergus, sem dar ouvidos. Franziu o cenho. – Eu mesmo dei um ovo à mulher, mas ela não parecia saber o que fazer com ele. E eu o guardei este mês todo especialmente para a ocasião – disse, queixosamente –, já que as galinhas quase já não botam ovo. Eu queria ter certeza de ter um quando fosse necessário.

E abandonando as dúvidas no entusiasmo de sua aula, continuou:

– A parteira deve fazer um chá com a placenta e dá-lo para a mulher beber, para que ela tenha bastante leite.

Rabbie fez uma careta de nojo.

– Do que foi expelido no parto, você quer dizer? – perguntou ele, incrédulo. – Santo Deus!

Jamie também se sentiu um pouco enjoado diante dessa exibição de modernos conhecimentos médicos.

– Sim, bem – disse ele a Rabbie, procurando mostrar desenvoltura –, eles também comem rãs, sabe. E caracóis. Suponho que a placenta não seja tão esquisita, afinal de contas.

Particularmente, perguntava-se se eles logo não estariam todos comendo rãs e caracóis, mas achou que devia guardar essa especulação para si próprio.

Rabbie fingiu que vomitava.

– Nossa, quem gostaria de ser francês?

Fergus, ao lado de Rabbie, girou nos calcanhares e desfechou o punho cerrado em Rabbie com a rapidez de um raio. Fergus era pequeno e franzino para sua idade, mas ainda assim era forte e tinha uma mira mortal para os pontos fracos de um homem, conhecimento adquirido dos seus tempos de batedor de carteiras nas ruas de Paris. O soco atingiu Rabbie de modo certeiro na boca do estômago, e ele dobrou-se ao meio com o som de uma bexiga de porco estourada.

– Fale com respeito de seus superiores, por favor – disse Fergus com arrogância.

O rosto de Rabbie adquiriu vários tons de vermelho e sua boca abriu-se e fechou-se como a de um peixe, enquanto tentava recuperar o fôlego. Seus olhos arregalaram-se numa expressão de grande surpresa e ele pareceu tão ridículo que Jamie teve que esforçar-se para não rir, apesar de sua preocupação com Jenny e sua irritação com a briga dos garotos.

– Fiquem longe um do outro, moleques – começou a dizer, quando foi interrompido por um grito do Jovem Jamie, que até então se mantivera calado, fascinado com a conversa.

– O que foi? – Jamie girou nos calcanhares, a mão dirigindo-se automaticamente para a pistola que carregava sempre que deixava a caverna, mas não havia, como ele temera, uma patrulha inglesa no terreiro do estábulo. – O que aconteceu?

Em seguida, olhando na direção apontada pelo Jovem Jamie, ele os viu. Três pontinhos negros sobrevoando o amontoado marrom dos pés de batata mortos no campo.

– Corvos – disse ele devagar, sentindo os cabelos da nuca se eriçarem. Esses pássaros de guerras e matadouros virem a uma casa durante um nascimento eram a pior espécie de mau agouro. Uma das malditas aves estava na realidade pousando no telhado quando ele olhou.

Sem pensar duas vezes, tirou a pistola da cintura e apoiou o cano sobre o braço, mirando com todo o cuidado. Era um longo tiro, da porta do estábulo à viga da cumeeira, e ainda mirando para cima. Mesmo assim...

A pistola deu um tranco em sua mão e o abutre explodiu numa nuvem de penas pretas. Seus dois companheiros saltaram no ar como se tivessem sido impulsionados pela explosão e bateram em retirada freneticamente, seus gritos roucos desaparecendo rápido no ar de inverno.

– *Mon Dieu!* – exclamou Fergus. – *C'est bien, ça!*

– Sim, belo tiro, senhor. – Rabbie, ainda vermelho e com falta de ar, recuperara-se a tempo de ver o tiro. A seguir, fez um sinal com a cabeça, apontando o queixo para a casa. – Veja, senhor, aquela não é a parteira?

Era. A sra. Innes enfiou a cabeça pela janela do segundo andar, os cabelos louros voando, soltos, enquanto ela se inclinava para fora para espiar o terreiro embaixo. Talvez tivesse sido atraída pelo barulho do tiro, temendo algum problema. Jamie saiu para o pátio e acenou para a janela, a fim de tranquilizá-la.

– Está tudo bem – gritou ele. – Só um acidente. – Não quis mencionar os corvos, com receio de que a parteira fosse contar a Jenny.

– Suba! – gritou ela, ignorando suas explicações. – A criança nasceu e sua irmã quer vê-lo!

Jenny abriu um dos olhos, azul e ligeiramente puxado como os seus próprios.

– Então, você veio, hein?

– Achei que alguém devia estar aqui... ainda que apenas para rezar por você – disse ele, asperamente.

Jenny fechou o olho e um leve sorriso desenhou-se em seus lábios. Ela se parecia muito, pensou ele, com uma pintura que ele vira na França – antiga, de um pintor italiano, mas uma boa pintura, ainda assim.

– Você é um tolo, e eu fico feliz por isso – disse ela suavemente. Abriu os olhos e seu olho se concentrou no pequeno embrulho que segurava na curva do braço.

– Quer vê-lo?

– Ah, é um menino, hein? – Com mãos experientes de anos de sobrinhos, ele ergueu a pequenina trouxa e aconchegou-a junto a si, afastando a ponta do cobertor que encobria o rosto do bebê.

Os olhos estavam fechados com força, as pestanas escondidas nas curvas profundas das pálpebras. As próprias pálpebras destacavam-se num ângulo agudo acima das maçãs do rosto lisas e rosadas, indicando que ele deveria – ao menos, nessa característica reconhecível – parecer-se com sua mãe.

A cabeça era estranhamente torta, com uma aparência enviesada que fez Jamie pensar desconfortavelmente em um melão afundado com um soco, mas a boquinha polpuda estava relaxada e tranquila, o lábio inferior rosado e úmido, tremendo ligeiramente com o ronco que acompanha a exaustão de nascer.

– Foi difícil, não? – disse ele, falando com a criança, mas foi a mãe quem respondeu:

– Sim, foi – disse Jenny. – Tem uísque no armário. Podia me servir um pouco? – Sua voz estava rouca e ela teve que limpar a garganta antes de terminar o pedido.

– Uísque? Você não deveria estar tomando cerveja misturada com ovos? – perguntou ele, reprimindo com alguma dificuldade a visão mental da sugestão de Fergus do alimento adequado para mães que acabaram de dar à luz.

– Uísque – disse sua irmã categoricamente. – Quando você estava deitado lá embaixo, imobilizado, com a perna quase o matando, eu lhe dava cerveja com ovos?

– Você me dava coisas bem piores do que isso – disse seu irmão, com um sorriso –, mas tem razão, você também me deu uísque. – Colocou a criança adormecida cuidadosamente sobre a colcha e virou-se para pegar o uísque. – Ele já tem nome? – perguntou, indicando o bebê com um movimento da cabeça, enquanto servia uma dose generosa do líquido âmbar.

– Vou chamá-lo de Ian, como o pai. – A mão de Jenny pousou delicadamente por um instante sobre a cabecinha redonda, coberta com uma leve penugem castanho-dourada. Uma pulsação era visível na moleira no alto da cabeça; parecia terrivelmente frágil a Jamie, mas a parteira havia lhe garantido que o bebê era um garoto robusto e saudável, e ele achava que podia acreditar nela. Movido por um impulso obscuro de proteger aquele ponto macio perigosamente exposto, pegou a criança no colo outra vez, puxando o cobertor novamente sobre sua cabeça.

– Mary MacNab falou-me de você e da sra. Kirby – observou Jenny, bebericando seu uísque. – Uma pena que eu não tenha presenciado... ela disse que a pobre vassoura velha quase engoliu a língua quando você falou com ela.

Jamie devolveu o sorriso, batendo de leve nas costas do bebê apoiado em seu ombro. Profundamente adormecido, o corpinho jazia inerte como um presunto sem osso, um peso macio e reconfortante.

– Pena que não tenha engolido. Como pode suportar essa mulher vivendo na mesma casa com você? Eu a estrangularia se estivesse aqui todos os dias.

Sua irmã fez um muxoxo e fechou os olhos, inclinando a cabeça para trás para deixar o uísque deslizar pela garganta.

– Ah, as pessoas só incomodam se você deixar; não deixo que ela me incomode, não muito. Mesmo assim – acrescentou ela, abrindo os olhos –, não posso dizer que vou ficar triste em me livrar dela. Pretendo despachá-la para o velho Kettrick, em Broch Mordha. A mulher e a filha dele morreram no ano passado e ele vai precisar de alguém para cuidar dele.

– Sim, mas se eu fosse Samuel Kettrick, ficaria com a viúva Murray – observou Jamie –, não com a viúva Kirby.

– Peggy Murray já está encaminhada – assegurou-lhe a irmã. – Vai se casar com Duncan Gibbons na primavera.

– Duncan trabalhou rápido – disse ele, um pouco surpreso. Então uma ideia lhe ocorreu, e ele riu para Jenny. – Alguma das duas já sabe disso?

– Não – disse ela, devolvendo o sorriso. Em seguida, o sorriso desapareceu num olhar especulativo. – A menos que você esteja pensando em Peggy para si próprio, está?

– Eu?

Jamie ficou surpreso, como se ela tivesse sugerido de repente que ele estivesse pensando em se jogar da janela do segundo andar.

– Ela tem apenas 25 anos – continuou Jenny. – Bastante jovem para mais filhos, e é uma boa mãe.

– Quanto você tomou deste uísque? – Seu irmão inclinou-se para a frente e fingiu examinar o nível do conteúdo da garrafa, envolvendo a cabecinha da criança com uma das mãos para que não balançasse. Endireitou-se e lançou um olhar levemente exasperado para a irmã. – Estou vivendo como um animal numa caverna e você quer que eu me case?

Sentiu repentinamente um enorme vazio interior. Para impedir que ela visse como a sugestão o transtornara, levantou-se e começou a andar para cima e para baixo no quarto, cantarolando baixinho para a trouxinha em seus braços.

– Quanto tempo faz que você se deitou com uma mulher, Jamie? – perguntou a irmã em tom casual atrás dele. Chocado, ele girou nos calcanhares para encará-la.

– Isso é pergunta que se faça a um homem?

– Você não dormiu com nenhuma das jovens solteiras entre Lallybroch e Broch Mordha – continuou ela, sem prestar nenhuma atenção. – Eu saberia. Nenhuma das viúvas, tampouco, não é? – Parou delicadamente.

– Sabe muito bem que não – disse ele sucintamente. Podia sentir seu rosto queimando de constrangimento.

– Por que não? – perguntou a irmã diretamente.

– Por que não? – Olhou-a fixamente, a boca um pouco aberta. – Perdeu a cabeça? O que acha, que eu sou o tipo de homem que iria sorrateiramente de casa em casa, dormindo com qualquer mulher que não me expulsasse com um cinturão na mão?

– Como se elas fossem recusá-lo. Não, você é um bom homem, Jamie. – Jenny sorriu, melancolicamente. – Não se aproveitaria de nenhuma mulher. Você se casaria primeiro, não é?

– Não! – disse ele violentamente. O bebê contorceu-se e fez um ruído sonolento, e ele automaticamente o transferiu para o outro ombro, batendo de leve em suas costas enquanto fitava a irmã com raiva. – Não pretendo me casar de novo, portanto desista de qualquer ideia de arranjar casamento, Jenny Murray! Não quero nem ouvir falar nisso, entendeu?

– Ah, entendi – disse ela, sem se deixar perturbar. Aconchegou-se melhor nos travesseiros, de modo a poder fitá-lo nos olhos. – Pretende viver como um monge o resto de seus dias? – perguntou. – Ir para seu túmulo sem nenhum filho para enterrá-lo ou abençoar seu nome?

– Cuide de sua própria vida, droga! – Com o coração martelando, virou-se de costas para ela e caminhou a passos largos até a janela, onde permaneceu olhando fixamente para fora sem nada ver.

– Sei que sente falta de Claire. – A voz suave da irmã chegou até ele pelas costas. – Acha que eu poderia esquecer Ian, se ele não voltasse? Mas já é hora de você seguir em frente, Jamie. Não acha que Claire iria querer que você vivesse sozinho a vida toda, sem ninguém para confortá-lo ou gerar seus filhos, não é?

Ele não falou por um longo tempo, apenas ficou lá parado, sentindo o suave calor da cabecinha coberta de penugem pressionada contra o lado do seu pescoço. Podia ver sua imagem turva na vidraça enevoada, um homem alto, sujo e desajeitado, a trouxinha branca e arredondada contrastando com seu rosto sombrio.

– Ela estava grávida – disse ele, num sussurro, para o reflexo. – Quando ela... quando a perdi.

De que outra forma poderia explicar o que houve? Não havia como dizer a sua irmã onde Claire estava... onde esperava que ela estivesse. Que ele não podia pensar em outra mulher, esperando que Claire ainda estivesse viva, mesmo sabendo que a havia perdido para sempre.

Fez-se um longo silêncio na cama. Em seguida, Jenny disse serenamente:

– Foi por isso que você veio hoje?

Ele suspirou e virou-se para ela, encostando a cabeça contra a vidraça fria. Sua irmã estava deitada, os cabelos escuros soltos sobre o travesseiro, olhando-o com ternura.

– Sim, talvez – disse ele. – Não pude ajudar minha mulher; acho que pensei que talvez pudesse ajudá-la. Não que eu possa – acrescentou com certa amargura. – Sou tão inútil para você quanto fui para ela.

Jenny estendeu a mão para ele, o rosto aflito.

– Jamie, *mo chridhe* – disse ela, mas parou, os olhos arregalando-se numa surpresa repentina quando um barulho de estilhaços e o som de gritos veio do andar térreo. – Nossa Senhora! – disse, ficando ainda mais pálida. – São os ingleses!

– Santo Deus. – Foi mais uma prece do que uma exclamação de surpresa. Ele olhou rápido da cama para a janela, avaliando as possibilidades de se esconder ou fugir. O barulho de botas já estava nas escadas.

– O armário, Jamie! – murmurou Jenny ansiosamente, apontando. Sem hesitação, ele entrou no armário e fechou a porta.

A porta do quarto abriu-se de par em par com um estrondo um segundo depois, sendo preenchida pela figura de um casaco vermelho com um chapéu bicorne, segurando uma espada na mão à sua frente. O capitão dos dragões parou e seus olhos percorreram todo o quarto, parando finalmente na pequena figura na cama.

– Sra. Murray? – perguntou ele.

Jenny esforçou-se para aprumar-se na cama.

– Sou eu. E o que diabos está fazendo na minha casa? – perguntou ela. Seu rosto estava pálido e brilhante de suor, e seus braços tremiam, mas ela ergueu o queixo e fitou o homem furiosamente. – Saia!

Sem se preocupar com ela, o homem entrou no quarto e caminhou até a janela; Jamie pôde ver sua forma indistinta desaparecer além da quina do armário, depois reaparecer, de costas enquanto falava com Jenny.

– Um dos meus batedores relatou ter ouvido um tiro das vizinhanças desta casa, há pouco tempo. Onde estão os seus homens?

– Não tenho nenhum. – Seus braços trêmulos não a suportariam por muito mais tempo e Jamie viu sua irmã deixar-se deslizar, recaindo sobre os travesseiros. – Já levaram o meu marido, meu filho mais velho só tem 10 anos. – Não mencionou Rabbie nem Fergus; garotos da idade deles eram considerados suficientemente adultos para serem tratados, ou maltratados, como homens, se o capitão viesse a saber. Com sorte, eles teriam se escondido ao primeiro sinal da presença dos ingleses.

O capitão era um homem de meia-idade, inflexível, que não se deixava enganar.

– A posse de armas nas Terras Altas é um delito grave – disse ele, virando-se para o soldado que entrara no quarto atrás dele. – Dê uma busca na casa, Jenkins.

Ele teve que erguer a voz ao dar a ordem porque havia uma comoção crescente no vão da escada. Quando Jenkins virou-se para sair do quarto, a sra. Innes, a parteira, empurrou e passou pelo soldado que tentou barrar sua passagem.

– Deixe a pobre senhora em paz! – gritou ela, encarando o capitão com os punhos cerrados ao lado do corpo. A voz da parteira tremia e seus cabelos soltavam-se da fita que os prendia, mas ela não esmoreceu. – Saiam, miseráveis! Deixem-na em paz!

– Não estou destratando sua patroa – disse o capitão, com alguma irritação, evidentemente confundindo a sra. Innes com uma das criadas. Estou só...

– E não faz nem uma hora que ela deu à luz! Não é decente nem para você colocar os olhos nela, quanto mais...

– Deu à luz? – A voz do capitão aguçou-se e ele olhou da parteira para a cama com repentino interesse. – Acaba de ter um filho, sra. Murray? Onde está a criança?

A criança em questão contorcia-se dentro de sua trouxa, perturbada com o aperto de seu tio paralisado de horror.

Do fundo do armário, ele podia ver o rosto de sua irmã, pálida até os lábios e paralisada como uma estátua de pedra.

– A criança está morta – disse ela.

A parteira ficou boquiaberta, em estado de choque, mas felizmente a atenção do capitão concentrava-se em Jenny.

– Oh? – disse ele devagar. – Foi...

– Mamãe! – O grito de angústia veio da porta quando o Jovem Jamie libertou-se das mãos de um soldado e lançou-se na direção de sua mãe. – Mamãe, o bebê morreu? Não, não! – Soluçando, caiu de joelhos e enterrou a cabeça nas cobertas da cama.

Como se quisesse refutar a declaração do irmão, o bebê Ian deu provas de estar vivo chutando as pernas com considerável vigor contra as costelas do tio e emitindo uma série de pequenos grunhidos fanhosos, que felizmente passaram despercebidos na comoção do lado de fora.

Jenny tentava consolar o Jovem Jamie, a sra. Innes tentava inutilmente levantar o garoto, que se agarrava ferozmente à manga da camisola de sua mãe, o capitão em vão tentava se fazer ouvir acima dos gemidos e lamentos do Jovem Jamie e, acima de tudo, o som abafado de botas e gritos vibravam pela casa.

Jamie achou que o capitão estava indagando sobre o local onde estaria o corpo da criança. Apertou com mais força o corpo em questão, balançando-o na tentativa de prevenir qualquer disposição de sua parte para chorar. A outra mão pousou no cabo de sua adaga, mas era um gesto inútil; duvidava que até mesmo cortar a própria garganta adiantaria alguma coisa se o armário fosse aberto.

O bebê Ian fez um ruído irascível, dando a entender que ele não gostava de ser sacudido. Com visões da casa em chamas e seus moradores massacrados, o barulho pareceu tão alto a Jamie quanto os berros angustiados de seu sobrinho mais velho.

– Foi você! – O Jovem Jamie ficou de pé, o rosto molhado e inchado de lágrimas e ódio, e avançou para o capitão, a cabeça de cachos negros abaixada como a de um carneiro selvagem. – Você matou meu irmão, inglês desgraçado!

O capitão pareceu desconcertado por esse ataque inesperado e chegou mesmo a recuar um passo, pestanejando para o garoto.

– Não, menino, você está enganado. Ora, eu apenas...

– Miserável! Desgraçado! *A mhic an diabhoil!* – Completamente fora de si, o Jovem Jamie atacava o capitão, gritando todos os palavrões que já ouvira, em gaélico ou inglês.

– Enh – disse o bebê Ian no ouvido do Jamie mais velho. – Enh, enh!

Aquilo soava muito como o ruído preliminar de um grande berreiro e, em pânico, Jamie largou a adaga e enfiou o polegar na abertura macia e úmida de onde saíam os sons. As gengivas desdentadas do bebê agarraram-se ao seu polegar com uma ferocidade que quase o fez soltar um grito.

– Saia daqui! Saia daqui! Saia ou eu vou matá-lo! – O Jovem Jamie gritava para o capitão, o rosto contorcido de raiva. O inglês olhou desamparadamente para a cama, como se pedisse a Jenny para calar aquele inimigo pequeno e implacável, mas ela permaneceu deitada como morta, os olhos fechados.

– Vou esperar pelos meus homens lá embaixo – disse o capitão, com a pouca dignidade que conseguiu reunir, e saiu, fechando a porta apressadamente atrás de si. Privado de seu inimigo, o Jovem Jamie desabou no chão e entregou-se a um choro convulsivo.

Pela fresta na porta, Jamie viu a sra. Innes olhar para Jenny, a boca abrindo-se para fazer uma pergunta. Jenny deu um salto para fora das cobertas como Lázaro, com uma expressão ferozmente ameaçadora, o dedo pressionado sobre os lábios para impor silêncio. O bebê Ian agarrava-se cruelmente ao polegar de Jamie, rosnando diante da sua incapacidade de fornecer qualquer alimento.

Jenny girou para a borda da cama e ficou sentada ali, aguardando. O barulho dos soldados no térreo pulsava e circulava pela casa. Jenny tremia de fraqueza, mas estendeu a mão na direção do armário onde seus homens estavam escondidos.

Jamie inspirou fundo e preparou-se. Teria que correr o risco; sua mão e pulso estavam molhados de saliva e os grunhidos de frustração do bebê estavam ficando cada vez mais altos.

Saiu cambaleando do armário, encharcado de suor, e atirou o bebê para Jenny. Desnudando o seio com uma única torção violenta do corpo, pressionou a cabecinha contra seu mamilo e inclinou-se sobre a minúscula trouxa, como se quisesse protegê-la. O começo de um berreiro desapareceu nos sons abafados de uma sucção vigorosa. Jamie sentou-se no assoalho repentinamente, sentindo-se como se alguém tivesse passado uma espada por trás de seus joelhos.

O Jovem Jamie sentara-se completamente empertigado diante da repentina abertura do armário e agora se apoiava, as pernas abertas, contra a porta, o rosto lívido de choque e espanto, enquanto olhava da mãe para o tio e de novo para a mãe. A sra. Innes ajoelhou-se ao lado dele, sussurrando ansiosamente em seu ouvido, mas o rostinho banhado em lágrimas não mostrava nenhum sinal de compreensão.

Quando os gritos e o rangido de arreios do lado de fora sinalizaram a partida dos soldados, o pequeno Ian dormia satisfeito e roncando nos braços de sua mãe. Jamie ficou parado junto à janela, fora de vista, observando-os partir.

O quarto ficou em silêncio, a não ser pelo barulho de líquido produzido pela sra. Innes bebendo uísque. O Jovem Jamie fora sentar-se junto à mãe, o rosto pressionado contra seu ombro. Ela não erguera os olhos nem uma vez desde que pegara a criança e continuava sentada, a cabeça abaixada sobre a criança em seu colo, os cabelos negros ocultando seu rosto.

Jamie aproximou-se e tocou em seu ombro. O calor do corpo da irmã espantou-o, como se o pavor frio fosse seu estado natural e o contato com outra pessoa de certa forma lhe parecesse singular e anormal.

– Vou para o porão – disse ele à meia-voz – e para a caverna quando escurecer.

Jenny assentiu, mas sem erguer os olhos para ele. Havia vários fios brancos entre os negros, ele observou, brilhando como prata no alto de sua cabeça.

– Acho... que não devo sair de lá outra vez – disse ele finalmente. – Por um bom tempo.

Jenny não disse nada, mas balançou a cabeça mais uma vez.

6
JUSTIFICADO PELO SANGUE

Na verdade, ele foi até a casa mais uma vez. Durante dois meses, permaneceu escondido na caverna, mal ousando sair à noite para caçar, porque os ingleses ainda estavam na região, alojados em Comar. As tropas saíam durante o dia em pequenas patrulhas de oito ou dez, vasculhando os campos, saqueando o pouco que restava para roubar, destruindo o que não podiam usar. E tudo sob as bênçãos da Coroa Britânica.

Um caminho passava junto ao sopé da colina onde sua caverna estava escondida. Não passava de uma vereda rústica, que começara como uma trilha de veados e que ainda servia em grande parte a esse propósito, embora somente um veado ingênuo ousasse se aproximar da caverna. Ainda assim, às vezes, quando o vento soprava na direção certa, ele via um pequeno grupo de veados-vermelhos no caminho ou encontrava rastros frescos dos animais na trilha enlameada.

Também era útil para as pessoas que tinham trabalho a fazer na encosta da montanha – embora fossem bem poucas. O vento soprava da caverna para baixo e ele não tinha nenhuma esperança de avistar veados. Ficava deitado no chão bem perto da entrada, onde a luz que se filtrava através da cortina de tojo e sorva na boca da caverna era suficiente para ele ler nos dias mais claros. Não havia muitos livros, mas Jared ainda conseguia contrabandear alguns junto com seus presentes da França.

O violento aguaceiro forçou-me a um novo trabalho, a saber, escavar um buraco em minha nova fortificação, como um dreno, para que a água escoasse, caso contrário a caverna teria sido inundada. Depois de estar em meu esconderijo há algum tempo, e não ter enfrentado mais nenhuma intempérie, comecei a recuperar o autocontrole; e agora, para manter meu estado de espírito elevado, o que de fato eu muito precisava, dirigi-me ao meu pequeno depósito e tomei um pequeno gole de rum, o que, entretanto, eu só fazia esporadicamente e com grande moderação, sabendo que não teria mais quando aquele acabasse.

Continuou a chover durante aquela noite inteira e grande parte do dia seguinte, de modo que eu não pude sair; mas, estando minha mente mais serena, comecei a pensar...

As sombras moviam-se pela página conforme as moitas acima dele se agitavam. Com os instintos aguçados, percebeu imediatamente a mudança da direção do vento – e com ele, o som de vozes.

Ergueu-se num salto, a mão na adaga que nunca saía de sua cintura. Depois de esconder o livro cuidadosamente, agarrou-se a uma protuberância de granito que usava como apoio e entrou na fenda íngreme e estreita que formava a entrada da caverna.

O brilhante lampejo de vermelho e metal no caminho embaixo atingiu-o como um golpe de choque e contrariedade. Droga. Não tinha muito receio de que algum dos soldados saísse da trilha – estavam mal equipados para abrir caminho até mesmo por trechos normais de charneca e turfa esponjosa e aberta, quanto mais uma encosta espinhosa, coberta de mato como esta. Mas tê-los tão perto significava que ele não podia se arriscar a deixar a caverna antes de a noite cair, nem mesmo para pegar água ou aliviar-se. Lançou um olhar rápido para sua jarra de água, sabendo que estava quase vazia.

Um grito atraiu sua atenção de volta ao caminho embaixo e ele quase perdeu o equilíbrio na rocha. Os soldados haviam se reunido em volta de uma figura pequena, curvada sob o peso de um pequeno barril que carregava no ombro. Fergus, subindo com um barril de cerveja recém-produzida. Droga, mil vezes droga. Bem que gostaria de um pouco de cerveja; fazia meses que não bebia nenhuma.

O vento mudara de direção outra vez, de modo que ele só ouvia fragmentos de palavras, mas a figura pequena parecia estar discutindo com o soldado à sua frente, gesticulando violentamente com a mão livre.

– Idiota! – disse Jamie, num sussurro. – Entregue-lhes o barril e fuja, seu tolo!

Um dos soldados tentou agarrar o barril com as duas mãos, mas errou o alvo quando a pequena figura de cabelos escuros pulou agilmente para trás. Jamie deu um tapa na testa de exasperação. Fergus nunca conseguia resistir à insolência quando confrontado com uma autoridade – especialmente autoridades inglesas.

A pequena figura agora saltitava para trás, gritando alguma coisa a seus perseguidores.

– Idiota! – disse Jamie violentamente. – Largue isso e corra!

Em vez de largar a carga ou correr, Fergus, aparentemente confiante na própria velocidade, virou-se de costas para os soldados e sacudiu o traseiro num insulto. Suficientemente provocados para se arriscarem a pisar na vegetação encharcada, vários dos casacos-vermelhos saíram do caminho para segui-lo. Jamie viu o líder dos soldados erguer um dos braços e gritar um aviso. Ele evidentemente achara que Fergus podia ser uma isca, tentando atraí-los para uma emboscada. Mas Fergus também gritava e os soldados conheciam o suficiente de francês de baixo calão para interpretar o que ele estava dizendo, porque, enquanto vários dos homens pararam imediatamente com o grito do líder, quatro outros soldados arremessaram-se sobre o garoto saltitante.

Houve uma refrega e mais gritaria enquanto Fergus se esquivava, contorcendo-se como uma enguia entre os soldados. Com toda a comoção e acima do zumbido do vento, Jamie não podia ter ouvido o ruído do sabre sendo retirado da bainha, mas sempre achou que ouvira, como se o tênue zunido e o tilintar do metal tivessem sido o primeiro sinal de desgraça. Pareciam ressoar em seus ouvidos sempre que se lembrava da cena – e ele se lembraria dela por muito tempo.

Talvez tivesse sido alguma coisa na atitude dos soldados, uma irritabilidade que chegou até ele na caverna. Talvez fosse apenas uma sensação de desgraça que se agarrara a ele desde Culloden, como se tudo perto dele fosse contaminado e corresse perigo pelo simples fato de estar próximo a ele. Quer tenha ouvido o som do sabre ou não, seu corpo retesara-se antes de ver o arco prateado da lâmina cortar o ar.

A lâmina moveu-se suficientemente devagar para que seu cérebro acompanhasse a trajetória do arco, deduzisse o alvo e gritasse, sem palavras, *não*! Certamente se movera suficientemente devagar para que ele pudesse ter se lançado para baixo no meio do grupo de homens, agarrado o pulso que brandia a espada e soltado a arma mortal, que cairia inofensiva no chão.

A parte consciente de seu cérebro disse-lhe que isso era tolice, mesmo quando congelou suas mãos em torno da pedra de granito, agarrando-se a ela como uma âncora para evitar o impulso avassalador de sair de dentro da terra e correr à frente.

Você não pode, dizia-lhe, um tênue sussurro sob a fúria e o horror que o dominavam. *Ele fez isso por você; não pode tornar sem sentido o que ele fez. Não pode,* dizia-lhe, fria como a morte sob a dilacerante onda de fracasso que o inundava. *Você não pode fazer nada.*

E ele não fez nada, nada além de observar, quando a lâmina completou seu movimento calculado e atingiu o alvo com um pequeno ruído, surdo e quase insignificante. O barril disputado caiu e foi rolando pelo declive do riacho, o derradeiro barulho da batida na água perdendo-se no gorgolejar alegre da água marrom bem mais abaixo.

A gritaria cessou repentinamente num silêncio chocado. Ele mal ouviu quando recomeçou; era igual ao ruído em seus ouvidos. Seus joelhos cederam e ele percebeu vagamente que estava prestes a desmaiar. Sua visão escureceu e ficou de um negro-avermelhado, salpicado de estrelas e raios de luz – mas nem mesmo a opressora escuridão foi capaz de esconder a visão derradeira da mão de Fergus, aquela mão pequena, ágil e inteligente de um batedor de carteiras, imóvel na lama da trilha, a palma voltada para cima numa súplica.

Ele esperou 48 longas e arrastadas horas antes de Rabbie MacNab assoviar no caminho abaixo da caverna.

– Como ele está? – perguntou ele sem preliminares.

– A sra. Jenny diz que ele vai ficar bem – Rabbie respondeu. Seu rosto jovem estava pálido e abatido; obviamente, ele ainda não se recuperara do choque do acidente com seu amigo. – Ela diz que ele não tem febre e não há sinal de inflamação no... – engoliu em seco audivelmente – ... no toco.

– Os soldados o levaram para casa, não foi? – Sem esperar resposta, ele já descia a colina.

– Sim, eles ficaram transtornados... eu acho. – Rabbie parou para desprender sua camisa de um galho e teve que correr para alcançar seu patrão. – Eu acho que eles lamentaram o que aconteceu. Pelo menos, foi o que o capitão disse. E ele deu uma moeda de ouro para a sra. Jenny, por Fergus.

– É mesmo? – disse Jamie. – Muito generosos. – E não voltou a falar até chegarem em casa.

Fergus estava deitado com todo o aparato no quarto das crianças, instalado em uma cama junto à janela. Seus olhos estavam fechados quando Jamie entrou no quarto, as pestanas longas suavemente encostadas nas faces magras. Visto assim, sem a costumeira animação, sua exibição normal de caretas e poses, seu rosto parecia diferente. O nariz ligeiramente pontiagudo acima da boca longa e flexível dava-lhe um ar levemente aristocrático, e os ossos endurecendo-se sob a pele davam alguma promessa de que seu rosto pudesse um dia passar do encanto infantil para uma beleza absoluta.

Jamie aproximou-se da cama e as pestanas escuras ergueram-se imediatamente.

– Milorde – disse Fergus, e um sorriso fraco restaurou no mesmo instante os contornos familiares de seu rosto. – Está seguro aqui?

– Meu Deus, garoto, sinto muito. – Jamie caiu de joelhos junto à cama. Quase não suportava olhar para o braço delgado pousado sobre a colcha, o pulso frágil envolto em ataduras terminando em nada, mas forçou-se a segurar o ombro de Fergus em saudação e esfregar a mão delicadamente sobre a massa de cabelos escuros desgrenhados. – Dói muito? – perguntou ele.

– Não, milorde – disse Fergus. Então, uma repentina pontada de dor atravessou suas feições, desmentindo-o, e ele riu acanhadamente. – Bem, não muito. E madame tem sido muito generosa com o uísque.

Havia um copo grande cheio da bebida sobre a mesinha de cabeceira, porém não mais do que um pouco fora bebido. Fergus, criado com vinho francês, não gostava muito de uísque.

– Sinto muito – disse Jamie outra vez. Não havia mais nada a dizer. Nada que ele pudesse dizer, por causa do aperto em sua garganta. Olhou apressadamente para baixo, sabendo que Fergus ficaria transtornado se o visse chorar.

– Ah, milorde, não se preocupe. – Havia um tom da velha travessura na voz de Fergus. – Eu tive sorte.

Jamie engoliu com força antes de responder.

– Ah, sim, você está vivo, graças a Deus!

– Ah, mais do que isso, milorde! – Ergueu os olhos e viu Fergus sorrindo, embora ainda muito pálido. – Não se lembra do nosso acordo, milorde?

– Acordo?

– Sim, quando me colocou a seu serviço em Paris. O senhor me disse na época que se eu fosse preso e executado, mandaria rezar missas pela minha alma durante um ano. – A mão que lhe restava adejou na direção da surrada medalha esverdeada pendurada ao redor de seu pescoço, a medalha de São Dimas, padroeiro dos ladrões. – Mas se eu perdesse uma orelha ou mão enquanto estivesse a seu serviço...

– Eu iria sustentá-lo para o resto da vida. – Jamie não sabia se ria ou chorava, contentando-se em bater de leve na mão que agora repousava imóvel sobre a coberta. – Sim, lembro-me. Pode confiar em mim, pode ter certeza de que eu vou cumprir o acordo.

– Ah, sempre confiei no senhor, milorde – assegurou-lhe Fergus. Ele estava ficando visivelmente cansado; as faces pálidas estavam ainda mais brancas e a cabeleira escura recaía sobre o travesseiro. – Então tenho sorte – murmurou ele, ainda sorrindo. – Porque, de um só golpe, eu me tornei um cavalheiro do ócio, *non*?

Jenny aguardava-o quando ele saiu do quarto de Fergus.

– Venha ao porão comigo – disse ele, conduzindo-a pelo cotovelo. – Preciso falar-lhe por um instante e não devo ficar mais tempo dando as caras por aqui.

Ela seguiu-o sem comentários até a saleta de entrada dos fundos, de assoalho de pedra, que separava a cozinha da despensa. No meio das lajes do assoalho havia um grande painel de madeira, perfurado com buracos, aparentemente cimentado nas pedras do piso. Teoricamente, aquele era o respiradouro do depósito subterrâneo e, de fato, se alguém suspeitasse e resolvesse investigar, este depósito, onde se entrava por uma porta do lado de fora da casa e abaixo do nível do terreno, possuía um painel assim instalado no teto.

O que não se via era que o painel também permitia a entrada de luz e ar a um cubículo construído logo atrás do depósito, o qual podia ser acessado puxando-se o painel, com a moldura cimentada e tudo, e revelando-se uma pequena escada que conduzia ao cubículo.

Media pouco mais de 1 metro quadrado, destituído de qualquer móvel, exceto um banco rústico, um cobertor e um urinol. Uma grande jarra de água e uma pequena caixa de biscoitos secos completavam os acessórios do aposento. Na realidade, fora acrescentado à casa havia poucos anos e, portanto, não era verdadeiramente um porão. Sem dúvida, tratava-se mais de um esconderijo.

Duas pessoas só poderiam ocupar o lugar sentando-se lado a lado no banco e Jamie sentou-se ao lado da irmã assim que recolocou o painel no lugar acima de sua cabeça e desceu a escada. Ele permaneceu imóvel por um instante, depois respirou fundo e começou.

– Não posso mais suportar isso – disse ele. Falou tão baixo que Jenny foi forçada a inclinar a cabeça para mais perto a fim de ouvi-lo, como um sacerdote ouvindo a confissão de um penitente. – Não posso. Tenho que ir embora.

Estavam sentados tão juntos que ele podia sentir a subida e descida de seu peito quando ela respirava. Em seguida, ela estendeu o braço e tomou a mão dele, os dedos pequenos e firmes apertando-a.

– Vai tentar a França outra vez, então? – Ele já havia tentado fugir para a França duas vezes, frustrado nas duas tentativas pela vigilância rigorosa que os ingleses mantinham em todos os portos. Nenhum disfarce era suficiente para um homem de sua extraordinária altura e cor de cabelos.

Ele sacudiu a cabeça.

– Não. Vou me deixar capturar.

– Jamie! – Em sua agitação, Jenny deixou sua voz erguer-se por um instante, depois a abaixou outra vez em reação ao aperto da mão de Jamie em advertência. – Jamie, não pode fazer isso! – disse ela, mais baixo. – Santo Deus, você será enforcado!

Ele manteve a cabeça baixa como se pensasse, mas sacudiu-a, sem hesitação.

– Acho que não. – Olhou para a irmã, depois desviou o olhar rapidamente. – Claire... ela era vidente. – Uma explicação tão boa quanto outra qualquer, ele pensou, se não a verdadeira. – Ela previu o que aconteceria em Culloden... ela sabia. E me contou o que viria depois.

– Ah – disse Jenny num sussurro. – Eu imaginava. Então foi por isso que ela me pediu para plantar batatas... e construir este esconderijo.

– Sim. – Deu um ligeiro aperto na mão de sua irmã, depois a soltou e virou-se ligeiramente no banco para encará-la. – Ela me disse que a Coroa continuaria a caçar jacobitas durante algum tempo... e foi o que aconteceu – acrescentou ele ironicamente. – Mas, que depois de alguns anos eles não iriam mais executar os homens que capturassem... apenas prendê-los.

– Apenas! – repetiu sua irmã em eco. – Se tem que ir, Jamie, vá para a charneca, mas entregar-se a uma prisão inglesa, quer o enforquem ou não...

– Espere. – A mão no braço de Jenny interrompeu-a. – Ainda não lhe disse tudo que tenho a dizer. Não pretendo simplesmente ir até os ingleses e render-me. Há um bom preço pela minha cabeça, não é? Seria uma vergonha desperdiçar isso, não acha? – Tentou forçar um sorriso em sua voz; ela o ouviu e ergueu os olhos incisivamente para ele.

– Santa Mãe de Deus – murmurou ela. – Então pretende que alguém o traia?

– Aparentemente, sim. – Ele já arquitetara o plano, sozinho na caverna, mas não parecera tão real até agora. – Achei que talvez Joe Fraser seria a pessoa mais indicada para isso.

Jenny esfregou o punho cerrado nos lábios. Ela era rápida; ele sabia que compreendera o plano imediatamente – e todas as suas implicações.

– Mas, Jamie – murmurou ela. – Mesmo que eles não o enforquem imediatamente, e esse é um risco muito grande, você poderia ser morto quando eles o levassem!

Seus ombros arriaram-se subitamente, sob o peso do sofrimento e da exaustão.

– Meu Deus, Jenny – disse ele –, você acha que eu me importo?

Fez-se um longo silêncio antes de Jenny responder.

– Não, acho que não – disse ela. – E também não posso dizer que o recrimino por isso. – Parou por um instante, para firmar a voz. – Mas, ainda assim, eu me importo. – Os dedos dela tocaram sua nuca ternamente, afagando seus cabelos. – Então você vai tomar cuidado, não é, seu tolo?

O painel de ventilação acima deles escureceu-se momentaneamente e ouviu-se o som de passos leves. Uma das cozinheiras, a caminho da despensa, talvez. Em seguida, a luz turva voltou e ele pôde ver o rosto de Jenny outra vez.

– Sim – murmurou ele finalmente. – Tomarei.

Foram necessários mais de dois meses para completar os preparativos. Quando chegou finalmente o dia, já era primavera.

Ele sentou-se em sua pedra favorita, perto da entrada da caverna, observando as primeiras estrelas surgirem. Mesmo nos piores momentos passados desde Culloden, ele sempre fora capaz de encontrar um momento de paz nesta hora do dia. Conforme entardecia, era como se tudo ficasse iluminado por dentro, a silhueta recortada das coisas contra o céu ou o solo, perfeitas e nítidas em cada detalhe. Ele podia ver a forma de uma mariposa, invisível em plena luz, agora desenhada na claridade do crepúsculo com um triângulo de sombra mais escura que a fazia se destacar do tronco onde se escondia. Em um instante, ela levantaria voo.

Olhou a extensão do vale, tentando estender a paisagem até os pinheiros negros que margeavam a longínqua escarpa do penhasco. Depois para cima, entre as estrelas. Orion lá, abarcando, majestosa, o horizonte. E as Plêiades, pouco visíveis no céu que escurecia. Poderia ser sua última visão do céu por algum tempo e pretendia desfrutá-la. Pensou na prisão, barras de ferro e trancas e paredes sólidas, e lembrou-se de Fort William. Prisão de Wentworth. A Bastilha. Paredes de pedra, de mais de 1 metro de espessura, bloqueando todo o ar e toda a luz. Imundície, fedor, fome, sepultura.

Estremeceu, afastando esses pensamentos. Ele escolhera seu caminho e estava satisfeito com isso. Ainda assim, vasculhou o céu, à procura de Touro. Não era a mais bela das constelações, mas era a sua. Nascido sob o signo do touro, teimoso e forte. Forte o suficiente, esperava, para fazer o que pretendia.

Entre os crescentes sons noturnos, ouviu-se um assovio alto e agudo. Podia ser o canto de volta para casa de um maçarico no lago, mas ele reconheceu o sinal. Alguém subia o caminho – uma pessoa amiga.

Era Mary MacNab, que se tornara cozinheira em Lallybroch depois da morte do marido. Geralmente era seu filho Rabbie, ou Fergus, que lhe trazia comida e notícias, mas ela já viera algumas vezes antes.

Trazia um cesto extraordinariamente bem suprido, com uma perdiz assada, pão fresco, várias cebolinhas verdes, um cacho das primeiras cerejas da temporada e um frasco de cerveja. Jamie examinou a fartura, depois ergueu os olhos com um sorriso enviesado.

– Meu banquete de despedida, hein?

Ela assentiu com a cabeça, em silêncio. Era uma mulher pequena, de cabelos escuros bastante mesclados de fios brancos, o rosto marcado pelas dificuldades da vida. Ainda assim, seus olhos castanhos eram meigos, e seus lábios ainda cheios e suavemente delineados.

Ele percebeu que estava olhando fixamente para sua boca e apressadamente voltou-se para o cesto outra vez.

– Nossa, vou ficar tão cheio que não vou conseguir andar. Até mesmo um bolo! Como vocês conseguiram isso?

Ela deu de ombros – Mary MacNab não era de muita conversa – e, pegando o cesto de sua mão, começou a arrumar a refeição sobre o tampo de mesa de madeira apoiado sobre pedras. Ela colocou pratos para ambos. Isso não era nada incomum; ela já havia comido com ele antes para lhe contar os mexericos da região. Ainda assim, se essa era sua última refeição antes de deixar Lallybroch, ficou surpreso de nem sua irmã nem os garotos terem vindo compartilhá-la com ele. Talvez houvesse visitas na casa que os impediam de se ausentar sem serem notados.

Ele fez um sinal educado para que ela se sentasse primeiro, antes de tomar seu próprio lugar, com as pernas cruzadas no chão de terra batida.

– Falou com Joe Fraser? Onde será, então? – perguntou ele, comendo um pedaço da perdiz assada.

Ela lhe passou os detalhes do plano; um cavalo seria trazido antes do amanhecer e ele cavalgaria para fora do vale estreito, seguindo o desfiladeiro. Em seguida, deveria virar, atravessar os sopés rochosos das montanhas e descer, de volta ao vale em Feesyhant's Burn, como se estivesse voltando para casa. Os ingleses o encontrariam em algum ponto entre Struy e Eskadale, mais provavelmente em Midmains; era um bom lugar para uma emboscada, porque o vale estreito erguia-se quase verticalmente dos dois lados, mas com um pequeno bosque junto ao riacho, onde vários homens poderiam se esconder.

Após a refeição, ela arrumou o cesto cuidadosamente, deixando comida suficiente para um pequeno desjejum antes de sua partida ao alvorecer. Esperava que ela fosse embora então, mas não foi. Inspecionou a fenda onde ele mantinha seu colchão de palha e cobertas, estendeu-os diligentemente no chão, virou os cobertores para trás e ajoelhou-se ao lado do colchão, as mãos entrelaçadas no colo.

Ele recostou-se contra a parede da caverna, os braços cruzados. Olhou para o topo de sua cabeça abaixada, exasperado.

– Ah, então é assim, hein? – perguntou ele. – E de quem foi a ideia? Sua ou de minha irmã?

– E importa? – Ela estava serena, as mãos perfeitamente imóveis no colo, os cabelos escuros perfeitamente presos em sua fita.

Ele sacudiu a cabeça e inclinou-se para puxá-la e colocá-la de pé.

– Não, não importa, porque não vai acontecer. Agradeço sua intenção, mas...

Seu discurso foi interrompido com um beijo. Seus lábios eram tão macios quanto pareciam. Agarrou-a com firmeza pelos pulsos e afastou-a.

– Não! – disse ele. – Não é necessário e eu não quero fazer isso. – Ele estava desconfortavelmente consciente de que seu corpo não concordava absolutamente com sua avaliação de necessidade e ainda mais desconfortável com o conhecimento de que suas calças, pequenas e gastas com o uso, tornavam a magnitude da discordância óbvia para qualquer um que quisesse olhar. O ligeiro sorriso que curvava aqueles lábios cheios e doces sugeria que ela estava olhando.

Virou-a em direção à entrada da caverna e deu-lhe um pequeno empurrão, ao qual ela respondeu dando um passo para o lado e levando as mãos às costas para desamarrar sua saia.

– Não faça isso! – exclamou ele.

– Como pretende me impedir? – perguntou ela, pisando fora da roupa, dobrando-a cuidadosamente e colocando-a em cima do único banquinho. Os dedos delgados dirigiram-se aos cadarços do espartilho.

– Se você não sair, eu é que serei obrigado a fazê-lo – respondeu ele com decisão. Girou nos calcanhares e dirigia-se para a entrada da caverna quando ouviu a voz atrás dele.

– Milorde! – disse ela.

Ele parou, mas não se virou.

– Não é adequado me chamar assim – disse ele.

– Lallybroch é sua – disse ela. – E será enquanto você viver. Se você é o proprietário e senhor das terras, eu o chamarei assim.

– Não é minha. A propriedade pertence ao Jovem Jamie.

– Não é o Jovem Jamie que está fazendo o que você está – respondeu ela sem titubear. – E não foi sua irmã quem me pediu para fazer o que estou fazendo. Vire-se.

Ele virou-se, relutantemente. Ela estava de pé, descalça e de combinação, os cabelos soltos sobre os ombros. Ela era magra, como todos eram ultimamente, mas seus seios eram maiores do que ele imaginara e os mamilos mostravam-se proeminentes, através do tecido fino. A combinação estava tão gasta quanto suas outras roupas, puídas na bainha e nos ombros, quase transparente em alguns pontos. Ele fechou os olhos.

Sentiu um leve toque em seu braço e obrigou-se a permanecer imóvel.

– Sei muito bem o que está pensando – disse ela. – Porque eu conheci sua senhora e sei como era entre vocês dois. Eu nunca tive isso – acrescentou, com a voz mais branda – com nenhum dos dois homens com quem me casei. Mas eu sei quando vejo o verdadeiro amor e não penso em fazê-lo sentir que o traiu.

O toque de sua mão, leve como uma pluma, moveu-se para seu rosto e o polegar, áspero do trabalho bruto, percorreu o sulco que corria do nariz à boca.

– O que eu quero – disse ela serenamente – é lhe dar algo diferente. Algo menor, talvez, mas algo que você pode usar; algo para você se sentir inteiro, completo. Sua irmã e as crianças não podem lhe dar isso, eu posso. – Ele ouviu-a inspirar e a mão em seu rosto afastou-se. – Você me deu minha casa, minha vida e meu filho. Não vai deixar que eu lhe dê um pequeno presente em troca?

Ele sentiu os olhos marejarem de lágrimas. O toque suave moveu-se pelo seu rosto, limpando as lágrimas de seus olhos, alisando seus cabelos para trás. Ele ergueu os braços, devagar, e estendeu-os para ela. Ela entrou em seu abraço, tão cuidadosa e naturalmente como havia posto a mesa e feito a cama.

– Eu... não faço isso há muito tempo – disse ele, de repente envergonhado.

– Eu também não – disse ela, com um leve sorriso. – Mas a gente vai se lembrar como é.

PARTE III

Quando me tornei seu prisioneiro

7
FÉ NOS DOCUMENTOS

Inverness
25 de maio de 1968

O envelope de Linklater chegou no correio da manhã.

– Olha como é volumoso! – exclamou Brianna. – Ele enviou alguma coisa! – A ponta de seu nariz estava rosada de empolgação.

– Parece que sim – disse Roger. Aparentemente, ele estava calmo, mas pude ver sua pulsação latejando na base da garganta. Ele pegou o grosso envelope de papel pardo e segurou-o por um instante, avaliando o peso. Em seguida, rasgou a aba descuidadamente com o polegar e arrancou de dentro um maço de páginas fotocopiadas.

A carta que encimava o maço de folhas, num espesso papel timbrado da universidade, esvoaçou e caiu. Agarrei-a do chão e a li em voz alta, a voz um pouco trêmula.

– *Prezado dr. Wakefield* – li. – *Esta carta é em resposta à sua consulta referente à execução de oficiais jacobitas pelas tropas do duque de Cumberland após a Batalha de Culloden. A principal fonte de minha citação no livro ao qual você se refere foi o diário particular de um certo lorde Melton, que comandou um regimento de infantaria sob as ordens de Cumberland na época de Culloden. Anexei fotocópias das páginas relevantes do diário; como vê, a história do sobrevivente, chamado James Fraser, é extraordinária e emocionante. Fraser não é um personagem histórico relevante e sua trajetória não acrescentaria muito à minha linha de trabalho, mas muitas vezes pensei em pesquisar mais sobre ele, na esperança de determinar sua sorte final. Caso você descubra que ele realmente sobreviveu à jornada à sua própria propriedade, ficaria agradecido que me informasse. Eu sempre, de certo modo, torci para que ele tenha conseguido, embora suas condições físicas, como descritas por Melton, façam essa possibilidade parecer improvável. Atenciosamente, Eric Linklater.*

O papel tremia em minha mão e eu o coloquei, com muito cuidado, sobre a escrivaninha.

– Improvável, hein? – disse Brianna, na ponta dos pés para olhar por cima do ombro de Roger. – Ah-ah! Ele realmente voltou, sabemos que ele conseguiu!

– Nós achamos que conseguiu – corrigiu Roger, mas tratava-se apenas de cautela acadêmica; seu sorriso era tão amplo quanto o de Brianna.

– Vão tomar chá ou chocolate quente no lanche das onze horas? – A cabeça de cabelos escuros e cacheados de Fiona surgiu na porta do gabinete, interrompendo a animação. – Temos biscoitos de nozes e gengibre que acabaram de sair do forno. – O aroma de gengibre quente entrou no gabinete com ela, elevando-se de seu avental e flutuando no ar de forma tentadora.

Roger e Brianna responderam ao mesmo tempo.

– Chá, por favor.

– Ah, chocolate quente está ótimo!

Fiona, exibindo uma expressão convencida, empurrou o carrinho de chá para dentro do gabinete, ostentando chá, chocolate quente e biscoitos frescos de nozes e gengibre.

Eu mesma aceitei uma xícara de chá e sentei-me na bergère com as páginas do diário de Melton. A fluida caligrafia do século XVIII era surpreendentemente clara, apesar da grafia arcaica e, em poucos minutos, eu estava nos limites da casa da fazenda Leanach, imaginando o som de moscas zumbindo, os movimentos de corpos amontoados e o cheiro acre de sangue encharcando o chão de terra batida.

> *"... em atendimento à dívida de honra de meu irmão, eu não poderia agir de outra forma senão poupar a vida de Fraser. Assim, omiti seu nome da lista de traidores executados na casa da fazenda e tomei providências para seu transporte até sua própria propriedade. Não consigo me sentir nem completamente clemente em relação a Fraser ao tomar essa medida, nem completamente culpado com relação ao meu serviço ao duque, já que o estado de Fraser, com um grave ferimento na perna inflamado e pustulento, torna improvável que ele sobreviva à viagem até em casa. Ainda assim, a honra me impede de agir de outra forma e devo confessar que meu espírito ficou mais leve ao ver o sujeito removido, ainda vivo, do campo, quando voltei minha atenção para a melancólica tarefa de dispor dos corpos de seus camaradas. Tanta matança como tenho presenciado nestes últimos dois dias me oprime"*, a anotação terminava com simplicidade.

Coloquei as folhas de papel sobre os joelhos, engolindo em seco com esforço. *"... um grave ferimento... inflamado e pustulento..."* Eu sabia, de uma forma que

Brianna e Roger não poderiam saber, o alcance da gravidade desse ferimento, sem antibióticos, nada que se aproximasse de um tratamento médico adequado; nem mesmo os rústicos emplastros de ervas disponíveis a um feiticeiro das Terras Altas na época. Quanto tempo teria levado, sacolejando de Culloden a Broch Tuarach em uma carroça? Dois dias? Três? Como poderia ter sobrevivido, nessas condições e sem tratamento, por tanto tempo?

– Mas ele conseguiu. – A voz de Brianna interrompeu meus pensamentos, respondendo ao que parecia ser um pensamento semelhante expressado por Roger. Falou com uma segurança simples, como se tivesse visto todos os acontecimentos descritos no diário de Melton e tivesse certeza de seu desfecho. – Ele conseguiu voltar. Ele era o Dunbonnet, eu sei.

– O Dunbonnet? – Fiona, pairando com impaciência sobre a minha xícara fria de chá intocado, olhou por cima do ombro, surpresa. – Você já ouviu falar do Dunbonnet?

– Você já? – Roger olhou para a jovem governanta, espantado.

Ela balançou a cabeça, entornando casualmente meu chá na aspidistra que ficava perto da lareira e enchendo minha xícara outra vez com um chá fresco e fumegante.

– Ah, sim. Minha avó me contou essa história, muitas vezes.

– Conte-nos! – Brianna inclinou-se para a frente, atenta, as palmas das mãos envolvendo a xícara de chocolate quente. – Por favor, Fiona. Como é a história?

Fiona pareceu ligeiramente surpresa de se ver de repente o centro de tanta atenção, mas deu de ombros com bom humor.

– Ora, é apenas a história de um dos seguidores do príncipe Charles Stuart. Quando houve a grande derrota de Culloden, onde muitos homens morreram, alguns escaparam. Bem, um homem fugiu do campo e atravessou o rio a nado para escapar, mas os casacos vermelhos continuaram atrás dele mesmo assim. No caminho, ele se deparou com uma igreja onde uma cerimônia religiosa estava sendo realizada. Entrou correndo e pediu clemência ao pastor. O ministro e as pessoas tiveram pena dele e ele vestiu o traje do pastor, de modo que, quando os soldados ingleses irromperam na igreja poucos instantes depois, lá estava ele, de pé no púlpito, pregando, enquanto a água de sua barba e de suas roupas fazia uma poça em volta de seus pés. Os soldados acharam que haviam se enganado e continuaram sua perseguição descendo a rua. Assim, ele escapou e todos na igreja disseram que aquele fora o melhor sermão que já tinham ouvido! – Fiona riu animadamente, enquanto Brianna franzia o cenho e Roger olhava-a perplexo.

– Esse era o Dunbonnet? – disse ele. – Mas eu achei que...

– Ah, não! – assegurou-lhes ela. – Esse não era o Dunbonnet... o Dunbonnet era outro dos homens que conseguiram escapar de Culloden. Ele voltou para suas próprias terras, mas como os *sassenachs* estavam caçando homens por todas as Terras Altas, ele ficou escondido lá numa caverna por sete anos.

Ouvindo isso, Brianna afundou em sua cadeira com um suspiro de alívio.

– E seus arrendatários o chamavam de Dunbonnet para não dizerem seu nome e o traírem – murmurou ela.

– Você conhece a história? – perguntou Fiona, impressionada. – Sim, é isso mesmo.

– E sua avó lhe contou o que aconteceu a ele depois disso? – perguntou Roger.

– Ah, sim! – Os olhos de Fiona estavam redondos como balas de caramelo. – Essa é a melhor parte da história. Depois da batalha, a fome se espalhou, as pessoas estavam passando fome nos vales, expulsas de suas casas no inverno, os homens executados e as cabanas incendiadas. Os rendeiros de Dunbonnet tiveram mais sorte do que a maioria, mas mesmo assim chegou o dia em que a comida acabou e suas barrigas roncavam de manhã à noite, não havia caça na floresta, nenhum grão nos campos e as crianças pequenas morrendo nos braços das mães por falta de leite para alimentá-las.

Um calafrio percorreu meu corpo com aquelas palavras. Vi os rostos dos moradores de Lallybroch – as pessoas que eu conhecera e amara – atormentados de frio e fome. Não foi apenas o horror que tomou conta de mim; havia culpa também. Eu ficara a salvo, aquecida e bem alimentada, em vez de compartilhar seu destino – porque fiz o que Jamie quis e os abandonei. Olhei para Brianna, a cabeça ruiva e sedosa inclinada, absorta, e o aperto em meu peito abrandou-se um pouco. Ela também esteve a salvo nesses anos passados, aquecida, bem alimentada e amada – porque fiz o que Jamie pediu.

– Então, o Dunbonnet arquitetou um plano ousado – continuava Fiona. O rosto redondo estava iluminado com o drama de sua história. – Ele arranjou para que um de seus rendeiros fosse ao encontro dos ingleses e se oferecesse para traí-lo. Havia um bom preço por sua cabeça, pois ele fora um grande guerreiro para o príncipe. O rendeiro pegaria o ouro da recompensa para ser usado pelas pessoas da propriedade, é claro, e diria aos ingleses onde o Dunbonnet poderia ser capturado.

Minha mão fechou-se com tanta força diante disso que a asa delicada de minha xícara saiu inteira em minha mão.

– Capturado? – exclamei com a voz rouca de choque. – Eles o enforcaram?

Fiona pestanejou para mim, surpresa.

– Ora, não – disse ela. – Eles queriam, foi o que minha avó disse, e o levaram a julgamento por traição, mas por fim trancaram-no numa prisão, em vez de enforcá-lo. Mas o ouro foi para seus rendeiros e assim conseguiram sobreviver à fome – terminou alegremente, sem dúvida considerando aquele um final feliz.

– Santo Deus – exclamou Roger com um suspiro. Colocou a xícara sobre a mesa cuidadosamente e permaneceu sentado, fitando o espaço vazio, transfixo. – Prisão.

– Você fala como se isso fosse bom – protestou Brianna. Os cantos de sua boca estavam tensos de agonia e os olhos ligeiramente brilhantes.

– E é – disse Roger, notando seu sofrimento. – Não havia tantas prisões onde os ingleses aprisionavam traidores jacobitas e todas elas mantinham registros oficiais. Não compreendem? – perguntou ele, olhando da expressão de perplexidade de Fiona para a expressão de tristeza de Brianna, em seguida assentando-se em mim, na esperança de encontrar compreensão. – Se ele foi para a prisão, eu posso localizá-lo. – Virou-se para olhar para as altas estantes de livros que recobriam três paredes do gabinete, abrigando a coleção de segredos jacobitas pertencente ao finado reverendo Wakefield.

– Ele está lá – disse Roger num murmúrio. – Em uma lista de presos. Em um documento, prova verdadeira! Não vê? – perguntou ele outra vez, voltando-se de novo para mim. – Ir para a prisão tornou-o parte da história escrita outra vez! E, em algum lugar ali, nós o encontraremos!

– E o que aconteceu a ele – disse Brianna com um suspiro. – Quando foi libertado.

Os lábios de Roger comprimiram-se, para estancar a alternativa que lhe veio à mente, como viera à minha – "ou morreu".

– Sim, isso mesmo – disse ele, tomando a mão de Brianna. Seus olhos depararam-se com os meus, verde-escuros e insondáveis. – Quando ele foi libertado.

Uma semana mais tarde, a fé de Roger em documentos continuava inabalável. O mesmo não podia ser dito em relação à mesa do século XVIII do gabinete do falecido reverendo Wakefield, cujas pernas finas oscilavam e estalavam assustadoramente sob o peso extra.

Essa mesa em geral acomodava não mais do que um pequeno abajur e uma coleção dos artefatos menores do reverendo; estava sobrecarregada agora simplesmente porque todas as demais superfícies horizontais no gabinete já transbordavam de documentos, publicações, livros e grossos envelopes de papel pardo de sociedades de antiquários, universidades e bibliotecas de pesquisa de toda a Inglaterra, Escócia e Irlanda.

– Se você colocar mais uma folha nesta mesa, ela vai desmoronar – observou Claire, enquanto Roger descuidadamente estendia o braço, pretendendo largar a pasta que estava carregando sobre a pequena mesa de marchetaria.

– Hã? Ah, está bem. – Mudou de direção em pleno ar, olhou inutilmente ao redor, à procura de outro lugar onde colocar a pasta, e por fim resolveu colocá-la no chão a seus pés.

– Finalmente acabei com Wentworth – disse Claire. Com a ponta do pé, indicou uma pilha precária no chão. – Já recebemos os registros de Berwick?

– Sim, hoje de manhã. Mas onde será que eu os coloquei?

Roger olhou vagamente ao redor do aposento, que lembrava muito o saque da biblioteca de Alexandria, pouco antes de a primeira tocha ter sido acesa. Ele esfregou a testa, tentando se concentrar. Após uma semana passando dez horas por dia folheando os registros manuscritos das prisões britânicas, além de cartas, periódicos e diários de seus comandantes, buscando qualquer pista oficial de Jamie Fraser, Roger estava começando a sentir que tinha areia nos olhos.

– Era azul – disse ele finalmente. – Lembro-me perfeitamente de que era azul. Eu os consegui com McAllister, o professor de história do Trinity em Cambridge, e o Trinity College usa esses grandes envelopes azul-claros, com o brasão da faculdade na frente. Talvez Fiona o tenha visto. Fiona!

Caminhou até a porta do gabinete e chamou-a pelo corredor, na direção da cozinha. Apesar da hora, a luz da cozinha ainda estava acesa e os cheiros revigorantes de chocolate quente e bolo de amêndoas pairavam no ar. Fiona jamais abandonaria seu posto enquanto houvesse a mais leve possibilidade de que alguém em seu entorno pudesse precisar de alimento.

– Ah, sim? – A cabeça de cabelos castanhos e cacheados de Fiona surgiu pela porta da cozinha. – Num instante, o chocolate estará pronto – assegurou ela. – Só estou esperando o bolo sair do forno.

Roger sorriu para ela com profunda afeição. Fiona não possuía a menor utilidade para a história, nunca lia nada além de revistas populares, mas nunca questionava suas atividades, tranquilamente tirando o pó das pilhas de livros e papéis diariamente, sem se incomodar com seus conteúdos.

– Obrigado, Fiona – disse ele. – Eu só estava pensando se você viu um grande envelope azul, grosso, por aí? – Mostrou o tamanho do envelope com as mãos. – Chegou hoje de manhã pelo correio, mas eu não sei onde o coloquei.

– Deixou-o no banheiro de cima – disse ela imediatamente. – Há um livro grande e grosso com letras douradas e o retrato do príncipe Charles na capa, três cartas abertas e a conta do gás, também, que você não queria esquecer e que vence no dia 14 do mês. Coloquei tudo sobre o aquecedor de água para não ficarem no caminho. – Um bipe curto e agudo do relógio do forno a fez recuar bruscamente com uma exclamação abafada.

Roger virou-se e subiu as escadas, dois degraus de cada vez, sorrindo. Se tivesse outras inclinações, a memória de Fiona a teria tornado uma estudiosa. Assim mesmo do jeito que era, já não se podia desprezar como assistente de pesquisa. Desde que um determinado documento ou livro pudesse ser descrito com base na aparência, em vez do título ou do conteúdo, era provável que Fiona soubesse exatamente onde estava.

– Ah, não é nada de mais – respondeu a Roger com vivacidade, quando ele tentou se desculpar pela bagunça que estava fazendo na casa. – Até parece que o reverendo ainda está vivo, com tantos papéis espalhados por toda parte. Exatamente como nos velhos tempos, não é?

Descendo as escadas mais devagar, com o envelope azul nas mãos, perguntou-se o que seu falecido pai adotivo teria pensado da presente busca.

– Estaria mergulhado nisso até a cabeça, não tenho a menor dúvida – murmurou para si mesmo. Guardava uma lembrança vívida do reverendo, a cabeça calva brilhando sob os antiquados globos de luz pendurados no teto do corredor enquanto caminhava sem pressa do gabinete para a cozinha, onde a velha sra. Graham, avó de Fiona, estaria à frente do fogão, suprindo as necessidades físicas do velho reverendo durante as sessões noturnas de estudo, exatamente como Fiona agora fazia para ele.

Faz uma pessoa refletir, ele pensou, entrando no gabinete. Antigamente, quando o filho geralmente seguia a profissão do pai, seria apenas por uma questão de conveniência – a intenção de manter os negócios na família – ou haveria alguma espécie de predisposição familiar para alguns tipos de trabalho? Algumas pessoas de fato teriam nascido para ser ferreiros, ou comerciantes, ou cozinheiros – nascidos com uma inclinação ou um talento, além da oportunidade?

Obviamente, isso não se aplicava a todo mundo; sempre havia aqueles que saíam de casa, vagavam por aí, tentavam atividades até então desconhecidas em seus círculos familiares. Se não fosse assim, provavelmente não haveria inventores nem exploradores; ainda assim, parecia haver uma certa afinidade para algumas carreiras em determinadas famílias, mesmo nestes agitados tempos modernos de educação acessível e viagens fáceis.

O que ele realmente se perguntava, pensou consigo mesmo, era a respeito de Brianna. Observou Claire, a cabeça de cabelos cacheados com reflexos dourados inclinada sobre a escrivaninha, e viu-se imaginando o quanto Brianna viria a ser como a mãe e o quanto como o pouco conhecido escocês – guerreiro, fazendeiro, cortesão, senhor de terras – que fora seu pai.

Ainda seguia essa mesma linha de raciocínio um quarto de hora mais tarde, quando Claire fechou a última pasta de sua pilha e reclinou-se para trás, suspirando.

– Um centavo pelos seus pensamentos – disse ela, estendendo a mão para sua xícara.

– Não valem nem isso – retrucou Roger com um sorriso, saindo de seus devaneios. – Só estava imaginando como as pessoas vêm a ser o que são. Como você se tornou médica, por exemplo?

– Como me tornei uma médica? – Claire inalou o vapor de sua xícara de chocolate quente, decidiu que estava quente demais para beber e recolocou-a sobre a escrivaninha, entre o amontoado de livros, periódicos e folhas de papel rabiscadas a lápis. Esboçou um sorriso para Roger e esfregou as mãos, dispersando o calor da xícara. – Como você se tornou um historiador?

– Mais ou menos honestamente – respondeu ele, reclinando-se na poltrona do reverendo e abanando a mão para o acúmulo de documentos e pequenos objetos ao redor. Bateu de leve em um relógio de viagem folheado a ouro que havia sobre a mesa, uma peça elegante do século XVIII, com carrilhões em miniatura que batiam a hora, a meia hora e o quarto de hora. – Cresci em meio a tudo isso. Eu já bisbilhotava pelas Terras Altas à procura de artefatos com meu pai desde quando aprendi a ler. Creio que simplesmente pareceu natural continuar fazendo isso. Mas e você?

Ela balançou a cabeça e espreguiçou-se, relaxando os ombros das longas horas passadas debruçada sobre a escrivaninha. Brianna, sem conseguir permanecer acordada, desistira e fora para a cama havia uma hora, mas Claire e Roger continuaram com sua busca pelos registros administrativos das prisões britânicas.

– Bem, para mim também foi algo semelhante – disse ela. – Eu não decidi de repente que queria ser médica. Apenas percebi um dia que já tinha sido médica por um longo tempo e agora não era mais e sentia falta.

Espalmou as mãos sobre a escrivaninha e flexionou os dedos, longos e maleáveis, as unhas ovais brilhantes e bem polidas.

– Havia uma velha canção da Primeira Guerra Mundial – disse ela, pensativa. – Eu a ouvia às vezes, quando alguns dos velhos companheiros de tio Lamb do Exército vinham nos visitar e ficavam até tarde, meio bêbados. Dizia assim: "Como você vai mantê-los na fazenda, depois de terem visto Paris?" – cantou o primeiro verso, depois parou, com um sorriso irônico. – Eu tinha visto Paris –

disse ela brandamente. Ergueu os olhos das mãos, alerta e presente, mas com traços da memória nos olhos, fixos em Roger com a claridade de um sexto sentido.

– E diversas outras coisas. Caen e Amiens, Preston, Falkirk, o Hôpital des Anges e o pretenso consultório de Leoch. Eu tinha sido uma médica, de todas as formas possíveis: fiz partos, consertei ossos, costurei ferimentos, tratei febres... – Sua voz definhou e ela estremeceu. – Havia muita coisa que eu não sabia, é claro. Eu sabia o quanto podia aprender e foi por isso que fui para a faculdade de medicina. Mas não fez muita diferença, sabe. – Enfiou o dedo no creme chantilly que flutuava sobre o chocolate quente e lambeu-o. – Tenho um diploma de médica, mas eu já era médica muito antes de colocar os pés numa escola de medicina.

– Não pode ter sido tão simples como você faz parecer – disse Roger, soprando seu próprio chocolate e analisando Claire com franco interesse. – Não havia muitas mulheres na medicina na época, não há muitas mulheres na medicina nem agora e, além disso, você tinha uma família.

– Não, não posso dizer que foi fácil, absolutamente. – Claire lançou-lhe um olhar inquisidor. – Esperei até Brianna ir para a escola, é claro, e tínhamos dinheiro suficiente para pagar alguém para cozinhar e limpar, mas... – Deu de ombros e sorriu ironicamente. – Parei de dormir por vários anos. Isso ajudou um pouco. E, por estranho que pareça, Frank também ajudou.

Roger testou sua própria caneca de chocolate e achou que já esfriara o suficiente. Segurou-a entre as mãos, desfrutando o calor da porcelana grossa e branca penetrando em suas palmas. Apesar de ser começo de junho, as noites ainda eram bastante frias para tornar o aquecedor elétrico uma necessidade.

– É mesmo? – disse ele, curioso. – Pelo que você comentou a respeito dele, não imaginei que ele tivesse gostado de sua decisão de fazer a faculdade de medicina e se tornar médica.

– E não gostou. – Seus lábios cerraram-se; o movimento disse a Roger mais do que as palavras poderiam dizer, fazendo lembrar discussões, conversas não terminadas e abandonadas, uma oposição de teimosia e obstrução indireta, em vez de desaprovação declarada.

Que rosto notavelmente expressivo ela possuía, ele pensou, observando-a. Perguntou-se de repente se o seu próprio rosto também poderia ser lido com tanta facilidade. A ideia era tão perturbadora que ele enfiou o rosto na sua caneca, tomando um grande gole de chocolate, embora ainda estivesse um pouco quente demais.

Ao emergir da caneca, Claire fitava-o com um ar ligeiramente irônico.

– Por quê? – perguntou ele rapidamente, para distraí-la. – O que o fez mudar de ideia?

– Bree – disse ela, e seu rosto suavizou-se como sempre acontecia quando mencionava a filha. – Bree era a única coisa que realmente importava para Frank.

Eu esperara, como havia dito, até Brianna começar a escola para eu mesma começar o curso de medicina. Mas, ainda assim, havia uma grande lacuna entre seus horários e os meus, que preenchíamos da melhor forma possível com uma série de governantas e babás mais ou menos competentes; algumas mais, a maioria menos.

Minha mente voltou ao dia assustador em que recebi um chamado no hospital, dizendo-me que Brianna estava ferida. Saí às pressas sem parar para tirar o uniforme de linho verde que estava usando, e corri para casa, ignorando todos os limites de velocidade. Deparei-me com um carro da polícia e uma ambulância iluminando a noite com sua luz vermelho-sangue intermitente e um grupo de vizinhos curiosos amontoados na rua.

Quando conseguimos montar a história mais tarde, o que acontecera é que a babá temporária mais recente, aborrecida por eu estar atrasada e ela ter que ficar além da hora outra vez, simplesmente vestira o casaco no seu horário de saída e fora embora, abandonando Brianna, aos 7 anos, com as instruções "espere a mamãe". Isso ela obedientemente fez por mais ou menos uma hora. Mas quando começou a escurecer, ela ficou com medo de ficar sozinha em casa e resolveu sair e ir ao meu encontro. Ao cruzar uma das ruas movimentadas perto de casa, fora atropelada por um carro.

Ela – graças a Deus! – não se ferira gravemente; o carro estava em baixa velocidade e Brianna saiu da experiência apenas abalada e com algumas contusões. Aliás, não tão abalada quanto eu. Nem tão machucada como eu, quando entrei na sala e a encontrei deitada no sofá; ela olhou para mim, as lágrimas escorrendo de novo pelo rostinho molhado e disse: "Mamãe! Onde você estava? Não consegui encontrar você!".

Precisei de todas as minhas reservas de autocontrole profissional para confortá-la, examiná-la, cuidar novamente de seus arranhões e cortes, agradecer às pessoas que a resgataram – as quais, para a minha mente febril, fitavam-me acusadoramente – e colocá-la para dormir com seu ursinho bem apertado nos braços. Em seguida, sentei-me à mesa da cozinha e foi minha vez de chorar.

Frank deu uns tapinhas desajeitadamente em minhas costas, murmu-

rando palavras de conforto, mas depois desistiu e, numa atitude mais prática, foi preparar um chá.

– Já decidi – disse, quando ele colocou a xícara fumegante à minha frente. Falei vagarosamente, sentindo a cabeça pesada e bloqueada. – Vou largar os estudos. Farei isso amanhã.

– Parar de estudar? – A voz de Frank soou aguda de surpresa. – Vai largar a faculdade? Por quê?

– Não aguento mais. – Eu nunca adicionava creme nem açúcar ao meu chá. Desta vez, acrescentei ambos, mexendo e observando os filetes de creme girarem pela xícara. – Não aguento mais deixar Bree, sem saber se estão cuidando bem dela... e sabendo que ela não está feliz. Você sabe que ela não gosta realmente de nenhuma das babás que experimentamos.

– Sim, eu sei disso. – Sentou-se à minha frente, mexendo seu próprio chá. Após um longo instante, ele disse: – Mas não acho que deva desistir.

Era a última coisa que eu esperava ouvir; achei que ele receberia minha decisão com aprovação e alívio. Fitei-o, perplexa, depois assoei o nariz outra vez no lenço de papel que estava no meu bolso.

– Não?

– Ah, Claire. – Falou com impaciência, mas ainda assim com um toque de afeição. – Você sempre soube quem você era. Não percebe o quanto esse conhecimento é incomum?

– Não. – Limpei o nariz com o lenço em frangalhos, usando-o delicadamente para que não se desfizesse em pedaços.

Frank recostou-se em sua cadeira, sacudindo a cabeça enquanto me olhava.

– Não, imagino que não – disse ele. Ficou em silêncio por um minuto, os olhos abaixados, fitando as mãos entrelaçadas. Eram delgadas, os dedos longos; macias e lisas como as de uma moça. Mãos elegantes, feitas para gestos descontraídos e para dar ênfase ao discurso.

Estendeu-as sobre a mesa e olhou para elas como se nunca as tivesse visto antes.

– Eu não tenho isso – disse ele finalmente. – Eu sou bom no que faço, tudo bem. Ensinar, escrever. Na realidade, excelente às vezes. E gosto muito do que faço. Mas a questão é... – Hesitou, depois me olhou diretamente, os olhos castanho-claros ansiosos. – Eu poderia fazer outra coisa e ser igualmente bom. Dedicar-me muito ou pouco. Não possuo

esta convicção absoluta de que existe algo na vida que estou destinado a fazer... mas você possui.

— E isso é bom? — As minhas narinas ardiam e meus olhos estavam inchados de tanto chorar.

Ele deu uma risadinha curta.

— É extremamente inconveniente, Claire. Para você, para mim e para Bree, para nós três. Mas, por Deus, eu às vezes a invejo.

Estendeu o braço para segurar minha mão e, após um momento de hesitação, deixei que a tomasse.

— Sentir essa paixão por alguma coisa — um pequeno tremor repuxou o canto de sua boca — ou alguém. Isso é absolutamente esplêndido, Claire, e muito raro. — Apertou minha mão delicadamente e soltou-a, virando-se para trás para pegar um livro da estante ao lado da mesa.

Era um de seus livros de referência, Patriots, de Woodhill, uma série de perfis dos fundadores da América.

Colocou a mão sobre a capa do livro, delicadamente, como se relutasse em perturbar o descanso das vidas adormecidas enterradas ali dentro.

— Essas pessoas eram assim. Elas se importavam o suficiente para arriscar tudo, o suficiente para mudar e fazer coisas. A maioria das pessoas não é assim, você sabe. Não é que não se importem, mas que não se importam tanto. — Tomou minha mão outra vez, desta vez virando-a para cima. Um dedo traçou as linhas que cortavam a palma, fazendo cócegas enquanto deslizava.

— Será que está gravado aí? — continuou ele, sorrindo ligeiramente. — Será que algumas pessoas são fadadas a um grande destino ou a grandes feitos? Ou será apenas que elas nasceram com essa enorme paixão e, quando se veem nas circunstâncias favoráveis, as coisas acontecem? É o tipo do pensamento que me faz refletir, ao estudar história... mas não há realmente como saber. Tudo que sabemos é o que essas pessoas realizaram. Mas, Claire... — Os olhos dele exibiam uma expressão inequívoca de advertência, enquanto ele batia de leve na capa do livro. — Elas pagaram um preço por isso.

— Eu sei. — Senti-me muito distante dali, como se estivesse nos observando à distância; podia ver a cena com muita clareza na minha mente: Frank, bonito, magro e um pouco cansado, ficando encantadoramente grisalho nas têmporas. Eu, imunda em minhas roupas de hospital, os cabelos despenteados, a frente da blusa amassada e manchada das lágrimas de Bree.

Ficamos sentados em silêncio por algum tempo, minha mão ainda repousando na de Frank. Eu podia ver as linhas e vales misteriosos, claros como um mapa rodoviário – mas uma estrada para qual destino desconhecido?

Alguns anos antes, minha mão fora lida por uma velha senhora escocesa chamada Graham – na verdade, a avó de Fiona. "As linhas da mão vão mudando conforme você muda", dissera ela. "Não importa tanto aquilo com que você nasceu, mas o que você faz de si mesma."

E o que eu fizera de mim mesma, o que eu estava fazendo? Um caos, era isso. Nem boa mãe, nem boa esposa, nem boa médica. Um caos. Um dia, eu me achara uma pessoa inteira – fora capaz de amar um homem, gerar um filho, curar os enfermos – e considerava tudo isso parte natural de mim, não os fragmentos difíceis, confusos, em que minha vida agora se desintegrara. Mas isso fora no passado, o homem que eu amara fora Jamie e, durante algum tempo, eu fizera parte de algo maior do que eu mesma.

– Eu levarei Bree.

Eu estava tão absorta em meus pensamentos infelizes que, por um instante, as palavras de Frank se perderam e eu o fitei com um ar estúpido.

– O que foi que você disse?

– Eu disse – repetiu ele pacientemente – que levarei Bree. Ela pode ir da escola para a universidade e ficar na minha sala até eu voltar para casa.

Esfreguei o nariz.

– Achei que você não achasse correto que os funcionários levassem os filhos para o trabalho. – *Ele criticara severamente a sra. Clancy, uma das secretárias, que levara seu neto para o trabalho durante um mês quando a mãe dele ficou doente.*

Ele deu de ombros, um pouco constrangido.

– Bem, as circunstâncias obrigam a mudanças. E não é provável que Brianna fique correndo para cima e para baixo nos corredores gritando e derramando tinta como Bart Clancy.

– Eu não apostaria minha vida nisso – *disse ironicamente*. – Mas você faria isso? – *Um pequeno sentimento crescia na boca do meu estômago contraído; um cauteloso, incrédulo, sentimento de alívio. Eu podia não confiar que Frank fosse fiel a mim, eu sabia muito bem que não era, mas eu confiava nele inequivocamente em se tratando de Bree.*

De repente, toda a minha preocupação se desfez. Eu não precisava mais sair correndo do hospital para casa, aterrorizada porque estava atrasada, odiando a ideia de encontrar Brianna encolhida em seu quarto, aborrecida, porque não gostava da babá atual. Ela amava Frank; eu sabia que ela iria ficar encantada com a ideia de ir para o gabinete dele todos os dias.

– Por quê? – perguntei diretamente. – Não é por você estar empolgado com a ideia de eu me tornar médica, eu sei disso.

– Não – disse ele, pensativamente. – Não é isso. Mas eu realmente acho que não há nenhum modo de impedi-la... talvez, o melhor que eu possa fazer seja ajudá-la, de modo que haja menos danos para Brianna.

– Suas feições endureceram ligeiramente e ele se afastou.

– Se algum dia ele sentiu que tinha um destino, algo que realmente estava fadado a fazer, esse destino era Brianna – disse Claire. Mexeu o chocolate pensativamente. – Por que você se importa, Roger? – perguntou-lhe de repente. – Por que está me fazendo essas perguntas?

Ele levou alguns segundos para responder, tomando pequenos goles de seu chocolate. Era uma bebida espessa e escura, feita com creme de leite fresco e uma pitada de açúcar mascavo. Fiona, sempre realista, dera uma olhada em Brianna e desistira de suas tentativas de conquistar Roger pela barriga, mas Fiona era uma cozinheira da mesma forma que Claire era uma médica; nascida com esse talento e incapaz de abandoná-lo.

– Porque sou um historiador, suponho – respondeu ele finalmente. Observou-a por cima da borda de sua caneca. – Eu preciso saber. O que as pessoas de fato fizeram e por que o fizeram.

– E acha que eu posso lhe dizer isso? – Ela olhou-o de modo incisivo. – Ou que eu sei?

Ele balançou a cabeça, confirmando e bebendo seu chocolate.

– Você sabe melhor do que a maioria das pessoas. A maioria das fontes de um historiador não possui a sua... – ele parou e exibiu um largo sorriso – ...a sua perspectiva única, digamos assim.

Houve uma repentina quebra da tensão. Ela riu e pegou sua própria xícara.

– Sim, digamos assim – concordou ela.

– O outro motivo – disse ele, observando-a atentamente – é que você é honesta. Não acho que poderia mentir, ainda que quisesses.

Olhou-o de modo brusco e deu uma risada seca e curta.

– Todo mundo é capaz de mentir, meu jovem Roger, se tiver motivos suficientes. Até eu. Apenas é mais difícil para nós que temos um rosto transparente; temos que inventar nossas mentiras com antecedência.

Ela abaixou a cabeça e remexeu nos papéis à sua frente, virando as folhas devagar, uma a uma. Eram listas de nomes, listas de prisioneiros, copiadas de livros de registros de prisões britânicas. A tarefa era complicada pelo fato de que nem todas as prisões haviam sido bem administradas.

Alguns diretores não mantinham nenhum registro oficial de seus internos ou listava-os desordenadamente em seus diários, junto com anotações de despesas diárias e de manutenção, não fazendo maiores distinções entre a morte de um prisioneiro e o abate de dois bois para consumo interno.

Roger achou que Claire abandonara a conversa, mas um momento depois ela ergueu os olhos outra vez.

– Mas você tem toda a razão – disse ela. – Sou sincera porque não sei ser diferente, mais do que por qualquer outra coisa. Não é fácil para mim não dizer o que estou pensando. Imagino que perceba isso porque também é assim.

– Sou? – Roger sentiu-se imensamente satisfeito, como se alguém tivesse lhe dado um presente inesperado.

Claire balançou a cabeça, um ligeiro sorriso nos lábios enquanto o observava.

– Ah, sim. É inquestionável, sabe. Não há muitas pessoas assim... que lhe digam a verdade sobre si mesmos e sobre qualquer outra coisa de pronto. Só conheci três pessoas assim, eu acho... quatro agora – disse ela, seu sorriso ampliando-se cordialmente para ele. – Houve Jamie, é claro. – Seus dedos longos descansaram levemente na pilha de papéis, quase os acariciando. – Mestre Raymond, o boticário que conheci em Paris. E um amigo que conheci na faculdade de medicina, Joe Abernathy. E agora você. Eu acho.

Inclinou a xícara e bebeu o restante do espesso líquido marrom. Colocou-a de volta sobre a escrivaninha e olhou diretamente para Roger.

– Mas Frank tinha razão, de certa forma. Não é necessariamente mais fácil se você sabe qual é a sua vocação, mas ao menos não perde tempo questionando ou duvidando. Se for honesto... bem, isso não é necessariamente mais fácil, tampouco. Embora eu imagine que se você for honesto consigo mesmo e souber quem você é, pelo menos é pouco provável que sinta que desperdiçou sua vida fazendo a coisa errada.

Colocou de lado a pilha de documentos e pegou outra – um conjunto de pastas com o logotipo característico do Museu Britânico nas capas.

– Jamie era assim – disse ela suavemente, como se falasse consigo mesma. – Não era um homem de virar as costas a nada que achasse que era seu dever. Perigoso ou não. E acredito que ele não deve ter sentido que sua vida foi desperdiçada... independentemente do que possa ter lhe acontecido.

Ela caiu em silêncio depois disso, absorta nos arabescos de algum escriturário morto havia muito tempo, procurando o registro que lhe diria o que Jamie Fraser fizera e fora, e se sua vida fora desperdiçada numa cela de prisão ou terminara numa masmorra solitária.

O relógio sobre a escrivaninha bateu a meia-noite, seus carrilhões surpreendentemente sonoros e melodiosos para um instrumento tão pequeno. O quarto de hora bateu e depois a meia hora, pontuando o rumor monótono dos papéis. Roger colocou sobre a mesa o maço de fotocópias que andara folheando e bocejou longamente, sem se preocupar em tapar a boca.

– Estou tão cansado que já estou vendo tudo duplicado – disse ele. – Vamos continuar a busca pela manhã?

Claire não respondeu por um instante; estava olhando dentro das barras incandescentes do aquecedor elétrico, uma expressão de completo distanciamento no rosto. Roger repetiu a pergunta e, lentamente, ela voltou de onde quer que estivesse.

– Não – disse ela. Pegou outra pasta e sorriu para Roger, o ar distante demorando-se em seus olhos. – Vá você, Roger – disse. – Eu... vou procurar um pouco mais.

Quando finalmente o encontrei, quase que passei direto por ele sem o notar. Eu não estava lendo os nomes cuidadosamente, mas apenas fazendo uma varredura superficial das páginas em busca da letra "J". "John, Joseph, Jacques, James." Havia James Edward, James Alan, James Walter, *ad infinitum*. E então, lá estava ele, a escrita pequena e precisa atravessando a página: "Jamie MacKenzie Fraser, de Broch Tuarach.".

Coloquei a folha com todo o cuidado sobre a mesa, fechei os olhos por um instante para clareá-los, depois olhei outra vez. Ainda estava lá.

– Jamie – disse em voz alta. Meu coração batia com força no meu peito. – Jamie – disse outra vez, mais serenamente.

Eram quase três horas da madrugada. Todos dormiam, mas a casa, como acontece com as construções antigas, ainda estava acordada ao meu redor, estalando e suspirando, fazendo-me companhia. Estranhamente, não senti nenhum desejo de sair correndo e acordar Brianna e Roger para dar-lhes a notícia. Queria guardá-la para mim por alguns instantes, como se eu estivesse ali sozinha, no aposento iluminado pelo abajur, com o próprio Jamie.

Meus dedos percorreram a linha de tinta. A pessoa que escrevera aquelas palavras vira Jamie – talvez tivesse escrito aquela linha com Jamie de pé diante dele. A data no alto da página era 16 de maio de 1753. Portanto, fora perto desta época do ano. Eu podia imaginar como estava o ar, puro e fresco, com o raro sol de primavera sobre seus ombros, acendendo centelhas em seus cabelos.

Como estaria usando os cabelos na época – curtos ou longos? Ele preferia usá-los longos, em trança ou amarrados na nuca. Lembro-me do gesto descontraído com que ele tirava o peso dos cabelos do pescoço para refrescar-se no calor do exercício.

Não estaria usando seu kilt – o uso de qualquer tartã fora proibido depois de Culloden. Calças, portanto, provavelmente, e uma camisa de linho. Eu mesma fizera camisas assim para ele; podia sentir a maciez do tecido em minha lembrança, o flutuante comprimento de 3 metros necessários para fazer uma peça, as longas abas e as mangas franzidas que permitiam que os homens das Terras Altas largassem seus trajes de xadrez e dormissem ou lutassem apenas com sua camisa. Podia imaginar seus ombros largos sob o tecido rústico, a pele quente embaixo, as mãos tocadas pelo frio da primavera escocesa.

Ele já estivera preso antes. Que expressão teria, diante de um funcionário de uma prisão inglesa, sabendo perfeitamente o que o aguardava? Soturno, pensei, olhando para baixo pelo longo nariz reto com olhos frios e azul-escuros – sombrios e insondáveis como as águas do lago Ness.

Abri meus próprios olhos, percebendo somente então que estava sentada na borda da minha cadeira, a pasta de fotocópias agarrada junto ao peito, tão absorta em minha evocação que nem prestara atenção de onde vieram aqueles registros.

Havia várias prisões grandes que os ingleses usaram regularmente no século XVIII e diversas outras menores. Virei a pasta, devagar. Seria Berwick, perto da fronteira? A famosa Tolbooth de Edimburgo? Ou uma das prisões ao sul, Castelo Leeds ou mesmo a Torre de Londres?

– Ardsmuir – dizia o cartão de identificação habilmente grampeado na frente da pasta. – Ardsmuir? – disse, perplexa. – Onde será que fica?

8

PRISIONEIRO DA HONRA

Ardsmuir, Escócia
15 de fevereiro de 1755

– Ardsmuir é o furúnculo da bunda de Deus – disse o coronel Harry Quarry. Ergueu o copo sarcasticamente para o jovem junto à janela. – Fiquei aqui doze meses e foram onze meses e 29 longos dias demais. Seja feliz em seu novo posto, milorde.

O major John William Grey virou-se da janela que dava para o pátio, de onde andara supervisionando seus novos domínios.

– De fato, parece um pouco desconfortável – concordou ele secamente, pegando seu próprio copo. – Chove o tempo todo?

– Claro. É a Escócia. E, o que é pior, a bunda da maldita Escócia. – Quarry tomou um grande gole de seu uísque, tossiu e expirou ruidosamente enquanto colocava o copo vazio sobre a mesa. – A bebida é a única compensação – disse ele, meio rouco. – Visite os comerciantes de bebida do local em seu melhor uniforme e lhe farão um preço honesto. É incrivelmente barato, sem o imposto. Deixei uma lista para você das melhores destilarias. – Indicou com a cabeça a pesada escrivaninha de carvalho maciço num dos lados da sala, plantada no meio de uma ilha de tapete como uma pequena fortaleza confrontando o aposento árido. A ilusão de fortificações era ampliada pelos estandartes do regimento e da nação pendurados na parede de pedra atrás da mesa. – A lista de plantão dos guardas está aqui – continuou ele, levantando-se e remexendo na primeira gaveta da escrivaninha. Bateu uma pasta de couro surrada no tampo da escrivaninha e acrescentou outra por cima. – E a lista de prisioneiros. Você tem 196 no momento; duzentos é o normal, um pouco a mais ou a menos devido a algumas mortes por doença ou a um ou outro caçador ilegal preso no campo.

– Duzentos – disse Grey. – E quantos nos alojamentos dos guardas?

– Oitenta e dois, em número. Em condições, cerca da metade. – Quarry enfiou a mão na gaveta outra vez e retirou uma garrafa de vidro marrom com uma rolha de cortiça. Sacudiu-a, ouviu o barulho e sorriu ironicamente. – O comandante não é o único a encontrar consolo na bebida. Metade dos beberrões geralmente está incapacitada na hora da chamada. Vou deixar isto aqui para você, está bem? Vai precisar. – Colocou a garrafa de volta, abriu a última gaveta e continuou: – Requisições e cópias aqui; a papelada é o pior do cargo. Não há muito o que fazer, na verdade, se tiver um bom secretário. Não tem, no momento; eu tinha um caco que escrevia com boa caligrafia, mas morreu há duas semanas. Treine outro e não terá nada a fazer, a não ser caçar tetrazes e o Ouro do Francês. – Riu de sua própria piada; boatos sobre o ouro que Luís da França supostamente teria enviado a seu primo Charles Stuart eram numerosos nesta ponta da Escócia.

– Os prisioneiros não são difíceis? – perguntou Grey. – Pelo que soube, quase todos são jacobitas das Terras Altas.

– E são. Mas bastante dóceis. – Quarry parou, olhando pela janela. Uma pequena fileira de homens maltrapilhos saía de uma porta na ameaçadora parede de pedras em frente. – Não têm mais ânimo depois de Culloden – disse ele, sem entusiasmo. – Billy, o Açougueiro, deu jeito nisso. E nós os fazemos pegar tão pesado no trabalho que não lhes restam forças para criar confusão.

Grey balançou a cabeça. A fortaleza de Ardsmuir estava passando por reformas, ironicamente usando a mão de obra dos escoceses ali encarcerados. Levantou-se e foi se juntar a Quarry à janela.

– Há uma turma de trabalho saindo agora para cortar turfa. – Quarry indicou o grupo lá embaixo com um sinal da cabeça. Doze homens barbados, esfarrapados como espantalhos, formavam uma fila torta diante de um soldado de casaco vermelho, que andava para baixo e para cima, inspecionando-os. Evidentemente satisfeito, gritou um comando e sacudiu a mão em direção ao portão externo.

A turma de prisioneiros era acompanhada por seis soldados armados, que se perfilaram na frente e atrás do grupo, os mosquetes posicionados para a marcha, sua aparência elegante em marcante contraste com os escoceses maltrapilhos. Os prisioneiros andavam devagar, indiferentes à chuva que encharcava seus farrapos. Uma carroça puxada por mulas ia rangendo atrás, um monte de facões para cortar turfa brilhando opacamente no chão do veículo.

Quarry franziu a testa, contando-os.

– Alguns devem estar doentes. Cada turma de trabalho tem dezoito homens: três prisioneiros para um guarda, por causa dos facões. Embora, surpreendentemente, bem poucos tentem fugir – acrescentou ele, afastando-se da janela. – Não há lugar para onde ir, imagino. – Deixou a escrivaninha, chutando para o lado um grande cesto de vime que descansava sobre a lareira, cheia de pedaços brutos de uma substância marrom-escura. – Deixe a janela aberta, mesmo se estiver chovendo – avisou Quarry. – Caso contrário, a fumaça da turfa vai sufocá-lo. – Respirou fundo para ilustrar e soltou o ar explosivamente. – Meu Deus, vou ficar feliz de retornar a Londres!

– Não há muito o que fazer na sociedade local, eu presumo – disse Grey secamente. Quarry riu; seu rosto largo e vermelho enrugando-se com a risada diante da ideia.

– Sociedade? Meu caro jovem! Fora uma ou duas vadias passáveis no vilarejo, a vida social aqui é unicamente conversar com seus oficiais. São quatro, um dos quais é capaz de falar sem usar palavrões, seu ordenança e um prisioneiro.

– Um prisioneiro? – Grey ergueu os olhos dos livros de registros que andara examinando, uma das sobrancelhas louras erguida inquisitivamente.

– Ah, sim. – Quarry andava de um lado para o outro do escritório agitadamente, ansioso para ir embora. Sua carruagem o aguardava; demorara-se apenas o suficiente para passar as informações básicas para seu substituto e fazer a passagem formal do comando. Parou, olhando para Grey. Um canto de sua boca torceu-se para cima, divertindo-se com uma piada secreta. – Imagino que já tenha ouvido falar de Jamie Fraser, o Ruivo, não é?

Grey retesou-se ligeiramente, mas manteve o rosto o mais impassível que pôde.

– Creio que a maioria das pessoas já ouviu – disse ele friamente. – O sujeito ficou famoso durante a revolução. – Quarry ouvira a história, droga! Toda ela ou apenas a primeira parte?

A boca de Quarry contorceu-se ligeiramente, mas ele apenas balançou a cabeça.

– É verdade. Bem, nós o temos. Ele é o único oficial jacobita aqui; os prisioneiros das Terras Altas tratam-no como seu chefe. Em consequência, se surge algum problema com os presos, e surgirão, posso lhe garantir, ele age como seu porta-voz.

Quarry estava calçado apenas com suas meias; agora, sentou-se e enfiou as longas botas da cavalaria, preparando-se para a lama lá fora.

– *Seumas, mac na fhear dhuibh*, é como o chamam, ou simplesmente *Mac Dubh*. Fala gaélico? Nem eu. Mas Grissom fala; ele diz que significa "James, filho do Coisa-Ruim". Metade dos guardas tem medo dele, os que lutaram com Cope em Prestonpans. Dizem que ele é o próprio Diabo. Pobre-diabo, agora!

Quarry deu um breve muxoxo, forçando os pés dentro das botas. Bateu os pés no chão, um de cada vez, para ajeitá-las, e levantou-se.

– Os prisioneiros obedecem sem titubear; mas dê ordens sem que ele dê seu aval e será o mesmo que estar falando com pedras no pátio. Já conviveu com escoceses? Ah, claro, você lutou em Culloden, no regimento de seu irmão, não foi?

Quarry tocou a testa em seu fingido esquecimento. Desgraçado! Ele sabia da história toda.

– Deve ter uma ideia, então. "Teimosos" não serve nem para começar a descrevê-los. – Abanou a mão no ar como se descartasse um contingente inteiro de escoceses recalcitrantes. – O que significa – Quarry fez uma pausa, divertindo-se – que vai precisar da boa vontade de Fraser, ou ao menos de sua cooperação. Ele jantava comigo uma vez por semana, para conversar, e achei que deu certo. Talvez você deva experimentar o mesmo arranjo.

– Suponho que sim. – O tom de voz de Grey era frio, mas suas mãos estavam apertadas com força contra os lados do corpo. Quando pingentes de gelo crescerem no inferno, ele jantaria com James Fraser!

– Ele é um homem educado – continuou Quarry, os olhos brilhando de malícia, fixos no rosto de Grey. – Muito mais interessante para se conversar do que os oficiais. Joga xadrez. Joga de vez em quando, não é?

– De vez em quando. – Os músculos de seu abdômen estavam contraídos com tanta força que tinha dificuldade de respirar. Por que esse cabeça-dura idiota não para de falar e vai embora?

– Bem, pense no assunto.

Como se adivinhasse o desejo de Grey, Quarry ajeitou a peruca com mais firmeza, em seguida pegou o manto do cabide junto à porta e jogou-o sobre os ombros com um floreio. Virou-se para a porta, o chapéu na mão, depois se virou de novo para Grey.

– Ah, mais uma coisa. Se você realmente jantar com Fraser sozinho, não dê as costas para ele. – O sarcasmo abandonara o rosto de Quarry; Grey franziu a testa, mas não viu nenhuma prova de que o aviso tivesse a intenção de uma piada. – Falo sério – disse Quarry, com um ar repentinamente grave. – Ele está acorrentado, mas é fácil estrangular um homem com a corrente. E Fraser é um sujeito muito corpulento.

– Eu sei. – Para sua desgraça, Grey pôde sentir o sangue subir às suas faces. Para esconder o fato, virou-se, deixando que o ar frio da janela parcialmente aberta soprasse em seu rosto. – Certamente – disse ele, para as pedras cinza e escorregadias da chuva lá embaixo –, se ele for o homem inteligente que você diz que é, não seria tão idiota a ponto de me atacar em meu próprio gabinete, no meio da prisão, não é? Por que ele faria isso?

Quarry não respondeu. Após um instante, Grey virou-se, encontrando o outro fitando-o pensativamente, o rosto largo, vermelho, sem qualquer vestígio de humor.

– Há inteligência – disse Quarry devagar. – E também há outras coisas. Mas talvez você seja jovem demais para ter visto o ódio e o desespero de perto. Tem havido muito disso na Escócia nestes últimos dez anos. – Inclinou a cabeça, inspecionando o novo comandante de Ardsmuir do alto de seus quinze anos de experiência.

O major Grey era jovem, não mais do que 26 anos, tinha um rosto bonito e longas pestanas femininas que o faziam parecer ainda mais jovem. Para agravar o problema, era 4 ou 5 centímetros mais baixo do que a média e, além disso, de compleição delicada. Ele empertigou-se.

– Tenho consciência de tudo isso, coronel – disse ele sem se alterar. Quarry era o filho mais novo de uma boa família, como ele próprio, mas ainda assim seu superior em patente; ele devia se controlar.

O olhar castanho-claro e brilhante de Quarry demorou-se nele, conjecturando.

– Tenho certeza que sim.

Com um movimento repentino, enfiou o chapéu na cabeça. Tocou o rosto, onde a linha mais escura de uma cicatriz cortava a pele vermelha; uma lembrança do escandaloso duelo que o enviara ao exílio em Ardsmuir.

– Só Deus sabe o que você fez para ser enviado para cá, Grey – disse ele, sacudindo a cabeça. – Mas, para o seu próprio bem, espero que o mereça! Boa sorte! – E com um giro do manto azul, desapareceu.

– Melhor o diabo que se conhece do que o diabo que não se conhece – disse Murdo Lindsay, sacudindo a cabeça lugubremente. – Harry, o Bonitão, não era tão ruim assim.

– Não, não era – concordou Kenny Lesley. – Mas você já estava aqui quando ele veio, não é? Ele era bem melhor do que o merda do Bicho-papão, hein?

– Sim – disse Murdo, sem entender. – O que está querendo dizer?

– Bom, se o Bonitão era melhor do que o Bicho-papão – explicou Lesley pacientemente –, então o Bonitão era o diabo que não conhecíamos e o Bicho-papão era o diabo que conhecíamos, mas, apesar disso, o Bonitão era melhor. Portanto, você está errado, parceiro.

– Estou? – Murdo, irremediavelmente confuso com esse raciocínio, olhou furiosamente para Lesley. – Não, não estou.

– Está, sim – disse Lesley, perdendo a paciência. – Você está sempre errado, Murdo! Por que você discute, se nunca tem razão?

– Não estou discutindo! – protestou Murdo, indignado. – Você é que está me provocando, e não o contrário.

– Só porque você está errado! – disse Lesley. – Se estivesse certo, eu não teria dito uma palavra.

– Não estou errado! Ao menos, eu não acho – resmungou Murdo, sem conseguir lembrar exatamente o que havia dito. Virou-se, recorrendo à enorme figura sentada a um canto. – Mac Dubh, eu estava errado?

O homem alto espreguiçou-se, as correntes de seus grilhões tilintando levemente com seus movimentos, e ele riu.

– Não, Murdo, você não está errado. Mas por enquanto ainda não podemos dizer se está certo. Não até vermos como é o novo diabo, certo? – Vendo as sobrancelhas de Lesley unirem-se em preparação para prosseguir com a discussão, ele ergueu a voz, falando para todo o aposento. – Alguém já viu o novo diretor? Johnson? MacTavish?

– Eu vi – disse Hayes, abrindo caminho alegremente para a frente para aquecer as mãos junto ao fogo. Havia apenas uma lareira na enorme cela e espaço para no máximo seis homens diante do fogo de cada vez. Os outros quarenta permaneciam num frio cortante, amontoando-se em pequenos grupos para se aquecerem.

Em consequência, o acordo era que aquele que tivesse uma história para contar ou uma canção para cantar obtinha um lugar junto à lareira enquanto estivesse falando. Mac Dubh disse que esse era um direito dos trovadores, que ao chegar em grandes castelos, davam-lhe um lugar quente junto à lareira e bastante comida e bebida, em honra da hospitalidade do senhor do castelo. Nunca havia comida ou bebida de reserva ali, mas o lugar quente era certo.

Hayes relaxou, os olhos fechados e um sorriso de felicidade no rosto quando abriu as mãos para o calor. Mas, avisado por um movimento irrequieto de ambos os lados, apressadamente abriu os olhos e começou a falar.

– Eu o vi quando saiu da carruagem e depois outra vez quando levei um prato de doces das cozinhas, enquanto ele e Harry, o Bonitão, estavam conversando.

Hayes franziu a testa em concentração.

– Ele é louro, com longas madeixas douradas amarradas com fita azul. Olhos grandes e pestanas longas também, como as de uma mocinha. – Hayes olhou maliciosamente para seus ouvintes, batendo as próprias pestanas curtas num arremedo de flerte.

Encorajado pelas risadas, continuou, descrevendo as roupas do novo diretor – "elegantes como as de um senhor feudal" –, seus equipamentos e seu criado – "um desses *sassenachs* que falam como se tivessem queimado a língua" –, e tudo que ouvira sobre o modo de falar do novo diretor.

– Ele fala com autoridade e rápido, como alguém que sabe o que está dizendo – disse Hayes, sacudindo a cabeça em dúvida. – Além do mais, ele é muito novo. Parece que acabou de ser desmamado, embora eu imagine que seja mais velho do que parece.

– Sim, é um sujeito baixinho, menor do que o pequeno Angus – concordou Baird, com uma sacudida da cabeça em direção a Angus MacKenzie, que olhou para si mesmo espantado. Angus tinha 12 anos quando lutou ao lado do pai em Culloden. Passara metade de sua vida em Ardsmuir e, em consequência da alimentação pobre da prisão, não crescera muito.

– Sim – concordou Hayes –, mas ele tem pose, ombros aprumados e as costas retas como se tivessem lhe enfiado uma vara pelo traseiro.

A observação de Hayes provocou uma explosão de gargalhadas e comentários grosseiros. Hayes deu lugar a Ogilvie, que sabia uma longa e obscena história sobre o senhor de Donibristle e a filha do homem-porco. Hayes deixou a lareira sem ressentimentos e foi – como de costume – sentar-se ao lado de Mac Dubh.

Mac Dubh nunca ocupava um lugar junto à lareira, mesmo quando lhes contava as longas histórias dos livros que havia lido – *As aventuras de Roderick Random*; *A história de Tom Jones, uma criança abandonada*; ou a favorita de todos, *Robinson Crusoé*. Alegando que precisava de espaço para acomodar as longas pernas, Mac Dubh sempre se sentava no mesmo lugar no canto, de onde todos podiam ouvi-lo. Mas os homens que saíam de perto do fogo vinham, um a um, e sentavam-se no banco a seu lado, para lhe dar o calor que emanava de suas roupas.

– Acha que vai falar com o novo comandante amanhã, Mac Dubh? – perguntou Hayes ao se sentar. – Encontrei-me com Billy Malcolm, na volta do corte de turfa, e ele gritou para mim que os ratos estavam ficando incrivelmente audaciosos em sua cela agora. Seis homens foram mordidos nesta semana quando dormiam e dois deles já estão com feridas supuradas.

Mac Dubh sacudiu a cabeça e coçou o queixo. Emprestavam-lhe uma navalha antes de suas audiências semanais com Harry Quarry, mas já fazia cinco dias desde a última audiência e a barba ruiva espetada já cobria todo o seu queixo.

– Não sei, Gavin – disse ele. – Quarry disse que falaria com o novo sujeito sobre nosso acordo, mas o novo diretor pode ter seus métodos próprios, não é? Mas, se for chamado para vê-lo, não deixarei de falar sobre os ratos. E Malcolm pediu a Morrison para vir tratar as feridas? – A prisão não possuía um médico; Morrison, que tinha talento para curandeiro, tinha permissão dos guardas para ir de cela em cela cuidar dos doentes e feridos, a pedido de Mac Dubh.

Hayes sacudiu a cabeça.

– Ele não teve tempo de dizer mais nada. Passaram por mim marchando, sabe?

– É melhor eu enviar Morrison – decidiu Mac Dubh. – Ele pode perguntar a Billy se há mais alguma coisa errada por lá. – Havia quatro celas principais onde os prisioneiros eram mantidos em grupos numerosos; a comunicação entre eles era feita através das visitas de Morrison e da mistura dos homens nas equipes de trabalho que saíam dia a dia para carregar pedras ou cortar turfa na charneca próxima.

Morrison aproximou-se assim que foi chamado, colocando no bolso quatro crânios de ratos esculpidos com que os presos improvisavam jogos de damas. Mac Dubh tateou embaixo do banco onde se sentava, retirando a sacola de pano que carregava quando ia à charneca.

– Ah, nada mais dos malditos cardos – protestou Morrison, ao ver o amplo sorriso de Mac Dubh ao remexer na sacola. – Não consigo fazê-los comer essa planta espinhenta. Todos perguntam se eu acho que eles são bois ou porcos.

Mac Dubh colocou com todo o cuidado no banco um punhado de talos secos e sugou os dedos espetados.

– São teimosos como porcos, sem dúvida – observou ele. – É apenas cardo-leiteiro. Quantas vezes tenho que lhe dizer, Morrison? Tire as pontas do cardo e triture bem as folhas e os talos. Se ficar espinhoso demais para comer a pasta passada no pão, prepare um chá com as folhas e os talos e faça-os beber. Diga a eles que nunca vi porcos beberem chá.

O rosto enrugado de Morrison abriu-se numa risada. Sendo um homem de idade, ele sabia muito bem como lidar com pacientes teimosos; só gostava de se queixar por diversão.

– Sim, bem, vou perguntar a eles se já viram uma vaca desdentada – disse ele, resignado, enquanto enfiava o punhado de ervas murchas cuidadosamente em sua própria sacola. – Mas não deixe de arreganhar os dentes para Joel McCulloch da próxima vez que o vir. Ele é o pior de todos, não acredita que as folhas verdes realmente ajudam a prevenir o escorbuto.

– Diga a ele que vou dar uma mordida no traseiro dele – prometeu Mac Dubh, com um lampejo de seus belos dentes –, se ficar sabendo que ele não comeu seus cardos.

Morrison deu uma risada gutural e foi reunir os poucos unguentos e ervas que usava como remédios.

Mac Dubh relaxou por um instante, olhando em volta da cela para se certificar de que não havia nenhum problema em formação. Havia rixas no momento; ele havia resolvido o conflito entre Bobby Sinclair e Edwin Murray uma semana antes e, embora não fossem amigos, estavam mantendo distância um do outro.

Fechou os olhos. Estava cansado; carregara pedras o dia inteiro. A refeição da noite seria servida em poucos minutos – uma tigela de mingau e um pouco de pão para ser dividido entre eles, um pouco de sopa também, se tivessem sorte. Como sempre, a maioria dos homens iria dormir logo depois, deixando-lhe alguns momentos de paz e privacidade parcial, quando não precisaria ouvir ninguém ou achar que devia tomar alguma providência.

Não tivera um tempo livre sequer até agora para pensar a respeito do novo comandante, por mais importante que o homem fosse para a vida de todos eles. Jovem, dissera Hayes. Isso podia ser bom, ou ruim.

Homens mais velhos que haviam lutado na revolução geralmente tinham preconceito contra os escoceses das Terras Altas – o Bicho-papão, que o prendera, lutara com Cope. Mas um jovem soldado assustado, tentando se firmar num cargo com o qual não estava familiarizado, poderia ser mais rígido e tirânico do que o mais rabugento dos velhos coronéis. Bem, não havia nada a ser feito senão esperar para ver.

Suspirou e mudou de posição, incomodado – pela milionésima vez – pelos grilhões que usava. Remexeu-se com irritação, batendo um dos pulsos contra a borda do banco. Ele era suficientemente grande para o peso dos ferros não incomodá-lo muito, mas roçavam e irritavam a pele com o trabalho. Pior ainda era a impossibilidade de abrir os braços mais do que 50 centímetros; isso lhe dava cãibras e uma sensação dilacerante no músculo do peito e das costas, que só o abandonava quando ele dormia.

– Mac Dubh – disse uma voz próxima. – Posso lhe falar em particular? – Abriu os olhos e viu Ronnie Sutherland de cócoras a seu lado, o rosto pontudo atento, semelhante ao de uma raposa, na fraca claridade do fogo.

– Sim, Ronnie, claro. – Sentou-se e afastou da mente com firmeza tanto seus grilhões quanto qualquer pensamento sobre o novo diretor.

Querida mãe, John Grey escreveu, mais tarde naquela noite.

Cheguei em segurança ao meu novo posto e achei-o confortável. O coronel Quarry, o meu antecessor – ele é sobrinho do duque de Clarence, lembra-se? –, deu-me as boas-vindas e me colocou a par dos meus deveres. Tenho um criado excelente e, embora no começo esteja inclinado a achar estranhas muitas coisas a respeito da Escócia, tenho certeza de que a experiência será interessante. Serviram-me um prato no jantar que o intendente disse chamar-se "haggis". Após averiguar, fiquei sabendo tratar-se do órgão interno de um carneiro, recheado com uma mistura de aveia moída e uma carne cozida impossível de identificar. Embora tivessem me assegurado que os habitantes da Escócia consideram esse prato uma iguaria, eu o devolvi à cozinha e pedi um simples lombo de carneiro cozido em substituição. Tendo assim feito minha primeira – e humilde! – refeição aqui, e estando bastante cansado da longa viagem – de cujos detalhes devo informá-la numa carta subsequente –, acho que agora devo me recolher, deixando maiores descrições do meu ambiente – com o qual ainda não estou bem familiarizado no momento, já que está escuro – para uma comunicação futura.

Parou, batendo de leve com a pena no mata-borrão. A ponta deixou pequenos pontos de tinta e ele distraidamente desenhou linhas ligando-os, traçando os contornos de um objeto denteado.

Ousaria perguntar sobre George? Não uma pergunta direta, isso não daria certo, mas uma referência à família, perguntando se sua mãe por acaso tinha visto lady Everett ultimamente e pedindo que desse lembranças suas ao filho dela.

Suspirou e desenhou mais uma ponta em seu objeto. Não. Sua mãe viúva ignorava a situação, mas o marido de lady Everett circulava nos meios militares. A influência de seu irmão poderia abafar os mexericos, mas ainda assim lorde Everett poderia sentir o cheiro no ar e ser bastante rápido para tirar conclusões. Se ele fizesse algum comentário indiscreto com sua mulher sobre George, e esse comentário passasse de lady Everett a sua mãe... a viúva condessa Melton não era boba.

Ela sabia perfeitamente que ele caíra em desgraça; jovens e promissores oficiais não eram enviados à toa para os confins da Escócia para supervisionar a reforma de pequenas e insignificantes prisões fortificadas. Mas seu irmão Harold dissera-lhe que o problema era um infeliz assunto do coração, deixando implícito que seria uma indelicadeza da parte dela se perguntasse mais a respeito. Ela provavelmente pensou que ele fora flagrado com a mulher do coronel ou com uma prostituta no seu alojamento.

Um infeliz assunto do coração! Sorriu lugubremente, mergulhando a pena na tinta. Talvez Harold tivesse uma sensibilidade maior do que ele imaginava, descrevendo o caso dessa maneira. Mas todos os seus casos tinham sido infelizes, desde a morte de Hector em Culloden.

Com a lembrança de Culloden, a imagem de Fraser voltou à sua mente; algo que andara evitando o dia inteiro. Olhou do mata-borrão para a pasta que continha a relação de prisioneiros, mordendo o lábio. Ficou tentado a abri-la e ver o nome, mas de que adiantaria isso? Devia haver centenas de escoceses nas Terras Altas chamados James Fraser, mas apenas um conhecido também como Jamie, o Ruivo.

Sentiu as faces queimarem quando ondas de calor percorreram seu corpo, mas não era a proximidade do fogo. Apesar disso, ergueu-se e dirigiu-se à janela, sorvendo grandes arfadas de ar, como se a brisa fria pudesse apagar suas lembranças.

– Desculpe-me, senhor, mas gostaria que sua cama fosse aquecida agora? – O sotaque escocês às suas costas espantou-o e ele girou nos calcanhares, defrontando-se com a cabeça desgrenhada do prisioneiro, designado para cuidar de suas acomodações, enfiada pela porta que levava aos seus aposentos particulares.

– Hã? Ah, sim. Obrigado... MacDonell? – disse ele, em dúvida.

– MacKay, senhor – corrigiu o homem, sem aparente ressentimento, e a cabeça desapareceu.

Grey suspirou. Não havia nada a ser feito esta noite. Voltou à escrivaninha e juntou as pastas para guardá-las. O objeto denteado que ele desenhara no mata-borrão parecia uma dessas clavas cheias de espigões com que os cavaleiros antigos esmagavam a cabeça de seus inimigos. Sentia como se tivesse engolido uma delas, embora talvez não passasse de indigestão provocada pelo lombo de carneiro malcozido.

Sacudiu a cabeça, puxou a carta e assinou-a apressadamente.

Com afeto, seu filho obediente, John Wm. Grey. Espalhou areia sobre a assinatura, selou a carta com seu anel e colocou-a ao lado da mesa para ser enviada pela manhã.

Levantou-se e ficou parado, hesitante, observando os recônditos sombreados do escritório. Era um aposento espaçoso, frio e árido, com pouco mais além da enorme escrivaninha e duas cadeiras. Estremeceu; o brilho melancólico dos tijolos de turfa na lareira pouco contribuía para aquecer o amplo espaço, particularmente com aquele ar úmido e glacial entrando pela janela.

Olhou novamente para o rol de prisioneiros. Depois, inclinou-se, abriu a última gaveta da escrivaninha e retirou dali a garrafa de vidro marrom. Apagou a vela e dirigiu-se ao seu quarto de dormir guiado apenas pela claridade fraca da lareira.

Os efeitos da mistura de cansaço e uísque deveriam tê-lo feito adormecer imediatamente, mas o sono manteve-se distante, planando acima de sua cama como um morcego, mas sem nunca pousar. Toda vez que sentia-se afundar em sonhos, uma visão do bosque de Carryarrick surgia diante de seus olhos e ele via-se novamente acordado e suando, o coração martelando em seus ouvidos.

Tinha 16 anos na época, empolgado com sua primeira campanha. Ele não se alistara no serviço ainda, mas seu irmão Hal o levara com o regimento, para que ele pudesse sentir o gosto de ser um soldado.

Acampados à noite perto de um escuro bosque escocês, a caminho de se unir ao general Cope em Prestonpans, John sentira-se nervoso demais para dormir. Como seria a batalha? Cope era um grande general, todos os amigos de Hal diziam isso, mas os homens em volta das fogueiras contavam histórias assustadoras dos ferozes escoceses das Terras Altas e de suas malditas espadas. Ele teria coragem de enfrentar o terrível ataque dos guerreiros das Terras Altas?

Não conseguia mencionar seus temores nem mesmo a Hector. Hector o amava, mas Hector tinha 20 anos, era alto, musculoso e destemido, com a patente de tenente e histórias arrojadas de batalhas travadas na França.

Ele não sabia, mesmo agora, se fora uma necessidade urgente de imitar Hector, ou apenas impressioná-lo, que o levara a fazer o que fez. De qualquer modo, quando viu o escocês no bosque e o reconheceu dos cartazes que vira como o famoso Jamie Fraser, o Ruivo, resolvera matá-lo ou capturá-lo.

A ideia de voltar ao acampamento para buscar ajuda de fato lhe ocorreu, mas o sujeito estava sozinho – ao menos John achou que estivesse – e evidentemente distraído, sentado sossegadamente em um tronco de árvore, comendo um pedaço de pão.

Assim, sacou a adaga do cinto e rastejou silenciosamente pelo bosque em direção àquela brilhante cabeleira ruiva, o cabo escorregadio em sua mão, a mente repleta de visões de glória e elogios de Hector.

Em vez disso, houve o lampejo da adaga num golpe cintilante, seu braço firmemente preso em volta do pescoço do escocês para sufocá-lo, e então...

Lorde John Grey arremessou-se de um lado para o outro na cama, afogueado com a lembrança. Eles haviam caído para trás, rolando juntos na escuridão, sobre as crepitantes folhas de carvalho secas, debatendo-se e lutando pela vida, ele pensou.

Primeiro, o escocês ficara por baixo dele, depois, com uma torção, conseguira ficar por cima. Ele havia tocado em uma enorme cobra uma vez, uma jiboia que um amigo de seu tio trouxera das Índias, e assim lhe pareceu o toque de Fraser, liso, macio e extremamente poderoso, movendo-se como uma espiral musculosa, nunca estando onde você esperava que estivesse.

Ele fora atirado de maneira humilhante de cara nas folhas, o pulso torcido dolorosamente atrás das costas. Num frenesi de pavor, convencido como estava de que seria morto, puxara o braço preso com todas as suas forças, e o osso se quebrara, com uma violenta explosão de dor que o deixou momentaneamente sem sentidos.

Voltou a si pouco depois, desmoronado contra uma árvore, diante de um círculo de escoceses de ar feroz, todos vestidos com suas mantas de xadrez. No meio deles, estava Jamie Fraser, o Ruivo, e a mulher.

Grey cerrou os dentes. Maldita mulher! Se não tivesse sido por ela... bem, só Deus sabe o que poderia ter acontecido. O que realmente aconteceu é que ela falou, com aquele sotaque inglês, era uma dama pelo modo de falar, e ele – idiota como era! – concluiu na hora que ela era refém dos depravados escoceses, sem dúvida sequestrada para ser violentada. Todos diziam que os escoceses das Terras Altas eram dados à pilhagem diante de qualquer oportunidade e comprazem-se em desonrar mulheres inglesas; como ele podia saber que não era esse o caso?

E lorde John William Grey, com 16 anos e impregnado de noções militares de cavalheirismo e propósitos nobres, machucado, abalado e lutando contra a dor do braço quebrado, tentara barganhar para salvá-la de sua sina. Fraser, alto e zombeteiro, brincou com ele como quis, deixando a mulher semidespida diante dele para forçá-lo a revelar informações sobre a posição e o tamanho do regimento de seu irmão. Depois de ter-lhe dito tudo que sabia, Fraser, rindo, revelou que a mulher era sua esposa. Todos irromperam numa gargalhada; ainda podia ouvir as risadas escarnecedoras dos escoceses agora, em sua lembrança.

Grey rolou na cama, mudando seu peso de lugar com irritação sobre o colchão a que não estava acostumado. E para piorar, Fraser nem sequer tivera a decência de matá-lo, mas amarrara-o a uma árvore, onde seria encontrado por seus amigos pela manhã. Quando, então, os homens de Fraser já teriam visitado o acampamento e – com as informações que ele lhes dera! – inutilizado o canhão que levavam para Cope.

Todos descobriram, é claro, e embora desculpas fossem apresentadas por causa de sua idade e do fato de não ser oficialmente alistado, ele se tornara um pária e objeto de desprezo. Todos se recusavam a falar com ele, exceto seu irmão – e Hector. O fiel Hector.

Suspirou, esfregando o rosto no travesseiro. Ainda podia ver Hector, em sua mente. Cabelos escuros e olhos azuis, boca delicada, sempre sorrindo. Dez anos haviam se passado desde que Hector morrera em Culloden, dilacerado por uma espada escocesa, e John, às vezes, ainda acordava ao alvorecer, o corpo arqueado num espasmo incontrolável, sentindo o toque de Hector.

E agora isto. Tivera medo deste posto, permanentemente cercado pelos escoceses, por suas vozes rascantes, dominado pela lembrança do que haviam feito a Hector. Mas nunca, nem nos piores momentos de expectativa, pensara encontrar James Fraser outra vez.

O fogo de turfa na lareira definhara gradualmente até se transformar em cinzas quentes, depois frias, e a janela empalideceu, passando de um negro profundo a um cinza soturno de uma aurora escocesa chuvosa. E John Grey ainda permanecia insone, os olhos ardendo, fixos nas vigas escuras do teto.

Grey levantou-se de manhã sentindo-se cansado, mas com uma decisão. Ele estava ali. Fraser estava ali. E nenhum dos dois podia ir embora num futuro próximo. Portanto... Teria que ver o sujeito de vez em quando – estaria dirigindo-se aos prisioneiros reunidos dentro de uma hora e depois disso teria que inspecioná-los regularmente. Se mantivesse o sujeito à distância, talvez também conseguisse manter ao largo as lembranças que ele suscitava. E os sentimentos.

Porque, embora tivesse sido a lembrança de sua antiga raiva e humilhação que o mantivera acordado no começo, era o outro lado da atual situação que o deixara ainda acordado ao amanhecer. A lenta percepção de que Fraser agora era seu prisioneiro; não mais seu atormentador, mas um prisioneiro, como os outros, inteiramente à sua mercê.

Tocou a sineta chamando seu criado e aproximou-se da janela para ver como estava o tempo, contraindo-se com o frio do assoalho de pedra sob seus pés descalços.

Estava, como não era de admirar, chovendo. No pátio lá embaixo, os prisioneiros já estavam reunidos em turmas de trabalho, molhados até os ossos. Tremendo em seu camisão, Grey colocou a cabeça para dentro e fechou parcialmente a janela: um bom meio-termo entre a morte por asfixia e a morte por calafrios.

Foram visões de vingança que o mantiveram revirando-se na cama conforme a janela clareava e a chuva batia no parapeito; pensamentos de Fraser confinado a uma cela minúscula de pedra gélida, mantido nu durante as noites de inverno, alimentado com restos de comida, desnudado e chicoteado no pátio da prisão. Todo aquele poder arrogante humilhado, reduzido a um estado abjeto, dependendo unicamente de uma palavra sua para um momento de alívio.

Sim, ele pensou em todas essas coisas, imaginou-as em vívidos detalhes, deliciou-se com elas. Ouviu Fraser implorar misericórdia, imaginou-se desdenhoso, soberbo. Pensou em tudo isso e a clava cheia de espigões revirou-se em suas estranhas, perfurando-o de repugnância por si mesmo.

O que quer que Fraser possa ter sido para Grey, ele agora era um inimigo derrotado; um prisioneiro de guerra e responsabilidade da Coroa. Na verdade, ele era responsabilidade de Grey, uma obrigação, e seu bem-estar, um dever de honra. Seu criado trouxe água quente para ele se barbear. Molhou o rosto, sentindo a tepidez acalmá-lo, afastando as fantasias atormentadas da noite. Era tudo que eram, concluiu – fantasias, e essa compreensão lhe trouxe um certo alívio.

Ele poderia ter encontrado Fraser no campo de batalha e realmente sentir um prazer selvagem em matá-lo ou mutilá-lo. Mas o fato inevitável era que, enquanto Fraser fosse seu prisioneiro, não poderia honradamente causar mal ao sujeito. Quando terminou de se barbear e o criado de vesti-lo, estava suficientemente recuperado para achar uma certa ironia na situação.

Seu comportamento tolo em Carryarrick salvara a vida de Fraser em Culloden. Agora, a dívida paga, e Fraser em seu poder, a absoluta impotência de Fraser como prisioneiro o tornava completamente seguro. Porque tolos ou espertos, ingênuos ou experientes, todos os Grey eram homens honrados.

Sentindo-se um pouco melhor, fitou sua imagem no espelho, ajeitou a peruca e foi tomar o desjejum antes de fazer seu primeiro discurso para os prisioneiros.

• • •

– O jantar deve ser servido na sala de visitas ou aqui, senhor? – A cabeça de MacKay, descabelada como sempre, surgiu na porta do escritório.

– Hummm? – murmurou Grey, absorto nos papéis espalhados sobre a mesa. – Ah – disse, erguendo os olhos. – Aqui mesmo, por favor. – Abanou a mão vagamente indicando o canto da enorme escrivaninha e retornou ao seu trabalho, mal erguendo os olhos quando a bandeja com sua refeição chegou algum tempo depois.

Quarry não estava brincando quando falara da papelada. Só a quantidade de comida requeria infindáveis pedidos e requisições – todas a serem submetidas com cópia a Londres, por favor! –, sem falar nas centenas de outras necessidades apresentadas pelos prisioneiros, guardas e homens e mulheres do vilarejo que vinham à prisão durante o dia para limpar os alojamentos e trabalhar nas cozinhas. Não fizera nada durante todo o dia a não ser escrever e assinar requisições. Tinha que achar um secretário, ou morreria de absoluto tédio.

Cem quilos de farinha de trigo, escreveu, *para uso dos prisioneiros. Seis barris de cerveja, para uso do quartel.* Sua caligrafia em geral elegante rapidamente se degenerara num rabisco prático, sua distinta assinatura transformada num sucinto J. Grey.

Largou a pena com um suspiro e fechou os olhos, massageando a dor entre as sobrancelhas. O sol não se dera ao trabalho de aparecer nem uma vez desde a sua chegada e trabalhar o dia inteiro num aposento enfumaçado à luz de velas deixava seus olhos queimando como pedaços de carvão. Seus livros haviam chegado no dia anterior, mas ele não chegara sequer a desempacotá-los, exausto demais ao cair da noite para fazer algo além de banhar os olhos ardentes em água fria e ir dormir.

Ouviu um ruído baixo e furtivo e sentou-se bruscamente, de olhos arregalados. Um enorme rato marrom estava instalado no canto da escrivaninha, segurando um pedaço de bolo de frutas nas patas dianteiras. O rato não se moveu, apenas olhou-o especulativamente, os bigodes torcendo-se.

– Ora, não acredito no que estou vendo! – exclamou Grey, surpreso. – Patife! Este jantar é meu!

O rato mordiscou o bolo pensativamente, os olhos brilhantes fixos no major.

– Saia já daí!

Furioso, Grey agarrou o objeto mais próximo e atirou-o no rato. O vidro de tinta explodiu no assoalho de pedra com um esguicho preto; o rato assustado pulou da escrivaninha e fugiu precipitadamente, correndo entre as pernas do ainda mais espantado MacKay, que aparecera à porta para verificar a origem do barulho.

– A prisão tem um gato? – perguntou Grey, despejando o conteúdo da bandeja na lata de lixo junto à escrivaninha.

– Sim, senhor, há gatos no paiol de víveres – informou MacKay, engatinhando, sobre as mãos e os joelhos, para limpar as minúsculas pegadas pretas que o rato deixara em sua fuga precipitada pela poça de tinta.

– Bem, traga um para cá, por favor, MacKay – ordenou Grey. – Imediatamente. – Grunhiu diante da lembrança daquele rabo obscenamente nu, empoleirado despreocupadamente sobre seu prato. Já se deparara com muitos ratos no campo, é claro, mas ter sua própria refeição conspurcada diante de seus olhos lhe parecia particularmente enfurecedor.

Caminhou a passos largos até a janela e ficou ali parado, tentando clarear a mente com ar fresco, enquanto MacKay terminava a limpeza. Já era quase hora do crepúsculo e o pátio se enchia de sombras púrpura. As pedras da ala das celas em frente pareciam ainda mais frias e lúgubres do que nunca.

Os carcereiros cruzavam o pátio na chuva, vindos da ala das cozinhas; uma procissão de carrinhos carregados com a comida dos prisioneiros; enormes vasilhames de fumegante mingau de aveia e cestos de pão, cobertos com lonas contra a chuva. Pelo menos os pobres-diabos tinham comida quente após um dia de trabalho sob a chuva na pedreira.

Um pensamento ocorreu-lhe quando se afastou da janela.

– Há muitos ratos nas celas? – perguntou a MacKay.

– Sim, senhor, muitos – respondeu o prisioneiro, com um movimento final do pano de limpeza na soleira da porta. – Vou dizer ao cozinheiro que prepare uma nova bandeja, está bem, senhor?

– Sim, por favor – disse Grey. – E depois, sr. MacKay, por favor providencie para que cada cela tenha seu próprio gato.

MacKay pareceu hesitar diante da ordem. Grey parou no meio do ato de recolher seus papéis espalhados.

– Alguma coisa errada, MacKay?

– Não, senhor – respondeu MacKay devagar. – É que esses ratos realmente mantêm os insetos sob controle. E, com todo respeito, senhor, acho que os homens não gostariam que um gato acabasse com todos os ratos.

Grey olhou espantado para o sujeito, sentindo-se ligeiramente nauseado.

– Os prisioneiros comem os ratos? – perguntou ele, com a lembrança vívida dos dentes amarelos e pontiagudos mordiscando o bolo de frutas.

– Só quando têm a sorte de pegar um, senhor – disse MacKay. – Talvez os gatos possam ajudar nisso, afinal. Isso é tudo por hoje, senhor?

9
O ANDARILHO

A decisão de Grey em relação a James Fraser durou duas semanas. Então, o mensageiro chegou do vilarejo de Ardsmuir com notícias que mudaram tudo.

– Ele ainda está vivo? – perguntou rispidamente ao sujeito. O mensageiro, um dos habitantes do vilarejo que trabalhava para a prisão, balançou a cabeça, confirmando.

– Eu mesmo o vi, senhor, quando o trouxeram. Está na Tília agora, estão cuidando dele... mas eu não achei que bastaria cuidar dele, senhor, se entende o que eu quero dizer. – Ergueu uma das sobrancelhas significativamente.

– Entendo – disse Grey secamente. – Obrigado, senhor...

– Allison, senhor, Rufus Allison. Seu criado, senhor. – O homem aceitou a moeda que Grey lhe deu, inclinou-se com o chapéu debaixo do braço e saiu.

Grey sentou-se à sua escrivaninha, olhando para fora, para o céu de chumbo. O sol mal brilhara por um dia desde sua chegada. Bateu de leve sobre a mesa com a ponta da pena com a qual estivera escrevendo, desatento ao dano que estava infligindo à ponta afiada.

A simples menção de ouro era suficiente para fazer qualquer homem ficar de cabelos em pé, mas especialmente os seus.

Um homem fora encontrado pela manhã, vagando pela névoa da charneca próxima ao vilarejo. Suas roupas estavam encharcadas não só da chuva, como de água do mar, e delirava de febre.

Não parara de falar desde que fora encontrado, a maior parte do tempo apenas balbuciando, mas as pessoas que o resgataram eram incapazes de dar algum sentido aos seus delírios. O homem parecia ser escocês, mas falava uma mistura incoerente de francês e gaélico, com uma palavra em inglês aqui ou ali. E uma dessas palavras fora "ouro".

A combinação de ouro, escocês e francês, mencionada nesta região do país, somente poderia trazer um pensamento à mente de qualquer um que tivesse lutado nos últimos dias da revolução jacobita. O Ouro do Francês. A fortuna em lingotes de ouro que Luís da França – segundo os boatos – enviara secretamente para ajudar seu primo, Charles Stuart. Mas enviada tarde demais.

Algumas histórias diziam que o ouro francês fora escondido pelo exército das Terras Altas durante a última e açodada retirada para o norte, antes do desastre final em Culloden. Outras afirmavam que o ouro jamais chegara a Charles Stuart, mas fora deixado por segurança em uma caverna perto do lugar onde fora descarregado, na costa noroeste.

Algumas ainda diziam que o segredo do esconderijo se perdera, tendo seu guardião morrido em Culloden. Outras, que o esconderijo ainda era conhecido, mas era um segredo guardado a sete chaves pelos membros de uma única família das Terras Altas. Qualquer que fosse a verdade, o ouro ainda não fora encontrado. Ainda não.

Francês e gaélico. O francês de Grey era passável, pois passara vários anos lutando no estrangeiro, mas nem ele nem nenhum dos seus oficiais falavam o bárbaro gaélico, a não ser algumas palavras que o sargento Grissom aprendera quando criança de uma babá escocesa.

Não podia confiar em nenhum homem do vilarejo, não se houvesse alguma verdade nessa história. O Ouro do Francês! Além de seu valor como tesouro – que iria para a Coroa, de qualquer forma –, o ouro possuía um valor considerável e pessoal para John William Grey. A descoberta dessa riqueza quase mítica seria seu passaporte para longe de Ardsmuir – de volta a Londres e à civilização. A mais negra desonra seria instantaneamente ofuscada pelo brilho do ouro.

Mordeu a ponta estragada da pena, sentindo o cilindro quebrar-se entre os dentes.

Droga. Não, não podia ser um dos habitantes do vilarejo, nem um de seus oficiais. Então teria que ser um prisioneiro. Sim, podia usar um prisioneiro sem riscos, porque um prisioneiro não poderia fazer uso das informações em seu próprio benefício.

Droga também. Todos os prisioneiros falavam gaélico, muitos tinham algum conhecimento de inglês também, mas apenas um falava francês. *Ele é um homem educado*, ecoou a voz de Quarry em sua lembrança.

– Droga, droga, droga – murmurou Grey. Não havia outro jeito. Allison dissera que o homem encontrado vagando a esmo estava muito doente; não havia tempo para alternativas. Cuspiu um fragmento da pena de escrever.

– Brame! – gritou ele. O espantado cabo enfiou a cabeça pela porta.

– Sim, senhor?

– Traga-me o prisioneiro chamado James Fraser. Imediatamente.

O diretor do presídio permaneceu de pé atrás da escrivaninha, apoiando-se sobre ela como se o enorme tampo de carvalho fosse de fato a amurada de proteção que parecia ser. Suas mãos estavam úmidas sobre a madeira lisa e o lenço branco do uniforme parecia apertado em volta do seu pescoço.

Seu coração deu um salto quando a porta se abriu. O escocês entrou, suas correntes tilintando levemente, e parou diante da escrivaninha. Todas as velas estavam acesas e o escritório quase tão claro como o dia, embora já fosse praticamente noite lá fora.

Ele vira Fraser várias vezes, é claro, de pé no pátio com os outros prisioneiros, a cabeça ruiva e os ombros acima da maioria dos outros homens, mas nunca suficientemente perto para ver seu rosto com clareza.

Ele estava diferente. Isso foi tanto um choque quanto um alívio; durante muito tempo ele vira um rosto bem barbeado em sua mente, sombrio e ameaçador ou iluminado com uma risada zombeteira. Este homem usava a barba curta, tinha um rosto calmo e circunspecto e, embora os olhos azuis continuassem os mesmos, não davam nenhum sinal de reconhecimento. Continuou tranquilamente parado diante da escrivaninha, aguardando.

Grey pigarreou. Seu coração ainda estava acelerado, mas ao menos podia falar com calma.

– Sr. Fraser – disse ele. – Agradeço-lhe por ter vindo.

O escocês inclinou a cabeça educadamente, mas não respondeu que não tivera outra escolha; seus olhos disseram isso por ele.

– Sem dúvida, está se perguntando por que eu mandei trazê-lo aqui – disse Grey. Ele soava insuportavelmente pomposo a seus próprios ouvidos, mas era incapaz de remediar isso. – Surgiu uma questão para a qual solicito seu auxílio.

– De que se trata, major? – A voz era a mesma, grave e límpida, marcada pelo forte sotaque das Terras Altas.

Respirou fundo, escorando-se na escrivaninha. Preferia fazer qualquer outra coisa que não ter que pedir ajuda a este homem em particular, mas não havia escolha. Fraser era a única chance.

– Um homem foi encontrado vagando pela charneca perto da costa – disse ele, com todo o cuidado. – Ele parece estar gravemente doente e o que fala não faz sentido. Entretanto, algumas... coisas que ele diz parecem ser de... grande interesse para a Coroa. Solicito que fale com ele e descubra o máximo que puder sobre sua identidade e sobre as questões de que fala.

Parou, mas Fraser continuou simplesmente parado, esperando.

– Infelizmente – disse Grey, respirando fundo outra vez –, soube que o homem em questão fala uma mistura de gaélico e francês, e não mais do que uma ou duas palavras em inglês.

Uma das sobrancelhas ruivas do escocês arqueou-se. Seu rosto não se alterou de nenhuma maneira perceptível, mas era evidente que ele havia percebido as implicações da situação.

– Compreendo, major. – A voz macia do escocês soou carregada de ironia. – E gostaria da minha ajuda para traduzir para você o que esse homem possa ter a dizer.

Grey não podia confiar em sua própria voz e, assim, meramente fez um rápido sinal de afirmação com a cabeça.

– Receio ter que recusar, major – Fraser falou com todo o respeito, mas com um brilho no olhar que nada tinha de respeitoso. A mão de Grey fechou-se com força em torno do abridor de cartas de bronze que estava sobre o mata-borrão.

– Você se recusa? – disse ele. Apertou o abridor de cartas com mais força a fim de manter a voz firme e estável. – Posso perguntar por quê, sr. Fraser?

– Eu sou um prisioneiro, major – disse o escocês educadamente. – Não um intérprete.

– Sua ajuda seria... reconhecida – disse Grey, tentando infundir significado na palavra sem oferecer suborno diretamente. – Por outro lado – seu tom de voz endureceu –, a recusa em prestar uma ajuda legítima...

– Não é legítimo que o senhor venha extorquir meus serviços ou me ameaçar, major. – A voz de Fraser soou bem mais implacável do que a de Grey.

– Eu não o ameacei! – O gume do abridor de cartas estava cortando sua palma; foi obrigado a afrouxar a mão.

– Ah, não? Bem, fico feliz em saber disso. – Fraser voltou-se para a porta. – Neste caso, major, desejo-lhe boa-noite.

Grey teria ficado muito satisfeito em apenas deixá-lo ir. Infelizmente, o dever o chamava.

– Sr. Fraser! – O escocês parou, a poucos passos da porta, mas não se virou.

Grey respirou fundo, revestindo-se de coragem.

– Se fizer o que lhe peço, mandarei retirar suas algemas – disse ele. Fraser permaneceu imóvel. Grey podia ser jovem e inexperiente, mas não era desatento. Nem era um mau conhecedor do caráter humano. Grey observou a cabeça do prisioneiro levantar-se, a tensão crescente em seus ombros, e sentiu um pequeno relaxamento da ansiedade que o acometera desde que a notícia do andarilho errante chegara.

– Sr. Fraser?

Muito devagar, o escocês virou-se. Seu rosto mantinha-se absolutamente impenetrável.

– Aceito o acordo, major – disse ele serenamente.

Já passava bastante da meia-noite quando chegaram ao vilarejo de Ardsmuir. Não se via nenhuma luz nas cabanas pelas quais passavam e Grey ficou imaginando o que os habitantes estariam pensando, com o barulho dos cascos dos cavalos e o tilintar das armas passando por suas janelas tarde da noite, um débil eco das tropas inglesas que varreram as Terras Altas havia dez anos.

O andarilho fora levado para a Tília, uma estalagem assim chamada porque durante muitos anos ostentara uma enorme tília no pátio, a única árvore num raio de 50 quilômetros. Não restava mais nada agora além de um toco largo – a árvore, como tantas outras coisas, morrera depois de Culloden, consumida como lenha pelas tropas de Cumberland –, mas o nome permaneceu.

Na entrada, Grey parou e virou-se para Fraser.

– Vai se lembrar dos termos do nosso acordo?

– Sim – respondeu Fraser laconicamente, passando por ele e entrando na estalagem.

Em troca de livrar Fraser dos grilhões, Grey fizera três exigências: a primeira, que Fraser não tentaria fugir durante o trajeto de ida e de volta do vilarejo. A segunda, Fraser se comprometeria a fazer um relato completo e verdadeiro de tudo que o andarilho dissesse. E a terceira, Fraser daria sua palavra de honra de não falar a ninguém exceto Grey sobre o que ouvira.

Houve um murmúrio de vozes em gaélico dentro da estalagem; um som de surpresa quando o estalajadeiro viu Fraser e de deferência à vista do casaco vermelho atrás dele. A mulher do proprietário estava parada na escada, uma lamparina a óleo na mão, fazendo as sombras dançarem ao seu redor.

Grey colocou a mão no braço do dono da estalagem, surpreso.

– Quem é este? – Havia outra figura nas escadas, uma aparição toda vestida de negro.

– É o padre – disse Fraser em voz baixa, a seu lado. – O homem deve estar à beira da morte.

Grey respirou fundo, tentando preparar-se para o que viria.

– Então, não temos tempo a perder – disse ele com firmeza, colocando um pé calçado de bota na escada. – Vamos.

O homem morreu pouco antes de amanhecer o dia, Fraser segurando uma de suas mãos, o padre a outra. Quando o padre inclinou-se sobre a cama, murmurando em gaélico e latim, fazendo sinais católicos sobre o corpo, Fraser recostou-se em seu banco, os olhos cerrados, ainda segurando a mão pequena e frágil na sua.

O enorme escocês permanecera sentado à cabeceira do moribundo a noite inteira, ouvindo, encorajando, consolando. Grey permanecera junto à porta, não querendo assustar o homem com a visão do seu uniforme, tanto surpreso quanto estranhamente emocionado com a delicadeza de Fraser.

Fraser colocou a mão descarnada e ressequida gentilmente sobre o peito imóvel e fez o mesmo sinal que o padre fizera, tocando a testa, o coração e os dois ombros, no sinal da cruz. Abriu os olhos e levantou-se, a cabeça quase tocando as vigas do teto baixo. Fez um breve sinal com a cabeça para Grey e seguiu à sua frente, descendo as escadas estreitas.

– Aqui. – Grey indicou a porta da taberna, vazia àquela hora. Um barman sonolento acendeu a lareira para eles e trouxe pão e cerveja, depois saiu, deixando-os a sós.

Esperou que Fraser se servisse antes de perguntar.

– E então, sr. Fraser?

O escocês colocou seu caneco de cerveja sobre a mesa e limpou a boca com as costas da mão. Com a barba já feita, os longos cabelos muito bem trançados, não parecia desalinhado pela longa noite de vigília, mas havia olheiras escuras de cansaço sob seus olhos.

– Tudo bem – disse ele. – Não faz muito sentido, major – acrescentou, avisando-o –, mas eis tudo o que ele disse. – Falou cuidadosamente, fazendo uma pausa de vez em quando para se lembrar de alguma palavra, parando outra vez para explicar alguma referência em gaélico. Grey permaneceu sentado, ouvindo atentamente, com crescente decepção; Fraser tinha razão, não fazia muito sentido.

– A feiticeira branca? – interrompeu Grey. – Ele mencionou uma bruxa branca? E focas? – Aquilo não parecia mais improvável do que o resto da história, mas mesmo assim perguntou, incrédulo.

– Sim, foi o que ele disse.

– Conte-me outra vez – solicitou Grey. – Da melhor maneira que conseguir se lembrar. Por favor – acrescentou ele.

Sentia-se estranhamente à vontade com Fraser, ele percebeu com uma sensação de surpresa. Em parte, devia-se à pura fadiga, é claro; todas as suas reações e sentimentos costumeiros estavam entorpecidos pela longa noite e pela tensão de observar de perto um homem morrer.

A noite inteira parecera irreal a Grey; e não menos essa estranha conclusão, em que se via sentado à luz turva da aurora de uma taberna rural, partilhando um jarro de cerveja com Jamie Fraser, o Ruivo.

Fraser obedeceu, falando devagar, parando de vez em quando para se lembrar. Com a diferença de uma palavra aqui ou ali, o relato era idêntico ao primeiro – e aquelas partes que o próprio Grey fora capaz de compreender haviam sido fielmente traduzidas.

Sacudiu a cabeça, desanimado. Balbucios confusos e ininteligíveis. Os delírios do homem haviam sido exatamente isso – delírios. Se o homem jamais tivesse visto algum ouro – e assim realmente pareceu, em determinado momento –, não havia como saber onde ou quando por aquela mixórdia de seus delírios febris e incoerentes.

– Tem absoluta certeza de que isso foi tudo o que ele disse? – Grey agarrava-se à frágil esperança de que Fraser pudesse ter omitido uma pequena expressão, alguma declaração que fornecesse uma pista para levar ao ouro perdido.

A manga da camisa de Fraser deslizou para trás quando ele ergueu seu caneco; Grey pôde ver a faixa funda de carne ferida junto aos pulsos, escura à luz turva dentro da taberna. Fraser viu-o olhando seu braço e colocou o caneco de volta sobre a mesa, a frágil ilusão de companheirismo destruída.

– Cumpro meus acordos, major – disse Fraser, com fria formalidade. Levantou-se. – Podemos voltar agora?

Cavalgaram em silêncio por algum tempo. Fraser estava absorto em seus próprios pensamentos, Grey mergulhado em cansaço e frustração. Pararam junto a uma pequena fonte para se refrescar, exatamente quando o sol surgiu no topo das colinas ao norte.

Grey bebeu a água fria, depois molhou o rosto, sentindo o choque de temperatura reanimá-lo no mesmo instante. Estava acordado havia mais de 24 horas e sentia-se lerdo e incapaz de raciocinar.

Fraser estava acordado pelas mesmas 24 horas, mas não dava nenhum sinal aparente de estar perturbado com o fato. Arrastava-se, atarefado, de joelhos, em volta da fonte, evidentemente arrancando uma espécie de erva da água.

– O que está fazendo, sr. Fraser? – perguntou Grey, ligeiramente intrigado.

Fraser ergueu os olhos, levemente surpreso, mas nem um pouco constrangido.

– Estou colhendo agrião, major.

– Estou vendo – disse Grey irritado. – Para quê?

– Para comer, major – respondeu Fraser sem se alterar. Tirou a manchada sacola de pano do cinto e enfiou o maço de folhas molhadas para dentro.

– É mesmo? Não é alimentado o suficiente? – perguntou Grey, sem compreender. – Nunca ouvi falar de pessoas comendo agrião.

– É verde, major.

Em seu estado de completa fadiga, o major suspeitou que Fraser estivesse brincando com ele.

– E de que outra cor uma planta deveria ser? – perguntou ele.

A boca de Fraser contorceu-se ligeiramente e ele parecia estar deliberando consigo mesmo. Por fim, deu de ombros, limpando as mãos molhadas nas calças.

– Eu só quis dizer, major, que comer plantas verdes impede que uma pessoa contraia escorbuto e perca os dentes. Meus homens comem as folhas verdes que eu levo para eles, e agrião tem um gosto melhor do que a maioria das plantas que consigo na charneca.

Grey sentiu as sobrancelhas arquearem-se.

– Plantas verdes impedem o escorbuto? – exclamou ele. – Onde foi que você aprendeu isso?

– Com minha mulher! – respondeu Fraser rispidamente. Virou-se de modo abrupto e ficou amarrando a boca da sacola com movimentos rápidos e bruscos.

Grey não pôde deixar de perguntar.

– Sua mulher, senhor... onde ela está?

A resposta foi um repentino lampejo azul-escuro que o fulminou até a medula dos ossos, tamanha a sua intensidade.

Talvez você seja jovem demais para conhecer o poder do ódio e do desespero. A voz de Quarry soou na memória de Grey. Ele não era; reconheceu-os imediatamente nas profundezas dos olhos de Fraser.

Mas apenas por um instante; em seguida, o véu normal de fria cortesia voltou à sua expressão.

– Minha mulher se foi – disse Fraser, virando-se de costas outra vez, tão bruscamente que o movimento foi quase rude.

Grey sentiu-se abalado por um sentimento inesperado. Em parte, era alívio. A mulher que fora tanto a causa quanto cúmplice de sua humilhação estava morta. Em parte, era pesar.

Nenhum dos dois voltou a falar durante a viagem de volta a Ardsmuir.

Três dias depois, Jamie Fraser fugiu. Nunca fora um obstáculo difícil para os prisioneiros fugirem de Ardsmuir; ninguém nunca o fez simplesmente porque não havia nenhum lugar para onde um homem pudesse ir. A 5 quilômetros da prisão, a costa da Escócia mergulhava no oceano num derrame de granito esfacelado. Nos outros três lados, não havia nada além de terra deserta, estendendo-se por quilômetros e quilômetros.

No passado, um homem poderia fugir pela mata e contar com um clã ou um parente que lhe desse abrigo e proteção. Mas os clãs haviam sido dizimados, os parentes mortos, os prisioneiros escoceses levados para longe das terras de seus próprios clãs. Morrer de fome numa terra pantanosa não era melhor do que uma cela de prisão. A fuga não valia a pena – para qualquer um, exceto Jamie Fraser, que evidentemente tinha um motivo.

Os cavalos dos dragões restringiam-se à estrada; embora a charneca ao redor parecesse lisa como uma colcha de veludo, o urzal arroxeado era uma camada fina, enganosamente espraiada sobre uns 30 centímetros mais de musgo de turfa, esponjoso e encharcado. Até os veados-vermelhos evitavam caminhar a esmo pelo terreno pantanoso – Grey podia ver quatro desses animais agora, figuras semelhantes a galhos, a 1,5 quilômetro de distância, a sua trilha pelo urzal parecendo fina como uma linha.

Fraser, obviamente, não estava a cavalo. Isso significava que o prisioneiro fugitivo podia estar em qualquer lugar da charneca, livre para seguir as trilhas dos veados-vermelhos.

Era dever de John Grey perseguir seu prisioneiro e tentar recapturá-lo. Foi algo mais do que o dever que o fez desfalcar a guarnição para formar o grupo de busca e instar os homens a prosseguir, parando o mínimo possível para comer e descansar. Dever, sim, e uma necessidade premente de encontrar o ouro francês e angariar a aprovação de seus superiores e a dispensa daquele estéril exílio escocês. Mas havia raiva também, e uma estranha sensação de traição pessoal.

Grey não tinha certeza se estava com mais raiva de Fraser por faltar com sua palavra ou consigo mesmo, por ter sido tolo o suficiente para acreditar que um escocês das Terras Altas – cavalheiro ou não – tivesse uma noção de honra igual à sua. Mas com raiva ele estava, e determinado a vasculhar cada trilha de veados naquela charneca se necessário, a fim de laçar James Fraser pelos calcanhares.

Alcançaram a costa na noite seguinte, bem depois de escurecer, após um dia cansativo esquadrinhando o território. A neblina havia se dispersado por cima dos rochedos, varrida pelo vento que soprava da terra, o mar estendia-se diante deles, represado pelos penhascos e salpicado de minúsculas ilhotas desertas.

John Grey ficou parado ao lado de seu cavalo no alto dos rochedos, contemplando o mar bravio e negro lá embaixo. Era uma noite clara na costa, graças a Deus, e a lua estava pela metade, sua claridade revelando rochas molhadas pela arrebentação, fazendo-as destacarem-se, duras e brilhantes como lingotes de prata em meio a sombras negras e aveludadas.

Era o lugar mais desolado que já vira, embora tivesse uma espécie de beleza terrível que fazia o sangue correr gelado em suas veias. Nenhum sinal de James Fraser. Nenhum sinal de vida.

Um dos homens que o acompanhavam fez uma repentina exclamação de surpresa e sacou a pistola.

– Lá! – disse ele. – Nas rochas!

– Guarde a arma, idiota – disse outro dos soldados, agarrando a arma do companheiro. Não fez nenhum esforço para disfarçar seu desdém. – Nunca viu focas?

– Ah... não – disse o primeiro homem, um pouco encabulado. Abaixou a pistola, fitando as pequenas formas escuras nas rochas abaixo.

Grey também nunca vira focas e observou-as fascinado. À distância, pareciam lesmas negras, o luar refletindo-se em seus dorsos luzidios quando erguiam a cabeça, inquietas, parecendo rolar e contorcer-se, vacilantes, quando se locomoviam em terra.

Sua mãe possuíra um manto feito de pele de foca, quando ele era garoto. Ele teve a oportunidade de tocá-lo uma vez, admirando-se com a sensação, escura e quente como uma noite de verão sem luar. Era surpreendente que aquela pele espessa e sedosa viesse dessas criaturas molhadas e escorregadias.

– Os escoceses as chamam de silkies – disse o soldado que as reconhecera. Fez um sinal com a cabeça indicando as focas com ar de profundo conhecedor.

– Silkies? – A atenção de Grey foi despertada; fitou o homem com interesse. – O que mais sabe sobre elas, Sykes?

O soldado deu de ombros, desfrutando sua importância passageira.

– Não muita coisa, senhor. Mas o pessoal daqui conta histórias sobre elas; dizem que às vezes uma delas vem à terra firme e livra-se de sua pele, e por dentro há uma bela mulher. Se um homem encontrar a pele e escondê-la, de modo que ela não possa voltar, bem... ela será obrigada a ficar e se tornar sua mulher. Dão ótimas esposas, senhor, ou assim dizem.

– Ao menos, vão estar sempre molhadas – murmurou o primeiro soldado, e os homens irromperam em gargalhadas que ecoaram pelos penhascos, rouquenhas como os gritos de aves marinhas.

– Basta! – Grey teve que elevar a voz para se fazer ouvir acima da eclosão de risadas e piadas grosseiras. – Espalhem-se! – ordenou ele. – Quero que deem uma busca nos rochedos em ambas as direções. E fiquem de olho em barcos lá embaixo, há espaço suficiente para esconder uma chalupa atrás dessas ilhotas.

Envergonhados, os homens afastaram-se sem comentários. Retornaram uma

137

hora mais tarde, molhados pelos borrifos da arrebentação das ondas contra os rochedos e desalinhados por escalarem pedras, mas sem nenhum sinal de Jamie Fraser – ou do Ouro do Francês.

Ao amanhecer, quando a luz pintou as rochas escorregadias de vermelho e dourado, pequenos grupos de dragões foram enviados para vasculhar os rochedos nas duas direções, descendo cuidadosamente os penhascos rochosos e as pilhas de pedras desmoronadas.

Nada foi encontrado. Grey permaneceu junto a uma fogueira no topo do penhasco, observando a busca. Estava enrolado em seu sobretudo para proteger-se do vento cortante e periodicamente se reanimava com café quente, fornecido por seu criado.

O andarilho viera do mar, suas roupas estavam encharcadas de água salgada. Se Fraser ficara sabendo de alguma coisa pelas palavras do sujeito que não lhe contara ou tivesse decidido apenas dar uma olhada por conta própria, certamente ele também teria vindo para o mar. No entanto, não havia nenhum sinal de James Fraser, em nenhum lugar ao longo dessa faixa da costa. Pior ainda, não havia nenhum sinal do ouro.

– Se ele foi para algum lugar ao longo desta faixa do litoral, major, acho que não o veremos mais. – Era o sargento Grissom, de pé ao seu lado, olhando fixamente para a turbulência das ondas arrebentando nas pedras escarpadas lá embaixo. Fez um sinal com a cabeça indicando a fúria das águas. – Chamam este lugar de Caldeirão do Diabo, por causa da maneira como fervilha o tempo todo. Os pescadores que se afogam ao largo desta costa raramente são encontrados; há correntes terríveis que podem ser responsáveis por isso, é claro, mas as pessoas dizem que o diabo os agarra e puxa para baixo.

– É mesmo? – disse Grey, de modo inexpressivo. Olhou fixamente para a espuma e a arrebentação violenta 15 metros abaixo. – Eu não duvidaria, sargento.

Voltou para a fogueira do acampamento.

– Dê ordens para que as buscas continuem até o cair da noite, sargento. Se nada for encontrado, partiremos de volta pela manhã.

Grey ergueu o olhar do pescoço do cavalo, estreitando os olhos pela luz turva do começo da manhã. Sentia os olhos inchados da fumaça de turfa e da falta de sono, e seus ossos doíam das várias noites passadas deitado no chão úmido.

A volta a Ardsmuir não levaria mais do que um dia. A ideia de uma cama macia e uma refeição quente era deliciosa, mas teria que redigir despacho oficial a

Londres, comunicando a fuga de Fraser – a razão da fuga e seu próprio fracasso vergonhoso em recapturar o prisioneiro.

A sensação de desalento diante dessa perspectiva era reforçada por fortes contrações na barriga do major. Ergueu a mão, fazendo sinal para uma parada, e desceu com dificuldade do cavalo.

– Esperem aqui – disse a seus homens. Havia uma pequena colina a uns 30 metros de distância; ela lhe proporcionaria suficiente privacidade para o alívio de que tanto precisava; seus intestinos, desacostumados ao mingau e ao pão de aveia escoceses, haviam se rebelado completamente contra as exigências de uma dieta de campanha.

Os pássaros cantavam no urzal. Longe do barulho dos cascos e arreios, ele podia ouvir todos os minúsculos sons do amanhecer. O vento mudara de direção com a aurora e o cheiro do mar agora vinha para a terra, murmurando pelo capim. Algum animal pequeno fez um barulho farfalhante do outro lado de uma moita de tojo. Tudo estava muito pacífico.

Erguendo-se do que ele descobriu tarde demais ser uma posição muito indigna, Grey virou a cabeça e deu de cara com James Fraser.

Ele estava a menos de 2 metros de distância. Permaneceu imóvel como um dos veados-vermelhos, o vento roçando-o de leve, o sol nascente refletido em seus cabelos.

Ficaram paralisados, encarando-se. O vento trazia um leve cheiro do mar. Por um instante, não se ouviu nenhum ruído além da brisa do mar e do canto de pássaros. Em seguida, Grey aprumou-se, engolindo com força para fazer o coração descer da garganta.

– Receio que tenha me pego desprevenido, sr. Fraser – disse ele friamente, abotoando as calças com toda a dignidade que conseguiu reunir.

Os olhos do escocês foram a única parte dele a se mover, percorrendo a figura de Grey lentamente de alto a baixo. Olhou por cima do ombro, para onde seis soldados armados estavam enfileirados, apontando seus mosquetes. Os olhos azul-escuros fixaram-se depois nos seus. Por fim, o canto da boca de Fraser contorceu-se e ele disse:

– Acho que também me pegou, major.

10

A MALDIÇÃO DA BRUXA BRANCA

Jamie Fraser estava sentado, tremendo de frio, no chão de pedra do depósito vazio, envolvendo os joelhos e tentando se aquecer. Achava que jamais se sentiria aquecido outra vez. A friagem do mar penetrara em seus ossos e ele ainda podia sentir na barriga a agitação dos vagalhões revoltos na arrebentação.

Ansiava pela presença dos outros presos – Morrison, Hayes, Sinclair, Sutherland. Não só por companhia, mas pelo calor de seus corpos. Nas noites mais geladas, os homens sentavam-se bem juntos para se aquecerem, respirando o hálito rançoso uns dos outros, tolerando as cotoveladas e empurrões de acomodações apertadas por causa do calor.

Mas ele estava sozinho. Era provável que não o devolvessem à cela grande com os outros homens até terem feito com ele o que quer que pretendessem como castigo pela fuga. Recostou-se na parede com um suspiro, sentindo morbidamente os ossos da espinha dorsal pressionando a pedra e a fragilidade da carne que os recobria.

Estava com muito medo de ser açoitado, mas torcia para que essa fosse sua punição. Seria horrível, mas logo terminaria – e infinitamente mais suportável do que ser acorrentado outra vez. Podia sentir na carne as batidas do martelo, ecoando pelos ossos de seu braço conforme o ferreiro fixava os grilhões firmemente no lugar, mantendo o seu pulso preso sobre a bigorna.

Seus dedos buscaram o rosário em volta do pescoço. Sua irmã o dera para ele quando partiu de Lallybroch; os ingleses deixaram que ele o conservasse, já que as contas de madeira não tinham nenhum valor.

– Ave Maria, cheia de graça – murmurou ele –, bendita sois vós entre as mulheres.

Não tinha muita esperança. Aquele maldito majorzinho de cabelos louros vira, o desgraçado – ele sabia como os ferros eram terríveis.

– Bendito é o fruto de vosso ventre, Jesus. Santa Maria, Mãe de Deus, rogai por nós, pecadores...

O majorzinho fizera um acordo com ele, e ele o cumprira. Mas não era o que o major estaria pensando.

Cumprira sua palavra, fizera o que prometera. Repassara a ele as palavras que lhe foram ditas, uma a uma, exatamente como as ouvira do forasteiro. Não fazia parte do acordo dizer ao inglês que ele conhecia o sujeito – ou que conclusões ele tirara das palavras balbuciadas.

Ele reconhecera Duncan Kerr imediatamente, apesar de mudado pelo tempo e pela doença fatal. Antes de Culloden, ele fora um arrendatário de Colum MacKenzie, tio de Jamie. Depois, fugira para a França, para tentar a vida do jeito que pudesse por lá.

– Fique quieto, *a charaid*; *bi sàmhach* – dissera ele suavemente em gaélico, ajoelhando-se junto à cama onde o doente estava deitado. Duncan era um homem de idade, tinha o rosto envelhecido, desgastado pela doença e pela fadiga, e seus olhos brilhavam de febre. No começo, achara que Duncan estava mal demais para reconhecê-lo, mas a mão debilitada agarrara a sua com uma força surpreendente e o homem repetira com a respiração áspera, "*mo charaid*". Meu irmão.

O dono da estalagem observava-os do seu lugar junto à porta, espreitando por cima do ombro do major Grey. Jamie inclinou a cabeça e sussurrou no ouvido de Duncan:

– Tudo que você disser será contado ao inglês. Fale com cuidado.

Os olhos do estalajadeiro estreitaram-se, mas a distância entre eles era grande demais; Jamie tinha certeza de que ele não ouvira. Em seguida, o major virou-se e ordenou que o dono da estalagem se retirasse, e ele ficou seguro.

Não sabia se fora o efeito do seu aviso ou apenas o delírio da febre, mas a fala de Duncan divagava com sua mente, em geral incoerente, imagens do passado misturadas às do presente. Algumas vezes, chamara-o de "Dougal", o nome do irmão de Colum, o outro tio de Jamie. Às vezes, deixava-se levar por poesias, outras vezes simplesmente delirava. E entre os delírios e divagações, às vezes havia algum sentido – ou mais do que sentido.

– É amaldiçoado – murmurou Duncan. – O ouro é amaldiçoado. Estou avisando-o, rapaz. Foi dado pela bruxa branca, dado ao filho do rei. Mas a causa está perdida, o filho do rei fugiu e ela não permitirá que o ouro seja dado a um covarde.

– Quem é ela? – perguntou Jamie. Seu coração dera um pulo e o sufocara às palavras de Duncan, e continuava batendo desgovernadamente quando perguntou: – A bruxa branca, quem é?

– Ela procura um homem de coragem. Um MacKenzie, é para ele mesmo. MacKenzie. Pertence a eles, disse ela, pelo bem daquele que está morto.

– Quem é a bruxa? – perguntou Jamie outra vez. A palavra usada por Duncan foi *ban-druidh*: uma bruxa, uma feiticeira, uma dama branca. Certa vez, chamaram assim sua mulher. Claire, sua própria dama branca. Apertou a mão de Duncan com força, instando-o a não perder os sentidos.

– Quem? – disse ele novamente. – Quem é a bruxa?

– A bruxa – murmurou Duncan, os olhos cerrando-se. – A bruxa. Ela é uma devoradora de almas. Ela é a morte. Ele está morto, o MacKenzie, ele está morto.

– Quem está morto? Colum MacKenzie?

– Todos eles, todos eles. Estão todos mortos. Todos mortos! – gritou o moribundo, agarrando sua mão com força. – Colum, Dougal e Ellen, também.

De repente, seus olhos se abriram e fixaram-se nos de Jamie. A febre dilatara suas pupilas, de modo que seu olhar parecia uma poça negra e funda.

– As pessoas realmente contam – disse ele, com surpreendente clareza – como Ellen MacKenzie deixou seus irmãos e sua casa e foi casar-se com uma silkie do mar. Ela as ouviu, sabe? – Duncan sorriu sonhadoramente, o olhar negro girando com a visão distante. – Ela ouviu as focas cantarem, lá nas rochas, uma, duas e três delas, e viu de sua torre, uma, duas e três delas, e assim ela desceu e foi para o mar, e para o fundo do mar, para viver com as silkies. Hein? Não foi?

– Assim dizem – respondera Jamie, a boca seca. Ellen era o nome de sua mãe. E isso foi o que as pessoas disseram, quando ela saiu de casa, para fugir com Brian Dubh Fraser, o homem com os cabelos negros e brilhantes de uma silkie. O homem em razão do qual ele próprio era agora chamado Mac Dubh – o filho de "Black Brian".

O major Grey aproximou-se e parou do outro lado da cama, o cenho franzido, observando o rosto de Duncan. O inglês não sabia nada de gaélico, mas Jamie poderia apostar que ele conhecia a palavra para ouro. Entreolharam-se e ele fez um breve sinal com a cabeça, inclinando-se outra vez para falar com o moribundo.

– O ouro, companheiro – disse ele, em francês, suficientemente alto para Grey ouvir. – Onde está o ouro? – Apertou a mão de Duncan com toda a força, na esperança de comunicar-lhe um aviso.

Os olhos de Duncan cerraram-se e ele começou a virar a cabeça agitadamente de um lado para o outro no travesseiro. Murmurou alguma coisa, mas as palavras eram fracas demais para serem compreendidas.

– O que ele disse? – perguntou o major rispidamente. – O quê?

– Não sei. – Jamie bateu de leve na mão de Duncan para despertá-lo. – Fale comigo, companheiro, conte-me outra vez.

Não houve resposta, a não ser uns murmúrios. Os olhos de Duncan haviam rolado para trás em sua cabeça, de modo que apenas uma linha fina de esclerótica brilhante aparecia sob as pálpebras enrugadas. Impaciente, o major inclinou-se para a frente e sacudiu-o por um dos ombros.

– Acorde! – disse ele. – Fale conosco!

Imediatamente, os olhos de Duncan Kerr arregalaram-se. Olhou fixamente para cima, mais para cima, vendo alguma coisa muito além dos dois rostos inclinados sobre ele.

– Ela lhes dirá – disse ele, em gaélico. – Ela virá até vocês. – Por uma fração de segundo, sua atenção pareceu retornar ao quarto da estalagem onde estava e seus olhos fixaram-se nos homens que o ladeavam. – Até vocês dois – disse com clareza.

Em seguida, fechou os olhos e não disse mais nada, agarrando-se cada vez com mais força à mão de Jamie. Após algum tempo, sua mão relaxou e soltou-se. Tudo estava acabado. A guarda do ouro havia sido transmitida.

E assim, Jamie Fraser cumpriu sua palavra ao inglês – e sua obrigação com seus compatriotas. Contou ao major tudo que Duncan dissera, o que de nada lhe adiantara! E quando a oportunidade de fuga surgiu, ele aproveitou-a – fugiu para a charneca, dirigiu-se para a costa e fez o que pôde com o legado de Duncan Kerr. E agora tinha que pagar o preço de seus atos, qualquer que fosse.

Ouviu passos vindo pelo corredor do lado de fora. Apertou os joelhos com mais força, tentando estancar os tremores. Ao menos, seria resolvido agora, de um modo ou de outro.

– ... rogai por nós pecadores, agora e na hora de nossa morte, amém.

A porta escancarou-se, deixando entrar um facho de luz que o fez piscar. Estava escuro no corredor, mas o guarda parado acima dele carregava uma tocha.

– De pé. – O homem agarrou-o e puxou-o, obrigando-o a levantar-se apesar da rigidez de suas juntas. Foi empurrado em direção à porta, aos tropeções. – Querem vê-lo lá em cima.

– Lá em cima? Onde? – Estava surpreso; a forja do ferreiro ficava no andar de baixo, fora do pátio. E não iriam açoitá-lo tão tarde da noite.

O rosto do homem contorceu-se, feroz e vermelho à luz da tocha.

– Nos alojamentos do major – disse o guarda, rindo. – E que Deus tenha pena de sua alma, Mac Dubh.

– Não, senhor, não vou dizer onde estive – repetiu com firmeza tentando não deixar que seus dentes batessem de frio. Fora levado não ao escritório, mas à sala de visitas particular de Grey. A lareira estava acesa, mas Grey estava parado diante dela, bloqueando a maior parte do calor.

– Nem por que decidiu fugir? – A voz de Grey era fria e formal.

O rosto de Jamie endureceu-se. Fora colocado perto da estante de livros, onde a luz de um candelabro de três braços recaía sobre seu rosto; o próprio Grey não passava de uma silhueta escura contra a claridade do fogo.

– É assunto pessoal meu – disse ele.

– Assunto pessoal? – ecoou Grey, incrédulo. – Você disse assunto pessoal seu?

– Sim.

O diretor respirou ruidosamente pelo nariz.

– Isso é provavelmente a coisa mais afrontosa que já ouvi na vida!

– Sua vida, então, deve ter sido curta, major – disse Fraser. – Se me permite o comentário. – Não fazia sentido prorrogar aquela conversa ou tentar aplacar a ira do major. Era melhor provocar logo uma decisão e acabar com aquilo. Ele com certeza provocara alguma coisa; Grey cerrou os punhos com força, pressionando-os junto ao corpo, e deu um passo em sua direção, afastando-se do fogo.

– Tem noção do que eu poderia fazer com você por isso? – perguntou Grey, a voz baixa e deliberadamente controlada.

– Sim, tenho, major. – Mais do que uma simples noção. Sabia por experiência própria o que ele podia infligir-lhe e não estava ansioso por isso. Mas não tinha escolha.

Grey respirou pesadamente por um instante, depois virou de modo abrupto a cabeça.

– Venha cá, sr. Fraser – ordenou ele. Jamie fitou-o, intrigado. – Aqui! – disse ele, autoritariamente, apontando para um lugar diretamente à sua frente no tapete em frente à lareira. – Venha cá, sr. Fraser!

– Não sou um cachorro, major! – retorquiu Jamie. – Faça o que quiser comigo, mas não vou obedecer quando me ordena junto aos seus calcanhares!

Pego de surpresa, Grey emitiu uma risada curta e involuntária.

– Minhas desculpas, sr. Fraser – disse ele secamente. – Não tive a intenção de ofendê-lo. Só queria que chegasse mais perto. Poderia? – Deu um passo para o lado e fez uma mesura elaborada, indicando a lareira com um gesto da mão.

Jamie hesitou, mas depois avançou cautelosamente pelo tapete ornamentado com motivos decorativos. Grey deu um passo em sua direção, as narinas alargadas. Assim de perto, os ossos delicados e a pele clara e lisa de seu rosto davam-lhe um ar quase feminino. O major colocou a mão em sua manga e os olhos de longas pestanas arregalaram-se de surpresa.

– Está molhado!

– Sim, estou molhado – disse Jamie, com elaborada paciência. Também estava congelado. Um tremor contínuo percorria seu corpo, mesmo ali junto ao fogo.

– Por quê?

– Por quê? – repetiu Jamie, atônito. – Não mandou os guardas me encharcarem de água antes de me deixarem numa cela gelada?

– Não, não fiz isso. – Era bastante evidente que o major dizia a verdade; seu rosto estava pálido sob o rubor causado pelo calor da lareira, e ele pareceu furioso. Seus lábios contraíram-se numa linha fina. – Peço-lhe desculpas por isso, sr. Fraser.

– Desculpas aceitas, major. – Pequenos filetes de vapor começavam a elevar-se de suas roupas, mas o calor penetrava pelo tecido úmido. Seus músculos doíam dos tremores e gostaria de deitar-se no tapete. Cachorro ou não.

– Sua fuga teve alguma coisa a ver com o que ouviu na estalagem Tília?

Jamie permaneceu em silêncio. As pontas dos seus cabelos estavam secando e alguns fios flutuavam pelo seu rosto.

– Juraria que sua fuga nada teve a ver com o que aconteceu na estalagem?

Jamie continuou em silêncio. Não havia razão para dizer alguma coisa agora.

O pequeno major andava para cima e para baixo da lareira diante dele, as mãos entrelaçadas nas costas. De vez em quando, o major erguia os olhos para ele, depois retomava os passos.

Finalmente, parou em frente a Jamie.

– Sr. Fraser – disse ele formalmente. – Vou lhe perguntar mais uma vez. Por que fugiu da prisão?

Jamie suspirou. Não iria ficar de pé junto ao fogo por muito mais tempo.

– Não posso lhe dizer, major.

– Não pode ou não quer? – perguntou Grey asperamente.

– Não parece uma distinção necessária, major, já que não ouvirá nada de mim, de qualquer forma. – Fechou os olhos e esperou, tentando absorver o máximo de calor possível antes que o levassem.

Grey sentiu-se desorientado, sem saber o que dizer ou fazer. *Teimosos não serve nem para começar a descrevê-los*, dissera Quarry. Não mesmo.

Inspirou fundo, imaginando o que fazer. Sentia-se constrangido pela crueldade mesquinha da vingança dos guardas; mais ainda porque fora exatamente essa medida que ele próprio contemplara assim que soube que Fraser era seu prisioneiro.

Estaria perfeitamente dentro dos seus direitos agora mandar açoitar o sujeito ou acorrentá-lo outra vez. Condenado ao confinamento em uma solitária, com suas rações reduzidas – ele poderia com justiça infligir-lhe dezenas de punições diferentes. E se o fizesse, as chances de um dia vir a encontrar o Ouro do Francês se reduziriam drasticamente.

O ouro realmente existia. Ou ao menos havia uma boa probabilidade de que assim fosse. Somente a crença nesse ouro teria motivado Fraser a agir como agira.

Examinou o escocês. Os olhos de Fraser estavam fechados, os lábios cerrados com firmeza. Possuía a boca larga e forte, cuja expressão feroz em parte se contrapunha aos lábios sensíveis, macios e expostos em seu ninho encaracolado de barba ruiva.

Grey parou, tentando pensar em algum jeito de transpassar a muralha de brando desafio do sujeito. O uso da força seria pior do que inútil – e depois da atitude dos guardas, teria vergonha de ordená-la, ainda que tivesse estômago para brutalidade.

O relógio no consolo da lareira bateu as dez horas. Era tarde; não havia nenhum ruído na fortaleza, a não ser os passos do soldado de sentinela no pátio do lado de fora da janela.

Obviamente, nem força nem ameaça ajudariam a obter a verdade. Com relutância, compreendeu que só havia um caminho a seguir se ainda quisesse ir ao encalço do ouro. Teria que deixar de lado seus sentimentos em relação ao escocês e aceitar a sugestão de Quarry. Devia buscar um relacionamento, no decorrer do qual talvez pudesse extrair do sujeito alguma pista que o levasse ao tesouro escondido.

Se ele existisse, lembrou a si mesmo, virando-se para o prisioneiro. Respirou fundo.

– Sr. Fraser – disse ele formalmente –, me daria a honra de jantar comigo amanhã nas minhas dependências?

Ao menos, teve a satisfação momentânea de surpreender o maldito escocês. Os olhos azuis arregalaram-se e, em seguida, Fraser recuperou o domínio de sua expressão. Parou por um instante, depois fez uma mesura floreada, como se usasse um kilt e um xale oscilante, e não farrapos úmidos de um prisioneiro.

– O prazer será todo meu, major – respondeu ele.

7 de março de 1755

Fraser chegou escoltado pelo guarda e foi deixado na sala de estar, onde a mesa de jantar estava posta. Quando Grey atravessou a porta de seu quarto alguns instantes depois, viu seu convidado parado junto à estante, aparentemente absorto em um exemplar.

– Interessa-se por romances franceses? – perguntou ele inesperadamente, só percebendo tarde demais o quanto a pergunta soava inacreditável.

Fraser ergueu os olhos, surpreso, e fechou o livro com um estalo. Com acintosa deliberação, devolveu o volume ao seu lugar na estante.

– Eu sei ler, major – disse ele. Ele havia se barbeado; um ligeiro rubor afogueava as maçãs de seu rosto.

– Eu... sim, claro, não quis dizer... eu apenas... – As próprias faces de Grey ficaram mais ruborizadas do que as de Fraser. A realidade é que ele havia de fato, inconscientemente, presumido que o outro não lia, apesar de sua evidente educação esmerada, somente por causa de seu sotaque das Terras Altas e suas vestimentas andrajosas.

Embora seu casaco pudesse estar surrado e gasto, os modos de Fraser não deixavam a desejar. Ignorou as desculpas atrapalhadas de Grey e virou-se para a estante.

– Tenho contado a história aos homens, mas já faz algum tempo que a li. Achei que podia refrescar a memória quanto à sequência do final.

– Sei. – Bem a tempo, Grey conteve-se de dizer: "E eles a compreendem?"

Fraser evidentemente leu a frase não pronunciada em seu rosto, porque disse secamente:

– Todas as crianças escocesas são alfabetizadas, major. Além disso, temos uma grande tradição de contadores de histórias nas Terras Altas.

– Ah. Sim. Entendo.

A entrada do criado com o jantar salvou-o de novos embaraços e o jantar transcorreu sem incidentes, embora com pouca conversa, assim mesmo limitada aos assuntos da prisão.

Na vez seguinte, mandou colocar a mesa de xadrez diante da lareira e convidou Fraser para se unir a ele numa partida antes do jantar ser servido. Um breve lampejo de surpresa atravessou os olhos oblíquos e azuis, seguido de um breve aceno de cabeça em aquiescência.

Aquele fora um golpe de gênio, Grey pensou em retrospecto. Aliviados da necessidade de manter uma conversa ou gentilezas sociais, eles gradualmente acostumaram-se um ao outro, inclinados sobre o tabuleiro incrustado de marfim e ébano, avaliando-se silenciosamente pelos movimentos das peças do jogo de xadrez.

Quando por fim sentaram-se para jantar, já não eram completos estranhos, e a conversa, embora ainda cautelosa e formal, era ao menos uma conversa autêntica, e não aqueles monossílabos experimentais e embaraçosos de antes. Discutiram assuntos da prisão, conversaram um pouco sobre livros e separaram-se formalmente, mas de maneira amistosa. Grey não fez menção ao ouro.

...

E assim o costume semanal foi estabelecido. Grey procurava colocar seu convidado à vontade, na esperança de que Fraser deixasse escapar alguma pista do destino do Ouro do Francês. Não chegara a esse ponto, apesar de cuidadosa sondagem. Qualquer sugestão de pergunta sobre o que acontecera durante os três dias de ausência de Fraser de Ardsmuir era sempre recebida com silêncio.

Enquanto comiam carneiro e batatas cozidas, ele fazia todo o possível para conduzir seu convidado ocasional à discussão da França e sua política, com o intuito de descobrir se poderia haver algum elo entre Fraser e uma possível fonte de ouro da corte francesa.

Para grande surpresa sua, fora informado que Fraser havia de fato passado dois anos vivendo na França, trabalhando no ramo de vinhos, antes da rebelião dos Stuart.

Um certo humor frio nos olhos de Fraser indicava que o sujeito tinha plena consciência dos motivos por trás de suas perguntas. Ao mesmo tempo, ele concordava gentilmente em seguir com a conversa, embora sempre tomando cuidado para desviar as perguntas de sua vida pessoal e, ao contrário, na direção de questões mais gerais de arte e sociedade.

Grey passara algum tempo em Paris, e apesar de suas tentativas de sondar as conexões francesas de Fraser, viu-se cada vez mais interessado na conversa por si mesma.

– Diga-me, sr. Fraser, durante sua estada em Paris, teve a chance de se deparar com as obras dramáticas de monsieur Voltaire?

Fraser sorriu.

– Ah, sim, major. Na realidade, tive o privilégio de receber monsieur Arouet, Voltaire era seu *nom de plume*, sabia?, à minha mesa, em mais de uma ocasião.

– É mesmo? – Grey ergueu uma das sobrancelhas, interessado. – E ele é tão inteligente em pessoa como o é com sua pena?

– Não saberia realmente dizer – respondeu Fraser, cuidadosamente espetando com o garfo uma fatia de carneiro. – Ele praticamente não falava nada, quanto mais alguma coisa inteligente. Apenas ficava lá, curvado em sua cadeira, observando todo mundo, os olhos revirando de um para outro. Não ficaria absolutamente surpreso de ouvir que muito do que disse à minha mesa apareceu depois no palco, embora felizmente não tenha encontrado uma paródia de mim mesmo em sua obra. – Fechou os olhos em concentração momentânea, mastigando o carneiro.

– A carne está a seu gosto, sr. Fraser? – perguntou Grey educadamente. Mas estava cheia de cartilagem e mal lhe parecia comível. Por outro lado, ele podia muito bem pensar de modo diferente, já que vinha comendo aveia, ervas e um ou outro rato.

– Sim, está, major, obrigado. – Fraser passou o último pedaço de carne em um pouco do molho de vinho e levou-o à boca, não fazendo nenhuma objeção quando Grey fez sinal para MacKay trazer a travessa de volta. – Receio que monsieur Arouet não iria apreciar uma excelente refeição como esta – disse Fraser, sacudindo a cabeça enquanto se servia de mais carneiro.

– Já imaginava que um homem tão festejado na sociedade francesa tivesse gostos mais exigentes – retrucou Grey secamente. Metade de sua própria refeição permanecia no prato, destinada ao jantar do gato Augustus.

Fraser riu.

– Nada disso, major – assegurou a Grey. – Nunca vi monsieur Arouet consumir nada além de um copo de água e um biscoito seco, por mais suntuoso que fosse o jantar. É um homenzinho mirrado, sabe, e um mártir da indigestão.

– É mesmo? – Grey estava fascinado. – Talvez isso explique o cinismo de alguns dos sentimentos que vi expressos em suas peças. Não acha que o caráter de um autor transpareça na criação de sua obra?

– Considerando alguns dos personagens que vi em peças e romances, major, eu diria que o autor que os criou inteiramente a partir de si próprio era um pouco depravado, não acha?

– Suponho que sim – respondeu Grey, sorrindo à ideia de alguns dos mais radicais personagens ficcionais com que estava familiarizado. – Se um autor constrói esses personagens pitorescos a partir da vida real, em vez de tirá-los da sua imaginação, sem dúvida ele deve conhecer gente de todo tipo!

Fraser assentiu, tirando farelos de pão do seu colo com o guardanapo de linho.

– Não foi monsieur Arouet, mas uma de suas colegas de profissão, uma romancista, que comentou comigo certa vez que escrever romances era uma arte canibal, na qual o autor em geral mistura pequenas porções dos seus amigos e inimigos, tempera-as com a imaginação e deixa a mistura cozinhar, transformando-a num saboroso ensopado.

Grey riu com a descrição e acenou para MacKay tirar os pratos e trazer as garrafas de vinho do Porto e de xerez.

– De fato, uma descrição maravilhosa! Mas, por falar em canibais, teve a chance de conhecer a obra do sr. Defoe, *Robinson Crusoé*? É uma de minhas histórias favoritas desde a juventude.

A conversa, então, voltou-se para romances e o arrebatamento dos trópicos. Já era muito tarde quando Fraser retornou à sua cela, deixando o major Grey entretido, mas nem um pouco mais conhecedor da fonte nem do destino do ouro do andarilho escocês.

2 de abril de 1755

John Grey abriu o pacote de penas de escrever que sua mãe enviara de Londres. Penas de cisne, mais finas e mais resistentes do que as penas comuns de ganso. Sorriu vagamente ao vê-las, um lembrete nada sutil de que estava atrasado em sua correspondência.

Entretanto, sua mãe teria que esperar até o dia seguinte. Pegou o canivete pequeno, gravado com seu monograma, que sempre trazia consigo, e lentamente afinou a ponta da pena de acordo com seu gosto, compondo mentalmente o que queria dizer. Quando mergulhou a pena na tinta, as palavras estavam claras em sua mente e ele escreveu rápido, quase sem pausas.

2 de abril de 1755

A Harold, lorde Melton, conde de Moray

Caro Hal, começou dizendo, *escrevo para informá-lo de uma recente ocorrência que muito tem absorvido minha atenção. Pode vir a não significar nada, mas se houver alguma verdade na questão, ela será de grande importância.*

Os detalhes da aflição do andarilho e o relato de seus delírios seguiram-se prontamente, mas Grey viu-se escolhendo as palavras quando contou sobre a fuga e recaptura de Fraser.

O fato de Fraser ter desaparecido das dependências da prisão logo após esses eventos me sugere enfaticamente que havia de fato alguma verdade nas palavras do pobre vagabundo.

No entanto, se esse fosse o caso, não sei como explicar as ações subsequentes de Fraser. Ele foi recapturado três dias depois de sua fuga, em um lugar a menos de 2 quilômetros da costa. A região em volta do presídio é deserta por muitos quilômetros além do vilarejo de Ardsmuir e é bem pouco provável que ele tenha se encontrado com um aliado a quem possa ter passado as informações sobre o tesouro. Todas as casas do vilarejo foram revistadas, assim como o próprio Fraser, sem que nenhum vestígio de ouro fosse encontrado.

É uma região remota e tenho quase certeza de que ele não se comunicou com ninguém fora da prisão antes de sua fuga – tenho absoluta certeza que não o fez desde então, porque é mantido sob severa vigilância.

Grey parou, vendo outra vez a figura de James Fraser ao vento, selvagem como os veados-vermelhos e tão à vontade na charneca quanto um deles.

Não tinha a menor dúvida de que Fraser podia ter enganado os dragões com facilidade, se quisesse, mas não o fez. Ele deliberadamente se deixara ser recapturado. Por quê? Retomou a escrita, mais devagar.

Pode ser, é claro, que Fraser não tenha conseguido encontrar o tesouro ou que tal tesouro não exista. Sinto-me inclinado a acreditar nisso, porque se ele estivesse de posse de uma grande soma, com certeza teria saído da região imediatamente, não? É um homem forte, acostumado à vida sem confortos e totalmente capaz, acredito, de seguir seu caminho por terra até algum ponto na costa do qual ele pudesse fugir pelo mar.

Grey mordeu delicadamente a ponta da pena, sentindo o gosto da tinta. Fez uma careta diante do sabor amargo, levantou-se e cuspiu para fora da janela. Ficou ali parado por um instante, olhando para a noite fria de primavera, limpando a boca distraidamente.

Por fim ocorrera-lhe perguntar; não a pergunta que estivera fazendo o tempo inteiro, mas outra mais importante. Fizera-a ao término de um jogo de xadrez que Fraser vencera. O guarda estava parado à porta, pronto para escoltar Fraser de volta à sua cela; como o prisioneiro levantara-se de sua cadeira, Grey levantara-se também.

– Não vou lhe perguntar outra vez por que deixou a prisão – disse ele, calmamente, em tom de conversa. – Mas vou lhe perguntar: por que voltou?

Fraser ficara paralisado por um instante, surpreso. Virou-se e olhou diretamente nos olhos de Grey. Por um instante, não disse nada. Depois, sua boca curvou-se num sorriso.

– Acho que devo dar valor à sua companhia, major. Posso lhe assegurar que não foi pela comida.

...

Grey riu com desdém, lembrando-se. Incapaz de pensar numa resposta adequada, deixara Fraser partir. Somente mais tarde naquela noite foi que ele laboriosamente chegou a uma resposta, finalmente tendo a inteligência de fazer perguntas a si mesmo, em vez de fazê-las a Fraser: o que ele, Grey, teria feito, se Fraser não tivesse retornado?

A resposta foi que seu próximo passo teria sido uma investigação sobre as conexões familiares de Fraser, caso o sujeito tivesse buscado abrigo ou ajuda de parentes.

E essa, tinha certeza, era a resposta. Grey não tomara parte na subjugação das Terras Altas – assumira postos na França e na Itália –, mas ouvira mais do que o suficiente dessa campanha em particular. Vira as pedras enegrecidas de muitas cabanas incendiadas, erguendo-se como monumentos funerários em meio a plantações arruinadas, quando viajara para o norte, para Ardsmuir.

As ferrenhas lealdades dos escoceses das Terras Altas são lendárias. Aquele que tivesse visto as cabanas em chamas poderia muito bem preferir sofrer prisão, grilhões ou mesmo açoites, para poupar sua família de uma visita dos soldados ingleses.

Grey sentou-se e pegou a pena, mergulhando-a outra vez na tinta.

Você conhece, acredito, a têmpera dos escoceses, ele escreveu. Essa em particular, pensou ironicamente.

> *É improvável que qualquer ato de força ou qualquer ameaça que eu possa exercer induza Fraser a revelar o paradeiro do ouro – caso ele exista. Se não existir, posso esperar menos ainda que qualquer ameaça seja eficaz! Resolvi, assim, iniciar um relacionamento amistoso e formal com Fraser, como chefe dos prisioneiros escoceses, na esperança de extrair alguma pista de sua conversa. Até agora, não ganhei nada com esse processo. Entretanto, um outro curso de abordagem se apresenta.*

Por razões óbvias, ele continuou, escrevendo devagar enquanto dava forma ao pensamento, *eu não quero tornar esta questão oficialmente conhecida.* Chamar atenção para um tesouro que pode muito bem mostrar ser quimérico era perigoso; a chance de desapontamento era grande demais. Haveria tempo suficiente, se o ouro fosse encontrado, de informar seus superiores e colher a recompensa merecida – sair de Ardsmuir, ser nomeado para um posto de volta à civilização.

> *Assim, recorro a você, meu caro irmão, e peço sua ajuda em descobrir os detalhes que puder obter referentes à família de James Fraser. Rogo-lhe, não deixe que ninguém seja alertado por suas investigações; se tais cone-*

xões familiares existirem, gostaria que permanecessem ignorando meu interesse por enquanto. Meus profundos agradecimentos por qualquer esforço que possa fazer por mim, e acredite-me sempre,

Molhou a pena mais uma vez e assinou com um pequeno floreio,

Seu humilde criado e devotado irmão,
John William Grey.

15 de maio de 1755

– Os homens doentes com a gripe – perguntou Grey –, como estão passando?

O jantar terminara e, com ele, a conversa sobre livros. Agora, era a hora dos negócios.

Fraser franziu a testa sobre o único copo de xerez que era tudo que ele aceitava em termos de bebida. Ainda não o havia provado, embora o jantar já tivesse terminado fazia algum tempo.

– Nada bem. Tenho mais de sessenta homens doentes, quinze deles em péssimas condições. – Hesitou. – Posso pedir-lhe...

– Não posso prometer nada, sr. Fraser, mas pode pedir – respondeu Grey formalmente. Ele mal tocara seu próprio xerez, não mais do que tocara seu jantar; o dia inteiro sentira um nó de expectativa no estômago.

Jamie fez uma pausa ainda mais longa, calculando suas probabilidades. Não iria conseguir tudo; devia tentar o que era mais importante, mas deixar espaço para Grey rejeitar alguns pedidos.

– Precisamos de mais cobertores, major, mais fogueiras e mais comida. E remédios.

Grey girou o xerez em seu copo, observando a luz do fogo brincar no vórtice. Negócios comuns primeiro, lembrou a si mesmo. Haverá tempo suficiente para o outro mais tarde.

– Não temos mais do que vinte cobertores em reserva no depósito – respondeu ele –, mas pode ficar com eles para os mais doentes. Receio não poder aumentar a ração de comida; os estragos causados por ratos têm sido consideráveis e perdemos uma grande quantidade de grãos no desmoronamento do depósito há dois meses. Temos recursos limitados e...

– Não é apenas uma questão de quantidade – interrompeu Fraser rapidamente. – Mas do tipo de comida. Os que estão muito doentes não podem digerir prontamente o pão e o mingau. Talvez algum tipo de substituição pudesse ser arranjado? – Todo homem, por lei, recebia um quarto de galão de mingau de aveia e um pequeno pedaço de pão de trigo por dia. Um caldo ralo de cevada complementava essa dieta duas vezes por semana, com um quarto de ensopado de carne acrescentado aos domingos, para sustentar as necessidades de homens em trabalho braçal de doze a dezesseis horas por dia.

Grey ergueu uma das sobrancelhas.

– O que está sugerindo, sr. Fraser?

– Presumo que a prisão tem algum recurso em caixa destinado à compra de carne salgada, aipos e cebolas para o ensopado de domingo, não é?

– Sim, mas essa cota tem que ser usada para adquirir os suprimentos do próximo trimestre.

– Então, o que eu sugiro, major, é que use o dinheiro agora para fornecer caldo e ensopado para aqueles que estão doentes. Aqueles de nós que estão em boas condições de saúde de boa vontade abrem mão de nossa parte de carne para o trimestre.

Grey franziu o cenho.

– Mas os presos não ficarão fracos sem absolutamente carne nenhuma? Não ficarão incapacitados para o trabalho?

– Os que morrerem da gripe certamente não irão trabalhar – ressaltou Fraser asperamente.

Grey riu com desdém.

– É verdade. Mas os que estão saudáveis não permanecerão assim se abrirem mão de sua parte por tanto tempo. – Sacudiu a cabeça. – Não, sr. Fraser, acho que não. É melhor deixar os doentes correrem o risco do que permitir que muitos outros fiquem doentes.

Fraser era um homem teimoso. Abaixou a cabeça por um instante, depois ergueu os olhos para tentar outra vez.

– Então eu lhe pediria licença para irmos caçar por conta própria, major, já que a Coroa não pode nos fornecer uma alimentação adequada.

– Caçar? – As sobrancelhas louras de Grey ergueram-se de espanto. – Dar-lhes armas e permitir que vagueiem pelo mato? Pelo amor de Deus, sr. Fraser!

– Acho que Deus não sofre de escorbuto, major – disse Jamie secamente. – Os dentes Dele não correm perigo. – Viu a boca de Grey contorcer-se e relaxou um pouco. Grey sempre tentava reprimir seu senso de humor, sem dúvida percebendo que isso o colocava em desvantagem. Como sempre acontecia quando lidava com Jamie Fraser.

Encorajado pelo suposto trejeito da boca de Grey, Jamie continuou a pressionar.

– Armas, não, major. E não ficar vagando por aí. Mas nos daria permissão para colocar armadilhas lá fora quando cortamos turfa? E para ficarmos com o que pegarmos? – De vez em quando, um prisioneiro criava uma armadilha, porém quase sempre os guardas ficavam com a caça.

Grey inspirou fundo e foi liberando o ar aos poucos, pensativamente.

– Armadilhas? Não iria precisar de materiais para construir essas armadilhas, sr. Fraser?

– Só um pouco de corda, major – assegurou Jamie. – Uma dúzia de rolos, não mais do que isso, de qualquer tipo de barbante ou corda, pode deixar o resto conosco.

Grey esfregou o rosto devagar, considerando, depois assentiu.

– Muito bem. – O major virou-se para a pequena escrivaninha, tirou a pena do tinteiro e redigiu uma anotação. – Darei ordens para que isso seja arranjado amanhã. Agora, quanto ao resto de suas solicitações...

Quinze minutos depois, tudo estava acertado. Jamie por fim relaxou, recostando-se na cadeira com um suspiro, e finalmente tomou um gole do xerez. Considerou que fizera por merecê-lo.

Teve permissão não só para as armadilhas, mas para que os cortadores de turfa trabalhassem mais meia hora por dia, a turfa extra servindo para fornecer um pequeno fogo adicional em cada cela. Não haveria nenhum tipo de remédio, mas teve permissão para que Sutherland enviasse uma mensagem a uma prima em Ullapool, cujo marido era um boticário. Se o marido da prima estivesse disposto a mandar remédios, os presos poderiam recebê-los.

Uma boa noite de trabalho, pensou Jamie. Tomou outro gole do xerez e fechou os olhos, apreciando o calor do fogo em seu rosto.

Grey observava seu convidado por baixo das pálpebras cerradas, vendo os ombros largos afrouxarem-se um pouco, a tensão relaxada agora que haviam terminado os negócios. Ou assim Fraser acreditava. Muito bem, Grey pensou consigo mesmo. Sim, tome seu xerez e relaxe. Quero você com a guarda completamente aberta.

Inclinou-se para a frente para pegar a garrafa de bebida e sentiu o estalido da carta de Hal no bolso do peito. Seu coração começou a bater mais rápido.

– Não quer um pouco mais, sr. Fraser? E diga-me... como tem passado sua irmã?

Viu os olhos de Fraser abrirem-se de repente e seu rosto ficar branco com o choque.

– Como vão as coisas lá em... Lallybroch, é como se chama, não? – Grey afastou a garrafa, mantendo os olhos fixos em seu convidado.

– Não sei dizer, major. – A voz de Fraser soou completamente inalterada, mas seus olhos haviam se transformado em duas fendas.

– Não? Mas eu ousaria dizer que vivem muito bem atualmente, com o ouro que você lhes forneceu.

Os ombros largos retesaram-se subitamente, os músculos avolumando-se sob o casaco surrado. Grey pegou uma das peças do xadrez descontraidamente do tabuleiro próximo, lançando-a de modo descuidado de uma mão para outra.

– Suponho que Ian – seu cunhado chama-se Ian, não é? – saberá fazer bom uso dele.

Fraser havia recuperado o autocontrole. Os olhos azul-escuros fitaram diretamente os de Grey.

– Já que está tão bem informado sobre meus parentes, major – disse ele sem se alterar –, devo supor que também sabe que minha casa fica a mais de 150 quilômetros de Ardsmuir. Talvez possa explicar como eu percorri essa distância duas vezes no espaço de três dias.

Os olhos de Grey permaneceram na peça de xadrez, girando-a indolentemente de uma mão para outra. Era um peão, um pequeno guerreiro de cabeça em cone com um rosto feroz, esculpido de um cilindro de presa de morsa.

– Você deve ter encontrado alguém na charneca que tenha levado a informação do ouro, ou levado o próprio ouro para sua família.

Fraser riu desdenhosamente.

– Em Ardsmuir? Qual a probabilidade, major, que eu possa ter encontrado por acaso uma pessoa que eu conhecesse naquela charneca? Muito menos uma pessoa em quem eu pudesse confiar para mandar uma mensagem como a que sugere? – Colocou seu copo sobre a mesa com um gesto deliberado e definitivo. – Não encontrei ninguém na charneca, major.

– E devo confiar em sua palavra quanto a isso, sr. Fraser? – Grey deixou um considerável ceticismo transparecer em sua voz. Ergueu os olhos, as sobrancelhas levantadas.

As altas maçãs do rosto de Fraser ruborizaram-se ligeiramente.

– Ninguém jamais teve motivo para duvidar de minha palavra, major – disse ele friamente.

– Ah, não? – Grey não estava fingindo sua raiva completamente. – Acredito que tenha dado a mim sua palavra na ocasião em que mandei retirar seus ferros!

– E eu a cumpri!

– É mesmo? – Os dois homens sentavam-se empertigados na ponta da cadeira, fitando-se furiosamente por cima da mesa.

– Você pediu três coisas de mim, major, e eu cumpri o acordo em cada detalhe! Grey fez um muxoxo de desdém.

– Verdade, sr. Fraser? E se assim for, o que o fez repentinamente desprezar a companhia de seus companheiros de prisão e procurar se reunir aos coelhos do mato? Já que afirma que não se encontrou com ninguém, me dê sua palavra de que assim foi. – A última parte foi pronunciada com um audível sinal de desdém, fazendo o rubor subir às faces de Fraser.

Uma das mãos enormes crispou-se devagar num punho cerrado.

– Sim, major – disse ele serenamente. – Eu lhe dou minha palavra de que assim foi. – Nesse ponto, pareceu perceber que seu punho estava cerrado; bem devagar, abriu a mão, espalmando-a sobre a mesa.

– E quanto à sua fuga?

– Quanto à minha fuga, major, já lhe disse que não direi nada. – Fraser soltou o ar devagar e recostou-se em sua cadeira, os olhos fixos em Grey, sob as sobrancelhas espessas e ruivas.

Grey parou por um instante, depois ele próprio recostou-se na cadeira, recolocando a peça de xadrez na mesa.

– Deixe-me falar claramente, sr. Fraser. Concedo-lhe a honra de presumir que seja um homem sensato.

– Sou profundo reconhecedor desta honra, major, asseguro-lhe. – Grey percebeu a ironia, mas não respondeu; era ele quem estava em posição de vantagem agora.

– O fato é, sr. Fraser, que não importa se de fato se comunicou com sua família com relação ao ouro. Você deve ter feito isso. Apenas essa possibilidade já é suficiente para justificar que eu mande um grupo de dragões dar uma busca minuciosa nas dependências de Lallybroch e prender e interrogar os membros de sua família.

Enfiou a mão no bolso do peito e retirou uma folha de papel. Desdobrando-a, leu a lista de nomes.

– Ian Murray é seu cunhado, não é? A mulher dele, Janet. Seria sua irmã, é claro. Seus filhos, James, em homenagem ao tio, talvez? – Ergueu os olhos rapidamente, tempo suficiente para vislumbrar o rosto de Fraser, depois retornou à lista. – E Margaret, Katherine, Janet, Michael e Ian. Uma prole e tanto – disse ele, num tom de desprezo que igualava os seis Murray mais novos a uma ninhada de leitõezinhos. Colocou a lista sobre a mesa, ao lado da peça de xadrez. – Os três filhos mais velhos já têm idade para serem detidos e interrogados com seus pais, você sabe. Esses interrogatórios costumam ser violentos, sr. Fraser.

Quanto a isso, ele dizia a pura verdade, e Fraser não a ignorava. O rosto do prisioneiro perdeu toda a cor, deixando os ossos fortes mais visíveis sob a pele. Fechou os olhos por um breve momento, abrindo-os em seguida.

Grey lembrou-se rapidamente da voz de Quarry, dizendo: "Se jantar sozinho com o sujeito, não lhe dê as costas." Os cabelos de sua nuca se arrepiaram por um momento, mas ele se controlou, devolvendo o olhar fixo e azul de Fraser.

– O que quer de mim? – A voz era baixa, rouca de raiva, mas o escocês permaneceu sentado, imóvel, uma figura esculpida em vermelho, dourada pelo fogo.

Grey respirou fundo.

– Quero a verdade – disse ele brandamente.

Não se ouviu nenhum ruído no aposento, a não ser o zumbido e estalido dos pedaços de turfa na lareira. Houve um breve movimento de Fraser, não mais do que a torção de seus dedos contra a perna, e depois mais nada. O escocês continuou sentado, a cabeça virada, fitando o fogo como se buscasse ali uma resposta.

Grey também permaneceu sentado, aguardando. Podia se dar ao luxo de esperar. Afinal, Fraser virou-se e encarou-o.

– A verdade, então. – Respirou fundo; Grey podia ver o peito de sua camisa de linho elevar-se com a respiração, ele não possuía um colete. – Cumpri minha palavra, major. Eu lhe contei fielmente tudo que o homem me disse naquela noite. O que eu não lhe disse foi que parte do que ele falou fazia sentido para mim.

– De fato. – Grey mantinha-se imóvel, mal ousando se mexer. – E que sentido foi esse?

A boca larga de Fraser transformou-se numa linha fina.

– Eu... lhe falei de minha mulher – disse ele, forçando as palavras a saírem de sua boca, como se elas o ferissem.

– Sim, você disse que ela estava morta.

– Eu disse que ela se foi, major – corrigiu Fraser serenamente. Seus olhos estavam fixos no peão. – É provável que esteja morta, mas... – Parou e engoliu em seco, depois continuou com mais firmeza. – Minha mulher era uma curandeira. O que nas Terras Altas chamam de feiticeira, porém mais do que isso. Ela era uma dama branca, uma mulher sábia. – Ergueu os olhos por um instante. – A palavra em gaélico é *ban-druidh*, que também significa bruxa.

– A bruxa branca. – Grey também falou brandamente, mas a empolgação pulsava em seu sangue. – Então as palavras do sujeito referiam-se a sua mulher?

– Achei que era possível. E se assim fosse... – Os ombros largos remexeram-se quando deu de ombros. – Eu precisava ir – disse ele simplesmente. – Para ver.

– Como sabia aonde ir? Também foi algo que inferiu das palavras do moribundo? – Grey inclinou-se para a frente, ligeiramente curioso. Fraser balançou a cabeça, os olhos ainda fixos na peça de xadrez de marfim.

– Há um lugar que eu conhecia, não muito distante daqui, onde existe um santuário a Santa Brígida. Santa Brígida também é conhecida como "a dama branca" – explicou ele, erguendo os olhos. – Embora o santuário já esteja lá há muito tempo, desde muito antes de Santa Brígida vir à Escócia.

– Sei. E então você presumiu que as palavras do sujeito referiam-se a esse lugar, bem como à sua mulher?

De novo, ele deu de ombros.

– Eu não sabia – repetiu Fraser. – Não sabia se ele estava fazendo alguma referência à minha mulher ou se "a dama branca" apenas significava Santa Brígida. Ele podia estar tentando me direcionar para o lugar ou talvez nem uma coisa nem outra. Mas achei que eu devia ir.

Descreveu o lugar em questão e, diante da insistência de Grey, deu as coordenadas para se alcançar o local.

– O santuário em si é uma pequena rocha na forma de uma cruz antiga, tão desgastada pelo tempo que mal se veem as inscrições gravadas nela. Fica acima de um pequeno lago, oculto no urzal. Há pequenas pedras brancas no fundo do lago, emaranhadas entre as raízes das urzes que crescem nas margens. Dizem que essas pedras têm um grande poder, major – explicou ele, vendo o olhar inexpressivo de Grey. – Mas apenas quando usadas por uma dama branca.

– Compreendo. E sua mulher...? – Grey parou, delicadamente. Fraser fez um breve movimento com a cabeça.

– Não havia nada lá que tivesse a ver com ela – disse ele, brandamente. – Ela se foi de verdade. – Sua voz era baixa e controlada, mas Grey pôde perceber um tom de desolação e pesar.

O rosto de Fraser normalmente era calmo e insondável; ele não mudou de expressão agora, mas as marcas de pesar eram claras, gravadas nos sulcos em torno da boca e dos olhos, escurecidos pelo fogo bruxuleante.

Parecia uma intrusão interromper e perturbar um sentimento tão profundo, apesar de não declarado, mas Grey tinha um dever a cumprir.

– E o ouro, sr. Fraser? – perguntou ele calmamente. – E o ouro?

Fraser deu um longo suspiro.

– Estava lá – disse ele sem rodeios.

– O quê?! – Com um salto, Grey sentou-se completamente ereto na cadeira, fitando o escocês com os olhos arregalados. – Você o encontrou?

Fraser ergueu os olhos para ele e sua boca torceu-se ironicamente.

– Eu o encontrei.

– Era de fato o ouro francês que Luís enviou para Charles Stuart? – A empolgação percorria a corrente sanguínea de Grey, com visões de si mesmo entregando magníficos baús de *louis d'or* a seus superiores em Londres.

– Luís nunca enviou ouro para os Stuart – disse Fraser, com convicção. – Não, major, o que eu encontrei na lagoa da santa era ouro, mas não eram moedas francesas.

Ele encontrara uma pequena caixa, contendo algumas moedas de ouro e prata e uma pequena bolsa de couro, cheia de joias.

– Joias? – exclamou Grey. – De onde vinham essas joias?

Fraser lançou-lhe um olhar de ligeira exasperação.

– Não faço a menor ideia, major – disse ele. – Como poderia saber?

– Não, claro que não – disse Grey, tossindo para disfarçar seu aturdimento. – Sem dúvida. Mas esse tesouro... onde está agora?

– Eu o joguei no mar.

Grey fitou-o com ar confuso.

– Você o quê?

– Eu o joguei no mar – repetiu Fraser pacientemente. Os olhos azuis puxados fitaram os de Grey sem pestanejar. – Por acaso já ouviu falar de um lugar chamado Caldeirão do Diabo, major? Não fica a mais de 800 metros da lagoa da santa.

– Por quê? Por que você faria isso? – perguntou Grey. – Não faz sentido!

– Eu não estava muito preocupado com o sentido na ocasião, major – disse Fraser serenamente. – Eu fui até lá com uma esperança e, com essa esperança perdida, o tesouro não me pareceu mais do que uma pequena caixa de pedras e algumas peças de metal sem brilho. Não me serviam para nada. – Ele ergueu os olhos, uma das sobrancelhas levemente erguida com ironia. – Mas também não vi "sentido" em dá-lo ao rei George. Assim, atirei-o no mar.

Grey afundou-se na cadeira e mecanicamente serviu-se de outro copo de xerez, mal prestando atenção ao que estava fazendo. Seus pensamentos giravam num turbilhão.

Fraser continuou sentado, a cabeça virada e o queixo apoiado sobre o punho fechado, fitando o fogo, o rosto novamente impassível. A luz brilhava atrás dele, iluminando a linha reta e longa do nariz e a curva suave do lábio, as sombras no maxilar e na fronte dando-lhe um ar austero.

Grey tomou um bom gole de sua bebida e endireitou-se.

– É uma história comovente, sr. Fraser – disse ele com a voz estável. – Muito dramática. No entanto, não há nenhuma prova de que seja verdadeira.

Fraser virou a cabeça para fitar Grey. Os olhos rasgados de Jamie estreitaram-se, no que poderia ser interpretado como uma expressão divertida.

– Há, sim, major – disse ele. Enfiou a mão no cós de suas calças puídas, tateou por um instante e estendeu a mão acima do tampo da mesa, aguardando.

Grey estendeu a própria mão em reflexo e um pequeno objeto caiu em sua palma aberta.

Era uma safira, azul-escura como os próprios olhos de Fraser e de um bom tamanho.

Grey abriu a boca, mas não disse nada, engasgado de perplexidade.

– Aí está sua prova de que o tesouro existiu, major. – Fraser indicou a pedra na mão de Grey com um movimento da cabeça. Seus olhos encontraram os de Grey por cima da mesa. – E quanto ao resto... lamento dizer, major, que terá que aceitar a minha palavra.

– Mas... mas... você disse...

– E foi o que fiz. – Fraser estava calmo como se estivessem falando da chuva que caía lá fora. – Guardei essa pequena pedra achando que poderia ter alguma utilidade, se algum dia eu fosse libertado ou se tivesse oportunidade de enviá-la à minha família. Porque há de concordar comigo, major – uma luz brilhou sarcasticamente nos olhos azuis de Fraser –, que minha família não poderia fazer uso de um tesouro desse tipo sem atrair um bocado de atenção indesejada. Uma pedra, talvez, mas não muitas delas.

Grey mal conseguia pensar. O que Fraser dizia era verdade; um fazendeiro das Terras Altas como seu cunhado não teria como transformar tal tesouro em dinheiro sem causar comentários que levariam os homens do rei a Lallybroch imediatamente. E o próprio Fraser poderia muito bem ficar aprisionado pelo resto da vida. Ainda assim, jogar fora uma fortuna tão facilmente! Entretanto, olhando para o escocês, podia acreditar perfeitamente nisso. Se havia um homem cujo discernimento jamais seria distorcido pela ganância, esse homem era James Fraser. Ainda assim...

– Como conseguiu guardar essa pedra com você? – perguntou Grey de modo incisivo. – Você foi revistado de cima a baixo quando foi trazido de volta.

A boca larga curvou-se ligeiramente no primeiro sorriso genuíno que Grey vira.

– Eu a engoli – disse Fraser.

A mão de Grey fechou-se convulsivamente sobre a safira. Abriu a mão e com toda a cautela colocou a brilhante pedra azul sobre a mesa, junto à peça de xadrez.

– Compreendo – disse ele.

— Tenho certeza que sim, major — disse Fraser, com uma seriedade que só fez aumentar o brilho de divertida ironia em seus olhos. — Uma dieta de mingau grosseiro tem suas vantagens de vez em quando.

Grey sufocou a repentina vontade de rir, esfregando um dedo com força sobre o lábio.

— Tenho certeza que sim, sr. Fraser. — Ficou imóvel por um instante, contemplando a pedra azul. Depois, ergueu os olhos abruptamente. — Você é papista, sr. Fraser? — Já sabia a resposta; eram poucos os partidários dos Stuart que não eram. Sem esperar uma resposta, levantou-se e dirigiu-se à estante de livros no canto. Levou alguns segundos para encontrá-lo; um presente de sua mãe, não fazia parte de sua leitura normal.

Colocou a Bíblia de capa de couro sobre a mesa, ao lado da pedra.

— Estou inclinado a aceitar sua palavra de cavalheiro, sr. Fraser — disse ele. — Mas deve compreender que tenho meu dever a cumprir.

Fraser fitou o livro por um longo tempo, depois ergueu os olhos para Grey, a expressão impenetrável.

— Sim, sei disso muito bem, major — disse ele com tranquilidade. Sem hesitação, colocou a enorme mão sobre a Bíblia. — Juro em nome de Deus Todo-Poderoso e de Sua Palavra Sagrada — disse com firmeza. — O tesouro era o que lhe descrevi. — Seus olhos brilharam à luz do fogo, escuros e inescrutáveis. — E eu juro pela minha esperança de entrar no céu — acrescentou em voz branda — que ele agora descansa no mar.

11

O GAMBITO TORREMOLINOS

Com a questão do ouro francês assim resolvida, voltaram ao que se tornara sua rotina; um breve período de negociações formais sobre os assuntos dos prisioneiros, seguido de uma conversa informal e às vezes uma partida de xadrez. Esta noite, saíram da mesa de jantar ainda discutindo o imenso romance de Samuel Richardson, *Pamela*.

— Acha que o tamanho do livro justifica-se pela complexidade da história? — perguntou Grey, inclinando-se para a frente para acender uma cigarrilha na vela sobre o aparador. — Afinal, deve ser uma grande despesa para o editor, bem como exigir um esforço substancial do leitor, um livro desse tamanho.

Fraser sorriu. Ele não fumava, mas resolvera tomar um Porto esta noite, alegando ser essa a única bebida cujo gosto não seria afetado pelo tabaco.

– O quê? Mil e duzentas páginas? Sim, acho que sim. Afinal, é difícil resumir as complicações de uma vida num conto com qualquer esperança de construir um relato preciso.

– É verdade. Mas já ouvi o argumento de que a habilidade do escritor reside na seleção engenhosa dos detalhes. Não acha que um livro de tal extensão possa indicar indisciplina na seleção e, daí, uma falta de habilidade?

Fraser considerou a questão, saboreando um pequeno gole do líquido cor de rubi.

– Já vi livros em que esse é o caso, sem dúvida – disse ele. – Um escritor procura, pela simples inundação de detalhes, impressionar o leitor e dar credibilidade à história. Neste caso, entretanto, acho que não é assim. Cada personagem é cuidadosamente imaginado e todos os incidentes escolhidos parecem necessários à história. Não, acho que é verdade que algumas histórias simplesmente exigem mais espaço para serem contadas. – Tomou outro gole e riu. – Claro, admito um pouco de preconceito nessa afirmação, major. Dadas as circunstâncias em que li *Pamela*, teria ficado encantado se o livro tivesse o dobro do tamanho.

– E que circunstâncias foram essas? – Grey franziu os lábios e soprou a fumaça cautelosamente no formato de um aro, que flutuou em direção ao teto.

– Vivi numa caverna nas Terras Altas por vários anos, major – disse Fraser com amargura. – Raramente tinha mais do que três livros comigo e tinham que durar vários meses. Sim, sou parcial quando se trata de volumes grossos, mas devo admitir que não se trata de uma preferência universal.

– Isso sem dúvida é verdade – concordou Grey. Estreitou os olhos, seguindo o trajeto do primeiro aro de fumaça, e soprou mais um. Errou o alvo e o aro desviou-se para o lado. – Lembro-me – continuou ele, tragando ferozmente sua cigarrilha, encorajando-a a queimar – que uma amiga de minha mãe... viu o livro... na sala de visitas... – Tragou profundamente e soprou a fumaça outra vez, dando um pequeno grunhido de satisfação quando o novo aro atingiu o antigo, dispersando-o numa nuvem fina. – Lady Hensley, foi ela. Ela pegou o livro, olhou-o com aquele jeito desamparado que tantas mulheres fingem e disse: "Ah, condessa! Você é tão corajosa de enfrentar um romance de um tamanho assombroso como este. Acho que eu jamais começaria a ler um livro tão grande assim." – Grey limpou a garganta e abaixou a voz do falsete com que imitara lady Hensley. – Ao que minha mãe respondeu – continuou ele, em sua voz normal. – "Não se preocupe com isso, minha cara. Você não iria compreendê-lo, de qualquer forma."

Fraser riu, depois tossiu, abanando os resquícios de outro aro de fumaça. Grey apagou a cigarrilha depressa e levantou-se da poltrona.

– Venha, então; temos tempo para uma partida rápida.

Não faziam um bom jogo; Fraser era muito melhor, mas Grey de vez em quando conseguia resgatar uma partida por meio de pura bravata.

Esta noite, ele tentou o gambito Torremolinos. Era uma abertura arriscada, com um cavalo da rainha. Lançada com sucesso, abria o caminho para uma combinação incomum de torre e bispo, dependia de um movimento errado do cavalo do rei e do peão do bispo do rei. Grey raramente o usava, pois era um truque que não funcionaria com um jogador medíocre, alguém que não fosse astuto o suficiente para detectar a ameaça do cavalo ou suas possibilidades. Era um gambito para ser usado contra uma mente sutil e perspicaz, e após quase três meses de jogos semanais, Grey sabia muito bem que tipo de mente estava enfrentando do outro lado do quadriculado do tabuleiro.

Forçou-se a respirar normalmente ao fazer o penúltimo movimento da combinação. Sentiu os olhos de Fraser pousarem nele rapidamente, mas não o encarou, com receio de trair sua empolgação. Em vez disso, estendeu a mão para a garrafa de bebida ao lado do tabuleiro e tornou a encher ambos os copos com o Porto doce e escuro, mantendo os olhos cuidadosamente fixos no líquido.

Seria o peão ou o cavalo? A cabeça de Fraser estava inclinada sobre o tabuleiro, em contemplação, e pequenas luzes vermelhas cintilavam em seus cabelos conforme ele se movia devagar. O cavalo, e tudo estaria bem; seria tarde demais. O peão, e provavelmente tudo estaria perdido.

Grey podia sentir seu coração acelerado no peito enquanto aguardava. A mão de Fraser pairou acima do tabuleiro, em seguida tomou uma súbita decisão, desceu e tocou a peça. O cavalo.

Ele deve ter soltado a respiração com muito ruído, porque Fraser ergueu os olhos para ele, mas era tarde demais. Com cuidado para manter fora de seu rosto qualquer expressão clara de triunfo, Grey encastelou.

Fraser franziu o cenho para o tabuleiro por um longo instante, os olhos dardejando entre as peças, avaliando. Em seguida, sacudiu-se levemente, ao compreender, e ergueu o rosto, os olhos arregalados.

– Ora, seu velhaco filho da mãe! – disse ele, num tom de surpresa e admiração. – Onde você aprendeu este truque?

– Meu irmão mais velho me ensinou – respondeu Grey, perdendo sua costumeira cautela no afã de comemorar seu sucesso. Normalmente, ele não vencia Fraser mais do que três vezes em dez, e a vitória tinha um sabor doce.

Fraser deu uma risada curta, e estendendo um longo dedo indicador, derrubou com delicadeza seu rei.

– Eu deveria ter esperado algo assim de um homem como lorde Melton – observou ele de modo descontraído.

Grey aprumou-se em sua cadeira. Fraser notou o movimento e arqueou uma das sobrancelhas interrogativamente.

– É de lorde Melton que você está falando, não é? – disse ele. – Ou você tem outro irmão?

– Não – respondeu Grey. Sentia os lábios ligeiramente entorpecidos, embora isso pudesse ser simplesmente por causa da cigarrilha. – Não, eu só tenho um irmão. – Seu coração começara a bater forte outra vez, mas desta vez com uma batida seca e pesada. Será que o maldito escocês lembrava-se o tempo todo de quem ele era?

– Nosso encontro foi necessariamente breve – disse o escocês secamente. – Mas memorável. – Pegou seu copo e tomou um gole, observando Grey por cima da borda do cristal. – Não sabia que eu encontrei lorde Melton em Culloden?

– Sabia. Eu lutei em Culloden. – Todo o prazer de Grey em sua vitória evaporou-se. Sentia-se ligeiramente nauseado com a fumaça. – Mas não sabia que você se lembraria de Hal... ou soubesse do nosso parentesco.

– Como devo a minha vida a esse encontro, não é provável que o esqueça – disse Fraser secamente.

Grey ergueu os olhos.

– Pelo que sei, não se mostrou tão agradecido quando Hal o encontrou em Culloden.

A linha da boca de Fraser enrijeceu-se, mas logo relaxou.

– Não – disse ele, com a voz suave. Sorriu sem humor. – Seu irmão, com muita teimosia, recusou-se a me executar com um tiro. Na ocasião, eu não estava inclinado a ser grato pelo favor.

– Você queria ser fuzilado? – As sobrancelhas de Grey ergueram-se. Os olhos do escocês estavam distantes, fixos no tabuleiro de xadrez, mas obviamente vendo outra coisa.

– Eu achava ter um bom motivo – disse ele serenamente. – Na época.

– Que motivo? – perguntou Grey. Percebeu um olhar rápido e penetrante e acrescentou apressadamente: – Não quero ser impertinente com minha pergunta. É que... na ocasião, eu... eu me sentia assim também. Pelo que você disse dos Stuart, não posso pensar que a derrota da causa o tivesse levado a tal desespero.

Viu-se um tênue estremecimento junto à boca de Fraser, leve demais para ser considerado um sorriso. Inclinou a cabeça num movimento breve, em admissão.

– Houve os que lutaram por amor a Charles Stuart... ou em lealdade ao direito de seu pai ao trono. Mas você tem razão, eu não era um deles.

Não deu maiores explicações. Grey respirou fundo, mantendo os olhos fixos no tabuleiro.

– Eu disse que, na época, também me sentia como você. Eu... perdi um grande amigo em Culloden – disse ele. Com metade de sua mente, perguntava-se por que deveria falar de Hector a este homem, logo a este; um guerreiro escocês que abrira caminho por aquele campo mortal retalhando o inimigo, cuja espada poderia muito bem ser a que... Ao mesmo tempo, não podia silenciar; não havia ninguém com quem ele realmente pudesse falar de Hector, a não ser este homem, este prisioneiro que não podia contar a mais ninguém, cujas palavras não lhe causariam nenhum mal. – Ele me obrigou a ir olhar o corpo... Hal me obrigou, meu irmão – Grey deixou escapar. Abaixou os olhos para sua mão, onde o azul-escuro da safira de Hector queimava sua pele, uma versão menor daquela que Fraser com relutância lhe entregara. – Disse que eu devia, que a menos que eu o visse morto, nunca acreditaria realmente. Que a menos que eu soubesse que Hector, meu amigo, de fato morrera, iria ficar de luto para sempre. Se eu o visse, e soubesse, eu sofreria, mas depois ficaria curado e esqueceria. – Levantou os olhos, com uma melancólica tentativa de sorriso. – Hal em geral tem razão, mas nem sempre.

Talvez estivesse curado, mas jamais esqueceria. Com certeza, nunca poderia esquecer a última visão que teve de Hector, deitado, o rosto cor de cera, imóvel, à luz do começo da manhã, as longas pestanas escuras delicadamente pousadas nas faces, como acontecia quando estava dormindo. E o ferimento profundo que quase decepara sua cabeça do corpo, deixando a traqueia e os grandes vasos do pescoço expostos numa cena de carnificina.

Permaneceram sentados por algum tempo. Fraser não disse nada, mas pegou seu copo e esvaziou-o. Sem perguntar, Grey tornou a encher ambos os copos pela terceira vez.

Recostou-se na cadeira, olhando para seu convidado com curiosidade.

– Considera sua vida um fardo, sr. Fraser?

O escocês ergueu a cabeça e fitou-o nos olhos, um olhar longo e direto. Evidentemente, Fraser não encontrou nada em seu rosto além da curiosidade, pois os ombros largos do outro lado do tabuleiro relaxaram um pouco a tensão e a boca larga suavizou-se numa linha amarga. O escocês recostou-se em sua cadeira e flexionou a mão direita devagar, abrindo-a e fechando-a para esticar os músculos. Grey vira que sua mão fora danificada um dia; pequenas cicatrizes eram visíveis à luz do fogo e dois dos dedos eram rígidos.

– Talvez não muito – respondeu o escocês devagar. Seus olhos fitaram os de Grey sem paixão. – Acho que talvez o maior fardo esteja em se importar com aqueles a quem não podemos ajudar.

– E não em não ter ninguém com quem se importar?

Fraser fez uma pausa antes de responder; podia estar avaliando a posição das peças sobre a mesa.

– Isso é vazio – disse ele finalmente, com brandura. – Mas não um grande fardo.

Era tarde. Não havia mais nenhum som da fortaleza ao redor deles, exceto um ou outro passo do soldado de serviço no pátio embaixo.

– Sua mulher... você disse que ela era uma curandeira?

– Era. Ela... seu nome era Claire. – Fraser engoliu em seco, depois ergueu o copo e bebeu, como se tentasse deslocar algo preso em sua garganta.

– Você gostava muito dela, não é? – perguntou Grey suavemente. Ele reconheceu no escocês a mesma compulsão que sentira há alguns instantes, a necessidade de pronunciar um nome guardado, de trazer de volta por um momento o fantasma de um amor.

– Eu pretendia agradecer-lhe em algum momento, major – disse o escocês em voz baixa.

Grey espantou-se.

– Agradecer-me? Por quê?

O escocês levantou o rosto, os olhos escuros sobre o jogo terminado.

– Por aquela noite em Carryarrick quando nos encontramos pela primeira vez. – Seus olhos mantinham-se fixos nos de Grey. – Pelo que fez por minha mulher.

– Você se lembrou – disse Grey com voz rouca.

– Eu não havia esquecido – observou Fraser simplesmente. Grey obrigou-se a olhar para o homem do outro lado da mesa, mas ao fazê-lo não viu nenhum indício de zombaria nos olhos azuis.

Fraser balançou a cabeça para ele, sério e formal.

– Você foi um inimigo de valor, major. Eu não o esqueceria.

John Grey riu com amargura. Estranhamente, sentia-se menos perturbado do que achou que se sentiria, ao ver o vergonhoso episódio tão explicitamente rememorado.

– Se achou um garoto de dezesseis anos, que estava se borrando de medo, um inimigo valoroso, sr. Fraser, não é de admirar que o exército das Terras Altas tenha sido derrotado!

Fraser sorriu debilmente.

— Um homem que não se borra com uma pistola apontada para sua cabeça, major, ou não tem intestinos ou não tem cérebro.

A despeito de si mesmo, Grey riu. Um dos cantos da boca de Fraser virou-se ligeiramente para cima.

— Você não pediria pela própria vida, mas foi capaz de fazê-lo para salvar a honra de uma mulher. A honra de minha própria mulher — disse Fraser em voz baixa. — Isso não me parece covardia.

O tom de verdade estava claro demais na voz do escocês para ser ignorado ou confundido.

— Não fiz nada por sua mulher — disse Grey, com certa amargura. — Afinal, ela não estava correndo nenhum perigo!

— Mas você não sabia disso, não é? — ressaltou Fraser. — Você pensou em salvar a vida e a honra dela, ao risco da sua própria. Com essa atitude, você a honrou... e eu tenho pensado nisso de vez em quando, desde que eu... desde que eu a perdi. — A hesitação na voz de Fraser era quase imperceptível, apenas o enrijecimento dos músculos em sua garganta traía sua emoção.

— Compreendo. — Grey respirou fundo e soltou o ar devagar. — Sinto muito por sua perda — acrescentou formalmente.

Ambos ficaram em silêncio por alguns instantes, sozinhos com seus fantasmas. Depois, Fraser ergueu os olhos e inspirou fundo.

— Seu irmão estava certo, major — disse ele. — Eu lhe agradeço e desejo-lhe uma boa noite. — Levantou-se, colocou o copo sobre a mesa e deixou a sala.

A situação fazia-o lembrar, de certa forma, de seus anos na caverna, com suas visitas à casa, aqueles oásis de vida e calor no deserto da solidão. Aqui, era o oposto, sair da imundície fria e apertada das celas para as reluzentes acomodações particulares do major, capaz de descansar tanto a mente quanto o corpo por algumas horas, relaxar no calor, na conversa e na fartura de comida.

Entretanto, dava-lhe a mesma sensação estranha de deslocamento; aquela sensação de perder alguma parte valiosa de si mesmo que não poderia sobreviver à passagem de volta ao dia a dia da prisão. A cada vez, a passagem ficava mais difícil.

Ficou parado no corredor frio e ventoso, esperando que o carcereiro abrisse a porta da cela. Os sons de homens dormindo zumbiam em seus ouvidos e os seus cheiros invadiram suas narinas quando a porta foi aberta, cáusticos como gases intestinais.

Encheu os pulmões com uma respiração rápida e profunda e abaixou a cabeça para entrar.

Houve uma movimentação de corpos no chão quando ele entrou na cela, sua sombra recaindo, negra, sobre as formas deitadas de barriga para baixo ou encolhidas. A porta fechou-se atrás de si, deixando a cela às escuras, mas um murmúrio percorreu o lugar quando os homens tomaram consciência de sua chegada.

– Voltou tarde, Mac Dubh – disse Murdo Lindsay, a voz rouca de sono. – Vai ficar exausto amanhã.

– Eu me arranjo, Murdo – sussurrou ele, passando por cima dos corpos. Tirou o casaco e colocou-o cuidadosamente sobre o banco, depois pegou o cobertor rústico e procurou seu lugar no chão, sua longa sombra bruxuleando pela janela de barras de ferro, iluminada com o luar.

Ronnie Sinclair virou-se quando Mac Dubh deitou-se a seu lado. Piscou sonolentamente, as pestanas claras quase invisíveis na claridade da lua.

– O reizinho alimentou-o decentemente, Mac Dubh?

– Sim, Ronnie, obrigado. – Remexeu-se sobre as lajes de pedra do assoalho, procurando uma posição confortável.

– Vai nos contar amanhã? – Os prisioneiros sentiam um estranho prazer em saber o que haviam servido no jantar, tomando como uma honra que seu chefe fosse bem alimentado.

– Sim, contarei, Ronnie – prometeu Mac Dubh. – Mas preciso dormir agora, está bem?

– Durma bem, Mac Dubh – veio o sussurro do canto onde Hayes estava encolhido, junto com MacLeod, Innes e Keith, curvados como um conjunto de colheres de chá, eles gostavam de dormir aquecidos.

– Bons sonhos, Gavin – sussurrou Mac Dubh de volta e, pouco a pouco, a cela retornou ao silêncio.

Ele sonhou com Claire naquela noite. Ela estava em seus braços, relaxada e perfumada. E grávida; seu ventre redondo e liso como um melão, os seios voluptuosos e cheios, os mamilos escuros como vinho, fazendo-o ansiar para prová-los.

A mão dela fechou-se entre as suas pernas e ele estendeu o braço para devolver o favor, sua intimidade pequena, macia e rechonchuda enchendo sua mão, pressionando-se contra ele quando ela se movia. Ela ergueu-se sobre ele, sorrindo, os cabelos caindo em torno do rosto, passando a perna por cima de seu corpo.

– Dê-me sua boca – sussurrou ele, sem saber se pretendia beijá-la ou que ela o tomasse entre seus lábios, sabendo apenas que precisava tê-la de alguma forma.

– Dê-me a sua – disse ela. Ela riu e inclinou-se para ele, as mãos em seus ombros, os cabelos roçando-lhe o rosto com o aroma de musgo e sol. E ele sentiu folhas secas espetando-lhe as costas e percebeu que estavam deitados no fundo do barranco perto de Lallybroch, e ela era da cor das faias acobreadas ao redor; folhas e madeiras de faias, olhos dourados e uma pele branca e macia, povoada de sombras.

Em seguida, seu seio pressionou-se contra sua boca e ele o tomou ansiosamente, puxando seu corpo para bem junto ao seu enquanto a sugava. Seu leite era doce e quente, com um leve sabor de prata, como o sangue de um cervo.

– Mais forte – murmurou ela, colocando a mão por trás de sua cabeça, agarrando sua nuca, pressionando-o para ela. – Mais forte.

Ela deitou-se em todo o seu comprimento sobre ele, as mãos dele agarradas à carne macia de suas nádegas, sentindo o peso pequeno e sólido da criança sobre sua própria barriga, como se a compartilhassem agora, protegendo o pequeno ser redondo entre seus corpos.

Lançou os braços ao seu redor, abraçando-a, e ela o segurou com força enquanto ele arremessava-se e estremecia, os cabelos dela em seu rosto, as mãos dela em seus cabelos e a criança entre eles, sem saber onde qualquer um dos três começava ou terminava.

Ele acordou bruscamente, ofegante e suando, parcialmente curvado, de lado, sob um dos bancos na cela. Ainda não amanhecera completamente, mas ele podia ver as formas dos homens deitados junto a ele e esperou que não tivesse gritado. Fechou os olhos outra vez, mas o sonho se desfizera. Permaneceu deitado e imóvel, o coração desacelerando aos poucos, e esperou o dia clarear.

18 de junho de 1755

John Grey vestiu-se com esmero naquela noite, usava roupas de linho recém-lavadas e meias de seda. Não usou peruca; apenas seus próprios cabelos, numa trança simples, enxaguados com uma loção de limão e verbena. Hesitou por um instante diante do anel de Hector, mas por fim resolveu usá-lo. O jantar estava bom; um faisão que ele mesmo abatera e uma salada verde, em deferência aos estranhos gostos de Fraser por verduras. Agora, permaneceram sentados de cada lado do tabuleiro de xadrez, os tópicos de conversa mais amenos deixados de lado na concentração do jogo.

– Aceita um xerez? – Colocou seu bispo no tabuleiro e inclinou-se para trás, esticando os músculos.

Fraser fez que sim com a cabeça, absorto na nova jogada.

– Obrigado.

Grey levantou-se e atravessou o aposento, deixando Fraser junto ao fogo. Abriu o armário para apanhar a garrafa e sentiu um fio fino de suor escorrer pelas suas costas. Não por causa do fogo, queimando lentamente do outro lado do aposento, mas por puro nervosismo.

Trouxe a garrafa para a mesa, segurando as taças na outra mão; as taças de cristal Waterford que sua mãe lhe enviara. O líquido fluiu para dentro das taças, cintilando nas cores âmbar e rosa-escuro à luz do fogo. Os olhos de Fraser estavam fixos na taça, observando o xerez subir, mas com uma abstração que evidenciava que ele estava profundamente absorto em seus pensamentos. Os olhos azul-escuros estavam velados. Grey perguntou-se em que ele estaria pensando; não no jogo – o resultado deste já era previsto.

Grey estendeu o braço e moveu o bispo de sua rainha. Não passava de uma manobra de adiamento, ele o sabia; ainda assim, colocava a rainha de Fraser em perigo e podia forçar a troca de uma torre.

Grey levantou-se para colocar um bloco de turfa no fogo. Espreguiçou-se e passou para trás de seu adversário para ver a situação daquele ângulo.

A luz do fogo tremeluziu quando o enorme escocês inclinou-se para a frente para estudar o tabuleiro, ressaltando os vívidos tons vermelhos dos cabelos de James Fraser e reproduzindo o brilho da luz no xerez translúcido.

Fraser prendera os cabelos na nuca com uma fina tira de couro, amarrada com um laço. Não seria necessário mais do que um pequeno puxão para soltá-lo. John Grey podia imaginar correr sua mão para cima, por baixo dos cabelos lustrosos e espessos, a sensação da nuca quente e lisa embaixo. Tocar...

Fechou a mão bruscamente, imaginando a sensação.

– Sua vez, major. – A voz suave do escocês trouxe-o de volta à realidade e ele assumiu seu lugar, olhando cegamente para o tabuleiro de xadrez.

Sem de fato olhar, estava intensamente consciente dos movimentos do outro, de sua presença. Houve uma perturbação do ar em volta de Fraser; era impossível não olhar para ele. Para ocultar uma espiada de relance, ele pegou a taça de xerez e tomou um pequeno gole, mal notando o gosto da bebida.

Fraser continuava sentado, imóvel como uma estátua de cinabre, apenas os olhos azul-escuros vívidos no rosto, enquanto examinava o tabuleiro. O fogo diminuíra e os contornos de seu corpo estavam delineados com sombras. A mão, dourada e preta com a luz do fogo, descansava sobre a mesa, imóvel e refinada como o peão capturado ao seu lado.

A pedra azul do anel de Grey cintilou quando ele estendeu a mão para pegar o bispo de sua rainha. *É errado, Hector?*, pensou ele. *Que eu ame um homem que pode tê-lo matado?* Ou seria um modo de finalmente acertar as coisas? Curar as feridas de Culloden para ambos?

O bispo fez um ruído suave e surdo quando ele colocou a base forrada de feltro no tabuleiro com precisão. Sem parar, sua mão ergueu-se, como se tivesse vontade própria. A mão percorreu a pequena distância pelo ar, parecendo saber precisamente o que queria e pousou sobre a de Fraser, a palma formigando, os dedos curvados gentilmente implorando.

A mão sob a dele era quente – tão quente – mas dura, e imóvel como o mármore. Nada se moveu sobre a mesa, exceto o tremeluzir da chama no âmago do xerez. Então ele ergueu os olhos, para defrontar-se com os de Fraser.

– Tire sua mão de mim – disse Fraser, muito, muito suavemente. – Ou eu o matarei.

A mão sob a de Grey não se moveu, nem o rosto acima, mas ele pôde sentir o estremecimento de repulsa, um espasmo de ódio e repugnância que vinha de dentro do escocês, irradiando através de sua carne.

Repentinamente, ele ouviu mais uma vez a advertência de Quarry em sua mente, tão clara como se o ex-diretor falasse em seu ouvido neste instante.

Se jantar sozinho com Fraser, não dê as costas para ele.

Não haveria chance para isso; ele não poderia virar-se de costas. Não conseguia sequer piscar ou desviar os olhos, esquivar-se do olhar azul-escuro, intenso e fixo, que o mantinha paralisado. Movendo-se lentamente, ele retirou sua mão.

Houve um momento de silêncio, quebrado apenas pelo tamborilar da chuva e pelo zunido da turfa no fogo, quando nenhum dos dois parecia respirar. Em seguida, Fraser levantou-se sem uma palavra e deixou a sala.

12

SACRIFÍCIO

A chuva do fim de novembro tamborilava nas pedras do pátio e nas melancólicas fileiras de homens, amontoados sob o aguaceiro. Os casacos vermelhos que os vigiavam não pareciam mais felizes do que os encharcados prisioneiros.

O major Grey estava parado sob a projeção do telhado, aguardando. Não eram as melhores condições de tempo para conduzir uma busca e uma limpeza das celas dos prisioneiros, mas nesta época do ano era inútil esperar por um tempo melhor. E com mais de duzentos prisioneiros em Ardsmuir, era necessário limpar as celas ao menos uma vez por mês, a fim de evitar o alastramento de doenças.

As portas do bloco principal de celas escancararam-se e uma pequena fila de prisioneiros emergiu; os prisioneiros de confiança que de fato faziam a limpeza, atentamente vigiados pelos guardas. Ao fim da fila, o cabo Dunstable emergiu, as mãos cheias dos pequenos itens de contrabando que uma busca desse tipo em geral revelava.

– O lixo de sempre, senhor – relatou ele, deixando cair a coleção de patéticas relíquias e quinquilharias anônimas sobre a tampa de um barril que estava próximo ao cotovelo do major. – Apenas isso pode interessá-lo.

"Isso" era uma pequena tira de pano, talvez de 15 por 10 centímetros, em xadrez verde de um tartã. Dunstable olhou rapidamente para as fileiras de prisioneiros de pé na chuva, como se pretendesse pegar alguém numa ação comprometedora.

Grey suspirou, depois endireitou os ombros.

– Sim, creio que sim.

A posse de qualquer tartã escocês era estritamente proibida pelo Diskilting Act – o decreto que ao mesmo tempo desarmava os escoceses das Terras Altas e os proibia de usar seu traje tradicional, o kilt. Adiantou-se e parou diante das fileiras de homens, enquanto o cabo Dunstable dava um brado para atrair a atenção dos prisioneiros.

– De quem é isto? – O cabo ergueu a tira de pano no alto e também levantou a voz. Grey olhou do pedaço de pano colorido para as fileiras de prisioneiros, mentalmente conferindo os nomes, tentando combiná-los ao seu deficiente conhecimento de tartãs. Mesmo em um único clã, os padrões variavam tanto que uma determinada estampa de xadrez não podia ser atribuída com nenhuma certeza, mas havia padrões gerais de desenho e cor.

MacAlester, Hayes, Innes, Graham, MacMurtry, MacKenzie, MacDonald... pare. MacKenzie. É esse. O que lhe dava certeza era mais o conhecimento dos homens por parte de um oficial do que qualquer identificação do xadrez com um clã em particular. MacKenzie era um jovem prisioneiro e seu rosto era um pouco controlado demais, um pouco inexpressivo demais.

– É seu, MacKenzie. Não é? – perguntou Grey. Arrancou o pedaço de pano da mão do cabo e enfiou-o sob o nariz do rapaz. O prisioneiro ficou lívido sob as manchas de sujeira. Seu maxilar estava cerrado com força e ele respirava com dificuldade pelo nariz com um leve som sibilante.

Grey transpassou o jovem prisioneiro com um olhar severo e triunfante. O jovem escocês possuía aquele núcleo central de ódio implacável que todos eles possuíam, mas não conseguira erigir a muralha de estoica indiferença que o escondesse. Grey podia sentir o medo crescente do jovem; mais um segundo e ele desmoronaria.

– É meu. – A voz era calma, quase entediada, e falou com tamanha indiferença que nem MacKenzie nem Grey a registraram imediatamente. Mantiveram o olhar preso um no outro, até que a enorme mão passou por cima do ombro de Angus MacKenzie e delicadamente arrancou o pedaço de tecido da mão do oficial.

John Grey deu um passo para trás, sentindo as palavras como um golpe na boca do seu estômago. Esquecendo-se de MacKenzie, ergueu os olhos os muitos centímetros necessários para olhar Jamie Fraser diretamente no rosto.

– Não é um tartã dos Fraser – disse ele, sentindo as palavras forçarem sua passagem por entre lábios de madeira. Todo o seu rosto parecia entorpecido, um fato pelo qual estava vagamente agradecido; ao menos, sua expressão não poderia traí-lo diante das fileiras de prisioneiros que os observavam.

A boca de Fraser alargou-se ligeiramente. Grey mantinha os olhos fixos nela, com receio de fitar os olhos azul-escuros acima.

– Não, não é – concordou Fraser. – É MacKenzie. O clã de minha mãe. Em algum canto remoto de sua mente, Grey armazenou mais uma minúscula migalha de informação com o pequeno tesouro de fatos mantidos no cofre de joias identificado com a etiqueta "Jamie" – sua mãe era uma MacKenzie. Sabia que isso era verdade, exatamente como sabia que o tartã não pertencia a Fraser.

Ouviu a própria voz, fria e firme, dizendo:

– A posse de tartãs de clã é ilegal. Conhece a pena, é claro?

A boca larga curvou-se num sorriso enviesado.

– Sim.

Houve murmúrios e uma certa agitação entre as fileiras de prisioneiros; na verdade, houve bem pouco movimento, mas Grey pôde sentir a mudança do alinhamento, como se estivessem na realidade aproximando-se de Fraser, fechando o cerco em torno dele, envolvendo-o. O círculo desfez-se e se realinhou, e ele estava sozinho do lado de fora. Jamie Fraser voltara para o meio dos seus.

Com um grande esforço de determinação, Grey desviou os olhos dos lábios macios e lisos, ligeiramente gretados pela exposição ao sol e ao vento. A expressão dos olhos acima da boca de Jamie era o que ele temera; nem medo, nem raiva – apenas indiferença.

Fez sinal para um dos guardas.

– Levem-no.

O major John William Grey inclinou a cabeça sobre o trabalho em sua escrivaninha, assinando requisições sem lê-las. Raramente trabalhava até tão tarde da noite, mas não houve tempo durante o dia e a papelada estava se acumulando. As requisições tinham que ser enviadas a Londres ainda naquela semana.

"Quatrocentos quilos de farinha de trigo", escreveu ele, tentando se concentrar na precisão dos rabiscos negros sob sua pena. O problema dessa papelada de rotina era que ela ocupava sua atenção, mas não sua mente, permitindo que lembranças do dia se infiltrassem de improviso.

"Seis barris de cerveja, para uso do quartel." Largou a pena e esfregou as mãos energicamente. Ainda podia sentir o frio que penetrara em seus ossos no pátio naquela manhã. O fogo na lareira estava forte, mas não parecia ajudar. Não se aproximou; já tentara isso uma vez e ficara hipnotizado, vendo as imagens da tarde nas chamas, despertando somente quando o tecido de suas calças começou a pegar fogo.

Pegou a pena e tentou mais uma vez banir as visões do pátio de sua mente.

O melhor era não adiar a execução de sentenças desse tipo; os prisioneiros ficavam inquietos e ansiosos de expectativa, e havia uma dificuldade considerável em controlá-los. Entretanto, quando executada imediatamente, tal disciplina em geral tinha um efeito salutar, mostrando aos prisioneiros que o castigo seria rápido e terrível, aumentando o respeito por aqueles que eram responsáveis por sua guarda. De algum modo, John Grey suspeitava que esta ocasião em particular não aumentara o respeito dos prisioneiros – ao menos, não por ele.

Sentindo pouco mais do que o fluxo de água gelada em suas veias, dera suas ordens, de forma rápida e serena, e elas foram obedecidas com igual competência.

Os prisioneiros haviam sido enfileirados em volta dos quatro lados do pátio, com filas mais curtas de guardas arrumadas de frente para eles, as baionetas em prontidão, para evitar qualquer manifestação inconveniente.

Mas não houve nenhuma manifestação, conveniente ou não. Os presos aguardaram num silêncio frio sob a chuva fina que cobria as pedras do pátio, com quase nenhum barulho além das tosses e pigarros normais em qualquer agrupamento de homens. Era começo de inverno e o catarro era um flagelo quase tão comum nos alojamentos quanto nas celas úmidas.

Ele assistiu impassivelmente, as mãos às costas, enquanto o prisioneiro era conduzido à plataforma. Observou, sentindo a chuva penetrar pelos ombros de seu casaco e correr em minúsculos fios pelo colarinho de sua camisa. Jamie Fraser mantinha-se de pé na plataforma a um metro de distância, despido até a cintura, movendo-se sem pressa ou hesitação, como se aquilo fosse algo que já tivesse feito antes, uma tarefa à qual estava acostumado, sem nenhuma importância em si mesma.

Ele fez um sinal com a cabeça para os dois soldados rasos, que seguraram as mãos do prisioneiro, sem que oferecessem nenhuma resistência, e as levantaram, amarrando-as aos braços do poste de açoite. Amordaçaram-no e Fraser permaneceu ereto, a chuva escorrendo pelos braços erguidos e pelo sulco profundo de sua espinha dorsal, encharcando o tecido fino de suas calças.

Outro sinal com a cabeça, para o sargento que segurava o documento de acusação, e uma pequena onda de aborrecimento quando o gesto provocou uma cascata da chuva acumulada de um dos lados do chapéu. Ajeitou o chapéu e a peruca encharcada, e retomou sua postura de autoridade a tempo de ouvir a leitura da acusação e da sentença.

– ... em desrespeito ao Diskilting Act, aprovado pelo Parlamento de Sua Majestade, por cujo crime a sentença de sessenta chibatadas deve ser infligida.

Grey olhou com um distanciamento profissional para o sargento encarregado dos cavalos, designado para aplicar a pena; não era a primeira vez para nenhum dos dois. Não fez um novo sinal com a cabeça; a chuva ainda caía pesadamente. Em vez disso, semicerrou os olhos e pronunciou as palavras de praxe:

– Sr. Fraser, sofra sua punição.

E permaneceu ali de pé, olhando fixamente para a frente, observando e ouvindo o baque surdo do açoite e o ronco da respiração do prisioneiro, forçada através da mordaça pelo golpe.

Os músculos do prisioneiro enrijeceram-se em resistência à dor. Repetidamente, até que cada músculo se destacasse separadamente sob a pele. Seus próprios músculos doíam de tensão, e ele mudou o peso do corpo discretamente de uma perna para a outra, conforme a monótona brutalidade prosseguia. Filetes vermelhos escorriam pela espinha do prisioneiro, sangue misturado à água, manchando o tecido das calças.

Grey podia sentir os homens atrás de si, soldados e prisioneiros, todos os olhos fixos na plataforma e em sua figura central. Até mesmo a tosse silenciou.

E por cima de tudo, como um manto pegajoso de verniz lacrando os sentimentos de Grey, havia uma fina camada de nojo de si mesmo, conforme percebia que seus olhos estavam fixos na cena, não por dever, mas por pura incapacidade de desviar os olhos do brilho da mistura de sangue e chuva que cintilava nos músculos, contraídos de dor em curvas de arrebatadora beleza.

O sargento-ferreiro parava apenas por um instante entre uma chicotada e outra. Apressava-se um pouco; todos queriam acabar logo com aquilo e sair da chuva. Grissom contava cada golpe em voz alta, anotando em sua folha de papel conforme o fazia. O ferreiro verificou o chicote, correndo as tiras com seus nós encerados entre os dedos para livrá-los de sangue e fragmentos de carne, em seguida ergueu o gato de nove caudas outra vez, girou-o devagar duas vezes por cima da cabeça e golpeou de novo.

– Trinta! – disse o sargento.

O major Grey puxou a gaveta mais baixa da escrivaninha e vomitou por cima de uma pilha de requisições.

> Seus dedos estavam cravados com força nas palmas das mãos, mas os tremores não paravam. Vinha de dentro dos ossos, como o frio do inverno.
>
> – Coloquem um cobertor sobre ele. Vou cuidar dele daqui a pouco.
>
> A voz do médico inglês parecia vir de muito longe; não sentia nenhuma conexão entre a voz e as mãos que o agarravam com firmeza pelos dois braços. Gritou quando o mudaram de posição, a torção abrindo os ferimentos que mal acabavam de coagular em suas costas. O escorrer dos filetes de sangue por suas costelas piorava os tremores, apesar do cobertor áspero que haviam colocado sobre seus ombros.
>
> Agarrou-se às bordas do banco onde estava deitado, a face pressionada contra a madeira, os olhos cerrados, lutando contra os tremores. Ouviu-se um movimento e o arrastar de pés em algum lugar no aposento, mas ele não podia notar, não conseguia desviar a atenção do ranger dos dentes e da contração das juntas.
>
> A porta fechou-se e o aposento ficou em silêncio. Estaria sozinho?
>
> Não, ouviu passos junto à sua cabeça e o cobertor que o cobria foi levantado e dobrado até a cintura.
>
> – Hummm. Fizeram um trabalho e tanto em você, hein, rapaz?
>
> Não respondeu, nenhuma resposta era esperada de qualquer forma. O médico virou-se por um instante; em seguida, sentiu a mão do médico sob seu rosto, erguendo sua cabeça. Uma toalha foi enfiada debaixo dela, acolchoando-a contra a madeira áspera.

– Vou limpar os ferimentos agora – disse a voz. Era impessoal, mas não hostil.

Ele inspirou fundo pelo meio dos dentes quando a mão do médico tocou suas costas. Ouviu-se um estranho choramingo. Percebeu que fora ele quem emitira o som e sentiu-se envergonhado.

– Quantos anos você tem, rapaz?

– Dezenove. – Mal conseguiu proferir a palavra antes de reprimir um gemido com toda a força.

O médico tocou delicadamente aqui e ali em suas costas, então levantou-se. Ouviu o barulho da trava da porta, depois os passos do médico retornando.

– Ninguém entrará aqui agora – disse a voz gentilmente. – Vá em frente e chore.

– Ei! – dizia a voz. – Acorde!

Recobrou a consciência lentamente. A aspereza da madeira sob sua face reuniu o sonho e a realidade por um instante, e ele não conseguiu se lembrar de onde estava. A mão de alguém surgiu da escuridão, tocando-o de leve no rosto.

– Estava rangendo os dentes em seu sono, companheiro – murmurou a voz. – Está doendo muito?

– Um pouco. – Percebeu a outra ligação entre o sonho e a realidade quando tentou se levantar e a dor espalhou-se por suas costas como um relâmpago difuso. Soltou o ar com um grunhido involuntário e deixou-se cair de volta no banco.

Tivera sorte; o escalado fora Dawes, um soldado vigoroso, de meia-idade, que na verdade não gostava de açoitar prisioneiros e só o fazia porque era o seu trabalho. Ainda assim, sessenta chibatadas causavam um grande estrago, ainda que aplicadas sem entusiasmo.

– Não, isso está quente demais. Quer escaldá-lo? – Era a voz de Morrison, repreendendo alguém. Tinha que ser Morrison, é claro.

Engraçado, pensou vagamente. Sempre que havia um grupo de homens, eles pareciam encontrar cada qual a sua função apropriada, independentemente de ser ou não algum serviço que já tivessem feito antes. Morrison fora um lavrador, como a maioria deles. Provavelmente, um ótimo tratador de seus animais, mas sem pensar muito no que fazia. Agora, era o curandeiro natural dos homens, aquele a quem recorriam quando tinham uma cólica ou um polegar quebrado. Morrison sabia pouco mais do que os outros, mas os homens recorriam a ele quando estavam feridos ou doentes, como recorriam a Seumus Mac Dubh em busca de orientação e conselho. E justiça.

O pano fumegante foi colocado sobre suas costas e ele gemeu com a dor aguda, pressionando os lábios com força para não gritar. Podia sentir a forma da pequena mão de Morrison, delicadamente pousada no meio de suas costas.

– Aguente firme, companheiro, até o calor passar.

Quando o pesadelo arrefeceu, ele piscou por um instante, ajustando-se às vozes próximas e à percepção de companhia. Estava numa cela grande, no canto ensombreado junto à lareira. Saía vapor do fogo, devia haver um caldeirão de água fervente. Viu Walter MacLeod colocar uma nova braçada de tiras de pano dentro do vasilhame, o fogo dando umas pinceladas de vermelho na barba e nas sobrancelhas escuras de MacLeod. Depois, conforme os trapos em suas costas esfriavam para um calor reconfortante, ele fechava os olhos e deixava-se mergulhar de novo num cochilo, embalado pela conversa amena dos homens próximos.

Era familiar, esse estado de distanciamento nebuloso. Sentira praticamente o mesmo desde o instante em que estendera a mão por cima do ombro de Angus e pegara o pedaço de pano de tartã. Como se, com essa escolha, uma cortina tivesse descido entre eles e os homens; como se estivesse sozinho, em algum lugar tranquilo, infinitamente distante.

Seguira o guarda que o levara, despiu-se quando lhe ordenaram, mas tudo como se na verdade não estivesse acordado. Assumira seu lugar na plataforma e escutara as palavras de crime e sentença pronunciadas, sem realmente ouvir. Nem mesmo o corte áspero da corda em seus pulsos ou a chuva fria em suas costas nuas o despertou. Tudo parecia já ter acontecido antes; nada que ele dissesse ou fizesse poderia alterar alguma coisa; seu destino já estava decidido.

Quanto ao açoitamento, suportara-o. Não havia margem, portanto, para arrependimento ou reflexão, ou para qualquer coisa além da luta desesperada, obstinada, que tal insulto corporal exigia.

– Quieto, agora, quieto. – A mão de Morrison pousou em seu pescoço, para impedi-lo de se mover quando os panos molhados eram retirados e um novo emplastro quente era aplicado, momentaneamente despertando todos os nervos adormecidos para um novo sobressalto.

A única consequência desse estranho estado de espírito era que todas as sensações pareciam ter a mesma intensidade. Ele podia, se tentasse, sentir cada tira separadamente em suas costas. Ver cada uma delas em sua mente, como uma faixa de cor vívida atravessando o escuro da imaginação. Mas a dor dos cortes que iam das costelas aos ombros não possuía maior importância ou consequência do que a sensação quase agradável de peso nas pernas, de desconforto nos braços ou do toque leve e macio de seus cabelos sobre o rosto.

Seu coração pulsava de forma lenta e regular em seus ouvidos; o ruído de sua respiração não participava dos movimentos de seu peito quando respirava. Ele existia apenas como uma coleção de fragmentos, cada pedacinho com suas próprias sensações e nenhum deles de particular interesse para a inteligência central.

– Tome, Mac Dubh – disse a voz de Morrison junto ao seu ouvido. – Levante a cabeça e beba isto.

O cheiro forte de uísque assaltou-o e ele tentou desviar a cabeça.

– Não preciso disso – disse ele.

– Precisa, sim – disse Morrison, com aquela firmeza e senso prático que todos os curandeiros pareciam ter, como se sempre soubessem melhor do que você como se sentia ou do que precisava. Sem forças ou vontade de argumentar, abriu a boca e tomou um gole do uísque, sentindo os músculos do pescoço tremerem com o esforço de manter sua cabeça levantada.

O uísque acrescentou sua parte ao coro de sensações que o dominava. Uma queimação na garganta e na barriga, um formigamento agudo acima e por trás do nariz, e uma espécie de redemoinho em sua cabeça que lhe disse que tomara uísque demais, rápido demais.

– Mais um pouco, vamos, sim, isso mesmo – dizia Morrison, persuadindo-o. – Bom rapaz. Sim, vai se sentir melhor, não é? – A figura corpulenta de Morrison se moveu, bloqueando sua visão da cela obscurecida. Uma corrente de ar soprava da janela alta, mas parecia haver mais movimento perto dele do que podia ser atribuído ao vento. – Bem, como estão as costas? Amanhã estará mais firme do que uma meda de trigo, mas acho que talvez não esteja tão ruim quanto poderia estar. Tome, rapaz, tome mais um gole. – A borda do caneco de chifre pressionou sua boca com insistência.

Morrison continuou falando, um pouco alto demais, sobre nada em particular. Havia alguma coisa errada. Morrison não era um sujeito tagarela. Algo estava acontecendo, mas ele não conseguia ver. Ergueu a cabeça, procurando ver o que estava errado, mas Morrison pressionou-a para baixo outra vez.

– Não se perturbe, Mac Dubh – disse ele brandamente. – Você não pode impedir, de qualquer forma.

Sons furtivos vinham do outro canto da cela, os sons que Morrison tentara impedir que ele ouvisse. Barulhos arrastados, murmúrios breves, um baque surdo. Em seguida, o som abafado de golpes, lentos e regulares, e um gemido pesado de medo e dor, pontuado por um choro alquebrado de respiração presa.

Estavam batendo no jovem Angus MacKenzie. Tensionou as mãos sob o peito, mas o esforço fez suas costas arderem e sua cabeça girar. Sentiu a mão de Morrison outra vez, forçando-o para baixo.

– Fique quieto, Mac Dubh – disse ele. Seu tom de voz era uma mistura de autoridade e resignação.

Uma onda de tontura percorreu-o e suas mãos deslizaram do banco. De qualquer modo, Morrison tinha razão. Não podia impedi-los.

Permaneceu imóvel, então, sob a mão de Morrison, os olhos fechados, e esperou que os sons cessassem. A despeito de si mesmo, imaginou quem seria aquele administrador de justiça cega no escuro. Sinclair. Sua mente forneceu a resposta sem hesitação. E Hayes e Lindsay ajudando, sem dúvida.

Assim como ele, também não podiam deixar de ser quem eram, nem Morrison. Os homens faziam o que nasceram para fazer. Um era um curandeiro, o outro um valentão.

Os sons haviam cessado, exceto pelos soluços abafados. Seus ombros relaxaram e ele não se moveu quando Morrison retirou o último emplastro e delicadamente enxugou suas costas, a corrente de ar da janela fazendo-o tremer com um calafrio repentino. Pressionou os lábios com força, para não emitir nenhum barulho. Haviam-no amordaçado esta tarde e ele ficou contente por isso; da primeira vez que fora açoitado, há muitos anos, ele mordera o lábio inferior a ponto de quase cortá-lo ao meio.

O caneco de uísque foi pressionado contra sua boca, mas ele virou a cabeça e a bebida desapareceu sem comentário para algum lugar onde fosse encontrar uma recepção mais calorosa. Milligan, provavelmente, o irlandês.

Um homem com a fraqueza pela bebida, outro com raiva. Um com um fraco por mulheres, enquanto outro...

Suspirou e remexeu-se ligeiramente na cama dura de tábuas. Morrison cobrira-o com um cobertor e se afastara. Sentia-se exausto e vazio, ainda em fragmentos, mas com a mente absolutamente clara, assentada em algum lugar muito distante do resto de si mesmo.

Morrison levara a vela também; ela queimava no extremo oposto da cela, onde os homens sentavam-se, acotovelados uns contra os outros em amistoso companheirismo, a luz tornando-os figuras negras, um indistinguível do outro, contornados de luz dourada como as gravuras de santos sem rosto em missais antigos.

Perguntou-se de onde viriam esses dons que moldavam a natureza de um ser humano. De Deus?

Seria como a descida do Paracleto e as línguas de fogo que pousaram sobre os apóstolos? Lembrou-se da figura na Bíblia, na sala de visitas de sua mãe, todos os apóstolos coroados com fogo e parecendo totalmente apalermados, em estado de choque, parados em volta como um bando de velas de cera acesas para uma festa.

Sorriu com a lembrança e fechou os olhos. As sombras da vela tremularam vermelhas sobre suas pálpebras.

Claire, sua própria Claire – quem saberia o que a enviara para ele, a lançara em uma vida para a qual ela certamente não havia nascido? E, no entanto, ela soube o que fazer, o que era destinada a ser, apesar disso. Nem todos eram tão afortunados de saber qual era o seu dom.

Ouviu um som arrastado e cauteloso ao seu lado na escuridão. Abriu os olhos e viu não mais do que um vulto, mas logo percebeu quem era.

– Como você está, Angus? – perguntou ele brandamente em gaélico.

O jovem ajoelhou-se timidamente a seu lado e segurou sua mão.

– Estou... bem. Mas o senhor, quero dizer... eu... eu sinto muito...

Teria sido experiência ou instinto o que o fez apertar sua própria mão, reconfortando-o?

– Eu também estou bem – disse ele. – Vá deitar-se, Angus, e descanse.

A figura inclinou a cabeça em um gesto estranhamente formal e pressionou um beijo nas costas de sua mão.

– Eu... posso ficar aqui a seu lado, senhor?

Sua mão pesava uma tonelada, mas levantou-a mesmo assim e pousou-a sobre a cabeça do rapaz. Depois, ela escorregou, mas ele sentiu a tensão de Angus relaxar à medida que o consolo fluiu do toque de sua mão.

Ele nascera um líder, depois foi moldado ainda mais para adequar-se a esse destino. Mas e quanto a um homem que não nascera para o papel que exigiam que cumprisse? John Grey, por exemplo. Charles Stuart, outro exemplo.

Pela primeira vez em dez anos, dessa estranha distância, pôde encontrar em si mesmo a capacidade de perdoar aquele homem frágil que um dia fora seu amigo. Tendo tantas vezes pago o preço exigido por seu próprio dom, podia finalmente ver a maldição mais terrível de ter nascido rei sem o dom da majestade.

Angus MacKenzie deixou-se cair contra a parede a seu lado, a cabeça abaixada sobre os joelhos, seu cobertor por cima dos ombros. Um ronco baixo e gorgolejante veio da forma encolhida. Podia sentir o sono aproximar-se dele também, encaixando de novo as partes fragmentadas e dispersas de si mesmo conforme o dominava, e compreendeu que acordaria inteiro outra vez – ainda que muito dolorido – pela manhã.

Sentiu-se imediatamente aliviado de muitas coisas. Do peso da responsabilidade imediata, da necessidade de decisão. A tentação se fora, junto com suas possibilidades. Mais importante ainda, o fardo da raiva dissolvera-se; talvez tivesse desaparecido para sempre.

Portanto, pensou, através da névoa que começava a envolvê-lo, John Grey lhe devolvera seu destino.

Podia sentir-se quase agradecido.

13

MEIO-JOGO

Inverness
2 de junho de 1968

Foi Roger quem a encontrou de manhã, encolhida no sofá do gabinete sob a manta da lareira, papéis espalhados descuidadamente pelo chão onde haviam caído ao derramarem de uma das pastas.

A luz penetrava pelas janelas altas, inundando o gabinete, mas o encosto alto do sofá sombreara o rosto de Claire, evitando que acordasse com o clarear do dia. A luz agora começava a derramar-se por cima da curva de veludo empoeirado do encosto para tremeluzir nas mechas de seus cabelos.

Um rosto transparente em mais de uma maneira, Roger pensou, olhando para ela. Sua pele era tão fina e clara que as veias azuis podiam ser vistas na têmpora e na garganta, e os ossos bem delineados estavam tão próximos da superfície da pele que ela parecia esculpida em marfim.

A manta deslizara um pouco para fora do sofá, expondo seus ombros. Um dos braços repousava, relaxado, por cima do seu peito, prendendo uma folha de papel, única e amarrotada, contra seu corpo. Roger ergueu seu braço com cuidado, para soltar o papel sem acordá-la. Ela estava lânguida em seu sono, a pele surpreendentemente cálida e macia sob sua mão.

Seus olhos logo depararam-se com o nome; sabia que ela devia tê-lo encontrado.

— James MacKenzie Fraser — murmurou ele. Ergueu os olhos do papel para a mulher adormecida no sofá. A luz acabava de tocar a curva de sua orelha; ela remexeu-se levemente e virou a cabeça, em seguida seu rosto deixou-se cair outra vez na sonolência. – Não sei quem você era, companheiro – murmurou para o escocês invisível –, mas deve ter sido alguém formidável para merecê-la.

Delicadamente, ele recolocou a manta sobre os ombros de Claire e abaixou a cortina da janela atrás dela. Em seguida, agachou-se e juntou as folhas da pasta de Ardsmuir espalhadas pelo chão. Ardsmuir. Era tudo que ele precisava por enquanto; ainda que o destino final de Jamie Fraser não estivesse registrado nas folhas em suas mãos, estaria em algum lugar na história da prisão de Ardsmuir. Provavelmente, iria precisar de mais uma incursão nos arquivos das Terras Altas, ou mesmo de uma viagem a Londres, mas o próximo passo na conexão já fora dado; o caminho estava desimpedido.

Brianna descia as escadas quando ele fechou a porta do gabinete, movendo-se com extremo cuidado. Ela arqueou uma das sobrancelhas interrogativamente e ele ergueu a pasta, sorrindo.

– Encontramos – sussurrou ele.

Ela não disse nada, mas um sorriso em resposta espalhou-se por seu rosto, luminoso como o sol nascente lá fora.

Parte IV

Lake District

14
GENEVA

Helwater
Setembro de 1756

– Eu acho que você devia pensar em trocar de nome – disse Grey cuidadosamente.

Não esperava uma resposta; em quatro dias de viagem, Fraser não lhe dirigira uma única palavra, conseguindo até mesmo a difícil tarefa de compartilhar um quarto de hospedaria com ele sem comunicação direta. Grey dera de ombros e ocupara a cama, enquanto Fraser, sem um gesto ou olhar, enrolara-se em seu manto surrado e deitara-se diante da lareira. Coçando uma variedade de mordidas de pulgas e percevejos, Grey concluiu que provavelmente Fraser ficara com a melhor parte dos arranjos para dormir.

– Seu novo anfitrião não simpatiza com Charles Stuart e seus partidários, tendo perdido o seu único filho em Prestonpans – continuou ele, dirigindo-se ao perfil férreo visível a seu lado. Gordon Dunsany era apenas alguns anos mais velho do que ele próprio, um jovem capitão no regimento de Bolton. Podiam facilmente ter morrido juntos naquele campo, se não fosse por aquele encontro no bosque perto de Carryarrick. – Certamente você não pode nem pensar em esconder o fato de que é um escocês, e das Terras Altas, ainda por cima. Se quiser se dignar a considerar um conselho bem-intencionado, pode ser de bom alvitre não usar um nome tão facilmente reconhecível como o seu.

A expressão pétrea de Fraser não se alterou em nenhum aspecto. Cutucou seu cavalo com o calcanhar e guiou-o à frente do cavalo baio de Grey, procurando os remanescentes da trilha, varrida por uma enxurrada recente.

Era fim de tarde quando atravessaram o arco da ponte Ashness e começaram a descer o declive em direção a um pequeno lago, Watendlath Tarn. Lake District, a região dos lagos da Inglaterra, não parecia em nada com a Escócia, Grey refletiu, mas pelo menos havia montanhas ali. Montanhas nebulosas, férteis e de flancos arredondados, não severamente hostis como os penhascos das Terras Altas, mas montanhas ainda assim.

Watendlath Tarn estava escuro e agitado no vento do começo do outono, suas margens repletas de plantas de brejo. As chuvas de verão haviam sido ainda mais generosas do que de costume naquele lugar úmido e as pontas de arbustos alagados projetavam-se, moles e despedaçadas, acima da água que havia inundado as margens.

No alto da próxima colina, a trilha se bifurcava, partindo em duas direções. Fraser, alguma distância à frente, freou seu cavalo e aguardou instruções, enquanto o vento agitava seus cabelos. Não os prendera numa trança nesta manhã e esvoaçavam livremente, as mechas cor de fogo erguendo-se em total desgoverno ao redor de sua cabeça.

Patinhando pela encosta acima, John William Grey ergueu os olhos para o homem no alto, imóvel como uma estátua de bronze em sua montaria, exceto pela cabeleira ondulante. O ar secou em sua garganta e ele umedeceu os lábios.

– "Oh, Lúcifer, filho da manhã" – murmurou consigo mesmo, mas absteve-se de acrescentar o resto da citação.

Para Jamie, a viagem de quatro dias a Helwater fora uma tortura. A repentina ilusão de liberdade, combinada à certeza da perda imediata, dava-lhe uma terrível expectativa sobre seu destino desconhecido.

Isso, aliado à raiva e à tristeza da separação de seus homens vívida em sua lembrança – o doloroso sentimento de perda por deixar as Terras Altas, com o conhecimento de que a separação poderia ser permanente – e seus momentos acordados, atormentado pela dor física de músculos há muito tempo desacostumados à sela, eram suficientes para mantê-lo em agonia durante toda a viagem. Apenas o fato de ter dado sua palavra o impedia de arrancar o major John William Grey de seu cavalo e esganá-lo em alguma viela deserta.

As palavras de Grey ecoavam em seus ouvidos, parcialmente obstruídos pela pulsação dissonante de seu sangue efervescente:

– Como a reforma da fortaleza já está praticamente concluída, com a ajuda competente de você mesmo e de seus homens – Grey permitira que sua voz denotasse um tom de ironia –, os prisioneiros deverão ser removidos para outras acomodações e a fortaleza de Ardsmuir guardada pelas tropas da vigésima Companhia dos Dragões de Sua Majestade. Os prisioneiros de guerra escoceses deverão ser transportados para as colônias americanas – continuou ele. – Serão vendidos mediante contrato de trabalhos forçados, por um período de sete anos.

Jamie mantivera-se cautelosamente impassível, mas diante das notícias sentira o rosto e as mãos ficarem dormentes com o choque.

– Trabalhos forçados? Isso é o mesmo que escravidão – disse ele, mas sem prestar muita atenção às próprias palavras. América! Uma terra selvagem, de bárbaros, e a ser alcançada através de 3 mil milhas de mar deserto e agitado! Trabalhar na América era uma sentença igual a exílio permanente da Escócia.

– Um contrato de trabalho não é escravidão – afirmou Grey, mas o major sabia tão bem quanto ele que a diferença era meramente uma questão formal, a de que trabalhadores assim contratados recuperariam, se sobrevivessem, sua liberdade numa data predeterminada. Um trabalhador nessas condições era para todos os efeitos o escravo de seu senhor ou senhora, a ser explorado, açoitado ou marcado como lhe aprouvessem, proibido por lei de deixar as dependências de seu senhor sem permissão.

Como James Fraser agora seria proibido.

– Você não será enviado com os outros. – Grey não olhara para ele enquanto falava. – Você não é apenas um prisioneiro de guerra, foi condenado por traição. Como tal, sua prisão segue os ditames da vontade de Sua Majestade; você não pode ser exilado sem aprovação real. E Sua Majestade não achou por bem conceder essa aprovação.

Jamie tinha consciência de uma notável sequência de emoções; sob sua fúria imediata havia medo e tristeza pelo destino de seus homens, misturados a uma pequena centelha de ignominioso alívio de que, qualquer que seu destino viesse a ser, não incluía ser atirado ao mar. Envergonhado desse sentimento, lançou um olhar frio sobre Grey.

– O ouro – disse ele sem rodeios. – É isso, não é? – Enquanto houvesse a mais remota chance de ele revelar o que sabia sobre o quase mítico tesouro, a Coroa inglesa não se arriscaria a perdê-lo para os demônios do mar ou os selvagens das colônias.

Ainda assim, o major não olhou para ele, mas deu de ombros, num gesto equivalente a uma confirmação.

– Para onde devo ir, então? – Sua própria voz soou esganiçada aos seus ouvidos, levemente rouca conforme ele começava a se recuperar do abalo emocional das notícias.

Grey se ocupara guardando seus registros. Era início de setembro e uma brisa cálida soprava pela janela semiaberta, agitando os documentos.

– Chama-se Helwater. Fica no Lake District, na Inglaterra. Ficará alojado com lorde Dunsany, para servi-lo em qualquer tarefa que lhe seja solicitada. – Nesse momento, Grey ergueu o olhar, a expressão em seus claros olhos azuis indecifrável. – Devo visitá-lo lá a cada três meses, para garantir seu bem-estar.

...

Olhou para as costas do major em seu casaco vermelho enquanto cavalgavam em fila indiana pelas veredas estreitas, buscando refúgio de seus infortúnios numa visão gratificante: aqueles olhos azuis arregalados, vermelhos e saltados de surpresa, enquanto as mãos de Jamie fechavam-se na garganta fina, os polegares afundando na carne avermelhada do sol, até que o corpo pequeno e musculoso do major ficasse mole como um coelho morto em suas mãos.

A vontade de Sua Majestade, hein? Não se deixava enganar. Aquilo fora obra de Grey; o ouro era apenas uma desculpa. Ele seria vendido como criado e mantido num lugar onde Grey pudesse vê-lo e regozijar-se. Esta era a vingança do major.

Todas as noites, dormira diante da lareira na estalagem, com os músculos doendo, atento a qualquer respiração, murmúrio ou movimento do sujeito na cama atrás dele, e com uma raiva profunda dessa consciência. Na claridade cinza do amanhecer, era levado à fúria outra vez, desejando que o sujeito se levantasse da cama e fizesse algum gesto vergonhoso em sua direção, para que ele pudesse liberar sua ira na paixão do assassinato. Mas Grey apenas roncava.

Passaram pela ponte Helvellyn e por outro daqueles pequenos lagos entre montanhas, estranhamente cobertos de capim, as folhas vermelhas e amarelas dos bordos e lariços girando e derramando-se pelas ancas ligeiramente suadas do seu cavalo, açoitando seu rosto e deslizando por ele como uma carícia murmurante como a de um papel.

Grey parara logo adiante e virara-se na sela, aguardando. Haviam chegado. O terreno transformava-se num declive íngreme até o vale, onde a mansão erguia-se, parcialmente oculta numa profusão de árvores vividamente iluminadas com as cores do outono.

Helwater estendia-se diante dele e, com ela, a perspectiva de uma vida de vergonhosa servidão. Aprumou-se na sela e açulou o cavalo com mais força do que pretendia.

Grey foi recebido na sala de visitas principal, lorde Dunsany mostrando-se cordialmente desatento às suas roupas desalinhadas e botas imundas, e lady Dunsany, uma mulher pequena e roliça, com cabelos louros sem vida, excessivamente hospitaleira.

– Uma bebida, Johnny, você precisa de uma bebida! E Louisa, minha querida, acho que deve ir buscar as meninas para vir cumprimentar nosso hóspede.

Enquanto lady Dunsany virava-se para dar ordens ao lacaio, o lorde inclinava-se por cima do copo para murmurar para ele:

– O prisioneiro escocês... você o trouxe com você?

– Sim – respondeu Grey. Era improvável que lady Dunsany, agora em animada conversa com o mordomo sobre a alteração dos preparativos para o jantar, ouvisse, mas achou melhor manter sua própria voz baixa. – Eu o deixei no vestíbulo... não tinha certeza do que você pretendia fazer com ele.

– Disse que o sujeito é bom com cavalos, não? Melhor torná-lo um cavalariço, então, como você sugeriu. – Lorde Dunsany olhou para a mulher e cuidadosamente virou-se para que suas costas magras ficassem voltadas para ela, protegendo ainda mais a conversa. – Não disse a Louisa quem ele é – sussurrou o baronete. – Todo aquele pavor com os escoceses das Terras Altas durante a revolução... o país ficou paralisado de medo, sabe? E ela nunca se recuperou da morte de Gordon.

– Compreendo perfeitamente. – Grey bateu de leve no braço do velho lorde para tranquilizá-lo. Acreditava que o próprio Dunsany não se recuperara da morte de seu filho, embora tivesse se refeito corajosamente pelo bem de sua mulher e filhas.

– Direi a elas apenas que o sujeito é um criado que você me recomendou. Há... ele é confiável, não? Quero dizer... bem, as meninas... – Lorde Dunsany lançou um olhar inquieto à sua mulher.

– Totalmente – assegurou Grey a seu anfitrião. – É um homem honrado e deu sua palavra. Ele não entrará na casa nem deixará os limites de sua propriedade, a não ser com sua permissão expressa. – Helwater cobria mais de 240 hectares, ele sabia. Era uma longa distância da liberdade, bem como da Escócia, mas talvez algo melhor do que as estreitas pedras de Ardsmuir ou os sofrimentos das colônias.

Um som vindo da porta fez Dunsany girar nos calcanhares, restaurado a uma esfuziante jovialidade pelo surgimento de suas duas filhas.

– Lembra-se de Geneva, Johnny? – perguntou ele, fazendo seu hóspede aproximar-se. – Isobel ainda era um bebê na última vez em que você esteve aqui. Como o tempo voa, não é? – E sacudiu a cabeça, ligeiramente consternado.

Isobel estava com 14 anos, pequena, roliça, efervescente e loura, como sua mãe. Grey, na verdade, não se lembrava de Geneva – ou melhor, lembrava-se, mas a garotinha mirrada de anos antes não se parecia em nada com a graciosa jovem de 17 anos que agora lhe oferecia sua mão. Se Isobel lembrava a mãe, Geneva puxara ao pai, ao menos na questão de altura e peso. Os cabelos grisalhos de lorde Dunsany deviam ter sido um dia castanhos e brilhantes assim, e a jovem possuía os mesmos olhos cinza-claros de Dunsany.

As moças cumprimentaram o visitante educadamente, mas estavam visivelmente mais interessadas em outra coisa.

– Papai – disse Isobel, puxando a manga do pai. – Há um homem enorme no vestíbulo! Ele ficou nos observando enquanto descíamos as escadas. Ele é assustador!

– Quem é ele, papai? – perguntou Geneva. Era mais reservada do que sua irmã, mas obviamente também estava interessada.

– Hã... ora, deve ser o novo cavalariço que John nos trouxe – disse lorde Dunsany, claramente desconcertado. – Pedirei a um dos lacaios que o leve... – O baronete foi interrompido pelo repentino surgimento de um lacaio no vão da porta.

– Senhor – disse ele, parecendo chocado com as notícias que trazia. – Há um escocês no vestíbulo! – Com receio de que essa horrorosa afirmação não fosse levada a sério, virou-se e gesticulou agitadamente na direção da figura alta e silenciosa parada atrás dele, ainda vestido com seu manto.

Diante dessa deixa, o estrangeiro deu um passo à frente e, vendo lorde Dunsany, inclinou a cabeça cortesmente.

– Meu nome é Alex MacKenzie – disse ele, com um leve sotaque das Terras Altas. Fez uma mesura a lorde Dunsany, sem nenhum vestígio de zombaria em seus modos. – Seu criado, milorde.

Para alguém acostumado à vida estafante de uma fazenda das Terras Altas ou ao trabalho em uma prisão, o serviço de cavalariço em uma fazenda de criação de cavalos em Lake District não era um grande esforço. Para um homem que ficara trancado numa cela por dois meses – desde que os outros partiram para as colônias –, era um trabalho duro. Na primeira semana, enquanto seus músculos se reacostumavam às repentinas exigências do movimento constante, Jamie Fraser caía num catre no palheiro toda noite, cansado demais até para sonhar.

Chegara a Helwater em tal estado de fadiga e agitação mental que ele, no começo, vira o local como uma outra prisão – e uma prisão entre estranhos, longe das Terras Altas. Agora que estava assentado ali, tão aprisionado pela palavra quanto estaria por barras de ferro, sentiu o corpo e a mente começarem a relaxar, à medida que os dias passavam. Seu corpo se enrijecia, seus sentimentos se acalmavam na tranquila companhia dos cavalos e pouco a pouco ele achou possível pensar racionalmente outra vez.

Se não tinha uma verdadeira liberdade, ao menos tinha ar fresco, um espaço para estender o corpo, a visão de montanhas e os belos cavalos que Dunsany criava. Os outros cavalariços e criados, compreensivelmente, desconfiavam dele, mas deixavam-no sozinho consigo mesmo, em respeito ao seu tamanho e aparência assustadora. Era uma vida solitária – mas ele aceitara há muito tempo o fato de que, para ele, a vida provavelmente jamais seria de outra forma.

A neve suave e macia caiu sobre Helwater e, até a visita oficial do major Grey no Natal – uma ocasião tensa e embaraçosa –, passou sem perturbar seus crescentes sentimentos de contentamento.

Muito discretamente, ele fez os arranjos que lhe foram possíveis para se comunicar com Jenny e Ian nas Terras Altas. Com exceção das cartas esporádicas que chegavam até ele por meios indiretos, que ele lia e depois destruía por segurança, sua única lembrança de casa era o rosário de madeira que usava ao pescoço, escondido sob a camisa.

Uma dezena de vezes por dia, ele tocava na pequena cruz que repousava sobre seu coração, a cada vez evocando o rosto de alguém querido, com uma breve oração – para sua irmã, Jenny; para Ian e as crianças – seu xará, o Jovem Jamie, Maggie, Katherine Mary, pelos gêmeos Michael e Janet e pelo bebê Ian. Pelos colonos de Lallybroch, pelos homens de Ardsmuir. E sempre a primeira prece do dia, a última da noite – e muitas entre uma e outra – por Claire. *Senhor, que ela possa estar em segurança. Ela e a criança.*

Conforme a neve passava e o ano se iluminava com a chegada da primavera, Jamie Fraser tinha consciência de apenas uma circunstância anuviando sua existência diária – a presença de lady Geneva Dunsany.

Bonita, mimada e autocrata, lady Geneva estava acostumada a conseguir o que queria, quando queria, e dane-se quem estivesse em seu caminho. Era uma boa amazona – reconhecia Jamie –, mas tão caprichosa e ferina que os cavalariços costumavam tirar na sorte para determinar quem teria a infelicidade de acompanhá-la em sua cavalgada diária.

Ultimamente, entretanto, lady Geneva escolhia ela mesma seu acompanhante – Alex MacKenzie.

– Bobagem – dissera ela, quando ele alegara primeiro discrição e depois indisposição temporária, para evitar acompanhá-la à neblina erma e solitária dos sopés das montanhas acima de Helwater; um lugar onde ela estava proibida de cavalgar por causa do terreno traiçoeiro e dos nevoeiros perigosos. – Não seja tolo. Ninguém vai nos ver. Vamos! – E chutando sua égua brutalmente nas costelas, partiu antes que ele pudesse impedi-la, rindo para ele por cima do ombro.

Sua paixonite por ele era bastante óbvia para fazer os outros cavalariços sorrirem disfarçadamente e trocarem comentários em voz baixa quando ela entrava no estábulo. Ele sentia um forte impulso, quando estava em sua companhia, de dar-lhe um pontapé onde este seria mais eficaz, mas até então limitara-se a manter um silêncio rígido, respondendo a todas as suas tentativas de diálogo com um grunhido emburrado.

Confiava em que ela, mais cedo ou mais tarde, se cansaria de seu tratamento taciturno e transferiria suas incômodas atenções para outro cavalariço. Ou – Deus queira – logo se casaria e iria para longe tanto dele quanto de Helwater.

Era um raro dia ensolarado para Lake Country, onde a diferença entre as nuvens e o solo em geral era imperceptível. Ainda assim, nesta tarde de maio, o clima estava ameno, quente o suficiente para Jamie sentir-se confortável em tirar a camisa. Era bastante seguro ali no alto do campo, sem nenhuma probabilidade de companhia além de Bess e Blossom, as duas éguas impassíveis que puxavam a carreta com o rolo compressor.

O campo era extenso e os cavalos velhos e bem treinados para a tarefa, da qual gostavam; tudo que ele precisava fazer era virar as rédeas de vez em quando, para manter seus focinhos para a frente. O rolo compressor era feito de madeira, em vez do tipo mais antigo de pedra ou metal, e construído com uma fenda estreita entre cada tábua, de modo que o interior pudesse ser enchido de estrume bem curtido. Conforme o rolo girava, o adubo vazava, deixando o pesado aparelho mais leve à medida que se esvaziava.

Jamie aprovava inteiramente essa invenção. Precisava falar a Ian sobre isso; desenhar um diagrama. Os ciganos logo chegariam; todos os cavalariços e cozinheiras estavam falando sobre isso. Talvez ele tivesse tempo de acrescentar outra parte à carta em andamento que carregava consigo, enviando o atual maço de páginas sempre que um bando de ciganos ou latoeiros nômades aparecia na fazenda. A entrega poderia demorar um mês, três ou seis, mas finalmente o pacote de informações chegaria às Terras Altas, passado de mão em mão, até sua irmã em Lallybroch, que pagaria uma taxa generosa pelo recebimento.

As respostas de Lallybroch vinham pela mesma rota anônima – porque, sendo um prisioneiro da Coroa, tudo que ele enviasse ou recebesse pelos carteiros teria que ser inspecionado por lorde Dunsany. Sentiu uma breve empolgação ao pensar em uma carta, mas tentou amortecê-la; poderia não haver carta alguma.

– Ooopa! – gritou ele, mas por hábito do que qualquer outro motivo. Bess e Blossom podiam avistar a cerca de pedras tão bem quanto ele e sabiam perfeitamente que este era o lugar onde deveriam começar a pesada mudança de direção. Bess agitou uma das orelhas e relinchou, e ele riu. – Sim, eu sei – disse-lhe, com um leve puxão na rédea. – Mas eles me pagam para dizer isso.

Iniciaram, então, o novo caminho e não havia mais nada a fazer até alcançarem a carroça fincada na extremidade oposta do campo, cheia de estrume para abastecer novamente o rolo. O sol batia em seu rosto agora e ele fechou os olhos, desfrutando a sensação de calor em seu peito e ombros nus.

O barulho alto do relincho de um cavalo sacudiu-o de sua sonolência um quarto de hora mais tarde. Abrindo os olhos, pôde ver o cavaleiro subindo a trilha que vinha do curral mais baixo, perfeitamente emoldurado entre as orelhas de Blossom. Apressadamente, ele endireitou-se no banco e enfiou a camisa pela cabeça.

– Não precisa ser modesto por minha causa, MacKenzie. – A voz de Geneva Dunsany soou alta e ligeiramente ofegante enquanto ela freava a égua, fazendo-a marchar ao lado do rolo em movimento.

– Mmmhummm. – Ela vestia seus melhores trajes, ele viu, com um broche de quartzo na garganta, e estava mais esbaforida do que a temperatura do dia justificava.

– O que está fazendo? – perguntou ela, depois de alguns instantes prosseguindo em silêncio.

– Estou espalhando bosta, milady – respondeu ele sem titubear e sem olhar para ela.

– Ah. – Ela continuou acompanhando-o ao longo de cerca de meia trilha antes de se aventurar a puxar conversa novamente. – Sabia que vou me casar?

Ele sabia; todos os criados já sabiam há um mês, através de Richards, o mordomo, que estava na biblioteca, servindo, quando o pretendente veio de Derwentwater para redigir o contrato de casamento. Lady Geneva fora informada há dois dias. Segundo a criada, Betty, a notícia não fora bem recebida.

Ele contentou-se com um grunhido evasivo.

– Com Ellesmere – disse ela. O rubor intensificou-se em suas faces e seus lábios comprimiram-se.

– Desejo-lhe muitas felicidades, milady. – Jamie puxou levemente as rédeas quando atingiram o fim do campo. Ele já estava fora de seu banco antes de Bess fincar os cascos no chão; não pretendia de forma alguma demorar-se em conversa com lady Geneva, cujo humor parecia extremamente perigoso.

– Felicidade! – gritou ela. Seus grandes olhos acinzentados faiscaram e ela bateu na coxa de seu traje de montaria. – Felicidade! Casada com um homem que tem idade para ser meu avô?

Jamie absteve-se de dizer que suspeitava que as perspectivas de felicidade do conde de Ellesmere eram um pouco mais limitadas do que as da jovem. Em vez disso, murmurou: "Com licença, milady", e foi para trás para desatrelar o rolo.

Ela desmontou e seguiu-o.

– É um acordo nojento entre meu pai e Ellesmere! Ele está me vendendo, é isso. Meu pai não se importa nem um pouco comigo ou jamais teria combinado esse casamento! Não acha que estou sendo injustamente usada?

Ao contrário, Jamie achava que lorde Dunsany, um pai muito dedicado, provavelmente fizera o melhor acordo possível para sua mimada filha mais velha. O conde de Ellesmere era mesmo um velho. Havia uma boa chance de que, em poucos anos, Geneva seria uma jovem viúva extremamente rica, e uma condessa ainda por cima. Por outro lado, tais considerações podiam não ter muito valor para uma moça voluntariosa – uma megera malcriada e teimosa, corrigiu-se, vendo o conjunto petulante de sua boca e olhos – de 17 anos.

– Tenho certeza de que seu pai sempre age em seu melhor interesse, milady – respondeu ele impassivelmente. A diabinha não iria embora?

Não. Adotando uma expressão mais simpática, ela aproximou-se e parou ao seu lado, atrapalhando a sua tarefa de abrir a tampa do rolo para recarregá-lo.

– Mas um casamento com um velho tão ressequido? – disse ela. – Certamente, é uma crueldade do meu pai me entregar a uma criatura como essa! – Ficou na ponta do pé, examinando Jamie. – Quantos anos tem, MacKenzie?

Seu coração parou de bater por um instante.

– Sou muito mais velho do que a senhora, milady – disse ele com firmeza. – Com licença, milady. – Passou por ela da melhor forma possível para não tocá-la e subiu na carroça de esterco, para onde estava razoavelmente certo que ela não iria segui-lo.

– Mas não está pronto para o cemitério ainda, não é, MacKenzie? – Agora, ela estava em frente a ele, cobrindo os olhos com a mão enquanto espreitava para cima. Uma brisa começara a soprar e pequenos tufos de seus cabelos castanhos flutuavam à volta de seu rosto. – Você já foi casado, MacKenzie?

Ele rangeu os dentes, dominado pela vontade de jogar uma pá de esterco sobre a cabeça de cabelos castanhos, mas se conteve e enterrou a pá no monturo, dizendo simplesmente "Já", num tom que não admitia maiores indagações.

Lady Geneva, no entanto, não estava interessada nas sensibilidades de outras pessoas.

– Ótimo – disse ela, satisfeita. – Então saberá o que fazer.

– Fazer? – Interrompeu no meio o ato de escavar, o pé apoiado na pá.

– Na cama – disse ela calmamente. – Quero que venha pra cama comigo.

No choque do momento, tudo em que ele conseguiu pensar foi na visão absurda da elegante lady Geneva, as saias por cima do rosto, esparramada sobre a matéria esfarelada e fétida da carroça.

Deixou a pá cair.

– Aqui? – grasnou ele, a voz rouca e dissonante.

– Não, tolo – disse ela, impaciente. – Na cama, numa cama adequada. No meu quarto.

– A senhora perdeu a cabeça – disse Jamie friamente, o estado de choque gradualmente se dissipando. – Ou assim eu pensaria, se tivesse cabeça.

Seu rosto afogueou-se e os olhos estreitaram-se.

– Como ousa falar assim comigo?

– Como ousa falar assim comigo? – retrucou Jamie com raiva. – Uma menina de família fazendo propostas indecentes a um homem com o dobro de sua idade? E um cavalariço da casa de seus pais? – acrescentou ele, lembrando-se de quem era. Engoliu outros comentários, lembrando-se também de que esta terrível jovem era lady Geneva. – Queira me desculpar, milady – disse ele, dominando sua cólera com algum esforço. – O sol está muito quente hoje e sem dúvida deixou seu juízo um pouco confuso. Acho que deve voltar para casa imediatamente e pedir à sua criada que coloque toalhas frias em sua cabeça.

Lady Geneva bateu o pé calçado com bota de couro marroquino.

– Meu juízo não está nem um pouco confuso!

Fitou-o com raiva, o queixo empinado. Seu queixo era pequeno e pontudo, assim como os dentes, e com aquela particular expressão de determinação no rosto, ele achou que ela se parecia muito com a maldita raposa que era.

– Ouça-me – disse ela. – Não posso evitar esse casamento abominável. Mas – hesitou, depois continuou com firmeza – que o diabo me carregue se vou desperdiçar minha virgindade com um velho monstro nojento e depravado como Ellesmere!

Jamie esfregou a mão pela boca. A contragosto, sentia certa compaixão por ela. Mas que o diabo carregasse a ele se iria permitir que uma louca de saias o envolvesse em seus problemas.

– Tenho perfeita noção da honra, milady – disse ele finalmente, com pesada ironia –, mas eu realmente não posso...

– Pode, sim. – Seus olhos pousaram ostensivamente na frente de suas calças imundas. – Betty diz que sim.

Ele tentou falar, não conseguindo mais do que alguns grunhidos incoerentes no começo. Finalmente, respirou fundo e disse, com toda a firmeza que pôde reunir:

– Betty não tem a menor base para tirar conclusões a respeito de minha capacidade. Não coloquei nem a mão na moça!

Geneva riu, encantada.

– Então não a levou para a cama? Ela disse que você se recusou, mas achei que talvez ela estivesse apenas tentando evitar uma surra. Isso é bom; eu não poderia compartilhar um homem com uma criada.

Ele respirou ruidosamente. Golpear sua cabeça com a pá ou estrangulá-la infelizmente estava fora de questão. Seu temperamento inflamado aos poucos se acalmou. Ela podia ser insuportável, mas não possuía essencialmente nenhum poder. Não poderia forçá-lo a ir para sua cama.

– Tenha um bom dia, milady – disse ele, o mais educadamente possível. Deu-lhe as costas e começou a trabalhar com a pá, lançando esterco dentro do rolo oco.

– Se não o fizer – disse ela docemente –, contarei a meu pai que você tentou me seduzir. Ele vai tirar o couro das suas costas.

Os ombros de Jamie encolheram-se involuntariamente. Ela não poderia saber. Tomara o cuidado de nunca tirar sua camisa na frente de ninguém desde que chegara ali.

Virou-se com todo o cuidado e fitou-a. A luz do triunfo brilhava em seus olhos.

– Seu pai pode não me conhecer muito bem – disse ele –, mas certamente a conhece desde que nasceu. Conte-lhe e vá se danar!

Ela estufou-se como um galo de briga, o rosto ficando cada vez mais vermelho de raiva.

– Ah, então é assim, hein? – gritou ela. – Bem, então olhe para isto e vá você se danar! – Enfiou a mão entre os seios e retirou uma carta de várias folhas, que sacudiu embaixo do nariz dele. A caligrafia preta e firme de sua irmã era-lhe tão familiar que um mero vislumbre foi suficiente.

– Dê-me isso! – Já descera da carroça e aproximava-se dela, mas ela foi rápida demais. Já estava montada na sela antes que ele pudesse agarrá-la, dando ré com as rédeas em uma das mãos e brandindo a carta zombeteiramente com a outra.

– Você a quer, hein?

– Sim, quero! Dê-me essa carta! – Ele estava tão furioso que poderia facilmente cometer um ato de violência se pusesse as mãos nela. Infelizmente, a égua que ela montava pressentiu sua disposição e afastou-se, resfolegando e batendo as patas no chão nervosamente.

– Acho que não. – Fitou-o provocantemente, o rubor da raiva esvanecendo-se de seu rosto. – Afinal, é realmente meu dever entregar esta carta a meu pai, não é? Ele deve saber que seus criados estão enviando e recebendo correspondências clandestinas, não acha? Jenny é sua namorada?

– Você leu minha carta? Cadela sem-vergonha!

– Que linguagem! – disse ela, sacudindo a carta com ar de reprovação. – É meu dever ajudar meus pais, informando-os das coisas terríveis em que os criados estão metidos, não é? E eu sou uma filha obediente, submetendo-me a esse casamento sem protestar, não sou? – Inclinou-se para a frente em sua sela, sorrindo zombeteiramente. Com um novo acesso de raiva, ele compreendeu que ela estava se divertindo muito com tudo aquilo. – Acho que ele vai achar muito interessante a leitura desta carta – disse ela. – Especialmente o trecho sobre o ouro a ser enviado a Lochiel na França. Ainda é considerado traição dar apoio aos inimigos do rei? – Ela estalou a língua em sinal de reprovação e disse maliciosamente: – Que malvado.

Ele achou que iria vomitar ali mesmo, de puro terror. Ela teria a menor ideia de quantas vidas estavam naquela mão branca e manicurada? Sua irmã, Ian, seus seis filhos, todos os colonos e famílias de Lallybroch – talvez até mesmo as vidas dos agentes que carregavam mensagens e dinheiro entre a Escócia e a França, mantendo a existência precária dos exilados jacobitas.

Ele engoliu em seco, uma vez, depois outra vez, antes de falar.

– Está bem – disse ele. Um sorriso mais natural irrompeu em seu rosto e ele compreendeu o quanto ela era jovem. Sim, bem, e a mordida de uma víbora nova era tão venenosa quanto a de uma víbora velha.

– Não contarei nada a ninguém – afirmou ela, parecendo ansiosa. – Eu lhe devolverei a carta depois e jamais direi o que havia nela. Prometo.

– Obrigado. – Ele tentou clarear a mente o suficiente para fazer um plano sensato. Sensato? Entrar na casa de seu patrão para desvirginar sua filha... a pedido dela? Jamais ouvira falar de uma ideia tão insensata. – Está bem – repetiu ele. – Devemos ser cuidadosos. – Com uma sensação de entorpecimento e horror, viu-se arrastado ao papel de conspirador com ela.

– Sim. Não se preocupe, posso dar um jeito de despachar minha criada, e o lacaio bebe; está sempre dormindo antes das dez horas.

– Faça os preparativos, então – disse ele, o estômago revirando-se.- Mas escolha um dia seguro.

– Um dia seguro? – Ela olhou-o sem compreender.

– Algum dia da semana posterior ao fim de sua menstruação – disse ele sem rodeios. – Assim, será menos provável que engravide.

– Ah. – Ela enrubesceu, mas olhou-o com um novo interesse. Fitaram-se em silêncio por um longo instante, repentinamente ligados pela perspectiva do futuro. – Eu lhe mandarei um recado – disse ela finalmente e, fazendo o cavalo virar-se, afastou-se a galope pelo campo, os cascos da égua fazendo saltar o adubo recém-espalhado.

...

Xingando excessiva e silenciosamente, enfiou-se sob a fileira de lariços. Não havia luar, o que era uma bênção. Seis metros de gramado aberto para atravessar numa corrida e ele viu-se enterrado até os joelhos no canteiro de aquilégias e germândreas.

Olhou para a parede lateral da casa, seu volume assomando escuro e proibitivo acima dele. Sim, lá estava a vela à janela, exatamente como ela dissera. Ainda assim, contou as janelas cuidadosamente, para se certificar. Que Deus o ajudasse se viesse a escolher a janela errada. Que Deus o ajudasse se fosse a janela certa também, pensou sombriamente, agarrando-se com força ao tronco da enorme trepadeira cinzenta que cobria aquele lado da casa.

As folhas farfalharam como um furacão e os caules, apesar de fortes, estalavam e envergavam de forma alarmante sob seu peso. Não havia nada a fazer, senão subir o mais rápido possível e preparar-se para lançar-se na noite se alguma das janelas fosse repentinamente aberta.

Chegou à pequena sacada ofegante, o coração disparado e molhado de suor, apesar do frio da noite. Parou por um instante, sozinho sob as débeis estrelas da primavera, para recuperar o fôlego. Usou-o para amaldiçoar Geneva Dunsany outra vez e, em seguida, abriu a porta.

Ela estava à sua espera e obviamente ouvira sua aproximação pela hera. Levantou-se da chaise-longue onde estava sentada e aproximou-se dele, o queixo empinado, os cabelos castanhos soltos pelos ombros.

Usava uma camisola branca de algum tecido lustroso, amarrada ao pescoço com um laço de seda. Não parecia uma roupa de dormir de uma jovem recatada e ele percebeu com um choque que ela estava usando o traje da noite de núpcias.

– Então você veio. – Ouviu o tom de triunfo em sua voz, mas também um leve tremor. Quer dizer que ela não tinha certeza se ele viria?

– Não tive escolha – disse ele sucintamente, virando-se para fechar as portas duplas atrás de si.

– Aceita um pouco de vinho? – Esforçando-se para ser graciosa, dirigiu-se à mesa, onde havia uma garrafa e dois copos. Como conseguira aquilo?, perguntou-se ele. Ainda assim, uma bebida viria a calhar nas atuais circunstâncias. Assentiu e pegou o copo cheio de sua mão.

Examinou-a disfarçadamente enquanto bebericava. A camisola não escondia suas formas e conforme seu coração gradualmente diminuiu o compasso do pânico de sua escalada, percebeu seu primeiro temor – de que ele não conseguiria cumprir sua parte do acordo – aliviado sem esforço consciente. Ela era de compleição delgada, quadris estreitos e seios pequenos, mas indubitavelmente uma mulher.

Uma vez terminada sua bebida, depositou o copo sobre a mesa. Não fazia sentido ficar adiando, pensou.

– A carta? – disse ele abruptamente.

– Depois – respondeu ela, apertando os lábios.

– Agora, ou irei embora. – Virou-se em direção à sacada, como se estivesse se preparando para executar a ameaça.

– Espere!

Ele virou-se, mas olhou-a com indisfarçável impaciência.

– Não confia em mim? – disse ela, tentando soar faceira e sedutora.

– Não – disse ele asperamente.

Ela pareceu ficar com raiva e fez um beicinho petulante, mas ele meramente continuou a olhá-la com frieza por cima do ombro, ainda de frente para a porta da sacada.

– Ah, está bem, então – disse ela finalmente, dando de ombros. Enfiando a mão sob camadas de bordados em uma caixa de costura, ela retirou a carta e atirou-a sobre a cômoda com a bacia de lavar as mãos que estava ao lado dele.

Ele apanhou-a e desdobrou as folhas para se certificar. Sentiu uma onda de raiva e de alívio ao ver o selo violado e a letra de Jenny nas folhas, nítida e vigorosa.

– E então? – A voz de Geneva interrompeu sua leitura, impaciente. – Largue isso e venha até aqui, Jamie. Estou pronta. – Ela sentou-se na cama, os braços envolvendo os joelhos.

Ele empertigou-se e lançou um olhar frio e azul sobre ela, por cima das folhas em suas mãos.

– Não me chame assim – disse ele. Ela levantou o queixo pontiagudo um pouco mais e ergueu as sobrancelhas bem-feitas.

– Por que não? É o seu nome. Sua irmã chama-o assim.

Ele hesitou por um instante, depois deliberadamente deixou a carta de lado e inclinou a cabeça para os cadarços de suas calças.

– Vou servi-la adequadamente – disse ele, olhando para seus dedos em movimento – pela minha própria honra como homem e sua como mulher. Mas – ele ergueu a cabeça e os olhos azuis apertados fitaram-na –, tendo me trazido para a sua cama por meio de ameaças contra a minha família, não permitirei que me chame pelo nome que me deram. – Permaneceu imóvel, encarando-a. Finalmente, ela assentiu com um breve movimento da cabeça e abaixou os olhos para a colcha.

Ela traçou o desenho da colcha com um dedo.

– Como devo chamá-lo, então? – perguntou-lhe finalmente, num fio de voz. – Não posso chamá-lo de MacKenzie!

Os cantos da boca de Jamie ergueram-se levemente ao olhar para ela. Parecia muito pequena, encolhida sobre si mesma, com os braços em torno dos joelhos e a cabeça baixa. Ele suspirou.

– Chame-me de Alex, então. É meu nome, também.

Ela assentiu, sem falar. Seus cabelos caíam para a frente em volta do seu rosto, mas ele pôde ver o brilho fugidio de seus olhos quando ela espiou por trás de sua cortina.

– Tudo bem – disse ele com a voz rouca. – Pode me observar.

Empurrou as calças soltas para baixo, tirando as meias junto com elas. Sacudiu suas roupas e dobrou-as cuidadosamente sobre uma cadeira antes de começar a desatar a camisa, consciente de seu olhar, ainda tímido, mas agora direto. Por alguma ideia de consideração, virou-se de frente para ela antes de retirar a camisa, para poupá-la por um instante da visão de suas costas.

– Ah! – A exclamação foi baixa, mas suficiente para fazê-lo parar.

– Alguma coisa errada? – perguntou ele.

– Ah, não... quero dizer, é que eu não esperava... – Os cabelos balançaram-se para a frente outra vez, mas não antes de Jamie ver o vermelho revelador de suas faces.

– Nunca viu um homem nu antes? – perguntou ele. Os lustrosos cabelos castanhos balançaram-se para a frente e para trás.

– Nããо – disse ela, hesitante –, já vi, é que... não estava...

– Bem, normalmente não está – disse ele de forma prática, sentando-se na cama ao seu lado. – Mas se alguém pretende fazer amor, ele tem que estar, sabe.

– Entendo – disse ela, ainda parecendo em dúvida. Ele tentou sorrir, para tranquilizá-la.

– Não se preocupe. Não fica maior do que está. E não fará nada estranho, se quiser tocá-lo. – Ao menos, assim ele esperava. Estar nu e tão próximo a uma jovem seminua estava acarretando efeitos terríveis sobre seu autocontrole. Sua anatomia traiçoeira, carente, não se importava nem um pouco que ela fosse uma pequena megera chantagista e egoísta. Talvez felizmente, ela declinou de sua oferta, encolhendo-se um pouco contra a parede, embora seus olhos continuassem fixos nele. Ele esfregou o queixo, em dúvida. – O que você... quero dizer, tem alguma ideia de como isso é feito?

Seu olhar era claro e ingênuo, embora suas faces ardessem.

– Bem, como os cavalos, suponho.

Ele balançou a cabeça, mas sentiu uma pontada de dor, recordando-se de sua noite de núpcias, quando ele também achara que deveria ser como os cavalos.

– Algo assim – disse ele, clareando a garganta. – Porém, mais devagar. Mais delicadamente – acrescentou, vendo seu olhar apreensivo.

– Ah. Isso é bom. A ama e as criadas costumavam contar histórias, sobre... homens e, hã, casamento, e tudo o mais... parecia um pouco assustador. – Ela engoliu com força. – V-vai doer muito?

Ergueu a cabeça de repente e olhou-o diretamente nos olhos.

– Não me importo se doer – disse ela corajosamente –, é somente que gostaria de saber o que devo esperar. – Ele sentiu uma inesperada simpatia por ela. Podia ser mimada, egoísta e irresponsável, mas ao menos tinha algum caráter. Coragem, para ele, não era uma virtude pequena.

– Acho que não – respondeu ele. – Se eu for devagar e deixá-la pronta – (se ele conseguisse ir devagar, seu cérebro corrigiu-o) –, acho que não será muito pior do que um beliscão. – Estendeu o braço e beliscou a pele de seu antebraço. Ela deu um salto e esfregou o lugar, mas sorriu.

– Posso aguentar isso.

– Só é assim da primeira vez – assegurou-lhe. – Da próxima vez, será melhor.

Ela balançou a cabeça e, em seguida, após um instante de hesitação, veio se arrastando em sua direção, estendendo a mão experimentalmente.

– Posso tocá-lo? – Desta vez ele realmente riu, embora logo sufocasse o barulho.

– Acho que vai ter que fazê-lo, milady, se eu tiver que fazer o que me pede.

Ela deslizou a mão suavemente pelo seu braço, tão delicada que ele sentiu cócegas e sua pele reagiu com um estremecimento. Adquirindo confiança, ela deixou a mão envolver seu antebraço, sentindo a sua espessura.

– Você é muito... grande. – Ele sorriu, mas permaneceu imóvel, deixando-a explorar seu corpo até onde desejasse. Sentiu os músculos de sua barriga enrijecerem-se quando ela deslizou a mão por uma de suas coxas e aventurou-se hesitantemente pela curva de sua nádega. Seus dedos aproximaram-se da linha irregular e proeminente da cicatriz que percorria sua coxa esquerda de alto a baixo, mas logo pararam.

– Tudo bem – afirmou ele. – Não dói mais. – Ela não respondeu, mas correu dois dedos ao longo de toda a extensão da cicatriz, sem exercer nenhuma pressão.

As mãos exploratórias, cada vez mais ousadas, subiram pelas curvas arredondadas de seus ombros largos, desceram para as costas – e pararam subitamente. Ele fechou os olhos e esperou, seguindo seus movimentos pela mudança do peso de seu corpo no colchão. Ela passou para trás dele e ficou em silêncio. Ouviu-se um suspiro estremecido e as mãos tocaram-no de novo, delicadas em suas costas devastadas.

– E você não teve medo quando eu disse que mandaria que o açoitassem! – Sua voz soou estranhamente rouca, mas ele manteve-se quieto, os olhos fechados.

– Não – disse ele. – Já não tenho muito medo de nada. – De fato, estava começando a ter medo de que não seria capaz de manter as mãos longe dela ou tratá-la com a delicadeza necessária, quando chegasse a hora. Seus testículos doíam de desejo e ele podia sentir o batimento de seu coração pulsando em suas têmporas.

Ela saiu da cama e parou diante dele. Ele ergueu-se repentinamente, assustando-a de tal modo que ela deu um passo para trás, mas ele a deteve, pousando as mãos em seus ombros.

– Posso tocá-la agora, milady? – As palavras eram de troça, mas não a intenção. Ela assentiu, ofegante demais para falar, e seus braços a envolveram.

Apertou-a contra o peito, sem se mover até a respiração da jovem se acalmar. Ele tinha consciência de uma extraordinária mistura de sentimentos. Nunca em sua vida tomara uma mulher nos braços sem algum sentimento de amor, mas não havia nenhum amor neste encontro, nem poderia haver, para o bem da própria garota. Havia uma certa ternura por sua juventude, e pena pela situação em que ela se encontrava. Raiva por ela estar manipulando-o e medo pela magnitude do crime que ele estava prestes a cometer. Mas, no geral, havia uma incrível luxúria, uma necessidade que dilacerava seus órgãos vitais e o fazia se envergonhar de sua própria masculinidade, mesmo reconhecendo seu poder. Odiando a si mesmo, abaixou a cabeça e segurou seu rosto entre as mãos.

Beijou-a delicadamente, rápido, depois mais longamente. Ela tremia contra ele quando suas mãos desfizeram o laço da camisola e a fizeram deslizar de seus ombros. Ergueu-a nos braços e a depositou sobre a cama.

Deitou-se a seu lado, aconchegando-a com um braço enquanto o outro acariciava seus seios, primeiro um, depois o outro, envolvendo cada um de modo que ela sentisse o peso e o calor de sua mão.

– Um homem deve prestar homenagem ao seu corpo – disse ele suavemente, incitando cada mamilo com pequenos toques circulares. – Porque você é bela e tem esse direito.

Ela soltou a respiração com um pequeno suspiro, depois relaxou sob o toque de sua mão. Ele não teve pressa, movendo-se tão devagar quanto podia, acariciando-a e beijando-a, tocando de leve em todo o seu corpo.

Não gostava da jovem. Não queria estar ali, não queria estar fazendo isso, mas... fazia mais de três anos que ele não tocava o corpo de uma mulher.

Tentou avaliar quando ela estaria realmente pronta, mas como poderia saber? Ela estava afogueada e ofegante, mas simplesmente permanecia ali deitada, como uma peça de porcelana em exibição. Maldita garota, não podia lhe dar sequer uma pista?

Passou a mão trêmula pelos cabelos, tentando aplacar a onda de emoções confusas que o percorriam a cada batida de seu coração. Estava com raiva, com medo e extremamente excitado, sentimentos que não o ajudavam muito agora. Fechou os olhos e respirou fundo, procurando se acalmar, tentando ser gentil.

Não, é claro que ela não podia lhe mostrar. Ela nunca tocara em um homem antes. Tendo o forçado até ali, ela deixava, com uma maldita, indesejável e injustificável confiança, a condução de todo o caso a seu cargo!

Continuou a acariciar a jovem, delicadamente, tocando-a entre as coxas. Ela não as abriu para ele, mas não ofereceu resistência. Estava levemente úmida. Seria agora a hora certa?

– Tudo bem – murmurou-lhe. – Fique quieta, *mo chridhe*. – Sussurrando o que lhe pareciam palavras tranquilizadoras, posicionou-se delicadamente sobre ela e usou o joelho para separar suas pernas. Ele sentiu sua leve surpresa com o calor do seu corpo cobrindo-a, com o toque de seu pênis, e ele mergulhou as mãos em seus cabelos para segurá-la, ainda murmurando ternamente em gaélico.

Pensou vagamente que era bom que ele estivesse falando em gaélico, já que não estava prestando mais nenhuma atenção ao que dizia. Seus seios pequenos e firmes empurravam-se contra seu peito.

– *Mo nighean* – murmurou ele.

– Espere um instante – disse Geneva. – Acho que talvez...

O esforço para controlar-se deixou-o zonzo, mas prosseguiu lentamente, penetrando-a apenas superficialmente.

– Ahh! – exclamou Geneva. Seus olhos arregalaram-se.

– Uh – resmungou ele, penetrando-a um pouco mais fundo.

– Pare! É grande demais! Tire! – Em pânico, Geneva debatia-se sob ele. Imprensados sob seu peito, seus seios agitavam-se e roçavam-se nele, de modo que seus próprios mamilos eriçaram-se abruptamente numa brusca sensação.

Os esforços dela estavam conseguindo à força o que ele tentara fazer com delicadeza. Atordoado, ele lutava para mantê-la sob ele, enquanto buscava loucamente algo para dizer que pudesse acalmá-la.

– Mas... – começou ele.

– Pare!

– Eu...

– Tire isso já! – gritou ela.

Ele tapou sua boca com uma das mãos e disse a única coisa coerente que lhe ocorreu.

– Não – disse ele categoricamente, e avançou.

O que poderia ter sido um grito emergiu pelo meio de seus dedos como um "iip!". Os olhos de Geneva estavam esbugalhados, mas secos.

Perdido por um, perdido por mil. O ditado atravessou de modo absurdo a sua mente, não deixando nada em seu rastro além de uma confusão de alarmes incoerentes e um sentimento marcante de terrível urgência entre os dois. Havia exatamente uma única coisa que ele era capaz de fazer neste ponto, e ele o fez, seu corpo usurpando o controle brutalmente conforme movia-se no ritmo de sua inexorável alegria pagã.

Não precisou de mais do que algumas estocadas antes de ser dominado pela onda que desceu, agitada, pela sua espinha dorsal e eclodiu como um vagalhão arrebentando-se contra as rochas, arrastando consigo os últimos fragmentos de pensamento consciente que se agarravam, como crustáceos, aos remanescentes de sua mente.

Recobrou-se um instante depois, deitado de lado, com o barulho do seu próprio coração alto e lento em seus ouvidos. Entreabriu uma das pálpebras e viu uma cintilação de pele rósea à luz do lampião. Tinha que saber se a machucara muito, mas por Deus, não neste instante. Fechou o olho outra vez e simplesmente continuou respirando.

– Em que... você está pensando? – A voz soou hesitante e um pouco abalada, mas não histérica.

Ele próprio abalado demais para notar o absurdo da pergunta, respondeu com a verdade.

– Eu estava me perguntando por que, em nome de Deus, os homens querem se deitar com virgens.

Houve um longo momento de silêncio e, em seguida, uma respiração funda e trêmula.

– Desculpe-me – disse ela, com um fio de voz. – Não sabia que iria machucá-lo também.

Seus olhos abriram-se abruptamente de espanto e ele ergueu-se em um dos cotovelos, deparando-se com ela fitando-o como uma corça assustada. Seu rosto estava pálido e ela emudeceu os lábios secos.

– Machucar-me? – disse ele, sem compreender. – Não me machucou.

– Mas – ela franziu o cenho, enquanto seus olhos percorriam toda a extensão de seu corpo –, pensei que tivesse se machucado. Você fez uma careta horrível, como se doesse terrivelmente, e você... você grunhiu como um...

– Sim, bem – interrompeu-a apressadamente, antes que ela pudesse revelar mais alguma observação pouco lisonjeira sobre seu comportamento. – Eu não quis dizer... quero dizer... é assim que os homens reagem, quando fazem... isso – finalizou ele canhestramente. Seu assombro diluía-se em curiosidade.

– Todos os homens agem assim quando estão... fazendo isso?

– Como eu poderia...? – começou ele, irritado, depois parou e deu de ombros, percebendo que ele de fato sabia a resposta. – Sim, agem – respondeu sucintamente. Aprumou-se, sentando-se na cama, e afastou os cabelos do rosto. – Os homens são terríveis animais nojentos, exatamente como sua ama lhe disse. Eu a machuquei muito?

– Acho que não – disse ela, sem muita certeza. Moveu as pernas para se certificar. – Realmente doeu, por um instante, como você disse que doeria, mas já não está tão ruim agora.

Ele soltou um suspiro de alívio ao ver que, embora ela tivesse sangrado, a mancha na toalha era pequena e ela não parecia estar sentindo dor. Ela tateou entre as coxas e fez uma careta de nojo.

– Uuh! – exclamou ela. – Está tudo sujo e grudento!

O sangue subiu ao rosto de Jamie, numa mistura de ultraje e vergonha.

– Tome – murmurou ele, pegando uma toalha de mão da cômoda com a bacia. Ela não a pegou, mas abriu as pernas e arqueou as costas ligeiramente, obviamente esperando que ele limpasse a sujeira. Em vez disso, ele sentiu um forte ímpeto de estrangulá-la, mas um olhar para a cômoda onde estava sua carta o impediu. Era um acordo, afinal, e ela cumprira sua parte.

Com um ar soturno, ele molhou a toalha e começou a limpá-la, mas achou a confiança com que ela se apresentava para ele estranhamente tocante. Executou seus serviços com delicadeza e viu-se, ao final, plantando um leve beijo na curva macia de sua barriga.

– Pronto.

– Obrigada – disse ela. Ela mexeu os quadris e estendeu o braço para tocá-lo. Ele não se moveu, deixando seus dedos percorrerem seu peito e brincarem com o profundo entalhe de seu umbigo. O leve toque hesitante desceu.

– Você disse... que seria melhor da próxima vez – sussurrou ela.

Ele fechou os olhos e respirou fundo. Havia muito tempo até o amanhecer.

– Espero que seja – disse ele, estendendo-se de novo ao seu lado.

– Jai... hã, Alex?

Sentia-se como se estivesse drogado e teve que fazer um grande esforço para responder.

– Milady?

Os braços da jovem enlaçaram seu pescoço e ela aninhou a cabeça na curva de seu ombro, a respiração quente contra seu peito.

– Eu o amo, Alex.

Com dificuldade, ergueu-se o suficiente para afastá-la, segurando-a pelos ombros e olhando dentro de seus olhos cinzentos, meigos como os de uma corça.

– Não – disse ele, mas delicadamente, sacudindo a cabeça. – Esta é a terceira regra. Você não tem direito senão a uma noite. Não pode me chamar pelo meu primeiro nome. E não pode me amar.

Os olhos cinzentos umedeceram-se.

– Mas e se não depender de mim?

– Não é amor o que você sente agora. – Esperava estar certo, pelo bem da jovem e pelo seu próprio bem. – É apenas o sentimento que despertei em seu corpo. É forte e é bom, mas não é amor.

– Qual a diferença?

Ele esfregou o rosto com força. Ela iria ser uma filósofa, pensou ele ironicamente. Inspirou fundo e expirou com força antes de responder.

– Bem, o amor é por uma única pessoa. Isso, que você sente por mim, você pode sentir por qualquer homem, não é particular.

Somente uma pessoa. Afastou o pensamento de Claire com firmeza e, exausto, inclinou-se mais uma vez em seu trabalho.

Caiu pesadamente no solo do canteiro de flores, sem se preocupar por ter amassado várias plantas pequenas e delicadas. Estremeceu. Esta hora antes da aurora não só era a mais escura, mas a mais fria também, e seu corpo protestou enfaticamente por ter que levantar-se de um ninho quente e macio para aventurar-se na escuridão gelada, protegido do ar glacial apenas por uma camisa fina e calças.

Lembrou-se da curva da face rosada que se inclinou para beijar antes de partir. Suas formas continuavam em seu pensamento, quentes em suas mãos, fazendo seus dedos se curvarem com a lembrança, mesmo enquanto procurava no escuro a linha mais escura do muro de pedras do estábulo. Exausto como estava, era um terrível esforço erguer-se e pular o muro, mas não podia arriscar-se a acordar Hughes, o chefe dos cavalariços, com o rangido do portão.

Tateando, atravessou o pátio interno, entulhado de carroças e fardos de feno, prontos para a jornada de lady Geneva à casa de seu novo senhor, depois do casamento na próxima quinta-feira. Finalmente, ele empurrou a porta do estábulo e subiu a escada para seu palheiro. Deitou-se na palha gelada e cobriu-se com o único cobertor, sentindo-se inteiramente vazio.

15

POR FALTA DE SORTE

Helwater
Janeiro de 1758

De forma bastante apropriada, o tempo estava escuro e tempestuoso quando a notícia chegou a Helwater. O exercício da tarde fora cancelado devido ao forte aguaceiro e os cavalos estavam acomodados em suas baias embaixo. Os sons reconfortantes e tranquilos de mastigação e relinchos elevavam-se até o palheiro em cima, onde Jamie Fraser reclinava-se em um confortável ninho forrado de feno, com um livro aberto e apoiado no peito.

Era um dos vários livros que tomara emprestado do capataz da propriedade, sr. Grieves, e estava achando a leitura absorvente, apesar da dificuldade de ler à luz fraca das fendas sob as calhas.

> *Meus lábios, que lancei à sua frente, de modo que ele não pudesse deixar de beijá-los, paralisaram-no, excitaram-no e encorajaram-no: e agora, voltando meus olhos para aquela parte de sua indumentária que cobria o essencial objeto de prazer, descobri claramente o intumescimento e a comoção ali. Como eu já estava muito adiantada para parar de um modo apropriado, e na verdade já não era capaz de me conter ou aguardar o progresso mais lento de sua timidez virginal, deslizei a mão entre suas coxas, sobre uma das quais pude ver e sentir um corpo rígido e duro, confinado pelas suas calças, e para o qual meus dedos não conseguiam achar o final.*

– Ah, é mesmo? – murmurou Jamie com ceticismo. Ergueu uma das sobrancelhas e ajeitou-se sobre o feno. Sabia que existiam livros como este, é claro, mas... com Jenny administrando a leitura em Lallybroch... nunca se deparara pessoalmente com um destes. O tipo de envolvimento mental exigido era um pouco diferente daquele solicitado por Defoe e Fielding, mas ele não era avesso ao tipo.

Seu prodigioso tamanho me fez encolher outra vez; e, no entanto, eu não pude, sem prazer, contemplar e mesmo me aventurar a tocar, tal comprimento, tal espessura de marfim vivo!, perfeitamente torneado e modelado; sua arrogante rigidez distendia a pele, cuja aveludada maciez e lustrosa perfeição podiam rivalizar com a mais delicada de nosso próprio sexo, e cuja extraordinária brancura era magnificamente destacada por um tufo de pelos encaracolados e pretos ao redor da base; depois, a cabeça larga e em tom azulado, e as serpentinas azuis de suas veias, tudo compunha o mais surpreendente conjunto de formas e cores da natureza. Em resumo, impunha-se como um objeto de terror e prazer!

Jamie lançou um olhar à própria forquilha entre as pernas e deu um muxoxo, mas passou a página, o estrépito de trovões do lado de fora não merecendo mais do que um vislumbre de sua atenção. Estava tão absorto que no começo não ouviu os ruídos embaixo, sons de vozes abafadas pela queda e escoamento da chuva pesada nas tábuas a poucos metros acima de sua cabeça.

– MacKenzie! – O repetido estertor abaixo finalmente penetrou em sua consciência e ele pôs-se de pé num salto, ajeitando apressadamente as roupas enquanto se dirigia à escada.

– Sim? – Espichou a cabeça por cima da borda do palheiro e viu Hughes, já abrindo a boca outra vez para um novo berro.

– Ah, aí está você. – Hughes fechou a boca e chamou-o com um aceno da mão enrijecida e nodosa, contraindo-se ao fazê-lo. Hughes sofria gravemente de reumatismo no tempo úmido; fugia da tempestade refugiando-se no pequeno quarto ao lado do lugar onde eram guardados arreios e selas. Ali, mantinha uma cama e um jarro de bebida grosseiramente destilada. O cheiro da bebida era perceptível ali de cima do palheiro e tornava-se cada vez mais forte à medida que Jamie descia as escadas. – Deve ajudar a aprontar a carruagem e conduzir lorde Dunsany e lady Isobel a Ellesmere – disse-lhe Hughes, no instante em que seus pés tocaram as lajes de pedra do assoalho do estábulo. O velho chefe dos cavalariços cambaleava de forma alarmante, sacudindo-se levemente com soluços.

– Agora? Está maluco? Ou apenas bêbado? – Olhou para a meia-porta aberta atrás de Hughes, que parecia um lençol de água corrente. Enquanto olhava, o céu iluminou-se com o clarão repentino de um raio que por um rápido instante colocou a montanha ao longe em nítido relevo. Da mesma forma repentina, ele desapareceu, deixando a imagem gravada em sua retina. Sacudiu a cabeça para apagar a imagem e viu Jeffries, o cocheiro, atravessando o pátio, a cabeça baixa contra a força do vento e da chuva, o manto bem enrolado no corpo. Então não se tratava de uma fantasia de Hughes, provocada pela bebida.

– Jeffries precisa de ajuda com os cavalos! – Hughes foi forçado a se inclinar para perto de Jamie e gritar, a fim de ser ouvido acima do barulho da tempestade. O cheiro de bebida alcoólica de má qualidade era insuportável a curta distância.

– Sim, mas por quê? Por que lorde Dunsany tem que... ah, dane-se!

Os olhos do chefe dos cavalariços estavam embaçados e as pálpebras vermelhas; obviamente, ele não estava em condições de ser coerente. Enojado, Jamie afastou-o do caminho e subiu as escadas, dois degraus de cada vez.

Um instante para envolver-se em seu próprio manto surrado, outro instante para enfiar o livro que estava lendo embaixo do feno – os empregados do estábulo não respeitavam a propriedade alheia –, e ele já descia a escada outra vez e saía para a retumbante tempestade.

Foi uma viagem infernal. O vento uivava pelo desfiladeiro, atingindo a volumosa carruagem e ameaçando virá-la a qualquer momento. Empoleirado na boleia ao lado de Jeffries, um manto pouco protegia da chuva fustigante; menos ainda quando ele era obrigado a desmontar e colocar o ombro contra a roda para liberar a desgraçada das garras de um buraco de lama.

Ainda assim, ele mal notava a inconveniência física da viagem, preocupado como estava com as possíveis razões para isso. Não podia haver muitas questões de tamanha urgência para forçar um homem de idade como lorde Dunsany a sair de casa num dia como aquele, quanto mais enfrentar a estrada esburacada até Ellesmere. Alguma notícia chegara de Ellesmere e só poderia dizer respeito a lady Geneva ou à criança que esperava.

Sabendo pelos mexericos dos criados que lady Geneva deveria dar à luz em janeiro, contara rapidamente os meses para trás, amaldiçoara Geneva Dunsany outra vez e depois fizera uma prece apressada para que ela tivesse um bom parto. Desde então, fizera o possível para não pensar mais nisso. Estivera com ela apenas três dias antes do casamento; não podia ter certeza.

Na semana anterior, lady Dunsany fora para Ellesmere para ficar com a filha. Desde então, enviava mensageiros diariamente para casa, para buscar as dezenas de apetrechos que ela se esquecera de levar e de que precisava com urgência, e todos eles, ao chegarem a Helwater, informaram: "Nenhuma notícia ainda." Agora havia notícias e obviamente não eram boas.

Passando novamente para a frente da carruagem, após a última batalha com a lama, viu o rosto de lady Isobel espreitando por baixo da película de mica que cobria a janela.

– Ah, MacKenzie! – disse ela, o rosto contraído de medo e agonia. – Por favor, ainda falta muito?

Ele se aproximou para gritar em seu ouvido, acima do borbulhar e da precipitação das águas pelas valas que percorriam os dois lados da estrada.

– Jeffries diz que ainda faltam mais ou menos 7 quilômetros, milady! Duas horas, aproximadamente. – Se a maldita carruagem não virasse e caísse da ponte Ashness, levando seus desafortunados passageiros com ela para dentro do lago Watendlath, acrescentou silenciosamente para si mesmo.

Isobel balançou a cabeça em sinal de agradecimento e abaixou a proteção da janela, mas não antes de ele ver que seu rosto estava molhado tanto de chuva quanto de lágrimas. A víbora da ansiedade que se enrolara em seu coração deslizou mais para baixo, torcendo suas entranhas.

Já eram quase três horas da tarde quando o cocheiro finalmente entrou no pátio de Ellesmere. Sem hesitação, lorde Dunsany saltou e, mal parando para dar o braço à sua filha mais nova, correu para dentro da casa.

Foi necessário quase mais uma hora para desatrelar os cavalos, enxugá-los, lavar a lama endurecida das rodas da carruagem e guardar tudo nos estábulos de Ellesmere. Entorpecidos de frio, fadiga e fome, ele e Jeffries buscaram refúgio e alimento nas cozinhas.

– Coitados, estão azuis de frio – observou a cozinheira. – Sentem-se aqui e já vou lhes trazer uma comida quente. – Uma mulher de compleição delgada e pequena, rosto astuto, sua figura contradizia sua habilidade, porque em poucos minutos uma enorme e apetitosa omelete foi colocada diante deles, acompanhada de fartas porções de pão e manteiga, e um pequeno pote de geleia.

– Ótimo, muito bom – comentou Jeffries, lançando um olhar aprovador à refeição. Piscou o olho para a cozinheira. – Mas desceria melhor com um gole de alguma coisa para pavimentar o caminho, hein? Você parece do tipo que teria compaixão de uma pobre dupla de sujeitos enregelados, não é, querida?

Quer tenha sido esse exemplo de persuasão irlandesa ou a visão de suas roupas pingando e soltando vapor, o argumento fez efeito e uma garrafa de conhaque para cozinhar surgiu ao lado do moedor de pimenta. Jeffries serviu uma grande dose e bebeu-a de uma só vez, estalando os lábios ao terminar.

– Ah, assim está melhor! Tome, rapaz. – Passou a garrafa para Jamie, depois se instalou confortavelmente para uma refeição quente e mexericos com as criadas. – Bem, então, o que está acontecendo aqui? O bebê já nasceu?

– Ah, sim, ontem à noite! – disse a ajudante de cozinha ansiosamente. – Ficamos acordados a noite toda, com a chegada do médico, e lençóis e toalhas limpas sendo requisitadas a toda hora, e a casa toda em polvorosa. Mas o bebê é o de menos!

– Ora, ora – a cozinheira interrompeu a criada, franzindo a testa em tom de censura. – Há muito trabalho para você ficar aí parada de mexericos. Ande, Mary Ann, vá ao gabinete e veja se o patrão quer mandar servir mais alguma coisa agora.

Jamie, limpando seu prato com um pedaço de pão, observou que a criada, longe de se sentir envergonhada com essa repreensão, afastou-se alegremente, fazendo-o deduzir que era provável que algo de considerável interesse estivesse prestes a ocorrer no gabinete.

Tendo obtido a atenção completa de sua plateia, a cozinheira deixou-se persuadir a revelar o mexerico com não mais do que um protesto simbólico.

– Bem, tudo começou há alguns meses, quando a gravidez de lady Geneva começou a aparecer, pobrezinha. O patrão sempre fora muito gentil com ela, desde que se casaram, nada era demais para ele, qualquer coisa que ela quisesse ele mandava vir de Lunnon, sempre perguntando se ela estava bem agasalhada, se tinha tudo que queria comer... o patrão estava caidinho por ela. Mas, depois, quando descobriu que ela estava grávida...

A cozinheira parou para contorcer as feições num ricto de mau agouro.

Jamie queria desesperadamente saber da criança; se era menino ou menina e como estava passando. Entretanto, não parecia haver nenhum jeito de apressar a mulher, de modo que ele compôs uma expressão do maior interesse possível, inclinando-se para a frente para encorajá-la.

– Nossa, a gritaria, as brigas! – disse a cozinheira, atirando as mãos para cima numa ilustração consternada. – Ele gritava, ela chorava e ambos andando furiosamente para cima e para baixo, batendo portas, ele xingando-a com palavrões dignos de uma estrebaria. Assim, eu disse a Mary Ann quando ela me contou...

– Então o lorde não estava satisfeito com a criança? – interrompeu Jamie. A omelete estava emperrada como um torrão duro em algum lugar sob seu esterno. Tomou outro gole de conhaque, na esperança de desalojá-la.

A cozinheira voltou para ele um olhar brilhante, semelhante ao de um pássaro, a sobrancelha arqueada em reconhecimento de sua inteligência.

– Bem, era de se esperar que estivesse, não é? Mas de modo algum! Longe disso – acrescentou ela com ênfase.

– Por que não? – perguntou Jeffries, apenas superficialmente interessado.

– Ele dizia – revelou a cozinheira, abaixando a voz em consideração ao teor escandaloso da informação – que a criança não era dele!

Jeffries, já bem adiantado em seu segundo copo, deu um muxoxo desdenhoso.

– Bode velho com gelatina nova? Imagino que seja bem provável, mas como o lorde podia saber com certeza de quem era o rebento? Tanto poderia ser dele quanto de qualquer um, apenas com a palavra da mulher, não é?

A boca fina da cozinheira estendeu-se num sorriso brilhante e malicioso.

– Bem, não sei como ele poderia saber de quem era, mas... há uma maneira segura de ele saber que não era dele, não é mesmo?

Jeffries olhou fixamente para a cozinheira, inclinando-se para trás em sua cadeira.

– O quê? – exclamou ele. – Está me dizendo que o lorde é impotente? – Um largo sorriso diante de um pensamento tão interessante abriu-se em seu rosto maltratado pelas intempéries. Jamie sentiu a omelete subir e apressadamente engoliu outro trago de conhaque.

– Bem, eu é que não poderia saber, tenho certeza. – A cozinheira fez cara de santa do pau oco, depois acrescentou: – Embora a camareira realmente tenha dito que os lençóis da noite de núpcias que ela tirou da cama estavam tão brancos quanto no dia anterior, sem sombra de dúvida.

Já era demais. Interrompendo a risadinha encantada de Jeffries, Jamie depositou o copo na mesa com um baque e perguntou sem rodeios:

– A criança sobreviveu?

A cozinheira e Jeffries fitaram-no atônitos, mas, após um instante de perplexidade, ela balançou a cabeça afirmativamente em resposta.

– Ah, sim, claro. Aliás, é um garotinho belo e saudável, ou assim dizem. Pensei que já soubessem. A mãe é que está morta.

Essa afirmação brusca deixou a cozinha em silêncio. Até Jeffries ficou quieto por um instante, repentinamente sóbrio em face da morte. Em seguida, fez o sinal da cruz, murmurou: "Que Deus a tenha", e engoliu o resto do seu conhaque.

Jamie podia sentir a própria garganta queimar, se de conhaque ou lágrimas ele não sabia. Choque e pesar sufocavam-no como uma bola de fio de lã presa em seu esôfago; mal conseguiu perguntar com um grasnido:

– Quando?

– Hoje de manhã – disse a cozinheira, balançando a cabeça pesarosamente. – Pouco antes de meio-dia, pobrezinha. Durante algum tempo, acharam que ela ficaria bem, depois que o bebê nasceu; Mary Ann disse que ela sentava-se na cama, segurando o bebê e rindo. – Suspirou pesadamente diante da ideia. – Mas depois, perto do amanhecer, começou a sangrar muito outra vez. Chamaram o médico de volta e ele veio o mais rápido que pôde, mas...

A porta abriu-se com estrondo, interrompendo-a. Era Mary Ann, os olhos arregalados sob o gorro, arfando de ansiedade e esforço.

– Seu patrão precisa de vocês! – disse ela num jato só, os olhos dardejando de Jamie para o cocheiro e de volta. – Dos dois, imediatamente, e ah, senhor – ela engoliu em seco, balançando a cabeça para Jeffries –, ele disse para, pelo amor de Deus, levar suas pistolas!

O cocheiro trocou um olhar consternado com Jamie, em seguida levantou-se num salto e saiu a toda a pressa em direção aos estábulos. Como a maioria dos cocheiros, ele levava um par de pistolas carregadas embaixo do banco, contra a possibilidade de assaltantes de estrada.

Jeffries levaria alguns instantes para encontrar as armas e mais tempo ainda se resolvesse verificar se o estopim não fora danificado pela umidade. Jamie levantou-se e agarrou a trêmula criada pelo braço.

– Leve-me ao gabinete – disse ele. – Agora!

O som de vozes altercadas o teria levado até lá, tão logo tivesse chegado ao topo da escada. Passando por Mary Ann sem nenhuma cerimônia, parou por um instante do lado de fora da porta, sem saber se deveria entrar imediatamente ou esperar por Jeffries.

– Como pode ter a insolência absolutamente cruel de fazer tais acusações?! – dizia Dunsany, a voz de um homem idoso tremendo de cólera e angústia. – E minha pobre filha nem esfriou na cama! Seu patife, covarde! Não vou deixar a criança ficar sequer uma noite sob seu teto!

– O pequeno bastardo fica aqui! – A voz de Ellesmere soou áspera e rouca. Teria sido claro para um observador bem menos experiente que o senhor da propriedade era de longe o pior com bebidas. – Mesmo sendo um bastardo, ele é meu herdeiro e ficará comigo! Ele foi comprado e pago e se sua mãe era uma vagabunda, ao menos ela me deu um garoto.

– Desgraçado! – A voz de Dunsany atingira um tom tão agudo de estridência que não passava de um guincho, mas a indignação que se percebia nela era evidente. – Comprado? Você... você ousa insinuar...

– Eu não insinuo. – A voz de Ellesmere continuava rouca, porém mais controlada. – Você me vendeu sua filha, e sob falsas alegações, devo acrescentar – disse a voz rouca com sarcasmo. – Paguei 30 mil libras por uma virgem de boa família. A primeira condição não foi atendida e tomo a liberdade de duvidar da segunda. – O som de líquido sendo servido atravessou a porta, seguido pelo rangido de um copo sobre uma mesa de madeira.

– Diria que seu quinhão de bebida já foi excessivo, senhor – disse Dunsany.

Sua voz tremia com um óbvio esforço para dominar suas emoções. – Só posso atribuir as ignomínias que lançou sobre a pureza de minha filha ao seu evidente estado de embriaguez. Assim sendo, vou pegar meu neto e partir.

– Ah, seu neto, hein? – A voz de Ellesmere soou arrastada e desdenhosa. – Parece muito convicto da "pureza" de sua filha. Tem certeza de que o fedelho não é seu? Ela disse...

Ele parou com um grito de surpresa, acompanhado de um barulho de queda. Sem ousar esperar mais, Jamie precipitou-se pela porta e encontrou Ellesmere e lorde Dunsany embolados sobre o tapete da lareira, rolando de um lado para o outro numa confusão de casacos, pernas e braços, ambos alheios à proximidade do fogo.

Jamie levou um instante para avaliar a situação; em seguida, aproveitando uma oportunidade, enfiou a mão no meio da refrega e ergueu seu patrão.

– Fique aí, milorde – murmurou no ouvido de Dunsany, arrastando-o para longe da figura arquejante de Ellesmere. Em seguida, disse: – Desista, velho idiota! – sibilou entre dentes, quando Dunsany continuou imprudentemente lutando para alcançar seu oponente. Ellesmere era quase da mesma idade de Dunsany, mas de compleição mais forte e obviamente com mais saúde, apesar da embriaguez.

Cambaleando, Ellesmere pôs-se de pé, os cabelos ralos desgrenhados e os olhos injetados cravados furiosamente em Dunsany. Limpou a boca salpicada de saliva com as costas da mão, os ombros robustos subindo e descendo com a respiração ofegante.

– Canalha – disse ele, quase em tom de conversa. – Colocar as mãos... em mim, hein? – Ainda arfando, lançou-se bruscamente para a corda da sineta.

Não havia nenhuma certeza de que lorde Dunsany ficaria onde estava, mas não havia tempo para se preocupar com isso. Jamie soltou seu patrão e lançou-se sobre a mão tateante de Ellesmere.

– Não, milorde – disse ele, da forma mais respeitosa possível. Segurando Ellesmere grosseiramente com uma gravata, forçou o corpulento lorde a recuar pela sala. – Acho que não seria... uma boa medida... envolver seus criados. – Rosnando, empurrou Ellesmere numa poltrona.

– É melhor ficar aí, milorde. – Jeffries, uma pistola em cada mão, avançou cautelosamente pelo aposento, seu olhar lançando-se de Ellesmere, que lutava para levantar-se do fundo da poltrona, para lorde Dunsany, que agarrava-se precariamente à borda de uma mesa, o rosto envelhecido branco como papel.

Jeffries olhou para Dunsany à espera de instruções e, não obtendo nenhuma, instintivamente olhou para Jamie. Jamie sentiu uma enorme irritação; por que esperavam que ele resolvesse este imbróglio? De qualquer forma, era importante que o grupo de Helwater se retirasse imediatamente do local. Adiantou-se e segurou Dunsany pelo braço.

– Vamos embora daqui agora, milorde – disse ele. Arrancando o desfalecente da borda da mesa, tentou conduzir o nobre idoso e alto em direção à porta. Neste exato momento da fuga, a porta foi bloqueada.

– William? – O rosto redondo de lady Dunsany, manchado com as marcas de seu sofrimento recente, evidenciou uma espécie de perplexidade obtusa diante da cena no gabinete. Em seus braços, havia o que parecia ser uma trouxa grande e desfeita de roupa para lavar. Ergueu-a num movimento de vaga interrogação. – A criada disse que você queria que eu trouxesse o bebê. O que... – Um rugido de Ellesmere interrompeu-a. Indiferente às pistolas apontadas para ele, o conde saltou de sua poltrona e, com um empurrão, afastou o apalermado Jeffries do caminho.

– Ele é meu! – Atirando lady Dunsany bruscamente contra a parede, Ellesmere arrancou a trouxa de seus braços. Segurando-a contra o peito, o conde recuou em direção à janela. Olhou furiosamente para Dunsany, arquejando como uma fera acuada. – Meu, entendeu?

A trouxa emitiu um gritinho agudo, como se protestasse contra essa afirmação, e Dunsany, despertado do seu estado de choque pela visão de seu neto nos braços de Ellesmere, lançou-se para a frente, as feições contorcidas de cólera.

– Dê-me o menino!

– Vá para o inferno, velho ridículo! – Com uma insuspeita agilidade, Ellesmere desviou-se de Dunsany. Puxou as cortinas e abriu uma fresta da janela girando a manivela com uma das mãos, enquanto agarrava a chorosa criança com a outra.

– Saia já da minha casa! – Ofegava, arquejando a cada volta da manivela que alargava a abertura da janela. – Vá! Agora, ou jogarei o bastardo, eu juro! – Para enfatizar sua ameaça, empurrou a trouxa agora aos berros em direção ao parapeito e à escuridão vazia onde as pedras molhadas do pátio esperavam, 10 metros abaixo.

Sem qualquer pensamento consciente ou temor das consequências, Jamie Fraser agiu segundo o instinto que já o conduzira por dezenas de batalhas. Arrancou uma das pistolas do paralisado Jeffries, girou nos calcanhares e atirou simultaneamente.

O estrondo do tiro emudeceu todos no aposento. Até a criança parou de berrar. O rosto de Ellesmere ficou lívido, as espessas sobrancelhas erguidas inquisitivamente. Em seguida, cambaleou, e Jamie arremeteu-se para a frente, notando com uma espécie de distante clareza o pequeno buraco redondo na coberta solta do bebê, onde a bala da pistola a atravessara.

Estancou de repente, então, paralisado no tapete da lareira, alheio ao fogo que queimava a parte de trás de suas pernas, ao corpo ainda arfante de Ellesmere a seus pés, aos gritos histéricos e regulares de lady Dunsany, perfurantes como os de um pavão. Ficou parado, os olhos cerrados com força, tremendo como uma folha, incapaz de se mover ou pensar, os braços envolvendo com força a trouxa amorfa, que se contorcia e berrava, contendo seu filho.

– Quero falar com MacKenzie. A sós.

Lady Dunsany parecia completamente deslocada no estábulo. Pequena, gorda e impecavelmente vestida de linho preto, parecia um bibelô chinês, retirada de seu lugar seguro no consolo da lareira e em perigo constante e iminente de se quebrar, ali naquele mundo de animais rudes e homens brutos.

Hughes, com um olhar de absoluta perplexidade para sua patroa, fez uma mesura e ajeitou os cabelos para trás antes de se retirar para seu quarto atrás da sala de arreios, deixando MacKenzie cara a cara com ela.

De perto, a impressão de fragilidade era acentuada pela palidez de seu rosto, ligeiramente rosado nos cantos do nariz e nos olhos. Ela parecia uma coelhinha muito digna, vestida de luto. Jamie achou que devia convidá-la a sentar-se, mas não havia nenhum lugar para ela se sentar, a não ser um fardo de feno ou um carrinho de mão virado para baixo.

– A corte judicial reuniu-se hoje de manhã, MacKenzie – disse ela.

– Sim, milady. – Ele sabia, todos sabiam, e mantiveram-se longe dele durante toda a manhã. Não por respeito; por medo de alguém que sofre de uma doença mortal. Jeffries sabia o que acontecera em Ellesmere e isso significava que todos os empregados também sabiam. Mas ninguém comentou o ocorrido.

– O veredito da corte foi que o conde de Ellesmere morreu por acidente. A teoria do investigador é que o conde estava... perturbado – fez uma leve careta de repugnância – com a morte de minha filha. – Sua voz tremeu ligeiramente, mas ela não se interrompeu. A frágil lady Dunsany havia suportado a tragédia muito melhor do que o marido; os boatos entre os criados diziam que lorde Dunsany não se levantara da cama desde que voltara de Ellesmere.

– Sim, milady? – Jeffries fora chamado para testemunhar. MacKenzie, não. No que dizia respeito ao tribunal, o cavalariço MacKenzie nunca colocara os pés em Ellesmere.

Os olhos de lady Dunsany fitaram os dele diretamente. Eram claros, verde--azulados, como os de sua filha Geneva, mas os brilhantes cabelos louros de Geneva estavam desbotados em sua mãe, mesclados de fios grisalhos como prata ao sol que penetrava pela porta aberta do estábulo.

– Nós somos muito gratos a você, MacKenzie – disse ela brandamente.

– Obrigado, milady.

– Muito gratos – repetiu ela, ainda fitando-o intensamente. – MacKenzie não é seu verdadeiro nome, não é? – ela disse de repente.

– Não, milady. – Um calafrio percorreu sua espinha, apesar do calor do sol da tarde em seus ombros. Quanto lady Geneva contara a sua mãe antes de morrer?

Ela pareceu perceber sua reação, pois o canto de sua boca ergueu-se no que ele acreditou ser um sorriso tranquilizador.

– Acho que eu não preciso perguntar qual é o verdadeiro ainda – disse ela. – Mas, na verdade, tenho uma pergunta para você. MacKenzie... você quer voltar para casa?

– Para casa? – Ele repetiu a palavra sem compreender.

– Para a Escócia. – Observava-o intensamente. – Sei quem você é – disse ela. – Não o seu nome, mas que você é um dos prisioneiros jacobitas de John. Meu marido me contou.

Jamie observou-a cautelosamente, mas ela não parecia transtornada; ao menos, não mais do que seria natural numa mulher que acabara de perder uma filha e de ganhar um neto.

– Espero que perdoe a fraude, milady – disse ele. – Lorde...

– Quis me poupar da preocupação – lady Dunsany terminou a frase para ele. – Sim, eu sei. William se preocupa demais. – Ainda assim, o sulco fundo entre suas sobrancelhas relaxou um pouco à ideia da preocupação de seu marido. O fato, com a prova subjacente de devoção conjugal, o fez sentir uma súbita e inesperada pontada de dor.

– Não somos ricos... deve ter compreendido isso pelas observações de Ellesmere – continuou lady Dunsany. – Helwater está profundamente afundada em dívidas. Meu neto, entretanto, agora é dono de uma das maiores fortunas do condado.

Não parecia haver nada a dizer além de: "Sim, milady?", embora o fizesse parecer o papagaio que vivia no salão principal. Ele o vira quando se infiltrara furtivamente pelos canteiros de flores ao pôr do sol do dia anterior, aproveitando a chance de se aproximar da casa enquanto a família se aprontava para o jantar, numa tentativa de ver de relance o novo conde de Ellesmere pela janela.

– Estamos muito afastados aqui – continuou ela. – Raramente visitamos Londres e meu marido tem pouca influência nas altas rodas. Mas...

– Sim, milady? – Agora, tinha uma noção do que lady Dunsany queria dizer com sua conversa indireta e uma repentina sensação de júbilo criou um vazio sob suas costelas.

– John... quer dizer, lorde John Grey... vem de uma família muito influente. Seu padrasto é... bem, isso não vem ao caso. – Deu de ombros, os pequenos ombros em linho preto descartando os detalhes. – A questão é que talvez seja possível exercer suficiente influência em seu interesse para que seja liberado das condições de seu livramento condicional, de modo que possa retornar à Escócia. Assim, vim lhe perguntar: quer voltar para casa, MacKenzie?

Ele ficou sem ar, como se alguém tivesse dado um soco forte na boca do seu estômago.

Escócia. Ir embora desta região úmida, pantanosa, colocar os pés naquela estrada proibida e caminhar em liberdade, com passos largos e firmes, subindo as escarpas e percorrendo as trilhas de veado, sentir o ar cada vez mais puro e impregnado do aroma de tojos e urzes. Voltar para casa!

Não ser mais um estranho. Deixar para trás a hostilidade e a solidão, chegar a Lallybroch e ver o rosto da irmã iluminar-se de alegria ao avistá-lo, sentir seus braços em torno de sua cintura, o abraço de Ian em torno de seus ombros e as mãos das crianças, agarrando-o, puxando-o pelas roupas.

Ir embora, e nunca mais ver ou saber de seu próprio filho. Olhou fixamente para lady Dunsany, o rosto impassível, indecifrável, de modo que ela não percebesse o turbilhão de emoções que aquela oferta desencadeara em seu íntimo.

Ele havia, finalmente, descoberto o bebê ontem, dormindo num cesto perto da janela de um quarto no segundo andar. Precariamente empoleirado num galho de um enorme abeto norueguês, ele estreitara os olhos para ver melhor através da cortina de agulhas de abeto que o ocultavam.

O rosto da criança só era visível de perfil, uma bochecha gorducha descansando sobre o ombro coberto de babados. A touca se deslocara para o lado, de modo que ele pôde ver a curva lisa do minúsculo crânio, coberto com uma leve penugem louro-clara.

"Graças a Deus que não é ruivo", fora seu primeiro pensamento, persignando-se em seguida num agradecimento.

"Meu Deus, ele é tão pequeno!", foi seu segundo pensamento, associado a uma intensa necessidade de entrar pela janela e pegar o bebê no colo. A cabeça lisa, tão bem torneada, caberia perfeitamente na palma de sua mão. Pôde sentir, na lembrança, o corpinho agitado que ele segurara por tão pouco tempo junto ao coração.

— Você é um garoto forte – murmurara ele. – Forte, corajoso e bonito. Mas, por Deus, como você é pequeno!

Lady Dunsany aguardava pacientemente. Ele inclinou a cabeça respeitosamente, sem saber se estava cometendo um terrível erro, mas incapaz de agir de outra forma.

— Agradeço-lhe, milady, mas... acho que não devo ir... por enquanto.

Uma sobrancelha clara estremeceu levemente, mas ela inclinou a cabeça para ele com igual deferência.

— Como quiser, MacKenzie. Só tem que pedir.

Virou-se como uma minúscula figura de relógio e se afastou, voltando ao mundo de Helwater, agora mil vezes mais uma prisão para ele do que jamais fora.

16

WILLIE

Para sua enorme surpresa, os anos seguintes foram sob muitos aspectos os mais felizes da vida de Jamie Fraser, a não ser pelo período de seu casamento.

Livre da responsabilidade por colonos, partidários ou qualquer pessoa além de si mesmo e dos cavalos a seu cargo, a vida era relativamente simples. Embora a corte judicial não tivesse tomado conhecimento de sua existência, Jeffries deixara escapar o suficiente sobre a morte de Ellesmere para que os demais criados o tratassem com um respeito distante, mas não contassem demasiado com sua presença.

Tinha o suficiente para comer, roupas suficientes para se manter aquecido e dignamente vestido, e de vez em quando uma carta discreta das Terras Altas assegurava-lhe que lá prevaleciam as mesmas condições.

Um benefício inesperado da vida tranquila em Helwater era o fato de que, de certa forma, retomara sua estranha amizade com lorde John Grey. O major, como prometido, vinha a Helwater uma vez a cada três meses, sempre permanecendo por alguns dias em visita aos Dunsany. Não fizera, entretanto, nenhuma tentativa de humilhá-lo ou mesmo de falar com Jamie, além de algumas perguntas estritamente formais.

Aos poucos, Jamie compreendera tudo que lady Dunsany deixara implícito, em sua oferta de libertá-lo. "John... quer dizer, lorde John Grey... vem de uma família muito influente. Seu padrasto é... bem, isso não vem ao caso", dissera ela. Mas vinha, sim, ao caso. Não fora a vontade de Sua Majestade que o trouxera para

Helwater, em vez de condená-lo à perigosa travessia do oceano e à semiescravidão na América; fora a influência de John Grey.

E não o fizera por vingança ou razões indecentes, pois nunca se vangloriara, nunca fizera propostas; nunca dissera nada além de palavras comuns de civilidade. Não, ele levara Jamie para Helwater porque foi o melhor que pôde conseguir; incapaz de simplesmente libertá-lo na ocasião, Grey fizera o melhor possível para facilitar as condições do cativeiro – proporcionando-lhe ar, luz e cavalos.

Foi preciso um esforço extra, mas ele o fez. Na vez seguinte em que John Grey apareceu no pátio do estábulo em sua visita trimestral, Jamie esperou até que o major estivesse sozinho, admirando a conformação de um enorme alazão castrado. Aproximou-se de Grey, apoiando-se na cerca. Observaram o cavalo em silêncio por alguns minutos.

– Peão do rei para rei quatro – disse Jamie serenamente por fim, sem olhar para o homem a seu lado.

Sentiu o sobressalto de surpresa de Grey e seus olhos sobre ele, mas não virou a cabeça. Em seguida, sentiu o estalido da madeira sob seu braço quando Grey virou-se, apoiando-se na cerca outra vez.

– Cavalo da rainha para rainha bispo três – retrucou Grey, a voz um pouco mais rouca do que o normal.

Desde então, Grey ia ao estábulo a cada visita para passar algumas horas da noite sentado no tosco banco de Jamie, conversando. Não tinham nenhum tabuleiro de xadrez e raramente jogavam verbalmente, mas as conversas até altas horas da noite continuaram – a única conexão de Jamie com o mundo fora de Helwater e um pequeno prazer que ambos aguardavam com agradável expectativa a cada trimestre.

Acima de tudo, ele tinha Willie. Helwater era dedicada a cavalos; antes mesmo que o garoto pudesse ficar em pé com firmeza, seu avô já o colocava em cima de um pônei, a ser puxado lentamente em volta do curral. Quando Willie fez 3 anos, já andava a cavalo sozinho – sob o olhar cuidadoso de MacKenzie, o cavalariço.

Willie era um garoto forte, corajoso e belo. Possuía um sorriso deslumbrante e era capaz de encantar os pássaros das árvores se assim desejasse. Era também extremamente mimado. Como o nono conde de Ellesmere e o único herdeiro tanto de Ellesmere quanto de Helwater, sem mãe nem pai para mantê-lo sob controle, ele era malcriado com seus indulgentes avós, sua jovem tia e com todos os criados do lugar – exceto MacKenzie.

E isso por milagre. Até então, ameaças de não permitir que o garoto o ajudasse com os cavalos haviam sido suficientes para reprimir os piores excessos de Willie nos estábulos, porém, mais cedo ou mais tarde, apenas as ameaças não seriam mais suficientes e MacKenzie, o cavalariço, viu-se imaginando o que iria acontecer quando ele finalmente perdesse o próprio controle e desse uma palmada no diabinho.

Quando garoto, ele próprio teria sido surrado até perder os sentidos pelo parente masculino mais próximo, caso tivesse a ousadia de se dirigir a uma mulher do modo como ouvia Willie falar com sua tia e com as criadas. A tentação de arrastar Willie até uma baia vazia e tentar corrigir seus modos era cada vez mais frequente.

Ainda assim, na maior parte, ele tinha apenas alegrias com Willie. O garoto adorava MacKenzie e, conforme crescia, passava horas em sua companhia, montado nos enormes cavalos de tração que puxavam o pesado rolo pelos campos altos e precariamente empoleirado nas carroças de feno quando desciam dos pastos de cima, no verão.

Entretanto, havia uma ameaça a essa tranquila existência, que crescia a cada mês. Ironicamente, a ameaça vinha do próprio Willie e não havia nada que ele pudesse fazer.

– Que rapazinho bonito ele é! É um cavaleiro esplêndido! – Foi lady Grozier quem falou, de pé na varanda com lady Dunsany, para admirar as peregrinações de Willie em seu pônei ao redor das bordas do gramado.

A avó de Willie riu, olhando amorosamente para o menino.

– Ah, sim. Ele adora seu pônei. Temos dificuldade até em fazê-lo entrar para as refeições. E ele adora o cavalariço. Às vezes, brincamos que ele passa tanto tempo com MacKenzie que está começando a se parecer com MacKenzie!

Lady Grozier, que obviamente não prestara nenhuma atenção a um cavalariço, olhou na direção de MacKenzie.

– Ora, você tem razão! – exclamou ela, achando graça. – Veja só... Willie tem a mesma maneira de inclinar a cabeça e de empinar os ombros! Que engraçado!

Jamie inclinou-se respeitosamente para as damas, mas sentiu um suor frio porejar em seu rosto.

Já antevira essa situação, mas não quis acreditar que a semelhança fosse tão pronunciada a ponto de ser visível para qualquer outra pessoa além dele mesmo. Willie, quando bebê, era roliço e com bochechas rechonchudas, não se parecia com ninguém. Mas, à medida que fora crescendo, o aspecto rechonchudo desaparecera de suas faces e do queixo e, embora seu nariz ainda fosse macio e arrebitado como era próprio das crianças, a sugestão de maçãs do rosto altas e pronunciadas era evidente. Além disso, os olhos acinzentados característicos dos bebês haviam dado lugar a olhos claros e límpidos, azul-escuros, ligeiramente puxados e espessamente emoldurados por pestanas cor de ferrugem.

Depois que as senhoras entraram na casa e ele assegurou-se de que não havia ninguém observando, Jamie passou a mão furtivamente pelas próprias feições. A semelhança seria realmente assim tão grande? Os cabelos de Willie eram de um castanho-claro e suave, apenas com uma nuance do brilho dourado dos cabelos de sua mãe. E aquelas orelhas grandes, translúcidas? As suas certamente não eram assim para fora?

O problema é que Jamie Fraser na verdade não se via claramente há alguns anos. Cavalariços não possuíam espelhos e ele diligentemente evitava a companhia das criadas, que poderiam ter lhe fornecido um.

Dirigindo-se ao cocho de água, inclinou-se sobre ele, disfarçadamente, como se inspecionasse um dos insetos que patinavam na superfície. Sob o espelho ondulante, pontilhado de fragmentos flutuantes de feno e crivado de perturbações causadas pelos insetos, seu próprio rosto fitava-o intensamente.

Engoliu em seco e viu o reflexo de sua garganta se mover. Não era uma semelhança absoluta, mas sem dúvida estava lá. Mais na postura da cabeça e dos ombros, como lady Grozier ressaltara, mas sem dúvida alguma também nos olhos. Os olhos dos Fraser; seu pai, Brian, possuía aqueles olhos, assim como sua irmã, Jenny. Quando os ossos do menino despontassem sob a pele, quando o nariz arrebitado de criança se tornasse longo e reto e as maçãs do rosto ainda mais proeminentes – todos seriam capazes de notar.

O reflexo no cocho desapareceu quando ele se endireitou. Ficou parado, fitando cegamente o estábulo que fora seu lar nos últimos anos. Era julho e o sol estava quente, mas não alterou a friagem que entorpecia seus dedos e fazia um calafrio percorrer sua espinha.

Chegara a hora de falar com lady Dunsany.

Em meados de setembro, tudo já fora arranjado. O perdão fora obtido; John Grey o trouxera no dia anterior. Jamie havia economizado um pouco de dinheiro, suficiente para as despesas de viagem, e lady Dunsany dera-lhe um bom cavalo. Restava apenas dizer adeus a seus conhecidos em Helwater – e a Willie.

– Partirei amanhã – Jamie falou de modo pragmático, sem tirar os olhos do machinho da égua baia. O calo que ele estava desbastando desfez-se, deixando um pó de aparas pretas no chão do estábulo.

– Aonde você vai? A Derwentwater? Posso ir com você? – William, visconde de Dunsany, nono conde de Ellesmere, saltou da borda do boxe, aterrissando com um baque surdo que fez com que a égua se assustasse e relinchasse.

– Não faça isso – disse Jamie automaticamente. – Já não lhe disse para mover-se com cuidado perto de Milly? Ela está arisca.

– Por quê?

– Você também não ficaria se eu apertasse seu joelho? – Estendeu a mão enorme e beliscou o músculo logo acima do joelho do menino. Willie deu um gritinho e um salto para trás, rindo.

– Posso andar na Millyflower quando você terminar, Mac?

– Não – respondeu Jamie pacientemente, pela duodécima vez naquele dia. – Já lhe disse mil vezes, ela ainda é grande demais para você.

– Mas eu quero andar nela!

Jamie suspirou, mas não respondeu. Em vez disso, deu a volta para o outro lado de Milles Fleurs e pegou o casco esquerdo.

– Eu já disse que quero andar na Milly!

– Eu ouvi.

– Então, sele ela para mim! Agora mesmo!

O nono conde de Ellesmere empinou o queixo o máximo que pôde, mas a expressão desafiadora em seus olhos moderou-se com uma certa dúvida ao perceber o frio olhar azul de Jamie. Jamie pousou o casco da égua lentamente no chão, endireitou-se igualmente devagar e, erguendo-se em toda a sua altura de quase 2 metros, colocou as mãos na cintura, abaixou os olhos para o conde, de pouco mais de 1 metro, e disse, com a voz muito baixa e branda.

– Não.

– Sim! – William bateu o pé no chão coberto de feno. – Você tem que fazer o que eu lhe digo!

– Não, não tenho.

– Tem, sim!

– Não, eu... – Sacudindo a cabeça com força suficiente para fazer seus cabelos ruivos voarem de um lado para outro, Jamie pressionou os lábios com força, depois se agachou em frente ao garoto. – Olhe aqui – disse ele –, eu não tenho que fazer o que você diz, porque não vou mais ser cavalariço aqui. Já lhe disse, vou embora amanhã.

O rosto de Willie ficou totalmente pálido com o choque e as sardas em seu nariz destacaram-se contra a pele branca.

– Não pode! – disse ele. – Não pode ir embora.

– É preciso.

– Não! – O pequeno conde cerrou o maxilar, o que lhe dava uma semelhança verdadeiramente surpreendente com seu bisavô paterno. Jamie agradeceu à sua sorte o fato de ninguém em Helwater jamais ter visto Simon Fraser, lorde Lovat.

– Eu não vou deixar você partir!

– Desta vez, milorde, não há nada que possa fazer – retrucou Jamie com firmeza, sua tristeza por partir amenizada em parte por finalmente poder falar abertamente ao garoto.

– Se você for embora... – Willie olhou ao redor em busca de uma ameaça e viu uma bem à mão. – Se você for embora – repetiu ele com mais confiança –, vou gritar, berrar e assustar todos os cavalos!

– Dê um pio, diabinho, e eu lhe dou um sopapo no pé do ouvido! – Livre de sua reserva habitual e alarmado com a ideia de que aquele fedelho mimado pudesse assustar os cavalos valiosos e altamente sensíveis, Jamie olhou furiosamente para o garoto.

Os olhos do conde esbugalharam-se e seu rosto ficou roxo de raiva. Ele respirou fundo, depois girou nos calcanhares e correu por todo o comprimento do estábulo, berrando e agitando os braços.

Milles Fleurs, já nervosa por estarem mexendo em seus cascos, ergueu-se nas patas traseiras e depois se precipitou para a frente, relinchando de forma assustadora. Sua agitação foi seguida de coices e relinchos agudos das baias próximas, onde Willie urrava todos os palavrões que conhecia – e não eram poucos –, chutando freneticamente as portas dos boxes.

Jamie conseguiu agarrar a corda-guia de Milles Fleurs e, com considerável esforço, levou a égua para fora sem danos para ele ou para o animal. Amarrou-a na cerca do curral e voltou a passos largos e pesados para o estábulo, a fim de acertar as contas com Willie.

– Droga, droga, droga! – berrava o conde. – Porco! Merda! Filho da mãe!

Sem uma palavra, Jamie agarrou o garoto pela gola, levantou-o do chão e carregou-o, espernando e debatendo-se, para o banco de ferrador de cavalos que estivera usando. Sentou-se no banquinho, colocou o conde sobre o joelho e deu cinco ou seis palmadas em suas nádegas, com força. Depois, levantou o menino com um safanão e colocou-o de pé.

– Eu te odeio! – O rosto sujo de lágrimas do conde estava vivamente vermelho e seus punhos cerrados tremiam de raiva.

– Bem, eu também não gosto muito de você, seu filho da mãe! – retrucou Jamie.

Willie empertigou-se, os punhos cerrados, as faces roxas.

– Eu não sou um filho da mãe! Não sou um bastardo! – gritou ele com voz aguda. – Não sou! Não sou! Retire o que disse! Ninguém pode me dizer isso! Retire, já disse!

Jamie olhou para o garoto em estado de choque. Então realmente havia boatos, e Willie já os ouvira. Ele adiara demais a sua partida.

Respirou fundo uma, duas vezes, e torceu para que sua voz não tremesse.

– Eu retiro o que disse – falou ele suavemente. – Eu não deveria ter usado essa palavra, milorde.

Ele teve vontade de se ajoelhar e abraçar o menino, ou pegá-lo no colo e consolá-lo contra seu ombro – mas esse não era um gesto próprio de um cavalariço em relação a um conde, ainda que criança. A palma de sua mão esquerda formigava e ele fechou os dedos com força sobre o único carinho paternal que provavelmente jamais daria a seu filho.

Willie sabia como um conde devia se comportar; estava fazendo um esforço descomunal para conter as lágrimas, fungando ferozmente e limpando o rosto com a manga da camisa.

– Permita-me, milorde. – Jamie de fato ajoelhou-se e limpou o rosto do menino delicadamente com seu próprio lenço rústico. Os olhos de Willie fitaram-no por cima das dobras do lenço de algodão, vermelhos e aflitos.

– Você tem mesmo que ir, Mac? – perguntou ele, com uma voz quase inaudível.

– Tenho, sim. – Fitou os olhos azul-escuros e de repente deixou de lado o que era apropriado ou quem poderia vê-lo. Puxou o menino para junto de si, abraçando-o com força contra o coração, segurando a cabecinha junto a seu ombro, para que Willie não visse as rápidas lágrimas que caíram em seus cabelos macios e espessos.

Os braços de Willie envolveram seu pescoço e agarraram-se a ele. Podia sentir o corpo pequeno e vigoroso sacudir-se contra o seu, com a força dos soluços reprimidos. Bateu de leve nas costas pequeninas e alisou os cabelos de Willie, murmurando doces palavras em gaélico, que ele esperava que o menino não compreendesse.

Por fim, tirou os bracinhos de seu pescoço e delicadamente o afastou.

– Venha comigo ao meu quarto, Willie. Quero lhe dar uma coisa para você guardar.

Há muito tempo ele se mudara do palheiro, passando a ocupar o quartinho de Hughes ao lado da sala de arreios depois que o idoso chefe dos cavalariços se aposentou. Era um cômodo pequeno e parcamente mobiliado, mas possuía as virtudes do calor e da privacidade.

Além da cama, do banco e do urinol, havia uma mesinha, sobre a qual viam-se alguns livros que lhe pertenciam, uma vela grande num castiçal de cerâmica e uma vela menor, grossa e gasta, em frente a uma pequena imagem da Virgem Maria. Era uma escultura barata, de madeira, que Jenny lhe enviara, mas fora feita na França e com um talento artístico considerável.

– Para que serve esta vela? – perguntou Willie. – A vovó diz que somente os malditos papistas queimam velas em frente a imagens pagãs.

– Bem, eu sou um maldito papista – disse Jamie, com um trejeito irônico da boca. – Mas não é uma imagem pagã; é a estátua da Mãe de Deus.

– Você é? – Obviamente essa revelação serviu apenas para aumentar o fascínio do garoto. – Por que os papistas acendem velas diante de estátuas?

Jamie passou a mão pelos cabelos.

– Sim, bem. É... talvez uma maneira de rezar, e de se lembrar. Você acende a vela, faz uma prece e pensa nas pessoas que são importantes para você. E enquanto ela queimar, a chama lembra deles por você.

– De quem você se lembra? – Willie ergueu os olhos para ele. Seus cabelos estavam arrepiados, desgrenhados pela comoção anterior, mas seus olhos azuis estavam límpidos e interessados.

– Ah, de muita gente. Minha família nas Terras Altas, minha irmã e sua família. Amigos. Minha mulher. – E, às vezes, a vela queimava em memória de uma garota, jovem e imprudente, chamada Geneva, mas ele não disse isso.

Willie franziu a testa.

– Você não tem uma mulher.

– Não. Não tenho mais. Mas sempre me lembro dela.

Willie estendeu um dedo rechonchudo e cautelosamente tocou a pequena estátua. Os braços da Virgem estavam abertos, um ar terno e maternal gravado em suas belas feições.

– Eu também quero ser um maldito papista – disse Willie com firmeza.

– Não pode! – exclamou Jamie, em parte achando graça e em parte enternecido com a ideia. – Sua avó e sua tia enlouqueceriam.

– Elas soltariam espuma pela boca como aquela raposa louca que você matou? – perguntou Willie, de repente animado.

– Eu não me admiraria – disse Jamie secamente.

– Quero fazer isso! – As feições pequenas, claras, estavam determinadas. – Não contarei à vovó nem à tia Isobel; não contarei a ninguém. Por favor, Mac! Por favor, deixe! Quero ser igual a você!

Jamie hesitou, tanto enternecido com a ansiedade do menino como subitamente desejoso de deixar seu filho com algo mais do que o cavalo de madeira que ele esculpira para dar a ele como presente de despedida. Tentou se lembrar do que o padre McMurtry lhe ensinara na escola a respeito do batismo. Uma pessoa laica poderia batizar, lembrou ele, desde que a situação fosse de emergência e não houvesse nenhum padre por perto.

Seria um exagero dizer que a presente situação era uma emergência, mas... um impulso repentino o fez pegar o jarro de água que mantinha no peitoril da janela.

Os olhos tão parecidos com os seus observavam, arregalados e solenes, enquanto ele cuidadosamente alisava os macios cabelos castanho-claros para trás, afastando-os da fronte. Mergulhou três dedos na água e de leve traçou uma cruz na testa do menino.

– Eu o batizo William James – disse ele suavemente –, em nome do Pai, do Filho e do Espírito Santo. Amém.

Willie piscou, meio vesgo por causa de uma gota de água que escorreu pelo seu nariz. Colocou a língua para fora para pegá-la e Jamie riu, a despeito de si mesmo.

– Por que me chamou de William James? – perguntou Willie com curiosidade. – Meus outros nomes são Clarence Henry George. – Fez uma careta; não achava que Clarence fosse um bom nome.

Jamie ocultou um sorriso.

– Você recebe um novo nome quando é batizado. James é seu nome papista especial. É o meu também.

– É mesmo? – Willie ficou encantado. – Sou um maldito papista agora, como você?

– Sim, até onde eu possa garantir, pelo menos. – Sorriu para Willie e, movido por novo impulso, enfiou a mão por baixo da gola de sua camisa. – Tome. Guarde isto também, para se lembrar de mim. – Passou o rosário de contas de madeira delicadamente pela cabeça de Willie. – Mas não pode deixar que ninguém veja isto – avisou ele. – E pelo amor de Deus, não diga a ninguém que você é um papista.

– Não vou dizer – prometeu Willie. – A ninguém. – Enfiou o rosário para dentro da camisa, batendo de leve para se certificar de que estava escondido.

– Ótimo. – Jamie estendeu a mão e despenteou ainda mais os cabelos de Willie, despachando-o. – Já está quase na hora do seu chá; é melhor você voltar para casa agora.

Willie começou a se dirigir para a porta, mas parou no meio do caminho, repentinamente aflito outra vez, com uma das mãos aberta sobre o peito.

– Você disse para eu guardar isto para me lembrar de você. Mas eu não tenho nada para você se lembrar de mim!

Jamie esboçou um sorriso. Seu coração estava tão apertado que ele achou que não iria conseguir respirar para poder falar, mas obrigou as palavras a serem pronunciadas.

– Não se preocupe – disse ele. – Eu me lembrarei de você.

17

MONSTROS DO LAGO

Lago Ness
Agosto de 1968

Brianna piscou, ajeitando para trás uma brilhante mecha de cabelo embaralhada pelo vento.

– Já havia quase me esquecido de como era o sol – disse ela, apertando os olhos contra o sol que reluzia com uma ferocidade incomum sobre as águas escuras do lago Ness.

Sua mãe espreguiçou-se lentamente, desfrutando a brisa.

– Sem falar no ar fresco. Sinto-me como um cogumelo que ficou crescendo no escuro durante semanas, todo pálido, úmido e mole.

– Que belas pesquisadoras vocês duas dariam – disse Roger, mas abriu um largo sorriso. Todos três estavam de excelente humor. Após o árduo trabalho de examinar os registros das prisões, até chegar à de Ardsmuir, tiveram um período de sorte. Os registros de Ardsmuir estavam completos, em um único local, e, em comparação a muitos outros, extraordinariamente claros. Ardsmuir fora uma prisão durante apenas quinze anos; depois de sua reforma, realizada com a mão de obra dos prisioneiros jacobitas, foi transformada numa pequena guarnição militar permanente e a população carcerária dispersada – a maioria dos presos enviada para colônias na América.

– Eu ainda não consigo entender por que Fraser não foi enviado com os demais para a América – disse Roger. Tivera um momento de pânico na ocasião, examinando cuidadosamente, inúmeras vezes, a lista de condenados enviados para as colônias, verificando nome por nome, sem encontrar nenhum Fraser. Concluíra que Jamie Fraser devia ter morrido na prisão e suara frio de medo à ideia de levar a notícia às Randall, até que uma virada de página mostrara a condicional de Fraser, designando-o para um lugar chamado Helwater.

– Não sei – disse Claire –, mas foi bom ele não ter sido levado para a América. Ele fica... ficava – corrigiu-se rapidamente, mas não o suficiente para impedir que Roger notasse o deslize – terrivelmente enjoado no mar. – Fez um gesto indicando a superfície do lago diante deles, dançando com pequenas ondulações. – Até mesmo sair em um lugar como este o deixava verde em questão de minutos.

Roger lançou um olhar para Brianna com interesse.

– Está enjoada?

Ela sacudiu a cabeça, os brilhantes cabelos esvoaçando ao vento.

– Não. – Deu umas pancadinhas na altura do estômago com orgulho. – Eu sou de ferro.

Roger riu.

– Quer dar uma volta de barco, então? Afinal, são suas férias.

– Verdade? Poderíamos ir? Pode-se pescar lá? – Brianna encobriu os olhos, olhando ansiosamente para as águas escuras.

– Claro. Já peguei salmão e enguias muitas vezes no lago Ness – assegurou Roger. – Venha, vamos alugar um barquinho nas docas em Drumnadrochit.

A viagem de carro a Drumnadrochit foi prazerosa. Era um desses dias límpidos e luminosos de verão que fazem com que os turistas do sul sigam para a Escócia em bandos durante agosto e setembro. Com um café da manhã dos mais fartos no estômago, graças a Fiona, e um dos seus almoços arrumado num cesto no porta-malas, com Brianna Randall, cabelos longos ao vento, sentada a seu lado, Roger estava começando a achar que tudo ia às mil maravilhas no mundo.

Permitiu-se celebrar com grande satisfação os resultados de suas pesquisas. Significara pedir uma licença adicional de sua faculdade para o período do verão, mas valera a pena.

Depois de encontrar o registro da condicional de James Fraser, levaram mais duas semanas de trabalho árduo e investigação – até mesmo uma rápida viagem de fim de semana de Roger e Bree a Lake District e outra dos três a Londres. Depois, veio a descoberta que fez Brianna gritar de satisfação no meio da sacrossanta sala de leitura do Museu Britânico, provocando sua saída apressada em meio a ondas glaciais de reprovação. A descoberta do Indulto Real, estampado com o selo de George III, *Rex Angletene*, datado de 1764, exibindo o nome de "James Alexander MacKenzie Fraser".

– Estamos chegando perto – dissera Roger, exultante com a fotocópia do documento. – Muito perto!

– Perto? – dissera Brianna, mas depois se distraíra com a chegada do ônibus e não dera continuidade ao assunto. Mas Roger percebeu o olhar de Claire sobre ele; ela sabia muito bem o que ele queria dizer.

Ela devia, é claro, estar pensando nisso; imaginava se Brianna estaria. Claire viajara para o passado em 1945, desaparecendo pelo círculo de pedras verticais em Craigh na Dun e reaparecendo em 1743. Vivera com Jamie Fraser por quase três anos, depois retornara através das pedras. E ela voltara quase três anos após o desaparecimento original, em abril de 1948.

Tudo isso significava – provavelmente – que se ela estivesse disposta a tentar a viagem de volta pelas pedras mais uma vez, provavelmente chegaria vinte anos depois de ter ido embora, ou seja, em 1766. E 1766 era apenas dois anos depois da última data conhecida em que Jamie Fraser fora localizado, vivo e são. Se ele tivesse sobrevivido mais dois anos e se Roger pudesse encontrá-lo...

– Lá está! – exclamou Brianna. – "Alugam-se barcos". – Apontou para o cartaz na janela do pub das docas e Roger estacionou o carro numa vaga em frente, sem pensar mais em Jamie Fraser.

– Por que será que os baixinhos geralmente se apaixonam por mulheres altas? – A voz de Claire atrás dele fez eco aos pensamentos de Roger com uma estranha precisão, e não pela primeira vez.

– A síndrome da mariposa e da chama, talvez? – sugeriu Roger, franzindo o cenho diante do evidente fascínio do minúsculo barman por Brianna. Ele e Claire estavam diante do balcão de aluguel de barcos, aguardando o funcionário preencher o recibo, enquanto Brianna comprava garrafas de Coca-Cola e cerveja escura para acompanhar o almoço.

O jovem barman, que chegava à altura das axilas de Brianna, saltitava de um lado para outro, oferecendo ovos em conserva e fatias de língua defumada, os olhos revirados em adoração para a deusa de top amarelo diante dele. Por sua risada, Brianna parecia achar o sujeito "engraçadinho".

– Eu sempre disse a Bree para não se envolver com baixinhos – comentou Claire, observando a cena.

– É mesmo? – disse Roger secamente. – Por alguma razão, eu não vejo você como uma mãe conselheira.

Ela riu, indiferente ao azedume momentâneo dele.

– Bem, não faço o tipo mesmo, não muito. Mas quando se nota um princípio importante como este, parece ser um dever de mãe transmiti-lo.

– Algum problema com homens baixos? – perguntou Roger.

– Eles costumam ser mesquinhos se não conseguem o que querem – respondeu Claire. – Como esses cachorrinhos que latem sem parar. Bonitinhos e fofinhos, mas basta contrariá-los e você provavelmente vai ganhar uma desagradável mordida no tornozelo.

Roger riu.

– Essa observação é o resultado de anos de experiência, suponho?

– Ah, sim. – Ela balançou a cabeça, fitando-o. – Nunca conheci um maestro com mais de 1,5 metro de altura. Sujeitinhos pérfidos, praticamente todos eles. Mas os homens altos... – seus lábios curvaram-se ligeiramente, enquanto ela corria os olhos pelo 1,92 metro de Roger – os homens altos são quase sempre muito meigos e gentis.

– Meigos, hein? – disse Roger, com um olhar cínico para o barman, que cortava em pedacinhos uma enguia em conserva para Brianna. O rosto da jovem expressava uma cautelosa repugnância, mas ela inclinou-se para a frente, torcendo o nariz ao aceitar o pedaço oferecido em um garfo.

– Com as mulheres – esclareceu Claire. – Sempre achei que é porque eles sabem que não precisam provar nada; quando fica óbvio que eles podem fazer o que bem quiserem, quer você queira ou não, não precisam tentar provar isso.

– Ao passo que um baixinho – estimulou Roger.

– Ao passo que um baixinho sabe que não pode fazer qualquer coisa, a menos que você permita. Saber disso o deixa maluco, de modo que ele está sempre tentando alguma coisa só para provar que é capaz.

– Mmmhummm – Roger emitiu um som escocês no fundo da garganta, pretendendo mostrar tanto admiração pela perspicácia de Claire quanto uma suspeita geral do que o barman estaria querendo provar a Brianna.

– Obrigado – disse ele ao funcionário, que empurrou o recibo por cima do balcão para ele. – Pronta, Bree? – perguntou ele.

O lago estava calmo e a pescaria lenta, mas estava agradável na água, com o sol de agosto quente em suas costas e os aromas de frutas silvestres e pinheiros aquecidos pelo sol trazidos pelo vento da margem mais próxima. Pesados com o almoço, sentiram-se sonolentos e, pouco depois, Brianna estava enroscada na proa, dormindo com a cabeça descansando sobre o paletó dobrado de Roger. Claire sentou-se à popa, piscando, mas ainda acordada.

– E quanto a mulheres altas e baixas? – perguntou Roger, retomando a conversa anterior enquanto remava devagar pelo lago. Olhou por cima do ombro para a enorme extensão das pernas de Brianna, desajeitadamente dobradas sob seu corpo. – O mesmo? As baixinhas são detestáveis?

Claire sacudiu a cabeça pensativamente, os cachos começando a se soltar do seu prendedor de cabelos.

– Não, acho que não. Não parece ter nada a ver com a altura. Acho que é mais uma questão de enxergar os homens como um inimigo ou apenas como homens e, no geral, gostar deles por isso.

– Ah, tem a ver com a liberação da mulher, não é?

– Não, de modo algum – disse Claire. – Eu vi exatamente os mesmos tipos de comportamento entre homens e mulheres em 1743 que se veem agora. Algumas diferenças, é claro, no modo como cada um se comporta, mas não tanto em como se comportam um em relação ao outro.

Ela olhou para as águas escuras do lago ao longe, protegendo os olhos com a mão. Podia estar atenta ao aparecimento de lontras ou troncos flutuantes, mas Roger achou que aquele olhar escrutinava um pouco além dos penhascos da margem oposta.

– Você gosta dos homens, não? – perguntou ele serenamente. – Homens altos.

Ela sorriu ligeiramente, sem olhar para ele.

– Só de um – disse ela brandamente.

– Então você irá... se eu puder encontrá-lo? – Ele descansou os remos momentaneamente, observando-a.

Ela respirou fundo antes de responder. O vento deixava suas faces rosadas e moldava o tecido do vestido branco contra seu corpo, ressaltando os seios altos e uma cintura fina. Jovem demais para ser uma viúva, ele pensou, bonita demais para ser desperdiçada.

– Não sei – disse ela, a voz um pouco trêmula. – Pensar nisso... em encontrar Jamie... ter de atravessar... as pedras outra vez. – Um tremor percorreu seu corpo, fazendo-a fechar os olhos. – É indescritível, sabe – continuou ela, os olhos ainda fechados como se visse por trás deles o círculo de pedras de Craigh na Dun. – Horrível, mas horrível de um modo diferente de outras coisas horríveis, é indescritível. – Abriu os olhos e lançou-lhe um sorriso enviesado. – É um pouco como tentar dizer a um homem como é parir um filho. Ele pode mais ou menos ter noção de que é doloroso, mas na verdade não está preparado para compreender o que se sente.

Roger achou graça.

– Ah, é mesmo? Bem, há uma certa diferença, você sabe. Eu na verdade ouvi aquelas malditas pedras. – Ele próprio estremeceu, involuntariamente. Aquela noite, há três meses, quando Gillian Edgars atravessara as pedras, não era uma lembrança que gostasse de trazer novamente à memória; mas ela voltara-lhe em pesadelos diversas vezes. Empenhou toda a sua força nos remos, tentando apagá-la da mente. – É como ser rasgado, não é? – disse ele, os olhos intensamente fixos nos de Claire. – Alguma coisa o puxa, dilacera, arrasta, e não apenas do lado de fora, mas por dentro também. Você sente que seu crânio vai voar em pedaços a qualquer momento. E aquele barulho terrível. – Estremeceu novamente. O rosto de Claire tornara-se ligeiramente pálido.

– Não sabia que você podia ouvi-las – ela disse. – Você não me contou.

– Não me pareceu importante. – Examinou-a por um instante, enquanto remava, depois acrescentou serenamente: – Bree ouviu-as também.

– Entendo. – Ela olhou para o outro lado do lago, onde o rastro do barquinho espalhava suas asas em forma de V. Mais ao longe, as ondas da passagem de um barco maior batiam nos penhascos e voltavam, unindo-se outra vez no meio do lago, criando uma ondulação longa e corcunda na água brilhante... uma onda vertical, um fenômeno do lago, frequentemente confundido com uma visão do monstro.

– Ele está lá, sabe – disse ela de repente, balançando a cabeça para as águas negras e carregadas de turfa.

Abriu a boca para perguntar o que ela queria dizer, mas depois compreendeu que já sabia. Vivera próximo ao lago Ness durante toda a sua vida, pescara enguias e salmão em suas águas, ouvira e zombara de todas as histórias da "temível criatura" que eram contadas nos pubs de Drumnadrochit e Fort Augustus.

Talvez fosse o inusitado da situação – ali sentado, calmamente discutindo se a mulher que o acompanhava deveria ou não correr o risco inimaginável de lançar-se em um passado desconhecido. Qualquer que fosse a causa de sua certeza, de repente, parecia não só possível, mas certo que as águas escuras do lago escondessem um mistério desconhecido, mas real.

– O que acha que é? – perguntou ele, não só para dar aos seus sentimentos perturbados um tempo para se acalmarem, mas por curiosidade.

Claire inclinou-se sobre a borda do barco, observando intensamente um tronco de árvore flutuante surgir no alcance da visão.

– O que eu vi era provavelmente um plesiossauro – disse ela finalmente. Não olhou para Roger, mas manteve os olhos desviados. – Embora eu não tivesse gravado os pormenores na ocasião. – Sua boca torceu-se em algo que não chegava a ser um sorriso. – Quantos círculos de pedras existem? – perguntou ela abruptamente. – Na Grã-Bretanha, na Europa. Você sabe?

– Não precisamente. Mas são algumas centenas – respondeu ele cautelosamente. – Você acha que todos eles são...

– Como eu poderia saber? – interrompeu-o com impaciência. – A questão é: talvez sejam. Foram erguidos para marcar alguma coisa, o que significa que pode haver um monte de lugares onde essa alguma coisa tenha ocorrido. – Inclinou a cabeça para o lado, afastando do rosto os cabelos agitados pelo vento, e deu-lhe um sorriso enviesado. – Isso explicaria tudo, sabe.

– Explicaria o quê? – Roger sentiu-se confuso com as rápidas mudanças na conversa.

– O monstro. – Fez um gesto amplo na direção da água. – E se houver outro desses... lugares... embaixo da água?

– Um corredor do tempo... uma passagem... sei lá o quê? – Roger olhou para a esteira borbulhante, perplexo com a ideia.

– Explicaria muita coisa. – Havia um sorriso oculto no canto da boca de Claire, por trás do véu de cabelos esvoaçantes. Não sabia dizer se ela estava falando sério ou não. – Os melhores candidatos a monstro são todos os seres que foram extintos há centenas de milhares de anos. Se houver uma passagem do tempo sob o lago, isso resolveria esse pequeno problema.

– Também explicaria por que os relatos às vezes são diferentes – disse Roger, ficando intrigado com a ideia. – Já que são criaturas diferentes que atravessam a passagem.

– E explicaria por que a criatura ou criaturas nunca foram capturadas e nem sempre podem ser vistas. Talvez passem para o outro lado, também, de modo que não ficam no lago o tempo todo.

– Que ideia maravilhosa! – disse Roger. Ele e Claire riram um para o outro.

– Sabe de uma coisa? – disse ela. – Aposto que nossa tese não vai entrar para a lista das mais populares.

Roger riu, pegando um caranguejo, e respingos d'água caíram sobre Brianna. Ela resfolegou, sentou-se abruptamente, piscando, depois se deitou outra vez, o rosto vermelho de sono e, em poucos segundos, respirava pesadamente.

– Ela ficou acordada até tarde ontem à noite, ajudando-me a empacotar o último conjunto de registros a ser enviado de volta à Universidade de Leeds – disse Roger, tomando a defesa de Brianna.

Claire balançou a cabeça distraidamente, observando a filha.

– Jamie conseguia fazer isso – disse ela ternamente. – Deitar-se e dormir em qualquer lugar.

Ela ficou em silêncio. Roger continuou remando em direção à ponta do lago onde as sombrias ruínas do Castelo Urquhart destacavam-se em meio aos pinheiros.

– O problema é que – disse Claire finalmente – cada vez fica mais difícil. Atravessar pela primeira vez foi a experiência mais terrível que já me aconteceu. Voltar foi mil vezes pior. – Seus olhos estavam fixos no castelo que se avolumava.

– Não sei se foi porque eu não voltei no dia certo. Era o Beltane quando eu fui. E voltei duas semanas antes do Beltane.

– Geilie... quer dizer, Gillian... ela também foi durante o Beltane. – Apesar do calor do dia, Roger sentiu frio, vendo novamente a figura da mulher que tanto fora sua ancestral quanto sua contemporânea, de pé à luz de uma flamejante fogueira, fixa por um instante na luz, antes de desaparecer para sempre na fenda dos monolitos. – É o que seu caderno de notas dizia, que a porta está aberta nas festas do sol e nas festas do fogo. Talvez esteja apenas parcialmente aberta quando essas épocas se aproximam. Ou talvez ela estivesse completamente errada, afinal ela achava que era necessário um sacrifício humano para fazer a coisa funcionar.

Claire engoliu em seco. Os restos embebidos em gasolina de Greg Edgars, marido de Gillian, foram recuperados do círculo de pedras pela polícia, no dia 1º de maio. O relatório terminava apenas com uma conclusão sobre sua mulher: "Fugiu, paradeiro desconhecido."

Claire inclinou-se sobre a borda do barco, deixando a mão correr pela água. Uma pequena nuvem ocultou o sol, tornando o lago subitamente cinza, com dezenas de pequenas ondas erguendo-se na superfície conforme o vento leve se intensificava. Logo embaixo, na esteira do barco, a água era escura e insondável. O lago Ness tem mais de 200 metros de profundidade e é terrivelmente gelado. O que pode viver num lugar assim?

– Você iria lá embaixo, Roger? – perguntou ela suavemente. – Pular do barco, mergulhar, continuar descendo pela escuridão até seus pulmões parecerem explodir, sem saber se há monstros com dentes e corpos grandes e pesados à sua espera?

Roger sentiu os pelos de seus braços se arrepiarem e não apenas porque o vento repentino era gelado.

– Mas essa não é toda a questão – continuou ela, ainda fitando as águas profundas e misteriosas. – Você iria, se Brianna estivesse lá embaixo? – Ela endireitou-se e virou-se para encará-lo. – Você iria? – Os olhos cor de âmbar fitavam intensamente os de Roger, firmes como os de um falcão.

Ele umedeceu os lábios, secos e gretados pelo vento, e lançou um rápido olhar por cima do ombro para Brianna, dormindo. Virou-se de novo para encarar Claire.

– Sim. Acho que iria.

Ela fitou-o por um longo instante, depois balançou a cabeça, sem sorrir.

– Eu também.

PARTE V

Você não pode voltar para casa outra vez

18

RAÍZES

Setembro de 1968

A mulher ao meu lado provavelmente pesava uns 130 quilos. Ela assobiava durante o sono, os pulmões esforçando-se para erguer o fardo de seu peito maciço pela milionésima vez. Seu quadril, coxa e braço rechonchudos pressionavam-se contra mim, desagradavelmente quentes e úmidos.

Não havia escapatória; eu estava encurralada no outro lado pela curva de aço da fuselagem do avião. Liberei um braço e o ergui, para acender a luz acima de minha cabeça e poder ver meu relógio. Dez e trinta, horário de Londres; pelo menos mais seis horas até o pouso na paisagem prometida de Nova York.

O avião estava repleto dos suspiros e roncos de passageiros cochilando da melhor forma que podiam. Dormir para mim estava fora de questão. Com um suspiro resignado, enfiei a mão no bolso da poltrona à minha frente e peguei o romance que estava lendo e que guardara ali. O livro era de um dos meus autores favoritos, mas não conseguia concentrar a atenção na leitura – minha mente resvalava de volta a Roger e Brianna, que eu deixara em Edimburgo para continuarem a busca, ou deslizava para a frente, para o que me aguardava em Boston.

Eu não estava certa do que realmente me esperava, o que era parte do problema. Fora obrigada a voltar, ainda que temporariamente; já esgotara minhas férias, além de várias prorrogações, fazia muito tempo. Havia problemas a resolver no hospital, contas a pagar em casa, a manutenção da casa e do jardim – estremeci ao pensar em que altura a grama do jardim deveria ter chegado –, amigos a serem contatados...

Havia um amigo em particular. Joseph Abernathy fora meu melhor amigo, desde a faculdade de medicina. Antes de tomar qualquer decisão definitiva – e provavelmente irrevogável –, queria conversar com ele. Fechei o livro no colo e fiquei traçando os volteios extravagantes do título com um dedo, sorrindo levemente. Entre outras coisas, eu devia a Joe o gosto por romances.

...

Conhecia Joe desde o começo de minha formação médica. Exatamente como eu, ele se destacava entre os outros internos do hospital de Boston. Eu era a única mulher entre os promissores médicos; Joe era o único negro.

Nossa compartilhada singularidade dava a cada um de nós uma consciência especial do outro; nós dois a sentíamos claramente, embora não a mencionássemos. Trabalhávamos muito bem juntos, mas ambos tínhamos o cuidado – por boas razões – de não nos expormos, e o tênue vínculo entre nós, nebuloso demais para ser chamado de amizade, permaneceu ignorado até quase o final de nosso estágio.

Eu havia presidido minha primeira cirurgia naquele dia – uma apendicite sem maiores complicações, em um adolescente de boa saúde. Tudo correra bem e não havia razão para pensar que haveria problemas pós-operatórios. Ainda assim, experimentava um estranho sentimento de posse em relação ao garoto e não quis ir para casa enquanto ele não estivesse acordado e fora da sala de recuperação, apesar de meu turno já ter terminado. Troquei de roupa e fui para a sala dos médicos, no terceiro andar, a fim de esperar.

A sala não estava vazia. Joseph Abernathy estava sentado em um dos esburacados sofás de molas, aparentemente absorto em um exemplar do *U.S. News & World Report*. Ergueu os olhos quando entrei e cumprimentou-me com um rápido sinal de cabeça antes de retomar sua leitura.

A sala tinha pilhas de revistas – arrebanhadas das salas de espera – e inúmeros livros esfarrapados, abandonados pelos pacientes de partida. Buscando uma distração, descartei um exemplar de seis meses atrás de uma revista de gastroenterologia, um exemplar em frangalhos da revista *Time* e uma pilha bem arrumada de folhetos das testemunhas de Jeová. Por fim, escolhi um dos livros e sentei-me com ele.

Não tinha capa, mas na folha de rosto lia-se *O pirata impetuoso*. "Uma história de amor sensual, comovente e sem limites como o Caribe!", dizia a frase sob o título. Caribe, hein? Se o que eu queria era fugir, não podia encontrar nada melhor, pensei, e abri o livro aleatoriamente na página 42.

> *Empinando o nariz desdenhosamente, Tessa atirou suas exuberantes tranças loiras para trás, alheia ao fato de que isso fez seus seios voluptuosos se tornarem ainda mais proeminentes no vestido decotado. Os olhos de Valdez arregalaram-se diante da visão, mas ele não externou nenhum sinal do efeito que uma beleza tão libertina teve sobre ele.*
>
> *– Achei que podíamos nos conhecer melhor, señorita – sugeriu ele, numa voz baixa, ardente, que fez pequenos tremores de expectativa subirem e descerem pelas costas de Tessa.*

– Não tenho nenhum interesse em conhecer um... um... pirata imundo, desprezível e clandestino! – disse ela.

Os dentes de Valdez reluziram ao sorrir para ela, a mão acariciando o cabo da adaga em seu cinto. Estava impressionado com seu destemor; tão corajosa, tão impetuosa... e tão bela.

Ergui uma das sobrancelhas, mas continuei lendo, fascinada.

Com um imperioso ar de posse, Valdez envolveu Tessa pela cintura.

– Você se esquece, señorita – murmurou ele, as palavras excitando o sensível lóbulo de sua orelha –, de que é prisioneira de guerra e o capitão de um navio pirata tem primazia na escolha do butim!

Tessa debateu-se em seus braços poderosos quando ele a arrastou para a cama e atirou-a sobre a colcha bordada com pedras preciosas. Ela lutava para recuperar o fôlego, observando apavorada enquanto ele se despia, deixando de lado seu casaco de veludo azul-celeste e depois a fina camisa branca de linho, enfeitada de babados. Seu torso era magnífico, uma extensão lisa de bronze reluzente. As pontas de seus dedos doíam de desejo de tocá-lo, embora seu coração latejasse de forma ensurdecedora em seus ouvidos quando ele levou as mãos ao cinto de suas calças.

– Mas, não – disse ele, interrompendo-se. – É injusto de minha parte negligenciá-la, señorita. Permita-me. – Com um sorriso irresistível, inclinou-se e delicadamente envolveu os seios de Tessa nas palmas quentes de suas mãos calejadas, desfrutando seu peso voluptuoso através do fino tecido de seda. Com um pequeno grito, Tessa retraiu-se de seu toque exploratório, pressionando-se contra o travesseiro de penas bordado com rendas.

– Você resiste? Que pena desperdiçar uma roupa tão elegante, señorita... – Segurou com firmeza seu corpete de seda cor de jade e deu um puxão, fazendo os seios brancos e belos de Tessa saltarem de seu esconderijo como um par de gordas perdizes levantando voo.

Emiti um som, fazendo o dr. Abernathy lançar-me um olhar penetrante por cima de seu *U.S. News & World Report*. Apressadamente assumindo uma expressão de digno interesse, virei a página.

Os cachos dos cabelos negros e abundantes de Valdez varreram seu peito enquanto ele fechava os lábios quentes nos mamilos rosados de Tessa, fa-

zendo ondas de desejo percorrerem seu corpo. Debilitada pelas sensações novas e estranhas que o ardor de Valdez despertava nela, não conseguia se mover, enquanto a mão do pirata furtivamente buscava a bainha de sua camisola e seu toque ardente irradiava-se em sua coxa delgada.

– Ah, mi amor – gemeu ele. – Tão encantadora, tão pura. Você me deixa louco de desejo, mi amor. Eu a desejei desde o primeiro instante em que a vi, tão orgulhosa e fria no convés do navio de seu pai. Mas não tão fria agora, hein, minha querida?

De fato, os beijos de Valdez provocavam um turbilhão nos sentimentos de Tessa. Como, como podia sentir o que estava sentindo por este homem, que friamente afundara o navio de seu pai e assassinara uma centena de homens com as próprias mãos? Devia estar se retraindo, horrorizada, mas, ao invés disso, via-se ofegante, abrindo a boca para receber seus beijos ardentes, arqueando o corpo num abandono involuntário sob a pressão exigente de sua masculinidade em expansão.

– Ah, mi amor – repetia ele, ofegante. – Não posso mais esperar. Mas... não quero machucá-la. Delicadamente, mi amor, delicadamente.

Tessa respirava com dificuldade ao sentir a pressão crescente de seu desejo fazendo-se presente entre suas pernas.

– Oh! – exclamou ela. – Oh, por favor! Não pode! Eu não quero!

Boa hora para começar a protestar, pensei.

– Não se preocupe, mi amor. Confie em mim.

Gradualmente, pouco a pouco, ela relaxou sob o toque das carícias hipnotizadoras, sentindo o calor em seu ventre crescer e se espalhar. Os lábios de Valdez roçaram seus seios e o hálito quente dele, murmurando palavras de conforto, desfizeram toda a sua resistência. À medida que relaxava, suas coxas se abriram à sua revelia. Movendo-se infinitamente devagar, o membro intumescido rompeu a membrana de sua inocência...

Deixei escapar uma exclamação entusiástica e larguei o livro, que deslizou do meu colo e caiu no chão com um estalo, ao lado dos pés do dr. Abernathy.

– Desculpe-me – murmurei, abaixando-me para pegar o livro, o rosto queimando. Quando me reergui com *O pirata impetuoso* na mão suada, vi que o dr. Abernathy, longe de preservar sua expressão austera habitual, estava rindo de orelha a orelha.

– Deixe-me adivinhar – disse ele. – Valdez acaba de romper a membrana de sua inocência?

– Sim – respondi, sem conter uma risadinha incontrolável. – Como sabe?

– Bem, você não chegou a ler muito – disse ele, pegando o livro da minha mão. Seus dedos curtos e grossos folhearam o livro com rapidez e habilidade. – Tinha que ser essa passagem ou então aquela da página 73, onde ele banha os montes pequenos e róseos com a língua ávida.

– Ele o quê?

– Veja por si mesma. – Atirou o livro de volta em minhas mãos, apontando um trecho quase no meio da página.

De fato, "... *afastando a coberta, abaixou a cabeça de cabelos negros como carvão e banhou os montes pequenos e róseos com a língua ávida. Tessa gemeu e...*" Soltei um gritinho agudo, desengonçado.

– Você realmente leu isto? – perguntei, arrancando meus olhos de Tessa e Valdez.

– Ah, sim – disse ele, com o mesmo sorriso largo. Possuía um dente de ouro, bem atrás, do lado direito. – Duas ou três vezes. Não é o melhor, mas não é ruim.

– Melhor? Há outros como este?

– Claro. Vejamos... – Levantou-se e começou a remexer na pilha de livros ensebados. – Tem que procurar os que não têm mais capa – explicou ele. – São os melhores.

– E eu que pensava que você nunca lia nada além de revistas médicas – disse.

– O quê, eu passo 36 horas até os cotovelos nas entranhas das pessoas e vou vir pra cá e ler "Progressos na remoção da vesícula biliar"? Credo, de jeito nenhum. Prefiro velejar pelo Caribe com Valdez. – Examinou-me com certo interesse, o sorriso ainda no rosto. – Também achava que você só lia o *New England Journal of Medicine*, lady Jane – disse ele. – As aparências enganam, hein?

– Acho que sim – disse secamente. – Por que "lady Jane"?

– Ah, foi Hoechstein quem começou com isso – disse ele, inclinando-se para trás, com os dedos entrelaçados em volta de um joelho. – É por causa da voz, esse sotaque que parece que você acabou de tomar chá com a rainha. É isso que você tem e que impede que os rapazes sejam piores do que são. Você fala como Winston Churchill... se Winston Churchill fosse uma dama, é claro, e isso os assusta um pouco. Mas você tem mais alguma coisa. – Observou-me pensativamente, balançando-se para a frente e para trás em sua cadeira. – Você tem um jeito de falar como se esperasse conseguir o que quer e, se não conseguir, saberá exatamente o motivo pelo qual não conseguiu. Onde aprendeu isso?

– Na guerra – disse, sorrindo diante de sua descrição.

Suas sobrancelhas ergueram-se.

– Coreia?

– Não, fui enfermeira de campanha durante a Segunda Guerra Mundial, na França. Conheci muitas enfermeiras-chefes que podiam transformar internos e serventes em gelatina com um simples olhar. – Mais tarde, e tive muita prática, esse ar de autoridade inviolável, ainda que fictícia, me garantiu uma boa posição de defesa contra pessoas com muito mais poder do que as enfermeiras e internos do Boston General Hospital.

Ele balançou a cabeça, absorto em minha explicação.

– Sim, faz sentido. Eu mesmo imitava o Walter Cronkite.

– Walter Cronkite? – exclamei, espantada.

Ele riu de novo, exibindo seu dente de ouro.

– Pode pensar em alguém melhor? Eu costumava ouvi-lo no rádio ou na TV toda noite e passei a imitá-lo para divertir minha mãe. Ela queria que eu fosse um pregador evangélico. – Sorriu, com certa melancolia. – Se eu falasse como Walter Cronkite onde nós morávamos naquela época, não teria vivido para ir para a faculdade de medicina.

A cada minuto, eu gostava mais de Joe Abernathy.

– Espero que sua mãe não tenha ficado decepcionada por você se tornar um médico e não um pregador.

– Para dizer a verdade, eu não tenho certeza – disse ele, ainda rindo. Quando eu disse a ela, ficou me encarando por um instante, depois deu um profundo suspiro e disse: "Bem, pelo menos você vai conseguir meu remédio de reumatismo mais barato."

Ri amargamente.

– Não consegui o mesmo entusiasmo quando disse a meu marido que iria ser médica. Ele ficou me encarando também e finalmente disse que, se eu estava entediada, por que não me oferecia para escrever cartas para os velhos da casa de repouso?

Os olhos de Joe eram de um castanho-claro e dourado, como balas de caramelo. Havia um brilho de humor neles enquanto me fitavam.

– Sim, as pessoas ainda acham certo dizer na sua cara que você não pode fazer o que está fazendo. "Por que está aqui, madame, e não em casa cuidando do marido e dos filhos?" – imitou ele.

Sorriu melancolicamente e bateu de leve em minha mão.

– Não se preocupe, elas vão desistir mais cedo ou mais tarde. A maioria já não me pergunta mais por que não estou limpando os banheiros, como Deus mandou.

Então, a enfermeira veio me informar que meu paciente de apendicite estava acordado e eu saí, mas a amizade iniciada na página 42 floresceu e Joe Abernathy tornou-se um dos meus melhores amigos; provavelmente, a única pessoa próxima a mim que realmente compreendia o que eu fazia, e por quê.

Sorri levemente, sentindo a superfície lisa do alto-relevo na capa. Em seguida, inclinei-me para a frente e coloquei o livro de volta na bolsa da poltrona. Talvez eu não quisesse fugir exatamente agora.

Lá fora, um tapete de nuvens iluminadas pelo luar nos separava da terra embaixo. Aqui em cima, tudo era silêncio, belo e sereno, em contraste marcante com o turbilhão da vida lá embaixo.

Eu tinha a estranha sensação de estar suspensa no ar, imóvel, isolada em solidão, até mesmo a respiração pesada da mulher ao meu lado sendo apenas parte do ruído branco que forma o silêncio, um silêncio que inclui o zumbido morno do ar-condicionado e o arrastar dos sapatos da aeromoça ao longo do carpete. Ao mesmo tempo, eu sabia que estávamos avançando a toda velocidade pelo ar, impulsionados a centenas de quilômetros por hora para algum destino – quanto a ser um destino seguro, podíamos apenas esperar que fosse.

Fechei os olhos, num estado de vigilância suspensa. De volta à Escócia, Roger e Bree procuravam Jamie. À frente, em Boston, meu emprego – e Joe – me aguardavam. E o próprio Jamie? Tentei afastar o pensamento, determinada a não pensar nele até a decisão estar tomada.

Senti uma brisa leve nos meus cabelos e uma mecha roçou em minha face, leve como o toque de um amante. Certamente, tratava-se apenas da corrente de vento da saída de ar acima da minha cabeça e de minha imaginação que, subjacente aos cheiros viciados de perfume e cigarro, de repente me fazia sentir os aromas de lã e urzes.

19

APLACAR UM FANTASMA

Finalmente estava em casa, na Furey Street, onde eu vivera com Frank e Brianna por quase vinte anos. As azaleias junto à porta não estavam completamente mortas, mas as folhas pendiam em pencas murchas, sem viço, uma espessa camada de folhas mortas enroscando-se no canteiro ressecado embaixo. Era um verão quente – não havia nenhum outro tipo em Boston –, e as chuvas de agosto não vieram, embora já estivéssemos em meados de setembro.

Deixei minhas malas na porta da frente e fui ligar a mangueira. Ficara largada ao sol; a borracha verde estava quente o suficiente para queimar minha mão e eu fiquei jogando-a entre as mãos até o ronco da água finalmente trazê-la de volta à vida e esfriá-la com uma explosão de borrifos.

Para começar, eu não gostava tanto assim de azaleias. Eu já as teria arrancado há muito tempo, mas relutei em alterar qualquer detalhe da casa após a morte de Frank por causa de Brianna. Já era um grande choque, pensei, começar a universidade e ter seu pai morto em um único ano; ela não precisava de mais mudanças. Eu havia ignorado a casa por muito tempo; poderia continuar a agir do mesmo modo.

– Está bem! – disse, irritada, às azaleias, enquanto desligava a mangueira. – Espero que estejam felizes, porque isso é tudo o que terão. Eu mesma quero ir tomar uma bebida. E um banho – acrescentei, vendo suas folhas salpicadas de lama.

Sentei-me na beirada da minha enorme banheira, de roupão, observando a água jorrar com força, agitando o banho de espuma em nuvens perfumadas. O vapor elevava-se da superfície espumosa e fumegante; a água devia estar um pouco quente demais.

Fechei a torneira – com um giro preciso e rápido – e fiquei sentada por um instante, a casa ao meu redor em silêncio, salvo pelos estalidos das bolhas da espuma, tênues como os ruídos de uma batalha distante. Eu percebia perfeitamente o que estava fazendo. Vinha fazendo isso desde que pisara a bordo do Escocês Voador em Inverness e sentira o ronco dos trilhos ganharem vida sob meus pés. Eu estava me pondo à prova.

Eu vinha observando as máquinas cuidadosamente – todos os aparelhos e invenções da vida diária moderna – e, mais importante ainda, minha própria reação a elas. O trem para Edimburgo, o avião para Boston, o táxi do aeroporto e todas as dezenas de minúsculos artefatos mecânicos da vida moderna – máquinas de venda automática, iluminação pública, o lavabo do avião, com seu redemoinho de desagradável desinfetante azul-esverdeado, fazendo desaparecer dejetos e germes com o simples pressionar de um botão. Restaurantes, com seus certificados do Departamento de Saúde pendurados, garantindo ao menos uma boa chance de escapar a uma intoxicação alimentar ao comer ali. Em minha própria casa, os onipresentes botões que fornecem água e luz e calor e comida cozida.

A pergunta era – eu me importava? Enfiei a mão na fumegante água do banho e girei-a de um lado para o outro, observando as formas dançantes projetadas no fundo de mármore. Eu poderia viver sem todas as "conveniências", pequenas ou grandes, a que estava acostumada?

Eu vinha me fazendo essa pergunta a cada toque de botão, a cada ronco de motor, e tinha certeza de que a resposta era "sim". O tempo não fazia tanta diferença, afinal de contas; eu podia atravessar a cidade e encontrar pessoas que viviam sem muitas dessas conveniências – no exterior, havia países inteiros onde as pessoas viviam razoavelmente felizes e completamente ignorantes da eletricidade.

Para mim mesma, nunca me preocupei muito. Vivera com meu tio Lamb, um eminente arqueólogo, desde a morte de meus pais quando eu tinha 5 anos. Em consequência, cresci em condições que, de forma conservadora, poderiam ser chamadas de "primitivas", acompanhando-o em todas as expedições de campo. Sim, banhos quentes e lâmpadas elétricas eram bons, mas vivera sem eles durante vários períodos de minha vida – durante a guerra, por exemplo – e nunca achara grave a falta desses confortos.

A água esfriara o bastante para ser tolerável. Deixei o roupão cair no chão e entrei na banheira, sentindo um estremecimento agradável quando o calor nos meus pés me fez sentir os ombros pinicarem com o frio contraste.

Deixei-me afundar na banheira e relaxei, esticando as pernas. As tinas de banho do século XVIII não passavam de barris grandes; a pessoa, em geral, tomava banho por partes, imergindo o centro do corpo primeiro, com as pernas penduradas para fora, depois se levantava e ensaboava o peito enquanto deixava os pés de molho. Mas, em geral, as pessoas se banhavam com uma jarra, uma pequena bacia e a ajuda de uma toalha.

Não, conveniências e confortos não passavam disso. Nada essencial, nada sem o que eu não pudesse sobreviver.

Não que a falta de conveniências fosse o único problema, nem de longe. O passado era um terreno perigoso. Mas mesmo os progressos da chamada civilização não eram nenhuma garantia de segurança. Eu sobrevivera a duas grandes guerras "modernas" – na verdade, servira no campo de batalha em uma delas – e podia ver outra se formando na tela da televisão toda noite.

A guerra "civilizada" era, no mínimo, mais aterrorizante do que suas versões mais antigas. A vida cotidiana podia ser mais segura, mas apenas se o indivíduo escolhesse muito bem por onde passar. Ruas de Roxbury agora eram tão perigosas quanto qualquer beco em que eu andara na Paris de duzentos anos atrás.

Suspirei e tirei a tampa do ralo com os pés. Não adiantava especular sobre coisas impessoais como banheiras, bombas e estupradores. Água encanada não passava de uma distração insignificante. A verdadeira questão eram as pessoas envolvidas, e sempre fora. Eu, Brianna e Jamie.

O resto da água escoou-se gorgolejando pelo ralo. Levantei-me, sentindo-me ligeiramente tonta, e enxuguei as últimas gotas. O grande espelho estava enevoado com o vapor, mas suficientemente claro para refletir minha imagem do joelho para cima, rósea como um camarão fervido.

Largando a toalha, examinei meu corpo. Flexionei os braços e ergui-os acima da cabeça, à procura de flacidez. Nenhuma; bíceps e tríceps todos muito bem definidos, deltoides perfeitamente arredondados e descendo num declive suave para a curva alta dos peitorais principais. Virei-me ligeiramente de lado, tensionando e relaxando os músculos abdominais – os oblíquos razoavelmente tonificados, o *rectus abdominis* achatado a ponto de ser quase côncavo.

– Ainda bem que a família não tem tendência à gordura – murmurei. Tio Lamb permanecera esbelto e rijo até o dia de sua morte 75 anos. Creio que meu pai, irmão de tio Lamb, era dono de uma constituição física semelhante e perguntei-me de repente como deveria ser o traseiro de minha mãe. As mulheres, afinal, tinham que lidar com certa quantidade extra de adiposidade.

Virei-me por completo e espreitei o espelho por cima do ombro. Os longos músculos dorsais reluziram, molhados, quando me contorci; eu ainda tinha cintura e, na verdade, bem fina.

Quanto ao meu próprio traseiro:

– Bem, nada de celulite, pelo menos – disse em voz alta. Virei-me e olhei minha imagem refletida. – Poderia ser muito pior – disse ao espelho.

Sentindo-me mais animada, vesti a camisola e comecei a preparar a casa para a noite. Nenhum gato para pôr para fora, nenhum cachorro para alimentar – Bozo, nosso último cachorro, morrera de velhice no ano anterior e eu não quis arrumar outro com Brianna longe, na faculdade, e meus próprios horários no hospital longos e irregulares.

Ajustar o termostato, checar as trancas de janelas e portas, verificar se os bicos do gás estavam desligados. Era apenas isso. Durante dezoito anos, a rotina de toda noite incluíra uma parada no quarto de Brianna, mas isso terminara desde que ela partira para a universidade.

Movida por uma mistura de hábito e compulsão, abri a porta de seu quarto e acendi a luz. Algumas pessoas têm mania de acumular objetos, outras não. Bree tinha; mal se via 1 centímetro de parede entre pôsteres, fotografias, flores secas, pedaços de tecido tingido, diplomas emoldurados e outros entulhos.

Algumas pessoas têm uma habilidade para arrumar tudo ao seu redor de um jeito que os objetos revelem não só seu próprio significado, como uma relação com os outros objetos ao lado deles. Mas, além disso, exibem também uma aura indefinível que pertence não só ao seu proprietário invisível como aos próprios objetos. *Estou aqui porque Brianna me colocou aqui*, aqueles objetos do quarto dela pareciam dizer. *Estou aqui porque ela é quem ela é.*

Na verdade, era estranho que ela tivesse esse jeito com objetos, pensei. Frank também era uma dessas pessoas; quando fui esvaziar sua sala na universidade depois de sua morte, pareceu-me o molde fossilizado de algum animal extinto; livros, papéis e uma infinidade de quinquilharias exatamente com a mesma forma, textura e leveza da mente que habitara aquele espaço.

Em alguns dos objetos de Brianna, a relação que guardavam com ela era óbvia – fotos minhas, de Frank, de Bozo, de amigos. Os pedaços de tecido eram os que ela havia tingido, escolhido o padrão, as cores de que gostava – turquesa brilhante, azul-escuro, magenta e amarelo-claro. Quanto a outros... por que o fato de espalhar conchas de caramujo de água doce sobre a escrivaninha me parecia tão próprio de Brianna? Por que aquela única pedra-pomes redonda, apanhada na praia de Truro, sem nada que a distinga de centenas de milhares de outras... exceto pelo fato de que ela a escolhera?

Eu não tinha habilidade com objetos. Não sentia nenhum impulso de adquirir ou decorar – Frank sempre se queixava da mobília quase espartana da casa, até Brianna crescer o suficiente para opinar. Não sei se por culpa da minha criação nômade ou simplesmente do meu jeito de ser, eu vivia de modo muito introspectivo, sem nenhuma vontade de alterar o ambiente à minha volta para fazê-lo refletir minha maneira de ser.

Jamie também era assim. Ele possuía apenas alguns objetos pequenos, sempre carregados na bolsa do kilt – por sua utilidade ou como talismãs e, fora isso, não possuía nem se importava com objetos. Mesmo durante o curto período em que vivemos luxuosamente em Paris, e o tempo mais longo de tranquilidade em Lallybroch, nunca demonstrara qualquer vontade de adquirir objetos.

Também para ele, devem ter sido as circunstâncias do começo de sua vida adulta, quando viveu como um animal caçado, nunca possuindo nada além de armas das quais dependia sua sobrevivência. Mas talvez também fosse uma característica própria de sua personalidade, este distanciamento do mundo material de posse de bens, esta noção de autossuficiência – um dos fatores que nos fizeram buscar a complementação um no outro.

Estranho, mesmo assim, que Brianna tivesse herdado tantas semelhanças de ambos os pais, em suas maneiras muito distintas. Disse um silencioso boa-noite para o fantasma de minha filha ausente e apaguei a luz.

O pensamento de Frank acompanhou-me ao meu quarto. A visão da grande cama de casal, perfeitamente lisa e bem arrumada com sua colcha de cetim azul-marinho, trouxe-o repentina e vividamente à minha lembrança, de uma forma que há muitos meses não acontecia.

Creio que tenha sido a possibilidade de partida iminente que me fez pensar nele agora. Este quarto – na verdade, esta cama – foi onde eu me despedi dele pela última vez.

– *Não vem para a cama, Claire? Já passa de meia-noite.* – *Frank ergueu os olhos para mim, por cima do livro. Ele próprio já estava instalado na cama, lendo com o livro apoiado nos joelhos. A suave poça de luz do abajur fazia com que parecesse estar flutuando numa bolha aquecida, serenamente isolado da escuridão fria do resto do quarto. Já era quase janeiro, e apesar dos melhores esforços do aquecedor, o único lugar realmente quente à noite era a cama, sob pesados cobertores.*

Sorri para ele e levantei-me da poltrona, deixando o grosso robe de lã deslizar dos meus ombros.

– *Você não dormiu por minha causa? Desculpe-me. Só estava repassando a cirurgia de hoje de manhã.*

– *Sim, eu sei* – *disse ele secamente.* – *Eu sei só de olhar para você. Seus olhos ficam vitrificados e sua boca fica aberta.*

– *Desculpe-me* – *repeti, no mesmo tom seco.* – *Não posso me responsabilizar pelo que meu rosto faz quando estou pensando.*

– *Mas de que adianta pensar?* – *perguntou ele, colocando um marcador entre as páginas do livro.* – *Você fez tudo que podia... se preocupar com isso agora não vai mudar... ah, bem.* – *Deu de ombros com irritação e fechou o livro.* –*Já disse tudo isso antes.*

– *Já, sim* – *retruquei laconicamente.*

Entrei na cama, tremendo levemente de frio, e enfiei minha camisola em volta de minhas pernas. Frank automaticamente moveu-se em minha direção e eu deslizei por baixo dos lençóis para o lado dele, aconchegando-nos para unir nosso calor contra a friagem.

– *Ah, espere, tenho que mudar o telefone de lugar.* – *Atirei as cobertas para trás e arrastei-me para fora da cama outra vez, para mudar o telefone do lado de Frank para o meu lado da cama. Ele gostava de ficar sentado na cama no começo da noite, conversando com alunos e colegas de trabalho, enquanto eu lia ou fazia anotações cirúrgicas ao seu lado.*

Entretanto, não gostava de ser acordado no meio da noite com telefonemas do hospital para mim. Ressentia-se tanto que eu arranjei para que o hospital só me ligasse em caso de absoluta emergência ou quando eu deixava instruções para me manterem informada do progresso de um determinado paciente. Esta noite, eu deixara instruções; era uma traiçoeira ressecção de intestinos. Se o quadro do paciente piorasse, eu provavelmente teria que voltar correndo para o hospital.

Frank resmungou quando desliguei a luz e me enfiei na cama outra vez, mas após um instante, ele rolou na cama para junto de mim, passando um braço por cima da minha cintura. Fiquei de lado e encolhi-me contra ele, relaxando gradualmente, conforme os dedos congelados dos meus pés degelavam.

Repassei mentalmente os detalhes da operação, sentindo outra vez a friagem nos meus pés da refrigeração da sala de cirurgia e a sensação inicial, perturbadora, do calor na barriga do paciente conforme meus dedos enluvados deslizavam para dentro. O intestino doente, enrolado como uma víbora, seguia o padrão de manchas arroxeadas de equimose e o lento escapamento de sangue vivo de minúsculas rupturas.

— Estive pensando. — A voz de Frank veio da escuridão às minhas costas, excessivamente descontraída.

— Hummm? — Eu ainda estava absorvida na visão da cirurgia, mas esforcei-me para voltar ao presente. — Sobre o quê?

— Meu ano sabático. — Sua licença da universidade estava programada para começar dentro de um mês. Ele planejara fazer uma série de pequenas viagens pelo nordeste dos Estados Unidos, coletando material, depois iria para a Inglaterra por seis meses, retornando a Boston para passar os últimos três meses da licença escrevendo. — Eu havia pensado em ir direto para a Inglaterra — disse ele cautelosamente.

— Bem, por que não? O clima estará terrível, mas se vai passar a maior parte do tempo em bibliotecas...

— Quero levar Brianna comigo.

Fiquei paralisada, o frio no quarto repentinamente se aglutinando em um pequeno grumo de suspeita na boca do estômago.

— Ela não pode ir agora, falta apenas um semestre para se formar. Certamente você pode esperar até nós irmos ao seu encontro no verão, não é? Já entrei com o pedido de férias de verão e talvez...

— Eu vou agora. Definitivamente. Sem você.

Afastei-me abruptamente e sentei-me na cama, acendendo a luz. Frank estava deitado, piscando, os cabelos escuros desgrenhados. Tornaram-se grisalhos nas têmporas, conferindo-lhe um ar distinto que parecia ter efeitos alarmantes nas suas alunas mais suscetíveis. Eu me sentia surpreendentemente calma.

– Por que agora, de repente? Ela está pressionando você, é isso?

O olhar de espanto que atravessou seus olhos foi tão evidente que chegou a ser cômico. Eu ri, com uma visível falta de humor.

– Você realmente pensava que eu não sabia? Meu Deus, Frank! Você é a pessoa mais... desligada que conheço!

Ele sentou-se ereto na cama, os maxilares contraídos.

– Achei que eu era discreto.

– Você pode até ter sido – disse ironicamente. – Contei seis nos últimos dez anos. Se houve cerca de uma dúzia, então você foi um modelo de discrição.

Seu rosto raramente demonstrava grande emoção, mas uma lividez em torno de sua boca disse-me que ele estava furioso de verdade.

– Esta deve ser muito especial – eu disse, cruzando os braços e recostando-me na cabeceira da cama com presumida descontração. – Mesmo assim, por que a pressa em ir para a Inglaterra agora, e por que levar Bree?

– Ela pode ir para um internato para terminar o último período – disse ele de maneira sucinta. – Será uma nova experiência para ela.

– Não uma experiência que eu ache que ela queira – eu disse. – Ela não vai querer deixar seus amigos, especialmente logo antes da formatura. E certamente não para ir para um internato inglês! – Estremeci diante da ideia. Eu mesma quase fora confinada numa instituição desse tipo quando criança; o cheiro da lanchonete do hospital às vezes evocava lembranças daquela escola, junto com as ondas de terror e desamparo que eu sentira quando tio Lamb me levou para conhecer o lugar.

– Um pouco de disciplina não faz mal a ninguém – disse Frank. Mostrava-se mais sereno, mas as linhas de seu rosto ainda estavam tensas. – Teria lhe feito bem. – Abanou a mão, descartando o assunto. – Deixe isso pra lá. De qualquer modo, resolvi voltar para a Inglaterra definitivamente. Ofereceram-me um bom cargo em Cambridge e pretendo aceitá-lo. Você não vai deixar o hospital, é claro. Mas não pretendo deixar minha filha para trás.

– Sua filha? – Senti-me de repente sem fala. Então ele tinha um novo emprego já acertado e uma nova amante para acompanhá-lo. Portanto, *havia planejado tudo durante bastante tempo. Uma vida inteiramente nova, mas não com Brianna.*

– Minha filha – disse ele calmamente. – Você pode vir nos visitar sempre que quiser, é claro...

– Seu... maldito... canalha!

– Seja razoável, Claire. – Olhou-me de cima, com aquele ar de paciência e tolerância, reservado para alunos de notas baixas. – Você quase nunca está em casa. Se eu não estiver aqui, não haverá ninguém para cuidar de Bree adequadamente.

– Você fala como se ela tivesse 8 anos e não quase 18! Pelo amor de Deus, ela é quase uma adulta.

– Mais razão ainda para precisar de atenção e supervisão – retrucou ele. – Se você visse o que eu vejo na universidade... bebidas, drogas e...

– Eu sempre vejo – eu disse entre dentes. – Bem de perto, na sala de emergência. Bree não vai...

– Claro que vai! As jovens não têm nenhuma noção nesta idade, ela vai sair com o primeiro sujeito que...

– Não seja idiota! Bree é muito sensata. Além do mais, todos os jovens experimentam, é assim que aprendem. Não pode mantê-la presa em casa a vida toda.

– Melhor presa do que fazendo sexo com um negro! – disparou ele. Uma tênue mancha vermelha surgiu em suas maçãs do rosto. – Tal mãe, tal filha, hein? Mas não vai ser assim, droga, não se eu tiver alguma coisa a dizer!

Saí da cama e fiquei de pé, olhando-o com raiva.

– Você não tem nenhuma maldita palavra para dizer, nem sobre Bree, nem sobre qualquer outra coisa! – Eu tremia de raiva e tive que pressionar os punhos cerrados ao lado do corpo para não agredi-lo. – Você tem o desplante absoluto de me dizer que está indo embora, para viver com a última de uma sucessão de amantes, e depois insinuar que tenho um caso com Joe Abernathy? É isso que você quer dizer, não é?

Ele teve a decência de abaixar um pouco os olhos.

– Todo mundo acha que você tem – murmurou ele. – Você passa todo o seu tempo com o sujeito. Dá na mesma, no que diz respeito a Bree. Arrastando-a para... situações onde ela é exposta a perigos e... e para aquele tipo de gente...

– Negros, é o que você quer dizer, não?

– É isso mesmo – disse ele, erguendo os olhos chispantes para mim. – Já não basta ter os Abernathy nas festas o tempo todo, embora ao menos ele seja educado. Mas aquele sujeito obeso em sua casa com tatuagens tribais e gosma nos cabelos? Aquele lagarto repulsivo de voz pastosa? E o filho de Abernathy rondando Bree dia e noite, levando-a a passeatas e protestos e orgias em inferninhos suspeitos...

– Não creio que existam inferninhos no céu – disse, reprimindo uma inconveniente vontade de rir com a indelicada, mas precisa descrição de Frank dos dois amigos mais excêntricos de Leonard Abernathy. – Sabia que Lenny trocou de nome? Agora chama-se Muhammad Ishmael Shabazz.

– Sim, ele me disse – respondeu ele laconicamente –, e eu não vou correr nenhum risco de minha filha vir a se chamar sra. Shabazz.

– Não acho que Bree se sinta assim em relação a Lenny – assegurei-lhe, lutando para dominar minha irritação.

– E também não vai mesmo. Ela vai para a Inglaterra comigo.

– Não, se ela não quiser – disse, com decisão.

Sem dúvida percebendo que sua posição o colocava em desvantagem, Frank saiu da cama e começou a tatear em busca dos chinelos.

– Não preciso de sua permissão para levar minha filha para a Inglaterra – disse ele. – E Bree ainda é menor de idade, terá de ir para onde eu disser. Agradeço se puder me dar seu histórico médico, a nova escola vai pedir.

– Sua filha? – disse outra vez. Notei vagamente a friagem no quarto, mas estava com tanta raiva que sentia todo o corpo afogueado. – Bree é minha filha e você não vai levá-la a lugar algum!

– Não pode me impedir – ressaltou ele, com uma calma irritante, pegando o robe aos pés da cama.

– É o que você pensa – eu disse. – Quer se divorciar de mim? Muito bem. Use qualquer motivo que quiser, com exceção de adultério, que não pode provar, porque não existe. Mas se tentar levar Bree com você, terei uma ou duas coisas a dizer a respeito de adultério. Quer saber quantas amantes que você abandonou foram me procurar para me pedir que abrisse mão de você?

Ele ficou boquiaberto, em estado de choque.

– Eu disse a todas elas que abriria mão de você na mesma hora – continuei –, se você pedisse. – Cruzei os braços, enfiando as mãos sob as axilas. Estava começando a sentir a friagem outra vez. – Na verdade, *sempre me perguntei por que você nunca pediu, mas imagino que tenha sido por causa de Brianna.*

Seu rosto ficara completamente exangue, assomando branco como um crânio na penumbra do outro lado da cama.

– Bem – disse ele, com uma fraca tentativa de recompor o seu autocontrole habitual –, eu não achei que se importasse. Você nunca fez nenhuma tentativa de me impedir.

Fitei-o, completamente surpresa.

– Impedi-lo? – disse. – O que eu deveria ter feito? Abrir sua correspondência com vapor e sacudir as cartas sob seu nariz? Fazer uma cena na faculdade na festa de Natal? Queixar-me com o reitor?

Apertou os lábios com força por um instante, depois relaxou.

– Poderia ter demonstrado que se importava – disse ele à meia-voz.

– E me importava. – Minha voz soou entrecortada.

Ele sacudiu a cabeça, ainda me fitando, os olhos escuros à luz do abajur.

– Não o suficiente. – Parou, o rosto flutuando, pálido, no ar acima de seu robe escuro, depois deu a volta na cama para colocar-se ao meu lado. – Às vezes, eu me perguntava se teria o direito de censurá-la – disse ele, quase pensativamente. – Ele se parecia com Bree, não é? Ele era como ela?

– Sim.

Respirou ruidosamente, quase arfando.

– Eu podia ver em seu rosto... quando você olhava para ela, podia ver você pensando nele. Droga, Claire Beauchamp – disse ele, quase num sussurro. – Você e esse seu rosto que não consegue esconder nada do que pensa ou sente.

Houve um silêncio depois disso, do tipo que nos faz ouvir todos os minúsculos e quase inaudíveis ruídos de madeira estalando e casas respirando quando tentamos fingir que não ouvimos o que acabou de ser dito.

– Eu realmente amei você – eu disse baixinho, finalmente. – Um dia.

– Um dia – repetiu ele. – Devo ficar agradecido por isso?

A sensação começava a voltar aos meus lábios dormentes.

– Eu lhe contei – disse. – E depois, quando você não quis ir embora... Frank, eu realmente tentei.

O que quer que ele tenha ouvido em minha voz o fez parar por um instante.

– Mesmo – acrescentei, num sussurro.

Ele virou-se e dirigiu-se à penteadeira, onde ficou tocando nos objetos agitadamente, apanhando-os e colocando-os de novo sobre o móvel, aleatoriamente.

– No começo, eu não podia deixá-la... grávida, sozinha. Só um canalha o faria. E depois... Bree. – Olhou cegamente para o batom que segurava na mão, depois o colocou delicadamente de volta no tampo lustroso. – Não podia abrir mão dela – disse ele baixinho. Virou-se para olhar para mim, os olhos eram dois buracos escuros num rosto ensombreado. – Sabia que eu não podia gerar um filho? Eu... fiz um exame, há alguns anos. Sou estéril. Sabia?

Sacudi a cabeça, sem conseguir falar.

– Bree é minha, minha filha – disse ele, como se falasse consigo mesmo. – O único filho que terei. Não podia abrir mão dela. – Deu uma risada curta. – Eu não podia abrir mão dela, mas você não podia vê-la sem pensar nele, não é? Sem essa lembrança permanente, eu me pergunto... você o teria esquecido com o tempo?

– Não. – A palavra, apenas um murmúrio, pareceu percorrê-lo como um choque elétrico. Ficou paralisado por um instante, depois girou nos calcanhares, dirigiu-se ao closet e começou a vestir roupas por cima do pijama. Fiquei parada, os braços em volta do corpo, observando-o vestir o sobretudo e sair do quarto batendo os pés, sem olhar para mim. A gola de seu pijama de seda azul sobressaía por cima da borda de astracã do seu casaco.

Instantes depois, ouvi a porta da frente se fechar – ele teve suficiente presença de espírito para não batê-la – e, em seguida, o barulho de um motor frio hesitante em pegar. Os faróis varreram o teto do quarto quando o carro saiu de ré da garagem e depois foi embora, deixando-me trêmula junto à cama desfeita.

Frank não voltou. Tentei dormir, mas continuava deitada rigidamente na cama fria, mentalmente revivendo a discussão, ouvindo o ruído dos pneus no caminho da garagem. Por fim, levantei-me e me vesti, deixei um bilhete para Bree e também saí.

O hospital não me telefonou, mas fui para lá assim mesmo, dar uma olhada no meu paciente; era melhor do que ficar me revirando na cama a noite inteira. E, para ser honesta, eu não me importaria se Frank voltasse para casa e não me encontrasse.

As ruas estavam escorregadias como manteiga, uma fina camada de gelo brilhando à luz dos postes. A claridade do fósforo amarelo iluminava espirais de neve em queda; dentro de uma hora, a fina camada de gelo que recobria as ruas ficaria escondida sobre a neve fofa e recente, tornando-as ainda mais perigosas para dirigir. O único consolo era que não havia ninguém nas ruas às quatro horas da manhã para correr o perigo. Quer dizer, ninguém exceto eu.

Dentro do hospital, o cheiro institucional abafado e quente de costume envolveu-me como um manto de familiaridade, barrando a entrada da noite escura e coberta de neve.

– Ele está bem – disse-me o enfermeiro em voz baixa, como se uma voz alta pudesse perturbar o sono do paciente. – Todos os sinais vitais estão estáveis e a contagem está certa. Nenhuma hemorragia.

Eu podia ver que era verdade; o rosto do paciente estava pálido, mas com um suave tom rosado, como as veias em uma pétala de rosa branca, e o pulso na concavidade de sua garganta era forte e regular.

Soltei o profundo suspiro que não percebera que estivera contendo.

– Isso é bom – disse. – Muito bom.

O enfermeiro sorriu calorosamente para mim e tive que resistir ao impulso de apoiar-me nele e desmoronar. O ambiente do hospital de repente parecia ser meu único refúgio.

Não adiantava voltar para casa. Verifiquei rapidamente como estavam meus outros pacientes e desci para a lanchonete. Ainda cheirava a colégio interno, mas sentei-me com uma xícara de café e tomei-o devagar, imaginando o que eu iria dizer a Bree.

Deve ter sido uma meia hora mais tarde quando uma enfermeira da emergência atravessou apressadamente a porta de vaivém e parou abruptamente ao me ver. Então, aproximou-se, muito devagar.

Eu soube imediatamente; eu já vira médicos e enfermeiros comunicarem notícias de morte muitas vezes para me enganar com os sinais. Com muita calma, sem sentir absolutamente nada, coloquei a xícara quase cheia sobre a mesa, percebendo, enquanto o fazia, que pelo resto da minha vida eu me lembraria que havia uma lasca na borda da xícara e que o B das letras douradas na lateral estava quase apagado.

– ... que você estaria aqui. A identidade em sua carteira... a polícia disse... neve sobre gelo, uma derrapagem... já chegou morto... – A enfermeira continuava a falar, balbuciando, enquanto eu atravessava a passos

largos os corredores brilhantemente brancos, sem olhar para ela, vendo os rostos das enfermeiras do posto virarem-se para mim bem devagar, sem saber, mas vendo, com um relance de olhos para mim, que algo terrível acontecera.

Ele estava em uma maca, em um dos cubículos da sala de emergências; um lugar anônimo, espartano. Havia uma ambulância estacionada do lado de fora – talvez a que o trouxera. As portas no final do corredor estavam abertas para o amanhecer glacial. A luz vermelha da ambulância pulsava como uma artéria, banhando de sangue o corredor.

Toquei-o de leve. Seu corpo possuía aquela sensação plástica, inerte, dos que acabaram de morrer, tão em desacordo com a aparência de vida. Não havia nenhum ferimento visível; qualquer dano estava escondido sob o cobertor que o cobria. Sua garganta estava lisa e morena. Não havia nenhuma pulsação na base do seu pescoço.

Fiquei ali parada, a mão na curva imóvel de seu peito, olhando para ele como não olhava havia algum tempo. Um perfil forte e delicado, lábios sensíveis, nariz e maxilares perfeitamente cinzelados. Um homem bonito, apesar dos sulcos ao redor da boca, rugas de decepção e raiva contida, rugas que nem o relaxamento da morte conseguia apagar.

Permaneci completamente imóvel, ouvindo. Podia ouvir o lamento de outra ambulância se aproximando, vozes no corredor. O rangido de rodas de maca, a estática de um rádio de polícia e o zumbido suave de uma luz fluorescente em algum lugar. Compreendi com um susto que eu estava tentando ouvir Frank, esperando... o quê? Que seu espírito estivesse pairando ali por perto, ansioso para terminar nossa discussão inacabada?

Fechei os olhos para fugir à perturbadora visão daquele perfil imóvel, ficando vermelho e branco e vermelho outra vez, alternadamente, conforme a luz da ambulância pulsava pelas portas abertas.

– Frank – disse num sussurro, para o ar gelado, agitado –, se ainda estiver perto o suficiente para me ouvir... eu realmente o amei. Um dia. Mesmo.

Então Joe surgiu, abrindo caminho pelo corredor apinhado de gente, o rosto ansioso acima da roupa verde do hospital. Viera diretamente da sala de cirurgia; havia respingos de sangue nas lentes de seus óculos, uma mancha de sangue no peito também.

– Claire – disse ele –, meu Deus, Claire!

E eu comecei a tremer. Em dez anos, ele nunca me chamara de outro *modo senão de "Jane" ou "L. J.". Se ele estava usando meu nome, aquilo devia ser real. Vi minha mão extraordinariamente branca na mão escura de Joe, depois vermelha à luz pulsante. Em seguida, virei-me para ele, sólido como um tronco de árvore, descansei a cabeça em seu ombro e – pela primeira vez – chorei por Frank.*

Encostei o rosto contra a janela do quarto de dormir da casa em Furey Street. Estava quente e úmido naquela noite azul de setembro, repleta de sons de grilos e irrigadores de gramado. O que eu via, entretanto, era o preto e branco implacável daquela noite de inverno há dois anos – a camada de gelo na estrada refletindo a escuridão da noite e o branco dos lençóis do hospital; depois, no alvorecer cinzento, o raciocínio turvo, a incapacidade de pensar com clareza.

Meus olhos se turvaram agora, ao recordar a confusão anônima no corredor e a luz vermelha e pulsante da ambulância que banhava o silencioso cubículo num clarão sangrento enquanto eu chorava por Frank.

Agora, eu chorava por ele pela última vez, sabendo, no momento mesmo em que as lágrimas escorriam pelo meu rosto, que havíamos nos separado, de uma vez por todas, há vinte e poucos anos, no alto de uma verde colina escocesa.

Secadas as lágrimas, levantei-me e pousei a mão na macia colcha azul, delicadamente arredondada sobre o travesseiro da esquerda – o lado de Frank.

– Adeus, querido – murmurei, saindo para dormir no andar de baixo, longe de todos os fantasmas.

Foi a campainha da porta que me despertou pela manhã da cama improvisada no sofá.

– Telegrama, senhora – disse o mensageiro, tentando não olhar para a minha camisola.

Aqueles pequenos envelopes amarelos haviam sido provavelmente responsáveis por mais ataques do coração do que qualquer coisa além de bacon gorduroso no café da manhã. Meu próprio coração apertou-se como um punho cerrado, depois continuou batendo de uma maneira pesada e incômoda.

Dei uma gorjeta ao mensageiro e levei o telegrama pelo corredor. Parecia importante não abri-lo até ter alcançado a relativa segurança do banheiro, como se fosse um dispositivo explosivo que pudesse ser neutralizado embaixo de água.

Meus dedos tremiam e atrapalhavam-se para abrir o envelope, sentada na borda da banheira, as costas pressionadas contra a parede de ladrilhos como reforço.

Era uma mensagem breve – claro, um escocês sempre seria econômico com as palavras, pensei de forma absurda.

ENCONTREI-O PONTO, li. PODERIA VOLTAR INTERROGAÇÃO ROGER.

Dobrei o telegrama cuidadosamente e recoloquei-o no envelope. Permaneci ali sentada, fitando-o por um longo tempo. Em seguida, levantei-me e fui me vestir.

20

DIAGNÓSTICO

Joe Abernathy estava sentado à sua mesa, franzindo a testa para um pequeno retângulo de papel-cartão de cor clara que segurava com ambas as mãos.

– O que é isso? – perguntei, sentada na beira de sua escrivaninha sem nenhuma cerimônia.

– Um cartão de visitas. – Entregou-me o cartão, parecendo irritado e achando engraçado ao mesmo tempo.

Era um cartão cinza-claro em papel vergê; artigo caro, meticulosamente impresso numa elegante tipologia serifada. *Muhammad Ishmael Shabazz III*, dizia a linha central, com endereço e telefone abaixo.

– Lenny? – perguntei, rindo. – Muhammad Ishmael Shabazz *terceiro*?

– A-ham.

A inclinação para achar engraçado parecia estar prevalecendo. O dente de ouro faiscou rapidamente quando pegou o cartão de volta.

– Disse que não vai aceitar nenhum nome de branco, nenhum nome de escravo. Vai resgatar sua herança africana – disse ele sarcasticamente. – Tudo bem, eu disse a ele. Depois perguntei: e o próximo passo vai ser sair por aí com um osso atravessado no nariz? Como se já não bastasse ele estar com o cabelo deste tamanho – ilustrou com um gesto, balançando as mãos dos dois lados da própria cabeça quase raspada – e andar por aí numa túnica que vai até os joelhos, parecendo que foi feita por sua irmã na aula de economia doméstica. Não, Lenny... desculpe-me, Muhammad, tem que ser *africano* até a medula.

Joe abanou a mão para a janela, para a vista privilegiada do parque.

– Então eu disse a ele: olhe à sua volta, rapaz, está vendo algum leão? Isso aqui parece a África? – Inclinou-se para trás em sua cadeira estofada, esticando as longas pernas. Sacudiu a cabeça, resignado. – Não há diálogo com um garoto nesta idade.

– É verdade – disse. – Mas o que significa esse "terceiro"?

Um hesitante brilho de ouro me respondeu.

– Bem, ele veio com todo aquele papo de "tradição perdida" e sua "história desconhecida" e tudo o mais. Ele diz: "Como vou manter a cabeça erguida, encarar todos aqueles caras de Yale chamados Cadwallader IV e Sewell Lodge Jr. se eu nem sei o nome de meu avô, nem sei de onde venho?"

Joe fez um muxoxo.

– Eu disse a ele, se quer saber de onde veio, garoto, olhe no espelho. Não foi do *Mayflower*, não é?

Pegou o cartão outra vez, um sorriso relutante no rosto.

– Então ele diz que, se vai resgatar sua herança, por que não ir até o fim? Se seu avô não lhe deu um nome, ele dará um nome ao avô. E o único problema disso – disse ele, erguendo o olhar para mim, por baixo de uma sobrancelha erguida – é que me deixa como o homem do meio. Agora eu tenho que ser Muhammad Ishmael Shabazz *Júnior* para que Lenny possa ser um orgulhoso afro-americano. – Afastou-se da mesa com um impulso, o queixo no peito, olhando ameaçadoramente para o cartão cinza-claro. – Você tem sorte, L. J. – continuou ele. – Ao menos, Bree não está lhe dando desgosto sobre quem era seu avô. Tudo com que você tem que se preocupar é se ela está usando drogas ou engravidando de algum desertor do serviço militar que está fugindo para o Canadá.

Ri, com mais do que um pouco de ironia.

– Isso é o que você *pensa* – disse-lhe.

– É mesmo? – Ergueu uma das sobrancelhas com interesse para mim, depois tirou os óculos de aro dourado e limpou-os na ponta da gravata. – E então, que tal a Escócia? – perguntou, observando-me. – Bree gostou de lá?

– Ela continua lá – disse. – Pesquisando *sua* própria história.

Joe estava abrindo a boca para dizer alguma coisa quando uma batida hesitante na porta o interrompeu.

– Dr. Abernathy? – Um jovem gordo, numa camisa polo, espreitou, hesitante, para dentro do escritório, inclinando-se sobre a tampa de uma grande caixa de papelão que segurava contra o volumoso abdômen.

– Chame-me de Ishmael – disse Joe alegremente.

– O quê? – O rapaz ficou ligeiramente boquiaberto e olhou para mim com um misto de perplexidade e esperança. – Abernathy é a senhora?

– Não – disse –, é ele, quando está em seu juízo perfeito. – Levantei-me da escrivaninha, alisando minha saia. – Vou deixá-lo com sua consulta, Joe, mas se tiver um tempo mais tarde...

– Não, fique mais um minuto, L. J. – interrompeu ele, levantando-se. Pegou a caixa das mãos do rapaz, em seguida cumprimentou-o formalmente com um aperto de mão. – E você é o sr. Thompson? John Wicklow telefonou-me para dizer que você viria. Prazer em conhecê-lo.

– Horace Thompson, sim – disse o jovem, piscando ligeiramente. – Eu trouxe, hã, um espécime... – Abanou a mão vagamente para a caixa de papelão.

– Sim, está bem. Terei prazer em dar uma olhada nele para você, mas acho que a dra. Randall aqui também poderia ajudar. – Olhou para mim, um brilho travesso nos olhos. – Só quero ver se você pode fazê-lo com uma pessoa morta, L. J..

– Fazer o quê com uma pessoa... – comecei, quando ele enfiou as mãos na caixa aberta e com todo o cuidado retirou dali um crânio.

– Ah, bonito – disse ele, encantado, virando o objeto delicadamente de um lado para o outro.

"Bonito" não foi o primeiro adjetivo que me ocorreu; o crânio havia mudado muito de cor, o osso era de um marrom-escuro e manchado. Joe levou-o até a janela e segurou-o à luz, os polegares tocando com delicadeza as pequenas bordas ósseas das órbitas.

– Uma bela senhora – disse ele brandamente, falando tanto para o crânio quanto para mim ou para Horace Thompson. – Adulta, madura. Talvez com cinquenta ou cinquenta e poucos anos. Você tem as pernas? – perguntou ele, virando-se repentinamente para o rapaz gorducho.

– Sim, bem aqui – assegurou Horace Thompson, enfiando a mão na caixa. – Na verdade, temos o esqueleto completo.

Horace Thompson era provavelmente alguém do escritório do médico-legista encarregado de investigar mortes suspeitas, pensei. Às vezes, levavam corpos para Joe, encontrados na zona rural, em condições já muito deterioradas, para uma opinião especializada quanto à *causa mortis*. Este parecia consideravelmente deteriorado.

– Tome, dra. Randall. –Joe inclinou-se e com extrema cautela colocou o crânio em minhas mãos. – Diga-me se esta senhora gozava de boa saúde, enquanto eu verifico suas pernas.

– Eu? Não sou legista. – Mesmo assim, olhei automaticamente para baixo. Ou era um espécime antigo ou severamente castigado pelas condições do tempo; o osso estava liso, com um brilho que os espécimes recentes nunca possuíam, manchado e com a cor alterada pela ação dos pigmentos da terra. – Ah, está bem. – Virei o crânio nas mãos com cuidado, observando os ossos, nomeando-os mentalmente conforme os via. O arco suave dos parietais, fundido ao declive do temporal, com a pequena saliência onde o músculo mandibular se originava, a protuberância que se unia com a projeção maxilar formando a curva graciosa do arco escamoso. Ela possuíra belas maçãs do rosto, altas e largas. O maxilar superior exibia a maioria dos dentes – alinhados e brancos.

Olhos fundos. O osso escavado da parte de trás das órbitas estava sombreado e escuro; mesmo inclinando o crânio de lado, não conseguia fazer a luz iluminar toda a cavidade. O crânio parecia leve em minhas mãos, o osso frágil. Toquei sua fronte e minha mão deslizou para cima, em seguida para baixo, atrás do occipício, meus dedos buscando o buraco escuro na base do crânio, o forame magno, por onde todas as mensagens do sistema nervoso tinham que passar, para dentro e para fora do cérebro ativo.

Em seguida, segurei o crânio junto ao meu estômago, os olhos fechados, e senti a tristeza sutil preenchendo a cavidade do crânio como água corrente. E uma leve e estranha sensação – de surpresa?

– Alguém a matou – disse. – Ela não queria morrer. – Abri os olhos e encontrei Horace Thompson fitando-me, os próprios olhos arregalados em seu rosto pálido e redondo. Entreguei-lhe o crânio com muito cuidado. – Onde a encontrou? – perguntei.

O sr. Thompson e Joe entreolharam-se. O sr. Thompson voltou a olhar para mim. As sobrancelhas ainda erguidas.

– É de uma caverna no Caribe – disse ele. – Havia diversos artefatos com ela. Achamos que tenha entre cento e cinquenta a duzentos anos.

– Ela *o quê*?

Joe exibia um largo sorriso, divertindo-se com a situação.

– Nosso amigo, o sr. Thompson aqui, é do departamento de antropologia de Harvard – disse ele. – Seu amigo Wicklow me conhece; perguntou-me se eu daria uma olhada neste esqueleto, para dizer-lhes qualquer coisa que eu pudesse encontrar.

– Que audácia! – exclamei, indignada. – Pensei que ela fosse algum corpo não identificado que o escritório do legista tivesse arrastado para cá.

– Bem, ela não foi identificada – ressaltou Joe. – E provavelmente vai continuar assim. – Começou a fuçar a caixa de papelão como um terrier. Na aba da tampa, lia-se: MILHO PICT-SWEET. – Bem, o que temos aqui? – disse ele, tirando da caixa, com muito cuidado, um saco plástico contendo uma mixórdia de vértebras.

– Estava toda desfeita quando a encontramos – explicou Horace.

– Ah, o crânio é ligado ao... osso do pescoço – cantarolou Joe, arrumando as vértebras ao longo da borda da mesa. Seus dedos grossos e curtos iam e vinham habilmente entre os ossos, empurrando-os e alinhando-os. – O osso do pescoço é ligado à... espinha dorsal...

– Não dê atenção a ele – disse a Horace. – Só vai encorajá-lo.

– Ah, ouça... a palavra... do Senhor! – terminou ele triunfalmente. – Santo Deus, L. J., você é inacreditável! Olhe aqui. – Eu e Horace Thompson nos inclinamos obedientemente sobre a linha de pontiagudos ossos vertebrais. O eixo largo exibia um sulco profundo, as zigapófises posteriores haviam sido decepadas completamente e a fratura atravessava completamente o centro do osso.

– Pescoço quebrado? – perguntou Thompson, espreitando com interesse.

– Sim, porém mais do que isso, eu acho. – O dedo de Joe percorreu a linha da extensão da fratura. – Está vendo aqui? O osso não está apenas quebrado, simplesmente *desapareceu* naquele lugar. Alguém tentou decapitar esta mulher. Com uma lâmina rombuda – concluiu com satisfação.

Horace Thompson olhava-me de forma estranha.

– Como soube que ela havia sido assassinada, dra. Randall? – perguntou ele.

Pude sentir o sangue subir ao meu rosto.

– Não sei – respondi. – Eu... ela... parecia que sim, só isso.

– É mesmo? – Piscou algumas vezes, mas não continuou a me pressionar. – Que estranho.

– Ela faz isso o tempo todo – informou Joe, estreitando os olhos para o fêmur que estava medindo com um par de calibradores. – Mas, na maioria das vezes, com pessoas vivas. A melhor especialista em diagnóstico que já vi. – Largou os calibradores e pegou uma pequena régua de plástico. – Uma caverna, você disse?

– Achamos que se tratava de um... hã, de um local secreto de sepultamento de escravos – explicou o sr. Thompson, enrubescendo, e eu compreendi de repente por que ele parecera tão envergonhado quando percebeu qual de nós dois era o médico a quem ele fora enviado.

Joe lançou-lhe um olhar repentino e penetrante, mas em seguida inclinou-se novamente sobre seu trabalho. Continuava a cantarolar o *spiritual* "Dem Dry Bones" baixinho para si mesmo, enquanto media a bacia pélvica. Depois, voltou às pernas, desta vez concentrando-se na tíbia. Finalmente, endireitou-se, sacudindo a cabeça.

– Não era uma escrava – disse ele.

Horace pestanejou.

– Mas deve ter sido – disse ele. – Tudo que encontramos com ela... uma clara influência africana...

– Não – disse Joe sem rodeios. Bateu de leve no fêmur longo, no lugar onde estava sobre sua mesa. Sua unha produziu um ruído seco sobre o osso. – Ela não era negra.

– Pode-se saber pelos ossos? – Horace Thompson ficou visivelmente agitado. – Mas eu pensei... aquele artigo de Jensen, quero dizer... teorias sobre diferenças físicas raciais... amplamente contestado... – Ficou vermelho, incapaz de terminar.

– Ah, elas existem – disse Joe, com grande indiferença. – Se quer pensar que negros e brancos são iguais sob a pele, por mim tudo bem, mas cientificamente não é assim. – Virou-se e retirou um livro da estante às suas costas. *Tabelas de variação de esqueleto*, dizia o título.

– Dê uma olhada nisto – disse Joe. – Pode-se ver as diferenças em diversos ossos, mas especialmente nos ossos das pernas. Os negros possuem uma proporção entre fêmur e tíbia completamente diferente dos brancos. E esta senhora – apontou para o esqueleto sobre a sua mesa – era branca. Caucasiana. Não há nenhuma dúvida a respeito.

– Ah – murmurou Horace Thompson. – Bem. Vou ter que pensar... quer dizer... foi muita gentileza sua dar uma olhada nela para mim. Hã, obrigado – acrescentou ele, com uma pequena e desajeitada mesura. Observamos silenciosamente enquanto ele juntava seus ossos de volta na caixa de papelão e partia, parando à porta para nos cumprimentar outra vez com um breve aceno da cabeça.

Joe deu uma pequena risada quando a porta se fechou atrás dele.

– Quer apostar como ele vai levá-la a Rutgers para uma segunda opinião?

– Os acadêmicos não desistem de suas teorias facilmente – disse, dando de ombros. – Vivi com um deles tempo suficiente para saber disso.

Joe riu de novo.

– É verdade. Bem, agora que já terminamos com o sr. Thompson e a mulher branca morta, o que posso fazer por você, L. J.?

Respirei fundo e virei-me para olhá-lo de frente.

– Preciso de uma opinião honesta, de alguém que tenho certeza que será objetivo. Não – corrigi-me –, retiro o que disse. Preciso de uma opinião e depois, dependendo da opinião, talvez um favor.

– Sem problema – assegurou-me Joe. – Especialmente quanto à opinião. Minha especialidade, opiniões. – Reclinou-se em sua cadeira, abriu os óculos de aro dourado e colocou-os firmemente sobre o nariz largo. Em seguida, cruzou as mãos em cima do peito, os dedos formando uma espécie de torre, e balançou a cabeça para mim. – Diga.

– Eu sou sexualmente atraente? – perguntei. Seus olhos sempre me faziam lembrar balas de caramelo, com sua meiga cor castanho-dourada. Agora, tornaram-se completamente redondos, aumentando a semelhança.

Depois, estreitaram-se, mas ele não respondeu logo. Examinou-me com atenção da cabeça aos pés.

– É uma pergunta capciosa, certo? – disse ele. – Eu lhe dou uma resposta e uma dessas feministas salta sobre mim de trás da porta, grita "Porco machista!" e me golpeia na cabeça com um cartaz que diz "Castrem os chauvinistas", não é?

– Não – assegurei-lhe. – Uma resposta masculina chauvinista e machista é basicamente o que eu quero.

– Ah, ok. Já que isso ficou esclarecido. – Retomou seu minucioso estudo, estreitando bem os olhos enquanto eu ficava parada, ereta. – Mulher branca e magra com uma enorme cabeleira, mas com um belo traseiro – disse ele finalmente. – Seios bonitos, também – acrescentou, com um aceno cordial da cabeça. – Era isso que queria saber?

– Sim – respondi, relaxando a postura rígida. – Era exatamente isso que eu queria saber. Não é o tipo de pergunta que se pode fazer a qualquer um.

Franziu os lábios num assobio silencioso, depois atirou a cabeça para trás e deu uma sonora risada, encantado.

– Lady Jane! Você arranjou um *homem*!

Senti o sangue subir às minhas faces, mas tentei manter minha dignidade.

– Não sei. Talvez. Apenas talvez.

– Talvez, uma ova! Pelo amor de Deus, L. J., já estava na hora!

– Faça o favor de parar com a gozação – disse, sentando-me na cadeira em frente à sua mesa. – Não fica bem para um homem da sua idade e posição.

– Minha idade? A-ham – disse ele, espreitando-me astutamente por trás dos óculos. – Ele é mais novo do que você? É com isto que está preocupada?

– Não muito – disse, a vermelhidão do rosto começando a retroceder. – Mas eu não o vejo há vinte anos. Você é a única pessoa que me conhece há muito tempo; mudei muito desde que nos conhecemos? – Olhei-o de frente, exigindo honestidade.

Ele olhou para mim, tirou os óculos e estreitou os olhos, depois os recolocou.

– Não – disse ele. – Mas você não mudaria, a menos que engordasse.

– Não mudaria?

– Não – disse ele. –Já foi a algum encontro de ex-colegas de colégio?

– Eu não frequentei um colégio.

Suas sobrancelhas falhadas saltaram para cima.

— Não? Eu, sim. E vou lhe dizer uma coisa, L. J.: você encontra todas essas pessoas que não vê há vinte anos e então ocorre aquela fração de segundo em que você olha para alguém que conhecia e pensa: "Meu Deus, como ele mudou!", mas, logo em seguida, você vê que ele não mudou. É como se os vinte anos não tivessem passado. Quero dizer — esfregou a cabeça vigorosamente, buscando a melhor forma de se expressar —, você vê que ele adquiriu alguns cabelos grisalhos, algumas rugas e talvez já não seja exatamente como era, mas dois minutos após esse choque, não vê mais essas mudanças. São exatamente as mesmas pessoas que sempre foram e tem que se distanciar um pouco para ver que eles já não têm dezoito anos. Agora, se as pessoas engordam — disse ele pensativamente —, elas realmente mudam um pouco. Torna-se difícil ver quem elas eram, porque o rosto muda. Mas você — estreitou os olhos para mim outra vez —, você nunca vai ser gorda; não tem os genes para isso.

— Acho que não — disse. Olhei para minhas mãos, entrelaçadas no meu colo. Pulsos finos; ao menos, eu ainda não engordara. Minhas alianças brilhavam ao sol do outono que penetrava pela janela.

— É o pai de Bree? — perguntou ele brandamente. Ergui a cabeça repentinamente e olhei-o perplexa.

— Como é que você sabe disso? — perguntei. Ele esboçou um sorriso.

— Há quanto tempo conheço Bree? Dez anos, pelo menos. — Sacudiu a cabeça. — Ela se parece muito com você, L. J., mas nunca vi nenhum traço de Frank. Papai tem cabelos ruivos, hein? — perguntou ele. — E é um filho da mãe muito grande, ou tudo que aprendi de genética básica foi uma grande mentira.

— Sim — disse, sentindo uma espécie de delirante empolgação à simples admissão do fato. Até eu contar à própria Bree e a Roger a respeito de Jamie, eu não dissera nada sobre ele em vinte anos. A alegria de de repente poder falar livremente sobre ele era inebriante. — Sim, ele é grande e ruivo, e é escocês — disse, fazendo os olhos de Joe arregalarem-se de novo.

— E Bree está na Escócia agora?

Balancei a cabeça, confirmando.

— Bree é onde entra o favor.

Duas horas mais tarde, saí do hospital pela última vez, deixando para trás uma carta de demissão, endereçada ao Conselho, todos os documentos necessários para a administração de meus bens até Brianna completar a maioridade e outro, a ser executado nesta ocasião, passando tudo para ela. Ao sair do estacionamento, experimentei uma sensação mista de pânico, angústia e júbilo. Eu estava a caminho.

21

C. Q. D.

*Inverness
5 de outubro de 1968*

– Achei o documento de transferência de propriedade. – O rosto de Roger estava afogueado de entusiasmo. Mal conseguira se conter, esperando com clara impaciência na estação de trem em Inverness, enquanto Brianna me abraçava e minhas malas eram devolvidas. Mal nos enfiou no pequeno Morris e ligou a ignição do carro antes de começar a contar suas novidades.

– Qual, o de Lallybroch? – Inclinei-me sobre o encosto do assento da frente entre ele e Brianna, a fim de ouvi-lo acima do barulho do motor.

– Sim, Jamie, o seu Jamie, escreveu, transferindo a propriedade para seu sobrinho, o pequeno Jamie.

– Está na casa paroquial – acrescentou Brianna, virando-se para me olhar. – Ficamos com medo de trazê-lo conosco; Roger teve que assinar o nome com sangue para conseguir tirá-lo do acervo especial. – Sua pele clara estava rosada de empolgação e do dia frio, gotas de chuva em seus cabelos ruivos. Era sempre um choque para mim revê-la após um período de ausência, as mães sempre acham seus filhos bonitos, mas Bree realmente era.

Sorri para ela, resplandecente de afeto tingido de pânico. Eu poderia mesmo estar pensando em deixá-la? Atribuindo erroneamente meu sorriso à satisfação com as notícias, ela continuou, agarrando o encosto do banco com entusiasmo.

– E você não vai adivinhar o que mais encontramos!

– O que você encontrou – corrigiu Roger, apertando o joelho dela com uma das mãos enquanto ultrapassava um pequeno carro cor de laranja num trevo da estrada. Ela lançou-lhe um rápido olhar e retribuiu o toque com uma expressão de intimidade que fez disparar meus sinais de alarme maternais instantaneamente. Já estavam neste ponto, hein?

Eu parecia sentir a sombra acusadora de Frank olhando por cima do meu ombro. Bem, pelo menos Roger não era negro. Tossi e disse:

– É mesmo? O que foi?

Trocaram um olhar e um largo sorriso.

– Espere e verá, mamãe – disse Bree, com irritante presunção.

• • •

– Viu? – disse ela, vinte minutos depois, quando me inclinei sobre a escrivaninha no gabinete da residência paroquial. Sobre a superfície surrada da escrivaninha do falecido reverendo Wakefield havia um maço de folhas amareladas, manchadas e escurecidas nas bordas. Estavam cuidadosamente protegidas em capas de plástico agora, mas obviamente haviam sido usadas sem maiores cuidados em alguma época; as bordas estavam corroídas, uma das folhas rudemente rasgada ao meio e todas as folhas apresentavam anotações rabiscadas nas margens e inseridas no texto. Era com toda a certeza o rascunho rudimentar de alguém – sobre alguma coisa.

– É o texto de um artigo – disse-me Roger, remexendo em um monte de grossos fólios empilhados no sofá. – Foi publicado numa espécie de periódico chamado *Forrester's*, impresso por um tipógrafo chamado Alexander Malcolm, em Edimburgo, em 1765.

Engoli em seco, meu vestido parecendo de repente apertado demais sob os braços; 1765 era quase vinte anos após eu ter deixado Jamie.

Fitei as letras garatujadas, amarronzadas pelo tempo. Haviam sido escritas por alguém de caligrafia difícil, às vezes esparramada, às vezes apertada, com volteios exagerados no "g" e no "y". Talvez a escrita de alguém canhoto, que escreveu penosamente com a mão direita.

– Veja, aqui está a versão publicada. – Roger trouxe o fólio aberto para a escrivaninha e colocou-o diante de mim, apontando. – Está vendo o ano? É 1765, e combina com este manuscrito quase exatamente; apenas algumas das anotações não foram incluídas.

– Sim – eu disse. – E o documento de transferência de propriedade...

– Está aqui. – Brianna tateou apressadamente na gaveta de cima e retirou uma folha muito amassada, também envolvida por um plástico protetor. A proteção aqui foi ainda mais a *posteriori* do que ocorrera com o manuscrito; o documento estava respingado de chuva, sujo e rasgado, muitas das palavras borradas a ponto de se tornarem ilegíveis. Mas as três assinaturas ao pé da página ainda podiam ser vistas com absoluta clareza.

De próprio punho (By my hand), dizia a difícil caligrafia, aqui executada com tamanho cuidado que apenas a laçada exagerada do "y" mostrava semelhança com o manuscrito negligentemente redigido, *James Alexander Malcolm MacKenzie Fraser*. E embaixo, as duas linhas onde as testemunhas assinaram. Com uma letra fina e elegante, *Murtagh FitzGibbons Fraser*, e abaixo, em minha própria caligrafia grande e arredondada, *Claire Beauchamp Fraser*.

Sentei-me bruscamente, colocando por instinto a mão sobre o documento, como se quisesse negar sua realidade.

– É ele, não é? – disse Roger serenamente. Sua tranquilidade exterior era traída por suas mãos, ligeiramente trêmulas quando ele levantou a pilha de páginas manuscritas para colocá-las ao lado do documento. – Você o assinou. Prova indiscutível... se precisássemos de alguma – acrescentou ele, com um rápido olhar para Bree.

Ela sacudiu a cabeça, deixando os cabelos caírem para a frente e esconderem seu rosto. Não precisavam de prova, nenhum dos dois. O desaparecimento de Geilie Duncan através das pedras há cinco meses era toda a prova que alguém poderia necessitar para a verdade de minha história.

Ainda assim, ver tudo comprovado no preto e no branco era um pouco perturbador. Retirei a mão e examinei outra vez o documento. Em seguida, comparei-o ao manuscrito.

– Não são do mesmo autor, mamãe? – Bree inclinava-se ansiosamente sobre as folhas, os cabelos roçando de leve minha mão. – O artigo não foi assinado... ou foi, com um pseudônimo. – Esboçou um sorriso. – O autor assinou "C. Q. D.". Pareceram iguais para nós, mas não somos especialistas em caligrafia e não queríamos entregar este material a um especialista antes de você os ver.

– Acho que são. – Sentia-me tensa, mas absolutamente certa ao mesmo tempo, com uma incrédula alegria avolumando-se dentro de mim. – Sim, tenho quase certeza. Foi Jamie quem escreveu isto. – Como Queríamos Demonstrar, francamente! Senti uma vontade absurda de arrancar as páginas manuscritas de suas capas plásticas e segurá-las em minhas mãos, sentir a tinta e o papel que ele tocara; a prova definitiva de que ele sobrevivera.

– Tem mais. Prova intrínseca. – A voz de Roger denunciava seu orgulho. – Está vendo ali? É um artigo defendendo a revogação de um decreto de 1764, que estabelece impostos e restrições à exportação de bebidas das Terras Altas para a Inglaterra. Aqui está – seu dedo correu e parou repentinamente em uma frase –, "pois como se sabe há muito tempo, 'Liberdade e Uísque andam juntos.'" Viu como ele colocou essa frase entre aspas? Ele a pegou de outro lugar.

– Ele a pegou de mim – disse em voz baixa. – Eu lhe disse isso... quando ele estava partindo para roubar o vinho do Porto do príncipe Charles.

– Eu me lembrei. – Roger balançou a cabeça, os olhos brilhando de entusiasmo.

– Mas é uma citação de Burns – eu disse, franzindo a testa de repente. – Talvez o autor tenha obtido a frase lá... Burns era vivo na época, não?

– Era – disse Bree cheia de orgulho, antecipando-se a Roger –, mas Robert Burns tinha 6 anos de idade em 1765.

– E Jamie teria 44. – Inesperadamente, tudo pareceu real. Ele estava vivo... estivera vivo, eu me corrigi, tentando manter minhas emoções sob controle. Pousei os dedos sobre o manuscrito, tremendo. – E se... – disse, e um nó na garganta me fez parar outra vez.

– E se o tempo corre em paralelo, como achamos que acontece... – Roger parou, também, olhando para mim. Em seguida, seus olhos voltaram-se para Brianna.

Ela ficara terrivelmente pálida, mas tanto os lábios quanto os olhos permaneciam firmes, e seus dedos estavam quentes quando tocou minha mão.

– Então você pode voltar, mamãe – disse ela baixinho. – Você pode encontrá-lo.

Os cabides de plástico chocalhavam contra o tubo de metal da armação onde os vestidos estavam pendurados conforme eu examinava devagar a coleção à mostra.

– Posso ajudá-la, senhora? – A vendedora olhou-me como um prestativo cãozinho pequinês, os olhos delineados de azul mal visíveis através de franjas que quase chegavam à ponta do nariz.

– Você teria mais alguns desses vestidos em estilo antigo? – Gesticulei indicando a armação de vestidos diante de mim, apinhada de modelos seguindo a mania atual: corpetes rendados e amarrados com cadarços, vestidos de saia longa em algodão estampado e veludo de algodão.

A boca da vendedora estava untada com uma camada tão espessa de batom branco que eu esperava que fosse rachar quando ela sorrisse, mas não rachou.

– Ah, sim – disse ela. – Recebi uma nova remessa dos modelos de Jessica Gutenburg justamente hoje. Não são uma graça, esses vestidos à moda antiga? – Correu o dedo com admiração por uma manga de veludo marrom, depois girou em suas sapatilhas de balé e apontou para o centro da loja. – Estão bem ali. Onde está escrito, na placa.

A placa, presa em cima de uma armação circular, dizia TODO O ENCANTO DO SÉCULO XVIII, em grandes letras brancas. Logo abaixo, em letras floreadas, estava a assinatura, *Jessica Gutenburg*.

Refletindo sobre a improbabilidade de alguém realmente se chamar Jessica Gutenburg, avancei devagar pelo conteúdo da armação, parando em um vestido muito impressionante em veludo bege, com aplicações em cetim e uma profusão de rendas.

– Este fica lindo no corpo. – A pequinesa estava de volta, o nariz achatado farejando esperançosamente uma venda.

– Pode ser – disse –, mas não é muito prático. Ficaria imundo assim que eu saísse da loja. – Afastei o vestido branco com pesar, prosseguindo para os próximos no meu tamanho.

– Ah, eu adoro os vermelhos! – A jovem bateu palmas em êxtase diante do brilhante tecido vermelho-escuro.

– Eu também – murmurei –, mas não quero nada muito gritante. Não ficaria bem ser confundida com uma prostituta, não é? – A pequinesa lançou-me um olhar espantado através das franjas espessas, depois concluiu que eu estava brincando e deu uma risadinha de aprovação.

– Agora, veja este – disse ela em tom decisivo, destacando outro vestido. – É perfeito. E essa cor lhe cai muito bem.

De fato, era quase perfeito. Comprido até o chão, com mangas três-quartos debruadas de renda. Um dourado escuro, marrom-amarelado, com reflexos âmbar e conhaque na seda pesada.

Tirei-o cuidadosamente da armação e segurei-o à minha frente, examinando-o. Um pouco enfeitado demais, mas deveria servir. O acabamento parecia bastante bom; nenhum fio solto ou costuras se abrindo. A renda do corpete, feita à máquina, era apenas aplicada, mas seria fácil reforçá-la.

– Quer experimentá-lo? As cabines ficam ali. – A pequinesa saltitava junto ao meu cotovelo, encorajada pelo meu interesse. Com uma rápida olhada na etiqueta do preço, compreendi por quê; ela devia ganhar por comissão. Respirei fundo diante do valor, que daria para pagar um mês de aluguel de um apartamento em Londres, mas depois dei de ombros. Afinal, para que eu precisava de dinheiro?

Ainda assim, eu hesitava.

– Não sei... – disse, em dúvida. – É lindo, mas...

– Ah, não se preocupe nem um pouco pensando que possa parecer muito jovial para você. – A pequinesa apressou-se a me tranquilizar. – A senhora não parece ter nem mais um dia do que 25! Bem... talvez 30 – concluiu ela sem muita convicção, após um rápido olhar ao meu rosto.

– Obrigada – disse secamente. – Mas eu não estava preocupada com isso. Imagino que não tenha nenhum sem zíper, não é?

– Zíper? – Seu rosto pequeno e redondo ficou apalermado sob a maquiagem. – Hã... não. Acho que não temos.

– Bem, nada com que se preocupar – disse, colocando o vestido sobre o braço e dirigindo-me à cabine de provas. – Se vou fazer a travessia com ele, zíperes serão o de menos.

22

DIA DAS BRUXAS

– Dois guinéus de ouro, seis soberanos, 23 xelins, dezoito florins, nove moedas de um penny, dez de meio penny e doze de um quarto de penny. – Roger deixou cair a última moeda na pilha tilintante, depois enfiou a mão no bolso da camisa, o rosto delgado absorto enquanto procurava. – Ah, aqui está. – Retirou do bolso um pequeno saco de plástico e cuidadosamente despejou um punhado de pequenas moedas de cobre numa pilha ao lado das outras moedas. – Alguns doits – explicou ele. – A moeda escocesa de menor valor da época. Consegui o máximo que pude, porque provavelmente é o que vai usar na maior parte do tempo. As moedas de valor alto não eram usadas no dia a dia, a menos que você fosse comprar um cavalo, por exemplo.

– Eu sei. – Peguei dois soberanos e revirei-os na mão, fazendo com que retinissem. Eram pesados, moedas de ouro com aproximadamente 2,5 centímetros de diâmetro. Roger e Bree precisaram de quatro dias em Londres, indo a vários colecionadores de moedas raras, para reunir a pequena fortuna que brilhava à minha frente, à luz do abajur. – Sabe, é engraçado; estas moedas valem muito mais agora do que seu valor nominal – disse, pegando um guinéu de ouro –, mas em termos do que podem comprar, valiam tanto na época quanto valem agora. Esta aqui é a renda de seis meses de trabalho de um pequeno fazendeiro.

– Eu estava me esquecendo – disse Roger –, que você já sabe tudo isso; quanto valiam as coisas e como eram vendidas.

– É fácil esquecer – eu disse, ainda fitando o dinheiro. Pelo canto dos olhos, vi Bree aproximar-se de repente de Roger e ele estender a mão automaticamente para ela.

Respirei fundo e ergui os olhos dos montículos de ouro e prata.

– Bem, tudo certo. Vamos sair para jantar?

O jantar – em um dos pubs da River Street – transcorria em silêncio a maior parte do tempo. Claire e Brianna sentavam-se lado a lado no banco, com Roger em frente a elas. Mal se olhavam enquanto comiam, mas Roger podia ver os pequenos toques a todo instante, o roçar frequente do ombro e do quadril, o ligeiro contato dos dedos.

O que ele teria feito, perguntou-se. E se a escolha fosse dele, ou de seu pai? A separação ocorria a todas as famílias, mas em geral era a morte que intervinha para cortar os laços entre pais e filhos. Aqui, era o elemento da escolha que tornava tudo tão difícil – embora nunca fosse fácil, pensou ele, erguendo uma garfada de torta quente.

Quando se levantaram para ir embora após o jantar, ele colocou a mão no braço de Claire.

– Não é por nada – disse ele –, mas poderia tentar uma coisa para mim?

– Espero que sim – disse ela, sorrindo. – O que é?

Ele fez um sinal com a cabeça, indicando a porta.

– Feche os olhos e dê um passo para fora da porta. Quando estiver do lado de fora, abra-os. Depois, volte e me conte qual foi a primeira coisa que você viu.

Claire torceu a boca, com uma expressão divertida.

– Está bem. Espero que a primeira coisa que eu veja não seja um policial ou você vai ter que pagar fiança e me tirar da cadeia por estar bêbada e desmiolada.

– Desde que não seja um pato.

Claire lançou-lhe um olhar esquisito, mas obedientemente virou-se para a porta do pub e fechou os olhos. Brianna observou sua mãe desaparecer pela porta, a mão estendida para o painel de lambris da entrada a fim de se orientar. Virou-se para Roger, as sobrancelhas cor de cobre erguidas.

– O que está pretendendo, Roger? Pato?

– Nada – disse ele, os olhos ainda fixos na entrada vazia. – É apenas um velho costume. O Samhain, ou Halloween, Dia das Bruxas, é um dos festivais em que era costume tentar adivinhar o futuro. E uma das maneiras de prever o futuro era caminhar até os fundos da casa e, em seguida, sair com os olhos fechados. A primeira coisa que você vê ao abri-los é um presságio para o futuro próximo.

– Patos são mau agouro?

– Depende do que estejam fazendo – disse ele distraidamente, ainda observando a entrada. – Se estiverem com a cabeça sob a asa, significa morte. Por que ela está demorando tanto?

– É melhor irmos ver – disse Brianna, já ficando nervosa. – Não creio que haja muitos patos dormindo no centro de Inverness, mas com o rio tão perto...

Assim que alcançaram a porta, entretanto, os vitrais da parte central toldaram-se e a porta abriu-se, revelando Claire, ligeiramente afogueada.

– Vocês nunca vão acreditar em qual foi a primeira coisa que eu vi – disse ela, rindo ao vê-los.

– Não foi um pato com a cabeça embaixo da asa, foi? – perguntou Brianna ansiosamente.

– Não – respondeu sua mãe, lançando-lhe um olhar intrigado. – Um policial. Virei para a esquerda e bati de frente com ele.

– Ele estava vindo na sua direção, então? – Roger sentiu-se inexplicavelmente aliviado.

– Bem, estava, até eu dar um encontrão nele – disse ela. – Então ficamos dançando um pouco pelo calçamento, agarrados um ao outro. – Ela riu, corada e bonita, com seus olhos cor de conhaque cintilando nas luzes cor de âmbar do pub. – Por quê?

– É sinal de boa sorte – disse Roger, sorrindo. – Ver um homem vindo em sua direção no dia de Samhain significa que encontrará o que procura.

– É mesmo? – Seus olhos pousaram sobre ele, inquiridores, depois seu rosto se iluminou com um sorriso repentino. – Que maravilha! Vamos para casa comemorar, certo?

O tenso constrangimento que se abatera sobre eles durante o jantar pareceu ter desaparecido subitamente, substituído por uma espécie de louco entusiasmo. Riram e brincaram na viagem de volta à casa paroquial, onde fizeram brindes ao passado e ao futuro – uísque Loch Minneaig para Roger e Claire, Coca-Cola para Brianna –, e conversaram animadamente sobre os planos para o dia seguinte. Brianna insistira em esculpir uma abóbora com um rosto humano e fazer uma lanterna de Halloween, que agora repousava sobre o aparador, rindo benevolente com os preparativos.

– Você já tem o dinheiro – disse Roger, pela décima vez.

– E seu manto – acrescentou Brianna.

– Sim, sim, sim – disse Claire com impaciência. – Tudo que eu preciso... ou tudo que posso levar, ao menos – corrigiu-se. Parou, depois impulsivamente estendeu os braços e segurou Bree e Roger pela mão. – Obrigada a vocês dois – disse ela, apertando suas mãos. Seus olhos estavam úmidos e sua voz repentinamente rouca. – Obrigada. Não sei dizer o que sinto. Não consigo. Mas... ah, meus queridos, vou sentir falta de vocês!

Logo, ela e Bree estavam nos braços uma da outra, a cabeça de Claire enfiada no pescoço da filha, as duas fortemente abraçadas, como se a simples força pudesse de alguma forma expressar a profundidade do sentimento entre ambas.

Então separaram-se, os olhos molhados, e Claire colocou a mão na face de sua filha.

– É melhor eu subir agora – murmurou ela. – Ainda há muito que fazer. Vejo-a de manhã, querida. – Ergueu-se na ponta dos pés para plantar um beijo no nariz de sua filha, depois se virou e deixou o aposento apressadamente.

Após a saída de Claire, Brianna sentou-se outra vez com seu copo de refrigerante e deu um longo suspiro. Não falou nada, ficou apenas sentada, fitando o fogo, virando o copo lentamente entre as mãos.

Roger tratou de ocupar-se, preparando o aposento para a noite, fechando janelas, arrumando a escrivaninha, guardando os livros de referência que usara para ajudar Claire a se preparar para a travessia. Parou junto à lanterna de abóbora, mas ela parecia tão alegre, com a luz da vela filtrando-se pelos olhos puxados e pela boca recortada, que ele não conseguiu apagá-la.

– Não creio que ela possa incendiar alguma coisa – observou ele. – Devemos deixá-la acesa?

Não houve resposta. Quando olhou para Brianna, viu-a sentada imóvel como uma pedra, os olhos fixos na lareira. Ela não o ouvira. Aproximou-se e tomou sua mão.

– Talvez ela possa voltar – disse ele delicadamente. – Não sabemos.

Brianna sacudiu a cabeça devagar, sem tirar os olhos das chamas.

– Não creio – disse ela brandamente. – Ela lhe contou como era. Ela pode até não conseguir atravessar. – Os dedos longos tamborilavam nervosamente na coxa vestida de jeans.

Roger olhou para a porta de relance, para se certificar de que Claire estava realmente lá em cima; em seguida, sentou-se ao lado de Brianna no sofá.

– O lugar dela é junto a ele, Bree – disse ele. – Você não vê? Quando ela fala dele?

– Eu vejo. Eu sei que ela precisa dele. – O volumoso lábio inferior tremeu ligeiramente. – Mas... eu preciso dela! – As mãos de Brianna agarraram-se subitamente aos joelhos e ela inclinou-se para a frente, como se tentasse conter uma dor repentina.

Roger acariciou seus cabelos, admirando-se com a maciez das mechas brilhantes que deslizavam pelos seus dedos. Queria tomá-la nos braços, tanto para senti-la como para oferecer-lhe consolo, mas ela permanecia rígida e distante.

– Você é adulta agora, Bree – disse ele suavemente. – Você vive por conta própria, sozinha, não é? Você pode amá-la, mas não precisa mais dela... não da maneira como precisava quando era pequena. Ela não tem direito à própria felicidade?

– Sim. Mas... Roger, você não compreende! – explodiu ela. Apertou os lábios com força e engoliu em seco, depois se virou para ele, os olhos escuros de angústia. – Ela é tudo que me resta, Roger! A única pessoa que realmente me conhece. Ela e papai... Frank – corrigiu-se – eram as únicas pessoas que me conheciam desde o começo, os que me viram aprender a andar e tiveram orgulho de mim sempre que me saía bem na escola e que... – Desatou a chorar, as lágrimas abundantes deixando rastos brilhantes à luz do fogo. – Isto soa muito tolo – disse ela com repentina violência. – Realmente muito tolo! Mas é... – procurava as palavras, impotente, então levantou-se, incapaz de permanecer quieta. – É que... há tanta coisa que não sei! – continuou ela, andando de um lado para outro com passos rápidos e nervosos. – Acha que me lembro de como eu era, aprendendo a andar ou qual foi a primeira palavra que eu disse? Não, mas mamãe lembra! E isso é tão idiota, porque que diferença isso faz, não faz absolutamente nenhuma diferença, mas é importante, é importante porque ela achava que era e... ah, Roger, se ela for embora, não restará ninguém no mundo que se importe com quem eu sou ou que me ache especial não por algum motivo específico, mas simplesmente porque eu sou eu! Ela é a única pessoa no mundo que realmente, realmente se importa por eu ter nascido, e se ela for embora... – Permaneceu imóvel no tapete da lareira, os punhos cerrados junto ao corpo e a boca contorcida num esforço para se controlar, o rosto banhado em lágrimas. Então seus ombros tombaram e a tensão deixou sua figura alta. – E isso é de fato idiota e egoísta – disse ela, em um tom serenamente sensato. – E você não compreende e deve me achar uma pessoa horrível.

– Não – disse Roger à meia-voz. – Talvez não. – Levantou-se e aproximou-se por trás dela, envolvendo-a pela cintura, fazendo com que ela se apoiasse contra ele. No começo, ela resistiu, rígida em seus braços, mas depois cedeu à necessidade de conforto físico e relaxou, o queixo dele apoiado em seu ombro, a cabeça inclinada para tocar a cabeça dela. – Eu nunca percebi – disse ele. – Não até agora. Lembra-se de todas aquelas caixas na garagem?

– Quais? – disse ela, fungando com uma tentativa de rir. – Há centenas.

– As que têm "Roger" escrito. – Apertou-a de leve contra si e levantou os braços, cruzando-os sobre o peito da jovem, segurando-a contra seu corpo de forma aconchegante. – Estão cheias de objetos e roupas velhas dos meus pais – disse ele. – Fotos, cartas, roupas de bebê, livros e quinquilharias. O reverendo empacotou tudo quando me trouxe para viver com ele. Tratou-os da mesma forma que seus mais preciosos documentos históricos, caixas duplas, proteção contra traças e tudo o mais.

Ele balançou-se devagar para a frente e para trás, oscilando de um lado para o outro, carregando-a com ele enquanto observava o fogo por cima de seu ombro.

– Uma vez eu perguntei a ele por que se dava ao trabalho de guardá-los, eu não queria nada daquilo, não me importava. Mas ele disse que guardaríamos mesmo assim; era a minha história, ele disse, e todo mundo precisa de uma história.

Brianna suspirou e seu corpo pareceu relaxar ainda mais, unindo-se a ele em seu balanço rítmico, quase inconsciente.

– Alguma vez você viu o que havia nas caixas?

Ele sacudiu a cabeça.

– Não importa o que tem lá dentro – disse ele. – Só o fato de que estejam lá.

Soltou-a então e deu um passo para trás de modo que ela pudesse virar-se para ele. Seu rosto estava manchado e seu nariz longo e elegante um pouco inchado.

– Você está errada, sabe – disse ele ternamente, estendendo-lhe a mão. – Não é só sua mãe que se importa com você.

Brianna já se retirara para a cama há muito tempo, mas Roger continuou sentado no gabinete, observando as chamas extinguirem-se na lareira. A noite de Halloween sempre lhe parecera nervosa, viva e repleta de espíritos despertos. Nesta noite, a sensação era ainda mais intensa, sabendo o que iria acontecer ao amanhecer. A lanterna de abóbora sobre a escrivaninha ria na expectativa, enchendo o aposento com o aroma caseiro de tortas assadas.

O ruído de passos na escada tirou-o de seus pensamentos. Achou que poderia ser Brianna, incapaz de dormir, mas a visitante era Claire.

– Pensei que você ainda devia estar acordado – disse ela. Vestia um robe, uma pálida claridade de cetim branco contra a escuridão do corredor.

Ele sorriu e estendeu a mão, convidando-a a entrar.

– Não. Nunca consegui dormir nas noites de Halloween. Não depois de todas as histórias que meu pai me contava. Eu sempre achava que podia ouvir fantasmas conversando do lado de fora da minha janela.

Ela sorriu, surgindo à luz da lareira.

– E o que eles diziam?

– "Está vendo esta grande cabeça grisalha, com mandíbulas descarnadas?" – citou Roger. – Conhece a história? O pequeno alfaiate que passou a noite na igreja mal-assombrada e deparou-se com o fantasma faminto?

– Conheço. Acho que se eu tivesse ouvido isso, teria passado o resto da noite escondida debaixo das cobertas.

– Ah, geralmente era o que eu fazia – assegurou-lhe Roger. – Embora, certa vez, quando tinha uns 7 anos, dominei o nervosismo, fiquei em pé na cama e fiz xixi no peitoril da janela. O reverendo me dissera que urinar nos batentes das portas impedia um fantasma de entrar na casa.

Claire riu encantada, a luz do fogo dançando em seus olhos.

– E funcionou?

– Bem, teria funcionado melhor se a janela estivesse aberta – disse Roger –, mas os fantasmas não entraram, não.

Ambos riram e, então, um dos pequenos silêncios constrangedores que haviam pontuado a noite recaiu entre eles, a repentina percepção de algo imenso e assustador escancarando-se sob a corda bamba da conversa. Claire sentou-se ao lado de Roger, observando o fogo, as mãos remexendo-se nervosamente entre as dobras de seu robe. A luz fazia suas alianças cintilarem, prata e ouro, em centelhas de fogo.

– Eu tomarei conta dela, você sabe – disse Roger serenamente, por fim. – Você sabe disso, não é?

Claire assentiu, sem olhar para ele.

– Eu sei – disse ela baixinho. Ele podia ver as lágrimas, trêmulas nas pontas de suas pestanas, brilhando à luz do fogo. Ela remexeu no bolso do robe e retirou um longo envelope branco.

– Vai achar que sou uma terrível covarde – disse ela. – E eu sou. Mas eu... eu honestamente não acho que consiga fazer isso... quero dizer, me despedir de Bree. – Parou para controlar a voz e em seguida entregou-lhe o envelope. – Expliquei tudo aqui para ela... Tudo que eu pude. Você entregaria...?

Roger pegou o envelope, que estava quente por ter ficado tão perto do corpo dela. Por algum sentimento indefinido de que o envelope não poderia esfriar antes de ser entregue à filha de Claire, ele o guardou no bolso do paletó, sentindo o papel estalar ao ser dobrado.

– Sim – disse ele, ouvindo sua própria voz se intensificar. – Então você irá...

– Cedo – disse ela, respirando fundo. – Antes do amanhecer. Já arranjei um carro para me apanhar. – Contorceu as mãos no colo. – Se eu... – Mordeu o lábio, depois olhou para Roger com ar de súplica. – Eu não sei – disse ela. – Não sei se vou conseguir. Estou com muito medo. Com medo de ir. Com medo de não ir. Apenas... com medo.

– Eu também estaria. – Ele estendeu a mão, e ela a apertou. Ele segurou-a por um longo tempo, sentindo as batidas de seu coração em seu pulso, leves e rápidas contra os dedos dele.

Após um longo tempo, ela apertou sua mão de leve e soltou-a.

– Obrigada, Roger – disse ela. – Por tudo. – Inclinou-se para a frente e beijou-o de leve nos lábios. Em seguida, levantou-se e saiu, um fantasma branco na escuridão do corredor, levada pelo vento do Dia das Bruxas.

Roger continuou sentado, sozinho, por mais algum tempo, sentindo o toque da mão de Claire ainda quente em sua pele. A lanterna estava quase se apagando.

O cheiro de cera derretida erguia-se forte no ar agitado e os deuses pagãos olharam pela última vez através dos olhos de vela gotejante.

23

CRAIGH NA DUN

O ar do amanhecer era frio e nebuloso e fiquei contente por estar usando meu manto. Já fazia vinte anos desde a última vez que usara um manto, mas com o tipo de roupas que as pessoas vestiam atualmente, o alfaiate de Inverness que o fizera para mim não achara nem um pouco estranha a encomenda de um manto de lã com capuz.

Eu mantinha os olhos no caminho. O topo da colina estivera invisível, envolto em neblina, quando o carro deixou-me na estrada lá embaixo.

– Aqui? – dissera o motorista, com ar de dúvida, espreitando pela janela para o campo deserto. – A senhora tem certeza?

– Tenho, sim – disse, meio engasgada de terror. – É este o lugar.

– É mesmo? – Parecia duvidar, apesar da nota de valor alto que coloquei em sua mão. – Quer que eu a espere, senhora? Ou que volte mais tarde para buscá-la?

Fiquei dolorosamente tentada a dizer que sim. Afinal, e se eu perdesse a coragem? No momento, esse esquivo sentimento parecia notavelmente frágil.

– Não – respondi, engolindo em seco. – Não, não será necessário. – Se não conseguisse levar a intenção até o fim, teria apenas que caminhar de volta a Inverness, só isso. Ou talvez Roger e Brianna viessem; achei que isso seria pior, ser desonrosamente resgatada. Ou seria um alívio?

Os cascalhos escorregavam sob meus pés e um torrão de terra precipitou-se caminho abaixo, deslocado pela minha passagem. Eu não podia estar fazendo aquilo, pensei. O dinheiro no meu bolso reforçado balançava contra minha coxa, a pesada certeza do ouro e da prata um lembrete da realidade. Eu estava fazendo aquilo.

Eu não podia. Pensamentos de Bree, como eu a vira ontem tarde da noite, tranquilamente dormindo em sua cama, assaltavam-me. As garras do horror relembrado alcançavam-me, vindas do alto da colina, quando comecei a sentir a proximidade das pedras. Gritaria, caos, a sensação de estar sendo dilacerada em mil pedaços. Eu não podia.

Eu não podia, mas continuava subindo, as palmas das mãos suando, meus pés movendo-se como se já não estivessem sob meu controle.

Já amanhecera completamente quando cheguei ao topo da colina. A neblina permanecia embaixo e as pedras destacavam-se nítidas e escuras contra um céu cristalino. A visão das pedras deixou-me com as mãos suadas de apreensão, mas segui em frente e entrei no círculo.

Eles estavam parados no gramado, em frente à pedra fendida, de frente um para o outro. Brianna ouviu meus passos e virou-se para mim.

Fitei-a, muda de surpresa. Ela usava um vestido de Jessica Gutenburg, muito parecido com o que eu estava usando, exceto que o dela era de um verde-limão vivo, enfeitado com contas de plástico bordadas no peito.

– Esta é uma cor absolutamente horrível para você – eu disse.

– Era o único que tinham no meu tamanho – respondeu ela calmamente.

– O que, em nome de Deus, vocês estão fazendo aqui? – perguntei, recuperando algum resquício de coerência.

– Viemos dizer-lhe adeus – disse ela, e o esboço de um sorriso brincou em seus lábios. Olhei para Roger, que deu de ombros com um sorriso meio enviesado para mim.

– Ah, sim. Bem – eu disse. A pedra estava atrás de Brianna, o dobro do tamanho de um homem. Eu podia olhar através da fenda de cerca de 30 centímetros e ver o fraco sol da manhã brilhando na grama do lado de fora do círculo.

– Ou você vai, ou eu vou – disse ela.

– Você! Ficou maluca?

– Não. – Ela olhou para a pedra fendida e engoliu com dificuldade. Devia ser o vestido verde-limão que fazia seu rosto parecer branco como giz. – Eu posso fazer isso... atravessar, quero dizer. Eu sei que posso. Quando Geilie Duncan partiu através das pedras, eu as ouvi. Roger também as ouviu. – Ela olhou para ele como se buscasse apoio, depois fixou o olhar firmemente em mim. – Não sei se eu poderia achar Jamie Fraser ou não, talvez só você possa. Mas, se você não tentar, então eu tentarei.

Abri a boca, mas não consegui encontrar nada para dizer.

– Não entende, mamãe? Ele tem que saber... ele tem que saber que conseguiu, ele conseguiu o que queria para nós. – Seus lábios tremeram e ela apertou-os por um instante. – Nós devemos isso a ele, mamãe – disse ela meigamente. – Alguém tem que encontrá-lo e contar-lhe. – Sua mão tocou meu rosto por um momento. – Conte-lhe que eu nasci.

– Ah, Bree – eu disse, a voz tão embargada que eu mal conseguia falar. – Ah, Bree!

Ela segurava minhas mãos com força entre as suas, apertando-as.

– Ele deu você para mim – disse ela, tão baixo que eu mal conseguia ouvi-la. – Agora eu tenho que devolvê-la a ele, mamãe.

Os olhos tão iguais aos de Jamie fitaram-me, rasos de lágrimas.

– Se o encontrar – murmurou ela –, quando encontrar meu pai... dê-lhe isto. – Ela inclinou-se e beijou-me, impetuosa e delicadamente, depois se empertigou e virou-me na direção da pedra.

– Vá, mamãe – disse ela, ofegante. – Eu a amo. Vá!

Pelo canto do olho, vi Roger aproximar-se de Bree. Dei um passo, depois outro. Ouvi um som, um ronco distante. Dei o último passo... e o mundo desapareceu.

PARTE VI

Edimburgo

24
A. MALCOLM, O MESTRE-IMPRESSOR

Meu primeiro pensamento coerente foi: "Está chovendo. Aqui deve ser a Escócia." Meu segundo pensamento foi que essa observação não significava um grande avanço em relação às imagens caóticas que saltavam dentro da minha cabeça, chocando-se umas com as outras e detonando pequenas explosões sinápticas de irrelevância.

Abri um olho, com alguma dificuldade. A pálpebra estava pregada e meu rosto inteiro parecia inchado e frio, como o de um cadáver submerso. Estremeci ligeiramente diante da ideia, o leve movimento fazendo-me perceber todos os tecidos encharcados ao meu redor.

Sem dúvida, estava chovendo – um tamborilar suave, constante, que levantava uma névoa de gotículas acima da charneca verde. Sentei-me direito, sentindo-me como um hipopótamo emergindo de um pântano, e prontamente caí para trás.

Pestanejei e fechei os olhos contra o aguaceiro. Uma leve noção de quem eu era – e de onde estava – começava a voltar à minha mente. Bree. Seu rosto emergiu repentinamente em minha memória, com um abalo tão forte que me fez soltar uma arfada, como se tivesse recebido um soco no estômago. Imagens irregulares de perda e da viagem de separação me acossavam, um débil eco do caos na passagem de pedra.

Jamie. Era isso; a âncora à qual eu me agarrara, meu único elo com a sanidade. Respirei fundo e devagar, as mãos entrelaçadas sobre o coração que martelava contra o peito, tentando evocar o rosto de Jamie. Por um instante, achei que o perdera, depois ele surgiu, claro e destemido em minha mente.

Novamente, esforcei-me para sentar ereta, e desta vez consegui, apoiada nas mãos estendidas. Sim, sem dúvida era a Escócia. Não poderia ser nenhum outro lugar, é claro, mas era também a Escócia do passado. Ao menos, eu esperava que fosse o passado. Não era a Escócia que eu deixara, de qualquer modo. As árvores e arbustos cresciam em padrões diferentes; havia uma área repleta de bordos novos logo abaixo que não estava ali quando eu subi a colina – quando? Esta manhã? Há dois dias?

Eu não fazia a menor ideia de quanto tempo se passara desde que eu entrara na fenda do círculo de pedras, ou quanto tempo eu permanecera ali deitada, inconsciente, na encosta da colina, abaixo do círculo. Bastante tempo, a julgar pelas minhas roupas encharcadas; estava ensopada até os ossos e filetes de água, gelados, escorriam pelas laterais do meu corpo, sob a roupa de baixo.

Uma das faces entorpecida começou a formigar; tocando-a com a mão, pude sentir um padrão de depressões e protuberâncias gravadas na carne. Olhei para baixo e vi uma camada de frutinhas de sorveira caídas, brilhando, vermelhas e pretas, na grama. Muito apropriado, pensei, achando vagamente engraçado. Eu caíra sob uma sorveira – a proteção das Terras Altas contra bruxaria e feitiço.

Agarrei o tronco liso da sorveira e com muito custo consegui ficar de pé. Ainda me apoiando na árvore, olhei para o nordeste. A chuva encobrira o horizonte numa invisibilidade cinza, mas eu sabia que Inverness ficava naquela direção. Não mais do que a uma hora de carro, por estradas modernas.

A estrada existia; eu podia ver o esboço de uma trilha rudimentar que corria ao longo do sopé da colina, uma linha escura, prateada, no brilhante alagado verde das plantas da charneca. Entretanto, uns 70 quilômetros a pé era muito diferente da viagem de carro que me trouxera até ali.

Em pé, passei a me sentir um pouco melhor. A fraqueza nos braços e pernas começava a desaparecer, junto com a sensação de caos e dilaceramento em minha mente. Fora tão assustador quanto eu previra, essa viagem no tempo; talvez pior. Eu podia sentir a terrível presença das pedras acima de mim e estremeci, minha pele arrepiando-se de frio.

Entretanto, eu estava viva. Viva e com uma leve sensação de certeza, como um minúsculo sol brilhando sob minhas costelas. *Ele está aqui.* Eu sabia disso agora, embora não o soubesse quando me atirei pela fenda entre as pedras; fora um salto no escuro. Mas eu lançara meu pensamento em Jamie como uma corda de salvamento arremessada numa torrente vertiginosa – e a corda se esticara e me puxara para terra firme.

Eu estava molhada, com frio, e sentindo-me surrada, como se tivesse sido jogada de um lado para outro, sobre ondas que se arrebentavam numa praia rochosa. Mas eu estava ali. E em algum lugar deste estranho território do passado estava o homem que eu viera encontrar. As lembranças de tristeza e terror se desvaneciam conforme eu compreendia que minha sorte estava lançada. Eu não podia voltar; uma viagem de volta com toda a certeza seria fatal. Enquanto percebia que eu provavelmente estava ali para ficar, todas as hesitações e medos foram substituídos por uma estranha calma, quase exultante. Eu não podia voltar. Não havia nada a fazer senão seguir em frente – para encontrá-lo.

Amaldiçoando meu descuido em não ter pensado em pedir ao alfaiate para fazer meu manto com uma camada à prova d'água entre o tecido e o forro, puxei a vestimenta encharcada para junto do corpo. Mesmo molhada, a lã possuía algum calor. Se começasse a me movimentar, iria me aquecer. Uma rápida apalpadela assegurou-me de que meu fardo de sanduíches fizera a viagem comigo. Isso era bom; a ideia de caminhar 70 quilômetros com o estômago vazio era assustadora.

Com sorte, não seria necessário. Eu poderia encontrar um vilarejo ou uma casa que tivesse um cavalo que pudesse comprar. Caso não encontrasse, eu estava preparada. Meu plano era ir para Inverness – por quaisquer meios que se apresentassem – e lá pegar uma carruagem para Edimburgo.

Não havia nenhuma pista de onde Jamie se encontrava no momento. Podia estar em Edimburgo, onde seu artigo fora publicado, mas podia facilmente estar em qualquer outro lugar. Se não o encontrasse lá, eu poderia ir a Lallybroch, sua casa. Certamente, sua família teria conhecimento de seu paradeiro – se algum deles estivesse vivo. A repentina ideia me deu um calafrio e eu estremeci.

Pensei numa pequena livraria pela qual eu passava toda manhã no meu caminho do estacionamento ao hospital. Estavam com uma liquidação de pôsteres; eu vira a exposição de vários modelos psicodélicos quando deixei o consultório de Joe pela última vez.

"Hoje é o primeiro dia do resto de sua vida", dizia um dos pôsteres, acima de uma ilustração de um pintinho com cara de bobo, enfiando a cabeça para fora de uma casca de ovo. Na outra vitrine, outro pôster exibia uma lagarta galgando o caule de uma flor. Acima da flor esvoaçava uma borboleta brilhantemente colorida e abaixo se via o lema "Uma jornada de mil milhas começa com um único passo".

A coisa mais irritante sobre os clichês, concluí, é como eles são verdadeiros. Soltei a sorveira e comecei a descer a colina em direção ao meu futuro.

Foi uma viagem longa e acidentada de Inverness a Edimburgo, apertada numa diligência grande com duas outras senhoras, o filho pequeno e chorão de uma das mulheres, e quatro cavalheiros de diferentes tamanhos e índoles.

O sr. Graham, um cavalheiro pequeno e animado, já avançado em anos, que se sentava ao meu lado, usava uma bolsinha de cânfora e assa-fétida – uma resina vegetal de cheiro desagradável – em volta do pescoço, para o desconforto lacrimejante do restante dos passageiros.

– Essencial para dispersar os humores malignos da gripe – explicou-me ele, sacudindo a bolsinha delicadamente sob o meu nariz como um incensório. – Eu uso isto todos os dias durante os meses de outono e inverno e não fiquei nem um dia doente em quase trinta anos!

– Surpreendente! – eu disse educadamente, tentando prender a respiração. Eu não duvidava; os vapores provavelmente mantinham todos a tal distância que os germes não o alcançavam.

Os efeitos sobre o menino não pareciam tão benéficos. Após algumas observações indiscretas, em voz alta, sobre o mau cheiro na carruagem, o pequeno Georgie fora abafado no colo da mãe, de onde agora espreitava, parecendo um pouco verde. Eu o vigiava atentamente, bem como ao urinol sob o banco em frente, caso uma ação rápida envolvendo a conjunção dos dois fosse necessária.

Eu imaginei que o urinol fosse para uso em condições inclementes do tempo ou outra emergência, já que normalmente o recato das senhoras exigia paradas a cada hora aproximadamente, quando então os passageiros espalhavam-se pela vegetação à beira da estrada como um bando de codornas. Até mesmo aqueles que não precisavam aliviar a bexiga ou os intestinos buscavam algum alívio do odor da sacolinha de assa-fétida do sr. Graham.

Após uma ou duas mudanças de lugar, o sr. Graham descobriu que o seu lugar ao meu lado fora tomado pelo sr. Wallace, um advogado jovem e gordo, que retornava a Edimburgo depois de ter cuidado da partilha dos bens de um parente idoso em Inverness, conforme me explicou.

Eu não achava os detalhes de seu exercício da advocacia tão fascinantes quanto ele achava, mas naquelas circunstâncias, a evidente atração que sentia por mim era ligeiramente reconfortante e passei várias horas jogando xadrez com ele sobre um pequeno tabuleiro que ele tirou de um bolso e colocou sobre o joelho.

Minha atenção era distraída tanto dos desconfortos da viagem quanto das complexidades do xadrez pela expectativa do que eu poderia encontrar em Edimburgo. A. Malcolm. O nome repetia-se em minha mente como um hino de esperança. A. Malcolm. Tinha que ser Jamie, simplesmente tinha que ser! James Alexander Malcolm MacKenzie Fraser.

– Considerando o modo como os rebeldes das Terras Altas eram tratados após Culloden, seria bastante razoável que ele usasse um nome falso num lugar como Edimburgo – explicara-me Roger Wakenfield. – Particularmente ele, afinal era um traidor condenado. Também transformou isso numa espécie de hábito, ao que parece – acrescentou ele em tom de crítica, examinando os garranchos do manuscrito do artigo contra o novo imposto. – Para a época, isso é quase uma subversão da ordem.

– Sim, parece-se com Jamie – dissera eu secamente, mas meu coração dera um salto ao ver aquela caligrafia distintamente garatujada, com seus sentimentos destemidamente expressos em palavras. Meu Jamie. Toquei o pequeno retângulo rígido no bolso de minha saia, imaginando quanto tempo faltaria para chegarmos a Edimburgo.

O tempo mantinha-se estranhamente bom para a estação, com pouco mais de uma garoa para retardar nossa passagem, e nós completamos a viagem em menos de dois dias, parando quatro vezes para trocar os cavalos e nos revigorarmos nas estalagens dos postos de parada.

A diligência desembocou num pátio nos fundos da taberna Boyd's Whitehorse, perto do final da Royal Mile, em Edimburgo. Os passageiros emergiram na úmida luz do sol como crisálidas recém-saídas do casulo, com as asas amarrotadas e movimentos desengonçados, desacostumadas à mobilidade. Depois da semiescuridão da carruagem, até a luz cinza e nebulosa de Edimburgo parecia ofuscante.

Meus pés formigavam por estar sentada havia tanto tempo, mas corri ainda assim, esperando fugir do pátio enquanto meus ex-companheiros de viagem estavam ocupados resgatando seus pertences. Não tive tanta sorte; o sr. Wallace alcançou-me perto da rua.

– Sra. Fraser! – disse ele. – Poderia me dar o prazer de acompanhá-la ao seu destino? Certamente vai precisar de ajuda para retirar sua bagagem. – Olhou por cima do ombro em direção à diligência, onde os cavalariços arremessavam as malas e arcas aparentemente a esmo no meio da multidão, acompanhados por gritos e resmungos incoerentes.

– Hã... – disse. – Obrigada, mas eu... hã, vou deixar a bagagem a cargo do estalajadeiro. Meu... meu... – Eu buscava as palavras freneticamente. – O criado do meu marido virá buscá-la mais tarde.

O rosto rechonchudo abateu-se um pouco diante da palavra "marido", mas ele se recobrou galantemente, tomando minha mão e inclinando-se sobre ela.

– Compreendo perfeitamente. Posso expressar meu profundo apreço pelo prazer de sua companhia em nossa viagem, então, sra. Fraser? E talvez possamos nos encontrar novamente. – Ele se aprumou, inspecionando a multidão que passava por nós em redemoinho. – Seu marido vem buscá-la? Ficaria encantado em conhecê-lo.

Embora o interesse do sr. Wallace em mim tivesse sido lisonjeiro, estava rapidamente se transformando num aborrecimento.

– Não, irei ao encontro dele mais tarde – disse. – Foi um prazer conhecê-lo, sr. Wallace; espero revê-lo um dia. – Apertei a mão do sr. Wallace entusiasticamente, o que o desconcertou o suficiente para que eu escapulisse pelo amontoado de passageiros, cavalariços e vendedores de alimentos.

Não ousei parar perto do pátio de diligências com medo que ele fosse ao meu encalço. Virei-me e comecei a subir apressadamente a Royal Mile, o mais rápido que minhas volumosas saias me permitiam, abrindo caminho aos empurrões e cotoveladas pelo meio da multidão. Tive a sorte de chegar num dia de feira e logo fiquei longe da vista do pátio de diligências, perdendo-me entre barracas que vendiam os tradicionais broches da sorte, os *luckenbooths* tão populares na Escócia do século XVIII, e vendedores de ostras alinhados ao longo da rua.

Ofegante como um batedor de carteiras em fuga, parei para respirar no meio da ladeira. Havia uma fonte pública ali e sentei-me na borda para recuperar o fôlego.

Eu estava ali. Realmente ali. Edimburgo estendia-se pela encosta da colina atrás de mim até as ameaçadoras alturas do Castelo de Edimburgo e, abaixo de mim, pelo declive, até a graciosa majestade do palácio Holyrood ao sopé da cidade.

Na última vez que parei junto a esta fonte, o príncipe Charles discursava para os cidadãos de Edimburgo ali reunidos, inspirando-os com a visão de sua presença real. Ele saltara ostentosamente da borda para a coluna central, elaboradamente esculpida, do chafariz, um pé na pia, segurando-se em uma das cabeças de onde jorrava água, gritando: "Avante, para a Inglaterra!" A multidão rugia, maravilhada com aquele espetáculo de otimismo juvenil e proeza atlética. Eu mesma teria ficado mais impressionada se não tivesse notado que a água da fonte fora desligada numa antecipação ao gesto.

Perguntava-me por onde Charles andaria agora. Ele voltara para a Itália depois de Culloden, eu imaginava, para viver a vida que fosse possível para a realeza em exílio permanente. O que ele andava fazendo, eu não sabia nem me importava. Ele passara das páginas da história, e da minha vida também, deixando ruína e destruição em seu rastro. Restava ver o que poderia ser salvo agora.

Eu estava com muita fome; não comera nada desde um apressado desjejum de mingau grosseiro e carneiro cozido, feito logo após o amanhecer em um posto de parada em Dundaff. Havia um último sanduíche em meu bolso, mas relutara em comê-lo na carruagem sob o olhar curioso de meus companheiros de viagem.

Retirei-o do bolso e desembrulhei-o cuidadosamente. Pasta de amendoim e geleia em pão branco, em estado bastante precário, com manchas púrpura da geleia infiltrando-se pelo pão murcho, e tudo amassado em um único bolo achatado. Estava delicioso.

Comi o sanduíche devagar, apreciando o sabor oleoso e intenso da pasta de amendoim. Em quantas manhãs eu havia passado generosas porções de pasta de amendoim no pão, fazendo sanduíches para a merenda escolar de Brianna? Suprimindo o pensamento com firmeza, examinei os transeuntes para me distrair.

Eles realmente pareciam diferentes de seus equivalentes modernos; tanto homens quanto mulheres eram mais baixos e os sinais de má nutrição eram evidentes. Mesmo assim, possuíam uma impressionante familiaridade – eram pessoas que eu conhecia, escoceses e ingleses em sua maior parte. Ouvindo o murmúrio das vozes nas ruas, com seus profundos sons guturais, após tantos anos com os tons nasais e monótonos de Boston, eu experimentava uma sensação extraordinária de estar de volta ao lar.

Engoli o último bocado doce e saboroso da minha vida antiga e amassei a embalagem na mão. Olhei ao redor, mas ninguém estava olhando em minha direção. Abri a mão e deixei a bolinha de plástico cair furtivamente no chão. Embolada, ela rolou alguns centímetros nas pedras do calçamento, estalando e se desenrolando como se estivesse viva. O vento leve pegou-a e a folha pequena e transparente levantou voo repentinamente, deslizando pelas pedras cinzentas como uma folha seca.

A corrente de ar provocada pelo conjunto de rodas de uma charrete que passava sugou-a para baixo do veículo; cintilou uma vez com o reflexo da luz e desapareceu, sem ser percebida pelos transeuntes. Imaginei se a minha própria presença anacrônica causaria tão pouco dano.

– Você está perturbada, Beauchamp – disse a mim mesma. – Hora de seguir em frente. – Respirei fundo e levantei-me. – Com licença – disse, segurando pela manga um garoto entregador de pães que passava. Estou procurando um tipógrafo, um sr. Malcolm. Alexander Malcolm. – Uma sensação mista de pavor e empolgação gorgolejou na minha barriga. E se não houvesse nenhuma gráfica dirigida por Alexander Malcolm em Edimburgo?

Mas havia; o rosto do menino crispou-se no esforço para lembrar e depois relaxou.

– Ah, sim, senhora. É só descer e virar à esquerda. Beco Carfax. – E levantando seus pães sob o braço com um aceno da cabeça, mergulhou de novo na rua apinhada.

Beco Carfax. Avancei devagar para o meio da multidão outra vez, pressionando-me contra os prédios para evitar os respingos do despejo ocasional de resíduos jogados das janelas acima. Havia alguns milhares de pessoas em Edimburgo e o esgoto de todas elas corria a céu aberto pelas sarjetas da rua calçada de pedras, na dependência da gravidade e da chuva frequente para manter a cidade habitável.

A entrada baixa e escura do beco Carfax abria-se logo à frente, do outro lado da Royal Mile. Parei de repente, olhando-a, o coração batendo com força suficiente para ser ouvido a 1 metro de distância, se alguém parasse para ouvir.

Não estava chovendo, mas estava prestes a chover e a umidade no ar fazia meus cabelos cachearem-se. Afastei-os da minha testa, arrumando-os o melhor que pude sem um espelho. Em seguida, avistei uma grande vitrine de vidro laminado mais acima e segui apressadamente naquela direção.

O vidro estava nublado de vapor condensado, mas permitia um reflexo turvo, onde meu rosto parecia corado e com os olhos arregalados, mas, fora isso, apresentável. Meus cabelos, entretanto, haviam aproveitado a oportunidade para se encaracolarem loucamente em todas as direções, escapulindo de seus grampos numa excelente imitação dos cachos de Medusa. Arranquei os grampos com impaciência e comecei a prender os anéis rebeldes.

Havia uma mulher dentro da loja, debruçada sobre o balcão. Três crianças pequenas a acompanhavam e eu a observei com o rabo do olho. Ela se virou do seu trabalho e dirigiu-se a elas com impaciência, batendo com sua bolsinha na criança do meio, um garoto que brincava com vários talos de anis fresco enfiados num balde de água no chão.

Era a loja de um boticário; erguendo os olhos, vi o nome "Haugh" acima da porta e senti um estremecimento de emoção ao reconhecê-lo. Eu comprara ervas ali, durante o breve período em que vivi em Edimburgo. A decoração da vitrine havia sido ampliada desde então com o acréscimo de um enorme jarro de água colorida, no qual flutuava algo vagamente humanoide. O feto de um porco ou talvez um babuíno recém-nascido; possuía feições astutas, achatadas, pressionadas contra a lateral curva do jarro de uma forma desconcertante.

– Bem, pelo menos estou com um aspecto melhor do que o seu! – murmurei, empurrando com força um grampo teimoso.

Eu também parecia melhor do que a mulher dentro da loja, pensei. Tendo terminado o que fazia, ela agora enfiava sua compra na sacola que carregava, o rosto fino contraindo-se ao fazê-lo. Possuía o ar um pouco pastoso de um morador de cidade e sua pele era profusamente enrugada, com sulcos profundos do nariz à boca e uma testa franzida.

– Que o diabo o carregue, seu moleque – dizia ela, irritada, ao garotinho quando todos saíam juntos da loja numa grande algazarra. – Eu já não lhe disse mil vezes para manter as patas nos bolsos?

– Com licença. – Dei um passo à frente, interrompendo-os, impelida por uma súbita e irresistível curiosidade.

– Sim? – Distraída de suas reclamações maternas, ela me olhou espantada. De perto, parecia ainda mais acabada. Os cantos de sua boca eram caídos e os lábios virados para dentro, certamente por causa da falta de dentes.

– Não pude deixar de admirar seus filhos – disse, simulando tanta admiração quanto me foi possível assim de repente. Sorri amavelmente para eles. – Que belas crianças! Diga-me, qual a idade delas?

Ela ficou boquiaberta, confirmando a ausência de vários dentes. Pestanejou para mim e, em seguida, disse:

– Ah! Bem, é muita bondade sua, madame. Ah... Maisri aqui tem 10 anos – disse ela, indicando com um gesto da cabeça a menina mais velha, que estava no ato de limpar o nariz na manga do vestido –, Joey, 8... Tire o dedo do nariz, seu diabinho! – sibilou ela, virando-se em seguida e orgulhosamente dando uns tapinhas de leve na cabeça da mais nova. – E a pequena Polly acabou de fazer 6 anos agora em maio.

– Verdade? – Fitei a mulher, fingindo surpresa. – Você não parece ter idade para ter filhos tão grandes. Deve ter se casado muito jovem.

Ela se envaideceu um pouco, sorrindo de modo afetado.

– Ah, não! Não assim tão nova; ora, eu já tinha 19 anos quando Maisri nasceu.

– Incrível – disse, com sinceridade. Enfiei a mão no bolso e ofereci um penny a cada uma das crianças, que aceitaram com balanços encabulados da cabeça. – Bom dia para você... e parabéns pela linda família – disse para a mulher, e afastei-me com um aceno e um sorriso de despedida.

Dezenove anos quando a mais velha nasceu, e Maisri tinha 10 anos agora. Portanto, a mulher tinha 29 anos. E eu, abençoada por uma boa nutrição, higiene e serviços odontológicos, não desgastada por múltiplas gestações e trabalho braçal árduo, parecia bem mais nova do que ela. Respirei fundo, afastei meus cabelos para trás e entrei nas sombras do beco Carfax.

Era um beco longo e sinuoso, e a oficina gráfica ficava na outra extremidade. Havia prósperos negócios e casas de cômodos nos dois lados do beco, mas eu não prestava atenção a nada além da placa branca e nítida pendurada junto à porta, anunciando:

A. MALCOLM
MESTRE-IMPRESSOR E LIVREIRO

Abaixo, lia-se: livros, cartões de visita, folhetos, cartazes, cartas etc.

Estendi a mão e toquei nas letras pretas do nome. A. Malcolm. Alexander Malcolm. James Alexander Malcolm MacKenzie Fraser. Talvez.

Mais um minuto e eu perderia o autocontrole. Abri a porta com decisão e entrei.

Havia um balcão largo de um lado ao outro da frente da sala, com uma aba para abrir e dar passagem, e uma estante em um dos lados contendo várias bandejas de tipos de letras. Cartazes e anúncios de todos os tipos estavam pregados na parede oposta; modelos, sem dúvida.

A porta para a sala dos fundos estava aberta, deixando ver a estrutura volumosa e angular da prensa tipográfica. Inclinado sobre ela, de costas para mim, estava Jamie.

– É você, Geordie? – perguntou ele, sem se virar. Estava de calças e camisa, com uma pequena ferramenta na mão, com a qual mexia nas entranhas da prensa. – Levou bastante tempo. Conseguiu o...

– Não é Geordie – disse. Minha voz soou mais alta do que o normal. – Sou eu. Claire.

Ele se endireitou muito lentamente. Usava os cabelos longos; um rabo de cavalo grosso, de um ruivo escuro e forte, com emulações acobreadas. Tive tempo de ver que o laço perfeito que o prendia na nuca era de fita verde-escura. Então, ele se virou.

Olhou-me fixamente, sem falar. Um tremor percorreu a garganta musculosa quando ele engoliu em seco, mas ainda assim não disse nada.

Era o mesmo rosto largo e bem-humorado, os olhos azul-escuros puxados, acima das maçãs do rosto lisas de um viking, a boca larga curvada para cima nos cantos, como se estivesse sempre prestes a abrir um sorriso. As linhas ao redor dos olhos e da boca estavam mais pronunciadas, é claro. O nariz mudara ligeiramente. A ponte afilada estava um pouco mais grossa perto da base por causa da marca de uma fratura antiga. Dava-lhe um ar mais feroz, pensei, mas amenizava a expressão de reserva distante e emprestava um novo e vigoroso charme à sua aparência.

Atravessei pela passagem no balcão, sem ver nada além do olhar fixo em mim. Limpei a garganta.

– Quando foi que quebrou o nariz?

Os cantos da boca larga ergueram-se ligeiramente.

– Cerca de três minutos depois que a vi pela última vez... Sassenach.

Houve uma hesitação, quase uma interrogação, no nome. Não estávamos a mais de 30 centímetros um do outro. Estendi o braço tentando tocar a minúscula linha da cicatriz, onde o osso pressionava, branco, contra o bronze da pele.

Ele se contraiu, como se uma fagulha elétrica tivesse faiscado entre nós, e a expressão calma se desfez.

– Você é real – murmurou ele. Eu já o achara pálido. Agora, todos os vestígios de cor desapareceram de seu rosto. Seus olhos reviraram-se para cima e ele desabou no chão numa chuva de papéis e outros objetos que haviam estado sobre a prensa. Caiu graciosamente, de certa forma, para um homem tão grande, pensei distraidamente.

Foi apenas um desmaio; suas pálpebras já começavam a adejar quando me ajoelhei a seu lado e afrouxei o lenço em seu pescoço. Não me restava absolutamente nenhuma dúvida, mas ainda assim olhei automaticamente, enquanto afastava o linho grosso. Estava lá, é claro, a pequena cicatriz triangular logo acima da clavícula, deixada pela adaga do capitão Jonathan Randall, cavaleiro da Oitava Companhia dos Dragões de Sua Majestade.

Sua coloração normal e saudável estava retornando. Sentei-me com as pernas cruzadas no chão e acomodei sua cabeça sobre minha coxa. Seus cabelos caíram sedosos e macios em minha mão. Seus olhos se abriram.

– Foi tão ruim assim? – disse, sorrindo para ele, com as mesmas palavras que ele usara para mim no dia do nosso casamento, segurando minha cabeça em seu colo, havia mais de vinte anos.

– Pior ainda, Sassenach – respondeu ele, a boca torcendo-se no esboço de um sorriso. Sentou-se abruptamente, ereto, olhando para mim. – Santo Deus, você é real!

– E você também. – Levantei o queixo para fitá-lo. – A-achei que estava morto. – Eu planejara falar descontraidamente, mas minha voz me traiu. As lágrimas rolaram pelo meu rosto, para logo molhar o tecido rústico de sua camisa quando ele me puxou com força para ele.

Eu tremia tanto que algum tempo se passou até eu perceber que ele também tremia, e pela mesma razão. Não sei quanto tempo ficamos ali sentados no chão, chorando nos braços um do outro com a saudade de vinte anos derramando-se pelos nossos rostos.

Seus dedos embrenharam-se com força em meus cabelos, soltando-os e fazendo-os tombar pelo meu pescoço. Os grampos deslocados caíram em cascata pelos meus ombros e zuniram pelo chão como uma saraivada de granizo. Meus próprios dedos agarravam-se a seu braço, penetrando no linho como se eu tivesse medo que ele fosse desaparecer, a menos que fosse fisicamente impedido.

Como se tomado pelo mesmo temor, agarrou-me de repente pelos ombros e segurou-me distante dele, encarando-me com desespero. Colocou a mão em meu rosto e traçou a linha dos ossos repetidamente, alheio às minhas lágrimas e à fluida coriza do meu nariz.

Funguei ruidosamente, o que pareceu devolver-lhe os sentidos, porque me soltou e tateou apressadamente na manga, à cata de um lenço, que usou desajeitadamente para limpar primeiro meu rosto, depois o seu próprio.

– Dê-me isso. – Agarrei o pedaço de pano que oscilava erraticamente e assoei o nariz com firmeza. – Agora você. – Entreguei-lhe o lenço e observei-o assoar o nariz com o barulho de um ganso estrangulado. Dei uma risadinha, embargada de emoção.

Ele sorriu também, limpando as lágrimas dos olhos com as costas da mão, incapaz de parar de me fitar.

De repente, não suportei mais não estar tocando-o. Atirei-me sobre ele e ele ergueu os braços bem a tempo de me segurar. Abracei-o com força, até ouvir suas costelas estalarem, e senti suas mãos acariciarem as minhas costas, repetindo meu nome sem parar.

Finalmente, consegui soltá-lo e endireitar-me um pouco. Ele olhou para o assoalho entre suas pernas, franzindo a testa.

– Perdeu alguma coisa? – perguntei, surpresa. Ele ergueu os olhos e sorriu, um pouco tímido.

– Tive medo de ter perdido totalmente o controle e ter mijado nas calças, mas está tudo bem. É que eu me sentei sobre o pote de cerveja.

De fato, uma poça de um aromático líquido marrom espalhava-se lentamente sob ele. Com um gritinho de susto, pus-me de pé atabalhoadamente e ajudei-o a se levantar. Após tentar inutilmente avaliar os danos às suas costas, deu de ombros e desamarrou as calças. Abaixou as calças até os quadris, depois parou e olhou para mim, corando ligeiramente.

– Tudo bem – disse, sentindo um forte rubor colorir meu próprio rosto. – Somos casados. – Mesmo assim, abaixei os olhos, sentindo-me um pouco ofegante. – Ao menos, acho que somos.

Fitou-me por um longo instante, depois um sorriso curvou sua boca larga e macia.

– Sim, somos – disse ele. Livrando-se das calças molhadas com um chute, deu um passo em minha direção.

Estendi a mão para ele, tanto para recebê-lo quanto para estancá-lo. Queria, acima de tudo, tocá-lo de novo, mas sentia-me inexplicavelmente acanhada. Após tanto tempo, como deveríamos recomeçar?

Ele também sentiu a restrição da mistura de timidez e intimidade. Parando a poucos centímetros de mim, tomou minha mão. Hesitou por um instante, depois inclinou a cabeça sobre ela, os lábios mal roçando os nós dos meus dedos. Seus dedos tocaram a aliança de prata e pararam, segurando o aro de metal delicadamente entre o polegar e o indicador.

– Eu nunca a tirei – disse, sem me conter. Pareceu-me importante que ele soubesse disso. Ele apertou levemente a minha mão, mas não a soltou.

– Eu quero... – Parou e engoliu em seco, ainda segurando minha mão. Seus dedos encontraram e tocaram a aliança de prata outra vez. – Quero muito beijá-la – disse ele num sussurro, o sotaque escocês ainda mais carregado. – Posso?

As lágrimas mal estavam contidas. Mais duas afloraram e transbordaram; eu as senti, grandes e redondas, rolarem pelas minhas faces.

– Sim – murmurei.

Ele puxou-me devagar para junto de si, segurando nossas mãos unidas logo abaixo do peito.

– Não faço isso há muito tempo – disse ele. Vi a esperança e o medo no azul de seus olhos. Recebi a dádiva e a devolvi a ele.

– Eu também não – disse baixinho.

Segurou meu rosto entre as mãos com sublime delicadeza e pousou seus lábios nos meus.

Não sei bem o que eu estava esperando. Uma reprise da fúria galopante que acompanhara nossa derradeira despedida? Eu a relembrara tantas vezes, a revivera mentalmente, incapaz de mudar o desfecho. As horas infindáveis, quase selvagens, de posse mútua na escuridão de nossa cama de marido e mulher? Eu ansiara por isso, acordara inúmeras vezes suando e tremendo com a lembrança.

Mas éramos estranhos agora, mal nos tocando, cada qual buscando o caminho da união, lenta e experimentalmente, buscando e dando uma permissão velada com nossos lábios silenciosos. Meus olhos estavam fechados, e eu sabia, sem precisar olhar, que os de Jamie também estavam. Estávamos, pura e simplesmente, com medo de olhar um para o outro.

Sem erguer a cabeça, começou a me acariciar suavemente, sentindo meus ossos sob as roupas, familiarizando-se outra vez com o território do meu corpo. Finalmente, sua mão percorreu meu braço e segurou minha mão direita. Seus dedos deslizaram pela minha mão até encontrarem a aliança outra vez, e ele acariciou-a, sentindo o desenho entrelaçado no estilo das Terras Altas, polido pelo longo uso, mas ainda perfeitamente distinto.

Seus lábios se moveram dos meus, beijando minhas faces e olhos. Eu acariciei suas costas delicadamente, sentindo através da camisa as marcas que não conseguia ver, o que sobrara de antigas cicatrizes, como a minha aliança, desgastadas mas ainda distintas.

– Eu a tenho visto tantas vezes – disse ele, a voz sussurrante e morna em meu ouvido. – Você veio a mim tantas vezes. Em sonhos, às vezes. Quando estava delirante de febre. Quando estava com tanto medo e tão sozinho que achava que ia morrer. Quando eu precisava de você, eu sempre a via, sorrindo, com seus cabelos cacheados em volta do rosto. Mas você nunca falou comigo. Nem nunca me tocou.

– Posso tocá-lo agora. – Deslizei a mão suavemente por sua têmpora, seu ouvido, sua face e a parte do maxilar que eu podia ver. Levei a mão à sua nuca, sob os cabelos cor de cobre, e ele finalmente ergueu a cabeça. Segurou meu rosto entre as mãos, o amor reluzindo com força nos olhos azul-escuros.

– Não tenha medo – disse ele suavemente. – Agora, somos nós dois.

Poderíamos ter ficado ali de pé, fitando um ao outro indefinidamente, não fosse pelo som da campainha acima da porta da loja. Desprendi-me de Jamie e olhei vivamente ao redor, vendo um homem baixo e musculoso, de cabelos escuros e ásperos, de pé na soleira da porta, boquiaberto, segurando um pequeno pacote na mão.

– Ah, aí está você, Geordie! Por que demorou tanto? – disse Jamie.

Geordie não disse nada, mas seus olhos viajaram, incertos, pelo corpo de seu patrão, ali parado só de camisa, as pernas nuas, no meio da tipografia, as calças, sapatos e meias jogados no chão, e ele em meus braços, meu vestido todo amarrotado e meus cabelos desfeitos. O rosto fino de Geordie crispou-se numa máscara de censura.

– Eu me demito – disse ele, no tom de voz exuberante do oeste das Terras Altas. – A gráfica é uma coisa, eu trabalho aqui e você não pensa em outra coisa, mas eu sou da Igreja Livre e meu pai está acima de mim e meu avô acima dele. Trabalhar para um papista é uma coisa... a moeda do papa é tão boa quanto qualquer outra, não é?... mas trabalhar para um papista imoral é outra. Faça o que quiser com sua própria alma, mas se chegou ao ponto de orgias no trabalho, já foi longe demais, é o que tenho a dizer. Eu me demito!

Ele colocou o pacote cuidadosamente no centro do balcão, girou nos calcanhares e caminhou arrogantemente em direção à porta. Lá fora, o relógio de Tolbooth começou a bater. Geordie virou-se na soleira da porta para olhar de modo acusador para nós.

– E ainda nem é meio-dia! – disse ele. A porta da loja bateu atrás dele.

Jamie ficou olhando para a porta por um instante, depois se deixou cair lentamente no chão outra vez, rindo tanto que seus olhos lacrimejaram.

– "E ainda nem é meio-dia!" – repetiu ele, limpando as lágrimas do rosto. – Ah, meu Deus, Geordie! – Ele se balançava para a frente e para trás, agarrando os joelhos com as duas mãos.

Eu mesma não pude deixar de rir, embora estivesse um pouco preocupada.

– Não queria causar nenhum transtorno – disse. – Você acha que ele vai voltar? Ele fungou e limpou o rosto descuidadamente na barra da camisa.

– Ah, sim. Ele mora do outro lado da rua, na travessa Wickham. Eu vou lá daqui a pouco e... e explicarei – disse ele. Olhou para mim, compreendendo a realidade, e acrescentou: – Só Deus sabe como! – Por um instante, pareceu que ele ia começar a rir outra vez, mas dominou o impulso e levantou-se.

– Tem outro par de calças? – perguntei, pegando as que ele tirara e estendendo-as sobre o balcão para secarem.

– Sim, tenho, lá em cima. Mas espere um minuto. – Enfiou o longo braço no armário sob o balcão e retirou um aviso perfeitamente impresso que dizia VOLTO JÁ. Pendurando-o do lado de fora da porta e trancando-a por dentro, virou-se para mim. – Quer subir comigo? – disse ele. Dobrou o braço num convite, os olhos brilhando. – Se não achar imoral.

– Por que não? – disse. O impulso de desatar a rir estava logo abaixo da superfície, borbulhando no meu sangue como champanhe. – Somos casados, não somos?

O andar superior era dividido em dois aposentos, um de cada lado do patamar da escada, e um pequeno toalete logo em frente. O quarto dos fundos era obviamente destinado à armazenagem do material da gráfica; a porta estava escancarada e eu podia ver engradados de madeira cheios de livros, enormes maços de folhetos cuidadosamente presos com uma corda fina, barris de álcool e tinta em pó, e uma parafernália de ferramentas estranhas que presumi tratarem-se de peças sobressalentes para as máquinas de impressão.

O quarto da frente era espartano como a cela de um monge. Havia uma cômoda de gavetas com um castiçal de cerâmica sobre ela, uma mesinha com bacia e jarra de água, um banco e uma cama estreita, pouco mais do que um catre de acampamento. Soltei abruptamente a respiração ao vê-la, somente então percebendo que eu estivera prendendo-a. Ele dormia sozinho.

Um olhar rápido ao redor confirmou que não havia nenhum sinal de uma presença feminina no quarto e meu coração começou a bater com um ritmo normal outra vez. Obviamente, ninguém mais vivia ali além de Jamie; ele havia afastado a cortina que bloqueava um dos cantos do quarto e a fileira de cabides que se via ali suportava apenas duas camisas, um casaco e um colete de um cinza sóbrio, um manto de lã cinza e o par de calças sobressalente que ele fora buscar.

Ele ficou de costas para mim enquanto enfiava a camisa para dentro e amarrava as calças, mas eu pude ver o acanhamento na linha tensa de seus ombros. Eu podia sentir uma tensão similar na minha própria nuca. Após um instante para nos recobrarmos do choque de nos vermos, estávamos ambos acometidos de timidez. Vi seus ombros empertigarem-se e então ele virou-se para mim. O riso histérico havia nos abandonado, assim como as lágrimas, embora seu rosto ainda mostrasse as marcas de tanta emoção repentina, e eu sabia que o meu também.

– É muito bom ver você de novo, Claire – disse ele à meia-voz. Pensei que nunca... bem. – Encolheu os ombros ligeiramente, como se a camisa de linho apertasse nos ombros e ele quisesse afrouxá-la. Engoliu em seco, depois me olhou diretamente nos olhos.

– A criança? – perguntou ele. Tudo que ele sentia estava estampado em seu rosto; esperança ansiosa, temor desesperado e a luta para conter ambos.

Sorri-lhe e estendi a mão.

– Venha cá.

Eu pensara muito sobre o que deveria trazer comigo, caso minha viagem através das pedras fosse bem-sucedida. Considerando minha experiência prévia com acusações de bruxaria, eu tomara muito cuidado. Mas havia algo que eu tinha que trazer, independentemente de quaisquer que fossem as consequências, caso alguém as visse. Puxei-o para sentar-se a meu lado na cama e retirei do bolso o pequeno pacote retangular que eu embrulhara com tanto cuidado em Boston. Desfiz a embalagem à prova d'água e coloquei o conteúdo em suas mãos.

– Tome – disse.

Ele segurou-as, cautelosamente, como alguém manuseando alguma substância desconhecida e possivelmente perigosa. Suas mãos grandes emolduraram as fotografias por um instante, mantendo-as confinadas. O rosto redondo de Brianna recém-nascida estava alheio entre seus dedos, os punhos pequeninos cerrados sobre o cobertor, os olhos puxados fechados sob a nova exaustão de existir, a boca pequena entreaberta no sono.

Ergui os olhos para seu rosto; estava absolutamente perplexo de choque. Segurava as fotografias perto do peito, sem se mover, os olhos arregalados e fixos, como se uma flecha tivesse acabado de trespassar seu coração – como eu imaginava que tivesse.

– Sua filha lhe enviou isto – disse. Virei seu rosto lívido para mim e beijei-o suavemente nos lábios. Isso quebrou o transe; ele piscou e seu rosto reanimou-se.

– Minha... ela... – Sua voz estava rouca de emoção. – Filha. Minha filha. Ela... sabe?

– Sabe. Olhe as outras. – Retirei a primeira foto de sua mão, revelando o instantâneo de Brianna, hilariamente lambuzada com o glacê de seu primeiro bolo de aniversário, um travesso sorriso de triunfo no rosto, exibindo quatro dentes e sacudindo um novo coelhinho de pelúcia acima da cabeça.

Jamie deixou escapar um pequeno som inarticulado e seus dedos afrouxaram-se. Peguei a pequena pilha de fotos de sua mão e fui devolvendo-as, uma de cada vez.

Brianna aos dois anos, rechonchuda em sua roupa de neve, as bochechas redondas e vermelhas como maçãs, uns fiapos de cabelos leves como pluma saindo por baixo do capuz.

Bree aos 4 anos, os cabelos lisos e brilhantes em forma de sino, sentada, um dos tornozelos apoiado no joelho oposto, enquanto ela sorria para o fotógrafo, bem arrumada e tranquila, de avental branco.

Aos 5, orgulhosamente de posse de sua primeira lancheira, esperando para tomar o ônibus para o jardim de infância.

– Ela não me deixava acompanhá-la, queria ir sozinha. Ela é muito corajosa, não tem medo de nada... – Minha voz ficou embargada conforme eu explicava, mostrava, apontava para as imagens que caíam de suas mãos e deslizavam para o chão enquanto ele tentava pegar cada nova foto.

– Ah, meu Deus! – disse ele, diante da foto de Bree aos 10 anos, sentada no chão da cozinha com os braços em volta de Smoky, o enorme cão terra-nova. Essa era em cores; seus cabelos brilhantes contra os pelos negros e luzidios do cachorro.

Suas mãos tremiam tanto que ele já não conseguia segurar as fotos; tive que mostrar-lhe as últimas – Bree já crescida, rindo para uma fileira de peixes amarrados a uma linha e que ela havia pescado; debruçada em uma janela, contemplativa e misteriosa; com o rosto afogueado e descabelada, apoiada no cabo de um machado que usara para rachar lenha. As fotos mostravam seu rosto em todos os estados de espírito que eu pude captar, sempre aquele mesmo rosto, nariz reto e comprido, boca larga, com aquelas maçãs do rosto nórdicas, altas, largas e lisas, e os olhos rasgados – uma versão mais delicada, de ossos mais delgados, de seu pai, do homem que se sentava na cama ao meu lado, a boca abrindo-se e fechando-se sem emitir nenhum som, e as lágrimas rolando silenciosamente pelas próprias faces.

Espalmou a mão sobre as fotografias, os dedos trêmulos apenas roçando as superfícies lustrosas, depois se virou e inclinou-se em minha direção, lentamente, com a graça improvável de uma árvore alta caindo. Enterrou o rosto em meu ombro e desmoronou completamente.

Segurei-o contra o peito, os braços apertados em volta dos ombros largos, sacudindo-se, minhas próprias lágrimas caindo sobre seus cabelos, criando pequenas manchas escuras nas ondas ruivas. Pressionei o rosto contra o topo de sua cabeça, murmurando-lhe pequenas palavras de conforto como se ele fosse Brianna. Pensei comigo mesma que talvez fosse como uma cirurgia – mesmo quando uma operação é feita para reparar danos existentes, a cura ainda assim é dolorosa.

– Qual o nome dela? – Ele ergueu o rosto finalmente, limpando o nariz nas costas da mão. Pegou as fotos outra vez, delicadamente, como se pudessem se desintegrar ao toque de seus dedos. – Que nome você lhe deu?

– Brianna – disse com orgulho.

– Brianna? – repetiu ele, franzindo o cenho para as fotografias. – Que nome horrível para uma menininha!

Dei um solavanco para trás, como se tivesse levado um soco.

– Não é horrível! – retorqui. – É um lindo nome e, além do mais, foi você que me pediu para chamá-la assim! O que quer dizer com ser um nome horrível?

– Eu lhe pedi para chamá-la assim? – pestanejou.

– Com toda a certeza! Quando nós... quando nós... na última vez que o vi. – Pressionei os lábios com força para não chorar outra vez. Após alguns instantes, havia dominado meus sentimentos o suficiente para acrescentar: – Você disse para dar o nome de seu pai ao bebê. O nome dele era Brian, não era?

– Sim, era. – Um sorriso parecia lutar para sobrepujar as outras emoções em seu rosto. – Sim – disse ele. – Sim, tem razão, eu pedi. É que... bem, pensei que seria um menino, só isso.

– E ficou decepcionado por não ter sido um menino? – Olhei-o furiosamente e comecei a pegar as fotos espalhadas. Suas mãos em meus braços me impediram.

– Não – disse ele. – Não, não fiquei decepcionado. Claro que não! Sua boca contorceu-se ligeiramente. – Mas não vou negar que ela significa um grande choque, Sassenach. E você também.

Permaneci imóvel por um instante, fitando-o. Eu tivera meses para me preparar para isso e ainda assim meus joelhos estavam frouxos e um aperto contraía meu estômago. Ele fora pego completamente de surpresa com o meu aparecimento; não era de admirar que estivesse abalado com o impacto.

– Imagino que eu seja. Lamenta que eu tenha vindo? – perguntei. Engoli em seco. – Quer... quer que eu vá embora?

Suas mãos agarraram meus braços com tanta força que deixei escapar um pequeno grito. Percebendo que estava me machucando, afrouxou os dedos, mas ainda assim continuou a me segurar firmemente. Seu rosto ficara lívido diante da minha sugestão. Respirou fundo e soltou o ar ruidosamente.

– Não – disse ele, com o máximo de calma que conseguiu reunir. – Não quero. Eu... – interrompeu-se bruscamente, os maxilares cerrados. – Não – disse outra vez, com determinação.

Sua mão deslizou até segurar a minha e, com a outra, abaixou-se para pegar as fotografias. Colocou-as sobre o joelho, olhando-as com o rosto abaixado, para que eu não pudesse vê-lo.

– Brianna – disse ele num sussurro. – Você o pronuncia errado, Sassenach. O nome dela é Brianna. – Pronunciou-o com uma estranha cadência das Terras Altas, de modo que a primeira sílaba era mais forte e a segunda quase não se ouvia. *Bnana*.

– *Bnana*? – disse, achando graça.

Ele assentiu, os olhos ainda fixos nas fotografias.

– Brianna – disse ele. – É um belo nome.

– Fico contente que goste – disse.

Ergueu o rosto de repente e nossos olhos se encontraram. Um sorriso escondia-se no canto da boca larga.

– Fale-me dela. – Com o dedo indicador, traçou os contornos roliços do bebê em roupa de neve. – Como ela era quando garotinha? O que ela disse primeiro, quando aprendeu a falar?

Sua mão puxou-me para mais perto e aconcheguei-me junto a seu corpo. Ele era grande, e sólido, e cheirava a roupa lavada e tinta de impressão, com um cálido cheiro masculino que era tão excitante para mim quanto familiar.

– "Au-au" – disse. – Essa foi sua primeira palavra. A segunda foi "Não!".

O sorriso ampliou-se.

– Sim, essa todas as crianças aprendem depressa. Então ela gosta de cachorros? – Abriu as fotos em leque, como cartas de baralho, procurando a foto com Smoky. – Este que está aqui com ela é um lindo cachorro. De que raça é?

– É um terra-nova. – Inclinei-me para a frente para passar as fotos rapidamente. – Há outra aqui com um cachorrinho que um amigo meu lhe deu.

A fraca e cinza luz do dia começou a desaparecer e a chuva tamborilava no telhado havia algum tempo antes de nossa conversa ser interrompida por um rosnado feroz e profundo que emanou de baixo do corpete enfeitado de renda do meu vestido Jessica Gutenburg. Um longo tempo já se passara desde o sanduíche de pasta de amendoim.

– Com fome, Sassenach? – perguntou Jamie, um pouco desnecessariamente, pensei.

– Bem, sim, agora que você mencionou. Ainda guarda comida na gaveta de cima? – Assim que nos casamos, eu desenvolvera o hábito de guardar pequenas porções de alimento à mão, para suprir seu apetite constante, e a gaveta de cima de qualquer cômoda onde morávamos em geral propiciava uma variedade de pãezinhos, bolinhos ou pedaços de queijo.

Ele riu e espreguiçou-se.

– Sim, guardo. Mas não há muita coisa lá no momento, além de dois bolinhos velhos. É melhor eu levá-la à taberna e... – O ar de felicidade produzido pelo exame das fotografias de Brianna desapareceu, substituído por uma expressão alarmada. Olhou rapidamente para a janela, onde uma suave cor púrpura começava a substituir o cinza pálido. A expressão de alarme se intensificou.

– A taberna! Meu Deus! Esqueci-me do sr. Willoughby! – Já estava de pé e remexendo na cômoda em busca de meias limpas antes que eu pudesse dizer alguma coisa. Saiu dali com as meias em uma das mãos e dois bolinhos na outra. Atirou os últimos no meu colo e sentou-se no banco, apressadamente calçando as primeiras.

– Quem é o sr. Willoughby? – Dei uma mordida no bolinho, espalhando farelos.

– Droga – disse ele, mais para si mesmo do que para mim –, eu disse que iria encontrá-lo ao meio-dia, mas me esqueci completamente! Já devem ser quatro horas!

– Já, sim; ouvi o relógio bater pouco tempo atrás.

– Droga! – repetiu ele. Enfiando os pés num par de sapatos com fivelas de estanho, levantou-se, arrancou o casaco do cabide e depois parou à porta. – Vem comigo? – perguntou ele ansiosamente.

Lambi os dedos e me levantei, envolvendo-me no meu manto.

– Nada poderia me deter – assegurei-lhe.

25

A CASA DA ALEGRIA

– Quem é o sr. Willoughby? – perguntei, quando paramos sob o arco do beco Carfax para espreitar a rua de calçamento de pedras.

– Hã... ele é um sócio meu – respondeu Jamie, com um olhar cauteloso em minha direção. – É melhor colocar seu capuz, está caindo um aguaceiro.

Estava de fato chovendo muito; lençóis de água caíam do arco acima de nossas cabeças e desciam gorgolejando pelas sarjetas, limpando as ruas do esgoto e do lixo. Respirei fundo o ar limpo e úmido, sentindo-me exultante com a loucura da noite e a proximidade de Jamie, alto e forte ao meu lado. Eu o encontrara. Eu o encontrara, e o que quer que o desconhecido me reservasse agora não parecia importar. Sentia-me temerária e indestrutível.

Tomei sua mão e apertei-a; ele olhou para baixo e sorriu para mim, apertando a minha também.

– Aonde vamos?

– Até a World's End. – O rugido das águas dificultava a conversa. Sem dizer mais nada, Jamie segurou-me pelo cotovelo para me ajudar a atravessar o calçamento de pedras e nos lançamos ladeira abaixo pela íngreme Royal Mile.

Felizmente, a taberna denominada The World's End não ficava a mais de 100 metros de distância; apesar da intensidade da chuva, os ombros do meu manto estavam apenas úmidos quando nos agachamos para passar pela baixa verga da porta que dava acesso ao estreito saguão de entrada.

O salão principal estava apinhado, quente e enfumaçado, um refúgio confortável da tempestade lá fora. Havia algumas mulheres sentadas nos bancos que se estendiam ao longo das paredes, mas a maioria dos fregueses era masculina. Aqui e ali, via-se um homem num traje bem cuidado de comerciante, mas a maior parte dos homens com lares para onde retornar estava em suas casas a esta hora; a taberna abrigava uma mistura de soldados, ratos de cais, operários e aprendizes, com um ou outro bêbado para variar.

Várias cabeças ergueram-se quando entramos e ouviram-se gritos de saudação, além de um empurra-empurra e um arrastamento geral de pés, para abrir espaço em uma das longas mesas. Obviamente, Jamie era bem conhecido na World's End. Alguns olhares curiosos voltaram-se para mim, mas ninguém disse nada. Mantive o manto bem enrolado no corpo e segui Jamie pelo meio do aperto na taberna.

– Não, nós não vamos ficar – disse ele à jovem garçonete que apressou-se em nossa direção com um sorriso ansioso. – Só vim para encontrá-lo.

A jovem revirou os olhos para cima.

– Ah, sim, e já não é sem tempo! Mamãe mandou-o lá pra baixo.

– Sim, estou atrasado – disse Jamie, desculpando-se. – Eu... tive que resolver uns negócios.

A jovem olhou-me com curiosidade, mas em seguida deu de ombros e riu para Jamie.

– Ah, não tem problema, senhor. Harry levou um copo de conhaque para ele e desde então quase não o ouvimos mais.

– Conhaque, hein? – Jamie pareceu resignado. – Ele ainda está acordado? – Enfiou a mão no bolso do casaco e retirou uma pequena bolsinha de couro, da qual extraiu várias moedas, que deixou cair na mão estendida da jovem.

– Acho que sim – disse ela alegremente, guardando o dinheiro no bolso. – Eu o ouvi cantando algum tempo atrás. Obrigada, senhor!

Com um aceno da cabeça, Jamie abaixou-se para passar por baixo da verga da porta nos fundos do salão, fazendo sinal para que eu o seguisse. Uma cozinha minúscula, com teto arredondado, ficava atrás do salão principal da taberna; havia um enorme caldeirão do que parecia ser um cozido de ostra fervendo no fogão. O cheiro era delicioso e pude sentir minha boca começar a salivar com o aroma. Esperava que pudéssemos tratar de negócios com o sr. Willoughby enquanto jantávamos.

Uma mulher gorda vestindo saia e corpete sujos ajoelhava-se junto ao fogo, alimentando-o com pedaços de madeira. Ela ergueu os olhos para Jamie e cumprimentou-o com um sinal da cabeça, mas não fez nenhuma menção de levantar-se.

Ele acenou em resposta e dirigiu-se a uma pequena porta de madeira em um dos cantos. Levantou a trava e escancarou a porta, revelando uma escada escura que aparentemente levava às entranhas da terra. Uma luz bruxuleava em algum lugar lá embaixo, como se gnomos estivessem extraindo diamantes de uma mina sob a caverna.

Os ombros de Jamie preenchiam o estreito vão da escada, obstruindo minha visão. Quando ele saiu no espaço aberto ao fim das escadas, pude ver grossas vigas de carvalho e uma fileira de enormes barris, sobre uma longa plataforma apoiada em cavaletes e encostada contra a parede de pedra.

Uma única tocha queimava ao pé da escada. A adega estava escura e suas profundezas, como as de uma caverna, pareciam desertas. Prestei atenção, mas não ouvi nada além da algazarra abafada da taberna em cima. Certamente, ninguém cantando.

– Tem certeza de que ele está aqui embaixo? – Inclinei-me para espreitar sob a fileira de barris, imaginando se o bêbado sr. Willoughby fora nocauteado por um excesso de conhaque e buscara algum lugar isolado para dormir e curar a bebedeira.

– Ah, sim. – A voz de Jamie soou severa, mas resignada. – Acho que o vagabundo está se escondendo. Ele sabe que eu não gosto quando ele bebe em bares públicos.

Ergui a sobrancelha diante da informação, mas ele apenas continuou andando nas sombras, resmungando baixinho. A adega estendia-se no comprimento e eu podia ouvi-lo, arrastando os pés cautelosamente no escuro, muito tempo depois de tê-lo perdido de vista. Parada no círculo de luz da tocha, olhei ao meu redor com interesse.

Além da fileira de barris, havia vários engradados de madeira empilhados quase no centro do aposento contra um estranho pedaço de parede que erguia-se sozinho, a uma altura de mais ou menos 1,5 metro acima do chão da adega, perdendo-se para trás na escuridão.

Eu ouvira falar dessa característica da taberna quando ficamos em Edimburgo havia vinte anos, com Sua Alteza, o príncipe Charles, mas nunca a havia realmente visto. Era o remanescente de um muro construído pelos fundadores de Edimburgo, logo após a desastrosa Batalha de Flodden Field, em 1513. Concluindo – com certa razão – que provavelmente não haveria nenhum proveito na associação com os ingleses ao sul, construíram aquela muralha definindo tanto os limites da cidade quanto o limite do mundo civilizado da Escócia. Daí o nome The World's End – o fim do mundo. O nome se mantivera através de várias versões da taberna, que fora construída sobre as ruínas da utopia dos antigos escoceses.

– Vagabundo desgraçado. – Jamie emergiu das sombras, uma teia de aranha presa nos cabelos e uma carranca no rosto. – Deve estar atrás da muralha.

Virando-se, colocou a mão na boca e gritou alguma coisa. Soou como uma algaravia incompreensível – nem mesmo como gaélico. Desconfiada, enfiei o dedo no ouvido, imaginando se a viagem através das pedras havia danificado minha audição.

Um movimento repentino no canto do meu olho me fez erguer a cabeça, bem a tempo de ver uma bola azul brilhante voar de cima da ruína da antiga muralha e atingir Jamie diretamente entre as omoplatas. Ele bateu a cabeça no teto da adega com um baque surdo e desabou. Eu me atirei sobre seu corpo caído.

– Jamie! Você está bem?

A figura deitada de bruços emitiu uma série de palavrões em gaélico e sentou-se devagar, esfregando a testa, que batera na laje de pedra do chão com uma pancada assustadora. A bola azul, enquanto isso, transformara-se na figura de um chinês muito pequeno, que se sacudia, rindo com grande deleite, o rosto redondo e amarelado brilhando de alegria e conhaque.

– Sr. Willoughby, eu presumo – disse a essa aparição, mantendo um olho atento a novas brincadeiras.

Ele pareceu reconhecer seu nome, porque riu e balançou a cabeça freneticamente para mim, os olhos apenas duas fendas brilhantes. Apontou para si mesmo, disse alguma coisa em chinês e, em seguida, saltou no ar e executou várias cambalhotas para trás em rápida sucessão, pousando sobre os pés triunfalmente ao final.

– Pulga maldita. – Jamie levantou-se, limpando as palmas das mãos com cuidado no casaco. Com um movimento rápido, agarrou o chinês pelo colarinho e levantou-o do chão. – Vamos – disse ele, pousando o homenzinho na escada e empurrando-o firmemente nas costas. – Temos que ir andando, e depressa. – Em resposta, a pequena figura vestida de azul prontamente sucumbiu, parecendo uma trouxa frouxa de roupa suja deixada sobre o degrau. – Ele é um bom sujeito quando está sóbrio – explicou-me Jamie em tom de desculpas, enquanto erguia o chinês e o colocava sobre o ombro. – Mas ele realmente não deveria beber conhaque. É um beberrão.

– É o que estou vendo. Onde você o encontrou? – Fascinada, segui Jamie escada acima, observando o rabo de cavalo do sr. Willoughby oscilar para a frente e para trás como um metrônomo pelo feltro de lã cinza do manto de Jamie.

– Nas docas. – Mas antes que pudesse dar maiores explicações, a porta acima se abriu e estávamos de volta à cozinha da taberna. A robusta proprietária nos viu emergir e veio em nossa direção, as faces rechonchudas enfunadas de desaprovação.

– Ora, sr. Malcolm – começou ela, franzindo a testa. – O senhor sabe muito bem que é bem-vindo aqui e deve saber também que eu não sou de implicar com ninguém, não é uma atitude conveniente para quem mantém uma taberna. Mas eu já lhe disse, seu homenzinho amarelo não é...

– Sim, já disse isso, sra. Patterson – interrompeu Jamie. Enfiou a mão no bolso e retirou uma moeda, que entregou à corpulenta proprietária do pub com uma mesura. – E sua paciência é muito apreciada. Não acontecerá de novo. Espero – acrescentou ele baixinho. Colocou o chapéu na cabeça, inclinou-se novamente para a sra. Patterson e agachou-se sob a verga da porta que dava para o salão do bar.

Nossa reentrada causou outro alvoroço, mas desta vez uma reação negativa. As pessoas fizeram silêncio ou murmuraram imprecações em voz baixa. Deduzi que o sr. Willoughby provavelmente não era um dos clientes mais populares do local.

Jamie foi avançando devagar pelo meio da multidão, que abria caminho com relutância. Segui-o da melhor maneira possível, tentando não encarar ninguém e não respirar. Desacostumada como estava com o miasma nada higiênico do século XVIII, o mau cheiro de tantos corpos desabituados ao banho num recinto pequeno e fechado era quase insuportável.

Perto da porta, entretanto, nos deparamos com um problema na pessoa de uma mulher jovem e peituda, cujo vestido estava um grau acima das roupas rústicas e sóbrias da proprietária e de sua filha. O decote era um grau mais baixo e não tive muita dificuldade em adivinhar qual era seu principal meio de vida. Absorta num flerte com dois garotos aprendizes quando saímos da cozinha, ergueu os olhos quando passamos e pôs-se de pé num salto com um grito estridente, derrubando um caneco de cerveja no processo.

– É ele! – berrou ela, apontando o dedo para Jamie. – O maldito canalha! – Seus olhos pareciam ter dificuldade em focalizar; concluí que a cerveja derramada não era a sua primeira da noite, embora ainda fosse tão cedo.

Seus companheiros olharam para Jamie com interesse, mais ainda quando a jovem adiantou-se, brandindo o dedo no ar como se conduzisse um coro.

– É ele! O anãozinho de que falei... o que fez aquela coisa horrível comigo!

Reuni-me ao resto da multidão olhando para Jamie com interesse, mas logo percebi, como todos os presentes, que a jovem não estava falando dele, mas de seu fardo.

– Seu nojento! – gritou ela, dirigindo suas observações para os fundilhos das calças de seda azul do sr. Willoughby. – Verme! Lesma!

O espetáculo de aflição da jovem estava incitando seus companheiros; um deles, um rapaz alto e forte, levantou-se, os punhos cerrados, e inclinou-se sobre a mesa, os olhos brilhando de cerveja e agressividade.

– É ele, hein? Devo esfaqueá-lo para você, Maggie?

– Nem tente, garoto – avisou Jamie sem rodeios, mudando seu fardo de posição para melhor equilíbrio. – Tome sua bebida e nós já teremos ido embora.

– Ah, é? E você é o cafetão do anãozinho, é? – disse o inconveniente rapaz, com ar de desdém, o rosto vermelho virando-se em minha direção. – Ao menos, sua outra vadia não é amarela... vamos dar uma olhada nela. – Ele estendeu uma pata e agarrou a borda do meu manto, revelando o corpete decotado do Jessica Gutenburg.

– A mim, parece bastante rosada – disse seu amigo, com óbvia aprovação. – Ela é assim por inteiro? – Antes que eu pudesse me mover, ele tentou agarrar o corpete, segurando-o pela beira da renda. Não sendo projetado para os rigores da vida no século XVIII, o tecido fino rasgou-se na lateral, expondo um bom pedaço de pele rosada.

– Largue-a, seu filho da mãe! – Jamie girou nos calcanhares, os olhos flamejando, brandindo o punho livre ameaçadoramente.

– Quem você está xingando, seu desgraçado? – O primeiro rapaz, impossibilitado de sair de trás da mesa, subiu no tampo e lançou-se sobre Jamie, que agilmente se desviou, fazendo com que ele batesse de cara na parede.

Jamie deu uma enorme passada em direção à mesa, desceu o punho com toda a força no topo da cabeça do outro aprendiz, fazendo o maxilar do rapaz ficar frouxo, depois me agarrou pela mão e arrastou-me porta afora.

– Vamos! – disse ele, resmungando enquanto mudava de posição o corpo escorregadio do chinês, a fim de segurá-lo melhor. – Virão atrás de nós a qualquer momento!

E vieram; pude ouvir a gritaria quando os mais exaltados jorraram da taberna para a rua em nosso encalço. Jamie enfiou-se pela primeira abertura que desembocava na Royal Mile, entrando num beco estreito e escuro, e fomos chapinhando pelas poças de lama e outras menos identificáveis, nos agachando por baixo de uma arcada e descendo outra viela sinuosa que parecia atravessar as entranhas de Edimburgo. Paredes escuras e portas de madeira lascadas passavam velozmente por nós, até virarmos uma esquina desembocando num pequeno pátio, onde paramos para tomar fôlego.

– O que... afinal... ele fez? – perguntei, arquejante. Eu não conseguia imaginar o que o pequeno chinês havia feito a uma jovem e robusta prostituta como aquela Maggie. Tudo indicava que ela poderia tê-lo esmagado como uma mosca.

– Bem, são os pés, sabe? – explicou Jamie, com um olhar de relance, de conformada irritação, ao sr. Willoughby.

– Pés? – Relanceei os olhos involuntariamente para os minúsculos pés do chinês, perfeitas miniaturas calçadas em sapatilhas de cetim negro com sola de feltro.

– Não os dele – disse Jamie, notando meu olhar. – Os das mulheres.

– Que mulheres? – perguntei.

– Bem, até agora têm sido apenas prostitutas – disse ele, lançando um olhar pela arcada para ver se o bando continuava a nos perseguir –, mas não se sabe o que ele pode tentar. Nenhum discernimento – explicou ele sucintamente. – Ele é pagão.

– Compreendo – disse, embora até então não estivesse compreendendo nada. – O que...

– Lá estão eles! – Um grito no outro extremo da viela interrompeu minha pergunta.

– Droga, achei que tivessem desistido. Venha, por aqui!

Desatamos a correr outra vez pela viela, de volta à Royal Mile, alguns passos ladeira abaixo e de novo para dentro de um beco. Eu podia ouvir gritos e clamores atrás de nós na rua principal, mas Jamie agarrou meu braço e arrastou-me atrás dele por uma porta aberta, entrando num pátio repleto de barris, fardos e caixotes. Olhou freneticamente ao redor, depois arremessou o corpo inerte do sr. Willoughby em um grande barril cheio de lixo. Parando apenas o suficiente para jogar um pedaço de lona sobre a cabeça do chinês para escondê-lo, arrastou-me para trás de uma carroça carregada de caixotes e puxou-me para baixo, a seu lado.

Eu arfava do esforço a que não estava acostumada e meu coração disparara com a adrenalina do medo. O rosto de Jamie estava vermelho do frio e do exercício, e seus cabelos eriçavam-se em todas as direções, mas ele respirava apenas um pouco mais pesadamente.

– Você faz esse tipo de coisa o tempo todo? – perguntei, apertando a mão contra o peito num esforço vão de fazer meu coração diminuir a aceleração.

– Não exatamente – disse ele, espreitando cuidadosamente por cima da carroça à cata do bando.

O eco das batidas de pés chegou fracamente até nós, depois desapareceu e tudo ficou em silêncio, exceto pelo tamborilar da chuva nos caixotes logo acima.

– Passaram direto. Mas é melhor ficarmos aqui um pouco, só para ter certeza. – Tirou um caixote da carroça para eu me sentar, pegou outro para si próprio e sentou-se com um suspiro, afastando os cabelos soltos do rosto com uma das mãos.

Lançou-me um sorriso enviesado.

– Desculpe-me, Sassenach. Não pensei que seria tão...

– Movimentado? – terminei por ele. Devolvi o sorriso e peguei um lenço para enxugar uma gota de suor da ponta do meu nariz. – Tudo bem. – Olhei para o enorme barril, onde murmúrios e agitações indicavam que o sr. Willoughby estava retornando a um estado mais ou menos consciente. – Hã... como sabe a respeito dos pés?

– Ele me contou; tem um fraco por bebida, sabe – explicou ele, lançando um olhar para o barril onde seu colega estava escondido. – E quando exagera na dose, começa a falar sobre os pés das mulheres e todas as coisas terríveis que quer fazer com eles.

– Que coisas terríveis se pode fazer com um pé? – Eu estava fascinada. – Certamente, as possibilidades são limitadas.

– Não, não são – disse Jamie soturnamente. – Mas não é algo que eu gostaria de estar discutindo num lugar público.

Uma cantiga monótona surgiu das profundezas do barril atrás de nós. Era difícil saber, entre as inflexões naturais da língua, mas achei que o sr. Willoughby estava fazendo algum tipo de pergunta.

– Cale a boca, seu verme – disse Jamie indelicadamente. – Mais uma palavra e eu mesmo vou pisotear a sua cara; vamos ver se vai gostar.

Ouviu-se uma risadinha estridente e o barril silenciou.

– Ele quer que alguém ande sobre o rosto dele? – perguntei.

– Sim. Você – disse Jamie sucintamente. Encolheu os ombros num gesto de desculpas e suas faces ruborizaram-se. – Não tive tempo de explicar a ele quem você é.

– Ele fala inglês?

– Ah, sim, de certo modo, mas pouca gente compreende o que ele diz. A maior parte do tempo, eu falo com ele em chinês.

Olhei-o espantada.

– Você fala chinês?

Ele deu de ombros, inclinando a cabeça com um leve sorriso.

– Bem, eu falo chinês mais ou menos como o sr. Willoughby fala inglês, mas ele não tem muita escolha no que diz respeito a conversar em chinês, de modo que tem que se contentar comigo.

Meu coração dava sinais de estar voltando ao normal e eu me reclinei sobre o fundo da carroça, o capuz mais puxado para a frente para me proteger da garoa.

– Onde ele foi arranjar um nome como Willoughby? – perguntei. Ao mesmo tempo que estava curiosa a respeito do chinês, estava ainda mais curiosa para saber o que um respeitável mestre-impressor de Edimburgo estava fazendo com um, mas senti uma certa relutância em ficar bisbilhotando a vida de Jamie. Tendo acabado de voltar do supostamente mundo dos mortos, ou seu equivalente, eu não poderia querer saber todos os detalhes de sua vida de imediato.

Jamie passou a mão pelo nariz.

– Sim, bem. É que o verdadeiro nome dele é Yi Tien Cho. Ele diz que significa "aquele que se ampara no céu".

– Difícil demais para os escoceses locais pronunciarem? – Conhecendo a natureza insular da maioria dos escoceses, não me surpreendia que não quisessem se aventurar por estranhas águas linguísticas. Jamie, com seu dom para línguas, era uma anomalia genética.

Ele sorriu, os dentes brancos e brilhantes na penumbra crescente.

– Bem, não se trata exatamente disso. É que se você pronunciar o nome dele um pouquinho diferente, fica muito parecido com um palavrão em gaélico. Pensei que Willoughby talvez fosse melhor.

– Entendi. – Achei que talvez, nas atuais circunstâncias, eu não devia perguntar qual era exatamente a palavra gaélica. Olhei por cima do ombro, mas a ladeira parecia desobstruída.

Jamie percebeu meu gesto e levantou-se, balançando a cabeça.

– Sim, já podemos ir. Os rapazes já devem ter voltado para a taberna.

– Nós não vamos ter que passar pela World's End para voltar à gráfica? – perguntei, hesitante. – Ou existe um caminho por trás? – Já escurecera completamente e a ideia de ir tropeçando pelos montes de lixo e de lama das passagens de fundos não me atraía.

– Ah... não. Não vamos para a gráfica. – Eu não pude ver seu rosto, mas parecia haver uma certa reserva em seu jeito. Talvez ele tivesse uma residência em algum outro lugar da cidade. Senti um frio no estômago diante da perspectiva; o quarto em cima da gráfica era claramente uma cela de monge; mas talvez ele tivesse uma casa em algum outro lugar... com uma família dentro? Não houve tempo para nada além da troca das informações mais essenciais na gráfica. Eu não tinha como saber o que ele fizera nos últimos vinte anos ou o que andava fazendo agora.

Ainda assim, ele ficara obviamente feliz – para dizer o mínimo – de me ver e o ar pensativo que agora exibia podia perfeitamente ter a ver com seu sócio embriagado, e não comigo.

Inclinou-se sobre o barril, dizendo alguma coisa em chinês com forte sotaque escocês. Era um dos sons mais estranhos que eu já ouvira; mais ou menos como os guinchos de uma gaita de foles sendo afinada, pensei, achando graça na execução.

O que quer que ele tenha dito, o sr. Willoughby respondeu loquazmente, interrompendo-se com risadinhas e pigarros. Finalmente, o chinês surgiu na borda do barril, a silhueta de sua figura minúscula desenhada contra a luz de um distante lampião do beco. Ele saltou do barril com grande agilidade e prontamente prostrou-se no chão diante de mim.

Lembrando-me do que Jamie me dissera sobre pés, dei um rápido passo para trás, mas Jamie colocou a mão em meu braço para me tranquilizar.

– Não, tudo bem, Sassenach – disse ele. – Ele só está se desculpando por seu desrespeito com você antes.

– Ah, bem. – Olhei desconfiada para o sr. Willoughby, que tagarelava alguma coisa para o chão sob seu rosto. Desconhecendo a etiqueta adequada, abaixei-me e bati de leve em sua cabeça. Evidentemente, isso servia, porque ele logo se pôs de pé e fez várias mesuras para mim, até Jamie dizer-lhe com impaciência para parar. Voltamos, então, para a Royal Mile.

O prédio para o qual Jamie me conduziu ficava discretamente escondido em um pequeno beco logo acima da igreja de Canongate, talvez a uns 400 metros acima do palácio Holyrood. Vi os lampiões montados junto aos portões do palácio lá embaixo e estremeci ligeiramente diante da visão. Havíamos morado com Charles Stuart no palácio por aproximadamente cinco semanas, na fase inicial, vitoriosa, de sua curta carreira. O tio de Jamie, Colum MacKenzie, morrera ali.

A porta abriu-se com a batida de Jamie e todos os pensamentos do passado se desvaneceram. A mulher que nos espreitava, castiçal na mão, era miúda, elegante, de cabelos escuros. Ao ver Jamie, puxou-o para dentro com uma exclamação de alegria e beijou-o no rosto em saudação. Minhas entranhas crisparam-se como um punho cerrado, mas depois relaxaram de novo, quando eu o ouvi cumprimentá-la como "madame Jeanne". Não era o tratamento que se daria a uma esposa – nem mesmo, eu esperava, a uma amante.

Ainda assim, havia alguma coisa a respeito da mulher que me deixava apreensiva. Ela era obviamente francesa, embora falasse inglês muito bem – nada de estranhar; Edimburgo era um porto e uma cidade bastante cosmopolita. Estava vestida sobriamente, mas com suntuosidade, em seda pesada com um corte elegante, mas usava bem mais pó de arroz e ruge do que a escocesa comum. O que me perturbava era a maneira como me olhava – franzindo o cenho, com um perceptível ar de antipatia.

– Monsieur Fraser – disse ela, tocando o ombro de Jamie com um ar de posse de que eu absolutamente não gostei. – Posso dar uma palavrinha em particular com o senhor?

Jamie, entregando o manto para a criada que veio buscá-lo, lançou um rápido olhar para mim e percebeu a situação imediatamente.

– Claro, madame Jeanne – disse ele educadamente, estendendo a mão para que eu me aproximasse. – Mas primeiro... quero lhe apresentar minha mulher, a sra. Fraser.

Meu coração parou de bater por um instante, depois retomou o compasso, com uma força que eu tinha certeza poderia ser ouvido por qualquer pessoa no pequeno vestíbulo. Os olhos de Jamie encontraram-se com os meus e ele sorriu, seus dedos apertando meu braço com mais intensidade.

– Sua... mulher? – Eu não sabia dizer se era assombro ou horror o que dominou o semblante de madame Jeanne. – Mas, monsieur Fraser... o senhor a traz aqui? Eu pensei... uma mulher... tudo bem, mas insultar nossas próprias *jeunes filles* não é bom... por outro lado... a esposa... – Ficou indecorosamente boquiaberta, exibindo vários molares cariados. Em seguida, retomou repentinamente sua atitude de desconcertada calma e inclinou a cabeça para mim tentando demonstrar uma atitude cortês. – *Bonsoir...* madame.

– Igualmente, tenho certeza – disse educadamente.

– Meu quarto está pronto, madame? – perguntou Jamie. Sem esperar uma resposta, virou-se em direção às escadas, levando-me com ele. – Vamos passar a noite.

Olhou para trás, para o sr. Willoughby, que entrara conosco. Ele sentara-se imediatamente no chão, onde ficou escorrendo a água da chuva, uma expressão sonhadora no rosto pequeno e achatado.

– Hã...? – Jamie fez um pequeno gesto indicando o sr. Willoughby, as sobrancelhas erguidas para madame Jeanne num gesto interrogativo. Ela olhou fixamente para o pequeno chinês por um instante como se estivesse se perguntando de onde ele surgira e, em seguida, recobrou-se, e bateu palmas vivamente chamando uma das criadas.

– Veja se a srta. Josie está liberada, por favor, Pauline – disse ela. – E depois leve água quente e toalhas limpas para monsieur Fraser e sua... mulher. – Pronunciou a palavra com uma espécie de surpresa estupidificada, como se ainda não acreditasse.

– Ah, outra coisa, por gentileza, madame? – Jamie inclinou-se sobre a balaustrada, sorrindo para ela. – Minha mulher precisa de um vestido novo; suas roupas sofreram um infeliz acidente. Poderia providenciar algo adequado pela manhã? Obrigado, madame Jeanne. *Bonsoir!*

Eu não falei, enquanto o seguia pelos quatro lances de escada sinuosa até o ponto mais alto da casa. Eu estava ocupada demais, pensando, minha mente rodopiando. "Cafetão", dissera o rapaz no pub. Mas certamente isso fora apenas um xingamento – era absolutamente impossível. Para o Jamie Fraser que eu conhecera, isso era impossível, corrigi-me, fitando os ombros largos sob o casaco de sarja cinza-escuro. E para este homem?

Eu não sabia bem o que eu estava esperando, mas o quarto era bastante simples, pequeno e limpo – embora isso fosse extraordinário, pensando bem. A mobília consistia em um banquinho, uma cama comum e uma cômoda de gavetas, sobre a qual havia uma bacia e uma jarra de água e um castiçal de cerâmica com uma vela de cera de abelhas, que Jamie acendeu com a vela fina que trouxera de baixo.

Ele sacudiu o casaco molhado e atirou-o displicentemente sobre o banco, depois se sentou na beira da cama para retirar os sapatos molhados.

– Deus – disse ele –, estou morto de fome. Espero que a cozinheira não tenha ido dormir ainda.

– Jamie... – eu disse.

– Tire o manto, Sassenach – disse ele, notando que eu ainda estava parada junto à porta. – Você está encharcada.

– Sim. Bem... sim. – Engoli em seco, e continuei. – É que... há... Jamie, por que você tem um quarto particular em um bordel? – extravasei.

Ele esfregou o queixo, ligeiramente embaraçado.

– Desculpe-me, Sassenach – disse ele. – Sei que não foi correto trazê-la para cá, mas era o único lugar onde poderíamos mandar consertar seu vestido rapidamente, além de encontrar uma comida quente. Além disso, eu precisava colocar o sr. Willoughby num lugar onde ele não arranjasse mais confusão e como tínhamos que vir aqui de qualquer maneira... bem – olhou para a cama –, é bem mais confortável do que meu catre na gráfica. Mas talvez não tenha sido uma boa ideia. Podemos ir embora, se achar que não...

– Não me importo com isso – interrompi. – A questão é... por que você tem um quarto em um bordel? É um freguês tão bom que...

– Um freguês? – Ergueu os olhos arregalados para mim, as sobrancelhas erguidas. – Aqui? Santo Deus, Sassenach, o que acha que eu sou?

– Gostaria de saber – disse. – É por isso que estou perguntando. Vai responder à minha pergunta?

Ele fitou os pés calçados de meias por um instante, contorcendo os dedos na tábua do assoalho. Finalmente, ergueu os olhos para mim e respondeu calmamente:

– Creio que sim. Não sou um freguês da Jeanne, mas ela é cliente minha... uma das melhores. Ela mantém um quarto para mim porque estou sempre fora, a negócios, até tarde da noite, e eu prefiro ter um lugar para onde possa voltar e encontrar comida e uma cama a qualquer hora, e privacidade. O quarto faz parte do meu acordo com ela.

Eu estivera prendendo a respiração. Soltei o ar parcialmente.

– Está bem – disse. – Então, suponho que a próxima pergunta seja que negócios a dona de um bordel pode ter com um mestre-impressor? – A ideia absurda de que talvez ele imprimisse folhetos de propaganda para madame Jeanne atravessou minha mente, sendo imediatamente descartada.

– Bem – disse ele devagar. – Não. Acho que a pergunta não é essa.

– Não é?

– Não. – Com um movimento fluido, ele saiu da cama e postou-se diante de mim, suficientemente perto para eu ter que levantar a cabeça para olhá-lo nos olhos. Senti um súbito impulso de recuar um passo, mas não o fiz, em grande parte porque não havia espaço suficiente. – A pergunta, Sassenach, é por que você voltou? – disse ele à meia-voz.

– Que diabo de pergunta é essa? – As palmas de minhas mãos pressionaram-se, abertas, contra a madeira áspera da porta. – Por que você acha que eu voltei?

– Não sei. – A voz escocesa era suave e fria, mas mesmo na penumbra, eu podia ver sua artéria pulsando pela gola aberta da camisa. – Você voltou para ser minha mulher outra vez? Ou apenas para me contar sobre a minha filha? – Como se pressentisse que sua proximidade me deixava nervosa, virou-se repentinamente, dirigindo-se à janela, onde as persianas rangiam com o vento. – Você é a mãe da minha filha. Só por isso, eu já lhe devo minha alma, por saber que minha vida não foi em vão, que minha filha está a salvo. – Virou-se novamente para me encarar, os olhos azuis resolutos. – Mas já faz muito tempo, Sassenach, desde que eu e você éramos um só. Você teve a sua vida... no seu tempo... e eu tive a minha vida aqui. Você não sabe nada do que eu fiz, ou fui. Você veio agora porque quis... ou porque achou que era seu dever?

Senti um nó na garganta, mas enfrentei seus olhos.

– Eu vim agora porque antes... eu achava que você estava morto. Achei que tivesse morrido em Culloden.

Seus olhos abaixaram-se para o parapeito da janela, onde começou a levantar uma farpa da madeira.

– Sim, entendo – disse ele suavemente. – Bem... eu pretendia estar morto. – Sorriu, sem humor, os olhos fixos na farpa de madeira. – Tentei com todas as forças. – Ergueu os olhos para mim outra vez. – Como descobriu que eu não havia morrido? Ou, na verdade, onde eu estava?

– Tive ajuda. Um jovem historiador chamado Roger Wakefield encontrou os arquivos; ele seguiu seu rastro até Edimburgo. E quando eu vi "A. Malcom", eu soube... eu pensei... devia ser você – terminei canhestramente. Haveria muito tempo para os detalhes mais tarde.

– Sim, compreendo. E então você veio. Mas ainda assim... por quê?

Olhei-o espantada, muda, por um instante. Como se sentisse necessidade de ar, ou talvez somente para ter o que fazer, ele remexeu desajeitadamente no trinco das persianas e abriu-as parcialmente, inundando o aposento com o barulho de água escorrendo e o cheiro frio e fresco da chuva.

– Está tentando me dizer que não quer que eu fique? – perguntei, finalmente. – Porque se assim for... quero dizer, sei que deve ter uma vida agora... talvez tenha... outras ligações... – Com os sentidos estranhamente aguçados, eu podia ouvir os menores ruídos de atividade pela casa embaixo, até mesmo acima do barulho da tempestade e dos batimentos do meu próprio coração. As palmas das minhas mãos estavam úmidas e eu as limpei disfarçadamente na saia.

Ele virou-se da janela para me fitar, os olhos arregalados.

– Santo Deus! – exclamou ele. – Não querer você? – Seu rosto tornou-se pálido e os olhos extraordinariamente brilhantes. – Eu ansiei por você durante vinte anos, Sassenach – ele disse à meia-voz. – Não sabe disso? Santo Deus! – A brisa agitou as mechas soltas em torno de seu rosto e ele as afastou para trás com impaciência. – Mas eu não sou o mesmo homem que você conheceu há vinte anos, não é? – Virou-se com um gesto de frustração. – Nós nos conhecemos menos agora do que nos conhecíamos quando nos casamos.

– Quer que eu vá embora? – O sangue latejava nos meus ouvidos.

– Não! – Virou-se rapidamente em minha direção e segurou meu ombro com firmeza, fazendo-me recuar involuntariamente. – Não – repetiu, com mais calma. – Não quero que vá embora. Eu lhe disse isso e estava falando a verdade. Mas... eu tenho que saber. – Inclinou a cabeça para mim, o rosto transtornado pela dúvida.

– Você me quer? – sussurrou ele. – Sassenach, você vai me aceitar e se arriscar com o homem que eu sou agora, em nome do homem que você conheceu?

Senti uma grande onda de alívio, mesclado com temor. Ela correu de sua mão em meu ombro às pontas dos meus dedos dos pés, enfraquecendo minhas juntas.

– É tarde demais para fazer essa pergunta – disse, estendendo a mão para tocar seu rosto, onde a barba áspera começava a despontar. Era macia sob meus dedos, como veludo. – Porque eu já arrisquei tudo que eu possuía. Mas quem quer que você seja agora, Jamie Fraser... sim. Sim, eu o quero.

A luz da chama da vela fez o azul de seus olhos cintilar quando estendeu as mãos para mim e eu caminhei sem nenhuma palavra para dentro de seus braços. Pousei o rosto em seu peito, admirando-me com a sensação de tê-lo em meus braços; tão grande, tão sólido e quente. Real, após anos de saudades de um fantasma que eu não podia tocar.

Soltando-se após um instante, ele fitou-me e tocou meu rosto, muito delicadamente. Sorriu levemente.

– É corajosa como o diabo, sabia? Mas você sempre foi.

Tentei sorrir para ele, mas meus lábios tremiam.

– E você? Como pode saber como eu sou agora? Também não sabe o que estive fazendo nos últimos vinte anos. Posso ser uma pessoa horrível agora!

O sorriso em seus lábios deslocou-se para seus olhos, iluminando-os de humor.

– Sim, é verdade, imagino que possa ser. Mas, sabe, Sassenach... acho que não me importo.

Continuei fitando-o por mais um instante, depois dei um profundo suspiro que arrebentou mais alguns pontos do meu vestido.

– Nem eu.

Parecia absurdo me sentir acanhada com ele, mas o fato é que era assim que me sentia. As aventuras da tarde e suas próprias palavras para mim haviam aberto o abismo da realidade – aqueles vinte anos não compartilhados que abriam um vazio entre nós e o futuro desconhecido que se estendia à frente. Havíamos chegado ao ponto em que começaríamos a nos conhecer outra vez e a descobrir se éramos de fato as mesmas pessoas que um dia existiram como um único ser – e se poderíamos ser um só outra vez.

Uma batida na porta quebrou a tensão. Era uma pequena criada, trazendo uma bandeja com o jantar. Balançou a cabeça timidamente para mim, sorriu para Jamie e arranjou tanto a refeição – carne fria, caldo quente e pão de aveia quente com manteiga – quanto o fogo na lareira com mãos práticas, deixando-nos em seguida com um murmurado "Boa-noite".

Comemos devagar, conversando cautelosamente sobre assuntos neutros; contei-lhe como eu conseguira ir de Craigh na Dun para Inverness e o fiz rir com histórias do sr. Graham e do pequeno Georgie. Ele, por sua vez, contou-me sobre o sr. Willoughby; como ele encontrara o chinesinho, faminto e completamente bêbado, caído atrás de uma fileira de barris nas docas em Burntisland, um dos portos da marinha mercante de Edimburgo.

Praticamente não falamos mais de nós mesmos. Entretanto, conforme comíamos, fui ficando cada vez mais consciente do seu corpo, observando suas mãos longas e elegantes quando ele servia vinho e cortava a carne, vendo os contornos de seu torso musculoso por baixo da camisa e a linha graciosa do pescoço e do ombro quando se abaixou para pegar um guardanapo que caíra. Uma ou duas vezes, pareceu-me ver seu olhar demorar-se em mim do mesmo modo – uma espécie de avidez hesitante –, mas a cada vez ele logo desviava o olhar, encobrindo os olhos de forma que eu não pudesse perceber o que ele estava vendo ou sentindo.

Quando o jantar terminou, o mesmo pensamento dominava nossas mentes. E não poderia ser de outra forma, considerando o lugar em que nos encontrávamos. Um tremor de medo e expectativa percorreu-me.

Finalmente, ele esvaziou seu copo de vinho, depositou-o sobre a mesa e olhou-me diretamente nos olhos.

– Você... – Parou, o rubor aumentando em suas feições, mas não desviou os olhos dos meus. Engoliu em seco e continuou. – Você quer vir para a cama comigo, então? Quero dizer – apressou-se a esclarecer –, está frio, nós dois estamos molhados e...

– E não há nenhuma poltrona – terminei para ele. – Está bem. – Soltei minha mão da sua e virei-me em direção à cama, sentindo uma estranha mistura de excitação e hesitação, que me deixava sem ar.

Ele tirou as calças e as meias rapidamente, depois olhou para mim.

– Desculpe-me, Sassenach, eu devia ter imaginado que você iria precisar de ajuda com seus cadarços.

Então ele não despia mulheres com frequência, pensei, antes que pudesse me conter, e meus lábios curvaram-se num sorriso diante da ideia.

– Bem, não são cadarços – murmurei –, mas se me desse uma ajuda aqui nas costas... – Tirei o manto e virei-me de costas para ele, levantando meus cabelos para expor a gola do vestido na nuca.

Houve um silêncio intrigado. Em seguida, senti um dedo deslizando pelo caminho central da minha espinha dorsal.

– O que é isso? – perguntou ele, parecendo espantado.

– Chama-se zíper – disse sorrindo, embora ele não pudesse ver a expressão do meu rosto. – Vê a pequena lingueta em cima? Basta segurá-la e puxá-la direto para baixo.

Os dentes do zíper abriram-se com um ruído rasgado e surdo e o que sobrara do Jessica Gutenburg soltou-se. Tirei os braços de dentro das mangas e deixei o vestido cair pesadamente ao redor dos meus pés, virando-me para encarar Jamie antes que eu perdesse a coragem.

Ele fez um movimento brusco para trás, surpreso com o repentino desnudamento da crisálida. Depois, pestanejou e fitou-me.

Fiquei parada diante dele apenas de sapatos e meias de seda cor-de-rosa presas com ligas. Senti uma necessidade premente de puxar o vestido de volta para cima, mas resisti. Retesei a espinha, empinei o queixo e esperei.

Ele não disse nada. Seus olhos brilhavam à luz da vela enquanto ele movia ligeiramente a cabeça, mas ele ainda possuía aquele jeito de esconder seus pensamentos por trás de uma máscara inescrutável.

– Podia dizer alguma coisa? – exigi finalmente, a voz apenas um pouco trêmula.

Sua boca abriu-se, mas nenhuma palavra foi emitida. Ele meneou a cabeça devagar, de um lado para o outro.

– Meu Deus – murmurou ele finalmente. – Claire... você é a mulher mais linda que eu já vi.

– Você – disse eu com convicção – está ficando com a vista fraca. Provavelmente é glaucoma, é novo demais para cataratas.

Ele riu, um pouco tremulamente, e então vi que ele, de fato, estava cego – seus olhos brilhavam porque estavam rasos de água, mesmo enquanto ele sorria. Ele piscou com força e estendeu a mão.

– Eu – disse ele, com igual convicção – tenho os olhos de um falcão, sempre tive. Venha cá.

Com certa relutância, segurei sua mão e saí do abrigo inadequado dos restos do meu vestido. Ele puxou-me delicadamente, colocando-me entre seus joelhos, enquanto se sentava na borda da cama. Em seguida, beijou-me com ternura, uma vez em cada seio, e pousou a cabeça entre eles, seu hálito quente em minha pele nua.

– Seus seios parecem marfim – disse ele num sussurro, num sotaque das Terras Altas escocesas, que sempre se intensificava quando ele ficava realmente emocionado. Sua mão ergueu-se e envolveu um dos meus seios, os dedos bronzeados contra o brilho pálido de minha pele. – Só de vê-los, tão cheios e tão redondos... Santo Deus, eu poderia deitar minha cabeça aqui para sempre. Mas tocá-la, Sassenach... com sua pele de veludo branco e os contornos longos e suaves de seu corpo... – Parou e eu pude sentir os músculos de sua garganta enquanto ele engolia em seco, a mão movendo-se devagar pelas curvas suaves da cintura e do quadril, a subida e a descida da nádega para a coxa. – Meu Deus – disse ele, ainda num sussurro. – Eu não poderia olhar para você, Sassenach, e manter as mãos longe de você, nem a ter perto de mim e não desejá-la. – Ergueu a cabeça e plantou um beijo sobre meu coração, deixando, em seguida, sua mão flutuar pela curva suave do meu ventre, tocando de leve as pequenas marcas ali deixadas pelo nascimento de Brianna.

– Você... realmente não se importa? – disse hesitantemente, roçando meus próprios dedos pela barriga.

Ele ergueu o rosto e sorriu para mim com uma expressão um pouco desolada. Hesitou por um instante; em seguida, ergueu a barra de sua camisa.

– E você? – perguntou ele.

A cicatriz estendia-se do meio da coxa até perto da virilha, 20 centímetros de tecido esbranquiçado e esgarçado. Não pude conter uma exclamação sufocada diante da aparência da cicatriz e caí de joelhos ao lado dele.

Encostei a face sobre sua coxa, agarrando sua perna com força, como se eu fosse cuidar dele agora – como não pudera fazer na ocasião. Eu podia sentir a pulsação profunda e lenta do sangue através de sua artéria femoral sob meus dedos – a menos de 2 centímetros do horrendo sulco daquela cicatriz contorcida.

– Não a assusta nem revolta seu estômago, Sassenach? – perguntou ele, colocando a mão em meus cabelos. Ergui a cabeça e fitei-o intensamente.

– Claro que não!

– Sim, bem. – Estendeu o braço e tocou minha barriga, os olhos presos aos meus. – E se você carrega as cicatrizes de suas próprias batalhas, Sassenach – disse ele ternamente –, elas também não me incomodam.

Ergueu-me para sentar na cama a seu lado e inclinou-se para beijar-me. Tirei os sapatos e dobrei as pernas para cima, sentindo o calor de seu corpo através da camisa. Minhas mãos encontraram o botão no colarinho, tateando para abri-lo.

– Quero vê-lo.

– Bem, não há muito para ver, Sassenach – disse ele, com uma risada incerta. – Mas o que quer que seja, é seu... se você quiser.

Ele despiu a camisa pela cabeça e atirou-a no chão, depois se reclinou para trás sobre as palmas das mãos, exibindo seu corpo.

Não sei bem o que eu esperava. Na verdade, a visão de seu corpo nu tirou meu fôlego. Ele ainda era alto, é claro, e magnificamente torneado, os ossos longos de seu corpo recobertos de músculos lisos e lustrosos, fortes, mas elegantes. Ele brilhava à luz da vela, como se a luz viesse de dentro de seu corpo.

Ele mudara, mas a mudança era sutil; como se ele tivesse sido colocado num forno e sido cozido até obter um acabamento mais duro. Parecia que tanto a pele quanto os músculos haviam se tensionado um pouco, se aproximado mais dos ossos, de modo que ele parecia mais rígido; ele nunca fora desajeitado, mas os últimos vestígios de relaxamento juvenil haviam desaparecido.

Sua pele escurecera um pouco, para um dourado-claro, adquirindo um tom mais bronzeado no rosto e na garganta, clareando pela extensão do corpo até um branco puro, tingido de veias azuis no interior das coxas. Os pelos pubianos eriçavam-se furiosamente num tufo castanho-avermelhado, e era evidente que ele não estava mentindo; ele realmente me desejava, e muito.

Nossos olhos se encontraram e sua boca torceu-se de repente.

– Eu lhe disse uma vez que seria honesto com você, Sassenach.

Eu ri, sentindo as lágrimas brotarem ao mesmo tempo, uma onda de emoções confusas avolumando-se dentro de mim.

– Eu também.

Estendi minha mão para ele, hesitante, e ele a tomou. A força e o calor de sua mão eram surpreendentes e eu sobressaltei-me ligeiramente. A seguir, apertei sua mão com firmeza e ele pôs-se de pé, de frente para mim.

Permanecemos assim, imóveis, hesitantes. Tínhamos intensa consciência um do outro – como poderia ser de outro modo? Era um quarto pequeno e a atmosfera disponível estava repleta de uma carga semelhante à eletricidade estática, forte a ponto de ser quase visível. Eu sentia um frio de terror no estômago, a mesma sensação que se tem numa montanha-russa.

– Está tão apavorado quanto eu? – disse finalmente, a voz soando rouca a meus próprios ouvidos.

Ele analisou-me atentamente e ergueu uma das sobrancelhas.

– Acho que não posso estar – disse ele. – Você está toda arrepiada. Está com medo, Sassenach, ou apenas com frio?

– Os dois – disse, e ele riu.

– Entre debaixo das cobertas, então – disse ele. Soltou minha mão e inclinou-se para puxar a colcha.

Não parei de tremer quando ele deslizou para baixo das cobertas a meu lado, embora o calor do seu corpo causasse um choque térmico.

– Nossa, você não está com frio! – exclamei. Virei-me para ele e o seu calor disseminou-se pela minha pele, da cabeça aos dedos dos pés. Instintivamente atraída para ele, aconcheguei-me contra seu corpo, tremendo. Podia sentir meus mamilos rígidos contra seu peito e o súbito choque de sua pele nua contra a minha.

Ele riu, um pouco incerto.

– Não, não estou! Então acho que estou com medo, não é? – Seus braços me envolveram, docemente, e toquei seu peito, sentindo centenas de poros arrepiarem-se sob meus dedos, entre os pelos ruivos encaracolados.

– Quando tivemos receio um do outro antes – murmurei –, na nossa noite de núpcias, você segurou minhas mãos. Disse que seria mais fácil se nós nos tocássemos.

Ele emitiu um pequeno som quando a ponta de meu dedo encontrou seu mamilo.

– Sim, é verdade – disse ele, parecendo ofegante. – Santo Deus, toque-me assim de novo. – Suas mãos apertaram-me de repente, segurando-me com força contra ele. – Toque-me – disse ele outra vez, baixinho – e deixe-me tocá-la, minha Sassenach. – Sua mão envolveu-me, acariciando, tocando meu seio pesado e tenso na sua palma. Continuei a tremer, mas agora ele também tremia. – Quando nos casamos – sussurrou ele, o hálito quente contra minha face –, e eu a vi lá, tão linda em seu vestido branco... não conseguia pensar em nada além da hora em que ficássemos sozinhos, quando eu poderia desamarrar seus cadarços e tê-la nua para mim, a meu lado na cama.

– Você me deseja agora? – sussurrei, beijando a depressão bronzeada pelo sol acima da clavícula. Sua pele tinha um gosto ligeiramente salgado e seus pelos um cheiro pungente e másculo de madeira queimada.

Ele não respondeu, apenas moveu-se abruptamente, para que eu o sentisse, rígido, contra minha barriga.

Era terror tanto quanto desejo que me pressionavam contra ele. Eu o queria muito, sem dúvida; meus seios doíam e minha barriga estava endurecida de desejo, sentia a umidade da excitação a que já não estava acostumada, molhada entre minhas pernas, abrindo-me para ele. No entanto, tão forte quanto o apetite sexual, havia a ânsia de simplesmente ser possuída, de ser dominada por ele, mitigar minhas dúvidas num momento de uso selvagem, subjugar-me com força e rapidez suficientes para me fazer esquecer de mim mesma.

Eu podia sentir sua urgência tremer nas mãos que seguravam minhas nádegas, no movimento abrupto e involuntário de seus quadris, interrompido subitamente quando ele se conteve.

Possua-me, pensei, numa agonia de ansiedade. Pelo amor de Deus, possua-me agora e não seja delicado!

Eu não conseguia colocar isso em palavras. Vi o desejo em seu rosto, mas ele, como eu, também não conseguia. Ou era cedo demais ou tarde demais para tais palavras entre nós.

Mas nós havíamos compartilhado outra língua e meu corpo não a esquecera. Pressionei meus quadris contra ele com toda a força, agarrando-o, as curvas de suas nádegas presas sob minhas mãos. Virei meu rosto para cima, ansiando para ser beijada, no mesmo instante em que ele se inclinava para beijar-me.

Meu nariz bateu em sua testa com um barulho de osso estilhaçado. Meus olhos encheram-se imediatamente de lágrimas, enquanto eu rolava para longe dele, segurando o rosto com as duas mãos.

– Ai!

– Santo Deus, eu a machuquei, Claire? – Pestanejando para afastar as lágrimas, pude ver seu rosto ansioso, pairando acima do meu.

– Não – disse tolamente. – Mas eu acho que meu nariz está quebrado.

– Não, não está – disse ele, apalpando delicadamente a ponte do meu nariz. – Quando você quebra o nariz, faz um barulho horrível e sangra como um porco. Está tudo bem.

Coloquei a mão cuidadosamente sob minhas narinas, mas ele tinha razão; eu não estava sangrando. A dor também diminuíra rapidamente. Enquanto chegava a essa conclusão, também percebia que ele estava sobre mim, minhas pernas escancaradas sob ele, seu pênis apenas me tocando, a um triz do momento decisivo.

Vi em seus olhos que ele também percebera o ponto em que estávamos. Nenhum de nós dois se moveu, mal respirando. Em seguida, seu peito inflou-se quando ele respirou fundo, estendeu o braço e segurou meus pulsos em uma única mão. Puxou-os acima da minha cabeça e prendeu-me ali, meu corpo arqueado e retesado, impotente sob ele.

– Me dê sua boca, Sassenach – disse ele baixinho, inclinando-se para mim. Sua cabeça bloqueou a luz da vela e eu não vi mais nada além de uma penumbra e a escuridão de seu corpo quando sua boca tocou a minha. Delicadamente, roçando, depois pressionando, quente, e eu abri-me para ele com um pequeno suspiro, sua língua buscando a minha.

Mordi seu lábio e ele recuou um pouco, surpreso.

– Jamie – disse contra seus lábios, minha própria respiração quente entre nós. – Jamie! – Foi tudo que consegui dizer, mas meus quadris moveram-se bruscamente contra ele, e novamente, clamando violência. Virei a cabeça e cerrei os dentes no músculo de seu ombro.

Ele emitiu um som gutural e penetrou-me com força. Eu estava apertada como qualquer virgem e gritei, arqueando-me sob ele.

– Não pare! – disse. – Pelo amor de Deus, não pare!

Seu corpo me ouviu e respondeu na mesma linguagem, apertando meus pulsos com mais força, enquanto mergulhava dentro de mim, a força do ato atingindo meu útero a cada estocada.

A seguir, ele soltou meus pulsos e praticamente caiu sobre mim, o peso de seu corpo prendendo-me à cama, enquanto ele levava a mão para baixo, segurando meus quadris com força, mantendo-me imóvel.

Gemi e contorci-me sob seu corpo e ele mordeu meu pescoço.

– Fique quieta – disse ele em meu ouvido. Fiquei quieta, apenas porque não conseguia me mover. Permanecemos pressionados um contra o outro, tremendo. Eu podia sentir as batidas de um coração contra minhas costelas, mas não sabia se era o meu ou o dele.

Então ele começou a mover-se dentro de mim, muito devagar, quase superficialmente. Foi o suficiente; meu corpo convulsionou-se em resposta, impotente sob ele, e senti os espasmos do meu orgasmo afagá-lo, prendê-lo e soltá-lo, instando-o a unir-se a mim.

Ele ergueu o peito, as costas arqueadas e a cabeça atirada para trás, os olhos fechados, respirando pesadamente. Depois, muito lentamente, inclinou a cabeça para a frente e abriu os olhos. Olhou para mim com indescritível ternura e a luz da vela brilhou por um instante na umidade do seu rosto, talvez de suor ou talvez de lágrimas.

– Ah, Claire – sussurrou ele. – Ah, meu Deus, Claire.

E sua liberação começou, bem fundo dentro de mim, sem que ele se movesse, fazendo um tremor percorrer seu corpo, estremecendo seus braços, os pelos ruivos fremindo na penumbra. Deixou a cabeça pender com o som de um soluço, os cabelos escondendo seu rosto enquanto ele se derramava, cada contração e cada pulsação de sua carne entre minhas pernas provocando um eco na minha própria carne.

Quando terminou, ele se manteve sobre mim, imóvel como uma pedra por um longo instante. Depois, muito delicadamente, abaixou-se, pressionou a cabeça contra a minha e ficou deitado como se estivesse morto.

Despertei, finalmente, de um estupor profundo e satisfeito, erguendo a mão e colocando-a sobre o ponto onde sua pulsação podia ser sentida, lenta e forte, bem na base do esterno.

– Acho que é como andar de bicicleta – disse. Minha cabeça descansava pacificamente na curva de seu ombro, minha mão brincando preguiçosamente com os anéis vermelho-dourados que cresciam em tufos pelo seu peito. – Sabia que você tem muito mais pelos no peito do que costumava ter?

– Não – disse ele sonolentamente –, não costumo contá-los. As bicicletas têm muitos pelos?

Fui pega de surpresa e ri.

– Não – disse. – Só quis dizer que nós nos lembramos bem do que devíamos fazer.

Jamie abriu um olho e olhou para mim, especulativamente.

– Seria preciso um verdadeiro idiota para esquecer isso, Sassenach – disse ele. – Posso estar sem prática, mas ainda não perdi minhas faculdades mentais.

Ficamos quietos por um longo tempo, conscientes da respiração um do outro, sensíveis a cada pequeno movimento ou mudança de posição. Nós nos encaixávamos bem, minha cabeça aninhada na curva de seu ombro, seu corpo quente sob minha mão, ao mesmo tempo estranho e familiar, à espera da redescoberta.

O prédio era uma construção sólida e o barulho da tempestade lá fora abafava a maioria dos ruídos de dentro, mas de vez em quando sons de pés e vozes tornavam-se vagamente audíveis abaixo de nós; uma risada grave, masculina, ou a voz mais aguda de uma mulher, ampliada num flerte profissional.

Ouvindo-os, Jamie remexeu-se desconfortavelmente.

– Talvez eu devesse tê-la levado a uma taberna – disse ele. – É que...

– Está tudo bem – tranquilizei-o. – Embora eu deva dizer que, de todos os lugares em que imaginei estar com você outra vez, nunca pensei que seria um bordel. – Hesitei, sem querer bisbilhotar, mas a curiosidade venceu-me. – Você... hã... não é o dono deste lugar, não é, Jamie?

Ele afastou-se um pouco, fitando-me.

– Eu? Meu Deus do céu, Sassenach, quem acha que eu sou?

– Bem, eu não sei, não é? – argumentei com certa aspereza. – A primeira coisa que você faz ao me ver é desmaiar, e tão logo consigo colocá-lo de pé outra vez, me faz ser atacada em um pub e perseguida por toda Edimburgo na companhia de um chinês depravado para depois vir parar em um bordel, cuja madame parece ter grande intimidade com você, devo acrescentar. – As pontas de suas orelhas haviam ficado rosadas e ele parecia lutar entre o riso e a indignação. – Você, então, tira suas roupas, anuncia que é uma pessoa terrível com um passado de depravação, e me leva para a cama. O que esperava que eu pensasse?

A risada venceu-o.

– Bem, não sou santo, Sassenach – disse ele. – Mas também não sou cafetão.

– Fico feliz em saber – disse. Fez-se uma pausa momentânea e, então, prossegui. – Pretende me dizer o que você realmente é ou devo ir desfiando as possibilidades mais torpes até chegar perto?

– Ah, é? – disse ele, divertindo-se com a sugestão. – Qual o seu melhor palpite?

Examinei-o cuidadosamente. Ele estava descontraído, deitado sobre os lençóis amarfanhados, um dos braços sob a cabeça, rindo para mim.

– Bem, eu apostaria minha roupa de baixo que você não é um tipógrafo – disse.

O sorriso alargou-se.

– Por que não?

Cutuquei-o bruscamente nas costelas.

– Você está em ótima forma física. A maioria dos homens de quarenta e poucos anos começam a ficar flácidos em volta da cintura e você não tem nem um grama sobrando.

– Isso se deve principalmente ao fato de eu não ter ninguém para cozinhar para mim – disse ele, num tom de lamento. – Se você comesse em tabernas o tempo todo, também não ficaria gorda. Felizmente, parece que você come regularmente. – Bateu de leve no meu traseiro com familiaridade e depois se desviou, rindo, quando dei um tapa em sua mão.

– Não tente me distrair – disse, recuperando minha dignidade. – De qualquer modo, você não conseguiu estes músculos debruçado numa prensa.

– Já tentou usar uma delas, Sassenach? – Ergueu uma sobrancelha com ar afetado.

– Não. – Franzi a testa, pensativamente. – Acho que você não se tornou um assaltante de estradas, não é?

– Não – disse ele, o sorriso ainda mais largo. – Tente outra vez.

– Estelionato?

– Não.

– Bem, provavelmente não é sequestro em troca de resgate – disse, começando a rejeitar outras possibilidades que ia contando nos dedos. – Pequenos furtos? Não. Pirataria? Não, você não poderia, a menos que tenha se curado de enjoos no mar. Agiotagem? Dificilmente. – Deixei a mão cair e fitei-o. – Você era um traidor na última vez em que o vi, mas isso não parece uma boa maneira de ganhar a vida.

– Ah, eu ainda sou um traidor – assegurou ele. – Só não fui condenado ultimamente.

– Ultimamente?

– Passei vários anos na prisão por traição, Sassenach – disse ele, com ar grave. – Por causa da Revolução. Mas isso já faz muito tempo.

– Sim, eu soube disso.

Seus olhos arregalaram-se.

– Você soube?

– Isso e um pouco mais – disse. – Eu lhe contarei mais tarde. Mas colocando tudo isso de lado por enquanto e voltando ao ponto em questão: o que você faz como meio de vida atualmente?

– Sou um impressor – disse ele, rindo de orelha a orelha.

– E um traidor?

– E um traidor – confirmou ele, balançando a cabeça. – Já fui preso por subversão seis vezes nos últimos dois anos e tive minha gráfica confiscada duas vezes, mas o tribunal não conseguiu provar nada.

– E o que acontece com você se eles conseguirem provar numa dessas ocasiões?

– Ah – exclamou ele de modo despreocupado, agitando a mão livre no ar –, o pelourinho. Pregos nas orelhas. Açoitamento. Prisão. Exílio. Esse tipo de coisa. Provavelmente, enforcamento não.

– Que alívio – eu disse ironicamente. Senti-me um pouco superficial. Eu não havia sequer tentado imaginar como seria a sua vida, se eu o encontrasse. Agora que o fizera, estava um pouco consternada.

– Eu a avisei – disse ele. O tom de brincadeira desaparecera e os olhos azul-escuros estavam sérios e vigilantes.

– É verdade – eu disse, respirando fundo.

– Quer ir embora agora? – falou descontraidamente, mas vi seus dedos fecharem-se com força sobre uma dobra do acolchoado, de modo que os nós dos dedos tornaram-se brancos contra a pele bronzeada.

– Não – disse. Sorri-lhe, da melhor maneira que pude. – Não voltei só para fazer amor com você uma vez. Eu vim para ficar com você... se você me quiser – terminei, um pouco hesitante.

– Se eu a quiser! – Soltou a respiração que estivera prendendo e sentou-se na cama para me encarar, de pernas cruzadas. Estendeu os braços e tomou minhas mãos, engolfando-as entre as suas. – Eu... nem sei explicar o que senti hoje quando a toquei, Sassenach, e vi que você era real – disse ele. Seus olhos viajaram pelo meu corpo e eu senti seu calor, seu desejo, e meu próprio calor fundindo-se ao dele. – Encontrá-la outra vez... e depois perdê-la... – Parou, a garganta movimentando-se ao engolir em seco.

Toquei seu rosto, traçando a linha elegante e bem delineada da maçã do rosto e do maxilar.

– Você não vai me perder – disse. – Nunca mais. – Sorri, alisando para trás da orelha a mecha espessa de cabelos ruivos. – Nem mesmo se eu descobrir que você andou cometendo bigamia e bebedeira em público.

Ele sobressaltou-se e eu deixei cair minha mão, espantada.

– O que foi?

– Bem – disse ele, e parou. Contraiu os lábios e lançou-me um rápido olhar de esguelha. – É que...

– O quê? Há mais alguma coisa que você não tenha me contado?

– Bem, a impressão de panfletos subversivos não é muito lucrativa – disse ele, justificando-se.

– Imagino que não – disse, meu coração começando a acelerar outra vez diante da perspectiva de novas revelações. – O que mais você andou fazendo?

– Bem, é que eu faço um pouco de contrabando – disse ele em tom de desculpas. – Nas horas vagas, mais ou menos.

– Um contrabandista? – Olhei-o, espantada. – Contrabandeando o quê?

– Bem, uísque, na maior parte, mas também rum de vez em quando e uma boa quantidade de vinho francês e de cambraia.

– Então é isso! – disse. As peças do quebra-cabeça se encaixavam. O sr. Willoughby, das docas de Edimburgo, e o enigma de nossas atuais instalações. – Então, essa é a sua conexão com este lugar... o que quis dizer ao declarar que madame Jeanne era uma cliente?

– Isso mesmo. – Ele balançou a cabeça, confirmando. – Funciona muito bem; armazenamos a bebida em uma das adegas embaixo quando chega da França. Uma parte da carga é vendida direto para Jeanne; outra ela guarda para nós até podermos remeter para o destino.

– Hummm. E como parte do arranjo... – disse delicadamente –, você... hã...

Os olhos azuis estreitaram-se em minha direção.

– A resposta para o que você está pensando, Sassenach, é não – disse ele com absoluta firmeza.

– Ah, é mesmo? – disse, sentindo-me extremamente satisfeita. Agora você é capaz de ler pensamentos, é? E o que eu estou pensando?

– Você estava imaginando se eu às vezes recebo meu pagamento em serviços, não é? – Ele ergueu uma das sobrancelhas para mim.

– Bem, estava – admiti. – Não que eu tenha nada a ver com isso.

– Ah, não tem não, é? – Ergueu ambas as sobrancelhas ruivas e segurou-me pelos ombros, inclinando-se para mim. – Não tem? – disse ele um instante depois. Ele soou um pouco ofegante.

– Não – disse, também um pouco ofegante. – E você não...

– Não. Venha cá.

Envolveu-me nos braços e puxou-me para junto dele. A memória do corpo é diferente da memória da mente. Quando eu pensava, imaginava e me preocupava, sentia-me acanhada e sem jeito, tateando no escuro. Sem a interferência do pensamento consciente, meu corpo o conhecia e respondia imediatamente ao dele, em perfeita sintonia, como se ele tivesse acabado de me tocar e todos esses anos não houvessem transcorrido.

– Eu estava com mais medo agora do que na noite do nosso casamento – murmurei, os olhos fixos na pulsação lenta e forte na base de sua garganta.

– Estava? – Seu braço mudou de posição e apertou-se com mais força ao meu redor. – Eu a assusto, Sassenach?

– Não. – Coloquei meus dedos sobre a pequena pulsação, respirando o profundo almíscar do seu esforço. – É que... na primeira vez... eu não achava que seria para sempre. Na época, eu pretendia ir embora.

Ele soltou o ar com um débil ruído, o suor brilhando levemente no pequeno côncavo no meio de seu peito.

– E você realmente foi embora e voltou outra vez – disse ele. – Você está aqui, e nada mais importa.

Ergui-me um pouco para olhar para ele. Seus olhos estavam fechados, puxados como os de um gato, as pestanas daquela cor extraordinária que eu me lembrava tão bem porque a vira tantas vezes; um castanho-escuro nas pontas, esmaecendo para um vermelho-claro, chegando quase a louro na raiz.

– O que você pensou na primeira vez que dormimos juntos? – perguntei. Os olhos azul-escuros abriram-se devagar e pousaram em mim.

– Comigo, desde o começo foi para sempre, Sassenach – disse ele simplesmente.

Algum tempo depois, dormimos abraçados, com o som da chuva batendo de leve nas persianas e misturando-se aos sons abafados do comércio embaixo.

Foi uma noite agitada. Cansada demais para permanecer acordada por mais um instante, fiquei feliz em adormecer profundamente. Talvez eu tivesse medo que ele desaparecesse se eu dormisse. Talvez ele sentisse o mesmo. Ficamos entrelaçados, não acordados, mas conscientes demais um do outro para dormir profundamente. Eu sentia cada minúscula contração de seus músculos, cada movimento de sua respiração, e sabia que ele me percebia da mesma forma.

Cochilando, nós nos virávamos e mudávamos de posição, sempre nos tocando, num balé sonolento, devagar, aprendendo novamente, em silêncio, a linguagem de nossos corpos. Em algum momento da madrugada silenciosa, ele virou-se para mim sem dizer nem uma palavra, e eu para ele, e fizemos amor devagar, com uma ternura muda que nos deixou finalmente imóveis, em estado de completo abandono, na posse dos segredos um do outro.

Suave como uma mariposa voando no escuro, minha mão deslizou pela sua perna e encontrou o sulco fino e profundo da cicatriz. Meus dedos percorreram seu comprimento invisível e pararam com o mais leve dos toques no final, perguntando sem palavras:

– Como?

Sua respiração se alterou com um suspiro e sua mão pousou sobre a minha.

– Culloden – disse ele, a palavra sussurrada uma evocação de tragédia. Morte. Vazio. A terrível separação que me tirara dele.

– Eu nunca mais o deixarei – murmurei. – Nunca mais.

Ele virou a cabeça no travesseiro, as feições perdidas na escuridão, e seus lábios roçaram os meus, leves como o toque da asa de um inseto. Virou-se sobre as costas, puxando-me para perto dele, a mão descansando pesadamente na curva de minha coxa, mantendo-me junto a si.

Algum tempo depois, eu o senti mexer-se outra vez e afastar um pouco as cobertas. Uma corrente de ar frio brincou pelo meu braço; os minúsculos pelos arrepiaram-se e em seguida alisaram-se sob o calor de sua mão. Abri os olhos e o encontrei virado de lado, absorto, examinando minha mão. Ela permanecia imóvel sobre a colcha, uma escultura branca, todos os ossos e tendões desenhados em cinza conforme o quarto começava sua imperceptível mudança da noite para o dia.

– Descreva-a para mim – sussurrou ele, a cabeça inclinada, enquanto traçava delicadamente as formas dos meus dedos, longos e espectrais sob a escuridão de sua própria mão. – O que ela tem de você, de mim? Sabe me dizer? As mãos dela são como as suas, Claire, ou como as minhas? Descreva-a para mim, deixe-me vê-la. – Ele colocou a própria mão ao lado da minha. Era sua mão perfeita, os dedos retos e as juntas lisas, as unhas cortadas bem curtas, quadradas e limpas.

– Como as minhas – respondi. Minha voz soou baixa e rouca, como a voz de quem acaba de acordar, quase baixa demais para ser ouvida acima do tamborilar da chuva lá fora. A casa embaixo estava silenciosa. Ergui uns 2 centímetros os dedos de minha mão parada, para ilustrar. – As mãos de Brianna são longas e delgadas como as minhas... porém maiores, largas nas costas, e com uma curva pronunciada na parte externa, perto do pulso... assim. Como a sua. Ela tem uma pulsação bem ali, no mesmo lugar que você. – Toquei o ponto onde uma veia cruzava a curva do seu rádio, bem onde o pulso se liga à mão. Ele estava tão imóvel que eu podia sentir o batimento de seu coração sob a ponta do meu dedo. – As unhas são como as suas; quadradas, não ovais como as minhas. Mas ela tem o mesmo mindinho curvo na mão direita que eu tenho – disse, erguendo-o. – Minha mãe também o tinha; tio Lambert me contou. – Minha própria mãe morrera quando eu tinha 5 anos. Eu não guardava uma imagem clara de minha mãe, mas pensava nela sempre que via minha própria mão inesperadamente, surpreendida num momento de graça como agora. Coloquei a mão com o mindinho curvo sobre a dele, depois a levei a seu rosto. – Ela possui esta linha – disse baixinho, percorrendo a curva arrojada da têmpora à face. – Seus olhos, exatamente iguais, as mesmas pestanas e sobrancelhas. Um nariz Fraser. A boca é mais parecida com a minha, de lábios volumosos, mas larga como a sua. O queixo pontudo, como o meu, porém mais forte. Ela é alta, 1,80 metro. – Senti seu sobressalto de surpresa e cutuquei-o de leve, joelho contra joelho. – Ela também possui pernas compridas, como as suas, mas muito femininas.

– E tem essa pequena veia azul bem aí? – Ele tocou meu próprio rosto, o polegar carinhoso na depressão da minha têmpora. – E orelhas como asas minúsculas, Sassenach?

– Ela sempre se queixou das orelhas, dizia que eram de abano – disse, sentindo as lágrimas assomarem aos meus olhos conforme Brianna adquiria vida repentinamente entre nós. – São furadas. Você não se incomoda, não é? – disse, falando rápido para afastar as lágrimas. – Frank, sim; dizia que era vulgar e que ela não devia perfurá-las, mas ela queria e eu permiti, quando completou 16 anos. As minhas também são; não parecia certo dizer a ela que não poderia quando as minhas eram furadas e as de todas as suas amigas também, e eu não... não queria...

– Você tinha razão – disse ele, interrompendo o fluxo de palavras quase histéricas. – Agiu certo – repetiu, em voz baixa, mas firme, abraçando-me junto a ele. – Você foi uma ótima mãe, tenho certeza.

Eu chorava outra vez, silenciosamente, o corpo sacudindo-se em seus braços. Apertou-me com ternura, acariciando minhas costas e murmurando.

– Você agiu certo – continuava a dizer. Depois de algum tempo, eu parei de chorar. – Você me deu uma filha, *mo nighean donn* – disse ele suavemente, em meio aos meus cabelos. – Estamos unidos para sempre. Ela está a salvo, e nós dois vamos viver para sempre agora, você e eu. – Beijou-me, bem de leve, e deitou a cabeça ao meu lado no travesseiro. – Brianna – murmurou ele, naquele estranho jeito das Terras Altas que tornava o nome dela apenas seu. Suspirou profundamente e, em poucos instantes, estava adormecido. Em seguida, eu mesma adormeci e minha última visão foi de sua boca larga e meiga, relaxada no sono, com um leve sorriso.

26

BRUNCH NO BORDEL

Após anos atendendo às exigências da maternidade e da medicina, eu desenvolvera a capacidade de acordar até mesmo do sono mais profundo imediata e completamente. Acordei assim agora, instantaneamente consciente dos lençóis de linho desgastados ao meu redor, das goteiras lá fora e do cálido aroma do corpo de Jamie misturado ao ar frio e perfumado que penetrava pela fresta das persianas acima de mim.

O próprio Jamie não estava na cama; sem estender a mão ou abrir os olhos, eu sabia que o espaço a meu lado estava vazio. Mas ele estava por perto. Havia um som muito leve de movimentos furtivos e um ruído arrastado e próximo, embora fraco. Virei a cabeça no travesseiro e abri os olhos.

O quarto estava banhado por uma luz cinzenta que amortecia todas as cores, mas deixava as linhas claras dos contornos de seu corpo destacadas na penumbra. Ele se sobressaía contra a escuridão do aposento, sólido como marfim, vívido como se estivesse esculpido no ar. Estava nu, as costas viradas para mim, de pé diante do urinol que acabara de puxar de baixo de seu lugar sob a mesinha do lavatório.

Admirei as formas quadradas, mas arredondadas, de suas nádegas, a pequena depressão muscular que marcava cada uma e sua pálida vulnerabilidade. O sulco de sua espinha dorsal, uma curva lisa e funda, dos quadris aos ombros. Quando se moveu ligeiramente, a luz refletiu o leve brilho prateado das cicatrizes em suas costas e minha respiração ficou presa na garganta.

Ele virou-se, o rosto calmo e meio distraído. Viu-me observando-o e pareceu um pouco surpreso.

Sorri, mas permaneci em silêncio, incapaz de pensar em algo para dizer. Mas continuei a fitá-lo, e ele a mim, o mesmo sorriso nos lábios. Sem falar, aproximou-se e sentou-se a meu lado na cama, abaixando o colchão sob seu peso. Colocou a mão aberta sobre a colcha e eu coloquei a minha dentro dela sem hesitação.

– Dormiu bem? – perguntei tolamente. Um sorriso atravessou seu rosto.

– Não – disse ele. – E você?

– Não. – Podia sentir seu calor, mesmo à distância, apesar do quarto frio. – Não está com frio?

– Não.

Ficamos em silêncio outra vez, mas sem tirar os olhos um do outro. Examinei-o cuidadosamente à luz cada vez mais forte, comparando a lembrança à realidade. Uma lâmina estreita do sol da manhã penetrou pela fenda das persianas, iluminando uma mecha de cabelos como bronze polido, recobrindo de ouro a curva de seu ombro, a extensão lisa e plana de seu abdômen. Ele parecia um pouco mais corpulento do que eu me lembrava e muito mais próximo.

– Você parece maior do que eu me lembrava – declarei. Ele inclinou a cabeça, olhando-me com ar divertido.

– Você está um pouco menor, eu acho.

Sua mão engolfava a minha, os dedos delicadamente envolvendo os ossos do meu pulso. Minha boca estava seca; engoli e umedeci os lábios.

– Há muito tempo, você me perguntou se eu sabia o que havia entre nós – eu disse.

Seus olhos pousaram nos meus, de um azul tão escuro a ponto de parecerem negros naquela penumbra.

– Eu me lembro – disse ele brandamente. Seus dedos apertaram-se ligeiramente sobre os meus. – O que acontece... quando toco em você; quando você se deita comigo.

– Eu disse que não sabia.

– Eu também não sabia. – O sorriso esmaecera um pouco, mas ainda estava lá, espreitando nos cantos de sua boca.

– Eu ainda não sei – eu disse. – Mas... – Parei para limpar a garganta.

– Mas ainda está lá – ele terminou por mim, e o sorriso deslocou-se de sua boca, iluminando seus olhos. – Não é?

Era. Eu ainda tinha consciência de sua presença como teria de uma banana de dinamite acesa na minha vizinhança, mas a sensação entre nós havia mudado. Havíamos adormecido como se fôssemos uma só carne, unidos pelo amor do filho que fizéramos, e havíamos acordado como duas pessoas – ligadas por algo diferente.

– Sim. Será... quero dizer, não é apenas por causa de Brianna, é? – A pressão nos meus dedos aumentou.

– Eu a quero porque você é a mãe da minha filha? – Ele ergueu uma sobrancelha ruiva, incrédulo. – Bem, não. Não que eu não seja agradecido – acrescentou ele apressadamente. – Mas... não. – Inclinou-se para olhar-me atentamente e o sol iluminou a ponte estreita de seu nariz e lançou faíscas de suas pestanas. – Não – disse ele. – Acho que poderia ficar observando-a durante horas, Sassenach, para ver de que maneira você havia mudado ou como ainda é a mesma. Ver apenas um detalhe, como a curva de seu queixo – tocou meu maxilar delicadamente, deixando a mão deslizar até meu pescoço, o polegar acariciando o lóbulo de minha orelha – ou suas orelhas e os minúsculos furos para seus brincos. Tudo isso é igual, exatamente como eram. Seus cabelos... eu a chamava de *mo nighean donn*, lembra-se? Minha castanha. – Sua voz era pouco mais do que um sussurro, os dedos enroscando-se em meus cachos.

– Acho que isso mudou um pouco – eu disse. Eu não ficara grisalha, mas havia fios mais claros onde minha cor normal castanho-clara desbotara para um ouro mais suave e, aqui e ali, o brilho de um solitário fio prateado.

– Como madeira de faia na chuva – disse ele, sorrindo e alisando um cacho com o indicador – e as gotas d'água caindo das folhas pela casca.

Estendi a mão e acariciei sua coxa, tocando a longa cicatriz que a percorria.

– Queria ter estado lá para cuidar de você – disse baixinho. – Foi a coisa mais terrível que eu já fiz... deixá-lo, sabendo... que você pretendia ser morto. – Eu mal conseguia pronunciar a palavra.

– Bem, eu tentei com todas as forças – disse ele, com um riso enviesado que me fez rir, apesar da emoção. – Não foi culpa minha não ter conseguido. – Olhou desapaixonadamente para a cicatriz espessa e longa que percorria sua coxa. – Nem tampouco do *sassenach* com a baioneta.

Ergui-me sobre o cotovelo, estreitando os olhos para olhar mais atentamente a cicatriz.

– Uma baioneta fez isso?

– Sim, bem. Mas inflamou, sabe – explicou ele.

– Sei; encontramos o diário de lorde Melton, que o mandou para casa do campo de batalha. Ele achava que você não conseguiria sobreviver. – Minha mão apertou seu joelho, como se eu quisesse me certificar que ele estava de fato ali diante de mim, vivo.

Ele deu uma risadinha.

– Bem, quase não consegui mesmo. Eu estava praticamente morto quando me tiraram da carroça em Lallybroch. – Seu rosto anuviou-se com a lembrança. – Meu Deus, às vezes acordo à noite, sonhando com aquela carroça. Foi uma viagem de dois dias e eu ardia em febre ou sentia calafrios, ou os dois ao mesmo tempo. Estava coberto de feno e as pontas espetavam meus olhos, meus ouvidos, atravessavam minha camisa, as moscas pululando pelo feno, me comendo vivo, e minha perna me matando de dor a cada solavanco na estrada. E era uma estrada muito cheia de buracos – acrescentou ele, ruminando suas lembranças.

– Deve ter sido horrível – disse, considerando a palavra totalmente inadequada. Ele soltou o ar com uma arfada.

– Sim. Só suportei tudo imaginando o que eu faria com Melton se algum dia o encontrasse outra vez; me vingaria dele por não ter me fuzilado.

Ri outra vez e ele olhou para mim, um sorriso amargo nos lábios.

– Não estou rindo porque seja engraçado – eu disse, engasgando um pouco. – Estou rindo porque de outro modo eu choraria, e eu não quero... não agora, depois que tudo já terminou.

– Sim, eu sei. – Apertou minha mão. Respirei fundo.

– Eu... eu não olhei para trás. Achei que não aguentaria descobrir... o que acontecera. – Mordi o lábio; a admissão parecia uma traição. – Não que eu tenha tentado... que eu quisesse... esquecer – disse, buscando desajeitadamente as palavras certas. – Eu não poderia esquecê-lo. Não deve imaginar isso. Jamais. Mas eu...

– Não se perturbe, Sassenach – interrompeu ele. Bateu de leve na minha mão. – Sei o que quer dizer. Eu mesmo tento não olhar para trás, pensando bem.

– Mas se eu o tivesse feito – disse, fitando a trama lisa do linho –, se eu o tivesse feito... talvez o tivesse encontrado há mais tempo.

As palavras pairaram no ar entre nós como uma acusação, um lembrete dos anos difíceis de perda e separação. Por fim, ele suspirou, profundamente, e colocou o dedo sob meu queixo, levantando meu rosto para ele.

– E se você o tivesse feito? – disse ele. – Teria deixado a menina lá sem a mãe? Ou vindo para mim logo após Culloden, quando eu não podia cuidar de você, mas apenas vê-la sofrer com o resto e sentir a culpa de trazê-la para tal destino? Talvez vê-la morrer de fome e doença e saber que eu a havia matado? – Ergueu uma das sobrancelhas com ar interrogativo, depois sacudiu a cabeça. – Não. Eu lhe pedi para ir e lhe disse para esquecer. Devo condená-la por ter feito o que eu pedi, Sassenach? Não.

– Mas poderíamos ter tido mais tempo! – disse. – Poderíamos... – Ele me calou pelo expediente simples de se inclinar e colocar sua boca sobre a minha. Era quente e muito macia e os pelos curtos de sua barba ligeiramente ásperos em minha pele.

Após um instante, ele soltou-me. A luz estava se intensificando, conferindo cor a seu rosto. Sua pele reluzia como bronze, salpicada de faíscas cor de cobre de sua barba. Ele respirou fundo.

– Sim, talvez. Mas não podemos pensar nisso... – Seus olhos fitaram os meus sem pestanejar, buscando. – Não posso olhar para trás, Sassenach, e viver – disse ele simplesmente. – Se não tivermos mais do que a noite passada e este momento, é suficiente.

– Não para mim, não é! – eu disse, e ele riu.

– Gananciosa, hein?

– Sim – eu disse. Com a tensão rompida, voltei minha atenção para a cicatriz em sua perna, para me afastar por enquanto da dolorosa contemplação do tempo e da oportunidade perdidos. – Você estava me contando como arrumou isto.

– Sim, estava. – Inclinou-se um pouco para trás, estreitando os olhos para examinar a fina linha branca que descia desde cima de sua coxa.

– Bem, foi Jenny, minha irmã, sabe? – Eu me lembrava perfeitamente de Jenny; quase metade do tamanho de seu irmão, morena tanto quanto ele era deslumbrantemente claro, mas igualmente ou mais teimosa do que ele. – Ela disse que não iria me deixar morrer – disse ele, com um sorriso melancólico. – E não deixou. Minha opinião não parecia ter nada a ver com o caso, de modo que ela não se deu ao trabalho de me perguntar.

– Bem próprio de Jenny. – Senti uma pequena chama de consolo ao pensar em minha cunhada. Então Jamie não ficara sozinho como eu temera; Jenny Murray teria enfrentado o próprio diabo para salvar seu irmão, e evidentemente conseguira.

– Ela me medicou para a febre e colocou emplastros na minha perna para tirar o veneno, mas nada funcionava e o ferimento só piorava. Inchou e tinha mau cheiro, depois começou a escurecer e gangrenar, daí acharam que deveriam amputar a perna se quisessem que eu vivesse.

Ele contava tudo isso com muita descontração, mas senti uma ligeira tontura diante da ideia.

– Obviamente, não o fizeram – eu disse. – Por quê?

Jamie coçou o nariz e passou a mão pelos cabelos, afastando as mechas rebeldes dos olhos.

– Bem, foi por causa de Ian – disse ele. – Não permitiu que ela o fizesse. Disse que sabia muito bem o que era viver só com uma perna e, embora ele próprio não se incomodasse muito com isso, achava que eu não iria querer... depois de tudo – acrescentou ele, com um aceno da mão e um olhar para mim que tudo: a perda da batalha, da guerra, de mim, da casa e do seu meio de vida, de tudo que fazia parte de sua vida normal. Achei que Ian tinha razão. – Assim, em vez disso, Jenny fez três dos colonos sentarem-se sobre mim e me imobilizarem. Em seguida, ela cortou minha perna até o osso com uma faca da cozinha e lavou o ferimento com água fervente – disse ele sem afetação.

– Santo Deus! – exclamei, chocada de horror.

Ele sorriu debilmente diante da expressão do meu rosto.

– Sim, bem, funcionou.

Engoli em seco, sentindo gosto de bílis.

– Meu Deus. Não sei como não ficou aleijado para sempre!

– Bem, ela limpou o ferimento da melhor maneira que pôde e costurou-o.

Dizia que não ia me deixar morrer e não ia permitir que eu ficasse aleijado, que não queria me ver deitado o dia todo me lamentando, com pena de mim mesmo, e – encolheu os ombros, resignado – quando terminou de dizer tudo que não iria me deixar fazer, achei que só me restava ficar curado.

Fiz eco à sua risada e seu sorriso alargou-se diante da lembrança.

– Quando consegui ficar em pé, ela fez Ian me levar para fora depois que escureceu e me fez caminhar. Meu Deus, nós devíamos formar uma terrível visão, Ian com sua perna de pau e eu com minha bengala, mancando pela estrada como um par de garças mancas!

Ri novamente, mas tive que me esforçar para conter as lágrimas; eu podia visualizar muito bem as duas figuras altas, aleijadas, lutando teimosamente contra a escuridão e a dor, apoiando-se um no outro.

– Você viveu numa caverna durante algum tempo, não foi? Nós descobrimos a história dessa época.

Suas sobrancelhas ergueram-se de surpresa.

– Uma história sobre isso? Quer dizer, sobre mim?

– Você é uma grande lenda das Terras Altas – disse-lhe, ironicamente –, ou será, pelo menos.

– Por viver numa caverna? – Ele parecia em parte lisonjeado, em parte embaraçado. – Bem, é algo tolo para virar uma história, não?

– Arranjar para ser denunciado aos ingleses pelo preço da recompensa talvez tenha sido um pouco mais dramático – disse, ainda mais ironicamente. – Correu um grande risco ali, não foi?

A ponta de seu nariz ficou vermelha e ele pareceu meio envergonhado.

– Bem – disse ele, um pouco embaraçado –, eu não achava que a prisão seria absolutamente terrível e considerando tudo...

Falei com toda a calma que pude reunir, mas eu tinha vontade de sacudi-lo, repentina e ridiculamente furiosa com ele em retrospecto.

– Prisão, uma ova! Você sabia muito bem que poderia ser enforcado, não é? E se fez prender mesmo assim!

– Eu tinha que fazer alguma coisa – disse ele, encolhendo os ombros. – E se os ingleses eram bastante tolos para pagar uma boa quantia pela minha desprezível carcaça... bem, não há nenhuma lei contra se aproveitar de tolos, não é? – Um dos cantos de sua boca contorceu-se para cima e eu fiquei dividida entre a vontade de beijá-lo e a de esbofeteá-lo.

Não fiz nem uma coisa nem outra, mas sentei-me direito na cama e comecei a desembaraçar meus cachos com os dedos.

— Eu diria que é uma questão a ser discutida sobre quem era o tolo – eu disse, sem olhar para ele –, mas mesmo assim, deve saber que sua filha tem muito orgulho de você.

— Ela tem? – Ele pareceu estupefato e eu ergui os olhos para ele, rindo apesar de minha irritação.

— Bem, é claro que tem. Você é um grande herói, não é?

Ele ficou vermelho diante disso e levantou-se, parecendo totalmente desconcertado.

— Eu? Não! – Passou a mão pelos cabelos, um hábito quando estava pensando ou com a mente perturbada. – Não. Quer dizer – começou ele, devagar –, isso não teve nada de heroico. Apenas... eu não aguentava mais. Ver todos eles passando fome, quer dizer, sem que eu pudesse fazer nada por eles, Jenny, Ian, as crianças, todos os arrendatários e suas famílias. – Olhou-me com ar desamparado. – Eu realmente não me importava se os ingleses iriam me enforcar ou não. Não achava que iriam, por causa do que você havia me dito, mas ainda que eu tivesse certeza... eu teria feito o que fiz, Sassenach, e não teria me importado. Mas não foi bravura, absolutamente. – Lançou as mãos para o ar num sinal de frustração, virando-se de costas. – Não havia mais nada que eu pudesse fazer!

— Entendo – disse baixinho, após alguns instantes. – Eu compreendo. – Ele estava parado junto à cômoda alta, ainda nu, e diante do que eu disse, virou-se parcialmente para me fitar.

— Você compreende, então? – Seu rosto estava sério.

— Eu o conheço, Jamie Fraser – falei com mais certeza do que já sentira em qualquer momento desde que atravessara as pedras.

— Você compreende, então? – perguntou ele outra vez, mas um leve sorriso esboçou-se em sua boca.

— Acho que sim.

O sorriso em seus lábios ampliou-se e ele abriu a boca para responder. Mas, antes que pudesse falar, ouviu-se uma batida na porta do quarto.

Sobressaltei-me como se tivesse encostado em um fogão quente. Jamie riu e inclinou-se para dar um tapinha no meu quadril enquanto se dirigia à porta.

— Acho que é a camareira com nosso desjejum, Sassenach, não a polícia. E nós somos casados, não somos? – Uma das sobrancelhas ergueu-se inquisitivamente.

— Ainda assim, você não devia vestir alguma coisa? – perguntei, quando ele já estendia a mão para a maçaneta.

Ele abaixou os olhos para olhar para si mesmo.

— Não acho provável que seja um choque para ninguém nesta casa, Sassenach.

Mas em consideração à sua sensibilidade... – Riu para mim e, pegando uma toalha de linho de cima do lavatório, enrolou-a displicentemente ao redor dos quadris antes de abrir a porta.

Avistei um homem alto no corredor e prontamente puxei as cobertas por cima da minha cabeça. Foi uma reação de puro pânico, porque se fosse a polícia de Edimburgo eu não poderia esperar muita proteção de algumas colchas. Mas, em seguida, o visitante falou e eu fiquei satisfeita por estar a salvo das vistas de qualquer pessoa no momento.

– Jamie? – A voz soou um pouco espantada. Apesar do fato de não a ouvir havia vinte anos, eu a reconheci imediatamente. Rolando na cama, furtivamente ergui uma ponta da colcha e espreitei por baixo.

– Bem, claro que sou eu – dizia Jamie, um tanto irritado. – Está cego, por acaso? – Puxou seu cunhado Ian para dentro do quarto e fechou a porta.

– Estou vendo muito bem que é você – disse Ian, num tom incisivo. – Eu só não sabia se devia acreditar no que meus olhos viam! – Seus cabelos lisos e castanhos exibiam fios brancos e seu rosto carregava as rugas de muitos anos de trabalho árduo. Mas Joe Abernathy tinha razão; com suas primeiras palavras, a nova visão mesclou-se à antiga e este era o Ian Murray que eu conhecera.

– Vim aqui porque o rapaz da gráfica disse que você não dormiu lá esta noite e este é o endereço para onde Jenny envia suas cartas – dizia ele. Olhou ao redor do quarto com olhos arregalados e desconfiados, como se esperasse que alguma coisa fosse saltar de trás do armário. Depois, seu olhar retornou ao cunhado, que fazia um esforço atrapalhado para manter sua tanga improvisada no lugar. – Nunca pensei encontrá-lo num prostíbulo, Jamie! – disse ele. – Eu não tinha certeza, quando a... a senhora atendeu a porta lá embaixo, mas depois...

– Não é o que está pensando, Ian – disse Jamie sucintamente.

– Ah, não é, hein? E Jenny preocupada que você ficasse doente vivendo sem uma mulher há tanto tempo! – disse Ian com desdém. – Direi a ela que não precisa se preocupar com seu bem-estar. E onde está meu filho, então, no saguão lá embaixo com outra das meretrizes?

– Seu filho? – A surpresa de Jamie era evidente. – Qual deles?

Ian olhou fixamente para Jamie, a raiva em seu rosto comprido, meio sem-graça, transformando-se em preocupação.

– Você não está com ele? O pequeno Ian não está aqui?

– O pequeno Ian? Santo Deus, homem, acha que eu traria um garoto de catorze anos para um bordel?

Ian abriu a boca, em seguida fechou-a, e sentou-se no banco.

– Para lhe dizer a verdade, Jamie, já não sei o que você seria capaz de fazer – disse ele sem se alterar. Ergueu os olhos para seu cunhado, o maxilar tenso. – Houve uma época em que eu sabia. Mas agora não sei mais.

– E o que você quer dizer com isso?

Eu podia ver a onda de raiva subir ao rosto de Jamie.

Ian relanceou os olhos para a cama e desviou-os outra vez. O rubor não desapareceu do rosto de Jamie, mas eu vi um ligeiro tremor no canto de sua boca. Fez uma mesura elaborada para seu cunhado.

– Queira me desculpar, Ian, eu estava esquecendo meus bons modos. Permita-me apresentar-lhe minha companheira. – Deu um passo em direção à cama e puxou as cobertas para trás.

– Não! – gritou Ian, ficando de pé num salto e olhando freneticamente para a porta, o armário, qualquer lugar exceto a cama.

– O que, não vai cumprimentar minha esposa, Ian? – disse Jamie.

– Esposa? – Esquecendo-se de desviar o olhar, Ian fitou Jamie com os olhos arregalados de horror. – Você se casou com uma prostituta? – disse ele com voz rouca.

– Eu não diria exatamente isso – eu disse. Ao ouvir minha voz, Ian girou a cabeça em minha direção. – Olá – disse, acenando alegremente para ele do meu ninho de cobertas. – Faz muito tempo, não é?

Sempre achei um pouco exageradas as descrições do que as pessoas faziam ao ver fantasmas, mas fui obrigada a rever minhas opiniões à luz das reações que eu vinha recebendo desde que voltara para o passado. Jamie simplesmente desmaiara e ainda que os cabelos de Ian não estivessem literalmente em pé, ele com certeza parecia estar apavorado.

Com os olhos esbugalhados, ele abriu e fechou a boca, emitindo um pequeno som gorgolejante que parecia divertir Jamie intensamente.

– Isso vai ensiná-lo a não sair por aí pensando o pior do meu caráter – disse ele, com evidente satisfação. Com pena do seu trêmulo cunhado, Jamie serviu uma pequena dose de conhaque e entregou o copo a ele. – Não julgues e não serás julgado, certo?

Achei que Ian iria derramar a bebida nas calças, mas ele conseguiu levar o copo à boca e engolir.

– O que... – disse ele num fio de voz, os olhos lacrimejando enquanto olhava fixamente para mim. – Como...?

– É uma longa história – disse, com um rápido olhar para Jamie. Ele fez um breve sinal com a cabeça. Tivéramos outras coisas em que pensar nas últimas vinte e quatro horas, além de como me explicar às pessoas e, nas circunstâncias atuais, achei que as explicações poderiam esperar.

– Acho que não conheço o Jovem Ian. Ele desapareceu? – perguntei educadamente.

Ian balançou a cabeça mecanicamente, sem tirar os olhos de mim.

– Ele fugiu de casa na última sexta-feira – disse ele, parecendo um pouco aturdido. – Deixou um bilhete explicando que fora ao encontro do tio. – Tomou mais um longo gole do conhaque, tossiu e pestanejou várias vezes, depois limpou os olhos e sentou-se direito, olhando para mim. – Não é a primeira vez, sabe – disse-me ele. Parecia estar recuperando a autoconfiança, vendo que eu parecia ser de carne e osso, e que não dava sinais nem de saltar da cama, nem de colocar minha cabeça sob o braço e sair passeando sem ela, à maneira dos fantasmas das Terras Altas.

Jamie sentou-se na cama a meu lado, tomando minha mão nas suas.

– Não vejo o Jovem Ian desde que o mandei de volta para casa com Fergus uns seis meses atrás – disse ele. Ele começava a parecer tão preocupado quanto Ian. – Tem certeza de que ele disse que estava vindo ao meu encontro?

– Bem, ele não tem nenhum outro tio, que eu saiba – disse Ian, um pouco exacerbado. Tomou de um só gole o resto do conhaque e colocou o copo sobre a mesa.

– Fergus? – interrompi. – Então Fergus está bem? – Senti uma onda de alegria à menção do órfão francês que Jamie um dia empregara em Paris como batedor de carteiras e trouxera com ele para a Escócia como criado.

Distraído de seus pensamentos, Jamie olhou para mim.

– Ah, sim, Fergus é um belo homem agora. Um pouco mudado, é claro. – Uma sombra pareceu atravessar seu rosto, mas desapareceu quando ele sorriu, apertando minha mão. – Ele vai ficar completamente apalermado ao vê-la outra vez, Sassenach.

Desinteressado em Fergus, Ian levantara-se e andava de um lado para outro no lustroso chão de tábua corrida.

– Ele não levou um cavalo – murmurou ele. – Para não ter nada que alguém quisesse roubar dele. – Girou nos calcanhares para encarar Jamie. – Como você veio, da última vez que trouxe o garoto aqui? Dando a volta por Firth ou atravessando de barco?

Jamie esfregou o queixo, franzindo a testa em concentração.

– Eu não fui a Lallybroch pegá-lo. Ele e Fergus atravessaram o desfiladeiro Carryarrick e encontraram-me logo acima do lago Laggan. Então, descemos pelo Struan e Weem e... sim, agora me lembro. Não queríamos atravessar as terras dos Campbell, então desviamos para leste e atravessamos o Forth em Donibristle.

– Acha que ele faria o mesmo trajeto? – perguntou Ian. – Já que é o único caminho que ele conhece?

Jamie meneou a cabeça, em dúvida.

– Talvez. Mas ele sabe que a costa é perigosa.

Ian retomou sua marcha de um lado para outro, as mãos unidas às costas.

– Dei uma surra nele que ele mal conseguia ficar de pé, quanto mais sentar-se, da última vez que fugiu – disse Ian, sacudindo a cabeça. Seus lábios estavam cerrados, e eu compreendi que o Jovem Ian era provavelmente uma provação para seu pai. – Era de imaginar que o palerma iria pensar duas vezes antes de fazer bobagens como essa, não?

Jamie fez um muxoxo, mas não sem simpatia.

– Alguma vez uma surra o impediu de fazer alguma coisa que você estivesse determinado a fazer?

Ian interrompeu suas passadas e sentou-se no banco outra vez, suspirando.

– Não – disse ele com franqueza –, mas acho que era um alívio para o meu pai. – Seu rosto abriu-se num sorriso relutante, enquanto Jamie ria.

– Ele deve estar bem – declarou Jamie, confiante. Levantou-se e deixou a toalha cair no chão, enquanto pegava suas calças. – Vou sair e mandar que fiquem de olho para encontrá-lo. Se estiver em Edimburgo, teremos notícias dele até o anoitecer.

Ian lançou um olhar para mim na cama e levantou-se apressadamente.

– Vou com você.

Achei ter visto uma sombra de dúvida atravessar o rosto de Jamie, mas em seguida ele assentiu e enfiou a camisa pela cabeça.

– Está bem – disse ele, quando sua cabeça surgiu pela abertura. Franziu o cenho para mim. – Receio que você tenha que permanecer aqui, Sassenach – disse ele.

– Acho que sim – disse. – Já que não tenho roupas. – A criada que trouxera nossa ceia levara meu vestido e nenhum substituto havia chegado ainda.

As sobrancelhas peludas de Ian ergueram-se até a linha dos cabelos, mas Jamie simplesmente balançou a cabeça.

– Falarei com Jeanne ao sair – disse ele. Franziu ligeiramente a testa, pensando. – Talvez demore um pouco, Sassenach. Há algumas coisas... bem, tenho negócios a resolver. – Apertou minha mão, a expressão do rosto suavizando-se ao olhar para mim. – Não queria deixá-la – disse ele brandamente. – Mas preciso. Ficará aqui até eu voltar?

– Não se preocupe – assegurei-lhe, com um gesto em direção à toalha de linho que ele acabara de descartar. – Não vou a lugar nenhum com isto.

O barulho de seus passos ressoou pelo corredor e foram desaparecendo em meio aos sons da movimentação na casa. O prostíbulo acordava, tarde e lânguido pelos austeros padrões escoceses de Edimburgo. Abaixo de mim, eu podia ouvir uma ou outra passada lenta e abafada, o barulho de persianas sendo abertas ali perto, um grito de "Sai de baixo!", e, um segundo depois, o barulho de águas-servidas e dejetos sendo atirados pelas janelas e esparramando-se na rua lá embaixo.

Vozes ao fundo do corredor, uma breve troca de palavras quase inaudíveis e o som de uma porta sendo fechada. A própria casa parecia se espreguiçar e suspirar, com estalos de vigas e rangidos de escadas. Uma repentina aragem de ar quente e cheirando a carvão veio da lareira fria, a exalação de um fogo aceso em um andar inferior e que compartilhava a minha chaminé.

Relaxei no meio dos travesseiros, sentindo-me sonolenta e satisfeita. Eu estava ligeira e agradavelmente dolorida em vários lugares a que não estava acostumada e, embora tivesse relutado em ver Jamie sair, era inegável que era bom ficar sozinha por algum tempo para meditar sobre tudo que acontecera.

Eu me sentia como alguém a quem tivessem entregado uma caixa fechada contendo um tesouro há muito tempo perdido. Eu podia sentir o gratificante peso e formato do tesouro e conhecer a grande alegria de possuí-lo, mas ainda não sabia exatamente o que a caixa continha.

Estava ansiosa para saber tudo que ele fizera e dissera e pensara e fora, durante todo o tempo que havia entre nós. Naturalmente, eu sabia que, se ele sobrevivera a Culloden, ele tivera uma vida – e conhecendo Jamie Fraser como eu conhecia, era improvável que fosse uma vida simples. Mas saber disso e ser confrontada com essa realidade eram duas coisas distintas.

Ele estivera fixo em minha lembrança durante tanto tempo, resplandecente, mas estático, como um inseto congelado em âmbar. Depois, vieram as breves visões históricas de Roger, como cenas vistas através de um buraco de fechadura; imagens separadas como pontuações, alterações; ajustes de memória, cada qual mostrando as asas da libélula levantadas ou abaixadas em um ângulo diferente, como as imagens estáticas de um filme. Agora, o tempo começara a contar outra vez para nós e a libélula voava diante de mim, adejando de um lado para outro, de modo que eu via pouco mais do que o brilho de suas asas.

Havia tantas perguntas que nenhum de nós dois ainda tivera a chance de fazer – sobre sua família em Lallybroch, sua irmã Jenny e as crianças. Obviamente, Ian estava vivo, e bem, independentemente da perna artificial –, mas o resto da família e os colonos da propriedade haviam sobrevivido à destruição das Terras Altas? Se houvessem, por que Jamie estava aqui em Edimburgo?

E se estavam vivos – o que diríamos a eles sobre minha súbita reaparição? Mordi o lábio, imaginando se haveria alguma explicação possível – que não a verdade – que pudesse fazer sentido. Iria depender do que Jamie lhes dissera quando eu desapareci depois de Culloden; na época, não pareceu haver necessidade de inventar uma razão para o meu desaparecimento; simplesmente, presumiriam que eu havia morrido no rastro da revolução, mais um dos cadáveres anônimos mortos de inanição, abandonados sobre as rochas ou assassinados em um barranco árido.

Bem, lidaríamos com isso quando chegasse a ocasião, eu imaginava. No momento, eu estava mais curiosa a respeito da extensão e do perigo das atividades ilegais de Jamie. Contrabando e subversão, hein? Eu sabia que contrabandear era uma profissão quase tão honrada nas Terras Altas escocesas quanto roubar gado havia sido há vinte anos, devendo ser conduzida com relativamente pouco risco. Subversão era outra história e parecia uma ocupação de duvidosa segurança para um ex-jacobita condenado.

Essa, eu acreditava, era a razão para o nome que adotara – ou uma das razões, de qualquer modo. Apesar de perturbada e agitada como eu estava quando chegamos ao bordel na noite anterior, eu notara que madame Jeanne chamara-o por seu próprio nome. Portanto, provavelmente, ele contrabandeava sob sua própria identidade, mas realizava suas atividades de impressor – legais e ilegais – como Alex Malcolm.

Eu vira, ouvira e sentira o suficiente, durante as poucas horas da noite, para ter absoluta certeza de que o Jamie Fraser que eu conhecera ainda existia. Restava saber quantos outros homens ele poderia ser agora.

Ouviu-se uma batida hesitante na porta, interrompendo meus pensamentos. Desjejum, pensei, e já não era sem tempo. Eu estava faminta.

– Entre – falei, sentando-me direito na cama e ajeitando os travesseiros para poder me recostar.

A porta abriu-se muito devagar e, após uma longa pausa, uma cabeça enfiou-se pela abertura, muito semelhante a um caracol emergindo de sua concha após uma tempestade de granizo.

Era encimada por um emaranhado de cabelos castanhos mal cortados, tão espessos que as pontas aparadas projetavam-se para fora como um ressalto acima de um par de grandes orelhas. O rosto abaixo era comprido, de ossos proeminentes; de certo modo, agradavelmente familiar, a não ser por um par de belos olhos castanhos, meigos e enormes como os de um cervo, que pousaram em mim com uma expressão mista de interesse e hesitação.

Eu e a cabeça nos entreolhamos por um instante.

– Você é a... mulher do sr. Malcolm? – perguntou a cabeça.

– Acho que pode-se dizer que sim – respondi cautelosamente. Obviamente, não era a camareira com meu desjejum. Também não era provável que fosse um dos outros empregados do estabelecimento, sendo evidentemente do sexo masculino, ainda que muito jovem. Ele parecia-me vagamente familiar, embora eu tivesse certeza de que nunca o vira antes. Puxei o lençol um pouco mais para cima sobre meus seios. – E quem é você? – perguntei.

A cabeça pensou por algum tempo e finalmente respondeu, com igual cautela:
– Ian Murray.

– Ian Murray? – Sentei-me ereta num salto, resgatando o lençol no último instante. – Venha cá – disse, peremptoriamente. – Se você é quem eu acho que é, por que não está onde deveria estar e o que está fazendo aqui? – O rosto pareceu um tanto assustado e fez menção de se retirar. – Pare! – gritei, colocando um pé fora da cama para persegui-lo. Os grandes olhos castanhos arregalaram-se à vista da minha perna nua e ele ficou paralisado. – Eu disse para entrar.

Devagar, eu recolhi a perna para baixo das cobertas outra vez e, igualmente devagar, ele entrou no quarto.

Ele era alto e magro como uma cegonha recém-emplumada, com talvez 60 quilos distribuídos de forma esparsa por uma estrutura de 1,80 metro. Agora que eu sabia quem ele era, a semelhança com seu pai era evidente. No entanto, ele possuía a tez clara da mãe, que se ruborizou violentamente quando percebeu que estava parado ao lado de uma cama contendo uma mulher nua.

– Eu... hã... estava procurando meu... quer dizer, o sr. Malcolm – murmurou ele, olhando fixamente para as tábuas do assoalho junto a seus pés.

– Se está falando de seu tio Jamie, ele não está aqui – disse.

– Não. Não, acho que não. – Parecia incapaz de pensar em qualquer coisa para acrescentar a isso, mas continuou com os olhos fixos no assoalho, um dos pés estranhamente virado para o lado, como se ele estivesse prestes a puxá-lo para cima, como o pássaro com que ele tanto se assemelhava quando caminhava na água. – Você sabe onde ele... – começou, erguendo os olhos. Assim que percebeu um vislumbre de mim, abaixou-os, ruborizando-se outra vez, e calou-se.

– Ele está à sua procura – disse. – Com seu pai – acrescentei. – Saíram daqui ainda não faz meia hora.

Sua cabeça levantou-se num sobressalto sobre seu pescoço fino, os olhos esbugalhados.

– Meu pai? – exclamou ele, com uma arfada. – Meu pai estava aqui? Você o conhece?

– Ora, claro – disse, sem pensar. – Conheço Ian há muito tempo.

Ele podia ser sobrinho de Jamie, mas não possuía a mesma manha do tio para esconder suas emoções. Tudo que ele pensava tornava-se evidente em seu rosto e eu podia facilmente seguir a progressão de suas expressões. Choque absoluto ao saber da presença do pai em Edimburgo, em seguida uma espécie de surpresa horrorizada à revelação do antigo relacionamento de seu pai com o que parecia uma mulher da vida e finalmente o início de uma raivosa apreensão, conforme o rapaz começou uma imediata revisão de suas opiniões a respeito do caráter do pai.

– Há – eu disse, um pouco alarmada. – Não é o que está pensando. Quero dizer, seu pai e eu... na verdade, sou eu e seu tio, quero dizer... – Eu tentava descobrir como explicar-lhe a situação sem entrar em águas ainda mais profundas, quando ele girou nos calcanhares e partiu em direção à porta. – Espere um minuto – eu disse. Ele parou, mas não se virou. Suas bem esfregadas orelhas destacavam-se como pequeninas asas, a luz da manhã iluminando seu delicado tom rosado. – Quantos anos você tem? – perguntei.

Ele virou-se de frente para mim, com uma certa dignidade aflita.

– Vou fazer 15 daqui a três semanas – disse ele. O rubor tomava conta de seu rosto outra vez. – Não se preocupe, já tenho idade suficiente para saber... que tipo de lugar é este, quero dizer. – Sacudiu a cabeça em minha direção numa tentativa de um cumprimento educado. – Sem querer ofendê-la, dona. Se tio Jamie... quero dizer, eu... – Buscou as palavras adequadas e, não conseguindo encontrá-las, finalmente falou de um só fôlego. – Muito prazer em conhecê-la, senhora. – A seguir, virou-se e saiu pela porta como uma flecha, batendo-a com tanta força que ela chocalhou nos batentes.

Deixei-me cair para trás sobre os travesseiros, ao mesmo tempo espantada e divertida. Imaginava o que o Ian mais velho diria para seu filho quando se encontrassem – e vice-versa. Enquanto meditava, perguntei-me o que teria trazido o Jovem Ian até ali, em busca de Jamie. Evidentemente, ele sabia onde poderia encontrar seu tio; no entanto, a julgar por sua atitude difidente, ele nunca entrara no bordel antes.

Teria obtido a informação de Geordie na gráfica? Parecia improvável. Entretanto, se não o fizera... significava que soubera da ligação de seu tio com este lugar através de alguma outra fonte. E a fonte mais provável era o próprio Jamie.

Mas, nesse caso, raciocinei, Jamie provavelmente já sabia que seu sobrinho estava em Edimburgo, então por que fingir que não vira o garoto? Ian era o mais velho amigo de Jamie; haviam crescido juntos. Se o que Jamie estava tramando valia o custo de enganar seu cunhado, devia ser algo bastante sério.

Não avançara muito com minhas considerações, quando se ouviu nova batida na porta.

– Entre – disse, ajeitando as colchas na expectativa da bandeja do desjejum que seria colocada ali em cima.

Quando a porta se abriu, eu havia direcionado minha atenção para um ponto a cerca de 1,5 metro acima do chão, onde esperava que a cabeça da camareira se materializasse. Da última vez que a porta se abrira, eu tive que adaptar minha visão cerca de 30 centímetros para cima, para acomodar a visão do Jovem Ian. Desta vez, fui obrigada a abaixá-la.

– Que diabos você está fazendo aqui? – perguntei, quando a diminuta figura do sr. Willoughby entrou de gatinhas, apoiado no chão com as mãos e os joelhos. Sentei-me direito na cama e apressadamente enfiei meus pés embaixo do corpo, puxando não só o lençol como também as colchas, bem apertados ao redor dos meus ombros.

Em resposta, o chinês avançou até cerca de 30 centímetros da cama, depois deixou a cabeça cair no chão com um sonoro baque. Ergueu-a e repetiu o processo com grande deliberação, fazendo o barulho horrível de um melão que é rachado ao meio com um machado.

– Pare com isso! – exclamei, quando ele se preparava para repetir o gesto pela terceira vez.

– Mil desculpas – explicou ele, sentando-se sobre os calcanhares e pestanejando para mim. Ele estava com uma péssima aparência e a marca vermelho-escura onde sua testa batera no chão não melhorava sua aparência. Acreditei que ele não pretendia continuar a bater com a cabeça no chão mil vezes, mas não tinha certeza. Ele obviamente estava com uma terrível ressaca; o fato de ter realizado aquela performance uma única vez já era impressionante.

– Tudo bem – eu disse, recuando cautelosamente contra a parede. – Não precisa se desculpar.

– Sim, desculpar – insistiu ele. – Tsei-mi dizendo esposa. Senhora ser honrada Primeira Esposa, não prostituta vil.

– Muito obrigada – eu disse. – Tsei-mi? Quer dizer Jamie? Jamie Fraser?

O homenzinho assentiu, para o óbvio detrimento de sua cabeça. Agarrou-a com as duas mãos e fechou os olhos, que prontamente desapareceram nas rugas de suas faces.

– Tsei-mi – afirmou ele, os olhos ainda fechados. – Tsei-mi dizendo desculpar para muito honrada Primeira Esposa. Yi Tien Cho muito humilde criado. – Fez uma profunda reverência, ainda segurando a cabeça. – Yi Tien Cho – acrescentou, abrindo os olhos e dando uns tapinhas no peito para indicar que esse era seu nome, para o caso de eu estar confundindo-o com quaisquer outros humildes criados na vizinhança.

– Tudo bem, tudo bem – eu disse. – Hã, prazer em conhecê-lo.

Evidentemente reanimado, ele se abaixou, prostrando-se diante de mim.

– Yi Tien Cho criado de senhora – disse ele. – Primeira Esposa, por favor, caminhar sobre humilde criado, se quiser.

– Ah! – exclamei friamente. – Já ouvi falar de você. Caminhar sobre você, hein? Sem a menor chance!

Uma fenda de brilhante olho preto surgiu e ele soltou uma risadinha, tão incontrolável que eu mesma não pude deixar de rir. Ele sentou-se direito outra vez, alisando as pontas espetadas de cabelo preto e duro de sujeira que se projetavam, como um porco-espinho, de seu crânio.

– Eu lavar pés de Primeira Esposa? – ofereceu ele, com um largo sorriso.

– Lógico que não – disse. – Se realmente deseja fazer algo de útil, peça a alguém para me trazer o desjejum. Não, espere um minuto – disse, mudando de ideia. – Primeiro, conte-me onde você conheceu Jamie. Se não se importar – acrescentei, para ser educada.

Ele sentou-se sobre os calcanhares, a cabeça balançando ligeiramente para a frente e para trás.

– Docas – disse ele. – Há dois anos. Eu vir da China, muito longe, sem comida. Escondido em barril – explicou, formando um círculo com os braços para demonstrar o meio de transporte.

– Um passageiro clandestino?

– Navio mercante – confirmou ele, balançando a cabeça. – Nas docas aqui, roubar comida. Roubar conhaque uma noite, ficar completamente bêbado. Muito frio para dormir; morrer logo, mas Tsei-mi encontrar. – Enfiou o polegar no peito outra vez. – Humilde criado Tsei-mi. Humilde criado Primeira Esposa. – Fez uma reverência para mim, oscilando de forma alarmante, mas conseguiu aprumar-se outra vez sem incidentes.

– O conhaque parece ser sua perdição – observei. – Sinto muito não ter nada para lhe dar para a sua cabeça; não tenho nenhum remédio comigo no momento.

– Ah, não se preocupe – assegurou ele. – Eu ter bolas saudáveis.

– Sorte sua – disse, tentando decidir se ele estava engrenando uma nova tentativa sobre meus pés ou meramente ainda bêbado demais para distinguir a anatomia básica. Ou talvez houvesse alguma associação na filosofia chinesa entre o bem-estar da cabeça e os testículos. Por via das dúvidas, olhei ao meu redor em busca de algum objeto que pudesse servir de arma, para o caso de ele demonstrar uma disposição para começar a fuçar sob as cobertas.

Em vez disso, ele enfiou a mão nas profundezas da manga larga de seda azul e, com um ar de ilusionista, retirou uma sacolinha de seda branca. Virou-a de cabeça para baixo e duas bolas caíram na palma de sua mão. Eram maiores do que bolas de gude e menores do que bolas de beisebol; na verdade, mais ou menos do tamanho de um testículo médio. No entanto, bem mais duras, sendo aparentemente feitas de algum tipo de pedra polida, de cor esverdeada.

– Bolas saudáveis – explicou o sr. Willoughby, rolando-as na palma da mão. Produziam um agradável som seco. – Jade rajada, do Cantão – disse ele. – As melhores bolas saudáveis.

– É mesmo? – disse, fascinada. – E elas são medicinais... boas para a saúde, é isso que está dizendo?

Ele balançou a cabeça vigorosamente, confirmando, depois parou bruscamente com um leve gemido. Após uma pausa, espalmou a mão e rolou as bolas de um lado para o outro, girando-as com um ágil movimento circular dos dedos.

– Corpo todo uma parte; mão todas as partes – disse ele. Apontou um dedo para a palma aberta, tocando delicadamente aqui e ali entre as esferas verdes e polidas. – Cabeça aqui, estômago ali, fígado ali – disse ele. – As bolas fazer bem para tudo.

– Bem, imagino que sejam tão práticas quanto alka-seltzer – eu disse. Provavelmente foi a referência a estômago que fez o meu emitir um sonoro ronco neste momento.

– Primeira Esposa querer comida – observou o sr. Willoughby astuciosamente.

– Muito perspicaz de sua parte – disse. – Sim, estou mesmo com fome. Você poderia ir falar com alguém?

Ele imediatamente jogou as bolas dentro de sua sacolinha e, pondo-se de pé, fez uma profunda reverência.

– Humilde criado vai agora – disse ele, e partiu, dando um encontrão no batente da porta ao sair.

Isso estava ficando ridículo, pensei. Eu tinha minhas dúvidas se a visita do sr. Willoughby resultaria em comida; ele teria sorte se conseguisse chegar ao pé da escada sem cair de cabeça, se minha avaliação do seu estado de saúde estivesse correta.

Em vez de continuar ali sentada nua, recebendo representantes aleatórios do mundo exterior, achei que já era hora de tomar algumas medidas. Levantando-me e cuidadosamente enrolando uma colcha em volta do corpo, dei alguns passos no corredor.

O andar superior parecia deserto. Exceto pelo quarto de onde eu saíra, havia apenas duas outras portas ali em cima. Erguendo os olhos, pude ver vigas simples, sem adornos, no alto. Portanto, estávamos no sótão. Provavelmente, os outros quartos ali em cima eram ocupados por criados, que sem dúvida estariam trabalhando no andar térreo agora.

Eu podia ouvir leves ruídos que subiam pelo vão da escada. Algo mais era trazido também – o aroma de salsichas fritas. Um novo rugido gustativo informou-me que o cheiro não passara despercebido ao meu estômago e, mais ainda, que minhas entranhas consideravam o consumo de um sanduíche de pasta de amendoim e uma tigela de sopa num período de 24 horas um nível de nutrição completamente inadequado.

Enfiei as pontas da colcha para dentro, como um sarongue, logo acima dos meus seios, e levantando as pontas da barra que se arrastavam pelo chão, segui o aroma da comida pelas escadas.

O cheiro – bem como os ruídos tilintantes de um bando de gente comendo – vinha de uma porta fechada no primeiro andar acima do térreo. Abri a porta e me vi no final de um longo salão que parecia um refeitório.

A mesa estava cercada por umas vinte e poucas mulheres, algumas vestidas para o dia, mas a maioria apenas de roupas íntimas, fazendo minha colcha parecer recatada em comparação. Uma mulher perto da extremidade da mesa me avistou pairando na entrada e fez sinal para eu entrar, amistosamente deslizando para abrir espaço para mim na ponta do banco comprido.

– Você vai ser a nova garota, não? – disse ela, olhando-me de cima a baixo com interesse. – Você é um pouquinho mais velha do que a madame geralmente aceita. Ela prefere as que tenham menos de 25 anos. Mas você não é nada má – assegurou-me apressadamente. – Tenho certeza de que vai se sair bem.

– Pele boa e um rosto bonito – observou a mulher de cabelos escuros em frente a nós, analisando-me com o ar distanciado de alguém que estivesse avaliando um cavalo. – E belos peitos, pelo que posso ver. – Ergueu o queixo ligeiramente, espreitando do outro lado da mesa o que podia ser visto pelo meu decote.

– Madame não gosta que tiremos as colchas das camas – disse a que primeiro falara comigo, com ar de reprovação. – Devia usar sua combinação, se ainda não tiver algo bonito para se exibir.

– Sim, tenha cuidado com a colcha – avisou a jovem de cabelos escuros, ainda me examinando atentamente. – Madame descontará de seu salário se manchar as cobertas.

– Qual o seu nome, querida? – Uma jovem baixa, um pouco gorda, com um rosto redondo e amável, inclinou-se por cima do cotovelo da jovem morena para sorrir para mim. – Aqui estamos nós só falando com você sem lhe dar as boas-vindas. Sou Dorcas, esta é Peggy. – Sacudiu o polegar para a jovem de cabelos escuros, em seguida apontou para o outro lado da mesa, para a mulher de cabelos louros ao meu lado. – E essa é a Mollie.

– Meu nome é Claire – disse, sorrindo e puxando a colcha um pouco mais para cima timidamente. Eu não sabia como corrigir a impressão que tinham de que eu era a mais nova recruta de madame Jeanne; por enquanto, isso parecia menos importante do que conseguir comer alguma coisa.

Aparentemente adivinhando minhas necessidades, a simpática Dorcas esticou o braço para o bufê atrás de si, me passou um prato de madeira e empurrou uma grande travessa de salsichas em minha direção.

A comida estava bem preparada, mas eu a teria considerado boa de qualquer maneira; faminta como estava, parecia um manjar dos deuses. Muito melhor do que o café da manhã na lanchonete do hospital, observei para mim mesma, servindo-me de outra porção de batatas fritas.

– O seu primeiro foi bem rude, hein? – Mollie, a meu lado, indicou meu peito com um gesto da cabeça. Olhando para baixo, fiquei mortificada ao ver uma grande mancha vermelha acima da borda da colcha. Eu não podia ver meu pescoço, mas a direção do olhar interessado de Mollie deixou claro que a leve sensação de formigamento ali era prova de outras marcas de mordida.

– Seu nariz também está um pouco inchado – disse Peggy, franzindo a testa para mim com ar crítico. Estendeu a mão por cima da mesa para tocá-lo, desconsiderando o fato de que o gesto fazia seu fino penhoar abrir-se até a cintura. – Ele bateu em você, não foi? Se eles ficarem violentos, você deve gritar, você sabe. Madame não permite que os fregueses nos maltratem. Dê um bom grito e Bruno estará lá em um segundo.

– Bruno? – perguntei, um pouco frouxamente.

– O porteiro – explicou Dorcas, levando uma colherada de ovos mexidos à boca. – Grande como um urso, é por isso que o chamamos de Bruno. Qual é o verdadeiro nome dele? – perguntou ela para a mesa como um todo. – Horace?

– Theobald – corrigiu Mollie. Virou-se para chamar uma das criadas que serviam a mesa do outro lado da sala: – Janie, poderia trazer mais cerveja? A nova garota ainda não tomou nada.

– Sim, Peggy tem razão – disse ela, virando-se de novo para mim. Não era nem um pouco bonita, mas possuía uma boca bem torneada e uma expressão agradável. – Pegar um homem que goste de brincadeiras um pouco brutas é uma coisa... e não chame Bruno para um bom cliente ou vai haver o diabo e você é quem vai pagar. Mas, se realmente achar que pode ficar machucada, então dê um bom berro. Bruno nunca se afasta à noite. Ah, aqui está a cerveja – acrescentou ela, pegando um enorme caneco das mãos da criada e colocando-o à minha frente com um baque na mesa.

– Ela não está machucada – disse Dorcas, tendo terminado sua inspeção dos aspectos visíveis de minha pessoa. – Um pouco dolorida entre as pernas, hein? – disse ela judiciosamente, rindo para mim.

– Oh, olhe só, ela está ficando vermelha – disse Mollie, dando uma risada, encantada. – Oh, você é mesmo nova no ramo, hein?

Tomei um grande gole da cerveja. Era escura, encorpada e extremamente bem-vinda, tanto pela largura da borda do caneco que escondia meu rosto quanto pelo sabor.

– Não tem importância. – Mollie bateu de leve em meu braço. Depois de comer, eu lhe mostrarei onde ficam as banheiras. Pode mergulhar suas partes em água morna e estarão novinhas em folha até a noite.

– Não se esqueça de lhe mostrar também onde ficam os potes – observou Dorcas. – Ervas de cheiro – explicou-me. – Coloque-as na água antes de sentar-se na banheira. Madame gosta que a gente cheire bem.

– Se os homens quisessem se deitarr com alguém cheirrando a peixe, irriam parra as docas, é mais barato – entoou Peggy, com um modo de falar que evidentemente pretendia imitar madame Jeanne. A mesa irrompeu em risadinhas, rapidamente sufocadas pelo repentino aparecimento da própria madame, que entrou por uma porta no outro extremo da sala.

Madame Jeanne tinha a testa franzida numa expressão preocupada e parecia apreensiva demais para notar a hilaridade reprimida.

– Shhh – murmurou Mollie, ao ver a proprietária. – Um cliente madrugador. Detesto quando aparecem no meio do café da manhã – resmungou ela. – Não se pode nem fazer a digestão direito.

– Não precisa se preocupar, Mollie; é Claire quem tem que atendê-lo – disse Peggy, jogando para trás a trança escura. – As garotas mais novas ficam com aqueles que ninguém quer – informou-me.

– Enfie o dedo no cu dele – aconselhou-me Dorcas. – Isso os faz gozar mais rápido do que qualquer outra coisa. Guardarei um pão para você comer depois, se quiser.

– Há... obrigada – disse. Nesse mesmo instante, os olhos de madame Jeanne recaíram sobre mim e sua boca abriu-se num horrorizado "Oh".

– O que você está fazendo aqui? – sibilou ela, apressando-se para me agarrar pelo braço.

– Comendo – disse, sem disposição para ser puxada. Livrei meu braço de sua mão e peguei meu caneco de cerveja.

– *Merde!* – disse ela. – Ninguém levou comida para você hoje de manhã?

– Não – respondi. – Nem roupas. – Indiquei a colcha, em perigo iminente de cair.

– *Nez de Cleopatre!* – exclamou ela violentamente. Empertigou-se e olhou ao redor, os olhos falseando. – Mandarei açoitar a inútil criada por causa disso! Mil desculpas, madame!

– Tudo bem – disse educadamente, consciente dos olhares de espanto nos rostos das minhas companheiras de desjejum. – Tive uma refeição deliciosa. Prazer em conhecê-las, senhoritas – disse, levantando-me e fazendo o melhor possível para cumprimentá-las com uma inclinação e segurar a colcha ao mesmo tempo. – Bem, madame... e o meu vestido?

Entre os protestos de desculpas da agitada madame Jeanne e as reiteradas esperanças de que eu não acharia necessário contar a monsieur Fraser que fora exposta a uma indesejável intimidade com as funcionárias do estabelecimento, percorri o caminho, desajeitadamente em função do meu traje, por mais dois lances de escada e entrei numa saleta forrada de vestidos pendurados em vários estágios de finalização, com peças de tecidos empilhadas aqui e ali nos cantos do aposento.

– Um momento, por favor – disse madame Jeanne e, com uma profunda reverência, deixou-me na companhia de um manequim de costureira, com um grande número de alfinetes espetados em seu peito acolchoado.

Aparentemente, era ali que os trajes das garotas eram feitos. Andei pelo aposento, a colcha arrastando-se no chão, e notei vários penhoares de seda fina em produção, junto com dois vestidos elaborados, de profundos decotes, e diversas variações bastante criativas de combinações e camisolas básicas. Retirei uma combinação do cabide e a vesti.

Era feita de algodão fino, franzida no decote profundo e bordada na forma de várias mãos que se enroscavam sedutoramente sobre os seios e pelos lados da cintura, espalhando-se numa carícia devassa pelos quadris. A bainha ainda não fora feita, mas fora isso estava terminada e me deu muito mais liberdade de movimentos do que a colcha.

Eu podia ouvir vozes no aposento ao lado, onde madame aparentemente passava uma descompostura em Bruno – ou assim deduzi a identidade dos resmungos masculinos.

– Não me interessa o que a irmã da desgraçada fez – dizia ela –, não percebe que a esposa de monsieur Jamie foi deixada faminta e sem roupas?

– Tem certeza de que ela é a esposa dele? – perguntou a grave voz masculina. – Ouvi dizer...

– Eu também. Mas se ele diz que essa mulher é a esposa dele, não vou argumentar, n'est-ce pas? – disse madame com impaciência. – Agora, quanto a essa maldita Madeleine...

– Não foi culpa dela, madame – interrompeu Bruno. – Não ouviu as notícias hoje de manhã sobre o Demônio?

Madame soltou o ar, incrédula.

– Não! Mais um?

– Sim, madame. – A voz de Bruno era soturna. – A não mais do que algumas casas daqui... acima da taberna Green Owl. A jovem era a irmã de Madeleine. O padre trouxe a notícia pouco antes do café da manhã. Assim, como pode ver...

– Sim, estou vendo. – Madame soava um pouco ofegante. – Sim, claro. Claro. Foi... do mesmo jeito? – Sua voz tremia de indignação.

– Sim, madame. Uma machadinha ou algum tipo de faca grande. – Abaixou a voz, como as pessoas costumam fazer ao narrar horríveis acontecimentos. – O padre me contou que a cabeça dela foi completamente decepada. Seu corpo estava perto da porta do quarto e sua cabeça – abaixou a voz ainda mais, transformando-a quase num sussurro –, sua cabeça estava sobre o consolo da lareira, olhando para o quarto. O senhorio desmaiou quando a encontrou.

Um baque surdo vindo do aposento contíguo sugeria que madame Jeanne fizera o mesmo. Meus braços arrepiaram-se e meus próprios joelhos ficaram um pouco bambos. Eu estava começando a concordar com o temor de Jamie de que me instalar numa casa de prostituição não era uma boa ideia.

De qualquer modo, eu agora estava vestida, ainda que não completamente, e entrei no aposento adjacente, encontrando madame Jeanne parcialmente reclinada sobre o sofá de uma saleta, com um homem musculoso, de ar infeliz, sentado numa banqueta junto a seus pés.

Madame despertou ao me ver.

– Madame Fraser! Ah, desculpe-me! Não pretendia deixá-la esperando, mas tive... – hesitou, buscando uma expressão delicada – notícias inquietantes.

– Eu diria que sim. Que história é essa de um Demônio? – perguntei.

– Você ouviu? – Ela já estava pálida; agora sua pele ficou ainda mais branca e ela torceu as mãos. – O que ele vai dizer? Ficará furioso! – gemeu ela.

– Quem? – perguntei. – Jamie ou o Demônio?

– Seu marido – disse ela. Olhou ao redor da saleta, distraída. – Quando ele souber que sua esposa foi tão vergonhosamente negligenciada, confundida com uma *fille de joie* e exposta a...

– Acho que ele não vai se importar – disse. – Mas eu gostaria de saber a respeito do Demônio.

– Gostaria? – As grossas sobrancelhas de Bruno arquearam-se. Era um homem corpulento, tinha ombros curvos e longos braços que o faziam parecer um gorila, a semelhança reforçada por uma testa estreita e um queixo recuado. Ele parecia perfeitamente adequado para o papel de leão de chácara num bordel. – Bem – hesitou ele, olhando de relance para madame Jeanne em busca de orientação, mas a proprietária viu o pequeno relógio laqueado no consolo da lareira e pôs-se de pé num salto com uma exclamação de choque.

– *Crottin!* – exclamou ela. – Tenho que ir! – E sem mais do que um ligeiro aceno em minha direção, saiu do aposento às pressas, deixando a mim e Bruno olhando para a porta, surpresos.

– Ah – disse ele, recompondo-se. – Tem razão, viria às dez horas. – Eram dez e quinze, pelo relógio laqueado. O que quer que viesse às dez, eu queria que esperasse.

– O Demônio – ajudei-o.

Como a maioria das pessoas, Bruno estava mais do que disposto a revelar os detalhes sangrentos, após uma hesitação *pro forma* em nome da suscetibilidade social.

O demônio de Edimburgo era – como eu deduzira da conversa até agora – um assassino. Como um precursor de Jack, o Estripador, especializava-se em mulheres de "vida fácil", que matava com golpes de um instrumento de lâmina pesada. Em alguns casos, os corpos haviam sido esquartejados ou "revirados", como Bruno disse, em voz baixa.

Os assassinatos – oito ao todo – ocorreram de tempos em tempos, nos últimos dois anos. Com uma exceção, as mulheres haviam sido mortas em seus próprios quartos; a maioria vivia sozinha – duas foram mortas em bordéis. Isso explicava a agitação de madame, pensei.

– Qual foi a exceção? – perguntei.

Bruno fez o sinal da cruz.

– Uma freira – murmurou ele, as palavras evidentemente ainda um choque para ele. – Uma freira francesa.

A religiosa, tendo aportado em Edimburgo com um grupo de freiras com destino a Londres, fora sequestrada nas docas, sem que nenhuma de suas companheiras notasse sua ausência na confusão. Quando foi descoberta em um dos becos de Edimburgo, já à noite, era tarde demais.

– Violentada? – perguntei, com interesse clínico.

Bruno olhou-me com grande desconfiança.

– Não sei – respondeu ele formalmente. Levantou-se pesadamente, os ombros simiescos arriados de fadiga. Imaginei que tivesse ficado de serviço a noite toda; devia ser hora de dormir agora. – Com sua licença, senhora – disse ele, com distante formalidade, e saiu.

Recostei-me no pequeno sofá de veludo, sentindo-me ligeiramente tonta. De certo modo, eu não imaginara que houvesse tal agitação em bordéis durante o dia.

De repente, ouvi golpes altos e bruscos na porta. Não pareciam batidas, mas era como se alguém estivesse realmente usando um martelo de cabeça de metal, exigindo ser admitido ao aposento. Levantei-me para atender ao chamado, mas sem outro aviso a porta foi escancarada e uma figura esbelta e altiva irrompeu no aposento, falando francês com um sotaque tão pronunciado e uma atitude tão furiosa que não pude entender quase nada do que dizia.

– Está procurando madame Jeanne? – consegui dizer, aproveitando uma pequena pausa quando ele parou para tomar fôlego antes de nova invectiva. O visitante era um homem jovem, de cerca de 30 anos, de compleição esbelta, extremamente bonito, com sobrancelhas e cabelos abundantes e negros. Fitou-me intensamente e, depois de olhar bem para mim, uma mudança extraordinária ocorreu em seu rosto. As sobrancelhas ergueram-se, os olhos negros esbugalharam-se e seu rosto ficou branco.

– Milady! – exclamou ele, atirando-se de joelhos, abraçando-me pelas pernas enquanto pressionava o rosto contra o algodão da combinação ao nível da minha virilha.

– Solte-me! – exclamei, empurrando seus ombros para que me soltasse. – Eu não trabalho aqui. Solte-me, já disse!

– Milady! – repetia ele, extasiado. – Milady! Você voltou. Um milagre! Deus a mandou de volta!

Ergueu os olhos para mim, sorrindo, enquanto as lágrimas escorriam pelo seu rosto. Possuía dentes perfeitos, largos e brancos. De repente, algo remexeu-se em minha lembrança, mostrando-me os contornos do rosto de um garoto sob o semblante audacioso do homem.

– Fergus! – disse. – Fergus, é você mesmo? Levante-se, pelo amor de Deus, deixe-me olhar para você!

Ele se levantou, mas não parou para que eu pudesse examiná-lo. Envolveu-me num abraço de quebrar as costelas e eu correspondi ao seu abraço, batendo em suas costas na empolgação de revê-lo. Ele era um menino de 10 anos aproximadamente quando o vira pela última vez, pouco antes de Culloden. Agora, era um homem e a barba por fazer arranhava meu rosto.

– Pensei que estivesse vendo um fantasma! – exclamou ele. – É você realmente, então?

– Sim, sou eu – assegurei-lhe.

– Já viu milorde? – perguntou ele entusiasmado. – Ele sabe que está aqui?

– Sim.

– Ah! – Ele piscou e recuou meio passo, quando algo lhe ocorreu. – Mas... mas, e quanto... – Parou, obviamente confuso.

– Quanto a quê?

– Aí está você! O que em nome de Deus você está fazendo aqui em cima, Fergus? – A figura alta de Jamie assomou repentinamente no vão da porta. Seus olhos arregalaram-se ao me ver em minha combinação bordada. – Onde estão suas roupas? – perguntou ele. – Não importa – disse, abanando a mão com impaciência quando abri a boca para responder. – Não tenho tempo para isso agora. Venha, Fergus, há mais de 150 galões de conhaque na viela e os guardas alfandegários estão nos meus calcanhares!

E com um retumbar de botas na escada de madeira, eles desapareceram, deixando-me sozinha outra vez.

Eu não sabia ao certo se devia me unir ao grupo no andar térreo ou não, mas a curiosidade venceu a discrição. Após uma rápida visita ao quarto de costura em busca de algo mais apropriado para vestir, desci as escadas, um grande xale parcialmente bordado com flores de malva envolvendo meus ombros.

Tivera apenas uma vaga noção do interior da casa na noite anterior, mas os barulhos da rua que se infiltravam pelas janelas deixavam claro qual era o lado que dava para a High Street. Presumi que a viela a que Jamie se referira devia ficar do lado oposto, mas não tinha certeza. As casas de Edimburgo eram em geral construídas com estranhas e pequenas alas e paredes sinuosas, para aproveitar qualquer centímetro de espaço livre.

Parei no largo patamar ao pé das escadas, procurando ouvir o barulho de barris sendo rolados para me guiar. Enquanto permanecia ali parada, senti uma repentina corrente de ar nos meus pés descalços e virei-me, deparando-me com um homem de pé no vão da porta que dava para a cozinha.

Pareceu tão surpreso quanto eu, mas depois de pestanejar em minha direção, sorriu e adiantou-se para me segurar pelo cotovelo.

– É um bom dia para você, minha cara. Eu não esperava encontrar nenhuma de vocês acordada por aí tão cedo pela manhã.

– Bem, sabe o que dizem sobre dormir cedo e acordar cedo – disse, tentando liberar meu cotovelo.

Ele riu, exibindo dentes ruins em um maxilar estreito.

– Não, o que dizem?

– Bem, é algo que dizem na América, pensando melhor – respondi, percebendo de repente que Benjamin Franklin, ainda que publicado atualmente, provavelmente não tinha muitos leitores em Edimburgo.

– Você é inteligente, doçura – disse ele, com um leve sorriso. – Ela a mandou aqui para baixo como chamariz, para desviar minha atenção, não foi?

– Não. Quem? – disse.

– Madame – disse ele, olhando à volta. – Onde está ela?

– Não faço a menor ideia – disse. – Solte-me!

Em vez de me soltar, ele apertou meu braço com mais força, enfiando os dedos desconfortavelmente nos músculos do meu antebraço. Inclinou-se para mais perto, sussurrando em meu ouvido com uma baforada de vapores malcheirosos de tabaco.

– Há uma recompensa, você sabe – murmurou ele confidencialmente. – Uma porcentagem do valor do contrabando apreendido. Ninguém precisaria ficar sabendo além de mim e você. – Deu uma pancadinha de leve embaixo do meu seio, fazendo o mamilo eriçar-se sob o algodão fino. – O que me diz, doçura?

Encarei-o fixamente. "Os guardas alfandegários estão nos meus calcanhares", dissera Jamie. Portanto, este devia ser um deles; um funcionário da Coroa, encarregado da prevenção de contrabando e prisão de contrabandistas. O que Jamie dissera? "O pelourinho. Pregos nas orelhas. Açoitamento. Prisão. Exílio", dissera ele, abanando a mão despreocupadamente, como se tais penalidades fossem equivalentes a uma multa de trânsito.

– De que você está falando? – disse, tentando parecer intrigada. – E pela última vez, solte-me! – Ele não devia estar sozinho, pensei. Quantos outros haveria pela casa?

– Sim, por favor, soltar – disse uma voz atrás de mim. Vi os olhos do guarda alfandegário arregalarem-se quando olhou por cima do meu ombro.

O sr. Willoughby estava no segundo degrau da escada numa amarfanhada roupa azul de seda, uma grande pistola segura com as duas mãos. Balançou a cabeça educadamente para o funcionário da alfândega.

– Não prostituta vil. Honrada esposa.

O funcionário da Coroa, visivelmente espantado com a repentina aparição de um chinês, olhava com cara de idiota de mim para o sr. Willoughby e de novo para mim.

– Esposa? – disse ele, incrédulo. – Está dizendo que ela é sua esposa?

O sr. Willoughby, obviamente entendendo apenas a palavra enfatizada, balançou a cabeça amavelmente.

– Esposa – repetiu ele. – Por favor, soltar. – Seus olhos eram apenas duas fendas injetadas de sangue e era evidente para mim, ainda que não para o guarda alfandegário, que seu sangue ainda continha uma grande dosagem de álcool.

O funcionário puxou-me para ele e olhou de cara feia para o sr. Willoughby.

– Agora, escute aqui – começou ele. Não pôde prosseguir, porque o sr. Willoughby, evidentemente presumindo que já dera um bom aviso, ergueu a pistola e puxou o gatilho.

Ouviu-se um grande estalo e um grito agudo ainda mais alto, que deve ter sido meu, e o patamar encheu-se com uma nuvem de fumaça cinza de pólvora. O funcionário recuou cambaleando, batendo contra os lambris da parede, um olhar de imenso espanto no rosto e uma crescente roseta de sangue no peito do casaco.

Num ato reflexo, dei um salto para a frente e agarrei o homem por baixo dos braços, amparando-o e deitando-o sobre as tábuas do assoalho do patamar das escadas. Ouviu-se um alvoroço de comoção acima, conforme as moradoras da casa aglomeravam-se, todas falando e exclamando ao mesmo tempo, no patamar superior, atraídas pelo tiro. Passadas apressadas subiam pelas escadas inferiores, dois degraus de cada vez.

Fergus irrompeu pelo que deveria ser a porta da adega, uma pistola na mão.

– Milady – disse ele ofegante, vendo-me sentada no canto com o corpo do funcionário esparramado em meu colo. – O que você fez?

– Eu? – perguntei, indignada. – Eu não fiz nada, foi o mascote chinês do Jamie. – Fiz um breve sinal com a cabeça na direção das escadas, onde o sr. Willoughby, a pistola largada a seus pés, sentara-se no degrau e agora observava a cena abaixo com um olhar benevolente e injetado.

Fergus disse algo em francês que era coloquial demais para ser traduzido, mas que soou altamente desabonador para o sr. Willoughby. Atravessou o patamar com duas largas passadas e estendeu a mão para segurar o ombro do pequeno chinês – ou assim eu imaginei, até ver que o braço que ele estendia não terminava em uma mão, mas em um gancho de reluzente metal escuro.

– Fergus! – Fiquei tão chocada diante daquela visão que interrompi minhas tentativas de estancar o sangue do ferimento do guarda alfandegário com meu xale. – O que... o que... – dizia incoerentemente.

– O quê? – disse ele, olhando para mim. Então, seguindo a direção do meu olhar, disse: – Ah, isso – e deu de ombros. – O inglês. Não se preocupe com isso, milady, não temos tempo. Você, *canaille*, desça daí! – Com um safanão, puxou o sr. Willoughby das escadas, arrastou-o para a porta da adega e enfiou-o por ela sem nenhuma preocupação com segurança. Pude ouvir uma série de baques surdos, sugerindo que o chinês estava rolando escada abaixo, suas habilidades acrobáticas o tendo desertado temporariamente, mas não tive tempo de me preocupar com isso.

Fergus agachou-se a meu lado e ergueu a cabeça do funcionário da Coroa pelos cabelos.

– Quantos homens estão com você? – perguntou ele. – Diga-me depressa, *cochon*, ou eu corto sua garganta!

Pelos sinais evidentes, essa era uma ameaça supérflua. Os olhos do homem já estavam ficando vidrados. Com esforço considerável, os cantos de sua boca abriram-se num sorriso.

– Vejo... você... no... inferno – murmurou ele, e com uma última convulsão que fixou o sorriso num hediondo ricto em seu rosto, ele cuspiu uma surpreendente quantidade de sangue vermelho vivo e espumante, e morreu no meu colo.

Mais pés subiam as escadas a toda velocidade. Jamie irrompeu pela porta da adega e mal conseguiu parar antes de pisar nas pernas abandonadas do funcionário morto. Seus olhos viajaram por toda a extensão do corpo e pousaram em meu rosto com horrorizada surpresa.

– O que você fez, Sassenach? – perguntou ele.

– Não ela, o verme amarelo – explicou Fergus, poupando-me o trabalho. Enfiou a pistola no cinto e ofereceu-me sua mão verdadeira. – Venha, milady, tem que ir para baixo!

Jamie impediu-o, inclinando-se sobre mim, enquanto sacudia a cabeça fazendo um sinal em direção ao saguão de entrada.

– Eu dou um jeito aqui – disse ele. – Guarde a entrada, Fergus. O sinal de sempre e mantenha a pistola escondida, a menos que seja necessário.

Fergus assentiu e desapareceu imediatamente pela porta que dava para o corredor.

Jamie conseguiu enrolar o corpo desajeitadamente no xale; tirou-o de cima de mim e eu me levantei cambaleando, muito aliviada por estar livre do morto, apesar do sangue e de outras substâncias desagradáveis que empapavam a frente da minha combinação.

– Oh! Acho que ele está morto. – Uma voz apavorada flutuou do andar superior e eu ergui os olhos, deparando-me com uma dúzia de prostitutas espreitando como anjinhos lá de cima.

– Voltem já para seus quartos! – ordenou Jamie. Ouviu-se um coro de gritinhos assustados e elas se espalharam como pombos.

Jamie olhou ao redor do patamar em busca de vestígios do incidente, mas felizmente não havia nenhum – o xale e eu havíamos segurado tudo.

– Venha – disse ele.

As escadas estavam na penumbra e a adega embaixo escura como breu. Parei ao pé da escada, à espera de Jamie. O funcionário não era um homem de compleição delgada e Jamie ofegava quando me alcançou.

– Para o outro lado – disse ele, arquejante. – Uma parede falsa. Segure meu braço.

Com a porta acima fechada, eu não conseguia ver absolutamente nada; felizmente, Jamie parecia se orientar por radar. Conduziu-me sem maiores dificuldades em meio a grandes objetos nos quais eu tropeçava ao passar, e finalmente parou. Eu podia sentir o cheiro de pedras úmidas e, estendendo a mão, senti uma parede áspera diante de mim.

Jamie disse algo em gaélico, em voz alta. Aparentemente, era o equivalente céltico a "Abre-te, Sésamo" porque houve um breve silêncio, depois um rangido, e uma fraca linha de luz surgiu na escuridão à minha frente. A linha alargou-se em uma fresta e uma parte da parede girou para fora, revelando uma pequena entrada, com caixilhos de madeira, sobre a qual pedras cortadas estavam montadas para fazê-la parecer parte da parede.

A adega oculta era um grande salão, tinha pelo menos 25 metros de comprimento. Várias figuras circulavam em seu interior e o ar estava impregnado de cheiro de conhaque. Jamie largou o corpo sem nenhuma cerimônia em um canto, depois se virou para mim.

– Santo Deus, Sassenach, você está bem? – A adega parecia iluminada por velas, salpicadas aqui e ali na penumbra. Eu mal podia ver seu rosto, a pele distendida pelos ossos da face.

– Estou com um pouco de frio – disse, tentando não deixar meus dentes baterem. – Minha combinação está encharcada de sangue. Fora isso, estou bem. Eu acho.

– Jeanne! – Ele virou-se e gritou para o outro extremo da adega e uma das figuras veio em nossa direção, revelando-se uma senhora extremamente preocupada. Ele explicou a situação em poucas palavras, fazendo a expressão preocupada tornar-se consideravelmente mais alarmada.

– *Horreur!* – disse ela. – Assassinado? No meu estabelecimento? Com testemunhas?

– Sim, receio que sim. – A voz de Jamie soou calma. – Darei um jeito. Mas, enquanto isso, você deve subir. Talvez ele não estivesse sozinho. Você saberá o que fazer.

Sua voz revelava um tom de calma segurança e ele apertou seu braço. O toque de sua mão pareceu acalmá-la – eu esperava que essa fosse a razão do seu gesto –, e ela virou-se para ir embora.

– Ah, e Jeanne – disse Jamie às suas costas. – Quando voltar, pode trazer algumas roupas para a minha mulher? Se o vestido dela não estiver pronto, acho que o tamanho de Daphne serve.

– Roupas? – Madame Jeanne estreitou os olhos para as sombras onde eu me encontrava. Para ajudá-la, dei um passo em direção à luz, exibindo o resultado do meu encontro com o coletor de impostos.

Madame Jeanne piscou uma ou duas vezes, benzeu-se e virou-se sem dizer nenhuma palavra, desaparecendo através da porta oculta, que girou e fechou-se atrás dela com uma pancada surda.

Eu começava a tremer, tanto em reação aos acontecimentos quanto de frio. Embora acostumada a emergências, sangue e até mesmo morte repentina, os eventos da manhã haviam sido mais do que um pouco perturbadores. Era como uma noite de sábado ruim na sala de emergência do hospital.

– Venha comigo, Sassenach – disse Jamie, colocando a mão delicadamente nas minhas costas. – Vou arranjar-lhe um banho. – O toque de sua mão funcionou em mim do mesmo modo que em madame Jeanne; senti-me instantaneamente melhor, embora ainda apreensiva.

– Banho? De quê? Conhaque?

Ele deu uma breve risada.

– Não, água. Posso lhe oferecer um banho, mas receio que esteja frio.

Estava extremamente frio.

– De on-onde v-vem esta água? – perguntei, tremendo. – De uma geleira?

– A água jorrava de um cano embutido na parede, normalmente vedado com tiras de pano de aspecto sujo, enroladas em volta de um pedaço de madeira que servia de rolha.

Retirei a mão do jato de água gelada e limpei-a na minha combinação, que já estava num estado deplorável demais para fazer alguma diferença. Jamie sacudiu a cabeça enquanto manobrava a grande tina de madeira para mais perto do esguicho.

– Do telhado – respondeu ele. – Há uma cisterna de águas da chuva lá em cima. A calha corre pela lateral do prédio e o cano da cisterna está escondido dentro dela. – Ele parecia absurdamente orgulhoso de si mesmo e eu ri.

– Muito engenhoso – disse. – Para que você usa a água?

– Para cortar a bebida – explicou ele. Indicou o outro extremo do porão, onde as figuras turvas trabalhavam com notável afinco entre uma enorme quantidade de barris e tinas. – Ela chega com um teor alcoólico muito alto. Aqui, misturamos com água pura e envasamos em barris outra vez para vender para as tabernas.

Ele enfiou o rústico tampão de volta no cano e inclinou-se para puxar a enorme tina pelo assoalho de pedra.

– Bem, vamos tirar isso do caminho; eles vão precisar da água.

Um dos homens estava de fato aguardando com um pequeno barril nos braços; com apenas um rápido olhar curioso em minha direção, ele cumprimentou Jamie com um breve sinal da cabeça e enfiou o barril sob o jorro de água.

Atrás de uma cortina improvisada às pressas de barris vazios, espreitei as profundezas da banheira provisória com desconfiança. Uma única vela queimava numa poça de cera ali perto, refletindo-se na superfície da água e fazendo-a parecer negra e abismal. Despi-me, tremendo violentamente, pensando que renunciar aos confortos de água quente e encanamentos modernos me pareceu muito mais fácil quando estavam à mão.

Jamie remexeu em sua manga e retirou um grande lenço, que examinou com ar de dúvida.

– Sim, bem, acho que está mais limpo do que sua combinação – disse ele, encolhendo os ombros. Entregou-me o lenço, depois se desculpou porque precisava supervisionar as operações no outro lado do porão.

A água estava gelada, assim como a adega, e enquanto eu cuidadosamente me lavava com a esponja improvisada, os gélidos fios de água que escorriam pelo meu estômago e minhas coxas provocavam pequenos acessos de tremores.

Pensamentos sobre o que poderia estar acontecendo em cima não ajudavam a acalmar meus sentimentos de enregelada aflição. Aparentemente, estávamos a salvo por enquanto, desde que a falsa adega enganasse qualquer busca dos guardas alfandegários. Entretanto, se a parede não conseguisse nos esconder, nossa posição era insustentável. Não parecia haver nenhuma saída daquele porão, além da porta na parede falsa – e se essa parede fosse violada, nós não só seríamos pegos em flagrante na posse de uma grande quantidade de conhaque contrabandeado, como em poder do corpo de um funcionário do rei, assassinado.

Certamente, o desaparecimento desse funcionário iria provocar uma intensa busca. Eu tinha visões de homens vasculhando o bordel, interrogando e ameaçando as mulheres, fornecendo descrições completas de mim, de Jamie e do sr. Willoughby, bem como de vários relatos de testemunhas do crime. Involuntariamente, olhei para a outra extremidade do salão, onde o morto jazia sob sua mortalha manchada de sangue, coberta de flores de malva cor-de-rosa e amarelas. O chinês não era visto em lugar algum, tendo, ao que tudo indicava, desmaiado atrás de galões de conhaque.

– Tome, Sassenach. Beba isto; seus dentes estão batendo tanto que é capaz de morder a língua. – Jamie reapareceu no meu esconderijo como um cão são-bernardo, trazendo um pequeno barril de conhaque.

– O-obrigada. – Tive que largar o lenço com que estava me lavando e usar as duas mãos para firmar o copo de madeira para que não batesse contra meus dentes, mas o conhaque ajudou; caiu como um carvão em brasa no fundo do meu estômago e enviou pequenas espirais de calor pelas minhas extremidades congeladas enquanto eu bebia em pequenos goles. – Ah, meu Deus, assim é bem melhor – disse, parando o suficiente para recobrar o fôlego. – Esta é a versão sem mistura?

– Não, ela provavelmente a mataria. Mas é talvez um pouco mais forte do que a que vendemos. Termine e vista alguma coisa; depois pode tomar mais um pouco. – Jamie pegou o copo de minha mão e me devolveu o lenço que servia de pano de lavar. Enquanto eu terminava apressadamente minhas geladas abluções, observei-o pelo canto do olho. Ele franzia a testa enquanto me olhava, obviamente absorto em pensamentos. Eu imaginara que sua vida era complicada; não me passara despercebido que a minha presença indubitavelmente a complicava ainda mais. Daria tudo para saber o que ele estava pensando.

– Em que está pensando, Jamie? – perguntei, observando-o de soslaio enquanto limpava as últimas manchas de minhas coxas. A água girava em torno das minhas pernas, agitada pelos meus movimentos, e a luz da vela iluminava as ondas com cintilações, como se o sangue escuro que eu lavara do meu corpo agora brilhasse novamente, vivo e vermelho na água.

O ar de preocupação desapareceu momentaneamente quando seus olhos se desanuviaram e se focalizaram em meu rosto.

– Estou pensando que você é muito bonita, Sassenach – disse ele de forma carinhosa.

– Talvez para quem goste de pele arrepiada – disse sarcasticamente, saindo da tina e estendendo a mão para o copo.

Ele riu subitamente para mim, os dentes brancos cintilando na semiescuridão da adega.

– Ah, sim – disse ele. – Bem, você está falando com o único homem na Escócia que tem um terrível tesão à vista de uma galinha depenada.

Eu tossi e quase engasguei com o conhaque, meio histérica de tensão e terror.

Jamie rapidamente tirou o casaco e envolveu-me com ele, abraçando-me bem junto ao corpo, enquanto eu tremia, tossia e arfava.

– Fica difícil passar por um vendedor de aves e continuar decente – murmurou ele no meu ouvido, esfregando minhas costas energicamente através do tecido. – Fique tranquila, Sassenach, fique tranquila. Tudo vai dar certo.

Agarrei-me a ele, tremendo.

– Desculpe-me – eu disse. – Estou bem. Mas foi culpa minha. O sr. Willoughby atirou no guarda alfandegário porque achou que ele estava me fazendo propostas indecentes.

Jamie deu um muxoxo.

– Isso não faz com que você seja culpada, Sassenach – disse ele secamente. – E se quer saber, também não é a primeira vez que o chinês comete alguma tolice. Quando está bêbado, faz qualquer coisa, por mais louca que seja.

De repente, a expressão de Jamie mudou, quando ele percebeu o que eu havia dito. Olhou-me fixamente, os olhos arregalados.

– Você disse "guarda alfandegário", Sassenach?

– Sim, por quê?

Ele não respondeu, mas soltou meus ombros e girou nos calcanhares, apoderando-se da vela que estava sobre um tonel ao passar. Em vez de ficar sozinha no escuro, eu o segui até o canto onde o cadáver jazia sob o xale.

– Segure isto. – Jamie enfiou a vela sem nenhuma cerimônia em minha mão e ajoelhou-se ao lado da figura envolta na mortalha, afastando o tecido manchado que cobria seu rosto.

Eu já vira muitos corpos sem vida; a visão não era nenhum choque, mas ainda assim não era agradável. Os olhos haviam se revirado para cima sob as pálpebras semicerradas, o que só piorava o aspecto fantasmagórico. Jamie franziu o cenho diante do rosto do morto, o maxilar frouxo e cor de cera à luz da vela, e murmurou algo baixinho.

– O que foi? – perguntei. Pensei que jamais me sentiria aquecida outra vez, mas o casaco de Jamie não só era grosso e bem-feito, como guardava os resquícios de seu próprio e considerável calor corporal. Eu ainda sentia frio, mas parara de tremer.

– Ele não é um guarda alfandegário – disse Jamie, ainda de cenho franzido. – Conheço todos da guarda montada do distrito, bem como todos os superintendentes. Mas nunca vi este sujeito. – Com certa repugnância, ele virou a aba do casaco encharcado de sangue e tateou em seu interior.

Vasculhou com cuidado, porém minuciosamente, a parte interna da roupa do sujeito, finalmente retirando de lá um pequeno canivete e um livrinho encadernado em papel vermelho.

– Novo Testamento – li, com espanto.

Jamie balançou a cabeça, erguendo os olhos para mim com uma das sobrancelhas arqueadas.

– Guarda alfandegário ou não, parece algo estranho de se trazer para uma casa de prostituição. – Limpou o livrinho no xale, depois colocou as dobras do tecido delicadamente de volta sobre o rosto do defunto e levantou-se, sacudindo a cabeça. – Só havia isso em seus bolsos. Qualquer inspetor da alfândega ou guarda alfandegário tem que carregar sua licença o tempo todo, caso contrário ele não tem nenhuma autoridade para realizar uma busca nas dependências ou confiscar mercadorias. – Olhou para cima, as sobrancelhas erguidas. – Por que você achou que ele era um guarda alfandegário?

Abracei as dobras do casaco de Jamie ao redor do meu corpo, tentando me lembrar do que o homem me dissera no patamar.

– Ele me perguntou se eu era um chamariz e onde estava a madame. Depois, disse que havia uma recompensa, uma porcentagem do contrabando confiscado, e que ninguém ficaria sabendo, a não ser ele e eu. E você disse que havia guardas alfandegários em seu encalço – acrescentei. – Assim, naturalmente, eu pensei que ele fosse um deles. Então, o sr. Willoughby apareceu e as coisas degringolaram.

Jamie balançou a cabeça, ainda parecendo intrigado.

– Sim, bem. Não faço a menor ideia de quem ele seja, mas é uma boa coisa que ele não seja um guarda alfandegário. No começo, achei que alguma coisa dera errado, mas acho que está tudo bem.

– Errado?

Ele esboçou um sorriso.

– Tenho um acordo com o superintendente da alfândega do distrito, Sassenach.

Fiquei boquiaberta.

– Um acordo?

Ele encolheu os ombros.

– Bem, suborno, então, se quiser falar claro. – Pareceu ligeiramente irritado.

– Com certeza esse é o procedimento padrão nos negócios, não? – eu disse, tentando agir com tato. Um dos cantos de sua boca contorceu-se ligeiramente.

– Sim, é. Bem, de qualquer modo há um acordo entre mim e sir Percival Turner, e descobrir que ele está enviando guardas alfandegários a este lugar me preocuparia consideravelmente.

– Muito bem – eu disse devagar, analisando mentalmente todos os acontecimentos inexplicáveis da manhã e tentando estabelecer um padrão. – Mas, nesse caso, o que pretendia ao dizer a Fergus que os guardas estavam em seus calcanhares? E por que todo mundo está correndo de um lado para o outro, como galinhas sem cabeça?

– Ah, isso. – Sorriu ligeiramente e segurou meu braço, afastando-me do cadáver aos nossos pés. – Bem, é um acordo, como eu disse. E parte dele é que sir Percival tem que satisfazer seus próprios chefes em Londres, confiscando quantidades suficientes de contrabando de vez em quando. Então, providenciamos para que ele tenha a oportunidade. Wally e os rapazes trouxeram duas cargas de carroça do litoral; uma do melhor conhaque e a outra cheia de barris imprestáveis e de vinho estragado, rematado com alguns galões de aguardente de má qualidade, só para dar um sabor. – Eu os encontrei na entrada da cidade hoje de manhã, como planejado, e então trouxemos as carroças, tomando cuidado para chamar a atenção da polícia montada, que por acaso estava passando com um pequeno número de dragões. Eles nos acompanharam e nós os conduzimos por uma alegre caçada pelas vielas, até o momento em que eu e os barris bons nos separássemos de Wally e sua carga de bebida de má qualidade. Nesse momento, Wally pulou de sua carroça e fugiu, e eu dirigi como um louco até aqui, com dois ou três dragões me seguindo, só para constar. Fica bem num relatório, sabe. – Riu para mim, citando o relatório: "Os contrabandistas escaparam, apesar da perseguição implacável, mas os valorosos soldados de Sua Majestade conseguiram capturar uma carroça inteira com sua carga de bebidas, no valor de sessenta libras e dez xelins." Esse tipo de coisa, sabe?

– Acho que sim – eu disse. – Então era você, com a bebida boa, que estava chegando às dez horas? Madame Jeanne disse...

– Sim – disse ele, franzindo o cenho. – Ela devia estar com a porta da adega aberta e a rampa no lugar às dez em ponto. Não temos muito tempo para descarregar tudo. Ela se atrasou muito nesta manhã; tive que dar duas voltas para não trazer os soldados direto à porta.

– Ela estava um pouco perturbada – eu disse, lembrando-me de repente do Demônio. Contei a Jamie sobre o assassinato na Green Owl e ele fez uma careta, persignando-se.

– Pobre garota – disse ele.

Estremeci à lembrança da descrição de Bruno e aproximei-me mais de Jamie, que passou o braço pelos meus ombros. Beijou-me distraidamente na testa, olhando de novo para a figura coberta com o xale no chão.

– Bem, quem quer que seja, se não era um guarda alfandegário, provavelmente não há outros como ele no andar de cima. Logo sairemos daqui.

– Ótimo. – O casaco de Jamie me cobria até os joelhos, mas eu sentia os olhares dissimulados, lançados da outra extremidade da adega às minhas pernas expostas, e estava desconfortavelmente consciente de que estava nua por baixo do casaco. – Nós vamos voltar à gráfica? – Afinal, eu não queria me aproveitar da hospitalidade de madame Jeanne mais do que o necessário.

– Talvez por enquanto. Vou ter que pensar. – O tom de voz de Jamie era distraído e pude ver que sua testa estava franzida em concentração. Com um rápido abraço, soltou-me e começou a andar pela adega, fitando pensativamente as pedras sob seus pés.

– Hã... o que você fez com Ian?

Ele ergueu os olhos, parecendo não compreender; depois, seu rosto desanuviou-se.

– Ah, Ian. Eu o deixei fazendo perguntas nas tabernas de Market Cross. Não posso me esquecer de encontrá-lo mais tarde – murmurou ele, como se fizesse uma anotação para si mesmo.

– Por falar nisso, encontrei o Jovem Ian – disse, em tom de conversa.

Jamie pareceu surpreso.

– Ele veio aqui?

– Veio. À sua procura. Na verdade, cerca de quinze minutos depois que você saiu.

– Graças a Deus pelas pequenas dádivas! – Passou a mão pelos cabelos, parecendo simultaneamente achar graça e ficar preocupado. – Ia ser o diabo explicar para Ian o que seu filho estava fazendo aqui.

– Você sabe o que ele estava fazendo aqui? – perguntei, curiosa.

– Não, não sei! Ele deveria estar... ah, bem, deixe pra lá. Não posso me preocupar com isso no momento. – Mergulhou outra vez em seus pensamentos, emergindo por um momento para perguntar: – O Jovem Ian disse para onde ia quando saiu daqui?

Sacudi a cabeça, apertando mais o casaco junto ao corpo, e ele balançou a cabeça, suspirou e retomou seus passos lentos de um lado para outro.

Sentei-me num barril emborcado e fiquei observando-o. Apesar do ambiente geral de desconforto e perigo, eu me sentia absurdamente feliz só por estar perto dele. Percebendo que eu pouco poderia fazer para melhorar a situação no momento, acomodei-me com o casaco enrolado ao meu redor e abandonei-me ao prazer momentâneo de observá-lo – algo que não tivera chance de fazer no tumulto dos acontecimentos.

Apesar de sua preocupação, ele se movia com a graciosidade segura de um espadachim, um homem tão consciente de seu corpo a ponto de ser capaz de esquecê-lo por completo. Os homens que estavam junto aos tonéis trabalhavam à luz de tochas; ela cintilou em seus cabelos quando ele se virou, iluminando-o como o pelo de um tigre, com listas douradas e escuras.

Percebi a ligeira contração de dois dedos de sua mão direita contra o tecido de suas calças e senti uma estranha sensação de reconhecimento no gesto. Eu o vira fazer isso milhares de vezes quando estava pensando e ver aquele trejeito novamente me fez sentir como se todo o tempo que passamos separados não tivesse sido mais do que o espaço de tempo entre o nascer e o pôr do sol de um único dia.

Como se percebesse meu pensamento, ele interrompeu sua caminhada e sorriu para mim.

– Está bem aquecida, Sassenach? – perguntou ele.

– Não, mas não tem importância. – Saí do meu barril e fui juntar-me a ele em suas peregrinações, enfiando a mão pelo seu braço. – Está fazendo progressos no que está pensando?

Ele riu melancolicamente.

– Não. Estou pensando em meia dúzia de coisas ao mesmo tempo e, em relação à metade delas, não há nada que eu possa fazer. Como, por exemplo, se o Jovem Ian está onde deve estar.

Olhei para ele, surpresa.

– Onde deveria estar? Onde você acha que ele deveria estar?

– Ele deveria estar na gráfica – disse Jamie com alguma ênfase. – Mas ele deveria estar com Wally hoje de manhã, e não estava.

– Com Wally? Quer dizer, você sabia que ele não estava em casa, quando o pai dele veio procurá-lo hoje de manhã?

Ele esfregou o nariz com um dedo, ao mesmo tempo irritado e achando engraçado.

– Ah, sabia. Mas eu tinha prometido ao Jovem Ian que não diria nada a seu pai, enquanto ele mesmo não tivesse a chance de se explicar. Não que uma explicação deva salvar seu traseiro – acrescentou ele.

O Jovem Ian havia, como seu pai dissera, vindo ao encontro de seu tio em Edimburgo sem se dar ao trabalho preliminar de pedir licença a seus pais. Jamie logo descobrira sua fuga, mas não quis mandar seu sobrinho de volta sozinho para Lallybroch e ainda não tivera tempo de escoltá-lo pessoalmente.

– Não que ele não possa tomar conta de si mesmo – explicou Jamie, o humor vencendo a luta de expressões em seu rosto. – É um garoto muito capaz. É que... bem, você sabe como algumas coisas simplesmente acontecem à volta de certas pessoas sem que elas pareçam ter nada a ver com isso?

– Agora que você mencionou, sim – eu disse, ironicamente. – Eu sou uma delas.

Ele deu uma sonora risada.

– Meu Deus, tem razão, Sassenach. Talvez seja por isso que eu goste tanto do Jovem Ian. Ele me lembra você.

– Ele me lembrou um pouco você – disse.

Jamie fez um pequeno muxoxo.

– Santo Deus, Jenny vai me estropiar se ouvir dizer que seu filho caçula andou flanando por uma casa de má fama. Espero que o danadinho tenha o bom senso de manter a boca fechada quando chegar em casa.

– Espero que ele chegue em casa – disse, pensando no desajeitado garoto de quase 15 anos que eu vira naquela manhã, perdido numa Edimburgo cheia de prostitutas, guardas alfandegários, contrabandistas e demônios brandindo machadinhas. – Ao menos, ele não é uma garota – acrescentei, pensando neste último item. – O Demônio não parece ter uma queda por garotos.

– Sim, bem, há muitos outros que têm – disse Jamie amargamente. – Com o Jovem Ian e você, Sassenach, terei sorte se meus cabelos não ficarem brancos até nós sairmos desta maldita adega.

– Eu? – exclamei, surpresa. – Não precisa se preocupar comigo.

– Ah, não? – Largou meu braço e começou a circular à minha volta, olhando-me fixamente. – Não preciso me preocupar com você? Foi isso que disse? Santo Deus! Eu a deixo com toda a segurança na cama à espera do desjejum e, uma hora depois, eu a encontro embaixo, de combinação, segurando um morto no colo! E agora está diante de mim pelada como um ovo, com quinze homens do outro lado imaginando quem é você... e como acha que vou explicá-la pra eles, Sassenach? Diga-me, sim? – Passou a mão bruscamente pelos cabelos, exasperado. – Santa Mãe de Deus! E eu tenho que subir a costa dentro de dois dias sem falta, mas não posso deixá-la em Edimburgo, não com demônios se esgueirando por aí com machadinhas e metade das pessoas que a viram achando que você é uma prostituta, e... e... – O laço que prendia seu rabo de cavalo soltou-se sob a pressão e seus cabelos espalharam-se em torno da cabeça como uma juba de leão. Desatei a rir. Fitou-me por mais um instante, mas depois um riso relutante lentamente tomou o lugar da carranca de preocupação. – Sim, bem – disse ele, resignado. – Acho que darei um jeito.

– Acho que sim – disse, ficando na ponta dos pés para ajeitar seus cabelos para trás das orelhas. Segundo o mesmo princípio que faz com que ímãs de polaridades opostas se unam instantaneamente quando colocados em grande proximidade, ele inclinou a cabeça e beijou-me.

– Eu havia me esquecido – disse ele pouco depois.

– Esquecido o quê? – Suas costas estavam quentes através da camisa fina.

– Tudo. – Falou brandamente, a boca nos meus cabelos. – Alegria. Medo. Principalmente, medo. – Ergueu a mão e afastou meus cachos do seu nariz. – Não sinto medo há muito tempo, Sassenach – sussurrou ele. – Mas agora acho que estou sentindo. Porque agora eu tenho algo a perder.

Afastei-me um pouco para fitá-lo. Seus braços estavam presos em torno da minha cintura, os olhos escuros como águas profundas na penumbra. Então, a expressão de seu rosto mudou e ele beijou-me rápido na testa.

– Venha comigo, Sassenach – disse ele, segurando-me pelo braço. – Direi aos homens que você é minha mulher. O resto vai ter que esperar.

27

EM CHAMAS

O vestido era um pouco mais decotado do que o necessário e um pouco justo no peito, mas no conjunto não caía mal.

– E como você sabia que o tamanho de Daphne serviria para mim? – perguntei, mexendo a minha sopa.

– Eu disse que não durmo com as garotas – respondeu Jamie de maneira circunspecta. – Nunca disse que não olho para elas. – Ele pestanejou para mim como uma grande coruja vermelha, algum tique congênito tornava-o incapaz de fechar um único olho numa piscadela, e eu ri. – Mas este vestido cai muito melhor em você do que na Daphne. – Ele lançou um olhar de aprovação geral ao meu peito e acenou para uma das criadas que passava com uma travessa de pãezinhos quentes.

A taberna Moubray's oferecia um farto serviço de jantar. Diferente do ambiente enfumaçado encontrado na World's End e outros estabelecimentos semelhantes, onde as pessoas iam principalmente para beber, a Moubray's era um lugar amplo e elegante, com uma escada externa que levava ao segundo andar, onde um confortável salão de jantar saciava o apetite dos prósperos comerciantes e altos funcionários públicos de Edimburgo.

– Quem você é no momento? – perguntei. – Eu ouvi madame Jeanne chamá-lo de *"monsieur Fraser"*, mas você é Fraser em público?

Ele meneou a cabeça e partiu um pãozinho dentro de sua tigela de sopa.

– Não, no momento sou Sawney Malcolm, impressor e editor.

– Sawney? É o apelido de Alexander, não é? Eu imaginaria que "Sandy" seria mais adequado, especialmente se considerarmos sua cor. – Não que os cabelos dele fossem cor de areia, absolutamente, refleti, olhando para eles. Eram como os cabelos de Bree... muito cheios, levemente ondulados e em todos os tons de vermelho e dourado; cobre e canela, castanho e âmbar; vermelho, ruão e ruivo, tudo misturado.

Senti uma onda de saudades de Bree; ao mesmo tempo, ansiava para desfazer a trança formal dos cabelos de Jamie e correr as mãos por dentro deles, sentir a curva sólida de seu crânio e os fios macios emaranhados em meus dedos. Ainda podia senti-los pinicando meu peito, soltos e espalhados pelos meus seios à luz da manhã.

Um pouco sem ar, abaixei a cabeça para meu ensopado de ostras. Jamie não parecia ter notado; acrescentou uma boa porção de manteiga à sua tigela, sacudindo a cabeça.

– Sawney é como dizem nas Terras Altas – informou ele. – E nas Ilhas, também. Sandy é mais provável de ser ouvido nas Terras Baixas... ou de uma Sassenach ignorante. – Ergueu uma das sobrancelhas para mim, sorrindo, e levou uma colher cheia do ensopado aromático e saboroso à boca.

– Tudo bem – disse. – Mas sendo mais direta... quem sou eu?

Ele notara, afinal. Senti um pé pesado afagar o meu e ele sorriu para mim por cima da borda de seu copo.

– Você é minha mulher, Sassenach – disse ele com a voz rouca. – Sempre. Não importa quem eu seja, você é minha mulher.

Pude sentir a onda de prazer subir às minhas faces e ver as lembranças da noite anterior refletirem-se em seu rosto. As pontas de suas orelhas ficaram levemente rosadas.

– Não acha que este ensopado está apimentado demais? – perguntei, engolindo outra colherada. – Tem certeza, Jamie?

– Sim – disse ele. – Sim, tenho certeza – consertou. – E não, a pimenta está no ponto. Gosto de um pouco de pimenta. – O pé moveu-se ligeiramente contra o meu, a ponta de seu sapato tocando de leve meu tornozelo.

– Então, sou a sra. Malcolm – disse, experimentando a pronúncia do nome. O simples fato de dizer "senhora" causou-me um prazer absurdo, como uma recém-casada. Involuntariamente, abaixei o olhar para a aliança de prata em minha mão direita.

Jamie percebeu o olhar e ergueu seu copo para mim.

– À sra. Malcolm – disse ele ternamente, e a sensação de falta de ar retornou.

Ele pousou o copo na mesa e segurou minha mão; a dele era tão grande e tão quente que uma sensação geral de calor irradiante espalhou-se rapidamente pelos meus dedos. Eu podia sentir a aliança de prata, separada de minha pele, o metal aquecido pelo toque de sua mão.

– Para amar e proteger – disse ele, sorrindo.

– De hoje em diante – disse, sem me importar nem um pouco por estarmos atraindo olhares curiosos dos outros comensais.

Jamie inclinou a cabeça e pressionou os lábios em minha mão, um gesto que transformou os olhares furtivos em francamente ostensivos. Um sacerdote estava sentado do outro lado do salão; ele fitou-nos e disse alguma coisa a seus companheiros, que se viraram para nos olhar. Um era um homenzinho idoso; o outro, constatei com surpresa, era o sr. Wallace, meu companheiro de viagem no coche de Inverness.

– Há salas reservadas lá em cima – murmurou Jamie, os olhos azuis dançando nos nós dos meus dedos, e eu perdi o interesse no sr. Wallace.

– Que interessante – disse. – Você não terminou seu ensopado.

– Dane-se o ensopado.

– Ali vem a garçonete com a cerveja.

– Que o diabo a carregue. – Dentes brancos e afiados fecharam-se delicadamente sobre o nó do meu dedo, fazendo-me dar um pequeno salto em meu banco.

– As pessoas estão olhando.

– Deixe que olhem, vão ganhar o dia.

Passou a língua delicadamente entre meus dedos.

– Um homem de casaco verde está vindo em nossa direção.

– Para o inferno – começou Jamie, quando a sombra do visitante recaiu sobre a mesa.

– Bom dia, sr. Malcolm – disse o visitante, inclinando-se educadamente numa reverência. – Espero não estar interrompendo.

– Está, sim – disse Jamie, endireitando-se, mas continuando a segurar minha mão. Dirigiu um olhar frio ao visitante. – Acho que não o conheço.

O cavalheiro, um inglês de uns 35 anos, discretamente vestido, fez uma nova saudação, sem se deixar intimidar por aquela declarada falta de hospitalidade.

– Ainda não tive o prazer de conhecê-lo, senhor – disse ele respeitosamente. – Meu chefe, entretanto, pediu-me que o cumprimentasse e averiguasse se o senhor... e sua companheira... lhe dariam o prazer de tomar um vinho em sua companhia.

A pequena pausa antes da palavra "companheira" fora quase imperceptível, mas Jamie registrou-a. Seus olhos estreitaram-se.

– Minha esposa e eu – disse ele, com exatamente a mesma pausa antes da palavra "esposa" – estamos ocupados no momento. Se seu chefe quiser falar comigo...

– Foi sir Percival Turner quem me mandou aqui, senhor – informou rapidamente o secretário, pois esse devia ser seu cargo. Apesar de bem-educado, não pôde resistir a um ínfimo movimento de uma das sobrancelhas, como alguém que usa um nome para impressionar.

– De fato – disse Jamie secamente. – Bem, com todo o respeito a sir Percival, estou ocupado no momento. Poderia lhe transmitir minhas desculpas? – Ele inclinou a cabeça, com uma cortesia tão enfática que beirava a indelicadeza, e deu as costas ao secretário. O cavalheiro ficou parado por um instante, a boca meio aberta, em seguida girou agilmente nos calcanhares e abriu caminho em meio à confusão de mesas, até uma porta no extremo oposto do salão de jantar.

– Onde é que eu estava? – perguntou Jamie. – Ah, sim. Para o inferno com cavalheiros de casaco verde. Agora, sobre essas salas privadas...

– Como você vai me explicar para as pessoas? – perguntei.

Ele ergueu uma das sobrancelhas.

– Explicar o quê? – Olhou-me de cima a baixo. – Por que eu teria que me justificar por você? Não lhe falta nenhum braço ou perna; não está empolada, não é corcunda, desdentada ou aleijada...

– Sabe o que quero dizer – interrompi, chutando-o de leve sob a mesa. Uma mulher sentada junto à parede cutucou seu companheiro e arregalou os olhos com desaprovação para nós. Sorri-lhes calmamente.

– Sim, sei – disse ele, rindo. – No entanto, com todas as peripécias do sr. Willoughby hoje de manhã e uma coisa e outra, não tive muita chance de pensar no assunto. Talvez eu simplesmente...

– Meu caro amigo, então você é casado! Grande notícia! Simplesmente fenomenal! Minhas mais sinceras congratulações! E talvez eu seja, quem sabe, o primeiro a estender minhas felicitações e votos de felicidade a sua senhora.

Um cavalheiro baixinho, idoso, com uma peruca bem penteada, inclinou-se com dificuldade, apoiando-se numa bengala de castão de ouro, sorrindo cordialmente para nós. Era o homenzinho que eu tinha visto sentado com o sr. Wallace e o padre.

– Tenho certeza de que perdoarão a minha pequena descortesia de enviar Johnson aqui para convidá-los, não? – disse ele, desculpando-se. – É que esta maldita enfermidade impede movimentos rápidos, como podem ver.

Jamie levantou-se à aproximação do visitante e, com um gesto de cortesia, puxou uma cadeira.

– Senta-se conosco, sir Percival? – disse ele.

– Ah, não, realmente não! Não me atreveria a interromper sua nova felicidade, meu caro. Na realidade, eu não fazia a menor ideia. – Ainda protestando cordialmente, deixou-se afundar na cadeira oferecida, contraindo-se ao esticar o pé sob a mesa. – Sou um mártir da gota, minha cara – confidenciou ele, inclinando-se tão perto de mim que pude sentir seu bafo de velho sob o cheiro de gualtéria que perfumava suas roupas.

Ele não parecia corrupto, pensei – a despeito do mau hálito –, mas as aparências podiam enganar; fazia apenas quatro horas que eu fora confundida com uma prostituta.

Fazendo o melhor que podia, Jamie pediu vinho e aceitou as continuadas e efusivas saudações de sir Percival com certa boa vontade.

– Foi uma sorte encontrá-lo aqui, meu caro – disse o idoso cavalheiro, finalmente encerrando seus floreados cumprimentos. Colocou a mão pequena e bem tratada na manga de Jamie. – Eu tinha algo particular a lhe dizer. Na realidade, enviei um bilhete à gráfica, mas meu mensageiro não o encontrou lá.

– É? – Jamie arqueou uma das sobrancelhas com um ar de interrogação.

– Sim – continuou sir Percival. – Creio que você havia me falado há algumas semanas, não me lembro bem da ocasião, de sua intenção de viajar para o norte a negócios. Alguma coisa a ver com uma nova máquina impressora ou algo assim, não? – A expressão do rosto de sir Percival era muito amável, pensei, bonita e aristocrática apesar dos anos, com olhos azuis grandes e sinceros.

– Sim, é verdade – concordou Jamie educadamente. – Fui convidado pelo sr. McLeod de Perth para ver um novo modelo de impressora que ele colocou em uso recentemente.

– Isso mesmo. – Sir Percival parou para retirar uma caixa de rapé do bolso, um lindo objeto esmaltado em verde e ouro, com querubins na tampa.

– Eu realmente não recomendo uma viagem ao norte no momento – disse ele, abrindo a caixa e concentrando-se em seu conteúdo. – Realmente, não recomendo. O clima será inclemente nesta estação, tenho certeza de que não agradaria à sra. Malcolm. – Sorrindo para mim como um anjo idoso, inalou uma grande pitada de rapé e fez uma pausa, o lenço de linho à mão.

Jamie bebeu um pequeno gole de seu vinho, o rosto agradavelmente sereno.

– Agradeço-lhe o aviso, sir Percival – disse ele. – Recebeu informações de seus agentes sobre tempestades recentes ao norte?

Sir Percival espirrou, um som curto, preciso, como o de um rato resfriado. Ele se parecia mesmo com um rato branco, pensei, vendo-o tocar delicadamente o lenço no nariz rosado e pontiagudo.

– Isso mesmo – tornou ele a dizer, guardando o lenço e piscando para Jamie com benevolência. – Não, eu recomendo enfaticamente, como um amigo especial que só pensa em seu bem-estar, que você permaneça em Edimburgo. Afinal – acrescentou, direcionando o facho de sua benevolência sobre mim –, certamente você tem um motivo muito persuasivo para ficar em casa agora, não é? E agora, meus caros jovens, receio ter que me despedir. Não devo atrapalhar por mais tempo o que deve ser seu desjejum de núpcias.

Com uma pequena ajuda do solícito Johnson, sir Percival levantou-se e afastou-se gingando, a bengala de castão de ouro batendo ritmadamente no assoalho.

– Parece um simpático e educado velhinho – observei, quando tive certeza de que ele já estava longe demais para me ouvir.

Jamie riu ironicamente.

– Mais podre do que uma tábua cheia de cupins – disse ele. Pegou seu copo e o esvaziou. – É de se imaginar o contrário – disse pensativamente, colocando o copo de volta sobre a mesa e fitando a figura decrépita, agora cautelosamente às voltas com o topo das escadas. – Quero dizer, um homem tão perto do Juízo Final quanto sir Percival. É de se imaginar que o medo do diabo o reprimisse, mas nem um pouco.

– Imagino que ele seja como todo mundo – disse sarcasticamente. – A maioria das pessoas pensa que vai viver para sempre.

Jamie riu, seu exuberante bom humor retornando rapidamente.

– Sim, é verdade – disse ele. Empurrou meu copo de vinho em minha direção. – E agora que você está aqui, Sassenach, estou convencido disso. Beba, *mo nighean donn*, e subiremos.

– *Post coitum omne animalium triste est* – observei, com os olhos cerrados.

Não houve nenhuma reação do corpo pesado e quente sobre meu peito, a não ser pelo sopro suave de sua respiração. Após um instante, entretanto, senti uma espécie de vibração subterrânea, que interpretei como um riso reprimido.

– Essa é uma sensação muito particular, Sassenach – disse Jamie, a voz velada de sonolência. – Mas não é o que sente, espero.

– Não. – Acariciei os cabelos úmidos e brilhantes para trás, afastando-os de sua testa, e ele afundou o rosto na curva do meu ombro, com um som fanhoso de contentamento.

Os aposentos particulares da Moubray's deixavam um pouco a desejar no quesito acomodações amorosas. Ainda assim, o divã ao menos oferecia uma superfície horizontal almofadada, que, se os amantes fossem direto ao assunto, era suficiente. Apesar de ter concluído que eu, afinal de contas, não passara da idade de querer cometer atos apaixonados, ainda assim sentia-me velha demais para realizá-los sobre o assoalho de tábuas nuas.

– Não sei quem disse isso, algum filósofo da Antiguidade. Estava citado em um dos meus livros de medicina; no capítulo do sistema reprodutivo humano.

A vibração se tornou audível na forma de uma risadinha.

– Parece que você fez bom proveito de suas lições, Sassenach – disse ele. Sua mão deslizou pelo lado do meu corpo e insinuou-se por baixo, até segurar minha nádega. Suspirou de prazer, apertando-a ligeiramente. – Não me lembro de quando me senti menos triste – disse ele.

– Nem eu – concordei, seguindo a espiral do pequeno tufo de cabelos que se erguia do centro de sua fronte. – Foi o que me fez pensar nisso. Fiquei imaginando o que levou o antigo filósofo a essa conclusão.

– Imagino que dependa do tipo de *animaliae* com quem ele andava fornicando – observou Jamie. – Talvez seja apenas porque ele não se afeiçoou realmente a nenhuma delas, mas deve ter tentado muitas vezes para fazer uma afirmação tão generalizada.

Ele segurou-se mais à sua âncora, conforme a maré da minha risada balançava-o suavemente para cima e para baixo.

– Veja bem, os cachorros às vezes parecem mesmo um pouco acabrunhados depois de acasalar – disse ele.

– Hummm. E, então, como ficam os carneiros?

– Sim, bem, as ovelhas continuam com ar de ovelhas, não tendo muita escolha na questão, sabe.

– Ah, é? E como ficam os machos?

– Ah, eles parecem bem depravados. Ficam com a língua para fora, babando, e os olhos reviram-se para trás, enquanto fazem barulhos nojentos. Como a maioria dos machos, hein? – Pude sentir a curva de seu sorriso contra meu ombro. Ele apertou-me outra vez e eu puxei delicadamente a orelha mais próxima à minha mão.

– Não vi sua língua para fora.

– Você não estava prestando atenção, seus olhos estavam fechados.

– Também não ouvi nenhum som nojento.

– Bem, não consegui pensar em nenhum no impulso do momento – admitiu ele. – Vou me sair melhor da próxima vez.

Rimos baixinho e depois ficamos em silêncio, ouvindo a respiração um do outro.

– Jamie – disse finalmente num sussurro, acariciando sua nuca –, acho que nunca me senti tão feliz.

Ele rolou para o lado, com cuidado para não me esmagar, e ergueu-se sobre o cotovelo para me olhar de frente.

– Nem eu, minha Sassenach – disse ele, beijando-me, muito de leve, mas longamente, de modo que eu tive tempo de cerrar meus lábios numa pequena mordida na parte cheia de seu lábio inferior. – Não se trata só de sexo – disse ele, afastando-se um pouco finalmente. Seus olhos fitavam-me, com o azul suave e profundo de um quente mar tropical.

– Não – eu disse, tocando sua face. – Não é só isso.

– Ter você comigo outra vez, falar com você, saber que posso dizer qualquer coisa, sem ter que vigiar minhas palavras ou esconder meus pensamentos... meu Deus, Sassenach – disse ele –, Deus sabe que como homem sou louco por sexo e não consigo tirar as mãos de você, de nenhuma parte – acrescentou ironicamente –, mas eu não me importaria de perder tudo isso pelo único prazer de ter você a meu lado e poder conversar com você de coração aberto.

– Foi muito solitário viver sem você – sussurrei. – Muito solitário.

– Para mim também – disse ele. Abaixou os olhos, as longas pestanas ocultando seus olhos, e hesitou por um instante. – Não vou dizer que vivi como um monge – disse ele à meia-voz. – Quando eu precisava, quando sentia que iria enlouquecer...

Coloquei os dedos sobre seus lábios, para fazê-lo calar-se.

– Eu também não – disse. – Frank...

Sua própria mão pressionou delicadamente minha boca. Ambos calados, olhamos um para o outro e pude sentir o sorriso crescendo sob minha mão e o meu próprio sob a mão dele. Retirei minha mão.

– Não significa nada – disse ele. Retirou a mão de minha boca.

– Não – disse. – Não tem importância. – Tracei o contorno de seus lábios com meu dedo. – Então, me fale de coração aberto – pedi. – Se houver tempo.

Olhou para a janela para avaliar a luz – ficamos de encontrar Ian na gráfica às cinco horas, para verificar o progresso das buscas pelo Jovem Ian – e em seguida rolou cuidadosamente de cima de mim.

– Temos duas horas, pelo menos, antes de ir. Sente-se e vista-se, então pedirei que tragam biscoitos e vinho.

A ideia pareceu-me maravilhosa. Eu parecia estar sempre faminta desde que o encontrara. Sentei-me e comecei a remexer a pilha de roupas atiradas no chão, à procura da armação que o vestido de decote fundo exigia.

– Não estou triste de modo algum, mas talvez um pouco envergonhado – observou Jamie, contorcendo os dedos longos e delgados do pé na meia de seda. – Ou deveria, pelo menos.

– Por quê?

– Bem, aqui estou eu, no paraíso, por assim dizer, com você, vinho e biscoitos, enquanto Ian está lá fora percorrendo as ruas, preocupado com seu filho.

– Você está preocupado com o Jovem Ian? – perguntei, concentrando-me em meus cadarços.

Ele franziu ligeiramente a testa, enfiando a outra meia.

– Não tanto preocupado com ele, mas com receio de que ele só reapareça amanhã.

– O que tem amanhã? – perguntei, e então lembrei-me do encontro com sir Percival Turner. – Ah, sua viagem para o norte... que deveria acontecer amanhã?

Ele balançou a cabeça afirmativamente.

– Sim, há um encontro marcado em Mullin's Cove, já que amanhã é lua nova. Um veleiro vindo da França, com uma carga de vinho e cambraia.

– E sir Percival aconselhou-o a não ir a esse encontro?

– Assim parece. Não sei o que aconteceu, mas espero descobrir. Pode ser que haja um alto oficial da alfândega em visita ao distrito ou talvez ele tenha ouvido rumores de alguma atividade lá na costa que não tenha nada a ver conosco, mas que poderia atrapalhar. – Encolheu os ombros e terminou de ajeitar a última liga.

Em seguida, espalmou as mãos abertas sobre os joelhos, palmas para cima, e lentamente curvou os dedos para dentro. A esquerda fechou-se imediatamente num punho cerrado, compacto e rijo, um instrumento duro, pronto para a luta. Os dedos da mão direita curvaram-se mais devagar; o dedo médio estava curvo, sem conseguir alinhar-se com o indicador. O dedo anelar simplesmente não se curvava, continuando a apontar rigidamente para a frente e mantendo o dedo mínimo num ângulo estranho a seu lado.

Ele olhou das mãos para mim, sorrindo.

– Lembra-se da noite em que você consertou minha mão?

– Às vezes, nos meus momentos mais terríveis. – Aquela noite era memorável, simplesmente porque era inesquecível. Contra todas as expectativas, eu o resgatara da prisão de Wentworth e de uma sentença de morte, mas não a tempo de impedir que fosse cruelmente torturado e seviciado por Black Jack Randall.

Peguei sua mão direita e a transferi para meu próprio joelho. Ele deixou-a ali, quente, pesada e inerte, sem se opor a que eu examinasse cada dedo, puxando delicadamente para estender os tendões e torcendo para ver a capacidade de movimento das juntas.

– Foi a minha primeira cirurgia ortopédica – disse ironicamente.

– Fez muitas desde então? – perguntou ele com curiosidade, fitando-me.

– Sim, algumas. Sou cirurgiã... mas não significa no meu tempo o que significa agora – apressei-me a acrescentar. – Os cirurgiões de minha época não arrancam dentes nem fazem sangrias. São médicos com conhecimento de todos os campos da medicina, mas com uma especialidade.

– Então, você é especial, hein? Bem, você sempre foi – disse ele, rindo. Os dedos aleijados deslizaram pela minha mão e seu polegar acariciou as juntas dos meus dedos. – O que um cirurgião faz que é especial, então?

Franzi o cenho, tentando encontrar as palavras certas.

– Bem, a melhor maneira de explicar é... um cirurgião tenta obter a cura... por meio de uma faca.

A boca larga curvou-se para cima diante da explicação.

– Uma bela contradição; mas combina com você, Sassenach.

– É mesmo? – eu disse, surpresa.

Ele balançou a cabeça, sem tirar os olhos do meu rosto. Podia ver que ele me examinava atentamente e me perguntei, encabulada, qual deveria ser a minha aparência, afogueada pelo ato de fazer amor e com os cabelos furiosamente desgrenhados.

– Você nunca esteve tão bonita, Sassenach – disse ele, o sorriso ampliando-se quando estendi a mão para ajeitar os cabelos. – Deixe seus cachos em paz. – Ele pegou minha mão e beijou-a ternamente.

– Não – disse ele, prendendo minhas mãos enquanto me analisava. – Uma faca é exatamente o que você é, agora que penso nisso. Uma bainha feita com maestria e magnífica de se ver, Sassenach. – Traçou o contorno dos meus lábios com o dedo, provocando um sorriso. – Mas uma lâmina de aço temperado... e um corte perigosamente afiado, na minha opinião.

– Perigoso? – perguntei, surpresa.

– Não quero dizer cruel, sem coração – assegurou ele. Seu olhar pousou em meu rosto, atento e curioso. Um leve sorriso assomou a seus lábios. – Não, isso nunca. Mas você pode ser brutalmente forte, Sassenach, se necessário.

Sorri com certa ironia.

– É verdade – eu disse.

– Já vi isso em você antes, não foi? – Sua voz tornou-se mais branda e ele apertou minha mão com força. – Mas agora acho que está ainda mais presente em você do que quando era mais jovem. Precisou muito dessa força desde então, não foi?

Percebi repentinamente por que ele via com tanta clareza o que Frank nunca conseguira perceber.

– Você também possui esta força – disse. – E tem precisado dela. Bastante. – Inconscientemente, meus dedos tocaram a cicatriz irregular que atravessava seu dedo médio, torcendo as juntas distais.

Ele concordou balançando a cabeça.

– Eu me pergunto... – disse ele, a voz tão baixa que eu mal conseguia ouvi-lo – me pergunto frequentemente se poderia colocar essa lâmina afiada a meu serviço e embainhá-la outra vez com segurança. Pois tenho visto muitos homens tornarem-se implacáveis no uso dessa força e o aço de sua lâmina deteriorar-se em ferro sem valor. E tenho me perguntado muitas vezes se fui o senhor da minha alma ou se me tornei um escravo de minha própria faca. Pensei inúmeras vezes... – continuou, abaixando os olhos para nossas mãos entrelaçadas – que eu tenho usado minha arma com frequência demais e que passei tanto tempo a serviço da guerra que já não sou mais adequado ao relacionamento humano.

Meus lábios contorceram-se com a necessidade de fazer um comentário, mas me contive. Ele viu e sorriu, com certa ironia.

– Eu pensei que jamais voltaria a rir na cama com uma mulher, Sassenach – disse ele. – Ou mesmo procurar uma mulher, a não ser como um bruto, cego de necessidade. – Um tom amargo infiltrou-se em sua voz.

Ergui sua mão e beijei a pequena cicatriz nas costas.

– Não consigo vê-lo como um bruto – disse. Falei alegremente, mas seu rosto enterneceu-se ao me olhar e ele respondeu com seriedade.

– Sei disso, Sassenach. E é o fato de você não conseguir me ver assim que me dá esperança. Porque eu sou um bruto e sei disso, e ainda assim, talvez... – Deixou a voz definhar, observando-me atentamente. – Você tem isso... essa força. Você a possui, bem como sua alma. Assim, talvez a minha própria alma possa ser salva.

Eu não sabia como argumentar e fiquei calada por algum tempo, apenas segurando sua mão, acariciando os dedos tortos e as juntas rijas e grandes. Era a mão de um guerreiro – mas ele não era um guerreiro agora.

Virei sua mão e alisei-a em meu joelho, a palma para cima. Devagar, tracei as linhas fundas e as pequenas elevações, e a minúscula letra "C" na base do polegar; a marca de que ele me pertencia.

– Conheci uma senhora nas Terras Altas um dia que disse que as linhas da mão não predizem nossa vida, elas a refletem.

– É assim, então? – Seus dedos torceram-se levemente, mas a palma permaneceu aberta e imóvel.

– Não sei. Ela disse que nascemos com as linhas na mão, com uma vida, mas depois as linhas mudam, de acordo com o que fazemos e quem somos. – Eu nada entendia de quiromancia, mas podia ver uma linha profunda que corria do pulso ao centro da palma, bifurcando-se várias vezes.

– Acho que esta é a que chamam de linha da vida – disse. – Vê todas as bifurcações? Suponho que isso signifique que você mudou sua vida várias vezes, fez muitas escolhas.

Ele deu um muxoxo, mas com bom humor, em vez de escárnio.

– Ah, é mesmo? Bem, isso podemos constatar. – Examinou a palma de sua mão, inclinando-se sobre meu joelho. – Imagino que a primeira bifurcação seria quando encontrei Jack Randall e a segunda quando me casei com você. Veja, estão bem próximas, ali.

– É verdade. – Passei o dedo lentamente ao longo da linha, fazendo seus dedos contorcerem-se ligeiramente de cócegas. – E Culloden, então, seria a seguinte?

– Talvez. – Mas ele não queria falar de Culloden. Seu próprio dedo continuou o percurso. – E quando fui para a prisão, e retornei, e vim para Edimburgo.

– E se tornou um mestre-impressor. – Parei e olhei para ele, as sobrancelhas erguidas. – Como é que você se tornou um impressor? É a última coisa que eu teria imaginado.

– Ah, isso. – Seus lábios abriram-se num sorriso. – Bem, foi por acaso, sabe?

Para começar, ele só estava procurando uma atividade que ajudasse a esconder e facilitar o contrabando. De posse de uma vultosa quantia de um recente empreendimento lucrativo, resolveu adquirir um negócio cujas operações normais envolvessem uma grande carroça e boas parelhas de cavalos. Precisava também de instalações discretas, que poderiam ser usadas como depósito temporário de mercadorias em trânsito.

Pensou numa empresa de transporte por carroças, mas rejeitou a ideia porque as operações desse ramo de negócios tornavam seus proprietários sujeitos a uma vigilância mais ou menos constante da alfândega. Da mesma forma, uma taberna ou estalagem, embora superficialmente um ramo atraente por causa das grandes quantidades de suprimentos adquiridos, são vulneráveis demais em suas operações legais para esconder uma ilegal; fiscais de impostos e agentes alfandegários infestavam as tabernas como pulgas em cachorro gordo.

– Pensei numa gráfica quando procurei um lugar para mandar imprimir alguns cartazes – explicou ele. – Enquanto esperava para fazer meu pedido, vi a carroça aproximar-se, carregada de caixas de papel e barris de álcool para a tinta em pó. Então pensei, Santo Deus, é isso! Os coletores de impostos jamais se preocupariam com um lugar desses.

Somente após comprar a loja no beco Carfax, contratar Geordie para operar a impressora e realmente começar a aceitar encomendas de cartazes, panfletos, folhetos e livros é que as outras possibilidades desse novo negócio lhe ocorreram.

– Foi um homem chamado Tom Gage – explicou ele. Soltou sua mão das minhas, tornando-se ansioso com a narração da história, gesticulando e passando as mãos pelos cabelos enquanto falava, descabelando-se de entusiasmo. – Ele fazia pequenas encomendas de uma coisa e outra, tudo material inocente, mas fazia com frequência, e ficava para falar do material, fazendo questão de conversar não só com Geordie, mas comigo também, embora deva ter visto que eu sabia menos a respeito do trabalho do que ele próprio.

Sorriu ironicamente.

– Não entendo muito de tipografia, Sassenach, mas conheço os homens.

Ficou evidente que Gage estava querendo saber as inclinações políticas de Alexander Malcolm; ouvindo o leve sotaque das Terras Altas de Jamie, ele começou a investigar discretamente, mencionando este ou aquele conhecido, cujas inclinações jacobitas os colocara em situação difícil depois da Revolução, desencavando conhecidos mútuos, habilmente direcionando a conversa, aproximando-se de modo furtivo de sua presa. Até que, por fim, a presa, que se divertia com a situação, disse-lhe sem rodeios para trazer o que ele queria imprimir; nenhum homem do rei ficaria sabendo.

– E ele confiou em você. – Não era uma pergunta; o único homem que erroneamente confiara em Jamie Fraser fora Charles Stuart, e nesse caso, o erro foi de Jamie.

– Confiou, sim. – Assim, uma parceria foi iniciada, estritamente comercial no início, mas aprofundando-se em amizade com o passar do tempo. Jamie imprimira todos os materiais gerados pelo pequeno grupo de Gage de políticos radicais... de artigos assinados, publicamente admitidos, a cartazes e panfletos anônimos, com matérias suficientemente incriminadoras para levar os autores sumariamente à prisão ou à forca.

– Costumávamos ir à taberna no fim da rua para conversar depois do material impresso. Conheci alguns dos amigos de Tom, e finalmente ele disse que eu mesmo deveria escrever um artigo. Eu ri e lhe disse que, com a minha mão, quando eu acabasse de escrever qualquer coisa, nós todos estaríamos mortos, de velhice, não na forca.

– Eu estava parado junto à impressora enquanto conversávamos, arrumando os tipos com a mão esquerda, automaticamente. Ele simplesmente ficou observando e depois começou a rir. Apontou para a bandeja, em seguida para a minha mão, e continuou a rir, até ter que se sentar no chão para parar.

Esticou os braços à sua frente, flexionando as mãos e estudando-as calmamente. Cerrou um punho e lentamente trouxe-o em direção ao rosto, fazendo os músculos do braço saltarem e enrijecerem sob o linho da camisa.

– Sou bastante robusto – disse ele. – E com sorte, ainda por uns bons anos, mas não para sempre, Sassenach. Tenho lutado com espada e adaga muitas vezes, mas para todo guerreiro chega o dia em que sua força o desaponta. – Sacudiu a cabeça e estendeu uma das mãos na direção do casaco, que estava caído no chão. – Eu peguei isso aqui, naquele dia com Tom Gage, para me lembrar disso – disse ele.

Pegou minha mão e colocou-a nos objetos que retirara do bolso. Eram frios, duros ao toque – peças de chumbo, pequenas e pesadas. Eu não precisava passar os dedos nas superfícies lavradas para saber quais eram as letras gravadas nos lingotes tipográficos.

– C. Q. D. – eu disse.

– Os ingleses tiraram minha espada e minha adaga – disse ele à meia-voz. O dedo tocou os espaçadores na palma de minha mão. – Mas Tom Gage colocou uma arma em minhas mãos outra vez e acho que não vou abandoná-la.

Descemos de braços dados pela ladeira pavimentada com pedras da Royal Mile quando faltavam quinze minutos para as cinco da tarde, irradiando uma incandescência engendrada por várias tigelas de ensopado de ostras apimentadas e uma garrafa de vinho, compartilhada aos poucos, durante nossa "conversa particular".

A cidade resplandecia à nossa volta, como se compartilhasse da nossa felicidade. Edimburgo estendia-se sob uma névoa que logo se tornaria mais densa, transformando-se em chuva. Por enquanto, porém, a luz do pôr do sol pairava – dourada, rósea e vermelha – nas nuvens, brilhando na pátina molhada da rua pavimentada, de modo que as pedras cinza dos prédios suavizavam-se e refletiam a luz, fazendo eco ao fulgor que aquecia meu rosto e brilhava nos olhos de Jamie quando olhava para mim.

Flutuando pela rua abaixo nesse estado de êxtase, alheios ao que se passava ao redor, vários minutos transcorreram até eu notar algo estranho. Um homem, impaciente com nosso passo lento e despreocupado, ultrapassou-nos energicamente, depois parou de repente à minha frente, fazendo-me tropeçar nas pedras molhadas e soltar um sapato.

Ele lançou a cabeça para trás e espreitou o céu por um instante, depois saiu apressado pela rua abaixo, não correndo, mas andando o mais rápido possível.

– O que há com ele? – eu disse, parando para recuperar meu sapato. De repente, notei que a toda a volta, as pessoas estavam parando, olhando para cima e depois começando a descer a ladeira apressadamente. – O que você acha...? – comecei a perguntar, mas quando me voltei para Jamie, ele também olhava atentamente para cima. Ergui os olhos por minha vez e logo percebi que a claridade vermelha nas nuvens acima era bem mais forte do que a coloração geral do crepúsculo e parecia tremular de uma forma desconcertante, absolutamente estranha a um pôr do sol.

– Fogo – disse ele. – Meu Deus, acho que é na travessa Leith!

No mesmo instante, alguém mais abaixo na rua começou a gritar: "Fogo! Fogo!" Como se esse diagnóstico oficial tivesse finalmente lhes dado licença para debandar, as figuras apressadas desataram a correr e despencaram-se pela rua como um bando de lemingos, ansiosos para se atirar na fogueira.

Algumas almas mais sensatas correram ladeira acima, passando por nós e também gritando: "Fogo!", mas presumivelmente com a intenção de alertar o que quer que tivesse as funções de corpo de bombeiros.

Jamie também se pusera em movimento, rebocando-me enquanto eu pulava desajeitadamente em um pé só. Em vez de parar, livrei-me do outro sapato e o segui, escorregando e batendo os dedos nas pedras frias e molhadas enquanto corria.

O incêndio não era na travessa Leith, mas ao lado, no beco Carfax. A entrada do beco estava obstruída por espectadores agitados, empurrando e esticando o pescoço no esforço para ver, gritando perguntas incoerentes uns para os outros. O cheiro de fumaça, quente e penetrante, atravessava o úmido ar da tarde, e ondas de calor escaldante açoitavam meu rosto quando abaixei a cabeça e entrei no beco.

Jamie não hesitou, mas mergulhou na multidão, abrindo caminho à força. Grudei-me à sua retaguarda antes que ondas humanas pudessem se fechar outra vez e avancei às cotoveladas, sem poder ver nada além das costas largas de Jamie à minha frente.

Então, emergimos na frente da multidão e eu pude ver perfeitamente a cena. Nuvens densas de fumaça escura saíam em rolos das duas janelas do andar de baixo da gráfica e pude ouvir ruídos crepitantes e murmurantes que se elevavam acima do barulho dos espectadores como se as chamas conversassem entre si.

– Minha gráfica! – Com um grito de angústia, Jamie correu para os degraus da entrada e abriu a porta com um chute. Uma nuvem de fumaça saiu em rolos pelo vão da porta aberta e engoliu-o como uma fera faminta. Vislumbrei sua figura, cambaleando com o impacto da fumaça; em seguida, lançou-se de joelhos e arrastou-se para dentro do prédio.

Inspirados pelo seu exemplo, vários homens da multidão subiram os degraus da gráfica e, como ele, desapareceram no interior tomado pela fumaça. O calor era tão intenso que senti minhas saias voarem contra minhas pernas com o deslocamento de ar provocado e perguntei-me como os homens podiam suportar o calor lá dentro.

Uma nova explosão de gritos na multidão atrás de mim anunciou a chegada da guarda municipal, armada com baldes. Obviamente acostumados à tarefa, os homens arrancaram seus casacos cor de vinho do uniforme e começaram imediatamente a combater o fogo, quebrando as janelas e atirando baldes de água por elas com desapaixonada energia. Enquanto isso, a multidão crescia, o barulho que fazia aumentado por uma constante cascata de batidas de pés descendo as múltiplas escadas do beco – as famílias dos andares de cima dos prédios vizinhos apressadamente empurravam hordas de crianças em polvorosa pelas escadas abaixo, em direção à segurança.

Eu não acreditava que os esforços da brigada do balde, embora valiosos, fariam muito efeito no que obviamente era um manancial de produtos inflamáveis. Eu ia de um lado para o outro da calçada, tentando inutilmente ver algum movimento no interior, quando o primeiro homem na fileira do balde deu um grito de pavor e saltou para trás, bem a tempo de evitar ser coroado com uma bandeja de tipos de chumbo que zuniu pelo vão da janela quebrada e aterrissou nas pedras do calçamento com um estrondo, espalhando lingotes em todas as direções.

Dois ou três moleques contorceram-se pela multidão e procuraram agarrar os lingotes, mas vizinhos indignados aplicaram-lhes uns tapas e os puseram para correr. Uma mulher gorda de touca e avental avançou como uma flecha, sem medo de correr o risco, e assumiu a custódia da bandeja de tipos, arrastando-a para o meio-fio, onde se agachou protetoramente sobre ela, como uma galinha chocando os ovos.

Entretanto, antes que seus companheiros pudessem resgatar os tipos caídos, foram rechaçados por uma chuva de objetos lançados das duas janelas. Mais bandejas de tipos, almofadas de tinta, cilindros e frascos de tinta, que se quebraram no calçamento, deixando grandes manchas em forma de teias de aranha, que escorriam para as poças derramadas pelos bombeiros.

Encorajada pela corrente de ar expelida pelas janelas e porta abertas, a voz do fogo cresceu de um murmúrio a um rugido exultante e estrondeante. Impedidos de lançar água pelas janelas por causa da chuva de objetos lançados por elas, o chefe da guarda municipal gritou para seus homens e, segurando um lenço molhado sobre o nariz, agachou-se e entrou correndo no prédio, seguido por meia dúzia de seus companheiros.

A fila se realinhou rapidamente, baldes cheios passando de mão em mão desde a bomba mais próxima, situada além da esquina, até o alto do pórtico. Rapazes agitados pegavam os baldes vazios que saltavam pelos degraus da entrada e corriam de volta com eles para a bomba, para serem enchidos novamente. Edimburgo é uma cidade de pedra, mas com tantos prédios imprensados uns contra os outros, todos equipados com várias lareiras e chaminés, os incêndios deviam ser frequentes.

Deviam ser mesmo, já que uma nova comoção atrás de mim anunciou a chegada atrasada do carro do corpo de bombeiros. As levas de espectadores apartaram-se como as ondas do mar Vermelho para dar passagem ao carro. Este era puxado por um grupo de homens, em vez de cavalos, que não conseguiriam se esgueirar pelos bairros de vielas estreitas.

O carro era uma maravilha de latão, ele próprio brilhando como um carvão em brasa com o reflexo das chamas. O calor tornava-se cada vez mais intenso; eu podia sentir meus pulmões ressecarem e trabalharem com esforço a cada tragada de ar quente, e fiquei aterrorizada por Jamie. Por quanto tempo ele conseguiria respirar, naquele nevoeiro infernal de fumaça e calor, sem falar no perigo das próprias chamas?

– Jesus, Maria Santíssima! – Ian, abrindo caminho à força pela multidão apesar de sua perna artificial, surgiu repentinamente ao meu lado. Ele agarrou meu braço para manter o equilíbrio quando uma nova chuva de objetos forçou as pessoas à nossa volta a recuar outra vez.

– Onde está Jamie? – gritou ele no meu ouvido.

– Lá dentro! – berrei em resposta, apontando.

Viu-se um súbito alvoroço e comoção na entrada da gráfica, com uma gritaria confusa que se elevou acima do barulho do incêndio. Surgiram vários pares de pernas, embaralhando e arrastando os pés de um lado para outro sob a nuvem emergente de fumaça que saía em vagalhões pela porta. Seis homens emergiram, Jamie entre eles, cambaleando sob o peso de uma enorme peça de maquinaria – a preciosa impressora de Jamie. Desceram com cuidado os degraus e a empurraram para o meio da multidão. Em seguida, voltaram para a gráfica.

Tarde demais para qualquer outra manobra de resgate; ouviu-se um estrondo lá dentro, uma nova explosão de calor que fez a multidão recuar aos tropeções, e subitamente as janelas do andar superior iluminaram-se com chamas saltitantes no interior. Um pequeno fluxo de homens jorrou do prédio, tossindo e asfixiados, alguns deles rastejando, enegrecidos de fuligem e molhados do suor de seus esforços. A equipe do carro de bombeiros bombeava água furiosamente, mas o pesado jato de água de sua mangueira não causava o menor impacto nas labaredas.

A mão de Ian fechou-se no meu braço como as garras de uma armadilha.

– Ian! – gritou ele, suficientemente alto para ser ouvido acima do barulho da multidão e do incêndio.

Ergui os olhos na direção do seu olhar e vi um vulto espectral na janela do segundo andar. Pareceu lutar rapidamente com a vidraça e depois cair para trás ou ser envolvido pela fumaça.

Meu coração deu um salto e veio parar na boca. Não havia como dizer se a figura era realmente o Jovem Ian, mas sem dúvida era uma forma humana. Ian não perdeu tempo pasmado, mas avançava em direção aos degraus de entrada da loja com toda a velocidade que sua perna permitia.

– Espere! – gritei, seguindo-o.

Jamie estava inclinado sobre a prensa, o peito arfando enquanto tentava recuperar o fôlego e agradecer a seus ajudantes ao mesmo tempo.

– Jamie! – Agarrei-o pela manga, arrancando-o bruscamente de perto de um barbeiro de rosto vermelho, que nervosamente limpava as mãos negras de fuligem no avental, deixando manchas longas e escuras entre as outras, de espuma de sabão seca e nódoas de sangue. – Lá em cima! – gritei, apontando. – O Jovem Ian está lá em cima!

Jamie recuou um passo, passando a manga pelo rosto enegrecido, e olhou horrorizado para as janelas do andar superior. Não se podia ver nada além do clarão trepidante do fogo contra as vidraças.

Ian se debatia nas mãos de vários vizinhos que procuravam impedi-lo de entrar na loja.

– Não, você não pode entrar! – gritava o capitão da guarda, tentando agarrar as mãos agitadas de Ian. – A escada desabou e o teto está prestes a desmoronar!

Apesar da constituição esbelta e das restrições de sua perna, Ian era alto e vigoroso. As fracas tentativas de segurá-lo dos seus bem-intencionados captores da guarda municipal – a maioria aposentados dos regimentos das Terras Altas – não eram páreo para a força de um homem do campo, reforçada como estava pelo desespero paterno. Devagar, mas inexoravelmente, toda a massa confusa avançou centímetro a centímetro pelas escadas da entrada da gráfica, conforme Ian arrastava seus pretensos salva-vidas com ele em direção às chamas.

Senti Jamie inspirar fundo, tragando o máximo de ar possível com seus pulmões chamuscados e logo ele também estava nas escadas, agarrando Ian pela cintura e arrastando-o para baixo.

– Desça, companheiro! – gritou ele com voz rouca. – Você não vai conseguir, a escada desabou! – Olhou ao redor, me viu e atirou Ian para trás, desequilibrado e atordoado, direto em meus braços. – Segure-o – gritou, acima do rugido das chamas. – Vou buscar o garoto!

Com isso, virou-se e arremeteu-se pela escada acima do prédio contíguo, abrindo caminho entre os fregueses da loja de chocolate do térreo, que haviam saído para a calçada, a fim de observar a agitação, admirados e com ar idiota, os canecos de estanho ainda nas mãos.

Seguindo o exemplo de Jamie, agarrei Ian pela cintura com todas as minhas forças e não deixei que se soltasse. Ele fez uma tentativa malsucedida de seguir Jamie, mas parou e permaneceu em meus braços, o corpo retesado, o coração disparado bem embaixo do meu rosto.

– Não se preocupe – disse, inutilmente. – Ele vai conseguir, vai tirá-lo de lá. Sei que vai. Tenho certeza.

Ian não respondeu – talvez não tenha nem ouvido –, permaneceu imóvel e rígido, como uma estátua, em meus braços, a respiração alterada, parecendo um soluço. Quando afrouxei os braços em torno de sua cintura, ele não se mexeu nem se virou, mas quando fiquei ao seu lado, segurou abruptamente minha mão e apertou-a com força. Meus ossos teriam se esfarelado se eu também não estivesse apertando a dele com a mesma intensidade.

Não se passou mais de um minuto até a janela acima da loja de chocolate abrir-se e a cabeça e os ombros de Jamie surgirem, os cabelos ruivos brilhando como uma errante língua de fogo desgarrada do fogo principal. Ele subiu no parapeito da janela e cautelosamente virou-se, agachando-se, até ficar de frente para o prédio.

Erguendo-se em seus pés calçados apenas de meias, agarrou a calha do telhado acima de sua cabeça e puxou, erguendo-se lentamente pela força de seus braços, os dedos longos lutando para encontrar um apoio nas fendas entre as pedras da fachada. Com um grunhido audível até mesmo acima do barulho da multidão e do incêndio, ele contorceu-se pela borda do telhado e desapareceu por trás do frontão da fachada.

Um homem mais baixo não teria conseguido. Nem Ian, com sua perna de pau. Ouvi Ian murmurar alguma coisa, uma prece, pensei, mas quando olhei para ele, seus dentes estavam trincados, o rosto crispado de medo.

– O que ele vai fazer lá em cima? – pensei, sem perceber que estava pensando em voz alta até o barbeiro, a meu lado, protegendo os olhos, responder.

– Há um alçapão no telhado da gráfica, madame. Sem dúvida, o sr. Malcolm pretende obter acesso ao andar superior por ali. É o aprendiz dele que está lá em cima?

– Não! – retorquiu Ian, ao ouvir o barbeiro. – É meu filho!

O barbeiro encolheu-se diante do olhar desesperado de Ian, murmurando e benzendo-se:

– Ah, sim, senhor, sim!

Um grito da multidão transformou-se num rugido quando duas figuras apareceram no telhado da casa de chocolate. Ian largou minha mão, lançando-se para a frente.

Jamie tinha o braço em volta de Ian, que estava caído e cambaleante da fumaça que havia inspirado. Pelas condições do Jovem Ian, era bastante óbvio que nenhum dos dois iria conseguir retornar pelo mesmo caminho que Jamie fizera.

Foi nesse momento que Jamie avistou Ian embaixo. Protegendo a boca com a mão, ele gritou:

– Corda!

Corda havia; a guarda municipal viera equipada. Ian agarrou o rolo de corda de um guarda que se aproximava, deixando-o pestanejando de indignação, e virou-se de frente para o prédio.

Avistei o brilho dos dentes de Jamie quando ele riu para seu cunhado e a expressão irônica de resposta no rosto de Ian. Quantas vezes haviam atirado uma corda um para o outro, para erguer fardos de feno para o palheiro do celeiro ou para amarrar uma carga à carroça de transporte?

A multidão recuou, abrindo espaço para o giro do braço de Ian e o pesado rolo de corda voou numa parábola perfeita, desenrolando-se no trajeto, até aterrissar no braço estendido de Jamie com a precisão de um abelhão pousando em uma flor. Jamie puxou a ponta solta e desapareceu momentaneamente para fixar a corda em volta da base da chaminé do prédio.

Após alguns momentos de trabalho precário, as duas figuras enegrecidas pela fumaça aterrissaram em segurança na calçada embaixo. O Jovem Ian, a corda amarrada sob os braços e em volta do peito, ficou em pé por um instante; depois, quando a tensão da corda afrouxou, seus joelhos dobraram e ele deslizou numa pilha frouxa sobre as pedras do pavimento.

– Você está bem? *A bhalaich*, fale comigo! – Ian caiu de joelhos ao lado do filho, tentando ansiosamente desatar a corda amarrada em volta do peito do Jovem Ian, enquanto simultaneamente tentava levantar a cabeça inerte do rapaz.

Jamie apoiava-se no corrimão da loja de chocolate, o rosto preto e estourando os pulmões de tanto tossir, mas fora isso, aparentemente ileso. Sentei-me do outro lado do menino e coloquei sua cabeça no colo. Eu não sabia se ria ou chorava ao vê-lo. Quando o vira de manhã, era um rapaz extremamente atraente, ainda que não fosse belo, com algo da aparência simples e amistosa de seu pai. Agora, no fim da tarde, os cabelos espessos de um dos lados de sua testa estavam chamuscados, formando uma moita de pelos eriçados e avermelhados; as sobrancelhas e pestanas haviam desaparecido, inteiramente queimadas. A pele embaixo era do mesmo rosa brilhante e sujo de fuligem de um leitãozinho que acabara de ser tirado do espeto.

Procurei sentir seu pulso no pescoço fino e comprido e encontrei-o, forte o suficiente para me tranquilizar. Sua respiração era ruidosa e irregular, e não era para menos; eu esperava que a membrana de seus pulmões não tivesse se queimado. Ele tossiu, longa e penosamente, e o corpo magro debateu-se em meu colo.

– Ele está bem? – As mãos de Ian instintivamente agarraram o filho por baixo dos braços e o colocaram sentado. A cabeça oscilou para a frente e para trás, e ele lançou-se diretamente em meus braços.

– Creio que sim, não sei ao certo. – O rapaz ainda tossia, mas não recobrara a consciência plenamente; amparei-o contra o meu ombro como um enorme bebê, batendo de leve em suas costas enquanto ele sacudia-se com ânsias de vômito.

– Ele está bem? – Desta vez era Jamie, agachando-se, arquejante, a meu lado. Sua voz estava tão rouca que eu não a teria reconhecido, prejudicada que fora pela fumaça.

– Creio que sim. E você? Está parecendo Malcolm X – disse, espreitando-o por cima do ombro trêmulo do Jovem Ian.

– Eu? – Colocou a mão no rosto, espantado, depois riu tranquilamente. – Não, não sei como está minha aparência, mas não sou nenhum ex-Malcolm. Só estou um pouco chamuscado.

– Pra trás! Pra trás! – O capitão da guarda estava ao meu lado, a barba grisalha ouriçada de ansiedade, puxando-me pela manga. – Saia daí, madame, o telhado vai desabar!

De fato, conforme nos movíamos atabalhoadamente para um local seguro, o teto da gráfica desmoronou e um som aterrorizado ergueu-se da multidão de curiosos quando um enorme jato de fagulhas girou em direção ao céu, brilhantes contra o firmamento já escuro.

Como se o céu se ressentisse desta intrusão, a coluna de cinzas fumegantes foi contestada com os primeiros pingos de chuva, tamborilando pesadamente nas pedras do calçamento à nossa volta. Os moradores de Edimburgo, que a essa altura sem dúvida já deveriam estar acostumados à chuva, fizeram protestos consternados e começaram a escapar rapidamente de volta aos prédios vizinhos como um enxame de baratas, deixando que a natureza terminasse o trabalho do corpo de bombeiros.

Pouco depois, Ian e eu ficamos sozinhos com o Jovem Ian. Jamie, depois de recompensar a guarda e outros ajudantes, e tendo providenciado para que sua prensa e seus apetrechos fossem guardados no depósito do barbeiro, veio se arrastando, exausto, em nossa direção.

– Como está o garoto? – perguntou ele, limpando o rosto com as costas da mão. A chuva começara a cair com mais intensidade e o efeito em seu rosto sujo de fuligem era extremamente pitoresco. Ian olhou para ele e, pela primeira vez, a raiva, a preocupação e o medo diminuíram um pouco em seu semblante. Dirigiu um sorriso enviesado a Jamie.

– Ele não parece muito melhor do que você, companheiro, mas acho que vai ficar bom. Dê uma ajuda aqui, sim?

Murmurando palavras afetuosas próprias para um bebê, em gaélico, Ian inclinou-se sobre seu filho, que neste momento sentava-se, atordoado, no meio-fio, oscilando de um lado para o outro como uma garça na ventania.

Quando finalmente chegamos ao estabelecimento de madame Jeanne, o Jovem Ian já podia andar, embora ainda sustentado de cada lado pelo pai e pelo tio. Bruno, que abriu a porta, pestanejou, incrédulo, diante da visão, depois abriu a porta de par em par, rindo tanto que mal conseguiu fechá-la às nossas costas.

Eu tinha que admitir que não éramos figuras bonitas de se ver, encharcados e escorrendo água da chuva. Jamie e eu estávamos descalços e as roupas de Jamie em farrapos, queimadas, rasgadas e todas manchadas de fuligem. Os cabelos escuros de Ian caíam em seus olhos, fazendo-o parecer um rato afogado com uma perna de pau.

O Jovem Ian, no entanto, foi o foco das atenções, quando várias cabeças pipocaram da sala de jantar em reação ao barulho que Bruno fazia. Com seus cabelos chamuscados, rosto vermelho e inchado, nariz adunco e olhos sem pestanas, parecia-se muito a um filhote recém-emplumado de alguma espécie exótica de pássaro – um flamingo recém-saído do ovo, talvez. Seu rosto dificilmente poderia ficar ainda mais vermelho, mas sua nuca queimava de vermelhidão, conforme o som de risadinhas femininas nos seguia escada acima.

Finalmente em segurança na pequena sala de estar do andar superior, com a porta fechada, Ian voltou-se e encarou seu desafortunado rebento.

– Vai viver, não vai, seu patife? – perguntou ele.

– Sim, senhor – respondeu o Jovem Ian com um melancólico grasnido, parecendo desejar que a resposta fosse "Não".

– Ótimo – disse seu pai soturnamente. – Quer se explicar ou devo simplesmente lhe dar uma surra agora para nenhum de nós dois perder mais tempo?

– Você não pode bater em alguém que acaba de ter as sobrancelhas queimadas, Ian – protestou Jamie com voz rouca, servindo um copo de cerveja escura da jarra sobre a mesa. – Não seria humanitário. – Riu para seu sobrinho e estendeu-lhe o copo, que o rapaz agarrou ansiosamente.

– Sim, bem. Talvez não – concordou Ian, examinando o filho. Um dos cantos de sua boca contorceu-se. O Jovem Ian era uma visão patética; e também extremamente engraçada. – Isso não significa que não ficará com o traseiro empolado mais tarde, veja bem – advertiu ao garoto –, e isso é independente do que sua mãe pretenda fazer com você quando vê-lo outra vez. Mas por enquanto, rapaz, pode descansar.

Sem parecer reconfortado pelo tom magnânimo dessa última declaração, o Jovem Ian não respondeu, mas buscou refúgio no fundo do seu copo de cerveja.

Peguei meu próprio copo com grande satisfação. Eu percebera com bastante atraso por que os cidadãos de Edimburgo reagiam à chuva com tanta repugnância; uma vez encharcado, era um inferno conseguir ficar seco outra vez entre as paredes úmidas de uma casa de pedras, sem uma muda de roupas e nenhuma calefação, a não ser uma pequena lareira.

Soltei o espartilho molhado dos meus seios, percebi o olhar rápido e interessado do Jovem Ian e decidi com pesar que na verdade eu não poderia tirá-lo com o garoto na sala. Jamie parecia já ter corrompido o garoto o suficiente. Em vez disso, então, engoli um grande gole de cerveja, sentindo a deliciosa bebida descer borbulhando e aquecendo minhas entranhas.

– Sente-se bastante bem para conversar um pouco, garoto? – Jamie sentou-se em frente ao sobrinho, ao lado de Ian na almofada de genuflexório.

– Sim... creio que sim – respondeu o Jovem Ian cautelosamente com voz rascante. Limpou a garganta como um sapo-boi e repetiu com mais firmeza: – Sim, estou bem.

– Ótimo. Muito bem, então. Primeiro, como você foi parar na gráfica e, depois, como ela pegou fogo?

O Jovem Ian meditou por um instante, em seguida tomou outro gole de sua cerveja para ganhar coragem, e disse:

– Fui eu que pus fogo na gráfica.

Diante dessa resposta, tanto Jamie quanto Ian empertigaram-se na almofada. Pude notar Jamie reconsiderando sua opinião quanto à conveniência de surrar pessoas sem sobrancelhas, mas dominou seu ímpeto com evidente esforço e apenas perguntou:

– Por quê?

O garoto tomou um novo gole de cerveja, tossiu e bebeu mais um, aparentemente tentando decidir o que dizer.

– Bem... – começou ele, hesitante. – Havia um homem – parou subitamente.

– Um homem – disse Jamie pacientemente, tentando estimular seu sobrinho, que parecia ter ficado surdo e mudo. – Que homem?

O Jovem Ian agarrou o copo com as duas mãos, com um ar profundamente infeliz.

– Responda logo a seu tio, palerma – disse Ian asperamente. – Ou vou colocá-lo nos joelhos e castigá-lo aqui mesmo.

Com uma mistura de ameaças e estímulos semelhantes, os dois homens conseguiram extrair uma história mais ou menos coerente do garoto.

O Jovem Ian fora à taberna em Kerse de manhã, onde deveria encontrar-se com Wally, que viria do encontro com as carroças de conhaque, a fim de carregar os barris imprestáveis e o vinho estragado a serem usados como subterfúgio.

– Quem o mandou lá? – perguntou Ian incisivamente.

– Eu – disse Jamie, antes que o Jovem Ian pudesse falar. Abanou a mão para seu cunhado, instando-o a calar-se. – Sim, eu sabia que ele estava aqui. Falaremos sobre isso mais tarde, Ian, por favor. É importante sabermos o que aconteceu hoje.

Ian olhou furiosamente para Jamie e abriu a boca para protestar, em seguida fechou-a abruptamente. Fez um sinal para que seu filho continuasse.

– Eu estava com fome – disse o Jovem Ian.

– E quando é que não está? – seu pai e seu tio disseram em uníssono. Entreolharam-se, reprimiram uma risada e a atmosfera tensa da sala relaxou um pouco.

– Então você entrou na taberna para comer alguma coisa – disse Jamie. – Tudo bem, garoto, não tem nada de mais. E o que aconteceu enquanto você estava lá?

Fora lá, como ficamos sabendo, que ele encontrara o homem. Um sujeito pequeno, parecendo um rato, usando um rabo de cavalo de marinheiro, cego de um olho, conversando com o proprietário da taberna.

– Ele estava perguntando por você, tio Jamie – disse o Jovem Ian, soltando a língua mais facilmente com a ajuda da cerveja. – Pelo seu próprio nome.

Jamie sobressaltou-se, parecendo surpreso.

– Quer dizer, Jamie Fraser?

O Jovem Ian confirmou balançando a cabeça, enquanto tomava mais um gole de cerveja.

– Sim. Mas ele também sabia seu outro nome... quero dizer, Jamie Roy.

– Jamie Roy? – Ian dirigiu um olhar intrigado a seu cunhado, que deu de ombros com impaciência.

– É como sou conhecido nas docas. Santo Deus, Ian, você sabe o que eu faço!

– Sim, eu sei, só não sabia que o garoto ajudava você. – Os lábios finos de Ian comprimiram-se e ele voltou sua atenção ao filho outra vez. – Continue, rapaz. Não vou interrompê-lo outra vez.

O marinheiro perguntara ao dono da taberna como um velho lobo do mar, em maré de pouca sorte e desempregado, poderia encontrar um sujeito chamado Jamie Fraser, que era conhecido por sempre arranjar um trabalho para um homem capaz. O proprietário alegou ignorar o nome, o marinheiro inclinou-se para mais perto e empurrou uma moeda sobre a mesa. Em voz baixa, perguntou se o nome "Jamie Roy" lhe era mais familiar.

Como o taberneiro permanecesse surdo como uma cobra, o marinheiro logo deixou o lugar, com o Jovem Ian nos seus calcanhares.

– Achei que seria bom descobrir quem era ele e o que pretendia – explicou o rapaz, piscando repetidamente.

– Você devia ter deixado um recado para Wally com o taberneiro – disse Jamie. – Bem, isso não vem ao caso agora. – Para onde ele foi?

Desceu a rua a passos rápidos, mas não tão rápidos que um rapaz saudável não pudesse seguir a uma distância cautelosa. Um bom andarilho, o marujo atravessou Edimburgo, a uma distância de aproximadamente 8 quilômetros, em menos de uma hora. Finalmente, entrou na taberna Green Owl, seguido pelo Jovem Ian, quase desfalecendo de sede com a caminhada.

Sobressaltei-me ao ouvir o nome da taberna, mas não disse nada, para não interromper a história.

– Estava terrivelmente cheia – relatou o garoto. – Algo havia acontecido de manhã e só se falava nisso, mas calavam-se quando me viam. Bem, foi a mesma coisa lá. – Parou para tossir e limpar a garganta. – O marinheiro pediu um conhaque, depois perguntou ao taberneiro se ele conhecia um fornecedor de conhaque chamado Jamie Roy ou Jamie Fraser.

– É mesmo? – murmurou Jamie. Olhava atentamente para o sobrinho, mas eu podia ver os pensamentos em movimentação atrás de sua testa alta, formando uma pequena ruga entre as espessas sobrancelhas.

O sujeito foi metodicamente de taberna em taberna, seguido de sua inseparável sombra, e em cada estabelecimento pediu conhaque e repetiu a pergunta.

– Ele deve ter uma cabeça e tanto para tomar tanto conhaque – observou Ian.

O Jovem Ian meneou a cabeça.

– Ele não bebia. Só cheirava.

Seu pai estalou a língua diante de tão escandaloso desperdício de uma boa bebida, mas as sobrancelhas ruivas de Jamie ergueram-se ainda mais alto.

– E alguma vez ele provou a bebida? – perguntou ele incisivamente.

– Sim. Na Dog and Gun e novamente na Blue Boar. Mas nada além de uma provadinha e, depois, deixava o copo intocado. Não bebeu nada nos outros lugares e fomos a cinco deles antes de... – sua voz definhou e ele tomou outro gole de cerveja.

O rosto de Jamie sofreu uma surpreendente transformação. De uma expressão de perplexidade preocupada, seu rosto tornou-se absolutamente inexpressivo e, em seguida, transformou-se numa expressão de revelação.

– Então é isso – falou baixinho consigo mesmo. – De fato. – Sua atenção retornou ao sobrinho. – E o que aconteceu depois, garoto?

O Jovem Ian começava a parecer infeliz outra vez. Engoliu com força, o tremor visível ao longo de seu pescoço magricelo.

– Bem, foi um caminho terrivelmente longo de Kerse a Edimburgo – começou ele –, e muito seco também...

Seu pai e seu tio trocaram olhares desconfiados.

– Você bebeu demais – disse Jamie, resignado.

– Bem, eu não sabia que ele iria a tantas tabernas, não é? – exclamou o Jovem Ian em sua defesa, ficando vermelho nas orelhas.

– Não, claro que não, garoto – disse Jamie compreensivamente, abafando o começo das observações mais severas de Ian. – Até onde você aguentou?

Até a metade da ladeira da Royal Mile, como se verificou, quando o Jovem Ian, sobrepujado pelo acúmulo de ter acordado cedo, caminhado 8 quilômetros e bebido algo em torno de 2 litros de cerveja, cochilou numa esquina, acordando uma hora depois e descobrindo que sua presa já desaparecera havia muito tempo.

– Então eu vim pra cá – explicou ele. – Achei que tio Jamie devia ficar sabendo disso. Mas ele não estava aqui. – O garoto olhou de relance para mim e suas orelhas ficaram ainda mais vermelhas.

– E por que você achou que ele deveria estar aqui? – Ian dirigiu um olhar penetrante a seu rebento e em seguida girou-o para seu cunhado. A raiva fervente que

Ian vinha reprimindo desde a manhã eclodiu repentinamente. – Jamie Fraser, seu desgraçado, trazendo meu filho para uma casa de prostituição!

– E grande coisa você é para falar, pai! – O Jovem Ian estava de pé, cambaleando um pouco, mas com os punhos grandes e ossudos cerrados ao lado do corpo.

– Eu? E o que você quer dizer com isso, seu paspalhão? – gritou Ian, os olhos arregalando-se de indignação.

– Quero dizer que você é um hipócrita! – gritou seu filho com a voz rouca. – Fazendo sermão para mim e Michael sobre pureza e ter uma única mulher, enquanto o tempo todo você se esgueira pela cidade atrás de prostitutas!

– O quê? – O rosto de Ian ficou inteiramente roxo. Olhei assustada para Jamie, que parecia estar achando graça na situação.

– Você é um... um... maldito túmulo caiado! – O Jovem Ian lançou triunfalmente essa disparatada comparação, depois parou como se tentasse pensar em outra do mesmo nível. Abriu a boca, mas nada emergiu além de um leve arroto.

– O garoto está meio bêbado – disse a Jamie.

Ele levantou a jarra de cerveja, examinou o conteúdo no interior e devolveu-a à mesa.

– Tem razão – disse ele. – Eu devia ter notado há mais tempo, mas não dá para saber, chamuscado como está.

O Ian mais velho não estava bêbado, mas a expressão de seu rosto parecia-se muito à de seu filho, o semblante afogueado, os olhos saltados e os tendões do pescoço tensionados.

– O que está querendo dizer com isso, pirralho? – gritou ele. Avançou ameaçadoramente em direção ao Jovem Ian, que sem pensar recuou um passo e sentou-se abruptamente, quando suas panturrilhas bateram na beira do sofá.

– Ela – disse ele, reduzido a monossílabos. Apontou para mim, para deixar bem claro a quem se referia. – Ela! Você está enganando minha mãe com essa prostituta imunda, é isso que eu quero dizer!

Ian desferiu um tapa no ouvido do filho que o derrubou, esparramado no sofá.

– Seu grande idiota! – disse ele, escandalizado. – Bela maneira de falar de sua tia Claire, e também de mim e de sua mãe!

– Tia? – O Jovem Ian fitou-me boquiaberto do meio das almofadas, parecendo-se tanto a um filhote de ave implorando comida que eu desatei a rir a despeito de mim mesma.

– Você saiu antes que eu pudesse me apresentar hoje de manhã – disse.

– Mas você está morta – disse ele, estupidamente.

– Ainda não – assegurei-lhe. – A menos que tenha pegado pneumonia de ficar sentada aqui com roupas molhadas.

Seus olhos arregalados haviam se transformado em dois círculos perfeitos enquanto me olhava fixamente. Um brilho fugidio de empolgação iluminou-os.

– Algumas das mulheres mais velhas de Lallybroch dizem que você era uma mulher sábia, uma dama branca, ou talvez até mesmo uma fada. Quando tio Jamie voltou de Culloden sem você, disseram que talvez você tivesse voltado para as fadas, de onde provavelmente viera. É verdade? Você mora na colina das fadas?

Troquei um olhar com Jamie, que revirou os olhos para cima.

– Não – disse. – Eu hã... eu...

– Ela fugiu para a França depois de Culloden – interrompeu Ian repentinamente, com grande firmeza. – Pensou que seu tio Jamie tivesse morrido na batalha, então foi para a casa de seus parentes na França. Ela fora uma amiga particular do príncipe Tearlach, não podia voltar para a Escócia sem se colocar em grande perigo. Mas depois ela ouviu falar de seu tio e assim que soube que seu marido não estava morto, afinal de contas, pegou um navio na mesma hora e veio ao encontro dele.

O Jovem Ian ficou boquiaberto. Eu também.

– Hã, sim – disse, fechando a boca. – Foi isso que aconteceu.

O garoto moveu os olhos arregalados e brilhantes de mim para o tio.

– Então, você voltou para ele – disse ele, com ar de felicidade. – Nossa, isso é muito romântico!

A tensão do momento rompeu-se. Ian hesitou, mas seus olhos enterneceram-se ao olhar de Jamie para mim.

– Sim – disse ele, sorrindo com certa relutância. – Sim, acho que sim.

– Eu não esperava estar fazendo isso por ele ainda por uns bons dois ou três anos – observou Jaime, segurando a cabeça de seu sobrinho com mão hábil enquanto o Jovem Ian vomitava penosamente na escarradeira que eu segurava.

– Sim, bem, ele sempre foi precoce – retrucou Ian resignadamente. – Aprendeu a andar antes de conseguir ficar de pé e estava sempre caindo na fogueira, na tina de lavar roupas, no chiqueiro ou no estábulo. – Bateu de leve nas costas magras, que subiam e desciam com as ânsias de vômito. – Vamos lá, rapaz, deixe sair.

Mais um pouco e o rapaz foi depositado como um montículo murcho em cima do sofá para se recuperar dos efeitos da fumaça, da emoção e do excesso de cerveja preta, sob os olhares severos do tio e do pai.

– Onde está o diabo do chá que eu pedi? – Jamie estendeu a mão impacientemente para a sineta, mas eu o detive. A rotina doméstica do bordel obviamente ainda estava desorganizada depois dos acontecimentos da manhã.

– Não se preocupe – disse. – Vou lá embaixo buscar. – Peguei a escarradeira e levei-a comigo com o braço estendido, ouvindo Ian dizendo atrás de mim, num tom de voz racional:

– Olhe, seu tolo...

Encontrei o caminho da cozinha sem nenhuma dificuldade e obtive os suprimentos necessários. Esperava que Jamie e Ian dessem alguns minutos de trégua ao rapaz; não só para seu próprio bem, mas para que eu não perdesse nada de sua história.

Evidentemente, eu havia perdido alguma coisa. Quando retornei à pequena sala de estar, um ar de constrangimento pairava no aposento como uma nuvem, e o Jovem Ian olhou para cima e depois rapidamente para o lado oposto a mim, a fim de evitar meu olhar. Jamie continuava com sua habitual expressão imperturbável, mas o Ian pai parecia quase tão ruborizado e constrangido quanto seu filho. Apressou-se a vir ao meu encontro para pegar a bandeja de minhas mãos, murmurando agradecimentos, mas evitando me olhar nos olhos.

Ergui uma das sobrancelhas para Jamie, que esboçou um leve sorriso e encolheu os ombros. Dei de ombros também e peguei uma das tigelas da bandeja.

– Pão e leite – eu disse, entregando-os ao Jovem Ian, que imediatamente pareceu mais contente. – Chá quente – disse, entregando o bule a seu pai. – Uísque – disse, entregando a garrafa a Jamie – e chá frio para as queimaduras. – Retirei a tampa da última vasilha, onde vários guardanapos estavam embebidos em chá frio.

– Chá frio? – As sobrancelhas ruivas de Jamie arquearam-se. – A cozinheira não tinha manteiga?

– Não se coloca manteiga em queimaduras – disse-lhe. – Sumo de babosa, de tanchagem ou plantago, mas a cozinheira não tinha nada disso. Chá frio foi o melhor que pude conseguir.

Coloquei compressas nas mãos e braços empolados do Jovem Ian e delicadamente limpei seu rosto vermelho com os guardanapos embebidos em chá enquanto Jamie e Ian serviam chá e uísque. Depois, nos sentamos, um pouco reanimados, para ouvir o resto da história de Ian.

– Bem – começou ele –, andei pela cidade por algum tempo, tentando pensar o que era melhor fazer. Finalmente, minha cabeça clareou um pouco e pensei que o homem que eu segui de taberna em taberna estava descendo a High Street; se eu fosse pelo outro lado e começasse a subir a rua, talvez o encontrasse.

— Foi uma ideia inteligente — disse Jamie e Ian balançou a cabeça com aprovação, a carranca desanuviando um pouco. — Encontrou-o?

O Jovem Ian balançou a cabeça, fazendo barulho ao beber seu leite.

— Encontrei, sim.

Ele desceu a Royal Mile correndo até quase o palácio de Holyrood na base da subida e laboriosamente começou a subir a rua, parando em cada taberna para perguntar pelo homem zarolho e de rabo de cavalo. Ninguém vira sua presa em nenhum lugar abaixo do Canongate e ele já começava a se desesperar quando, de repente, ele mesmo viu o sujeito, sentado no bar da cervejaria Holyrood.

Presumivelmente, essa parada fora para descanso, em vez de investigação, porque o marujo estava confortavelmente sentado, bebendo cerveja. O Jovem Ian depressa se escondeu atrás de um grande barril no pátio e permaneceu ali, observando, até que por fim o sujeito levantou-se, pagou a conta e saiu devagar do estabelecimento.

— Ele não foi a mais nenhuma taberna — relatou o rapaz, limpando um pingo de leite do queixo. — Foi direto para o beco Carfax, para a gráfica.

Jamie murmurou uma imprecação em gaélico.

— E o que aconteceu então?

— Bem, ele encontrou a loja fechada, é claro. Quando viu que a porta estava trancada, olhou cuidadosamente para as janelas, como se estivesse talvez pensando em arrombar. Então, eu o vi olhar ao redor, a todas as pessoas que iam e vinham... era uma hora movimentada do dia, com muita gente indo à loja de chocolate. Assim, ele ficou parado por um instante no pórtico da entrada, pensando, e começou a voltar pelo beco. Eu tive que entrar depressa na alfaiataria da esquina para não ser visto.

O sujeito parou na entrada do beco, tomando uma decisão, depois virou para a direita, desceu alguns passos e desapareceu numa viela.

— Eu sabia que a viela levava ao pátio nos fundos do beco — explicou o Jovem Ian. — Assim, percebi imediatamente o que ele pretendia fazer.

— Há um pequeno pátio nos fundos do beco — explicou Jamie, vendo meu olhar confuso. — É para o lixo, entregas e coisas do gênero. Há uma porta dos fundos da gráfica que dá para esse pátio.

O Jovem Ian balançou a cabeça e colocou sua tigela vazia sobre a mesa.

— Sim. Achei que ele pretendia entrar na gráfica. E pensei nos novos panfletos.

— Santo Deus! — exclamou Jamie, empalidecendo um pouco.

— Panfletos? — Ian ergueu as sobrancelhas para Jamie. — Que tipo de panfletos?

— A última encomenda do sr. Gage — explicou o Jovem Ian.

Ian ainda parecia tão perplexo quanto eu.

– Política – disse Jamie sem rodeios. – Uma contestação da recente Lei do Selo, exortando a revolta civil, pela violência, se necessário. Cinco mil exemplares, recém-impressos, estocados no quarto dos fundos. Gage viria amanhã de manhã para pegá-los.

– Meu Deus! – exclamou Ian. Ele ficou ainda mais pálido do que Jamie, para quem olhava com uma espécie de horror e espanto misturados. – Você enlouqueceu completamente? – perguntou ele. – Você, que não tem nem um centímetro das costas que não esteja coberto de cicatrizes? Cuja tinta do indulto por traição ainda nem secou? Você está metido com esse Tom Gage e seu grupo subversivo, e ainda por cima envolveu meu filho?

Sua voz fora se elevando à medida que falava e, por fim, levantou-se num salto, os punhos cerrados.

– Como pôde fazer uma coisa dessas, Jamie, como? Já não sofremos o suficiente com seus atos, Jenny e eu? Durante toda a guerra e depois... Santo Deus, eu imaginava que você já tivesse esgotado sua cota de prisões, sangue e violência!

– Sim, já esgotei – retrucou Jamie laconicamente. – Não faço parte do grupo de Gage. Mas trabalho com impressão, não? Ele pagou pelos panfletos.

Ian atirou as mãos para o alto num gesto de grande irritação.

– Ah, claro! E isso vai significar muito quando os soldados da Coroa o prenderem e o levarem para Londres para ser enforcado! Se esse material fosse encontrado em seu estabelecimento... – Atingido por um pensamento repentino, ele parou e voltou-se para seu filho. – Ah, então foi isso? – perguntou ele. – Você sabia o que eram esses panfletos e foi por isso que os incendiou?

O Jovem Ian balançou a cabeça, solene como uma jovem coruja.

– Eu não poderia retirá-los a tempo – disse ele. – Não cinco mil. O sujeito, o marinheiro, havia quebrado a janela dos fundos e estava tentando alcançar o trinco da porta.

Ian girou nos calcanhares para encarar Jamie.

– Desgraçado! – disse ele violentamente. – Você é um idiota irresponsável e inconsequente, Jamie Fraser! Primeiro os jacobitas e agora isso!

Jamie ficara ruborizado imediatamente ao ouvir as palavras de Ian, e seu rosto ficou ainda mais sombrio depois disso.

– Sou culpado por Charles Stuart? – disse ele. Seus olhos faiscavam com raiva e ele depositou sua xícara sobre a mesa com um baque que derramou chá e uísque sobre o tampo lustroso. – Não fiz tudo que pude para impedir o idiota? Não abri mão de tudo nessa luta, de tudo, Ian, minhas terras, minha liberdade, minha mulher, para tentar salvar todos nós? – Lançou-me um rápido olhar enquanto falava e eu pude vislumbrar uma fração infinitesimal do quanto os últimos vinte anos haviam lhe custado.

Virou-se novamente de frente para Ian, as sobrancelhas abaixando-se enquanto continuava, a voz cada vez mais áspera.

– E quanto ao que eu custei à sua família, o que você lucrou, Ian? Lallybroch pertence ao pequeno James agora, não é? A seu filho, não a mim!

Ian contraiu-se diante dessa explosão.

– Eu nunca pedi... – começou ele a falar.

– Não, não pediu. Não o estou acusando, pelo amor de Deus! Mas o fato permanece. Lallybroch não me pertence mais, não é? Meu pai a deixou para mim e cuidei dela o melhor que pude, tomei conta das terras e dos colonos. E você me ajudou, Ian. – Sua voz abrandou-se um pouco. – Eu não teria conseguido sem você e Jenny. Não lamento ter passado a propriedade para o Jovem Jamie, tinha que ser feito. Mas ainda assim... – Virou-se de costas por um instante, a cabeça baixa, os ombros largos contraídos sob o linho da camisa.

Tive medo de me mexer ou de falar, mas meus olhos encontraram os do Jovem Ian, cheios de infinita angústia. Coloquei a mão em seu ombro magro para consolo mútuo e senti sua forte pulsação na carne macia acima da clavícula. Ele colocou a mão ossuda e grande sobre a minha e apertou-a com força.

Jamie virou de novo para seu cunhado, esforçando-se para manter a voz e a raiva sob controle.

– Eu juro a você, Ian, não deixei o garoto ser colocado em perigo. Fiz o máximo que pude para mantê-lo sempre à distância, não deixava que os carregadores do cais o vissem, nem que saísse nos barcos com Fergus, por mais que ele me implorasse. – Olhou para o Jovem Ian e sua expressão mudou para uma estranha mistura de afeto e irritação. – Eu não pedi a ele para vir me procurar, Ian, e disse a ele que devia voltar para casa.

– Mas não o obrigou a voltar, não é? – A vermelhidão da raiva esvaía-se do rosto de Ian, mas seus meigos olhos castanhos ainda estavam estreitados e brilhantes. – E também não nos avisou. Pelo amor de Deus, Jamie, Jenny não dormiu uma noite sequer este mês!

Os lábios de Jamie pressionaram-se com força.

– Não – disse ele, soltando as palavras uma de cada vez. – Não. Não avisei. Eu... – Olhou para o garoto outra vez e encolheu os ombros desconfortavelmente, como se sua camisa tivesse ficado repentinamente apertada demais. – Não – repetiu. – Eu mesmo pretendia levá-lo para casa.

– Ele tem idade suficiente para viajar sozinho – disse Ian laconicamente. – Ele chegou aqui sozinho, não foi?

– Sim. Não foi por isso. – Jamie virou-se, pegou uma xícara e ficou revirando-a de um lado a outro nas mãos. – Não, eu pretendia levá-lo, para poder lhes pedir permissão, a sua e a de Jenny, para o garoto vir morar comigo por algum tempo.

Ian soltou uma risada curta e sarcástica.

– Ah, é mesmo? Dar nossa permissão para ele ser enforcado ou levado com você, é?

A raiva atravessou as feições de Jamie outra vez quando ergueu os olhos da xícara que girava nas mãos.

– Você sabe que eu não deixaria que nada de mau acontecesse a ele. Pelo amor de Deus, Ian, me importo com ele como se fosse meu próprio filho e você sabe muito bem disso!

A respiração de Ian exaltava-se; eu podia ouvi-la de onde estava atrás do sofá.

– Ah, eu sei muito bem disso – disse ele, encarando Jamie com raiva. – Mas ele não é seu filho, hein? É meu filho.

Jamie devolveu seu olhar por um longo instante, depois estendeu o braço e recolocou a xícara na mesa com todo o cuidado.

– Sim – disse baixinho. – É.

Ian ficou parado por um momento, respirando pesadamente, depois passou a mão pela testa, alisando os fartos cabelos escuros para trás.

– Bem, então – disse ele. Respirou fundo uma ou duas vezes e virou-se para seu filho. – Vamos, então – disse. – Tenho um quarto no Halliday's.

Os dedos esqueléticos do Jovem Ian apertaram os meus com força. Os músculos de sua garganta moveram-se, mas ele não fez menção de levantar-se.

– Não, papai – disse ele. Sua voz tremia e ele piscava incessantemente, para não chorar. – Eu não vou com você.

O rosto de Ian ficou terrivelmente pálido, com uma mancha vermelha nas maçãs do rosto angulosas, como se alguém tivesse lhe dado uma forte bofetada em cada face.

– Então, é assim? – disse ele.

O Jovem Ian balançou a cabeça, engolindo em seco.

– Eu... irei com você de manhã, papai. Irei para casa com você. Mas não agora.

Ian fitou seu filho por um longo tempo sem fazer nenhum comentário. Em seguida, seus ombros arriaram e toda a tensão se esvaiu de seu corpo.

– Compreendo – disse ele calmamente. – Muito bem, então. Muito bem.

Sem dizer mais nada, virou-se e saiu, fechando a porta com muito cuidado atrás de si. Pude ouvir as batidas desajeitadas de sua perna artificial em cada degrau, conforme ele descia as escadas. Ouviu-se um leve som arrastado quando ele chegou ao pé da escada, depois a voz de Bruno em despedida e o baque surdo da porta principal fechando-se. Então, não restou nenhum som na sala, exceto o assobio do fogo da lareira atrás de mim.

O ombro do rapaz tremia sob a minha mão e ele agarrava meus dedos com mais força ainda, chorando sem emitir um único som.

Jamie aproximou-se e sentou-se a seu lado, o rosto ansioso e transtornado.

– Ian, ah, pequeno Ian – disse ele. – Por Deus, garoto, você não deveria ter feito isso.

– Eu tinha que fazer isso – Ian arquejou e inspirou ruidosamente e só então eu vi que ele estivera prendendo a respiração. Virou o rosto chamuscado para o tio, as feições esfoladas contorcidas de angústia. – Eu não quis magoar papai – disse ele. – Não quis!

Jamie deu umas pancadinhas de leve em seu joelho, distraidamente.

– Eu sei, garoto, mas dizer tal coisa a ele...

– Mas eu não podia contar a ele, e precisava contar a você, tio Jamie!

Jamie ergueu os olhos, repentinamente alarmado pelo tom de voz do sobrinho.

– Contar-me? Contar-me o quê?

– O homem. O homem de rabo de cavalo.

– O que tem ele?

O Jovem Ian umedeceu os lábios, revestindo-se de coragem.

– Acho que eu o matei – sussurrou ele.

Assustado, Jamie olhou para mim, depois de novo para o Jovem Ian.

– Como? – perguntou ele.

– Bem... eu menti um pouco – começou Ian, a voz trêmula. As lágrimas ainda assomavam em seus olhos, mas ele afastou-as com a mão. – Quando eu entrei na gráfica, com a chave que você me deu, o homem já estava lá dentro.

O marujo estava no quarto dos fundos do estabelecimento, onde as pilhas das encomendas recém-impressas eram guardadas, juntamente com estoques de tinta de impressão, os mata-borrões usados para limpar a prensa e a pequena forja onde lingotes usados eram derretidos e remodelados em novos tipos.

– Ele estava pegando alguns dos panfletos da pilha e colocando-os dentro do casaco – disse Ian, engolindo em seco. – Quando eu o vi, gritei com ele para que os devolvesse e ele girou nos calcanhares, apontando uma pistola para mim.

A pistola disparara, deixando o Jovem Ian apavorado, mas o projétil errou o alvo. Sem se deixar intimidar, o marinheiro avançou para cima do garoto, erguendo a pistola para golpeá-lo.

– Não houve tempo para fugir nem para pensar – disse ele. Ele soltara minha mão e seus dedos contorciam-se sobre o joelho. – Peguei o primeiro objeto que estava à mão e atirei em cima dele.

O objeto mais à mão fora a concha de cobre de cabo comprido usada para tirar chumbo liquefeito do caldeirão onde era derretido e entorná-lo nos moldes de fundição. A forja ainda estava acesa, embora bem protegida, e, apesar de o caldeirão não conter mais do que uma pequena poça no fundo, as gotas de chumbo escaldante voaram da concha no rosto do marinheiro.

– Meu Deus, como ele berrou! – Um forte tremor percorreu o corpo magro do Jovem Ian e eu dei a volta no sofá para sentar-me ao lado dele e segurar suas mãos.

O marinheiro saiu cambaleando para trás, agarrando o rosto com as duas mãos, e virou a pequena fornalha, espalhando carvão em brasa por toda parte.

– Foi isso que provocou o incêndio – disse o garoto. – Tentei apagá-lo, mas o fogo atingiu os papéis e de repente algo veio zunindo direto no meu rosto e foi como se o quarto inteiro estivesse em chamas.

– Os tambores de tinta, imagino – disse Jamie, como se falasse consigo mesmo. – O pó é dissolvido em álcool.

As pilhas de papel em chamas começaram a cair entre o Jovem Ian e a porta dos fundos, uma parede de labaredas que soltava rolos de fumaça preta ameaçava desmoronar-se sobre ele. O marinheiro, cego e gritando como uma *banshee*, estava de quatro entre o garoto e a porta que dava para a sala da gráfica, por onde ele poderia sair em segurança.

– Eu... eu não podia tocar nele, arrancá-lo do caminho – disse ele, estremecendo novamente.

Perdendo a cabeça completamente, ele subiu as escadas, mas se viu preso numa armadilha quando as chamas, espalhando-se avassaladoramente pelo quarto dos fundos e entrando pela escada como em uma chaminé, encheram logo o quarto de cima com uma fumaça cegante.

– Não pensou em sair pelo alçapão que dá no telhado? – perguntou Jamie.

O Jovem Ian sacudiu a cabeça melancolicamente.

– Eu não sabia que havia um alçapão lá.

– Por que havia esse alçapão? – perguntei, curiosa.

A sombra de um sorriso torceu rapidamente a boca de Jamie.

– Para uma necessidade. Só uma raposa ingênua tem uma única saída de sua toca. Embora, devo confessar, não era em incêndio que eu estava pensando quando mandei fazê-lo. – Sacudiu a cabeça para livrar-se da divagação. – Mas você acha que o sujeito não conseguiu escapar do incêndio? – perguntou ele.

– Não vejo como poderia – respondeu o Jovem Ian, começando a fungar outra vez. – E se ele está morto, então eu o matei. Eu não podia contar a papai que eu era um a-ssa-ssa... – Começou a chorar outra vez, sacudindo-se, sem conseguir falar.

– Você não é nenhum assassino, Ian – disse Jamie com firmeza. Bateu de leve no ombro trêmulo do sobrinho. – Agora, pare, está tudo bem. Você não agiu errado, rapaz. Não agiu errado, está me ouvindo?

O garoto engoliu em seco e balançou a cabeça, mas não conseguia parar de chorar ou tremer. Finalmente, envolvi-o nos braços, virei-o e puxei sua cabeça para o meu ombro, dando umas pancadinhas em suas costas e murmurando pequenas palavras de conforto, como se faz com criancinhas.

Era uma sensação estranha tê-lo nos braços; quase tão grande quanto um homem adulto, mas com ossos leves, delgados, e tão pouca carne sobre eles que parecia que eu abraçava um esqueleto. Ele murmurava nas profundezas do meu peito, a voz tão alterada pela emoção e abafada pelo tecido que era difícil compreender o que dizia.

– ... pecado mortal... – ele parecia dizer – ... condenado ao inferno... não podia contar ao papai... medo... nunca mais posso voltar para casa...

Jamie ergueu as sobrancelhas para mim, mas eu apenas dei de ombros, sentindo-me impotente, alisando os cabelos espessos e emaranhados na parte de trás da cabeça do rapaz. Finalmente, Jamie inclinou-se para a frente, segurou-o com firmeza pelos ombros e sentou-o direito.

– Olhe pra mim, Ian – disse ele. – Vamos, olhe pra mim!

Com supremo esforço, o rapaz endireitou o pescoço caído e fixou os olhos vermelhos e rasos d'água no rosto do tio.

– Muito bem. – Jamie tomou as mãos do sobrinho e apertou-as ligeiramente. – Primeiro, não é pecado algum matar um homem que está tentando matá-lo. A Igreja permite que você mate se necessário, em sua própria defesa, de sua família ou de seu país. Portanto, você não cometeu pecado mortal e não está excomungado.

– Não? – O Jovem Ian fungou ruidosamente e enxugou o rosto na manga da camisa.

– Não, não está. – Jamie deixou que seus olhos revelassem o esboço de um sorriso. – Nós vamos juntos visitar o padre Hayes pela manhã, você fará sua confissão e será absolvido, mas ele lhe dirá o mesmo que estou lhe dizendo.

– Ah. – A sílaba continha um profundo alívio e os ombros mirrados do Jovem Ian aprumaram-se perceptivelmente, como se tivessem se livrado de um fardo.

409

Jamie deu umas pancadinhas no joelho do sobrinho outra vez.

– Segundo, não precisa ter medo de dizer a seu pai.

– Não? – O Jovem Ian aceitara a palavra de Jamie sobre o estado de sua alma sem hesitação, mas soou profundamente cético sobre sua opinião secular.

– Bem, não digo que ele não vá ficar zangado – acrescentou Jamie honestamente. – Na verdade, acho que isso vai deixar o resto de seus cabelos completamente brancos na hora. Mas ele vai compreender. Ele não vai expulsá-lo de casa ou deserdá-lo, se é isso o que você teme.

– Acha que ele vai compreender? – Nos olhos do Jovem Ian, a dúvida e a esperança travavam um combate. – Eu... eu achava que... meu pai já matou algum homem? – perguntou ele de repente.

Jamie pestanejou, desconcertado com a pergunta.

– Bem – disse ele devagar –, eu acho... quero dizer, ele já lutou como soldado, mas eu... para lhe dizer a verdade, Ian, eu não sei. – Olhou para o sobrinho com ar de desamparo. – Não é o tipo de coisa sobre a qual os homens falem muito, sabe? Exceto às vezes os soldados, depois de beber muito.

O Jovem Ian balançou a cabeça, absorvendo o que ouvira, e fungou outra vez, com um horrível barulho gorgolejante. Jamie, tateando às pressas em sua manga em busca de um lenço, ergueu os olhos subitamente, com um pensamento repentino.

– Foi por isso que você disse que deveria me contar, mas não a seu pai? Porque sabia que eu já havia matado outros homens antes?

Seu sobrinho balançou a cabeça, examinando o rosto de Jamie com olhos transtornados e confiantes.

– Sim. Eu pensei... eu achei que você saberia o que fazer.

– Ah. – Jamie respirou fundo e trocou um olhar comigo. – Bem... – Seus ombros empertigaram-se e avolumaram-se, e eu pude ver que ele aceitava o fardo de que o Jovem Ian se livrara. Ele suspirou. – O que você faz – disse ele – é primeiro perguntar a si mesmo se você teve escolha. Não teve, portanto, fique tranquilo. Depois, vai se confessar, se puder; se não, faça um bom ato de contrição, é o suficiente, quando não é um pecado mortal. Você não tem nenhuma culpa, veja bem, mas a contrição é porque você lamenta muito a necessidade que se abateu sobre você. Às vezes, isso acontece e não há como evitar. E depois reze uma prece pela alma daquele que você matou, para que ela descanse em paz e não o assombre. Conhece a oração pela paz da alma? Use-a, se tiver tempo de folga para se lembrar dela. Numa batalha, quando não há tempo, use esta outra: "Que esta alma descanse em Vossos braços, ó Senhor Jesus Cristo, no Reino dos Céus, Amém."

— Que esta alma descanse em Vossos braços, ó Senhor Jesus Cristo, no Reino dos Céus, Amém — repetiu o Jovem Ian baixinho. — Sim, tudo bem. E depois?

Jamie estendeu a mão e tocou o rosto do sobrinho com grande ternura.

— Depois, você vai ter de aprender a conviver com isso, rapaz — disse ele brandamente. — Só isso.

28
O GUARDIÃO DA VIRTUDE

— Você acha que o homem que o Jovem Ian perseguiu tem alguma coisa a ver com o aviso de sir Percival? — Levantei uma tampa na bandeja do jantar que acabara de ser entregue e aspirei o aroma com satisfação; muito tempo parecia ter se passado desde o ensopado na Moubray's. Jamie balançou a cabeça, pegando uma espécie de pãozinho quente e recheado.

— Ficaria surpreso se não tivesse — disse ele secamente. — Embora seja provável que haja mais de um homem querendo me matar, não acho que haja gangues deles perambulando por Edimburgo. — Deu uma mordida no pãozinho e mastigou devagar, sacudindo a cabeça. — Não, está bastante claro, e não há muito com que se preocupar.

— Não? — Dei uma pequena mordida em meu próprio pãozinho, depois outra maior. — Isto é uma delícia. O que é?

Jamie abaixou o pão que estivera prestes a morder e estreitou os olhos, examinando-o.

— Pombo com trufas — disse ele, enfiando-o inteiro na boca. — Não — disse ele, fazendo uma pausa para engolir. — Não — disse outra vez, com mais clareza. — É apenas uma disputa por território de um contrabandista concorrente. Há duas quadrilhas que me dão trabalho de vez em quando. — Abanou a mão, espalhando farelos, e pegou outro pãozinho. — Pelo modo como o sujeito se comportou, cheirando o conhaque, mas raramente provando-o, ele pode ser um *dégustateur de vin*, alguém que pode dizer apenas pelo cheiro onde o vinho foi produzido e, por uma prova, o ano em que foi engarrafado. Um sujeito muito valioso — acrescentou ele pensativamente — e um excelente cão de caça para colocar no meu rastro.

A ceia viera acompanhada de vinho. Servi um copo e passei-o sob meu próprio nariz.

— Ele podia seguir a sua pista só pelo conhaque? — perguntei, curiosa.

– Mais ou menos. Lembra-se do meu primo Jared?

– Claro que me lembro. Quer dizer que ele ainda está vivo? – Após o massacre de Culloden e os acontecimentos subsequentes, era encorajador saber que Jared, um rico imigrante escocês com um próspero negócio de vinhos em Paris, ainda pertencia ao mundo dos vivos.

– Acho que vão ter que enfiá-lo num barril e atirá-lo no Sena para se livrarem dele – disse Jamie, os dentes brancos e brilhantes no rosto sujo de fuligem. – Sim, e ele não só está vivo, mas divertindo-se. Onde você acha que eu consigo o conhaque francês que trago para a Escócia?

A resposta óbvia era "França", mas em vez disso, eu respondi:

– Jared, não é?

Jamie balançou a cabeça, a boca cheia com outro pãozinho.

– Ei! – Inclinou-se para a frente e arrancou a travessa do alcance dos dedos esqueléticos do Jovem Ian. – Você não deve comer coisas pesadas como esta quando seu estômago está estragado – disse ele, franzindo a testa e mastigando. Engoliu e lambeu os lábios. – Vou pedir mais pão e leite para você.

– Mas, tio – disse o Jovem Ian, olhando avidamente para os saborosos pãezinhos –, estou com uma fome terrível. – Purgado pela confissão, o garoto recobrara consideravelmente seu estado de espírito e o apetite também.

Jamie olhou para o sobrinho e suspirou.

– Sim, está bem. Mas jura que não vai vomitar em cima de mim?

– Não, tio – disse o Jovem Ian docemente.

– Então, está bem. – Jamie empurrou a travessa na direção do garoto e retornou à sua explicação. – Jared envia para mim principalmente o vinho de segunda de seus próprios vinhedos em Moselle, guardando os de primeira para vender na França, onde sabem diferenciar a qualidade.

– Então, a bebida que você traz para a Escócia é identificável?

Ele deu de ombros, estendendo a mão para o vinho.

– Somente para um *nez*, um *dégustateur*, quero dizer. Mas o fato é que o pequeno Ian aqui viu o sujeito provar o vinho na Dog and Gun e na Blue Boar, e essas são duas tabernas na High Street que compram conhaque exclusivamente de mim. Várias outras compram de mim, mas de outros também. De qualquer modo, não fico tão preocupado quando alguém procura por Jamie Roy em uma taberna. – Ele ergueu seu copo de vinho e passou-o sob o próprio nariz por reflexo, fez uma leve careta e bebeu. – Não – disse ele, abaixando o copo –, o que me preocupa é que o sujeito tenha chegado à gráfica. Porque eu tomo muito cuidado para me certificar de que as pessoas que veem Jamie Roy nas docas em Burntisland não sejam as mesmas que passam o dia na High Street com o sr. Alex Malcolm, o mestre-impressor.

Franzi as sobrancelhas, tentando compreender.

– Mas sir Percival chamou-o de Malcolm e ele sabe que você é um contrabandista – protestei.

Jamie balançou a cabeça pacientemente.

– Metade dos homens nos portos próximos a Edimburgo são contrabandistas, Sassenach – disse ele. – Sim, sir Percival sabe muito bem que sou contrabandista, mas não sabe que eu sou Jamie Roy, muito menos James Fraser. Ele acha que eu trago peças não declaradas de seda e veludo da Holanda, porque é por esse tipo de mercadoria que eu lhe pago. – Sorriu ironicamente. – Eu troco conhaque por seda e veludo com o alfaiate da esquina. Sir Percival gosta de tecidos finos e sua mulher mais ainda. Mas ele não sabe que estou envolvido com bebida, muito menos em quantidade, ou ele iria querer muito mais do que alguns metros de renda e tecido, pode ter certeza.

– É possível que um dos taberneiros o tenha delatado ao marinheiro? Certamente, eles já o viram.

Ele despenteou os cabelos com a mão, como costumava fazer quando pensava, fazendo alguns tufos de cabelo mais curto no topo da cabeça levantarem-se numa espiral de cabelos espetados.

– Sim, já me viram, mas apenas como freguês. É Fergus quem faz as transações com as tabernas, e Fergus sempre toma cuidado de nunca se aproximar da gráfica. Ele sempre se encontra comigo aqui, em particular. – Dirigiu-me um sorriso enviesado. – Ninguém desconfia dos motivos de um homem visitar um bordel, não é?

Um pensamento ocorreu-me subitamente.

– Poderia ser isso? – perguntei. – Qualquer um pode entrar aqui sem ser indagado. Seria possível que o marinheiro que o Jovem Ian seguiu os tenha visto aqui, você e Fergus? Ou ouvido sua descrição de uma das garotas? Afinal, você não é um homem que possa passar despercebido. – De fato, não era. Ainda que houvesse muitos homens ruivos em Edimburgo, poucos igualariam a altura de Jamie e menos ainda percorreriam as ruas com a arrogância inconsciente de um guerreiro desarmado.

– É uma ideia bem plausível, Sassenach – disse ele, fazendo um sinal com a cabeça para mim. – Será bem fácil descobrir se um marinheiro de rabo de cavalo, zarolho, esteve aqui recentemente. Vou pedir a Jeanne que pergunte às garotas.

Levantou-se e espreguiçou-se estirando todos os membros, as mãos quase tocando as vigas do teto.

– E então, Sassenach, talvez a gente possa ir para a cama, hein? – Abaixou os braços e piscou para mim com um sorriso. – Com uma coisa e outra, foi um dia infernal, não é?

– Sim, é verdade – disse, devolvendo o sorriso.

Jeanne, chamada para receber instruções, chegou juntamente com Fergus, que abriu a porta para a madame com a familiaridade de um irmão ou um primo. Não era de admirar que ele se sentisse em casa, imaginei; ele nascera em um bordel de Paris e passara os primeiros dez anos de sua vida lá, dormindo num armário embaixo das escadas, quando não estava ganhando a vida como batedor de carteiras nas ruas.

– O conhaque já foi despachado – informou a Jamie. – Eu o vendi a MacAlpine, com um certo sacrifício no preço, lamento dizer, milorde. Achei que uma venda rápida era o melhor.

– Foi melhor tirá-lo logo daqui – disse Jamie, balançando a cabeça. – O que fez com o corpo?

Fergus sorriu ligeiramente, o rosto magro e o topete escuro emprestando-lhe claramente um ar de pirata.

– Nosso intruso também foi para a taberna MacAlpine's, milorde... devidamente disfarçado.

– Disfarçado como? – perguntei.

O riso do pirata voltou-se para mim; Fergus se transformara num homem muito atraente, apesar da desfiguração de seu gancho.

– Como um barril de creme de menta, milady – disse ele.

– Acho que ninguém bebeu creme de menta em Edimburgo nem uma vez nos últimos cem anos – observou madame Jeanne. – Os bárbaros escoceses não estão acostumados ao consumo de licores civilizados; nunca vi um cliente aqui tomar qualquer outra coisa que não uísque, cerveja ou conhaque.

– Exatamente, madame – disse Fergus, balançando a cabeça. – Não queremos ver os fregueses do sr. MacAlpine abrindo o barril, não é?

– Certamente alguém vai olhar o que há dentro desse barril mais cedo ou mais tarde – disse. – Não quero ser indelicada, mas...

– Exatamente, milady – disse Fergus, com uma respeitosa mesura para mim. – Embora creme de menta possua um teor de álcool bastante alto, a adega da taberna é apenas um lugar de descanso temporário de nosso desconhecido amigo na jornada para seu repouso eterno. Ele vai para as docas amanhã e dali para algum destino bem distante. É que eu não queria que ele ficasse atravancando as dependências de madame Jeanne nesse meio-tempo.

Jeanne dirigiu uma observação em francês a santa Inês que eu não consegui captar, mas em seguida deu de ombros e virou-se para ir embora.

– Vou perguntar a *les filles* a respeito desse marujo amanhã, monsieur, quando estiverem de folga. Por enquanto...

– Por enquanto, por falar em folga – interrompeu Fergus –, mademoiselle Sophie estaria desocupada esta noite?

A madame dirigiu-lhe um olhar irônico e divertido.

– Desde que ela o viu entrar, *mon petit saucisse*, tenho certeza que se manteve disponível. – Ela lançou um olhar ao Jovem Ian, desengonçado entre as almofadas, como um espantalho do qual todo o enchimento de palha tivesse sido removido. – E devo encontrar um lugar para o jovem dormir?

– Ah, sim. – Jamie olhou pensativamente para o sobrinho. – Acho que pode mandar colocar um colchão no meu quarto.

– Ah, não! – protestou o Jovem Ian. – Você vai querer ficar a sós com sua esposa, não é, tio?

– O quê? – Jamie fitou-o sem compreender.

– Bem, quero dizer... – hesitou o Jovem Ian, olhando de soslaio para mim e repentinamente desviando o olhar. – Quero dizer, certamente vai querer... hã... mmmhummm? – Sendo natural das Terras Altas, ele conseguiu produzir aquele último som com uma surpreendente riqueza de indelicadeza implícita.

Jamie esfregou os nós dos dedos da mão com força contra o lábio superior.

– Bem, é muito atencioso de sua parte, Ian – disse ele. Sua voz tremeu um pouco com o esforço para não desatar a rir. – E fico lisonjeado que você tenha em tão alta conta a minha virilidade a ponto de achar que sou capaz de qualquer outra coisa na cama que não dormir profundamente depois de um dia como o de hoje. Mas acho que talvez eu possa abdicar de meus desejos carnais por uma noite, por mais que eu goste de sua tia – acrescentou, lançando-me um sorriso.

– Mas Bruno disse que a casa não está cheia esta noite – interpôs Fergus, olhando ao redor com certa perplexidade. – Por que o garoto não...

– Porque ele só tem 14 anos, pelo amor de Deus! – disse Jamie, escandalizado.

– Quase 15! – corrigiu o Jovem Ian, sentando-se ereto e parecendo interessado.

– Bem, isso sem dúvida é suficiente – disse Fergus, lançando um olhar rápido para madame Jeanne em busca de confirmação. – Seus irmãos tinham a mesma idade quando eu os trouxe aqui pela primeira vez, e eles desempenharam sua função com honra.

– Você o quê? – Jamie arregalou os olhos para seu protegido.

– Bem, alguém tinha que fazer isso – disse Fergus, com ligeira impaciência. – Normalmente, o pai de um rapaz... mas, é claro, o monsieur não está... sem querer desrespeitar seu prezado pai, é claro – acrescentou ele, com um sinal da cabeça para o Jovem Ian, que respondeu com o mesmo gesto como um brinquedo mecânico –, mas é uma questão de decisão experiente, compreende? Bem – virou-se para madame Jeanne, com ar de um gourmand consultando o sommelier –, Dorcas, o que acha? Ou Penélope?

– Não, não – disse ela, sacudindo a cabeça com firmeza. – Deve ser a segunda Mary, sem dúvida. A pequenina.

– Ah, a de cabelos louros? Sim, acho que tem razão – disse Fergus, com aprovação. – Vá buscá-la, então.

Jeanne saiu antes que Jamie conseguisse emitir não mais do que um grasnado fraco em protesto.

– Mas... mas o garoto não pode... – começou ele.

– Posso, sim – disse o Jovem Ian. – Ao menos, acho que posso. – Seu rosto não poderia ficar mais vermelho do que já estava, mas suas orelhas estavam escarlate de empolgação, os eventos traumáticos do dia sendo completamente esquecidos.

– Mas é que... não posso deixá-lo – Jamie interrompeu-se e fitou seu sobrinho por um longo instante. Finalmente, lançou as mãos para o alto, num exasperado sinal de derrota. – E o que eu vou dizer à sua mãe? – perguntou ele, quando a porta abriu-se atrás dele.

Emoldurada no vão da porta estava uma jovem bem baixa, rechonchuda e lisa como uma perdiz em sua camisola de seda azul, seu rosto meigo e redondo iluminado por um amplo sorriso sob uma nuvem solta de cabelos louros. Ao vê-la, o Jovem Ian ficou paralisado, mal conseguindo respirar.

Quando finalmente ou ele respirava ou morria, ele respirou e voltou-se para Jamie. Com um sorriso de inigualável doçura, disse:

– Bem, tio Jamie, se eu fosse você – sua voz ergueu-se repentinamente num preocupante soprano e ele parou, limpando a garganta antes de retomar um barítono respeitável –, não contaria a ela. Boa noite, tia – disse ele, saindo com passos resolutos.

– Não sei se devo matar Fergus ou agradecer a ele. – Jamie estava sentado na cama de nosso quarto no sótão, desabotoando a camisa lentamente.

Estendi o vestido úmido sobre o banco e ajoelhei-me diante dele para abrir as fivelas que atavam suas calças na altura dos joelhos.

– Acho que ele estava tentando fazer o melhor pelo Jovem Ian.

– Sim... à sua maldita maneira imoral francesa. – Jamie levou as mãos à nuca para desatar o laço que prendia seus cabelos. Ele não os trançara outra vez depois que deixamos a Moubray's e eles derramaram-se, macios e soltos, sobre seus ombros, emoldurando as proeminentes maçãs do rosto e o nariz longo e reto, de modo que ele ficou parecendo um dos mais ferozes anjos italianos da Renascença.

– Foi o arcanjo Miguel que conduziu Adão e Eva para fora do Jardim do Éden? – perguntei, retirando suas meias.

Ele deu uma risadinha.

– É o que pareço a você? O guardião da virtude? E Fergus seria a mal-intencionada serpente? – Ele colocou as mãos sob meus cotovelos quando se inclinou para erguer-me. – Levante-se, Sassenach; não devia estar de joelhos, me servindo.

– Você teve um dia infernal hoje – respondi, fazendo com que se levantasse comigo. – Mesmo que não tenha matado ninguém. – Havia grandes bolhas em suas mãos e embora ele tivesse retirado a maior parte da fuligem, ainda havia uma listra preta ao longo do seu maxilar.

– Hummm.

Minhas mãos rodearam sua cintura para ajudá-lo a tirar a cinta de suas calças, mas ele prendeu-as ali, descansando o rosto por um breve instante no topo de minha cabeça.

– Não fui completamente honesto com o garoto, sabe? – disse ele.

– Não? Achei que você lidou maravilhosamente com ele. Pelo menos, ele se sentiu melhor depois de conversar com você.

– Sim, espero que sim. E talvez as preces ajudem. Pelo menos, mal não podem fazer. Mas eu não lhe contei tudo.

– O que mais há para ser contado? – Ergui o rosto, tocando seus lábios de leve com os meus. Ele cheirava a fumaça e suor.

– O que um homem geralmente faz quando está angustiado por ter matado alguém é procurar uma mulher, Sassenach – disse ele brandamente. – A dele, se puder; outra, se necessário. Porque ela pode fazer o que ele não pode... e curá-lo.

Meus dedos encontraram os cadarços de sua braguilha; soltaram-se com um simples puxão.

– Foi por isso que o deixou ir com a segunda Mary?

Ele encolheu os ombros e, recuando um passo, tirou as calças.

– Não podia impedi-lo. E acho que talvez eu estivesse certo em permitir, embora seja tão jovem. – Sorriu obliquamente. – Ao menos, ele não vai passar a noite remoendo a morte do marinheiro.

– Imagino que não. E quanto a você? – Tirei minha combinação por cima da cabeça.

– Eu? – Fitou-me, com as sobrancelhas erguidas, a imunda camisa de linho solta sobre os ombros.

Olhei para a cama atrás dele.

– Sim. Você não matou ninguém, mas quer... mmmhummm? – Fitei-o nos olhos, erguendo as sobrancelhas interrogativamente.

O sorriso ampliou-se em seu rosto e qualquer semelhança com o arcanjo Miguel, severo guardião da virtude, desapareceu. Ele ergueu um dos ombros, depois o outro, e deixou-os cair – a camisa deslizou de seus braços para o chão.

– Acho que sim – disse ele. – Mas seja delicada comigo, sim?

29
A ÚLTIMA VÍTIMA DE CULLODEN

Pela manhã, vi Jamie e Ian saírem para cuidar de seus deveres religiosos e, em seguida, eu mesma saí, e parei para comprar um grande cesto de vime de uma vendedora de rua. Já era hora de começar a me equipar outra vez, com o que quer que eu conseguisse encontrar de produtos medicinais. Após os eventos do dia anterior, eu começava a temer que logo teria necessidade deles.

A botica de Haugh não mudara em nada, resistiu à ocupação inglesa, à Revolução escocesa e à queda dos Stuart. Meu coração alegrou-se quando atravessei a porta e mergulhei naqueles aromas intensos e familiares de amônia, menta, óleo de amêndoas e anis.

O homem atrás do balcão era Haugh, mas um Haugh muito mais novo do que o homem de meia-idade com quem eu lidara havia vinte anos, quando ia à loja para tomar conhecimento de notícias e boatos de inteligência militar, assim como obter ervas e remédios.

O jovem Haugh não me conhecia, é claro, mas atenciosamente começou a reunir as ervas que eu queria, buscando-as nas jarras perfeitamente arrumadas em suas prateleiras. Muitas eram bastante comuns – alecrim, tanaceto, cravo-de-
-defunto – mas algumas em minha lista fizeram as sobrancelhas avermelhadas

do jovem Haugh erguerem-se e ele franzir os lábios pensativamente, enquanto procurava entre as jarras.

Havia outro freguês na loja, pairando junto ao balcão, onde tônicos eram fornecidos e fórmulas eram aviadas. Andava de um lado para outro com passadas largas, as mãos apertadas às costas, obviamente impaciente. Após um instante, aproximou-se do balcão.

– Quanto tempo? – perguntou ele rispidamente para as costas do sr. Haugh.

– Não sei dizer, reverendo – a voz do boticário soou com um tom de desculpa. – Louisa disse que teria que ser fervido.

A única resposta a isso foi um muxoxo, e o homem, alto e de ombros estreitos, de preto, retomou seus passos, olhando de vez em quando para a porta que dava para a sala dos fundos, onde a invisível Louisa provavelmente trabalhava. O reverendo me parecia vagamente familiar, mas eu não tinha tempo para pensar onde o vira antes.

O sr. Haugh examinava a lista que eu lhe dera com os olhos estreitados e ar de dúvida.

– Bem, acônito – murmurou ele. – Acônito. O que pode ser isso?

– Bem, é um veneno, para começar – disse. O sr. Haugh olhou-me boquiaberto por um instante. – É um remédio, também – assegurei-lhe. – Mas é preciso ter cuidado em sua utilização. Externamente, é bom para reumatismo, mas uma quantidade mínima, ingerida pela boca, reduzirá os batimentos cardíacos. Bom para alguns tipos de problemas do coração.

– Compreendo – disse o sr. Haugh, pestanejando. Voltou-se para suas prateleiras, parecendo um pouco desnorteado. – Hã, saberia que cheiro tem, talvez?

Tomando isso como um convite, dei a volta para trás do balcão e comecei a procurar entre as jarras. Estavam cuidadosamente rotuladas, mas os rótulos de algumas eram obviamente muito velhos, a tinta desbotada e o papel soltando-se nas pontas.

– Receio que eu ainda não seja tão entendido em remédios quanto meu pai – dizia o jovem Haugh junto ao meu cotovelo. – Ele me ensinou muita coisa, mas morreu há um ano e há substâncias aqui que eu não sei para que servem.

– Bem, esta aqui é boa para tosse – disse, retirando da prateleira uma jarra de elecampana com um rápido olhar para o impaciente reverendo, que tirara um lenço e assoava o nariz asmaticamente dentro dele. – Particularmente, quando a tosse tem um som cavernoso.

Franzi o cenho diante das prateleiras abarrotadas. Tudo estava perfeitamente limpo e imaculado, mas evidentemente as substâncias não estavam nem em ordem alfabética, nem botânica. Teria o sr. Haugh um sistema próprio, ou ele simplesmente se lembrava do lugar de cada uma? Fechei os olhos e tentei me lembrar da última vez em que eu estivera na loja.

Para minha surpresa, a imagem retornou facilmente. Na ocasião, eu fora comprar dedaleira, para fazer as infusões para Alex Randall, o irmão mais novo de Black Jack Randall – e seis vezes bisavô de Frank. Pobre rapaz, já estava morto havia vinte anos agora, embora tivesse vivido o suficiente para gerar um filho. Senti uma ponta de curiosidade à ideia de seu filho, e de sua mãe, que fora minha amiga, mas forcei a mente a se afastar deles, a voltar à imagem do sr. Haugh, na ponta dos pés para alcançar sua prateleira, lá para o lado direito...

– Lá. – De fato, minha mão pousou perto de uma jarra rotulada DEDALEIRA. De um lado, havia uma jarra etiquetada CAVALINHA e do outro RAIZ DE LÍRIO-DO-VALE. Hesitei, olhando para elas, pesquisando mentalmente os possíveis usos daquelas ervas. Cardíacas, todas elas. Portanto, se eu quisesse achar acônito, seria ali por perto.

Era. Achei-a facilmente, numa jarra rotulada com seu nome popular CAPUZ-DE-FRADE.

– Cuidado com isso. – Entreguei a jarra cuidadosamente ao sr. Haugh. – Mesmo uma pequena quantidade deixará sua pele dormente. Talvez seja melhor usar um frasco de vidro para ela. – A maior parte das ervas que eu comprara vinha embrulhada em quadrados de gaze ou enrolada em papéis torcidos, mas o jovem sr. Haugh assentiu e levou a jarra de acônito para a sala dos fundos, com os braços estendidos, como se esperasse que fosse explodir em seu rosto.

– Parece saber bem mais de remédios do que o rapaz – disse uma voz grave e rouca atrás de mim.

– Bem, provavelmente tenho mais experiência do que ele. – Virei-me e vi o pastor apoiado no balcão, observando-me por baixo de sobrancelhas grossas com olhos azul-claros. Lembrei-me repentinamente de onde o vira antes; na Moubray's no dia anterior. Não deu nenhum sinal de me reconhecer; talvez porque meu manto cobrisse o vestido de Daphne. Eu notara que muitos homens praticamente nem reparavam no rosto de uma mulher em *décolletage*, embora parecesse um hábito lastimável em um sacerdote. Ele clareou a garganta.

– Mmmhummm. E sabe o que fazer para uma doença nervosa?

– Que tipo de doença nervosa?

Ele franziu os lábios e a testa, como se estivesse em dúvida se deveria confiar em mim. O lábio superior era ligeiramente pontudo, como o bico de uma coruja, mas o inferior era grosso e pendente.

– Bem... é um caso complicado. Mas falando de um modo geral... – analisou-me atentamente –, o que indicaria para uma espécie de... acesso?

– Ataque epiléptico? Quando a pessoa cai no chão e fica se debatendo?

Ele meneou a cabeça, exibindo uma faixa avermelhada no pescoço, onde o alto lenço branco, usado como uma espécie de gravata, irritara a pele.

– Não, um tipo diferente de acesso. Berrando e olhando fixamente.

– Berrando e olhando fixamente?

– Não ao mesmo tempo – acrescentou ele apressadamente. – Primeiro um e depois o outro, ou melhor, em sequência. Primeiro, ela passa dias sem fazer mais nada senão olhar fixamente, sem falar, e depois, de repente, tem um acesso de gritos capaz de acordar os mortos.

– Parece muito penoso. – E era; se sua mulher fosse atormentada por tal distúrbio, as olheiras arroxeadas e as profundas rugas de tensão que contornavam sua boca e seus olhos podiam ser facilmente explicadas.

Tamborilei o dedo sobre o balcão, considerando a questão.

– Não sei. Eu teria que ver a paciente.

O ministro tocou o lábio inferior com a língua.

– Talvez... Estaria disposta a ir vê-la? Não é longe daqui – acrescentou ele, com certo formalismo. Não estava acostumado a pedir favores, mas a urgência de seu pedido ficou evidente, apesar da arrogância de sua figura.

– Não posso no momento. Tenho que ir ao encontro do meu marido. Mas talvez hoje à tarde...

– Duas horas – disse ele prontamente. – Henderson's, no beco Carrubber's. Meu nome é Campbell, reverendo Archibald Campbell.

Antes que eu pudesse dizer sim ou não, a cortina que separava a frente da loja da sala dos fundos abriu-se e o sr. Haugh surgiu com dois frascos, entregando-os a cada um de nós.

O reverendo examinou o dele com desconfiança, enquanto tateava no bolso à cata de uma moeda.

– Bem, tome seu dinheiro – disse ele grosseiramente, batendo a moeda em cima do balcão. – E espero que tenha me dado o remédio certo e não o veneno desta senhora.

A cortina farfalhou outra vez e uma mulher espreitou pelas costas a figura do ministro que saía.

– Já vai tarde! – observou ela. – Meio penny por uma hora de trabalho e, ainda por cima, insultos! Deus devia escolher melhor, é só o que posso dizer!

– Você o conhece? – perguntei, curiosa em saber se Louisa teria alguma informação útil sobre a mulher doente.

– Não posso dizer que o conheça bem, não – disse Louisa, fitando-me com franca curiosidade. – É um dos ministros da Igreja Livre, aquela que está sempre arengando em altos brados na esquina de Market Cross, dizendo às pessoas que o comportamento delas é inconsequente e que tudo de que precisam para a salvação é "se agarrar com Jesus", como se Nosso Senhor fizesse luta livre em dia de feira! – Ela torceu o nariz desdenhosamente para essa opinião herege, persignando-se contra contaminação. – Surpreende-me que pessoas como o reverendo Campbell venham à nossa loja, ouvindo o que ele pensa de papistas em geral. – Seus olhos aguçaram-se em minha direção. – Mas talvez a senhora pertença à Igreja Livre, madame, sem querer ofendê-la, se for o caso.

– Não, eu sou católica... Hã, e papista também – assegurei-lhe. – Só estava imaginando se saberia alguma coisa sobre a mulher do reverendo e sua saúde.

Louisa sacudiu a cabeça, virando-se para atender outro freguês.

– Não, nunca vi a mulher do reverendo. Mas seja qual for o problema dela – acrescentou ela, franzindo a testa na direção em que o reverendo desaparecera –, tenho certeza de que viver com ele não a ajuda em nada.

O tempo estava frio, mas claro, e apenas uma ligeira insinuação de fumaça demorava-se no jardim da paróquia como lembrete do fogo. Jamie e eu nos sentamos em um banco junto ao muro, absorvendo o pálido sol de inverno enquanto esperávamos o Jovem Ian terminar sua confissão.

– Foi você quem contou a Ian aquele monte de bobagem que ele disse para o Jovem Ian ontem? Sobre onde eu estive todo esse tempo?

– Ah, sim – disse ele. – Ian é muito esperto para acreditar nisso, mas é uma história bem plausível e ele é um amigo bom demais para insistir em saber a verdade.

– Creio que vai servir, para consumo geral – concordei. – Mas não deveria ter contado a mesma história para sir Percival, em vez de deixá-lo pensar que éramos recém-casados?

Ele sacudiu a cabeça com determinação.

– Ah, não. Para começar, sir Percival não faz a menor ideia do meu verdadeiro nome, embora eu possa apostar a minha renda de um ano que ele sabe que não é Malcolm. Eu não queria que ele me ligasse a Culloden, de maneira nenhuma. Depois, uma história como essa que eu contei a Ian iria causar muito mais comentários do que a notícia de que o dono da tipografia se casou.

– "Oh, que teia complicada tecemos" – entoei – "quando começamos a mentir."

Ele dirigiu um rápido olhar azul para mim e o canto de sua boca ergueu-se ligeiramente.

– Vai ficando mais fácil com o tempo, Sassenach – disse ele. – Tente viver comigo por uns tempos e logo estará fiando seda pelo traseiro com a mesma facilidade que me... hã, com muita facilidade.

Soltei uma sonora risada.

– Quero ver você fazer isso – eu disse.

– Já viu. – Levantou-se e esticou o pescoço, tentando ver por cima do muro para o jardim da paróquia. – O Jovem Ian está levando um tempo enorme – observou ele, sentando-se outra vez. – Como um garoto que ainda não tem 15 anos pode ter tanto pecado para confessar?

– Depois do dia e da noite que ele teve ontem? Imagino que dependa do grau de detalhes que o padre Hayes queira ouvir – disse, com uma recordação vívida do meu café da manhã com as prostitutas. – Ele está lá dentro este tempo todo?

– Hã, não. – As pontas das orelhas de Jamie tornaram-se ligeiramente rosadas à luz da manhã. – Eu, hã, tive que ir primeiro. Para dar o exemplo, sabe.

– Não é de admirar que tenha levado muito tempo – disse, provocando-o. – Fazia quanto tempo que você não se confessava?

– Eu disse ao padre Hayes que foram seis meses.

– E é verdade?

– Não, mas acho que se ele ia me absolver de roubo, assalto e linguagem profana, podia muito bem me absolver de uma pequena mentira também.

– O que, nada de fornicação ou pensamentos impuros?

– Claro que não – disse ele, com ar sério. – Você pode pensar em muitas coisas horríveis sem pecado, se for com sua mulher. Se você pensar em outras mulheres, então é impuro.

– Não fazia a menor ideia de que eu estava voltando para salvar sua alma – disse, também com ar sério –, mas é bom ser útil.

Ele riu, inclinou-se e beijou-me longamente.

– Será que isso conta como indulgência? – perguntou ele, parando para respirar. – Deveria, não? É muito mais eficaz em manter um homem longe do fogo do inferno do que rezar um rosário inteiro. Por falar nisso – acrescentou, enfiando a mão no bolso e retirando um rosário de madeira que parecia ter sido mastigado –, lembre-me que tenho que rezar minha penitência em algum momento hoje. Eu já ia começar, quando você chegou.

– Quantas ave-marias vai ter que rezar? – perguntei, manuseando as contas do rosário. A aparência de mastigado não era uma ilusão; havia marcas precisas de dentes na maioria das contas.

– Conheci um judeu no ano passado – disse ele, ignorando a pergunta. – Um naturalista, que deu a volta ao mundo seis vezes. Ele disse que tanto na fé muçulmana quanto nos ensinamentos judaicos é considerado um ato de virtude um homem e sua mulher se deitarem. Será que isso tem alguma coisa a ver com o fato de tanto os muçulmanos quanto os judeus serem circuncidados? – acrescentou ele pensativamente. – Nunca pensei em lhe perguntar isso... embora talvez ele achasse indelicado dizer.

– Não creio que um prepúcio fosse prejudicar uma virtude – assegurei-lhe.

– Ah, ótimo – disse ele, beijando-me outra vez.

– O que aconteceu com seu rosário? – perguntei, pegando-o do chão onde havia caído. – Parece que os ratos andaram mastigando-o.

– Ratos, não – disse ele. – Crianças.

– Que crianças?

– Ah, qualquer uma que esteja por perto. – Deu de ombros, enfiando as contas de volta no bolso. – O Jovem Jamie já tem três, Maggie e Kitty dois cada uma. O pequeno Michael acabou de se casar, mas sua mulher está grávida. – O sol estava por trás dele, sombreando seu rosto, de modo que seus dentes cintilaram de repente, um brilho branco, quando ele sorriu. – Você não sabia que era sete vezes tia-avó, hein?

– Tia-avó? – disse, chocada.

– Bem, eu sou tio-avô – disse ele alegremente – e não acho isso uma grande provação, exceto pelo fato de minhas contas serem mastigadas quando os dentes dos pimpolhos estão despontando. Isso e ter que responder um bocado a "Nunkie".

Às vezes, vinte anos pareciam apenas um minuto, outras, pareciam um tempo realmente muito longo.

– Hã... espero que não haja um equivalente feminino de "Nunkie", hein?

– Ah, não – garantiu ele. – Todos a chamarão de tia-avó Claire e a tratarão com o máximo de respeito.

– Muito obrigada – murmurei, com visões da ala geriátrica do hospital ainda frescas em minha mente.

Jamie riu e com a leveza de espírito sem dúvida engendrada pelo fato de ter acabado de se livrar de seus pecados, agarrou-me pela cintura e sentou-me em seu colo.

– Eu nunca vi uma tia-avó com um traseiro tão bonito e carnudo – disse ele com aprovação, balançando-me ligeiramente nos joelhos. Seu hálito fez cócegas na minha nuca quando ele se inclinou para a frente. Soltei um gritinho quando seus dentes fecharam-se de leve em minha orelha.

– Você está bem, tia? – soou a voz do Jovem Ian atrás de nós, repleta de preocupação.

Jamie começou a rir convulsivamente, quase me derrubando de seu colo, depois me segurou com mais força pela cintura.

– Ah, está, sim – disse ele. – É que sua tia viu uma aranha.

– Onde? – perguntou o Jovem Ian, espreitando com interesse por cima do banco.

– Lá em cima – Jamie levantou-se, colocando-me de pé, e apontou para a tília, onde de fato a teia de uma aranha estendia-se entre a forquilha de dois galhos, cintilando com gotículas de sereno. A responsável pela tecedura estava plantada bem no meio da teia, gorda como uma cereja, ostentando um padrão berrante de verde e amarelo no dorso. – Eu contava à sua tia – disse Jamie, enquanto o Jovem Ian examinava a teia com olhos fascinados e sem pestanas – sobre um judeu que conheci, um naturalista. Parece que ele estudava as aranhas; na realidade, ele estava em Edimburgo para entregar um artigo científico à Royal Society, apesar de ser judeu.

– É mesmo? Ele lhe falou muito de aranhas? – perguntou o Jovem Ian com curiosidade.

– Muito mais do que eu estava interessado – informou Jamie a seu sobrinho. – Aranhas que colocam ovos em lagartas para que os filhotes ao saírem do ovo devorem a pobre lagarta ainda viva. Mas ele disse uma coisa que achei realmente interessante – acrescentou ele, estreitando os olhos para observar a teia. Soprou-a de leve e a aranha escondeu-se rapidamente. – Ele disse que as aranhas fiam dois tipos de seda e se você tiver uma lente de aumento... e puder manter a aranha quieta, imagino... pode ver os dois pontos de onde a seda é segregada; fiandeiras, ele as chamava. De qualquer modo, um tipo de seda é pegajoso e se um pequeno inseto a tocar, está perdido. Mas o outro tipo é de seda seca, do tipo que se usa para bordar, porém mais fina.

A aranha avançava cautelosamente em direção ao centro de sua teia outra vez.

– Está vendo onde ela anda? – Jamie apontou para a teia, ancorada numa série de raios, sustentando a intricada rede em espiral. – Aqueles raios são de seda seca, para que a aranha possa andar sobre eles sem problemas. Mas o resto da teia é do tipo de seda pegajosa... ou a maior parte, pelo menos... e se você observar uma aranha por bastante tempo, verá que ela só anda nos fios secos, senão ela mesma ficará presa em sua própria teia.

– É mesmo? – Ian respirava reverentemente sobre a teia, observando intensamente enquanto a aranha se afastava pela estrada seca em direção à segurança.

– Acho que há uma moral por trás disso, para as tecedoras de teia – observou Jamie para mim. – Fique atenta aos seus fios pegajosos.

– Creio que seria melhor ainda se tivéssemos sorte o bastante para que uma aranha providencial cruzasse o nosso caminho quando necessário – disse secamente.

Ele riu e tomou meu braço.

– Isso não é sorte, Sassenach – disse-me ele. – É cautela. Ian, você vem?

– Ah, sim. – O Jovem Ian abandonou a teia com óbvia relutância e seguiu-nos em direção ao portão do pátio da igreja. – Ah, tio Jamie, eu queria lhe perguntar, pode me emprestar seu rosário? – disse ele, quando emergimos nas pedras do calçamento de Royal Mile. – O padre me disse para rezar cinco dezenas em penitência e isso é muito para manter a conta com os dedos.

– Claro. – Jamie parou e enfiou a mão no bolso para pegar o rosário. – Mas não se esqueça de devolver.

O Jovem Ian riu.

– Sim, acho que vai precisar dele, tio Jamie. O padre me disse que ele é muito mau – confidenciou-me o Jovem Ian, com uma piscadela sem cílios – e me disse para não ser igual a ele.

– Mmmhummm. – Jamie olhou para cima e para baixo da rua, avaliando a velocidade de um carrinho de mão que se aproximava, equilibrando-se pela íngreme ladeira abaixo. Tendo se barbeado naquela manhã, suas faces exibiam uma luminosidade rosada.

– Quantas dezenas do rosário você tem que rezar em penitência? – perguntei, curiosa.

– Oitenta e cinco – murmurou ele. O tom rosado de suas faces recém-barbeadas intensificou-se.

O Jovem Ian ficou boquiaberto.

– Há quanto tempo você não se confessava, tio? – perguntou ele.

– Há muito tempo – disse Jamie laconicamente. – Vamos!

Jamie marcara de se encontrar após o jantar com o sr. Harding, representante da Hand in Hand, a firma de seguros responsável pelas instalações da gráfica, que iria inspecionar os escombros com ele e verificar o prejuízo.

– Não vou precisar de você, rapaz – disse ele ao Jovem Ian, que não parecia nem um pouco entusiasmado com a ideia de revisitar a cena de suas aventuras.

– Vá com sua tia visitar essa louca. – E acrescentou para mim, erguendo uma das sobrancelhas: – Não sei como você faz isso. – Está na cidade há menos de dois dias e todos os aflitos num raio de quilômetros já estão na barra de sua saia.

– Não são todos – eu disse secamente. – É apenas uma única mulher, afinal, e eu nem a vi ainda.

– Sim, bem. Ao menos, loucura não é contagiosa, espero. – Beijou-me rapidamente, depois virou-se para ir embora, batendo amigavelmente no ombro do Jovem Ian. – Cuide de sua tia, Ian.

O Jovem Ian parou por um instante, olhando a figura alta de seu tio afastar-se.

– Você quer ir com ele, Ian? – perguntei. – Posso me virar sozinha, se você...

– Ah, não, tia! – Voltou-se de novo para mim, parecendo um tanto confuso. – Eu não queria ir mesmo. É que... eu estava pensando... bem, e se eles... encontrarem alguma coisa? Nas cinzas?

– Um corpo, você quer dizer – falei sem rodeios. Eu percebera, é claro, que a evidente possibilidade de Jamie e do sr. Harding encontrarem o corpo do marinheiro zarolho era a razão pela qual Jamie dissera a Ian que me acompanhasse.

O rapaz balançou a cabeça, parecendo pouco à vontade. O tom de sua pele desbotara para uma espécie de bronzeado rosado, mas ainda estava escuro demais para mostrar qualquer palidez devido à emoção.

– Não sei – disse. – Se o incêndio tiver sido muito forte, pode não ter restado muita coisa para ser encontrada. Mas não se preocupe com isso. – Toquei em seu braço para tranquilizá-lo. – Seu tio saberá o que fazer.

– Sim, é verdade. – Seu rosto iluminou-se, pleno de fé na capacidade do tio de lidar com qualquer tipo de situação. Sorri ao ver sua expressão, depois percebi, com um pequeno sobressalto de surpresa, que eu também possuía a mesma fé. Fosse um chinês bêbado, agentes alfandegários corruptos ou o sr. Harding da companhia de seguros Hand in Hand, eu não tinha a menor dúvida de que Jamie conseguiria lidar satisfatoriamente com a situação.

– Então vamos – eu disse, quando o sino da igreja de Canongate começou a soar. – São exatamente duas horas agora.

Apesar de sua visita ao padre Hayes, Ian mantivera um certo ar de sonhadora bem-aventurança, que retornava ao seu semblante agora. Conversamos pouco conforme subíamos a ladeira da Royal Mile até a hospedaria Henderson's, no beco Carrubber's.

Era um hotel tranquilo, mas luxuoso para os padrões de Edimburgo, com um carpete ornamentado nas escadas e vitral colorido na janela que dava para a rua. Parecia um ambiente até sofisticado demais para um ministro da Igreja Livre, mas na verdade eu pouco sabia sobre os membros da Igreja Livre; talvez não fizessem nenhum voto de pobreza, como os sacerdotes católicos.

Conduzidos ao terceiro andar por um garoto, a porta foi imediatamente aberta por uma mulher corpulenta, usando um avental e com a expressão preocupada. Imaginei que ela deveria ter 20 e poucos anos, embora já tivesse perdido vários dentes da frente.

– É a senhora que o reverendo espera? – perguntou ela. Sua expressão iluminou-se um pouco quando balancei a cabeça e ela abriu a porta ainda mais. – O sr. Campbell teve que sair novamente – disse ela num carregado sotaque das Terras Baixas –, mas ele disse que ficaria muito agradecido de ter sua opinião com relação à sua irmã, madame.

Irmã, não esposa.

– Bem, farei o melhor possível – disse. – Posso ver a srta. Campbell?

Deixando Ian entregue às suas recordações na sala de estar, acompanhei a mulher, que se apresentara como Nellie Cowden, até o quarto dos fundos.

A srta. Campbell estava, como anunciado, olhando fixamente para a frente. Seus pálidos olhos azuis estavam arregalados, mas não pareciam focalizados em nada – certamente não em mim.

Ela estava sentada numa espécie de poltrona larga e baixa, própria para enfermos, de costas para a lareira. O aposento estava na penumbra e a luz vinda de trás tornava suas feições indistintas, exceto pelos olhos fixos, que não piscavam. Mesmo vendo-a mais de perto, suas feições continuavam indistintas; ela possuía um rosto liso e arredondado, sem uma estrutura óssea que se sobressaísse, cabelos castanhos, finos como os de um bebê, perfeitamente escovados. Seu nariz era pequeno e arrebitado, o queixo era duplo e a boca rosada permanecia pendente, tão flácida a ponto de obscurecer seus contornos naturais.

– Srta. Campbell? – eu disse, cautelosamente. Não houve resposta da figura rechonchuda na poltrona. Seus olhos, na verdade, piscavam, eu notei, mas com bem menos frequência do que o normal.

– Ela não lhe responderá enquanto estiver neste estado – disse Nellie Cowden atrás de mim. Ela sacudiu a cabeça, limpando as mãos no avental. – Não, nem uma palavra.

– Há quanto tempo ela está assim? – Peguei uma de suas mãos, flácida e gorducha, e verifiquei o pulso. Estava lá, lento e bastante forte.

– Ah, até agora dois dias, desta vez. – Ficando interessada, a srta. Cowden inclinou-se para a frente, espreitando o rosto da mulher de quem cuidava. – Em geral, ela permanece assim por uma semana ou mais. Treze dias foi o máximo.

Movendo-me devagar – embora parecesse improvável que a srta. Campbell fosse se assustar –, comecei a examinar a figura inerte, enquanto fazia perguntas à sua acompanhante. A srta. Margaret Campbell 37 anos, informou-me a srta. Cowden, a única parenta do reverendo Archibald Campbell, com quem vivia nos últimos vinte anos, desde a morte de seus pais.

– O que a faz ficar assim? Você sabe?

A srta. Cowden meneou a cabeça.

– Não sei, não, senhora. Nada parece provocar isso. Em um instante ela está olhando ao redor, conversando e rindo, comendo seu jantar como a meiga pessoa que é, e no instante seguinte, pronto! – Ela estalou os dedos, para maior efeito. A seguir, inclinou-se para a frente e estalou os dedos de novo, deliberadamente, bem embaixo do nariz da srta. Campbell. – Viu só? – disse ela. – Seis homens tocando trombeta poderiam passar aqui pelo quarto e ela não daria a mínima atenção.

Eu estava quase certa de que o problema da srta. Campbell era mental, não físico, mas fiz um exame completo, de qualquer modo – ou tão completo quanto foi possível sem despir aquela figura inerte e volumosa.

– O pior, entretanto, é quando ela sai deste estado – assegurou-me a srta. Cowden, agachando-se ao meu lado enquanto eu estava ajoelhada no chão, analisando os reflexos plantares da srta. Campbell. Seus pés, livres dos sapatos e das meias, estavam úmidos e com cheiro de mofo.

Passei uma unha com firmeza ao longo da sola de cada pé, um de cada vez, em busca de um reflexo Babinski que indicasse a presença de lesão cerebral. Mas nada aconteceu; seus dedos curvaram-se para dentro, numa reação normal.

– O que acontece depois? A gritaria que o reverendo mencionou? – Levantei-me. – Poderia me trazer uma vela acesa, por favor?

– Ah, sim, os gritos. – A srta. Cowden apressou-se a atender meu pedido, acendendo uma vela fina de cera na lareira. – Ela berra alguma coisa terrível, sem parar, até ficar exaurida. Depois adormece, dorme um dia inteiro, e acorda como se nada tivesse acontecido.

– E ela está perfeitamente bem quando acorda? – perguntei. Movi a chama da vela de um lado para outro, bem diante dos olhos da paciente. As pupilas contraíram-se numa reação automática à luz, mas as íris mantiveram-se fixas, sem seguir a chama. Minha mão ansiava pelo cabo sólido de um oftalmoscópio, para examinar as retinas, mas infelizmente não era possível.

– Bem, não completamente bem – disse a srta. Cowden devagar. Virei-me para olhá-la e ela encolheu os ombros volumosos, poderosos sob a blusa de linho. –

Ela tem o miolo mole, pobre coitada – disse ela, de forma pragmática. – Está assim há quase vinte anos.

– Certamente, você não toma conta dela desde o início, não é?

– Ah, não! O sr. Campbell tinha uma mulher que cuidava dela onde eles moravam, em Burntisland, mas a mulher já não era nova e não quis deixar sua casa. Então, quando o reverendo decidiu aceitar a proposta da Associação de Missionários e levar a irmã com ele para as Índias Ocidentais... bem, ele colocou anúncio para uma mulher forte de bom caráter que pudesse viajar como uma criada para ela... e aqui estou eu. – A srta. Cowden dirigiu-me um sorriso desdentado em testemunho de suas próprias qualidades.

– Índias Ocidentais? Ele planeja levar a srta. Campbell de navio para as Índias Ocidentais? – Eu estava perplexa; sabia o suficiente sobre condições de navegação para achar que uma viagem como essa seria uma grande provação até para uma mulher em perfeita saúde. Esta mulher... mas então reconsiderei. Considerando toda a situação, Margaret Campbell deveria aguentar uma viagem como essa melhor do que uma mulher normal; ao menos, se ela permanecesse em seu transe.

– Ele achou que a mudança de ares poderia lhe fazer bem – explicava a srta. Cowden. – Afastá-la da Escócia e de todas as suas terríveis lembranças. Já devia ter feito isso há muito tempo, é o que eu digo.

– Que tipo de lembranças terríveis? – perguntei. Pude ver pelo brilho nos olhos da srta. Cowden que ela estava ansiosa para me contar. A essa altura, eu já terminara o exame e concluí que havia pouca coisa fisicamente errada com a srta. Campbell, exceto o sedentarismo e uma alimentação deficiente, mas havia a possibilidade de que alguma coisa em seu histórico sugerisse um tratamento.

– Bem – começou ela, aproximando-se hesitantemente da mesa onde se viam uma jarra e vários copos sobre uma bandeja –, é apenas o que Tilly Lawson me contou, tendo cuidado da srta. Campbell por tanto tempo, mas ela jurou que era verdade e ela é uma mulher devota. Aceitaria um cálice de cordial, senhora, em nome da hospitalidade do reverendo?

A poltrona em que a srta. Campbell estava sentada era a única no aposento, de modo que a srta. Cowden e eu nos posicionamos deselegantemente na beirada da cama, lado a lado, e observamos a figura silenciosa diante de nós enquanto apreciávamos nosso cordial de amoras, e ela me contou a história de Margaret Campbell.

Margaret Campbell nascera em Burntisland, a menos de 8 quilômetros de Edimburgo, do outro lado do estuário do Forth. Na época da Revolução de 1745, quando Charles Stuart entrou em Edimburgo para reclamar o trono do pai, ela era uma jovem de 17 anos.

– O pai dela era partidário do rei, é claro, e seu irmão estava em um regimento do governo, marchando para o norte para debelar os rebeldes – disse a srta. Cowden, tomando um gole ínfimo do seu cordial para fazê-lo durar. – Mas não a srta. Margaret. Não, ela era simpatizante do príncipe Charles e dos homens das Terras Altas que o seguiam.

Em particular, de um deles, embora a srta. Cowden não soubesse seu nome. Mas devia ter sido um belo homem, pois a srta. Margaret saiu furtivamente de casa para se encontrar com ele e passou-lhe todas as informações que ela colheu das conversas de seu pai e dos amigos dele, bem como das cartas de seu irmão para a família.

Então, veio Falkirk; uma vitória, mas obtida a um preço muito alto, seguida de retirada. Rumores davam conta da fuga do exército do príncipe para o norte e ninguém duvidava que sua fuga levaria à destruição. A srta. Margaret, desesperada com os boatos, deixou sua casa na calada da noite na fria primavera de março e foi ao encontro do homem que amava.

Agora, nesse ponto, o relato era duvidoso – se ela encontrara o sujeito e ele a rejeitara ou se ela não o encontrara a tempo e fora forçada a voltar da charneca de Culloden. De qualquer forma, ela voltou, e no dia seguinte à batalha ela havia caído nas mãos de um bando de soldados ingleses.

– Terrível, o que fizeram com ela – disse a srta. Cowden, abaixando a voz, como se a figura na poltrona pudesse ouvir. – Terrível! – Os soldados ingleses, cegos com a luxúria da caçada e da matança, perseguindo os fugitivos de Culloden, não pararam para perguntar seu nome ou as preferências de sua família. Souberam, pelo seu sotaque, que ela era escocesa e isso foi o suficiente.

Deixaram-na como morta numa vala rasa de água congelada e somente a presença casual de uma família de ciganos, escondida nos arbustos próximos por medo dos soldados, a salvou.

– Não posso deixar de pensar que foi uma lástima eles a terem salvo, embora seja um pensamento pouco cristão – murmurou a srta. Cowden. – Caso contrário, a pobre menina poderia se desligar de suas amarras terrenas e partir feliz ao encontro de Deus. Mas do jeito que foi... – Fez um gesto desajeitado na direção da figura silenciosa e sorveu as últimas gotas do seu cordial.

Margaret sobrevivera, mas nunca mais falou. Um pouco recuperada, mas silenciosa, ela viajou com os ciganos, indo para o sul com eles, para evitarem o saque das Terras Altas que se seguiu a Culloden. Então, certo dia, sentada no pátio de uma espelunca, segurando a lata para recolher as moedas enquanto os ciganos cantavam e dançavam, ela foi encontrada por seu irmão, que parara com seu regimento Campbell para descansar no caminho de volta a seu quartel em Edimburgo.

– Ela o reconheceu e ele também a reconheceu, e o choque do reencontro lhe devolveu a voz, mas não a mente, pobre coitada. Ele a levou para casa, é claro, mas ela parecia estar sempre no passado, algum tempo antes de conhecer o escocês das Terras Altas. Seu pai já estava morto, da epidemia de gripe, e Tilly Lawson disse que o choque de vê-la matou sua mãe também, mas pode ter sido a gripe também, que matou muita gente naquele ano.

O caso deixara Archibald Campbell profundamente amargurado tanto com os escoceses das Terras Altas quanto com o exército inglês, e ele pediu demissão de seu posto. Com os pais mortos, ele viu-se razoavelmente rico, mas era o único sustento para sua irmã doente.

– Ele não pôde casar – explicou a srta. Cowden. – Que mulher iria querer se casar com ele, levando uma irmã doente de quebra? – Fez um sinal com a cabeça em direção à lareira.

Em seu infortúnio, ele voltou-se para Deus e tornou-se ministro. Incapaz de deixar sua irmã ou de suportar o confinamento da casa da família em Burntisland com ela, ele comprou uma carruagem, contratou uma mulher para tomar conta de Margaret e começou a fazer viagens curtas pelos arredores para pregar, muitas vezes levando-a com ele.

Ele foi muito bem-sucedido em seus sermões e este ano fora convidado pela Associação dos Missionários Presbiterianos a fazer sua mais longa viagem até então, para as Índias Ocidentais, para organizar igrejas e nomear presbíteros nas colônias de Barbados e Jamaica. Orações lhe deram sua resposta. Ele vendeu a propriedade da família em Burntisland e mudou-se com sua irmã para Edimburgo, enquanto faz os preparativos para a viagem.

Olhei novamente para a figura junto à lareira. O ar quente que vinha do fogo agitava a barra de suas saias, mas à exceção desse pequeno movimento, ela poderia ser uma estátua.

– Bem – eu disse com um suspiro –, receio que não haja muito que eu possa fazer por ela. Mas lhe darei algumas prescrições de medicamentos, receitas, quero dizer, para serem aviadas na botica antes de partirem.

Se não ajudassem, não fariam mal, refleti, enquanto anotava as curtas listas de ingredientes. Camomila, lúpulo, arruda, tanaceto e verbena, com uma boa pitada de menta, para um tônico calmante. Chá de frutos da roseira, para ajudar a corrigir a leve deficiência nutricional que eu observara – gengivas esponjosas e sangrando, e feições pálidas e inchadas.

– Quando chegarem às Índias – eu disse, entregando o papel à srta. Cowden –, cuide para que ela coma muitas frutas: laranjas e limões, principalmente. Você devia fazer o mesmo – acrescentei, provocando um olhar de profunda desconfiança no rosto largo da criada. Eu duvidava que ela comesse qualquer alimento vegetal além de cebola ou batata ocasionalmente, fora o seu mingau de aveia diário.

O reverendo Campbell não retornara e não vi nenhuma razão para esperar por ele. Despedindo-me da srta. Campbell, abri a porta do quarto e deparei-me com o Jovem Ian do outro lado.

– Ah! – exclamou ele, com um sobressalto. – Eu vim procurá-la, tia. São quase três e meia e tio Jamie disse...

– Jamie? – A voz veio de trás de mim, da poltrona junto à lareira.

A srta. Cowden e eu giramos nos calcanhares e vimos a srta. Campbell sentada ereta na poltrona, os olhos ainda arregalados, mas agora focados. Estavam focalizados na porta e, quando o Jovem Ian deu um passo para dentro do aposento, a srta. Campbell começou a gritar.

Um pouco transtornados pelo encontro com a srta. Campbell, o Jovem Ian e eu voltamos aliviados para nosso refúgio no bordel, onde fomos recebidos sem entusiasmo por Bruno e levados à sala de visitas. Lá, encontramos Jamie e Fergus profundamente absortos numa conversa.

– Na verdade, não confiamos em sir Percival – dizia Fergus –, mas nesse caso, qual o objetivo dele de avisá-lo sobre uma emboscada, a não ser que tal emboscada de fato vá ocorrer?

– Não faço a menor ideia – disse Jamie com franqueza, recostando e espreguiçando-se em sua cadeira. – Assim sendo, nós concluímos, como você diz, que há uma emboscada planejada pelos coletores de impostos. Dois dias, ele disse. Seria na enseada Mullen's. – Em seguida, ao nos ver, ele se levantou parcialmente, fazendo sinal para que nos sentássemos.

– Será nas rochas abaixo de Balcarres, então? – perguntou Fergus.

Jamie franziu a testa, pensativo, os dois dedos rígidos de sua mão direita tamborilando de leve no tampo da mesa.

– Não – respondeu ele finalmente. – Deve ser em Arbroath, a pequena angra sob a abadia de lá. Só para ter certeza, hein?

– Está bem. – Fergus empurrou a travessa de bolinhos de aveia quase vazia que estivera comendo e levantou-se. – Vou espalhar a notícia, milorde. Arbroath, dentro de quatro dias. – Com um aceno da cabeça para mim, jogou o manto por cima dos ombros e saiu.

– É a respeito do contrabando, tio? – perguntou o Jovem Ian ansiosamente. – Está para chegar um barco francês? – Pegou um bolinho de aveia e mordeu-o, espalhando farelos em cima da mesa.

Os olhos de Jamie ainda estavam distraídos, pensativos, mas desanuviaram-se quando olhou incisivamente para o sobrinho.

– Sim, é. E você, Jovem Ian, não vai ter nada a ver com isso.

– Mas eu poderia ajudar! – protestou o garoto. – Vai precisar de alguém para segurar as mulas, pelo menos!

– Depois de tudo que seu pai disse a mim e a você ontem, Ian? – Jamie arqueou as sobrancelhas. – Santo Deus, você tem memória curta, rapaz!

Ian pareceu levemente envergonhado e pegou outro bolinho de aveia para disfarçar seu embaraço. Vendo-o momentaneamente em silêncio, aproveitei a oportunidade para fazer minhas próprias perguntas.

– Você vai a Arbroath ao encontro de um barco francês que está trazendo bebida contrabandeada? – perguntei. – Não acha perigoso, depois do aviso de sir Percival?

Jamie olhou-me com uma das sobrancelhas erguidas, mas respondeu pacientemente.

– Não; sir Percival estava me avisando que o local de encontro daqui a dois dias é conhecido. Seria na enseada Mullen's. Mas eu tenho um acordo com Jared e seus capitães. Se, por algum motivo, um encontro não puder ser realizado, o barco permanecerá em mar aberto e entrará de novo na noite seguinte, mas em um lugar diferente. E há ainda uma terceira alternativa, para o caso de o segundo encontro não se realizar.

– Mas, se sir Percival sabe do primeiro local de encontro, não saberá dos outros também? – insisti.

Jamie meneou a cabeça e serviu um copo de vinho. Levantou uma sobrancelha para mim perguntando se eu queria um pouco e, como eu sacudi a cabeça, ele mesmo tomou um pequeno gole.

– Não – respondeu ele. – Os locais de encontro são sempre combinados em conjuntos de três, entre mim e Jared, enviados por carta lacrada dentro de um pacote endereçado a Jeanne, aqui. Depois de ler a carta, eu a queimo. Todos os homens que ajudarão no encontro com o barco sabem o primeiro local, é claro, imagino que algum deles tenha deixado alguma coisa vazar – acrescentou, franzindo a testa para seu copo. – Mas ninguém, nem mesmo Fergus, conhece as outras duas localizações, a menos que tenhamos que usar uma delas. E quando a usamos, todos os homens sabem muito bem manter a boca fechada.

– Mas então tem que ser seguro, tio! – disse o Jovem Ian inopinadamente. – Por favor, deixe-me ir! Ficarei bem longe do caminho – prometeu ele.

Jamie dirigiu um olhar ligeiramente mal-humorado a seu sobrinho.

– Sim, você irá – disse ele. – Virá comigo até Arbroath, mas você e sua tia ficarão na estalagem na estrada acima da abadia até terminarmos. Tenho que levar o garoto de volta para casa em Lallybroch, Claire – explicou, virando-se para mim. – E consertar a situação da melhor maneira que puder com os pais dele.

Ian pai deixara o Halliday's naquela manhã, antes de Jamie e o Jovem Ian chegarem, sem deixar recado, mas presumivelmente de volta para casa.

– Não vai se importar com a viagem? Eu não pediria, você tendo acabado de chegar da viagem de Inverness – seus olhos encontraram os meus com um ligeiro sorriso conspirador –, mas tenho que levá-lo de volta o mais rápido possível.

– Não me importo absolutamente – assegurei-lhe. – Vai ser bom ver Jenny e o resto da família outra vez.

– Mas, tio... – começou o Jovem Ian intempestivamente. – E se eu...

– Cale-se! – Jamie interrompeu-o rispidamente. – Não quero ouvir nem mais uma palavra sua, rapaz. Nem uma palavra, ouviu?

O Jovem Ian pareceu magoado, mas pegou outro bolinho e enfiou-o na boca ostensivamente, mostrando sua intenção de permanecer em completo silêncio.

Jamie relaxou e sorriu para mim.

– Bem, e como foi sua visita à louca?

– Muito interessante – disse. – Jamie, conhece alguém da família Campbell?

– Não mais do que trezentas ou quatrocentas pessoas – disse ele, um sorriso torcendo a boca larga. – Tem em mente algum Campbell em particular?

– Uns dois. – Contei-lhe a história de Archibald Campbell e sua irmã, Margaret, como me foi relatada por Nellie Cowden.

Ele sacudiu a cabeça diante da história e suspirou. Pela primeira vez, ele pareceu realmente mais velho, o rosto crispado e sulcado pelas lembranças.

– Não é a pior história que eu já ouvi, de tudo que aconteceu em Culloden – disse ele. – Mas não acho... espere. – Parou, olhou para mim, os olhos apertados enquanto refletia. – Margaret Campbell. Margaret. Seria uma garota magrinha, talvez do tamanho da segunda Mary? Com cabelos castanhos macios como as penas de uma cambaxirra e um rosto muito meigo?

– Provavelmente era, há vinte anos – eu disse, pensando naquela figura gorda, imóvel, sentada junto à lareira. – Por quê? Você a conhece, afinal?

– Sim, acho que sim. – Franziu a testa, pensativamente, olhando para a mesa, desenhando uma linha aleatória pelos farelos esparramados. – Sim, se estou certo, ela era a namorada de Ewan Cameron. Lembra-se de Ewan?

– Claro. – Ewan era um homem bonito, alto e brincalhão, que trabalhara com Jamie em Holyrood, reunindo informações de inteligência que se filtravam dos ingleses. – O que aconteceu com Ewan? Ou não devo perguntar? – disse, vendo o rosto de Jaime anuviar-se.

– Os ingleses o fuzilaram – disse ele à meia-voz. – Dois dias depois de Culloden. – Fechou os olhos por um instante, em seguida abriu-os outra vez e sorriu para mim com um ar cansado. – Bem, então, que Deus abençoe o reverendo Archie Campbell. Ouvi falar dele, uma ou duas vezes, durante a revolução. Era um soldado arrojado, dizem, e corajoso. Imagino que precise continuar sendo agora, coitado. – Permaneceu sentado por mais algum tempo, depois se levantou decididamente. – Sim, bem, há muita coisa a fazer antes de deixarmos Edimburgo. Ian, você encontrará a lista de fregueses da gráfica lá no quarto, em cima da mesa. Vá buscá-la para mim e eu marcarei para você os que tinham trabalhos em andamento. Você tem que ir procurá-los, um por um, e oferecer-lhes a devolução do dinheiro. A menos que prefiram esperar até eu me instalar outra vez em outro local. Mas isso pode levar até dois meses, diga a eles.

Deu uns tapas no casaco e ouviu-se um barulhinho tilintante.

– Felizmente, o dinheiro do seguro dará para devolver o que os fregueses pagaram e ainda sobrará um pouco. Por falar nisso – virou-se e sorriu para mim –, sua função, Sassenach, é encontrar uma costureira que faça um vestido decente para você em dois dias. Porque eu acho que Daphne vai querer que você devolva o vestido dela e eu não posso levá-la de volta para Lallybroch nua.

30

PONTO DE ENCONTRO

A principal distração da viagem para o norte, em direção a Arbroath, era observar o conflito de vontades entre Jamie e o Jovem Ian. Eu sabia de longa experiência que a teimosia era um dos principais componentes do caráter dos Fraser. Ian parecia igualmente afetado nesse aspecto, embora fosse apenas em parte um Fraser; ou os Murray não eram nada diferentes em relação à teimosia ou os genes dos Fraser eram muito fortes.

Tendo tido a oportunidade de observar Brianna de perto durante muitos anos, eu tinha a minha própria opinião sobre isso, mas me mantive calada, apenas me divertindo com o espetáculo de Jamie ter, ao menos uma vez, encontrado alguém à sua altura. Quando ultrapassamos Balfour, ele já exibia uma expressão atormentada.

Esse empate entre objeto irremovível e força irresistível continuou até o começo da noite do quarto dia, quando chegamos a Arbroath e descobrimos que a estalagem onde Jamie pretendia que eu e Ian ficássemos já não existia. Restava apenas uma parede desmoronada e uma ou duas vigas do teto carbonizadas assinalando o local; fora isso, a estrada continuava deserta por quilômetros em qualquer direção.

Jamie olhou para o monte de pedras em silêncio por algum tempo. Era evidente que ele não poderia simplesmente nos deixar no meio de uma estrada desolada e enlameada. Ian, bastante esperto para não abusar da sorte, permaneceu em silêncio, embora sua compleição magricela vibrasse perceptivelmente de ansiedade.

– Está bem, então – disse Jamie finalmente, resignado. – Vocês vêm comigo. Mas apenas até a beira do penhasco, Ian, você me ouviu? Você tomará conta de sua tia.

– Ouvi, tio Jamie – respondeu o Jovem Ian, com enganadora docilidade. Mas eu percebi o olhar de soslaio de Jamie e compreendi que se Ian devia tomar conta da tia, a tia também deveria tomar conta de Ian. Reprimi um sorriso, assentindo obedientemente.

O resto dos homens chegou pontualmente ao local de encontro no penhasco, logo após escurecer. Dois homens pareceram-me vagamente familiares, mas a maioria eram vultos obscuros, já haviam se passado dois dias da lua nova, mas a finíssima lasca que se erguia no horizonte tornava as condições no local pouco mais iluminadas do que as obtidas nas adegas do bordel. Nenhuma apresentação foi feita, os homens cumprimentando Jamie com resmungos e grunhidos ininteligíveis.

No entanto, havia uma figura inconfundível. Uma enorme carroça puxada por mulas surgiu, chocalhando ao longo da estrada, guiada por Fergus e uma minúscula sombra que só poderia ser o sr. Willoughby, a quem eu não via desde que ele atirara no homem misterioso nas escadas do bordel.

– Espero que ele não esteja carregando uma pistola esta noite – murmurei para Jamie.

– Quem? – disse ele, estreitando os olhos na escuridão. – Ah, o chinês? Não, nenhum deles. – Antes que eu pudesse perguntar por que não, ele se adiantara, para ajudar a carroça a fazer meia-volta, pronta para partir em disparada na direção de Edimburgo assim que o contrabando fosse carregado. O Jovem Ian abriu caminho para a frente e eu, ciente da minha função de guardiã, o segui.

O sr. Willoughby ficou na ponta dos pés para alcançar a parte de trás da carroça, emergindo com uma lanterna estranha, dotada de uma tampa de metal perfurada e laterais deslizantes de metal.

– É uma lanterna furta-fogo? – perguntei, fascinada.

– É, sim – disse o Jovem Ian, sentindo-se importante. – Mantemos as laterais fechadas até vermos o sinal no mar. – Ele pegou a lanterna. – Dê-me a lanterna; fico com ela, eu sei o sinal.

O sr. Willoughby simplesmente meneou a cabeça, tirando a lanterna da mão do Jovem Ian.

– Alto demais, jovem demais – disse ele. – Tsei-mi disse que não – acrescentou, como se isso encerrasse definitivamente o assunto.

– O quê? – O Jovem Ian estava indignado. – O que quer dizer com alto demais e jovem demais, seu...

– Ele quer dizer – disse uma voz perfeitamente controlada atrás de nós – que quem segura a lanterna é um ótimo alvo, caso tenhamos visitas. O sr. Willoughby gentilmente corre o risco, porque ele é o menor de todos nós. Você é suficientemente alto para ser visto de longe, pequeno Ian, e jovem demais para ter bom senso. Fique fora do caminho, ouviu?

Jamie deu um leve tapa no ouvido do sobrinho e seguiu em frente, para ajoelhar-se ao lado do sr. Willoughby nas rochas. Disse algo em voz baixa em chinês e viu-se a sombra de uma risada no rosto do homenzinho. O sr. Willoughby abriu a lateral da lanterna, segurando-a adequadamente para as mãos em concha de Jamie. Um rápido estalido, repetido duas vezes, e eu vi o brilho das faíscas arrancadas da pederneira.

Era uma parte erma da costa – não era de surpreender, a maior parte do litoral da Escócia era rochoso e deserto –, e eu me perguntei onde e quando o barco francês ancoraria. Não havia enseada, apenas uma curva na linha costeira, atrás de um penhasco proeminente que protegia aquele ponto da visão da estrada.

Apesar da escuridão, eu podia ver as linhas brancas da arrebentação movimentando-se ritmadamente na pequena meia-lua da praia. Não era uma plácida praia de turistas – pequenos bolsões de areia espalhavam-se desordenadamente, enchendo-se e esvaziando-se com a espuma agitada, entre montículos de algas, cascalhos e ressaltos de pedras salientes e cortantes. Um lugar difícil de ser percorrido por homens carregando barris, mas conveniente pelas fissuras no rochedo à volta, onde a mercadoria podia ser escondida.

Outro vulto negro assomou de repente a meu lado.

– Todos estão em seus postos, senhor – disse o vulto em voz baixa. – Nas rochas.

– Ótimo, Joey. – Um clarão repentino iluminou o perfil de Jamie, atento ao pavio que acabara de acender. Ele prendeu a respiração conforme a chama crescia e se firmava, absorvendo o óleo do reservatório da lanterna, em seguida soltou-a com um suspiro, enquanto fechava cuidadosamente o dispositivo lateral. – Ótimo – repetiu ele, levantando-se. Ergueu os olhos para o penhasco ao sul, observando as estrelas acima, e disse: – Quase nove horas. Logo entrarão na enseada. Veja bem, Joey, ninguém deve se mexer até eu chamar, entendeu?

– Sim, senhor. – O tom descontraído da resposta deixou claro que esta era uma troca de palavras costumeira e Joey ficou bastante surpreso quando Jamie agarrou seu braço.

– Certifique-se disso – disse Jamie. – Diga a todos eles outra vez: ninguém se mexe até eu dar a ordem.

– Sim, senhor – disse Joey novamente, mas desta vez com mais respeito. Ele desapareceu na noite, sem fazer nenhum ruído nas rochas.

– Alguma coisa errada? – perguntei, erguendo a voz apenas o suficiente para ser ouvida acima das ondas. Embora a praia e os rochedos estivessem evidentemente desertos, o cenário escuro e a conduta furtiva de meus companheiros suscitavam cautela.

Jamie sacudiu ligeiramente a cabeça; ele estava certo em relação ao Jovem Ian, pensei – sua própria silhueta escura estava nítida contra o céu ligeiramente mais claro atrás dele.

– Não sei. – Hesitou por um instante, depois disse: – Diga-me, Sassenach, sente algum cheiro?

Surpresa, inspirei fundo, prendi o ar por um instante e soltei-o. Senti vários odores, inclusive de algas apodrecidas, o cheiro denso de óleo queimado da lanterna e o penetrante odor corporal do Jovem Ian, de pé ao meu lado, suando com um misto de empolgação e medo.

– Nada estranho, acho que não – eu disse. – E você?

Os ombros em silhueta ergueram-se e baixaram-se num gesto de incerteza.

– Agora não. Mas um instante atrás, eu poderia jurar que senti cheiro de pólvora.

– Não senti cheiro de nada – disse o Jovem Ian. Sua voz falhou com a ansiedade e ele apressadamente limpou a garganta, constrangido. – Willie MacLeod e Alec Hayes deram uma busca nas rochas. Não viram nenhum sinal de guardas da alfândega.

– Sim, bem. – A voz de Jamie soou inquieta. Virou-se para o Jovem Ian, segurando-o pelo ombro. – Ian, agora você tem que tomar conta de sua tia. Vocês dois escondam-se naquelas moitas lá. Fiquem bem longe da carroça. Se alguma coisa acontecer...

O começo de um protesto de Ian foi interrompido, aparentemente por um aperto mais forte da mão de Jamie em seu ombro, pois o rapaz deu um salto para trás com um pequeno grunhido, esfregando o ombro.

– Se alguma coisa acontecer – continuou Jamie, enfaticamente –, você deve levar sua tia diretamente para Lallybroch. O mais rápido possível.

– Mas... – comecei a dizer.

– Tio! – disse o Jovem Ian.

– Faça isso – disse Jamie, a voz cortante como aço, e virou-se, encerrando a discussão.

O Jovem Ian exibia um ar raivoso e sombrio na subida pela trilha do penhasco, mas cumpriu suas ordens, obedientemente escoltando-me até uma certa distância depois das moitas e encontrando um pequeno promontório de onde tínhamos alguma visão da água.

– Podemos ver daqui – sussurrou ele desnecessariamente.

De fato, podíamos. As pedras derramavam-se pela encosta até uma tigela rasa embaixo de nós, uma xícara despedaçada cheia de escuridão, a luz da água derramando-se da borda quebrada onde o mar entrava com um assobio. Uma única vez percebi um minúsculo movimento, como se uma fivela de metal tivesse refletido a luz fraca, mas de um modo geral, os dez homens lá embaixo estavam completamente invisíveis.

Estreitei os olhos, tentando descobrir o lugar onde o sr. Willoughby estava com sua lanterna, mas não vi nenhum sinal de luz e concluí que ele devia estar de pé atrás da lanterna, protegendo-a da visão do penhasco.

O Jovem Ian enrijeceu-se repentinamente ao meu lado.

– Vem vindo alguém! – sussurrou ele. – Depressa, atrás de mim! – Posicionando-se corajosamente à minha frente, enfiou a mão dentro da camisa, na faixa do cós de suas calças, e retirou uma pistola; apesar de escuro, pude ver a leve claridade das estrelas ao longo do cano da arma.

Ele preparou-se, espreitando a escuridão, ligeiramente arqueado sobre a arma, que segurava firmemente com as duas mãos.

– Não atire, pelo amor de Deus! – sussurrei em seu ouvido. Não ousei agarrar seu braço por medo de fazer a arma disparar, mas estava apavorada com a possibilidade de ele fazer qualquer barulho que pudesse atrair atenção para os homens lá embaixo.

– Eu agradeceria se você obedecesse à sua tia, Ian – ouviu-se o tom suave e irônico de Jamie da escuridão abaixo da beira do penhasco. – Também gostaria que não explodisse o topo de minha cabeça, sim?

Ian abaixou a pistola, os ombros desmoronando com o que poderia ser tanto um suspiro de alívio quanto de decepção. As moitas sacudiram-se e em seguida Jamie estava diante de nós, tirando os carrapichos da manga de seu casaco.

– Ninguém lhe disse para não vir armado? – A voz de Jamie era branda, apenas com um leve tom de interesse acadêmico. – É um crime que pode levar à forca apontar uma arma para um guarda da alfândega do rei – explicou, virando-se para mim. – Nenhum dos homens está armado, nem mesmo com uma faca de pescador, no caso de serem presos.

– Bem, sim, Fergus disse que não me enforcariam porque ainda nem tenho barba – disse Ian, envergonhado. – Eu seria apenas extraditado, ele disse.

Ouviu-se um som sibilante quando Jamie inspirou com força pelo meio dos dentes, em sinal de exasperação.

– Ah, sim, e tenho certeza de que sua mãe ficará muito satisfeita em saber que você foi despachado para as colônias, mesmo que Fergus tenha razão! – Estendeu a mão. – Dê-me isso, idiota. – E onde foi que você conseguiu uma pistola? – perguntou ele, revirando a arma na mão. – Já preparada, também. Eu sabia que havia sentido cheiro de pólvora. Teve sorte de não arrancar seu pau, carregando-a dentro das calças.

Antes que Ian pudesse responder, eu interrompi, apontando para o mar.

– Olhe!

O barco francês era pouco mais do que uma mancha na superfície da água, mas suas velas resplandeciam palidamente sob a claridade das estrelas. O brigue de duas velas deslizou lentamente pela frente do penhasco e parou ao largo, silencioso como uma das nuvens espalhadas no horizonte.

Jamie não estava observando o barco, mas olhando para baixo, para um ponto onde a face da rocha despedaçava-se em um desmoronamento de grandes pedras arredondadas, logo acima da areia. Olhando na mesma direção, pude distinguir apenas uma minúscula emulação de luz. O sr. Willoughby com a lanterna.

Viu-se um rápido clarão de luz que reluziu pelas rochas molhadas e desapareceu. A mão do Jovem Ian segurava meu braço, tensa. Aguardamos, a respiração suspensa, a contagem até trinta. A mão de Ian apertou meu braço, quando outro clarão iluminou a espuma na areia.

– O que era aquilo? – perguntei.

– O quê? – Jamie não estava olhando para mim, mas para o barco à distância.

– Na praia. Quando a luz piscou, acho que vi alguma coisa meio enterrada na areia. Parecia...

Veio o terceiro clarão e, um instante depois, uma luz de resposta brilhou do navio – uma lanterna azul, um ponto fantasmagórico pendurado no mastro, duplicando-se no reflexo nas águas escuras abaixo.

Esqueci a rápida visão do que parecera ser uma trouxa de roupas, descuidadamente enterrada na areia, no entusiasmo de observar o barco. Algum movimento era evidente agora e um leve som de objeto jogado na água chegou aos nossos ouvidos quando alguma coisa foi atirada pela borda da embarcação.

– A maré está subindo – murmurou Jamie no meu ouvido. – Os barris flutuam, a corrente os trará à praia em alguns minutos.

Isso resolvia o problema da ancoragem do barco – não era necessária. Mas, então, como era feito o pagamento? Eu estava prestes a perguntar quando se ouviu um grito repentino e tudo virou um pandemônio lá embaixo.

Jamie lançou-se imediatamente pelo meio das moitas, seguido de perto por mim e o Jovem Ian. Pouco podia ser visto com distinção, mas um tumulto considerável ocorria na praia arenosa. Vultos escuros tropeçavam e rolavam na areia, acompanhados por uma grande gritaria. Captei as palavras: "Parem, em nome do rei!", e meu sangue gelou.

– Guardas alfandegários! – O Jovem Ian também ouvira.

Jamie disse algo grosseiro em gaélico, depois lançou a cabeça para trás e ele mesmo gritou, a voz facilmente levada pela praia abaixo.

– *Éirich 'illean!* – berrou a plenos pulmões. – *Suas am bearrach is teich!*

A seguir, voltou-se para mim e Ian.

– Vão! – disse ele.

O alvoroço aumentou subitamente quando o barulho de pedras caindo uniu-se à gritaria. De repente, uma figura escura saltou do meio das moitas junto a meus pés e partiu pela escuridão a toda velocidade. Outra seguiu-se, a alguns passos de distância.

Um grito estridente veio da escuridão embaixo, suficientemente alto para ser ouvido acima dos outros barulhos.

– Foi Willoughby! – exclamou o Jovem Ian. – Eles o pegaram!

Ignorando a ordem de Jamie para que fugíssemos, nos agarramos um ao outro e avançamos, para espreitar pela cortina da vegetação. A lanterna furta-fogo caíra, inclinada, e a proteção lateral abriu-se, enviando um raio de luz como um projetor sobre a praia, onde as sepulturas rasas em que os homens da alfândega haviam se escondido escancaravam-se na areia. Vultos escuros oscilavam e lutavam e gritavam em meio aos montículos de algas encharcadas. Um clarão turvo em volta da lanterna era suficiente para mostrar duas figuras engalfinhadas, a menor esperneando freneticamente enquanto era levantada do chão.

– Vou pegá-lo! – O Jovem Ian deu um salto para a frente, apenas para ser puxado para cima com um safanão quando Jamie pegou-o pela gola.

– Faça o que mandei e leve minha mulher daqui em segurança!

Tentando recuperar o fôlego, o Jovem Ian virou-se para mim, mas eu não pretendia ir a lugar algum e finquei os pés no chão, resistindo à força com que puxava meu braço.

Ignorando ambos, Jamie virou-se e saiu correndo pelo alto do penhasco, parando a alguns metros de distância. Pude ver claramente sua silhueta contra o céu, quando se agachou sobre um dos joelhos e preparou a pistola, apoiando-a no antebraço para mirar para baixo.

O barulho do tiro não passou de um pequeno estalido, perdido no meio do tumulto. O resultado, entretanto, foi espetacular. A lanterna explodiu numa chuva de óleo fervente, repentinamente escurecendo a praia e silenciando a gritaria.

O silêncio foi quebrado em poucos segundos por um uivo, misto de dor e indignação. Meus olhos, momentaneamente cegos pelo clarão da lanterna, adaptaram-se rapidamente e eu vi outra claridade – a luz de várias chamas pequenas, que pareciam mover-se erraticamente para cima e para baixo. Quando minha visão noturna clareou, vi que as chamas erguiam-se da manga do casaco de um homem, que sapateava para cima e para baixo enquanto uivava, batendo inutilmente no fogo iniciado pelo óleo fervente que respingara nele.

A vegetação em volta estremeceu violentamente quando Jamie lançou-se pela beira do penhasco e perdeu-se de vista no paredão do rochedo abaixo.

– Jamie!

Despertado pelo meu grito, o Jovem Ian puxou-me com mais força, quase me derrubando e arrastando-me violentamente para fora do penhasco.

– Vamos, tia! Eles vão chegar aqui em cima agora mesmo!

Isso era verdade; eu podia ouvir os gritos na praia aproximando-se à medida que os homens subiam em bando pelas pedras. Juntei minhas saias e corri, seguindo o garoto o mais rápido que podia através do mato áspero do topo do penhasco.

Eu não sabia para onde estávamos indo, mas o Jovem Ian parecia saber. Ele tirara o casaco e sua camisa branca era facilmente visível à minha frente, flutuando como um fantasma através dos arbustos cerrados de amieiros e vidoeiros que cresciam mais para dentro da região.

– Onde estamos? – perguntei, ofegante, alcançando-o quando ele diminuiu a carreira à margem de um minúsculo córrego.

– A estrada para Arbroath fica logo adiante – disse ele. Respirava com dificuldade e via-se uma mancha escura de lama ao longo da lateral de sua camisa. –

Ficará mais fácil daqui a pouco. Você está bem, tia? Quer que eu a carregue para a outra margem?

Educadamente recusei a galante oferta, observando comigo mesma que ele certamente pesava tanto quanto eu. Tirei meus sapatos e meias e fui vadeando o riacho até o outro lado, com água na altura dos joelhos, sentindo a lama gelada do leito em meus dedos.

Eu tremia violentamente quando emergi na outra margem e aceitei a oferta que Ian fez de seu casaco – agitado como estava, e aquecido pelo exercício, ele obviamente não precisava de agasalho. Eu estava enregelada não só por causa da água e do frio do vento de novembro, mas de medo do que poderia estar acontecendo às nossas costas.

Alcançamos a estrada ofegantes, o vento soprando frio em nossos rostos. Meu nariz e lábios logo ficaram dormentes e meus cabelos esvoaçavam soltos atrás de mim, pesados em meu pescoço. Mas era um vento maligno que não soprava nada de bom; ele trouxe o som de vozes até nós, momentos antes de nos depararmos com dois homens.

– Algum sinal do penhasco? – perguntou uma voz masculina grave. Ian parou tão bruscamente que eu me choquei contra ele.

– Ainda não – veio a resposta. – Achei ter ouvido gritos daquele lado, mas depois o vento mudou de direção.

– Bem, suba nessa árvore outra vez, molenga – disse a primeira voz impacientemente. – Se algum dos filhos da mãe passar pela praia, nós o pegaremos aqui. Será melhor se nós ficarmos com o dinheiro da recompensa do que aqueles sujeitos na praia.

– Está frio – resmungou a segunda voz. – Aqui ao relento onde o vento penetra nos ossos. Quisera ter ficado de guarda na abadia, ao menos lá estaria quente.

A mão do Jovem Ian agarrava a parte de cima do meu braço com força suficiente para deixar marcas. Puxei o braço, tentando afrouxar o aperto de sua mão, mas ele não prestou nenhuma atenção.

– Sim, porém menos provável de pegar o peixe grande – disse a primeira voz. – Ah, o que eu poderia fazer com cinquenta libras!

– Está bem – disse a segunda voz, resignada. – Embora não faça a menor ideia de como vamos conseguir ver cabelos vermelhos no escuro.

– Apenas pegue-os pelos calcanhares, Oakie. Olharemos para as cabeças depois.

O Jovem Ian finalmente despertou de seu transe com meus puxões na manga de sua camisa e veio tropeçando atrás de mim para fora da estrada e para o meio da vegetação.

– O que eles queriam dizer com a guarda da abadia? – perguntei, assim que achei que já não podíamos ser ouvidos pelas sentinelas na estrada. – Você sabe?

A cabeleira escura do Jovem Ian balançou para cima e para baixo.

– Acho que sim, tia. Deve ser a abadia de Arbroath. É o ponto de encontro.

– Ponto de encontro?

– Se algo der errado – explicou ele. – Então é cada um por si, devendo todos se reencontrar na abadia assim que puderem.

– Bem, não poderia dar mais errado – observei. – O que foi que seu tio gritou quando os guardas da alfândega surgiram?

O Jovem Ian virara-se parcialmente para ouvir se vinha alguém da estrada, perseguindo-os; em seguida, o oval pálido de seu rosto voltou-se novamente para mim.

– Ah, ele disse: "Subam, rapazes! Para cima do penhasco e corram!".

– Bom conselho – eu disse secamente. – Portanto, se o seguiram, a maioria dos homens pode ter escapado.

– Exceto tio Jamie e o sr. Willoughby. – O Jovem Ian passava a mão nervosamente pelos cabelos; lembrava-me de Jamie e eu gostaria que ele parasse.

– Sim. – Respirei fundo. – Bem, não há nada que você e eu possamos fazer por eles no momento. Mas quanto aos outros homens... se estão indo para a abadia...

– Sim – interrompeu ele –, isso é o que eu estava tentando decidir; se devo fazer o que tio Jamie disse e levá-la a Lallybroch ou se deveria tentar chegar à abadia depressa e avisar os outros conforme chegassem.

– Vá à abadia o mais rápido que puder.

– Sim, mas eu não gostaria de deixá-la aqui sozinha, tia, e o tio Jamie disse...

– Há o momento de seguir ordens, Jovem Ian, e o momento de pensar por si mesmo – disse com firmeza, diplomaticamente ignorando o fato de que eu na verdade estava pensando por ele. – Esta estrada leva à abadia?

– Sim. Não mais do que 2 quilômetros. – Ele já arrastava os pés, inquieto, ansioso para partir.

– Ótimo. Você pegue um desvio da estrada e dirija-se à abadia. Eu seguirei diretamente pela estrada e verei se posso distrair os guardas até você passar. Eu o encontrarei na abadia. Ah, espere, é melhor levar o seu casaco.

Entreguei o casaco com relutância: além de detestar me separar de seu calor, parecia que eu estava abrindo mão do meu último vínculo com a presença de um ser humano amigável. Depois que o Jovem Ian partisse, eu estaria completamente sozinha na escuridão fria da noite escocesa.

– Ian? – Eu segurava seu braço, para mantê-lo ali por mais um instante.

– Sim?

– Tenha cuidado, sim? – Movida por um impulso, fiquei na ponta dos pés e beijei seu rosto frio. Eu estava suficientemente perto para ver suas sobrancelhas arquearem-se de surpresa. Ele sorriu e, em seguida, desapareceu, um galho de amieiro voltando ao seu lugar depois que ele passou.

Fazia muito frio. Os únicos sons eram o zumbido do vento através dos arbustos e o murmúrio distante das ondas quebrando-se na praia. Enrolei o xale de lã com mais força em volta dos ombros, tremendo, e voltei na direção da estrada.

Deveria fazer algum barulho?, perguntei-me. Caso contrário, eu poderia ser atacada de surpresa, já que os homens de tocaia poderiam ouvir meus passos, mas não poderiam ver que eu não era um contrabandista em fuga. Por outro lado, se eu passasse caminhando tranquilamente, cantarolando uma canção alegre para indicar que era uma mulher inofensiva, eles poderiam simplesmente permanecer escondidos em silêncio, sem querer revelar sua presença – e revelar sua presença era exatamente o que eu tinha em mente. Agachei-me e peguei uma pedra na margem da estrada. Em seguida, sentindo ainda mais frio do que antes, saí na estrada e caminhei diretamente em frente, em completo silêncio.

31

LUA DE CONTRABANDISTAS

O vento soprava com força suficiente para manter as árvores e arbustos em constante movimento, encobrindo o som dos meus passos na estrada e o de qualquer outra pessoa que pudesse estar me seguindo. Passados menos de quinze dias do Halloween, esta era o tipo de noite escabrosa, que fazia uma pessoa acreditar facilmente que os espíritos e o mal pudessem estar à solta.

Não foi um espírito que me agarrou repentinamente por trás, a mão cobrindo minha boca com força. Se eu não estivesse preparada para tal eventualidade, teria ficado paralisada de espanto. No entanto, meu coração deu um salto e eu debati-me convulsivamente nas garras do meu captor.

Ele me agarrara pela esquerda, prendendo meu braço esquerdo com força contra o lado do meu corpo, sua mão direita sobre minha boca. Entretanto, o meu braço direito estava livre. Lancei o salto do meu sapato contra seu joelho, entortando sua perna, e em seguida, aproveitando seu desequilíbrio momentâneo, inclinei-me para a frente e lancei o braço para trás, batendo em sua cabeça com a pedra que eu segurava na mão.

Por força das circunstâncias, foi um golpe de raspão, mas forte o suficiente para fazer meu agressor grunhir de espanto e soltar-me. Chutei e me contorci, e quando sua mão deslizou sobre minha boca, enfiei os dentes em um dedo e mordi com todas as forças.

"Os músculos do maxilar vão da crista sagital no alto do crânio até uma inserção na mandíbula", pensei, lembrando-me vagamente da descrição de um manual de anatomia. "Isso confere ao maxilar e aos dentes uma considerável mordedeira, de fato, o maxilar humano é capaz de exercer em média uma pressão de 150 quilos."

Não sei se eu estava superestimando a média, mas inegavelmente estava obtendo um efeito. Meu atacante atirava-se freneticamente de um lado para outro na tentativa inútil de soltar o dedo da minha mordida mortal.

Na luta, ele soltara meu braço e foi forçado a me colocar no chão. Assim que meus pés tocaram o solo outra vez, soltei sua mão, girei nos calcanhares e dei um golpe em seus testículos com meu joelho, o mais forte que pude, considerando as minhas saias.

Chutar os homens nos testículos é uma forma de defesa superestimada. Quer dizer, realmente funciona – e espetacularmente bem –, mas é uma manobra mais difícil de executar do que se imagina, especialmente quando o atacante está usando saias pesadas e volumosas. Os homens são extremamente cuidadosos com essa parte de sua anatomia e estão sempre atentos a qualquer tentativa de ataque a seus apêndices.

Neste caso, entretanto, meu adversário estava desprevenido, as pernas bem abertas para manter o equilíbrio, e eu o atingi em cheio. Ele emitiu um terrível gemido, como o de um coelho estrangulado, e caiu no meio da estrada, dobrado ao meio.

– É você, Sassenach? – As palavras foram sibiladas do meio da escuridão à minha esquerda. Dei um salto como uma gazela assustada e soltei um grito involuntário.

Pela segunda vez em apenas dois minutos, a mão de alguém espalmou-se sobre minha boca.

– Pelo amor de Deus, Sassenach! – murmurou Jamie no meu ouvido. – Sou eu.

Não o mordi, embora me sentisse bastante tentada.

– Eu sei – disse, entre dentes, quando ele me soltou. – Mas quem é o outro sujeito que me agarrou?

– Fergus, eu creio. – A figura escura e amorfa afastou-se alguns passos e pareceu cutucar outra forma deitada na estrada, gemendo debilmente. – É você, Fergus? – sussurrou ele. Recebendo uma espécie de ruído estrangulado em resposta, ele inclinou-se e ajudou o segundo vulto a ficar de pé.

– Não falem! – avisei-os, num sussurro. – Há guardas ali em frente!

– É mesmo? – disse Jamie, em voz normal. – Não parecem muito curiosos com o barulho que estamos fazendo, não é?

Parou, como se esperasse por uma resposta, mas não se ouviu nenhum som, além do lamento baixo do vento nos arbustos. Colocou a mão no meu braço e gritou na noite.

– MacLeod! Raeburn!

– Sim, Roy – disse uma voz levemente irritada nos arbustos. – Estamos aqui. Innes, também, e Meldrum, não é?

– Sim, sou eu.

Pisando com cautela e falando baixo, outras figuras emergiram do meio dos arbustos e árvores.

– ... quatro, cinco, seis – contou Jamie. – Onde estão Hays e os Gordon?

– Vi Hayes entrar na água – respondeu uma das figuras. – Deve ter dado a volta na ponta. É provável que os Gordon e Kennedy também tenham feito isso. Não ouvi nada que indicasse que foram presos.

– Muito bem – disse Jamie. – Agora, Sassenach, que história é essa de guardas?

Considerando o não aparecimento de Oakie e seu companheiro, eu comecei a me sentir meio idiota, mas relatei o que Ian e eu ouvíramos.

– É? – Jamie pareceu interessado. – Pode ficar de pé, Fergus? Pode? Ótimo, rapaz. Bem, talvez seja melhor dar uma olhada. Meldrum, tem uma pederneira aí com você?

Alguns instantes depois, com uma pequena tocha que lutava para permanecer acesa na mão, ele avançou a passos largos pela estrada e dobrou a curva. Os contrabandistas e eu esperamos em silêncio, prontos para correr ou para ir em seu auxílio, mas não se ouviu nenhum barulho de emboscada. Depois do que pareceu uma eternidade, a voz de Jamie flutuou de volta ao longo da estrada.

– Podem vir – disse ele, parecendo calmo e controlado.

Ele estava parado no meio da estrada, perto de um grande amieiro. A luz da tocha caía à sua volta num círculo bruxuleante e, no começo, não vi nada além de Jamie. Então, ouvi uma respiração pesada do homem a meu lado e um som estrangulado de horror de outro.

Outro rosto surgiu, fracamente iluminado, suspenso no ar logo atrás do ombro esquerdo de Jamie. Um rosto horrível, congestionado, escuro à luz da tocha que roubava todo vestígio de cor, os olhos esbugalhados e a língua para fora. Os cabelos, louros como palha seca, erguiam-se e agitavam-se ao vento. Senti um novo grito formar-se em minha garganta e o sufoquei.

– Você tinha razão, Sassenach – disse Jamie. – Havia realmente um guarda. – Ele atirou algo no chão, onde aterrissou com um barulho seco. – Uma ordem de prisão – disse ele, indicando o objeto com um sinal da cabeça. – Seu nome era Thomas Oakie. Algum de vocês o conhecia?

– Não como está agora – murmurou uma voz atrás de mim. – Santo Deus, nem sua mãe o reconheceria! – Ouviu-se um murmúrio geral de negativas, com uma movimentação nervosa de pés. Obviamente, todos estavam tão ansiosos para sair do local quanto eu.

– Muito bem, então. – Jamie parou a retirada com um brusco movimento da cabeça. – A carga está perdida, portanto não haverá divisão, certo? Alguém precisa de dinheiro agora? – Enfiou a mão no bolso. –Posso oferecer um pouco para se aguentarem por enquanto, porque duvido que trabalharemos na costa por um bom tempo.

Um ou dois dos homens relutantemente adiantaram-se no campo de visão da forma escura pendurada na árvore para receber seu dinheiro, mas o resto dos contrabandistas dissolveu-se rapidamente na noite. Em poucos minutos, restavam apenas Fergus – ainda lívido, mas de pé sem ajuda –, eu e Jamie.

– Jesus! – murmurou Fergus, erguendo os olhos para o homem enforcado. – Quem teria feito isso?

– Eu fiz... ou assim espero que a história seja contada, certo? – Jamie olhou para cima, o rosto severo à luz bruxuleante da tocha. – Não vamos nos demorar por aqui, está bem?

– E Ian? – perguntei, lembrando-me repentinamente do garoto. – Ele foi para a abadia, para avisá-lo!

– Ele foi? – A voz de Jamie endureceu-se. – Eu vim daquela direção e não o encontrei. Para que lado ele foi, Sassenach?

– Para lá – eu disse, apontando.

Fergus emitiu um som que poderia ser uma risada.

– A abadia fica para o outro lado – disse Jamie, achando graça. – Vamos, então. Nós o alcançaremos quando ele perceber seu erro e voltar.

– Esperem – disse Fergus, erguendo a mão. Ouviu-se um farfalhar cauteloso nos arbustos, seguido da voz do Jovem Ian.

– Tio Jamie?

– Sim, Ian – respondeu seu tio sarcasticamente. – Sou eu.

O garoto emergiu dos arbustos, folhas presas na cabeleira emaranhada, os olhos arregalados de agitação.

– Eu vi a luz e achei que devia voltar para ver se tia Claire estava bem – explicou ele. – Tio Jamie, não deve ficar por aí com uma tocha, há guardas por perto!

Jamie passou o braço pelos ombros do sobrinho e virou-o, antes que ele visse a figura pendurada na árvore.

– Não se preocupe, Ian – disse ele serenamente. – Já foram embora.

Agitando a tocha pelo mato molhado, ele extinguiu-a com um chiado.

– Vamos – disse ele, a voz calma na escuridão. – O sr. Willoughby está lá embaixo da estrada com os cavalos, estaremos nas Terras Altas ao romper do dia.

PARTE VII

De volta para casa

32

A VOLTA DO FILHO PRÓDIGO

Foi uma viagem de quatro dias a cavalo de Arbroath a Lallybroch, e houve pouca conversa durante o trajeto. Tanto o Jovem Ian quanto Jamie estavam preocupados, provavelmente por razões diferentes. Quanto a mim, estava ocupada pensando, não só sobre o passado recente, mas sobre o futuro imediato.

Ian devia ter contado a meu respeito a Jenny, irmã de Jamie. Como ela receberia o meu reaparecimento?

Jenny Murray fora o mais próximo que eu tivera de uma irmã e sem dúvida a melhor amiga da minha vida. Devido às circunstâncias, a maioria dos meus amigos mais próximos nos últimos quinze anos era de homens; não havia outras médicas, e o abismo natural entre o pessoal da enfermagem e os médicos impedia mais do que um relacionamento superficial com as outras mulheres que trabalhavam no hospital. Quanto ao círculo de Frank, às secretárias dos departamentos e às esposas dos professores...

Acima de tudo, entretanto, havia a certeza de que, de todas as pessoas do mundo, Jenny era a que devia amar Jamie tanto quanto eu – se não mais. Eu estava ansiosa para revê-la, mas não podia deixar de imaginar como ela aceitaria a história da minha suposta fuga para a França, e meu aparente abandono de seu irmão.

Os cavalos tinham que seguir em fila indiana pela estreita trilha de descida. Minha própria égua baia reduziu o passo obedientemente quando o alazão de Jamie parou, depois virou, segundo seu comando, em direção a uma clareira, semioculta por uma abóbada de galhos de amieiros.

Um rochedo cinzento erguia-se à margem da clareira; suas fendas, protuberâncias e prateleiras estavam tão recobertas de musgo e liquens que ele parecia o rosto de um velho parcialmente coberto de pelos e salpicado de verrugas. O Jovem Ian desceu de seu pônei com um suspiro de alívio; estávamos cavalgando desde o alvorecer.

– Ufa! – exclamou ele, esfregando as costas com força. – Estou todo dormente.

– Eu também – disse, fazendo o mesmo. – Mas imagino que seja melhor do que ficar com o traseiro esfolado da sela. – Desacostumados de montar por longas horas a fio, tanto Ian quanto eu sofremos muito nos dois primeiros dias da viagem.

Na realidade, eu estava tão dolorida na primeira noite que não consegui nem desmontar sozinha; tive que ser erguida de meu cavalo de forma humilhante e carregada para dentro da estalagem nos braços de Jamie, para seu grande divertimento.

– Como o tio Jamie consegue? – perguntou-me Ian. – O traseiro dele deve ser de couro.

– Não dá para saber – retruquei distraidamente. – Mas para onde ele foi? – O alazão, já amarrado, mordiscava o capim sob um carvalho a um dos lados da clareira, mas não havia nenhum sinal de Jamie.

Eu e o Jovem Ian nos entreolhamos; dei de ombros e dirigi-me para o paredão do rochedo, onde um filete de água escorria. Mergulhei as mãos em concha na água e bebi, satisfeita com o líquido frio que descia pela minha garganta seca, apesar do ar de outono que avermelhava minhas faces e deixava meu nariz dormente.

Aquela minúscula clareira num vale estreito, invisível da estrada, era uma característica da maior parte da paisagem das Terras Altas, pensei. Enganadoramente áridos e inóspitos, os penhascos e charnecas eram cheios de segredos. Se você não conhecesse a região, poderia caminhar a poucos centímetros de um veado, uma tetraz ou um homem escondido e nem perceber. Não era de admirar que a maioria dos que fugiram para os urzais após a Batalha de Culloden tivessem conseguido escapar. O conhecimento desses esconderijos tornava-os invisíveis aos olhos cegos e aos pés desajeitados dos perseguidores ingleses.

Com a sede saciada, virei-me e quase me choquei contra Jamie, que parecia ter brotado da terra por um passe de mágica. Ele colocava sua caixa de pederneira de volta no bolso do casaco, que exalava um leve cheiro de fumaça. Deixou um graveto queimado cair na grama e esmagou-o na terra com o pé.

– De onde você surgiu? – perguntei, piscando de surpresa. – E por onde andou?

– Há uma pequena caverna ali adiante – explicou ele, apontando para trás com o polegar. – Eu só queria ver se alguém esteve lá.

– E alguém esteve? – Olhando mais atentamente, pude ver a borda do afloramento de rocha que ocultava a entrada da caverna. Disfarçada entre as outras fendas profundas, só seria vista por uma pessoa que a estivesse procurando.

– Sim – disse ele. Sua testa estava ligeiramente franzida, não de preocupação, mas como se estivesse pensando. – Há carvão misturado à terra; alguém fez uma fogueira lá.

– Quem você acha que foi? – perguntei. Estiquei o pescoço para espiar além da borda do afloramento, mas não vi nada além de uma estreita faixa escura, uma pequena fissura na superfície da montanha. Parecia bastante inóspita.

Imaginei se um de seus contatos com o contrabando teria seguido seu rastro desde o litoral até Lallybroch. Ele estaria preocupado com uma perseguição ou uma emboscada? Olhei por cima do ombro, mas não vi nada além de amieiros, folhas secas farfalhando na brisa de outono.

– Não sei – disse ele, absorto. – Um caçador, imagino. Há ossos de tetraz espalhados por lá também.

Jamie não parecia perturbado com a possível identidade do desconhecido e eu relaxei, sentindo-me segura por estar nas Terras Altas. Tanto Edimburgo quanto a enseada dos contrabandistas pareciam muito distantes.

O Jovem Ian, fascinado com a revelação da caverna invisível, desaparecera pela fenda. Reapareceu agora, tirando uma teia de aranha dos cabelos.

– É como a caverna de Cluny, tio? – perguntou ele, os olhos brilhantes.

– Não tão grande, Ian – respondeu Jamie com um sorriso. – O pobre Cluny não conseguiria passar por esta entrada. Era um sujeito corpulento, sua cintura era quase o dobro da minha. – Tocou o peito com melancolia, no ponto onde um botão fora arrancado quando ele se espremeu para passar pela entrada estreita.

– O que é a caverna de Cluny? – perguntei, sacudindo as últimas gotas de água gelada das minhas mãos e enfiando-as sob as axilas para aquecê-las.

– Ah, é Cluny MacPherson – respondeu Jamie, jogando água fria no rosto. Piscou várias vezes para retirar as gotículas cintilantes de suas pestanas e sorriu para mim. – Um homem muito engenhoso, o Cluny. Os ingleses incendiaram sua casa e demoliram as fundações, mas ele escapou. Construiu para si um lugar quente e confortável numa caverna próxima e fechou a entrada com galhos de salgueiro entrelaçados e vedados com barro. As pessoas diziam que se podia ficar a 1 metro de distância e não perceber que havia uma caverna ali, a não ser pelo cheiro do cachimbo de Cluny.

– O príncipe Charles também ficou lá, durante certo tempo, quando estava sendo caçado pelos ingleses – informou o Jovem Ian. – Cluny escondeu-o por vários dias. Os malditos ingleses procuraram-no por toda parte, mas nunca encontraram Sua Alteza, ou o próprio Cluny! – concluiu ele, com satisfação.

– Venha aqui lavar-se, Ian – disse Jamie, com um tom áspero que fez o Jovem Ian piscar. – Você não pode encarar seus pais imundo desse jeito.

Ian suspirou, mas obedientemente começou a jogar água no rosto, cuspindo e arfando. Ele não estava muito imundo, mas inegavelmente apresentava uma ou duas manchas da viagem.

Virei-me para Jamie, que observava as abluções do sobrinho com um ar de abstração. Eu me perguntei se ele antecipava o que prometia ser um encontro desagradável em Lallybroch ou se rememorava Edimburgo, com as ruínas fumegantes de sua gráfica e o homem morto no porão do bordel. Ou algo mais distante ainda: Charles Edward Stuart e a época da revolução.

– O que você diz a seus sobrinhos a respeito dele? – perguntei baixinho, sob o resfolegar de Ian. – De Charles?

Jamie me encarou com uma expressão perspicaz; eu estava certa, então. Seu olhar enterneceu-se ligeiramente e surgiu o esboço de um sorriso, mas ele logo ficou sério.

– Nunca falo dele – disse ele, também baixinho. Em seguida, virou-se e foi pegar os cavalos.

Três horas mais tarde, atravessamos o último desfiladeiro varrido pelo vento e saímos na descida final que levava a Lallybroch. Jamie, na liderança, freou o cavalo e esperou até que o Jovem Ian e eu o alcançássemos.

– Lá está – disse ele. Olhou para mim, sorrindo, uma das sobrancelhas erguida. – Mudou muito?

Sacudi a cabeça, arrebatada. À distância, a casa parecia absolutamente igual. Construída com pedras caiadas de branco, tinha três andares e reluzia imaculadamente em meio ao aglomerado de construções anexas simples e a extensão de campos marrons cercados por um muro de pedras. Na pequena elevação atrás da casa erguiam-se as ruínas da torre antiga, uma construção circular de pedras que dava nome ao lugar.

Ao examinar mais atentamente, pude ver que as construções externas haviam mudado um pouco; Jamie dissera-me que os soldados ingleses haviam incendiado o pombal e a capela no ano seguinte a Culloden, e eu podia ver as lacunas onde antes eles ficavam. No espaço onde o muro da horta desmoronara havia agora uma rocha de cor diferente e um novo barracão construído com pedras e sobras de madeira estava evidentemente servindo de pombal, a julgar pela fileira de aves gordas e emplumadas alinhada na viga da cumeeira, aproveitando o sol tardio do outono.

A roseira silvestre plantada pela mãe de Jamie, Ellen, transformara-se num exuberante emaranhado, espalhado pela treliça presa à parede lateral da casa, somente agora perdendo as últimas folhas.

Uma nuvem de fumaça erguia-se da chaminé a oeste, sendo levada na direção sul por um vento vindo do mar. Tive uma repentina visão do fogo na lareira da sala de estar, sua luz rosada no rosto bem delineado de Jenny, na noite em que ela estava em sua poltrona, lendo em voz alta um romance ou livro de poesia, enquanto Jamie e Ian se entretinham em um jogo de xadrez, ouvindo apenas parcialmente. Quantas noites passamos assim, as crianças nas suas camas nos quartos em cima e eu sentada à escrivaninha de jacarandá, escrevendo receitas de remédios ou fazendo intermináveis consertos de roupas?

— Você acha que nós vamos viver aqui outra vez? — perguntei a Jamie, com o cuidado de não deixar transparecer nenhum saudosismo na voz. Mais do que qualquer outro lugar, a casa de Lallybroch fora um lar para mim, mas isso acontecera há muito tempo, e uma infinidade de coisas tinha mudado desde então.

Ele fez uma longa pausa, pensando. Por fim, sacudiu a cabeça, recolhendo as rédeas na mão.

— Não sei, Sassenach — disse ele. — Seria bom, mas... não sei como vão ser as coisas. — Franziu ligeiramente a testa, olhando para a casa lá embaixo.

— Tudo bem. Se vivermos em Edimburgo, ou mesmo na França, está tudo bem, Jamie. — Ergui os olhos para seu rosto e toquei sua mão para tranquilizá-lo. — O que importa é que estejamos juntos.

O leve ar de preocupação desfez-se por um instante, tornando suas feições mais leves. Ele tomou minha mão, levou-a aos lábios e beijou-a delicadamente.

— Eu também não me importo, Sassenach, desde que você esteja ao meu lado.

Permanecemos ali, fitando um ao outro nos olhos, até que um pigarro alto e exagerado nos alertou da presença do Jovem Ian. Respeitoso com nossa privacidade, mostrara-se circunspecto na viagem de Edimburgo, embrenhando-se a uma grande distância nos urzais quando acampávamos, esforçando-se para não nos surpreender inadvertidamente em um abraço indiscreto.

Jamie riu e apertou a minha mão antes de soltá-la e virar-se para o sobrinho.

— Estamos quase chegando, Ian — disse ele, quando o garoto trouxe o pônei para junto de nós. — Se não chover, chegaremos bem antes do jantar — acrescentou, estreitando os olhos sob a proteção da mão para avaliar as nuvens que flutuavam sobre as montanhas Monadhliath.

— Mmmhummm. — O Jovem Ian não parecia entusiasmado com a perspectiva e eu olhei para ele com simpatia.

— Lar é o lugar onde você sempre deve ser aceito quando precisar — parafraseei o famoso poema de Robert Frost.

O Jovem Ian lançou-me um olhar enviesado.

— Sim, é isso que eu temo, tia.

Jamie, ouvindo a conversa, olhou para trás, para o Jovem Ian, e deu uma piscadela encorajadora.

— Não fique desanimado, Ian. Lembre-se da parábola do filho pródigo, hein? Sua mãe vai ficar feliz de vê-lo de volta são e salvo.

O Jovem Ian lançou-lhe um olhar de profunda descrença.

– Se você pensa que é o novilho engordado que vai ser morto, tio Jamie, não conhece minha mãe tão bem.

O garoto ficou parado, mordendo o lábio inferior por um instante, depois se endireitou na sela com um profundo suspiro.

– É melhor acabar logo com isso, não é?

– Será que os pais dele vão ser realmente duros? – perguntei, observando o Jovem Ian prosseguir com todo o cuidado pela descida pedregosa.

Jamie deu de ombros.

– Bem, eles o perdoarão, é claro, mas é provável que receba uma grande descompostura e uma surra no lombo antes disso. Terei sorte se escapar com o mesmo – acrescentou ele ironicamente. – Receio que Jenny e Ian não vão ficar muito satisfeitos comigo também. – Ele atiçou sua montaria e começou a descer a encosta. – Vamos, Sassenach. É melhor acabar logo com isso, não é?

Eu não sabia ao certo o que esperar da nossa recepção em Lallybroch, mas, na verdade, ela foi reconfortante. Como em todas as chegadas anteriores, nossa presença foi anunciada por um bando variado de cachorros, que saíram em disparada pela cerca viva, pelo campo e pela horta, primeiro latindo para intimidar, depois de alegria.

O Jovem Ian largou as rédeas e apeou no meio do mar peludo de boas-vindas, agachando-se para saudar os cachorros que pulavam sobre ele e lambiam seu rosto. Levantou-se sorrindo, com um filhote nos braços, que trouxe para me mostrar.

– Este é Jocky – disse ele, erguendo o inquieto cãozinho branco e marrom. – É meu; papai o deu pra mim.

– Lindo cachorrinho – disse a Jocky, acariciando suas orelhas pendentes. O cãozinho latiu e contorceu-se de satisfação, tentando lamber a mim e a Ian simultaneamente.

– Você está ficando coberto de pelos de cachorro, Ian – disse uma voz límpida, aguda, em tom de acentuada desaprovação. Erguendo os olhos, vi uma jovem alta e esbelta de mais ou menos 17 anos, levantando-se do seu banco ao lado da estrada.

– Bem, e você está coberta de cauda-de-raposa, pronto! – retorquiu o Jovem Ian, virando para se dirigir à pessoa que lhe falava.

A jovem jogou para trás a cabeleira de cachos castanho-escuros e inclinou-se para limpar a saia, que de fato tinha inúmeros resquícios da planta grudados no tecido rústico.

– Papai disse que você não merece ter um cachorro – observou ela. – Fugindo e abandonando-o como fez.

O rosto de Ian crispou-se defensivamente.

– Eu realmente pensei em levá-lo – disse ele, a voz ligeiramente entrecortada. – Mas achei que não estaria a salvo na cidade. – Abraçou o cachorro com mais força, o queixo descansando entre as orelhas peludas. – Ele cresceu um pouco. Está comendo bem?

– Veio nos cumprimentar, não é, pequena Janet? Muita gentileza sua. – A voz de Jamie soou agradavelmente atrás de mim, mas com um tom cínico que fez a jovem erguer o olhar de repente e corar.

– Tio Jamie! Oh, e... – Seu olhar voltou-se para mim e ela abaixou a cabeça, ficando ainda mais vermelha.

– Sim, esta é sua tia Claire. – Jamie segurava meu cotovelo com firmeza ao balançar a cabeça, cumprimentando a jovem. – A pequena Janet ainda não havia nascido da última vez que você esteve aqui, Sassenach. Sua mãe está em casa, não é? – disse ele, dirigindo-se a Janet.

A jovem assentiu, me encarando com os olhos arregalados de fascínio. Inclinei-me sobre o meu cavalo e estendi-lhe a mão, sorrindo.

– Prazer em conhecê-la – disse.

Ela fitou-me por um longo instante, depois se lembrou repentinamente de seus modos e flexionou os joelhos numa rápida saudação. Levantou-se e apertou minha mão cautelosamente, como se receasse que ela fosse se evaporar. Retribuí o cumprimento e ela pareceu um pouco mais calma, ao ver que eu era de carne e osso.

– Muito... prazer, senhora – murmurou ela.

– Mamãe e papai estão muito zangados, Jen? – O Jovem Ian colocou o cachorrinho no chão delicadamente, junto a seus pés, quebrando o transe. Ela olhou para seu irmão mais novo, a expressão de impaciência mesclada a certa compaixão.

– Bem, e por que não estariam, seu cabeça de vento? – disse ela. – Mamãe achava que você talvez tivesse se deparado com um urso na floresta ou tivesse sido levado pelos ciganos. Ela mal dormiu enquanto não descobriram onde você estava – acrescentou, olhando para o irmão com uma expressão ameaçadora.

Ian cerrou os lábios com força, abaixando os olhos para o chão, mas não retrucou.

Ela se aproximou e, com ar de desaprovação, começou a retirar as folhas amareladas e úmidas grudadas nas mangas de seu casaco. Apesar de ela ser alta, ele a ultrapassava em mais de 15 centímetros, esquelético e desengonçado ao lado da figura esbelta da jovem. A semelhança entre eles limitava-se à cor escura e luxuriante de seus cabelos e a alguns traços fisionômicos.

– Você está com uma aparência ridícula, Ian. Andou dormindo de roupa?

– Bem, claro que sim – disse ele, impaciente. – Acha que fugi com um camisolão e o trocava toda noite na charneca?

Ela deu uma risada diante da imagem, e sua expressão aborrecida desanuviou-se um pouco.

– Ora, vamos, então, tolinho – disse ela, com pena. – Venha até a copa comigo e eu o ajudarei a se pentear e escovar a roupa antes que mamãe e papai o vejam.

Ele olhou-a furiosamente, em seguida se voltou para mim, com uma expressão mista de aborrecimento e perplexidade.

– Por que, em nome de Deus – perguntou ele, a voz entrecortada de tensão –, todo mundo acha que estar limpo vai ajudar?

Jamie riu e desmontou. Bateu de leve em seu ombro, levantando uma pequena nuvem de poeira.

– Mal não faz, Ian. Vá com ela. Talvez seja melhor seus pais não terem que lidar com tantas coisas ao mesmo tempo. Além disso, antes de mais nada, vão querer ver sua tia.

– Mmmhummm. – Com um impertinente meneio de cabeça, o Jovem Ian afastou-se em direção aos fundos da casa, arrastado por sua determinada irmã.

– O que andou comendo? – perguntou ela, examinando-o através de olhos estreitados enquanto se afastavam. – Tem uma grande mancha de sujeira em volta da boca.

– Não é sujeira, são pelos de barba! – sibilou ele furiosamente, com um rápido olhar para trás, para ver se Jamie e eu teríamos ouvido a conversa. Sua irmã parou subitamente, olhando-o atentamente.

– Barba? – exclamou ela em voz alta, incrédula. – Você?

– Vamos! – Agarrando-a pelo cotovelo, apressou-a a atravessar o portão da horta, os ombros arqueados de acanhamento.

Jamie deitou a cabeça na minha coxa, o rosto enterrado nas minhas saias. Um observador distraído, acharia que ele estava ocupado em afrouxar os alforjes e não teria visto seus ombros sacudindo-se ou ouvido sua risada baixa.

– Tudo bem, já se foram – eu disse, momentos depois, tentando recuperar o fôlego depois do esforço para conter o riso.

Jamie levantou o rosto vermelho, sem ar, das minhas saias e usou uma dobra do tecido para enxugar os olhos.

– Barba? Você? – disse ele com voz esganiçada, imitando a sobrinha, e nós gargalhamos. Ele sacudiu a cabeça, engasgado. – Nossa, ela é igual à mãe! Foi exatamente o que Jenny me disse, no mesmo tom de voz, quando me pegou fazendo a barba pela primeira vez. Quase cortei a garganta! – Enxugou os olhos outra vez com as costas da mão e passou a palma delicadamente pela barba curta, macia e espessa, que recobria seu próprio maxilar e pescoço com uma penugem castanho-avermelhada.

– Você quer ir barbear-se primeiro, antes de encontrar-se com Jenny e Ian? – perguntei, mas ele balançou a cabeça.

– Não – disse ele, alisando para trás os cabelos que haviam escapado do laço. – O Jovem Ian tem razão: ficar limpo não vai ajudar.

Eles deviam ter ouvido os cachorros lá fora; tanto Ian quanto Jenny estavam na sala de estar quando entramos, ela no sofá tricotando meias de lã, enquanto ele esquentava a parte de trás das pernas, de pé diante da lareira, de casaco e calças de tecido marrom liso. Uma bandeja de bolinhos com uma garrafa de cerveja caseira estava arranjada, obviamente aguardando a nossa chegada.

Era uma cena muito aconchegante e acolhedora, e eu senti o cansaço da viagem esvair-se quando entramos no aposento. Ian virou-se assim que nos viu, ainda contrafeito, mas sorrindo – no entanto, era Jenny quem eu estivera procurando.

Ela também estivera à minha procura. Permaneceu imóvel no sofá, os olhos arregalados, voltados para a porta. Minha primeira impressão foi a de que ela estava muito diferente; a segunda, a de que ela não mudara absolutamente nada. Os cachos negros continuavam lá, espessos e viçosos, mas grisalhos e com mechas de pura prata. A estrutura óssea também era a mesma – as maçãs do rosto altas, largas, o maxilar forte, o nariz longo como o de Jamie.

Foi a luz bruxuleante do fogo na lareira e as sombras do final de tarde que davam a estranha impressão de mudança, às vezes aprofundando as linhas ao redor da boca e dos olhos até ela parecer uma mulher idosa e encarquilhada; outras vezes, apagando-as com o brilho avermelhado da juventude.

Em nosso primeiro encontro no bordel, Ian agira como se eu fosse um fantasma. Jenny reagia quase da mesma forma agora, piscando levemente, a boca meio aberta, mas sem alterar a expressão, enquanto eu atravessava a sala em sua direção.

Jamie vinha logo atrás de mim, a mão no meu cotovelo. Apertou-o levemente quando chegamos ao sofá e soltou-o. Senti-me um pouco como se estivesse sendo apresentada na Corte e tive que resistir ao impulso de fazer uma reverência.

– Estamos em casa, Jenny – disse ele. Sua mão repousava em minhas costas, incutindo-me confiança.

Ela dirigiu um olhar rápido ao irmão, depois voltou a fitar-me.

– É você mesmo, então, Claire? – disse ela com voz baixa e hesitante, familiar, mas não a voz forte da mulher que eu me lembrava.

– Sim, sou eu – respondi. Sorri e estendi as mãos para ela. – É muito bom revê-la, Jenny.

Ela tomou as minhas mãos nas suas, mas com grande leveza. Em seguida, apertou-as com um pouco mais de força e se levantou.

– Meu Deus, é realmente você! – disse ela, um pouco ofegante, e subitamente a mulher que eu conhecera estava de volta, os olhos azul-escuros vivos e inquietos, examinando meu rosto com curiosidade.

– Bem, claro que é – disse Jamie bruscamente. – Ian não lhe contou? Achou que ele estivesse mentindo?

– Você não mudou quase nada – disse ela, ignorando o irmão enquanto tocava meu rosto, admirada. – Seus cabelos estão um pouco mais claros, mas, por Deus, você continua a mesma! – Seus dedos estavam frios; suas mãos cheiravam a ervas e geleia de groselha, e a um leve vestígio de amônia e lanolina da lã colorida que ela tricotava.

O cheiro da lã, havia muito esquecido, trouxe tudo de volta instantaneamente – tantas recordações do lugar e a felicidade da época em que vivera ali – e meus olhos encheram-se de lágrimas.

Ela notou e abraçou-me com força, os cabelos macios contra meu rosto. Ela era bem mais baixa do que eu, de compleição pequena e aparência geral delicada, mas ainda assim eu tinha a sensação de estar sendo envolvida, aconchegantemente embalada e presa com braços fortes, por alguém maior do que eu.

Ela me soltou após alguns instantes e recuou um pouco, meio rindo.

– Nossa, você tem até o mesmo cheiro! – exclamou ela, e eu também desatei a rir.

Ian aproximara-se; inclinou-se e abraçou-me delicadamente, roçando os lábios no meu rosto. Ele cheirava vagamente a feno seco e folhas de repolho, com um resquício de cheiro de fumaça de turfa sobrepondo-se ao seu próprio cheiro, almiscarado e penetrante.

– É bom vê-la de volta, Claire – disse ele. Seus meigos olhos castanhos sorriram para mim e a sensação de volta ao lar aprofundou-se. Ele recuou um passo, um pouco sem jeito, sorrindo. – Gostariam de comer alguma coisa, talvez? – Indicou a travessa sobre a mesa.

Hesitei por um instante, mas Jamie aceitou prontamente, dirigindo-se à mesa com vivacidade.

– Um gole não cairia mal, Ian, muito obrigado – disse ele. – Aceita um pouco, Claire?

Os copos foram abastecidos, o prato de biscoitos passado de mão em mão e pequenas amabilidades murmuradas com a boca cheia, enquanto sentávamos ao redor do fogo. Apesar da aparente cordialidade, eu tinha plena consciência de uma tensão subjacente, nem toda ela devida ao meu súbito reaparecimento.

Jamie, sentado ao meu lado no banco de carvalho, de braços e espaldar alto, tomou apenas um pequeno gole de sua cerveja, deixando o bolinho de aveia intacto sobre o joelho. Eu sabia que ele não aceitara o lanche por fome, mas para disfarçar o fato de que nem sua irmã nem seu cunhado haviam lhe dado um abraço de boas-vindas.

Percebi Ian e Jenny trocarem um rápido olhar; e um olhar fixo, mais demorado, inescrutável, entre Jenny e Jamie. Uma estranha ali em mais de um aspecto, mantive meus próprios olhos abaixados, observando sob o abrigo das minhas pestanas. Jamie estava sentado à minha esquerda; pude sentir um pequeno movimento entre nós quando seus dois dedos rígidos da mão direita tamborilaram em sua coxa.

A conversa, a pouca que havia, definhou e extinguiu-se, e o aposento mergulhou num silêncio desconfortável. Através do fraco assobio da turfa queimando na lareira, eu podia ouvir alguns baques distantes para os lados da cozinha, mas nada semelhante aos sons que eu costumava ouvir naquela casa, de atividade e alvoroço constantes, pés sempre ressoando na escada, os gritos das crianças e o berreiro dos bebês cortando o ar no seu quarto no andar de cima.

– Como vão todos os seus filhos? – perguntei a Jenny, para quebrar o silêncio. Ela sobressaltou-se e percebi que, inadvertidamente, eu fizera a pergunta errada.

– Ah, vão bem – respondeu ela, hesitante. – Todos muito saudáveis. E os netos também – acrescentou, exibindo um sorriso repentino ao mencioná-los.

– A maioria foi para a casa do Jovem Jamie – complementou Ian, respondendo à minha verdadeira pergunta. – A mulher dele teve um bebê na semana passada, de modo que as três meninas foram ajudar um pouco. E Michael está em Inverness no momento, para buscar algumas coisas que chegaram da França.

Outro olhar atravessou rapidamente a sala, dessa vez entre Ian e Jamie. Senti a pequena inclinação da cabeça de Jamie e vi um sinal quase imperceptível de Ian em resposta. O que, afinal, seria aquilo?, perguntei-me. Havia tantas contracorrentes de emoção na sala que senti o súbito impulso de levantar-me e impor ordem à reunião, apenas para quebrar a tensão.

Aparentemente, Jamie sentia o mesmo. Ele pigarreou, olhando direto para Ian, e levantou o principal ponto da agenda, dizendo:

– Nós trouxemos o garoto para casa.

Ian respirou fundo, seu rosto comprido e simples endurecendo ligeiramente.

– Ah, trouxeram, então?

A fina camada de amabilidade visível até então logo desapareceu, como o orvalho da manhã.

Eu podia sentir a presença de Jamie ao meu lado, ficando mais tenso ao se preparar para defender o sobrinho da melhor maneira possível.

– Ele é um bom garoto, Ian – disse ele.

– É mesmo? – Foi Jenny quem respondeu, as bem torneadas sobrancelhas negras unidas no semblante carregado. – Não parece, do jeito que ele age em casa. Mas talvez ele seja diferente com você, Jamie. – Havia um forte tom de acusação em suas palavras, e senti Jamie ficar ainda mais tenso ao meu lado.

– É bondade sua tentar defender o garoto, Jamie – disse Ian, com um frio aceno da cabeça para seu cunhado. – Mas acho melhor ouvirmos do próprio Jovem Ian, se não se importa. Ele está lá em cima?

Um músculo junto à boca de Jamie contorceu-se e ele respondeu de forma não comprometedora:

– Na copa, eu acho. Ele quis se arrumar um pouco antes de vê-los.

Sua mão direita deslizou e apertou minha perna, alertando-me. Ele não mencionara o encontro com Janet e eu compreendi; ela fora afastada da casa juntamente com seus irmãos, para que Jenny e Ian pudessem lidar com a questão do meu reaparecimento e de seu filho pródigo com alguma privacidade, mas retornara às escondidas, sem que seus pais percebessem, ou para dar uma olhada em sua famosa tia Claire ou para oferecer ajuda a seu irmão.

Abaixei os olhos, indicando que eu havia compreendido. Não havia motivo para mencionar a presença da jovem numa situação já tão carregada de tensão.

O ruído de passos e da batida regular da perna de pau de Ian soaram no corredor sem tapete. Ian deixava a sala e dirigia-se à copa. Retornou em seguida, conduzindo o Jovem Ian à sua frente com um ar colérico.

O filho pródigo estava tão apresentável quanto sabão, água e uma lâmina de barbear podiam deixá-lo. Seus maxilares ossudos estavam avermelhados do atrito da lâmina e os cabelos na nuca estavam molhados e espetados, a maior parte da poeira fora escovada de seu casaco e a gola redonda de sua camisa, perfeitamente abotoada até a clavícula. Pouco podia ser feito em relação à parte chamuscada de sua cabeça, mas a outra metade estava perfeitamente penteada. Não usava nenhum lenço ao pescoço e havia um grande rasgo na perna de sua calça, mas no cômputo geral ele parecia tão bem quanto qualquer pessoa que espera ser fuzilada a qualquer momento.

– Mamãe – disse ele, abaixando a cabeça, sem jeito, na direção de sua mãe.

– Ian – disse ela brandamente, e ele levantou os olhos para ela, obviamente surpreso com a doçura em seu tom de voz. Um leve sorriso curvou seus lábios ao ver o rosto do filho. – Estou feliz que você esteja em casa, são e salvo, *mo chridhe* – disse ela.

O rosto do rapaz desanuviou-se instantaneamente, como se ele tivesse acabado de ouvir o adiamento da pena de morte ser lido para o pelotão de fuzilamento. Entretanto, viu de relance a expressão no rosto do pai e retesou-se. Engoliu em seco e abaixou a cabeça outra vez, olhando fixamente para as tábuas do assoalho.

– Mmmhummm – disse Ian. Soou como um escocês severo; muito mais parecido com o reverendo Campbell do que com o homem calmo e relaxado que eu conhecera um dia. – Muito bem, gostaria de ouvir o que tem a dizer em sua própria defesa, rapaz.

– Ah. Bem... eu... – A voz do Jovem Ian se esvaiu lamentavelmente, depois ele limpou a garganta e tentou outra vez. – Bem... nada, na verdade, papai – murmurou ele.

– Olhe para mim! – disse Ian rispidamente. Seu filho ergueu a cabeça com relutância e olhou para seu pai, mas seu olhar se desviava, como se receasse fitar demoradamente o semblante carrancudo à sua frente.

– Você sabe o que fez à sua mãe? – perguntou Ian. – Desapareceu, deixando-a com medo de que estivesse morto ou ferido. Partiu sem dizer uma palavra, e não havia nem sombra de você por três dias, até Joe Fraser trazer a carta que você deixou. Pode imaginar o que esses três dias representaram para ela?

Ou as feições do rosto de Ian ou suas palavras pareceram produzir um forte efeito em seu filho errante; o Jovem Ian abaixou a cabeça outra vez, os olhos fixos no chão.

– Sim, bem, pensei que Joe traria a carta mais cedo – murmurou ele.

– Sim, e que carta! – O rosto de Ian ficava cada vez mais congestionado à medida que falava. – "Fui para Edimburgo", dizia, desgraçadamente fria. – Bateu a mão espalmada sobre a mesa, com uma força que fez todo mundo estremecer. – Fui para Edimburgo! Nem um "com sua permissão", nem "mandarei notícias", nem nada como "Querida mãe, fui para Edimburgo. Ian"!

O Jovem Ian levantou a cabeça abruptamente, os olhos flamejando de raiva.

– Isso não é verdade! Eu disse "Não se preocupe comigo" e: "Com amor, Ian"! Disse, sim! Não foi, mamãe? – Pela primeira vez, ele olhou para Jenny, suplicante.

Ela mantivera-se imóvel como uma estátua de pedra desde que seu marido começara a falar, o rosto composto e indecifrável. Neste momento, seus olhos se enterneceram e o esboço de um sorriso aflorou à boca larga e cheia outra vez.

– Disse, sim, Ian – respondeu ela suavemente. – Foi gentil ter dito... mas eu me preocupei, não é?

Os olhos dele abaixaram-se e pude ver o enorme pomo de adão subir e descer em seu pescoço esquelético quando ele engoliu em seco.

– Perdão, mamãe – disse ele, tão baixo que mal pude ouvi-lo. – Eu... eu não queria... – Suas palavras desapareceram gradualmente, terminando num breve dar de ombros.

Jenny fez um movimento impulsivo, como se fosse estender a mão para ele, mas Ian fitou-a incisivamente e ela deixou a mão cair no colo.

– A questão é – disse Ian, falando devagar e com clareza – que não é a primeira vez, hein, Ian?

O garoto não respondeu, mas contorceu-se ligeiramente num movimento que poderia ser considerado de assentimento. Ian deu mais um passo em direção ao filho. Apesar de serem quase da mesma altura, as diferenças entre eles eram evidentes. Ian era alto e esbelto, mas de músculos rijos, um homem vigoroso. Em comparação, seu filho parecia quase frágil, um pássaro recém-emplumado e desajeitado.

– Não, não é que você não soubesse o que estava fazendo; que não o tivéssemos avisado de todos os perigos, que não o tivéssemos proibido de ir além de Broch Mordha, que não soubesse que nós iríamos ficar preocupados, hein? Você sabia de tudo isso, e mesmo assim fugiu.

Essa análise implacável de seu comportamento fez com que uma espécie de tremor indefinido, como uma contorção interna, percorresse o corpo do Jovem Ian, mas ele manteve um silêncio obstinado.

– Olhe para mim, rapaz, quando eu estiver falando com você!

O garoto levantou a cabeça devagar. Parecia tristonho agora, mas resignado; evidentemente ele já passara por cenas iguais àquela e sabia para onde elas caminhavam.

– Nem vou perguntar ao seu tio o que você andou fazendo – disse Ian. – Só posso esperar que não tenha sido tão tolo em Edimburgo quanto foi aqui. Mas você me desobedeceu e partiu o coração de sua mãe, de qualquer forma.

Jenny moveu-se outra vez, como se fosse falar, mas um movimento brusco da mão de Ian interrompeu-a.

– E o que foi que eu lhe disse da última vez, Ian? O que disse quando lhe dei uma surra? Diga-me, Ian!

Os ossos do rosto do Jovem Ian pareceram ainda mais proeminentes, mas ele manteve a boca fechada, selada numa linha de teimosia.

– Diga-me! – rugiu Ian, batendo a mão na mesa outra vez.

O Jovem Ian piscou em reflexo e contraiu os ombros, depois os endireitou, como se estivesse tentando alterar seu tamanho, mas estivesse indeciso entre ficar maior ou tentar ficar menor. Engoliu com dificuldade e piscou outra vez.

– O senhor disse... disse que ia arrancar meu couro. Na próxima vez. – Sua voz soou esganiçada e ele fechou a boca com força.

Ian sacudiu a cabeça com profunda desaprovação.

– Sim. E eu que achava que você teria bastante juízo para ver que não haveria próxima vez, mas eu estava errado, não é? – Inspirou fundo e expirou com um ronco de desdém. – Estou muito decepcionado com você, Ian, essa é a verdade. – Fez um gesto com a cabeça indicando a porta. – Vá lá para fora. Eu o encontro no portão daqui a pouco.

Fez-se silêncio na sala de estar, enquanto o som dos passos arrastados do homem cruel desaparecia pelo corredor. Eu mantinha meus próprios olhos cautelosamente fixos nas mãos, entrelaçadas no colo. Ao meu lado, Jamie respirou fundo e devagar, e sentou-se ainda mais ereto, retesando-se.

– Ian – falou Jamie suavemente a seu cunhado. – Gostaria que você não fizesse isso.

– O quê? – A testa de Ian ainda estava franzida de raiva quando ele se voltou para Jamie. – Dar uma surra no garoto? E o que é que você tem a dizer a esse respeito, hein?

– Não tenho nada a dizer a respeito, Ian, ele é seu filho. Faça o que achar melhor. Mas me deixe falar sobre a maneira como ele agiu.

– Como ele agiu? – gritou Jenny, ganhando vida repentinamente. Ela podia deixar a tarefa de lidar com o filho para Ian, mas quando se tratava do irmão, não deixaria ninguém falar por ela. – Saindo furtivamente à noite como um ladrão, é o que quer dizer? Ou talvez queira dizer associando-se a criminosos e arriscando o pescoço por causa de um barril de conhaque!

Ian silenciou-a com um gesto rápido. Ele hesitou, ainda com o cenho franzido, mas depois assentiu bruscamente para Jamie, dando-lhe permissão.

– Associando-se a criminosos como eu? – perguntou Jamie à irmã, num tom ríspido. Fitaram-se diretamente nos olhos, fendas azuis do mesmo calibre. – Você sabe de onde vem o dinheiro, Jenny, que mantém você e seus filhos e todos aqui alimentados, e impede o teto de cair em sua cabeça? Não é da impressão de exemplares dos Salmos em Edimburgo!

– E por acaso eu achava que era? – retrucou ela. – Eu lhe perguntei o que você fazia?

– Não, não perguntou – retorquiu ele. – Acho que você preferia não saber. Mas você sabe, não é?

– E vai me culpar pelo que faz? É culpa minha ter filhos e precisar alimentá-los? – Ela não ficava vermelha como Jamie; quando Jenny se descontrolava, ficava mortalmente pálida de raiva.

Eu podia vê-lo lutando para manter a calma.

– Culpá-la? Não, claro que não, mas está certo você me culpar por Ian e eu não conseguirmos manter todos vocês apenas trabalhando a terra?

Jenny também se esforçava para dominar a raiva crescente.

– Não – disse ela. – Você faz o que tem que fazer, Jamie. Sabe muito bem que eu não me referia a você quando falei em criminosos, mas...

– Estava se referindo aos homens que trabalham comigo? Eu faço as mesmas coisas, Jenny. Se eles são criminosos, o que eu sou, então? – Fitou-a com raiva, os olhos flamejando de ressentimento.

– Você é meu irmão, por menos que isso me agrade de vez em quando. Droga, Jamie Fraser! Sabe muito bem que eu não pretendo questionar o que quer que ache melhor fazer! Se assalta pessoas na estrada ou mantém um bordel em Edimburgo é porque não há outro jeito. Isso não significa que eu queira que leve meu filho para fazer parte disso!

Os olhos de Jamie estreitaram-se ligeiramente à menção do bordel em Edimburgo e ele lançou um rápido olhar de acusação a Ian, que sacudiu a cabeça. Ele parecia ligeiramente perplexo com a ferocidade da mulher.

– Eu não disse uma palavra – garantia ele. – Você conhece sua irmã.

Jamie respirou fundo e voltou-se para Jenny outra vez, obviamente resolvido a ser sensato.

– Sei, compreendo. Mas não pode pensar que eu colocaria o Jovem Ian em perigo. Pelo amor de Deus, Jenny, eu gosto dele como se fosse meu próprio filho!

– É mesmo? – exclamou ela com notório ceticismo. – Então foi por isso que o encorajou a fugir de casa e o manteve com você, sem nenhuma palavra para nos tranquilizar sobre o seu paradeiro?

Dessa vez, Jamie teve a dignidade de se sentir envergonhado.

– Sim, bem, desculpe-me por isso – murmurou ele. – Eu pretendia... – Parou e fez um gesto de impaciência. – Bem, não importa o que eu pretendia, devia ter mandado avisá-los e não o fiz. Mas quanto a encorajá-lo a fugir...

– Não, não acho que você tenha feito isso – interrompeu Ian. – Não de uma forma direta, de qualquer modo. – A raiva desaparecera de suas feições. Parecia cansado e um pouco triste. Os ossos do rosto estavam mais pronunciados, deixando as faces encovadas na mortiça luz do final de tarde. – A questão é que o garoto o adora, Jamie – disse ele serenamente. – Eu o vejo prestando atenção a tudo que você diz quando vem nos visitar e sempre fala sobre o que você faz; eu posso ver no rosto dele. Ele acha que tudo é animação e aventura, sua maneira de viver é muito diferente de trabalhar com a pá, juntando bosta de cabra para a horta da mãe. – Esboçou um sorriso, a contragosto.

Jamie deu ao cunhado um breve sorriso e fez um ligeiro movimento de ombro.

– Bem, mas é comum um garoto da idade dele querer um pouco de aventura, não? Você e eu também éramos assim.

– Quer ele queira ou não, não deve participar do tipo de aventuras que vai ter com você – interrompeu Jenny rispidamente. Ela sacudiu a cabeça, a ruga entre as sobrancelhas aprofundando-se enquanto olhava para o irmão com ar de desaprovação. – Deus sabe que há um feitiço em sua vida, Jamie, ou já teria morrido uma dúzia de vezes.

– Sim, bem. Suponho que Ele tinha alguma coisa em mente ao me preservar. – Jamie olhou para mim com um breve sorriso e sua mão procurou a minha. Jenny também me lançou um olhar, o rosto inescrutável, depois retornou ao assunto em pauta:

– Bem, pode ser. Mas não posso dizer que o mesmo seja verdade para o Jovem Ian. – Sua expressão abrandou-se um pouco ao olhar para Jamie. – Não sei tudo a respeito da maneira como você vive, Jamie, mas eu o conheço muito bem para saber que provavelmente não é maneira de um garoto viver.

– Mmmhummm. – Jamie esfregou a mão em seu queixo áspero com a barba crescida e tentou outra vez: – Sim, bem, era isso o que eu queria dizer sobre o Jovem Ian. Ele se comportou como um homem na semana passada. Não acho certo você surrá-lo como se fosse um garotinho, Ian.

As sobrancelhas de Jenny ergueram-se, graciosas asas de escárnio.

– Então agora ele é um homem, hein? Ora, ele não passa de uma criança, Jamie, ele tem apenas 14 anos!

Apesar de sua contrariedade, Jamie deu um sorriso torto.

– Eu era um homem aos 14, Jenny – disse ele suavemente.

Ela fez um muxoxo, mas seus olhos marejaram.

– Você achava que era. – Levantou-se e virou-se bruscamente, pestanejando. – Sim, eu me lembro de você naquela época – disse ela, o rosto virado para a estante de livros. Estendeu a mão como se precisasse se apoiar, agarrando a borda do móvel. – Você era um belo rapaz, Jamie, partindo a cavalo com Dougal para o seu primeiro assalto, a adaga brilhando sobre a perna. Eu tinha 16 anos e pensei que nunca vira algo tão belo quanto você em seu pônei, tão empertigado e alto. E lembro-me de você voltando também, todo coberto de lama e com um arranhão no rosto por ter caído no meio do matagal, e Dougal gabando-se da sua bravura para o papai, dizendo que você arrebanhara seis vacas sozinho e levara um golpe na cabeça com a prancha de um espadão sem dar sequer um gemido por isso. – Com o rosto novamente controlado, ela voltou-se de sua contemplação dos livros para encarar o irmão. – Isso é ser homem, é?

Uma ponta de humor infiltrou-se de novo no semblante de Jamie quando ele encontrou o olhar da irmã.

– Sim, bem, talvez haja mais alguma coisa além disso – disse ele.

– Há mesmo? – disse ela, ainda mais secamente. – E o que será? Ser capaz de deitar-se com uma garota? Ou matar um homem?

Eu sempre achara que Janet Fraser era um pouco vidente, particularmente no que dizia respeito ao irmão. Evidentemente, o talento estendia-se ao filho também. O rubor nas maçãs do rosto de Jamie intensificou-se, mas sua expressão não se alterou.

Ela sacudiu a cabeça devagar, olhando fixamente para o irmão.

– Não, o Jovem Ian ainda não é um homem, mas você é, Jamie. E sabe muito bem a diferença.

Ian, que estivera observando o tiroteio entre os dois Fraser com o mesmo fascínio que eu, tossiu discretamente.

– Seja como for – disse ele secamente –, o Jovem Ian está esperando seu castigo há mais de quinze minutos. Seja ou não adequado surrá-lo, fazê-lo esperar mais tempo é um pouco cruel, não?

– Tem mesmo que fazer isso, Ian? – Jamie fez uma última tentativa, voltando-se para apelar a seu cunhado.

– Bem – disse Ian devagar –, como eu disse ao rapaz que ele iria levar uma surra e ele sabe muito bem que merece o castigo, não posso simplesmente voltar atrás. Mas quanto a ser eu quem vai fazer isso... não, acho que não. – Um toque de humor surgiu nos olhos castanhos. Abriu uma das gavetas do aparador, tirou uma grossa correia de couro e enfiou-a na mão de Jamie. – Faça você.

– Eu? – exclamou Jamie, horrorizado. Fez uma tentativa inútil de enfiar a correia de volta na mão de Ian, mas seu cunhado ignorou-o. – Não posso bater no garoto!

– Ah, acho que pode, sim – disse Ian calmamente, cruzando os braços. – Você disse muitas vezes que se importa com ele como se fosse seu filho. – Ele inclinou a cabeça para o lado e, embora seu semblante continuasse conciliatório, seus olhos castanhos estavam implacáveis. – Bem, vou lhe dizer, Jamie... não é tão fácil ser o pai dele. É melhor ir e descobrir isso agora, hein?

Jamie olhou fixamente para Ian por um longo tempo, depois olhou para a irmã. Ela ergueu uma das sobrancelhas, fitando-o até ele desviar os olhos.

– Você merece isso tanto quanto ele, Jamie. Ande logo.

Os lábios de Jamie apertaram-se com força e suas narinas dilataram-se, brancas. Em seguida, ele girou nos calcanhares e desapareceu sem dizer nada. Passos rápidos soaram nas tábuas do assoalho e ouviu-se uma batida abafada no final do corredor.

Jenny olhou de relance para mim e Ian e depois voltou-se para a janela. Ian e eu, ambos bem mais altos, nos posicionamos atrás de Jenny. A luz do lado de fora enfraquecia rapidamente, mas ainda havia claridade suficiente para ver a figura esmorecida do Jovem Ian apoiada desanimadamente contra o portão de madeira, a uns 20 metros da casa.

Olhando à volta agitadamente ao som de passos, ele viu seu tio aproximar-se e endireitou-se, surpreso.

– Tio Jamie! – Em seguida, seus olhos recaíram sobre a correia e ele empertigou-se ainda mais. – Você... é você quem vai me bater?

Era uma noite silenciosa e eu pude ouvir o assobio agudo do ar por entre os dentes de Jamie.

– Acho que vou ter que fazê-lo – disse ele francamente. – Mas, primeiro devo lhe pedir desculpas, Ian.

– A mim? – O Jovem Ian soou um pouco aturdido. Obviamente, ele não estava acostumado a que os mais velhos achassem que lhe deviam desculpas, especialmente antes de surrá-lo. – Não precisa fazer isso, tio Jamie.

A figura mais alta apoiou-se contra o portão, de frente para a menor, a cabeça baixa.

– Preciso, sim. Eu errei, Ian, permitindo que ficasse em Edimburgo, e talvez também tenha errado ao contar-lhe histórias e fazê-lo pensar em fugir, antes de tudo. Eu o levei a lugares que não devia e isso pode tê-lo colocado em perigo. E causei mais confusão com seus pais do que você sozinho teria causado. Sinto muito por isso, Ian, e peço que me perdoe.

– Ah. – A figura menor passou a mão pelos cabelos, claramente sem saber o que dizer. – Bem... sim. Claro que sim, tio.

– Obrigado, Ian.

Permaneceram em silêncio por um instante, em seguida o Jovem Ian deu um suspiro e endireitou os ombros arriados.

– Acho que é melhor nós acabarmos logo com isso, não é?

– Acho que sim. – Jamie soava tão relutante quanto seu sobrinho e eu ouvi Ian, a meu lado, resfolegar levemente, não sei se indignado ou achando engraçado.

Resignado, o Jovem Ian virou-se de frente para o portão sem hesitar. Jamie seguiu-o mais devagar. Os resquícios da luz do dia já haviam praticamente desaparecido e não podíamos ver mais do que as silhuetas das figuras àquela distância, mas podíamos ouvir claramente de nossa posição junto à janela. Jamie parou atrás de seu sobrinho, mudando o peso do corpo de um pé para o outro, como se não soubesse o que fazer em seguida.

– Mmmhummm. Ah, o que seu pai...

– Geralmente são dez, tio. – O Jovem Ian tirara seu casaco e começava a tirar a camisa da calça, falando por cima do ombro. – Doze é muito ruim e quinze é realmente terrível.

– Isso foi apenas ruim, você diria, ou muito ruim?

Ouviu-se uma risada curta, involuntária, do garoto.

– Se papai está fazendo você cuidar disso, tio Jamie, é porque é realmente terrível, mas eu deixaria por muito ruim. É melhor ficar com doze.

Ian resfolegou de novo junto ao meu cotovelo. Dessa vez, era definitivamente por estar achando graça.

– Garoto honesto – murmurou ele.

– Está bem, então. – Jamie inspirou fundo e ergueu o braço, mas foi interrompido pelo Jovem Ian.

– Espere, tio, ainda não estou pronto.

– Ah, meu Deus, você tinha que falar isso? – A voz de Jamie soou um pouco embargada.

– Sim. Papai diz que só meninas apanham por cima das saias – explicou o Jovem Ian. – Os homens têm que apanhar com o traseiro nu.

– Ele certamente tem razão nisso – murmurou Jamie, obviamente ainda exasperado com a discussão com a irmã. – Está pronto agora?

Terminados os ajustes necessários, a figura maior recuou um passo e golpeou. Ouviu-se um forte estalo e Jenny contraiu-se de compaixão pelo filho. Com exceção de um repentino resfolegar, entretanto, o garoto ficou em silêncio e permaneceu assim pelo resto de seu castigo, embora eu mesma tenha empalidecido um pouco.

Finalmente, Jamie abaixou o braço e enxugou o suor da testa. Estendeu a mão para Ian, caído sobre a cerca.

– Você está bem, garoto?

O Jovem Ian endireitou-se, com um pouco de dificuldade dessa vez, e puxou as calças para cima.

– Sim, tio. Obrigado. – A voz do menino estava um pouco rouca, mas calma e firme. Ele segurou a mão estendida de Jamie. Entretanto, para minha surpresa, em vez de trazer o garoto de volta para casa, Jamie enfiou a correia na outra mão dele.

– Sua vez – anunciou ele, aproximando-se e inclinando-se sobre a cerca.

O Jovem Ian ficou tão chocado quanto nós na casa.

– O quê?! – exclamou ele, perplexo.

– Eu disse que é a sua vez – disse seu tio numa voz firme. – Eu o castiguei. Agora, você tem que me punir.

– Não posso fazer isso, tio! – O Jovem Ian estava tão escandalizado como se seu tio tivesse lhe sugerido que cometesse um ato indecente em público.

– Pode, sim – disse Jamie, endireitando-se para olhar o sobrinho nos olhos. – Você ouviu o que eu disse quando lhe pedi desculpas, não ouviu?

Ian balançou a cabeça, desconcertado.

– Muito bem, então. Eu errei tanto quanto você e também tenho que pagar por isso. Não gostei de bater em você, e você não vai gostar de bater em mim, mas nós dois vamos até o fim com isso. Entendeu?

– S-sim, tio – disse o jovem, gaguejando.

– Muito bem, então. – Jamie arriou suas calças, amarrou a barra de sua camisa mais em cima e inclinou-se outra vez, agarrado à cerca. Esperou um segundo, depois falou de novo, enquanto Ian permanecia paralisado, a correia pendendo de sua mão inerte: – Ande. – Sua voz era metálica. A mesma que ele usava com os contrabandistas de bebida; não obedecer era impensável. Ian adiantou-se timidamente para fazer o que lhe ordenavam. Parou e desfechou um golpe desanimado. Ouviu-se uma pancada surda. – Essa não contou – disse Jamie com firmeza. – Olhe, rapaz, fazer isso com você também foi difícil para mim. Agora, faça um trabalho decente.

A magra figura retesou os ombros com repentina determinação e o couro assobiou pelo ar. Aterrissou com o estalido de um raio. Ouviu-se um uivo surpreso da figura na cerca e uma risadinha reprimida, um pouco chocada, de Jenny.

Jamie limpou a garganta.

– Sim, assim está bem. Termine, então.

Podíamos ouvir o Jovem Ian contando cuidadosamente para si mesmo, baixinho, entre os golpes da correia, mas fora um "Santo Deus" abafado na nona chibatada, não se ouviu nenhum som de seu tio.

Com um suspiro geral de alívio vindo de dentro da casa, Jamie ergueu-se da cerca após a última chicotada e enfiou a camisa nas calças. Inclinou a cabeça formalmente para o sobrinho.

– Obrigado, Ian.

Deixando de lado as formalidades, ele esfregou as nádegas, dizendo num tom de queixosa admiração:

– Credo, garoto, que braço você tem, hein?

– Você também – disse Ian, imitando o tom de voz irônico do tio. As duas figuras, quase invisíveis agora, permaneceram ali por uns instantes, rindo e esfregando o traseiro. Jamie passou o braço pelos ombros do sobrinho e virou-o na direção da casa.

– Se você estiver de acordo, Ian, eu não quero fazer isso outra vez, sim? – disse ele, em tom confidencial.

– Combinado, tio Jamie.

Um instante depois, a porta abriu-se no fim do corredor e, com um olhar mútuo, Jenny e Ian viraram-se ao mesmo tempo para saudar os filhos pródigos.

33

TESOURO ENTERRADO

– Você está parecendo um babuíno – observei.

Apesar do ar glacial de novembro que entrava pela janela parcialmente aberta, Jamie não deu nenhum sinal de desconforto ao largar a camisa sobre a pequena pilha de roupas.

– Ah, é? E o que é isso?

Espreguiçou-se voluptuosamente, completamente nu. Suas juntas estalaram quando ele arqueou as costas e, depois, se alongou, os punhos tocando com facilidade as vigas escuras do teto.

– Ah, meu Deus, que bom não estar em cima de um cavalo!

– Hummm. Sem falar em ter uma cama de verdade para dormir, em vez de urzes molhadas. – Rolei na cama, deliciando-me com o calor das colchas pesadas e o relaxamento dos músculos doloridos na maciez inefável do colchão de plumas de ganso.

– Vai me dizer o que é um babuíno, então? – perguntou Jamie. – Ou só está fazendo observações pelo prazer de fazê-las? – Virou-se para pegar um galhinho de salgueiro sobre o lavatório e começou a limpar os dentes. Sorri diante da cena; se eu não tivesse exercido nenhuma outra influência durante minha estadia temporária anterior, no passado, ao menos podia constatar agora que praticamente todos os Fraser e Murray de Lallybroch cuidavam dos dentes, ao contrário da maioria dos escoceses das Terras Altas. Na verdade, ao contrário da maioria dos ingleses.

– Um babuíno – eu disse, apreciando a visão de suas costas musculosas flexionando-se enquanto ele esfregava os dentes – é uma espécie de macaco muito grande de bunda vermelha.

Ele soltou uma risada e se engasgou com o galhinho de salgueiro.

– Bem – disse ele, retirando-o da boca –, não posso desmentir suas observações, Sassenach. – Abriu um largo sorriso para mim, exibindo dentes brancos e brilhantes, e jogou o raminho fora. – Faz trinta anos que ninguém me dá uma surra – acrescentou, passando as mãos delicadamente sobre a superfície ainda ardente de suas nádegas. – Havia me esquecido de como arde.

– E o Jovem Ian achando que seu traseiro era duro como o couro de uma sela – eu disse, divertindo-me. – Acha que valeu a pena?

– Ah, sim – disse ele, impassível, enfiando-se na cama ao meu lado. Seu corpo estava rígido e frio como mármore e eu dei um gritinho, mas não protestei quando ele me puxou com firmeza e me aconchegou em seu peito. – Nossa, como você está quente – murmurou ele. – Venha mais para perto, hummm! – Suas pernas insinuaram-se entre as minhas e ele segurou-me pelas nádegas, puxando-me para si.

Ele deu um suspiro de puro deleite e eu relaxei contra seu corpo, sentindo nossas temperaturas começarem a se igualar através do algodão fino da camisola que Jenny me emprestara. O fogo de turfa na lareira fora aceso, mas ainda não conseguira dispersar o frio. O calor corporal era muito mais eficaz.

– Ah, sim, valeu a pena – disse ele. – Eu poderia ter dado uma surra em Ian até deixá-lo dormente, o pai dele fez isso uma ou duas vezes, e de nada teria adiantado, a não ser deixá-lo mais determinado a fugir quando tivesse a chance. Mas ele vai pensar duas vezes antes de arriscar-se a ter que fazer algo parecido outra vez.

Falou com segurança e achei que ele estava certo. O Jovem Ian, parecendo confuso, recebera a absolvição dos pais na forma de um beijo da mãe e um rápido abraço do pai, retirando-se em seguida para a cama com um monte de bolinhos, sem dúvida para ficar lá meditando sobre as consequências curiosas da desobediência.

Jamie também fora absolvido com beijos e creio que isso foi mais importante para ele do que os efeitos de seu desempenho sobre o Jovem Ian.

– Pelo menos Jenny e Ian não estão mais com raiva de você – disse.

– É verdade. Não é que estivessem com muita raiva, eu acho. É só que eles não sabiam o que fazer com o garoto – explicou ele. – Já criaram dois filhos, e o Jovem

Jamie e Michael são ambos bons rapazes, mas os dois parecem-se mais com Ian: fala mansa e trato fácil. O Jovem Ian é bastante tranquilo, mas ele se parece muito mais com a mãe e comigo.

– Os Fraser são teimosos, hein? – eu disse, sorrindo. Esse aspecto da doutrina do clã foi uma das primeiras coisas que notei quando conheci Jamie, e nada em minha experiência posterior sugeriu que pudesse ser um engano.

Ele deu uma risadinha abafada, sacudindo o peito.

– Sim, é verdade. O Jovem Ian pode se parecer fisicamente com um Murray, mas ele é um Fraser nato, sem dúvida. E não adianta gritar com um sujeito teimoso, nem dar-lhe uma surra; isso só o faz ficar ainda mais determinado a agir do seu modo.

– Vou me lembrar disso – eu disse sarcasticamente. Uma de suas mãos acariciava minha coxa, puxando a camisola de algodão para cima. A fornalha interior de Jamie retomara seu funcionamento e suas pernas nuas eram quentes e rígidas contra as minhas. Seu joelho cutucou-me delicadamente, buscando uma entrada entre minhas coxas. Segurei suas nádegas e apertei-as delicadamente. – Dorcas me disse que vários cavalheiros pagam muito bem pelo privilégio de serem surrados no bordel. Ela diz que eles acham... excitante.

Jamie soltou o ar com um barulho baixo e rouco, enrijecendo as nádegas e relaxando-as em seguida, conforme eu as acariciava de leve.

– Será verdade? Imagino que seja, se é Dorcas quem diz, mas eu mesmo não compreendo. Para mim, há muitas outras maneiras mais agradáveis de conseguir uma ereção. Por outro lado, talvez faça diferença se for uma linda garota do outro lado da correia, e não seu pai... ou seu sobrinho, por falar nisso.

– Talvez faça. Quer tentar um dia? – Seu colo estava bem junto ao meu rosto, bronzeado e delicado, exibindo o fraco triângulo esbranquiçado da cicatriz logo acima do amplo arco de sua clavícula. Coloquei os lábios sobre a pulsação de sua artéria ali e ele estremeceu, embora nenhum de nós dois ainda estivesse com frio.

– Não – disse ele, um pouco ofegante. Sua mão remexeu na gola da minha camisola, desfazendo os laços das fitas. Girou o corpo, deitando-se de costas, e ergueu-me repentinamente acima dele como se eu não pesasse nada. Com um rápido movimento do dedo, acabou de soltar minha camisola, fazendo-a escorregar pelos ombros; meus mamilos endureceram-se imediatamente quando o ar frio os atingiu.

Seus olhos estavam mais puxados do que o normal enquanto sorria para mim, semicerrados como os de um gato sonolento, e o calor de suas mãos envolveu meus seios.

– Eu disse que poderia pensar em maneiras mais agradáveis, não foi?

A vela derretera e se apagara, o fogo da lareira queimava fraco e a pálida luz das estrelas de novembro brilhava através da vidraça embaçada. Apesar da penumbra, meus olhos estavam tão adaptados à escuridão que eu podia discernir todos os detalhes do quarto: a porcelana grossa e branca do jarro e da bacia do lavatório, sua faixa azul parecendo preta à luz das estrelas, o pequeno quadro bordado na parede e o monte amarfanhado das roupas de Jamie no banco junto à cama.

Jamie também era claramente visível; as cobertas afastadas, o peito brilhando ligeiramente do esforço. Admirei o longo declive de sua barriga, onde pequenos caracóis de pelos castanho-avermelhados desciam em espirais pela pele clara e lisa. Não pude impedir meus dedos de tocarem seu corpo, traçando as linhas das costelas proeminentes que modelavam seu torso.

– É tão bom... – disse sonhadoramente. – É tão bom ter o corpo de um homem para tocar...

– Ainda gosta, então? – Ele parecia um pouco acanhado, um pouco lisonjeado, enquanto eu o acariciava. Seu braço envolveu meu ombro, acariciando meus cabelos.

– Uhum. – Não era algo do qual eu conscientemente sentira falta, mas ter isso agora me fazia lembrar como era bom; aquela intimidade sonolenta em que o corpo de um homem é tão acessível a você quanto o seu próprio, as formas e texturas estranhas parecendo uma extensão de seus próprios membros.

Passei a mão pela descida plana de sua barriga, sobre a proeminência lisa do osso do quadril e a intumescência da coxa musculosa. Os resquícios da luz do fogo refletiram-se na penugem vermelho-dourada dos braços e das pernas e reluziram na moita cerrada, castanho-avermelhada, aninhada entre suas coxas.

– Nossa, você é uma bela criatura peluda – disse. – Até mesmo lá. – Deslizei a mão pela dobra lisa de sua coxa e ele abriu as pernas gentilmente, deixando-me tocar os anéis espessos, flexíveis, na dobra de suas nádegas.

– Sim, bem, ninguém ainda me caçou pelo meu couro – disse ele relaxadamente. Sua mão envolveu minha própria nádega com firmeza e o polegar grande deslizou delicadamente pela superfície arredondada. Ele apoiou a cabeça sobre um dos braços e olhou preguiçosamente toda a extensão do meu corpo. – Sua pele vale menos ainda do que a minha, Sassenach.

– Ainda bem. – Movi-me um pouco para acomodar o toque de seus dedos conforme ele estendia suas explorações, deleitando-me com o calor de sua mão em minhas costas nuas.

– Já viu um galho liso que ficou parado na água por muito tempo? – perguntou ele. Um dedo percorreu de leve a minha coluna, causando uma onda de arrepio no seu rastro. – Surgem minúsculas borbulhas sobre ele, centenas, milhares, milhões delas, de modo que ele parece estar recoberto por uma fina camada de gelo prateada. – Seus dedos roçaram minhas costelas, meus braços, minhas costas, e a minúscula e macia penugem eriçou-se por toda parte que seus dedos tocavam, provocando uma sensação de formigamento. – É assim que você se parece, minha Sassenach – disse ele, quase sussurrando. – Tão lisa e nua, banhada em prata.

Permanecemos deitados em silêncio por algum tempo, ouvindo a chuva lá fora. Uma corrente do ar frio de outono flutuou pelo quarto, misturando-se ao calor enfumaçado da lareira. Ele virou de lado, de costas para mim, e puxou as colchas para nos cobrir.

Aconcheguei-me junto a ele, os joelhos encaixando-se perfeitamente atrás da curva de suas pernas. O fogo emitia uma claridade fosca atrás de mim agora, reluzindo sobre seu ombro liso e arredondado e turvamente iluminando suas costas. Eu podia ver as linhas quase apagadas das cicatrizes que teciam uma teia em seus ombros, fios finos e prateados em sua carne. Houve uma época em que eu conhecia tão bem aquelas cicatrizes que poderia percorrê-las com meus dedos de olhos vendados. Agora, havia uma fina linha curva, em forma de meia-lua, que eu não conhecia, um corte diagonal que não estava ali antes, remanescentes de um passado violento que eu não compartilhara.

Toquei a meia-lua, percorrendo sua extensão.

– Ninguém o caçou pelo seu couro, mas o caçaram, não foi? – perguntei baixinho.

Seus ombros moveram-se de forma quase imperceptível.

– De vez em quando – disse ele.

– Até mesmo agora? – perguntei.

Ele respirou devagar por um ou dois segundos, antes de responder.

– Sim. Acho que sim.

Meus dedos desceram para o corte diagonal. Fora um talho profundo, apesar de antigo e bem cicatrizado; a linha era nítida e rígida sob a ponta dos meus dedos.

– Sabe quem foi?

– Não. – Ele permaneceu em silêncio por um instante, então sua mão fechou-se sobre a minha, pousada sobre a minha barriga. – Mas talvez eu saiba por quê.

A casa estava em absoluto silêncio. Com a maioria dos filhos e netos ausentes, havia apenas os criados distantes em suas dependências atrás da cozinha, Ian e Jenny em seu quarto no final do corredor e o Jovem Ian em algum lugar do andar de cima – todos dormindo. Podíamos perfeitamente estar sozinhos no fim do mundo; tanto Edimburgo quanto a enseada dos contrabandistas pareciam muito distantes.

– Você se lembra, após a derrota de Stirling, não muito antes de Culloden, quando de repente ouviu-se um boato por toda parte sobre uma remessa de ouro da França?

– De Luís? Sim, mas ele nunca mandou. – As palavras de Jamie trouxeram de volta aqueles dias breves e loucos do temerário levante e da fragorosa queda de Charles Stuart, quando boatos eram a moeda comum nas conversas. – Sempre havia boatos sobre o ouro da França, navios da Espanha, armas da Holanda, mas nada disso se concretizou.

– Ah, alguma coisa veio, embora não de Luís, mas ninguém sabia disso na época.

Ele me contou, então, sobre seu encontro com o moribundo Duncan Kerr e as palavras murmuradas pelo andarilho, ouvidas no sótão da estalagem sob o olhar vigilante de um oficial inglês.

– Ele ardia em febre, o Duncan, mas não estava delirando. Ele sabia que estava morrendo e me reconheceu, também. Era sua única chance de contar a alguém em quem ele achava que podia confiar e, assim, ele me contou.

– Bruxas brancas e focas? – repeti. – Devo dizer, a mim parece um disparate. Mas você compreendeu?

– Bem, nem tudo – admitiu Jamie. Virou-se de frente para mim, franzindo ligeiramente a testa. – Não faço a menor ideia de quem possa ser a feiticeira branca. No começo, pensei que ele se referia a você, Sassenach, e meu coração quase parou quando ele disse isso. – Sorriu melancolicamente e sua mão apertou a minha com mais força. – Pensei imediatamente que talvez alguma coisa tivesse saído errada, talvez você não tivesse conseguido voltar para Frank e o lugar de onde viera, talvez você tivesse de algum modo acabado na França, talvez estivesse lá naquele mesmo momento... Todo tipo de fantasias atravessou a minha mente.

– Quisera que tivesse sido verdade – murmurei.

Ele me deu um sorriso pesaroso, mas sacudiu a cabeça.

– E eu na prisão? E Brianna teria o quê, uns 10 anos? Não, não perca seu tempo com lamentações, Sassenach. Você está aqui agora e nunca mais me deixará. – Beijou-me ternamente na testa; em seguida, retomou sua história. – Eu não fazia a menor ideia de onde o ouro viera, mas sabia onde estava e por que estava lá. Era do príncipe Terlach, enviado para ele. E a questão das silkies... – Ele ergueu um pouco a cabeça e fez um sinal em direção à janela, onde a roseira silvestre lançava sua sombra sobre a vidraça. – As pessoas diziam que, quando minha mãe fugiu de Leoch, ela fora viver com as silkies; simplesmente porque a criada que viu meu pai quando ele levou minha mãe disse que ele parecia uma enorme silkie que tirou a pele e veio caminhar na terra como um homem. E foi o que ele fez. – Jamie sorriu e passou a mão pela própria cabeleira espessa, lembrando-se. – Ele tinha os cabelos cheios como os meus, mas negros como azeviche. Eles brilhavam sob a luz, como se estivessem molhados, e ele movimentava-se rápida e sinuosamente, como uma foca pela água. – Deu de ombros de repente, afastando a lembrança de seu pai. – Bem, então, quando Duncan Kerr disse o nome Ellen, eu entendi que ele se referia à minha mãe, como sinal de que ele conhecia meu nome e minha família, sabia quem eu era; que ele não estava delirando, por mais estranho que seu discurso parecesse. E, sabendo disso... – Encolheu os ombros outra vez. – O inglês dissera-me onde ele fora encontrado, perto da costa. Há centenas de ilhotas e rochedos ao longo de todo o litoral, mas um único lugar onde as silkies vivem, nos limites das terras dos MacKenzie, ao largo de Coigach.

– Então você foi para lá?

– Sim, fui. – Suspirou profundamente, a mão livre descendo para a curva da minha cintura. – Eu não teria feito isso, deixado a prisão, se ainda não estivesse pensando que o fato tinha a ver com você, Sassenach.

A fuga fora uma operação de pouca dificuldade. Os prisioneiros eram em geral levados para fora da prisão em pequenos grupos, para cortar turfa para as lareiras da prisão ou para cortar e carregar pedras para o trabalho de recuperação das muralhas.

Para um homem para quem o urzal era a própria casa, desaparecer fora fácil. Ele erguera-se de seu trabalho e virara para o lado, junto a uma duna recoberta de matagal, abrindo as calças como se fosse urinar. O guarda desviou os olhos educadamente e, ao olhar de novo momentos depois, não viu nada além da charneca vazia, sem nenhum vestígio de Jamie Fraser.

– Não era difícil fugir, mas os presos raramente o faziam – explicou ele. – Nenhum de nós era da região de Ardsmuir, e mesmo que fôssemos, sobrara pouco para o que pudéssemos retornar.

Os homens do duque de Cumberland fizeram muito bem o seu serviço. Como um contemporâneo colocou, avaliando os feitos do duque mais tarde: "Ele criou um deserto e chamou isso de paz." Essa abordagem moderna à diplomacia deixara algumas partes das Terras Altas praticamente desertas; com os homens mortos, presos ou deportados, as plantações e casas incendiadas, as mulheres e crianças começaram a passar fome e a procurar abrigo em qualquer outro lugar que pudessem. Não, um prisioneiro que fugisse de Ardsmuir estaria verdadeiramente sozinho, sem clã ou parentes aos quais recorrer.

Jamie sabia que haveria pouco tempo antes de o comandante inglês perceber para onde ele devia estar se dirigindo e organizar um grupo de busca. Por outro lado, não havia estradas propriamente ditas naquela remota parte do reino e um homem que conhecesse a região estaria em maior vantagem a pé do que os forasteiros que o perseguiam a cavalo.

Ele fugira no meio da tarde. Orientando-se pelas estrelas, caminhara a noite toda, chegando à costa quase ao raiar do dia seguinte.

– Eu conhecia o lugar das silkies; é bastante conhecido entre os MacKenzie e eu já estivera lá uma vez, com Dougal.

A maré estava alta e as focas, em sua maioria, na água, caçando caranguejos e peixes em meio à folhagem das algas flutuantes, mas as listras pretas de suas fezes e as formas indolentes de algumas preguiçosas assinalavam as três ilhas das focas, dispostas em fileira bem na entrada de uma pequena baía, guardada por um promontório rochoso e escarpado.

Pela interpretação de Jamie das instruções de Duncan, o tesouro jazia na terceira ilha, a mais distante da praia. Ficava a cerca de 1,5 quilômetro do litoral, era uma longa distância para nadar, mesmo para um homem forte, e sua própria resistência estava minada pelo árduo trabalho na prisão e pela longa caminhada sem se alimentar. Ele ficou parado no topo do penhasco, imaginando se aquilo não seria uma tentativa inútil e se o tesouro – se realmente existisse – valeria o risco de sua vida.

– A rocha era cheia de fendas e rachaduras lá em cima; quando eu chegava bem perto da borda, pedras e cascalhos desprendiam-se sob meus pés e mergulhavam no abismo. Eu não sabia como poderia sequer chegar à água, quanto mais à ilha das focas. Então, lembrei-me do que Duncan dissera sobre a torre de Ellen – disse Jamie. Seus olhos estavam arregalados, fixos não em mim, mas naquela praia distante onde o barulho de desmoronamento de rochas perdia-se na arrebentação das ondas.

A "torre" estava lá, um pequeno espigão de granito que se elevava a não mais do que 1,5 metro da ponta do promontório. Mas, abaixo desse espigão, escondida pelas pedras, havia uma fenda estreita, um caminho apertado que ia do topo à base do penhasco de 25 metros de altura, fornecendo uma possível passagem, talvez até fácil, para um homem determinado.

Da base da torre de Ellen até a terceira ilha ainda eram mais de 400 metros de águas verdes e revoltas. Despindo-se, ele persignou-se e, encomendando a alma à guarda de sua mãe, mergulhou nu no meio das ondas.

Afastou-se lentamente do penhasco, debatendo-se e engasgando-se conforme as ondas quebravam acima de sua cabeça. Nenhum lugar da Escócia é muito longe do mar, mas Jamie fora criado no interior, sua experiência em natação limitava-se às plácidas profundezas de lagos e remansos de rios de trutas.

Cego pelo sal e ensurdecido pelo rugido da arrebentação, ele lutou contra as ondas durante o que lhe pareceram horas, depois botou a cabeça e os ombros para fora da água, tentando recuperar o fôlego, apenas para ver o promontório assomando – não atrás, como pensara, mas à sua direita.

– Era maré vazante e estava me levando – disse ele amargamente. – Eu pensei, bem, é isso, então, estou perdido, porque sabia que jamais conseguiria fazer o caminho de volta. Eu não comera nada em dois dias e já não me restavam muitas forças.

Ele parou de nadar e simplesmente boiou de costas, deixando-se levar ao sabor das ondas. Um pouco tonto de fome e cansaço, fechou os olhos contra a luz e buscou mentalmente a antiga oração celta contra afogamento.

Nesse ponto, ele parou por um instante e ficou tão quieto por tanto tempo que me perguntei se havia alguma coisa errada. Por fim, ele respirou fundo e disse timidamente:

– Creio que vai me achar um idiota, Sassenach. Nunca contei isso a ninguém, nem mesmo a Jenny. Mas... eu ouvi minha mãe me chamar, bem no meio da oração. – Ele estremeceu, constrangido. – Talvez tenha sido apenas o fato de que eu estive pensando nela quando deixei a praia. No entanto... – Ficou em silêncio até eu tocar seu rosto.

– O que ela disse? – perguntei serenamente.

– Ela disse: "Venha para mim, Jamie... venha para mim, rapaz!" – Ele inspirou fundo e soltou o ar lentamente. – Eu podia ouvi-la claramente, mas não via nada; não havia ninguém lá, nem mesmo uma silkie. Achei que ela estivesse me chamando do céu e eu estava tão cansado que realmente não me importava de morrer, mas virei-me e comecei a nadar na direção de onde ouvira a voz. Pensei em dar umas dez braçadas e depois parar para descansar... ou afundar.

Mas, na oitava braçada, a corrente o pegou.

– Foi como se alguém tivesse me segurado – disse ele, parecendo ainda surpreso com a lembrança. – Podia sentir algo me segurando por baixo, me envolvendo; a água estava um pouco mais quente do que antes e carregou-me. Não tive que fazer nada, a não ser patinhar um pouco, para manter a cabeça fora da água.

Uma corrente forte, movendo-se como um redemoinho entre o promontório e as ilhas, o levara até a beira da terceira ilha e, com apenas algumas braçadas, alcançou as rochas.

Era apenas um cômoro de granito, coberto de fendas e rachaduras como todos os rochedos antigos da Escócia, e revestido de uma camada de limo formado por algas e excremento de focas. Mesmo assim, ele arrastou-se para fora da água com toda a gratidão que um marinheiro de um navio naufragado teria por uma terra de palmeiras e praias de areia branca. Caiu com o rosto para baixo na prateleira da rocha e deixou-se ficar ali, feliz em respirar, quase inconsciente de exaustão.

– Então, senti alguma coisa assomar acima de mim e um cheiro terrível de peixe morto – disse ele. – Levantei-me imediatamente e lá estava ela, uma enorme foca, macho, toda escorregadia e molhada, os olhos negros fitando-me, a menos de 1 metro.

Não sendo nem pescador, nem um homem do mar, Jamie já ouvira muitas histórias sobre as focas machos serem perigosas, particularmente quando se sentem ameaçadas em seu território. Vendo a boca aberta, com uma bela exibição de dentes pontiagudos e afiados, e os bolsões de gordura em seu corpo enorme, não ficou disposto a duvidar.

– Ela pesava mais de 100 quilos, Sassenach – disse ele. – Se não arrancasse a carne dos meus ossos, ainda poderia me derrubar no mar com uma única pancada ou me arrastar para o fundo e me afogar.

– Mas, obviamente, não fez isso – disse. – O que aconteceu?

Ele riu.

– Acho que eu estava confuso demais de cansaço para fazer qualquer coisa sensata. Só olhei para ela por um instante e depois disse: "Está tudo bem; sou apenas eu."

– E o que a foca fez?

Jamie encolheu ligeiramente os ombros.

– Ela me examinou por mais alguns instantes... Silkies não piscam muito, sabia? É muito enervante ter alguém fitando-o por tanto tempo... Então, ela deu uma espécie de grunhido e deslizou da rocha para dentro da água.

Deixado na posse exclusiva da minúscula ilha, Jamie permaneceu sentado, sem ação, por algum tempo, recuperando as forças, e então iniciou uma busca metódica nas fendas. Como a área era pequena, não precisou de muito tempo para encontrar uma fissura funda que levava para um largo espaço vazio, uns 30 centímetros abaixo da superfície da rocha. Forrada de areia seca e localizada no centro da ilha, a cavidade estava a salvo de inundação mesmo nas piores tempestades.

– Bem, não me deixe em suspense – eu disse, cutucando-o na barriga. – O ouro francês estava lá?

– Bem, estava e não estava, Sassenach – respondeu ele, contraindo a barriga. – Eu esperava barras de ouro; era o que diziam os boatos sobre a remessa de Luís. E barras de ouro no valor de trinta mil libras dariam um tesouro de bom tamanho. Mas tudo que havia no local era uma caixa, com menos de 30 centímetros, e uma bolsinha de couro. Mas a caixa realmente continha ouro... e prata também.

Ouro e prata. A caixa de madeira continha 205 moedas, de ouro e de prata, algumas sem nenhum sinal de desgaste, como se tivessem acabado de ser cunhadas, outras com suas marcas gastas pelo uso, a ponto de estarem quase lisas.

– Moedas antigas, Sassenach.

– Antigas? Você quer dizer muito velhas...

– Gregas, Sassenach, e romanas. Realmente muito antigas. – Fitamo-nos na luz turva por um instante, sem falar.

– É incrível – eu disse finalmente. – É um tesouro, de fato, mas não...

– Não o que Luís enviaria para ajudar a alimentar um exército – ele terminou a frase por mim. – Não, quem quer que tenha colocado aquele tesouro lá, não foi Luís nem nenhum de seus ministros.

– E quanto à sacolinha de couro? – perguntei, lembrando-me subitamente. – O que havia nela?

– Pedras, Sassenach. Pedras preciosas. Diamantes e pérolas e esmeraldas e safiras. Não muitas, mas perfeitamente lapidadas e bastante grandes. – Ele sorriu, um pouco soturnamente. – Sim, bastante grandes.

Ele ficara sentado no rochedo sob o céu cinzento e turvo, revirando as moedas e as pedras preciosas incessantemente entre os dedos, perplexo e confuso. Finalmente, despertado pela sensação de estar sendo observado, ergueu os olhos e viu-se cercado por um bando de focas curiosas. A maré estava alta, as fêmeas haviam voltado de sua pesca e vinte pares de olhos redondos e negros inspecionavam-no com toda a cautela.

O enorme macho negro, encorajado pela presença de seu harém, também voltara. Ele emitiu um som alto, sacudindo a cabeça ameaçadoramente de um lado para o outro, e avançou para cima de Jamie, deslizando seus 130 quilos para mais perto a cada berro, impulsionando-se para a frente com suas nadadeiras pela rocha escorregadia.

– Achei que era melhor eu ir embora – disse ele. – Afinal, eu já achara o que fora procurar. Assim, coloquei a caixa e a sacolinha de volta onde eu as encontrara; não poderia carregá-las para terra firme, afinal de contas. Se o fizesse... e aí? Assim, coloquei tudo no mesmo lugar e arrastei-me para dentro da água, quase congelado.

Algumas braçadas o levaram de volta à corrente direcionada à terra; era uma corrente circular, como a maioria dos turbilhões, e o redemoinho o levou para a base do promontório em meia hora. Ele arrastou-se para a praia, vestiu-se e adormeceu em um canteiro de grama macia.

Jamie interrompeu a narração e pude ver que, embora seus olhos estivessem abertos e fixos em mim, não era a mim que via.

– Acordei ao amanhecer – disse ele à meia-voz. – Já vi muitas vezes o raiar do dia, Sassenach, mas nenhum como aquele. Eu podia sentir a terra revolvendo-se sob meu corpo e minha própria respiração acompanhando o soprar do vento. Era como se eu não tivesse pele nem ossos, apenas a luz do sol nascente dentro de mim.

Seus olhos se enterneceram, deixando a lembrança e voltando para mim.

– Depois o sol subiu e, quando me senti bastante aquecido para ficar de pé, levantei-me e caminhei para o interior, em direção à estrada, ao encontro dos ingleses.

– Mas por que você voltou? Você estava livre! Tinha dinheiro! E...

– E onde eu iria gastar esse tipo de dinheiro, Sassenach? – perguntou ele. – Iria entrar no casebre de um lavrador e oferecer-lhe um denário de ouro ou uma pequena esmeralda? – Ele sorriu da minha indignação e sacudiu a cabeça. – Não, eu tinha que voltar. Sim, eu poderia viver na charneca por algum tempo... seminu e faminto, mas sobreviveria. Mas eles estavam à minha procura, Sassenach, realmente me caçando, achando que eu poderia saber onde o ouro estava escondido. Nenhuma cabana perto de Ardsmuir estaria a salvo dos ingleses enquanto eu estivesse livre e pudesse buscar refúgio em uma delas. Eu já vi os ingleses caçando, você sabe – acrescentou, um tom mais tenso infiltrando-se em sua voz. – Você viu o painel de lambris no vestíbulo?

Eu vira; um painel de carvalho lustroso que forrava o vestíbulo na entrada fora destruído, talvez por uma bota pesada, e o revestimento de lambris da porta até a escada estava danificado por uma teia de marcas de golpes de sabre.

– Nós mantivemos assim para não nos esquecermos – disse ele. – Para mostrar às crianças e dizer-lhes quando perguntarem: é assim que são os ingleses.

O ódio reprimido em sua voz atingiu-me na boca do estômago. Como eu sabia o que o exército inglês fizera nas Terras Altas, não havia nada que eu pudesse argumentar. Calei-me e, após alguns instantes, ele continuou:

– Eu iria expor as pessoas que viviam perto de Ardsmuir a esse tipo de atenção, Sassenach. – À palavra "Sassenach", ele apertou minha mão e um pequeno sorriso curvou o canto de sua boca. Eu podia ser uma *sassenach* para ele, mas não inglesa. – E se eu não fosse capturado, provavelmente eles viriam até aqui outra vez, até Lallybroch. Se não queria arriscar o povo das vizinhanças de Ardsmuir, muito menos arriscaria minha família. – Parou, parecendo lutar para encontrar as palavras. – Eu tinha que voltar – disse ele refletindo. – Se por nenhuma outra razão, eu tinha que voltar pelos homens que estavam lá.

– Os homens na prisão? – disse, surpresa. – Alguns dos homens de Lallybroch foram presos com você?

Ele sacudiu a cabeça. A pequena ruga vertical que aparecia entre suas sobrancelhas quando se concentrava era visível, mesmo à parca luz das estrelas.

– Não. Lá havia homens de todas as partes das Terras Altas, mas eram apenas alguns homens de cada clã: os remanescentes e a arraia-miúda. E, por isso mesmo, mais necessitados de um chefe.

– É o que você era para eles? – falei suavemente, reprimindo a vontade de desfazer a ruga com meus dedos.

– Por falta de algo melhor – disse ele, com o vislumbre de um sorriso.

Ele saíra do seio da família e dos colonos de suas terras, de uma força que o sustentara por sete anos, para encontrar uma falta de esperança e uma solidão que matariam um homem mais rápido do que a umidade, a imundície e a tremedeira febril da prisão.

E assim, com toda a simplicidade, ele adotara a ralé e os remanescentes, os sobreviventes da Batalha de Culloden, e assumira o destino deles, para que pudessem sobreviver às pedras de Ardsmuir também. Argumentando, seduzindo e persuadindo até onde podia, lutando quando necessário, ele os forçara a se unirem, a enfrentarem seus captores como um só, a deixarem de lado antigas rivalidades e alianças de clãs e adotarem-no como seu chefe.

– Eles eram meus – disse ele baixinho. – E o fato de tê-los foi o que me manteve vivo. – No entanto, depois eles foram tirados dele e afastados uns dos outros, desarticulados e enviados para trabalhos forçados numa terra estrangeira. E ele não pudera salvá-los.

– Você fez o melhor que pôde por eles. Mas isso já passou – eu disse baixinho.

Permanecemos nos braços um do outro em silêncio por um longo tempo, deixando que os pequenos ruídos da casa nos envolvessem. Diferentemente da confortável agitação comercial do bordel, os estalidos e suspiros falavam de paz, lar e segurança. Pela primeira vez, estávamos de verdade a sós, longe do perigo e da distração.

Havia tempo, agora. Tempo para ouvir o resto da história do ouro, ouvir o que ele fizera com o tesouro, descobrir o que acontecera aos homens de Ardsmuir, especular sobre o incêndio da gráfica, sobre o marinheiro zarolho do Jovem Ian, sobre o encontro com a alfândega de Sua Majestade na praia de Arbroath, e decidir o que fazer em seguida. E já que havia tempo, não havia necessidade de falar sobre nada disso agora.

O último pedaço de turfa quebrou-se e desfez-se na lareira, o interior incandescente silvando, vermelho, no ar frio. Aconcheguei-me mais contra Jamie, enterrando o rosto na curva de seu pescoço. Ele tinha o leve gosto de grama e suor, com um toque de conhaque.

Ele ajeitou o corpo em resposta, unindo nossos corpos nus em toda a sua extensão.

– O quê, outra vez? – murmurei, divertida. – Homens de sua idade não costumam fazer de novo tão depressa.

Seus dentes mordiscaram o lóbulo de minha orelha.

– Bem, você também está fazendo o mesmo, Sassenach – ressaltou ele. – E você é mais velha do que eu.

– É diferente – eu disse, arfando um pouco quando ele repentinamente colocou-se sobre mim, os ombros encobrindo a janela iluminada pelas estrelas. – Eu sou uma mulher.

– E se você não fosse uma mulher, Sassenach – assegurou ele, começando a agir –, eu também não estaria fazendo isso. Silêncio, agora.

Acordei logo após o alvorecer com o arranhar da roseira silvestre contra a janela e os sons abafados da preparação do desjejum na cozinha embaixo. Espreitando por cima da figura adormecida de Jamie, vi que o fogo estava completamente apagado. Deslizei para fora da cama silenciosamente para não acordá-lo. As tábuas do assoalho estavam geladas sob os meus pés e, tremendo, peguei a primeira roupa que consegui alcançar.

Enrolada nas dobras da camisa de Jamie, ajoelhei-me junto à lareira e iniciei o laborioso processo de reacender o fogo, pensando sonhadoramente que eu deveria ter incluído uma caixa de fósforos na pequena lista de itens que achei que valia a pena trazer. Dá para fazer um graveto pegar fogo arrancando fagulhas de uma pederneira, mas em geral não na primeira tentativa. Nem na segunda. Nem...

Depois de tentar mais de dez vezes, fui recompensada com um minúsculo ponto negro no pavio de estopa que eu estava usando como acendedor. Ele cresceu rapidamente e desabrochou numa minúscula chama. Atirei o pavio depressa, mas com todo o cuidado, sob o montículo de gravetos que eu preparara para proteger a bem-sucedida chama da brisa fria.

Eu deixara a janela aberta de par em par à noite passada, para assegurar que não fôssemos sufocados pela fumaça – fogueiras de turfa queimavam bem, mas vagarosamente, e faziam muita fumaça, como atestavam as vigas enegrecidas no teto. No momento, entretanto, achei que podíamos dispensar o ar fresco – ao menos até que o fogo ficasse forte.

A parte de baixo da vidraça estava coberta com uma fina camada de geada; o inverno chegaria logo. O ar estava tão revigorante e fresco que fiz uma pausa antes de fechar a janela, inspirando a plenos pulmões os aromas de folhas mortas, maçãs secas, terra fria e capim molhado. A paisagem do lado de fora era perfeita em sua claridade imóvel, muros de pedras e pinheiros escuros nitidamente desenhados como pinceladas negras contra o cinza da manhã nublada.

Um movimento chamou minha atenção no alto da colina, onde a trilha precária levava ao vilarejo de Broch Mordha, a uns 16 quilômetros de distância. Um a um, três pequenos pôneis das Terras Altas surgiram no topo e começaram a descer a encosta na direção da casa da fazenda.

Estavam longe demais para que eu pudesse distinguir seus rostos, mas pude ver pelas saias esvoaçantes que os cavaleiros eram mulheres. Talvez fossem as meninas – Maggie, Kitty e Janet – voltando da casa do Jovem Jamie. Meu próprio Jamie ficaria feliz em revê-las.

Enrolei ainda mais a camisa com o cheiro de Jamie em volta do corpo, para me proteger do frio, resolvendo aproveitar o que pudesse nos restar de privacidade naquela manhã descongelando-me na cama. Fechei a janela e parei para tirar vários dos leves tijolos de turfa do cesto junto à lareira e alimentar cuidadosamente o fogo incipiente, antes de tirar a camisa e me arrastar para baixo das cobertas, os dedos dormentes dos pés formigando de prazer com o generoso calor.

Jamie sentiu o frio do meu retorno e virou-se instintivamente para mim, puxando-me para junto do seu corpo e encaixando-se perfeitamente no meu, de conchinha. Sonolentamente, esfregou o rosto no meu ombro.

– Dormiu bem, Sassenach? – murmurou ele.

– Nunca dormi tão bem – afirmei, aconchegando meu traseiro gelado na concavidade quente de suas coxas. – E você?

– Hummm – respondeu com um gemido de felicidade, envolvendo os braços ao meu redor. – Sonhei à beça.

– Com o quê?

– Mulheres nuas, na maior parte do tempo – disse ele, fechando os dentes delicadamente no meu ombro. – E comida. – Seu estômago roncou baixinho. O cheiro de biscoitos e bacon frito no ar era leve, mas incontestável.

– Desde que você não confunda as duas coisas – disse, tirando o ombro de seu alcance.

– Posso distinguir um falcão de um serrote, quando o vento sopra para o norte por nordeste – afirmou ele –, e uma garota linda e rechonchuda de um presunto salgado, também, apesar das aparências. – Ele agarrou minhas nádegas com as duas mãos e apertou-as, fazendo-me gritar e chutar suas canelas.

– Animal!

– Ah, animal, hein? – disse ele, rindo. – Bem, então... – Rosnando como uma fera, mergulhou embaixo da colcha e foi me beliscando e mordendo até a parte interna de minhas coxas, alegremente ignorando meus gritinhos e a chuva de chutes em seus ombros e costas. Deslocada pela nossa luta, a colcha deslizou para o chão, revelando o emaranhado de sua cabeleira, esvoaçando freneticamente sobre minhas coxas.

– Talvez haja menos diferença do que eu pensava – disse ele, levantando a cabeça do meio das minhas pernas enquanto fazia uma pausa para recuperar o fôlego. Prensou minhas coxas contra o colchão e riu para mim, os cabelos ruivos espetados como um porco-espinho. – Você tem mesmo um gosto meio salgado, agora que provei. O que você...

Foi interrompido por uma pancada súbita quando a porta abriu-se com estrondo e ricocheteou na parede. Espantados, nos viramos para olhar. Na soleira da porta, estava uma jovem que eu nunca vira. Devia ter 15 ou 16 anos, tinha longos cabelos louros e olhos azuis. Os olhos estavam um pouco maiores do que o normal e tomados por uma expressão de choque horrorizado ao me fitar. Seu olhar moveu-se lentamente dos meus cabelos desgrenhados para os meus seios nus e pelas curvas do meu corpo abaixo, até encontrar Jamie, deitado de barriga para baixo sobre as minhas pernas, lívido com um choque comparável ao da jovem.

– Papai! – exclamou ela, escandalizada. – Quem é esta mulher?

34

PAPAI

– Papai? – repeti, confusa. – Papai?

Jamie ficou petrificado quando a porta se abriu. Em seguida, pôs-se de pé num salto, agarrando a colcha caída no chão. Afastou bruscamente para trás os cabelos caídos no rosto e olhou fixamente para a garota.

– O que diabos você está fazendo aqui? – perguntou ele. Com a barba ruiva, nu e rouco de raiva, era uma visão formidável, e a garota recuou um passo, hesitante. A seguir, empinou o queixo e encarou-o.

– Eu vim com mamãe!

O efeito sobre Jamie não poderia ter sido maior se ela tivesse lhe dado um tiro no coração. Ele sacudiu-se violentamente e toda a cor desapareceu de seu rosto.

O sangue voltou numa torrente, quando o som de passos rápidos soou na escada de madeira. Ele saltou da cama, atirando a colcha apressadamente em minha direção, e agarrou suas calças.

Mal as havia colocado quando outra figura feminina irrompeu no quarto, parou de repente e fitou a cama com os olhos arregalados.

– É verdade! – Virou-se na direção de Jamie, os punhos cerrados contra o manto que usava. – É verdade! É a bruxa Sassenach! Como pôde fazer isso comigo, Jamie Fraser?

– Cale-se, Laoghaire! – retrucou ele. – Eu não fiz nada a você!

Sentei-me na cama, apoiada contra a parede, apertando a colcha contra o peito e fitando a cena. Somente quando ele pronunciou seu nome é que eu a reconheci. Há vinte e poucos anos, Laoghaire MacKenzie era uma jovem esbelta de 16 anos, com uma pele que lembrava uma pétala de rosa, cabelos louro-prateados e uma violenta – e não correspondida – paixão por Jamie Fraser. Evidentemente, algumas coisas haviam mudado.

Ela devia estar se aproximando dos 40 anos e já não era esbelta, tendo encorpado consideravelmente. A pele ainda era clara, mas castigada e envelhecida, esticada sobre as bochechas rechonchudas e vermelhas de raiva. Fios de cabelos grisalhos soltavam-se aqui e ali, debaixo de sua respeitável touca branca. Mas os claros olhos azuis eram os mesmos – voltaram-se para mim outra vez, com a mesma expressão de ódio que eu vira neles havia tanto tempo.

– Ele é meu! – sibilou ela. Bateu o pé no chão. – Volte para o inferno de onde você veio e deixe-o para mim! Vá embora!

Como eu não fizesse o menor movimento para obedecer, ela olhou furiosamente à volta, à cata de uma arma. Vendo o jarro de louça branca com uma faixa azul, agarrou-o e ergueu o braço para atirá-lo em mim. Jamie arrancou-o de sua mão, colocou-o de volta em cima do lavatório e agarrou-a pelo braço, com força suficiente para fazê-la gritar.

Virou-a e empurrou-a bruscamente em direção à porta.

– Desça – ordenou ele. – Irei falar com você daqui a pouco, Laoghaire.

– Vai falar comigo? Falar comigo, uma ova! – gritou ela. Com o rosto crispado, lançou a mão livre sobre ele, arranhando seu rosto do olho ao queixo com as unhas.

Ele deu um grunhido, agarrou seu pulso livre e, arrastando-a até a porta, empurrou-a para o corredor, bateu a porta e girou a chave.

Quando se virou para mim outra vez, eu estava sentada na beira da cama, tentando colocar as meias com as mãos trêmulas.

– Posso explicar-lhe isso, Claire – disse ele.

– N-não creio – disse. Meus lábios estavam dormentes, juntamente com o resto do meu corpo, e quase não conseguia articular as palavras. Mantive os olhos fixos nos meus pés enquanto tentava, sem sucesso, amarrar minhas ligas.

– Ouça-me! – disse ele violentamente, batendo o punho cerrado no tampo da mesa com uma violência que me fez dar um salto. Ergui a cabeça abruptamente e o vi acima de mim. Com os cabelos ruivos soltos sobre os ombros, a barba por fazer, o peito nu e os arranhões vermelhos das unhas de Laoghaire no rosto, ele parecia um invasor viking, decidido a atacar. Virei-me, à procura da minha camisola.

Estava perdida no meio das cobertas; remexi os lençóis. Uma série de batidas estrondosas havia começado do outro lado da porta, acompanhada por gritos e berros estridentes, conforme a comoção atraía os outros moradores da casa.

– É melhor ir e explicar as coisas à sua filha – disse, enfiando a roupa amassada pela cabeça.

– Ela não é minha filha!

– Não? – Minha cabeça despontou pela gola da combinação e ergui o queixo para fitá-lo. – E imagino que também não seja casado com Laoghaire?

– Sou casado com você, droga! – gritou ele, dando um soco no tampo da mesa outra vez.

– Acho que não. – Sentia-me absolutamente fria. Meus dedos rígidos não conseguiam atar os cadarços do espartilho; joguei-o longe e levantei-me para procurar meu vestido, em algum lugar do outro lado do aposento, atrás de Jamie. – Preciso do meu vestido.

– Você não vai a lugar nenhum, Sassenach. Não até...

– Não me chame assim! – gritei, surpreendendo a nós dois. Fitou-me por um instante, depois assentiu.

– Está bem – disse ele serenamente. Olhou para a porta, agora ressoando sob a força das batidas. Ele respirou fundo e empertigou-se, endireitando os ombros. – Vou sair e resolver as coisas. Depois, conversaremos, nós dois. Fique aqui, Sass... Claire. – Pegou sua camisa e enfiou-a com força pela cabeça. Destrancando a porta, saiu para o corredor agora silencioso e fechou-a às suas costas.

Consegui pegar meu vestido, depois desmoronei sobre a cama, o corpo todo trêmulo, a lã verde embolada sobre meus joelhos.

Não conseguia raciocinar direito. Minha mente girava ao redor do fato central; ele era casado. Casado com Laoghaire! E tinha uma família. No entanto, ele chorara por Brianna.

– Ah, Bree! – exclamei. – Ah, meu Deus, Bree! – E comecei a chorar, em parte com o choque, em parte ao pensar em Brianna. Não era lógico, mas essa descoberta parecia uma traição a ela, tanto quanto a mim... ou a Laoghaire.

Pensar em Laoghaire transformou o choque e a tristeza imediatamente em raiva. Esfreguei uma dobra do tecido verde com força pelo rosto, deixando a pele vermelha e ardendo.

Desgraçado! Como pôde fazer isso? Se ele havia se casado outra vez, achando que eu estava morta, isso era uma coisa. De certa forma, eu até esperara e temera essa possibilidade. Mas casar-se com aquela mulher – aquela megera maldosa e traiçoeira que tentara me matar no Castelo Leoch... Mas era provável que ele não soubesse disso, ressaltou uma pequena voz da razão em minha mente.

– Bem, ele deveria saber! – disse. – Que ele se dane no inferno, como pôde casar-se com ela, de qualquer modo? – As lágrimas rolavam incontrolavelmente pelo meu rosto, um jorro quente de perda e raiva, e meu nariz escorria. Tateei em busca de um lenço e, não encontrando nenhum, em desespero, assoei o nariz na ponta do lençol.

Ele tinha o cheiro de Jamie. Pior ainda, tinha o cheiro de nós dois, e os vestígios almiscarados de nosso prazer. Havia um pequeno ponto formigando no interior da minha coxa, onde Jamie mordera-me de leve, há poucos instantes. Bati a palma da mão com força sobre o ponto, num tapa cruel, para eliminar a sensação.

– Mentiroso! – gritei. Agarrei o jarro que Laoghaire tentara atirar em mim e eu mesma o lancei contra a porta. Com um estrondo, ele se desfez em estilhaços.

Fiquei parada no meio do quarto, ouvindo. Silêncio. Não se ouvia nenhum barulho do térreo; ninguém estava vindo para ver o que causara o barulho. Imaginei que todos estavam ocupados demais consolando Laoghaire para se preocuparem comigo.

Elas morariam ali, em Lallybroch? Lembrei-me de Jamie, chamando Fergus a um canto, enviando-o à nossa frente, em tese para avisar Ian e Jenny que estávamos chegando. Mas, provavelmente, era para avisá-los a meu respeito e tirarem Laoghaire do caminho antes da minha chegada.

O que Jenny e Ian pensariam de tudo isso? Obviamente, saberiam a respeito de Laoghaire – no entanto, me receberam na noite anterior sem que suas expressões os traíssem. Mas se Laoghaire havia sido tirada do caminho... por que teria voltado? O simples fato de tentar pensar nisso fazia minhas têmporas latejarem.

O ato de violência aliviara suficientemente a minha raiva para que eu pudesse voltar a controlar meus dedos trêmulos. Chutei o espartilho para um canto e enfiei o vestido verde pela cabeça.

Eu tinha que sair dali. Esse era o único pensamento mais coerente em minha cabeça e eu me agarrei a ele. Eu precisava ir embora. Não podia ficar, não com Laoghaire e suas filhas na casa. Aquele era o lugar delas, não o meu.

Consegui amarrar as ligas das meias dessa vez, atar os cadarços do vestido, abotoar os inúmeros ganchos da sobressaia e encontrar meus sapatos. Um estava embaixo do lavatório, o outro perto do pesado armário de carvalho, para onde eu os chutara na noite anterior, largando as roupas despreocupadamente pelo quarto na ânsia de me enfiar na cama aconchegante e aninhar-me nos braços amorosos de Jamie.

Estremeci. O fogo extinguira-se outra vez e uma corrente de ar gelado entrava pela janela. Senti o frio penetrar nos ossos, apesar das roupas.

Perdi algum tempo procurando meu manto até perceber que ele estava no andar térreo; eu o deixara na sala na noite anterior. Passei os dedos pelos cabelos, mas estava perturbada demais para procurar um pente. Os cachos estalaram com a estática, pois eu enfiara o vestido de lã pela cabeça; afastei, irritada ao extremo, os fios esvoaçantes que grudavam no meu rosto.

Pronta. Ao menos, até onde era possível. Parei para um último olhar ao redor, depois ouvi passos subindo a escada.

Não leves e ligeiros, como os últimos. Estes eram mais pesados, lentos e deliberados. Soube, sem vê-lo, que era Jamie quem se aproximava – e que não estava ansioso para me ver.

Ótimo. Eu também não queria vê-lo. O melhor era ir embora agora mesmo, sem falar nada. O que havia a ser dito?

Inconscientemente, recuei quando a porta se abriu, até que minhas pernas bateram na beirada da cama. Perdi o equilíbrio e caí sentada. Jamie parou na soleira, olhando para mim.

Ele fizera a barba. Foi a primeira coisa que notei. Imitando o Jovem Ian no dia anterior, barbeara-se apressadamente, penteara os cabelos para trás e se arrumara antes de enfrentar o problema. Pareceu adivinhar o que eu estava pensando; o fantasma de um sorriso atravessou seu semblante, enquanto esfregava o queixo que acabara de barbear.

– Acha que vai ajudar? – perguntou ele.

Engoli com dificuldade e umedeci meus lábios ressecados, mas não respondi. Ele suspirou e respondeu ele mesmo:

– Não, creio que não. – Entrou no quarto e fechou a porta. Ficou parado, sem jeito, por um instante, depois se aproximou da cama, uma das mãos estendida para mim. – Claire...

– Não toque em mim! – Fiquei de pé num salto e recuei, dando a volta em direção à porta. Seu braço pendeu ao lado do corpo, mas ele deu um passo à minha frente, bloqueando a passagem.

– Não vai me deixar explicar, Claire?

– Parece um pouco tarde para isso – disse, num tom de voz que pretendia ser frio e desdenhoso. Infelizmente, minha voz tremeu.

Ele fechou a porta atrás dele.

– Você não costumava ser irracional – disse ele serenamente.

– E não venha me dizer o que eu costumava ser! – As lágrimas estavam muito próximas da superfície e eu mordi o lábio para contê-las.

– Está bem. – Seu rosto estava muito pálido; os arranhões feitos por Laoghaire destacavam-se como três linhas vermelhas, irritadas, ao longo da face.

– Eu não vivo com ela – disse ele. – Ela e as meninas vivem em Balriggan, perto de Broch Mordha. – Observou-me atentamente, mas eu nada disse. Ele estremeceu um pouco, ajeitando a camisa nos ombros, e continuou: – Foi um grande erro... o nosso casamento.

– Com duas filhas? Levou algum tempo para perceber, não foi? – explodi.

Ele pressionou os lábios com força.

– As meninas não são minhas. Laoghaire era uma viúva com duas filhas quando me casei com ela.

– Ah. – Não fazia nenhuma diferença real, mas ainda assim senti uma pequena onda de algo semelhante a alívio, por Brianna. Ela era a única filha do coração de Jamie, ao menos, ainda que eu...

– Já não vivo com elas há algum tempo. Moro em Edimburgo e envio-lhes dinheiro, mas...

– Não precisa me contar – interrompi. – Não faz nenhuma diferença. Deixe-me passar, por favor, vou embora.

As sobrancelhas espessas e ruivas uniram-se abruptamente.

– Embora para onde?

– De volta. Para longe. Não sei, deixe-me passar!

– Você não vai a lugar algum – disse ele categoricamente.

– Não pode me impedir!

Ele adiantou-se e agarrou-me pelos dois braços.

– Posso, sim – disse ele. E podia mesmo; puxei e me debati furiosamente, mas não consegui remover os dedos de aço dos meus bíceps.

– Solte-me agora mesmo!

– Não! – Fitava-me com raiva, os olhos apertados, e eu percebi repentinamente que, por mais calmo que ele pudesse parecer, estava quase tão transtornado quanto eu. Vi os músculos de seu pescoço moverem-se quando ele engoliu em seco, controlando-se o suficiente para conseguir falar outra vez. – Não vou deixar você ir enquanto não lhe explicar por que...

– O que há para explicar? – perguntei ainda furiosa. – Você se casou de novo! O que mais há para explicar?

O rubor subia às suas faces; as pontas de suas orelhas já estavam vermelhas, um sinal claro de iminente explosão colérica.

– E você viveu como uma freira por vinte anos? – perguntou ele, sacudindo-me de leve. – Viveu?

– Não! – Joguei a palavra em seu rosto e ele encolheu-se ligeiramente. – Não, de jeito nenhum! E não acho que você tenha vivido como um monge tampouco, nunca achei!

– Então... – começou ele, mas eu estava furiosa demais para continuar ouvindo.

– Você mentiu para mim, desgraçado!

– Nunca! – A pele estava esticada até o limite em suas maçãs do rosto, como acontecia quando estava enfurecido de verdade.

– Mentiu, sim, filho da mãe! Sabe que sim! Solte-me! – Chutei-o direto na canela, com tanta força que os dedos dos meus pés ficaram dormentes. Ele deu um grito de dor, mas não me soltou. Em vez disso, apertou-me com mais força, fazendo-me dar um grito agudo.

– Eu nunca disse nada a você...

– Não, não disse! Mas mentiu, de qualquer forma! Me fez pensar que não era casado, que não havia ninguém, que você... que você... – Eu soluçava de raiva, arquejando entre as palavras. – Devia ter me contado assim que cheguei! Por que não me contou? – As mãos nos meus braços se afrouxaram e consegui libertar-me. Ele deu um passo em minha direção, os olhos faiscando de raiva. Não tive medo dele; cerrei o punho e dei um soco em seu peito. – Por quê? – gritei alucinadamente, golpeando-o sem parar, o barulho dos golpes ecoando surdamente em seu peito. – Por quê, por quê, por quê?

– Porque eu tive medo! – Agarrou meus pulsos e atirou-me para trás, e eu caí deitada na cama. Ficou parado acima de mim, os punhos cerrados, arfando. – Sou um covarde, droga! Não pude lhe contar por medo de que você me deixasse e, sendo fraco, achei que não suportaria perdê-la!

– Fraco? Com duas mulheres? Ah!

Achei que ele iria mesmo me bater; ergueu o braço, mas em seguida a mão espalmada fechou-se num punho cerrado.

– Eu sou fraco por querê-la tanto que nada mais importe? Por vê-la e saber que eu sacrificaria honra, família ou a própria vida para me deitar com você, embora você tivesse me deixado?

– Você tem a descarada e deslavada ousadia de me dizer tal coisa? – Minha voz estava tão esganiçada que saiu como um fio de voz feroz e sibilante. – Você culpa a mim?

Ele parou, o peito arfando enquanto tentava recuperar o fôlego.

– Não. Não posso culpá-la. – Desviou o rosto, cegamente. – Como poderia ser culpa sua? Você queria ficar comigo, morrer comigo.

– Queria, sim, tola que eu era – disse. – Foi você quem me mandou de volta, você me fez ir embora! E agora me culpa por ter ido?

Virou-se de novo para mim, os olhos toldados de desespero.

– Eu tinha que mandá-la embora! Era preciso, por causa do bebê! – Seus olhos dirigiram-se involuntariamente para o gancho onde seu casaco estava pendurado, as fotos de Brianna no bolso. Respirou fundo, uma respiração trêmula, e acalmou-se com um esforço visível. – Não – disse ele, com mais serenidade. – Não posso lamentar isso, qualquer que tenha sido o custo. Eu teria dado a minha vida, por ela e por você. Se preciso, meu coração e minha alma, também...

Inspirou longamente, ainda trêmulo, dominando a paixão que o sacudia.

– Não posso culpá-la por partir.

– Mas me culpa por ter voltado.

Ele sacudiu a cabeça como se quisesse clareá-la.

– Não, meu Deus, não!

Agarrou minhas mãos entre as suas, a força do gesto esmagando os ossos dos meus dedos.

– Sabe o que é viver vinte anos sem coração? Ser apenas parcialmente humano e acostumar-se a viver com o que restou, preenchendo os buracos com qualquer coisa à mão?

– Se eu sei? – repeti. Tentei me libertar, em vão. – Sim, desgraçado, eu sei! O que acha, que voltei direto para Frank e vivi feliz dali em diante? – Chutei-o com todas as forças de que eu dispunha. Ele se encolheu, mas não me soltou.

– Às vezes, desejei que sim – disse ele, falando entre dentes. – E outras, eu podia até imaginar... ele com você, dia e noite, deitando-se com você, possuindo seu corpo, segurando meu filho! E, por Deus, eu poderia matá-la por isso!

Repentinamente, ele soltou minhas mãos, virou-se e desfechou um soco na lateral do armário de carvalho. Foi um golpe impressionante; o armário era uma peça maciça do mobiliário. Deve ter ferido consideravelmente os nós de seus dedos, mas sem hesitação lançou o outro punho na tábua de carvalho também, como se a madeira lustrosa fosse o rosto de Frank – ou o meu.

– É assim que se sente a esse respeito, hein? – eu disse friamente quando ele recuou um passo, ofegante. – Eu nem sequer preciso imaginá-lo com Laoghaire, já vi essa cena!

– Não me importo nem um pouco com Laoghaire, nunca me importei!

– Filho da mãe! – disse novamente. – É capaz de se casar com uma mulher sem querê-la e depois deixá-la de lado assim que...

– Cale-se! – rugiu ele. – Cuidado com o que diz, megera! – Desceu o punho cerrado sobre o lavatório, fitando-me com raiva. – De qualquer jeito, eu sou um filho da mãe, não é? Se eu sentir alguma coisa por ela, sou um mulherengo infiel, e se não sentir, sou um animal sem coração.

– Você devia ter me contado!

– E se tivesse contado? – Agarrou minha mão e colocou-me de pé bruscamente, enfrentando meu olhar. – Você teria girado nos calcanhares e ido embora sem nem uma palavra. E depois de vê-la outra vez... acredite, eu teria feito coisa muito pior do que mentir para mantê-la ao meu lado!

Apertou-me forte contra seu corpo e beijou-me, com força e longamente. Meus joelhos dissolveram-se e esforcei-me para me manter em pé, sustentada pela visão dos olhos furiosos de Laoghaire, e de sua voz, ecoando com estridência em meus ouvidos. "Ele é meu!"

– Isso é loucura – eu disse, empurrando-o e afastando-me. A ira é capaz de inebriar, mas eu já estava sentindo os efeitos da ressaca, um redemoinho negro de vertigem. Minha cabeça girava de tal forma que eu mal conseguia manter o equilíbrio. – Não consigo pensar direito. Vou embora.

Lancei-me em direção à porta, mas ele me segurou pela cintura, puxando-me de volta.

Girou-me em sua direção e beijou-me outra vez, com força suficiente para deixar um gosto de sangue em minha boca. Não era nem afeto nem desejo, mas uma paixão cega, uma determinação de me possuir. Ele já passara da fase de conversa.

Eu também. Livrei minha boca com um empurrão e o esbofeteei violentamente no rosto, os dedos curvados para arranhar sua carne.

Ele deu um salto para trás, a face esfolada com arranhões vermelhos; em seguida, agarrou-me pelos cabelos, puxou minha cabeça para trás e tomou minha boca outra vez, brutalmente, ignorando os chutes e golpes que eu desferia.

Ele mordeu meu lábio inferior, com força, e quando abri meus lábios, arfando, enfiou a língua em minha boca, privando-me do ar e das palavras ao mesmo tempo.

Atirou-me na cama onde estivéramos deitados, rindo, pouco tempo atrás, e sem hesitar me prendeu no colchão com o peso de seu corpo.

Ele estava extremamente excitado.

Eu também.

Minha, ele dizia, sem emitir uma palavra. *Minha!*

Eu lutava contra ele com uma fúria desmedida e igual habilidade, mas *Sua*, meu corpo respondia. *Sua, e que você queime no inferno por isso!*

Eu não percebi quando ele rasgou meu vestido, mas senti o calor do seu corpo nos meus seios nus, através do linho fino de sua camisa, os músculos longos e rígidos de sua coxa forçando a minha. Ele retirou a mão do meu braço para rasgar suas calças e eu o arranhei da orelha ao peito, desenhando listras vermelhas em sua pele.

Estávamos fazendo o melhor possível para nos matar, alimentados pela raiva de anos separados – a minha por ele ter me mandado embora, a dele por eu ter ido, a minha por Laoghaire, a dele por Frank.

– Cadela! – exclamou ele, ofegante. – Vagabunda!

– Desgraçado! – Consegui enfiar a mão em seus próprios cabelos e agarrei-os, puxando seu rosto para mim outra vez. Rolamos para fora da cama e caímos no chão, embolados, virando de um lado para o outro numa enxurrada de imprecações e palavras entrecortadas.

Não ouvi a porta se abrir. Não ouvi nada, embora ela deva ter gritado, mais de uma vez. Cega e surda, eu só sentia Jamie, até um jorro de água fria nos atingir, repentino como um choque elétrico. Jamie ficou paralisado. Toda a cor abandonou seu rosto, deixando os ossos mais protuberantes sob a pele.

Permaneci ali, zonza, gotas de água pingando das pontas dos seus cabelos sobre os meus seios. Logo atrás dele, pude ver Jenny, o rosto tão branco quanto o dele, segurando uma panela vazia nas mãos.

– Pare! – disse ela. Seus olhos haviam se transformado numa fenda, com uma raiva horrorizada. – Como pôde fazer isso, Jamie? Berrando como uma fera no cio, sem se importar se a casa inteira está ouvindo!

Ele saiu de cima de mim, devagar, desajeitado como um urso. Jenny agarrou uma colcha da cama e atirou-a sobre meu corpo.

De quatro, ele sacudiu a cabeça como um cachorro, lançando gotículas de água em todas as direções. A seguir, devagar, levantou-se e amarrou as calças rasgadas.

– Não se sente envergonhado? – gritou ela, escandalizada.

Jamie continuou parado, fitando-a, como se nunca tivesse visto uma criatura semelhante e estivesse tentando decifrar o que ela poderia ser. As pontas molhadas de seus cabelos pingavam sobre seu peito nu.

– Sim – respondeu ele finalmente. – Sim.

Parecia atordoado. Fechou os olhos, e um estremecimento rápido e profundo percorreu seu corpo. Sem uma palavra, virou-se e saiu.

35

FUGA DO ÉDEN

Jenny ajudou-me a deitar na cama, murmurando e emitindo pequenos ruídos de consolo; eu não sabia dizer se de choque ou preocupação. Estava vagamente consciente de figuras pairando no vão da porta – criados, imaginei –, mas não estava disposta a prestar muita atenção.

– Vou arrumar alguma coisa pra você vestir – murmurou ela, ajeitando um travesseiro e fazendo-me recostar. – E talvez uma bebida. Você está bem?

– Onde está Jamie?

Ela lançou-me um olhar rápido, a compaixão misturada a um brilho de curiosidade.

– Não tenha medo. Não vou deixar que ele coloque as mãos em você outra vez. – Falou com firmeza, depois cerrou os lábios com força, franzindo a testa enquanto arrumava a coberta sobre mim. – Como ele pôde fazer isso?

– Não foi culpa dele... não isso. – Passei a mão pelos cabelos emaranhados, indicando meu estado lastimável. – Quero dizer... a culpa é minha tanto quanto dele. Fomos nós dois. Ele... eu... – Deixei a mão cair, incapaz de explicar. Estava machucada e abalada, e meus lábios estavam inchados.

– Compreendo – foi tudo que Jenny disse, mas dirigiu-me um longo olhar de avaliação e achei possível que ela de fato compreendesse.

Eu não queria falar sobre os acontecimentos recentes e ela pareceu perceber minha disposição porque ficou em silêncio por alguns instantes, dando uma ordem em voz baixa a alguém no corredor, depois andando pelo quarto, arrumando móveis e objetos. Eu a vi parar por um instante ao ver os buracos no armário, depois se agachar para recolher os cacos maiores do jarro de louça estilhaçado.

Ao jogá-los dentro da bacia de louça, ouviu-se um som fraco e surdo no andar térreo; a batida da enorme porta principal. Ela se aproximou da janela e afastou a cortina.

– É Jamie – disse ela. Olhou para mim e soltou a cortina. – Deve estar indo para a colina; ele vai para lá quando está transtornado. Isso ou se embebeda com Ian. A colina é melhor.

Dei uma risadinha irônica.

– Sim, imagino que esteja mesmo transtornado.

Ouviram-se passos leves no corredor e a jovem Janet surgiu, cuidadosamente equilibrando uma bandeja com biscoitos, uísque e água. Parecia pálida e atemorizada.

– Você está... bem, tia? – perguntou ela, hesitante, colocando a bandeja sobre a mesa.

– Estou bem – assegurei-lhe, sentando ereta na cama e estendendo a mão para a garrafa de uísque.

Um olhar penetrante assegurou a Jenny que eu realmente estava bem. Ela bateu de leve no braço da filha e dirigiu-se para a porta.

– Fique com sua tia – ordenou ela. – Vou ver se acho um vestido. – Janet assentiu obedientemente e sentou-se num banquinho junto à cama, observando-me enquanto eu comia e bebia.

Comecei a me sentir fisicamente mais forte com um pouco de alimento dentro de mim. Internamente, sentia-me anestesiada; os acontecimentos recentes pareciam simultaneamente um pesadelo e, entretanto, completamente claros em minha mente. Podia recordar os menores detalhes; os laços de tecido de algodão azul do vestido da filha de Laoghaire, os pequenos vasos capilares vermelhos no rosto de Laoghaire, uma unha parcialmente quebrada no dedo anelar de Jamie.

– Sabe onde está Laoghaire? – perguntei a Janet. A jovem estava de cabeça baixa, aparentemente analisando as próprias mãos. Diante de minha pergunta, levantou a cabeça abruptamente, piscando.

– Ah! – exclamou ela. – Ah. Sim. Ela, Marsali e Joan voltaram para Balriggan, onde moram. Tio Jamie obrigou-as a partir.

– É mesmo? – disse, sem emoção.

Janet mordeu o lábio, torcendo as mãos no avental. De repente, ergueu os olhos para mim.

– Tia... eu lamento muito! – Seus olhos eram meigos e castanhos, como os do pai, mas agora rasos d'água.

– Tudo bem – disse, sem saber a que ela se referia, mas tentando tranquilizá-la.

– Mas fui eu! – exclamou ela. Parecia extremamente infeliz, mas determinada a confessar. – Eu... eu contei a Laoghaire que você estava aqui. Foi por isso que ela veio.

– Ah. – Bem, isso explicava essa parte, pensei. Terminei o uísque e depositei o copo com cuidado de volta na bandeja.

– Não pensei... quero dizer, eu não pretendia causar confusão, acredite. Eu não sabia que você... que ela...

– Tudo bem – repeti. – Uma de nós iria descobrir mais cedo ou mais tarde. – Não fazia diferença, mas olhei-a com certa curiosidade. – Mas por que você contou a ela?

A jovem olhou com extrema cautela por cima do ombro, ouvindo passos no começo da escada. Inclinou-se para perto de mim.

– Mamãe me mandou contar – sussurrou ela. Com isso, levantou-se e deixou apressadamente o quarto, esbarrando de leve em sua mãe na soleira da porta.

Não perguntei. Jenny conseguira um vestido para mim – de uma das filhas mais velhas – e não houve nenhuma conversa além do estritamente necessário enquanto ela me ajudava a vesti-lo.

Depois de estar vestida e calçada, os cabelos penteados e presos, virei-me para ela.

– Quero ir embora – disse. – Agora.

Ela não argumentou, apenas me olhou de cima a baixo, para ver se eu já estava em condições de partir. Balançou a cabeça, as pestanas negras cobrindo os olhos puxados tão parecidos com os do irmão.

– Acho que é melhor – disse ela serenamente.

A manhã já chegava ao fim quando parti de Lallybroch pelo que eu sabia seria a última vez. Levava uma adaga na cintura, por proteção, embora fosse improvável que precisasse utilizá-la. Os alforjes do meu cavalo estavam carregados de alimento e garrafas de cerveja; o suficiente para me levar até o círculo de pedras. Pensei em retomar as fotos de Brianna do casaco de Jamie, mas após um instante de hesitação, resolvi deixá-las. Ela pertencia a ele para sempre, ainda que eu não.

Era um dia frio de outono, a promessa cinzenta da manhã cumprida com uma garoa triste. Não havia ninguém à vista perto da casa quando Jenny trouxe o cavalo da estrebaria e segurou os arreios enquanto eu montava.

Puxei o capuz do meu manto mais para a frente e fiz um sinal com a cabeça para ela. Na última vez, havíamos nos separado com lágrimas e abraços, como irmãs. Ela soltou as rédeas e recuou um passo, enquanto eu virava a cabeça do cavalo em direção à estrada.

– Vá com Deus! – ouvi-a dizer atrás de mim. Não respondi nem olhei para trás.

Cavalguei a maior parte do dia, sem realmente notar para onde estava indo – apenas olhava a paisagem e deixava o cavalo escolher seu próprio caminho pelas passagens nas montanhas.

Parei quando a luz começou a desaparecer; amarrei o cavalo e deixei-o pastando, deitei-me enrolada no meu manto, adormeci imediatamente, sem querer permanecer acordada por medo de começar a pensar, e me lembrar. O torpor era meu único refúgio. Sei que ele passaria, mas agarrava-me ao seu conforto melancólico enquanto podia.

Foi a fome que a contragosto me trouxe de volta à vida no dia seguinte. Eu não parara para comer em nenhum momento de todo o dia anterior, nem quando acordei na manhã seguinte, mas por volta de meio-dia meu estômago começara a dar sonoros protestos. Parei numa pequena ravina ao lado de um riacho borbulhante e desembrulhei a comida que Jenny enfiara no meu alforje.

Havia bolos de aveia e cerveja, e vários pãezinhos caseiros, cortados ao comprido e recheados com queijo de cabra e legumes em conserva. Sanduíches das Terras Altas, a refeição forte de pastores e guerreiros, tão característica de Lallybroch quanto a pasta de amendoim fora em relação a Boston. Muito apropriado que minha expedição terminasse com ela.

Comi um sanduíche, bebi uma das jarras de cerveja e montei novamente, virando o cavalo na direção noroeste outra vez. Infelizmente, embora a comida tivesse renovado as forças do meu corpo, também dera nova vida aos meus sentimentos. Conforme subíamos cada vez mais dentro das nuvens, meu estado de ânimo decaía – e já não estava muito elevado desde o começo.

O cavalo parecia bem-disposto, mas eu não. No meio da tarde, senti que eu simplesmente não podia continuar. Conduzi o cavalo para dentro de um pequeno bosque, para não ser visível da estrada, amarrei-o frouxamente e andei ainda mais para dentro da mata, até chegar ao tronco caído de um álamo, liso e manchado de musgo verde.

Desabei sobre ele, os cotovelos nos joelhos e a cabeça nas mãos. Todas as minhas juntas doíam. Não tanto dos acontecimentos do dia anterior nem dos rigores da cavalgada, mas de tristeza.

Restrição e ponderação sempre fizeram parte de minha vida. Eu aprendera a duras penas a arte da cura; dar e cuidar, mas sempre parando à beira do ponto perigoso onde a doação, por ser demais, poderia me tornar ineficaz. Eu aprendera o distanciamento e o desligamento, em meu próprio prejuízo.

Com Frank, também, eu aprendera o ato de civilidade do equilíbrio; bondade e respeito que não ultrapassavam aqueles limites invisíveis que desembocam em paixão. E Brianna? O amor por um filho não pode ser livre; desde os primeiros sinais de movimento no útero, brota uma devoção tão poderosa quanto imprudente, irresistível como o próprio processo do nascimento. No entanto, apesar de poderoso, é sempre um amor possessivo; um está no comando, o protetor, o guardião – há muita paixão nesse sentimento, sem dúvida, mas nunca abandono total.

Sempre, sempre, eu tive que equilibrar compaixão e sabedoria, amor e ponderação, humanidade e impiedade.

Somente com Jamie eu me dera por completo, arriscara tudo. Jogara fora a cautela, o bom senso, a prudência, juntamente com os confortos e restrições de uma carreira duramente conquistada. Eu não lhe trouxera nada além de mim mesma, passei a ser a soma de mim mesma e dele, dei-lhe meu corpo e minha alma, deixei que me visse nua, confiei que me visse por inteiro e tratasse com carinho as minhas fraquezas – porque um dia ele o fizera.

Temi que ele não conseguisse, desta vez. Ou não quisesse. E então vivi aqueles dias de perfeita felicidade, achando que tudo que um dia fora verdade era verdade outra vez; eu estava livre para amá-lo, com tudo que eu possuía e era, e ser amada com uma honestidade comparável à minha.

As lágrimas escorriam quentes pelos meus dedos. Eu chorava por Jamie e pelo que eu fora com ele.

Você sabe, sussurrava a voz de Jamie, *o que é dizer outra vez "Eu a amo" em todo o seu verdadeiro significado?*

Eu sabia. E com a cabeça nas mãos sob os pinheiros, soube que para mim essa frase jamais teria o mesmo significado outra vez.

Afundada como estava em pensamentos infelizes, não ouvi os passos até o som estar bem perto de mim. Assustada com o estalido de um galho próximo, saltei do tronco caído como um faisão alçando voo e girei nos calcanhares para encarar o atacante, o coração na boca e a adaga na mão.

– Santo Deus! – Meu tocaiador recuou da lâmina em riste, obviamente tão assustado quanto eu.

– O que você está fazendo aqui? – perguntei. Pressionei a minha mão livre no peito. Meu coração batia como um tambor e eu sabia que estava tão lívida quanto ele.

– Nossa, tia Claire! Onde aprendeu a sacar uma faca desse jeito? Você me deu um grande susto. – O Jovem Ian passou a mão pela testa, o pomo de adão subindo e descendo conforme ele engolia em seco.

– Você também – afirmei. Tentei recolocar a adaga na bainha, mas minha mão tremia demais e não consegui. Com os joelhos bambos, desabei novamente sobre o tronco de álamo e coloquei a adaga sobre a coxa. – Repito – disse, tentando recuperar o autocontrole –, o que você está fazendo aqui? – Eu tinha uma boa ideia do

503

que ele estava fazendo ali e não estava disposta a ouvi-lo. Por outro lado, precisava de um momento para me recompor do susto antes de poder ficar de pé outra vez.

O Jovem Ian mordeu o lábio, olhou ao redor e, diante do meu sinal de permissão, sentou-se acanhadamente ao meu lado no tronco.

– Tio Jamie me mandou – começou ele. Não esperei para ouvir mais, levantando-me imediatamente, joelhos frouxos ou não, enfiando a adaga na bainha e virando-me para partir. – Espere, tia! Por favor! – Segurou meu braço, mas libertei-o com um safanão, afastando-me dele.

– Não estou interessada – disse, chutando as folhagens de samambaias do caminho. – Volte para casa, Ian. Tenho que ir embora.

– Mas não é o que pensa! – Incapaz de me impedir de deixar a clareira, ele me seguia, argumentando enquanto abaixava a cabeça para se desviar dos galhos mais baixos. – Ele precisa de você, tia, é verdade, precisa muito! Você tem que voltar comigo!

Não respondi; havia alcançado meu cavalo e inclinei-me para desatar as cordas que o prendiam.

– Tia Claire! Não vai me ouvir? – Ele assomou do outro lado do cavalo, olhando-me por cima da sela, do alto de sua estatura desajeitada. Parecia-se muito com seu pai, o rosto amável e simples contraído de ansiedade.

– Não – disse secamente. Enfiei as cordas no alforje e coloquei o pé no estribo, erguendo-me com um ruge-ruge satisfatoriamente majestoso das saias e das anáguas. Minha digna partida foi embargada neste ponto pelo fato de o Jovem Ian ter as rédeas do cavalo agarradas nas mãos. – Solte – disse, enfaticamente.

– Não até você ter ouvido tudo que tenho a dizer – retrucou ele. Ergueu os olhos para mim, o maxilar trincado de teimosia, os meigos olhos castanhos incandescentes. Enfrentei seu olhar. Apesar de sua magreza desengonçada, ele possuía a musculatura rígida e definida do pai; a menos que eu estivesse disposta a atropelá-lo, não tinha outra escolha senão ouvi-lo.

Está bem, decidi. Não iria adiantar nada, nem para ele nem para o seu traiçoeiro tio, mas eu ouviria.

– Fale – disse, reunindo toda a paciência que pude.

Ele inspirou fundo, examinando-me cuidadosamente para ver se eu realmente pretendia ouvi-lo. Concluindo que eu estava dizendo a verdade, soltou a respiração ruidosamente, fazendo esvoaçar os cabelos castanhos e macios que caíam em sua testa, e endireitou os ombros para começar.

– Bem – iniciou ele, parecendo repentinamente indeciso. – É que... eu... ele...

Rugi de impaciência.

– Comece do princípio – disse. – Mas não floreie muito, está bem?

Ele assentiu, os dentes prendendo o lábio superior enquanto se concentrava.

– Bem, houve um enorme tumulto na casa depois que você partiu, quando o tio Jamie voltou – começou ele.

– Aposto que sim – disse. A contragosto, percebi que havia em mim uma ponta de curiosidade, mas a reprimi, assumindo uma expressão de completa indiferença.

– Nunca vi tio Jamie tão furioso – disse ele, observando cuidadosamente a expressão do meu rosto. – Nem mamãe, tampouco. Eles discutiram violentamente, os dois. Papai tentou acalmá-los, mas parecia que eles nem o ouviam. Tio Jamie acusou mamãe de meter o nariz onde não devia, chamou-a de megera intrometida e de alcoviteira... e... e de uma série de outros nomes piores – acrescentou, ruborizando.

– Ele não devia ter ficado furioso com Jenny – eu disse. – Ela só estava tentando ajudar, eu acho. – Também me senti mal por saber que eu fora a causa dessa briga. Jenny sempre fora o arrimo de Jamie desde a morte da mãe quando ambos eram crianças. Não teria fim o estrago que eu causara ao voltar?

Para minha surpresa, o filho de Jenny esboçou um sorriso.

– Bem, não foi só de uma das partes – disse ele ironicamente. – Minha mãe não é de aceitar desaforos sem reagir, você sabe. Tio Jamie tinha algumas marcas de dentes no corpo antes do final da briga. – Engoliu em seco, ao se lembrar. – Na verdade, eu achava que iam acabar se machucando; mamãe partiu para cima do tio Jamie com um aro de ferro e ele arrancou-o de sua mão e atirou-o pela janela da cozinha. Afugentou todas as galinhas do quintal – acrescentou, com um riso frouxo.

– Dispenso a parte das galinhas, Jovem Ian – disse, fitando-o friamente. – Vamos, continue; quero ir embora.

– Bem, depois tio Jamie derrubou a estante de livros da sala de visitas, não acho que tenha feito de propósito – acrescentou o rapaz apressadamente –, ele só estava transtornado demais para ver direito. Daí, saiu pela porta. Papai enfiou a cabeça pela janela e gritou, perguntando-lhe aonde ia e ele disse que ia procurá-la.

– Então, por que você está aqui, e não ele? – Eu estava ligeiramente inclinada para a frente, observando sua mão nas rédeas; se seus dedos mostrassem qualquer sinal de relaxamento, talvez eu pudesse arrancá-las de sua mão.

O Jovem Ian suspirou.

– Bem, no exato momento em que tio Jamie estava partindo em seu cavalo, tia... hã... quero dizer, a mu... – Ele corou violentamente. – Laoghaire. Ela... ela havia descido a colina e entrava no pátio.

Nesse ponto, desisti de fingir indiferença.

– E o que aconteceu, então?

Ele franziu a testa.

– Houve um terrível bate-boca, mas não pude ouvir muita coisa. Tia... quero dizer, Laoghaire, ela não parece saber brigar adequadamente, como mamãe e tio Jamie. Ela só choraminga e se lamenta. Mamãe diz que ela é chorona – acrescentou ele.

– Mmmhummm – eu disse. – E depois?

Laoghaire descera de seu próprio cavalo, agarrara Jamie pela perna e praticamente arrastou-o de cima de seu cavalo também, segundo o Jovem Ian. Então, desmoronara numa poça no pátio, agarrando Jamie pelos joelhos, lamuriando-se e choramingando como de costume.

Incapaz de desvencilhar-se, Jamie finalmente puxou Laoghaire, colocando-a de pé, atirou-a em cima do ombro e carregou-a para dentro da casa e escada acima, ignorando os olhares fascinados de sua família e criados.

– Certo – disse. Percebi que eu estivera cerrando o maxilar e conscientemente relaxei-o. – Então ele o mandou atrás de mim porque estava ocupado demais com sua mulher. Canalha! Que audácia! Ele pensa que pode simplesmente mandar alguém me buscar de volta, como uma vadia, porque não é conveniente para ele vir pessoalmente? Ele quer ter todas as vantagens, hein? Arrogante, egoísta, déspota! Maldito... escocês! – Distraída como eu estava pela imagem de Jamie carregando Laoghaire escada acima, "escocês" foi o pior epíteto que me ocorreu no momento.

Os nós dos meus dedos estavam brancos onde minha mão agarrava a borda da sela. Sem me preocupar mais com sutilezas, inclinei-me, agarrando as rédeas e puxando-as.

– Solte!

– Mas, tia Claire, não é isso!

– Como não é isso? – Surpreendida pelo seu tom de desespero, ergui os olhos. Seu rosto estreito e comprido estava consternado com a angustiada necessidade de me fazer compreender.

– Tio Jamie não ficou lá para cuidar de Laoghaire!

– Então, por que ele o enviou?

Ele respirou fundo, retomando o controle de minhas rédeas.

– Ela atirou nele. Ele me mandou ao seu encontro porque ele está morrendo.

– Se você estiver mentindo para mim, Ian Murray – disse, pela duodécima vez –, vai se arrepender pelo resto da vida, que será bem curta!

Eu tinha que erguer a voz para ser ouvida. O vento cada vez mais forte passava assobiando por mim, levantando meus cabelos dos ombros como bandeirolas, açoitando minhas saias e fazendo-as grudar em torno de minhas pernas. O tempo estava adequadamente terrível, grandes nuvens negras sufocavam os desfiladeiros, fervilhando sobre os rochedos como espuma de mar revolto, com o ribombar distante de trovões, como ondas arrebentando em uma praia longínqua de areia compacta.

Sem fôlego diante da força do vento, o Jovem Ian meramente sacudia a cabeça abaixada, inclinando o corpo contra a tempestade. Ele estava a pé, conduzindo os dois pôneis pelo traiçoeiro caminho pantanoso próximo à margem de um pequeno lago. Olhei instintivamente para meu pulso, sentindo falta do meu Rolex.

Era difícil dizer onde o sol estava, com a tempestade iminente cobrindo metade do céu a oeste, mas a borda superior das nuvens negras brilhava como ouro. Eu perdera a habilidade de ver a hora pelo sol e pelo céu, mas achei que devíamos estar no meio da tarde.

Lallybroch ficava várias horas à frente; eu duvidava que a alcançaríamos ao escurecer. Trilhando meu caminho relutantemente em direção a Craigh na Dun, eu levara quase dois dias para chegar ao pequeno bosque onde o Jovem Ian me alcançara. Ele havia, segundo me dissera, levado apenas um dia na perseguição; sabia mais ou menos a direção que eu tomara e ele próprio havia ferrado o cavalo que eu montava, minha pista fora clara para ele, onde o rastro do animal ficara impresso nas áreas lamacentas no meio do urzal na charneca descampada.

Dois dias desde que eu partira e um – ou mais – na jornada de volta. Três dias, portanto, desde que Jamie levara um tiro.

Eu pude obter alguns detalhes úteis do Jovem Ian; tendo conseguido cumprir sua missão, ele queria apenas retornar a Lallybroch o mais rápido possível e não havia sentido em prolongar a conversa. O ferimento de Jamie fora no braço esquerdo, dissera ele. Isso era bom, até aqui. A bala penetrara no lado do corpo de Jamie também. Isso não era bom. Jamie estava consciente quando visto pela última vez – isso era bom –, mas começava a ter febre. Nada, nada bom. Quanto a possíveis efeitos de choque, o tipo ou intensidade da febre ou o tratamento até então administrado, o Jovem Ian meramente encolheu os ombros.

Então, talvez Jamie estivesse morrendo, talvez não. Não era um risco que eu correria, como o próprio Jamie saberia perfeitamente. Perguntei-me momentaneamente se ele poderia ter atirado em si mesmo, como uma maneira de me obrigar a voltar. Nossa última conversa deixara-o com poucas dúvidas sobre a minha reação caso ele viesse atrás de mim ou usasse a força para me fazer voltar.

Começara a chover, eram pingos esparsos que se prendiam aos meus cabelos e cílios, toldando minha visão como lágrimas. Passada a região pantanosa, o Jovem Ian montara outra vez, liderando o caminho de subida da montanha até o desfiladeiro final que levava a Lallybroch.

Jamie era bem capaz de ter maquinado esse plano e certamente bastante corajoso para tê-lo executado. Por outro lado, eu nunca o vira ser incauto. Ele correra muitos riscos – casar-se comigo fora um deles, pensei melancolicamente –, mas nunca sem calcular o custo e sua disposição de arcar com as consequências. Ele teria achado que me atrair de volta a Lallybroch valia o risco de realmente morrer? Isso não parecia lógico e Jamie Fraser era um homem muito sensato.

Puxei o capuz do meu manto ainda mais para a frente, para manter o crescente aguaceiro fora do meu rosto. Os ombros e as coxas do Jovem Ian estavam escuros, encharcados, e a chuva gotejava da borda de seu chapéu desengonçado, mas ele sentava-se ereto na sela, ignorando os rigores do tempo com a estoica indiferença de um verdadeiro escocês.

Muito bem. Considerando que provavelmente Jamie não atirara em si mesmo, ele teria mesmo levado um tiro? Ele podia ter inventado a história e enviado o sobrinho para contá-la. Mas, pensando melhor, achei altamente improvável que o Jovem Ian pudesse ter dado a notícia de forma tão convincente, sendo falsa.

Dei de ombros, o movimento lançou um riacho frio por dentro da frente do meu manto, e decidi esperar o fim da jornada com a paciência que eu conseguisse ter. Anos de prática em medicina haviam me ensinado a não me antecipar; a realidade de cada caso em geral é única e assim devia ser minha resposta a ela. Minhas emoções, no entanto, eram muito mais difíceis de ser controladas do que minhas reações profissionais.

Toda vez que eu deixara Lallybroch, achara que jamais retornaria. Agora, ali estava eu, voltando uma vez mais. Por duas vezes, eu deixara Jamie, sabendo com certeza que jamais o veria de novo. E, no entanto, ali estava eu, voltando para ele como um maldito pombo-correio ao seu pombal.

– Vou lhe dizer uma coisa, Jamie Fraser – murmurei baixinho. – Se você não estiver à beira da morte quando eu chegar aí, vai se arrepender amargamente!

36
BRUXARIA PRÁTICA E APLICADA

Já escurecera há várias horas quando finalmente chegamos, encharcados até os ossos. A casa estava em silêncio, às escuras, exceto por duas janelas fracamente iluminadas na sala de estar no térreo. Houve um único latido de um dos cachorros, mas o Jovem Ian mandou que se calasse e, depois de cheirar meu estribo rapidamente, o vulto preto e branco desapareceu na escuridão do pátio de entrada.

O aviso fora suficiente para alertar alguém; quando o Jovem Ian conduziu-me para o vestíbulo, a porta da sala de visitas abriu-se. Jenny enfiou a cabeça pela porta, o rosto crispado de preocupação.

Ao ver o Jovem Ian, ela saiu para o vestíbulo, a expressão transformada em alegria e alívio, imediatamente substituída pela justa raiva de uma mãe confrontando-se com um filho fugido.

– Ian, seu pestinha! – disse ela. – Onde esteve todo esse tempo? Nós estávamos morrendo de preocupação! – Fez uma longa pausa, suficiente para examiná-lo ansiosamente. – Você está bem?

Diante de um sinal afirmativo de Ian, seus lábios apertaram-se novamente.

– Sim, bem. Vai ter que se explicar, rapazinho, pode acreditar! E, afinal, por onde você andou?

Alto e magro, ossudo e ensopado, o Jovem Ian parecia um espantalho afogado, mas ainda assim era grande o suficiente para me bloquear do campo de visão de sua mãe. Ele não respondeu à reprimenda de Jenny, mas encolheu os ombros desajeitadamente e deu um passo para o lado, expondo-me ao olhar alarmado de sua mãe.

Se minha ressurreição dos mortos a desconcertara, esta segunda aparição a deixou estupefata. Seus olhos azul-escuros, normalmente tão puxados quanto os de seu irmão, arregalaram-se tanto que pareciam redondos. Olhou-me fixamente por um longo instante, sem dizer nada, depois seu olhar virou-se de novo para o filho.

– Um tolo – disse ela, quase em tom de conversa. – É o que você é, garoto, um grande tolo. Só Deus sabe de quem você deveria ser filho; meu é que não era.

O Jovem Ian enrubesceu violentamente, abaixando os olhos enquanto suas faces queimavam. Afastou os cabelos macios e molhados dos olhos com as costas da mão.

– Eu... bem, eu só... – começou ele, os olhos nas botas. – Eu não podia simplesmente...

– Ah, deixe isso pra lá agora! – retrucou sua mãe rispidamente. – Suba para sua cama. Seu pai falará com você de manhã.

Ian olhou de modo desamparado para a porta da sala de estar, depois para mim. Encolheu os ombros mais uma vez, olhou para o chapéu encharcado que segurava nas mãos como se não soubesse como ele fora parar ali, e afastou-se arrastando os pés pelo corredor.

Jenny permaneceu absolutamente imóvel e silenciosa, os olhos fixos em mim, até a porta almofadada no final do corredor fechar-se com uma batida surda atrás de Ian. Seu rosto exibia rugas de preocupação e os olhos afundavam-se em olheiras de noites maldormidas. Embora ainda empertigada e de feições bem delineadas, agora ela aparentava a idade que tinha, na realidade parecia ainda mais velha.

– Então, você voltou – disse ela sem emoção.

Não vendo razão para responder ao óbvio, balancei rápido a cabeça. A casa estava silenciosa à nossa volta, cheia de sombras, o vestíbulo iluminado apenas por um candelabro de três velas sobre a mesa.

– Isso agora não tem importância – eu disse à meia-voz, para não perturbar o repouso da casa. Afinal, uma única coisa importava no momento. – Onde está Jamie?

Após uma ligeira hesitação, ela também balançou a cabeça, aceitando minha presença por enquanto.

– Ali dentro – disse ela, indicando a porta da sala de estar.

Comecei a caminhar em direção à porta, mas parei. Havia mais uma coisa.

– Onde está Laoghaire? – perguntei.

– Foi embora – disse ela. Seus olhos estavam inexpressivos e escuros, indecifráveis.

Respondi com um aceno da cabeça e atravessei a porta, fechando-a devagar, mas com firmeza, atrás de mim.

Grande demais para ficar deitado no sofá, Jamie jazia numa cama de acampamento armada em frente à lareira. Adormecido ou inconsciente, seu perfil erguia-se escuro e bem delineado contra o clarão das brasas, imóvel.

De um modo ou de outro, ele não estava morto – ao menos, ainda não. À medida que meus olhos se acostumavam à luz turva do fogo, pude ver o lento subir e descer de seu peito sob a camisa de dormir e a colcha. Viam-se um frasco de água e uma garrafa de conhaque na mesinha ao lado da cama. A cadeira estofada junto à lareira tinha um xale jogado no encosto; Jenny ficara sentada ali, velando pelo irmão.

Não parecia haver nenhuma necessidade de pressa agora. Desatei os cadarços da gola do meu manto e estendi o traje encharcado sobre o encosto da cadeira, enrolando-me no xale em substituição. Minhas mãos estavam frias, coloquei-as sob os braços, abraçando-me, para levá-las a uma temperatura mais próxima do normal antes de tocá-lo.

Quando finalmente me aventurei a colocar a mão aquecida em sua testa, quase dei um salto para trás. Ele estava quente como uma pistola que acabara de ser disparada, e gemeu e contorceu-se sob o toque de minha mão. De fato, febre. Fiquei olhando-o por um instante; em seguida, cuidadosamente, dirigi-me ao lado da cama e sentei-me na cadeira de Jenny. Achei que ele não iria dormir por muito tempo, com uma temperatura como aquela, e seria uma maldade acordá-lo sem necessidade, apenas para examiná-lo.

O manto atrás de mim pingava água no assoalho, um tamborilar lento, arrítmico. Lembrava-me, desagradavelmente, de uma antiga superstição das Terras Altas – o "pingo da morte". Pouco antes de uma pessoa morrer, diz a lenda, o som de água pingando é ouvido na casa, pelas pessoas sensíveis a esses sinais.

Eu não costumava, graças a Deus, notar fenômenos sobrenaturais desse tipo. Não, pensei ironicamente, é preciso algo como uma fenda no tempo para conseguir a sua atenção. O pensamento me fez sorrir, ainda que ligeiramente, e dispersou o tremor que eu sentira à ideia do pingo da morte.

Entretanto, enquanto o frio da chuva me deixava, eu ainda me sentia inquieta, por razões óbvias. Não fazia muito tempo que eu ficara à cabeceira de outra cama, nos plantões noturnos, e contemplara a morte e o desgaste de um casamento. Os pensamentos que eu começara a ter no bosque não haviam estancado na jornada apressada de volta a Lallybroch e continuavam agora, independentemente da minha vontade consciente.

A honra levara Frank à sua decisão – manter-me como sua mulher e criar Brianna como sua própria filha. A honra e a determinação de não declinar da responsabilidade que considerava sua. Bem, aqui diante de mim estava outro homem honrado.

Laoghaire e suas filhas, Jenny e sua família, os prisioneiros escoceses, os contrabandistas, o sr. Willoughby e Geordie, Fergus e os arrendatários... com quantas outras responsabilidades Jamie arcara, através de todos os anos em que estivemos separados?

A morte de Frank absolvera-me de uma de minhas próprias obrigações; a própria Brianna de outra. A diretoria do hospital, em sua eterna sabedoria, havia cortado o único e importante laço remanescente que me ligava àquela vida. Eu tive tempo, com a ajuda de Joe Abernathy, de livrar-me das responsabilidades menores, de delegar e atribuir, transferir e encerrar.

Jamie não tivera aviso nem escolha sobre meu reaparecimento em sua vida;

nenhum tempo para tomar decisões ou resolver conflitos. E não era do seu feitio abandonar suas responsabilidades, nem mesmo por amor.

Sim, ele mentira para mim. Não confiara em que eu reconheceria suas responsabilidades, que ficaria ao lado dele – ou poderia deixá-lo – conforme as suas circunstâncias exigissem. Ele teve medo. Eu também; medo de que ele não me escolheria, ao se ver confrontado com a luta entre um amor de vinte anos e a família atual. Assim, eu fugira.

"Quem você está querendo enganar, L. J.?", ouvi a voz de Joe Abernathy dizer, irônica e afetuosa. Eu fugira em direção a Craigh na Dun com toda a velocidade e decisão de um criminoso condenado aproximando-se dos degraus do cadafalso. Nada diminuíra a marcha da minha jornada senão a esperança de que Jamie viesse atrás de mim.

É bem verdade que a dor aguda da consciência e do orgulho ferido havia me estimulado a prosseguir, mas no instante em que o Jovem Ian disse: "Ele está morrendo", a fragilidade desses argumentos se revelou.

Meu casamento com Jamie fora para mim como a virada de uma grande chave, cada pequena volta desencadeando a queda intricada de uma peça da fechadura dentro de mim. Bree também fora capaz de girar essa chave, avançando lentamente na abertura da porta de mim mesma. Mas a última volta da fechadura estava travada – até eu entrar na gráfica em Edimburgo e o mecanismo liberar-se com um clique final e definitivo. A porta agora estava entreaberta, a luz de um futuro desconhecido brilhava pela fenda. Mas seria necessária mais força do que eu tinha sozinha para escancarar essa porta.

Observei o subir e descer de sua respiração e o jogo de luz e sombra nos traços fortes e bem delineados de seu rosto, e compreendi que nada importava realmente entre nós além do fato de nós dois ainda estarmos vivos. Assim, ali estava eu. Outra vez. E qualquer que pudesse ser o custo para mim ou para ele, ali eu ficaria.

Eu não percebera que seus olhos estavam abertos até ouvir sua voz.

– Então, você voltou – disse ele baixinho. – Eu sabia que voltaria.

Abri a boca para responder, mas ele ainda estava falando, os olhos fixos no meu rosto, as pupilas dilatadas em poças escuras.

– Meu amor – disse ele, quase sussurrando. – Meu Deus, você está tão linda, com seus olhos grandes tão dourados e os cabelos macios em volta do rosto. – Umedeceu os lábios ressecados. – Eu sabia que você tinha que me perdoar, Sassenach, quando soubesse.

Quando soubesse? Minhas sobrancelhas arquearam-se, mas eu não disse nada; ele tinha mais a dizer.

– Tive tanto medo de perdê-la outra vez, *mo chridhe* – murmurou ele. – Tanto medo. Nunca amei ninguém a não ser você, Sassenach, nunca, desde o dia em que a vi... mas eu não pude... não pude suportar... – Sua voz definhou num murmúrio ininteligível e seus olhos fecharam-se outra vez, as pestanas escuras pousadas contra a curva alta das maçãs do rosto.

Permaneci imóvel, imaginando o que deveria fazer. Enquanto o observava, seus olhos abriram-se repentinamente outra vez. Pesados e cansados de febre, buscaram meu rosto.

– Não falta muito, Sassenach – disse ele, como se quisesse me tranquilizar. Um dos cantos de sua boca contorceu-se num arremedo de sorriso. – Não muito. Então, eu a tocarei outra vez. Desejo muito tocá-la.

– Ah, Jamie – disse. Movida pela ternura, estendi a mão e coloquei-a em sua face ardente.

Seus olhos arregalaram-se com o choque e ele sentou-se ereto na cama abruptamente, dando um horripilante berro de dor quando o movimento balançou seu braço ferido.

– Ah, meu Deus, ó Jesus, Maria Santíssima, Deus Todo-Poderoso! – exclamou ele, curvado, ofegante, agarrando o braço esquerdo. – Você é real! Inferno, maldição! Ó Santo Deus!

– Você está bem? – disse, um pouco tolamente. Pude ouvir exclamações de surpresa do andar superior, abafadas pelas tábuas grossas do assoalho e o barulho de pés conforme cada um dos moradores de Lallybroch saltava da cama para investigar a origem do tumulto.

A cabeça de Jenny, os olhos ainda mais arregalados do que antes, enfiou-se pela porta da sala de visitas.

– Saia! – Jamie a viu e de alguma forma encontrou forças suficientes para rugir, antes de dobrar-se outra vez com um gemido de agonia. – Santo Deus! – exclamou ele entre dentes. – O quê, em nome de Deus, você está fazendo aqui, Sassenach?

– O que quer dizer com "o que estou fazendo aqui"? – disse. – Você mandou me buscar. E o que quer dizer com eu ser real?

Ele relaxou o maxilar e tentou afrouxar o aperto da mão no braço esquerdo. Tendo a sensação resultante se mostrado insatisfatória, ele prontamente agarrou-o outra vez e vociferou uma torrente de palavras em francês envolvendo os órgãos reprodutores de diversos santos e animais.

– Pelo amor de Deus, deite-se! – disse. Segurei-o pelos ombros e ajudei-o a reclinar-se sobre os travesseiros, notando com certo alarme o quanto seus ossos estavam próximos da superfície de sua pele ardente.

– Achei que você fosse um delírio da febre até me tocar – disse ele, ofegante. – O que diabos você pretendia, surgindo assim na cabeceira da minha cama e me matando de susto? – Fez uma careta de dor. – Meu Deus, parece que meu braço foi arrancado do ombro. Ah, droga! – exclamou ele, quando eu retirei os dedos de sua mão direita do braço esquerdo com firmeza.

– Não enviou o Jovem Ian para me dizer que você estava morrendo? – disse, enrolando habilmente a manga de seu camisão de dormir. O braço estava enfaixado com uma enorme atadura acima do cotovelo e eu tateei à cata da ponta da tira de linho.

– Eu? Não! Ai, está doendo!

– Vai doer ainda mais quando eu terminar com você – disse, desenrolando a atadura cuidadosamente. – Está me dizendo que o patife foi atrás de mim por conta própria? Você não queria que eu voltasse?

– Querer que você voltasse? Não! Querer que você voltasse para mim apenas por pena, a mesma que deve sentir por um cachorro na sarjeta? Não! Eu proibi o desgraçado de ir atrás de você! – Olhou-me com uma expressão ameaçadora, franzindo as sobrancelhas ruivas.

– Eu sou médica – disse friamente –, não veterinária. E se não me queria de volta, o que era tudo isso que estava dizendo antes de perceber que eu era real, hein? Morda a coberta ou algo assim; a ponta está grudada e vou ter que puxá-la com força.

Ele mordeu o lábio em vez disso e não fez nenhum barulho, exceto uma rápida inalação de ar pelo nariz. Era impossível distinguir sua cor à luz do fogo, mas seus olhos fecharam-se por um momento e pequenas gotas de suor porejaram em sua testa.

Virei-me por um instante, remexendo na gaveta da escrivaninha de Jenny onde as velas extras eram guardadas. Eu precisava de mais luz antes de qualquer coisa.

– Imagino que o Jovem Ian tenha me dito que você estava morrendo só para me trazer de volta. Deve ter achado que, de outra forma, eu não viria. – As velas estavam lá; boas velas de cera de abelha, das colmeias de Lallybroch.

– Embora possa não ter importância, eu estou morrendo. – Sua voz veio de trás de mim, seca e ríspida, apesar de sua falta de ar.

Voltei-me novamente para ele, com certa surpresa. Seus olhos pousaram em meu rosto com grande serenidade, agora que a dor no braço havia diminuído um pouco, mas sua respiração ainda era irregular e seus olhos estavam pesados e brilhantes de febre. Não respondi imediatamente, mas acendi as velas que encontrara, colocando-as no grande candelabro que normalmente decorava o aparador, somente usado em grandes ocasiões. As chamas de cinco velas adicionais iluminaram o aposento como se a sala estivesse se preparando para uma festa. Inclinei-me sobre a cama, de forma neutra.

– Vamos dar uma olhada nisso.

O ferimento propriamente dito era um buraco negro irregular, com crostas nas bordas e ligeiramente azulado. Apertei a carne dos dois lados do ferimento; estava vermelha e irritada, e havia uma considerável infiltração de pus. Jamie remexeu-se nervosamente quando corri as pontas dos dedos delicadamente, mas com firmeza, ao longo de toda a extensão do músculo.

– Há o começo de uma bela infecção aí, meu caro – disse. – O Jovem Ian disse que penetrou na lateral do corpo; um segundo tiro ou ele atravessou o braço?

– Atravessou. Jenny extraiu a bala da lateral. Mas não foi muito ruim. Só penetrou uns 2 centímetros, mais ou menos. – Ele falava em breves jatos, os lábios contraindo-se involuntariamente entre as frases.

– Deixe-me ver onde a bala saiu.

Movendo-se devagar, ele virou a mão para fora, deixando o braço apartar-se do lado do corpo. Pude ver que mesmo esse pequeno movimento era extremamente doloroso. O ferimento de saída da bala ficava logo acima da junta do cotovelo, do lado de dentro do braço. No entanto, não diretamente oposto ao ferimento de entrada; a bala fora desviada em seu trajeto.

– Atingiu o osso – disse, tentando não imaginar a dor que devia ter produzido. – Sabe se o osso está quebrado? Não quero apalpar mais do que o necessário.

– Obrigado pelas pequenas graças – disse ele, tentando sorrir. Mas os músculos de seu rosto tremeram e afrouxaram-se de exaustão. – Não, acho que não está quebrado – disse ele. – Já quebrei a mão e a clavícula e não é assim, embora doa um pouco.

– Imagino que sim. – Fui apalpando com cuidado o volume do bíceps, buscando algum ponto mais sensível. – Até onde vai a dor?

Ele olhou para o braço ferido, de forma quase indiferente.

– Parece que tenho um atiçador em brasa dentro do braço, não um osso. Mas não é só o braço que dói agora, todo o lado do meu corpo ficou rígido e dolorido. – Ele engoliu com dificuldade, umedecendo os lábios outra vez. – Podia me dar uma dose de conhaque? – perguntou ele. – Dói só de sentir o coração batendo – acrescentou, justificando-se.

Sem comentários, servi um copo de água do frasco sobre a mesa e levei-o à sua boca. Ele ergueu uma das sobrancelhas, mas bebeu avidamente, depois deixou a cabeça recair contra o travesseiro. Respirou fundo por um instante, os olhos fechados; em seguida, abriu-os e olhou diretamente para mim.

– Já tive duas febres em minha vida que quase me mataram – disse ele. – É provável que esta consiga. Eu não mandaria buscá-la, mas... fico feliz por estar aqui. – Engoliu em seco uma vez e continuou. – Queria... lhe dizer que sinto muito. E me despedir adequadamente de você. Não lhe pediria para ficar até o fim, mas... você poderia... você poderia ficar comigo, só um pouco?

Sua mão direita pressionava o colchão, espalmada, equilibrando-o. Eu podia ver que ele estava lutando com todas as forças para manter qualquer tom de súplica fora de sua voz ou de seus olhos, para transformar a solicitação num pedido simples, um pedido que pudesse ser recusado.

Sentei-me na cama a seu lado, tomando cuidado para não sacudi-lo. A luz do fogo brilhava em um dos lados de seu rosto, fazendo faiscar os pelos curtos, vermelho-dourados, de sua barba, refletindo as pequenas centelhas de prata aqui e ali, deixando o outro lado imerso na sombra. Fitei-o nos olhos, sem piscar. Esperava que a ânsia aparente em seu rosto não fosse tão óbvia no meu próprio semblante.

Estendi o braço e deslizei a mão ternamente pelo seu rosto, sentindo a aspereza dos pelos eriçados da barba por fazer.

– Ficarei um pouco – disse. – Mas você não vai morrer.

Ele ergueu uma das sobrancelhas.

– Você me tirou de uma febre grave, usando o que eu ainda acho que foi feitiçaria. E Jenny me tirou da outra, sem nada além de teimosia. Imagino que com vocês duas aqui, possam conseguir, mas não tenho certeza se quero passar por essa provação outra vez. Acho que prefiro morrer e acabar logo com isso, se não se importar.

– Ingrato – disse. – Covarde. – Dilacerada entre a exasperação e a ternura, bati de leve em seu rosto e levantei-me, enfiando a mão no bolso fundo da minha saia. Havia um item que eu sempre carregara comigo, jamais confiando nos caprichos das viagens.

Coloquei a caixinha plana sobre a mesa e abri o trinco.

– Também não vou deixar você morrer desta vez – informei-o –, por mais que me sinta tentada. – Cuidadosamente, extraí o rolo de flanela cinza e coloquei-o sobre a mesa com um leve barulho tilintante. Desenrolei a flanela, exibindo a brilhante carreira de seringas, e remexi no estojo em busca do pequeno frasco de cápsulas de penicilina.

– O que é isso, em nome de Deus? – perguntou Jamie, olhando as seringas com interesse. – Parecem cruelmente pontiagudas.

Não respondi, ocupada em dissolver as cápsulas de penicilina na garrafinha de água esterilizada. Escolhi uma ampola de vidro, encaixei uma agulha e pressionei a ponta pela tampa de borracha que cobria a boca da garrafa. Erguendo-a contra a luz, puxei o êmbolo devagar para trás, observando o espesso líquido branco encher o cilindro, verificando se não havia bolhas de ar. Em seguida, puxei a agulha da borracha e pressionei um pouco o êmbolo até uma gota do líquido surgir na ponta e rolar lentamente para baixo, ao longo da agulha.

– Vire o corpo sobre o lado bom – disse, virando-me para Jamie – e puxe sua camisa para cima.

Ele olhou para a agulha em minha mão com grande desconfiança, mas obedeceu relutantemente. Inspecionei o terreno com aprovação.

– Seu traseiro não mudou nada em vinte anos – observei, admirando as curvas musculosas.

– Nem o seu – retrucou ele elegantemente –, mas não estou pedindo para exibi-lo. Está sofrendo de um ataque súbito de luxúria?

– No momento, não – eu disse, sem me alterar, limpando uma área da pele com um pano embebido em conhaque.

– Esta é uma marca de conhaque muito boa – disse ele, espreitando por cima do ombro –, mas estou mais acostumado a aplicá-lo na outra extremidade.

– Também é a melhor fonte de álcool disponível. Fique imóvel agora e relaxe. – Apliquei a agulha habilmente e pressionei o êmbolo devagar.

– Ai! – Jamie esfregou o traseiro, amuado.

– Vai parar de arder agora mesmo. – Servi uma dose do conhaque no copo. – Agora pode beber um pouco, só um pouquinho.

Ele esvaziou o copo sem comentários, observando enquanto eu enrolava a coleção de seringas. Finalmente, disse:

– Pensei que você enfiava alfinetes em bonecas de bruxaria quando queria fazer feitiço contra alguém, e não nas próprias pessoas.

– Não é um alfinete, é uma seringa hipodérmica.

– Não me interessa como você a chama; pareceu um maldito cravo de ferradura. Poderia me dizer por que enfiar alfinetes no meu traseiro vai ajudar meu braço?

Respirei fundo.

– Bem, lembra-se do que eu lhe disse uma vez a respeito de germes?

Ele pareceu não entender.

– Pequenos animais, minúsculos demais para serem vistos – acrescentei. – Eles podem entrar em seu corpo através de alimentos estragados ou água ruim, ou através de feridas abertas, e quando entram, podem fazê-lo ficar doente.

Fitou o braço com interesse.

– Então, tenho germes no meu braço?

– Certamente. – Tamborilei um dedo no pequeno estojo. – O remédio que acabei de inserir em seu corpo mata germes. Você toma outra injeção a cada quatro horas até esta mesma hora amanhã, e então veremos como você está.

Parei. Jamie me olhava fixamente, sacudindo a cabeça.

– Compreende? – perguntei.

Ele balançou a cabeça devagar.

– Sim, compreendo. Eu devia ter deixado que a queimassem na fogueira, há vinte anos.

37
O SIGNIFICADO DE UM NOME

Depois de aplicar-lhe uma injeção e ajeitá-lo confortavelmente na cama, permaneci em vigília até ele adormecer outra vez, permitindo que segurasse minha mão até seus dedos relaxarem com o sono e a mão enorme cair, frouxa, ao lado do corpo.

Permaneci sentada ao lado de sua cama o resto da noite, cochilando às vezes, e acordando-me por meio do relógio interno que todos os médicos possuem, atrelado aos ritmos dos turnos de plantão de um hospital. Mais duas injeções, a última ao nascer do dia, e a essa hora a febre já cedera perceptivelmente. Sua fronte ainda estava bem quente, mas o corpo já não ardia em febre e ele descansava com mais facilidade, adormecendo após a última injeção com apenas alguns resmungos e um gemido fraco quando sentia uma dor aguda no braço.

– Os malditos germes do século XVIII não são páreo para a penicilina – disse à sua figura adormecida. – Nenhuma resistência. Ainda que você tivesse sífilis, eu a eliminaria num piscar de olhos.

E depois?, perguntei-me, cambaleando até a cozinha em busca de chá quente e comida. Uma mulher desconhecida, provavelmente a cozinheira ou ajudante, atiçava o forno de tijolos, pronto para receber a fornada diária de pães que cresciam em suas formas sobre a mesa. Não pareceu surpresa ao me ver, mas limpou uma pequena área para eu me sentar e trouxe-me chá e panquecas frescas assadas na chapa com não mais do que um rápido "Bom dia, madame" antes de retornar ao seu trabalho.

Evidentemente, Jenny informara aos empregados da minha presença. Isso significaria que ela própria a aceitava? Eu duvidava. Obviamente, ela quis que eu fosse embora e não gostou de me ver de volta. Se eu ficasse, sem dúvida haveria muitas explicações sobre Laoghaire, de Jenny e de Jamie. E eu pretendia ficar.

– Obrigada – disse educadamente à cozinheira e, levando uma nova xícara de chá comigo, voltei à sala de estar para esperar até que Jamie acordasse outra vez.

As pessoas passavam pela porta durante a manhã, parando de vez em quando para dar uma espiada, mas sempre se afastando apressadamente quando eu erguia os olhos. Finalmente, Jamie deu sinais de estar acordando, pouco antes de meio-dia; remexeu-se, suspirou, gemeu quando o movimento abalou seu braço e aquietou-se outra vez.

Dei-lhe alguns instantes para perceber minha presença, mas seus olhos permaneceram fechados. Entretanto, ele não estava dormindo; os contornos de seu corpo estavam ligeiramente tensos, e não relaxados em repouso. Eu o observara dormir durante toda a noite; sabia a diferença.

– Muito bem – disse. Reclinei-me na cadeira, acomodando-me confortavelmente, bem longe de seu alcance. – Vamos ouvir a história, então.

Uma pequena fenda de azul surgiu sob as longas pestanas castanho-avermelhadas; em seguida, desapareceu outra vez.

– Hummm? – disse ele, fingindo acordar lentamente. As pestanas adejaram contra a face.

– Não se esquive – eu disse de modo incisivo. – Sei perfeitamente que está acordado. Abra os olhos e conte-me a respeito de Laoghaire.

Os olhos azuis abriram-se e pousaram sobre mim com uma expressão de certo desagrado.

– Não tem medo que eu tenha uma recaída? – perguntou ele. – Sempre ouvi dizer que os doentes não deviam ser perturbados. Faz com que seu estado piore.

– Você tem um médico aqui mesmo – assegurei-lhe. – Se você desmaiar com a tensão, saberei exatamente o que fazer.

– É disso que tenho medo. – Seu olhar estreitado saltou para o pequeno estojo de remédios e seringas hipodérmicas sobre a mesa e voltou para mim. – Parece que me sentei num porco-espinho, sem calças.

– Ótimo – eu disse, satisfeita. – Vai tomar outra dentro de uma hora. Agora, você vai falar.

Ele comprimiu os lábios com força, mas relaxou ao suspirar. Com o auxílio de uma das mãos e um grande esforço, sentou-se direito na cama, recostado nos travesseiros. Não o ajudei.

– Está bem – disse ele, finalmente. Não olhou para mim, mas abaixou os olhos para a colcha, onde seu dedo traçava as bordas do desenho estrelado. – Bem, foi quando eu voltei da Inglaterra.

Ele viera de Lake District, atravessara a barreira de Carter, o grande planalto que separa a Inglaterra da Escócia, em cujas encostas as cortes e mercados antigos das fronteiras haviam se instalado.

– Há uma pedra lá que marca a fronteira, talvez você conheça; parece o tipo de pedra que dura muito tempo. – Olhou para mim, com ar de interrogação, e eu balancei a cabeça, confirmando. Eu realmente a conhecia; um enorme menir, um monumento megalítico de cerca de 3 metros de altura. Na minha época, alguém gravara INGLATERRA em uma das superfícies e ESCÓCIA na outra.

Ele parou ali para descansar, como milhares de viajantes o fizeram ao longo dos anos, seu passado de exílio atrás dele, o futuro – e o lar – abaixo, além dos pequenos vales brumosos e verdes das Terras Baixas, e acima, nos penhascos cinzentos das Terras Altas, ocultos pela névoa.

Sua mão perfeita corria para a frente e para trás entre seus cabelos, como sempre o fazia quando ele estava pensando, fazendo com que os tufos no alto da cabeça ficassem espetados em pequenas e brilhantes volutas.

– Você não sabe como é viver entre estranhos por tanto tempo.

– Não sei? – disse, com certa mordacidade.

Ele ergueu os olhos para mim, surpreso, depois sorriu timidamente, abaixando os olhos para a colcha.

– Sim, talvez saiba – disse ele. – A gente muda, não é? Por mais que queiramos manter as lembranças de casa, de quem somos, a gente se transforma. Não em um dos estranhos; jamais poderíamos ser um deles, ainda que quiséssemos. Mas, ainda assim, em alguém diferente de quem éramos.

Pensei em mim mesma, parada, em silêncio, ao lado de Frank, como um resto de naufrágio nas marés das festas universitárias, empurrando um carrinho de bebê pelos parques frios de Boston, jogando bridge e conversando com outras esposas e mães, falando a língua estrangeira da vida em família da classe média. Estranhos, de fato.

– Sim – eu disse. – Eu sei. Continue.

Ele suspirou, esfregando o nariz com o indicador.

– Assim, eu voltei – disse ele. Ergueu os olhos, um sorriso oculto no canto da boca. – O que foi que você disse ao Jovem Ian? "Lar é o lugar onde você sempre deve ser aceito quando precisar."

– Isso mesmo – disse. – É uma citação de um poeta chamado Frost. Mas o que quer dizer? Certamente, sua família ficou feliz de vê-lo!

Ele franziu a testa, deslizando o dedo pela colcha.

– Sim, ficaram – disse ele devagar. – Não é isso, não quero dizer que eles me fizeram sentir um intruso, absolutamente. Mas eu ficara longe por tanto tempo... Michael e os pequenos Janet e Ian nem se lembravam de mim. – Sorriu com tristeza. – Mas tinham ouvido falar de mim. Quando eu entrava na cozinha, eles se agachavam contra as paredes e fitavam-me, com os olhos arregalados.

Inclinou-se um pouco para a frente, disposto a me fazer compreender.

– Veja bem, era diferente, quando eu estava escondido na caverna. Eu não estava na casa e eles raramente me viam, mas eu estava sempre aqui, fazia parte da família. Eu caçava para eles; sabia quando estavam com fome, ou frio, ou quando as cabras estavam doentes ou a colheita de repolho era ruim, ou uma nova cobrança do governo era enfiada por baixo da porta da cozinha. Depois, fui para a prisão. E para a Inglaterra. Eu escrevia para eles – e eles para mim –, mas não era a mesma coisa, ver algumas palavras em tinta preta numa folha de papel, contando fatos que ocorreram há meses. E quando voltei... – Deu de ombros, contraindo-se quando o movimento agitou seu braço. – Foi diferente. Ian me perguntava o que eu achava de cercar o pasto do velho Kirby e eu ficava sabendo que ele já mandara o Jovem Jamie fazer isso. Eu caminhava pelos campos e as pessoas estreitavam os olhos para mim, desconfiadas, achando que eu era um estranho. Daí, arregalavam os olhos como se tivessem visto um fantasma, quando me reconheciam.

Parou, olhando para fora da janela, onde os galhos da roseira de sua mãe batiam contra a vidraça ao sabor do vento.

– Eu era um fantasma, acho. – Olhou para mim timidamente – Se entende o que quero dizer.

– Talvez – disse. A chuva escorria pela vidraça, as gotas da mesma cor cinzenta do céu. – Você sente como se seus laços com a terra tivessem sido rompidos – disse à meia-voz. – Flutuando pelos aposentos sem sentir seus passos. Ouvindo as pessoas falarem com você e não conseguindo compreender. Eu me lembro disso, antes de Bree nascer. – Mas, depois do seu nascimento, eu tinha uma ligação com a terra; ela era minha âncora na vida.

Ele balançou a cabeça, sem me olhar, e depois fez silêncio por um minuto. O fogo de turfa assobiava na lareira atrás de mim, desprendendo o cheiro das Terras Altas, e o aroma de sopa de galinha e alho-poró e de pão assado espalhava-se pela casa, caloroso e reconfortante como um cobertor.

– Eu estava aqui – disse ele baixinho –, mas não estava em casa.

Eu podia sentir a influência do ambiente ao meu redor – a casa, a família, o próprio lugar. Eu, que não tive um lar na infância para recordar, sentia o desejo de ficar sentada aqui para sempre, enredada nos milhares de fios da vida diária, inexoravelmente presa a este pedaço de terra. O que teria significado para ele, que vivera toda a vida na força deste elo, suportara o exílio na esperança de voltar um dia e depois de ter voltado, descobrira que continuava sem raízes?

– E acho que me sentia sozinho – disse ele serenamente. Permanecia móvel, recostado nos travesseiros, os olhos fechados.

– Acho que sim – eu disse, com cuidado para não deixar transparecer nenhum tom de compaixão ou censura. Eu também tivera a minha parcela de solidão.

Ele abriu os olhos e fitou-me com uma honestidade indefesa.

– Sim, havia isso também – disse ele. – Não era o principal, não... mas, sim, havia isso também.

Jenny tentara, com diversos graus de delicadeza e insistência, convencê-lo a se casar outra vez. Ela tentara intermitentemente desde Culloden, apresentando uma ou outra viúva jovem e apresentável, uma ou outra virgem de boa índole, em vão. Até que, privado dos sentimentos que o sustentaram até então, buscando desesperadamente algum sentido de ligação, ele lhe deu ouvidos.

– Laoghaire casara-se com Hugh MacKenzie, um dos arrendatários de Colum – disse ele, os olhos fechados outra vez. – Mas Hugh morreu em Culloden e, dois anos depois, Laoghaire casou-se com Simon MacKimmie do clã Fraser. As duas garotas, Marsali e Joan, são dele. Os ingleses o prenderam alguns anos mais tarde e o levaram para a prisão de Edimburgo. – Ele abriu os olhos, erguendo-os para as vigas enegrecidas do teto. – Ele tinha uma boa casa e uma propriedade que valia a pena confiscar. Na época, isso era suficiente para transformar um escocês das Terras Altas em traidor, quer ele tivesse lutado abertamente pelos Stuart ou não.

Sua voz estava ficando rouca e ele parou para clarear a garganta.

– Simon não teve a mesma sorte que eu. Morreu na prisão antes que pudessem levá-lo a julgamento. Durante algum tempo, a Coroa tentou tomar a propriedade, mas Ned Gowan foi a Edimburgo e falou em nome de Laoghaire. Ele conseguiu salvar a casa principal e um pouco de dinheiro, alegando que era seu dote de viúva.

– Ned Gowan? – falei com um misto de surpresa e satisfação. – Ele não pode estar vivo ainda, está? – Fora Ned Gowan, um advogado pequeno e idoso, que aconselhava o clã MacKenzie em questões legais, que me salvara de ser queimada como bruxa, há vinte anos. Eu já o achava bastante idoso na época.

Jamie sorriu, vendo meu contentamento.

– Ah, sim. Acho que vão ter que dar um golpe de machado em sua cabeça para matá-lo. Ele está do mesmo jeito que sempre foi, embora já deva ter mais de 70 anos agora.

– Ele ainda mora no Castelo Leoch?

Jamie balançou a cabeça, estendendo a mão para o copo de água sobre a mesinha de cabeceira. Bebeu desajeitadamente, com a mão direita, e recolocou-o de volta sobre a mesinha.

– O que restou do castelo. Sim, embora esteja viajando muito nos últimos anos, trabalhando em processos por traição e para recuperação de propriedades. – Jamie esboçou um sorriso amargo. – Há um ditado, sabe? "Depois da guerra, primeiro vêm os abutres para comer a carne; depois, os advogados para pegar os ossos."

Sua mão direita dirigiu-se ao ombro esquerdo, massageando-o inconscientemente.

– Não, Ned é um bom homem, apesar de sua profissão. Ele vai e volta de Inverness, vai a Edimburgo, às vezes, até Londres e Paris. E para aqui de vez em quando, para fazer uma pausa na viagem.

Foi Ned Gowan quem mencionou Laoghaire para Jenny, ao retornar de Balriggan para Edimburgo. Subitamente interessada, Jenny investigara melhor para obter maiores detalhes e, considerando-os satisfatórios, imediatamente enviou um convite a Balriggan, para Laoghaire e suas duas filhas virem a Lallybroch passar o Hogmanay – o Ano-Novo –, que estava próximo.

A casa estava toda iluminada naquela noite, tinha velas acesas nas janelas e ramos de azevinho e hera presos no corrimão da escada e nos batentes das portas. Já não havia tantos gaiteiros nas Terras Altas como antes de Culloden, mas conseguiram encontrar um, bem como um violinista, e a música flutuava pela escada acima, mesclada ao aroma inebriante de ponche de rum, bolo de frutas, amêndoas e biscoitos Savoy.

Jamie descera tarde da noite, hesitante. Muitas pessoas ali ele não via há quase dez anos e não estava ansioso para encontrá-las agora, sentindo-se mudado e distante. Mas Jenny mandara fazer uma camisa nova para ele, escovara e consertara seu casaco, penteara seus cabelos e trançara-os para ele antes de descer para supervisionar os preparativos na cozinha. Ele não tinha nenhuma desculpa para se demorar ainda mais e finalmente descera para o barulho e a agitação da festa.

– Sr. Fraser! – Peggy Gibbons foi a primeira a vê-lo; apressou-se a atravessar o aposento, o rosto radiante, e lançou os braços à sua volta, sem nenhuma cerimônia. Tomado de surpresa, ele correspondeu ao abraço e, em poucos instantes, estava cercado por uma pequena multidão de mulheres, falando ao mesmo tempo, segurando no colo crianças

nascidas depois de sua partida, beijando seu rosto e dando pancadinhas em suas mãos.

Os homens mostraram-se mais tímidos, cumprimentando-o com uma palavra ríspida de boas-vindas ou um tapa nas costas conforme ele abria caminho devagar pelos aposentos até que, totalmente desconcertado, ele se refugiara temporariamente no escritório da casa.

Um dia, fora o aposento de seu pai, depois seu próprio local de trabalho e agora pertencia a seu cunhado, que administrara Lallybroch durante todos os anos de sua ausência. Os livros de contabilidade, os de controle de estoques e contas estavam todos perfeitamente alinhados na beira da escrivaninha surrada; correu o dedo pelas lombadas de couro, sentindo uma sensação de conforto ao toque. Estava tudo ali; as semeaduras e as colheitas, as cautelosas aquisições e compras, as lentas economias e gastos que definiam o ritmo da vida dos colonos de Lallybroch.

Na pequena estante de livros, ele encontrou sua cobra de madeira. Juntamente com todos os objetos que lhe eram caros, ele a deixara para trás quando fora para a prisão. Uma pequena imagem esculpida em cerejeira, fora um presente de seu irmão mais velho, que morrera na infância. Ele estava sentado na cadeira da escrivaninha, acariciando as curvas lisas e desgastadas da cobra de madeira, quando a porta do escritório se abriu.

– Jamie? – dissera ela, parando timidamente na soleira da porta. Ele não se dera ao trabalho de acender um lampião no aposento; ela estava recortada em silhueta contra a luz das velas que queimavam no corredor. Usava os cabelos louros soltos, como uma moça solteira, e a luz brilhava através deles, formando um halo ao redor de seu rosto invisível. – Lembra-se de mim? – disse ela, hesitante, relutando em entrar no aposento sem ser convidada.

– Sim – respondeu ele, após uma pausa. – Sim, claro que sim.

– A música começou – disse ela. De fato. Ele podia ouvir o lamento do violino e a batida de pés na sala de visitas, juntamente com um ou outro grito de entusiasmo. Parecia que a festa já estava bem animada; a maioria dos convidados estaria dormindo no chão ao raiar do dia. – Sua irmã diz que você é um ótimo dançarino – disse ela, ainda tímida, mas decidida.

– Já faz muito tempo desde a última vez que tentei – disse ele, sentindo-se acanhado também, dolorosamente contrafeito, embora a música do violino penetrasse em seus ossos e seus pés comichassem ao som do instrumento.

– É Tha mo Leabaidh 'san Fhraoch, "Minha cama é o urzal", você conhece esta. Quer vir tentar comigo? – Ela estendera a mão para ele, pequena e graciosa na penumbra. E ele se levantara, segurara sua mão estendida e dera os primeiros passos em busca de si mesmo.

– Foi aqui – disse ele, indicando o aposento onde estávamos sentados com um gesto largo da mão perfeita. – Jenny mandara retirar toda a mobília, exceto uma mesa com comida e uísque, e o violinista estava de pé junto à janela ali, com a luz por trás de seu ombro. – Indicou com um sinal da cabeça a janela onde a roseira silvestre tremulava. Um pouco da luz daquela festa de ano-novo demorou-se em seu semblante e eu senti uma pequena pontada de dor ao vê-la. – Dançamos a noite toda, às vezes com outras pessoas, mas a maior parte do tempo um com o outro. Ao amanhecer, quando os que ainda estavam acordados foram para trás da casa para ver que presságios o ano-novo poderia trazer, nós dois também fomos. As mulheres solteiras revezavam-se em girar, atravessar a porta com os olhos fechados, depois girar outra vez e abrir os olhos para ver qual seria a primeira coisa com que se deparariam, porque isso lhes diria sobre o homem com quem se casariam, sabe.

Havia muito riso, conforme os convidados, animados pelo uísque e pela dança, empurravam-se junto à porta. Laoghaire deixara-se ficar para trás, ruborizada e rindo, dizendo que era uma brincadeira para as moças e não para uma matrona de 34 anos, mas os outros insistiram e ela resolveu experimentar. Rodou três vezes no sentido do relógio e abriu a porta, deu um passo para dentro da luz fria da aurora e girou outra vez. E quando abriu os olhos, eles pousaram sobre o rosto de Jamie, arregalados de expectativa.

– Assim... lá estava ela, uma viúva com duas crianças. Ela precisava de um homem, isso era óbvio. Eu precisava... de alguma coisa. – Ele olhou fixamente para o fogo, onde a chama baixa reluzia através da massa vermelha de turfa; calor sem muita luz. – Achei que devíamos nos ajudar.

Casaram-se discretamente em Balriggan e ele levou seus poucos pertences para lá. Menos de um ano depois, ele se mudou outra vez e foi para Edimburgo.

– O que aconteceu? – perguntei, mais do que curiosa.

Ele ergueu os olhos para mim, com uma expressão de desamparo.

– Não sei. Não é que houvesse alguma coisa errada, exatamente... é que nada parecia certo. – Esfregou a mão entre as sobrancelhas com um ar cansado. – Acho que era eu, minha culpa. De alguma forma, eu sempre a decepcionava. Sentávamos à mesa de jantar e, de repente, seus olhos ficavam cheios d'água e ela saía da mesa soluçando. E eu ficava lá sentado sem a menor ideia do que eu fizera ou dissera de errado.

Cerrou o punho sobre a colcha, depois relaxou.

– Meu Deus, eu nunca sabia o que fazer por ela, ou o que dizer! Qualquer coisa que eu dissesse só fazia piorar as coisas e passavam-se dias... não, semanas!... em que ela não falava comigo, apenas virava-se quando eu me aproximava e ficava olhando fixamente pela janela até eu sair outra vez.

Seus dedos dirigiram-se aos arranhões paralelos no lado do seu pescoço. Já estavam quase cicatrizados, mas as marcas das minhas unhas ainda podiam ser vistas em sua pele clara. Ele olhou para mim ironicamente.

– Você nunca me fez isso, Sassenach.

– Não é meu estilo – concordei, sorrindo debilmente. – Ao menos, se estou com raiva de você, certamente você vai saber por quê.

Ele deu uma risadinha e recostou-se nos travesseiros. Nenhum de nós dois falou por algum tempo. Então ele disse, fitando o teto:

– Achei que eu não queria saber nada sobre como foi... com Frank, quero dizer. Talvez eu estivesse errado.

– Eu lhe direi qualquer coisa que queira saber – eu disse. – Mas não agora. Ainda é a sua vez.

Ele suspirou e fechou os olhos.

– Laoghaire tinha medo de mim – disse ele baixinho, um minuto depois. – Tentei ser delicado com ela, meu Deus, tentei muitas vezes, tudo que eu sabia para agradar uma mulher. Mas não adiantou.

Sua cabeça virava-se de um lado para o outro sem cessar, fazendo um côncavo no travesseiro de penas.

– Talvez tenha sido Hugh, ou talvez Simon. Eu conheci os dois e ambos eram bons homens, mas nunca se sabe o que acontece na cama de um casal. Talvez tenha sido a maternidade; nem todas as mulheres a aceitam. Mas alguma coisa a feriu, um dia, e eu não conseguia curar isso, por mais que tentasse. Ela se encolhia quando eu a tocava e podia ver o medo e a náusea em seus olhos. – Havia rugas de tristeza ao redor de seus próprios olhos fechados e, impulsivamente, segurei sua mão nas minhas.

Ele apertou-as suavemente e abriu os olhos.

– Foi por isso que finalmente fui embora. Não podia mais suportar aquilo.

Eu não disse nada, mas continuei segurando sua mão, colocando o dedo em seu pulso para verificar os batimentos cardíacos. Felizmente, seu coração pulsava devagar e regularmente.

Ele se remexeu um pouco na cama, movendo os ombros e fazendo uma careta de desconforto ao fazê-lo.

– O braço dói muito? – perguntei.

– Um pouco.

Inclinei-me sobre ele, colocando a mão em sua testa. Ele estava bastante quente, mas não febril. Havia um sulco entre as grossas sobrancelhas ruivas e eu alisei-o com o nó do dedo.

– A cabeça dói?

– Sim.

– Vou fazer um chá de casca de salgueiro para você. – Fiz menção de me levantar, mas sua mão em meu braço me impediu.

– Não preciso de chá – disse ele. – Mas ajudaria se, talvez, eu pudesse deitar a cabeça em seu colo e você massageasse um pouco as minhas têmporas, hummm? – Os olhos azuis ergueram-se para mim, límpidos como um céu de primavera.

– Você não me engana nem um pouco, Jamie Fraser – eu disse. – Não vou me esquecer de sua próxima injeção. – Entretanto, eu já estava afastando a cadeira e sentando-me ao seu lado na cama.

Ele deu um pequeno grunhido de contentamento quando coloquei sua cabeça no meu colo e comecei a acariciá-la, massageando suas têmporas, alisando para trás os cabelos espessos e sedosos. Sua nuca estava úmida; levantei os cabelos do pescoço e soprei-a delicadamente, vendo a pele clara e lisa arrepiar-se.

– Ah, que sensação boa – murmurou ele. A despeito da minha determinação em não tocá-lo além das exigências dos cuidados médicos até que tudo entre nós estivesse esclarecido, vi minhas mãos amoldando-se em torno das linhas arrojadas e bem definidas de seu pescoço e ombros, buscando os nós de suas vértebras e os ossos planos e largos de suas clavículas.

Sua musculatura era firme e sólida sob minhas mãos, sua respiração uma carícia morna em minha coxa, e foi com certa relutância que eu finalmente ajeitei-o de volta no travesseiro e estendi o braço para a ampola de penicilina.

– Muito bem – disse, levantando o lençol e pegando a barra de seu camisão. – Uma picada rápida e você... – Minha mão roçou na frente de sua camisa de dormir e eu parei, espantada. – Jamie! – disse, achando graça. – Não é possível que você...

– Não, acho que não posso – concordou ele, tranquilamente. Curvou-se, de lado, como um camarão, as pestanas escuras contra a face. – Mas um homem pode sonhar, não?

...

Naquela noite, também não subi para a cama. Não falamos muito, apenas ficamos deitados bem juntos na cama estreita, mal nos movendo, para não abalar seu braço ferido. O resto da casa estava em silêncio, todos na cama em segurança, e não se ouvia nenhum som, exceto o assobio do fogo, o sopro do vento e os arranhões da roseira silvestre de Ellen na janela, insistente como as exigências do amor.

– Você sabe? – disse ele baixinho, em algum ponto da escuridão, de madrugada. – Sabe o que é estar com alguém daquela forma? Tentar tudo que pode e parecer nunca saber o segredo dela?

– Sim – disse, pensando em Frank. – Sim, eu sei.

– Achei que soubesse. – Ele ficou em silêncio por um instante, depois sua mão tocou meus cabelos delicadamente, uma sombra indistinta à luz do fogo. – E depois... – sussurrou ele – ter isso de volta outra vez, esse entendimento. Ser livre em tudo que diz ou faz, e saber que está tudo certo.

– Dizer "eu a amo" e realmente estar dizendo do fundo do coração – falei baixinho, na escuridão.

– Sim – respondeu ele, de forma quase inaudível. – Dizer isso.

Sua mão descansou em meus cabelos e, sem saber muito bem como aconteceu, vi-me aconchegada contra ele, minha cabeça encaixada em seu ombro.

– Durante tantos anos – disse ele –, por tanto tempo, eu fui tantas coisas, tantos homens diferentes. – Senti que ele engolia em seco e ele remexeu-se um pouco, o linho de seu camisão farfalhando de goma. – Fui tio para os filhos de Jenny e irmão para ela e Ian. "Milorde" para Fergus e "Senhor" para meus colonos. "Mac Dubh" para os homens de Ardsmuir e "MacKenzie" para os outros empregados em Helwater. Depois, "Malcolm, o mestre-impressor" e "Jamie Roy" nas docas. – A mão acariciou meus cabelos, devagar, com um som sussurrante, como o vento do lado de fora. – Mas aqui – disse ele, tão baixinho que mal podia ouvi-lo –, aqui no escuro, com você... eu não tenho nenhum nome.

Ergui meu rosto para ele e tomei seu hálito quente entre meus próprios lábios.

– Eu o amo – disse, e não precisava dizer-lhe que eu realmente falava do fundo do coração.

38

ENCONTRO COM UM ADVOGADO

Como eu previra, os germes do século XVIII não eram páreo para um moderno antibiótico. A febre de Jamie de fato desapareceu em 24 horas e nos dois dias seguintes a inflamação em seu braço começou a ceder também, deixando não mais do que uma vermelhidão ao redor do ferimento e, quando pressionado, uma pequena exsudação de pus.

No quarto dia, após constatar que ele estava se recuperando bem, cobri levemente o ferimento com unguento de equinácea, envolvi-o em ataduras outra vez e saí para me vestir e fazer minha própria toalete no andar de cima.

Ian, Janet, o Jovem Ian e os criados, todos haviam enfiado a cabeça pela porta a intervalos durante os últimos dias, para ver como Jamie estava. Jenny mantivera-se notoriamente ausente dessas investigações, mas eu sabia que ela ainda tinha pleno conhecimento de tudo que se passava em sua casa. Eu não anunciara minha intenção de ir ao andar de cima; no entanto, quando abri a porta do meu quarto, havia uma enorme vasilha de água quente junto ao jarro de louça, fumegando acolhedoramente, e um sabonete novo ao lado.

Peguei-o e levei-o ao nariz. Sabonete francês finamente moído, perfumado com lírio-do-vale – era uma observação delicada do meu status na vida doméstica – uma hóspede de honra, sem dúvida; mas não um membro da família, que se contentava com o sabão grosseiro de costume, feito de sebo e lixívia.

– Certo – murmurei. – Bem, é o que veremos, não é? – E ensaboei a toalhinha para me lavar.

Quando arrumava meus cabelos no espelho meia hora mais tarde, ouvi os barulhos, no andar térreo, de alguém chegando. Vários "alguéns", para ser mais precisa, a julgar pelos ruídos. Desci as escadas e encontrei um pequeno bando de crianças, entrando e saindo da cozinha e da sala de estar. Aqui e ali, um ou outro adulto desconhecido visível no meio delas, todos me olharam com curiosidade enquanto eu descia as escadas.

Entrando na sala de estar, encontrei a cama de armar guardada e Jamie, barbeado e com uma nova camisa de dormir lavada, perfeitamente recostado no sofá sob uma colcha, o braço esquerdo numa tipoia, cercado por quatro ou cinco crianças. Estas eram supervisionadas por Janet, o Jovem Ian e um homem jovem, sorridente, algum Fraser, a julgar pelo formato do nariz, mas que, fora isso, tinha apenas uma leve semelhança com o garotinho que eu vira pela última vez em Lallybroch há vinte anos.

– Aí está ela! – exclamou Jamie com satisfação à minha entrada e todos na sala viraram-se para me olhar, com expressões que variavam da saudação amável ao assombro boquiaberto. – Lembra-se do Jovem Jamie? – perguntou o Jamie mais velho, indicando com a cabeça o jovem alto, de cabelos negros e cacheados, ombros largos e uma trouxinha contorcendo-se nos seus braços.

– Lembro-me dos cachos – eu disse, sorrindo. – O resto mudou um pouco.

O Jovem Jamie exibiu um largo sorriso para mim.

– Lembro-me bem de você, tia – disse ele, com uma voz grave e espessa como uma cerveja envelhecida. – Você me sentava nos joelhos e brincava de Dez Porquinhos com os meus dedos dos pés.

– Não é possível – eu disse, erguendo os olhos para ele com espanto. Embora parecesse verdade que a aparência das pessoas na verdade não mudava acentuadamente entre os 20 e 40 anos, elas com certeza mudavam entre 4 e 24.

– Talvez possa tentar com o pequeno Benjamin aqui – sugeriu o Jovem Jamie com um sorriso. – Talvez pegue o jeito outra vez. – Inclinou-se e com todo o cuidado colocou a trouxinha nos meus braços.

Um rosto muito redondo ergueu os olhos para mim com aquele ar estonteado tão comum em bebês. Benjamin pareceu ligeiramente confuso ao me ver repentinamente no lugar de seu pai, mas não fez objeção. Em vez disso, abriu bem a boquinha rosada, enfiou a mãozinha fechada dentro dela e começou a mordê-la com grande concentração.

Um garotinho louro em calças de tecido rústico apoiou-se nos joelhos de Jamie, fitando-me admirado.

– Quem é ela, Nunkie? – perguntou ele num sussurro bastante audível.

– É a sua tia-avó, Claire – disse Jamie, com ar sério. – Já ouviu falar dela, não?

– Ah, sim – disse o menino, balançando a cabeça freneticamente. – Ela é tão velha quanto a vovó?

– Mais velha ainda – disse Jamie, com ar solene, também balançando a cabeça. O garoto olhou-me boquiaberto por um instante, depois se virou novamente para Jamie, o rosto contorcido numa expressão de zombaria.

– Ah, essa não, tio! Ela não parece nem um pouco mais velha do que a vovó! Ela quase nem tem cabelo branco!

– Obrigada, menino! – eu disse, com um amplo sorriso.

– Tem certeza de que é nossa tia-avó Claire? – continuou o menino, olhando-me com desconfiança. – Mamãe diz que a tia-avó Claire talvez fosse uma bruxa, mas ela não se parece com uma bruxa. Não vejo nem uma verruga no nariz dela!

— Obrigada — repeti, um pouco mais secamente. — E qual é o seu nome?

Mostrou-se inesperadamente tímido quando me dirigi diretamente a ele e enterrou a cabeça na manga de Jamie, recusando-se a falar.

— Este é Angus Walter Edwin Murray Carmichael — respondeu Jamie por ele, despenteando os sedosos cabelos louros. — O filho mais velho de Maggie e mais conhecido como Wally.

— Nós o chamamos de Meleca — informou uma menina de cabelos ruivos de pé junto aos meus joelhos. — Porque seu focinho está sempre cheio de porcaria.

Angus Walter tirou o rosto bruscamente da camisa de seu tio e olhou furioso para a prima, as faces cor de beterraba de raiva.

— Mentira! — gritou ele. — Retire o que disse! — Sem querer esperar para ver se ela iria se desmentir ou não, atirou-se sobre a menina, os punhos cerrados, mas foi arrancado do chão pela mão de seu tio-avô, presa ao seu colarinho.

— Não se bate em meninas — avisou Jamie com firmeza. — Não é coisa de homem!

— Mas ela me chamou de Meleca! — choramingou Angus Walter. — Eu tenho que bater nela!

— E não é muito educado fazer observações sobre a aparência pessoal de outra pessoa, senhorita Abigail — disse Jamie severamente para a menina. — Peça desculpas a seu primo.

— Bem, mas ele realmente é... — insistiu Abigail, mas no mesmo instante percebeu o olhar severo de Jamie, abaixou os próprios olhos, enrubescendo violentamente. — Desculpe, Wally — murmurou ela.

Wally a princípio pareceu pouco disposto a considerar o pedido de desculpas uma compensação adequada para o insulto que sofrera, mas foi finalmente convencido a desistir de bater em sua prima pela promessa de seu tio de contar uma história.

— Conte aquela do cachorro e do cavaleiro! — exclamou minha conhecida de cabelos ruivos, empurrando para abrir caminho e aproximar-se do tio.

— Não, aquela do jogo de xadrez do diabo! — disse uma das outras crianças, aderindo à conversa. Jamie parecia atraí-las como um ímã; dois meninos puxavam sua coberta, enquanto uma menininha de cabelos castanhos subira no encosto do sofá, junto à cabeça de Jamie, e começara a trançar mechas dos seus cabelos com grande atenção.

— Bonitos, tio — murmurou ela, sem tomar parte na enxurrada de sugestões.

— A história é de Wally — disse Jamie com firmeza, extinguindo a rebelião incipiente com um gesto. — Ele pode escolher a que quiser. — Tirou um lenço limpo de baixo do travesseiro e segurou-o junto ao nariz de Wally, que de fato estava com um aspecto desagradável. – Assoe – disse ele à meia-voz e, em seguida, mais alto – e depois me diga qual você quer, Wally.

Wally assoou o nariz obedientemente, depois disse:

– Santa Brígida e os gansos, por favor, Nunkie.

Os olhos de Jamie buscaram-me, descansando em meu rosto com uma expressão pensativa.

– Está bem – disse ele após uma pausa. – Muito bem. Vocês sabem que os gansos-cinzentos acasalam-se com um só parceiro para toda a vida? Se matarem um ganso adulto, caçando, devem sempre esperar, porque o parceiro virá lamentar a morte do companheiro. Então, vocês devem tentar matar o segundo também, porque, se não o fizerem, ele vai sofrer a perda do parceiro até morrer, gritando por ele pelos céus.

O pequeno Benjamin remexeu-se nas cobertas que o envolviam, contorcendo-se em meus braços. Jamie sorriu e voltou sua atenção de novo para Wally, pendurado no joelho do tio-avô, com a boca aberta.

– Então – disse ele –, uma vez, há mais de centenas de anos do que vocês possam imaginar, quando Brígida colocou os pés pela primeira vez nas pedras das Terras Altas, junto com Miguel, o Abençoado...

Nesse ponto, Benjamin soltou um pequeno guincho e começou a escavar a frente do meu vestido. O Jovem Jamie e suas irmãs pareciam ter desaparecido e, depois que balançar e dar pancadinhas de leve provaram não adiantar, saí da sala à procura da mãe de Benjamin, deixando a história em andamento atrás de mim.

Encontrei a senhora em questão na cozinha, em meio a um enorme grupo de mulheres e moças e, depois de entregar-lhe Benjamin, passei algum tempo em apresentações, cumprimentos e no tipo de ritual com que as mulheres avaliam umas às outras, abertamente ou não.

As mulheres foram todas muito amáveis; evidentemente, todas sabiam ou haviam sido informadas de quem eu era, porque embora me apresentassem de uma em uma, não houve nenhuma surpresa visível com o retorno da primeira mulher de Jamie – quer dos mortos ou da França, dependendo do que haviam lhes contado.

Ainda assim, havia uma tendência subjacente muito estranha passando pelo agrupamento. Elas escrupulosamente evitaram me fazer perguntas; em outro lugar, isso poderia ser apenas uma questão de cortesia, mas não nas Terras Altas, onde era comum extrair a história da vida de qualquer estranho no decorrer de uma visita casual.

E embora me tratassem com grande gentileza e amabilidade, havia pequenos olhares de soslaio, trocas de olhares significativos às minhas costas e cochichos esporádicos em gaélico.

O mais estranho, no entanto, era a ausência de Jenny. Ela era o coração de Lallybroch; eu nunca estivera na casa quando não estava impregnada de sua presença, todos os seus moradores girando ao seu redor como planetas em volta do Sol. Eu não podia imaginar nada mais estranho ao seu feitio do que deixar sua cozinha quando havia tanta gente na casa.

Sua presença era tão forte agora quanto o perfume de galhos frescos de pinheiros que jaziam numa grande pilha na despensa, seu aroma começando a espalhar-se pela casa; mas da própria Jenny não se via nem a sombra.

Ela me evitava desde a noite da minha volta com o Jovem Ian – o que era bastante natural, suponho, nas circunstâncias. Nem eu buscara uma conversa com ela. Nós duas sabíamos que havia um acerto de contas a ser feito, mas nenhuma o desejava no momento.

Estava quente e aconchegante na cozinha – quente demais. Os cheiros misturados de roupas secando, goma quente, fraldas molhadas, corpos suados, bolos de aveia fritando em gordura de porco e pão assando estavam ficando excessivamente inebriantes e, quando Katherine mencionou a necessidade de um jarro de creme de leite para os biscoitos, aproveitei a oportunidade para escapar, oferecendo-me para ir buscá-lo no barracão dos laticínios.

Depois da multidão de corpos quentes na cozinha, o ar frio e úmido do lado de fora era tão refrescante que fiquei parada, imóvel, por um instante, livrando as minhas saias e cabelos dos cheiros da cozinha, antes de dirigir-me ao barracão dos laticínios. A leiteria ficava a uma boa distância da casa-sede, convenientemente ao lado do barracão de ordenha, o qual, por sua vez, era adjacente aos dois pequenos currais onde ovelhas e cabras eram mantidas. Havia criação de gado bovino nas Terras Altas, mas geralmente para corte, pois o leite de vaca era considerado indicado apenas para inválidos.

Para minha surpresa, quando saí da leiteria, vi Fergus debruçado na cerca do curral, fitando melancolicamente a massa lanígera movendo-se lentamente embaixo. Não esperava vê-lo aqui e perguntei-me se Jamie saberia que ele havia retornado.

O valioso rebanho ovino de Jenny, da raça Merino – importado, alimentado a mão e muito mais mimado do que qualquer um dos seus netos –, avistou-me quando passei e os animais correram em massa para o lado de seu cercado, balindo freneticamente na esperança de ganhar alguma gulodice. Fergus ergueu os olhos, espantado com a algazarra, depois acenou sem muito entusiasmo. Gritou alguma coisa, mas era impossível ouvi-lo acima da barulhada.

Havia uma larga caçamba de repolhos queimados pela geada perto da cerca; retirei uma cabeça murcha e grande, e distribuí as folhas para cerca de uma dúzia de bocas ávidas, na esperança de fazê-las calar.

O reprodutor, uma criatura grande e lanuda chamada Hughie, com testículos pendurados quase até o chão como bolas de futebol cobertas de lã, abriu caminho com seu corpanzil até a primeira fila com um sonoro e autoritário: Bahh! Fergus, que a essa altura já chegara ao meu lado, pegou um repolho inteiro e atirou-o em Hughie com bastante força e razoável precisão.

– *Tais-toi!* – disse ele, irritado.

Hughie encolheu-se e soltou um bééé estridente e alarmado quando o repolho bateu em suas costas acolchoadas. Em seguida, sacudindo-se de volta a um arremedo de dignidade, afastou-se trotando, os testículos balançando com uma majestade ofendida. Seu rebanho, dócil como não podia deixar de ser, seguiu-o, emitindo um coro baixo de bés descontentes em seu rastro.

Fergus observou-os com um olhar furioso, enquanto se afastavam.

– Bestas fedidas, barulhentas e inúteis – disse ele. Uma atitude um tanto ingrata, pensei, considerando-se que o cachecol e as meias que ele estava usando muito provavelmente haviam sido tricotados com a lã daqueles animais.

– Que bom revê-lo, Fergus – disse, ignorando seu mau humor. – Jamie já sabe que você está de volta? – Perguntei-me o quanto Fergus saberia dos acontecimentos recentes, se tivesse acabado de chegar a Lallybroch.

– Não – respondeu ele, com certa indiferença. – Acho que eu deveria lhe dizer que estou aqui. – Apesar disso, não fez nenhum movimento em direção à casa, mas continuou fitando a lama pisoteada do curral. Alguma coisa sem dúvida o estava consumindo; esperava que nada tivesse dado errado em sua missão.

– Você encontrou-se com o sr. Gage, afinal? – perguntei.

Por um instante, pareceu não ter compreendido, depois uma centelha de entusiasmo reanimou o rosto magro.

– Ah, sim. Milorde tinha razão. Fui com Gage avisar os outros membros da sociedade e depois fomos juntos à taberna onde eles deveriam se encontrar. De fato, havia um bando de guardas alfandegários disfarçados esperando lá. Que esperem tanto quanto seu colega no barril, haha!

Em seguida, o brilho de humor negro desapareceu de seus olhos e ele suspirou.

– Não devemos ser pagos pelos panfletos, é claro. E embora a prensa tenha sido salva, só Deus sabe quanto tempo vai ser necessário para milorde retomar os serviços.

Ele falou de maneira tão lamentosa que fiquei surpresa.

– Você não ajuda com o trabalho de impressão, não é?

Ele ergueu um ombro e deixou-o cair.

– Não exatamente, milady. Mas milorde foi generoso o suficiente para permitir que eu investisse uma parte dos meus lucros com o conhaque na gráfica. Com o tempo, eu deveria me tornar sócio.

– Entendo – disse, compreensivamente. – Você precisa de dinheiro? Talvez eu possa...

Lançou-me um olhar de surpresa e depois um sorriso que exibia seus dentes quadrados e perfeitos.

– Obrigado, milady, mas não preciso. Eu mesmo preciso de muito pouco e tenho o suficiente. – Deu uns tapinhas no bolso lateral do seu casaco, que tilintou de forma reconfortante.

Parou, a testa franzida, e enfiou os punhos cerrados nos bolsos do casaco.

– Nããão... – disse ele devagar. – É só que... bem, o trabalho de impressão é mais respeitável, milady.

– Creio que sim – disse, ligeiramente intrigada. Ele percebeu o tom de minha voz e sorriu, de modo um pouco soturno.

– A dificuldade, milady, é que enquanto um contrabandista pode obter uma renda mais do que suficiente para sustentar uma esposa, o contrabando, como única profissão, não é bem-visto pelos pais de uma moça respeitável.

– Ah – disse, tudo se esclarecendo repentinamente. – Você quer se casar? Com uma moça de família?

Ele assentiu, um pouco timidamente.

– Sim, senhora. Mas a mãe dela não me vê com bons olhos.

Eu não podia dizer que culpava a mãe da jovem, levando-se tudo em consideração. Embora Fergus possuísse uma bela aparência morena e um jeito arrojado que poderia muito bem conquistar o coração de uma jovem, não possuía alguns dos outros atributos mais atraentes para pais escoceses conservadores, como propriedade, renda, a mão esquerda e um sobrenome.

Da mesma forma, embora o contrabando, o roubo de gado e outras formas de comunismo prático tivessem uma longa e ilustre história nas Terras Altas, os franceses não pensavam do mesmo modo. E por mais tempo que o próprio Fergus tivesse vivido em Lallybroch, ele continuava tão francês quanto a Notre Dame. Ele sempre seria, como eu, um forasteiro.

– Se eu fosse sócio em uma próspera gráfica, veja bem, talvez a boa senhora pudesse ser convencida a considerar minha corte – explicou ele. Mas do jeito que as coisas estão... – Sacudiu a cabeça, desconsolado.

Bati de leve em seu braço, compreensivamente.

– Não se preocupe – disse. – Pensaremos em alguma coisa. Jamie sabe a respeito dessa jovem? Tenho certeza de que ele falaria com a mãe dela em seu nome.

Para minha surpresa, ele pareceu alarmado.

– Ah, não, milady! Por favor, não lhe conte nada. Ele tem muitas coisas mais importantes para pensar no momento.

No geral, achei que isso provavelmente era verdade, mas fiquei surpresa com sua veemência. Ainda assim, concordei em não contar nada a Jamie. Meus pés estavam se enregelando de ficar parada na lama congelada e sugeri que entrássemos.

– Talvez um pouco mais tarde, milady. Por enquanto, acho que não sou uma boa companhia nem mesmo para as ovelhas. – Com um profundo suspiro, virou-se e afastou-se pesadamente na direção do pombal, os ombros arriados.

Para minha surpresa, Jenny estava na sala de estar com Jamie. Ela saíra; suas faces e a ponta de seu nariz longo e reto estavam vermelhas do frio e o cheiro da névoa do inverno permanecia em suas roupas.

– Mandei o Jovem Ian selar Donas – disse ela. Franziu o cenho para seu irmão. – Você aguenta caminhar até o celeiro, Jamie, ou é melhor ele trazer o animal até aqui para você?

Jamie olhou-a espantado, uma das sobrancelhas erguidas.

– Posso caminhar até onde for necessário, mas não vou a lugar nenhum no momento.

– Eu não lhe disse que ele está vindo? – disse Jenny com impaciência. – Amyas Kettrick parou aqui ontem, tarde da noite, e disse que acabava de vir de Kinwallis. Hobart pretende vir hoje, disse ele. – Ela lançou um olhar para o bonito relógio esmaltado sobre o consolo da lareira. – Se ele saiu depois do café da manhã, chegará aqui em menos de uma hora.

Jamie franziu o cenho para a irmã, inclinando a cabeça para trás e apoiando-a no sofá.

– Eu já lhe disse, Jenny, não tenho medo de Hobart MacKenzie. Não vou fugir dele!

As sobrancelhas de Jenny levantaram-se enquanto ela olhava friamente para o irmão.

– Ah, é? Você também não teve medo de Laoghaire e olhe o que isso lhe custou! – Ela sacudiu a cabeça indicando a tipoia em seu braço.

A contragosto, um dos cantos da boca de Jamie curvou-se para cima.

– Sim, bem, nisso você tem razão. Por outro lado, Jenny, você sabe que armas de fogo são mais raras do que dentes de galinha nas Terras Altas. Não acho que Hobart vai chegar aqui e pedir emprestada a minha própria pistola para atirar em mim.

– Não acho que ele vá se dar ao trabalho. Ele vai simplesmente entrar e espetá-lo no bucho como o ganso idiota que você é! – explodiu ela.

Jamie riu e ela o fitou com raiva. Aproveitei o momento para intervir.

– Quem é Hobart MacKenzie e por que exatamente ele quer furá-lo como um ganso?

Jamie virou a cabeça para mim, os olhos ainda sorridentes.

– Hobart é irmão de Laoghaire, Sassenach – explicou ele. – Quanto a me furar ou...

– Laoghaire mandou chamá-lo de Kinwallis, onde ele mora – interrompeu Jenny –, e lhe contou sobre... tudo isso. – Um gesto leve, impaciente, incluiu Jamie, a mim e a estranha situação em geral.

– A ideia é que Hobart pretende vir aqui e eliminar o insulto à honra de sua irmã simplesmente eliminando-me – explicou Jamie. Ele parecia achar a ideia divertida. Eu não tinha tanta certeza disso, nem Jenny.

– Não está preocupado com esse Hobart? – perguntei.

– Claro que não – disse ele, um pouco irritado. Virou-se para sua irmã. – Pelo amor de Deus, Jenny, você conhece Hobart MacKenzie! O sujeito não conseguiria nem esfaquear um javali sem cortar fora o próprio pé!

Ela o olhou de cima a baixo, evidentemente avaliando sua capacidade de se defender de um caçador de javali incompetente e concluindo, com relutância, que ele conseguiria dominá-lo, mesmo com um braço só.

– Mmmhummm – disse ela. – Bem, e se ele o atacar e você o matar, hein? E aí?

– Então, ele estará morto, eu acho – disse Jamie sarcasticamente.

– E você será enforcado por assassinato – disparou ela – ou se tornará um fugitivo, com todo o resto da parentada de Laoghaire atrás de você. Quer dar início a uma guerra sangrenta entre famílias?

Jamie estreitou os olhos para a irmã, acentuando ainda mais a notável semelhança entre ambos.

– O que eu quero – disse ele, afetando uma paciência exagerada – é o meu café da manhã. Vai me dar alguma coisa para comer ou vai ficar esperando que eu desmaie de fome para depois me esconder no esconderijo dos padres até Hobart ir embora?

A contrariedade lutava com o humor no bem delineado rosto de Jenny enquanto ela olhava furiosamente para o irmão. Como era de costume com ambos os Fraser, o humor saiu vencedor.

– É uma ideia – disse ela, os dentes cintilando num sorriso breve e relutante. – Se eu pudesse arrastar sua carcaça teimosa até lá, eu mesma lhe dava uma porretada. – Sacudiu a cabeça e suspirou. – Está bem, Jamie, sua vontade será feita. Mas tente não emporcalhar meu belo tapete turco, sim?

Ele ergueu os olhos para ela, a boca larga curvou-se no esboço de um sorriso.

– Prometo, Jenny – disse ele. – Não haverá nenhum derramamento de sangue na sala de estar.

Ela deu uma risadinha irônica.

– Idiota – disse ela, mas sem rancor. – Mandarei Janet trazer seu mingau. – E, com isso, saiu, num rodopio de saias e anáguas.

– Ela disse Donas? – perguntei, confusa, olhando-a se afastar. – Certamente não se trata do mesmo cavalo que você tirou de Leoch!

– Ah, não. – Jamie inclinou a cabeça para trás, sorrindo para mim. – Este é o neto de Donas, ou um deles. Nós damos este nome aos alazões em homenagem a ele.

Inclinei-me por cima do encosto do sofá, delicadamente apalpando o braço ferido, a partir do ombro.

– Dolorido? – perguntei, vendo-o contrair-se quando apertei a alguns centímetros acima do ferimento. Estava melhor; no dia anterior, a área dolorida começava mais acima.

– Não muito – disse ele. Retirou a tipoia e tentou cuidadosamente esticar o braço, fazendo uma careta. – Mas acho que tão cedo não vou dar cambalhotas.

Eu ri.

– Não, creio que não. – Hesitei. – Jamie... este Hobart. Você não acha mesmo...

– Não – disse ele com firmeza. – E se achasse, ainda assim iria querer meu mingau antes. Não pretendo ser morto de barriga vazia.

Ri outra vez, mais confiante.

– Vou buscá-lo para você – prometi.

Entretanto, quando saí para o corredor, vislumbrei um vulto por uma das janelas e parei para olhar. Era Jenny, com manto e capuz para se proteger do frio, dirigindo-se à subida que levava ao celeiro. Tomada por um impulso repentino, peguei um manto do cabide no vestíbulo e saí em seu encalço. Eu tinha muito que dizer a Jenny Murray e esta podia ser a melhor chance de pegá-la sozinha.

...

Alcancei-a logo na entrada do celeiro; ela ouviu meus passos e virou-se, surpresa. Olhou ao redor rapidamente, mas viu que estávamos sozinhas. Percebendo que não havia como adiar um confronto, endireitou os ombros sob o manto de lã e ergueu a cabeça, fitando-me diretamente nos olhos.

– Achei melhor dizer ao Jovem Ian para tirar os arreios do cavalo – disse ela. – Depois, vou ao porão pegar algumas cebolas para uma torta. Quer vir comigo?

– Sim. – Puxando meu manto mais apertado em volta do corpo para me proteger do vento do inverno, segui-a até o celeiro.

Estava confortavelmente quente ali dentro, ao menos em contraste com o frio do lado de fora, escuro e repleto do cheiro agradável de cavalos, feno e estrume. Parei por um instante para que meus olhos se adaptassem à penumbra, mas Jenny caminhou sem parar para o corredor central, os passos leves no assoalho de pedra.

O Jovem Ian estava esparramado ao comprido em um monte de palha fresca; sentou-se, piscando ao ouvir barulho.

Jenny olhou do filho para o boxe, onde um alazão de olhos meigos mastigava o feno de sua manjedoura pacificamente, livre do fardo da sela e das rédeas.

– Eu não lhe disse para aprontar Donas? – perguntou ela ao garoto, a voz áspera.

O Jovem Ian coçou a cabeça, parecendo um pouco intimidado, e levantou-se.

– Sim, mamãe – disse ele. – Mas achei que seria perda de tempo arreá-lo só para ter que tirar tudo outra vez.

Jenny olhou-o sem compreender.

– Ah, é? – disse ela. – E o que o fez ter tanta certeza de que não seria necessário?

O Jovem Ian encolheu os ombros e sorriu para ela.

– Mamãe, você sabe tão bem quanto eu que tio Jamie não fugiria de nada, muito menos de tio Hobart. Não sabe? – acrescentou ele, delicadamente.

Jenny ergueu os olhos para o filho e suspirou. Em seguida, um sorriso relutante iluminou seu rosto e ela estendeu a mão, alisando para trás os cabelos espessos e desgrenhados do filho.

– Sim, pequeno Ian. Eu sei. – Sua mão demorou-se na face avermelhada e, em seguida, deixou-a cair. – Vá para casa, então, e vá comer com seu tio – disse ela. – Sua tia e eu vamos ao depósito de mantimentos. Mas vá me buscar imediatamente se o sr. Hobart MacKenzie chegar, entendeu?

– Imediatamente, mamãe – prometeu ele, partindo para a casa, impulsionado pela ideia de comida.

Jenny observou-o se afastar, movendo-se com a graça desajeitada de uma ave pernalta, jovem e alvoroçada. Ela sacudiu a cabeça, o sorriso ainda nos lábios.

– Bom garoto – murmurou ela. Em seguida, de volta às circunstâncias atuais, virou-se para mim decidida. – Vamos, então – disse. – Acho que você quer falar comigo, não?

Nenhuma das duas disse nada até alcançarmos o silencioso santuário do porão de mantimentos. Era um pequeno aposento escavado sob a casa, impregnado do cheiro pungente de longas réstias de cebola e de alho, penduradas das vigas do teto, o aroma adocicado e condimentado de maçãs secas, e o odor úmido de terra das batatas espalhadas nas prateleiras que recobriam as paredes do depósito, como mantas marrons encaroçadas.

– Lembra-se de me ter dito para plantar batatas? – perguntou Jenny, passando a mão de leve por cima dos tubérculos amontoados. – Foi uma sorte. A safra de batatas nos manteve vivos durante mais de um inverno depois de Culloden.

Eu me lembrava perfeitamente. Eu lhe dissera, quando estávamos juntas numa fria noite de outono, prestes a nos separarmos – ela para voltar para um bebê recém-nascido, eu para procurar Jamie, um fora da lei nas Terras Altas, sentenciado à morte. Eu o encontrara e o salvara – e Lallybroch, evidentemente. E ela tentara dar ambos a Laoghaire.

– Por quê? – eu disse, brandamente, por fim. Falei para o topo de sua cabeça, inclinada em sua tarefa. Sua mão trabalhava com a regularidade de um relógio, puxando uma cebola de sua longa trança pendente, quebrando as hastes duras e ressecadas da trança e atirando-a na cesta que carregava. – Por que fez isso? – eu disse. Arranquei uma cebola de outra réstia, mas em vez de colocá-la na cesta, segurei-a nas mãos, rolando-a de um lado para o outro como uma bola de beisebol, ouvindo a casca quebradiça farfalhar como papel entre as palmas de minhas mãos.

– Por que eu fiz o quê? – Sua voz estava perfeitamente controlada outra vez; somente alguém que a conhecesse bem poderia ter percebido uma certa tensão no tom. Eu a conhecia bem... ou conhecera, um dia. – Por que eu arranjei o casamento de meu irmão e Laoghaire, é isso que quer dizer? – Ergueu os olhos rapidamente, as sobrancelhas pretas e lisas erguidas numa pergunta, mas depois voltou à réstia de cebolas. – Tem razão. Ele não teria feito isso, se eu não o tivesse obrigado.

– Então, você de fato o obrigou – eu disse. O vento fazia a porta do depósito bater, soprando uma pequena nuvem de poeira pelos degraus de pedra.

– Ele estava solitário – disse ela, serenamente. – Tão sozinho. Eu não podia suportar vê-lo assim. Ele ficou arrasado por tanto tempo, sabe, chorando a sua morte.

– Pensei que ele estivesse morto – disse à meia-voz, respondendo à acusação implícita.

– Podia estar mesmo – disse ela rispidamente, depois ergueu a cabeça e suspirou, empurrando para trás um cacho de cabelos escuros. – Sim, talvez você realmente não soubesse que ele sobrevivera; muitos não conseguiram, após Culloden. E ele certamente achava que você estava morta também. Mas ele estava muito ferido, e não só na perna. E quando voltou da Inglaterra... – Ela sacudiu a cabeça e pegou outra cebola. – Ele parecia inteiro externamente, mas não... – Olhou-me, de frente, com aqueles olhos azuis puxados, tão perturbadores como os do irmão. – Ele não é o tipo de homem que deva dormir sozinho, hein?

– É verdade – eu disse laconicamente. – Mas ele sobreviveu, nós dois sobrevivemos. Por que mandou chamar Laoghaire quando voltamos com o Jovem Ian?

Jenny não respondeu imediatamente, apenas continuou pegando cebolas, quebrando as hastes, pegando, quebrando, pegando.

– Eu gostava de você – disse ela finalmente, tão baixo que eu mal conseguia ouvi-la. – Amava, talvez, quando você vivia aqui com Jamie, antes.

– Eu também gostava de você – eu disse, igualmente baixinho. – Então, por quê?

Suas mãos pararam finalmente e ela ergueu os olhos para mim, os punhos cerrados ao lado do corpo.

– Quando Ian me disse que você tinha voltado – disse ela devagar, os olhos presos às cebolas –, você poderia ter me derrubado com uma pena. No começo, fiquei empolgada, querendo vê-la, querendo saber por onde andara – acrescentou ela, arqueando um pouco as sobrancelhas com um ar de interrogação. Eu não respondi e ela continuou. – Depois fiquei com medo – disse ela, ainda com os olhos desviados, fixos em algum ponto distante. – Quando ele se casou com Laoghaire, os dois em pé no altar, você estava lá com eles, ao lado esquerdo de Jamie, entre ele e Laoghaire. E compreendi que isso significava que você o tomaria de volta.

Os pelos da minha nuca eriçaram-se ligeiramente. Ela sacudiu a cabeça devagar e vi que ela ficara pálida com a lembrança. Sentou-se em um barril, o manto espraiando-se à sua volta, como uma flor.

– Não sou uma dessas pessoas que nascem com o dom da premonição nem alguém que tem visões regularmente. Eu nunca tivera uma antes e espero nunca mais ter. Mas eu a vi lá, tão claramente como a vejo agora, e fiquei tão apavorada que tive que sair da sala, bem no meio dos votos.

Engoliu em seco, olhando-me diretamente.

– Não sei quem você é – disse ela, baixinho. – Ou... ou... o quê. Não conhecemos sua família, ou o lugar de onde você vem. Eu nunca lhe perguntei, não é? Jamie escolheu você, isso bastava para mim. Mas depois você foi embora e, após tanto tempo, achei que ele devia ter esquecido você o suficiente para se casar outra vez e ser feliz.

– Mas ele não esqueceu – eu disse, esperando uma confirmação de Jenny. Ela a deu, sacudindo a cabeça.

– Não – disse ela baixinho. – Mas Jamie é um homem fiel. Não importa como tenha sido entre eles dois, ele e Laoghaire, se ele jurara ser o homem dela, não a abandonaria inteiramente. Não importava que passasse a maior parte de seu tempo em Edimburgo; sei que ele sempre voltaria para cá, estaria ligado à nossa terra, às Terras Altas. Mas então você voltou.

Suas mãos permaneciam imóveis no colo, uma cena rara. Ainda possuíam um bonito formato, com dedos longos e ágeis, mas os nós dos dedos eram vermelhos e ásperos de anos de trabalho e as veias destacavam-se, azuis, sob a pele branca e fina.

– Sabia – disse ela, olhando para o colo – que eu nunca me afastei de Lallybroch em toda a minha vida?

– Não – eu disse, um pouco surpresa. Ela sacudiu a cabeça devagar, depois ergueu os olhos para mim.

– Mas você sim – disse ela. – Você viajou muito, imagino. – Seu olhar examinou meu rosto, em busca de pistas.

– Sim, viajei.

Ela balançou a cabeça, como se pensasse consigo mesma.

– Você irá embora outra vez – disse ela, quase sussurrando. – Eu sabia que você iria embora outra vez. Você não tem laços aqui, não como Laoghaire... não como eu. E ele iria embora com você. E talvez eu nunca mais o visse novamente. – Ela fechou os olhos rapidamente, depois os abriu, fitando-me por baixo de suas bonitas sobrancelhas escuras. – Foi por isso – continuou ela. – Achei que se você soubesse a respeito de Laoghaire, iria embora outra vez imediatamente... e você foi... – ela acrescentou com um sorriso enviesado – e Jamie ficaria. Mas você voltou. – Seus ombros ergueram-se quase imperceptivelmente, num gesto de desamparo. – E estou vendo que não adianta, ele está ligado a você, para o bem ou para o mal. É você a mulher dele. E se você for embora outra vez, ele irá com você.

Procurei ardentemente palavras que pudessem tranquilizá-la.

– Mas eu não vou. Não vou embora outra vez. Só quero ficar aqui com ele, para sempre.

Coloquei a mão em seu braço e ela enrijeceu-se ligeiramente. Após um instante, colocou a própria mão sobre a minha. Estava fria, e a ponta do seu nariz reto e longo estava vermelha de frio.

– As pessoas falam coisas diferentes sobre os presságios, sabe? – disse ela, após alguns instantes. – Alguns dizem que são fatídicos; o que você visualizar dessa forma, acontecerá. Mas outros dizem que não, é apenas um aviso; preste atenção e você poderá mudar os acontecimentos. O que você acha? – Olhou-me de esguelha, curiosa.

Respirei fundo, o cheiro de cebolas penetrando em minhas narinas. Isso era ir direto ao assunto, absolutamente sem rodeios.

– Não sei – eu disse, a voz ligeiramente trêmula. – Sempre achei que certamente você poderia mudar as coisas se soubesse a respeito delas. Mas agora... eu não sei – terminei devagar, pensando em Culloden.

Jenny me observava, os olhos de um azul tão escuro a ponto de parecerem negros na penumbra. Perguntei-me outra vez até onde Jamie havia lhe contado – e o quanto ela sabia sem que ele tivesse contado.

– Mas deve tentar, mesmo assim – disse ela, com determinação. – Não poderia simplesmente cruzar os braços, não é?

Eu não sabia se ela estava falando em termos pessoais, mas sacudi a cabeça.

– Não – eu disse. – Não poderia. Tem razão, é preciso tentar.

Sorrimos uma para a outra, um pouco timidamente.

– Você cuidará bem dele? – perguntou Jenny repentinamente. – Mesmo se forem embora? Cuidará, não é?

Apertei os dedos frios, sentindo os ossos de sua mão leves e frágeis.

– Sim, cuidarei – eu disse.

– Então, está tudo bem – disse ela baixinho, correspondendo ao aperto de minha mão.

Permanecemos sentadas por um instante, as mãos entrelaçadas, até a porta do porão abrir-se, deixando entrar uma rajada de vento e de chuva pela escada abaixo.

– Mamãe? – A cabeça do Jovem Ian surgiu na abertura, os olhos brilhantes de agitação. – Hobart MacKenzie chegou! Papai disse para você vir depressa!

Jenny pôs-se de pé num salto, mal se lembrando de agarrar a cesta de cebolas.

– Ele veio armado? – perguntou ela ansiosamente. – Ele trouxe uma pistola ou uma espada?

Ian sacudiu a cabeça, os cabelos escuros agitando-se loucamente ao vento.

– Ah, não, mamãe! – disse ele. – Pior do que isso. Ele trouxe um advogado!

...

Seria impossível imaginar alguém que se parecesse menos com a vingança encarnada do que Hobart MacKenzie. Um homem pequeno, de ossatura miúda, de cerca de 30 anos, Hobart possuía olhos azuis desbotados, com pestanas desbotadas, com uma tendência a lacrimejarem, e traços indeterminados que começavam com a linha dos cabelos muito recuada e iam definhando até um queixo igualmente recuado, que parecia estar querendo fugir para dentro das dobras do seu lenço de pescoço.

Ele alisava os cabelos no espelho do vestíbulo quando entramos pela porta da frente, uma peruca com cachos meticulosamente enrolados repousando na mesa ao seu lado. Piscou para nós assustado, em seguida pegou a peruca e enfiou-a na cabeça, ao mesmo tempo em que se dobrava numa mesura.

– Sra. Jenny – disse ele. Seus olhos pequenos, como os de um coelho, dardejaram em minha direção, desviaram-se, voltaram outra vez, como se esperasse que eu não estivesse realmente ali, mas estava com muito medo por eu estar.

Jenny olhou dele para mim, suspirou profundamente e pegou o touro a unha.

– Sr. MacKenzie – disse ela, fazendo-lhe uma reverência formal. – Posso apresentar-lhe minha cunhada, Claire? Claire, o sr. Hobart MacKenzie de Kinwallis.

Sua boca abriu-se e ele ficou simplesmente me observando como um idiota, boquiaberto. Comecei a estender a mão para ele, mas achei melhor deixar para lá. Eu gostaria de saber o que Emily Post teria a recomendar numa situação como esta, mas como a srta. Post não estava presente, fui forçada a improvisar.

– Muito prazer em conhecê-lo – disse, sorrindo o mais cordialmente possível.

– Hã... – disse ele. Balançou a cabeça, hesitante, para mim. – Um... seu... criado, madame.

Felizmente, neste ponto do protocolo, a porta da sala de estar abriu-se. Olhei para a figura pequena, bem-arrumada, emoldurada no vão da porta, e soltei um grito de prazer ao reconhecê-lo.

– Ned! Ned Gowan!

Era realmente Ned Gowan, o idoso advogado de Edimburgo que um dia me salvara de ser queimada como bruxa. Ele estava perceptivelmente muito mais velho agora, encolhido com a idade e tão enrugado que parecia uma das maçãs secas que eu vira no depósito de mantimentos.

Os brilhantes olhos negros, entretanto, continuavam os mesmos e eles imediatamente se fixaram em mim com uma expressão de alegria.

– Minha querida! – exclamou ele, aproximando-se rapidamente com um andar manco. Tomou minha mão, radiante, e pressionou-a contra os lábios ressequidos num fervoroso gesto de galanteio.

– Ouvi dizer que você...

– Como é que você...

– ...que prazer revê-la!

– ...muito prazer vê-lo outra vez, mas...

Um pigarro de Hobart MacKenzie interrompeu essa troca entusiasmada de cumprimentos e o sr. Gowan ergueu os olhos surpreso, depois balançou a cabeça.

– Ah, sim, claro. Negócios primeiro, minha cara – disse ele, com uma galante reverência para mim. – Depois, se assim lhe aprouver, ficaria encantado em ouvir a história de suas aventuras.

– Ah... farei o melhor que puder – disse, imaginando o quanto ele insistiria em ouvir.

– Esplêndido, esplêndido. – Olhou ao redor do vestíbulo, os olhos pequeninos e brilhantes abrangendo Hobart e Jenny, que pendurara seu manto e alisava os cabelos. – O sr. Fraser e o sr. Murray já estão na sala de estar. Sr. MacKenzie, se o senhor e as senhoras consentirem em se unir a nós, talvez possamos resolver seus assuntos rapidamente e dar sequência a questões mais agradáveis. Permita-me, minha querida? – Ele dobrou o braço ossudo e ofereceu-o a mim.

Jamie continuava no sofá onde eu o deixara e mais ou menos nas mesmas condições – isto é, vivo. As crianças haviam desaparecido, à exceção de uma criancinha rechonchuda que estava enrolada no colo de Jamie, dormindo profundamente. Os cabelos de Jamie agora ostentavam várias trancinhas de cada lado, tinham fitas de cetim alegremente entrelaçadas, o que lhe dava um ar estranhamente festivo.

– Você está parecendo o Leão Covarde de Oz – disse-lhe em voz baixa, sentando-me no banquinho atrás do seu sofá. Eu não achava que Hobart MacKenzie pretendesse causar nenhum estrago direto, mas se alguma coisa acontecesse, eu queria estar próxima a Jamie.

Ele pareceu surpreso e colocou a mão na cabeça.

– Estou?

– Shhh – disse –, depois eu lhe explico.

Os outros participantes já haviam se acomodado pela sala, Jenny sentada ao lado de Ian no outro sofá para duas pessoas, Hobart e o sr. Gowan em duas cadeiras de veludo.

– Estamos reunidos? – perguntou o sr. Gowan, olhando ao redor do aposento. – Todas as partes interessadas estão presentes? Excelente. Bem, para começar, devo declarar meu próprio interesse. Estou aqui na qualidade de advogado do sr. Hobart MacKenzie, representando os interesses da sra. James Fraser – ele me viu ter um sobressalto e acrescentou, com precisão –, isto é, a segunda sra. James Fraser, *née* Laoghaire MacKenzie. Compreendido?

Olhou de forma interrogativa para Jamie, que balançou a cabeça.

– Sim.

– Ótimo. – O sr. Gowan pegou um copo da mesa a seu lado e tomou um pequeno gole. – Meus clientes, os MacKenzie, aceitaram minha proposta de buscar uma solução legal para o imbróglio que, me parece, resultou da volta repentina e inesperada, embora, é claro, completamente feliz e afortunada – acrescentou ele, com uma reverência para mim –, da primeira sra. Fraser.

Sacudiu a cabeça com ar reprovador para Jamie.

– Você, meu caro jovem, conseguiu envolver-se em grandes dificuldades legais, sinto muito dizer.

Jamie ergueu uma das sobrancelhas e olhou para a irmã.

– Sim, bem, eu tive ajuda – disse ele secamente. – Exatamente de que dificuldades estamos falando?

– Bem, para começar – disse Ned Gowan animadamente, os cintilantes olhos negros afundando em redes de rugas ao sorrir para mim –, a primeira sra. Fraser estaria dentro de seus direitos de mover uma ação civil contra você por adultério, bem como fornicação criminosa. As penalidades para isso incluem...

Jamie olhou para mim, com um rápido lampejo azul.

– Acho que não estou muito preocupado com essa possibilidade – disse ele ao advogado. – O que mais?

Ned Gowan balançou a cabeça amavelmente e levantou a mão ressequida, dobrando os dedos conforme contava seus pontos.

– Com relação à segunda sra. Fraser, *née* Laoghaire MacKenzie, você poderia, é claro, ser acusado de comportamento bígamo, intenção de enganar, fraude de fato cometida, quer intencionalmente ou não, o que já é uma outra questão, deturpação delituosa – com ar satisfeito, dobrou o quarto dedo e tomou fôlego para continuar – e...

Até aqui, Jamie ouvira pacientemente o rol de delitos. Neste momento, interrompeu o advogado, inclinando-se para a frente.

– Ned – disse ele amavelmente –, que diabos a maldita mulher está querendo?

O minúsculo advogado piscou por trás dos óculos, abaixou a mão e ergueu os olhos para as vigas do teto.

– Bem, o principal desejo manifestado pela senhora – disse ele de modo circunspecto – é vê-lo castrado e estripado na praça do mercado em Broch Mordha, e sua cabeça espetada numa estaca acima do portão de sua casa.

Os ombros de Jamie vibraram ligeiramente e ele estremeceu quando o movimento abalou seu braço.

– Compreendo – disse ele, a boca contraindo-se.

Um sorriso levantou as rugas em torno da boca de Ned.

– Fui obrigado a informar à sra... quer dizer, a essa senhora – corrigiu-se, com um olhar de relance para mim e um breve pigarro – que suas soluções perante a lei eram bem mais limitadas e não poderiam acomodar seus desejos.

– Claro – disse Jamie secamente. – Mas presumo que a ideia geral seja que ela não me deseja de volta como marido, certo?

– Isso mesmo – intrometeu-se Hobart inesperadamente. – Como carne de abutre, talvez, mas não como marido.

Ned lançou um olhar frio a seu cliente.

– Você não vai comprometer o meu trabalho admitindo coisas antes do acordo, não é? – disse ele, censurando-o. – Ou para que está me pagando? – Voltou-se novamente para Jamie, a dignidade profissional intacta. – Embora a srta. MacKenzie não deseje retomar uma posição conjugal com respeito a você, uma ação que de qualquer modo seria impossível – acrescentou ele ponderadamente –, a menos que queira se divorciar da atual sra. Fraser e casar-se nova...

– Não, não quero fazer isso – Jamie apressou-se a lhe assegurar, com novo olhar de relance para mim.

– Bem, nesse caso – continuou Ned, sem se alterar –, devo aconselhar meus clientes que é sempre melhor evitar o custo e a publicidade – acrescentou ele, arqueando uma sobrancelha invisível em advertência a Hobart, que assentiu apressadamente – de uma ação judicial, com um julgamento público e sua consequente exposição dos fatos. Sendo este o caso...

– Quanto? – interrompeu Jamie.

– Sr. Fraser! – Ned Gowan pareceu chocado. – Ainda não mencionei nada da natureza de um acordo pecuniário...

– Somente porque está muito ocupado se divertindo, patife desgraçado – disse Jamie. Ele estava irritado, uma mancha vermelha queimava em cada uma das faces, mas divertindo-se também. – Vá direto ao assunto, sim?

Ned Gowan inclinou a cabeça cerimoniosamente.

– Bem, deve entender – começou ele – que uma ação bem-sucedida movida sob as acusações descritas pode resultar na srta. MacKenzie e seu irmão multarem-no em quantias substanciais, muito substanciais mesmo – acrescentou, com uma leve exultação de advogado diante da perspectiva. – Afinal, a srta. MacKenzie não só se viu sujeita ao ridículo e à humilhação pública, que levaram a um quadro agudo de perturbação mental, como está ameaçada com a perda de seu principal meio de subsistência...

– Ela não está ameaçada com nada disso – interrompeu Jamie acaloradamente. – Eu disse a ela que continuaria a sustentá-la e às duas garotas! O que ela acha que eu sou?

Ned trocou um olhar com Hobart, que sacudiu a cabeça.

– Não vai querer saber o que ela pensa de você – Hobart assegurou a Jamie. – Eu mesmo não imaginava que ela conhecesse tais termos. Mas pretende mesmo continuar pagando?

Jamie balançou a cabeça com impaciência, passando a mão perfeita pelos cabelos.

– Sim, pretendo.

– Mas somente até ela se casar outra vez. – Todos viraram a cabeça, surpresos, para Jenny, que meneou a cabeça com firmeza para Ned Gowan.

– Se Jamie está casado com Claire, o casamento entre ele e Laoghaire não tem validade, certo?

O advogado inclinou a cabeça, concordando.

– É verdade, sra. Murray.

– Muito bem, então – disse Jenny, com decisão. – Ela é livre para se casar outra vez imediatamente, não é? E se o fizer, meu irmão não deverá sustentá-la mais.

– Excelente argumento, sra. Murray. – Ned Gowan pegou sua pena e rabiscou diligentemente. – Bem, estamos progredindo – declarou ele, largando-a de novo e exibindo um largo sorriso para o grupo. – Agora, o próximo ponto a ser abordado...

Uma hora mais tarde, a garrafa de uísque estava vazia, as folhas de papel oficial sobre a mesa estavam cobertas pelos rabiscos ilegíveis de Ned Gowen e todos pareciam esgotados – exceto o próprio Ned, ativo e de olhos brilhantes como sempre.

– Excelente, excelente – declarou ele outra vez, reunindo as folhas e batendo-as para arrumá-las com precisão. – Bem... as principais condições do acordo são as seguintes: o sr. Fraser concorda em pagar à srta. MacKenzie a soma de quinhentas libras em compensação pelo desgaste, inconveniência e a perda dos serviços conjugais. – Jamie deu uma risadinha sarcástica diante desse item, mas Ned fingiu não ouvi-lo, continuando seu resumo. – E, além disso, concorda em lhe pagar uma pensão no valor de cem libras por ano, até o momento em que a mencionada srta. MacKenzie venha a se casar novamente, quando então tal pagamento cessará. O sr. Fraser também concorda em fornecer uma quantia como dote para cada uma das filhas da srta. MacKenzie, no valor de trezentas libras adicionais, e por último, concorda em não processar a srta. MacKenzie por tentativa de homicídio.

Em troca, a srta. MacKenzie libera o sr. Fraser de quaisquer outras reclamações. Isso está de acordo com sua compreensão e consentimento, sr. Fraser? – Ele ergueu a sobrancelha para Jamie.

– Sim, está – disse Jamie. Ele estava pálido por estar sentado há tanto tempo e sua fronte porejava de suor, mas permanecia ereto e altivo, a criança ainda adormecida em seu colo, o polegar firmemente inserido na boca.

– Excelente – disse Ned outra vez. Levantou-se, um largo sorriso no rosto, e fez uma reverência para o grupo. – Como diz nosso amigo, o dr. John Arbuthnot: "A lei é um poço sem fundo." Mas, no momento, não mais do que o meu estômago. Esse cheiro delicioso é indicativo de lombo de carneiro assado nas proximidades, sra. Jenny?

À mesa, sentei-me ao lado de Jamie e Hobart MacKenzie do outro lado, agora rosado e relaxado. Mary MacNab trouxe o assado e, por costume antigo, colocou-o diante de Jamie. Seu olhar demorou-se nele por um tempo um pouco longo demais. Ele pegou a faca de trinchar, comprida e de aspecto assustador, com a mão boa e ofereceu-a educadamente a Hobart.

– Quer cortar, Hobart? – disse ele.

– Ah, não – disse Hobart, descartando a ideia com um gesto da mão.

– É melhor deixar sua mulher cuidar disso. Não sei lidar com facas, é provável que acabe cortando um dedo fora. Você me conhece, Jamie – disse ele, descontraidamente.

Jamie dirigiu um longo olhar ao seu ex-cunhado por cima do saleiro.

– Houve uma época em que eu pensei que conhecia, Hobart – disse ele. – Passe-me o uísque, sim?

– O que tem que ser feito é casá-la imediatamente – declarou Jenny. Os filhos e netos haviam se retirado para dormir, e Ned e Hobart haviam partido para Kinwallis, deixando nós quatro avaliando a situação no escritório, comendo bolo de creme e bebendo uísque.

Jamie virou-se para a irmã.

– Arranjar casamento é mais a sua especialidade, não? – disse ele, de maneira contundente. – Acho que, se você se esforçar, pode pensar em um ou dois sujeitos adequados à função.

– Acho que sim – disse ela, com igual contundência. Ela estava bordando; a agulha perfurava bruscamente o tecido de linho, reluzindo à luz do lampião. Começara a cair uma mistura de chuva e neve do lado de fora, mas o aposento estava aconchegante, com o fogo ardendo na lareira e a poça de luz do lampião derramando calor sobre a escrivaninha surrada e seu fardo de livros contábeis.

– Mas há um problema ainda – disse ela, os olhos no trabalho. – Onde pretende arranjar 1.200 libras, Jamie?

Eu mesma andara pensando a respeito. O pagamento do seguro da gráfica ficara aquém dessa quantia e eu duvidava que a parte de Jamie das atividades de contrabando sequer se aproximasse de um valor dessa magnitude. Sem dúvida, a própria Lallybroch não poderia suprir o dinheiro; a sobrevivência nas Terras Altas era um negócio de risco e mesmo vários anos de bons resultados eram capazes de fornecer apenas um minguado excedente.

– Bem, parece que só há uma saída, não é? – Ian olhou de Jenny para o cunhado e de novo para sua mulher. Após um curto silêncio, Jamie balançou a cabeça.

– Creio que sim – disse ele, hesitante. Olhou para a janela, onde a chuva açoitava a vidraça em listras diagonais. – Mas é uma época do ano terrível para isso.

Ian encolheu os ombros e sentou-se mais na ponta de sua cadeira.

– A estação da primavera começa dentro de uma semana.

Jamie franziu o cenho, parecendo preocupado.

– Sim, é verdade, mas...

– Ninguém tem mais direito a ele do que você, Jamie – disse Ian. Estendeu a mão e apertou o braço bom de seu amigo, sorrindo. – Era destinado aos partidários do príncipe Charles, não é? E você era um deles, quer quisesse ou não.

Jamie esboçou um sorriso desolado.

– Sim, imagino que seja verdade. – Suspirou. – De qualquer modo, é a única solução que vejo. – Olhou de Ian para Jenny e novamente para o cunhado, evidentemente debatendo consigo mesmo se deveria acrescentar algo. Sua irmã o conhecia ainda melhor do que eu. Ela ergueu a cabeça do trabalho e olhou-o incisivamente.

– O que é, Jamie? – disse ela.

Ele respirou fundo.

– Quero levar o Jovem Ian comigo – disse ele.

– Não – disse ela, imediatamente. A agulha parara, enfiada no meio de um brilhante botão vermelho cor de sangue contra o vestido infantil branco.

– Ele já tem idade suficiente, Jenny – disse Jamie serenamente.

– Não, não tem! – objetou ela. – Ele nem fez 15 anos. Michael e Jamie tinham ambos pelo menos 16 e eram mais fortes.

– Sim, mas o pequeno Ian nada melhor do que qualquer um dos seus irmãos – disse Ian sensatamente, a testa franzida em pensamentos. – Terá que ser um dos rapazes, de qualquer forma – ressaltou ele para Jenny. Com um gesto da cabeça, indicou Jamie, que segurava o braço na tipoia. – Jamie certamente não poderá nadar, em sua atual condição. Quanto a isso, nem Claire – acrescentou, com um sorriso para mim.

– Nadar? – disse, confusa. – Nadar para onde?

Ian pareceu desconcertado por um instante; em seguida, olhou para Jamie, as sobrancelhas arqueadas.

– Ah. Você não lhe contou?

Jamie sacudiu a cabeça.

– Contei, mas não tudo. – Virou-se para mim. – É o tesouro, Sassenach, o ouro das focas.

Incapaz de levar o ouro com ele, Jamie o escondera em seu lugar e voltara para Ardsmuir.

– Eu não sabia o que devia fazer com ele – explicou ele. – Duncan Kerr entregou-o aos meus cuidados, mas eu não tinha a menor noção de a quem ele pertencia, ou de quem o colocou lá, ou do que eu deveria fazer com ele. A "bruxa branca" foi tudo que Duncan disse e isso não significava nada para mim, exceto você, Sassenach.

Relutante em fazer uso do tesouro e, no entanto, achando que alguém deveria saber de sua existência, com receio de que morresse na prisão, ele enviara uma carta cuidadosamente codificada a Jenny e Ian em Lallybroch, dando a localização do esconderijo e o uso a que ele – provavelmente – fora destinado.

Eram tempos difíceis para os jacobitas, talvez ainda mais para aqueles que haviam se refugiado na França – deixando terras e fortunas para trás – do que para os que permaneceram e enfrentaram a perseguição dos ingleses nas Terras Altas. Mais ou menos na mesma época, Lallybroch sofrera duas colheitas ruins em sequência e cartas haviam chegado da França, pedindo qualquer ajuda possível para socorrer antigos companheiros que corriam o risco de passar fome.

– Não tínhamos nada para mandar; na realidade, nós mesmos estávamos à beira da fome – explicou Ian. – Mandei avisar Jamie e ele disse que talvez não fosse errado usar um pouco do tesouro para ajudar a alimentar os partidários do príncipe Tearlach.

– Parecia provável que tivesse sido colocado lá por um partidário dos Stuart – acrescentou Jamie. Ergueu uma das sobrancelhas ruivas para mim e o canto de sua boca torceu-se para cima. – Mas eu não pretendia mandá-lo para o príncipe Charles.

– Bem pensado – eu disse secamente. Qualquer dinheiro dado a Charles Stuart teria sido desperdiçado, dissipado em questão de semanas, e qualquer um que tivesse conhecido Charles intimamente, como Jamie conhecera, saberia disso muito bem.

Ian levou seu filho mais velho, Jamie, e atravessou a Escócia até a enseada das focas perto de Coigach. Com medo de que qualquer notícia do tesouro se espalhasse, não procuraram um barco de pescador. Em vez disso, o Jovem Jamie nadara até a rocha das focas como seu tio o fizera havia vários anos. Encontrara o tesouro em seu esconderijo, tirara duas moedas de ouro e três das pedras menores e, colocando-as numa sacolinha muito bem atada em volta do pescoço, devolvera o resto do tesouro ao seu lugar e atravessara as ondas de volta, chegando exausto.

Seguiram para Inverness e tomaram um navio para a França, onde seu primo Jared Fraser, um bem-sucedido comerciante de vinhos exilado, ajudou-os a trocar as moedas e pedras preciosas discretamente em dinheiro e assumiu a responsabilidade de distribuí-lo entre os jacobitas necessitados.

Desde então, Ian fizera a difícil viagem até a costa com um de seus filhos, cada vez para retirar uma pequena parte da fortuna escondida para cobrir uma necessidade. Por duas vezes, o dinheiro fora para amigos necessitados na França; uma vez, fora utilizado para comprar novos estoques de sementes para Lallybroch e fornecer alimentos aos seus colonos que lhes permitisse atravessar um longo inverno quando a plantação de batatas fracassou.

Somente Jenny, Ian e os dois filhos mais velhos, Jamie e Michael, sabiam da existência do tesouro. A perna artificial de Ian impedia-o de nadar até a ilha das focas, de modo que um de seus filhos sempre teve que acompanhá-lo na viagem. Imagino que o fato de lhes ter sido confiado um segredo de tal monta tenha sido uma espécie de rito de passagem tanto para o Jovem Jamie quanto para Michael. Agora deveria ser a vez do Jovem Ian.

– Não – disse Jenny outra vez, mas achei que já não falava com a mesma convicção. Ian já balançava a cabeça pensativamente.

– Você o levaria com você para a França, Jamie?

Jamie balançou a cabeça, confirmando.

– Sim, isso mesmo. Terei que partir de Lallybroch e ficar longe por um bom tempo, por causa de Laoghaire. Não posso ficar morando com você aqui embaixo do nariz dela – disse ele para mim, tentando se desculpar –, ao menos não até ela estar adequadamente casada com outra pessoa. – Voltou sua atenção outra vez para Ian. – Não lhe contei tudo que aconteceu em Edimburgo, Ian, mas, no cômputo geral, acho que provavelmente será melhor que eu fique afastado de lá por algum tempo também.

Permaneci em silêncio, digerindo a novidade. Eu não percebera que Jamie pretendia ir embora de Lallybroch – deixar totalmente a Escócia, ao que parecia.

– Então, o que pretende fazer, Jamie? – Jenny desistira de qualquer tentativa de bordar e permanecia sentada com as mãos no colo.

Ele esfregou o nariz, com ar cansado. Era o primeiro dia em que ele se levantara; eu, particularmente, achava que ele já devia estar de volta à cama há horas, mas ele insistira em se manter acordado para presidir o jantar e conversar com todos.

– Bem – disse ele devagar –, Jared já me ofereceu mais de uma vez colocar-me em sua empresa. Talvez eu fique na França, ao menos por um ano. Achei que o Jovem Ian poderia ir conosco e estudar em Paris.

Jenny e Ian trocaram um longo olhar, um desses em que casais unidos há muito tempo são capazes de desenvolver conversas inteiras no espaço de alguns batimentos cardíacos. Finalmente, Jenny inclinou a cabeça um pouco para o lado. Ian sorriu e tomou sua mão.

– Tudo vai dar certo, *mo nighean dubh* – disse ele numa voz baixa e terna. Em seguida, voltou-se para Jamie. – Sim, leve-o com você. Será uma grande oportunidade para o garoto.

– Tem certeza? – Jamie hesitou, dirigindo-se à irmã, em vez de Ian. Jenny assentiu. Seus olhos azuis cintilaram à luz do lampião e a ponta do seu nariz tornou-se ligeiramente vermelha.

– Imagino que seja melhor nós lhe darmos sua liberdade enquanto ele ainda acha que cabe a nós decidir – disse ela. Olhou para Jamie, depois para mim, diretamente e com firmeza. – Mas vocês vão tomar conta dele muito bem, sim?

39

PERDIDO E PRANTEADO PELO VENTO

Esta parte da Escócia era tão diferente dos desfiladeiros verdes e largos próximos a Lallybroch quanto as charnecas de North Yorkshire. Aqui, não havia praticamente nenhuma árvore; apenas longas extensões de urzais salpicados de rochas, erguendo-se em penhascos que tocavam o céu baixo e desapareciam abruptamente em cortinas de brumas.

Conforme nos aproximávamos do litoral, a neblina tornava-se mais densa, instalando-se no começo da tarde e demorando-se por mais tempo pela manhã, de modo que apenas por algumas horas no meio do dia é que conseguíamos cavalgar em tempo aberto. O passo, consequentemente, era lento, mas nenhum de nós se importava realmente, exceto o Jovem Ian, que estava exultante de empolgação, impaciente para chegar ao destino.

– Qual a distância da costa à ilha das focas? – perguntou ele a Jamie pela décima vez.

– Uns 400 metros, eu calculo – respondeu seu tio.

– Posso nadar essa distância – repetiu o Jovem Ian, pela décima vez. Suas mãos agarravam as rédeas com força e o maxilar descarnado estava fixo com determinação.

– Sim, sei que pode – assegurou Jamie pacientemente. Ele olhou para mim, o esboço de um sorriso oculto no canto da boca. – Mas não será necessário; apenas nade direto para a ilha e a corrente o levará.

O rapaz assentiu e ficou em silêncio, mas seus olhos brilhavam de expectativa.

O promontório acima da enseada estava envolto em neblina e deserto. Nossas vozes ecoavam estranhamente no nevoeiro e logo paramos de falar, por causa de uma intimidante e estranha sensação de mistério. Eu podia ouvir as focas gritando à distância, o som ondeando e misturando-se ao estouro da arrebentação, de modo que de vez em quando soava como marinheiros gritando uns para os outros acima do barulho do mar.

Jamie apontou a fenda estreita na rocha da torre de Ellen para o Jovem Ian e, tirando um rolo de corda da sela, encetou sua trilha pelas pedras desmoronadas do promontório para a entrada.

– Mantenha a camisa até chegar lá embaixo – disse ao garoto, gritando para ser ouvido acima das ondas. – Caso contrário, a rocha vai retalhar suas costas.

Ian assentiu e, em seguida, a corda bem amarrada à cintura, lançou-me um sorriso nervoso, deu dois passos desajeitados e desapareceu na terra.

Jamie tinha a outra ponta da corda amarrada ao redor de sua própria cintura. Cuidadosamente, com sua mão poderosa, ele arriava a corda aos poucos, conforme o rapaz descia. Rastejando sobre as mãos e os joelhos, aproximei-me da desmoronadiça borda do penhasco, de onde podia avistar a praia em meia-lua lá embaixo.

Depois do que pareceu um longo tempo, Ian finalmente surgiu da base da fenda estreita, uma figura pequena como uma formiga. Ele desamarrou a corda, olhou ao redor, avistou-nos no topo do penhasco e acenou entusiasticamente. Retribuí o aceno, mas Jamie apenas murmurou baixinho:

– Muito bem, vá em frente agora.

Eu o senti tenso ao meu lado enquanto o rapaz despia as calças e arrastava-se pelas rochas até a água, e o vi encolher-se quando a pequena figura mergulhou de cabeça nas ondas azul-acinzentadas.

– Brrrr! – disse, observando. – A água deve estar gelada!

– E está mesmo – disse Jamie, preocupado. – Ian tem razão, é uma época do ano terrível para nadar.

Seu semblante estava pálido e grave. Não achei que fosse consequência do desconforto de seu braço ferido, embora a longa cavalgada e o exercício com a corda não tivessem contribuído para melhorar seu estado. Embora não tivesse demonstrado senão uma confiança encorajadora enquanto Ian fazia sua descida, não fazia nenhum esforço para esconder sua preocupação agora. O fato é que não havia como chegarmos até Ian, se algo desse errado.

– Talvez devêssemos ter esperado a neblina se dissipar – disse, mais para distraí-lo do que por convicção.

– Se esperássemos até a Páscoa, poderia ser – concordou ele ironicamente. – Embora eu confesse que já vi o tempo mais limpo aqui – acrescentou, estreitando os olhos para o turbilhão de trevas abaixo.

As três ilhas só eram visíveis intermitentemente do penhasco, conforme eram varridas pela neblina. Eu pude ver o pontinho oscilante da cabeça de Ian nos primeiros 20 metros depois que ele deixou a costa, mas agora ele desaparecera no nevoeiro.

– Acha que ele está bem? – Jamie inclinou-se para me ajudar a ficar de pé. Senti o tecido de seu casaco úmido e áspero sob meus dedos, molhado da neblina e do borrifo da arrebentação.

– Sim, ele vai conseguir. Ele é ótimo nadador; e não é um trecho tão difícil, depois que ele pegar a corrente. – Ainda assim, ele fitava o nevoeiro como se o esforço pudesse atravessar as brumas.

Seguindo o conselho de Jamie, o Jovem Ian programou sua descida para o começo da maré vazante, de modo a ter a maior ajuda possível da força da maré. Olhando por cima da beira do penhasco, pude ver restos flutuantes de algas marinhas, semiencalhadas na crescente faixa de areia.

– Talvez umas duas horas até ele voltar – Jamie respondeu à minha pergunta não formulada. Virou-se relutantemente de seu inútil escrutínio da enseada oculta pelas brumas. – Droga, eu mesmo devia ter ido, com ou sem braço ferido.

– Tanto o Jovem Jamie quanto Michael já fizeram isso – lembrei a ele. Dirigiu-me um sorriso melancólico.

– Ah, sim. Ian se sairá bem. É que é bem mais fácil fazer algo que é um pouco perigoso do que ficar esperando e se preocupando enquanto outra pessoa corre o risco.

– Ah! – exclamei. – Então agora você sabe o que é estar casada com você.

Ele riu.

– Ah, sim, imagino que sim. Além disso, seria uma vergonha frustrar a aventura do Jovem Ian. Venha, então, vamos sair do vento.

Caminhamos para o interior do promontório, afastando-nos da beira do penhasco, e nos sentamos para esperar, usando os corpos dos cavalos como para-ventos. Pôneis das Terras Altas, rudes, de pelo áspero e emaranhado, pareciam indiferentes às desagradáveis condições do tempo, permanecendo parados, juntos, a cabeça abaixada, a traseira contra o vento.

O vento estava forte demais para conseguirmos conversar com facilidade. Ficamos sentados em silêncio, juntos como os cavalos, nossas costas contra o litoral.

– O que foi isso? – Jamie ergueu a cabeça, ouvindo atentamente.

– O quê?

– Achei ter ouvido gritos.

– Imagino que sejam as focas – disse, mas antes de terminar a frase, ele já estava de pé e caminhando a passos largos para a beira do penhasco.

A pequena baía ainda estava encoberta pelo turbilhão de rolos de neblina, mas o vento descortinara a ilha das focas que, ao menos no momento, estava perfeitamente visível. Mas não havia nenhuma foca na ilha agora.

Um pequeno barco fora puxado para cima de uma rampa de pedra em um dos lados da ilha. Não era um barco de pescador; este era mais comprido e mais pontudo na proa, com um par de remos.

Enquanto eu olhava, um homem surgiu do centro da ilha. Carregava alguma coisa embaixo do braço, do tamanho e formato da caixa que Jamie descrevera. Mas não tive muito tempo para especular sobre a natureza do objeto, pois neste instante um segundo homem surgiu da encosta do outro extremo da ilha.

Este homem carregava o Jovem Ian. O corpo seminu do rapaz estava descuidadamente jogado sobre um de seus ombros. Balançava-se, a cabeça para baixo, os braços pendurados com uma lassidão que deixava claro que o rapaz estava inconsciente ou morto.

– Ian! – A mão de Jamie fechou-se sobre a minha boca antes que eu pudesse gritar outra vez.

– Silêncio! – Puxou-me para baixo, fazendo-me cair de joelhos, para me manter fora de vista. Observamos, impotentes, quando o segundo homem içou Ian descuidadamente para dentro do barco, depois agarrou a amurada da embarcação para levá-la de volta à água. Não havia a menor possibilidade de fazer a descida pela fenda estreita e nadar até a ilha antes de conseguirem escapar. Mas escapar para onde?

– De onde vieram? – perguntei, num sussurro. Nada mais se movia na enseada abaixo, a não ser a névoa e as ondeantes algas marinhas, oscilando na maré.

– Um navio. É o barco de um navio. – Jamie acrescentou uma imprecação baixa e profundamente sentida em gaélico, e desapareceu. Virei-me e o vi lançar-se sobre um dos cavalos e virar bruscamente a cabeça do animal na direção contrária. E partiu, cavalgando a toda a brida pelo promontório, afastando-se da enseada.

Apesar do solo pedregoso do promontório, os cavalos estavam mais preparados para isso do que eu. Montei apressadamente e segui Jamie, um relincho estridente de protesto do cavalo amarrado de Ian soando em meus ouvidos.

Eram menos de 400 metros até o lado do oceano do promontório, mas pareceu levar uma eternidade até o alcançarmos. Vi Jamie à minha frente, os cabelos voando soltos ao vento, e além dele o navio atracado ao largo da costa.

O solo esfacelou-se numa confusão de pedras desmoronadas que caíam até o oceano, uma encosta não tão escarpada como os penhascos da enseada, mas pedregosa demais para levar um cavalo para baixo. Quando consegui frear o cavalo, Jamie já estava desmontado e escolhendo seu caminho pelos pedregulhos em direção à água.

Para a esquerda, eu podia ver o barco comprido proveniente da ilha, dobrando a curva do promontório. Alguém no navio devia estar à espera do barco, porque ouvi uma débil saudação vinda da direção do navio e vi pequenas figuras aparecerem repentinamente no cordame.

Uma dessas figuras também deve nos ter visto porque houve uma repentina agitação a bordo, com cabeças despontando acima do parapeito e nova gritaria. O navio era azul, com uma larga faixa preta pintada em toda a volta. Havia uma fileira de portinholas ao longo dessa faixa e, enquanto eu observava, a portinhola na frente do navio abriu-se e o olho redondo e negro do canhão espiou para fora.

– Jamie! – dei um berro agudo, o mais alto possível. Ele ergueu os olhos das pedras a seus pés, viu para onde eu apontava e deitou-se rente ao chão em meio aos cascalhos quando a arma disparou.

O barulho do disparo não foi terrivelmente alto, mas um som sibilante passou junto à minha cabeça, fazendo-me agachar instintivamente. Várias rochas à minha volta explodiram em lufadas de lascas de pedras voadoras. Ocorreu-me, um pouco tardiamente, que os cavalos e eu éramos muito mais visíveis ali no topo do promontório do que Jamie no penhasco abaixo.

Os cavalos, tendo captado esse fato essencial muito antes de mim, já corriam de volta para o local onde havíamos deixado seu companheiro amarrado, antes da poeira se assentar. Eu me arremessei por cima da borda do promontório, deslizei por vários metros numa chuva de cascalhos e enfiei-me em uma fenda profunda do rochedo.

Houve outra explosão em algum lugar acima da minha cabeça e comprimi o corpo ainda mais fundo na fresta. Evidentemente, as pessoas a bordo do navio ficaram satisfeitas com o efeito de seu último tiro, porque fez-se um relativo silêncio.

Meu coração batia com força contra as costelas e o ar ao redor de meu rosto estava denso com uma fina poeira cinza que me dava uma vontade irresistível de tossir. Arrisquei um olhar por cima do ombro, a tempo de ver o barco comprido ser içado para dentro do navio. Não havia sinal de Ian nem de seus dois captores.

A portinhola fechou-se silenciosamente enquanto eu observava e a corda que segurava a âncora foi arrastada para cima, escorrendo água. O navio manobrou lentamente, buscando o vento. A brisa era suave e as velas mal se enfunavam, mas já era o suficiente. Devagar, depois mais rápido, o navio movia-se para alto-mar. Quando Jamie alcançou meu esconderijo, o navio já desaparecera na densa cortina de neblina que obscurecia o horizonte.

– Meu Deus – foi tudo que ele disse quando me alcançou, mas abraçou-me com força por um instante. – Meu Deus.

Soltou-me então e virou-se para olhar o mar ao longe. Nada se movia, a não ser alguns filetes de névoa flutuando num movimento lento. O mundo inteiro parecia emudecido; até mesmo os gritos ocasionais das tordas-mergulhadeiras e pardilhões haviam sido calados pelo estrondo do canhão.

A rocha cinza junto ao meu pé exibia uma área nova de cinza mais claro, onde o tiro arrancara uma grande lasca da pedra. A fenda onde eu me refugiara ficava a menos de 1 metro acima.

– O que vamos fazer? – Sentia-me entorpecida, tanto pelo choque da tarde quanto pela absoluta gravidade do que acontecera. Impossível acreditar que, em menos de uma hora, Ian desaparecera completamente de nossa vista, como se tivesse sido varrido da face da terra. O banco de névoa assomava espesso e impenetrável, um pouco ao largo da costa à nossa frente, uma barreira tão impassível quanto a cortina entre a terra e o submundo.

Minha mente repassava as imagens: a névoa, flutuando sobre os contornos da ilha das focas, o súbito aparecimento do barco, os homens surgindo nas rochas, o corpo delgado e adolescente de Ian, a pele branca como a névoa, os braços e pernas finos, balançando como os de um boneco desconjuntado. Eu vira tudo com aquela clareza que está presente nas tragédias; cada detalhe gravado na minha mente, para ser repassado incessantemente, sempre com aquela sensação semiconsciente de que desta vez eu seria capaz de alterar os fatos.

O rosto de Jamie estava marcado por linhas de preocupação, sulcos profundos do nariz à boca.

– Não sei – disse ele. – Droga, eu não sei o que fazer! – Suas mãos fecharam-se em punhos cerrados ao longo do corpo. Ele fechou os olhos, respirando pesadamente.

Senti-me ainda mais assustada diante dessa admissão. No breve espaço de tempo desde a minha volta, eu me acostumara outra vez ao fato de que Jamie sempre sabia o que fazer, mesmo nas piores circunstâncias. Essa confissão parecia mais perturbadora do que qualquer outra coisa que tivesse acontecido até ali.

Uma sensação de impotência envolveu-me como a neblina. Cada nervo do meu corpo ansiava por fazer alguma coisa. Mas o quê?

Nesse momento, vi o fio de sangue no punho de sua camisa; ele havia cortado a mão ao descer pelas rochas. Isso eu podia remediar e experimentei uma sensação gratificante pelo fato de haver, afinal de contas, algo que eu pudesse fazer, por menor que fosse.

– Você se cortou – disse. Toquei em sua mão ferida. – Deixe-me ver; vou enfaixá-la para você.

– Não – disse ele. Virou-se, o rosto tenso, ainda olhando desesperadamente para dentro da neblina. Quando tentei tocá-lo outra vez, ele afastou-se bruscamente. – Não, já disse! Deixe como está!

Engoli em seco e passei os braços ao redor de mim mesma, sob o manto. Ventava pouco agora, mesmo no promontório, mas ainda assim o ar estava frio e pegajoso.

Ele esfregou a mão descuidadamente na frente do casaco, deixando uma mancha cor de ferrugem. Ainda olhava fixamente para o mar, para o ponto onde o navio desaparecera. Ele fechou os olhos e pressionou os lábios com força. Em seguida, abriu os olhos, fez um gesto vago de desculpas para mim e virou-se para o promontório.

– Acho que devemos ir buscar os cavalos – disse ele em voz baixa. – Vamos. – Caminhamos de volta pela relva curta e espessa, salpicada de pedras, sem falar, silenciados pelo choque e pela tristeza. Eu podia ver os cavalos, pequenas figuras de pernas finas ao longe, amontoados com seu companheiro amarrado. Parecera levar horas do promontório à costa externa; a volta pareceu levar muito mais tempo.

– Não acho que ele estivesse morto – disse, depois do que me pareceu um ano. Coloquei a mão de forma hesitante no braço de Jamie, numa tentativa de confortá-lo, mas ele não teria notado ainda que o tivesse golpeado com um cassetete. Continuou a caminhar devagar, a cabeça baixa.

– Não – disse ele, e eu o vi engolir com dificuldade. – Não, ele não estava morto, ou eles não o teriam levado.

– Eles o levaram a bordo do navio? – pressionei. – Você os viu? – Achei que seria melhor para ele se falasse sobre o assunto.

Ele balançou a cabeça.

– Sim, içaram-no a bordo, vi claramente. Imagino que isso seja alguma esperança – murmurou ele, como se falasse consigo mesmo. – Se não o golpearam na cabeça na hora, talvez não o façam. – Lembrando-se de repente que eu estava ali, virou-se e olhou para mim, os olhos buscando meu rosto.

– Você está bem, Sassenach?

Eu estava esfolada em vários lugares, coberta de sujeira e com os joelhos trêmulos do susto, mas basicamente em bom estado.

– Estou bem. – Coloquei a mão em seu braço outra vez. Desta vez, ele não se esquivou.

– Ótimo – disse ele brandamente, após um instante. Enfiou minha mão na curva de seu braço e seguimos em frente.

– Tem alguma ideia de quem sejam eles? – Eu tinha que erguer um pouco a voz para ser ouvida acima da arrebentação às nossas costas, mas eu queria mantê-lo falando, se pudesse.

Ele sacudiu a cabeça, franzindo a testa. O esforço para falar parecia tirá-lo gradualmente de seu próprio estado de choque.

– Ouvi um dos marinheiros gritar para os homens no barco e ele falou em francês. Mas isso não prova nada, os marinheiros vêm de toda parte do mundo. Ainda assim, já vi muitos navios nas docas para achar que este não parecia um navio mercante, não parecia nem mesmo um navio inglês – acrescentou ele –, embora eu não saiba dizer exatamente por quê. A maneira como as velas estavam instaladas, talvez.

– Era azul, com uma faixa preta pintada ao redor – eu disse. – Foi tudo que tive tempo de ver, antes de os canhões começarem a disparar.

Seria possível rastrear um navio? O germe da ideia me deu esperança; talvez a situação não fosse tão desesperadora como eu pensara a princípio. Se Ian não estava morto e pudéssemos descobrir para onde o navio estava indo...

– Você viu um nome no navio? – perguntei.

– Um nome? – Olhou-me ligeiramente surpreso com a ideia. – O quê, no navio?

– Os navios geralmente não levam seu nome pintado nas laterais? – perguntei.

– Não, para quê? – Ele parecia realmente intrigado.

– Para que você possa saber quem são, bolas! – eu disse, exasperada. Surpreso com meu tom de voz, esboçou um sorriso.

– Sim, bem, imagino que talvez não queiram que ninguém saiba quem são, considerando a natureza dos seus negócios – disse ele secamente.

Continuamos a caminhar por mais alguns instantes, pensando. Então eu disse, curiosa:

– Bem, mas como os navios legítimos se diferenciam uns dos outros, se não têm seus nomes pintados no casco?

Olhou para mim, uma das sobrancelhas erguidas.

– Eu saberia diferenciar você de outra mulher – ressaltou ele –, e você não tem o nome bordado no peito.

– Nem sequer uma letra – disse, de maneira petulante, mas vendo seu olhar de perplexidade, acrescentei: – Você quer dizer que os navios são bastante diferentes entre si, e que existem bem poucos, de modo que você pode distinguir um do outro só de olhar?

– Eu, não – respondeu ele honestamente. – Mas conheço alguns capitães de navios onde estive a bordo para fazer negócios, e também alguns paquetes, eles vão e vêm com tanta frequência que já os vi no porto dezenas de vezes. Mas um homem do mar saberia muito mais.

– Então, talvez seja possível descobrir como se chama o navio que levou Ian?

Assentiu, olhando-me com curiosidade.

– Sim, acho que sim. Venho tentando me recordar de tudo enquanto andamos, de modo a contar a Jared. Ele conhece muitos barcos e inúmeros capitães. Talvez um deles conheça um navio azul, de vau largo, com três mastros, doze canhões e uma carranca na proa.

Meu coração se alegrou.

– Então você tem um plano!

– Não chamaria isso de plano – disse ele. – É que não consigo pensar em mais nada que eu possa fazer. – Encolheu os ombros e passou a mão pelo rosto. Gotículas de umidade condensavam-se sobre nós conforme caminhávamos, cintilando nos pelos ruivos de suas sobrancelhas e cobrindo suas faces com minúsculas lágrimas. Ele suspirou. – A passagem é arranjada em Inverness. O melhor que posso pensar em fazer é ir. Jared estará à nossa espera em Le Havre. Quando o virmos, talvez ele possa nos ajudar a descobrir o nome do navio azul e talvez o seu destino. Sim – disse ele secamente, antecipando-se à minha pergunta –, os navios têm portos de residência e, se não pertencerem à Marinha, têm percursos de rotina e também documentos para o capitão do porto, mostrando para onde se destinam.

Comecei a me sentir melhor do que me sentira desde que Ian descera a torre de Ellen.

– Quer dizer, se não forem piratas ou corsários de navio de guerra... – acrescentou ele, com um olhar de advertência que imediatamente lançou um balde de água fria no meu estado de ânimo mais otimista.

– E se forem?

– Então só Deus sabe, eu não sei – disse ele sucintamente, calando-se até alcançarmos os cavalos.

Eles pastavam no promontório perto da torre onde deixáramos o cavalo de Ian, comportando-se como se nada tivesse acontecido, fingindo achar a relva dura do mar uma delícia.

– Tcha! – Jamie olhou-os com desaprovação. – Animais tolos. Agarrou o rolo de corda e enrolou-o duas vezes em volta de uma pedra protuberante. Entregando-me a ponta, com uma concisa instrução para segurá-la, lançou a ponta livre pela fenda abaixo, tirou o casaco e os sapatos, e desapareceu pela corda sem nenhum comentário adicional.

Algum tempo depois, ele voltou, suando profusamente, com uma pequena trouxa sob o braço. A camisa, o casaco, os sapatos e meias do Jovem Ian, com sua adaga e a bolsinha de couro em que o rapaz guardava os poucos objetos de valor que possuía.

– Pretende levá-los de volta a Jenny? – perguntei. Tentei imaginar o que Jenny pensaria, diria ou faria diante da notícia e tive uma visão perfeita de como seria. Senti-me nauseada, sabendo que a oca e dolorosa sensação de perda que eu sentia não era nada comparada ao que ela sentiria.

O rosto de Jamie estava afogueado da subida, mas diante de minhas palavras, o sangue desapareceu de seu rosto. Suas mãos apertaram a trouxa.

– Ah, sim – disse ele, a voz muito baixa, com grande amargura. – Sim, vou voltar para casa e dizer a minha irmã que perdi seu filho mais novo? Ela não queria que ele viesse comigo, mas eu insisti. Eu cuidarei dele, eu disse. E agora ele está ferido e talvez morto, mas aqui estão as roupas para você se lembrar dele? – Cerrou o maxilar e engoliu em seco convulsivamente. – Preferia eu mesmo estar morto – disse ele.

A seguir, ajoelhou-se no chão, sacudindo as peças de roupa, dobrando-as e arrumando-as numa pilha. Enrolou o casaco cuidadosamente em volta da pilha, levantou-se e enfiou o pacote no seu alforje.

– Ian vai precisar delas, imagino, quando o encontrarmos – disse, tentando demonstrar convicção.

Jamie olhou para mim, mas após alguns instantes, balançou a cabeça.

– Sim – disse à meia-voz. – Imagino que sim.

Era muito tarde para iniciar a viagem a Inverness. O sol deitava-se no horizonte, anunciando o fato com um embaçado clarão avermelhado que mal penetrava na neblina cada vez mais densa. Sem falar, começamos a montar acampamento. Havia comida fria nos alforjes, mas nenhum de nós dois teve vontade de comer. Em vez disso, nos enrolamos em nossos mantos e cobertores e nos deitamos para dormir, aninhados em pequenas depressões que Jamie escavara no solo.

Não consegui dormir. Sentia o chão duro e pedregoso sob meus quadris e ombros, e o estrondo da arrebentação embaixo teria sido suficiente para me manter acordada, ainda que minha mente não estivesse repleta de pensamentos sobre Ian.

Estaria gravemente ferido? A lassidão de seu corpo denunciara algum dano, mas eu não vira nenhum sangue. Provavelmente, fora apenas golpeado na cabeça. Se assim fosse, o que sentiria ao acordar, descobrindo que havia sido raptado e que, a cada minuto, estava sendo levado cada vez para mais longe de casa e da família?

E como iríamos encontrá-lo? Assim que Jamie mencionou Jared, senti-me esperançosa, mas quanto mais pensava no assunto, menores pareciam as perspectivas de realmente encontrar um determinado barco, que agora podia estar velejando em qualquer direção, para qualquer lugar do mundo. E seus captores se preocupariam em manter Ian ou, pensando melhor, concluiriam que ele era um estorvo perigoso e o lançariam ao mar por cima da balaustrada?

Creio que não dormi, mas devo ter cochilado, meus sonhos transtornados. Acordei tremendo de frio e estendi a mão, à procura de Jamie. Ele não estava ali. Quando me sentei, vi que ele havia estendido seu cobertor sobre mim enquanto eu cochilava, mas era um fraco substituto para o calor de seu corpo.

Ele estava sentado a certa distância, de costas para mim. O vento de alto-mar havia se intensificado após o pôr do sol e dispersado um pouco da neblina; uma meia-lua lançava uma claridade suficiente através das nuvens para me mostrar sua figura arqueada com clareza.

Levantei-me e caminhei até ele, enrolando o manto bem apertado ao meu redor para me proteger do frio. Meus passos faziam um ruído leve sobre os cascalhos triturados, mas o som era abafado pelo rugido do mar abaixo. Ainda assim, ele deve ter me ouvido; não se virou, mas não deu nenhum sinal de surpresa quando me deixei cair a seu lado.

Ele permanecia sentado com o queixo nas mãos, os cotovelos nos joelhos, os olhos bem abertos, mas cegos, olhando fixamente para as águas escuras da enseada. Se as focas estivessem acordadas, estavam silenciosas esta noite.

— Você está bem? — perguntei baixinho. — Está terrivelmente frio. — Ele não usava nada além de seu casaco e nas horas frias da madrugada, no ar úmido e gelado acima do mar, isso estava longe de ser suficiente. Quando coloquei a mão em seu braço, pude sentir o tremor constante, quase imperceptível, que o percorria.

— Sim, estou bem — disse ele, com uma acentuada falta de convicção. Eu só consegui fingir uma risadinha diante desse embuste e sentei-me ao seu lado em outro bloco de granito.

— Não foi culpa sua — disse, após algum tempo sentados em silêncio, ouvindo o mar.

— Você devia ir dormir, Sassenach. — Sua voz era calma, mas com um tom de desamparo que me fez aproximar-me ainda mais dele, tentando abraçá-lo. Ele estava claramente relutante em me tocar, mas a essa altura eu mesma tremia perceptivelmente.

— Não vou a lugar algum.

Ele suspirou profundamente e puxou-me para mais perto, aconchegando-me em seu colo, de modo que seus braços entraram por baixo do meu manto, me segurando com força. Pouco a pouco, o tremor cessou.

— O que está fazendo aqui? — perguntei finalmente.

— Rezando — disse ele baixinho. — Ou tentando rezar.

— Eu não devia tê-lo interrompido. — Fiz menção de me levantar, mas ele segurou-me com mais força.

— Não, fique — disse ele. Permanecemos ali, abraçados. Eu podia sentir o calor de sua respiração em meu ouvido. Ele inspirou como se fosse falar, mas depois soltou o ar sem dizer nada. Virei-me e toquei seu rosto.

— O que é, Jamie?

— É errado eu ter você? — sussurrou ele. Seu rosto estava lívido, os olhos apenas duas poças escuras na penumbra. — Eu fico pensando... será culpa minha? Terei cometido um pecado tão grande, desejando-a tanto, precisando mais de você do que da própria vida?

— É mesmo? — Tomei seu rosto entre minhas mãos, sentindo os ossos largos e frios sob minhas palmas. — E se assim é, como isso pode ser errado? Sou sua mulher. — Apesar de tudo, a simples palavra "mulher" aliviou meu coração.

Ele virou o rosto devagar, para que seus lábios tocassem a palma de minha mão, e sua mão subiu, tateando em busca da minha. Seus dedos também estavam frios e rígidos, como madeira de naufrágio encharcada de água do mar.

— É o que digo a mim mesmo. Deus deu você para mim; como posso não amá-la? E, no entanto... fico pensando e não consigo parar de pensar.

Abaixou os olhos para mim, a testa franzida numa expressão transtornada.

– O tesouro... foi certo usá-lo quando necessário, para alimentar os famintos ou para resgatar prisioneiros. Mas tentar comprar minha liberdade da culpa, usá-lo para que eu pudesse viver livre em Lallybroch com você, sem ter que me preocupar com Laoghaire... acho que talvez isso tenha sido errado.

Coloquei sua mão ao redor de minha cintura e o puxei para mais perto de mim. Ele veio, ansioso para ser reconfortado, e deitou a cabeça no meu ombro.

– Shhh – eu disse, embora ele não tivesse voltado a falar. – Fique quieto. Jamie, você já fez alguma coisa por si próprio... sem pensar em outra pessoa?

Sua mão descansou delicadamente em minhas costas, percorrendo a costura do meu espartilho, e sua respiração carregava a sugestão de um sorriso.

– Ah, muitas e muitas vezes – sussurrou ele. – Quando a vi. Quando a possuí, sem me importar se você me queria ou não, se tinha que estar em algum outro lugar, outra pessoa para amar.

– Desgraçado – sussurrei em seu ouvido, embalando-o o melhor que podia. – Você é um grande tolo, Jamie Fraser. E quanto a Brianna? Não foi errado, foi?

– Não. – Ele engoliu em seco; pude ouvir o som claramente e sentir o batimento de seu coração no pescoço onde eu o segurava. – Mas agora eu também a tirei dela. Eu a amo... e amo Ian, como se fosse meu próprio filho. E estou achando que talvez eu não possa ter vocês dois.

– Jamie Fraser – disse outra vez, com tanta convicção quanto pude incutir em minha voz –, você é um terrível tolo. – Alisei seus cabelos para trás, afastando-os da fronte, e torci o punho no espesso rabo de cavalo em sua nuca, puxando sua cabeça para trás para fazê-lo olhar para mim.

Achei que meu rosto devia ter para ele a mesma aparência que o seu tinha para mim; os ossos esbranquiçados do crânio, com os lábios e os olhos escuros como sangue.

– Você não me obrigou a vir para você nem me arrancou de Brianna. Vim porque quis, porque eu queria você, tanto quanto você me queria... e o fato de eu estar aqui não tem nada a ver com o que aconteceu. Nós somos casados, droga, por qualquer lei que você queira nomear: diante de Deus, dos homens, Netuno ou o que quer que seja.

– Netuno? – disse ele, soando um pouco surpreso.

– Silêncio – disse. – Somos casados e não é pecado você me querer, ou me possuir, e nenhum deus que valha a pena tiraria seu sobrinho de você porque você quer ser feliz. Pronto! Além do mais – acrescentei, afastando-me um pouco e erguendo os olhos para ele um instante depois –, pode ter certeza de que eu não vou embora, portanto, o que você poderia fazer a respeito disso, de qualquer modo?

A pequena vibração em seu peito desta vez foi de uma risada, não de frio.

– Ter você e ser amaldiçoado por isso, eu acho – disse ele. Beijou minha testa ternamente. – Amar você me levou ao inferno mais de uma vez, Sassenach; mas eu correria o risco outra vez, se necessário.

– Ah – disse. – E você acha que amar você tem sido um mar de rosas?

Desta vez, ele riu alto.

– Não, mas vai continuar a me amar, não vai?

– Talvez sim, pensando bem.

– Você é uma mulher muito teimosa – disse ele, o sorriso evidente em sua voz.

– É preciso um teimoso para reconhecer outro – disse e, então, ambos ficamos em silêncio por algum tempo.

Era muito tarde, talvez quatro da manhã. A meia-lua estava baixa no céu, visível apenas de vez em quando através das nuvens em movimento. As próprias nuvens estavam movendo-se mais rápido; o vento mudava de direção e a névoa se dispersava, nas horas entre a escuridão e o alvorecer. Em algum lugar lá embaixo, uma das focas berrou, uma única vez.

– Você acha que aguentaria ir agora? – disse Jamie repentinamente. – Sem esperar a luz do dia? Uma vez fora do promontório, a viagem não é tão ruim que os cavalos não consigam prosseguir no escuro.

Meu corpo inteiro doía de cansaço e eu estava faminta, mas levantei-me imediatamente e afastei os cabelos do rosto.

– Vamos – disse.

PARTE VIII

Na água

40
DESCEREI AO MAR

– Terá que ser o *Artemis*. – Jared fechou com um movimento rápido a tampa da escrivaninha e esfregou a fronte, franzindo as sobrancelhas. O primo de Jamie estava com 50 e poucos anos quando o conheci e agora já passava dos 70, mas o rosto de nariz arrebitado e as feições bem talhadas, a constituição física esbelta e delgada, e a incansável capacidade para o trabalho continuavam os mesmos. Somente os cabelos denunciavam sua idade, passaram de lisos e escuros para um branco rareado, brilhante e puro, elegantemente amarrados com uma fita de seda vermelha.

– É uma corveta de tamanho médio, tem uma tripulação de aproximadamente quarenta pessoas – observou ele. – Mas já está adiantada a temporada e provavelmente não vamos conseguir nada melhor. Todos os indianos já partiram há um mês. O *Artemis* teria ido com o comboio para a Jamaica, se não tivesse sido encostado para reparos.

– Prefiro um dos seus navios e um dos seus capitães – assegurou Jamie. – O tamanho não importa.

Jared arqueou uma das sobrancelhas para seu primo, com ar cético.

– Ah, é? Bem, você pode descobrir que o tamanho é mais importante do que você pensa em alto-mar. Deverá estar tempestuoso lá fora nesta época do ano e uma corveta vai balançar como uma rolha de cortiça. Posso lhe perguntar como você suportou a travessia do Canal no paquete, primo?

O rosto de Jamie, já tenso e lúgubre, tornou-se ainda mais funesto diante da pergunta. Sem sombra de dúvida Jamie era um homem de terra firme, não era apenas propenso a ficar mareado, ficava completamente prostrado. Sentira-se nauseado ao extremo durante todo o trajeto de Inverness a Le Havre, embora o mar e as condições atmosféricas fossem absolutamente tranquilos. Agora, cerca de seis horas depois, a salvo em terra firme, no depósito de Jared no cais, ainda havia palidez em seus lábios e olheiras bem escuras em seus olhos.

– Darei um jeito – disse ele sucintamente.

Jared examinou-o em dúvida, conhecendo bem sua reação a qualquer tipo de embarcação marítima. Jamie mal podia colocar os pés num navio atracado sem ficar verde; a perspectiva de atravessar o Atlântico, inexoravelmente preso em um navio pequeno e sacolejante por dois ou três meses era suficiente para abalar a mente mais determinada. Vinha perturbando a minha há algum tempo.

– Bem, acho que não há outro jeito – disse Jared com um suspiro, fazendo eco aos meus pensamentos. – E ao menos você terá uma médica à mão – acrescentou ele, sorrindo para mim. – Isto é, imagino que pretenda acompanhá-lo, não, minha cara?

– Sim, com certeza – assegurei-lhe. – Quanto tempo levará até o navio ficar pronto? Gostaria de encontrar uma boa botica, para fazer um bom estoque em minha caixa de remédios antes da viagem.

Jared contraiu os lábios, concentrado.

– Uma semana, se Deus quiser – disse ele. – O *Artemis* está em Bilbao no momento; deverá levar uma carga de couro curtido espanhol, mais uma carga de cobre da Itália. O navio será abastecido aqui, quando chegar, o que deve ocorrer depois de amanhã, com bons ventos. Ainda não escalei nenhum capitão para a viagem, mas tenho um bom sujeito em mente; talvez eu tenha que ir a Paris buscá-lo e isso significa dois dias lá e dois para voltar. Acrescente um dia para completar os suprimentos, encher os tonéis de água, fazer os últimos preparativos e ele deverá estar pronto para partir daqui a uma semana, ao raiar do dia.

– Quanto tempo de viagem até as Índias Ocidentais? – perguntou Jamie. Sua tensão transparecia nos contornos de seu corpo, pouco afetado pela nossa viagem ou pelo breve descanso. Estava tenso como um arco de flecha e provavelmente permaneceria assim até encontrarmos o Jovem Ian.

– Dois meses, com bom tempo – respondeu Jared, a testa ainda franzida de preocupação. – Mas você está um mês atrasado na temporada; se pegar as tempestades de inverno, podem ser três. Ou mais.

Ou nunca, mas Jared, como um bom e velho homem do mar, era muito supersticioso – ou tinha muito tato – para enunciar essa possibilidade. Ainda assim, eu o vi tocar a madeira de sua escrivaninha furtivamente para dar sorte.

Ele também não enunciaria o outro pensamento que ocupava minha mente; não tínhamos nenhuma prova concreta de que o navio azul dirigia-se para as Índias Ocidentais. Tínhamos apenas os registros que Jared obtivera para nós do capitão do porto de Le Havre, mostrando duas visitas do navio – apropriadamente chamado *Bruja* – nos últimos cinco anos, sempre dando seu porto de origem como Bridgetown, na ilha de Barbados.

– Fale-me dele outra vez, do navio que levou o Jovem Ian – disse Jared. – Como ele flutuava? Alto na água ou bem afundado, como se transportasse uma carga pesada para uma viagem?

Jamie cerrou os olhos por um instante, concentrando-se, depois os abriu com um sinal da cabeça.

– Com uma carga pesada, eu poderia jurar. As portinholas não estavam a mais do que 2 metros da água.

Jared balançou a cabeça, satisfeito.

– Então estava partindo, não chegando. Enviei mensageiros a todos os principais portos da França, Portugal e Espanha. Com sorte, encontrarão o porto de onde o navio partiu e então saberemos seu destino com certeza, pelos documentos. – Seus lábios finos torceram-se repentinamente para baixo. – A menos que tenha se tornado um navio pirata e esteja navegando com documentos falsos.

O velho comerciante de vinhos deixou de lado cuidadosamente a escrivaninha de mogno entalhado, lustroso e escurecido pelos anos de uso, e levantou-se, movendo-se com as juntas enrijecidas.

– Bem, isso é tudo que pode ser feito no momento. Vamos para casa agora. Mathilde já deve estar com o jantar pronto à nossa espera. Amanhã, eu lhe mostrarei as listas de passageiros e encomendas, e sua mulher poderá encontrar suas ervas.

Ainda não eram cinco horas da tarde e já estava completamente escuro nesta época do ano, mas Jared arranjara dois homens para nos escoltar no curto trajeto até sua casa, carregavam tochas para iluminar o caminho e estavam armados com pesados porretes. Le Havre era uma fervilhante cidade portuária e a região do cais não era boa para andar a pé à noite, particularmente se fosse alguém conhecido como um próspero comerciante de vinhos.

Apesar da exaustão com a travessia do Canal, do ar opressivo e pegajoso e do pungente cheiro de peixe de Le Havre, bem como de uma fome avassaladora, senti meu estado de ânimo se elevar conforme seguíamos as tochas pelas ruas estreitas e escuras. Graças a Jared, tínhamos ao menos uma chance de encontrar o Jovem Ian.

Jared concordara com a opinião de Jamie de que se os piratas do *Bruja* – pois assim eu os considerava – não haviam matado o Jovem Ian no local, provavelmente o manteriam são e salvo. Um rapaz saudável de qualquer raça podia ser vendido como escravo ou como criado nas Índias Ocidentais por mais de duzentas libras; uma soma respeitável pelos padrões atuais.

Se realmente pretendessem se livrar do Jovem Ian lucrativamente *e* se soubéssemos o porto ao qual se destinavam, poderia ser relativamente fácil encontrar e recuperar o rapaz. Uma rajada de vento e algumas gotas geladas das nuvens baixas que pairavam acima de nós esfriaram um pouco meu otimismo, fazendo-me lembrar de que embora pudesse não ser extremamente difícil encontrar

Ian quando tivéssemos chegado às Índias Ocidentais, primeiro era preciso que tanto o *Bruja* quanto o *Artemis* chegassem às ilhas. E as tempestades de inverno estavam começando.

A chuva aumentou durante a noite, tamborilando insistentemente no telhado de ardósia acima de nossas cabeças. Em geral, eu teria achado o barulho calmante e soporífero; nestas circunstâncias, as batidas surdas pareciam ameaçadoras, não tranquilizadoras.

Apesar do jantar substancioso oferecido por Jared e dos vinhos excelentes que o acompanharam, eu não conseguia dormir, imaginava lonas encharcadas de chuva e vagalhões em mares revoltos. Minha imaginação mórbida só estava impedindo a mim de dormir, pois Jamie não subira comigo, preferindo ficar para conversar com Jared sobre as providências para a viagem próxima.

Jared estava disposto a arriscar um navio e um capitão para ajudar na busca. Em troca, Jamie viajaria como um sobrecarga.

– Como o *quê?* – dissera, ao ouvir a proposta.

– O sobrecarga – explicara Jared pacientemente – é o responsável pela fiscalização do carregamento, do descarregamento, e da venda e distribuição da carga. O capitão e a tripulação só pilotam o navio; alguém tem que se encarregar do conteúdo. No caso de a segurança da carga se vir ameaçada, as ordens do sobrecarga suplantam até mesmo a autoridade do capitão.

E assim ficou acertado. Ainda que Jared estivesse mais do que disposto a correr certo risco a fim de ajudar um parente, não via razão para não lucrar com o arranjo. Assim, havia tomado as providências necessárias para que uma carga variada fosse embarcada em Bilbao e Le Havre; velejaríamos até a Jamaica para entregar a maior parte da carga e providenciaríamos o recarregamento do *Artemis* com rum produzido na plantação de cana-de-açúcar de Fraser et Cie na Jamaica, para a viagem de volta.

A viagem de volta, entretanto, não ocorreria até que as condições do tempo novamente fossem boas para a navegação, no final de abril ou início de maio. No tempo entre a chegada à Jamaica em fevereiro e a volta à Escócia em maio, Jamie poderia dispor do navio e de sua tripulação para viajar a Barbados – ou outros lugares – à procura do Jovem Ian. Três meses. Eu esperava que fossem suficientes.

Era um arranjo generoso. Ainda assim, Jared, que há muitos anos vivia exilado na França como um comerciante de vinhos, era bastante rico para poder perder um navio. Embora aflitivo, não o deixaria falido. Não me passou despercebido que, enquanto Jared arriscava uma pequena parcela de sua fortuna, nós estávamos arriscando nossas vidas.

O vento parecia amainar; a chaminé já não uivava com a mesma força. Vendo que o sono continuava esquivo, levantei-me da cama e, com uma colcha enrolada em volta do corpo para me aquecer, dirigi-me à janela.

O céu estava matizado de cinza-escuro, as nuvens pesadas e fugidias tinham suas bordas brilhantes pela luz da lua oculta e a vidraça escorria água da chuva. Mesmo assim, a claridade que atravessava as nuvens era suficiente para eu divisar os mastros dos navios ancorados no cais, a menos de 400 metros de distância. Oscilavam de um lado para o outro, as velas, bem amarradas contra a tempestade, subiam e desciam num ritmo nervoso, conforme as ondas balançavam os barcos atracados. Em uma semana, eu estaria dentro de um deles.

Eu não ousara imaginar como seria a vida quando eu encontrasse Jamie, com receio de simplesmente não encontrá-lo. Depois, eu realmente o encontrara e, numa rápida sucessão, contemplara a vida de mulher de um tipógrafo envolvido com o mundo político e literário de Edimburgo, uma existência perigosa e fugitiva como mulher de um contrabandista e, por fim, a vida atarefada e estabelecida de uma fazenda das Terras Altas, que eu conhecera antes e amava.

Agora, numa sucessão igualmente rápida, todas essas possibilidades haviam sido eliminadas e eu me deparava com um futuro incerto outra vez.

Estranhamente, eu estava mais empolgada que perturbada. Eu levara uma vida estável por vinte anos, presa como um coral pelas minhas ligações com Brianna, Frank e meus pacientes. Agora, o destino e meus próprios atos libertaram-me de todos esses laços e eu me sentia como se estivesse rolando nas ondas de uma arrebatação, à mercê de forças muito mais poderosas do que eu.

Meu hálito enevoara a vidraça. Desenhei um pequeno coração no vidro embaçado, como eu costumava fazer para Brianna nas manhãs frias. Depois, eu colocava suas iniciais dentro do coração – B. E. R. – de Brianna Ellen Randall. Ela ainda se chamaria Randall, perguntei-me, e em seguida desenhei duas letras dentro do contorno do coração – um "J" e um "C".

Eu continuava de pé junto à janela quando a porta se abriu e Jamie entrou.

– Ainda acordada? – perguntou ele, desnecessariamente.

– A chuva me impediu de dormir. – Aproximei-me dele e o abracei, feliz por seu corpo sólido e quente dispersar a tristeza fria da noite.

Ele me abraçou, recostando a face contra meus cabelos. Ele cheirava um pouco a maresia e muito mais intensamente a cera de vela e tinta de escrever.

– Andou escrevendo? – perguntei. Ele me olhou, espantado.

– Sim, mas como você sabe disso?

– Está com cheiro de tinta.

Ele sorriu ligeiramente, recuando um passo e passando a mão pelos cabelos.

– Você tem um nariz tão apurado quanto o de um porco caçador de trufas, Sassenach.

– Ora, obrigada, que belo elogio – disse. – O que estava escrevendo?

O sorriso desapareceu de seu rosto, deixando-o com uma aparência tensa e cansada.

– Uma carta para Jenny – disse ele. Dirigiu-se à mesa, onde tirou o casaco e começou a desatar o lenço do pescoço e o jabô. – Eu não quis escrever enquanto não falássemos com Jared e eu pudesse lhe contar os planos que tínhamos e quais as perspectivas de trazer Ian são e salvo para casa. – Fez uma careta e puxou a camisa pela cabeça. – Só Deus sabe o que fará quando receber a carta... e graças a Deus que estarei em alto-mar quando isso acontecer – acrescentou ele ironicamente, emergindo das dobras do linho.

Não deve ter sido uma carta de fácil composição, mas achei que ele parecia mais tranquilo por tê-la escrito. Sentou-se para tirar os sapatos e meias e eu passei às suas costas para desfazer o laço que prendia seus cabelos em trança na nuca.

– Pelo menos estou feliz por ter conseguido terminar a carta – disse ele, fazendo eco aos meus pensamentos. – Eu estava em pânico por ter de contar a ela.

– E contou a verdade?

Ele deu de ombros.

– Eu sempre o faço.

Exceto comigo. Entretanto, não exprimi o pensamento em palavras, mas comecei a esfregar seus ombros, massageando os músculos enrijecidos.

– O que Jared fez com o sr. Willoughby? – perguntei, a massagem trazendo o chinês à mente. Ele nos acompanhara na travessia do Canal, agarrado a Jamie como uma pequena sombra de seda azul. Jared, acostumado a ver de tudo no cais, não se alterara com a presença do sr. Willoughby, cumprimentando-o solenemente com uma reverência e dirigindo-lhe algumas palavras em mandarim, mas sua governanta olhara o estranho hóspede com muito mais suspeita.

– Acho que ele foi dormir no estábulo. – Jamie bocejou e espreguiçou-se com vontade. – Mathilde disse que não estava acostumada a ter pagãos na casa e não pretendia começar agora. Ela estava borrifando água benta na cozinha depois que ele jantou lá. – Erguendo os olhos, ele viu o coração que eu desenhara na vidraça, preto contra o vidro embaçado, e sorriu.

– O que é isso?

– Tolice – eu disse.

Estendeu o braço e tomou minha mão direita, o polegar acariciando a pequena cicatriz na base de meu próprio polegar, a letra "J" que ele fizera com a ponta de sua adaga, pouco antes de eu deixá-lo, antes de Culloden.

– Eu não perguntei se você queria ir comigo. Eu poderia deixá-la aqui. Jared teria prazer em hospedá-la, aqui ou em Paris. Ou você poderia voltar a Lallybroch, se quisesse.

– Não, você não perguntou – disse. – Porque sabia muito bem qual seria a resposta.

Nossos olhos se encontraram e sorrimos. As marcas de tristeza e cansaço dissiparam-se de seu rosto. A luz da vela refletiu um brilho suave nos cabelos luzidios do topo de sua cabeça quando ele se inclinou e beijou ternamente a palma de minha mão.

O vento ainda zumbia na chaminé e a chuva escorria como lágrimas na vidraça, mas já não fazia diferença. Agora, eu conseguiria dormir.

Pela manhã, o céu havia desanuviado. Uma brisa fria e ligeira sacudia as vidraças das janelas do gabinete de Jared, mas não conseguia penetrar no aconchegante aposento. A casa em Le Havre era bem menor do que a suntuosa residência de Paris, mas ainda assim ostentava três andares de conforto, estruturados em sólidas vigas de madeira.

Estendi os pés para mais perto do fogo crepitante e mergulhei a pena no tinteiro. Eu estava listando tudo que achava que seria necessário em termos médicos para uma viagem de dois meses. Álcool destilado não só era o mais importante, como o mais fácil de ser obtido; Jared prometera comprar um barril para mim em Paris.

– Mas é melhor o rotularmos com outro nome – dissera ele. – Ou os marujos já terão bebido tudo antes de você deixar o porto.

Gordura de porco purificada, escrevi devagar, *erva-de-são-joão; alho, 5 quilos; milefólio*. Escrevi *borragem*, depois sacudi a cabeça e risquei-o, substituindo-o pelo nome antigo, pelo qual deveria ser mais conhecido agora, *borago*.

Era um trabalho lento e minucioso. Houve uma época em que eu conhecia os usos de todas as ervas medicinais mais comuns, e não poucas das mais raras. Fora necessário, era tudo que havia de disponível como medicamentos.

De fato, algumas eram surpreendentemente eficazes. Apesar do ceticismo – e declarado horror – de meus supervisores e colegas no hospital em Boston, eu as usava de vez em quando em meus pacientes com bons resultados. ("Você *viu* o que a dra. Randall fez?", o grito espantado de um médico-residente ecoou em minha memória, fazendo-me sorrir enquanto escrevia. "Ela administrou *flores fervidas* para o estômago do paciente do 134B!")

O fato é que ninguém usaria milefólio ou consolda em um ferimento se houvesse iodo disponível, nem daria preferência a tratar uma infecção sistêmica com utriculária em detrimento da penicilina.

Eu me esquecera de muita coisa, mas conforme anotava os nomes das ervas, a aparência e o cheiro de cada uma começaram a voltar à minha lembrança – o aspecto escuro e betuminoso e o aroma delicado e agradável do óleo de bétula, o cheiro pungente da família das mentas, o aroma adocicado da camomila e a adstringência da bistorta.

Do outro lado da mesa, Jamie pelejava com suas próprias listas. Escrevia penosamente com sua mão direita aleijada, parando de vez em quando para esfregar o ferimento em cicatrização acima do cotovelo esquerdo e praguejar em voz baixa.

– Colocou suco de limão em sua lista, Sassenach? – perguntou ele, erguendo os olhos.

– Não. Deveria?

Ele afastou uma mecha de cabelo do rosto e franziu o cenho diante da folha de papel à sua frente.

– Depende. Normalmente, seria o médico de bordo quem forneceria o suco de limão, mas em um navio do tamanho do *Artemis* não costuma haver um cirurgião e a provisão de alimentos recai sobre o comissário de bordo. Mas também não há um comissário de bordo; não há tempo para encontrar alguém confiável, de modo que deverei preencher esse cargo também.

– Bem, se você é o comissário de bordo e o sobrecarga, imagino que eu seja o mais próximo de um cirurgião de bordo – disse, esboçando um sorriso. – Comprarei o suco de limão.

– Está bem. – Retornamos ao clima de companheirismo de nossas anotações, somente interrompido com a entrada de Josephine, a copeira, para anunciar a chegada de uma pessoa. Seu nariz comprido enrugou-se numa desaprovação inconsciente diante da informação.

– Ele está à espera na soleira da porta. O mordomo tentou despachá-lo, mas ele insiste que tem uma reunião marcada com o senhor, monsieur James. – O tom interrogativo deixava implícito que nada parecia menos provável, mas o dever a obrigava a comunicar a improvável sugestão.

As sobrancelhas de Jamie ergueram-se.

– Uma pessoa? Que tipo de pessoa?

Os lábios de Josephine fecharam-se numa expressão afetada, como se ela na verdade não conseguisse responder a essa pergunta. Eu começava a ficar curiosa para saber quem era essa pessoa e aventurei-me até a janela. Enfiando a cabeça para fora, pude ver o topo de um chapéu desabado, preto e muito empoeirado na soleira da porta, e pouca coisa mais.

– Ele parece um vendedor ambulante; carrega algo como um saco nas costas – informei, esticando ainda mais o pescoço, as mãos no parapeito da janela. Jamie me segurou pela cintura e me puxou para trás, enfiando a cabeça pela janela por sua vez.

– Ah, é o negociante de moedas de que Jared falou! – exclamou ele. – Mande-o subir.

Com uma eloquente expressão no rosto magro, Josephine partiu, retornando sem demora com um jovem alto e desengonçado, de aproximadamente 20 anos, trajando um casaco muito antiquado, calças largas e sem fivelas que ondulavam frouxamente ao redor das canelas finas, meias também frouxas e o mais ordinário sapato com sola de madeira, do tipo usado pelos camponeses.

O imundo chapéu preto, educadamente removido quando ele entrou, revelou um rosto fino, com uma expressão inteligente, adornado com uma barba vigorosa, embora rala. Já que ninguém em Le Havre, além de uns poucos marinheiros, usava barba, não era necessário o pequeno e brilhante solidéu preto na cabeça do recém-chegado para me dizer que ele era um judeu.

O rapaz fez uma reverência desajeitada para mim, depois para Jamie, atrapalhado com as tiras de sua bolsa de mascate.

– Madame – disse ele, com um aceno de cabeça que fez os dois cachos de cabelo, um de cada lado da cabeça, balançarem-se. – Monsieur. É muita gentileza me receberem. – Ele falava francês de forma estranha, com uma entonação cantada que tornava difícil entender o que estava dizendo.

Embora eu compreendesse as reservas de Josephine a respeito dessa... pessoa, ainda assim ele possuía grandes e inocentes olhos azuis que me fizeram sorrir para ele, apesar da má impressão que sua aparência geral causava.

– Nós é que devemos lhe agradecer – dizia Jamie. – Não esperava que viesse tão prontamente. Meu primo me disse que seu nome é Mayer?

O negociante de moedas balançou a cabeça afirmativamente, um sorriso tímido despontando entre os brotos de sua barba juvenil.

– Sim, Mayer. Não foi nenhum problema; eu já estava na cidade.

– Mas você é de Frankfurt, não? É um longo caminho até aqui – disse Jamie educadamente. Ele sorriu ao ver o traje de Mayer, que parecia ter sido resgatado de uma pilha de lixo. – E empoeirado também, imagino – acrescentou. – Aceita um copo de vinho?

Mayer pareceu agitado diante da oferta, mas depois de abrir e fechar a boca algumas vezes, finalmente se decidiu por um silencioso sinal de aceitação com a cabeça.

Entretanto, sua timidez desapareceu assim que abriu a bolsa. Embora pela aparência externa o saco disforme parecesse conter, na melhor das hipóteses, uma muda de roupa de baixo esgarçada e um lanche de Mayer, uma vez aberta ela revelou várias prateleirinhas de madeira, astuciosamente encaixadas numa estrutura dentro da bolsa, cada prateleira cuidadosamente estocada com minúsculas sacolinhas de couro, amontoadas como ovos em um ninho.

Mayer retirou um pano quadrado, dobrado, debaixo das prateleiras, abriu-o com um gesto rápido e estendeu-o com uma espécie de floreio na escrivaninha de Jamie. A seguir, uma a uma, Mayer abriu as sacolinhas e retirou seus conteúdos, colocando cada cintilante moeda reverentemente sobre o quadrado de veludo azul-marinho.

– Uma Aquilia Severa aureus – disse ele, tocando uma pequena moeda que brilhava no veludo com a profunda suavidade do ouro antigo. – E aqui, um Sestércio da família Calpúrnio. – Sua voz era branda e suas mãos firmes, tocando a borda de uma moeda de prata pouco usada ou segurando outra na palma da mão apenas para demonstrar seu peso.

Ergueu o rosto das moedas, os olhos brilhando com os reflexos do precioso metal.

– Monsieur Fraser me disse que gostaria de examinar o maior número possível de raridades romanas e gregas. Não tinha todo o meu estoque aqui comigo, é claro, mas tenho diversas. Eu poderia mandar buscar outras em Frankfurt, se desejar.

Jamie sorriu, sacudindo a cabeça.

– Receio que não tenhamos tempo, sr. Mayer. Nós...

– Apenas Mayer, monsieur Fraser – interrompeu o rapaz, perfeitamente educado, mas com uma leve impaciência na voz.

– Sem dúvida. – Jamie fez uma ligeira inclinação para ele. – Espero que meu primo não tenha lhe dado uma ideia errada. Terei muito prazer em pagar os custos de sua viagem e algo pelo seu tempo, mas eu próprio não desejo adquirir nada do seu estoque... Mayer.

As sobrancelhas do rapaz ergueram-se com um ar interrogativo, junto com um dos ombros.

– O que eu quero – disse Jamie devagar, inclinando-se para a frente para examinar as moedas em exposição – é comparar seu estoque com minha lembrança de várias moedas antigas que eu vi. Depois, caso eu veja alguma que me seja familiar, quero perguntar se você, ou sua família, eu diria, porque imagino que você seja muito novo, conheceria a pessoa que poderia ter comprado essas moedas há vinte anos.

Ele ergueu os olhos para o jovem judeu, que o olhava compreensivelmente atônito, e sorriu.

– Talvez isso seja pedir um pouco demais de você, eu sei. Mas meu primo me disse que sua família é uma das poucas que lida com esse material e é, de longe, a mais conhecedora do assunto. Da mesma forma, se puder me colocar em contato com qualquer pessoa nas Índias Ocidentais com interesses nesta área, eu ficaria profundamente agradecido.

Mayer permaneceu imóvel, fitando-o, por um instante, depois inclinou a cabeça, a luz do sol cintilando das beiradas de pequenas contas negras que adornavam seu solidéu. Era óbvio que ele estava intensamente curioso, mas apenas tocou em sua bolsa e disse:

– Meu pai ou meu tio teriam vendido tais moedas, não eu; mas tenho aqui o catálogo e o registro de cada moeda que passou pelas nossas mãos em trinta anos. Eu lhe direi o que puder.

Empurrou o pano de veludo na direção de Jamie e recostou-se em sua cadeira.

– Vê aí alguma das moedas de que se lembra?

Jamie examinou as fileiras de moedas atentamente, depois empurrou uma peça de prata, do tamanho aproximado de uma moeda americana de 25 centavos. Três golfinhos saltando circundavam sua borda, cercando um condutor de biga no centro.

– Esta – disse ele. – Havia várias como esta. Pequenas diferenças, mas várias com estes golfinhos. – Olhou outra vez, pegou um desgastado círculo de ouro com um perfil indistinto, depois uma de prata, um pouco maior e em melhores condições, com a cabeça de um homem, tanto de frente quanto de perfil. – Estas – disse ele. – Catorze das de ouro e dez com as duas cabeças.

– Dez! – Os olhos brilhantes de Mayer arregalaram-se de espanto. – Eu não imaginaria que houvesse tantas na Europa.

Jamie balançou a cabeça.

– Tenho absoluta certeza, eu as vi bem de perto; cheguei mesmo a manuseá-las.

– Estas são as duas cabeças de Alexandre – disse Mayer, tocando a moeda com reverência. – Realmente muito raras. É um tetradracma, moeda cunhada para comemorar a batalha travada em Anfípolis e a fundação de uma cidade no local do campo de batalha.

Jamie ouviu com atenção, um leve sorriso nos lábios. Embora não tivesse nenhum interesse especial em moedas antigas, ele de fato possuía uma grande admiração por um homem tão apaixonado.

Quinze minutos depois e com outra consulta ao catálogo a questão estava encerrada. Quatro dracmas gregos de um tipo que Jamie reconhecera foram acrescentados à coleção, diversas moedas pequenas de ouro e prata e uma denominada quintinário, uma moeda romana de ouro maciço.

Mayer inclinou-se e enfiou a mão em sua bolsa novamente, desta vez retirando um maço de folhas de papel ofício enroladas em um rolo e amarradas com uma fita. Uma vez desamarradas, as folhas exibiam listas e listas do que pareciam, à distância, pegadas de passarinhos; num exame mais de perto, mostraram ser escrita hebraica, em caracteres pequenos e precisos.

Folheou lentamente as páginas, parando aqui e ali e murmurando: "Hummm", depois continuando. Por fim, colocou as folhas sobre os joelhos e ergueu os olhos para Jamie, com a cabeça inclinada para o lado.

– Nossas transações são naturalmente realizadas em confiança, monsieur – disse ele –, e embora eu possa lhe dizer, por exemplo, que certamente vendemos essa ou aquela moeda, em tal e qual ano, não poderei lhe dizer o nome do comprador. – Parou, evidentemente pensando, depois continuou: – Nós de fato vendemos essas moedas descritas pelo senhor, três dracmas, duas da cabeça de Egalababus e duas da de Alexandre, e pelo menos seis das de Calpúrnio, no ano de 1745. – Hesitou. – Normalmente, isso seria tudo que eu poderia lhe dizer. Entretanto... neste caso, monsieur, por acaso eu sei que o comprador original dessas moedas está morto, na verdade, já morreu há alguns bons anos. Realmente, não vejo como nas circunstâncias... – Deu de ombros, tomando uma decisão. – O comprador era um inglês, monsieur. Seu nome era Clarence Marylebone, duque de Sandringham.

– Sandringham! – exclamei, estupefata.

Mayer olhou-me com curiosidade, em seguida olhou para Jamie, cujo rosto não traía nada além de um educado interesse.

– Sim, madame – disse ele. – Sei que o duque está morto, pois ele possuía uma extensa coleção de moedas antigas, que meu tio comprou de seus herdeiros em 1746. A transação está registrada aqui. – Levantou ligeiramente o catálogo e o deixou cair.

Eu também sabia que o duque de Sandringham estava morto e por uma experiência mais imediata. O padrinho de Jamie, Murtagh, o matara numa noite escura em março de 1746, pouco antes de a Batalha de Culloden pôr fim à rebelião jacobita. Engoli em seco, recordando-me da última visão que eu tivera do rosto do duque, seus olhos semelhantes a mirtilos, fixos numa expressão de enorme surpresa.

Os olhos de Mayer iam e vinham de mim para Jamie e vice-versa. Em seguida, acrescentou, hesitante:

– Também posso lhe dizer o seguinte. Quando meu tio comprou a coleção do duque após sua morte, não havia nenhum tetradracma.

– Não – murmurou Jamie consigo mesmo. – Não haveria mesmo. – Em seguida, recompondo-se, levantou-se e foi pegar a garrafa de vinho que estava sobre o aparador. – Obrigado, Mayer – disse ele formalmente. – E agora, vamos beber a você e seu pequeno catálogo.

Alguns minutos depois, Mayer estava ajoelhado no chão, amarrando as tiras de sua bolsa surrada. A sacolinha repleta de libras de prata que Jamie lhe dera em pagamento estava em seu bolso. Ele se levantou e fez uma reverência para Jamie e outra para mim, antes de se aprumar e colocar na cabeça seu vergonhoso chapéu.

– Adeus, madame – disse ele.

– Adeus, sr. Mayer – respondi. Em seguida, perguntei, um pouco hesitante: – "Mayer" é realmente seu único nome?

Algo tremeluziu nos grandes olhos azuis, mas ele respondeu educadamente, colocando a pesada bolsa nas costas.

– Sim, madame. Os judeus de Frankfurt não podem usar nomes de família. – Ergueu os olhos e sorriu de viés. – Por conveniência, os vizinhos nos chamam por um antigo escudo vermelho que foi pintado na frente de nossa casa, há muitos anos. Mas, fora isso... não, madame. Não temos nenhum nome.

Josephine veio para conduzir nosso visitante à cozinha, tomando o cuidado de andar vários passos à sua frente, as narinas lívidas como se sentisse um cheiro fétido. Mayer seguiu-a com passos em falso, seus desajeitados tamancos de madeira batendo nas tábuas polidas do assoalho.

Jamie relaxou em sua cadeira, os olhos distraídos em profunda meditação.

Ouvi a porta se fechar embaixo alguns minutos mais tarde, com uma batida um pouco forte demais, e o toc toc dos tamancos nos degraus de pedra da entrada. Jamie também ouviu e se aproximou da janela.

– Bem, vá com Deus, Mayer Escudo-Vermelho – disse ele, sorrindo.

– Jamie – disse, repentinamente me ocorrendo um pensamento. – Você fala alemão?

– Hein? Ah, sim – disse ele vagamente, a atenção ainda voltada para a janela e os barulhos lá fora.

– Como é "escudo vermelho" em alemão? – perguntei.

Ele pareceu não entender por um momento, depois seus olhos clarearam, quando o cérebro fez a conexão adequada.

– *Rothschild*, Sassenach – disse ele. – Por quê?

– Só por curiosidade – disse. Olhei para a janela, onde o barulho dos tamancos de madeira há muito se perdera nos ruídos da rua. – Imagino que todo mundo tenha que começar de algum lugar.

– Quinze homens na arca do morto – observei. – Yo-ho-ho, e uma garrafa de rum.

Jamie lançou-me um olhar incisivo.

– Ah, é? – disse.

– O duque sendo o morto – expliquei. – Acha que o tesouro das focas era realmente dele?

– Não tenho certeza, mas ao menos parece provável. – Os dois dedos rígidos de Jamie tamborilaram rapidamente na mesa, num ritmo meditativo. – Quando Jared mencionou Mayer, o negociante de moedas, para mim, achei que valia a pena investigar, pois certamente a pessoa mais provável de ter enviado o *Bruja* para resgatar o tesouro seria a pessoa que o colocou lá.

– Bem pensado – eu disse –, mas evidentemente não foi a mesma pessoa, se foi o duque quem o colocou lá. Acha que o tesouro inteiro totalizava cinquenta mil libras?

Jamie estreitou os olhos à sua imagem refletida na lateral arredondada da garrafa, considerando. Então pegou o copo e o reabasteceu, para ajudá-lo a pensar.

– Como metal, não. Mas você notou por quanto algumas daquelas moedas no catálogo de Mayer foram vendidas?

– Notei.

– Até mil libras... de prata! E por um pedaço de metal embolorado! – disse ele, maravilhado.

– Não acho que metais criem bolor, mas entendi o que quis dizer. De qualquer forma – eu disse, descartando a questão com um gesto da mão –, o caso aqui é o seguinte: você acha que o tesouro das focas pode ser as cinquenta mil libras que o duque prometera aos Stuart?

No começo de 1744, Charles Stuart estava na França, tentando persuadir seu real primo Luís a conceder-lhe algum tipo de apoio. Na ocasião, ele recebeu uma oferta do duque de Sandringham de cinquenta mil libras – o suficiente para contratar um pequeno exército –, sob a condição de invadir a Inglaterra para retomar o trono de seus antepassados.

Se fora essa oferta que finalmente convenceu o vacilante príncipe Charles a empreender sua malfadada excursão, jamais saberíamos. Poderia facilmente ter sido um desafio de alguém com quem ele estava bebendo ou uma desfeita – real ou imaginária – de sua amante, que o enviara à Escócia com nada além de seis companheiros, duas mil espadas holandesas e vários barris de conhaque, com os quais ele deveria atrair os chefes dos clãs das Terras Altas.

De qualquer modo, as cinquenta mil libras nunca foram recebidas, pois o duque morreu antes de Charles chegar à Inglaterra. Outra das especulações que me perturbavam nas noites de insônia era se esse dinheiro teria feito diferença. Se Charles Stuart o tivesse recebido, teria levado seu maltrapilho exército das Terras Altas até Londres, retomado o trono e reconquistado a coroa de seu pai?

Se o tivesse feito – bem, se o tivesse feito, a rebelião jacobita poderia ter sido bem-sucedida, Culloden talvez não tivesse acontecido, eu jamais teria voltado pelo círculo de pedras... e eu e Brianna provavelmente teríamos ambas morrido no parto e já teríamos nos transformado em pó há muitos anos. Sem dúvida, vinte anos deveriam ser suficientes para me ensinar a inutilidade de pensar por hipóteses.

Jamie pensava no assunto, esfregando a ponte do nariz meditativamente.

– Pode ser – respondeu ele por fim. – Tendo um mercado adequado para as moedas e pedras preciosas. Você sabe que esses artigos levam tempo para serem vendidos; se tiver que se livrar deles rapidamente, só obterá uma fração do valor. Mas tendo bastante tempo para procurar bons compradores... sim, poderia chegar a cinquenta mil.

– Duncan Kerr era um jacobita, não era?

Jamie franziu a testa, balançando a cabeça.

– Era. Sim, pode ter sido, embora Deus saiba que é um tipo estranho de fortuna para entregar ao comandante de um exército para pagar suas tropas!

– Sim, mas por outro lado é pouco volumosa, fácil de carregar e de esconder – ressaltei. – E se você fosse o duque, cometendo traição ao lidar com os Stuart, isso poderia ser importante. Enviar cinquenta mil libras em prata, com cofres e carruagens e guardas, atrairia muito mais atenção do que enviar um homem secretamente ao outro lado do Canal com uma pequena caixa de madeira.

Jamie balançou a cabeça outra vez.

– Da mesma forma, se você já tivesse uma coleção dessas raridades, não atrairia nenhuma atenção estar adquirindo mais e provavelmente ninguém notaria quais moedas você possuía. Seria muito simples tirar as mais valiosas, substituí--las por outras de pouco valor, sem que ninguém notasse. Nenhum banqueiro que pudesse dar com a língua nos dentes, se você deslocasse dinheiro ou propriedades. – Sacudiu a cabeça com admiração.

– É um plano inteligente, sem dúvida, quem quer que o tenha idealizado. – Ergueu os olhos interrogativamente para mim.

– Mas, então, por que Duncan Kerr veio, quase dez anos após Culloden? E o que aconteceu a ele? Teria vindo para deixar a fortuna na ilha das silkies ou para levá-la embora?

– E quem enviou o *Bruja* agora? – concluí por ele. Sacudi a cabeça também.

– Não faço a menor ideia. Talvez o duque tivesse alguma espécie de aliado? Mas, se tinha, não sabemos quem era.

Jamie suspirou e, impaciente por estar sentado há tanto tempo, levantou-se e espreguiçou-se. Olhou pela janela, estimando a posição do sol, seu método de saber as horas, quer houvesse um relógio à mão ou não.

– Sim, bem, teremos tempo para especulações quando estivermos ao mar. Já é quase meio-dia agora e a carruagem para Paris sai às três horas.

A loja do boticário na rue de Varennes desaparecera. Em seu lugar, havia uma fervilhante taberna, uma loja de penhores e uma pequena ourivesaria, amistosamente comprimidas no mesmo espaço.

– Mestre Raymond? – O dono da casa de penhores uniu as sobrancelhas grisalhas. – Já ouvi falar dele, madame – lançou-me um olhar desconfiado, sugerindo que o que quer que tivesse ouvido não fora muito recomendável –, mas ele foi embora há muitos anos. Porém, se está precisando de um bom farmacêutico, Krasner na place d'Aloes ou talvez madame Verrue, perto das Tuileries... – Olhou fixamente e com interesse para o sr. Willoughby, que me acompanhava, depois inclinou-se sobre o balcão para dirigir-me a palavra confidencialmente. – Estaria interessada em vender seu chinês, madame? Tenho um cliente com um gosto acentuado pelo Oriente. Eu poderia lhe arranjar um bom preço, sem nada além da comissão de praxe, asseguro-lhe.

O sr. Willoughby, que não falava francês, espreitava com evidente desprezo um jarro de porcelana pintado com faisões, ao estilo oriental.

– Obrigada – disse –, mas acho que não. Vou tentar Krasner.

O sr. Willoughby atraíra relativamente pouca atenção em Le Havre, uma cidade portuária transbordante de estrangeiros de todo tipo. Nas ruas de Paris, entretanto, usando um casaco acolchoado sobre o pijama de seda azul, e com sua trancinha enrolada várias vezes em volta da cabeça por conveniência, causava profusos comentários. Surpreendentemente, mostrou-se grande conhecedor de ervas e substâncias medicinais.

– *Bai jei ai* – disse ele, pegando um punhado de sementes de mostarda de uma caixa aberta no empório de Krasner. – Bom para *shen-yen*, rins.

– Sim, é – disse, surpresa. – Como sabe?

Deixou a cabeça rolar ligeiramente de um lado para o outro, como eu sabia que era seu hábito quando estava satisfeito por ser capaz de surpreender alguém.

– Conhecer curandeiros certa época – foi tudo que disse, antes de voltar-se para um cesto contendo o que pareciam ser bolas de lama seca. – *Shan-yü* – disse ele com grande autoridade. – Bom, muito bom. Limpar sangue, fígado trabalhar bem, nada de pele seca, ajudar vista. Você comprar.

Aproximei-me para examinar os produtos em questão e descobri tratar-se de um tipo particularmente simples de enguia seca, enrolada em bolas e recoberta com lama. O preço era bastante razoável e, assim, para satisfazê-lo, acrescentei duas das horríveis criaturas na cesta que levava no braço.

O tempo estava ameno para o início de dezembro e fomos andando de volta para a casa de Jared na rue Tremoulins. As ruas estavam iluminadas com o sol do inverno e animadas de ambulantes, pedintes, prostitutas, caixeiras de lojas e outros cidadãos da parte mais pobre de Paris, todos aproveitando o degelo temporário.

Na esquina da rue du Nord e da allée des Canards, entretanto, vi algo absolutamente fora do comum; uma figura alta, de ombros arriados, usava um casaco preto de sacerdote e um chapéu preto e redondo.

– Reverendo Campbell! – exclamei.

Ele girou nos calcanhares ao ser chamado pelo nome, reconheceu-me, fez uma reverência e tirou o chapéu.

– Sra. Malcolm! – disse ele. – Que prazer revê-la. – Seus olhos recaíram sobre o sr. Willoughby e ele pestanejou, as feições endurecendo-se numa expressão de censura.

– Hã... este é o sr. Willoughby – apresentei-o. – Ele é um... sócio do meu marido. Sr. Willoughby, reverendo Archibald Campbell.

– É mesmo? – O reverendo Campbell normalmente já tinha um ar austero, mas agora conseguiu parecer que comera arame farpado no desjejum e não gostara.

– Pensei que estivesse partindo de Edimburgo para as Índias Ocidentais – disse, na esperança de arrancar seu olhar glacial de cima do chinês. Funcionou; seus olhos voltaram-se para mim e suavizaram-se um pouco.

– É muita gentileza sua perguntar, senhora – disse ele. – Ainda alimento essa intenção. Entretanto, eu tinha negócios urgentes a tratar na França primeiro. Deverei partir de Edimburgo na quinta-feira da próxima semana.

– E como vai sua irmã? – perguntei. Ele lançou um olhar de antipatia para o sr. Willoughby, depois, dando um passo para o lado para sair da visão direta do chinês, abaixou a voz.

– Está um pouco melhor, obrigado. As poções que lhe prescreveu têm ajudado muito. Ela está muito mais calma e dorme regularmente agora. Devo agradecer-lhe outra vez por sua generosa atenção.

– Não há de quê – disse. – Espero que a viagem lhe seja benéfica. – Despedimo-nos com as expressões de praxe e o sr. Willoughby e eu descemos a rue du Nord, de volta à casa de Jared.

– Reverendo dizer homem muito religioso, né? – disse o sr. Willoughby, após um curto silêncio. Ele apresentava a costumeira dificuldade oriental em pronunciar a letra "r", o que tornava a palavra "reverendo" mais do que ligeiramente pitoresca, mas entendi bem o significado.

– É verdade – respondi, olhando-o com curiosidade. Ele franziu os lábios e empurrou-os para dentro e para fora, depois resmungou de um modo distintamente irônico.

– Não tão religioso, *esse* reverendo – disse ele.

– O que o faz dizer isso?

Lançou-me um olhar brilhante, cheio de astúcia.

– Eu ver ele uma vez, na casa de madame Jeanne. Não falar alto. Muito quieto, o reverendo.

– Ah, é mesmo? – Virei-me para olhar para trás, mas a figura alta do reverendo desaparecera na multidão.

– Prostitutas nojentas – acrescentou o sr. Willoughby, fazendo um gesto extremamente grosseiro na vizinhança de sua virilha, para ilustrar.

– Sim, entendi – eu disse. – Bem, creio que a carne é fraca de vez em quando, mesmo para ministros da Igreja Livre da Escócia.

Durante o jantar, à noite, mencionei o encontro com o reverendo, embora sem acrescentar as observações do sr. Willoughby sobre as atividades extracurriculares do religioso.

– Eu devia ter perguntado a ele para onde nas Índias Ocidentais ele estava indo – eu disse. – Não que ele seja uma companhia particularmente brilhante, mas pode ser útil conhecer alguém lá.

Jared, que consumia pedaços de vitela diligentemente, parou para engolir, depois disse:

– Não se preocupe com isso, minha querida. Fiz uma lista de contatos úteis para vocês. Escrevi cartas para levarem a diversos amigos lá, que com certeza lhes darão assistência.

Cortou outro pedaço de bom tamanho de carne de vitela, passou-o numa poça de molho de vinho e mastigou-o, enquanto olhava pensativamente para Jamie.

Tendo evidentemente chegado a algum tipo de decisão, engoliu, tomou um gole de vinho e disse em tom de conversa:

– Nós nos encontramos de coração aberto, primo.

Fitei-o espantada, mas Jamie, após um instante de pausa, replicou:

– E nos despedimos com sinceridade.

O rosto estreito de Jared abriu-se num largo sorriso.

– Ah, isso é muito bom! – disse ele. – Eu não tinha certeza, sabe, mas achei que valia a pena tentar. Onde você se filiou?

– Na prisão – respondeu Jamie sucintamente. – Mas seria a loja de Inverness.

Jared balançou a cabeça, satisfeito.

– Sim, muito bem. Há lojas na Jamaica e em Barbados. Escreverei cartas para você levar aos mestres de lá. Mas a maior loja é a de Trinidad, com mais de dois mil membros. Se você precisar de muita ajuda para encontrar o garoto, é lá que deve buscar. Tudo que acontece nas ilhas passa por aquela loja, mais cedo ou mais tarde.

– Poderiam me dizer sobre o que estão falando? – interrompi.

Jamie olhou para mim e sorriu.

– Franco-maçons, Sassenach.

– Você é maçom? – falei abruptamente. – Você não me contou isso!

– Nem deveria – disse Jared, um pouco rispidamente. – Os ritos da maçonaria são secretos, conhecidos apenas pelos membros. Eu não poderia apresentar Jamie à loja de Trinidad se ele já não fosse um de nós.

A conversa tornou-se geral outra vez, quando Jamie e Jared começaram a discutir o abastecimento do *Artemis*, mas eu fiquei calada, concentrando-me na minha própria vitela. O incidente, apesar de pequeno, me fez lembrar de tudo que eu não sabia a respeito de Jamie. Em certa época, eu diria que o conhecia tão bem quanto uma pessoa pode conhecer outra.

Agora, havia momentos, conversando intimamente, adormecendo na curva do seu ombro, abraçando-o com força no ato do amor, quando sentia que ainda o conhecia, sua mente e seu coração tão claros para mim quanto o cristal das taças de vinho na mesa de Jared.

E outros, como agora, quando eu me deparava sem querer com alguma parte insuspeitada de seu passado ou o via parado, os olhos toldados de lembranças que eu não compartilhava. Senti-me subitamente sozinha e insegura, hesitando na borda do vácuo entre nós dois.

O pé de Jamie pressionou o meu por baixo da mesa e ele olhou para mim do outro lado da mesa, com um sorriso oculto nos olhos. Ergueu o copo um pouco, num brinde silencioso, e eu devolvi o sorriso, sentindo-me obscuramente reconfortada. O gesto trouxe de volta uma súbita lembrança de nossa noite de núpcias, quando nos sentamos lado a lado tomando vinho, estranhos com medo um do outro, sem nada em comum além de um contrato de casamento – e a promessa de honestidade.

Há coisas que você talvez não possa me contar, dissera ele. *Não vou lhe perguntar, ou forçá-la. Mas quando você resolver me contar alguma coisa, que seja a verdade. Não há nada entre nós agora senão respeito, e o respeito tem espaço para segredos, eu acho – mas não para mentiras.*

Tomei um longo gole do meu próprio copo, sentindo o forte buquê do vinho subir em vapores pela minha cabeça e uma sensação de calor ruborizou minhas faces. Os olhos de Jamie ainda estavam fixos em mim, ignorando o solilóquio de Jared a respeito de biscoitos e velas no navio. Seu pé cutucou o meu numa indagação silenciosa, e eu correspondi ao gesto pressionando o dele também.

– Sim, providenciarei isso pela manhã – disse ele, em resposta à pergunta de Jared. – Mas no momento, primo, acho que devo me retirar. Foi um longo dia. – Empurrou a cadeira para trás, levantou-se e estendeu o braço para mim. – Você me acompanha, Claire?

Levantei-me, o vinho corria pelos meus braços e pernas, fazia-me sentir aquecida e ligeiramente zonza. Nossos olhos se encontraram em perfeito entendimento. Havia mais do que respeito entre nós agora, e espaço para todos os nossos segredos serem conhecidos, no devido tempo.

De manhã, Jamie e o sr. Willoughby saíram com Jared, para finalizar as providências. Eu tinha outra providência a tomar – uma que eu preferia fazer sozinha. Há vinte anos, houve duas pessoas em Paris que eu considerava profundamente. Mestre Raymond fora embora; morto ou desaparecido. As chances de que a outra ainda estivesse viva eram mínimas, mas ainda assim eu tinha que verificar, antes de deixar a Europa talvez pela última vez. Com o coração descompassado, entrei na carruagem de Jared e disse ao cocheiro para me levar ao Hôpital des Anges.

...

A sepultura estava no pequeno cemitério reservado ao convento, sob os arcos de suporte da catedral ao lado. Embora o ar vindo do Sena fosse úmido e frio, e o dia estivesse nublado, o cemitério cercado de muros mantinha uma luz suave, refletida dos blocos de pedra calcária clara que protegiam o pequeno terreno dos ventos. No inverno, não havia flores ou plantas, apenas álamos e lariços sem folhas espalhavam arabescos contra o céu, e um musgo verde-escuro envolvia as lápides, florescendo apesar do frio.

Era uma lápide pequena, feita de um suave mármore branco. Um par de asas de querubim abria-se no topo, protegendo a palavra solitária que era a única decoração da lápide além das asas. "Faith", lia-se.

Fiquei parada, fitando-a, até meus olhos embaçarem. Eu levara uma flor; uma tulipa cor-de-rosa – não era a coisa mais fácil de achar em Paris em dezembro, mas Jared mantinha uma estufa. Ajoelhei-me e depositei-a sobre a pedra, acariciando a suave curva da pétala com o dedo, como se fosse o rostinho de um bebê.

– Achei que não iria chorar – eu disse, algum tempo depois.

Senti o peso da mão de madre Hildegard em minha cabeça.

– *Le Bon Dieu* sabe o que faz – disse ela brandamente. – Mas Ele raramente nos diz por quê.

Respirei fundo e limpei as faces com a ponta do meu manto.

– Mas já faz muito tempo. – Levantei-me devagar e virei-me, encontrando madre Hildegard me observando com uma expressão de profunda simpatia e interesse.

– Eu notei – disse ela devagar – que o tempo não existe realmente para as mães, em relação a seus filhos. Não importa muito a idade do filho, num piscar de olhos a mãe pode ver a criança outra vez como era quando nasceu, quando aprendeu a andar, como era em qualquer idade e em qualquer época, mesmo quando a criança já se tornou um adulto e ela própria já tem filhos.

– Especialmente quando estão dormindo – disse, abaixando o olhar outra vez para a pequena lápide. – Sempre se pode ver o bebê dormindo.

– Ah. – A madre balançou a cabeça, satisfeita. – Achei que tivesse tido mais filhos; de alguma forma, você tem a aparência.

– Mais uma. – Olhei para ela. – E como você sabe tanto sobre mães e filhos?

Os pequeninos olhos negros brilharam astutamente sob a pesada região das sobrancelhas, cujos pelos dispersos haviam ficado completamente brancos.

– Os velhos precisam de muito pouco sono – disse ela, dando de ombros, como se não fosse nada de importante. – Eu ando pelas enfermarias à noite, às vezes. Os pacientes conversam comigo.

Ela encolhera um pouco com a idade avançada e os ombros largos estavam ligeiramente arqueados, finos como um cabide de arame sob a sarja preta de seu hábito. Mesmo assim, ainda era mais alta do que eu e elevava-se acima da maioria das freiras, à semelhança de um espantalho, mas sempre imponente. Carregava uma bengala, mas andava aprumada, a passos largos e firmes, e tinha o mesmo olhar penetrante, usava a bengala mais para cutucar os indolentes ou subalternos diretos do que para se apoiar.

Assoei o nariz e voltamos pelo caminho que levava ao convento. Conforme retornávamos devagar, notei outras lápides pequenas espalhadas aqui e ali entre as maiores.

– São todas de crianças? – perguntei, um pouco surpresa.

– Os filhos das freiras – disse ela sem afetação. Fiquei boquiaberta de surpresa e ela encolheu os ombros, elegante e irônica como sempre. – Acontece – disse ela. Deu alguns passos à frente, depois acrescentou: – Nem sempre, é claro. – Fez um gesto com a bengala abarcando os limites do cemitério. – Este lugar é reservado para as irmãs, alguns benfeitores do Hôpital... e seus entes queridos.

– Das irmãs ou dos benfeitores?

– Das irmãs. Ei, seu tolo!

Madre Hildegard parou ao ver um servente do hospital preguiçosamente encostado na parede da igreja, fumando cachimbo. Enquanto lhe passava uma descompostura no elegantemente feroz francês palaciano de sua infância, deixei-me ficar para trás, olhando à volta do minúsculo cemitério.

Perto do muro dos fundos, mas ainda em solo sagrado, via-se uma fileira de pequenas tabuletas de pedra, cada qual com um único nome, "Bouton". Abaixo de cada nome havia um algarismo romano, de I a XV. Os queridos cachorros de madre Hildegard. Lancei um olhar ao seu companheiro atual, o décimo sexto a carregar aquele nome. Este era preto como carvão e de pelo cacheado como uma ovelha persa. Estava sentado aos seus pés, alerta, os olhos redondos fixos no servente faltoso, um eco silencioso da desaprovação feita às claras de madre Hildegard.

As irmãs, e seus entes queridos.

Madre Hildegard voltou, a expressão feroz alterando-se imediatamente para o sorriso que transformava suas feições fortes de gárgula em beleza.

– Estou tão contente que tenha voltado, *ma chère* – disse ela. – Venha, vamos entrar; tenho algumas coisas que poderão lhe ser úteis na viagem. – Enfiando a bengala na curva do braço, tomou meu braço como suporte, agarrando-o com a mão ossuda e quente, cuja pele tornara-se fina como um papel. Tive a estranha sensação de que não era eu quem a estava sustentando, mas o contrário.

Quando entramos no pequeno beco de teixos que levava à entrada do Hôpital, olhei para ela.

– Espero que não me considere rude, madre – disse, hesitante –, mas há uma pergunta que eu queria lhe fazer...

– Oitenta e três – respondeu ela prontamente. Abriu um largo sorriso, exibindo os dentes longos e amarelos como os de um cavalo. – Todos querem saber – disse complacentemente. Olhou para trás por cima do ombro, na direção do pequeno cemitério, e ergueu um dos ombros num gesto gaulês de quem afasta um pensamento. – Ainda não – disse ela, com confiança. – *Le Bon Dieu* sabe quanto trabalho ainda há para ser feito.

41

ZARPAMOS

Era um dia cinza e frio – não existe outro tipo de dia na Escócia em dezembro –, quando o *Artemis* parou em cabo Wrath, na costa noroeste.

Espreitei pela janela da taberna, e percebi a sólida e cinza escuridão que escondia os penhascos ao longo do litoral. O lugar lembrava, de maneira depressiva, a paisagem na região da ilha das silkies, tinha o forte cheiro de algas mortas e o barulho da arrebentação das ondas estava tão alto a ponto de inibir a conversa, mesmo dentro da pequena espelunca perto do píer. O Jovem Ian já fora levado havia quase um mês. Agora, o Natal já passara e ali estávamos nós, ainda na Escócia, a poucas milhas da ilha das focas.

Jamie andava a passos largos de um lado para o outro na doca lá fora, apesar da chuva fria, inquieto demais para ficar dentro do estabelecimento, junto à lareira. A viagem marítima da França de volta à Escócia não fora melhor para ele do que a primeira travessia do Canal e eu sabia que a perspectiva de dois ou três meses a bordo do *Artemis* enchia-o de pavor. Ao mesmo tempo, sua impaciência para iniciar a caça aos sequestradores era tão aguda que qualquer atraso o deixava frustrado. Mais de uma vez, eu acordara no meio da noite e descobria que ele saíra para caminhar sozinho pelas ruas de Le Havre.

Ironicamente, esta última demora fora obra dele mesmo. Aportamos em cabo Wrath para pegar Fergus e, com ele, o pequeno grupo de contrabandistas que Jamie o mandara buscar, antes de partirmos para Le Havre.

– Não sabemos o que vamos encontrar nas Índias, Sassenach – explicara-me

Jamie. – Não pretendo invadir um navio cheio de piratas sozinho, nem lutar ao lado de homens que não conheço. – Os contrabandistas eram todos homens da costa, acostumados a barcos e ao oceano, se não até mesmo a navios; seriam contratados como parte da tripulação do *Artemis*, que estava com falta de mão de obra por causa do atraso em se colocar no mar.

O cabo Wrath era um porto pequeno, tinha pouco tráfego nesta época do ano. Além do *Artemis*, apenas alguns barcos de pesca e um brigue estavam atracados no píer de madeira. No entanto, havia uma taberna rústica na qual a alegre tripulação do *Artemis* esperava, os homens que o local não comportava agachavam-se sob as abas do telhado, jarros transbordantes de cerveja eram passados pelas janelas por seus camaradas no interior. Jamie caminhava pela costa, só entrava para as refeições, quando se sentava diante da lareira, os filetes de vapor erguendo-se de suas roupas encharcadas, sintomáticos de sua crescente exasperação.

Fergus atrasou-se. Ninguém parecia se importar com a demora, além de Jamie e do capitão de Jared. O capitão Raines, um homem velho, gordo e baixo, passava a maior parte do tempo no convés do seu navio, com um olho no céu nublado e outro em seu barômetro.

– Este negócio tem um cheiro realmente forte, Sassenach – observou Jamie, durante uma de suas rápidas visitas ao bar da taberna. – O que é?

– Gengibre fresco – respondi, erguendo o que sobrara da raiz que eu estava ralando. – Segundo meus livros de ervas, é o melhor para náuseas.

– Ah, é? – Pegou a tigela, cheirou o conteúdo e espirrou explosivamente, para grande divertimento dos espectadores. Agarrei a tigela de volta, antes que ele pudesse derramá-la.

– Não se usa isso como rapé – disse. – Toma-se no chá. E espero que funcione, porque se não funcionar, nós o estaremos fisgando da estiva, se a estiva for o que acho que é.

– Ah, não se preocupe, dona – assegurou-me um dos marinheiros mais velhos ao ouvir a conversa. – Muita gente da terra fica enjoada nos primeiros dois dias. Mas em geral logo se recuperam; pelo terceiro dia, já se acostumaram ao sobe e desce e já estão no cordame, felizes como cotovias.

Olhei para Jamie, que no momento não se parecia nem um pouco com uma cotovia. Ainda assim, esse comentário pareceu lhe dar uma certa esperança, porque se animou um pouco e fez sinal para a apoquentada jovem que atendia às mesas, pedindo um copo de cerveja.

– Pode ser – disse ele. – Jared disse o mesmo; que o enjoo não dura mais do que alguns dias, desde que o mar não esteja jogando muito. – Tomou um pequeno gole de cerveja e, em seguida, com crescente confiança, um gole maior. – Acho que consigo aguentar três dias.

No final da tarde do segundo dia, seis homens apareceram, volteando pela praia de cascalhos em peludos pôneis das Terras Altas.

– Raeburn está vindo à frente – disse Jamie, encobrindo e apertando os olhos para distinguir as identidades dos seis pontinhos negros. Kennedy vem atrás dele, depois Innes... ele não tem o braço esquerdo, está vendo?... e Meldrum. O que está com ele é MacLeod, sempre cavalgam juntos assim. E o último? É Gordon ou Fergus?

– Deve ser Gordon – eu disse, espreitando por cima do seu ombro para os homens que se aproximavam – porque é gordo demais para ser Fergus.

– Onde está Fergus? – perguntou Jamie a Raeburn, depois que os contrabandistas foram saudados, apresentados a seus colegas de navio e instalados para um jantar quente e um alegre copo de cerveja.

Raeburn balançou a cabeça em resposta, engolindo apressadamente o resto de seu pastel.

– Bem, ele me disse que tinha um negócio a resolver e pediu-me para arranjar os cavalos e falar com Meldrum e MacLeod para virem, porque eles estavam no mar com seu próprio barco na ocasião e não eram esperados antes de um ou dois dias e...

– Que negócio? – perguntou Jamie incisivamente, mas não obteve nada além de um gesto de ombros em resposta. Jamie praguejou baixinho em gaélico, mas voltou ao seu próprio jantar sem mais comentários.

A tripulação estava agora completa – a não ser por Fergus –, e os preparativos para a partida começaram pela manhã. O convés era um cenário de confusão organizada, havia gente atarefada indo e vindo apressadamente, surgindo de escotilhas e caindo repentinamente do cordame como moscas mortas. Jamie estava parado junto ao leme, mantinha-se fora do caminho, mas ajudava sempre que surgia a necessidade de força em vez de habilidade. No entanto, na maior parte do tempo, ele ficava simplesmente parado, os olhos fixos na estrada ao longo da praia pedregosa.

– Devemos partir no meio da tarde, ou perderemos a maré – o capitão Raines falou amavelmente, mas com firmeza. – Vamos pegar uma borrasca em 24 horas; o barômetro está caindo e eu sinto isso no meu pescoço. – O capitão delicadamente massageou a parte em questão e balançou a cabeça indicando o céu, que passara de estanho para cinza-chumbo desde o começo da manhã.

– Não vou zarpar em meio a uma tempestade, se eu puder evitar, e se queremos chegar às Índias o mais rápido possível...

– Sim, eu compreendo, capitão – interrompeu Jamie. – Claro, faça como achar melhor. – Recuou um passo para deixar um marinheiro apressado passar e o capitão desapareceu, dando ordens conforme se afastava.

No decorrer do dia, Jamie parecia controlado como sempre, mas notei que os dedos rígidos adejavam contra a coxa cada vez com mais frequência, o único sinal exterior de preocupação. E preocupado ele estava. Fergus estava com ele desde o dia, havia mais de vinte anos, em que Jamie o encontrara em um bordel de Paris e o contratara para roubar a correspondência de Charles Stuart.

Mais do que isso; Fergus vivera em Lallybroch desde antes de o Jovem Ian nascer. O garoto fora um irmão mais novo para Fergus, e Jamie o mais próximo de um pai que Fergus já conhecera. Eu não conseguia imaginar o que poderia ser tão urgente a ponto de impedi-lo de acompanhar Jamie. Nem ele, e seus dedos tamborilavam silenciosamente na madeira da balaustrada.

Então chegou a hora e Jamie virou-se, relutante, arrancando os olhos da praia vazia. As escotilhas foram fechadas e trancadas, as cordas enroladas e vários marujos pularam em terra firme para soltar as amarras; havia seis cabos de ancoragem, cada um com uma corda da grossura do meu pulso.

Coloquei a mão no braço de Jamie em silenciosa compreensão.

– É melhor você vir comigo lá para baixo – eu disse. – Tenho uma lamparina a álcool. Vou preparar um chá quente com gengibre e depois você poderá...

O som de um cavalo a galope ecoou ao longo da costa, o ruído de esmigalhamento dos cascos nos cascalhos da praia ecoou nas encostas dos rochedos muito antes de o animal surgir no campo de visão.

– Lá está ele, o bobalhão – disse Jamie, o alívio evidente na voz e no corpo. Virou-se para o capitão Raines, uma das sobrancelhas erguidas interrogativamente. – Ainda resta maré suficiente? Sim, então, vamos.

– Soltar as amarras! – berrou o capitão, fazendo as mãos à espera entrarem em ação. O último dos cabos amarrando-nos ao cais foi liberado e cuidadosamente enrolado e, em toda a nossa volta, cabos eram esticados e velas enfunadas, conforme o contramestre corria para baixo e para cima no convés, gritando ordens com uma voz rouca.

– "Move e se agita! Parece sentir o frêmito da vida ao longo de sua quilha!" – declamei, encantada ao ver o convés estremecer sob meus pés conforme o navio ganhava vida, a energia de toda a tripulação despejada em um casco inanimado, transformado pela força das velas ao vento.

– Ah, meu Deus – disse Jamie, com voz abafada, sentindo a mesma sensação. Agarrou a balaustrada, fechou os olhos e engoliu em seco.

– O sr. Willoughby diz que tem a cura para o enjoo no mar – eu disse, observando-o com compaixão.

– Ah! – exclamou ele, abrindo os olhos. – Sei o que ele quer dizer com isso e se ele acha que vou deixar que ele... que diabos é aquilo?

Girei nos calcanhares para olhar e vi o que o fizera parar abruptamente. Fergus estava no convés, estendendo a mão para ajudar uma jovem desajeitadamente empoleirada acima dele na balaustrada, os longos cabelos louros agitados ao vento. A filha de Laoghaire – Marsali MacKimmie.

Antes que eu pudesse falar, Jamie já passara por mim e se aproximava do casal a passos largos.

– O que, em nome de Deus, vocês pretendem, seus idiotas? – perguntava ele, quando consegui vencer o caminho de obstáculos entre cabos e marinheiros. Ele assomou ameaçadoramente acima do casal, 30 centímetros mais alto do que qualquer um dos dois.

– Estamos casados – disse Fergus, corajosamente colocando-se na frente de Marsali. Parecia tanto amedrontado quanto empolgado, o rosto pálido sob a cabeleira negra.

– Casados! – Jamie cerrou os punhos ao lado do corpo e Fergus involuntariamente recuou um passo, quase pisando nos dedos dos pés de Marsali. – O que quer dizer com "casados"?

Presumi que se tratava de uma pergunta retórica, mas não era; a avaliação de Jamie da situação havia, como sempre, ultrapassado a minha, e já fora direto ao ponto que interessava.

– Já se deitou com ela? – perguntou ele sem rodeios. Parada atrás dele, eu não podia ver seu rosto, mas sabia qual deveria ser sua expressão, só de ver o efeito em Fergus. O francês ficou lívido e umedeceu os lábios.

– Hã... não, milorde – disse ele, no mesmo instante em que Marsali, os olhos chamejando, empinou o queixo e disse desafiadoramente:

– Sim, já!

Jamie olhou rapidamente de um para o outro, praguejou sonoramente e virou-se.

– Sr. Warren! – gritou ele, chamando o mestre do navio. – Volte ao cais, por favor!

O sr. Warren parou, boquiaberto, no meio de uma ordem dirigida ao pessoal do cordame, e olhou, estupefato, primeiro para Jamie, depois – atentamente – para a linha da costa cada vez mais distante. Nos poucos instantes desde o aparecimento dos supostos recém-casados, o *Artemis* se afastara mais de mil metros do litoral e as rochas dos penhascos passavam por nós com crescente velocidade.

– Não creio que ele possa – eu disse. – Acho que já estamos na corrente da maré.

Apesar de não ser um homem do mar, Jamie já passara muito tempo na companhia de marinheiros para ao menos compreender a ideia de que o tempo e a maré não esperam por ninguém. Soltou o ar pelo meio dos dentes por um instante, depois sacudiu a cabeça indicando a escada que levava para baixo do convés.

– Desçam, então, os dois.

Fergus e Marsali sentaram-se juntos na pequena cabine, aconchegados em um beliche, as mãos agarradas com força. Jamie fez sinal para que eu me sentasse em outro beliche, em seguida voltou-se para o casal, as mãos nos quadris.

– Bem, agora vejamos – disse ele. – Que tolice é esta de estarem casados?

– É verdade, milorde – disse Fergus. Estava muito pálido, os olhos escuros brilhantes de ansiedade. Sua única mão segurava a de Marsali com força, o gancho pousado sobre a coxa.

– Ah, é? – disse Jamie, com o máximo de ceticismo. – E quem os casou?

Os dois entreolharam-se, e Fergus umedeceu os lábios levemente antes de responder.

– Nós... nós fizemos um pacto.

– Diante de testemunhas – acrescentou Marsali. Em contraste com a palidez de Fergus, suas faces ardiam, vermelhas. Ela possuía a pele rosada e aveludada da mãe, mas a expressão de teimosia do maxilar provavelmente vinha de algum outro lugar. Ela colocou a mão no peito, onde algo estalou sob o tecido. – Tenho o contrato e as assinaturas aqui.

Jamie emitiu um grunhido rouco na garganta. Pelas leis da Escócia, duas pessoas podiam de fato casar-se legalmente fazendo um pacto em que se dão as mãos diante de testemunhas e declaram-se marido e mulher.

– Ah, bem – disse ele. – Mas você não foi levada para a cama ainda e um contrato não é suficiente aos olhos da Igreja. – Ele olhou para fora pela janela da popa do navio, por onde os penhascos mal eram visíveis em meio à neblina esvoaçante, depois balançou a cabeça com uma repentina decisão. – Pararemos em Lewes para pegar as últimas provisões. Marsali descerá lá; enviarei dois homens para a escoltarem de volta para sua mãe.

– Não vai fazer nada disso! – gritou Marsali. Sentou-se ereta, fitando seu padrasto com raiva. – Eu vou com Fergus!

– Ah, não vai, não, menina! – retrucou Jamie. – Não tem pena de sua mãe? Fugir assim, sem dizer nada, deixando-a preocupada...

– Eu mandei avisar. – O queixo quadrado de Marsali estava empinado. – Enviei uma carta de Inverness, dizendo que eu me casaria com Fergus e partiria num navio com você.

– Santa mãe de Deus! Ela vai achar que eu sabia de tudo isso! – Jamie parecia horrorizado.

– Nós... eu... realmente pedi a mão dela a lady Laoghaire, milorde – disse Fergus. – No mês passado, quando fui a Lallybroch.

– Sim. Bem, não precisa me dizer qual foi a resposta dela – disse Jamie secamente, vendo o rubor repentino no rosto de Fergus. – Já imagino que a resposta tenha sido não.

– Ela disse que ele era um bastardo! – explodiu Marsali, indignada. – E um criminoso... e...

– Ele é um bastardo e um criminoso – enfatizou Jamie. – E um aleijado sem nenhuma propriedade também, como tenho certeza que sua mãe notou.

– Não me importo! – Marsali agarrou a mão de Fergus e fitou-o com um afeto feroz. – Eu o quero.

Desconcertado, Jamie esfregou um dedo pelos lábios. Em seguida, respirou fundo e retornou ao ataque.

– Seja como for – disse ele –, você é nova demais para se casar.

– Tenho 15 anos; é mais do que suficiente!

– Sim, e ele tem 30! – rebateu Jamie. Ele sacudiu a cabeça. – Não, menina, sinto muito, mas não posso deixá-la fazer isso. Se não fosse por nenhum outro motivo, a viagem é perigosa demais...

– Você está levando *ela*! – O queixo de Marsali projetou-se desdenhosamente em minha direção.

– Deixe Claire fora disso – disse Jamie sem se alterar. – Ela não é da sua conta e...

– Ah, não é? Você troca minha mãe por essa vagabunda inglesa e a torna motivo de chacota em toda a região e ela não é da minha conta, é isso? – Marsali levantou-se e bateu o pé no chão. – E tem a maldita coragem de dizer o que eu devo fazer?

– Tenho – disse Jamie, controlando a raiva com dificuldade. – Meus assuntos particulares não são problema seu...

– E os meus não são da sua conta!

Fergus, parecendo assustado, também se levantou, tentando acalmar a jovem.

– Marsali, *ma chère*, não deve falar com milorde dessa forma. Ele só está...

– Falo com ele do jeito que eu quiser!

– Não, não fala, não! – Surpresa com a repentina rispidez no tom de voz de

Fergus, Marsali pestanejou. Apenas 4 ou 5 centímetros mais alto do que sua mulher, o francês possuía uma certa autoridade inflexível que o fazia parecer muito mais alto do que era. – Não – disse ele em tom mais suave. – Sente-se, *ma p'tite*. – Pressionou-a a sentar-se de novo no beliche e ficou parado à sua frente. – Milorde tem sido para mim mais do que um pai – disse amavelmente para a jovem. – Devo-lhe minha vida mil vezes. Ele também é seu padrasto. Seja o que for que sua mãe pense dele, ele sem sombra de dúvida tem sustentado e protegido sua mãe, você e sua irmã. Você lhe deve ao menos respeito.

Marsali mordeu o lábio, os olhos faiscando. Finalmente, ela baixou a cabeça sem jeito para Jamie.

– Desculpe-me – murmurou ela, e a tensão na cabine abrandou-se ligeiramente.

– Tudo bem, menina – disse Jamie, irritado. Olhou para ela e suspirou. – Mas, ainda assim, Marsali, temos que enviá-la de volta a sua mãe.

– Eu não irei. – A jovem estava mais calma agora, mas o queixo continuava empinado da mesma forma. Ela olhou para Fergus, depois para Jamie. – Ele diz que não dormimos juntos, mas dormimos. Ou, de qualquer modo, eu afirmarei que dormimos. Se me mandar de volta para casa, direi a todo mundo que ele me possuiu; portanto, como vê, ou eu serei casada ou estarei com a reputação arruinada. – Seu tom de voz era sensato e determinado.

Jamie cerrou os olhos.

– Que Deus me livre das mulheres – disse ele entre dentes. Abriu os olhos e fitou-a com irritação. – Está bem! – disse. – Vocês estão casados. Mas vão fazer isso direito, diante de um padre. Acharemos um nas Índias, quando desembarcarmos. E enquanto não forem abençoados, Fergus não tocará em você. Entenderam? – Olhou ferozmente para ambos.

– Sim, milorde – disse Fergus, o rosto banhado de alegria. – *Merci beaucoup!* – Marsali estreitou os olhos para Jamie, mas vendo que ele não poderia ser demovido, abaixou a cabeça recatadamente, com um olhar de soslaio para mim.

– Sim, papai – disse ela.

A questão da fuga de Fergus com a amada ao menos distraíra a mente de Jamie temporariamente do movimento do navio, mas o efeito paliativo não durou. Ainda assim, ele aguentou firme, ficava mais verde a cada instante, mas recusava-se a deixar o convés e ir para baixo, enquanto o litoral da Escócia pudesse ser visto.

– Posso não vê-la nunca mais – disse ele sombriamente, quando tentei persuadi-lo a descer e deitar-se. Apoiava-se pesadamente na balaustrada por cima da qual acabara de vomitar, os olhos pousados com saudade na costa deserta e inóspita atrás de nós.

— Não, você a verá outra vez — eu disse, com uma certeza insensata. — Você vai voltar. Não sei quando, mas sei que vai voltar.

Ele virou a cabeça e ergueu os olhos para mim, estarrecido. Em seguida, o esboço de um sorriso atravessou seu rosto.

— Você viu meu túmulo — disse ele à meia-voz. — Não foi?

Hesitei, mas ele não parecia perturbado, e eu balancei a cabeça.

— Tudo bem — disse ele. Fechou os olhos, respirando fundo. — Mas não... não me diga quando, por favor.

— Não posso — disse. — Não havia datas. Somente o seu nome... e o meu.

— O seu? — Seus olhos arregalaram-se.

Balancei a cabeça outra vez, sentindo um nó na garganta à lembrança daquela lápide de granito. Era o que chamam de "pedra de casamento", um quarto de círculo cortado de modo a se encaixar em outro, formando um arco completo. Eu vira apenas a metade do arco, é claro.

— Tinha todos os seus nomes. Foi assim que soube que era você. E embaixo, dizia: "Amado esposo de Claire". Na época, eu não consegui compreender, mas agora, é claro, eu sei.

Ele balançou a cabeça devagar, absorvendo a informação.

— Sim, compreendo. Sim, bem, imagino que se eu estarei na Escócia e ainda casado com você... então, talvez "quando" não tenha muita importância. — Dirigiu-me uma sombra do seu sorriso usual e acrescentou ironicamente: — Significa também que encontraremos o Jovem Ian são e salvo, porque, vou lhe dizer, Sassenach, não colocarei os pés na Escócia outra vez sem ele.

— Nós o encontraremos — eu disse, com uma certeza que não sentia totalmente. Coloquei a mão em seu ombro e fiquei ao seu lado, observando a Escócia aos poucos se perder ao longe.

Quando a noite caiu, os rochedos da Escócia já haviam desaparecido na névoa do mar e Jamie, enregelado até os ossos e branco como uma folha de papel, concordou em ser levado para baixo e colocado na cama. A essa altura, as consequências não previstas de seu ultimato a Fergus tornaram-se evidentes.

Havia apenas duas pequenas cabines privadas, além da cabine do capitão, se Fergus e Marsali estavam proibidos de compartilhar uma cabine até a bênção formal de sua união, então obviamente Jamie e Fergus teriam que ocupar uma, e Marsali e eu a outra. A viagem estava fadada a ser tumultuada, em mais de um aspecto.

Eu esperara que o enjoo diminuísse, se Jamie não ficasse vendo o lento subir e descer do horizonte, mas infelizmente isso não ocorreu.

– De novo? – exclamou Fergus, erguendo-se sonolentamente sobre um dos cotovelos em seu beliche, no meio da noite. – Como ele consegue? Não comeu nada o dia inteiro!

– Diga isso a *ele* – eu disse, tentando respirar pela boca enquanto andava de lado em direção à porta, uma bacia nas mãos, avançando com dificuldade pelo cubículo apertado. O convés subia e descia sob meus pés desacostumados, tornando difícil manter o equilíbrio.

– Deixe, milady, eu levo. – Fergus lançou os pés descalços para fora da cama e ficou de pé ao meu lado, cambaleando e quase dando um encontrão em mim, enquanto tentava pegar a bacia. – Vá dormir agora, milady – disse ele, tomando-a das minhas mãos. – Eu cuidarei dele, fique sossegada.

– Bem... – A ideia de meu beliche era inegavelmente tentadora. Fora um longo dia.

– Vá, Sassenach – disse Jamie. Seu rosto estava pálido como o de um fantasma, coberto com uma película de suor à luz turva da pequena lamparina a óleo que queimava na parede. – Vou ficar bem.

Isso não era verdade; ao mesmo tempo, era improvável que minha presença fosse de grande ajuda. Fergus podia fazer o pouco que era possível ser feito; afinal, não havia cura conhecida para o enjoo. Podia-se apenas esperar que Jared tivesse razão e que o enjoo abrandaria à medida que o *Artemis* avançasse para as vagas mais longas do Atlântico.

– Está bem – eu disse, cedendo. – Talvez você se sinta melhor pela manhã.

Jamie abriu um dos olhos por um instante, depois gemeu e, tremendo, fechou-os outra vez.

– Ou talvez eu esteja morto – sugeriu ele.

Com essa animadora observação, saí da cabine para a escada do tombadilho, apenas para tropeçar na forma prostrada do sr. Willoughby, todo enroscado contra a porta da cabine. Deu um grunhido de surpresa, e depois, vendo que era apenas eu, rolou devagar sobre as mãos e os pés e rastejou para dentro da cabine, oscilando com o movimento do navio. Ignorando a exclamação de repugnância de Fergus, enrolou-se na base da mesa e prontamente voltou a dormir, uma expressão de abençoada satisfação no pequeno rosto redondo.

Minha própria cabine ficava logo do outro lado da escada, mas parei por um instante, para respirar o ar fresco que vinha do convés em cima. Havia uma extraordinária variedade de ruídos, dos estalidos das vigas de madeira por toda parte, à batida das velas ao vento, à lamúria do cordame acima e ao fraco eco de um grito em algum lugar no convés.

Apesar da algazarra e do ar frio que entrava de roldão pela escada do tombadilho, Marsali dormia profundamente, uma forma escura, curvada, em um dos dois beliches. Tanto melhor; ao menos, eu não precisava tentar manter uma conversa embaraçosa com ela.

A despeito de mim mesma, senti uma pontada de compaixão por ela; provavelmente, não era isso que ela esperava de sua noite de núpcias. Estava frio demais para trocar de roupa; completamente vestida, enfiei-me no pequeno beliche e fiquei deitada, ouvindo os ruídos do navio ao meu redor. Eu podia ouvir o zumbido da água passando pelo casco, a mais ou menos meio metro de minha cabeça. Era um som estranhamente reconfortante. Com o acompanhamento do canto do vento e o leve ruído de alguém vomitando do outro lado do corredor, adormeci tranquilamente.

O *Artemis* era um navio bem organizado, até onde é possível para um navio. Entretanto, quando se comprime 32 homens – e duas mulheres – num espaço de 25 metros de comprimento e 8 de largura, juntamente com 6 toneladas de peles de animais grosseiramente curtidas, 42 barris de enxofre e chapas de cobre e folhas de flandres suficientes para revestir o *Queen Mary*, a higiene básica tende a sofrer.

No segundo dia, eu já havia perseguido um rato – um ratinho, como Fergus ressaltou, mas ainda assim um rato – no porão onde fui buscar minha enorme caixa de remédios, armazenada lá por engano durante o carregamento. Havia um barulhinho arrastado na minha cabine à noite, o qual, quando acendi o lampião, provou serem os passinhos de várias dúzias de baratas de tamanho médio, todas fugindo freneticamente para o refúgio das sombras.

As latrinas, duas pequenas galerias em cada lado do navio em direção à proa, não passavam de um par de tábuas – com uma fenda estratégica entre elas – suspenso sobre as ondas encapeladas, 2,5 metros abaixo, de modo que o usuário estava sujeito a receber um inesperado jato de água fria do mar em algum momento altamente inoportuno. Eu suspeitava que isso, somado a uma dieta de carne de porco salgada e bolacha de farinha de trigo e água, provavelmente tornava a prisão de ventre epidêmica entre os marinheiros.

O sr. Warren, o mestre do navio, orgulhosamente me informou que os deques eram esfregados regularmente toda manhã, os metais polidos e tudo, de um modo geral, deixado em perfeita ordem, o que parecia um estado de coisas desejável, considerando que estávamos de fato a bordo de um navio. Ainda assim, nem toda a limpeza do mundo podia disfarçar o fato de que 34 seres humanos ocupavam este espaço limitado e só um deles tomava banho.

Dadas as circunstâncias, fiquei mais do que espantada ao abrir a porta da cozinha do navio na manhã do segundo dia, em busca de água fervente.

Esperava as mesmas condições sujas e turvas das cabines e porões e fiquei ofuscada com o brilho de uma fileira de panelas de cobre, vista através de um armário de treliça, tão areadas que o metal dos fundos das panelas cintilava com um tom róseo. Pisquei repetidamente contra a luminosidade estonteante, meus olhos adaptando-se, e vi que as paredes da cozinha eram recobertas de prateleiras e armários embutidos, construídos de forma a serem à prova do mais revolto dos mares.

Frascos azuis e verdes de condimentos, cada qual cuidadosamente recoberto de feltro para não sofrerem nenhum dano, vibravam suavemente em sua prateleira acima das panelas. Facas, cutelos e espetos de carne brilhavam numa coleção mortal, em quantidade suficiente para lidar com a carcaça de uma baleia, caso uma se apresentasse. Uma estante dupla, com bordas de proteção, pendurava-se de um anteparo, repleta de pratos rasos e vidros bojudos, nos quais uma boa quantidade de cabeças recém-cortadas de nabos estava disposta para brotar e assim poderem dispor de verduras. Um caldeirão enorme fervia no fogão, emitindo um vapor aromático. E no meio de todo este esplendor impecável, estava o cozinheiro, examinando-me com um olhar funesto.

– Fora – disse ele.

– Bom dia – eu disse, o mais cordialmente possível. – Meu nome é Claire Fraser.

– Fora – repetiu ele, no mesmo tom inóspito.

– Sou a sra. Fraser, esposa do sobrecarga e médica do navio para esta viagem – eu disse, enfrentando seu olhar hostil. – Preciso de 6 galões de água fervente, quando lhe for conveniente, para limpeza da latrina.

Seus olhinhos brilhantes e azuis estreitaram-se um pouco, tornando-se ainda menores e mais brilhantes, as pupilas negras apontadas para mim como canos de revólver.

– Sou Aloysius O'Shaughnessy Murphy – disse ele. – O cozinheiro do navio. E peço-lhe que tire os pés do meu convés recém-lavado. Não permito mulheres na minha cozinha. – Olhou-me furiosamente por baixo da borda do lenço de algodão preto que envolvia sua cabeça. Ele era vários centímetros mais baixo do que eu, mas compensava com mais uns 90 centímetros de diâmetro, com ombros de lutador de luta livre e uma cabeça semelhante a uma bola de canhão, implantada sobre eles sem o aparente benefício de um pescoço interveniente. Uma perna de pau completava o conjunto.

Recuei um passo, com dignidade, e falei-lhe da posição relativamente segura do corredor.

– Neste caso – disse –, pode mandar a água quente pelo servente.

– Posso – concordou ele. – Ou talvez não possa. – Virou-se de costas para mim, dispensando-me, ocupando-se com uma tábua de carne, um cutelo e uma peça de carne de carneiro.

Fiquei parada no corredor por um instante, pensando. O baque surdo do cutelo soava regularmente contra a madeira. O sr. Murphy estendeu a mão para sua prateleira de especiarias, pegou um frasco sem olhar e salpicou uma boa quantidade do conteúdo sobre a carne picada. O cheiro de sálvia encheu o ar, imediatamente substituído pela pungência de uma cebola, cortada ao meio com um golpe descuidado do cutelo e atirada na mistura.

Evidentemente, a tripulação do *Artemis* não sobrevivia só de carne de porco salgada e bolacha de trigo. Comecei a entender as razões para a forma física no feitio geral de pera do capitão Raines. Enfiei a cabeça de novo pela porta, tomando o cuidado de continuar pisando do lado de fora.

– Cardamomo – eu disse, com firmeza. – Noz-moscada, inteira. Seca este ano. Extrato novo de anis. Raiz de gengibre, dois pedaços grandes, sem manchas. – Parei. O sr. Murphy parara de picar, o cutelo imóvel acima do bloco de madeira.

– E – acrescentei – meia dúzia de favas de baunilha inteiras. Do Ceilão.

Ele virou-se devagar, limpando as mãos no avental de couro. Ao contrário de seu ambiente, nem o avental nem o resto de sua indumentária eram impecáveis.

Seu rosto era largo, avermelhado, ladeado por suíças ásperas e ruivas como uma escova de cerdas duras, que tremiam ligeiramente quando ele olhou para mim, como as antenas de algum inseto enorme. Sua língua projetou-se para umedecer os lábios contraídos.

– Açafrão? – perguntou ele com voz rouca.

– Uma pitada – disse prontamente, tomando o cuidado de disfarçar qualquer vestígio de vitória em meus modos.

Ele respirou profundamente, o entusiasmo brilhando nos pequenos olhos azuis.

– Vai encontrar um capacho logo aí fora, madame. Por favor, limpe as botas e entre.

...

Com uma latrina esterilizada dentro dos limites da água fervente e da tolerância de Fergus, voltei para a cabine para me lavar para o almoço. Marsali não estava lá; certamente devia estar cuidando de Fergus, cujos esforços, feitos sob minha insistência, quase chegaram a heroicos.

Lavei minhas próprias mãos com álcool, escovei os cabelos e depois atravessei a passagem para ver se – por alguma chance improvável – Jamie iria querer alguma coisa para comer ou beber. Uma rápida olhada me desiludiu da ideia.

Marsali e eu ficamos com a cabine maior, o que significava que cada uma de nós possuía pouco mais de meio metro quadrado de espaço, sem incluir as camas. Eram beliches de navio, uma espécie de cama embutida na parede, com cerca de 1,60 metro de comprimento. Marsali cabia perfeitamente em seu beliche, mas eu era forçada a adotar uma posição ligeiramente curvada, fazendo com que acordasse com os pés formigando.

Jamie e Fergus tinham beliches semelhantes. Jamie estava deitado de lado, enfiado em um deles como um caracol em sua concha; molusco com o qual ele se parecia muito no momento, estando pálido, de um cinza viscoso, com listras verdes e amarelas que contrastavam horrivelmente com seus cabelos ruivos. Ele abriu um olho quando me ouviu entrar, fitou-me com olhar turvo por um instante, depois o fechou outra vez.

– Não está bem, hein? – eu disse, solidária.

O olho abriu-se outra vez e ele pareceu estar se preparando para dizer alguma coisa. Abriu a boca, mudou de ideia e fechou-a de novo.

– Não – disse ele, fechando o olho outra vez.

Alisei seus cabelos, tentando consolá-lo, mas ele estava mergulhado demais no próprio sofrimento para perceber.

– O capitão Raines disse que amanhã provavelmente se sentirá melhor – sugeri. O mar não estava terrivelmente encapelado, mas havia um perceptível movimento de subida e descida.

– Não importa – disse ele, sem abrir os olhos. – Até lá, já estarei morto, ou ao menos assim espero.

– Receio que não – eu disse, sacudindo a cabeça. – Ninguém morre de enjoo do mar; embora eu deva dizer que é de se admirar que não morram, olhando para você.

– Não é isso. – Abriu os olhos e esforçou-se para se erguer sobre um dos cotovelos, um esforço que o deixou pegajoso de suor e com os lábios exangues. –

Claire. Tome cuidado. Eu já deveria ter lhe dito antes, mas não quis preocupá-la e pensei que... – Seu rosto mudou. Familiarizada como eu era com expressões de enfermidade física, segurei a bacia para ele bem a tempo. – Ah, meu Deus. – Deixou-se cair, lânguido e exausto na cama, branco como o lençol.

– O que deveria ter me dito? – perguntei, torcendo o nariz enquanto colocava a bacia no chão, perto da porta. – O que quer que seja, devia ter me contado antes de zarparmos, mas agora é tarde demais para pensar nisso.

– Não achei que iria ser tão grave – murmurou ele.

– Você nunca acha – eu disse, um pouco rispidamente. – Mas o que você queria me dizer?

– Pergunte a Fergus – disse ele. – Diga que eu mandei ele lhe contar. E diga-lhe que Innes está bem.

– De que você está falando? – Fiquei ligeiramente alarmada; o delírio não era um efeito comum de enjoos.

Seus olhos se abriram e fixaram-se nos meus, com grande esforço. Gotas de suor porejaram em sua fronte e acima dos lábios.

– Innes – disse ele. – Não pode ser ele. Ele não pretende me matar.

Um pequeno calafrio correu pela minha espinha.

– Você está bem, Jamie? – perguntei. Inclinei-me e enxuguei seu rosto. Ele dirigiu-me o fantasma de um sorriso exausto. Não tinha febre e seus olhos estavam límpidos. – Quem? – disse cuidadosamente, com a repentina sensação de que havia olhos fixos em minhas costas. – Quem realmente pretende matá-lo?

– Não sei. – Um espasmo passageiro contraiu suas feições, mas ele cerrou os lábios com força e conseguiu dominá-lo. – Pergunte a Fergus – sussurrou ele, quando conseguiu falar outra vez. – Em particular. Ele lhe dirá.

Senti-me completamente desamparada. Não fazia a menor ideia do que ele estava falando, mas se havia algum perigo, eu não iria deixá-lo sozinho.

– Esperarei até ele descer – disse.

Sua mão estava curvada junto ao nariz. Ele endireitou-se devagar e enfiou a mão sob o travesseiro, retirando dali sua adaga, que agarrou junto ao peito.

– Ficarei bem – disse ele. – Vá, então, Sassenach. Não creio que tentem alguma coisa à luz do dia. Se é que vão tentar.

Não achei suas palavras nem um pouco alentadoras, mas não parecia haver mais nada a fazer. Ele permaneceu totalmente imóvel e silencioso, a adaga junto ao peito como uma escultura de túmulo em pedra.

– Vá – murmurou ele outra vez, os lábios mal se movendo.

Logo do lado de fora da porta da cabine, algo se remexeu nas trevas no final do

605

corredor. Espreitando atentamente, divisei a figura de seda, agachada, do sr. Willoughby, o queixo apoiado nos joelhos. Ele abriu os joelhos e inclinou a cabeça educadamente entre eles.

– Não preocupar, honrada primeira esposa – assegurou ele num sussurro sibilante. – Eu tomar conta.

– Ótimo – disse –, faça isso. – E saí, em considerável estado de perturbação mental, para procurar Fergus.

Encontrar Fergus, com Marsali no convés posterior, fitando o rastro do navio onde se viam vários pássaros grandes e brancos, foi mais tranquilizador.

– Não temos certeza de que alguém tenha realmente a intenção de matar milorde – explicou ele. – Os barris no depósito podem ter sido um acidente, já vi isso acontecer mais de uma vez, assim como o incêndio do barracão, mas...

– Espere um minuto, Fergus – eu disse, agarrando-o pela manga. – Que barris e que incêndio?

– Ah – exclamou ele, parecendo surpreso. – Milorde não lhe contou?

– Milorde está doente como um cachorro e incapaz de me dizer qualquer coisa além do que eu devia perguntar a você.

Fergus sacudiu a cabeça, estalando a língua à maneira francesa de indicar desaprovação.

– Ele nunca acha que vai passar tão mal – disse ele. – Sempre fica assim e, no entanto, toda vez que tem que pôr os pés em um navio, ele insiste que se trata apenas de uma questão de força de vontade; a força de sua mente vai prevalecer e ele não permitirá que seu estômago dite suas ações. Depois, a 3 metros do cais, ele fica verde.

– Ele nunca me disse isso – falei, achando graça de sua descrição. – Tolo e teimoso.

Marsali pairava atrás de Fergus com um ar de arrogante reserva, fingindo ignorar minha presença. Diante dessa inesperada descrição de Jamie, entretanto, ela não conteve um breve espasmo de riso. Percebeu que eu a olhava e virou-se apressadamente, as faces ruborizadas, para fitar o mar à distância.

Fergus sorriu e deu de ombros.

– Sabe como ele é, milady – disse ele, com tolerante afeto. – Pode estar morrendo e ninguém ficaria sabendo.

– Você saberia se descesse e olhasse para ele agora – disse acidamente. Ao mesmo tempo, percebi minha surpresa, acompanhada de uma ligeira sensação de calor na boca do estômago. Fergus estivera com Jamie quase diariamente por vinte anos e, ainda assim, Jamie não admitiria para ele a fraqueza que prontamente me deixava ver. Se ele estivesse morrendo, eu saberia, com toda a certeza. – Homens – disse, sacudindo a cabeça.

– Milady?

– Não tem importância – disse. – Você estava me falando de barris e incêndio.

– Ah, de fato, sim. – Fergus alisou para trás a espessa cabeleira negra com seu gancho. – Foi um dia antes de eu encontrá-la outra vez, milady, na casa de madame Jeanne.

O dia em que eu voltara para Edimburgo, não mais do que poucas horas antes de encontrar Jamie na gráfica. Ele estivera nas docas Burntisland com Fergus e um bando de seis homens durante a noite, aproveitaram-se do tardio alvorecer do inverno para recuperar vários barris de vinho Madeira extraoficiais, contrabandeados em meio a um inocente carregamento de farinha.

– O Madeira não embebe a madeira do barril tão rápido quanto outros vinhos – explicou Fergus. – Não se pode trazer conhaque debaixo do nariz da alfândega, porque os cachorros sentirão o cheiro imediatamente, ainda que seus donos não o façam. Mas não o vinho Madeira, desde que tenha sido colocado nos barris há pouco tempo.

– Cachorros?

– Alguns inspetores da alfândega possuem cães, milady, treinados para identificar contrabando de tabaco e conhaque. – Fez um gesto descartando a interrupção, estreitando os olhos contra o refrescante vento marinho. – Nós havíamos retirado o Madeira sem problemas e levado para o armazém, um daqueles que aparentemente pertenciam a lorde Dundas, mas na realidade pertenciam em comum a madame Jeanne e milorde.

– Sei – eu disse, novamente com aquele pequeno vazio no estômago que eu sentira quando Jamie abriu a porta do bordel na Queen Street. – Sócios, não são?

– Bem, mais ou menos. – A voz de Fergus soou pesarosa. – Milorde possui apenas uma fração de cinco por cento, em recompensa por ele ter encontrado o lugar e feito os preparativos. A tipografia como ocupação é muito menos rentável do que a manutenção de um *hôtel de joie*. – Marsali não se virou, mas achei que seus ombros empertigaram-se ainda mais.

– Imagino que sim – eu disse. Afinal, Edimburgo e madame Jeanne haviam ficado muito para trás. – Continue a história. Alguém pode cortar a garganta de Jamie antes que eu descubra por quê.

– Claro, milady. – Fergus balançou a cabeça, desculpando-se.

O contrabando estava escondido em segurança, aguardando disfarce e venda, e os contrabandistas fizeram uma pausa para renovar as forças com um drinque em lugar do desjejum, antes de voltarem para casa em plena luz do dia. Dois dos homens pediram sua parte imediatamente, precisavam do dinheiro para pagar dívidas de jogo e comprar comida para suas famílias. Jamie, tendo concordado, dirigiu-se ao escritório do armazém, onde guardava algum ouro.

Quando os homens relaxavam tomando uísque num canto do armazém, suas risadas e brincadeiras foram interrompidas por uma repentina vibração que sacudiu o chão sob os seus pés. "Abaixem-se!", gritou MacLeod, um experiente gerente de armazém. Os homens mergulharam em busca de um abrigo, antes mesmo de ver a enorme fileira de barris próxima ao escritório estremecer e estrondar, um barril de 2 toneladas rolando pela pilha com uma lenta graciosidade, para despedaçar-se numa aromática lagoa de cerveja, seguido em questão de segundos por uma cascata de seus monstruosos companheiros.

– Milorde estava passando em frente à fileira – disse Fergus, sacudindo a cabeça. – Foi só pela graça da Virgem Maria que ele não foi esmagado. – Na verdade, um dos barris não o atingiu por uma questão de centímetros e ele conseguiu escapar de outro lançando-se de cabeça fora de seu caminho e embaixo de uma prateleira vazia que desviara sua trajetória. Como eu digo, essas coisas acontecem com frequência – disse ele, encolhendo os ombros. – Uma dúzia de homens morre todo ano em acidentes como esse, só nos armazéns próximos a Edimburgo. Mas com todo o resto...

Na semana anterior ao incidente dos barris, um pequeno barracão cheio de palha para empacotamento pegara fogo quando Jamie estava trabalhando dentro dele. Um lampião colocado entre ele e a porta havia aparentemente caído, incendiando a palha e prendendo Jamie no barracão sem janelas, atrás de uma repentina muralha de fogo.

– Felizmente, o barracão era uma construção muito frágil, de tábuas meio apodrecidas. Foi lambido pelas chamas como cavacos de madeira, mas milorde conseguiu abrir um buraco na parede dos fundos e arrastar-se para fora, sem se ferir. A princípio, achamos que o lampião apenas caíra por conta própria e demos graças a Deus por ele ter escapado. Somente depois é que milorde me disse que ele achava ter ouvido um barulho – talvez um tiro, talvez apenas os estalidos que um armazém antigo dá conforme suas tábuas se assentam – e quando ele se virou para ver, deparou-se com as chamas à sua frente.

Fergus suspirou. Parecia cansado e imaginei se ele não teria ficado acordado para vigiar Jamie durante a noite.

— Portanto — disse ele, encolhendo os ombros outra vez —, não sabemos. Tais incidentes podem não ter sido mais do que acidentes, ou talvez não. Mas considerando essas ocorrências com o que aconteceu em Arbroath...

— Vocês podem ter um traidor entre os contrabandistas — disse.

— De fato, milady. — Fergus coçou a cabeça. — Mas o que é mais perturbador para milorde é o homem que o chinês matou na casa de madame Jeanne.

— Por que você acha que ele era um agente alfandegário que seguira Jamie das docas até o bordel? Jamie disse que não poderia ser, porque ele não tinha nenhum mandado judicial.

— Isso não prova nada — observou Fergus. — Mas, pior ainda, era o livreto que ele tinha no bolso.

— O Novo Testamento? — Eu não via nenhuma relevância nesse fato e disse isso a Fergus.

— Ah, mas é relevante, sim, milady, ou deveria ser, eu acho — corrigiu-se Fergus. — Veja bem, era um livreto que o próprio milorde imprimira.

— Compreendo — disse devagar — ou ao menos estou começando a compreender.

Fergus balançou a cabeça gravemente.

— Ter a alfândega rastreando o conhaque dos pontos de entrega ao bordel já seria bastante ruim, é claro, mas não fatal, outro esconderijo poderia ser encontrado; na realidade, milorde fez arranjos com os proprietários de duas tabernas que... mas isso não vem ao caso. — Descartou o assunto com um aceno da mão. — Mas ter os agentes da Coroa ligando o famoso contrabandista Jamie Roy ao respeitável sr. Malcolm do beco Carfax... — Espalmou as mãos num gesto amplo. — Compreende?

Eu compreendia. Se a alfândega chegasse perto demais de suas operações de contrabando, Jamie poderia simplesmente dispensar os auxiliares, deixar de visitar os lugares frequentados por seus contrabandistas e desaparecer por um tempo, retraindo-se para seu disfarce de mestre-impressor até parecer seguro retomar suas atividades ilegais. Mas ter suas duas identidades tanto detectadas como associadas era não só privá-lo de suas duas fontes de renda, como levantar suspeitas tais que poderiam levar à descoberta de seu verdadeiro nome, suas atividades subversivas e daí para Lallybroch e sua história de rebelde e traidor condenado. Teriam provas para enforcá-lo uma dúzia de vezes — e bastava uma vez.

— Sem dúvida, compreendo. Então, Jamie não estava só preocupado com Laoghaire e Hobart MacKenzie quando disse a Ian que achava bom nos refugiarmos na França por algum tempo.

Paradoxalmente, senti-me aliviada com as revelações de Fergus. Ao menos, eu não fora a única responsável pelo exílio de Jamie. Meu reaparecimento pode ter precipitado a crise com Laoghaire, mas eu nada tivera a ver com tudo aquilo.

– Exatamente, milady. E ainda assim, não sabemos com certeza se um dos homens nos traiu... ou se, ainda que houvesse um traidor entre eles, esse traidor quisesse matar milorde.

– É um ponto a ser considerado. – Era, mas não de grande importância. Se um dos contrabandistas tivesse aceitado trair Jamie por dinheiro, seria uma coisa. Se tivesse algum motivo de vingança pessoal, entretanto, o sujeito poderia muito bem sentir-se compelido a fazer justiça com as próprias mãos, agora que estávamos, temporariamente, ao menos, fora do alcance da alfândega real.

– Se assim for – continuava Fergus –, será um dos seis homens, os seis que milorde me mandou chamar para navegar conosco. Esses seis estavam presentes tanto no incidente com os barris quanto no incêndio do barracão; todos já estiveram no bordel. – Fez uma pausa. – E todos estavam presentes na estrada em Arbroath, quando fomos emboscados e encontramos o guarda alfandegário enforcado.

– Todos eles sabem a respeito da gráfica?

– Ah, não, milady! Milorde sempre tomou muito cuidado para que nenhum dos contrabandistas soubesse da gráfica, mas sempre é possível que um deles o tenha visto nas ruas de Edimburgo, o seguido até o beco Carfax e tomado conhecimento de A. Malcolm. – Sorriu ironicamente. – Milorde não é o mais discreto dos homens, milady.

– É verdade – eu disse, no mesmo tom. – Mas agora todos eles sabem o verdadeiro nome de Jamie. O capitão Raines o chama de Fraser.

– Sim – disse ele, com um leve sorriso amargo. – É por isso que temos que descobrir se estamos de fato navegando com um traidor... e quem é ele.

Olhando para ele, ocorreu-me pela primeira vez que Fergus era na verdade um adulto agora – e um homem perigoso. Eu o conhecera como um garoto ansioso, dentuço, de 10 anos de idade, e para mim algo daquele menino sempre permaneceria em seu rosto. Mas muito tempo se passara desde que ele era um moleque das ruas de Paris.

Marsali permanecera fitando o mar durante a maior parte da conversa, preferia não correr o risco de ter que conversar comigo. Ela obviamente ficara ouvindo e vi um estremecimento percorrer seus ombros delgados – se de frio ou apreensão, eu não sabia. Provavelmente, não planejara subir a bordo com um assassino em potencial quando concordou em fugir com Fergus.

– É melhor levar Marsali para baixo – disse a Fergus. – Ela está ficando azul.

Não se preocupe – disse a Marsali com frieza –, não vou para a cabine ainda por um bom tempo.

– Aonde vai, milady? – Fergus estreitava os olhos para mim, ligeiramente desconfiado. – Milorde não vai querer que você...

– Não pretendo – assegurei-lhe. – Vou à cozinha.

– À cozinha? – Suas bem delineadas sobrancelhas negras arquearam-se.

– Para ver se Aloysius O'Shaughnessy Murphy tem alguma sugestão para enjoo – disse. – Se não colocarmos Jamie de pé outra vez, ele não vai se importar se alguém cortar sua garganta ou não.

Murphy, adoçado com alguns gramas de casca de laranja seca e uma garrafa do melhor clarete de Jared, estava absolutamente disposto a colaborar. Na verdade, ele parecia considerar o problema de manter alimento no estômago de Jamie algo como um desafio profissional e passava horas em mística contemplação de sua prateleira de condimentos e em suas despensas – tudo em vão.

Não nos deparamos com nenhuma tempestade, mas os ventos do inverno impeliam pesados vagalhões à sua frente e o *Artemis* subia e descia 3 metros de cada vez, para cima e para baixo dos enormes picos vidrados das ondas. Algumas vezes, observando as hipnóticas subidas e guinadas do balaústre da popa contra o horizonte, eu mesma senti algumas ânsias de vômito e desviei o olhar apressadamente.

Jamie não dava nenhum sinal de estar prestes a realizar a encorajadora profecia de Jared e pôr-se de pé num salto, repentinamente acostumado ao movimento. Continuava no beliche, da cor de mostarda rançosa, movendo-se apenas para arrastar-se até a latrina, vigiado em turnos, dia e noite, pelo sr. Willoughby e Fergus.

Por outro lado, nenhum dos seis contrabandistas fez nada que pudesse ser considerado ameaçador. Todos expressaram sua preocupação e solidariedade pelo bem-estar de Jamie e – cuidadosamente observados – todos o visitaram rapidamente em sua cabine, sem que ocorresse nenhuma circunstância suspeita.

De minha parte, eu passava os dias explorando o navio, atendia pequenas emergências médicas que surgiam das tarefas rotineiras da navegação – um dedo esmagado, uma costela quebrada, gengivas sangrando e um dente com abscesso –, e triturava ervas e fazia remédios em um canto da cozinha; podia trabalhar ali graças à generosidade de Murphy.

Marsali já estava ausente da nossa cabine quando eu acordava, já dormia quando eu retornava e mantinha-se silenciosamente hostil quando o espaço confinado do navio nos forçava a nos encontrar no convés ou durante as refeições. Presumi que a hostilidade devia-se em parte aos seus naturais sentimentos pela mãe e em parte à frustração por passar as horas da noite em minha companhia, e não na de Fergus.

Quanto a isso, se ela permanecia intocada – e, a julgar por seu comportamento amuado, eu estava razoavelmente certa de ser esse o caso –, o fato devia-se inteiramente ao respeito de Fergus pelas ordens de Jamie. Em termos de seu papel como guardião da virtude de sua enteada, o próprio Jamie era uma força insignificante no momento.

– O quê, nem o caldo ajudou? – disse Murphy. O rosto largo e vermelho do cozinheiro anuviou-se ameaçadoramente. – Eu já fiz muita gente levantar do leito de morte com este caldo!

Tirou a canequinha de caldo da mão de Fergus, cheirou-a criticamente e enfiou-a embaixo do meu nariz.

– Tome, cheire isso, dona. Tutano, alho, cominho e um pedacinho de toucinho de porco para dar sabor, tudo cuidadosamente coado em musselina, do mesmo jeito que é feito para pessoas que não toleram pedaços de alimentos no estômago, mas aqui você não vai encontrar nenhum pedaço, nem um só!

O caldo, de fato, era de um marrom-claro e dourado, com um cheiro apetitoso que encheu minha própria boca de água, apesar do excelente desjejum que eu fizera há menos de uma hora. O capitão Raines tinha um estômago delicado e em consequência se dera ao trabalho de procurar um bom cozinheiro e abastecer a cozinha, para benefício da mesa dos oficiais.

Murphy, com uma perna de pau e as dimensões de um barril de rum, era o protótipo de um verdadeiro pirata, mas na verdade tinha a reputação de melhor cozinheiro de navio de Le Havre – como ele próprio me dissera, sem a menor arrogância. Considerava os casos de enjoo um desafio às suas habilidades e Jamie, ainda prostrado após quatro dias, era uma verdadeira afronta para ele.

– Tenho certeza de que o caldo é maravilhoso – assegurei-lhe. – A questão é que ele não consegue manter nada no estômago.

Murphy resmungou com desconfiança, mas virou-se e cuidadosamente entornou o resto do caldo em uma das numerosas panelas que ferviam dia e noite no fogo da cozinha.

Com uma horrível carranca e passando a mão pelos fiapos de cabelos louros e ralos, abriu um armário e fechou-o, depois se inclinou para remexer em um baú de provisões, resmungando baixinho.

– Um pouco de bolacha, talvez? – murmurou ele. – Alimento seco, é disso que ele precisa. Talvez umas gotas de vinagre; picles bem ácidos, quem sabe...

Observei, fascinada, as mãos enormes do cozinheiro, com dedos como salsichas, moverem-se com destreza pelo estoque de provisões, escolhendo guloseimas e alinhando-as com rapidez em uma bandeja.

– Pronto, vamos tentar isso, então – disse ele, entregando-me a bandeja arrumada. – Deixe-o chupar esses pepinos em conserva, mas não o deixe mastigá-los ainda. Em seguida, dê-lhe um pedaço de bolacha pura, acho que ainda não tem nenhum gorgulho nelas, mas não deixe que ele beba água com a bolacha. Depois, um pedaço do pepino em conserva, bem mastigado, para fazer a saliva fluir, uma mordida de bolacha e assim por diante. Se isso conseguir ficar no estômago, então poderemos passar ao pudim de leite, feito ontem à noite para o jantar do capitão. Depois, se isso ficar... – Sua voz seguiu-me para fora da cozinha, continuando o catálogo de alimentos disponíveis. – ... torrada de leite, que é feita com leite de cabra, fresco, tirado na hora...

– ... depois leite bem batido com uísque e um bom ovo... – As palavras ressoaram pelo corredor enquanto eu tentava fazer a curva estreita com a bandeja carregada, passando com todo o cuidado por cima do sr. Willoughby, que estava, como sempre, agachado em um canto da passagem, junto à porta de Jamie, como um cachorrinho azul.

No entanto, um passo para dentro da cabine e pude ver que o exercício dos dotes culinários de Murphy iria ser outra vez em vão. À maneira usual de um homem que não está se sentindo bem, Jamie conseguira arranjar seu ambiente de modo a ficar o mais deprimente e desconfortável possível. A minúscula cabine estava úmida e fedorenta, o apertado beliche coberto com um pano para excluir tanto a luz quanto o ar e sobrecarregado com uma pilha desordenada de cobertas suadas e roupas sujas.

– Levante-se, preguiçoso – eu disse alegremente. Coloquei a bandeja sobre a mesa e retirei a cortina improvisada, que parecia ser uma das camisas de Fergus. A pouca luz vinha de um grande prisma embutido no convés acima. Atingia o beliche, iluminando um semblante pálido como o de um fantasma e uma expressão funesta.

Abriu uma fresta mínima em um dos olhos.

– Vá embora – disse ele, fechando-o outra vez.

– Eu lhe trouxe o desjejum – disse com firmeza. O olho abriu-se outra vez, azul e glacial.

– Não mencione a palavra desjejum para mim – disse ele.

– Chame de almoço então – eu disse. – Já é bem tarde. – Coloquei um banquinho perto dele, peguei o pequeno pepino em conserva da bandeja e segurei-o convidativamente sob seu nariz. – Você deve chupá-lo – disse-lhe.

Lentamente, o outro olho abriu-se. Ele não disse nada, mas o par de círculos azuis se revirou, pousando em mim com uma expressão de tão feroz eloquência que eu apressadamente recolhi o pepino.

As pálpebras caíram lentamente até se fecharem outra vez.

Examinei os destroços à volta, franzindo o cenho. Ele estava deitado de costas, os joelhos erguidos. Embora o beliche embutido na parede oferecesse mais estabilidade para a pessoa dormir do que as redes balançantes da tripulação, era projetado para acomodar os passageiros comuns, que – a julgar pelo tamanho do beliche – não deviam ter mais do que 1,60 metro de altura aproximadamente.

– Você não pode de forma alguma estar confortável aí dentro – eu disse.

– Não estou.

– Gostaria de experimentar uma rede em vez do beliche? Pelo menos você poderia se esticar...

– Não.

– O capitão disse que ele precisa que você lhe dê uma lista da carga, assim que puder.

Ele fez uma breve e irreproduzível sugestão sobre o que o capitão Raines deveria fazer com sua lista, sem se dar ao trabalho de abrir os olhos.

Suspirei e segurei sua mão lânguida. Estava fria e úmida, e a pulsação rápida.

– Bem – eu disse, após uma pausa. – Talvez possamos tentar uma coisa que eu costumava fazer com pacientes cirúrgicos. Às vezes, parecia ajudar.

Ele deu um gemido baixo, mas não se opôs. Puxei o banquinho e me sentei, ainda segurando sua mão.

Eu desenvolvera o hábito de conversar com os pacientes por alguns minutos antes de serem levados à cirurgia. A minha presença parecia reconfortá-los e eu descobrira que se conseguisse fazê-los fixar a atenção além da iminente provação, eles pareciam se sair melhor – havia menos sangramento, a náusea pós-anestesia era menor e pareciam se recuperar mais facilmente. Eu vira isso acontecer com frequência suficiente para acreditar que não era imaginação; Jamie não estava completamente errado ao afirmar a Fergus que o poder da mente sobre a carne era possível.

– Vamos pensar em algo agradável – eu disse, com a voz mais baixa e tranquilizadora possível. – Pense em Lallybroch, na colina acima da casa. Pense nos pinheiros que crescem lá... pode sentir o cheiro das agulhas dos pinheiros? Pense na fumaça saindo da chaminé da cozinha em um dia claro e em uma maçã em sua mão. Pense na sensação em sua mão, a maçã firme e lisa, e depois...

– Sassenach? – Os dois olhos de Jamie estavam abertos e se fixaram em mim com intensa concentração. O suor brilhava nas suas têmporas.

– Sim?

– Vá embora.

– O quê?

– Vá embora – repetiu ele, muito delicadamente – ou eu vou quebrar seu pescoço. Vá embora agora.

Levantei-me com dignidade e saí.

O sr. Willoughby estava recostado contra uma pilastra no corredor, espreitando pensativamente para dentro da cabine.

– Você não tem aquelas bolas de pedra com você, tem? – perguntei.

– Tenho – respondeu ele, parecendo surpreso. – Quer bolas da saúde para Tsei-mi? – Começou a remexer na manga, mas eu o fiz parar com um gesto.

– O que eu quero fazer é bater na cabeça dele com uma delas, mas acho que Hipócrates não iria gostar muito.

O sr. Willoughby sorriu de modo hesitante e balançou a cabeça várias vezes, no esforço para expressar seu apreço a qualquer coisa que eu estivesse querendo dizer.

– Deixe pra lá – acrescentei. Olhei com raiva por cima do ombro à pilha de cobertas fétidas. Ele remexeu-se levemente e uma mão tateante surgiu, explorando cuidadosamente o chão até encontrar a bacia que estava lá. Segurando-a, a mão desapareceu nas profundezas obscuras do beliche, de onde logo emergiu o barulho de ânsia de vômito seco. – Desgraçado! – eu disse, a exasperação mesclada a pena... e uma ligeira sensação de alarme. As dez horas de travessia do Canal eram uma coisa; qual seria seu estado após dois meses assim?

– Cabeça de porco – concordou o sr. Willoughby, com um melancólico balanço da cabeça. – Ele é rato, você acha, ou será dragão?

– Fede como um zoológico inteiro – eu disse. – Mas por que dragão?

– Uma pessoa nascer no ano do Dragão, ano do Rato, ano do Carneiro, ano do Cavalo – explicou o sr. Willoughby. – Sendo diferente cada ano, pessoas diferentes. Sabendo Tsei-mi ser rato ou dragão?

– Quer dizer, em que ano ele nasceu? – Eu tinha uma vaga lembrança dos menus nos restaurantes chineses, decorados com os animais do zodíaco chinês, com explicações dos supostos traços de personalidade dos nascidos em cada ano. – Foi em 1721, mas não sei assim de improviso de que animal era esse ano.

– Estar achando rato – disse o sr. Willoughby, olhando pensativamente para o emaranhado de cobertas, que subiam e abaixavam de um modo ligeiramente agitado. – Rato muito esperto, muita sorte. Mas dragão, também, podia ser. É muito sensual na cama, Tsei-mi? Os dragões pessoas muito ardentes.

– Não tanto que desse para notar ultimamente – eu disse, observando o monte de roupas de cama pelo canto dos olhos. Subiu e desceu, como se o conteúdo tivesse se virado de repente.

– Eu ter remédio chinês – disse o sr. Willoughby, observando esse fenômeno pensativamente. – Bom para vômito, estômago, cabeça, deixar tudo sereno e tranquilo.

Olhei-o com interesse.

– É mesmo? Gostaria de ver isso. Já experimentou em Jamie?

O pequeno chinês sacudiu a cabeça pesarosamente.

– Não querer – respondeu ele. – Dizer pro inferno, jogar no mar se eu me aproximar.

O sr. Willoughby e eu entreolhamo-nos com um perfeito entendimento.

– Sabe – eu disse, elevando a voz um ou dois decibéis –, a ânsia de vômito seca e prolongada faz muito mal a uma pessoa.

– Ah, de fato, muito mal. – O sr. Willoughby havia raspado a parte da frente de sua cabeça naquela manhã; a curva lisa do seu crânio brilhou quando ele balançou a cabeça energicamente.

– Corrói os tecidos do estômago e irrita o esôfago.

– É mesmo?

– Sim. Eleva a pressão sanguínea e estende os músculos abdominais também. Pode até rasgá-los e causar uma hérnia.

– Ah.

– E – continuei, elevando mais um pouco a voz – pode fazer com que os testículos se enrolem dentro do escroto e corte a circulação ali.

– Uuuuh! – Os olhos do sr. Willoughby arregalaram-se.

– Se isso acontecer – eu disse de forma ameaçadora –, a única coisa a fazer, em geral, é amputar antes que ocorra uma gangrena.

O sr. Willoughby emitiu um som sibilante indicativo de compreensão e profundo choque. O monte de cobertas, que estivera se remexendo de um lado para o outro durante essa conversa, ficou absolutamente imóvel.

Olhei para o sr. Willoughby. Ele encolheu os ombros. Cruzei os braços e esperei. Após um minuto, um pé esbelto, elegantemente descalço, foi expelido das cobertas. Um momento depois, seu companheiro surgiu, pousando no assoalho.

– Malditos, vocês dois! – disse uma grave voz escocesa, em tom maligno. – Entrem, então.

...

Fergus e Marsali estavam reclinados sobre a balaustrada à popa, confortavelmente aconchegados, o braço de Fergus ao redor da cintura da jovem, seus longos cabelos louros esvoaçando ao vento.

Ao ouvir passos se aproximando, Fergus olhou para trás por cima do ombro. Soltou o ar com assombro, girou nos calcanhares e fez o sinal da cruz, os olhos arregalados.

– Nem... uma... palavra, por favor – disse Jamie entre dentes.

Fergus abriu a boca, mas não emitiu nenhum som. Marsali, virando-se para olhar também, emitiu um gritinho.

– Pai! O que aconteceu com você?

O medo e a preocupação óbvios em seu rosto impediram Jamie de qualquer observação azeda que estivesse prestes a fazer. Seu rosto relaxou um pouco, fazendo as finas agulhas de ouro que se projetavam detrás de suas orelhas girarem como antenas de formigas.

– Está tudo bem – disse ele irritado. – É só uma bobagem do chinês, para curar as ânsias de vômito.

Com os olhos esbugalhados, Marsali aproximou-se dele, cautelosamente estendendo um dedo para tocar as agulhas espetadas na carne de seu pulso acima da palma da mão. Mais três reluziram da parte interna de sua perna, alguns centímetros acima do tornozelo.

– Isso... isso funciona? – perguntou ela. – Como se sente?

A boca de Jamie contorceu-se, seu senso de humor usual começando a se restabelecer.

– Sinto-me como um maldito boneco de bruxa que alguém andou enchendo de alfinetes – disse ele. – Por outro lado, não vomitei no último quarto de hora, de modo que acho que deve funcionar. – Lançou um rápido olhar a mim e ao sr. Willoughby, lado a lado perto da balaustrada.

– Veja bem – disse ele –, não tenho vontade de chupar pepino em conserva ainda, mas talvez eu possa saborear um copo de cerveja, se você souber onde poderia encontrar, Fergus.

– Ah. Ah, sim, milorde. Quer vir comigo? – Incapaz de desviar os olhos das agulhas, Fergus estendeu a mão hesitantemente para segurar o braço de Jamie, mas pensando melhor, virou-se na direção do passadiço.

– Devo dizer a Murphy para começar a preparar seu almoço? – gritei para Jamie quando ele se virou para seguir Fergus. Ele me lançou um olhar longo e direto por cima do ombro. As agulhas douradas projetavam-se do meio de seus cabelos em dois maços, um de cada lado, brilhando à luz da manhã como um par de chifres de diabo.

— Não exagere na sorte, Sassenach — disse ele. — Eu não vou esquecer, você sabe. Testículos enrolados, pois sim!

O sr. Willoughby ignorou essa troca de palavras, de cócoras sobre os calcanhares, à sombra do reservatório de água potável no convés da popa, um enorme tonel cheio de água para consumo da guarda do convés. Ele contava nos dedos, evidentemente absorto em algum tipo de cálculo. Quando Jamie se afastava arrogantemente, ele ergueu os olhos.

— Não rato — disse ele, sacudindo a cabeça. — Não dragão também. Tsei-mi nascer no ano do Boi.

— É mesmo? — disse, olhando para os ombros largos e a cabeleira ruiva, abaixada teimosamente contra o vento. — Muito apropriado.

42

O HOMEM DA LUA

Em vez do que seu título sugeria, o cargo de Jamie como sobrecarga não era muito pesado. Além de conferir o conteúdo do porão com os comprovantes de carga para assegurar que o *Artemis* de fato carregava as quantidades precisas de couros, flandres e enxofre, não havia mais nada para ele fazer enquanto estivesse no mar. Seus deveres começariam quando chegássemos à Jamaica, onde a carga deveria ser descarregada, conferida novamente e vendida, com os impostos devidos pagos, as comissões deduzidas e a papelada preenchida.

Nesse ínterim, havia pouco para ele fazer — ou mesmo para mim. Embora o sr. Picard, o contramestre, olhasse com cobiça a poderosa compleição física de Jamie, era óbvio que ele jamais poderia ser um homem do mar. Ligeiro e ágil como qualquer outro membro da tripulação, sua ignorância de cordas e velas tornava-o inútil para qualquer outra função além da situação ocasional em que somente a força bruta era exigida. Era evidente que ele era um soldado, não um marinheiro.

Ele realmente participava com entusiasmo da prática de artilharia que era realizada a cada dois dias, ajudava a empurrar para dentro e para fora os quatro enormes canhões em seus carrinhos, com uma tremenda algazarra, e passava horas numa fascinada discussão de sabedoria mítica sobre canhões com Tom Sturgis, o chefe da artilharia. Durante esses estrondosos exercícios, Marsali, o sr. Willoughby e eu ficávamos em um lugar seguro e distante, sob os cuidados de Fergus, que foi excluído das manobras com explosivos por não ter uma das mãos.

Para minha surpresa, eu fui aceita como a médica do navio sem maiores questionamentos por parte da tripulação. Foi Fergus quem explicou que, em pequenos navios mercantes, até barbeiros-cirurgiões eram incomuns. Em geral, era a mulher do artilheiro – se ele fosse casado – quem tratava os pequenos ferimentos e doenças da tripulação.

Lidei com a sucessão normal de dedos esmagados, mãos queimadas, infecções de pele, dentes com abscesso e doenças digestivas, mas numa tripulação de apenas 32 homens, quase não havia trabalho para me manter ocupada depois da hora de tratamentos médicos pela manhã.

Em consequência, tanto Jamie quanto eu tínhamos bastante tempo livre. E, conforme o *Artemis* rumava gradualmente para o sul, entrando na grande espiral do Atlântico, começamos a passar a maior parte do tempo juntos.

Pela primeira vez desde o meu retorno a Edimburgo, havia tempo para conversar; para reaprender todas as características, parcialmente esquecidas, um do outro; para descobrir as novas facetas que a experiência lavrara; e simplesmente para desfrutar a companhia um do outro, sem as dispersões do perigo e da rotina diária.

Passeávamos constantemente pelo convés, para cima e para baixo, marcando os quilômetros enquanto conversávamos sobre tudo e sobre nada, destacando um para o outro os fenômenos de uma viagem por mar; as auroras e pores do sol espetaculares, cardumes de estranhos peixes verdes e prateados, enormes ilhas flutuantes de algas marinhas, abrigando milhares de minúsculos caranguejos e águas-vivas, os lisos e lustrosos golfinhos que apareciam por vários dias seguidos, acompanhando o navio, saltando da água de vez em quando como se quisessem dar uma espiada nas estranhas criaturas acima da água.

A Lua surgiu imensa, ligeira e dourada, um maravilhoso disco luminoso que deslizava para o alto, saindo da água e subindo pelo céu como uma fênix renascida. A água estava escura agora e os golfinhos invisíveis, mas achei que de alguma forma eles ainda estavam ali, acompanhando o ritmo do navio em sua viagem pela escuridão.

Era um espetáculo deslumbrante até mesmo para os marujos, que já o tinham visto mil vezes. Eles paravam e suspiravam de prazer diante do cenário, conforme o enorme círculo se erguia e pendurava-se na borda do mundo, parecendo tão perto que poderia ser tocado.

Jamie e eu estávamos juntos, apoiados na balaustrada, admirando a Lua. Parecia tão próxima que podíamos divisar sem dificuldade as manchas escuras e sombras em sua superfície.

– Parece tão perto que se poderia conversar com o Homem da Lua – disse ele, sorrindo, e acenou, numa saudação à encantadora face dourada acima.

– "As soluçantes Plêiades dirigem-se para oeste e a lua jaz sob os mares" – citei. – E olhe, está mesmo, lá embaixo. – Apontei por cima da balaustrada, para o ponto onde o rastro do luar aprofundava-se, brilhando na água como se uma lua gêmea estivesse afundada ali. – Quando parti – disse –, os homens estavam se preparando para ir à Lua. Imagino se conseguirão.

– As máquinas voadoras voam tão alto assim? – perguntou Jamie. Estreitou os olhos para a Lua. – Eu diria que é um imenso caminho, por mais que a Lua pareça tão perto no momento. Li um livro de um astrônomo e ele dizia que eram talvez 300 léguas da Terra à Lua. Ele estava errado, então, ou será que os... aviões, não é?... podem voar tão longe?

– É preciso um tipo especial, chamado de foguete – eu disse. – Na verdade, a distância até a Lua é muito maior do que 300 léguas e quando você fica bem longe da Terra, não há mais ar no espaço para respirar. Terão que levar ar com eles na viagem, como água e comida. Eles o colocam numa espécie de reservatório de metal.

– É mesmo? – Olhou para o alto, o rosto banhado de luz e admiração. – Como será a superfície lá?

– Eu sei – eu disse. – Vi fotografias. É rochosa, árida, sem nenhum sinal de vida, mas muito bonita, tem penhascos, montanhas e crateras. Pode-se ver as crateras daqui; as manchas escuras. – Balancei a cabeça para a Lua sorridente, depois eu mesma sorri para Jamie. – Não é muito diferente da Escócia, exceto que a Escócia é verde.

Ele riu, e a seguir, evidentemente lembrado pela palavra "fotografias", enfiou a mão dentro do casaco e retirou o pequeno pacote com as fotos de Brianna. Costumava ser cauteloso com elas, nunca as pegava onde pudessem ser vistas por alguém, nem mesmo Fergus, mas estávamos sozinhos ali, havia pouca chance de sermos interrompidos.

A lua estava suficientemente brilhante para vermos o rosto de Brianna, radiante e mutável, conforme ele manuseava as fotos lentamente nas mãos. As bordas estavam ficando desgastadas, eu notei.

– Você acha que um dia ela vai andar pela Lua? – perguntou ele suavemente, fazendo uma pausa em uma foto de Bree olhando pela janela, sonhando secretamente, sem saber que estava sendo fotografada. Ele levantou os olhos outra vez para o disco acima de nós e eu compreendi que para ele uma viagem à Lua parecia apenas um pouco mais difícil ou fora de alcance do que esta em que estávamos empenhados. A Lua, afinal, era apenas outro lugar longínquo, desconhecido.

– Não sei – respondi, sorrindo ligeiramente.

Ele repassou as fotos lentamente, absorto como sempre ficava ao ver o rosto da filha, tão parecido com o dele. Observei-o calada, compartilhando sua alegria silenciosa diante desta promessa de nossa imortalidade. Pensei rapidamente naquela lápide na Escócia, com seu nome gravado, e reconfortei-me com sua distância. Fosse quando fosse, nossa separação não aconteceria em breve. E mesmo quando e onde acontecesse – ainda deixaríamos Brianna.

Mais versos de Housman atravessaram minha mente.

Pare junto à inscrição da lápide
O coração não mais agitado,
E diga que o rapaz que a amou
Foi alguém que cumpriu sua palavra.

Aconcheguei-me mais a ele, sentindo o calor de seu corpo através do casaco e da camisa, e descansei a cabeça em seu braço enquanto ele manuseava sem pressa a pequena pilha de fotografias.

– Ela é linda – murmurou ele, como fazia toda vez que via as fotos. – E inteligente, também, não foi o que disse?

– Exatamente como o pai – disse-lhe, e o senti sacudir-se com uma risadinha.

Seu corpo retesou-se um pouco quando ele virou uma das fotos e eu levantei a cabeça para ver qual ele estava olhando. Era uma tirada na praia, quando Brianna tinha cerca de 16 anos. Mostrava-a de pé na água, com a espuma das ondas até a altura das coxas, os cabelos ruivos molhados e embaralhados, chutando a água em seu amigo, um rapaz chamado Rodney, que recuava e se esquivava, rindo também, as mãos levantadas contra os respingos de água e areia.

Jamie franziu levemente a testa, os lábios contraídos.

– Isso – começou ele. – Eles... – Parou e limpou a garganta. – Não me atreveria a criticar, Claire – disse, com muito cuidado –, mas você não acha que isso é um pouco... indecente?

Reprimi a vontade de rir.

– Não – eu disse, com tranquilidade. – Na verdade, essa é uma roupa de banho de mar bastante comportada... para a época. – Embora o traje em questão fosse realmente um biquíni, não era de forma alguma muito reduzido, cobria quase o umbigo de Bree. – Escolhi esta foto porque achei que você iria querer ver, hã... o máximo possível dela.

Ele pareceu ligeiramente escandalizado diante dessa ideia, mas seus olhos retornaram à foto, irresistivelmente atraídos. Seu rosto suavizou-se ao olhar para ela.

– Sim, bem – disse ele. – Sim, ela é muito bonita e fico contente em saber. – Levantou a foto, examinando-a com cuidado. – Não, não estou me referindo à roupa que ela está usando; quase todas as mulheres que se banham do lado de fora o fazem nuas e sua pele não é nenhuma vergonha para elas. É só que... este rapaz. Certamente ela não deveria estar perto de um homem quase nua. – Franziu o cenho para a figura do infeliz Rodney e eu mordi o lábio à ideia do rapazinho magro, que eu conhecia muito bem, como uma ameaça masculina à pureza virginal.

– Bem – eu disse, respirando fundo. Estávamos em terreno um pouco delicado agora. – Não. Quero dizer, rapazes e moças brincam juntos... dessa forma. Você sabe que as pessoas se vestem de forma diferente nessa época, já lhe contei. Ninguém na verdade anda muito coberto, a não ser quando faz frio.

– Mmmhummm – disse ele. – Sim, você me disse. – Ele deu um jeito de me passar a nítida impressão de que, com base no que eu lhe contara, ele não estava impressionado com as condições morais em que sua filha estava vivendo.

Fez uma carranca para a foto outra vez e achei que era uma sorte que nem Bree nem Rodney estivessem presentes. Eu já vira Jamie como amante, marido, irmão, tio, chefe de clã e guerreiro, mas nunca em sua faceta de um feroz pai escocês. Era bastante assustador.

Pela primeira vez, achei que talvez o fato de ele não poder supervisionar pessoalmente a vida de Bree não fosse completamente ruim; ele teria dado uma surra em qualquer rapaz com coragem suficiente para se aproximar dela.

Jamie piscou para a foto uma ou duas vezes, depois respirou fundo e pude sentir que ele se armou de coragem para perguntar:

– Você acha que ela é... virgem? – A pausa na voz foi quase imperceptível, mas eu notei.

– Claro que é – respondi com firmeza. Achava muito provável, na verdade, mas esta não era uma situação em que se podia admitir a possibilidade de dúvida. Havia questões que eu podia explicar para Jamie a respeito da minha própria época, mas a ideia de liberdade sexual não era uma delas.

– Ah. – O alívio em sua voz era inexprimível e eu tive que morder o lábio para não rir. – Sim, bem, eu tinha certeza disso, só que eu... quer dizer... – Ele parou e engoliu em seco.

– Bree é uma excelente garota – eu disse. Apertei seu braço de leve. – Frank e eu podemos não ter nos dado muito bem juntos, mas nós dois éramos bons pais para ela, pode ter certeza.

– Sim, sei que foram. Não pretendi dizer o contrário. – Ele teve a humildade de se mostrar envergonhado e enfiou a foto da praia cuidadosamente de volta no pacote. Recolocou as fotos no bolso interno do casaco, dando-lhe uns tapinhas para se certificar de que estavam seguras.

Depois, ele continuou parado, olhando a Lua, as sobrancelhas ligeiramente unidas numa expressão preocupada. O vento do mar levantava fios de seus cabelos, soltava-os da fita que os amarrava, e ele alisou-os para trás distraidamente. Obviamente, ainda havia algo em sua mente.

– Você acha... – começou ele cauteloso, sem olhar para mim. – Você acha que foi certo voltar para mim agora, Claire? Não que eu não a queira aqui – acrescentou apressadamente, sentindo-me enrijecer a seu lado. Segurou minha mão, impedindo-me de me afastar. – Não, eu não quis absolutamente dizer isso! Santo Deus, eu a quero muito! – Puxou-me mais para junto de si, apertando minha mão contra seu coração. – Eu a quero tanto que às vezes acho que meu coração vai explodir de alegria por ter você outra vez – acrescentou mais serenamente. – É que... Brianna está sozinha agora. Frank se foi, e você também. Ela não tem um marido para protegê-la, nem homens na família para casá-la bem. Será que ela não iria precisar de você por mais algum tempo? Quer dizer, será que você não deveria ter esperado um pouco?

Fiz uma pausa antes de responder, tentando controlar meus próprios sentimentos.

– Não sei – disse, finalmente; minha voz tremia, apesar do meu esforço para controlá-la. – Olhe, as coisas lá não são como agora.

– Eu sei disso!

– Não, não sabe! – Puxei minha mão, soltando-a, e olhei-o furiosa. – Você não sabe, Jamie, e não há nenhum modo de eu lhe contar, porque você não vai acreditar. Mas Bree é uma mulher adulta; ela se casará quando e com quem quiser, não quando alguém arranjar-lhe um casamento. Aliás, ela nem precisa se casar. Ela está recebendo uma boa educação; pode ganhar a própria vida, as mulheres fazem isso. Ela não vai precisar de um homem para protegê-la...

– E se não há necessidade de um homem para proteger uma mulher, e cuidar dela, então acho que será uma época muito infeliz! – disse ele, devolvendo-me o olhar furioso.

Respirei fundo, tentando me acalmar.

– Eu não disse que não há necessidade disso. – Coloquei a mão em seu ombro e falei num tom de voz mais brando. – Disse que ela pode escolher. Ela não precisa aceitar um homem por necessidade; pode escolher um por amor.

Seu rosto começou a relaxar, ainda que levemente.

– Você me aceitou por necessidade – disse ele. – Quando nos casamos.

– E voltei por amor – eu disse. – Acha que eu precisava menos de você só porque eu podia me manter sozinha?

As linhas de expressão em seu rosto suavizaram-se e o ombro sob minha mão relaxou um pouco, enquanto ele examinava meu rosto.

– Não – disse ele baixinho. – Não acho.

Passou o braço pelos meus ombros e me puxou para junto de si. Eu envolvi sua cintura com meus braços e o abracei, sentindo o pequeno pacote das fotos de Brianna em seu bolso sob a minha face.

– Eu realmente me preocupei em deixá-la – sussurrei, instantes depois. – Ela insistiu para que eu viesse; tivemos medo de que se eu esperasse um pouco mais, talvez não conseguisse encontrá-lo. Mas eu realmente me preocupei.

– Eu sei. Eu não deveria ter dito nada. – Afastou os cachos dos meus cabelos de seu queixo, alisando-os para baixo.

– Deixei uma carta para ela – eu disse. – Foi tudo que eu consegui fazer... sabendo que talvez... talvez nunca mais voltasse a vê-la. – Apertei os lábios com força e engoli em seco.

Seus dedos acariciaram minhas costas, delicadamente.

– É mesmo? Isso foi bom, Sassenach. O que você lhe disse?

Ri, ficando um pouco trêmula.

– Tudo de que consegui me lembrar. Sabedoria e conselhos maternais, os poucos que eu possa ter. Todas as coisas práticas, onde a escritura da casa e os documentos da família estavam. E tudo o que eu sabia ou podia lembrar sobre como viver. Imagino que ela vá ignorar tudo isso e ter uma vida maravilhosa... mas pelo menos saberá que pensei nela.

Precisei de quase uma semana, examinando os armários e as gavetas da escrivaninha da casa em Boston, encontrando todos os documentos comerciais, talões de cheques e papéis da hipoteca e coisas da família. Havia uma miscelânea de coisas de Frank por todo lado; enormes álbuns de recortes de jornais e dezenas de mapas genealógicos, álbuns de fotografias, caixas de cartas guardadas. O meu lado da família foi muito mais simples de empacotar.

Retirei a caixa que eu guardava na prateleira do meu closet. Era uma caixa pequena. Tio Lambert era um colecionador, como todos os estudiosos costumam ser, mas não houve muito que guardar. Os documentos essenciais de uma pequena família – certidões de nascimento, minha e dos meus pais, os papéis de seu casamento, os documentos do carro que os matara – que capricho da ironia havia levado tio

Lamb a guardar isso? O mais provável é que ele nunca tivesse aberto a caixa, apenas a guardara, com a fé cega de um acadêmico de que informações nunca devem ser destruídas, pois quem saberia a utilidade que poderiam ter, e para quem?

Eu já vira o conteúdo da caixa antes, é claro. Houve uma época na minha adolescência em que eu a abria toda noite para ver as poucas fotos que continha. Lembro-me da profunda saudade de minha mãe da qual não me lembrava e do esforço vão de imaginá-la, trazê-la de volta à vida pelas pequenas e turvas imagens na caixa.

A melhor foto era um close-up dela, o rosto voltado para a câmera, os olhos meigos e a boca delicada, sorrindo sob a aba de um chapéu cloche de feltro. A fotografia fora colorida à mão; as faces e os lábios eram de um tom artificial de rosa, os olhos castanho-claros. Tio Lamb disse que isso estava errado; seus olhos eram dourados, disse ele, como os meus.

Achei que talvez essa época de profunda necessidade já houvesse passado para Brianna, mas eu não tinha certeza. Tirei uma foto num estúdio fotográfico na semana anterior à minha partida; coloquei-a cuidadosamente na caixa e fechei-a; em seguida, coloquei a caixa no centro da minha escrivaninha, onde ela a encontraria. Então, sentei-me para escrever.

Minha querida Bree – escrevi, e parei. Eu não podia. Certamente não podia considerar a ideia de abandonar minha filha. Ver aquelas três palavras negras nítidas no papel trouxe toda a louca ideia para uma fria clareza que me atingiu a medula.

Minha mão tremia e a ponta da caneta fazia pequenos círculos trêmulos no ar acima da superfície do papel. Larguei a caneta e prendi as mãos entrelaçadas entre as minhas coxas, os olhos cerrados.

– Controle-se, Beauchamp – murmurei para mim mesma. – Escreva a maldita carta e acabe logo com isso. Se Brianna não precisar dela, a carta não fará mal algum, e se precisar, estará lá. – Peguei a caneta e recomecei.

Não sei se você um dia lerá esta carta, mas talvez seja bom eu escrevê--la. Isto é o que eu sei de seus avós (seus verdadeiros avós), seus bisavós e seu histórico médico...

Escrevi durante algum tempo, enchendo uma página após a outra. Minha mente foi paulatinamente se acalmando com o esforço de recordar e a necessidade de colocar as informações no papel de maneira clara. E em seguida, parei, pensando.

O que eu poderia lhe dizer, além daqueles poucos fatos apáticos e áridos? Como transmitir a sabedoria escassa que eu adquirira em 48 anos de uma vida bastante movimentada? Minha boca torceu-se ironicamente ao considerar a questão. Alguma filha ouvia? Eu teria ouvido minha mãe, se ela estivesse lá para me contar?

Mas isso não fazia nenhuma diferença; eu precisava simplesmente registrar tudo, para ser útil, se necessário.

No entanto, o que era verdadeiro para durar para sempre, apesar das mudanças de hábitos e costumes com o passar dos anos, o que lhe seria útil? Acima de tudo, como eu poderia lhe dizer o quanto eu a amava?

A enormidade do que eu estava prestes a fazer escancarava-se diante de mim e meus dedos agarraram-se com força à caneta. Eu não podia pensar – não conseguiria pensar e escrever ao mesmo tempo. Podia apenas colocar a caneta no papel e ter esperança.

Meu bem – escrevi, e parei. Em seguida, engoli em seco e continuei.

> *Você é meu bebê, e sempre será. Você não saberá o que isso significa até ter seu próprio filho, mas eu lhe digo agora, de qualquer forma – você sempre fará parte de mim como na época em que compartilhava meu corpo e eu a sentia mover-se dentro de mim. Sempre.*
>
> *Posso olhar para você, adormecida, e pensar em todas as noites em que a ajeitei na cama, fui ao seu quarto no escuro para ouvir sua respiração, coloquei a mão em você e senti seu peito subir e descer, sabendo que, não importa o que aconteça, tudo está certo no mundo porque você está viva.*
>
> *Todos os nomes pelos quais a chamei ao longo dos anos – princesa, boneca, querida, docinho, fofa, benzinho... sei porque os judeus e os muçulmanos têm novecentos nomes para Deus; uma pequena palavra não é suficiente para o amor.*

Pisquei várias vezes para clarear a visão e continuei a escrever, depressa; não ousava escolher as palavras ou jamais conseguiria escrever.

> *Lembro-me de tudo a seu respeito, da minúscula linha de penugem dourada que ziguezagueava pela sua fronte quando você tinha apenas algumas horas de nascida; a unha inchada do dedão do pé que você quebrou no ano passado, quando teve aquela briga com Jeremy e chutou a porta de sua picape.*
>
> *Meu Deus, parte meu coração pensar que agora não poderei mais observá-la, vendo todas as pequenas mudanças – não vou saber quando*

você deixará de roer as unhas, se é que o fará algum dia –, vendo você crescer e de repente ficar mais alta do que eu, e seu rosto adquirir sua forma. Eu sempre me lembrarei, Bree, sempre.

Provavelmente, não há mais ninguém na Terra, Bree, que saiba como era a parte de trás de suas orelhas quando tinha 3 anos. Eu costumava sentar ao seu lado, lendo histórias infantis, e ver essas orelhas ficarem rosadas de felicidade. Sua pele era tão clara e frágil, que eu achava que um simples toque deixaria marcas de dedos em você.

Você se parece com Jamie, eu lhe disse. Mas tem alguma coisa de mim também – olhe a foto de minha mãe, na caixa, e a outra, pequena, em preto e branco, da mãe e da avó dela. Você possui a mesma testa larga e lisa que elas possuíam; eu, também. Vi muitos Fraser também – acho que você envelhecerá bem, se cuidar de sua pele.

Cuide de tudo, Bree – ah, eu queria –, bem, eu queria cuidar de você e protegê-la de tudo por toda a sua vida, mas não posso, quer eu fique ou parta. Portanto, cuide-se bem – por mim.

As lágrimas enrugavam o papel agora; tive que parar para secá-las, ou a tinta mancharia as palavras, tornando-as ilegíveis. Limpei o rosto e retomei a escrita, agora mais devagar.

Saiba, Bree, que eu não me arrependo. Apesar de tudo, eu não me arrependo. Agora você já deve saber um pouco de como eu me senti sozinha por tanto tempo, sem Jamie. Não importa. Se o preço dessa separação era a sua vida, nem Jamie nem eu lamentamos – sei que ele não se importaria que eu fale por ele.

Bree... você é minha alegria. Você é perfeita e maravilhosa – e eu a ouço dizendo agora, naquele tom exasperado: "Mas claro que você acha isso, você é minha mãe!". Sim, é por isso que eu sei.

Bree, você vale tudo – e mais. Já fiz muitas coisas em minha vida até agora, mas a mais importante de todas foi amar seu pai e você.

Assoei o nariz e peguei outra folha limpa de papel. Isso era o mais importante; eu jamais poderia dizer tudo que sentia, mas isso era o melhor que conseguia fazer. O que eu deveria acrescentar que pudesse servir de ajuda para uma boa vida, crescendo e envelhecendo? O que eu aprendera que devesse transmitir para ela?

Escolha um homem como seu pai, escrevi. *Qualquer um dos dois.* Sacudi a cabeça diante disso – poderia haver dois homens mais diferentes? –, mas deixei assim, pensando em Roger Wakefield. *Uma vez que tenha escolhido um homem, não tente mudá-lo,* escrevi, com mais confiança. *Isso não pode ser feito. Mais importante ainda – não permita que ele tente mudá-la. Ele também não pode fazer isso, mas os homens sempre tentam.*

Mordi a ponta da caneta, sentindo o gosto amargo da tinta indiana. E finalmente escrevi o último e melhor conselho que eu sabia, sobre envelhecer.

Mantenha-se ereta e procure não engordar.
Com todo o meu amor, sempre,
Mamãe.

Os ombros de Jamie tremiam quando ele se apoiou na balaustrada, se de uma risada ou de emoção, eu não saberia dizer. Sua camisa branca cintilava sob o luar e sua cabeça recortava-se, escura, contra a luz. Finalmente, ele se virou e puxou-me para si.

– Acho que ela se sairá muito bem – sussurrou ele. – Porque, independentemente do pobre palerma que seja seu pai, nenhuma menina jamais teve mãe melhor. Beije-me, Sassenach, pois acredite, eu não mudaria você por nada neste mundo.

43

MEMBROS FANTASMAS

Fergus, o sr. Willoughby, Jamie e eu mantivemos os seis contrabandistas escoceses sob estrita vigilância desde nossa partida da Escócia, mas não houve o menor indício de comportamento suspeito por parte de nenhum deles e, após algum tempo, comecei a relaxar minha cautela no que dizia respeito a eles. Ainda assim, sentia uma certa reserva, exceto em relação a Innes. Compreendi finalmente por que nem Fergus nem Jamie o consideravam um possível traidor; com um único braço, Innes era o único contrabandista que não podia ter pendurado o guarda da alfândega na estrada de Arbroath.

Innes era um sujeito de pouca conversa. Nenhum dos escoceses era o que se podia chamar de tagarela, mas até mesmo pelos padrões de mutismo, ele era reservado. Portanto, não fiquei surpresa ao vê-lo fazendo uma careta silenciosa uma manhã, encurvado por trás da porta de um alçapão no convés, evidentemente às voltas com alguma silenciosa batalha interna.

– Está sentindo dor, Innes? – perguntei, parando.

– Ah! – Ele se endireitou, surpreso, mas voltou à sua posição vergada, o único braço agarrado à barriga. – Mmmhummm – murmurou ele, o rosto fino ruborizando-se por ter sido flagrado.

– Venha comigo – eu disse, segurando-o pelo cotovelo. Ele olhou desesperadamente à volta em busca de salvação, mas eu o arrastei, resistindo, porém sem protestar audivelmente, de volta à cabine, onde o obriguei a sentar-se sobre uma mesa e removi sua camisa para poder examiná-lo.

Apalpei seu abdômen magro e peludo, sentindo a massa firme e lisa de seu fígado de um lado e a curva levemente distendida de seu estômago do outro. A maneira intermitente com que as dores se apresentavam, fazendo-o contorcer-se como uma minhoca no anzol, depois amainando aos poucos, deu-me uma boa ideia de que o que o perturbava era apenas flatulência, mas era melhor certificar-me.

Pesquisei algum problema de vesícula, só para garantir, imaginando, enquanto prosseguia, o que deveria ser feito, caso viesse a constatar um ataque agudo de inflamação da vesícula biliar ou de apendicite. Eu podia visualizar a cavidade abdominal mentalmente, como se de fato estivesse aberta diante de mim, meus dedos traduziam em imagens as formas macias, grumosas, sob a pele – as dobras intrincadas dos intestinos, protegidos por sua camada macia de membrana gordurosa, os lóbulos lisos e escorregadios do fígado, vermelho-arroxeado, tão mais escuro do que o escarlate vivo do pericárdio acima. Abrir essa cavidade era muito arriscado, mesmo com modernos anestésicos e antibióticos. Mais cedo ou mais tarde, sabia, eu me depararia com a necessidade de fazer uma operação, mas esperava que fosse mais tarde.

– Inspire – eu disse, as mãos em seu peito, e vislumbrei a superfície granulosa, rosada, de um pulmão saudável. – Expire agora – e senti a cor desbotar-se para um azul-claro. Nenhum sinal de roncos, paradas, um fluxo límpido e regular. Peguei uma das folhas grossas de papel pergaminho que eu usava como estetoscópio. – Quando foi a última vez que você evacuou? – perguntei, enrolando o papel na forma de um tubo. O rosto fino do escocês ficou da cor de fígado fresco. Trespassado pelo meu olhar penetrante como uma verruma, ele balbuciou alguma coisa incoerente, onde a palavra "quatro" mal pôde ser distinguida. – Quatro *dias*! – exclamei, frustrando suas tentativas de fuga com a mão em seu peito e prendendo-o deitado na mesa. – Fique quieto, só preciso ouvir aqui, para ter certeza.

Os batimentos cardíacos eram normais; eu podia ouvir as válvulas abrindo e fechando com seus estalidos suaves e polpudos, todas em seus lugares certos.

Tive certeza do diagnóstico – praticamente desde o instante em que o vira –, mas a esta altura havia uma plateia de cabeças espreitando com curiosidade pela porta; os colegas de Innes, observando. Para maior impacto, movi a extremidade do meu estetoscópio mais para baixo, ouvindo os sons da barriga.

Exatamente como pensei, o rumor prolongado de gás preso era perfeitamente audível na curva superior do intestino grosso. Mas o cólon sigmoide inferior estava bloqueado; absolutamente nenhum som ali embaixo.

– Você está com gases e prisão de ventre.

– Sim, eu sei disso – murmurou Innes, procurando sua camisa freneticamente.

Coloquei a mão sobre a camisa em questão, impedindo-o de ir embora antes que eu pudesse catequizá-lo sobre sua dieta recente. Como não era de admirar, essa consistia quase inteiramente em carne de porco salgada e bolachas de farinha de trigo.

– E as ervilhas secas e a aveia? – perguntei, surpresa. Tendo perguntado sobre a comida habitual a bordo do navio, eu tomara a precaução, como a médica de bordo, de estocar, junto com o meu barril de suco de limão e a coleção de ervas medicinais, 150 quilos de ervilhas secas e uma quantidade igual de aveia, para complementar a dieta normal dos marinheiros.

Innes permaneceu calado, mas esse inquérito desencadeou uma avalanche de revelações e reclamações dos espectadores na soleira da porta.

Jamie, Fergus, Marsali e eu fazíamos as refeições com o capitão Raines, deliciando-nos com as iguarias de Murphy, de modo que eu não sabia das deficiências da comida da tripulação. Evidentemente, a dificuldade era o próprio Murphy, que embora mantivesse os mais altos padrões culinários para a mesa do capitão, considerava o rancho da tripulação mais uma tarefa desagradável do que um desafio. Ele dominava a rotina de produzir as refeições dos marinheiros rapidamente e com competência, e era altamente resistente a quaisquer sugestões para um cardápio melhor, que pudesse exigir mais tempo ou trabalho. Ele se recusava terminantemente a se preocupar com chateações como colocar ervilhas de molho ou cozinhar aveia.

Completando a dificuldade, havia o arraigado preconceito de Murphy contra a aveia, um alimento escocês rústico que ofendia seu senso de estética. Eu sabia o que ele pensava disso, porque já o ouvira resmungar coisas como "vômito de cachorro" sobre as bandejas de desjejum que incluíam as tigelas de mingau de aveia em que Jamie, Marsali e Fergus eram viciados.

– O sr. Murphy diz que carne de porco salgada e bolachas têm sido suficientemente boas para qualquer tripulação que ele teve que alimentar nos últimos trinta anos, acrescidas de pudim de figo ou de ameixa e de carne de vaca aos domingos, e também – embora se aquilo for carne de vaca, eu sou um chinês – que é suficientemente bom para nós – disse Gordon intempestivamente.

Acostumado a tripulações poliglotas de marinheiros franceses, italianos, espanhóis e noruegueses, Murphy também estava acostumado a ter suas refeições aceitas e consumidas com uma indiferença voraz que transcendia nacionalidades. A teimosa insistência dos escoceses por aveia levantou toda a sua intransigência irlandesa, e a questão, antes uma pequena diferença de opinião mantida em fogo brando, agora começava a levantar fervura.

– Nós sabíamos que devia haver mingau de aveia – explicou MacLeod – porque Fergus havia dito isso, quando nos chamou para vir. Mas não tem tido nada além de carne e bolacha desde que partimos da Escócia, o que prende a barriga se a pessoa não está acostumada.

– Nós não quisemos perturbar Jamie Roy com esse assunto – acrescentou Raeburn. – Geordie trouxe sua frigideira e nós temos feito nosso próprio bolo de aveia sobre a lamparina em nossos alojamentos. Mas já usamos toda a aveia que trouxemos em nossas sacolas e o sr. Murphy tem a chave da despensa. – Olhou timidamente para mim por baixo das pestanas cor de areia. – Não quisemos pedir, sabendo o que ele pensa de nós.

– Sabe o significado do termo "ralé", não é, sra. Fraser? – perguntou-me MacRae, erguendo uma sobrancelha cabeluda.

Enquanto ouvia essa efusão de infortúnios, selecionei várias ervas de minha caixa – anis e angélica, duas boas pitadas de marroio-branco e alguns brotos de hortelã. Amarrando-as em um quadrado de gaze, fechei a caixa e entreguei a Innes a sua camisa, na qual ele se enfiou imediatamente, em busca de refúgio.

– Falarei com o sr. Murphy – prometi aos escoceses. – Enquanto isso – disse a Innes, entregando-lhe a trouxinha de gaze –, prepare um bom bule de chá com isso e beba uma xícara cheia a cada mudança da guarda. Se não tivermos resultados até amanhã, tomaremos medidas mais drásticas.

Como que em resposta, um sinal estrepitoso e chiado da flatulência de Innes emergiu debaixo dele, para uma ovação irônica de seus colegas.

– Sim, isso mesmo, sra. Fraser; talvez possa dar um jeito no problema dele – disse MacLeod, um largo sorriso no rosto.

Innes, vermelho como uma artéria rompida, pegou a trouxinha, balançou a cabeça num agradecimento inarticulado e fugiu precipitadamente, seguido mais lentamente pelos demais contrabandistas.

Seguiu-se um debate mais ou menos áspero com Murphy, terminando sem derramamento de sangue, mas com o compromisso de que eu seria responsável pela preparação do mingau matinal dos escoceses, tendo permissão para o fazer sob a condição de que eu me restringisse a uma única panela e colher, não cantasse enquanto trabalhava e tivesse muito cuidado de não fazer bagunça nos recintos da sagrada cozinha.

Somente naquela noite, virando-me incessantemente nos limites gelados do meu confinado beliche, é que me ocorreu como o incidente da manhã fora estranho. Se ali fosse Lallybroch e os escoceses colonos de Jamie, não só eles não teriam nenhuma hesitação em abordá-lo a respeito da questão, como não teriam tido nenhuma necessidade de o fazer. Ele já saberia o que havia de errado e teria tomado as medidas para remediar a situação. Acostumada como sempre fui à intimidade e lealdade incondicional dos próprios homens de Jamie, achei aquela distância perturbadora.

Jamie não estava à mesa do capitão na manhã seguinte, tinha saído em um pequeno barco com dois marinheiros para pegar peixinhos pequenos, mas encontrei-o quando retornou ao meio-dia, queimado de sol, alegre e coberto de escamas e sangue de peixe.

– O que você fez com Innes, Sassenach? – disse ele, rindo. – Ele está se escondendo na latrina de estibordo e diz que você mandou que ele não saísse de lá até ter evacuado.

– Eu não lhe disse exatamente *isso* – expliquei. – Só disse que se ele não tivesse evacuado até esta noite, eu lhe daria uma lavagem de casca de olmo.

Jamie lançou um olhar por cima do ombro na direção da latrina.

– Bem, acho que devemos torcer para os intestinos de Innes cooperarem ou ele vai passar o resto da viagem na latrina, com uma ameaça como essa pairando acima de sua cabeça.

– Bem, não devo me preocupar; agora que ele e os demais têm seu mingau de aveia de volta, seus intestinos devem trabalhar sozinhos, sem nenhuma necessidade de interferência minha.

Jamie olhou para mim, surpreso.

– Seu mingau de aveia de volta? O que quer dizer, Sassenach?

Expliquei-lhe a gênese da Guerra da Aveia e seu desfecho, enquanto ele pegava uma bacia de água para lavar as mãos. Sua testa enrugou-se um pouco enquanto ele dobrava as mangas da camisa para cima.

– Deviam ter vindo falar comigo sobre o problema – disse ele.

– Imagino que o teriam feito, mais cedo ou mais tarde – eu disse. – Eu descobri por acaso, quando encontrei Innes grunhindo de dor atrás da porta de um alçapão.

– Mmmhummm. – Ele começou a esfregar as manchas de sangue dos dedos, usando uma pequena pedra-pomes para retirar as escamas aderentes ao sangue.

– Esses homens não são como seus colonos em Lallybroch, não é? – eu disse, expressando o pensamento que eu tivera.

– Não – disse ele serenamente. Mergulhou os dedos na bacia, deixando minúsculos círculos cintilantes onde as escamas dos peixes flutuavam. – Não sou o senhor deles; só o homem que lhes paga.

– Mas eles gostam de você – protestei, depois me lembrei da história de Fergus e corrigi com pouca firmeza –, ou ao menos cinco deles gostam.

Entreguei-lhe a toalha. Pegou-a com um ligeiro sinal da cabeça e secou as mãos. Olhando para a tira de pano, ele sacudiu a cabeça.

– Sim, MacLeod e o resto gostam bastante de mim... ou ao menos cinco deles – repetiu ele ironicamente. – E ficarão do meu lado, se necessário, cinco deles. Mas eles não me conhecem bem, nem eu a eles, a não ser Innes.

Atirou a água suja ao mar por cima da borda e, enfiando a bacia vazia embaixo do braço, virou-se para descer, oferecendo-me seu braço.

– Mais coisas morreram em Culloden do que a causa Stuart, Sassenach – disse ele. – Você vai descer agora para o jantar?

Eu não descobri por que Innes era diferente até a semana seguinte. Talvez encorajado pelo sucesso do purgante que eu lhe dera, Innes veio por vontade própria me visitar em minha cabine uma semana depois.

– Estava pensando, senhora – disse ele educadamente –, se haveria um remédio para alguma coisa que não existe.

– O quê? – Devo ter parecido espantada diante de sua descrição, porque ele levantou a manga vazia da camisa para ilustrar.

– Meu braço – explicou ele. – Não está mais aqui, como pode ver perfeitamente. E, no entanto, às vezes me dói horrivelmente. – Ruborizou ligeiramente. – Durante alguns anos, até me perguntei se eu não estaria ficando maluco – confidenciou, em voz baixa. – Mas conversei um pouco com o sr. Murphy e ele me disse que o mesmo acontece com a perna que ele perdeu, e Fergus disse que às vezes ele acorda sentindo a mão que não possui mais deslizar para dentro do bolso de alguém. – Sorriu levemente, os dentes cintilantes sob o bigode caído. – Assim, achei que se era uma coisa comum, sentir um membro que não está mais lá, talvez alguma coisa pudesse curar a dor.

– Compreendo. – Esfreguei o queixo, ponderando. – Sim, é comum. Chama-se de membro fantasma, quando ainda se tem sensações numa parte do corpo que não existe mais. Quanto ao que fazer a respeito... – Franzi a testa, tentando pensar se eu já ouvira falar de algo terapêutico para essa situação. Para ganhar tempo, perguntei: – Como você perdeu o braço?

– Ah, foi o sangue envenenado – disse ele, descontraidamente. – Machuquei a mão com um prego uma vez e o ferimento inflamou.

Olhei para a manga da camisa, vazia a partir do ombro.

– Imagino que sim – eu disse com firmeza.

– Ah, sim. Mas tive muita sorte, foi isso que me impediu de ser exilado com o resto.

– Que resto?

Olhou-me, surpreso.

– Ora, os outros prisioneiros de Ardsmuir. Mac Dubh não lhe contou sobre isso? Quando a fortaleza deixou de ser uma prisão, despacharam todos os prisioneiros escoceses para trabalhos forçados nas Colônias, todos menos Mac Dubh, porque ele era um homem importante e não queriam perdê-lo de vista, e eu, porque havia perdido um braço e não servia para trabalhos pesados. Assim, Mac Dubh foi levado para outro lugar e eu fui solto, perdoado e libertado. Portanto, como vê, foi um acidente muito feliz, a não ser pela dor que vem às vezes à noite. – Exibiu um largo sorriso e iniciou um movimento como se fosse esfregar o braço inexistente, parando e encolhendo os ombros para mim, ilustrando o problema.

– Compreendo. Então, você esteve com Jamie na prisão. Eu não sabia. – Eu remexia em minha caixa de remédios, imaginando se um analgésico geral como chá de casca de salgueiro ou marroio-branco com funcho funcionaria em uma dor fantasma.

– Ah, sim. – Innes estava perdendo sua timidez e começava a falar mais livremente. – Eu teria morrido de inanição se Mac Dubh não tivesse ido me procurar quando ele próprio foi libertado.

– Ele foi à sua procura? – Pelo canto do olho, vislumbrei uma centelha de azul e fiz sinal para o sr. Willoughby, que estava passando.

– Sim. Quando ele foi libertado de sua condicional, foi investigar para ver se conseguia localizar qualquer um dos homens que tinham sido levados para a América, para saber se algum podia ter retornado. – Encolheu os ombros, o braço inexistente exagerando o gesto. – Mas não havia nenhum deles na Escócia, exceto eu.

– Compreendo. Sr. Willoughby, tem ideia do que pode ser feito a respeito disso? – Fazendo sinal para o chinês se aproximar e olhar, expliquei o problema e fiquei satisfeita de ouvir que ele de fato tinha uma ideia do que podia ser feito. Despimos Innes de sua camisa outra vez e eu fiquei observando, anotando cuidadosamente, enquanto o sr. Willoughby pressionava seus dedos com força em determinados pontos no pescoço e no peito, explicando da melhor maneira que podia o que ele estava fazendo.

– O braço estar no mundo fantasma – explicou ele. – O corpo, não; aqui no mundo superior. Braço tentar voltar, pois não gostar de ficar longe do corpo. Isto... An-mo... apertar-apertar... parar a dor. Mas também dizer ao braço para não voltar.

– E como você faz isso? – Innes estava ficando interessado no procedimento. A maioria da tripulação não permitia que o sr. Willoughby a tocasse, considerando-o pagão, impuro e um pervertido, ainda por cima, mas Innes conhecera e trabalhara com o chinês nos últimos dois anos.

O sr. Willoughby sacudiu a cabeça, por falta de palavras, e mergulhou na minha caixa de remédios. Emergiu com um frasco de pimenta seca e, retirando um punhado, colocou-o numa pequena vasilha.

– Ter fogo? – perguntou ele. Eu tinha uma pederneira e aço, e com isso ele conseguiu acender uma fagulha para pôr fogo à erva seca. O cheiro penetrante encheu a cabine e todos nós observamos quando uma pequena pluma branca de fumaça ergueu-se e formou uma pequena nuvem, pairando acima da vasilha. – Enviar fumaça de *fan jiao* como mensageiro para mundo fantasma, falar com braço – explicou o sr. Willoughby. Inflando os pulmões e enfunando as bochechas como um baiacu, soprou vigorosamente a nuvem, dispersando-a. Em seguida, sem fazer nenhuma pausa, virou-se e cuspiu copiosamente no toco de braço de Innes.

– Ora, sujeito nojento! – gritou Innes, os olhos arregalados de fúria. – Como ousa cuspir em mim?

– Cuspir no fantasma – explicou o sr. Willoughby, dando três passinhos rápidos para trás, em direção à porta. – Fantasma medo cuspe. Não voltar tão cedo.

Coloquei a mão no braço remanescente de Innes, retendo-o.

– Seu braço ausente dói agora? – perguntei.

A raiva começou a se dissipar de seu rosto quando ele pensou na pergunta.

– Bem... não – admitiu ele. Depois, fechou a cara para o sr. Willoughby. – Mas isso não significa que vou deixar que cuspa em mim quando lhe der vontade, seu verme!

– Ah, não – disse o sr. Willoughby, perfeitamente calmo. – Eu não cuspir. Você cuspir agora. Assustar seu próprio fantasma.

Innes coçou a cabeça, sem saber se devia ficar com raiva ou achar graça.

– Bem, droga – disse ele finalmente. Sacudiu a cabeça e, pegando a camisa, vestiu-a. – Ainda assim – disse –, acho que talvez da próxima vez seja melhor eu experimentar seu chá, sra. Fraser.

44

FORÇAS DA NATUREZA

– Eu sou um idiota – falou Jamie, taciturno, observando Fergus e Marsali, absorvido numa conversa íntima junto à balaustrada do outro lado do navio.

– O que o faz pensar assim? – perguntei, embora tivesse uma boa ideia. O fato de que os dois casais a bordo estivessem vivendo em um celibato não desejado dera lugar a um certo ar de contida hilaridade entre os membros da tripulação, cujo celibato era involuntário.

– Passei vinte anos ansiando para tê-la na minha cama – disse ele, confirmando minha suposição – e em menos de um mês depois de tê-la de volta, arranjei as coisas de tal forma que não posso nem beijá-la sem ter que fugir furtivamente para trás da porta de um alçapão. E mesmo assim, sempre que olho ao redor, vejo Fergus me fulminando com os olhos, o filho da mãe! E não posso culpar ninguém por isso, além de minha própria burrice. O que eu estava pensando? – perguntou retoricamente, fitando o casal do outro lado, que se aconchegava um contra o outro com evidente afeto.

– Bem, Marsali de fato tem apenas 15 anos – eu disse suavemente. – Imagino que você estivesse agindo como um pai agiria, ou um padrasto.

– Sim, foi o que fiz. – Olhou para mim com um sorriso rancoroso. A recompensa por minha terna preocupação é que não posso sequer tocar em minha própria mulher!

– Ah, você pode me tocar – eu disse. Tomei sua mão, acariciando a palma delicadamente com o polegar. – Você só não pode se entregar a atos de desabrido contato carnal.

Tivemos algumas tentativas abortadas nessa linha, todas frustradas ou pela chegada inoportuna de um membro da tripulação ou pela absoluta falta de qualquer canto apropriado a bordo do *Artemis* suficientemente isolado e privado. Uma excursão a altas horas da noite ao porão da popa terminara bruscamente quando uma ratazana saltou de uma pilha de peles de animais sobre o ombro nu de Jamie, deixando-me histérica e privando Jamie abruptamente de qualquer desejo de continuar o que estava fazendo.

Ele abaixou os olhos para nossas mãos entrelaçadas, onde meu polegar continuava a fazer amor secretamente com a palma de sua mão, e estreitou os olhos para mim, mas me deixou continuar. Ele fechou os dedos delicadamente em torno de minha mão, seu próprio polegar tocando meu pulso como uma pena. O fato puro e simples é que não conseguíamos manter as mãos longe um do outro – não mais do que Fergus e Marsali –, apesar do fato de sabermos muito bem que tal comportamento levaria apenas a uma frustração maior.

– Sim, bem, em minha defesa, eu tive boa intenção – disse ele melancolicamente, sorrindo para mim.

– Bem, você sabe o que dizem sobre boas intenções.

– O que dizem? – Seu polegar acariciava delicadamente meu pulso, para baixo e para cima, enviando pequenas palpitações à boca do meu estômago. Achei que devia ser verdade o que o sr. Willoughby dissera, sobre sensações em uma parte do corpo afetar outra.

– "De boas intenções, o inferno está cheio." – Apertei sua mão e tentei retirar a minha, mas ele não quis soltá-la.

– Mmmhummm. – Seus olhos estavam sobre Fergus, que provocava Marsali com uma pena de albatroz, segurando-a pelo braço e fazendo-lhe cócegas sob o queixo, enquanto ela se debatia inutilmente para fugir.

– Muito verdadeiro – disse ele. – Minha intenção era dar à menina uma oportunidade de pensar melhor no que estava prestes a fazer antes que fosse tarde demais para arrependimentos. O resultado final de minha interferência foi que passo metade da noite acordado, tentando não pensar em você e ouvindo os ruídos lascivos de Fergus do outro lado da cabine. Quando me levanto de manhã, encontro a tripulação toda rindo dentro de suas barbas sempre que me veem. – Lançou um olhar funesto a Maitland, que passava por nós. O imberbe atendente das cabines pareceu espantado e foi saindo cautelosamente de lado, olhando nervosamente por cima do ombro.

– Como você ouve ruídos lascivos? – perguntei fascinada.

Ele olhou para mim, levemente ruborizado.

– Ah! Bem... é só que...

Parou por um instante e esfregou a ponta do seu nariz, que começava a ficar vermelha na brisa fustigante.

– Você tem ideia do que os homens na prisão fazem, Sassenach, sem mulher por muito tempo?

– Posso imaginar – eu disse, achando que talvez eu não quisesse realmente ouvir, em primeira mão. Ele nunca me falara sobre o tempo que passara em Ardsmuir.

– Imagino que possa – disse ele secamente. – E estaria certa. Há três opções: usar uns aos outros, ficar meio maluco ou resolver o problema sozinho, não é?

Virou-se para olhar o mar distante e inclinou ligeiramente a cabeça para mim, um leve sorriso visível nos lábios.

– Acha que sou maluco, Sassenach?

– Na maior parte do tempo, não – respondi com sinceridade.

Ele riu e sacudiu a cabeça melancolicamente.

– Não, eu não conseguia. De vez em quando desejava que realmente pudesse enlouquecer – disse ele pensativamente –, parecia muito mais fácil do que ter sempre que pensar no que fazer em seguida, mas isso não me vem naturalmente. Nem sodomia – acrescentou ele, com ar irônico.

– Não, sei que não. – Os homens que normalmente recuam horrorizados à ideia de usar outro homem ainda assim podem recorrer ao ato, por necessidade desesperadora. Não Jamie. Sabendo o que eu sabia de suas experiências nas mãos de Jack Randall, imaginava que seria mais provável que ele de fato enlouquecesse antes de buscar tal recurso.

Ele estremeceu ligeiramente e ficou em silêncio, olhando o mar. Em seguida, abaixou os olhos para as mãos à sua frente, agarradas à balaustrada.

– Eu lutei contra eles... os soldados que me prenderam. Eu prometera a Jenny que não o faria, ela achava que eles iriam me machucar, mas quando chegou a hora, não pude resistir. – Estremeceu outra vez e lentamente abriu e fechou a mão direita. Era sua mão aleijada, o dedo médio marcado por uma cicatriz profunda que percorria toda a extensão entre as duas primeiras juntas, a segunda junta do dedo anular fundida em um nó rígido, de modo que o dedo ficava estranhamente apontado para a frente, mesmo quando ele cerrava o punho. – Quebrei este dedo outra vez, contra o queixo de um soldado dos dragões – disse ele melancolicamente, mexendo um pouco o dedo. – Foi a terceira vez; a segunda foi em Culloden. Não dei muita importância, mas eles me acorrentaram e então doeu muito.

– Imagino. – Era penoso, não difícil, mas surpreendentemente doloroso, pensar naquele corpo ágil, poderoso, subjugado pelo metal, imobilizado e humilhado.

– Não há privacidade na prisão – disse ele. – Isso me incomodava mais do que as correntes, eu acho. Dia e noite, sempre alguém à vista, sem nenhuma proteção para os seus pensamentos além de fingir que dormia. Quanto aos outros... – resfolegou com ironia e empurrou os cabelos soltos para trás da orelha. – Bem, você espera a luz acabar, porque a única oportunidade de decência que há é a escuridão.

As celas não eram grandes e os homens deitavam-se próximos uns dos outros para se aquecerem durante a noite. Sem nenhuma chance de recato, a não ser a escuridão, e nenhuma privacidade, a não ser o silêncio, era impossível permanecer alheio à acomodação que cada homem fazia às suas próprias necessidades.

– Fiquei acorrentado por mais de um ano, Sassenach – disse ele. Ergueu os braços, afastou-os a uma distância de menos de meio metro e parou bruscamente, como se atingisse algum limite invisível. – Eu só podia me mover até aqui, nada mais – disse ele, fitando as mãos imóveis. – E não podia mover as mãos nem 1 centímetro sem que as correntes fizessem barulho.

Dilacerado entre a vergonha e a necessidade, ele esperava no escuro, respirando o ar viciado e animalesco dos homens ao redor, ouvindo o ronco de seus companheiros, até que os ruídos furtivos perto dele lhe dissessem que o tilintar revelador de seus próprios ferros seria ignorado.

– Se há uma coisa que conheço muito bem, Sassenach – disse ele baixinho, com um rápido olhar para Fergus –, é o barulho de um homem fazendo amor com uma mulher que não está lá.–

Encolheu os ombros e afastou as mãos com um movimento brusco e repentino, espalmando-as sobre a balaustrada, rompendo suas correntes invisíveis. Abaixou os olhos para mim, então, com o esboço de um sorriso, e vi as lembranças tenebrosas no fundo de seus olhos, sob o ar zombeteiro.

Vi também a terrível necessidade, o desejo tão forte que era capaz de suportar solidão e degradação, miséria e separação.

Permanecemos imóveis e silenciosos, entreolhando-nos, indiferentes às pessoas que circulavam pelo convés. Ele sabia, melhor do que qualquer outro homem, esconder seus pensamentos, mas não os escondia de mim.

Seu desejo ardente penetrava-o até os ossos e os meus próprios ossos pareceram se dissolver ao identificá-lo. Sua mão estava a 2 centímetros da minha, pousada na balaustrada de madeira, os dedos longos e poderosos... Se eu o tocasse, pensei repentinamente, ele se viraria e me possuiria, ali mesmo, nas tábuas do convés.

Como se lesse meus pensamentos, tomou minha mão, pressionando-a com força contra o músculo rígido de sua coxa.

– Quantas vezes fizemos amor desde que você voltou para mim? – sussurrou ele. – Uma, duas vezes no bordel. Três vezes no urzal. Depois em Lallybroch, e novamente em Paris. – Seus dedos tamborilavam de leve contra meu pulso, um depois do outro, no mesmo ritmo da minha pulsação. – E todas as vezes, eu deixava sua cama com tanto desejo como quando cheguei. Não preciso de mais nada agora para ficar excitado além do perfume dos seus cabelos roçando meu rosto ou a sensação de sua coxa contra a minha quando nos sentamos para comer. E vê-la parada no convés, com o vento pressionando seu vestido ao corpo...

O canto de sua boca contorceu-se ligeiramente enquanto ele olhava para mim. Eu podia ver sua pulsação forte na base da garganta, a pele afogueada do vento e de desejo.

– Há momentos, Sassenach, em que por uma moeda de cobre eu não a possuo ali mesmo onde está, as costas contra o mastro e suas saias em volta da cintura, e que toda a tripulação vá para o inferno.

Meus dedos contraíram-se na palma de sua mão e ele apertou-os ainda mais, balançando a cabeça amavelmente em resposta ao cumprimento do artilheiro, passando por nós a caminho da sacada de popa.

A sineta para o jantar do capitão tocou sob meus sapatos, uma suave vibração metálica que viajou através das solas dos meus pés e derreteu o tutano dos meus ossos. Fergus e Marsali interromperam seu namoro e desceram, e a tripulação iniciou os preparativos para a troca da guarda, mas nós continuamos junto à balaustrada, fitando-nos nos olhos, ardendo de desejo.

– Cumprimentos do capitão, sr. Fraser, e ele pergunta se irão se juntar a ele para o jantar. – Era Maitland, o criado das cabines, mantendo uma distância cautelosa ao dar o recado.

Jamie respirou fundo e afastou os olhos de mim.

– Sim, sr. Maitland, iremos agora mesmo. – Respirou fundo outra vez, ajeitou o casaco nos ombros e ofereceu-me seu braço. – Vamos descer, Sassenach?

– Só um minuto. – Tirei a mão do bolso, tendo encontrado o que procurava. Peguei sua mão e enfiei o objeto dentro de sua palma.

Ele olhou para a imagem do rei George III em sua mão, depois levantou os olhos para mim.

– Por conta – disse. – Vamos jantar.

O dia seguinte nos encontrou no convés outra vez; embora o ar ainda estivesse gelado, o frio era preferível ao ar abafado das cabines. Tomamos o nosso caminho de sempre, descendo por um dos lados do navio e subindo pelo outro, mas logo Jamie parou, apoiando-se contra a balaustrada, enquanto me contava uma piada sobre o ofício da impressão gráfica.

A alguns passos de distância, o sr. Willoughby sentava-se, de pernas cruzadas, sob a proteção do mastro principal, tinha uma pequena almofada de tinta preta líquida junto à ponta de sua sapatilha e uma grande folha de papel branco no chão do convés, à sua frente. A ponta de seu pincel tocava o papel com a leveza de uma borboleta, deixando para trás formas surpreendentemente fortes.

Enquanto eu observava, fascinada, ele recomeçou no alto da folha. Trabalhava rápido, com pinceladas tão certeiras que era como observar um dançarino ou um esgrimista, seguro de seu terreno.

Um dos serventes do convés passou perigosamente perto da borda do papel, quase – embora não tenha acontecido – imprimindo uma pegada grande e suja na alvura da folha. Alguns momentos depois, outro homem fez o mesmo, embora houvesse muito espaço para eles passarem. Então, o primeiro homem voltou, desta vez suficientemente descuidado para derrubar a almofada de tinta ao passar.

– Droga! – exclamou o marujo, contrariado. Ele arrastou o pé sobre a mancha negra no assoalho imaculadamente limpo do convés. – Pagão porco! Olhe só o que ele fez!

O segundo homem, retornando de sua rápida missão, parou, interessado.

– No convés limpo? O capitão Raines não vai gostar nada disso, não é? – Balançou a cabeça para o sr. Willoughby, simulando um tom jovial. É melhor se apressar e lamber essa sujeira, meu caro, antes que o capitão apareça.

– Sim, isso mesmo; limpe isso aí. Ande logo! – O primeiro homem deu um passo na direção da figura sentada, sua sombra recaindo sobre a folha de papel como um borrão. Os lábios do sr. Willoughby apertaram-se apenas um pouco, mas ele não ergueu os olhos. Terminou a segunda coluna, endireitou a almofada de tinta, mergulhou o pincel sem tirar os olhos da folha e começou a terceira coluna, a mão movendo-se com firmeza.

– Eu *disse*... – começou o primeiro marinheiro, em voz alta, mas parou, surpreso, quando um grande lenço branco desceu flutuando sobre o convés à sua frente, cobrindo a mancha de tinta.

– Com licença, cavalheiros – disse Jamie. – Acho que deixei cair meu lenço. – Com um cordial aceno de cabeça para os marujos, abaixou-se e pegou o lenço com um movimento amplo, não deixando mais do que um leve resquício de tinta no convés. Os marinheiros entreolharam-se, hesitantes, depois olharam para Jamie. Um dos homens notou os olhos azuis acima da boca serenamente sorridente e empalideceu visivelmente. Afastou-se apressado, puxando o colega pelo braço.

– Sem problema, senhor – balbuciou ele. – Vamos, Joe, estão chamando a gente na popa.

Jamie não olhou nem para os homens que debandavam nem para o sr. Willoughby, mas veio em minha direção, enfiando o lenço de volta em sua manga.

– Um dia muito agradável, não é, Sassenach? – disse ele. Atirou a cabeça para trás, inalando profundamente. – Que ar refrescante, hein?

– Mais para uns do que para outros, eu acho – disse, divertindo-me. O ar especificamente naquele lugar do convés cheirava fortemente a couros curtidos com alume, armazenados no porão embaixo. – Foi bondade sua – eu disse, enquanto ele se apoiava contra a balaustrada a meu lado. – Acha que eu deveria oferecer minha cabine ao sr. Willoughby para ele escrever?

Jamie fez um breve muxoxo.

– Não. Eu disse a ele que pode usar minha cabine ou a mesa de jantar entre as refeições, mas ele prefere fazer isso aqui, sendo o idiota teimoso que é.

– Bem, acho que a luz é melhor – eu disse, em dúvida, examinando a pequena figura curvada, agachada tenazmente junto ao mastro. Enquanto eu observava, uma rajada de vento levantou a borda do papel; o sr. Willoughby prendeu-a imediatamente, mantendo-a no lugar com uma das mãos, enquanto continuava suas pinceladas curtas e certeiras com a outra. – Mas não parece confortável.

– Não é. – Jamie correu os dedos pelos cabelos, ligeiramente exasperado. – Ele faz isso de propósito, para provocar a tripulação.

– Bem, se é isso que ele procura, está indo bem – observei. – Mas para que ele faria isso?

Jamie recostou-se de costas na balaustrada e fez um novo muxoxo.

– Sim, bem, é complicado. Já conheceu algum chinês antes?

– Alguns, mas acho que são um pouco diferentes na minha época – eu disse. – Para começar, em geral não usam rabo de cavalo nem pijamas de seda, nem são obcecados por pés femininos. Ao menos, se eram, não me disseram nada – acrescentei, para ser justa.

Jamie riu e aproximou-se, de modo que sua mão sobre a balaustrada tocasse a minha.

– Bem, tem a ver com os pés – disse ele. – Ou, ao menos, esse foi o começo de tudo. Veja bem, Josie, que é uma das prostitutas da casa de madame Jeanne, contou a Gordon sobre isso e, é claro, ele por sua vez contou para todo mundo.

– O que tem os pés? – perguntei, dominada pela curiosidade. – O que é que ele *faz* com eles?

Jamie tossiu e um leve rubor tomou conta de suas faces.

– Bem, é um pouco...

– Você não pode dizer nada que vá me chocar – assegurei-lhe. – Já vi muita coisa em minha vida, você sabe, e muitas delas com você, por falar nisso.

– De fato, acho que viu – disse ele, rindo. – Sim, bem, não é tanto o que ele faz, mas... bem, na China, as mulheres de boa família têm os pés atados.

– Já ouvi falar nisso – disse, perguntando-me por que tanta admiração em torno disso. – O objetivo é que tenham pés pequenos e graciosos.

Jamie soltou o ar ruidosamente pelas narinas, num sinal de desdém.

– Graciosos, hein? Sabe como é feito? – E prosseguiu, explicando-me. – Pegam uma menina... não mais do que 1 ano de idade, hein?... e viram para baixo os dedos dos pés até tocarem seu calcanhar, depois enfaixam os pés para mantê-los nessa posição.

– Credo! – exclamei involuntariamente.

– Sim, de fato – disse ele secamente. – A babá tira as ataduras de vez em quando para limpar os pés, mas as recoloca de volta imediatamente. Após algum tempo, seus dedinhos apodrecem e caem. E, quando já estiver crescida, a pobre menina só tem um amontoado de ossos e pele no final das pernas, menor do que o tamanho do meu punho fechado. – Bateu levemente o punho cerrado na madeira da balaustrada, para ilustrar. – Mas, então, ela é considerada muito bonita – terminou ele. – Graciosa, como você diz.

– Isso é absolutamente revoltante! – eu disse. – Mas o que isso tem a ver com... – Olhei para o sr. Willoughby, mas ele não dava nenhum sinal de estar nos ouvindo; o vento soprava dele para nós, levando as palavras para o mar.

– Digamos que isso seja o pé de uma menina, Sassenach – disse ele, espalmando a mão direita diante de mim. – Curve os dedos para baixo até tocar o calcanhar e o que terá no meio? – Ele curvou os dedos para dentro frouxamente, para ilustrar.

– O quê? – exclamei, confusa. Jamie esticou o dedo médio da mão esquerda e enfiou-o bruscamente pelo centro de seu punho cerrado, num gesto graficamente inconfundível.

– Um buraco – disse ele sucintamente.

– Está brincando! É por isso?

Sua testa franziu-se ligeiramente, depois relaxou.

– Ah, estou brincando? De modo algum, Sassenach. Ele diz – sacudiu a cabeça levemente, indicando o sr. Willoughby – que é uma sensação fantástica para um homem.

– Ora, que animalzinho pervertido!

Jamie riu da minha indignação.

– Sim, bem, é mais ou menos isso que a tripulação acha, também. Claro, ele não pode obter o mesmo efeito com uma mulher europeia, mas imagino que ele... tente, de vez em quando.

Comecei a entender o sentimento geral de hostilidade em relação ao homenzinho. Até mesmo um breve conhecimento da tripulação do *Artemis* ensinara-me que os marinheiros, de um modo geral, tendem a ser criaturas galantes, com um forte veio romântico no que diz respeito às mulheres – sem dúvida, porque passam boa parte do ano sem companhia feminina.

– Hummm – murmurei, lançando um olhar desconfiado ao sr. Willoughby. – Bem, isso explica os marinheiros, certo, mas e quanto a ele?

643

– Aí é que fica um pouco complicado. – A boca de Jamie curvou-se para cima num sorriso sarcástico. – Veja bem, para o sr. Yi Tien Cho, que pertenceu ao Reino Celestial da China, nós é que somos primitivos e bárbaros.

– É mesmo? – Levantei os olhos para Brodie Cooper, descendo da escada de cordas acima, sendo as solas imundas e calosas dos pés tudo que era visível de baixo. Achei que os dois lados tinham sua razão. – Até você?

– Ah, sim. Eu sou um *gwao-fe*, que significa um diabo estrangeiro, nojento e imundo, com o fedor de uma doninha, acho que é isso que *huang-shu-lang* significa, e o rosto de uma gárgula – terminou ele alegremente.

– Ele *disse* isso para você? – Parecia uma estranha recompensa por salvar a vida de alguém. Jamie abaixou os olhos para mim, arqueando uma das sobrancelhas.

– Já notou, talvez, que homens muito pequenos são capazes de lhe dizer qualquer coisa depois de tomarem uns drinques? – perguntou ele. – Acho que o conhaque os faz esquecer seu tamanho; pensam que são grandes brutamontes cabeludos e assumem um ar feroz. – Balançou a cabeça indicando o sr. Willoughby, pintando laboriosamente. – Ele é um pouco mais circunspecto quando está sóbrio, mas isso não muda o que ele pensa. Isso o atormenta bastante, sabe? Especialmente sabendo que, se não fosse por mim, provavelmente alguém já o teria golpeado na cabeça ou jogado ao mar pela janela no silêncio da noite.

Ele falava com naturalidade, mas não me passaram despercebidos os olhares de soslaio dirigidos a nós pelos marinheiros que iam e vinham, e eu agora entendia exatamente por que Jamie estava passando tanto tempo conversando comigo junto à balaustrada. Se alguém tinha dúvidas sobre o fato de o sr. Willoughby estar sob a proteção de Jamie, logo abandonaria a ideia.

– Então, você salvou a vida dele, deu-lhe trabalho e o mantém longe de confusão e ele o insulta e acha que não passa de um bárbaro ignorante – eu disse secamente. – Sujeitinho amável, hein?

– Sim, bem. – O vento mudara ligeiramente de direção, fazendo uma mecha do cabelo de Jamie voar livremente pelo seu rosto. Ele afastou-a para trás da orelha e inclinou-se ainda mais em minha direção, nossos ombros quase se tocando. – Deixe-o dizer o que quiser; eu sou o único que compreende o que ele diz.

– É mesmo? – Coloquei a mão sobre a de Jamie, em cima da balaustrada.

– Bem, talvez não propriamente compreender – admitiu ele. Olhou para baixo, para o convés entre seus pés. – Mas eu me lembro muito bem – disse ele à meia-voz – o que é não ter nada além do seu orgulho... e um amigo.

Lembrei-me do que Innes dissera e imaginei se teria sido o homem de um braço só quem fora seu amigo nos tempos difíceis. Eu compreendia o que ele queria dizer; eu tivera Joe Abernathy e sabia a diferença que isso fazia.

– Sim, eu tive um amigo no hospital... – comecei, mas fui interrompida pelas sonoras exclamações de nojo que emanavam debaixo dos meus pés.

– Droga! Que inferno! O maldito filho da mãe!

Olhei para baixo, espantada, e percebi, das imprecações abafadas, em irlandês, que vinham de baixo, que estávamos direto sobre a cozinha. A gritaria era espalhafatosa o suficiente para atrair a atenção dos serventes à frente e um pequeno grupo de marinheiros reuniu-se a nós, observando, fascinados, quando a cabeça com o lenço preto do cozinheiro surgiu pela escotilha, olhando furiosamente para o ajuntamento.

– Cambada de porcalhões! – vociferou ele. – O que estão olhando? Dois de vocês tragam os seus malditos traseiros aqui embaixo e levem essa porcaria e atirem por cima da amurada! Querem que eu fique subindo escadas o dia todo, logo eu com uma perna só? – A cabeça desapareceu abruptamente e, com um movimento dos ombros num gesto bem-humorado, Picard fez sinal a dois marinheiros para que descessem com ele.

Logo se ouviu uma algazarra de vozes e o baque surdo de um grande objeto embaixo. Um cheiro terrível assaltou nossas narinas.

– Santa Mãe de Deus, Maria Santíssima! – Tirei um lenço do meu bolso e tampei o nariz rapidamente com ele; este não era o primeiro mau cheiro que eu encontrava a bordo e em geral mantinha um lenço de linho embebido em gualtéria no bolso, por precaução. – O que é isso?

– Pelo fedor, cavalo morto. Um cavalo muito velho, aliás, e morto há muito tempo. – O nariz longo e reto de Jamie parecia um pouco contraído nas narinas e, em toda a volta, os marinheiros engasgavam, segurando o nariz e de um modo geral fazendo comentários desfavoráveis ao cheiro.

Maitland e Grosman mantinham os rostos desviados de sua carga, mas ainda assim estavam ligeiramente verdes quando passaram um grande barril pela escotilha e colocaram-no no convés. A tampa estava rachada e eu vi de relance uma massa branco-amarelada pela abertura, brilhando ao sol. Parecia estar se movendo. Vermes, em profusão.

– Cruzes! – A exclamação partiu de mim involuntariamente. Os dois marinheiros nada disseram, os lábios pressionados com força, mas ambos pareciam concordar comigo. Juntos, levaram o barril até a balaustrada, ergueram-no e atiraram-no ao mar.

O resto da tripulação que observava reuniu-se junto à balaustrada para ver o barril oscilando no rastro do navio e divertir-se com a opinião de Murphy, proferida em sonoras blasfêmias, sobre o fornecedor do navio que o vendera a ele. Manzetti, um pequeno marinheiro italiano, com um espesso rabo de cavalo avermelhado, estava parado junto à balaustrada, carregando um mosquete.

– Tubarão – explicou ele com uma cintilação dos dentes sob o bigode, vendo-me observá-lo. – Muito bom para comer.

– Ah – exclamou Sturgis, com aprovação.

Aqueles que não estavam ocupados no momento reuniram-se na popa do navio, observando. Havia tubarões, eu sabia; Maitland apontara para mim duas formas escuras, flexíveis, pairando na sombra do casco na noite anterior, acompanhando o navio aparentemente sem nenhum esforço, exceto uma oscilação pequena e regular da cauda em formato de foice.

– Lá! – Um grito ergueu-se de várias gargantas quando o tonel sacudiu-se repentinamente na água. Uma pausa e Manzetti acertou sua mira cuidadosamente na vizinhança do barril flutuante. Outra sacudidela, como se algo desse um encontrão no tonel, seguida de outra.

A água era de um cinza lamacento, mas suficientemente translúcida para eu vislumbrar algo se movendo sob a superfície, com rapidez. Outra sacudida, o barril deu um salto para o lado e, subitamente, a borda afiada de uma nadadeira enrugou a superfície da água e um dorso cinzento apareceu por um breve instante, ondas minúsculas fluindo de seu costado.

O mosquete disparou ao meu lado com um pequeno rugido e uma nuvem de fumaça negra de pólvora que deixou meus olhos ardendo. Ouviu-se um grito uníssono dos espectadores e quando meus olhos pararam de lacrimejar, pude ver uma pequena mancha marrom espalhando-se em torno do casco.

– Ele atingiu o tubarão ou a carne de cavalo? – perguntei a Jamie, num aparte à meia-voz.

– O barril – disse ele com um sorriso. – Ainda assim, foi um bom tiro.

Diversos outros tiros foram disparados enquanto o barril começava a saltitar numa dança agitada, os tubarões frenéticos atacando-o repetidamente. Pedaços de material marrom e branco voavam do barril estilhaçado e um grande círculo de gordura, sangue deteriorado e escombros espalhou-se ao redor do banquete dos tubarões. Como se por mágica, aves marinhas começaram a aparecer, mergulhando por migalhas.

– Nada bom – disse Manzetti finalmente, abaixando o mosquete e limpando o rosto com a manga da camisa. – Longe demais. – Ele suava e estava sujo de pólvora do pescoço à raiz dos cabelos; a limpeza deixou uma faixa branca sobre os olhos, como um guaxinim.

– Eu poderia saborear um filé de tubarão – disse a voz do capitão perto do meu ouvido. Virei-me e o vi espreitando pensativamente por cima da balaustrada para o cenário de carnificina. – Talvez devamos baixar um barco, sr. Picard.

O contramestre virou-se com um rugido obediente, e o *Artemis* mudou de direção, fazendo um giro para se aproximar dos restos do barril flutuante. Um pequeno bote foi lançado, carregando Manzetti, com seu mosquete, e três marinheiros armados com arpões e cordas.

Quando chegaram ao local, não havia mais nada do barril além de alguns estilhaços de madeira. Mas ainda havia muita atividade; a água fervilhava com os tubarões debatendo-se sob a superfície e a cena era quase obscurecida por uma rouquenha nuvem de aves marinhas. Enquanto eu observava, vi um focinho pontudo erguer-se repentinamente da água, a boca aberta, agarrar um dos pássaros e desaparecer sob as ondas, tudo num piscar de olhos.

– Você viu aquilo? – eu disse, fascinada. Eu sabia, de um modo geral, que os tubarões possuíam dentes fenomenais, mas essa demonstração prática foi mais impressionante do que qualquer quantidade de fotografias da *National Geographic*.

– Ora, Mãe do céu, que dentes grandes você tem! – disse Jamie, parecendo igualmente impressionado.

– Ah, de fato – disse uma voz cordial próxima. Olhei para o lado e vi Murphy rindo junto ao meu cotovelo, o rosto largo brilhando com um regozijo selvagem. – Pouco vai adiantar aos vagabundos, com uma bala de mosquete atravessada em seus cérebros! – Bateu com o punho cerrado, do tamanho de um pernil, sobre a balaustrada e gritou: – Traga-me um desses malditos de dentes serrilhados, Manzetti! Há uma garrafa de conhaque de cozinha à espera, se você trouxer!

– É uma questão pessoal, sr. Murphy? – perguntou Jamie educadamente. – Ou preocupação profissional?

– Ambos, sr. Fraser, ambos – respondeu o cozinheiro, observando a caçada com feroz atenção. Chutou a amurada com a perna de madeira, com uma pancada oca. – Já provaram uma parte de mim – disse ele com implacável deleite –, mas eu já comi muito mais deles!

O bote mal era visível através da alvoroçada cortina de pássaros e seus gritos tornavam quase impossível ouvir qualquer coisa além dos gritos de guerra de Murphy.

– Posta de tubarão com mostarda! – berrava Murphy, os olhos não mais do que fendas estreitas num êxtase de vingança. – Fígado ensopado com piccalilli!

Farei uma sopa de suas barbatanas e gelatina de seus olhos em xerez, malditos filhos da mãe!

Eu vi Manzetti, ajoelhando-se na proa, apontar seu mosquete e a nuvem de fumaça preta quando disparou. E então, vi o sr. Willoughby.

Eu não vira o chinês pular do navio; ninguém vira, com todos os olhos fixos na caçada. Mas lá estava ele, a alguma distância da confusão ao redor do bote, a cabeça raspada brilhando como uma boia de pesca, enquanto ele se debatia na água com um enorme pássaro, suas asas agitando a água como um batedor de ovos.

Alertado pelo meu grito, Jamie arrancou os olhos da caçada, arregalou-os por um instante e, antes que eu pudesse me mexer ou falar, ele próprio já estava em cima da balaustrada.

Meu grito de horror coincidiu com um urro surpreso de Murphy, mas Jamie desapareceu também, atirando-se perto do chinês quase sem levantar água.

Ouviam-se gritos e berros do convés – e um chiado estridente de Marsali – quando todo mundo percebeu o que acontecera. A cabeça ruiva e molhada de Jamie emergiu junto à do sr. Willoughby e, em segundos, ele já passara o braço com firmeza em torno da garganta do chinês. O sr. Willoughby agarrava-se com toda a força ao pássaro e eu não tive certeza, por um instante, se Jamie pretendia resgatá-lo ou esganá-lo, mas em seguida ele bateu os pés furiosamente e começou a rebocar a massa de homem e pássaro em luta de volta para o navio.

Ouvi os gritos de triunfo do bote e vi um crescente círculo de vermelho-vivo na água. Houve uma tremenda agitação na água quando um tubarão foi arpoado e puxado pelo pequeno bote por uma corda em volta de sua cauda. Depois, tudo ficou confuso, quando os homens no bote notaram o que mais estava acontecendo na água ali perto.

Algumas cordas foram atiradas por cima de um dos lados da amurada e depois do outro, enquanto membros da tripulação precipitavam-se para cima e para baixo completamente desvairados, sem saber se ajudavam no resgate do chinês ou do tubarão. Finalmente, Jamie e suas cargas foram içados a estibordo e largados, escorrendo água, sobre o convés, enquanto o tubarão capturado – vários bocados arrancados de seu corpo pelos companheiros famintos – era arrastado, ainda debatendo-se debilmente, para bombordo.

– San... to... Deus – disse Jamie, arfando. Esparramou-se no convés, arquejante como peixe fora d'água.

– Você está bem? – Ajoelhei-me a seu lado e enxuguei a água de seu rosto com a bainha da minha saia. Ele dirigiu-me um sorriso de viés e balançou a cabeça, ainda arfando.

— Meu Deus — disse ele finalmente, sentando-se. Sacudiu a cabeça e espirrou. — Pensei que eu tivesse sido abocanhado também. Esses idiotas no bote começaram a vir em nossa direção e havia uma quantidade enorme de tubarões ao redor deles, embaixo d'água, mordendo o tubarão arpoado. — Massageou a barriga das pernas delicadamente. — Sem dúvida, é exagero de minha parte, Sassenach, mas sempre tive pavor de perder uma perna. Parece até pior do que ser morto de uma vez.

— Prefiro que você não faça nem um nem outro — eu disse sarcasticamente. Ele começava a tremer; tirei meu xale e enrolei-o em volta de seus ombros, depois olhei à volta em busca do sr. Willoughby.

O pequeno chinês, ainda agarrando-se teimosamente ao seu prêmio, um jovem pelicano quase do seu tamanho, ignorou tanto Jamie quanto as ofensas que lhe eram dirigidas. Desceu respingando água para todos os lados, protegido de castigo físico pelo bico ameaçador de seu prisioneiro, que desencorajava qualquer aproximação.

Um horrível som de esquartejamento e um berro de exultação do outro lado do convés anunciaram o uso que Murphy fazia de um machado para liquidar sua antiga nêmesis. Os marinheiros aglomeraram-se em torno do animal morto, as facas em punho, para cortar pedaços da pele. Mais alguns golpes entusiásticos e Murphy passou por nós, radiante, carregando uma grande parte da cauda sob o braço, o enorme fígado amarelo pendurado de uma das mãos em um saco de rede de pesca e o machado ensanguentado jogado em cima do ombro.

— Não se afogou, hein? — disse ele, agitando os cabelos úmidos de Jamie com a mão livre. — Não vejo por que você se deu ao trabalho de salvar o patife, mas posso dizer que foi feito com muita bravura. Vou preparar um caldo com a cauda, para você se esquentar — prometeu ele, afastando-se com as batidas cadenciadas de sua perna de pau, planejando menus em voz alta.

— Por que ele fez isso? — perguntei. — O sr. Willoughby, quero dizer.

Jamie sacudiu a cabeça e assoou o nariz na ponta da camisa.

— Não faço a menor ideia. Ele queria o pássaro, eu acho, mas não sei dizer por quê. Para comer, talvez?

Murphy ouviu e virou-se no topo da escada que levava à cozinha, franzindo a testa.

— Não se pode comer pelicanos — disse ele, sacudindo a cabeça em desaprovação. — Tem gosto de peixe, por mais que você cozinhe. E só Deus sabe o que estão fazendo aqui, de qualquer forma; são pássaros costeiros, os pelicanos. Trazidos por alguma tempestade, imagino. Tipos estranhos. — Sua cabeça calva desapareceu em seus domínios, murmurando alegremente sobre salsinha seca e pimenta-de-caiena. Jamie riu e levantou-se.

– Sim, bem, talvez ele só queira as penas para fazer penas de escrever. Vamos descer, Sassenach. Pode me ajudar a secar as costas.

Ele falara de brincadeira, mas assim que as palavras saíram de sua boca, seu rosto empalideceu. Olhou rapidamente para bombordo, onde a tripulação discutia e disputava os restos do tubarão, enquanto Fergus e Marsali cautelosamente examinavam a cabeça decepada, com as mandíbulas escancaradas, no assoalho do convés. Então seus olhos encontraram-se com os meus, em perfeito entendimento.

Trinta segundos depois, estávamos embaixo, em sua cabine. Gotas frias de seus cabelos molhados caíam sobre meus ombros e peito, mas sua boca estava quente e ávida. As curvas rígidas de suas costas emanavam calor através do tecido encharcado da camisa colada a elas.

– *Ifrinn!* – disse ele, ofegante, afastando-se o suficiente para tentar arrancar as calças. – Nossa, estão grudadas em mim! Não consigo tirá-las!

Resfolegando de riso, puxava os cadarços, mas a água encharcara os nós, tornando impossível desatá-los.

– Uma faca! – disse. – Onde há uma faca? – Eu mesma resfolegando de risada ao ver seus esforços, lutando freneticamente para conseguir tirar a fralda encharcada da camisa de dentro das calças, comecei a vasculhar as gavetas da escrivaninha, arremessando para fora pedaços de papel, tinteiro, uma caixa de rapé... tudo, exceto uma faca. O mais próximo era um abridor de carta de marfim, no formato de uma grande mão, apontando o indicador.

Agarrei o objeto e segurei-o pelo cós, tentando serrar os cadarços embaralhados.

Ele deu um grito de susto e saltou para trás.

– Santo Deus, cuidado com isso, Sassenach! Não vai lhe adiantar nada conseguir tirar minhas calças e me capar junto!

Quase enlouquecidos de desejo como estávamos, a situação nos pareceu tão engraçada que nos dobramos de rir.

– Tome! – Esquadrinhando o caos de seu beliche, pegou sua adaga e brandiu-a triunfalmente. Um instante depois, os cadarços foram cortados e as calças encharcadas formaram uma pilha ensopada no chão.

Ele me agarrou, levantou-me do chão e deitou-me sobre a escrivaninha, indiferente aos papéis amassados e penas de escrever espalhadas. Erguendo minhas saias acima da minha cintura, agarrou-me pelos quadris e inclinou-se parcialmente sobre mim, as coxas rígidas abrindo minhas pernas.

Era como segurar uma salamandra; um calor intenso num envoltório gelado.

Soltei a respiração de repente, quando a camisa ensopada tocou minha barriga nua, depois arfei outra vez ao ouvir passos no corredor.

– Pare! – sussurrei para ele. – Vem alguém!

– Tarde demais – disse ele, com uma certeza infinita. – Tenho que possuí-la ou morrer.

Possuiu-me com uma única, rude e rápida estocada, e eu mordi seu ombro com força, sentindo o gosto de sal e linho molhado, mas ele não emitiu nenhum som. Duas, três estocadas e eu já tinha minhas pernas presas com força ao redor de suas nádegas, meu grito abafado em sua camisa, também sem me importar com quem pudesse estar chegando.

Ele me possuiu, com rapidez e competência, e arremessou-se cada vez mais fundo, com um som rouco de triunfo na garganta, estremecendo e sacudindo-se em meus braços.

Dois minutos depois, a porta da cabine abriu-se de par em par. Innes olhou devagar ao redor, espantado com a bagunça da cabine. O olhar meigo e castanho viajou da escrivaninha devastada para mim, sentada, suada e descabelada, mas respeitavelmente vestida, no beliche, e foram pousar finalmente em Jamie, que desmoronara em um banco, ainda vestindo sua camisa molhada, o peito arfando e a vermelhidão esmaecendo aos poucos de seu rosto.

As narinas de Innes alargaram-se delicadamente, mas ele não disse nada. Entrou na cabine, cumprimentando-me com um aceno da cabeça, inclinou-se e enfiou a mão embaixo do beliche de Fergus, de onde retirou uma garrafa de conhaque.

– Para o chinês – disse ele para mim. – Para que ele não pegue um resfriado. – Virou-se para a porta e parou, estreitando os olhos pensativamente para Jamie. – Devia ter mandado o sr. Murphy preparar um caldo pela mesma razão, Mac Dubh. Dizem que é perigoso se resfriar depois de um grande esforço, não é? Não vai querer ficar com febre. – Via-se um brilho débil nas profundezas castanhas e pesarosas.

Jamie ajeitou para trás as mechas emaranhadas de cabelo e sal, um sorriso espalhando-se pelo rosto.

– Sim, bem, e se isso chegar a acontecer, Innes, pelo menos morrerei feliz.

Descobrimos no dia seguinte para que o sr. Willoughby queria o pelicano. Encontrei-o no convés de ré, a ave empoleirada sobre uma arca de guardar velas a seu lado, as asas bem amarradas junto ao corpo com tiras de pano. Ela me fitou com olhos redondos e amarelos, e bateu o bico, como aviso.

O sr. Willoughby recolhia uma corda, na ponta da qual havia uma pequena lula roxa contorcendo-se. Removendo-a, segurou-a na frente do pelicano e disse alguma coisa em chinês. O pássaro olhou-o com profunda suspeita, mas não se mexeu. Rapidamente, ele agarrou a parte de cima do bico na mão, puxou-a para cima e jogou a lula na bolsa da ave. O pelicano, parecendo surpreso, engasgou-se convulsivamente e engoliu-a.

– *Hao-liao* – disse o sr. Willoughby, com aprovação, acariciando a cabeça do pássaro. Viu-me observando-o e fez sinal para que eu me aproximasse. Mantendo um olho vigilante no perigoso bico, aproximei-me. – Ping An – disse ele, indicando o pelicano. – Pacífico. – A ave ergueu uma pequena crista de penas brancas, exatamente como se estivesse levantando as orelhas ao ouvir seu nome, e eu não pude deixar de rir.

– É mesmo? O que vai fazer com ele?

– Ensinar a caçar para mim – disse o pequeno chinês, com simplicidade. – Observar.

Foi o que fiz. Depois de várias outras lulas e alguns peixinhos terem sido pescados e dados à ave, o sr. Willoughby retirou outra faixa de pano macio dos recessos de sua roupa e enrolou-a confortavelmente em volta do pescoço do pelicano.

– Não querer estrangular – explicou ele. – Não engolir peixe. – Em seguida, amarrou firmemente uma corda fina a esse colarinho, fez sinal para que eu me afastasse um pouco e, com um súbito movimento, soltou as tiras que prendiam as asas do pelicano.

Surpreso com a repentina liberdade, o pássaro gingou de um lado para o outro na arca, bateu as asas enormes e ossudas uma ou duas vezes, depois se arremeteu nos céus numa explosão de penas.

Um pelicano no solo é algo cômico, anguloso e desajeitado, pés abertos e bico esquisito. Um pelicano voando em círculos sobre a água é um assombro, gracioso e primitivo, parecendo um pterodátilo entre as formas mais evoluídas de gaivotas e petréis.

Ping An, o pacífico, levantou voo até o limite de sua corda, esforçou-se para subir mais ainda e, em seguida, como se estivesse resignado, começou a planar em círculos. O sr. Willoughby, de olhos apertados contra o sol a ponto de parecerem fechados, girava devagar, incessantemente, no convés, brincando com o pelicano como se fosse uma pipa. Todas as mãos no cordame e no convés próximo pararam o que faziam para observar; os marinheiros ficaram fascinados.

Repentinamente, como uma flecha de um arco, o pelicano dobrou as asas e mergulhou, cortando a água quase sem um respingo. Quando saltou de volta à superfície, parecendo ligeiramente surpreso, o sr. Willoughby começou a puxá-lo de volta. Novamente a bordo, o pelicano foi convencido, com alguma dificuldade, a desistir de sua presa, mas finalmente seu captor teve que enfiar a mão com toda a cautela na bolsa membranácea abaixo do bico e extrair uma bela e gorda brema-do-mar.

O sr. Willoughby sorriu satisfeito para o admirado Ping An, pegou uma pequena faca e cortou o peixe ainda vivo ao longo do dorso. Prendendo o pássaro com um braço vigoroso, afrouxou o colarinho com a outra mão e ofereceu-lhe um pedaço do peixe, que Ping An vorazmente arrancou de seus dedos e engoliu.

– Dele – explicou o sr. Willoughby, limpando descuidadamente as escamas e o sangue na perna das calças. – Meu – continuou ele, balançando a cabeça na direção da metade do peixe ainda sobre a arca, agora imóvel.

Em uma semana, o pelicano estava completamente domesticado, capaz de voar livremente, com o colarinho, mas sem a corda que o prendia ao barco, retornando ao seu mestre para regurgitar uma bolsa cheia de peixes brilhantes a seus pés. Quando não estava pescando, Ping An assumia uma posição nos vaus reais, para grande desgosto dos tripulantes responsáveis pela limpeza do convés embaixo, ou seguia o sr. Willoughby pelo convés, gingando absurdamente de um lado para o outro, as asas de 2,5 metros de envergadura semiespraiadas para garantir o equilíbrio.

A tripulação, tanto impressionada pela pesca quanto cautelosa com o grande bico de Ping An, passava ao largo do sr. Willoughby, que todo dia escrevia com seus pincéis ao lado do mastro, se o tempo permitisse, seguro sob o olho amarelo e benigno de seu novo amigo.

Certo dia, parei para observar o sr. Willoughby em seu trabalho, mantendo-me discreta, atrás de um mastro. Ele ficou parado por um instante, tinha um olhar de tranquila satisfação no rosto, contemplando a página acabada. Eu não sabia ler os caracteres, é claro, mas o formato geral era de algum modo muito agradável de ver.

Então, ele olhou rapidamente ao redor, como se verificasse que não havia ninguém se aproximando, pegou o pincel e, com grande cuidado, acrescentou um símbolo final, no canto superior esquerdo da página. Sem perguntar, eu sabia que era sua assinatura.

Ele suspirou e ergueu o rosto para olhar por cima da balaustrada. Sua expressão, inescrutável, era sonhadora e maravilhada. Compreendi que, fosse o que fosse, o que ele via não era o navio nem o oceano oscilante mais além.

Finalmente, ele suspirou outra vez e sacudiu a cabeça, como se falasse consigo mesmo. Colocou as mãos no papel e, rápida e delicadamente, dobrou-o uma, duas e três vezes. Em seguida, levantando-se, dirigiu-se à balaustrada, estendeu as mãos acima da água e deixou a forma branca e dobrada cair.

A folha de papel dobrada foi dando voltas e caindo em direção à água. Então, uma lufada de vento pegou-a e girou-a para cima, um pedacinho branco desaparecendo na distância, como as gaivotas e andorinhas que gritavam atrás do navio em busca de migalhas.

O sr. Willoughby não permaneceu junto à balaustrada para observá-la, mas virou-se e desceu, o sonho ainda continuava estampado em seu rosto pequeno e redondo.

45
A HISTÓRIA DO SR. WILLOUGHBY

Depois que cruzamos o meio do Atlântico e rumamos em sua parte sul, os dias e noites ficaram quentes e a tripulação que estava de folga começou a se reunir no castelo de proa durante algum tempo após o jantar, para entoar canções, dançar ao som do violino de Brodie Cooper ou ouvir histórias. Com o mesmo instinto que faz com que as crianças em um acampamento contem histórias de fantasmas, os homens pareciam particularmente atraídos por horríveis relatos de naufrágios e dos perigos do mar.

Conforme nos distanciamos mais para o sul, e para longe do reino de Kraken – a criatura mitológica na forma de uma lula-gigante – e da serpente marinha, a disposição para monstros passou e os homens começaram a contar histórias de sua terra natal.

Foi depois da maioria dessas histórias ter se esgotado que Maitland, o criado de cabine, virou-se para o sr. Willoughby, como sempre agachado ao pé do mastro, com sua caneca aconchegada ao peito.

– Como foi que você deixou a China, Willoughby? – perguntou Maitland, curioso. – Não vi mais do que meia dúzia de marinheiros chineses, embora as pessoas digam que há muita gente na China. Será que o lugar é tão bom que as pessoas não querem ir embora de lá?

Discreto no começo, o pequeno chinês parecia ligeiramente lisonjeado com o interesse provocado por essa pergunta. Com um pouco mais de encorajamento, ele consentiu em contar sua partida da terra natal – exigiu apenas que Jamie traduzisse para ele, seu próprio inglês era insuficiente para a tarefa. Jamie concordou prontamente, sentou-se ao lado do sr. Willoughby e inclinou a cabeça para ouvir.

– Eu era um mandarim – começou o sr. Willoughby, na voz de Jamie. – Um mandarim das letras, um talento em composição. Usava uma roupa de seda, bordada em muitas cores e, por cima, este traje azul de seda de um estudioso, usava o distintivo da minha secretaria bordado no peito e nas costas, a figura de um *feng-huang*, um pássaro de fogo.

— Acho que ele quer dizer uma fênix — acrescentou Jamie, virando-se para mim por um instante, antes de dirigir sua atenção de volta ao sr. Willoughby, que aguardava pacientemente e logo retomou a narrativa.

— Eu nasci em Pequim, na Cidade Imperial do Filho do Céu...

— É como chamam seu imperador — sussurrou Fergus para mim. — Que presunção, igualar o rei deles com o Senhor Jesus!

— Shh — sibilaram várias pessoas, virando os rostos indignados na direção de Fergus. Ele fez um gesto rude para Maxwell Gordon, mas silenciou, voltando-se para a pequena figura sentada de cócoras junto ao mastro.

— Desde pequeno, viram que eu tinha talento para a composição artística de letras e embora no começo eu não fosse perito no uso de pincel e tinta, aprendi finalmente, com grande esforço, a fazer as representações de meu pincel espelharem as ideias que dançavam como garças na minha mente. E assim fui descoberto por Wu-Xien, um mandarim da corte imperial, que me levou para viver com ele e supervisionou minha educação. Subi rapidamente em mérito e posição, de modo que antes dos 26 anos eu já conseguira uma esfera de coral vermelho no chapéu. Então sobreveio um vento maligno, que lançou as sementes da desgraça em meu jardim. Talvez eu tenha sido amaldiçoado por um inimigo ou talvez, em minha arrogância, não tenha feito os sacrifícios adequados. Certamente eu não fora omisso nas reverências aos meus ancestrais, sempre tomei o cuidado de visitar o túmulo de minha família todos os anos e sempre mantive incensos queimando na Galeria dos Ancestrais...

— Se suas composições eram sempre tão prolixas, sem dúvida o Filho do Céu perdeu a paciência e atirou-o no rio — murmurou Fergus com cinismo.

— ... mas qualquer que fosse a causa — continuou a voz de Jamie —, minha poesia caiu diante dos olhos de Wan-Mei, a segunda esposa do imperador. A segunda esposa é uma mulher de grande poder, tendo gerado não menos de quatro filhos, e, quando ela pediu para eu me tornar parte de sua própria corte, o pedido foi concedido imediatamente.

— E o que havia de errado com isso? — perguntou Gordon, inclinando-se para a frente com interesse. — Uma oportunidade de subir na vida, não?

O sr. Willoughby evidentemente entendeu a pergunta, porque balançou a cabeça na direção de Gordon enquanto continuava. A voz de Jamie retomou a história.

– Ah, a honra era inestimável; eu teria uma grande casa só minha dentro dos limites do palácio e uma guarda de soldados para escolter meu palanquim e um guarda-sol triplo carregado diante de mim como símbolo de meu status, e talvez até uma pena de pavão para meu chapéu. Meu nome seria inscrito em letras de ouro no Livro do Mérito.

O chinês parou, coçando a cabeça. Seu cabelo começava a despontar na parte raspada, fazendo-o parecer uma bola de tênis.

– Entretanto, há uma condição de serviço na Corte Imperial; todos os empregados das esposas reais têm que ser eunucos.

Uma arfada de horror sobreveio a essa informação, seguida de um murmúrio de comentários agitados, onde predominavam exclamações como: "Bárbaros malditos!" e "Amarelos filhos da mãe!".

– O que é um eunuco? – perguntou Marsali, parecendo desnorteada.

– Nada com que você jamais precise se preocupar, *chérie* – garantiu-lhe Fergus, passando o braço ao redor de seus ombros. – Então você fugiu, *mon ami* – disse ele, dirigindo-se ao sr. Willoughby num tom de profunda solidariedade. – Eu faria o mesmo, sem dúvida! – Um profundo murmúrio de sincera aprovação reforçou esse sentimento. O sr. Willoughby pareceu ligeiramente sensibilizado por tal evidente aceitação; ele sacudiu a cabeça uma ou duas vezes para os ouvintes antes de continuar sua história.

– Foi muito desonroso de minha parte recusar a dádiva do imperador. No entanto, é uma fraqueza dolorosa, eu me apaixonara por uma mulher.

Ouviu-se um suspiro solidário entre os marinheiros, a maioria tendo um espírito terrivelmente romântico. Entretanto, o sr. Willoughby parou, puxando a manga da camisa de Jamie e fazendo-lhe alguma observação.

– Ah, estou errado – corrigiu-se Jamie. – Ele diz que não era "*uma* mulher", apenas "mulher", todas as mulheres ou a ideia geral de mulher, ele quer dizer. É isso? – perguntou ele, olhando para o sr. Willoughby.

O chinês balançou a cabeça, satisfeito, e relaxou. A Lua estava alta no céu, quase cheia, e era suficientemente brilhante para iluminar o rosto do mandarim enquanto ele falava.

– Sim – disse ele, pela voz de Jamie –, eu pensava muito nas mulheres; sua graça e beleza, florescendo como ninfeias, flutuando como algodão-do-campo ao vento. E as miríades de sons que produzem, às vezes como a tagarelice dos papa-arrozes ou o canto dos rouxinóis; outras, como o grasnido de corvos – acrescentou com um sorriso que transformou seus olhos em duas fendas e levou seus ouvintes a gargalhadas –, mas mesmo assim, eu as amava.

"Eu dedicava todos os meus poemas às mulheres. Às vezes, eram dirigidos a uma ou outra mulher em particular, mas geralmente à mulher de um modo geral. Ao gosto de damasco de seus seios, ao cheiro morno do umbigo de uma mulher quando ela acorda no inverno, ao calor de um monte que enche sua mão como um pêssego, fendido em sua maturidade."

Fergus, escandalizado, colocou as mãos sobre os ouvidos de Marsali, mas o restante de seus ouvintes mostrava-se muito receptivo.

— Não é de admirar que o sujeitinho fosse um poeta famoso — disse Raeburn com aprovação. — É muito bárbaro, mas eu gosto!

— Digno de um botão vermelho em seu chapéu, sem dúvida — concordou Maitland.

— Até dá vontade de aprender um pouco de chinês — acrescentou o ajudante do capitão, examinando o sr. Willoughby com novo interesse. — Será que ele tem muitos desses poemas?

Jamie fez um sinal para que a plateia — agora aumentada pela maioria dos tripulantes de folga — silenciasse e disse ao sr. Willoughby:

— Continue.

— Fugi na Noite das Lanternas — disse o chinês. — Um grande festival, quando as pessoas enchem as ruas; não havia perigo de ser notado pelos guardas. Logo após o anoitecer, quando as procissões reuniam-se por toda a cidade, vesti minhas roupas de viajante...

— É como uma peregrinação — explicou Jamie —, eles vão visitar os túmulos de seus ancestrais em terras distantes e vestem-se de branco, que é a cor do luto, sabem?

— ... e fugi de minha casa. Atravessei as multidões sem dificuldade, carregando uma lanterna pequena e comum que eu comprara, sem meu nome ou local de residência pintado nela. Os guardas tocavam seus tambores de bambu, os criados das grandes casas soavam os gongos e, do telhado do palácio, fogos de artifício eram lançados em grande profusão.

Percebia-se uma grande nostalgia no pequeno rosto redondo, conforme ele se entregava às recordações.

— Foi, de certa forma, um adeus muito apropriado a um poeta — disse ele. — Fugindo anonimamente, ao som de grandes aplausos. Quando passei pela guarnição de soldados no portão da cidade, olhei para trás e vi os inúmeros telhados do palácio delineados por uma explosão de flores vermelhas e douradas. Parecia um jardim mágico, e também proibido, para mim.

Yi Tien Cho viajou sem incidentes durante toda a noite, mas quase foi pego no dia seguinte.

– Eu havia me esquecido de minhas unhas – disse ele. Espalmou uma das mãos, pequenas, de dedos curtos, as unhas roídas até o sabugo. – Pois um mandarim possui unhas compridas, como símbolo de que ele não é obrigado a trabalhar com as mãos, e as minhas eram do tamanho de uma das juntas dos meus dedos.

Um criado da casa onde ele parara para descansar no dia seguinte viu-as e apressou-se a contar ao guarda. Yi Tien Cho correu também e conseguiu finalmente enganar seus perseguidores enfiando-se em uma vala e escondendo-se no mato.

– Enquanto estava escondido no meio do mato, destruí minhas unhas, é claro – disse ele. Agitou o dedo mínimo da mão direita. – Fui obrigado a arrancar esta unha, pois tinha um *da zi* de ouro incrustado, que eu não conseguia tirar.

Ele roubou roupas camponesas de um arbusto onde haviam sido colocadas para secar, deixando a unha arrancada, com o caractere de ouro incrustado como pagamento. Continuou, lentamente, a atravessar o país em direção à costa. No começo, pagava pela comida com a pequena quantidade de dinheiro que trouxera consigo, mas na periferia de Lulong foi assaltado por um bando de ladrões, que lhe roubaram o dinheiro, mas não a vida.

– Depois disso – disse ele com simplicidade –, roubava comida quando podia e passava fome quando não conseguia. Finalmente, o vento da sorte mudou um pouco e conheci um grupo de herboristas a caminho de uma feira de médicos perto da costa. Em troca por minha habilidade em desenhar cartazes para seu estande e escrever rótulos exaltando as virtudes de seus remédios, levaram-me com eles.

Ao atingir o litoral, ele foi até a zona portuária e tentou se fazer passar por um homem do mar, mas fracassou completamente, já que seus dedos, tão habilidosos com pincel e tinta, nada sabiam da arte de nós e cordas. Havia vários navios estrangeiros no porto; ele escolheu aquele cujos marinheiros pareciam os mais bárbaros e que, portanto, mais provavelmente o levaria o mais longe possível. Aproveitando uma oportunidade, passou furtivamente pelo guarda do convés e entrou no porão do *Serafina*, com destino a Edimburgo.

– Você sempre teve a intenção de deixar inteiramente o país? – perguntou Fergus, interessado. – Parece uma decisão desesperada.

– Alcance do imperador muito grande – disse o sr. Willoughby calmamente em inglês, sem esperar por tradução. – Ou ir para exílio ou ser morto.

Seus ouvintes deram um suspiro coletivo à terrível contemplação de um poder tão sanguinário e fez-se um momento de silêncio, ouvindo-se apenas o gemido do cordame acima, enquanto o sr. Willoughby pegava a caneca esquecida e esvaziava as últimas gotas de sua bebida.

Depositou a caneca no chão, lambendo os lábios, e colocou a mão outra vez no braço de Jamie.

– É estranho – disse o sr. Willoughby, e o ar de reflexão em sua voz foi imitado exatamente por Jamie –, mas foi meu gosto pelas mulheres o que a segunda esposa viu e amou em minhas palavras. Entretanto, ao querer me possuir, e a meus poemas, ela destruiu para sempre o que admirava.

O sr. Willoughby deu uma risadinha abafada, onde a ironia era inconfundível.

– Isso não é o fim da contradição em que se tornou a minha vida. Como eu não quis abrir mão de minha masculinidade, perdi tudo o mais: honra, sustento, país. Com isso, não me refiro apenas à terra em si, com as colinas de majestosos abetos onde eu passava os verões na Tartária, e as grandes planícies ao sul, os rios fluentes, transbordantes de peixes, mas também a perda de mim mesmo. Meus pais foram desonrados, os túmulos dos meus ancestrais foram abandonados e nenhum incenso queima diante de suas imagens.

"Toda a ordem, toda a beleza se perderam. Vim para um lugar onde as palavras douradas dos meus poemas são tomadas pelo cacarejar das galinhas e meus desenhos a pincel por rabiscos. Sou considerado mais vil do que o pior dos mendigos, que engole serpentes para a diversão das multidões, permitindo que transeuntes puxem a serpente da minha boca pela cauda pelo parco pagamento que me permita viver mais um dia."

O sr. Willoughby olhou fixamente para seus ouvintes, deixando evidente o paralelo.

– Vim para um país de mulheres grosseiras e cheirando a ursos. – A voz do chinês ergueu-se apaixonadamente, embora Jamie mantivesse a sua num tom uniforme, recitando as palavras, mas privando-as de emoção. – São criaturas sem nenhuma graciosidade, sem nenhuma educação, ignorantes, fedidas, seus corpos nojentos, cheios de pelos, como cachorros! E essas... essas me desdenham como um verme amarelo, de modo que até mesmo a mais baixa das prostitutas não quer se deitar comigo. Pelo amor às mulheres, vim para um lugar onde nenhuma mulher merece ser amada!

Nesse ponto, vendo os olhares sóbrios nos rostos dos marinheiros, Jamie parou de traduzir e tentou acalmar o chinês, colocando a mão avantajada no ombro recoberto de seda azul.

– Sim, meu caro, eu compreendo. E tenho certeza de que não há nenhum homem aqui presente que teria agido de outra forma, se tivesse que escolher. Não é, rapazes? – perguntou ele, olhando por cima do ombro com as sobrancelhas significativamente erguidas.

Sua força moral foi suficiente para extrair um murmúrio de relutante concordância, mas a simpatia da multidão com a história dos infortúnios do sr. Willoughby dissipara-se completamente com sua conclusão insultuosa. Comentários contundentes foram feitos sobre bárbaros ingratos e imorais, e muitos elogios efusivos de admiração feitos a mim e Marsali, conforme os homens se dispersavam.

Fergus e Marsali também se afastaram, mas Fergus deteve-se para informar ao sr. Willoughby que mais uma observação sobre as mulheres europeias faria com que ele, Fergus, fosse obrigado a enrolar sua – do sr. Willoughby – trança em volta do seu pescoço e estrangulá-lo.

O sr. Willoughby ignorou observações e ameaças semelhantes simplesmente olhando direto para a frente com um olhar fixo, os olhos negros brilhando com as lembranças e a bebida. Jamie enfim se levantou também e estendeu a mão para me ajudar a descer do meu barril.

Foi quando nos virávamos para ir embora que o chinês enfiou as mãos entre as pernas. Sem absolutamente nenhuma obscenidade, segurou os testículos, de modo a pressionar a massa arredondada contra a seda. Rolou-os devagar na palma da mão, analisando o volume em profunda meditação.

– Às vezes – disse ele, como se falasse consigo mesmo –, acho isso não valer a pena.

46

ENCONTRAMOS UM BOTO

Eu percebera, já há algum tempo, que Marsali tentava reunir coragem para falar comigo. Achei que o faria, mais cedo ou mais tarde; quaisquer que fossem seus sentimentos em relação a mim, eu era a única outra mulher a bordo. Eu fazia o possível para ajudar, sorrindo amavelmente e dizendo "Bom-dia", mas a iniciativa teria que partir dela.

Ela me procurou, finalmente, no meio do oceano Atlântico, um mês após a nossa partida da Escócia.

Eu escrevia em nossa cabine, fazia anotações cirúrgicas sobre uma pequena amputação – dois dedos dos pés esmagados em um dos ajudantes da coberta de proa. Eu acabara de finalizar o desenho do local da cirurgia quando uma sombra escureceu o vão da porta da cabine. Ergui os olhos e vi Marsali parada ali, o queixo empinado de forma beligerante.

– Preciso saber uma coisa – disse ela com firmeza. – Não gosto de você, e acho que sabe disso, mas papai diz que você é uma curandeira e talvez seja uma mulher honesta, ainda que seja uma vagabunda, de modo que talvez possa me dizer.

Havia inúmeros revides possíveis a essa notável declaração, mas me contive de fazer qualquer observação.

– Talvez eu possa – disse, largando a pena de escrever sobre a mesa. – O que deseja saber?

Vendo que eu não estava com raiva, deslizou para dentro da cabine e sentou-se no banquinho, o único lugar disponível.

– Bem, tem a ver com bebês – explicou ela. – E de como se engravida.

Ergui uma das sobrancelhas.

– Sua mãe não lhe disse de onde vêm os bebês?

Ela resfolegou com impaciência, as pequenas sobrancelhas louras franzidas numa feroz expressão de desdém.

– É claro que eu sei de onde vêm! Qualquer idiota sabe disso. Você deixa um homem colocar o pau dele entre suas pernas e você tem que acertar as contas com o diabo nove meses depois. O que eu quero saber é como não se engravida.

– Sei. – Olhei-a com considerável interesse. – Não quer um filho? Hã... quando estiver adequadamente casada, quero dizer? A maioria das mulheres jovens quer.

– Bem – disse ela devagar, torcendo as mãos no colo. – Acho que vou querer um filho um dia. Por ele mesmo, quero dizer. Se talvez tiver cabelos escuros, como Fergus. – Uma expressão sonhadora atravessou seu semblante, mas logo sua expressão voltou a endurecer. – Mas não posso – disse ela.

– Por que não?

Ela esticou os lábios, pensando, depois os recolheu outra vez.

– Bem, por causa de Fergus. Ainda não dormimos juntos. Não conseguimos mais do que nos beijar de vez em quando por trás da porta de um alçapão, graças ao papai e suas malditas ideias – acrescentou ela amargamente.

– Amém – eu disse, com sarcasmo.

– Hein?

– Nada. – Abanei a mão, descartando o assunto. – O que isso tem a ver com não querer filhos?

– Eu quero gostar – disse ela sem rodeios. – Quando chegarmos à parte do pau.

Mordi a parte interna do meu lábio.

– Eu... hã... imagino que isso tenha algo a ver com Fergus, mas receio que não compreenda o que tem a ver com filhos.

Marsali olhou-me desconfiada. Desta vez sem hostilidade, mais como se me avaliasse de alguma forma.

– Fergus gosta de você – disse ela.

– Também gosto dele – respondi cautelosamente, sem saber ao certo para onde a conversa se dirigia. – Eu o conheço há muito tempo, desde quando era menino.

Ela relaxou repentinamente, um pouco da tensão dissipando-se dos ombros delgados.

– Ah. Então você sabe... onde ele nasceu?

De repente, entendi sua cautela.

– O bordel em Paris? Sim, sei. Ele lhe contou, então?

Ela balançou a cabeça.

– Sim, contou. Foi há muito tempo, no último ano-novo.

Bem, imaginei que um ano fosse muito tempo para uma jovem de 15 anos.

– Foi quando eu disse a ele que o amava – continuou ela. Seus olhos estavam fixos na saia e um ligeiro rubor tingia suas faces. – E ele disse que me amava também, mas que minha mãe jamais concordaria com nosso casamento. Eu perguntei por que não, não era nada tão terrível assim ser francês, nem todo mundo podia ser escocês, e também não achava que sua mão tivesse qualquer importância. Afinal, havia o sr. Murray com sua perna de pau e mamãe gostava bastante dele. Foi então que ele disse que não, não se tratava de nada disso, e me contou... sobre Paris, quero dizer, sobre o fato de ter nascido num bordel e ser um batedor de carteiras antes de conhecer papai.

Ela ergueu os olhos, uma expressão de incredulidade nas profundezas azul-claras.

– Acho que ele pensou que eu me importava – disse ela, com espanto. – Ele tentou se afastar e disse que não me veria mais. Bem – ela encolheu os ombros, afastando os cabelos louros –, eu logo cuidei disso. – Encarou-me diretamente nos olhos, as mãos entrelaçadas no colo. – É que eu não queria mencionar isso, caso você não soubesse. Mas já que sabe... bem, não é com Fergus que estou preocupada. Ele diz que sabe o que deve fazer e que eu vou gostar, depois que passarmos da primeira ou segunda vez. Mas não foi isso que minha mãe me disse.

– O que ela lhe disse? – perguntei, fascinada.

Um pequeno sulco surgiu entre as sobrancelhas.

– Bem... não foi tanto o que ela disse, embora ela realmente tenha dito, quando lhe contei sobre mim e Fergus, que ele me faria coisas terríveis por ter vivido com prostitutas e ser filho de uma... não foi o que ela disse, mas o modo como agia.

Seu rosto estava completamente vermelho agora e ela mantinha os olhos abaixados para o colo, onde seus dedos se contorciam nas pregas da saia. O vento parecia estar se intensificando; finas mechas de cabelos louros erguiam-se delicadamente de sua cabeça, sopradas pela brisa que vinha da janela.

– Quando sangrei pela primeira vez, ela me disse o que fazer, disse que fazia parte da maldição de Eva e que eu só tinha que tolerar aquilo. E ela leu para mim um trecho da Bíblia sobre São Paulo dizer que as mulheres eram terríveis, pecadoras imundas por causa do que Eva fizera, mas que ainda poderiam ser salvas pelo sofrimento e pelas dores do parto.

– Nunca tive grande consideração por São Paulo – observei.

Ela ergueu os olhos, surpresa.

– Mas está na Bíblia! – disse ela, chocada.

– Assim como várias outras coisas – eu disse secamente. – Já ouviu a história de Gideão e sua filha? Ou do sujeito que mandou sua mulher para ser estuprada e morta por um bando de facínoras para que ele não fosse pego? Deus prefere os homens, exatamente como Paulo. Mas continue.

Ela me olhou boquiaberta por um instante, mas depois fechou a boca e assentiu, um tanto espantada.

– Sim, bem. Mamãe disse que aquilo significava que eu já estava quase com idade para me casar e, quando eu realmente me casasse, não deveria esquecer que é dever da mulher fazer o que seu marido quiser, quer goste ou não. E ela parecia tão triste quando me disse isso... pensei que, qualquer que fosse o dever de uma mulher, devia ser horrível, e pelo que São Paulo dissera sobre sofrimento e parto...

Ela parou e suspirou. Permaneci quieta, esperando. Quando recomeçou a falar, o fez de maneira hesitante, como se tivesse dificuldade em escolher as palavras.

– Não me lembro de meu pai. Eu só tinha 3 anos quando os ingleses o levaram. Mas já era crescida quando minha mãe se casou com Jamie para saber o que acontecia entre os dois. – Mordeu o lábio; não estava acostumada a chamar Jamie pelo nome. – Papai, quer dizer, Jamie, ele é gentil, eu acho; sempre foi para Joan e para mim. Mas eu via quando ele envolvia minha mãe pela cintura e tentava puxá-la para si... ela se encolhia e fugia dele. – Mordeu o lábio outra vez, depois continuou. – Eu via que ela tinha medo; não gostava que ele a tocasse. Mas não o via fazer nada que pudesse lhe causar medo, não até onde podíamos ver. Assim, achei que devia ser alguma coisa que ele fazia quando estavam na cama, sozinhos. Joan e eu costumávamos nos perguntar o que poderia ser; mamãe nunca tinha marcas no rosto ou nos braços, nem mancava ao andar, como Magdalen Wallace, cujo marido sempre batia nela quando voltava bêbado no dia de feira. Assim, não achávamos que ele batesse na mamãe.

Marsali umedeceu os lábios, ressecados pelo ar morno e salgado, e eu empurrei a jarra de água em sua direção. Ela balançou a cabeça em agradecimento e encheu uma caneca.

– Então, eu pensei – disse ela, os olhos fixos no fluxo de água – que devia ser porque mamãe teve filhos, teve a nós, e sabia que seria terrível outra vez. E, por causa disso, ela não queria ir para a cama com Jamie.

Bebeu um gole de água; em seguida colocou a caneca sobre a mesa e fitou-me diretamente nos olhos, firmando o queixo com ar de desafio.

– Eu vi você com meu pai – disse ela. – Apenas naquele instante, antes de ele me ver. Eu... eu acho que você estava gostando do que ele fazia com você na cama.

Abri a boca e fechei-a outra vez.

– Bem... sim – eu disse, debilmente. – Estava.

Ela deu um grunhido de satisfação.

– Mmmhummm. E você gosta quando ele a toca, eu já vi. Muito bem, então. Você não tem filhos. E ouvi dizer que há meios de evitá-los, só que ninguém sabe exatamente como, mas você deve saber, sendo uma curandeira e tudo o mais.

Ela inclinou a cabeça para o lado, analisando-me.

– Eu gostaria de ter um bebê – admitiu ela –, mas se tiver que escolher entre ter um bebê ou gostar de Fergus, prefiro Fergus. Portanto, não terei um bebê... se você me disser como.

Alisei meus cachos para trás da orelha, sem saber por onde começar.

– Bem – eu disse, respirando fundo –, para começar, eu tive filhos.

Seus olhos arregalaram-se.

– Teve? E papai... Jamie sabe?

– Bem, claro que sim – respondi com impaciência. – Eram dele.

– Nunca ouvi dizer que papai tivesse nenhum filho. – Os olhos claros estreitaram-se, desconfiados.

– Imagino que ele não achasse que fosse da sua conta – eu disse, talvez um pouco mais rispidamente do que o necessário. – E, de fato, não é – acrescentei, mas ela apenas ergueu as sobrancelhas e continuou a me olhar com desconfiança.

– O primeiro bebê morreu – eu disse, capitulando. – Na França. Ela está enterrada lá. Minha... nossa segunda filha já é adulta, ela nasceu depois de Culloden.

– Então, ele nunca a viu? A filha adulta? – Marsali falou devagar, franzindo a testa.

Sacudi a cabeça, incapaz de falar por um instante. Parecia haver algo preso em minha garganta e estendi a mão para a água. Marsali empurrou a jarra distraidamente em minha direção, inclinando-se contra o balanço do navio.

— É muito triste — disse ela baixinho, consigo mesma. Em seguida, ergueu os olhos para mim, franzindo a testa outra vez em concentração, enquanto tentava entender toda a história. — Então você teve filhos e não fez diferença para você? Mmmhummm. Mas já faz muito tempo, portanto... você teve outros homens enquanto estava na França? — Seu lábio inferior cobriu o superior, fazendo-a parecer-se muito a um buldogue pequeno e teimoso.

— Isso — eu disse com firmeza, colocando o copo na mesa — definitivamente não é da sua conta. Quanto a se o nascimento de um filho faz diferença, provavelmente faz para algumas mulheres, mas não para todas. Mas quer faça diferença ou não, há boas razões para você não querer ter filhos de imediato.

Ela desfez o trejeito com o lábio inferior e sentou-se ereta, interessada.

— Então, há uma maneira?

— Há muitas maneiras e infelizmente a maioria delas não funciona — disse-lhe, com uma pontada de pesar pelo meu bloco de receitas e a confiabilidade das pílulas anticoncepcionais. Ainda assim, lembrava-me perfeitamente do conselho das *maîtresses sage-femme*, as experientes parteiras do Hôpital des Anges, onde eu trabalhara em Paris havia vinte anos. — Pegue para mim uma pequena caixa nesse armário aí — eu disse, apontando para as portas acima de sua cabeça. — Sim, essa mesma. Algumas parteiras francesas fazem um chá de baga de loureiro e valeriana — eu disse, vasculhando minha caixa de remédios. — Mas é um pouco perigoso e nada confiável, eu acho.

— Você sente a falta dela? — perguntou Marsali bruscamente.

Ergui os olhos, espantada.

— Sua filha? — Seu rosto estava anormalmente inexpressivo e imaginei que a pergunta tinha mais a ver com Laoghaire do que comigo.

— Sim — respondi simplesmente. — Mas ela já é crescida; tem sua própria vida. — O nó em minha garganta voltou e eu abaixei a cabeça sobre a caixa de remédios, ocultando o rosto. As chances de Laoghaire voltar a ver Marsali outra vez eram praticamente as mesmas de que um dia eu visse Brianna; não era um pensamento que eu quisesse alimentar. — Tome — disse, puxando um grande chumaço de esponja limpa. Peguei um dos finos bisturis cirúrgicos do seu encaixe apropriado na tampa da caixa e cuidadosamente cortei vários pedaços finos, de cerca de 20 centímetros quadrados. Vasculhei a caixa outra vez e encontrei o pequeno frasco de óleo de atanásia, com o qual cuidadosamente saturei um quadrado de esponja sob o olhar fascinado de Marsali. — Muito bem — eu disse. — Esta é mais ou menos a quantidade de óleo a ser usada. Se não tiver nenhum óleo, pode mergulhar a esponja em vinagre; até mesmo vinho serve, num aperto. Ponha o pedaço de esponja bem dentro de você antes de ir para a cama com um homem. Veja bem, isso é feito desde a primeira vez; você pode ficar grávida com uma única vez.

Marsali balançou a cabeça, os olhos arregalados, e tocou a esponja delicadamente com o dedo indicador.

– Ah, é? E... e depois? Eu a tiro outra vez ou...

Um grito urgente vindo de cima, somado a uma repentina guinada do *Artemis* ao impelir para trás as velas mestras, interrompeu a conversa. Algo estava acontecendo no andar superior.

– Eu lhe direi depois – eu disse, empurrando a esponja e o frasco para ela. Precipitei-me para o corredor.

Jamie estava no convés de ré com o capitão, observando a aproximação de um grande navio atrás de nós. Devia ter o triplo do tamanho do *Artemis*, com três mastros, uma verdadeira floresta de cordame e velas, em meio à qual pequenas figuras negras saltavam como pulgas num lençol. Uma nuvem de fumaça branca flutuava em seu rastro, vestígio de um canhão recém-disparado.

– Estão atirando em nós? – perguntei, admirada.

– Não – respondeu Jamie, com raiva. – Apenas um tiro de advertência. Eles pretendem nos abordar.

– E eles podem? – dirigi a pergunta ao capitão Raines, que parecia mais sombrio do que o normal, os cantos caídos de sua boca afundados na barba.

– Podem – disse ele. – Não conseguiríamos fugir deles nesta calmaria, em mar aberto.

– Que navio é este? – Sua bandeira tremulava no topo do mastro, mas vista contra o sol àquela distância, parecia completamente preta.

Jamie abaixou os olhos para mim.

– Um navio de guerra inglês, Sassenach. Setenta e quatro canhões. Talvez seja melhor você descer.

Eram más notícias. Embora a Inglaterra não estivesse mais em guerra com a França, as relações entre os dois países não eram de modo algum cordiais. E embora o *Artemis* estivesse armado, possuía apenas quatro canhões de doze tiros; suficientes para deter pequenos navios piratas, mas inócuos contra um navio de guerra.

– O que podem querer conosco? – perguntou Jamie ao capitão. Raines sacudiu a cabeça, o rosto gordo, flácido, fechado numa expressão sombria.

– Provavelmente confiscar – respondeu ele. – Estão com falta de mão de obra; pode-se ver pelo cordame... e a coberta de proa está abandonada – observou com desaprovação, os olhos fixos no navio de guerra, agora lado a lado com o *Artemis*. Olhou para Jamie. – Eles podem convocar qualquer membro da tripulação que pareça inglês, o que é aproximadamente metade da tripulação. E até mesmo você, sr. Fraser... a menos que queira passar por francês.

– Droga – disse Jamie baixinho. Olhou para mim e franziu o cenho. – Eu não lhe disse para descer?

– Disse – respondi, sem me mexer. Aproximei-me dele, os olhos fixos no navio de guerra, onde um bote estava sendo baixado. Um oficial, num casaco dourado e um chapéu enfeitado com galões, descia do navio.

– Se confiscarem os marujos ingleses – perguntei ao capitão Raines –, o que acontecerá a eles?

– Servirão a bordo do *Porpoise*, o Boto, esse é o nome do navio. – Ele balançou a cabeça na direção do vaso de guerra, que ostentava um peixe de lábios grossos como figura de proa. – Servirão como membros da Marinha Real. Eles podem soltar os marujos confiscados quando o navio chegar ao porto... ou não.

– O quê? Está querendo dizer que eles podem simplesmente sequestrar homens e fazê-los trabalhar como marinheiros pelo tempo que quiserem? – Um calafrio de medo percorreu meu corpo à ideia de Jamie ser abruptamente levado.

– Podem – disse o capitão sucintamente. – E se o fizerem, teremos muito trabalho para chegar à Jamaica com metade da tripulação. – Virou-se de repente, para saudar o bote que chegava.

Jamie segurou meu cotovelo e apertou-o.

– Eles não levarão Innes ou Fergus – disse ele. – Eles a ajudarão a procurar o Jovem Ian. Se nos levarem – notei o "nós" com uma pontada de dor –, vá para a casa de Jared em Sugar Bay e comece a busca de lá. – Ele parecia abatido e dirigiu-me um débil sorriso. – Eu a encontrarei lá – disse ele, apertando meu cotovelo para me tranquilizar. – Não sei quanto tempo pode levar, mas eu procurarei por você lá.

– Mas você pode se fazer passar por francês! – protestei. – Sabe que pode!

Olhou-me por um instante e sacudiu a cabeça, sorrindo tristemente.

– Não – disse ele à meia-voz. – Não posso deixar que levem meus homens e ficar para trás, escondendo-me sob uma identidade francesa.

– Mas... – comecei a protestar que os contrabandistas escoceses não eram seus homens, não podiam exigir sua lealdade, mas parei, percebendo que seria inútil. Os escoceses podiam não ser seus colonos ou parentes, e um deles poderia muito bem ser um traidor, mas ele os trouxera para o *Artemis* e, se fossem levados, iria com eles.

– Não se preocupe, Sassenach – disse ele brandamente. – Devo ficar bem, de um modo ou de outro. Mas acho melhor que nosso nome seja Malcolm, por enquanto.

Bateu de leve em minha mão, depois a soltou e adiantou-se, os ombros empertigados para enfrentar o que viesse. Segui-o, mais devagar. Quando o bote parou ao lado do *Artemis*, vi as sobrancelhas do capitão erguerem-se de espanto.

– Deus nos proteja, o que é isso? – murmurou ele baixinho, quando uma cabeça apareceu acima da amurada do *Artemis*.

Era um homem jovem, evidentemente perto dos 30 anos, mas com o rosto abatido e os ombros arqueados de fadiga. Um casaco de uniforme que era grande demais para ele havia sido enfiado por cima de uma camisa imunda e ele cambaleou um pouco quando o convés do *Artemis* ergueu-se sob seus pés.

– Você é o capitão deste navio? – Os olhos do inglês estavam vermelhos de cansaço, mas ele identificou Raines de imediato no agrupamento de homens de aspecto soturno. – Sou o capitão substituto Thomas Leonard, do navio *Porpoise* de Sua Majestade. Pelo amor de Deus, têm um cirurgião a bordo?

Enquanto tomava um copo de Porto que lhe fora oferecido com desconfiança, o capitão Leonard explicou que o *Porpoise* sofrera o ataque de uma praga infecciosa, que começara havia cerca de quatro semanas.

– Metade da tripulação está de cama – disse ele, limpando uma gota vermelha do queixo coberto pela barba por fazer. – Já perdemos trinta homens até agora e parece que vamos perder muitos mais.

– Perdeu seu capitão? – perguntou Raines.

O rosto de Leonard ruborizou-se ligeiramente.

– O... o capitão e os dois tenentes morreram semana passada, assim como o cirurgião e seu auxiliar. Eu era o terceiro-tenente. – Isso explicava tanto sua surpreendente juventude quanto seu nervosismo; ver-se de repente sozinho, no comando de um grande navio, com uma tripulação de seiscentos homens e uma infecção grassando a bordo, era suficiente para deixar qualquer um abalado. – Se tiver alguém a bordo com experiência médica... – Olhou esperançosamente do capitão Raines para Jamie, que estava parado junto à escrivaninha, com uma expressão preocupada.

– Eu sou a cirurgiã do *Artemis*, capitão Leonard – disse, do meu lugar na soleira da porta. – Que sintomas seus homens têm?

– Você? – A cabeça do jovem capitão girou para fitar-me, admirado. Seu maxilar afrouxou-se e ele permaneceu ligeiramente boquiaberto, mostrando a língua esbranquiçada e os dentes manchados típicos de um mascador de fumo.

– Minha mulher é uma extraordinária curandeira, capitão – disse Jamie amavelmente. – Se está em busca de ajuda, aconselho-o a responder às suas perguntas e fazer o que ela disser.

Leonard piscou uma vez, mas em seguida respirou fundo e assentiu.

– Sim. Bem, parece começar com fortes cólicas na barriga, uma diarreia terrível e vômitos. Os homens doentes queixam-se de dor de cabeça e têm febre alta. Eles...

– Alguns deles têm irritação na pele da barriga? – interrompi.

Ele balançou a cabeça ansiosamente.

– Têm, sim. E alguns deles sangram pelo ânus também. Ah, sinto muito, madame – disse ele, repentinamente ruborizado. – Não pretendia ofendê-la, mas é que...

– Acho que sei do que se trata – eu disse, interrompendo suas desculpas. Uma empolgação começou a avolumar-se dentro de mim; a sensação de um diagnóstico em minhas mãos e a certeza de como proceder. O soar das trombetas para um cavalo de guerra, pensei com ironia. – Eu precisaria vê-los, para ter certeza, mas...

– Minha mulher teria prazer em aconselhá-lo, capitão – disse Jamie com firmeza. – Mas receio que ela não possa ir a bordo de seu navio.

– Tem certeza? – O capitão Leonard olhou de um para o outro, os olhos desesperados de decepção. – Se ela pudesse ao menos dar uma olhada em minha tripulação...

– Não – disse Jamie, no mesmo instante em que eu respondia:

– Sim, claro!

Houve um silêncio embaraçoso por um instante. Jamie, então, ergueu-se e disse educadamente, arrastando-me para fora da cabine:

– Pode nos dar licença, capitão Leonard? – E continuou arrastando-me pelo corredor que levava ao porão de popa.

– Você é surda? – sibilou ele, ainda agarrando-me por um braço. – Não pode estar pensando em colocar os pés em um navio com a peste! Arriscar a vida, a tripulação e o Jovem Ian, tudo por um bando de ingleses?

– Não é a peste – eu disse, lutando para soltar-me. – E eu não estaria arriscando minha vida. Solte meu braço, escocês miserável!

Ele soltou-me, mas continuou bloqueando a escada, olhando-me com raiva.

– Ouça – eu disse, esforçando-me para ser paciente. – Não é a peste; tenho quase certeza de que é febre tifoide, a erupção cutânea me faz pensar assim. Não vou pegar isso, fui vacinada contra essa doença.

A dúvida cruzou momentaneamente seu rosto. Apesar de minhas explicações, ele ainda estava inclinado a considerar germes e vacinas na mesma linha de magia negra.

– Ah, é? – disse ele com ceticismo. – Bem, pode ser que seja, mas ainda assim...

– Olhe – eu disse, procurando as palavras. – Sou uma médica. Eles estão doentes e eu posso fazer alguma coisa para ajudar. Eu... é que... bem, é minha obrigação, só isso!

A julgar pelo efeito, essa declaração pareceu pouco eloquente. Jamie ergueu uma das sobrancelhas, convidando-me a prosseguir.

Respirei fundo. Como eu poderia explicar isso – a necessidade de tocar, a compulsão de curar? A seu próprio modo, Frank compreendera. Certamente, haveria uma maneira de tornar isso claro para Jamie.

– Eu fiz um juramento – eu disse. – Quando me tornei médica.

As duas sobrancelhas ergueram-se.

– Um juramento? – repetiu ele. – Que espécie de juramento?

Eu o dissera em voz alta uma única vez. Ainda assim, eu tinha uma cópia emoldurada no meu consultório; Frank o dera para mim, um presente quando me formei na faculdade de medicina. Engoli para desfazer o nó em minha garganta, fechei os olhos e li o que pude me lembrar do pergaminho em minha mente.

– *Eu juro, por Apolo, médico, por Esculápio, Higeia e Panaceia, e tomo por testemunhas todos os deuses e todas as deusas, cumprir, segundo meu poder e minha razão, a promessa que se segue: aplicarei os regimes para o bem do doente segundo o meu poder e entendimento, nunca para causar dano ou mal a alguém. A ninguém darei por comprazer nem remédio mortal nem um conselho que induza à perda. Conservarei imaculada minha vida e minha arte. Em toda casa, aí entrarei para o bem dos doentes, mantendo-me longe de todo o dano voluntário e de toda a sedução, sobretudo longe dos prazeres do amor, com as mulheres ou com os homens livres ou escravizados. Aquilo que no exercício ou fora do exercício da profissão e no convívio da sociedade eu tiver visto ou ouvido, que não seja preciso divulgar, conservarei inteiramente secreto. Se eu cumprir este juramento com fidelidade, que me seja dado gozar felizmente da vida e da minha profissão, honrada para sempre entre os homens; se eu dele me afastar ou infringir, o contrário aconteça.*

Abri os olhos e o encontrei olhando-me pensativamente.

– Hã... algumas partes são apenas por tradição – expliquei.

O canto de sua boca torceu-se ligeiramente.

– Compreendo – disse ele. – Bem, a primeira parte parece um pouco pagã, mas gosto da parte em que se manterá longe de qualquer sedução.

– Achei que iria gostar – eu disse secamente. – A virtude do capitão Leonard está a salvo comigo.

Ele deu uma risadinha irônica e reclinou-se contra a escada, passando a mão devagar pelos cabelos.

– É assim que é, então, entre os médicos? – perguntou ele. – Você se obriga a ajudar quem quer que precise, até mesmo um inimigo?

– Não faz muita diferença, sabe, se estão doentes ou feridos. – Ergui os olhos, examinando seu rosto em busca de compreensão.

– Sim, bem – disse ele devagar. – Eu mesmo já fiz um ou outro juramento... e nenhum deles superficialmente. – Estendeu o braço e tomou minha mão direita, os dedos sobre minha aliança de prata. – Mas uns pesam mais do que outros – disse ele, perscrutando meu rosto.

Ele estava muito perto de mim, o sol que entrava pela escotilha acima desenhando listras no linho da manga de sua camisa, a pele de sua mão de um bronze escuro e avermelhado, embalando meus próprios dedos brancos e a prata brilhante de minha aliança de casamento.

– É verdade – eu disse suavemente, dirigindo-me ao seu pensamento. – Você sabe que sim. – Pousei minha outra mão em seu peito, a aliança de ouro brilhando num feixe de luz solar. – Mas onde uma promessa pode ser mantida sem prejuízo de outra...?

Ele suspirou, tão profundamente a ponto de mover minha mão em seu peito, em seguida inclinou-se e beijou-me com ternura.

– Sim, bem, não quero que você cometa perjúrio – disse ele, endireitando-se com um sorriso irônico. – Tem certeza sobre essa sua vacina? Funciona mesmo?

– Funciona – assegurei-lhe.

– Talvez eu deva ir com você – disse ele, franzindo ligeiramente as sobrancelhas.

– Não pode, você não foi vacinado e o tifo é altamente contagioso.

– Você só está achando que é tifo pelo que Leonard disse – enfatizou ele. – Não tem certeza se é isso mesmo.

– Não, não tenho – admiti. – Mas só há um jeito de saber.

Subi ao convés do *Porpoise* com a ajuda da cadeira do contramestre, uma aterrorizante cadeira de balanço suspensa no ar, acima do mar espumante. Aterrissei de maneira ignominiosa, espatifando-me sobre o convés. Quando consegui ficar de pé, espantei-me de ver como o convés do navio de guerra parecia sólido em comparação ao minúsculo e oscilante tombadilho superior do *Artemis*, bem mais abaixo. Era como ficar em pé no penhasco de Gibraltar.

Meus cabelos haviam se soltado durante a travessia entre os dois navios; enrolei-os para cima e prendi-os da melhor maneira que pude, depois peguei minha caixa de remédios das mãos do guarda-marinha que a segurava.

– É melhor mostrar-me onde estão – eu disse. O vento estava ligeiro e eu sabia que as duas tripulações estavam tendo muito trabalho para manter os dois navios juntos, mesmo quando ambos deslizavam a sota-vento.

Estava escuro no espaço entre os conveses, um lugar confinado, iluminado por pequenos lampiões a óleo pendurados do teto, oscilando levemente com o movimento de subida e descida do navio, de modo que as fileiras de homens deitados em redes permaneciam nas sombras, manchadas com áreas turvas da luz acima. As redes e seus ocupantes pareciam um grupo de baleias ou monstros marinhos adormecidos, formas escuras, deitadas e dobradas ao meio, lado a lado, oscilando segundo o balanço do mar abaixo.

O mau cheiro era insuportável. O pouco ar que havia vinha dos rústicos respiradores que davam para o andar de cima, mas eram poucos. Pior do que o odor de homens que não tomavam banho era o fedor asfixiante e nauseante de vômito e de diarreia misturada a sangue, que se espalhava no assoalho sob as redes, onde os doentes estavam tão mal que não tinham condições de pegar os urinóis disponíveis. Meus sapatos grudavam-se no convés, soltando-se com um asqueroso barulho de sucção, conforme eu avançava cautelosamente.

– Ilumine melhor aqui – eu disse categoricamente para o jovem e apreensivo guarda-marinha, que recebera a incumbência de me acompanhar. Ele segurava um lenço no nariz e parecia amedrontado e angustiado, mas obedeceu, erguendo o lampião que carregava de modo que eu pudesse espreitar dentro da rede mais próxima.

O ocupante gemeu e virou o rosto quando a luz o atingiu. Estava vermelho de febre e sua pele quente ao toque. Puxei sua camisa para cima e apalpei seu estômago; também estava quente, a pele distendida e endurecida. Enquanto apertava delicadamente aqui e ali, o homem contorcia-se como uma minhoca no anzol, emitindo gemidos dolorosos.

– Tudo bem – eu disse, tentando acalmá-lo, instando-o a esticar-se outra vez. – Sim, eu vou ajudá-lo; logo vai se sentir melhor. Deixe-me examinar seus olhos, agora. Sim, isso mesmo.

Puxei a pálpebra para trás; sua pupila encolheu-se com a luz, deixando seus olhos castanhos e com as bordas vermelhas de sofrimento.

– Santo Deus, tirem essa luz daqui! – disse ele, arfando e virando a cabeça abruptamente. – Está me rachando a cabeça! – Febre, vômito, espasmos abdominais, dor de cabeça.

– Você sente calafrios? – perguntei, fazendo um sinal para o guarda-marinha afastar o lampião.

A resposta foi mais um gemido do que uma palavra, mas afirmativa. Mesmo na penumbra, eu podia ver que muitos dos homens nas redes estavam enrolados em seus cobertores, embora fizesse um calor sufocante ali embaixo.

Se não fosse pela dor de cabeça, poderia ser simplesmente uma gastroenterite – mas não com tantos homens contaminados. Algo realmente muito contagioso – e eu estava quase certa do que deveria ser. Não era malária, se vinham da Europa para o Caribe. Tifo era uma possibilidade; disseminado pelo piolho do corpo comum, tendia a espalhar-se rapidamente em ambientes fechados e apinhados de gente como este, e os sintomas eram semelhantes a estes que eu via à minha volta – com uma única diferença.

Aquele marinheiro não apresentava a característica erupção na barriga, nem o seguinte, mas o terceiro apresentava. As rosetas vermelho-claras eram evidentes na pele branca pegajosa. Pressionei uma delas com força e ela desapareceu, voltando à vida um instante depois, quando o sangue retornou à pele. Prossegui, esgueirando-me entre as redes, os corpos pesados, suarentos, pressionando-me de ambos os lados, voltando depois para a escada onde o capitão Leonard e mais dois guardas-marinhas me aguardavam.

– É tifo – eu disse ao capitão. Eu tinha a certeza que poderia ter, não dispondo de microscópio ou cultura de sangue.

– Ah! – Seu rosto tenso permaneceu apreensivo. – Sabe o que fazer para isso, sra. Malcolm?

– Sim, mas não será fácil. Os doentes têm que ser trazidos para cima, cuidadosamente lavados e deitados onde haja ar fresco para respirarem. Além disso, é uma questão de cuidados; precisarão de uma dieta líquida e muita água... água fervida, isso é muito importante!... e compressas para abaixar a febre. Entretanto, o mais importante é evitar contaminar qualquer outro membro de sua tripulação. Várias coisas precisam ser feitas...

– Faça-as – interrompeu ele. – Vou dar ordens para que tenha o maior número possível de homens saudáveis para atendê-la; dê as ordens que achar melhor.

– Bem – eu disse, com um olhar dúbio ao meu redor. – Posso começar e dizer-lhe como prosseguir, mas vai ser uma grande empreitada. O capitão Raines e meu marido devem estar ansiosos para prosseguirmos viagem.

– Sra. Malcolm – disse o capitão com grande ansiedade –, eu lhe serei eternamente grato por qualquer ajuda que possa nos dar. Nós estamos viajando com destino à Jamaica, onde somos aguardados com grande urgência. A menos que o restante de minha tripulação possa ser salva desta horrível doença, jamais chegaremos àquela ilha. – Ele falou com grande seriedade e eu senti uma pontada aguda de compaixão por ele.

– Está bem – eu disse com um suspiro. – Envie-me doze tripulantes saudáveis, para começar.

Subindo ao convés, dirigi-me à balaustrada e acenei para Jamie, que estava junto ao leme do *Artemis*, olhando para cima. Eu podia ver seu rosto com clareza, apesar da distância; sua expressão era preocupada, mas relaxou num largo sorriso assim que me viu.

– Vai voltar agora? – gritou ele, protegendo a boca com as mãos.

– Ainda não! – gritei em resposta. – Preciso de duas horas! – Erguendo dois dedos para ilustrar o que eu queria dizer caso não me ouvisse, afastei-me da balaustrada, não sem antes ver o sorriso desaparecer de seu rosto. Ele ouvira.

Supervisionei a remoção dos doentes para o convés de ré e mandei um grupo de ajudantes despirem os homens de suas roupas imundas, lavá-los e ensaboá-los com um jato de água do mar de uma mangueira alimentada por bombas. Eu estava na cozinha, instruindo o cozinheiro e os serventes de cozinha nos cuidados com a preparação dos alimentos, quando senti o movimento do convés sob meus pés.

O cozinheiro com quem eu falava estendeu a mão e fechou o trinco do armário atrás dele. Com a rapidez de um raio, agarrou uma panela solta que saltou de sua prateleira, enfiou um enorme presunto no espeto no armário inferior e girou nos calcanhares para prender a tampa do caldeirão com água fervente suspenso sobre o fogão da cozinha.

Fitei-o, atônita. Eu já vira Murphy executar este mesmo estranho balé, sempre que o *Artemis* era jogado de um lado para o outro ou mudava bruscamente de curso.

– O que... – eu disse, mas abandonei a pergunta e corri para o convés o mais rápido possível. Estávamos navegando; embora o *Porpoise* fosse grande e sólido, eu podia sentir a vibração que percorria a quilha conforme o navio arrostava o vento.

Irrompi no convés, deparando-me com uma nuvem de velas acima de minha cabeça, estendidas e enfunadas, e o *Artemis* desaparecendo rapidamente atrás de nós. O capitão Leonard estava parado junto ao timoneiro, olhando para o *Artemis*, enquanto o mestre vociferava ordens para os homens acima.

– O que está fazendo? – gritei. – Seu desgraçado filho da mãe, o que está acontecendo aqui?

O capitão olhou para mim, obviamente constrangido, mas com o maxilar cerrado obstinadamente.

– Temos que chegar à Jamaica com a maior urgência – disse ele. A pele de suas faces estava gretada e vermelha do impetuoso vento marinho, ou ele teria corado de vergonha. – Sinto muito, sra. Malcolm, de fato eu lamento a necessidade, mas...

– Mas coisa nenhuma! – eu disse, furiosa. – Mude de direção! Volte! Lance a maldita âncora! Não pode me levar assim!

– Lamento a necessidade – disse ele outra vez, tenazmente. – Mas acredito que seus serviços continuados sejam imprescindíveis, sra. Malcolm. Não se preocupe – disse ele, esforçando-se em vão para transmitir segurança. Estendeu a mão como se quisesse bater de leve em meu ombro, mas reconsiderou e desistiu. Deixou cair o braço ao lado do corpo. – Prometi a seu marido que a Marinha lhe fornecerá acomodações na Jamaica até o *Artemis* chegar lá.

Encolheu-se um pouco e recuou diante da expressão do meu rosto, evidentemente com medo de que eu fosse agredi-lo – e não sem razão.

– O que quer dizer com prometeu a meu marido? – eu disse, entre dentes. – Está querendo dizer que J... que o sr. Malcolm permitiu que você me raptasse?

– Hã... não. Não, não permitiu. – O capitão parecia estar achando o confronto uma tarefa estafante. Retirou um lenço imundo do bolso e enxugou a testa e a nuca. – Ele foi muito intransigente, receio.

– Intransigente, hein? Bem, eu também sou. – Bati o pé furiosamente no chão, mirando nos dedos do seu pé e não os atingindo apenas porque ele saltou agilmente para trás. – Se pensa que eu vou ajudá-lo, maldito sequestrador, pode esquecer!

O capitão guardou o lenço e empinou o queixo.

– Sra. Malcolm. A senhora me obriga a dizer-lhe o que eu disse a seu marido. O *Artemis* navega sob bandeira francesa e com documentos franceses, porém, mais da metade da tripulação é de ingleses ou escoceses. Eu poderia ter confiscado esses homens para trabalharem aqui, e estou precisando muito deles. Em vez disso, concordei em deixá-los em troca do seu conhecimento médico.

– Então, em vez deles, resolveu me confiscar. E meu marido concordou com esse... acordo?

– Não, não concordou – disse o jovem, um pouco rispidamente. – Entretanto, o capitão do *Artemis* compreendeu a força do meu argumento. – Pestanejou em minha direção, os olhos inchados de noites sem dormir, o casaco grande demais esvoaçando em torno do torso magro. Apesar de sua juventude e aparência desalinhada, portava-se com grande dignidade. – Peço-lhe desculpas pelo que pode parecer o máximo de comportamento indigno de um cavalheiro, sra. Malcolm, mas a verdade é que estou desesperado – disse ele simplesmente. – A senhora pode ser nossa única chance. Não posso perdê-la.

Abri a boca para responder, mas fechei-a. Apesar de minha fúria – e minha profunda inquietação com o que Jamie iria dizer quando eu o visse outra vez –, senti certa compaixão pela situação em que ele se encontrava. Era bem verdade que ele corria o risco de perder metade de sua tripulação se não tivesse ajuda. Mesmo com meu auxílio, perderíamos alguns – mas essa não era uma perspectiva que eu quisesse considerar.

– Está bem – disse, entre dentes. – Está... bem! – Olhei para longe, por cima da balaustrada, para as velas cada vez menores do *Artemis*. Eu não tinha tendência a enjoo no mar, mas senti um inconfundível vazio no estômago conforme o navio – e Jamie – ficavam para trás. – Parece que não tenho escolha. Se puder liberar o maior número possível de homens para lavar e esfregar o espaço entre os conveses... ah, e você tem álcool a bordo?

Ele pareceu ligeiramente surpreso.

– Álcool? Bem, temos rum para a bebida dos marinheiros e provavelmente algum vinho trancado no compartimento das armas. Servem?

– Se é o que tem, vão ter que servir. – Tentei afastar minhas próprias emoções o tempo suficiente para lidar com a situação. – Acho que tenho que falar com o comissário, então.

– Sim, claro. Venha comigo. – Leonard começou a caminhar em direção à escada que levava para baixo do convés superior, quando, enrubescendo, recuou um passo e gesticulou desajeitadamente para que eu fosse à sua frente, com receio de que minha descida expusesse minhas pernas indelicadamente, imagino. Mordendo o lábio com um misto de raiva e humor, segui em frente.

Eu acabara de atingir o pé da escada quando ouvi uma confusão de vozes acima.

– Não, estou lhe dizendo, o capitão não pode ser perturbado! O que quer que você tenha para lhe dizer, terá...

– Largue-me! Eu vou dizer a você, se não me deixar falar com ele agora, será tarde demais!

Em seguida, a voz de Leonard, repentinamente ríspida ao voltar-se para os intrusos.

– Stevens? O que é? Qual o problema?

– Nenhum problema, senhor – disse a primeira voz, repentinamente obsequiosa. – É só que o Tompkins aqui tem certeza que conhece o sujeito que estava naquele navio, o grandão, de cabelos ruivos. Ele diz que...

– Não tenho tempo agora – interrompeu o capitão. – Conte ao imediato, Tompkins, e eu trato disso mais tarde.

Eu voltara, naturalmente, e estava no meio da escada quando essas palavras foram ditas, ouvindo atentamente.

O vão da escotilha escureceu-se quando Leonard começou a descer de costas pela escada. O jovem fitou-me com um olhar penetrante, mas mantive o rosto cuidadosamente inexpressivo, dizendo apenas:

– Ainda há bastante reserva de alimentos, capitão? Os doentes precisarão de uma dieta muito cuidadosa. Não creio que haja nenhum leite a bordo, mas...

– Ah, temos leite, sim – disse ele, repentinamente mais alegre. – Temos seis cabras, na realidade. A mulher do artilheiro, a sra. Johansen, trata muito bem delas. Mandarei que ela venha conversar com a senhora, depois de termos falado com o comissário.

O capitão Leonard apresentou-me rapidamente ao sr. Overholt, o comissário, e em seguida saiu, com a observação de que todos os meus pedidos deveriam ser atendidos. O sr. Overholt, um homem pequeno e gordo, com uma cabeça calva e brilhante, espreitou-me de dentro da gola alta de seu casaco como uma miniatura do Humpty-Dumpty – o personagem, semelhante a um ovo, da história infantil –, reclamando com ar infeliz da escassez de tudo no final de um cruzeiro e da desgraça que se abatera sobre o navio, mas eu mal prestei atenção a ele. Estava agitada demais, pensando no que ouvira.

Quem era esse Tompkins? A voz era completamente desconhecida para mim e eu tinha certeza de que jamais ouvira aquele nome. Mais importante ainda, o que ele sabia a respeito de Jamie? E o que o capitão Leonard faria com a informação? Na verdade, não havia nada que eu pudesse fazer no momento, a não ser conter minha impaciência e, com a metade da minha mente que não estava ocupada com especulações infrutíferas, calcular com o sr. Overholt os suprimentos disponíveis para uso na alimentação dos doentes.

Não tinham muita coisa, como pude constatar.

– Não, certamente eles não podem comer carne-seca salgada – eu disse com firmeza. – Nem bolacha ainda, embora se mergulharmos a bolacha em leite fervido, talvez eles consigam comer quando começarem a se recuperar. Se você acabar com os gorgulhos primeiro – acrescentei, pensando melhor.

– Peixe – sugeriu o sr. Overholt, um pouco desalentado. – Nós sempre encontramos grandes cardumes de cavala e até mesmo de bonito quando nos aproximamos do Caribe. Às vezes, a tripulação dá sorte com linhas de pesca e iscas.

– Talvez sirva – eu disse, distraidamente. – Água e leite fervidos serão suficientes nos primeiros estágios, mas quando os homens começarem a se recuperar, devem receber alguma alimentação leve e nutritiva, como sopa, por exemplo. Acho que poderíamos fazer uma sopa de peixe, não é? A menos que tenha outra coisa que possa ser adequada.

– Bem... – O sr. Overholt pareceu profundamente constrangido. – Há uma pequena quantidade de figos secos, 5 quilos de açúcar, um pouco de café, uma certa quantidade de biscoitos de Nápoles e um grande barril de vinho Madeira, mas é claro que não podemos usá-los.

– Por que não? – Olhei fixamente para ele, que remexeu os pés, inquieto.

– Ora, esses suprimentos são destinados ao uso de nosso passageiro – disse ele.

– Que tipo de passageiro? – perguntei sem rodeios.

O sr. Overholt pareceu surpreso.

– O capitão não lhe disse? Estamos transportando o novo governador da ilha da Jamaica. Esta é a causa... bem, *uma* das causas – corrigiu-se, enxugando nervosamente a cabeça calva com um lenço – de nossa pressa.

– Se não estiver doente, o governador pode comer carne salgada – eu disse com firmeza. – Será bom para ele, não tenho dúvidas. Agora, se puder mandar levarem o vinho para a cozinha, eu tenho trabalho a fazer.

Auxiliada por um dos guardas-marinhas remanescentes, um rapaz atarracado e troncudo chamado Pound, dei uma volta rápida pelo navio, recrutando impiedosamente marinheiros e suprimentos. Pound, trotando a meu lado como um buldogue pequeno e feroz, informava com firmeza a surpresos e rancorosos cozinheiros, marceneiros, serventes da limpeza, mestres de velas e encarregados dos porões que todos os meus desejos – por mais irracionais que parecessem – deveriam ser prontamente atendidos. Por ordens do capitão.

Quarentena era o mais importante. Tão logo o espaço entre os conveses fosse arejado e limpo, os pacientes teriam que ser levados para baixo outra vez, mas as redes teriam que ser rearranjadas com bastante espaço entre elas – a tripulação não afetada teria que dormir no convés –, e instalações sanitárias adequadas teriam que ser providenciadas. Eu vira um par de caldeirões na cozinha que achei que poderiam servir. Fiz uma rápida anotação na lista mental que estava guardando na memória e torci para que o cozinheiro-chefe não fosse tão possessivo com seus recipientes quanto Murphy.

Segui a cabeça redonda de Pound, coberta com cachos castanhos cortados rentes, até o porão, em busca de velas antigas que pudessem ser usadas como panos. Somente metade de minha mente estava na lista; com a outra metade, eu considerava a possível causa do surto de tifo. Causado por um bacilo do gênero *Salmonella*, normalmente se espalhava pela ingestão do bacilo, levado por mãos contaminadas por urina ou fezes.

Considerando os hábitos de higiene dos marinheiros, qualquer um da tripulação poderia ser o transmissor da doença. Mas o culpado mais provável deveria ser alguém que lidava com os alimentos, devido à natureza repentina e espalhada do surto – o cozinheiro ou um de seus dois ajudantes, ou talvez um dos que serviam à mesa. Eu teria que descobrir quantos desses havia, em quais refeições serviam e se alguém trocara de função quatro semanas atrás – não, cinco, corrigi-me. O surto começara há quatro semanas, mas ainda havia um período de incubação para a doença a ser considerado.

– Sr. Pound – chamei, e um rosto redondo olhou para cima da base da escada.
– Sim, senhora?
– Sr. Pound... aliás, qual é o seu primeiro nome? – perguntei.
– Elias, senhora – disse ele, parecendo um pouco confuso.
– Importa-se se eu o chamar assim? – Desci do último degrau e sorri para ele. Ele devolveu o sorriso com certa hesitação.
– Hã... não, senhora. Mas o capitão talvez se importe – acrescentou ele cautelosamente. – Não é muito próprio na Marinha, sabe.

Elias Pound não devia ter mais do que 17 ou 18 anos; eu duvidava que o capitão Leonard fosse cinco ou seis anos mais velho. Mesmo assim, protocolo era protocolo.

– Seguirei rigidamente o protocolo em público – afirmei-lhe, contendo um sorriso. – Mas se vai trabalhar comigo, será mais fácil chamá-lo pelo primeiro nome.

Eu sabia, e ele não, o que tínhamos pela frente – horas e dias e possivelmente semanas de trabalho e exaustão, quando nossos sentidos ficariam embotados e só o hábito físico e o instinto cego – e a liderança de um líder infatigável – manteriam de pé aqueles que cuidavam dos doentes.

Eu estava longe de ser infatigável, mas a ilusão teria que ser mantida. Isso poderia ser feito com a ajuda de dois ou três ajudantes, que eu poderia treinar; substitutos para as minhas próprias mãos e olhos, que poderiam dar continuidade ao trabalho quando eu tivesse que descansar. O destino e o capitão Leonard haviam designado Elias Pound como meu novo braço direito; era melhor ficar à vontade com ele de imediato.

– Há quanto tempo trabalha no mar, Elias? – perguntei, parando para espreitá-lo quando ele se agachou sob uma plataforma baixa que guardava enormes voltas de uma imensa e fétida corrente, cada elo o dobro da espessura do meu pulso. A corrente da âncora?, perguntei-me, tocando-a com curiosidade. Parecia forte o suficiente para ancorar o *Queen Elizabeth*, o que parecia um pensamento reconfortante.

– Desde os 7 anos, senhora – disse ele, tentando andar de costas, arrastando um pesado baú. Parou, arfando um pouco com o esforço, e enxugou o rosto inocente e redondo. – Meu tio é o comandante do *Triton*, de modo que ele conseguiu uma vaga lá para mim. Mas vim para o *Porpoise* só para esta viagem, de Edimburgo. – Ele abriu a tampa do baú, revelando uma miscelânea de instrumentos cirúrgicos enferrujados – ao menos eu esperava que aquilo fosse ferrugem – e uma coleção variada de jarros e frascos com rolha. Uma das botijas rachara e um pó fino e branco, como gesso, espalhava-se sobre todo o conteúdo do baú.

– Isso é o que o sr. Hunter, o cirurgião, tinha com ele, senhora – disse ele. – Vai ter alguma utilidade para a senhora?

– Só Deus sabe – eu disse, espreitando o interior do baú. – Mas darei uma olhada. Porém, mande alguém vir buscar isso e levá-lo para a enfermaria do navio, Elias. Preciso que você venha comigo e fale firmemente com o cozinheiro.

Enquanto eu supervisionava a limpeza do espaço entre os conveses com água do mar fervente, minha mente ocupava-se com uma série de pensamentos distintos.

Primeiro, eu mapeava mentalmente os passos necessários a serem dados no combate à doença. Dois homens, muito desidratados e fracos, morreram durante a remoção e agora jaziam na extremidade do convés de ré, onde um mestre de velas industriosamente costurava-os em suas redes para o funeral, um par de pesos redondos de chumbo colocado dentro da rede, junto aos pés dos mortos. Outros quatro não conseguiriam atravessar a noite. Os restantes 45 tinham chances que iam de excelentes a fracas; com sorte e habilidade, eu conseguiria salvar a maioria. Mas quantos casos novos estavam em incubação, não detectados, entre o resto da tripulação?

Enormes quantidades de água ferviam na cozinha por ordens minhas; água do mar fervente para a limpeza, água potável fervida para beber. Fiz mais uma marca na minha lista mental; eu tinha que ir falar com a sra. Johansen, das cabras leiteiras, e providenciar que o leite também fosse esterilizado.

Tenho que entrevistar os ajudantes de cozinha sobre suas funções; se uma única fonte de contaminação puder ser encontrada e isolada, já seria um importante fator na contenção da disseminação da doença. Outra marca na minha lista.

Todo o álcool disponível no navio estava sendo reunido na enfermaria, para grande horror do sr. Overholt. Podia ser usado em sua forma atual, mas seria melhor ter álcool puro. Haveria um meio de destilá-lo? Verificar com o comissário do navio. Outra marca.

Todas as redes tinham que ser fervidas e secas antes que os marinheiros saudáveis dormissem nelas. Isso teria que ser feito rápido, antes do término do turno da guarda, quando as atuais sentinelas iriam dormir. Enviar Elias para reunir uma turma de pessoal da limpeza; lavagem de roupa parecia se encaixar melhor em sua linha de ação. Marca.

Sob a crescente lista mental de necessidades, havia o pensamento vago mas constante do misterioso Tompkins e sua informação desconhecida. Qualquer que fosse, não resultara em mudarmos de rumo para retornar ao *Artemis*. Ou o capitão Leonard não a levara a sério ou ele estava simplesmente ansioso demais para chegar à Jamaica para deixar que qualquer coisa o detivesse.

Eu havia parado por um instante junto à balaustrada para organizar meus pensamentos. Afastei os cabelos da testa e levantei o rosto para o vento purificador, deixando-o levar o mau cheiro da doença. Baforadas de vapor malcheiroso erguiam-se da escotilha próxima, por causa da limpeza com água fervente que estava sendo feita embaixo. O espaço ocupado pelos enfermos ficaria melhor quando terminassem, mas ainda muito distante do ar fresco.

Olhei à distância, por cima da balaustrada, esperando inutilmente perceber o vislumbre de uma vela, mas o *Porpoise* estava sozinho, o *Artemis* – e Jamie – deixados muito para trás.

Afastei a sensação repentina de solidão e pânico. Eu precisava conversar logo com o capitão Leonard. As respostas para dois, no mínimo, dos problemas que me preocupavam estavam com ele: a possível fonte do surto de tifo e o papel do desconhecido sr. Tompkins nos negócios de Jamie. Mas, por enquanto, havia assuntos mais urgentes.

– Elias! – chamei, sabendo que ele estaria em algum lugar ao alcance de minha voz. – Leve-me à sra. Johansen e às cabras, por favor.

47

A EPIDEMIA

Dois dias mais tarde, eu ainda não encontrara tempo para falar com o capitão Leonard. Por duas vezes, eu fora à sua cabine, mas o jovem capitão estava ocupado ou ausente – analisando a posição do navio, disseram-me, consultando mapas ou ocupado com alguma outra atividade secreta dos mistérios da navegação.

O sr. Overholt passara a evitar a mim e às minhas insaciáveis exigências, trancando-se em sua cabine com um sachê de sálvia seca amarrado ao pescoço para afugentar a doença. Os membros saudáveis da tripulação designados para o trabalho de limpeza e deslocamento dos enfermos comportaram-se de forma letárgica e hesitante no começo, mas eu importunei, ralhei, gritei, fuzilei-os com o olhar, bati o pé, berrei, e gradualmente consegui que se apressassem. Sentia-me mais como um cão pastor do que uma médica – rosnando e berrando em seus calcanhares, e agora rouca com o esforço.

Mas estava funcionando; havia um novo sentimento de esperança e propósito entre a tripulação – eu podia sentir. Quatro novas mortes hoje e dez novos casos informados, mas os gemidos de agonia haviam diminuído consideravelmente e os rostos dos que ainda estavam saudáveis mostravam o alívio que advém quando alguma coisa está sendo feita – qualquer coisa. Até agora, eu não conseguira detectar a fonte de contágio. Se pudesse fazer isso, e evitar novos casos, eu poderia – apenas possivelmente – estancar a devastação em uma semana, enquanto o *Porpoise* ainda contava com marinheiros suficientes para navegá-lo.

Uma inspeção cuidadosa da tripulação sobrevivente resultou em dois homens confiscados de uma prisão municipal onde estavam presos por fabricarem bebida ilicitamente. Requisitei-os com satisfação e coloquei-os para trabalhar na construção de um alambique no qual – para horror da tripulação – metade do estoque de rum do navio estava sendo destilado em álcool puro para desinfecção.

Eu colocara um dos guardas-marinhas sobreviventes na entrada da enfermaria e outro na entrada da cozinha, cada qual armado com uma bacia de álcool puro e instruções para não deixar que ninguém entrasse ou saísse sem mergulhar as mãos no álcool. Ao lado de cada guarda-marinha, havia um fuzileiro naval com seu rifle, encarregado de vigiar para que ninguém bebesse o conteúdo sujo do barril onde o álcool usado era despejado quando ficava imundo demais para continuar a ser utilizado.

Na sra. Johansen, a mulher do artilheiro, eu encontrei uma inesperada aliada. Uma mulher inteligente de 30 e poucos anos, ela entendera – apesar de só falar algumas palavras num inglês claudicante e eu não saber nem uma palavra em sueco – o que eu queria que fizesse e cumpria à risca.

Se Elias era meu braço direito, Annekje Johansen era o esquerdo. Ela sozinha assumira a responsabilidade de escaldar o leite de cabra, pacientemente socando as bolachas duras – e removendo os gorgulhos ao fazê-lo – para serem misturadas ao leite e, com essa mistura, alimentar aqueles que tivessem força suficiente para digeri-la.

Seu próprio marido, o chefe da artilharia, era uma das vítimas do tifo, mas felizmente parecia um dos casos menos graves e eu tinha grandes esperanças de que ele fosse se recuperar – tanto pelos cuidados dedicados de sua mulher quanto por sua própria constituição vigorosa.

— Senhora, Ruthven disse que alguém anda bebendo o álcool puro outra vez. — Elias Pound surgiu junto ao meu cotovelo, seu rosto rosado e redondo parecendo abatido e pálido, substancialmente emagrecido com as pressões dos últimos dias.

Eu disse algo extremamente ofensivo e seus olhos castanhos se arregalaram.

— Desculpe-me — eu disse. Passei as costas da mão pela testa, tentando afastar os cabelos dos olhos. — Não quis ofender seus ouvidos delicados, Elias.

— Ah, já ouvi isso antes, senhora — assegurou-me Elias. — Só que não de uma dama.

— Não sou uma dama, Elias — eu disse, exausta. — Sou uma médica. Mande alguém vasculhar o navio para descobrir quem foi; provavelmente já deve estar inconsciente a esta altura.

Ele assentiu e girou nos calcanhares.

— Vou olhar na bancada dos cabos — disse ele. — É lá que costumam se esconder quando estão bêbados.

Era o quarto caso nos últimos três dias. Apesar de todos os guardas designados para o alambique e o álcool purificado, os marinheiros, vivendo com metade da dose diária de bebida a que estavam acostumados, estavam tão desesperados por um trago que davam um jeito de roubar o álcool puro destinado à esterilização.

— Santo Deus, sra. Malcolm — dissera o comissário, sacudindo a cabeça calva quando reclamei do problema. — Marinheiros bebem qualquer coisa, madame! Conhaque de ameixa estragado, pêssegos enfiados numa bota de borracha e deixado lá para fermentar... ora, eu já vi até um marinheiro ser pego roubando as ataduras usadas das dependências do cirurgião e embebendo-as em álcool, só para sentir o cheiro! Não, senhora, dizer-lhes que beber álcool puro vai matá-los certamente não irá detê-los.

E realmente os matou. Um dos quatro homens que o beberam morreu; dois outros estavam em sua própria seção isolada da enfermaria, em coma profundo. Se sobrevivessem, era provável que ficassem com sequelas cerebrais permanentes.

— Não que ficar num maldito inferno flutuante como este não seja suficiente para causar danos cerebrais em qualquer um — observei amargamente para uma andorinha-do-mar que pousara na balaustrada perto de mim. — Como se não bastasse, enquanto tento salvar metade desses miseráveis do tifo, a outra metade está se matando com o meu álcool! Desgraçados, todos eles!

A ave inclinou a cabeça para o lado, chegou à conclusão de que eu não era comestível e voou para longe. O oceano estendia-se pela vastidão vazia a toda a volta — diante de nós, onde as desconhecidas Índias Ocidentais ocultavam a sorte do Jovem Ian, e atrás de nós, onde Jamie e o *Artemis* há muito haviam desaparecido. E eu no meio, com seiscentos marujos ingleses loucos por bebida e um porão cheio de intestinos infeccionados.

Fiquei ali parada, furiosa, por um instante, depois virei-me com decisão em direção à ponte de comando na frente do navio. Não me importava se o capitão Leonard estava pessoalmente bombeando água para fora do navio, ele teria que falar comigo.

Parei assim que entrei, junto à porta. Ainda não era meio-dia, mas o capitão estava dormindo, a cabeça apoiada nos braços, em cima de um livro aberto. A pena caíra de seus dedos e o tinteiro de vidro, sabiamente preso em seu suporte, oscilava devagar com o balanço do navio. Seu rosto estava virado para o lado, a face pressionada sobre o braço. Apesar da barba crescida, ele parecia absurdamente jovem.

Virei-me, pretendendo voltar mais tarde, mas ao me mover esbarrei no armário, onde uma pilha de livros equilibrava-se precariamente entre montes de papéis, instrumentos de navegação e mapas semienrolados. O volume no topo da pilha caiu com um baque surdo sobre o convés.

O barulho foi quase inaudível acima dos ruídos gerais de estalidos de madeira, agitação de velas, gemidos de cordame e gritaria geral que formavam a trilha sonora da vida a bordo, mas ele acordou, pestanejando e parecendo espantado.

– Sra. Fra... sra. Malcolm! – disse ele. Esfregou a mão pelo rosto e sacudiu a cabeça rapidamente, tentando acordar. – O que... quer dizer... precisa de alguma coisa?

– Não queria acordá-lo – eu disse. – Mas realmente preciso de mais álcool, se necessário posso usar o rum diretamente, e você mesmo tem que falar com os marinheiros, para ver se há algum modo de fazê-los parar de tentar beber o álcool destilado. Tivemos outro caso de envenenamento hoje. E se houver algum meio de levar mais ar fresco à enfermaria... – Parei, vendo que estava sobrecarregando-o.

Ele piscava e coçava a cabeça, tentando colocar os pensamentos em ordem. Os botões de sua manga haviam deixado duas marcas vermelhas e redondas em sua face, e os cabelos estavam amassados daquele lado.

– Compreendo – disse ele, um pouco atordoado. A seguir, conforme ele despertava, sua expressão desanuviou-se. – Sim. Claro. Darei ordens para que uma vela seja armada, para levar mais ar para baixo. Quanto ao álcool, tenho que consultar o comissário, já que eu pessoalmente não sei nossa capacidade atual a esse respeito. – Ele virou-se e respirou fundo, como se fosse gritar, depois se lembrou de que seu auxiliar já não estava ao alcance de sua voz, estando agora lá embaixo, na enfermaria. Neste instante, o débil tilintar do sino do navio chegou lá de cima.

– Com sua licença, senhora – disse ele, recuperando a gentileza. – É quase meio-dia, preciso ir e determinar nossa posição. Mandarei o comissário vir para falar com a senhora, se puder permanecer aqui por um instante.

– Obrigada. – Sentei-me na cadeira que ele acabara de desocupar. Ele virou-se para sair, fazendo uma tentativa de ajeitar o casaco ornamentado, grande demais para ele, sobre os ombros. – Capitão Leonard? – eu disse, movida por um súbito impulso. Ele voltou-se, com um ar de interrogação. – Se não se importa com a minha pergunta... quantos anos tem?

Ele pestanejou e seu rosto ruborizou-se, mas ele respondeu.

– Dezenove anos, senhora. A seu dispor. – E com isso, desapareceu pela porta. Eu podia ouvi-lo na escada de tombadilho, gritando numa voz entrecortada de fadiga.

Dezenove! Permaneci sentada, absolutamente imóvel, paralisada de choque. Eu o achava muito jovem, mas não tanto assim. Com o rosto curtido da exposição ao tempo e marcado pela tensão e pelas noites sem dormir, parecia ter bem mais de 20. Meu Deus!, pensei, horrorizada. Ele não passa de uma criança!

Dezenove. A idade de Brianna. E ser inesperadamente atirado não só no comando de um navio – e não apenas de um navio, mas de um navio de guerra inglês – e não apenas um navio de guerra, mas um com uma epidemia grassando a bordo que o privou repentinamente de um quarto da tripulação e praticamente de todo o comando – senti o medo e a raiva que fervilharam dentro de mim nos últimos dias começarem a enfraquecer, ao perceber que o autoritarismo que o levara a me sequestrar na verdade não era arrogância ou tirania, mas o resultado de puro desespero.

Ele tinha que obter ajuda, dissera ele. Bem, ele estava certo, e eu era sua ajuda. Respirei fundo, visualizando a confusão que eu deixara na enfermaria. Cabia a mim, e somente a mim, fazer o melhor possível.

O capitão Leonard deixara o diário de bordo aberto sobre a mesa, suas anotações incompletas. Havia um pequeno ponto molhado na página; ele babara um pouco durante o sono. Num espasmo de irritada compaixão, virei a página, tentando ocultar mais esta evidência de sua vulnerabilidade.

Meus olhos surpreenderam uma palavra na nova página e eu parei, um calafrio percorrendo-me da base da nuca quando me lembrei de algo que ouvira. Quando o acordei inesperadamente, o capitão levantou a cabeça, me viu e disse "Sra. Fra..." antes de se conter. E o nome na página à minha frente, a palavra que chamara minha atenção, era "Fraser". Ele sabia quem eu era – e quem Jamie era.

Levantei-me rapidamente e fechei a porta, trancando-a com o ferrolho. Ao menos, eu saberia quando alguém chegasse. Em seguida, sentei-me à escrivaninha do capitão, alisei as folhas e comecei a ler.

Voltei as páginas até encontrar o registro do encontro com o *Artemis*, há três dias. As anotações do capitão Leonard eram diferentes dos lançamentos de seus antecessores e, em grande parte, bem sucintas – o que não era de admirar, considerando tudo que ele tivera que enfrentar nos últimos dias. A maioria dos registros continha apenas as informações de navegação de costume, com uma breve nota dos nomes daqueles que haviam morrido desde o dia anterior. Mas o encontro com o *Artemis* estava registrado, bem como a minha própria presença.

> *3 de fevereiro de 1767. Encontramos, aproximadamente às oito badaladas do sino de bordo, com o* Artemis, *um pequeno navio de dois mastros, sob a bandeira da França. Saudei-o e requisitei o auxílio de seu cirurgião, C. Malcolm, que foi levado a bordo e permanece conosco para tratar dos doentes.*

C. Malcolm, hein? Nenhuma menção ao fato de eu ser mulher; talvez achasse irrelevante ou quisesse evitar qualquer investigação sobre a dignidade de seus atos. Prossegui para o lançamento seguinte.

> *4 de fevereiro de 1767. Recebi informações hoje de Harry Tompkins, um marinheiro apto, de que o sobrecarga do brigue* Artemis *é um criminoso conhecido chamado James Fraser, também conhecido pelos nomes de Jamie Roy e de Alexander Malcolm. Esse Fraser é um líder rebelde e um famoso contrabandista, pela captura do qual uma recompensa substanciosa é oferecida pela Alfândega Real. As informações foram recebidas de Tompkins depois que nos separamos do Artemis; considerei que não seria expedito perseguir o Artemis, já que temos ordens de seguir com toda a rapidez para a Jamaica, por causa do nosso passageiro. Entretanto, como prometi devolver o cirurgião do Artemis lá, Fraser poderá ser preso na ocasião.*
>
> *Dois homens mortos com a doença – que o cirurgião do Artemis informa tratar-se de febre tifoide. Jno. Jaspers, marinheiro apto, DM, Harty Kepple, ajudante de cozinheiro, DM.*

Isso era tudo; o registro para o dia seguinte era totalmente restrito à navegação e ao registro da morte de seis homens, todos com "DM" escrito ao lado do nome.

Eu sabia que Jno. era uma abreviatura usada para Jonathan, mas perguntei-me qual seria o significado de "DM". Entretanto, estava perturbada demais para me preocupar com detalhes.

Ouvi passos aproximando-se pelo corredor e mal havia levantado o trinco quando a batida do comissário soou na porta. Mal ouvi as desculpas do sr. Overholt; minha mente estava ocupada demais tentando dar sentido a essa nova revelação.

Quem, com todos os diabos, seria esse tal de Tompkins? Ninguém que eu já tivesse visto ou de quem tivesse ouvido falar, tinha certeza, e no entanto, ele obviamente detinha um conhecimento muito perigoso das atividades de Jamie. O que levava a duas perguntas: como um marinheiro inglês obtivera tais informações – e quem mais as possuía?

– ... racionar ainda mais a bebida, lhe dar mais um barril de rum – dizia o sr. Overholt com ar de dúvida. – Os marinheiros não vão gostar disso, mas acho que podemos conseguir; estamos a apenas duas semanas da Jamaica agora.

– Quer eles gostem ou não, preciso mais do álcool do que eles precisam da bebida – respondi asperamente. – Se reclamarem muito, diga-lhes que se eu não tiver o rum, talvez nenhum deles consiga chegar vivo à Jamaica.

O sr. Overholt suspirou e enxugou pequenas gotas de suor em sua testa brilhante.

– Eu lhes direi, senhora – disse ele, abatido demais para protestar.

– Ótimo. Ah, sr. Overholt. – Ele virou-se, com um ar interrogativo. – O que "DM" significa? Vi o capitão anotá-lo no diário.

Uma leve cintilação bem-humorada atravessou os olhos fundos do comissário.

– Significa "Dispensado", quer dizer, que teve baixa, e "Morto", senhora – respondeu ele. – A única maneira certa de a maioria de nós deixar a Marinha de Sua Majestade.

Enquanto eu supervisionava o banho dos corpos e as constantes infusões de água adoçada e leite escaldado, minha mente continuava a trabalhar no problema do desconhecido Tompkins.

Eu nada sabia sobre o sujeito, a não ser sua voz. Ele devia ser mais um na multidão anônima acima, as silhuetas que eu via no cordame quando subia ao convés para tomar ar fresco, ou um dos apressados, correndo para cima e para baixo dos conveses no esforço vão de fazer o trabalho de três homens.

Eu o encontraria, é claro, se ele ficasse doente; eu sabia os nomes de cada paciente na enfermaria. Mas não podia deixar a questão de lado, na esperança um tanto mórbida de que Tompkins contraísse tifo. Finalmente, resolvi perguntar; o sujeito provavelmente sabia quem eu era, de qualquer forma. Ainda que ele descobrisse que eu andara indagando a seu respeito, era improvável que isso fizesse alguma diferença.

Elias era a pessoa certa por onde começar. Esperei o final do dia para perguntar, confiando em que o cansaço embotaria sua curiosidade natural.

– Tompkins? – O rosto redondo do rapaz contraiu-se ligeiramente, depois desanuviou. – Ah, sim, é um dos marinheiros do castelo de proa.

– Onde ele embarcou, você sabe? – Não havia nenhuma maneira de explicar este súbito interesse em um homem que eu não conhecia, mas felizmente Elias estava cansado demais para estranhar.

– Ah – respondeu ele vagamente –, em Spithead, eu acho. Ou... não! Agora me lembro, foi em Edimburgo. – Ele esfregou os nós dos dedos sob o nariz para reprimir um bocejo. – Isso mesmo, Edimburgo. Eu não me lembraria, mas ele foi confiscado e fez uma enorme confusão por causa disso, alegando que não podiam confiscá-lo, ele estava sob proteção, porque trabalhava para sir Percival Turner, na alfândega. – O bocejo venceu-o e ele abriu a boca amplamente e depois a fechou. – Mas ele não tinha nenhuma proteção escrita de sir Percival – concluiu ele, pestanejando –, de modo que nada podia ser feito.

– Um agente da alfândega, hein? – Isso explicava muita coisa.

– A-ham. Sim, senhora. – Elias fazia um grande esforço para se manter acordado, mas seus olhos vidrados estavam fixos no lampião oscilante no final da enfermaria e ele oscilava com ele.

– Vá para a cama, Elias – eu disse, com pena. – Eu termino aqui. Ele sacudiu a cabeça rapidamente, tentando afastar o sono.

– Ah, não, senhora! Não estou com sono, nem um pouco! – Estendeu a mão desajeitadamente para pegar a caneca e a garrafa que eu segurava. – Me dê isso e vá descansar. – Ele não se deixou convencer, mas teimosamente insistiu em ajudar a administrar a última ronda de água antes de sair cambaleando para sua cama.

Eu estava quase tão cansada quanto Elias quando terminamos, mas não conseguia dormir. Fiquei deitada na cabine do cirurgião morto, fitando a viga escura acima da minha cabeça, ouvindo os estalos e roncos do navio à minha volta, pensando.

Então, Tompkins trabalhava para sir Percival. E sir Percival sem dúvida sabia que Jamie era contrabandista. Mas haveria mais alguma coisa? Tompkins conhecia Jamie de vista. Como? E se sir Percival estivera disposto a tolerar as atividades clandestinas de Jamie em troca de subornos, então – bem, talvez nenhum desses subornos tenha chegado ao bolso de Tompkins. Mas nesse caso... e quanto à emboscada na enseada de Arbroath? Haveria um traidor entre os contrabandistas? Se assim fosse...

Meus pensamentos estavam perdendo a coerência, girando em círculos como os rodopios de um pião que já está perdendo as forças. O rosto branco de talco de sir Percival desapareceu na máscara púrpura do agente alfandegário enforcado na estrada de Arbroath, e as chamas douradas e vermelhas de um lampião explodindo iluminou as fendas de minha mente. Rolei sobre o estômago, agarrando o travesseiro junto ao peito, com o último pensamento em minha mente: eu tinha que encontrar Tompkins.

Mas Tompkins me encontrou antes. Durante mais de dois dias, a situação na enfermaria foi premente demais para que eu pudesse me ausentar mais do que alguns instantes. No terceiro dia, entretanto, a situação melhorou e eu me retirei para a cabine do cirurgião, pretendendo me lavar e descansar um pouco antes que o toque do tambor anunciasse meio-dia, a hora do almoço.

Estava deitada no catre, um pano frio sobre meus olhos cansados, quando ouvi um baque e vozes no corredor do lado de fora da cabine. Uma batida hesitante soou na minha porta e uma voz desconhecida disse:

– Sra. Malcolm? Houve um acidente, por favor, senhora.

Escancarei a porta e deparei-me com dois homens amparando um terceiro, que permanecia em pé como uma cegonha, somente sobre uma das pernas, o rosto lívido de choque e dor.

Bastou um único olhar de relance para eu saber quem estava diante de mim. Uma das faces do sujeito era marcada com cicatrizes brancas de uma grave queimadura e a pálpebra retorcida desse lado do rosto expunha a lente leitosa de um olho cego – eu não precisava de mais nenhuma confirmação para saber que diante de mim estava o marinheiro caolho que o Jovem Ian pensou ter matado. Os cabelos lisos, castanhos, cresciam para trás de uma fronte calva, formando um rabo de cavalo mirrado que caía sobre um dos ombros, expondo um par de orelhas grandes e transparentes.

– Sr. Tompkins – eu disse sem hesitação e seu único olho arregalou-se de surpresa. – Coloquem-no ali, por favor.

Os homens depositaram Tompkins em um banco junto à parede e voltaram a seus afazeres; o navio estava carente demais de mão de obra para permitir qualquer distração. Com o coração batendo fortemente, ajoelhei-me para examinar a perna ferida.

Ele sabia quem eu era, sem dúvida; vi isso em seu rosto assim que abri a porta. Havia muita tensão na perna sob minha mão. O ferimento estava muito ensanguentado, mas não era grave, se bem tratado; um talho profundo cortava a panturrilha de cima a baixo. Sangrara profusamente, mas nenhuma artéria profunda fora seccionada. Fora bem amarrada com uma tira da camisa de alguém e o sangramento já havia quase estancado quando removi a atadura improvisada.

– Como fez isso, sr. Tompkins? – perguntei, levantando-me e pegando a garrafa de álcool. Ele ergueu o rosto, o único olho alerta e desconfiado.

– Lasca de madeira, senhora – respondeu ele, no tom anasalado que eu ouvira antes. – Uma verga estilhaçou quando eu estava sobre ela. – A ponta de sua língua umedeceu furtivamente o lábio inferior.

– Entendo. – Virei-me e abri a tampa de minha caixa de remédios vazia, fingindo examinar os remédios disponíveis. Analisei-o pelo canto do olho, enquanto tentava decidir a melhor maneira de abordá-lo. Ele estava na defensiva; induzi-lo com astúcia a fazer revelações ou tentar conquistar sua confiança estavam obviamente fora de questão.

Meus olhos adejaram sobre o tampo da mesa, em busca de inspiração. E encontraram. Com desculpas mentais à memória de Esculápio, o deus da medicina, peguei a serra de ossos do falecido cirurgião, um instrumento assustador com cerca de 50 centímetros de comprimento, de metal manchado de ferrugem. Olhei para o objeto pensativamente, virei-me e encostei o lado denteado do instrumento delicadamente contra a perna ferida, logo acima do joelho. Sorri encantadoramente, fitando o único e apavorado olho do marinheiro.

– Sr. Tompkins – eu disse –, vamos conversar francamente.

Uma hora depois, o saudável marinheiro Tompkins fora levado de volta à sua rede, o corte costurado e enfaixado, trêmulo dos pés à cabeça, mas ainda assim saudável. De minha parte, também me sentia um pouco abalada.

Tompkins era, como ele insistira para os recrutadores de marujos em Edimburgo, um agente de sir Percival Turner. Nessa função, ele andava pelas docas e armazéns de todos os portos de marinha mercante no estuário do Forth, de Culross e Donibristle a Restalrig e Musselburgh, recolhendo boatos e mantendo seu olho pequeno e brilhante atento a qualquer evidência de atividade ilegal.

Sendo a atitude dos escoceses em relação às leis de impostos dos ingleses como era, não faltavam atividades ilícitas para reportar. O que era feito com tais relatórios, entretanto, variava. Pequenos contrabandistas, pegos em flagrante com uma ou duas garrafas de rum ou uísque não registrado, poderiam ser sumariamente presos, julgados e declarados culpados, e condenados a qualquer coisa do cumprimento de pena ao exílio, com confisco de todas as suas propriedades para a Coroa.

Os peixes maiores, entretanto, eram reservados ao julgamento pessoal de sir Percival. Em outras palavras, era-lhes permitido pagar subornos substanciais pelo privilégio de continuarem suas operações sob o olho cego (neste ponto, Tompkins riu cinicamente, tocando o lado arrumado de seu rosto) dos agentes do rei.

– Sir Percival tem ambições, compreende? – Embora não perceptivelmente descontraído, Tompkins havia ao menos relaxado o suficiente para se inclinar para a frente, um olho estreitando-se enquanto gesticulava, explicando. – Ele está mancomunado com Dundas e todos eles. Se tudo der certo, ele pode receber um título de nobreza, não apenas um título de cavaleiro, sabe? Mas para isso é necessário mais do que dinheiro.

Um fator que podia ajudar era alguma espetacular demonstração de competência e serviços à Coroa.

– Como uma grande prisão que chame a atenção deles, sabe? Aai! Isso dói, dona. Tem certeza que sabe o que está fazendo aí? – Tompkins olhou desconfiadamente para baixo, onde eu limpava o local do ferimento com álcool diluído.

– Tenho certeza – eu disse. – Continue. Imagino que um simples contrabandista não seria suficiente, por maior que fosse, não é?

Obviamente, não. Entretanto, quando sir Percival ouviu dizer que podia haver um importante criminoso político ao seu alcance, o velho cavalheiro quase explodiu de entusiasmo.

– Mas a atividade subversiva é mais difícil de provar do que contrabando, certo? Você pega um dos peixinhos com o material e eles não dizem nem mais uma palavra que leve a outros envolvidos. São idealistas, esses revolucionários – disse Tompkins, sacudindo a cabeça em reprovação. – Nunca delatam os companheiros.

– Então, você não sabia quem estava procurando? – Levantei-me e peguei um dos meus fios de sutura feitos de tripas de gato de sua botija, passando-o pelo buraco da agulha. Percebi o olhar apreensivo de Tompkins, mas não fiz nada para aliviar sua ansiedade. Eu o queria ansioso... e loquaz.

– Não, não sabíamos quem era o peixe grande, não até outro dos agentes de sir Percival ter a sorte de tropeçar em outro sócio de Fraser, que lhes deu a dica de que ele era Malcolm, o mestre-impressor, e revelou seu nome verdadeiro. Então, naturalmente, tudo se esclareceu.

Meu coração deu um salto.

– Quem era o sócio? – perguntei. Os nomes e rostos dos seis contrabandistas atravessaram minha mente... peixes pequenos. Não eram idealistas, nenhum deles. Mas para qual deles a lealdade nada significava?

– Não sei. Não, é verdade, dona, eu juro! Aai! – gritou ele histericamente quando enfiei a agulha sob a pele.

– Não estou tentando machucá-lo – afirmei, numa voz tão falsa quanto pude imitar. – Mas eu tenho que suturar o ferimento.

– Ah! Ai! Não sei, pode acreditar. Eu diria, se soubesse, Deus é testemunha!

– Tenho certeza que diria – observei, atenta à sutura.

– Ah! Por favor, dona. Pare! Só um instante! Tudo que eu sei é que foi um inglês! Só isso!

Parei e ergui os olhos, fitando-o fixamente.

– Um inglês? – eu disse, perplexa.

– Sim, dona. Foi o que sir Percival disse. – Ele abaixou os olhos para mim, as lágrimas tremeluzindo nos cílios em ambos os olhos. Dei o último ponto, com toda a delicadeza possível, e arrematei a sutura. Sem falar, levantei-me, servi uma pequena dose da minha garrafa particular de conhaque e entreguei a ele.

Ele sorveu-o com gratidão e pareceu mais reanimado. Se por gratidão ou puro alívio pelo término do sofrimento, ele me contou o resto da história. Em busca de provas para sustentar a acusação de incitação à revolta, ele fora à gráfica no beco Carfax.

– Sei o que aconteceu lá – assegurei-lhe. Virei seu rosto na direção da luz, examinando as marcas de queimaduras. – Ainda dói?

– Não, dona, mas doeu muito durante algum tempo – disse ele. Ficando incapacitado por causa dos ferimentos, Tompkins não participara da emboscada na enseada Arbroath, mas ouvira falar do episódio. – Não diretamente, mas ouvi, sabe – disse ele, com um sinal significativo da cabeça.

Sir Percival avisara Jamie de uma emboscada para reduzir as chances de Jamie achar que ele estivesse envolvido no caso e possivelmente revelar os detalhes de seus arranjos financeiros em locais onde tais revelações seriam prejudiciais aos interesses de sir Percival.

Ao mesmo tempo, sir Percival ficara sabendo – do sócio, o misterioso inglês – do arranjo alternativo com o navio francês de entrega da mercadoria e providenciara a fatídica emboscada na praia de Arbroath.

– Mas e quanto ao guarda alfandegário que foi morto na estrada? – perguntei incisivamente. Não pude conter um leve estremecimento, à lembrança daquele rosto terrível. – Quem fez aquilo? Havia apenas cinco homens entre os contrabandistas que poderiam ter feito isso e nenhum deles é inglês!

Tompkins passou a mão pela boca; parecia estar considerando a conveniência ou não de me contar. Peguei a garrafa de conhaque e coloquei-a junto a seu cotovelo.

– Ora, muito obrigado, sra. Fraser! A senhora é uma verdadeira cristã, dona, e direi isso a quem perguntar!

– Deixe de lado as recomendações – eu disse secamente. – Apenas me conte o que sabe sobre o guarda alfandegário.

Ele encheu o copo e esvaziou-o, pouco a pouco. Depois, com um suspiro de satisfação, sentou-se e umedeceu os lábios.

– Não foi nenhum dos contrabandistas que o matou, dona. Foi seu próprio colega.

– O quê? – Dei um salto para trás, surpresa, mas ele balançou a cabeça, piscando seu olho bom em sinal de sinceridade.

– Isso mesmo, dona. Havia dois deles, não é? Bem, um deles tinha suas instruções, não tinha?

As instruções eram esperar até que quaisquer contrabandistas que tivessem escapado da emboscada na praia atingissem a estrada, onde então o oficial da alfândega passaria um laço pela cabeça do parceiro na escuridão e o estrangularia rapidamente, depois o penduraria e o abandonaria ali, como prova da ira assassina dos contrabandistas.

– Mas por quê? – eu disse, confusa e horrorizada. – Por que fazer isso?

– A senhora não vê? – Tompkins pareceu surpreso, como se a lógica da situação fosse óbvia. – Nós havíamos fracassado em obter provas da gráfica que incriminariam Fraser na acusação de atividades subversivas e, com a gráfica destruída pelo incêndio, não havia possibilidade de outra chance. Nem jamais havíamos flagrado Fraser com as mercadorias contrabandeadas, apenas alguns dos peixinhos que trabalhavam para ele. Um dos outros agentes achava que sabia onde as mercadorias eram guardadas, mas algo aconteceu a ele; talvez Fraser o tivesse descoberto ou comprado, porque desapareceu um dia em novembro e não se ouviu mais falar dele, nem tampouco do esconderijo do contrabando.

– Sei. – Engoli em seco, pensando no homem que me abordara na escadaria do bordel. O que acontecera com aquele barril de crème de menthe? – Mas...

– Bem, estou lhe contando, dona, espere um pouco. – Tompkins ergueu a mão em advertência. – Assim, de um lado sir Percival, sabendo que tinha nas mãos um caso incomparável: um homem que não só era um dos maiores contrabandistas do estuário e autor de alguns dos materiais mais subversivos que já tive o privilégio de ver, mas era também um traidor jacobita perdoado, cujo nome transformaria o julgamento num caso sensacional, de um extremo ao outro do reino. O único problema é que não havia provas.

Tudo começou a fazer um sentido sinistro, à medida que Tompkins explicava o plano. O assassinato de um guarda alfandegário no cumprimento do dever não só faria com que qualquer contrabandista fosse preso por um crime sujeito à pena capital, como era o tipo de crime hediondo que provocaria um extraordinário clamor público. A aceitação na prática que os contrabandistas usufruíam por parte do povo não os protegeria numa questão de tamanha vilania.

– O seu sir Percival tem todos os atributos de um filho da mãe de primeira classe – observei. Tompkins balançou a cabeça pensativamente, piscando com o olhar mergulhado no copo.

– Bem, nisso a senhora tem razão, dona, não vou dizer que está errada.

– E o guarda alfandegário que foi morto, imagino que fosse apenas um inocente útil, não?

Tompkins sufocou uma risadinha, com um belo jorro de conhaque. Seu único olho parecia ter algum problema em focalizar.

– Ah, muito útil, madame, em diversos aspectos. Não precisa ter pena dele. Muita gente ficou feliz em ver Tom Oakie na corda e sir Percival era um dos mais interessados.

– Sei. – Terminei de enfaixar sua panturrilha. Estava ficando tarde; logo eu teria que voltar à enfermaria. – É melhor eu chamar alguém para levá-lo à sua rede – eu disse, tirando a garrafa quase vazia de sua mão lânguida. – Deve deixar a perna em repouso por pelo menos três dias. Diga ao seu chefe que você não pode subir enquanto eu não tirar os pontos.

– Farei isso, dona, e obrigado por sua bondade com um pobre marujo sem sorte. – Tompkins fez uma tentativa frustrada de se levantar, parecendo admirado quando não conseguiu. Enfiei a mão embaixo de seu braço e, com esforço, coloquei-o de pé. Ele recusou minha oferta de chamar alguém para ajudá-lo e, então, acompanhei-o até a porta.

– Não precisa se preocupar com Harry Tompkins, dona – disse ele, cambaleando para o corredor. Virou-se e deu uma piscadela exagerada para mim. – O velho Harry sempre acaba bem, independentemente de qualquer coisa. – Olhando para ele, o nariz longo, com a ponta vermelha da bebida, as orelhas grandes e transparentes, e o único olho castanho e dissimulado, veio-me de imediato à cabeça o que ele me lembrava.

– Quando você nasceu, sr. Tompkins? – perguntei.

Ele piscou por um instante, sem compreender, mas em seguida respondeu:
– No ano de Nosso Senhor de 1713, dona. Por quê?
– Por nada – eu disse, despedindo-o com um aceno, observando enquanto ele cambaleava lentamente pelo corredor, saindo do alcance da vista na escada como um saco de aveia. Eu teria que conferir com o sr. Willoughby para me certificar, mas no momento eu teria apostado minha camisola que 1713 fora o ano do Rato.

48

MOMENTO DE GRAÇA

Nos dias seguintes, estabeleceu-se uma rotina, como costuma acontecer mesmo nas circunstâncias mais desesperadoras, desde que continuem por um longo tempo. As horas seguintes a uma batalha são urgentes e caóticas, a vida dos homens fica suspensa na ação de apenas um segundo. Nessa situação, um médico pode ser heroico, sabendo com certeza que o ferimento que acabou de estancar salvou uma vida, que a rápida intervenção salvará uma perna ou um braço. Mas numa epidemia, não há nada disso.

Depois, vêm os longos dias de constante vigília e batalhas travadas no campo dos germes. Sem armas adequadas para esse campo, não pode ser mais do que uma batalha de protelação, fazendo as pequenas coisas que podem não ajudar, mas que têm que ser feitas. É preciso continuar lutando, incansavelmente, contra o inimigo invisível da doença, na tênue esperança de que o corpo possa ser sustentado tempo suficiente para sobreviver a seu atacante.

Lutar contra a doença sem remédios é como empurrar uma sombra; uma escuridão que se espalha tão inexoravelmente quanto a noite. Eu estava lutando há nove dias e mais 46 homens haviam morrido.

Mesmo assim, eu me levantava todo dia com o nascer do sol, jogava água nos meus olhos que pareciam ter areia e me dirigia mais uma vez ao campo de batalha, sem nenhuma arma além da persistência – e um barril de álcool.

Houve algumas vitórias, mas mesmo essas deixavam um gosto amargo em minha boca. Eu encontrara a fonte provável de infecção – um dos ajudantes das refeições, um homem chamado Howard. Primeiro servindo a bordo como membro da equipe dos canhões, Howard fora transferido para as tarefas da cozinha havia seis semanas, em consequência de um acidente com uma carroça de canhão que retrocedeu e esmagou vários dos seus dedos.

Howard servira na sala da artilharia e o primeiro caso conhecido da doença – deduzindo-se dos registros incompletos do cirurgião morto, sr. Hunter – fora um dos marinheiros que fazia ali suas refeições. Quatro novos casos, todos da sala da artilharia, e então a doença começou a se espalhar, conforme homens infectados, mas ainda circulando, deixavam a infecção mortal nas latrinas do navio, onde outros eram contaminados e passavam para o resto da tripulação.

A admissão de Howard de que já vira doença semelhante, em outros navios onde servira, foi o suficiente para comprovar a suspeita. Entretanto, o cozinheiro, com falta de ajudantes como todos a bordo, recusara-se terminantemente a abrir mão de um auxiliar valioso, somente por causa de uma "ideia tola de uma maldita mulher!".

Elias não conseguiu convencê-lo e eu fui obrigada a requisitar a presença do próprio capitão, o qual – sem compreender a natureza do desentendimento – chegara acompanhado de vários fuzileiros navais armados. Houve uma cena muito desagradável na cozinha e Howard foi removido para a prisão do navio, o único lugar isolado para colocar alguém em quarentena. Howard protestou, perplexo, exigindo que lhe dissessem qual fora seu crime.

Quando subi da cozinha, o sol estava se pondo no horizonte num esplendor chamejante que pavimentava de ouro o mar a oeste, como as ruas do céu. Parei por um instante, só por um momento, paralisada pela beleza do cenário.

Já acontecera muitas vezes antes, mas sempre me pegava de surpresa. Sempre no meio de um grande estresse, mergulhada até o pescoço em problemas e tristeza, como acontece com os médicos, eu olhava para fora de uma janela, abria uma porta, olhava um rosto, e lá estava, inesperado e inconfundível. Um momento de paz.

A luz esparramava-se do céu para o navio e o imenso horizonte já não era uma ameaça desconhecida de vazio, mas a morada da alegria. Por um instante, habitei o centro do sol, aquecida e purificada, e o cheiro e a visão da doença se dissiparam; a amargura abandonou meu coração.

Eu nunca a procurava, não lhe dava nenhum nome; entretanto, eu sempre sabia quando a dádiva da paz vinha. Eu permanecia absolutamente imóvel por aquele momento que ela durava, achando estranho e ao mesmo tempo natural que a graça me alcançasse aqui também.

Então a luz mudou um pouco e o momento passou, deixando-me como sempre o fazia, com o eco duradouro de sua presença. Num reflexo de agradecimento, fiz o sinal da cruz e desci, minha armadura embaçada brilhando ligeiramente.

• • •

Elias Pound morreu de febre tifoide quatro dias depois. Foi uma infecção devastadora; ele chegou à enfermaria com febre alta e encolhendo-se diante da luz; seis horas mais tarde estava delirante e prostrado. No amanhecer do dia seguinte, ele pressionou sua cabeça redonda de cabelos bem curtos contra meu peito, chamou-me "mamãe" e morreu nos meus braços.

Fiz o que era necessário fazer durante todo o dia e fiquei ao lado do capitão Leonard ao pôr do sol, quando ele leu a cerimônia fúnebre. O corpo do guarda-marinha Pound foi consignado ao mar, enrolado em sua rede.

Recusei o convite do capitão para jantar e, em vez disso, fui sentar-me num canto retirado do convés de ré, perto de um dos enormes canhões, de onde eu podia ficar voltada para o mar, sem mostrar meu rosto a ninguém. O sol se pôs em toda a sua glória e esplendor de ouro, seguido por uma noite de veludo estrelado, mas não houve nenhum momento de graça, nenhuma paz para mim em nenhum dos dois deslumbrantes cenários.

Conforme a escuridão se instalava sobre o navio, todos os seus movimentos começaram a abrandar. Recostei a cabeça contra o canhão, o metal polido e frio sob meu rosto. Um marinheiro passou por mim apressado, atento às suas obrigações, e depois fiquei sozinha.

Eu sofria desesperadamente; minha cabeça latejava, minhas costas estavam enrijecidas e doloridas e meus pés inchados, mas nada disso importava, em comparação à dor mais profunda que apertava meu coração.

Todo médico detesta perder um paciente. A morte é o inimigo e perder alguém sob seus cuidados para o anjo das trevas é ser derrotado, sentir a raiva da traição e da impotência, que vai além da dor humana comum da perda e do horror da inexorabilidade da morte. Eu perdera 23 homens entre a aurora e o pôr do sol deste dia. Elias fora apenas o primeiro.

Vários morreram enquanto eu os limpava ou segurava suas mãos; outros, sozinhos em suas redes, morreram sem o conforto sequer de um toque, porque não pude chegar a eles a tempo. Eu achava que havia me resignado às realidades desta época, mas saber – no momento mesmo em que segurava o corpo agitado de um marinheiro de 18 anos enquanto seus intestinos dissolviam-se em sangue e água – que a penicilina teria salvado a maioria, e eu não tinha nenhuma, me corroía como uma úlcera, devorava minha alma.

A caixa de seringas e ampolas fora deixada no *Artemis*, no bolso da minha saia de reserva. Ainda que a tivesse, não poderia tê-la usado. Se a tivesse usado, não poderia salvar mais do que uma ou duas pessoas. Mas mesmo sabendo disso, enfurecia-me a inutilidade de tudo, cerrando os dentes até meu maxilar doer, enquanto ia de um homem a outro, armada apenas com leite escaldado e bolacha, e minhas duas mãos vazias.

Minha mente refazia o mesmo percurso atordoante que meus pés haviam percorrido anteriormente, vendo rostos – rostos contraídos de dor ou acalmando-se lentamente na flacidez da morte, mas todos olhando para mim. Para mim. Ergui minha mão inútil e a golpeei com força contra a balaustrada. Repeti o gesto, uma, duas vezes, mal sentindo a dor dos golpes, num frenesi furioso de ódio e frustração.

– Pare! – falou uma voz atrás de mim, e dedos fortes seguraram meu pulso, impedindo-me de bater na balaustrada outra vez.

– Solte-me! – Debati-me, mas ele era forte demais.

– Pare – repetiu ele, com firmeza. Seu outro braço segurou-me pela cintura e ele me puxou para trás, afastando-me da balaustrada. – Não deve fazer isso – disse ele. – Vai se machucar.

– Não me importo! – Contorci-me violentamente, tentando me livrar, mas depois me abandonei, derrotada. Que diferença fazia?

Ele me soltou e eu me virei, deparando-me com um homem que nunca vira antes. Não era um marinheiro; embora suas roupas estivessem amarrotadas e malcheirosas pelo longo tempo de uso, haviam sido originalmente muito elegantes; o casaco e o colete no mesmo cinza-claro haviam sido talhados para valorizar sua figura esbelta, e a renda murcha em seu pescoço era proveniente de Bruxelas.

– Quem é você, afinal? – perguntei, espantada. Limpei minhas faces molhadas, funguei e fiz um esforço instintivo para amansar meus cabelos. Esperava que as sombras ocultassem meu rosto.

Ele esboçou um sorriso e entregou-me um lenço, amassado, mas limpo.

– Meu nome é Grey – disse ele, com uma pequena reverência cortês. – Imagino que seja a famosa sra. Malcolm, cujo heroísmo o capitão Leonard não cansa de elogiar. – Meu rosto se contorceu de desgosto diante de suas palavras, e ele parou. – Desculpe-me – disse ele. – Eu disse alguma coisa errada? Minhas desculpas, madame, não tive a menor intenção de ofendê-la. – Ele pareceu ansioso diante da ideia e eu sacudi a cabeça.

– Não é heroico ver homens morrendo – eu disse. Minhas palavras soaram grosseiras e eu parei para assoar o nariz. – Só estou aqui, só isso. Obrigada pelo lenço. – Hesitei, sem querer devolver o lenço usado, mas não querendo simplesmente embolsá-lo. Ele resolveu o dilema com um breve aceno da mão, descartando a questão.

– Posso fazer mais alguma coisa por você? – Ele hesitou, indeciso. – Um copo de água? Um pouco de conhaque, talvez? – Remexeu no casaco, retirando um pequeno frasco de bolso, de prata, gravado com um brasão, que me ofereceu.

Peguei-o, agradecendo com um sinal da cabeça, e tomei um longo gole, suficiente para me fazer engasgar. A bebida queimou o fundo da minha garganta, mas tomei outro gole, mais cautelosamente desta vez, e senti o conhaque me aquecer, acalmando-me e fortalecendo-me. Respirei fundo e bebi outra vez. Senti-me melhor.

– Obrigada – eu disse, a voz um pouco rouca, devolvendo-lhe o frasco. Pareceu-me uma atitude um pouco brusca e eu acrescentei: – Havia me esquecido como o conhaque é bom para beber; eu o tenho usado para limpar os doentes na enfermaria. – A declaração trouxe de volta os acontecimentos do dia com uma intensidade esmagadora e deixei-me cair outra vez, esmorecida, sobre a caixa de pólvora onde estivera sentada.

– Quer dizer que a epidemia continua com toda a força? – perguntou ele à meia-voz. Estava de pé diante de mim, a claridade de um lampião próximo brilhando em seus cabelos louro-escuros.

– Não, com toda a força, não. – Cerrei os olhos, sentindo-me indescritivelmente desalentada. – Houve somente um novo caso hoje. Houve quatro ontem e seis anteontem.

– Parece promissor – observou ele. – Como se você estivesse vencendo a doença.

Sacudi a cabeça devagar. Parecia densa e pesada, como uma das bolas de canhão empilhadas em caixas rasas perto dos canhões.

– Não. Tudo que estamos fazendo é impedir que mais homens sejam infectados. Não há nada que eu possa fazer por aqueles que já estão doentes.

– De fato. – Ele parou e pegou uma de minhas mãos. Surpresa, deixei que ele a segurasse. Passou o polegar de leve sobre a bolha onde eu me queimara escaldando leite e tocou os nós dos meus dedos, avermelhados e rachados pela constante imersão em álcool. – Você parece que andou trabalhando demais para alguém que não está fazendo nada – disse ele sem floreios.

– É claro que estou fazendo alguma coisa! – retruquei, retirando minha mão bruscamente. – Só que não adianta nada!

– Tenho certeza... – começou ele.

– Não adianta! – Bati o punho cerrado contra o canhão, o golpe silencioso parecendo simbolizar a inutilidade e a angústia do dia. – Sabe quantos homens eu perdi hoje? Vinte e três! Estou de pé desde o raiar do dia, mergulhada até o pescoço em imundície e vômito e minhas roupas grudam no meu corpo e nada disso adiantou! Não pude fazer nada! Entendeu? Não pude ajudar!

Seu rosto estava virado, mergulhado nas sombras, mas os ombros estavam tensos.

– Entendi – disse ele brandamente. – Você faz com que eu me sinta envergonhado. Eu tenho ficado em minha cabine por ordens do capitão, mas não fazia a menor ideia de que as circunstâncias eram tão graves quanto você descreve ou eu lhe asseguro que teria vindo ajudar, apesar de tudo.

– Por quê? – perguntei, sem rodeios. – Não é sua função.

– É a sua? – Ele girou nos calcanhares para me encarar e eu vi que ele era um homem bonito, perto dos 40 anos, talvez, com feições bem delineadas, sensíveis, e grandes olhos azuis, arregalados de espanto.

– Sim – eu disse.

Ele examinou meu rosto por um instante e sua própria expressão mudou, passando de surpresa a pensativa.

– Compreendo.

– Não, não compreende, mas não importa. – Pressionei as pontas dos dedos com força contra as têmporas, no lugar que o sr. Willoughby me mostrara, para aliviar a dor de cabeça. – Se o capitão quer que você permaneça em sua cabine, então provavelmente é o que deve fazer. Há bastantes ajudantes na enfermaria; é apenas que... nada adianta – concluí, abandonando as mãos.

Ele caminhou até a balaustrada, a alguns passos de mim, e ficou observando a extensão de águas escuras, faiscando aqui e ali quando uma onda aleatória refletia o brilho das estrelas.

– Eu realmente compreendo – repetiu ele, como se falasse com as ondas. – Imaginei que sua angústia se devesse apenas à compaixão natural de uma mulher, mas vejo que se trata de algo inteiramente diferente. – Parou, as mãos agarradas à balaustrada, uma figura indistinta sob a luz das estrelas. – Já fui soldado, oficial – disse ele. – Sei o que é ter a vida dos homens nas mãos... e perdê-los.

Fiquei em silêncio, e ele também. Os sons normais de um navio continuaram à distância, amortecidos pela noite e pela falta de homens para produzi-los. Por fim, ele suspirou e virou-se novamente para mim.

– O que dói, eu acho, é a compreensão de que não somos Deus. – Ele parou, depois acrescentou, brandamente: – E o grande pesar de não poder ser.

Suspirei, sentindo parte da tensão esvair-se de mim. O vento frio levantou meus cabelos do pescoço e as pontas dos cachos esvoaçaram pelo meu rosto, delicadamente, como um toque suave.

– Sim – eu disse.

Ele hesitou por um instante, como se não soubesse o que dizer em seguida, depois se inclinou, pegou minha mão e beijou-a, muito simplesmente, sem afetação.

– Boa noite, sra. Malcolm – disse ele, e afastou-se, o som de seus passos soando alto no convés.

Ele não estava a mais do que alguns metros de mim quando um marinheiro que passava correndo avistou-o e parou com um grito. Era Jones, um dos camareiros de bordo.

– Santo Deus! O senhor não deveria estar fora de sua cabine, senhor! O ar noturno é mortal e essa praga está solta no navio, sem falar nas ordens do capitão. O que o seu criado estava pensando, senhor, para deixá-lo andar por aí assim?

O homem balançou a cabeça, desculpando-se.

– Sim, sim, eu sei. Eu não deveria ter subido ao convés; mas achei que se ficasse na cabine mais um instante ficaria completamente asfixiado.

– Melhor asfixiado do que morto pela maldita diarreia, senhor, se me perdoa falar assim – retrucou Jones severamente. O homem não fez nenhum protesto, apenas murmurou alguma coisa e desapareceu nas sombras do convés de ré.

Estendi o braço e agarrei Jones pela manga quando ele passou, fazendo-o ter um sobressalto e dar um ganido sufocado de susto.

– Ah! Sra. Malcolm! – disse ele, caindo em si, a mão espalmada contra o peito. – Credo, pensei que fosse um fantasma, madame, queira me desculpar.

– Eu é que peço desculpas – eu disse, educadamente. – Eu só queria lhe perguntar quem era o homem com quem você acaba de falar?

– Ah, ele? – Jones torceu-se para olhar por cima do ombro, mas o sr. Grey já desaparecera havia muito tempo. – Ora, é lorde John Grey, dona, o novo governador da Jamaica. – Ele franziu o cenho com ar severo na direção tomada pelo meu conhecido. – Ele não deveria estar aqui em cima; o capitão deu ordens estritas para ele ficar a salvo em sua cabine, fora do caminho da doença. Tudo que precisamos é entrar no porto com um político morto a bordo e aí vai haver o diabo, dona, com perdão da sua presença.

Ele sacudiu a cabeça com ar de desaprovação, depois balançou a cabeça, virando-se para mim.

– Vai se recolher, senhora? Quer que eu leve uma boa xícara de chá e talvez alguns biscoitos?

– Não, obrigada, Jones – eu disse. – Vou passar pela enfermaria outra vez antes de ir dormir. Não preciso de nada.

– Bem, se precisar, dona, é só dizer. A qualquer hora. Boa noite, dona. – Ele tocou rápido em seu topete e afastou-se apressado.

Fiquei parada junto à balaustrada sozinha por alguns instantes antes de descer, inspirando profundamente o ar fresco e limpo. Ainda havia muitas horas pela frente até o alvorecer; as estrelas fulguravam, límpidas e brilhantes, no firmamento, e eu compreendi, de repente, que aquele momento de graça pelo qual eu tanto rezara em silêncio enfim chegara.

– Tem razão – eu disse por fim, em voz alta, para o mar e para o céu. – Um pôr do sol não teria sido suficiente. Obrigada – acrescentei, virando-me para descer.

49

TERRA À VISTA!

É verdade o que os marinheiros dizem. Podemos sentir o cheiro da terra muito tempo antes de vê-la.

Apesar da longa viagem, o curral das cabras era um lugar surpreendentemente agradável. A esta altura, a palha fresca se esgotara e os cascos das cabras clicavam incessantemente de um lado para o outro nas tábuas nuas. Ainda assim, os montes de excremento eram varridos todos os dias e cuidadosamente empilhados em cestos para serem jogados ao mar, e Annekje Johansen trazia braçadas de feno seco para a manjedoura toda manhã. Havia um cheiro forte de cabra, mas era um odor limpo de animal e bastante agradável em contraste com a fedentina de marinheiros que não tomavam banho.

– *Komma, komma, komma, dyr get* – sussurrava ela, atraindo uma cabrita com um punhado de feno enrolado. O animal estendia a boca com cautela e era prontamente agarrado pelo pescoço e puxado para a frente, a cabeça presa sob o braço musculoso de Annekje.

– Carrapatos? – perguntei, aproximando-me para ajudar. Annekje ergueu os olhos e dirigiu-me seu sorriso largo e parcialmente desdentado.

– *Guten Morgen*, sra. Claire – disse ela. – *Ja*, carrapatos. Aqui. – Ela segurou a orelha caída da cabrita com uma das mãos e virou para cima a borda sedosa para mostrar-me a protuberância escura de um carrapato gordo de sangue, enterrado fundo na pele tenra.

Ela agarrou o animal com força para mantê-lo imóvel e apertou sua orelha, segurando o carrapato ferozmente entre as unhas. Arrancou-o com um puxão e a cabra baliu e esperneou, um minúsculo ponto de sangue brotando de sua orelha, no local de onde o carrapato fora arrancado.

– Espere – eu disse, quando ela ia soltar o animal. Ela olhou-me, curiosa, mas assentiu e continuou segurando a cabra. Peguei a garrafa de álcool que eu usava pendurada no cinto como uma arma e pinguei algumas gotas na orelha. Era delicada e macia, as veias minúsculas claramente visíveis sob a pele acetinada. Os olhos de pupilas quadradas da cabra esbugalharam-se ainda mais e ela colocou a língua para fora de agitação enquanto balia.

– A orelha não vai inflamar – eu disse, explicando, e Annekje balançou a cabeça em aprovação.

Então a cabrita foi liberada e correu para misturar-se de novo ao rebanho, empurrando a cabeça contra a lateral do corpo da mãe, numa busca frenética pelo conforto do leite. Annekje olhou à sua volta, à procura do carrapato descartado, e encontrou-o no assoalho do convés, as pernas minúsculas impotentes para arrastar seu corpo inchado. Ela esmagou-o descontraidamente sob o calcanhar do sapato, deixando uma pequena mancha escura na tábua.

– Estamos chegando à terra firme? – perguntei. Ela balançou a cabeça, com um sorriso amplo e alegre. Abanou a mão num gesto largo para cima, onde a luz do sol penetrava pela grade no alto.

– *Ja*. Cheiro? – disse ela, inspirando vigorosamente para ilustrar. Sorria, radiante. – Terra, *ja*! Água, capim. Bom, muito bom!

– Preciso ir para terra – eu disse, observando-a cuidadosamente. – Ir escondida. Segredo. Sem dizer nada.

– Ah? – Os olhos de Annekje arregalaram-se e ela me olhou especulativamente. – Não contar capitão, *ja*?

– Não contar a ninguém – eu disse, balançando a cabeça enfaticamente. – Pode ajudar?

Ela ficou quieta por um instante, pensando. Uma mulher corpulenta, tranquila, ela me fazia lembrar de suas próprias cabras, alegremente adaptando-se à estranha vida a bordo, desfrutando os prazeres do feno e da companhia calorosa, prosperando apesar do convés oscilante e das sombras asfixiantes do porão.

Com o mesmo ar de competente adaptação, ela ergueu os olhos para mim e assentiu calmamente.

– *Ja*, eu ajudo.

Passava do meio-dia quando ancoramos ao largo de uma ilha que um dos guardas-marinhas disse chamar-se Watlings.

Olhei por cima da balaustrada com grande curiosidade. Essa ilha plana, com suas amplas praias de areia branca e fileiras de palmeiras baixas, um dia chamara-se San Salvador. Atualmente rebatizada em homenagem a um notório pirata do século anterior, este pontinho de terra foi provavelmente a primeira visão que Cristóvão Colombo teve do Novo Mundo.

Eu levava a grande vantagem sobre Cristóvão Colombo de saber com certeza que a terra estava ali, mas mesmo assim senti um leve eco da alegria e alívio que os marinheiros daquelas minúsculas caravelas de madeira sentiram ao avistar terra pela primeira vez.

Quando se passa bastante tempo num navio em movimento, esquecemos de como é andar em terra firme. Ficamos com pés de marinheiro, como costumam dizer. É uma metamorfose, como a mudança de girino a rã, uma mudança indolor de um elemento para outro. Mas o cheiro e a visão de terra o fazem se lembrar de que você nasceu para andar em solo firme e repentinamente seus pés anseiam para tocar em terreno sólido.

O problema no momento era realmente colocar meus pés em terra firme. A ilha Watlings não era mais do que uma parada, para reabastecer nosso suprimento de água seriamente reduzido antes da viagem pelas ilhas Windward até a Jamaica. Seria uma jornada de pelo menos mais uma semana e a presença de tantos inválidos a bordo exigindo grandes quantidades de infusões líquidas havia praticamente drenado os grandes tonéis de água no porão.

San Salvador era uma ilha pequena, mas fiquei sabendo por meio de uma cuidadosa investigação entre meus pacientes de que havia um significativo tráfico de marinha mercante pelo porto principal em Cockburn Town. Podia não ser o lugar ideal para fugir, mas não parecia haver outra escolha; eu não tinha a menor intenção de desfrutar a "hospitalidade" da Marinha na Jamaica, servindo de isca para atrair Jamie à captura.

Apesar de ansiosa como a tripulação estava para ver e sentir a terra, ninguém tinha permissão para descer, exceto a equipe responsável pela água, agora ocupada com seus barris e carrinhos no riacho Pigeon, em cuja foz estávamos ancorados. Um fuzileiro naval montava guarda na cabeceira da prancha de desembarque, bloqueando qualquer tentativa de deixar o navio.

Os membros da tripulação que não estavam diretamente envolvidos no reabastecimento de água ou na guarda, debruçavam-se na balaustrada, conversando e pilheriando ou simplesmente fitando a ilha, o sonho de esperança realizado. Mais abaixo no convés, vi de relance um rabo de cavalo louro e comprido, esvoaçando na brisa da costa. O governador também emergira de seu isolamento, o rosto pálido voltado para o sol dos trópicos.

Eu teria ido falar com ele, mas não havia tempo. Annekje já descera para pegar a cabra. Limpei as mãos na saia, fazendo minhas últimas estimativas. A distância até a mata densa de palmeiras e arbustos não ultrapassava 200 metros. Se eu pudesse descer pela prancha e entrar na mata, achava que teria uma boa chance de escapar.

Ansioso como estava para chegar à Jamaica, o capitão Leonard provavelmente não perderia muito tempo tentando me capturar. E se realmente me capturassem – bem, o capitão com certeza não poderia me punir por tentar abandonar o navio; afinal de contas, eu não era nem um marinheiro nem um prisioneiro formal.

O sol brilhou nos cabelos louros de Annekje conforme ela subia cuidadosamente as escadas, uma cabra pequena confortavelmente aconchegada junto ao peito farto. Um rápido olhar, para ver se eu estava posicionada, e ela dirigiu-se para a prancha de desembarque.

Annekje falava com a sentinela em sua estranha mistura de inglês e sueco, apontando para a cabra e depois para a praia, insistindo que o animal precisava comer capim fresco. O marinheiro pareceu compreender, mas continuou irredutível.

– Não, senhora – disse ele, com todo o respeito. – Ninguém deve descer, a não ser o pessoal da água. Ordens do capitão.

Perto dali, mas fora da vista da sentinela, eu observava enquanto ela argumentava, erguendo a cabra diante do rosto dele e obrigando-o a recuar, um passo para trás, um passo para o lado, manobrando-o astuciosamente e afastando-o o suficiente para que eu pudesse passar furtivamente por trás dele. Não mais do que um instante, agora; ele estava quase na posição certa. Quando ela tivesse conseguido afastá-lo da cabeceira da prancha, deixaria cair a cabra e causaria uma confusão suficiente para tentar pegá-la, o que me daria um ou dois minutos para fugir.

Eu mudava de um pé para o outro, agitada. Estava descalça; seria mais fácil correr pela praia arenosa. A sentinela moveu-se, as costas de seu casaco vermelho completamente voltadas para mim. Mais um passo, pensei, só mais um passo.

– Belo dia, não é, sra. Malcolm?

Mordi a língua.

– Muito bonito, capitão Leonard – disse, com alguma dificuldade. Meu coração parecia ter parado de bater quando falei. Agora, retomava seus batimentos, bem mais acelerados do que o normal, para compensar o tempo perdido.

O capitão postou-se ao meu lado e olhou por cima da balaustrada, o rosto jovem brilhando com a alegria de Colombo. Apesar da minha vontade quase incontrolável de empurrá-lo por cima da amurada, sorri a contragosto ao vê-lo.

– Esta aproximação do continente é tanto uma vitória sua quanto minha, sra. Malcolm – disse ele. – Sem a senhora, duvido que tivéssemos conseguido trazer o *Porpoise* à terra firme. – Muito timidamente, ele tocou minha mão e eu sorri novamente, com um pouco menos de rancor.

– Tenho certeza de que você teria conseguido, capitão – eu disse. – Parece um homem do mar muito competente.

Ele riu e enrubesceu. Fizera a barba em homenagem à terra e suas faces lisas brilhavam, rosadas e esfoladas.

– Bem, o mérito é principalmente dos marinheiros, senhora. Devo dizer que agiram com muita dignidade. E seus esforços, é claro, devem-se por sua vez à sua competência como médica. – Olhou para mim, os olhos castanhos brilhantes e sérios. – De fato, sra. Malcolm, não posso expressar o quanto sua capacidade e bondade significaram para nós. Eu... eu pretendo dizer isso, também, ao governador e a sir Greville, sabe, o representante do rei em Antígua. Escreverei uma carta, uma carta de recomendação absolutamente elogiosa, expressando minha estima e admiração pela senhora e por seus esforços em nosso interesse. Talvez... talvez isso ajude. – Ele abaixou os olhos.

– Ajude em quê, capitão? – Meu coração continuava a bater acelerado. O capitão Leonard mordeu o lábio, em seguida ergueu os olhos.

– Eu não pretendia lhe dizer nada, madame. Mas eu... sinto-me moralmente obrigado. Sra. Fraser, eu sei seu nome e sei quem é seu marido.

– É mesmo? – eu disse, tentando controlar minhas próprias emoções. – E o que ele é?

O rapaz pareceu surpreso com a minha pergunta.

– Ora, madame, ele é um criminoso. – Ele empalideceu. – Quer dizer... a senhora não sabia?

– Sim, eu sabia – respondi secamente. – Mas por que está me contando isso? Ele umedeceu os lábios, mas fitou-me corajosamente nos olhos.

– Quando descobri a identidade de seu marido, registrei o fato no diário de bordo. Lamento ter feito isso, mas agora é tarde demais; a informação é oficial. Assim que eu chegar à Jamaica, tenho que informar seu nome e destino às autoridades locais e igualmente para o comandante da guarnição naval em Antígua. Ele será levado quando o *Artemis* atracar. – Ele engoliu em seco. – E se ele for levado...

– Será enforcado – eu disse, terminando o que ele não conseguia dizer. O rapaz balançou a cabeça, mudo. Sua boca abria-se e fechava-se, buscando as palavras.

– Já vi homens serem enforcados – disse ele finalmente. – Sra. Fraser, eu só... eu... – Ele parou, esforçando-se para manter o autocontrole, e conseguiu. Empertigou-se e olhou diretamente para mim, a alegria de ter aportado afogada numa súbita agonia. – Lamento muito – disse ele num sussurro. – Não posso lhe pedir que me perdoe, só posso dizer que sinto muito.

Girou nos calcanhares e afastou-se. Diretamente à frente dele estava Annekje Johansen e sua cabra, ainda numa discussão acalorada com a sentinela.

– O que foi? – perguntou o capitão Leonard, furioso. – Retire este animal do convés agora mesmo! Sr. Holford, o que está pensando?

Os olhos de Annekje dardejaram do capitão para mim, compreendendo instantaneamente o que dera errado. Ficou imóvel, a cabeça abaixada diante da reprimenda do capitão, depois saiu a passos largos na direção da escotilha que levava ao porão das cabras, agarrada ao seu animal. Ao passar por mim, um grande olho azul piscou solenemente. Tentaríamos de novo. Mas como?

Assolado pela culpa e atormentado por ventos contrários, o capitão Leonard me evitava, procurando refúgio em seu tombadilho conforme prosseguíamos cautelosamente, passando pela ilha Acklin e pelo recife Samana. As condições atmosféricas o ajudaram nessa evasão; o tempo continuou ensolarado, mas com brisas leves e estranhas alternando com rajadas súbitas de vento, exigindo o ajuste constante das velas – uma tarefa nada fácil num navio com falta de mão de obra.

Quatro dias mais tarde, quando mudávamos de curso para entrar na passagem Caicos, uma repentina e estrondosa lufada atingiu o navio sem aviso prévio, pegando-o desprevenido e mal preparado.

Eu estava no convés quando fomos atingidos pela rajada de vento. Ouviu-se um zumbido e o deslocamento de ar inflou minhas saias e me lançou, voando, pelo convés. Seguiu-se um estalo forte e agudo em algum lugar acima. Colidi de frente com Ramsdell Hodges, um membro da tripulação do castelo de proa, e saímos girando juntos numa louca pirueta, antes de cairmos, embolados, no chão do convés.

Houve uma confusão geral, com marinheiros correndo e ordens sendo gritadas. Sentei-me, tentando me recobrar.

– O que foi isso? – perguntei a Hodges, que se ergueu cambaleando e estendeu o braço para me ajudar a levantar. – O que aconteceu?

– O maldito mastro principal partiu-se – respondeu ele sucintamente. – Com perdão da sua presença, madame, mas foi o que aconteceu. E agora vai haver o diabo.

O *Porpoise* prosseguiu de modo claudicante na direção sul, não arriscando a se aproximar dos bancos de areia e baixios da passagem sem o mastro principal. Em vez de tentar prosseguir, o capitão Leonard entrou para reparos no porto adequado mais próximo, Bottle Creek, no litoral da ilha North Caicos.

Desta vez, tivemos permissão para desembarcar, mas isso de pouco me adiantou. Minúsculas e secas, com poucas fontes de água doce, as ilhas Turks e Caicos proporcionavam pouco mais do que inúmeras angras que poderiam abrigar navios de passagem surpreendidos por uma tempestade. E a ideia de se esconder numa ilha sem água e sem comida, à espera de um furacão que enviasse um navio para mim, não me atraía.

Para Annekje, entretanto, nossa mudança de curso sugeria um novo plano.

– Eu conheço estas ilhas – disse ela, balançando a cabeça vivamente. – Nós damos a volta agora, Grand Turk, Mouchoir. Caicos, não.

Eu parecia desconfiada e ela se agachou, desenhando com o dedo indicador rombudo na areia amarela da praia.

– Veja, passagem Caicos – disse ela, traçando duas linhas. No alto, entre as linhas, ela desenhou o pequeno triângulo de uma vela. – Atravessa – disse ela, indicando a passagem Caicos –, mas sem mastro. – Agora. – Desenhou rapidamente vários círculos irregulares, à direita da passagem. – North Caicos, South Caicos, Caicos, Grand Turk – disse ela, enfiando o dedo em cada círculo conforme os nomeava. – Damos a volta, recifes. Mouchoir. – E ela desenhou outro par de linhas, indicando uma passagem a sudeste da ilha Grand Turk.

– Passagem Mouchoir? – Eu ouvira os marinheiros mencionarem esse lugar, mas não fazia a menor ideia de como ele se aplicava à minha fuga do *Porpoise*.

Annekje balançou a cabeça, radiante, depois desenhou uma linha longa, sinuosa, um pouco abaixo das ilustrações anteriores. Apontou-a com orgulho.

– Hispaniola. Santo Domingo. Ilha grande, com cidades, muitos navios.

Ergui as sobrancelhas, ainda desnorteada. Ela suspirou, vendo que eu não compreendia. Parou um instante para pensar, depois se levantou, limpando as coxas grossas. Nós andáramos catando moluscos nas rochas e guardando-os numa panela rasa. Ela pegou a panela, jogou fora os moluscos e encheu-a com água do mar. Depois, colocando-a sobre a areia, fez sinal para que eu observasse.

Ela agitou a água cuidadosamente, com um movimento circular, depois ergueu o dedo, manchado com o sangue púrpura dos búzios. A água continuou a se mexer, girando ao redor das paredes finas da panela.

Annekje puxou uma linha da bainha desfeita de sua saia, cortou um pedaço com os dentes e cuspiu-a na água. Ela flutuou, seguindo o giro da água em círculos lentos ao redor da panela.

– Você – disse ela, apontando para o pedaço de linha. – Água leva você. – Apontou novamente para o desenho na areia. Um novo triângulo, na passagem Mouchoir. Um traço, curvando-se da minúscula vela para a esquerda, indicando o curso do navio. E agora, a linha azul representando-me resgatada de sua imersão na panela. Ela colocou-a junto à minúscula vela que representava o *Porpoise*, depois arrastou-a pela passagem, na direção da costa de Hispaniola.

– Saltar – disse ela simplesmente.

– Está maluca! – disse, horrorizada.

Ela abafou uma risadinha, satisfeita por eu ter compreendido.

– *Ja* – disse ela. – Mas funciona. Água leva você. – Apontou para o final da passagem Mouchoir, para o litoral da Hispaniola, e agitou a água na panela outra vez. Ficamos lado a lado, observando as ondas de sua corrente manufaturada se extinguir lentamente.

Annekje olhou para mim de soslaio, pensativamente.

– Você tenta não afogar, *ja*?

Respirei fundo e afastei os cabelos dos olhos.

– *Ja* – eu disse. – Tentarei.

50

CONHEÇO UM PADRE

O mar era surpreendentemente morno, no que tange a mares, e semelhante a um banho morno em comparação às ondas geladas ao largo da Escócia. Por outro lado, era extremamente penetrante. Após duas ou três horas de imersão, meus pés estavam dormentes e meus dedos enregelados onde se agarravam às cordas do meu salva-vidas improvisado, feito de dois barris vazios.

A mulher do artilheiro, entretanto, tinha razão. A forma comprida, turva, que eu avistara do *Porpoise*, ficava cada vez mais perto, suas colinas suaves escuras como veludo negro contra um céu prateado. Hispaniola – Haiti.

Eu não tinha como saber as horas e, entretanto, dois meses a bordo de um navio, com seus constantes toques de sinos e mudanças de guarda, haviam me dado uma noção aproximada da passagem das horas noturnas. Acho que era por volta da meia-noite quando deixei o *Porpoise*; agora provavelmente eram quatro horas da manhã e ainda devia faltar 1,5 quilômetro até a praia. As correntes marítimas são fortes, mas não têm pressa.

Exausta de trabalho e preocupação, enrolei a corda desajeitadamente em volta de um dos pulsos para impedir que eu deslizasse dos arreios, encostei a testa em um dos barris e adormeci com o forte cheiro de rum em minhas narinas.

O roçar de algo sólido sob meus pés acordou-me para uma aurora opalina, o mar e o céu brilhando como as cores encontradas dentro de uma concha. Com os pés plantados em areia fria, eu podia sentir a força da corrente passando por mim, empurrando os barris. Desvencilhei-me dos arreios de corda e, com grande alívio, deixei os incômodos objetos irem sacudindo-se em direção à praia.

Havia marcas profundas e vermelhas em meus ombros. O pulso que eu enrolara entre as cordas molhadas estava vermelho e arranhado com o atrito; eu estava enregelada, exausta, com muita sede e minhas pernas estavam borrachudas como lula escaldada.

Por outro lado, o mar atrás de mim estava vazio, nenhum sinal do *Porpoise*. Eu conseguira escapar.

Agora, tudo que restava fazer era chegar à costa, encontrar água doce, encontrar algum meio de transporte rápido à Jamaica, e encontrar Jamie e o *Artemis*, de preferência antes que a Marinha Real o fizesse. Achei que poderia no máximo conseguir cumprir o primeiro item da agenda.

O pouco que eu sabia do Caribe vinha de cartões-postais e folhetos de turismo, pensava sempre em praias de areia branca e lagoas transparentes. Na realidade, na paisagem local predominava uma vegetação densa e assustadora, embutida num lamaçal marrom-escuro extremamente pegajoso.

As plantas, arbustos cerrados, deviam ser mangues. Estendiam-se até onde minha vista podia alcançar, para ambos os lados; não havia alternativa senão atravessar o manguezal. As raízes erguiam-se do lodo em grandes laços, como aros de croquê, nos quais eu tropeçava invariavelmente, e os galhos finos, lisos e cinzentos cresciam em maços como ossos de dedos, agarrando meus cabelos à medida que eu passava.

Pelotões de minúsculos caranguejos roxos fugiam em grande correria à minha aproximação. Meus pés afundavam-se no lodo até os tornozelos e achei melhor não calçar meus sapatos, apesar de encharcados. Enrolei para cima minha saia molhada, prendendo-a acima dos joelhos, e peguei a faca de peixe que Annekje me dera, por precaução. Eu não via nada ameaçador, mas sentia-me melhor com uma arma na mão.

O sol nascente sobre meus ombros no começo foi bem-vindo, conforme descongelava meus músculos frios e secava minhas roupas. Após uma hora, entretanto, eu queria que ele se escondesse atrás de nuvens. Eu suava profusamente à medida que o sol subia mais alto no céu, tinha lama seca até os joelhos e sentia cada vez mais sede.

Tentei ver até onde o mangue se estendia, mas a vegetação erguia-se acima de minha cabeça e tapetes ondulantes de folhas estreitas verde-acinzentadas eram tudo que eu conseguia ver.

– Não é possível que a maldita ilha inteira seja de mangues – murmurei, continuando a avançar pesadamente. – Tem que haver terra firme em algum lugar. – E água, eu esperava.

Um barulho como o disparo de um pequeno canhão nas proximidades assustou-me tanto que eu deixei cair a faca de peixe. Tateei freneticamente na lama à procura da faca, em seguida mergulhei de cara no chão quando algo grande passou zunindo pela minha cabeça, não me atingindo por questão de centímetros.

Houve um ruidoso farfalhar da folhagem e depois uma espécie de som familiar, como um grasnido.

– O quê? – exclamei com voz rouca. Sentei-me cautelosamente, a faca numa das mãos, e afastei os cachos molhados e enlameados do meu rosto com a outra. A uns 2 metros de distância, um enorme pássaro preto estava pousado num arbusto do mangue, fitando-me com olhar crítico.

Ele inclinou a cabeça, limpando delicadamente as luzidias penas pretas, como se quisesse contrastar sua aparência imaculada com meu próprio estado de absoluta sujeira.

– Bem, ave pedante – eu disse sarcasticamente. – Você tem asas, meu caro.

O pássaro parou de limpar as penas e olhou-me com ar de censura. Em seguida, levantou o bico no ar, enfunou o peito, e, como se quisesse deixar ainda mais clara a superioridade de seus trajes, repentinamente inflou uma grande bolsa de brilhante pele vermelha que ia da base de seu pescoço até o meio de seu corpo.

– Buuuum! – gritou ele, repetindo o som de disparo de canhão que me assustara anteriormente. Assustei-me de novo, mas não da mesma forma.

– Não faça isso! – disse, irritada. Sem prestar nenhuma atenção, o pássaro lentamente bateu as asas, ajeitou-se no seu galho e estrondou outra vez.

Ouviu-se um grito áspero e repentino acima e, com um barulhento bater de asas, mais dois grandes pássaros negros desceram subitamente, pousando num mangue a alguns passos de distância. Encorajado pela plateia, o primeiro pássaro continuou a retumbar a intervalos regulares, a pele de seu papo flamejando de empolgação. Em poucos instantes, mais três vultos pretos apareceram no alto.

Eu estava quase certa de que não eram abutres, mas ainda assim não estava disposta a ficar ali parada. Eu tinha quilômetros pela frente antes de poder dormir – ou encontrar Jamie. As chances de encontrá-lo a tempo era algo em que eu preferia não pensar.

Meia hora mais tarde, eu fizera tão pouco progresso que ainda podia ouvir os gritos intermitentes do meu vaidoso conhecido, agora aliado a um número de amigos igualmente barulhentos. Ofegante com o esforço, escolhi uma raiz mais grossa e sentei-me para descansar.

Meus lábios estavam rachados e ressecados e minha mente só conseguia se preocupar com água, praticamente excluindo qualquer outro pensamento, até mesmo Jamie. Parecia que eu estava lutando para atravessar o manguezal há séculos, e mesmo assim ainda conseguia ouvir o barulho do mar. Na verdade, a maré devia estar me seguindo porque, enquanto estava ali sentada, uma fina camada de água suja do mar, espumosa, veio borbulhando pelo meio das raízes dos mangues até tocar meus pés rapidamente, antes de recuar.

– Água, água por toda parte – eu disse melancolicamente, observando-a –, e nem uma gota para beber.

Um pequeno movimento na lama encharcada atraiu minha atenção. Inclinando-me para baixo, vi diversos peixinhos, de um tipo que eu jamais vira. Longe de estarem se debatendo, lutando para respirar, estes peixes estavam na vertical, apoiados em suas barbatanas peitorais, parecendo que o fato de estarem fora da água não constituía absolutamente nenhum problema.

Fascinada, abaixei-me ainda mais para examiná-los. Um ou outro remexeu-se em suas barbatanas, mas de modo geral não pareciam se importar de serem observados. Fitavam-me solenemente, os olhos esbugalhados. Somente quando olhei mais de perto é que percebi que a aparência de olhos esbugalhados era causada pelo fato de que cada peixe parecia ter quatro olhos, em vez de dois.

Olhei fixamente para um deles por um longo minuto, sentindo o suor escorrer entre meus seios.

– Ou estou tendo alucinações – eu disse em tom de conversa – ou você está.

O peixe não respondeu, mas deu um salto inesperado, aterrissando num galho vários centímetros acima do solo. Talvez pressentisse alguma coisa, pois um instante depois outra onda inundou o lugar, esta espadanando borrifos até a altura dos meus tornozelos.

Um frescor repentino e agradável recaiu sobre mim. O sol gentilmente se escondera atrás de uma nuvem e com o seu desaparecimento, todo o comportamento da floresta de mangues se alterou. As folhas cinza farfalharam quando uma súbita lufada de vento se levantou e todos os minúsculos caranguejos, peixes e insetos da areia desapareceram como em um passe de mágica. Eles obviamente sabiam de alguma coisa que eu não sabia e achei sua debandada um pouco sinistra.

Ergui os olhos para a nuvem onde o sol desaparecera e prendi a respiração. Uma enorme massa púrpura de nuvens em ebulição subia detrás das colinas, tão depressa que eu podia realmente ver a parte dianteira da massa de nuvens, ofuscantemente branca ao servir de anteparo à luz do sol, vindo em minha direção.

A onda seguinte entrou, 5 centímetros mais alta do que a última e demorando-se mais a recuar. Eu não era nem um peixe nem um caranguejo, mas a essa altura chegara à conclusão de que uma tempestade estava a caminho e movendo-se com uma rapidez assustadora.

Olhei ao redor, mas não vi nada além da aparentemente infinita extensão de mangues diante de mim. Não havia nenhum lugar onde eu pudesse me abrigar. Ainda assim, ser apanhada no meio de um aguaceiro não era o pior que poderia acontecer, sob as circunstâncias. Eu sentia a língua seca e pegajosa e umedeci os lábios à ideia da chuva doce e fria caindo no meu rosto.

O sussurro de outra onda no meio das minhas pernas me fez perceber de repente que eu estava correndo um risco maior do que simplesmente ficar molhada. Um olhar rápido aos galhos mais altos dos mangues mostrou-me tufos secos de algas marinhas enrolados nas forquilhas e raminhos – percebi que o nível da maré alta estava bem acima da minha cabeça.

Senti um momento de pânico e tentei me acalmar. Se eu perdesse o controle naquele lugar, estava liquidada.

– Calma, Beauchamp – murmurei para mim mesma. Lembrei-me de um conselho que ouvira quando era residente: "A primeira coisa a fazer numa emergência cardíaca é tomar seu próprio pulso." Sorri à lembrança, sentindo o pânico decrescer imediatamente. Como um gesto simbólico, eu realmente tomei meu pulso; um pouco acelerado, mas forte e ritmado.

Está bem, então, em qual direção? Para a montanha; era a única coisa que eu podia ver acima do mar de mangues. Abri caminho por entre os galhos o mais rápido que consegui, ignorando os rasgos nas minhas saias e a força crescente com que cada onda puxava minhas pernas. O vento vinha do mar às minhas costas, empurrando as ondas e tornando-as cada vez mais altas. Lançava meus cabelos constantemente nos meus olhos e na minha boca e eu os puxava para trás o tempo inteiro, gritando impropérios pelo conforto de ouvir uma voz, mas logo minha garganta ficou tão seca que doía falar.

Calei-me. Minha saia soltava-se do cinto e em algum momento perdi os sapatos, que desapareceram imediatamente na espuma fervilhante que agora chegava bem acima dos meus joelhos. Nada parecia importar.

A maré estava no meio da minha coxa quando a chuva caiu. Com um ronco que abafou o barulho do chacoalhar das folhas, a tempestade desabou em cortinas torrenciais que me encharcaram até a alma em questão de segundos. No começo, perdi tempo tentando inutilmente inclinar minha cabeça para trás, procurando dirigir os filetes de água que escorriam pelo meu rosto para dentro de minha boca aberta. Em seguida, o bom senso predominou; tirei o lenço amarrado em volta dos ombros, deixei a chuva encharcá-lo e o torci diversas vezes para remover os vestígios de sal. Então, deixei-o absorver a chuva outra vez, ergui o tecido embolado acima da minha boca e sorvi a água. Tinha gosto de suor, algas marinhas e algodão rústico. Era deliciosa.

Eu continuara andando, mas ainda estava embrenhada no manguezal. A maré enchente estava quase na minha cintura, o que tornava a caminhada mais difícil. Com a sede momentaneamente saciada, eu abaixei a cabeça e investi para a frente o mais rápido que pude.

Um relâmpago lampejou acima das montanhas e um momento depois veio o rugido do trovão. A varredura da maré era tão forte agora que eu só conseguia avançar quando cada onda entrava e eu era lançada para a frente, quase correndo, empurrada pelas águas, depois agarrava-me ao caule do mangue mais próximo quando a água começava a retroceder, sugando-me para trás, arrastando minhas pernas.

Eu estava começando a achar que me apressara demais em abandonar o capitão Leonard e o *Porpoise*. O vento estava cada vez mais forte, lançando a chuva em meu rosto de tal modo que eu mal conseguia enxergar. Os marinheiros dizem que toda sétima onda é maior. Vi-me contando, conforme avançava penosamente. Na verdade, foi a nona onda que me atingiu entre as omoplatas e derrubou-me antes que eu pudesse agarrar-me a um galho.

Debati-me, impotente e engasgada num torvelinho de areia e água, depois pisei no chão e fiquei em pé outra vez. A onda quase me afogara, mas também me fizera mudar de direção. Eu não estava mais de frente para a montanha. Estava, no entanto, de frente para uma enorme árvore, a uns 7 metros de distância.

Mais quatro ondas, mais quatro empurrões para a frente, mais quatro esforços de me agarrar com todas as forças a um mangue conforme a força da maré me puxava para trás, e eu estava na margem lamacenta de uma pequena calha, onde um riacho corria pelo manguezal na direção do mar. Arrastei-me para cima, escorregando e cambaleando, à medida que escalava o tronco e me refugiava no abraço acolhedor da árvore.

De uma posição segura a quase 4 metros de altura, eu podia ver toda a extensão do manguezal atrás de mim e, além dele, o mar aberto. Mudei de ideia mais uma vez sobre a sensatez de ter deixado o *Porpoise*; por pior que fosse a situação em terra firme, era bem pior lá fora.

Um relâmpago estilhaçou-se na superfície da água fervilhante, conforme o vento e a força da maré lutavam pelo controle das ondas. Ao longe, na passagem Mouchoir, as ondas eram tão gigantescas que pareciam colinas ondulantes. O vento, agora mais intenso, fazia um chiado agudo ao passar, resfriando-me até os ossos em minhas roupas molhadas. Os trovões estrondavam agora, à medida que a tempestade passava por cima de mim.

O *Artemis* era mais lento do que o navio de guerra; bastante lento, eu esperava, para ainda estar a salvo, bem distante no Atlântico.

Vi um grupo de mangues ser atingido por um raio a uns 30 metros de distância; a água recuou com um chiado, ferveu e a terra seca surgiu por um instante, antes de as ondas a tragarem novamente, sepultando sob suas águas os galhos carbonizados, lembrando arame preto retorcido. Passei os braços ao redor do tronco da árvore, pressionei o rosto contra a casca e rezei. Por Jaime e pelo *Artemis*. Pelo *Porpoise*, por Annekje Johansen, Tom Leonard e o governador. E por mim.

Já era dia alto quando acordei, a perna enfiada entre dois galhos e dormente do joelho para baixo. Em parte deslizei, em parte caí do meu poleiro, aterrissando nas águas rasas do estreito. Com as mãos em concha, peguei a água do riacho, provei-a e cuspi-a. Não era salgada, mas salobra demais para ser bebida.

Minhas roupas estavam úmidas, mas eu estava desidratada. A tempestade já cessara havia muito tempo; tudo ao meu redor era pacífico e normal, à exceção dos mangues carbonizados. À distância, eu podia ouvir o grito retumbante dos enormes pássaros negros.

Água salobra aqui era promessa de água mais doce acima do estreito. Esfreguei a perna, tentando eliminar as pontadas e agulhadas, depois subi a margem mancando.

A vegetação começou a mudar dos mangues verde-acinzentados para um verde mais exuberante, com uma densa forração de capim e musgos que me obrigava a caminhar pela água. Cansada e sedenta como estava, só conseguia percorrer uma pequena distância antes de ter que parar e descansar. Quando estava sentada, descansando, vários dos peixinhos estranhos saltaram para a margem, ao meu lado. Fitando-me com os olhos esbugalhados, como se fosse por curiosidade.

– Bem, eu acho que você também tem uma aparência estranha – disse a um deles.

– Você é inglesa? – disse o peixe, incrédulo. A impressão de Alice no País das Maravilhas foi tão pronunciada que eu apenas pisquei estupidamente para ele por um instante. Então, levantei bruscamente a cabeça e fitei o rosto do homem que falara.

Seu rosto era tão queimado e curtido pelo tempo que tinha a cor do mogno, mas os cabelos negros e cacheados eram cheios e sem nenhum fio branco. Ele saiu de dentro do manguezal, movendo-se cautelosamente, como se receasse me assustar.

Sua altura era um pouco acima da mediana, era forte, de ombros musculosos, tinha um rosto largo, bem cinzelado, cuja expressão naturalmente amistosa mostrava-se cautelosa. Estava miseravelmente vestido, com uma sacola de lona grossa atravessada no ombro – e um cantil feito de pele de cabra pendurado na cintura.

– *Vous êtes Anglaise*? – perguntou ele, repetindo a pergunta original em francês. – *Comment ça va?*

– Sim, sou inglesa – eu disse, com voz áspera. – Pode me dar um pouco de água, por favor?

Seus olhos arregalaram-se – eram castanho-claros –, mas ele não disse nada, apenas tirou o cantil de pele do cinto e entregou-o a mim.

Coloquei a faca de peixe sobre o joelho, bem à mão, e bebi longamente, quase engasgando com a pressa.

– Cuidado – disse ele. – É perigoso beber rápido demais.

– Eu sei – eu disse, ligeiramente sem fôlego enquanto abaixava o cantil. – Sou uma doutora. – Levantei o cantil e bebi outra vez, mas desta vez obriguei-me a engolir mais devagar.

Meu salvador observava-me com um olhar curioso – o que não era de admirar, imagino. Ensopada de água do mar e secada ao sol, coberta de placas de lama seca e manchada de suor, com os cabelos desgrenhados caindo no rosto, eu parecia uma mendiga, e provavelmente uma mendiga louca.

– Doutora? – disse ele em inglês, provando que seus pensamentos haviam caminhado na direção que eu suspeitava. Observou-me atentamente, de um modo muito semelhante ao do enorme pássaro negro que eu encontrara anteriormente.
– Doutora em quê, se me permite a pergunta?

– Medicina – eu disse, parando brevemente entre dois goles.

Ele possuía sobrancelhas negras e unidas. Elas se levantaram até quase a raiz dos cabelos.

– Verdade? – disse ele, após uma pausa considerável.

– Verdade – eu disse, e ele riu.

Ele inclinou a cabeça para mim numa reverência formal.

– Neste caso, doutora, permita-me apresentar-me. Lawrence Stern, doutor em filosofia natural, do Gesellschaft von Naturwissenschaft Philosophieren, Munique.

Pisquei os olhos, fitando-o.

– Um naturalista – complementou ele, indicando a sacola de lona sobre o ombro. – Eu estava indo na direção dos alcatrazes na esperança de observar esses pássaros no período da procriação, quando a ouvi, hã...

– Conversando com um peixe – concluí. – Sim, bem... eles têm mesmo quatro olhos? – perguntei, na esperança de mudar de assunto.

– Sim, ou assim parece. – Ele olhou para baixo, para o peixe, que parecia acompanhar a conversa com fascinada atenção. – Eles parecem empregar seu estranho aparelho óptico quando submersos, de modo que o par de olhos superior observe os acontecimentos acima da superfície da água e o par inferior igualmente espreite os acontecimentos embaixo da água.

Em seguida, ele olhou para mim, com um ligeiro sorriso.

– Posso ter a honra de saber seu nome, doutora?

Hesitei, sem saber ao certo o que lhe dizer. Considerei a variedade de nomes falsos disponíveis e decidi-me pela verdade.

– Fraser – eu disse. – Claire Fraser. Sra. James Fraser – acrescentei ainda, com a vaga sensação de que o estado civil de casada poderia me fazer parecer um pouco mais respeitável, apesar das aparências. Levei para trás o cacho pendurado sobre meu olho esquerdo.

– A seu dispor, madame – disse ele com uma elegante mesura. Esfregou a ponte do nariz de modo pensativo, olhando para mim. – Seu navio naufragou? – arriscou ele. Parecia a mais lógica, se não a única, explicação da minha presença ali e eu balancei a cabeça.

– Tenho que encontrar uma maneira de chegar à Jamaica – eu disse. – Acha que pode me ajudar?

Ele encarou-me, franzindo ligeiramente a testa, como se eu fosse um espécime que ele não soubesse muito bem como classificar, mas depois balançou a cabeça. Ele tinha uma boca larga que parecia feita para sorrir; um dos cantos curvou-se para cima e ele estendeu a mão para me ajudar a levantar.

– Sim – respondeu ele. – Posso ajudar. Mas acho que primeiro temos que encontrar alguma coisa para você comer e talvez roupas, não é? Tenho um amigo que não mora muito longe daqui. Vou levá-la até lá, está bem?

Com a sede abrasadora e a pressão geral dos acontecimentos, eu não prestara muita atenção às exigências do meu estômago. No entanto, à menção de comida, ele despertou imediata e clamorosamente.

– Isso – eu disse em voz alta, na esperança de abafar os ruídos do meu estômago – seria realmente muito bom. – Alisei para trás meus cabelos desgrenhados da melhor maneira que pude e, agachando-me por baixo de um galho, segui meu salvador para o meio das árvores.

Quando emergimos de um bosque de palmeiras pequenas, o terreno abriu-se para uma área semelhante a uma campina e depois subiu numa alta colina à nossa frente. No topo do monte, eu podia ver uma casa – ou ao menos uma ruína. As paredes amarelas de argamassa estavam rachadas e invadidas por buganvílias cor-de-rosa e goiabeiras dispersas, o telhado de folhas de flandres exibia diversos buracos visíveis e o lugar como um todo exalava um ar de desolada dilapidação.

– Hacienda de la Fuente – disse meu novo conhecido, com um sinal da cabeça.
– Aguenta a caminhada até lá em cima ou... – Ele hesitou, examinando-me como se calculasse meu peso. – Acho que poderia carregá-la – disse ele, com um tom de dúvida não muito lisonjeiro na voz.

– Eu consigo, sim – assegurei-lhe. Meus pés estavam escoriados e doloridos e furados pelas folhas caídas das palmeiras, mas o caminho à nossa frente parecia relativamente desimpedido.

A encosta que levava à casa era cruzada pelas linhas fracas das trilhas de ovelhas. Havia um rebanho desses animais pastando pacificamente sob o sol quente da Hispaniola. Quando saímos do meio das árvores, um carneiro nos avistou e emitiu um pequeno balido de surpresa. Como o mecanismo de um relógio, todos os animais na encosta ergueram a cabeça simultaneamente e nos fitaram.

Sentindo-me um pouco inibida sob o escrutínio de olhares fixos e desconfiados, segurei minhas saias enlameadas e segui o dr. Stern na direção do caminho principal – usado por mais do que carneiros e ovelhas, a julgar por sua largura – que levava ao topo do monte.

Era um dia luminoso e agradável, bandos de borboletas brancas e de cor laranja adejavam pela grama. Pousavam nas flores esparsas e, aqui e ali, uma brilhante borboleta amarela reluzia como um pequeno sol.

Respirei fundo, um cheiro delicioso de flores e grama, com nuances menores de carneiros e terra aquecida pelo sol. Um pontinho marrom pousou por um instante em minha manga e agarrou-se a ela, tempo suficiente para eu ver as escamas aveludadas em sua asa e sua probóscide minúscula e curva. O abdômen delgado pulsou, respirando segundo as batidas de suas asas, e em seguida ele se foi.

Podem ter sido a promessa de ajuda, a água, as borboletas ou as três coisas juntas, mas o fardo do medo e do cansaço sob o qual eu vinha trabalhando havia tanto tempo começou a se dispersar. É bem verdade que eu ainda tinha que enfrentar o problema de encontrar transporte para a Jamaica, mas com a sede saciada, um amigo por perto e a possibilidade de almoço diante de mim, isso já não parecia a tarefa impossível que se apresentava no manguezal.

– Lá está ele! – Lawrence parou, esperando que eu o alcançasse no caminho. Apontou para cima, para uma figura magra, mas vigorosa, descendo cuidadosamente pelo caminho em nossa direção. Estreitei os olhos para a figura conforme ela vagueava entre as ovelhas, que pareciam nem notar sua passagem.

– Santo Deus! – exclamei. – É são Francisco de Assis.

Lawrence olhou-me, surpreso.

– Não, nem um nem outro. Eu lhe disse que ele é inglês. – Ergueu um braço e gritou: – *Hola! Señor Fodgen!*

A figura vestida de cinza parou desconfiada, uma das mãos protetoramente enrolada na lã de uma ovelha que passava.

– *¿Quién es?*

– Stern! – gritou Lawrence. – Lawrence Stern! Venha – disse ele, estendendo a mão para me puxar pela íngreme subida para o caminho do rebanho acima.

A ovelha fazia esforços concentrados para escapar de seu protetor, o que desviou sua atenção de nossa chegada. Um homem magro, um pouco mais alto do que eu, possuía um rosto delgado que devia ter sido bonito, se não estivesse desfigurado por uma barba ruiva que se espalhava como um espanador pelas beiradas do seu queixo. Seus cabelos longos e desgrenhados haviam se tornado grisalhos em listras e camadas, e caíam frequentemente para a frente, sobre seus olhos. Uma borboleta de cor laranja alçou voo de sua cabeça quando o alcançamos.

– Stern? – disse ele, afastando os cabelos para trás com a mão livre e piscando como uma coruja contra a luz do sol. – Não conheço nenhum... ah, é você! – Seu rosto fino iluminou-se. – Por que não disse que era o homem dos vermes? Eu o teria reconhecido imediatamente!

Stern pareceu ligeiramente envergonhado e olhou-me com ar de desculpas.

– Eu... hã... colecionei vários parasitas interessantes do excremento do rebanho do sr. Fogden na ocasião da minha última visita – explicou ele.

– Vermes grandes, horrorosos! – disse o padre Fogden, estremecendo violentamente com a lembrança. – Uns 30 centímetros, alguns deles, no mínimo!

– Não mais do que 20 centímetros – corrigiu Stern, sorrindo. Olhou para o carneiro mais próximo, a mão sobre a sacola, como se na expectativa de outras iminentes contribuições à ciência. – O remédio que eu dei foi eficaz?

O padre Fogden pareceu vagamente em dúvida, como se tentasse se lembrar exatamente qual fora o remédio.

– O banho de terebintina. – O naturalista o fez lembrar.

– Ah, sim! – O sol iluminou o semblante delgado do padre e ele sorriu amavelmente. – Claro, claro! Sim, funcionou esplendidamente. Alguns morreram, mas o resto ficou completamente curado. Excelente, absolutamente excelente!

De repente, o padre Fogden pareceu perceber que não estava sendo nem um pouco hospitaleiro.

– Mas vocês precisam entrar! – disse ele. – Eu já ia almoçar; faço questão que almocem comigo. – O padre virou-se para mim. – E você é a sra. Stern, certo?

A menção de vermes de 20 centímetros havia suprimido momentaneamente a minha fome, mas à ideia de comida, ela voltou roncando com toda a força.

– Não, mas adoraríamos desfrutar sua hospitalidade – respondeu Stern educadamente. – Por favor, permita que eu apresente minha colega, a sra. Fraser, uma compatriota sua.

Os olhos de Fogden arregalaram-se diante da informação. De um azul pálido, com a tendência de lacrimejar na claridade do sol, eles se fixaram em mim pensativamente.

– Uma inglesa? – disse ele, incrédulo. – Aqui? – Os olhos redondos observaram as manchas de sal e de lama no meu vestido amarfanhado, além da aparência geral de desordem. Ele piscou por um instante, em seguida deu um passo à frente e, com a maior dignidade, inclinou-se formalmente sobre minha mão. – Seu mais humilde criado, madame – disse ele. Ergueu-se e fez um gesto grandioso para a ruína no topo da colina. – *Mi casa es su casa.* – Assobiou energicamente e um pequeno King Charles cavalier spaniel enfiou o focinho com um ar intrigado para fora do mato.

– Temos uma hóspede, Ludo – disse o padre, radiante. – Não é ótimo? – Enfiando minha mão com firmeza na curva do seu braço, agarrou a ovelha pelo topete de lã e arrastou nós duas em direção à Hacienda de la Fuente, deixando que Stern nos seguisse.

A razão do nome tornou-se clara quando entramos no pátio em ruínas; uma pequena nuvem de libélulas esvoaçava como luzes cintilantes sobre o laguinho cheio de algas em um dos cantos; parecia uma fonte natural que alguém cercara quando a casa foi construída. Pelo menos uma dúzia de galinhas selvagens levantou-se do pavimento destroçado e bateu as asas freneticamente junto aos nossos pés, deixando para trás uma pequena nuvem de poeira e penas. Por outras evidências deixadas para trás, deduzi que as árvores que se projetavam sobre o pátio eram seu poleiro habitual, e já há um bom tempo.

– E então eu tive a sorte de encontrar a sra. Fraser no mangue esta manhã –

concluiu Stern. – Achei que talvez você pudesse... oh, veja só que beleza! Uma magnífica *Odonata*!

Um tom de encantamento e admiração acompanhou essa última declaração e ele passou por nós sem nenhuma cerimônia para espreitar as sombras do telhado de palha do pátio, onde uma enorme libélula, de pelo menos 10 centímetros, lançava-se de um lado para o outro, o corpo azul chamejando quando atravessava um dos errantes raios de luz que penetravam pelo telhado esfarrapado.

– Ah, você a quer? Fique à vontade. – Nosso anfitrião abanou a mão elegante na direção da libélula. – Venha, Becky, vá para lá e daqui a pouco eu cuido do seu casco. – Ele enxotou a ovelha para dentro do pátio com um tapa no seu traseiro. A ovelha resfolegou e galopou uma curta distância, logo parando e começando a remexer nas enormes goiabas espalhadas pelo chão, de uma goiabeira que se projetava da antiga parede.

Na realidade, as árvores ao redor do pátio haviam crescido tanto que os galhos se entrelaçavam em muitos pontos. Eles formavam uma espécie de túnel frondoso atravessando toda a extensão do pátio e conduzindo à boca da caverna que era a entrada da casa.

Terra trazida pelo vento e as flores cor-de-rosa, secas como papel, das buganvílias amontoavam-se contra a soleira da porta, mas logo depois o assoalho de madeira escura brilhava, encerado, descoberto e imaculado. Estava escuro no interior da casa, depois da claridade cegante do sol, mas meus olhos logo se adaptaram ao ambiente e eu olhei ao meu redor, com curiosidade.

Era um aposento muito simples, escuro e fresco, mobiliado apenas com uma mesa comprida, alguns bancos e cadeiras, e um pequeno aparador, acima do qual estava pendurado um quadro horroroso em estilo espanhol – um Cristo emaciado, de cavanhaque e pálido na penumbra, apontando com a mão esquelética o coração ensanguentado que pulsava em seu peito.

Esse objeto medonho atraiu minha atenção de tal forma que levei alguns instantes para perceber que havia mais alguém na sala. As sombras no canto do aposento aglutinaram-se e um rosto pequeno e redondo surgiu, com uma expressão terrivelmente maligna. Pestanejei e dei um passo para trás. A mulher – é o que era – deu um passo para a frente, os olhos negros fixos em mim, sem piscar, como os de uma ovelha.

Ela não tinha mais do que 1,20 metro de altura e um corpo tão troncudo que parecia um bloco sólido, sem juntas ou reentrâncias. A cabeça era uma pequena protuberância redonda em cima do corpo, com uma protuberância menor que era um escasso coque grisalho firmemente puxado e amarrado na nuca. Sua cor era de mogno claro – se naturalmente ou do sol eu não saberia dizer – e não parecia outra coisa senão uma boneca esculpida em madeira. E uma boneca de bruxaria.

– Mamacita – disse o padre, falando em espanhol com a imagem esculpida –, que sorte! Temos convidados que irão almoçar conosco. Lembra-se do señor Stern? – acrescentou ele, indicando Lawrence.

– *Sí, claro* – disse a estátua esculpida, através de lábios invisíveis de madeira. – O assassino de Cristo. E quem é a *puta alba*?

– E esta é a señora Fraser – continuou o padre Fogden, radiante como se ela não houvesse falado. – A pobre senhora teve a infelicidade de sofrer um naufrágio. Precisamos dar-lhe toda a assistência que pudermos.

Mamacita examinou-me lentamente dos pés à cabeça. Não disse nada, mas as narinas alargaram-se com infinito desprezo.

– Sua comida está pronta – disse ela, virando-se e saindo.

– Esplêndido! – exclamou o padre. – Mamacita lhes dá as boas-vindas. Ela vai nos trazer a comida. Não querem se sentar?

A mesa já estava posta com um grande prato rachado e uma colher de madeira. O padre pegou mais dois pratos e duas colheres do aparador e distribuiu-os aleatoriamente pela mesa, gesticulando calorosamente para que nos sentássemos.

Um grande coco marrom descansava sobre a cadeira à cabeceira da mesa. Fogden pegou-o com extremo cuidado e colocou-o ao lado de seu prato. A casca fibrosa e escura do coco maduro tinha uma aparência quase lustrosa nos pontos onde as fibras haviam se soltado; achei que ele já o possuía havia algum tempo.

– Olá – disse ele, dando uns tapinhas no coco afetuosamente. – E como você está passando neste belo dia, Coco?

Olhei de relance para Stern, mas ele examinava o retrato de Cristo, uma pequena ruga entre as espessas sobrancelhas negras. Imaginei que cabia a mim entabular a conversação.

– Mora sozinho aqui, sr.... hã, padre Fogden? – perguntei ao nosso anfitrião. – Com sua... hã, Mamacita?

– Sim, receio que sim. É por isso que estou tão contente em vê-los aqui. Não tenho nenhuma companhia de verdade, além de Ludo e Coco, sabe – explicou ele, batendo de leve no coco cabeludo outra vez.

– Coco? – eu disse educadamente, pensando que, de acordo com as evidências até o momento, havia pelo menos um louco entre os presentes. Lancei outro rápido olhar a Stern, que parecia estar se divertindo, mas não assustado.

– É espanhol para bicho-papão, *coco* – explicou o padre. – Um duende, um fantasma. Está vendo-o ali, o botãozinho do nariz e seus olhinhos escuros? – Fogden enfiou dois dedos finos e longos de repente nas depressões na base do coco e retirou-os com um puxão, gargalhando. – Ha ha! – exclamou ele. – Não fique encarando as pessoas, Coco, é falta de educação, você sabe!

Os pálidos olhos azuis lançaram-me um olhar penetrante e, com certa dificuldade, retirei os dentes do meu lábio inferior.

– Uma dama muito bonita – disse ele, como se falasse consigo mesmo. – Não como a minha Ermenegilda, mas ainda assim muito bonita, não é, Ludo?

O cachorro, chamado a participar, ignorou-me, mas dirigiu-se alegremente a seu dono, empurrando a cabeça embaixo de sua mão e latindo. Ele coçou suas orelhas afetuosamente, depois virou outra vez sua atenção para mim.

– Será que um dos vestidos de Ermenegilda caberia em você?

Eu não sabia se devia responder ou não. Em vez disso, simplesmente sorri educadamente, esperando que meu rosto não revelasse meus pensamentos. Felizmente, Mamacita voltou neste momento, carregando uma fumegante panela de barro envolvida em toalhas. Ela despejou uma concha do conteúdo em cada prato, depois saiu, os pés – se tivesse – movendo-se invisivelmente sob a saia amorfa.

Revolvi em meu prato a mistura, que parecia ser composta de vegetais in natura. Dei uma mordida cautelosa e achei-a surpreendentemente boa.

– Banana-da-terra frita, misturada com mandioca e feijão vermelho – explicou Lawrence, vendo minha hesitação. Ele próprio pegou uma colherada da polpa fumegante e comeu-a sem esperar que esfriasse.

Eu esperara uma espécie de inquisição sobre a minha presença, identidade e perspectivas. Em vez disso, padre Fogden cantarolava baixinho, marcando o tempo na mesa com sua colher entre uma colherada e outra.

Lancei um olhar rápido a Lawrence, com as sobrancelhas erguidas. Ele apenas sorriu, ergueu ligeiramente um dos ombros num gesto de resignação e inclinou-se sobre seu prato.

Nenhuma conversa real ocorreu até o término da refeição, quando Mamacita – "séria" parecia uma forma branda de descrever sua expressão – retirou os pratos, substituindo-os por uma travessa de frutas, três copos e um jarro de barro gigantesco.

– Já bebeu sangria, sra. Fraser?

Abri a boca para responder "Sim", pensei melhor e disse:

– Não, o que é?

Sangria havia sido uma bebida popular nos anos 60 e eu a tomara muitas vezes em festas do departamento na universidade e nos eventos sociais do hospital.

Mas, por enquanto, eu tinha certeza de que não era conhecida na Inglaterra nem na Escócia; a sra. Fraser de Edimburgo jamais teria ouvido falar em sangria.

– Uma mistura de vinho tinto e sucos de laranja e limão – explicava Lawrence Stern. – Aquecida com especiarias e servida quente ou fria, dependendo do clima. Uma bebida muito saudável e reconfortante, não é, Fogden?

– Ah, sim. Ah, sim. Muito reconfortante. – Sem esperar que eu descobrisse por mim mesma, o padre esvaziou seu copo e estendeu a mão para o jarro antes que eu tivesse tomado o primeiro gole.

Era igual; o mesmo gosto doce, abrasivo na garganta, e eu tive a ilusão momentânea de que estava de volta à festa onde a experimentara pela primeira vez, na companhia de um estudante de pós-graduação que fumava maconha e um professor de botânica.

Essa ilusão foi incentivada pela conversa de Stern, sobre suas coleções, e pelo comportamento do padre Fogden. Após vários copos de sangria, ele se levantara, vasculhara o aparador e emergira com um grande cachimbo de barro. Encheu o cachimbo até a borda com uma erva de cheiro forte que sacudiu de um embrulho de papel, acendeu-o e fumou.

– Haxixe? – perguntou Stern, vendo-o. – Diga-me, acha que a maconha ajuda os processos digestivos? Ouvi dizer que sim, mas a erva não pode ser obtida na maioria das cidades europeias e eu não tenho nenhuma informação em primeira mão sobre seus efeitos.

– Ah, é muito suave e reconfortante para o estômago – assegurou o padre Fogden. Inspirou fundo, prendeu a respiração, depois exalou longa e sonhadoramente, soprando um filete de fumaça branca e leve, que flutuou em serpentinas de nevoeiro perto do teto baixo da sala. – Mandarei um pacote para casa com você, meu caro. Agora, diga-me, o que pretende fazer, você e esta senhora que você salvou de um naufrágio?

Stern explicou seu plano; após uma noite de sono, pretendíamos caminhar até a vila de St. Luis du Nord e dali ver se um barco pesqueiro nos levaria a Cap-Haïtien, a 50 quilômetros de distância. Se não, teríamos que ir por terra a Le Cap, o único porto mais perto.

O padre franziu o cenho, as sobrancelhas ralas unidas, contra a fumaça.

– Hummm? Bem, imagino que não haja muita escolha, não é? Ainda assim, devem tomar cuidado, particularmente se forem por terra a Le Cap. Maroons, sabe?

– Maroons? – Olhei com ar de interrogação para Stern, que balançou a cabeça, franzindo a testa.

– É verdade. Eu encontrei dois ou três bandos quando vim para o norte pelo vale do Artibonite. Mas eles não me molestaram. Ouso dizer que eu parecia em melhores condições do que eles, pobres coitados. Os maroons são escravos foragidos – explicou-me ele. – Tendo fugido da crueldade de seus senhores, refugiam-se nas colinas remotas, onde a selva os esconde.

– Provavelmente, não os importunarão – disse o padre Fogden. Sugou profundamente seu cachimbo, com um ruído baixo e gorgolejante, prendeu a respiração por um bom tempo e depois a liberou a contragosto. Seus olhos estavam ficando acentuadamente injetados. Fechou um deles e examinou-me de modo um pouco indistinto com o outro. – Ela não parece que vale a pena ser roubada, na verdade.

Stern riu de orelha a orelha, olhando para mim, depois rapidamente apagou o sorriso, como se percebesse que não estava sendo nem um pouco delicado. Tossiu e serviu-se de outro copo de sangria. Os olhos do padre brilhavam acima do cachimbo, vermelhos como os de um furão.

– Acho que preciso de um pouco de ar fresco – eu disse, empurrando minha cadeira para trás. – E talvez um pouco de água para me lavar?

– Ah, claro, claro! – exclamou o padre Fogden. Levantou-se, cambaleando, e bateu o cachimbo no aparador, despejando as cinzas descuidadamente sobre o móvel. – Acompanhe-me.

O ar no pátio parecia fresco e revigorante em comparação, apesar de seu calor úmido. Inspirei profundamente, observando com interesse enquanto o padre Fogden andava às voltas com um balde junto à fonte no canto.

– De onde vem a água? – perguntei. – É uma nascente? – O tanque de pedra estava recoberto de filetes macios de algas verdes e eu podia vê-las movendo-se preguiçosamente; era evidente que havia algum tipo de corrente.

Foi Stern quem respondeu.

– Sim, há centenas destas nascentes. Acredita-se que algumas sejam habitadas por espíritos, mas imagino que não dê fé a essas superstições, não é, padre?

O padre Fogden parou, dando a impressão de que precisava pensar no assunto. Apoiou o balde cheio até a metade em cima da mureta e estreitou os olhos para dentro da água, tentando fixar o olhar em um dos pequenos peixes prateados que nadavam no tanque.

– Hein? – disse ele vagamente. – Bem, não. Espíritos, não. Mesmo assim... ah, sim, eu havia me esquecido. Tenho uma coisa para lhe mostrar. Dirigindo-se a um armário embutido na parede, abriu a porta de madeira rachada, retirou uma pequena trouxa de musselina rústica e que não fora branqueada, e colocou com cuidado nas mãos de Stern. – Isso apareceu na fonte um dia no mês passado – disse ele. – Morreu quando o sol do meio-dia a atingiu, então eu a retirei. Receio que o outro peixe o tenha mordiscado um pouco – disse ele, desculpando-se –, mas você ainda pode ver.

No meio do tecido havia um pequeno peixe seco, muito parecido com os demais que corriam de um lado para o outro na fonte, exceto que este era completamente branco. Também era cego. De cada lado da cabeça rombuda, havia um pequeno inchaço onde deveria haver um olho, mas isso era tudo.

– Acha que é um peixe fantasma? – perguntou o padre. – Lembrei-me dele quando você falou em espíritos. Ainda assim, não consigo imaginar que tipo de pecado um peixe possa ter cometido para ser condenado a vagar por aí assim, quero dizer, sem olhos. Quero dizer – ele fechou um dos olhos outra vez em sua expressão favorita –, não se pensa em peixes como tendo almas e, no entanto, se não têm, como podem se transformar em fantasmas?

– Eu particularmente não acho que tenham – assegurei-lhe. Olhei o peixe mais atentamente, enquanto Stern o examinava com a alegria esfuziante de um naturalista nato. A pele era muito fina e tão transparente que as sombras dos órgãos internos e a linha nodosa da coluna vertebral eram claramente visíveis. Mesmo assim, ele possuía escamas, minúsculas e translúcidas, embora turvadas pelo ressecamento.

– É um peixe cego de caverna – disse Stern, acariciando reverentemente a cabeça minúscula e rombuda. – Eu vi um desses apenas uma vez antes, num lago no fundo de uma caverna, em um lugar chamado Abandawe. E ele escapou antes que eu pudesse examiná-lo minuciosamente. Meu caro... – Ele virou-se para o padre, os olhos brilhando de entusiasmo. – Posso ficar com ele?

– Claro, claro. – O padre agitou os dedos com uma generosidade espontânea. – Não tem nenhuma utilidade para mim. Pequeno demais para comer, sabe, ainda que Mamacita o cozinhasse, o que ela não faria. – Olhou ao redor do pátio, chutando distraidamente uma galinha que passava. – Onde está Mamacita?

– Aqui, *cabrón*, onde mais poderia ser? – Eu não a vira sair da casa, mas lá estava ela, uma figura pequena, empoeirada e queimada de sol, inclinando-se para encher outro balde na fonte.

Um odor desagradável, levemente almiscarado, atingiu minhas narinas, que se contorceram nervosamente. O padre deve ter percebido, pois disse:

– Ah, não se preocupe, é apenas a pobre Arabella.

– Arabella?

– Sim, aqui. – O padre afastou uma cortina esfarrapada de juta que encobria um dos cantos do pátio, e eu espiei por trás dela.

Uma prateleira projetava-se da parede de pedra na altura da cintura. Sobre ela, estendia-se uma longa fileira de crânios de ovelhas, muito brancas e polidas.

– Não consigo me desfazer delas, sabe. – O padre Fogden delicadamente acariciou a curva pesada de um crânio. – Esta é Beatriz... tão meiga e gentil. Morreu de parto, a pobrezinha. – Ele indicou dois crânios bem menores ao lado, dispostos e polidos como o resto.

– Arabella é uma... uma ovelha também? – perguntei. O cheiro era muito mais forte ali e achei que eu na verdade não precisava saber de onde vinha.

– Um membro do meu rebanho, sim, sem dúvida. – O padre voltou seus olhos azuis estranhamente brilhantes para mim, parecendo furioso. – Ela foi assassinada! Pobre Arabella, uma alma tão gentil, tão confiante. Como podem ter tido a perversidade de trair tal inocência por causa de desejos carnais!

– Nossa! – eu disse, um pouco inadequadamente. – Lamento muito ouvir isso. Ah... quem a matou?

– Os marinheiros, os bárbaros miseráveis! Mataram-na na praia e assaram o pobre corpo em uma grelha, exatamente como são Lourenço, o Mártir.

– Céus! – exclamei.

O padre suspirou e a sua barba rala e comprida pareceu murchar de tristeza.

– Sim, não posso esquecer a esperança do céu. Porque se Nosso Senhor observa a queda de cada pardal, Ele certamente não deixou de guardar Arabella. Ela devia pesar uns 40 quilos, no mínimo, sendo como era uma excelente comedora, pobre criança.

– Ah – eu disse, tentando instilar a observação com a compaixão e a indignação adequadas. Ocorreu-me, então, o que o padre dissera. Marinheiros? – perguntei. – Quando foi que disse que esse... esse lamentável incidente ocorreu? – Não poderia ser o *Porpoise*, eu imaginava. Certamente, o capitão Leonard não teria me considerado tão importante que se arriscasse a levar seu navio tão perto da ilha, a fim de me perseguir. Mas minhas mãos ficaram suadas com a ideia e eu as limpei discretamente no meu vestido.

– Hoje de manhã – respondeu o padre Fogden, recolocando no lugar o crânio da ovelha que ele pegara para acariciar. – Mas – acrescentou ele, animando-se um pouco –, devo dizer que estão fazendo um excelente progresso com ela. Geralmente leva mais de uma semana e já se pode ver...

Ele abriu o armário outra vez, revelando um montículo informe, coberto com várias camadas de juta umedecida. O cheiro era acentuadamente mais forte agora e inúmeros besouros pequenos e marrons saíram correndo, fugindo da luz.

– Esses são membros dos *Dermestidae* que você tem aí, Fogden? – Lawrence Stern, tendo cuidadosamente confiado o cadáver de seu peixe de caverna a um vidro com uma mistura alcoólica, viera se juntar a nós. Espreitou por cima do meu ombro, as feições queimadas pelo sol enrugadas numa expressão de interesse.

Dentro do armário, as larvas brancas de besouros da família *Dermestidae* trabalhavam arduamente, polindo o crânio da ovelha Arabella. Haviam feito um grande progresso nos olhos. A mandioca revirou-se pesadamente em meu estômago.

– É isso que são? Imagino que sim; queridas criaturinhas vorazes.

O padre cambaleou de forma alarmante, segurando-se na borda do armário. Ao fazê-lo, finalmente notou a mulher idosa, parada, fitando-o furiosamente, um balde em cada mão.

– Ah, eu me esqueci completamente! Você vai precisar de uma muda de roupa, não é, sra. Fraser?

Olhei para minhas roupas. O vestido e a combinação que eu usava estavam rasgados em tantos lugares que mal me cobriam com decência, e tão encharcados e empapados de água e lama do mangue que minha presença era quase intolerável, mesmo em companhia tão pouco exigente como a do padre Fogden e de Lawrence Stern.

O padre Fogden virou-se para a imagem esculpida.

– Nós temos alguma coisa que esta desventurada senhora possa usar, Mamacita? – perguntou ele em espanhol. Ele parecia hesitar, oscilando ligeiramente. – Talvez um dos vestidos em...

A mulher exibiu os dentes para mim.

– São pequenos demais para esta vaca – disse ela, também em espanhol. – Dê-lhe seu roupão velho, se quiser. – Lançou um olhar de desprezo aos meus cabelos emaranhados e ao meu rosto sujo de lama. – Venha – disse em inglês, virando as costas para mim. – Lavar-se.

Conduziu-me a um pátio menor nos fundos da casa, onde me deu dois baldes de água limpa e fresca, uma velha toalha de linho e um pequeno pote de sabão líquido, com um forte cheiro de lixívia. Acrescentando um roupão cinza surrado com um cinto de corda, ela exibiu os dentes para mim outra vez e saiu, observando alegremente em espanhol:

– Lave o sangue de suas mãos, puta assassina de Cristo.

Fechei o portão do pátio atrás dela com uma considerável sensação de alívio, despi minhas roupas imundas e pegajosas com mais alívio ainda e fiz minha toalete da melhor maneira que pude com água fria e sem nenhum pente.

Vestida decentemente, ainda que de forma estranha, no enorme roupão do padre Fogden, penteei os cabelos molhados com os dedos, considerando meu peculiar anfitrião. Eu não tinha certeza se as incursões do padre em comportamentos estranhos seriam uma forma de demência ou apenas os efeitos colaterais de longo prazo da intoxicação alcoólica e da *cannabis*, mas ele parecia uma alma bondosa e amável, apesar de tudo. Sua criada – se era esta a sua posição – já era uma questão inteiramente diferente.

Mamacita deixava-me mais do que um pouco nervosa. O sr. Stern anunciara sua intenção de descer até a beira-mar para se banhar e eu relutava em voltar para dentro da casa antes de seu retorno. Havia sobrado muita sangria e eu suspeitava que o padre Fogden – se ainda estivesse consciente – seria de pouca valia a esta altura contra aquele olhar de basilisco.

Ainda assim, eu não podia ficar do lado de fora a tarde inteira; estava muito cansada e queria ao menos me sentar, embora eu preferisse encontrar uma cama e dormir por uma semana. Havia uma porta que se abria do meu pequeno pátio para dentro de casa; empurrei-a e entrei no interior escuro.

Eu estava em um pequeno quarto. Olhei ao redor, surpresa; não parecia fazer parte da mesma casa como o espartano salão principal e os pátios malcuidados. A cama estava arrumada, havia travesseiros de penas e uma coberta macia de lã vermelha. Quatro enormes leques decorados espalhavam-se como asas vibrantes sobre as paredes brancas e um candelabro de latão, ramificado, com velas de cera, descansava sobre a mesa.

A mobília simples, mas de boa qualidade e lustrada com óleo, adquirira um brilho suave e profundo. Uma cortina de algodão listrado estendia-se ao longo da parede no outro extremo do quarto. Estava parcialmente aberta e eu pude ver, por trás dela, uma fileira de vestidos pendurados em cabides, num arco-íris de cores suntuosas.

Devem ser os vestidos de Ermenegilda, os que o padre Fogden mencionara. Adiantei-me para vê-los, meus pés descalços silenciosos no assoalho. O quarto estava perfeitamente limpo, sem sinal de poeira, mas muito silencioso, sem o cheiro ou a vibração de ocupação humana. Ninguém mais vivia neste aposento.

Os vestidos eram lindos; todos de seda e veludo, moiré e cetim, musselina e pelúcia de seda. Mesmo suspensos sem vida ali em seus cabides, possuíam o brilho e a beleza da pele animal, onde uma essência de vida permanece nos pelos.

Toquei em um corpete, de veludo roxo, pesado com os bordados de amores-perfeitos em fio de prata, com uma pérola no centro. Ela fora pequena, essa Ermenegilda, e de compleição delicada – vários vestidos possuíam franzidos e enchimentos acolchoados, cuidadosamente costurados por dentro dos espartilhos, para dar a ilusão de mais busto. O quarto era confortável, embora não fosse luxuoso; os vestidos eram magníficos trajes que podiam ser usados na Corte em Madri.

Ermenegilda se fora, mas o aposento ainda parecia habitado. Toquei em uma manga azul-pavão como despedida e saí na ponta dos pés, deixando os vestidos entregues a seus sonhos.

Encontrei Lawrence Stern na varanda nos fundos da casa, com vista para uma íngreme encosta de aloés e goiabeiras. Ao longe, avistava-se uma pequena ilha corcovada, encravada num brilhante mar turquesa. Ele se levantou cortesmente, fazendo uma pequena mesura para mim, com um ar de surpresa.

— Sra. Fraser! Está com uma aparência muito melhor, devo dizer. O roupão do padre assenta-lhe melhor do que nele. — Sorriu para mim, os olhos cor de avelã estreitando-se numa lisonjeira expressão de admiração.

— Acho que a ausência de lama tem mais a ver com isso — eu disse, sentando-me na cadeira que ele me ofereceu. — Isso é alguma coisa de beber? — Havia um jarro na mesa de vime entre as cadeiras; a umidade se condensara em forte orvalho e gotículas escorriam tentadoramente nas laterais. Eu ficara com sede por tanto tempo que a visão de qualquer líquido automaticamente fazia minhas bochechas se contraírem de vontade.

— Mais sangria — disse Stern. Ele serviu um pequeno copo para cada um de nós e tomou um pequeno gole do seu, suspirando de prazer. Espero que não me ache imoderado, sra. Fraser, mas após meses vagando por aí, bebendo apenas água e o rum bruto dos escravos... — Ele fechou os olhos, em estado de graça. — Manjar dos deuses.

Eu estava inclinada a concordar.

— Hã... o padre Fogden está... — hesitei, buscando uma forma educada de perguntar pelo estado de nosso anfitrião. Não precisava ter me dado ao trabalho.

— Bêbado — disse Stern com toda a franqueza. — Mole como um verme, caído sobre a mesa da sala. Ele quase sempre está assim ao final do dia — acrescentou ele.

— Sei. — Recostei-me na cadeira, bebericando minha própria sangria.

— Conhece o padre Fogden há muito tempo?

Stern passou a mão pela testa, pensando.

— Ah, há alguns anos. — Olhou para mim. — Eu estive pensando... por acaso, você conhece um James Fraser, de Edimburgo? Sei que é um nome comum, mas... conhece?

Eu não dissera nada, mas meu rosto me delatara, como sempre acontecia, a menos que eu já estivesse preparada para mentir.

— O nome do meu marido é James Fraser — eu disse. O rosto de Stern iluminou-se com interesse.

— É mesmo? — exclamou ele. — E ele é um sujeito grandalhão, com...

– Cabelos ruivos – concluí. – Sim, é Jamie. – Algo me ocorreu. – Ele me disse que havia conhecido um naturalista em Edimburgo e que tiveram uma conversa muito interessante sobre... diversos assuntos. – O que eu estava me perguntando era onde Stern teria aprendido o verdadeiro nome de Jamie. A maioria das pessoas em Edimburgo o conhecia apenas como "Jamie Roy", o contrabandista, ou como Alexander Malcolm, o respeitável mestre-impressor do beco Carfax. Certamente o dr. Stern, com seu distinto sotaque alemão, não podia ser o "inglês" de quem Tompkins falara.

– Aranhas – disse Stern prontamente. – Sim, lembro-me perfeitamente. Aranhas e cavernas. Nós nos encontramos em um... um... – Seu rosto empalideceu por um instante. Em seguida, ele tossiu, encobrindo o lapso com habilidade. – Em um, hã, bar. Uma das... hã... empregadas deparara-se com um grande espécime de *Arachnida* no teto do seu... quer dizer, no teto quando nós estávamos... ah, conversando. Ficando um pouco alarmada em consequência, ela irrompeu no corredor, gritando histericamente. – Stern tomou um grande gole de sangria como um tônico restaurador, evidentemente achando a lembrança estressante. – Eu acabara de capturar o animal e guardá-lo num frasco de exemplares quando o sr. Fraser irrompeu no aposento, apontou uma espécie de arma de fogo para mim e disse... – Neste ponto, Stern desenvolveu um prolongado acesso de tosse, batendo vigorosamente no peito. – Nossa! Não achou este jarro particularmente um pouco forte demais, sra. Fraser? Acho que a mulher colocou fatias de limão demais.

Eu suspeitava que Mamacita teria colocado cianureto, se tivesse algum à mão, mas na realidade a sangria estava excelente.

– Não notei – eu disse, tomando outro pequeno gole. – Mas, por favor, continue. Jamie entrou com uma pistola e disse...?

– Ah. Bem, na verdade, não posso dizer que me lembro precisamente do que ele falou. Parece ter havido uma ligeira comoção, devido à impressão de que a gritaria da jovem tivesse sido causada por algum gesto ou palavra inoportuna de minha parte, e não pelo aracnídeo. Felizmente, pude mostrar-lhe o animal, e a jovem foi induzida a aproximar-se da porta, mas não conseguimos convencê-la a entrar no aposento outra vez e identificar a aranha como a causa de sua aflição.

– Entendo – eu disse. Eu podia visualizar a cena muito bem, a não ser por um detalhe de suprema importância. – Por acaso se lembra do que ele estava vestindo? Jamie?

Lawrence Stern olhou-me espantado.

– Vestindo? Não... Minha impressão é de que ele estava vestido para sair, e não com roupas de dormir ou andar em casa, mas...

– Tudo bem – assegurei-lhe. – Só estava pensando. – Afinal, "vestido" era a palavra-chave. – Então ele se apresentou a você?

Stern franziu a testa, passando a mão pelos espessos cachos negros.

– Acho que não. Pelo que me lembro, a dona do estabelecimento chamou-o de sr. Fraser; mais tarde, durante a conversa, nós pedimos um lanche e ficamos conversando quase até o raiar do dia, encontrando bastante interesse na companhia um do outro, sabe. Em algum momento, ele me convidou a chamá-lo pelo nome de batismo. – Ele ergueu uma das sobrancelhas com sarcasmo. – Espero que não ache muito abusado por chamá-lo pelo nome, depois de tão pouco tempo.

– Não, não. Claro que não. – Querendo mudar de assunto, continuei. – Você disse que conversaram sobre aranhas e cavernas. Por que cavernas?

– Por causa de Robert Bruce e a história, que seu marido estava inclinado a considerar apócrifa, relativa à sua motivação para continuar na luta pelo trono da Escócia. Aparentemente, Bruce estava escondido em uma caverna, perseguido pelos inimigos, e...

– Sim, conheço a história – interrompi.

– Jamie achava que as aranhas não frequentam cavernas onde o homem habite; uma opinião com a qual eu basicamente concordei, embora salientando que nas cavernas maiores, como as desta ilha...

– Há cavernas aqui? – Surpreendi-me e depois me senti uma tola. – Mas é claro, tem que haver, se há peixes de caverna, como aquele na fonte. Sempre achei que as ilhas do Caribe eram feitas de coral. Não imaginei que houvesse cavernas em coral.

– Bem, é possível, embora não muito provável – disse Stern sensatamente. – Entretanto, a ilha de Hispaniola não é um atol de coral, mas basicamente de origem vulcânica, com o acréscimo de cristais de xisto, depósitos sedimentares de fósseis, antiquíssimos, e depósitos de calcário por toda parte. O calcário é particularmente caracterizado por cavernas em alguns pontos.

– Não diga. – Servi um novo copo do vinho temperado.

– Ah, sim. – Lawrence inclinou-se para pegar a sacola de lona do chão da varanda. Retirando da bolsa um caderno de notas, arrancou uma folha e amassou-a dentro da mão fechada. – Veja – disse ele, estendendo a mão aberta. O papel começou a desdobrar-se lentamente, deixando uma topografia crivada de rugas e picos enrugados. – Esta ilha é assim. Lembra-se do que o padre Fogden dizia a respeito dos maroons? Os escravos fugitivos que se refugiaram nestas colinas? Não é a falta de perseguição por parte de seus senhores que permite que desapareçam tão facilmente. Há muitas partes desta ilha onde nenhum homem... branco ou negro, ouso dizer... ainda colocou os pés. E nesses montes desconhecidos, há cavernas ainda mais desconhecidas, de cuja existência ninguém sabe, a não ser talvez os nativos deste lugar, e eles já desapareceram há muito tempo, sra. Fraser. Eu vi uma dessas cavernas – acrescentou pensativamente. – Abandawe, é como os maroons a chamam. Consideram-na um lugar muito sinistro e sagrado, embora eu não saiba por quê.

Encorajado pela minha concentrada atenção, tomou outro grande gole de sangria e continuou sua palestra de história natural.

– Aquela pequena ilha – disse ele, indicando com um sinal da cabeça a ilha flutuante visível no mar distante –, aquela é a Ile de la Tortue, ou Tortuga. Aquela é, de fato, um atol de coral, sua laguna há muito tempo formada pela ação dos animálculos de coral. Sabia que já foi um covil de piratas? – perguntou, aparentemente achando que precisava insuflar sua aula com algo de interesse mais geral do que formações calcárias e cristais de xisto.

– Piratas de verdade? Bucaneiros? – Olhei para a pequena ilha com mais interesse. – Isso é bastante romântico.

Stern riu e eu olhei para ele, surpresa.

– Não estou rindo de você, sra. Fraser – assegurou-me. Um sorriso persistiu em seus lábios quando gesticulou para a Ile de la Tortue. – É só que, certa vez, eu tive a oportunidade de conversar com um antigo residente de Kingston com relação aos hábitos dos bucaneiros que em determinada época fizeram seu quartel-general numa vila próxima, chamada Port Royal.

Contraiu os lábios, resolveu falar, resolveu o contrário, depois, com um olhar de viés para mim, resolveu se arriscar.

– Desculpe-me a indelicadeza, sra. Fraser, mas como é uma mulher casada e pelo que sei está familiarizada com a prática da medicina... – Fez uma pausa e teria parado por aí, mas ele já bebera quase dois terços do jarro de sangria; o rosto largo e simpático estava profundamente ruborizado. – Talvez já tenha ouvido falar das práticas abomináveis de sodomia? – perguntou ele, olhando-me de esguelha.

– Já – eu disse. – Está querendo dizer...

– Asseguro-lhe – disse ele, balançando a cabeça com ar professoral. – Meu informante foi muito eloquente sobre os hábitos dos bucaneiros. Sodomitas, entre homens – afirmou, sacudindo a cabeça.

– O quê?

– Era de conhecimento público. Meu informante disse-me que, quando Port Royal foi tragada pelo mar, há uns sessenta anos, foi amplamente aceito que tratara-se de um ato de vingança divina sobre esses depravados, por causa de seus hábitos vis e aberrantes.

– Nossa! – eu disse. Eu imaginava o que a voluptuosa Tessa de *O pirata impetuoso* teria pensado disso.

Ele balançava a cabeça, solene como uma coruja.

– Dizem que se pode ouvir os sinos das igrejas afundadas de Port Royal quando uma tempestade se aproxima, tocando pelas almas dos piratas amaldiçoados.

Pensei em perguntar mais sobre a exata natureza dos hábitos vis e aberrantes, porém neste ponto do processo, Mamacita entrou pisando com força na varanda, disse laconicamente "Comida" e desapareceu outra vez.

– Imagino em que caverna o padre Fogden encontrou essa aí – eu disse, empurrando minha cadeira para trás.

Stern fitou-me, surpreso.

– Encontrou-a? Ah, mas eu me esqueci – disse ele, o rosto se desanuviando –, você não sabe. – Espreitou pela porta aberta onde a mulher desaparecera, mas o interior da casa estava silencioso e escuro como uma caverna.

– Ele a encontrou em Havana – disse ele, e contou-me o resto da história.

O padre Fogden era um sacerdote havia dez anos, um missionário da ordem de santo Anselmo, quando veio para Cuba havia quinze anos. Devotado às necessidades dos pobres, ele trabalhou nas favelas e bordéis de Havana por vários anos, sem pensar em nada mais do que aliviar o sofrimento e amar a Deus... até o dia em que conheceu Ermenegilda Ruiz Alcântara y Meroz no mercado.

– Acho que nem ele mesmo sabe, até hoje, como aconteceu – disse Stern. Ele limpou uma gota de vinho que escorrera pelo lado do copo e bebeu outra vez. – Talvez ela não soubesse também, ou talvez ela tivesse planejado tudo no instante em que o viu.

De qualquer modo, seis meses depois a cidade de Havana ficou escandalizada com a notícia de que a jovem esposa de dom Armando Alcântara fugira... com um padre.

– E sua mãe – disse à meia-voz, mas ele me ouviu e sorriu ligeiramente.

– Ermenegilda jamais deixaria Mamacita para trás – disse ele. – Nem seu cachorro Ludo.

Eles jamais teriam conseguido escapar – pois o alcance de dom Armando era longo e poderoso – se não fosse pelo fato de que o inglês convenientemente escolheu o momento oportuno para sua fuga no dia da invasão de Cuba. Dom Armando, é claro, tinha coisas muito mais importantes com que se preocupar do que com o paradeiro de sua jovem mulher desertora.

Os fugitivos foram a cavalo para Bayamo – muito atrapalhados pelos vestidos de Ermenegilda, dos quais ela se recusava a se separar – e lá alugaram um barco de pesca, que os trouxe para a segurança de Hispaniola.

– Ela morreu dois anos depois – disse Stern abruptamente. Colocou o copo sobre a mesa e encheu-o outra vez com a bebida da jarra suada. – Ele mesmo a enterrou, sob a buganvília.

– E aqui ficaram para sempre – eu disse. – O padre, Ludo e Mamacita.

– Ah, sim. – Stern cerrou os olhos, o perfil escuro contra o sol poente. – Ermenegilda não deixaria Mamacita, e Mamacita jamais deixaria Ermenegilda.

Ele esvaziou o resto de seu copo.

– Ninguém vem aqui – disse ele. – Os habitantes da vila não colocam o pé na colina. Têm medo do fantasma de Ermenegilda. Uma pecadora amaldiçoada, enterrada por um padre condenado em solo não sagrado. É claro que ela não pode descansar em paz.

Senti a brisa marinha fria em minha nuca. Atrás de nós, até as galinhas no pátio haviam se calado com a chegada do crepúsculo. A Hacienda de la Fuente permanecia em silêncio.

– Você vem – eu disse, e ele sorriu. O aroma de laranjas ergueu-se do copo vazio em minha mão, adocicado como o perfume de flores de laranjeira.

– Ah, bem – disse ele. – Sou um cientista. Não acredito em fantasmas. – Estendeu a mão para mim, um pouco instável. – Vamos jantar, sra. Fraser?

Após o desjejum na manhã seguinte, Stern estava pronto para partir em direção a St. Luis du Nord. Antes de ir embora, entretanto, eu tinha uma ou duas perguntas sobre o navio que o padre mencionara; se fosse o *Porpoise*, eu queria ficar longe dele.

– Que tipo de navio era? – perguntei, servindo uma xícara de leite de cabra para acompanhar a banana-da-terra frita.

O padre Fogden, aparentemente pouco afetado pelos excessos do dia anterior, acariciava o seu coco, cantarolando sonhadoramente consigo mesmo.

– Hã? – disse ele, arrancado de seus devaneios pelas cutucadas de Stern em suas costelas.

Repeti pacientemente a pergunta.

– Ah. – Ele estreitou os olhos, como se mergulhasse em pensamentos profundos, depois seu rosto relaxou. – Um navio de madeira.

Lawrence abaixou o rosto largo sobre seu prato, ocultando um sorriso. Respirei fundo e tentei outra vez.

– Os marinheiros que mataram Arabella... você os viu?

Suas sobrancelhas estreitas ergueram-se.

– Bem, é claro que eu os vi. De que outra forma eu poderia saber o que fizeram? Agarrei-me àquela evidência de pensamento lógico.

– Sem dúvida. E viu o que usavam? Quero dizer – eu o vi abrir a boca para responder "roupas" e apressadamente me antecipei a ele –, pareciam usar algum tipo de uniforme? – A tripulação do *Porpoise* normalmente usava roupas de marinheiro quando não estava realizando nenhuma cerimônia, mas mesmo essas roupas rústicas tinham a aparência de um uniforme, sendo quase inteiramente de um branco sujo e semelhantes no feitio.

O padre Fogden colocou sua xícara na mesa, deixando um bigode de leite sobre o lábio superior. Limpou-o com as costas da mão, franzindo o cenho e sacudindo a cabeça.

– Não, acho que não. Tudo que me lembro deles, porém, é que o líder usava um gancho. Não tinha uma das mãos, quero dizer. – Sacudiu os próprios dedos, longos e finos, para mim a título de ilustração.

Larguei minha xícara, que explodiu sobre a mesa. Stern pôs-se de pé com uma exclamação, mas o padre continuou imóvel, observando com surpresa um filete branco atravessar a mesa e cair em seu colo.

– Por que você fez isso? – perguntou ele, com ar de reprovação.

– Sinto muito – eu disse. Minhas mãos tremiam tanto que eu nem conseguia recolher os cacos da xícara quebrada. Tive medo de fazer a pergunta seguinte. – Padre... o navio foi embora?

– Ora, não – disse ele, erguendo os olhos com surpresa de seu roupão molhado de leite. – Como poderia? Está encalhado na praia.

O padre Fogden seguiu à nossa frente, as canelas finas brancas como leite quando ele encurtou sua batina da Igreja Anglicana até a altura das coxas. Fui obrigada a fazer o mesmo, porque a encosta do morro acima da casa estava tomada pelo mato e arbustos espinhosos que se agarravam à lã rústica do meu roupão emprestado.

A colina era cruzada de caminhos de ovelhas, mas eles eram estreitos e quase indistintos, perdiam-se sob as árvores e desapareciam bruscamente no mato denso. No entanto, o padre parecia confiante quanto ao seu destino e corria lepidamente pelo meio da vegetação, sem nunca olhar para trás.

Eu respirava com dificuldade quando chegamos ao topo da colina, embora Lawrence Stern tivesse galantemente me ajudado, afastando os galhos do meu caminho e segurando meu braço para me puxar nos trechos mais íngremes.

– Acha que existe mesmo um navio? – perguntei-lhe, em voz baixa, quando nos aproximávamos do cimo do morro. Considerando-se o comportamento do nosso anfitrião até então, eu não tinha tanta certeza que ele não tivesse imaginado tudo, apenas para ser sociável.

Stern encolheu os ombros, enxugando um filete de suor que escorria pelo rosto bronzeado.

– Imagino que exista alguma coisa lá – respondeu ele. – Afinal, há uma ovelha morta.

Uma náusea repentina me atingiu à lembrança da falecida Arabella. Alguém havia realmente matado a ovelha e eu caminhei o mais silenciosamente possível quando nos aproximávamos do topo do monte. Não poderia ser o *Porpoise*; nenhum dos oficiais ou dos marinheiros tinha um gancho. Tentei dizer a mim mesma que provavelmente também não era o *Artemis*, mas meu coração batia cada vez com mais força quando chegamos a uma plataforma de agaves gigantes no cume do monte.

Eu podia ver o mar do Caribe brilhando, azul, e uma faixa estreita de areia branca através das folhas suculentas. O padre Fogden parara, acenando para que nos aproximássemos.

– Lá estão eles, as criaturas malignas – murmurou ele. Seus olhos azuis faiscaram de fúria e seus cabelos ralos eriçaram-se, como um porco-espinho mordido por um inseto. – Carniceiros! – disse à meia-voz, mas com veemência, como se falasse consigo mesmo. – Canibais!

Lancei-lhe um olhar perplexo, mas Lawrence Stern agarrou meu braço, arrastando-me para uma abertura maior entre duas árvores.

– Veja! Há realmente um navio – disse ele.

Havia. Estava encalhado na praia, adernado, com os mastros ainda posicionados, pilhas desarrumadas de carga. Velas, cordames e barris de água espalhados por todo lado. Os homens rastejavam por cima da carcaça como formigas. Gritos e golpes de martelos soavam como tiros de canhão e o cheiro de piche quente enchia o ar. A carga não descarregada brilhava foscamente ao sol; cobre e latão, ligeiramente embaçados pelo ar salgado. Peles curtidas de animais haviam sido estendidas na areia, manchas duras e marrons secando ao sol.

– São eles! É o *Artemis*! – A dúvida foi sanada pelo surgimento próximo ao casco de uma figura atarracada, de uma só perna, a cabeça protegida do sol por um lenço berrante de seda amarela. – Murphy! – gritei. – Fergus! Jamie! – Libertei-me da mão de Stern e corri pela encosta abaixo, sem considerar seu grito de cautela, na agitação de ver o *Artemis*.

Murphy girou nos calcanhares diante do meu grito, mas não conseguiu sair do meu caminho. Levada pelo impulso e correndo como um cavalo desembestado, colidi direto com ele, estatelando-o no chão.

– Murphy! – disse, e beijei-o, tomada pela alegria do momento.

– Ei! – exclamou ele, chocado. Contorceu-se freneticamente, tentando sair de baixo de mim.

– Milady! – Fergus apareceu ao meu lado, desalinhado e elétrico, o belo sorriso ofuscante no rosto queimado de sol. – Milady! – Ajudou-me a sair de cima do gemente Murphy, depois me agarrou num abraço capaz de quebrar costelas. Marsali apareceu atrás dele, um largo sorriso no rosto. – *Merci aux les saints!* – disse ele em meu ouvido. – Temia que jamais voltássemos a vê-la! – Beijou-me calorosamente, nas duas faces e na boca, depois finalmente soltou-me.

Olhei para o *Artemis*, de lado na praia como um besouro encalhado.

– Pelo amor de Deus, o que aconteceu?

Fergus e Marsali entreolharam-se. Era o tipo de olhar em que perguntas são feitas e respondidas, e fiquei surpresa de ver a profunda intimidade que havia entre eles. Fergus respirou fundo e virou-se para mim.

– O capitão Raines morreu – disse ele.

A tempestade que se abatera sobre mim durante a noite que passara no manguezal também atingira o *Artemis*. Desviado para longe de sua rota pelo vendaval, fora lançado sobre um recife, rasgando um grande buraco no fundo do casco.

Ainda assim, ele continuara a flutuar. Com o porão de popa enchendo-se rapidamente, o navio se arrastara na direção da pequena enseada que se abria bem próxima, oferecendo abrigo.

– Estávamos a menos de 300 metros da praia quando o acidente aconteceu – disse Fergus, o rosto tenso com a lembrança. O navio inclinou-se subitamente, quando o conteúdo do porão de popa se movimentou e começou a flutuar. Exatamente nesse instante, um vagalhão, vindo do mar, chocou-se contra o navio inclinado e a enxurrada que varreu o tombadilho superior arrastou o capitão Raines e quatro marinheiros com ela.

– A praia estava tão perto! – disse Marsali, o rosto contorcido de angústia. – Dez minutos depois estávamos em terra firme! Se ao menos...

Fergus interrompeu-a, colocando a mão em seu braço.

– Não podemos questionar os desígnios de Deus – disse ele. – Teria acontecido a mesma coisa se estivéssemos a mil milhas no mar, exceto que não poderíamos ter lhes dado um enterro decente. – Indicou a outra ponta da praia com um sinal da cabeça, junto à selva, onde cinco montículos, encimados por toscas cruzes de madeira, assinalavam o derradeiro local de descanso dos afogados.

– Eu tinha um pouco de água benta que papai me trouxe da Notre Dame de Paris – disse Marsali. Seus lábios estavam rachados e ela os umedeceu com a língua. – Numa garrafinha. Rezei uma prece e aspergi a água benta sobre as sepulturas. A-acha que eles teriam gostado?

Percebi o tremor em sua voz e compreendi que apesar de todo o seu autocontrole, os últimos dois dias haviam sido uma aterrorizante experiência para a jovem. Seu rosto estava sujo, os cabelos despencados e o olhar penetrante havia sumido de seus olhos, suavizados pelas lágrimas.

– Tenho certeza que sim – eu disse gentilmente, batendo de leve em seu braço. Olhei os rostos ao redor, à procura da altura e da cabeça flamejante de Jamie, mesmo começando a perceber que ele não estava lá. – Onde está Jamie? – eu disse. Meu rosto estava afogueado da corrida pela colina abaixo. Comecei a sentir o sangue fugir do meu rosto, enquanto uma corrente de medo subia em minhas veias.

Fergus olhava-me fixamente, o rosto magro espelhando o meu.

– Ele não está com você? – perguntou ele.

– Não. Como poderia estar? – O sol era ofuscante, mas senti a minha pele fria. Eu podia sentir o calor tremular acima de mim, mas de nada adiantava. Meus lábios estavam tão frios que eu mal consegui formular a pergunta.

– Onde ele está?

Fergus sacudiu a cabeça devagar de um lado para o outro, como um boi aturdido, atingido pelo golpe mortal no abatedouro.

– Não sei.

51

QUANDO JAMIE FAREJA UM RATO

Jamie Fraser estava deitado nas sombras, sob o escaler do *Porpoise*, o peito arfando com o esforço. Subir a bordo do navio de guerra sem ser visto não fora uma tarefa fácil; o lado direito do seu corpo estava contundido por ter sido jogado contra o lado do navio enquanto se dependurava nas redes de carregamento, lutando para se erguer até a balaustrada. Seus braços pareciam ter sido arrancados de suas juntas e havia uma enorme farpa em sua mão. Mas ele estava ali, até agora despercebido.

Mordeu delicadamente a palma da mão, procurando a ponta da farpa com os dentes, enquanto tentava se localizar. Russo e Stone, os marinheiros do *Artemis* que haviam servido a bordo de um navio de guerra, passaram horas descrevendo para ele a estrutura de um navio de grande porte, os compartimentos e conveses, e a localização provável das dependências do cirurgião. Mas ouvir uma descrição e ser capaz de se orientar pelo navio eram duas situações diferentes. Ao menos, o miserável balançava menos do que o *Artemis*, embora ele ainda pudesse sentir o nauseante movimento do convés sob ele.

Conseguiu soltar a ponta da farpa; segurando-a entre os dentes, puxou-a devagar e cuspiu-a no convés. Chupou o pequeno ferimento, sentindo gosto de sangue, e deslizou cautelosamente para fora do seu esconderijo sob o escaler, os ouvidos atentos a qualquer aproximação de passos.

O convés era embaixo deste, pela escada à frente. O alojamento dos oficiais seria lá e, com sorte, a cabine do cirurgião também. Não que fosse provável que ela estivesse em sua cabine; ela não. Ela se importara o suficiente para vir cuidar dos enfermos – ela estaria com eles.

Ele esperara até escurecer para que Robbie MacRae o levasse no barco a remo. Raines dissera-lhe que o *Porpoise* provavelmente içaria âncora na maré do começo da noite, daqui a duas horas. Se pudesse encontrar Claire e fugir pela amurada antes disso – poderia nadar com ela facilmente até a praia – o *Artemis* estaria à sua espera, escondido numa pequena enseada do outro lado da ilha Caicos. Se não pudesse – bem, lidaria com isso quando acontecesse.

Tendo acabado de deixar o mundo pequeno e acanhado do *Artemis*, os conveses inferiores do *Porpoise* pareciam enormes; um bairro superpovoado, imerso em sombras. Permaneceu imóvel, as narinas alargadas quando ele deliberadamente inspirou o ar fétido para os pulmões. Havia todos os odores asquerosos associados a um navio ao mar há muito tempo, superpostos com o leve e flutuante fedor de fezes e vômito.

Virou para a esquerda e começou a caminhar silenciosamente, o longo nariz contorcendo-se. Onde o cheiro de doença fosse mais forte, era lá que iria encontrá-la.

Quatro horas mais tarde, com crescente desespero, avançou para a popa pela terceira vez. Havia percorrido o navio inteiro – mantendo-se fora do alcance de vista com grande dificuldade – e Claire não estava em lugar nenhum.

– Maldita mulher! – disse ele baixinho. – Onde você se meteu, desgraçada encrenqueira?

Um pequeno verme do medo corroeu a base de seu coração. Ela dissera que sua vacina a protegeria da doença, mas e se estivesse errada? Ele podia ver que a tripulação do navio de guerra havia sido muito reduzida pela doença fatal – mergulhada nisso até o pescoço, os germes deviam tê-la atacado também, com ou sem vacina.

Ele pensava nos germes como pequeninos seres cegos, mais ou menos do tamanho de larvas, mas equipados com ferozes dentes afiados, como minúsculos tubarões. Também podia, muito facilmente, imaginar um enxame dessas criaturas devorando-a, matando-a, exaurindo a vida de sua carne. Fora exatamente essa visão que o fizera perseguir o *Porpoise* – isso e um ódio assassino do inglês miserável que tivera a absurda insolência de roubar sua mulher debaixo do seu próprio nariz, com uma vaga promessa de devolvê-la, depois de a usarem.

Deixá-la com os *sassenachs*, desprotegida?

– Nem pensar – murmurou ele baixinho, agachando-se para entrar num escuro espaço de carga. Ela não estaria em tal lugar, é claro, mas ele tinha que parar por um instante e pensar no que fazer. Seria esta a bancada dos cabos, a entrada de carga da popa, a maldita não sei quê da proa? Deus, ele odiava barcos!

Inspirou fundo e parou, surpreso. Havia animais ali; cabras. Podia sentir seu cheiro com nitidez. Também havia uma luz, turva, quase invisível, ao redor da borda de um anteparo, e o murmúrio de vozes. Uma delas seria uma voz de mulher?

Avançou cautelosamente, ouvindo. Havia passos no convés acima, umas batidas leves seguidas de um baque surdo que ele reconheceu; corpos descendo e saltando do cordame. Teria alguém lá em cima o avistado? Bem, e se tivesse? Não era crime, até onde sabia, que um homem procurasse sua mulher.

O *Porpoise* estava a todo o pano; ele sentira a vibração das velas, atravessando a madeira até a quilha, conforme o navio recebia o vento. Já haviam perdido o encontro com o *Artemis* há muito tempo.

Assim sendo, provavelmente não havia nada a perder em aparecer corajosamente diante do capitão e exigir ver Claire. Mas talvez ela estivesse ali – era definitivamente uma voz feminina.

Era uma figura feminina também, a silhueta recortada contra a luz do lampião, mas a mulher não era Claire. Seu coração saltou convulsivamente ao ver o reflexo da luz em seus cabelos, mas logo esmoreceu ao ver a figura corpulenta da mulher junto ao cercado das cabras. Havia um homem com ela; enquanto Jamie observava, o homem inclinou-se e pegou uma cesta. Virou-se e começou a caminhar na direção de Jamie.

Ele saiu para o corredor estreito entre os anteparos, bloqueando o caminho do marinheiro.

– Ei, o que pretende... – começou a dizer o homem e, depois, erguendo os olhos para o rosto de Jamie, parou, prendendo a respiração. Um dos olhos estava fixo nele num horrorizado reconhecimento; o outro era apenas uma intumescência branco-azulada sob a pálpebra atrofiada. – Que Deus nos ajude! – disse o marinheiro. – O que você está fazendo aqui? – O rosto do marinheiro brilhava, pálido e amarelado na luz turva.

– Então você me conhece? – O coração de Jamie batia com força contra suas costelas, mas manteve a voz baixa e controlada. – Não tenho a honra de saber seu nome, eu acho.

– Eu prefiro deixar esta circunstância em particular inalterada, senhor, se não se opõe. – O marinheiro caolho começou a recuar, mas foi impedido quando Jamie agarrou seu braço, com força suficiente para extrair um pequeno grito.

– Não tão rápido, por favor. Onde está a sra. Malcolm, a médica?

Seria difícil o marinheiro parecer mais assustado, mas diante dessa pergunta, ele conseguiu.

– Não sei! – disse ele.

– Sabe, sim – disse Jamie incisivamente. – E vai me dizer agora mesmo ou quebrarei seu pescoço.

– Bem, não vou poder lhe contar nada se quebrar meu pescoço, não é? – ressaltou o marinheiro, começando a recuperar a coragem. Ergueu o queixo desafiadoramente por cima de seu cesto de excremento. – Agora, solte-me ou chamarei... – O resto da frase perdeu-se num ganido quando a mão avantajada de Jamie fechou-se em seu pescoço e começou a apertá-lo inexoravelmente. O cesto caiu no convés e bolas de excremento de cabras dispersaram-se como metralha. – Aaah! – As pernas de Harry Tompkins debatiam-se freneticamente, espalhando bosta de cabra em todas as direções. Seu rosto ficou roxo como uma beterraba enquanto ele tentava em vão arranhar os braços de Jamie. Avaliando as consequências clinicamente, Jamie soltou o sujeito quando seus olhos começaram a se esbugalhar. Ele limpou as mãos nas calças, não gostou da sensação pegajosa do suor do sujeito na palma de sua mão.

Tompkins ficou esparramado no assoalho do convés, respirando fracamente com um chiado.

– Tem toda a razão – disse Jamie. – Por outro lado, se eu quebrar seu braço, imagino que ainda estará em condições de falar comigo, não é? – Inclinou-se, agarrou o homem pelo braço magro e puxou-o, colocando-o de pé e torcendo seu braço bruscamente para as costas.

– Eu vou contar, eu vou contar! – O marinheiro contorcia-se freneticamente, em pânico. – Desgraçado, você é tão cruel quanto ela era!

– Era? O que quer dizer com "era"? – Jamie sentiu o coração apertar no peito e deu um safanão no braço, com mais brutalidade do que pretendera. Tompkins soltou um grito agudo de dor e Jamie aliviou ligeiramente a pressão.

– Solte-me! Eu vou contar, mas pelo amor de Deus, solte-me! – Jamie relaxou o aperto de sua mão, mas não o soltou.

– Diga-me onde está minha mulher! – disse ele, num tom que já havia feito homens mais fortes do que Harry Tompkins apressarem-se a obedecer.

– Ela sumiu! – falou o homem abruptamente. – Perdeu-se no mar!

– O quê? – Ele ficou tão atordoado que soltou o braço do marinheiro. No mar. Perdida no mar. Desaparecida. – Quando? – perguntou. – Como? Droga, conte-me o que aconteceu! – Avançou para o marinheiro, os punhos cerrados.

Tompkins estava recuando, esfregando o braço e arfando, um olhar furtivo de satisfação no único olho.

– Não se preocupe, senhor – disse ele, com um tom estranho, zombeteiro, na voz. – Não vai ficar solitário por muito tempo. Vai se juntar a ela no inferno dentro de poucos dias... balançando do lais da verga no porto de Kingston!

Tarde demais, Jamie ouviu um passo nas tábuas atrás dele. Não teve tempo nem para virar a cabeça antes de ser golpeado.

Ele já fora atingido na cabeça com bastante frequência para saber que o mais sensato era permanecer deitado até que a vertigem e as luzes que pulsavam atrás de suas pálpebras a cada batida do coração passassem. O ato de sentar-se cedo demais e a dor o fariam vomitar.

O convés subia e descia, subia e descia sob ele, no horrível modo próprio dos navios. Manteve os olhos bem fechados, concentrando-se na dor excruciante na base de seu crânio a fim de não pensar em seu estômago.

Navio. Ele devia estar em um navio. Sim, mas a superfície sob sua face estava errada – madeira dura, não os lençóis de seu beliche. E o cheiro, o cheiro estava errado, era...

Sentou-se ereto com um salto, a memória explodindo com uma nitidez que tornou a dor na cabeça insignificante em comparação. A escuridão se movia de forma nauseante ao seu redor, com luzes coloridas tremeluzindo, e sentiu uma ânsia de vômito. Fechou os olhos e engoliu com força, tentando recuperar sua consciência estilhaçada a respeito do único pensamento assustador que perfurara seu cérebro como um espeto num pedaço de carne de carneiro.

Claire. Perdida. Afogada. Morta.

Inclinou-se para o lado e vomitou. Engasgava-se e tossia, como se seu corpo tentasse com todas as forças expelir o pensamento. Não funcionou; quando finalmente parou, apoiando-se, exausto, contra o anteparo, a sensação continuava. Até respirar lhe doía e ele cerrou os punhos sobre as coxas, tremendo.

Ouviu-se o barulho de uma porta se abrindo e uma luz intensa atingiu seus olhos com a força de um soco. Contraiu-se, fechando os olhos contra a claridade do lampião.

– Sr. Fraser – disse uma voz suave, bem-educada. – Eu... realmente, eu sinto muito. Gostaria que soubesse disso, ao menos.

Através de uma fenda da pálpebra, ele viu o rosto tenso e transtornado do jovem Leonard – o homem que havia sequestrado Claire. O homem parecia arrependido. Arrependimento! Arrependimento por tê-la matado.

A fúria o pôs de pé apesar da fraqueza e o arremessou para a frente pelo convés inclinado em menos de um segundo. Ouviu-se um grito quando ele atingiu Leonard e o empurrou de costas para o corredor, seguido de um bom e suculento baque quando a cabeça do miserável atingiu as tábuas do assoalho. Pessoas gritavam e as sombras saltavam loucamente ao seu redor conforme os lampiões oscilavam, mas ele não prestou nenhuma atenção.

Deu um soco fulminante no queixo de Leonard, outro em seu nariz. A fraqueza não importava. Gastaria todas as suas forças e morreria, mas agora ele queria surrar e aleijar, sentir os ossos se quebrarem e o sangue quente e pegajoso em seus punhos. Abençoado são Miguel Arcanjo, que ele pudesse vingá-la primeiro!

Sentiu mãos sobre ele, agarrando e puxando, mas não importava. Não o matariam agora, pensou indistintamente, e isso não importava, tampouco. O corpo sob ele debatia-se e contorcia-se entre suas pernas, depois ficou imóvel.

Quando o próximo golpe veio, ele se deixou levar de bom grado para a escuridão.

O toque leve de dedos em seu rosto acordou-o. Levou o braço sonolentamente para segurar a mão e tocou...

– Aaaah!

Com uma repulsa instantânea, ele já estava de pé, arranhando o rosto. A enorme aranha, quase tão assustada quanto ele, partiu em direção aos arbustos a toda a velocidade, as longas pernas cabeludas não mais do que uma mancha negra indistinta.

Houve uma explosão de risadinhas atrás dele. Virou-se, o coração batendo como um tambor, e deparou-se com seis crianças, empoleiradas nos galhos de uma enorme árvore verde, todas rindo para ele com dentes manchados de tabaco.

Ele fez uma mesura para elas, sentindo-se tonto e com as pernas fracas, o susto que o fizera se levantar agora fenecendo em seu sangue.

– Mesdemoiselles, messieurs – disse ele, a voz rouca, e nos recessos adormecidos de seu cérebro perguntou-se o que o fizera falar em francês. Teria ouvido parcialmente a conversa entre elas, enquanto dormia?

Eram de fato francesas, pois responderam nessa língua, fortemente temperada com uma espécie de sotaque crioulo gutural que ele nunca ouvira antes.

– *Vous êtes matelot?* – perguntou o menino maior, olhando-o com interesse.

Seus joelhos cederam e ele sentou-se no chão, tão bruscamente que fez as crianças rirem outra vez.

– *Non* – respondeu ele, esforçando-se para fazer sua língua trabalhar. – *Je suis guerrier.* – Sua boca estava seca e sua cabeça doía diabolicamente. Vagas lembranças nadavam aleatoriamente no mingau que enchia sua cabeça, fracas demais para ele apreendê-las.

– Um soldado! – exclamou uma das crianças menores. Seus olhos eram redondos e escuros como o fruto do abrunheiro. – Onde estão sua espada e pistola, hein?

– Não seja tolo – disse-lhe uma menina mais velha arrogantemente. – Como ele poderia nadar com uma pistola? Ficaria estragada. Você não entende nada mesmo, cabeça de bagre?

– Não me chame assim! – gritou o menino menor, o rosto contorcido de raiva. – Cara de fuinha!

– Titica de galinha!

– Miolo mole!

As crianças pulavam de um galho para o outro como macacos, gritando e perseguindo uns aos outros. Jamie esfregou o rosto com força, tentando pensar.

– Mademoiselle! – Acenou para a menina mais velha, chamando-a. Ela hesitou por um momento, depois se deixou cair de seu galho como uma fruta madura, aterrissando no solo à sua frente numa nuvem de poeira amarela. Estava descalça, usava apenas um vestido largo de musselina rústica e um lenço colorido nos cabelos cacheados e escuros.

– Monsieur?

– Parece uma mulher de certo conhecimento, mademoiselle – disse ele. – Diga-me, por favor, qual o nome deste lugar?

– Cap-Haïtien – respondeu ela prontamente. Olhou-o com grande curiosidade. – Você fala engraçado – disse ela.

– Estou com sede. Tem água aqui por perto? – Cap-Haïtien. Então ele estava na ilha de Hispaniola. Lentamente, sua mente começava a funcionar outra vez; tinha a vaga lembrança de um terrível esforço, de nadar como uma questão de vida ou morte num caldeirão espumante de ondas enormes, e a chuva batendo em seu rosto com tanta força que fazia pouca diferença se sua cabeça estava acima ou abaixo da superfície. E o que mais?

– Por aqui, por aqui! – As outras crianças haviam saído da árvore e uma garotinha puxava-o pela mão, encorajando-o a segui-la.

Ele ajoelhou-se junto ao riacho, jogando água sobre a cabeça, bebendo avidamente o líquido limpo e fresco, enquanto as crianças corriam alegremente pelas rochas, jogando lama umas nas outras.

Agora se lembrava – o homem de cara de rato, o rosto surpreso do jovem Leonard, a raiva colérica e a gratificante sensação de carne esmagada contra osso em seu punho.

E Claire. A lembrança retornou repentinamente, com uma sensação de emoções confusas – perda e terror, sucedidos de alívio. O que acontecera? Ele parou o que estava fazendo, sem ouvir as perguntas que as crianças lhe lançavam.

– Você é um desertor? – perguntou um dos meninos outra vez. – Já esteve numa luta? – Os olhos do garoto pousaram com curiosidade em suas mãos. Os nós de seus dedos estavam cortados e inchados, e suas mãos doíam; o dedo anelar parecia ter quebrado outra vez.

– Sim – disse ele distraidamente, a mente ocupada. Tudo estava voltando; o lugar confinado, escuro e asfixiante onde o deixaram desacordado, e o terrível despertar com o pensamento de que Claire estava morta. Ficara ali encolhido nas tábuas nuas, abalado demais com a dor da perda para notar no começo o balanço cada vez mais intenso do navio ou os gemidos agudos do cordame, suficientemente altos para filtrar até a sua masmorra.

Entretanto, após algum tempo, o movimento e o barulho tornaram-se intensos demais, capazes de penetrar até mesmo a nuvem de dor que o envolvia. Ouvira os sons de uma tempestade iminente e os gritos e correrias no convés superior. Depois, ficou ocupado demais para pensar em qualquer coisa.

Não havia nada no pequeno espaço em que estava, nada em que se agarrar. Fora jogado de uma parede à outra como ervilha seca num chocalho de bebê, sem saber distinguir onde era em cima e onde era embaixo, onde era a direita ou a esquerda, na escuridão agitada, mas também sem se importar muito, conforme as ondas de náusea rolavam pelo seu corpo. Na hora, não pensara em nada a não ser na morte, e com fervorosa expectativa.

Na verdade, estava quase inconsciente quando a porta de sua prisão abriu-se e um forte cheiro de cabra assaltou suas narinas. Não fazia a menor ideia de como a mulher o levara pela escada ao convés de ré, ou por quê. Tinha apenas uma lembrança confusa da mulher tagarelando num inglês claudicante conforme o puxava, tentando ampará-lo, enquanto ele tropeçava e escorregava no convés molhado da chuva.

Lembrava-se de suas últimas palavras, enquanto ela o empurrava na direção do inclinado balaústre da popa.

– Ela não está morta – disse a mulher. – Ela ir lá – apontando para o mar revolto –, você ir também. Encontra ela! – Então ela se inclinara, colocara a mão em sua virilha e um ombro vigoroso em seu traseiro, içou-o acima do corrimão e atirou-o nas águas tempestuosas.

– Você não é inglês – dizia o garoto. – Mas é um navio inglês, não é?

Ele virou-se automaticamente, para olhar na direção em que o menino apontava, e viu o *Porpoise*, oscilando, ancorado, ao largo da baía rasa. Outros navios espalhavam-se por todo o porto, todos claramente visíveis da posição favorável onde estava, numa colina fora da cidade.

– Sim – disse ele ao garoto. – Um navio inglês.

– Um pra mim! – exclamou o menino alegremente. Virou-se para gritar para outro garoto. – Jacques! Eu estava certo! Inglês! São quatro pra mim e só dois para você este mês!

– Três! – corrigiu Jacques, indignado. – Eu tenho espanhol e português. *Bruja* era português, então posso contá-lo também!

Jamie segurou o menino pelo braço.

– *Pardon*, monsieur – disse ele. – Seu amigo disse *Bruja*?

– Sim, ele entrou no porto semana passada – respondeu o menino. – Mas *Bruja* é um nome português? Não sabíamos se contávamos como espanhol ou português.

– Alguns dos marinheiros estavam na taverna de minha *maman* – disse uma das meninas. – Pareciam estar falando espanhol, mas não era como tio Geraldo fala.

– Acho que gostaria de falar com sua *maman*, *chérie* – disse ele à menina. – Algum de vocês por acaso sabe para onde o *Bruja* se dirigia quando partiu?

– Bridgetown – respondeu a mais velha prontamente, tentando recuperar sua atenção. – Ouvi o funcionário na guarnição militar dizer que iam para lá.

– Guarnição militar?

– Os alojamentos ficam ao lado da taverna de minha *maman* – disse a mais nova, puxando-o pela manga. – Todos os capitães de navio vão lá com seus documentos, enquanto os marinheiros se embebedam. Venha, venha! *Maman* vai lhe dar comida se você pedir.

– Acho que sua *maman* vai me atirar pela porta fora – disse ele, esfregando a mão na barba crescida. – Estou parecendo um vagabundo. – E estava. Havia manchas de sangue e vômito em suas roupas, apesar de ter nadado, e sabia pela sensibilidade de seu rosto que estava contundido e esfolado.

– *Maman* já viu gente muito pior do que você – garantiu a menina. – Vamos!

Ele sorriu e agradeceu-lhe, deixando que ela o conduzisse pela descida da colina, um pouco cambaleante, enquanto suas pernas não readquiriam a estabilidade da terra firme. Achou estranho, mas de certa forma reconfortante, que as crianças não tivessem medo dele, apesar da aparência terrível que sem dúvida ostentava.

Era isso o que a mulher das cabras quisera dizer? Que Claire nadara para a praia nesta ilha? Sentiu uma onda de esperança tão revigorante para seu coração quanto a água fora para sua garganta seca. Claire era teimosa, afobada e tinha muito mais coragem do que era desejável para a segurança de uma mulher, mas não era absolutamente nenhuma tola para cair de um navio de guerra por acidente.

E o *Bruja* – e Ian – estavam por perto! Então, iria encontrar ambos. O fato de estar descalço, sem nenhum tostão e ser um fugitivo da Marinha Real não parecia importante. Podia contar com sua inteligência e suas mãos. Além disso, com terra firme sob seus pés, tudo parecia possível.

52
UM CASAMENTO É REALIZADO

Não havia nada a ser feito, senão consertar o *Artemis* o mais rápido possível e zarpar para a Jamaica. Fiz o melhor possível para afastar do pensamento meus temores por Jamie, porém mal comi nos dois dias seguintes, meu apetite obstruído por uma enorme bola de gelo que se instalara no meu estômago.

Para me distrair, levei Marsali até a casa na colina, onde ela conseguiu atrair a atenção do padre Fogden ao recordar – e preparar para ele – uma receita escocesa para banhar ovelhas que ela garantiu destruir os carrapatos.

Stern prestativamente deu sua contribuição aos trabalhos de recuperação do navio, delegando-me a guarda de sua sacola de espécimes e me incumbindo de recolher na selva próxima qualquer espécime curioso de *Arachnida* que se apresentasse enquanto eu procurava minhas plantas medicinais. Pensei comigo mesma que eu preferia encontrar qualquer um dos espécimes maiores de *Arachnida* com um bom e forte par de botas a encontrá-los com minhas mãos nuas. Ainda assim, aceitei a incumbência, espreitando dentro dos receptáculos cheios de água das bromélias em busca das aranhas e rãs de cores brilhantes que habitavam esses minúsculos mundos.

Retornei de uma dessas expedições na tarde do terceiro dia com várias raízes grandes de lótus, alguns cogumelos de uma cor laranja vívida e um musgo de um tipo peculiar, junto com uma tarântula viva – cuidadosamente presa em um gorro de marinheiro e mantida à distância de um braço –, grande e cabeluda o suficiente para deixar Lawrence extasiado.

Quando emergi da borda da selva, vi que havíamos alcançado um novo estágio de progresso; o *Artemis* já não estava inclinado para o lado, mas lentamente recuperava uma posição ereta na areia, com a ajuda de cabos, calços e uma grande gritaria.

– Então, está quase terminado? – perguntei a Fergus, que estava parado perto da popa do navio, participando entusiasticamente da gritaria conforme instruía sua equipe na colocação dos calços. Virou-se para mim, rindo e limpando o suor da testa.

– Sim, milady! A calafetação está terminada. O sr. Warren é de opinião de que poderemos zarpar ao anoitecer, quando o dia já estiver mais fresco, de modo que o alcatrão já terá endurecido.

– Que maravilha! – Estiquei o pescoço e inclinei a cabeça para trás, olhando para o mastro nu que assomava no alto. – Temos velas?

– Ah, sim – garantiu-me ele. – Na realidade, temos tudo, exceto...

Um grito de alarme de MacLeod interrompeu o que ele pretendia dizer. Virei-me para olhar na direção da estrada distante, ao longo das palmeiras pequenas, onde o sol refletia o brilho de metal.

– Soldados! – Fergus reagiu mais rápido do que qualquer um, saltando do andaime para a terra a meu lado com um baque surdo e uma chuva de areia. – Rápido, milady! Para o mato! Marsali! – gritou ele, olhando desesperadamente ao redor à procura da jovem.

Limpou o suor do lábio superior, os olhos lançando-se da selva para os soldados que se aproximavam.

– Marsali! – gritou outra vez.

Marsali surgiu pela curva do casco, pálida e assustada. Fergus agarrou-a pelo braço e empurrou-a para mim.

– Vá com milady! Corram!

Agarrei a mão de Marsali e corri para a floresta, a areia esguichando sob nossos pés. Ouviram-se gritos da estrada atrás de nós e um tiro espocou no alto, seguido de outro.

Dez passos e entramos na sombra das árvores. Desabei atrás do abrigo de um arbusto espinhoso, arquejante e sentindo a dor aguda de uma pontada no lado do corpo. Marsali ajoelhou-se na terra ao meu lado, as lágrimas escorrendo pelas faces.

– O quê? – disse ela, arquejante, lutando para recuperar o fôlego. – Quem são eles? O que... vão... fazer? Com Fergus. O quê?

– Não sei. – Ainda respirando com dificuldade, agarrei-me a uma muda de cedro e fiquei em pé. Espreitando através dos arbustos, agachada sobre os pés e as mãos, pude ver que os soldados haviam alcançado o navio.

Estava fresco e úmido sob as árvores, mas a mucosa de minha boca estava seca como algodão. Mordi a parte de dentro de minha bochecha, tentando estimular a produção de um pouco de saliva.

– Acho que vai dar tudo certo. – Bati de leve no ombro de Marsali, tentando incutir-lhe confiança. – Veja, são apenas dez soldados – sussurrei, contando até o último soldado sair do meio das palmeiras. – São franceses. O *Artemis* tem documentos franceses. Acho que vai dar tudo certo.

Por outro lado, talvez não desse. Eu sabia muito bem que um navio encalhado e abandonado podia ser legalmente confiscado. Era uma praia deserta. E tudo que se interpunha entre esses soldados e uma rica recompensa eram as vidas da tripulação do *Artemis*.

Alguns dos marinheiros tinham suas pistolas à mão; a maioria facas. Mas os soldados estavam armados até os dentes, cada homem com mosquete, espada e pistolas. Se houvesse uma luta, seria um massacre, mas os soldados a cavalo levariam a melhor.

Os homens perto do navio estavam em silêncio, agrupados atrás de Fergus, que se apresentou, empertigado e com ar feroz, como porta-voz. Eu o vi empurrar a cabeleira para trás com o gancho e plantar os pés com firmeza na areia, pronto para o que desse e viesse. Os tinidos e estalidos dos arreios pareciam amortecidos no ar quente e úmido, e os cavalos moviam-se devagar, o barulho dos cascos abafado na areia.

Os soldados pararam a 3 metros do agrupamento de marinheiros. Um homem alto e forte que parecia estar no comando ergueu uma das mãos numa ordem para ficar onde estavam e desceu do seu cavalo.

Eu observava Fergus, não os soldados. Vi seu rosto transformar-se, depois ficar paralisado, branco sob o bronzeado. Olhei rapidamente para o soldado que vinha em sua direção pela areia e meu próprio sangue congelou nas veias.

– *Silence, mes amis* – disse o homem, numa simpática voz de comando. – *Silence, et restez, s'il vous plaît*. – Silêncio, meus amigos, e não se movam, por favor.

Eu teria caído, se já não estivesse de joelhos. Fechei os olhos numa prece silenciosa de graças a Deus.

A meu lado, Marsali soltou a respiração de uma só vez, ruidosamente. Abri os olhos e tampei sua boca aberta com a mão.

O comandante tirou o chapéu e sacudiu uma espessa cabeleira de cabelos ruivos encharcados de suor. Abriu um largo sorriso para Fergus, os dentes brancos e ferozes numa barba ruiva, curta e cacheada.

— É você o responsável aqui? — perguntou Jamie em francês. — Você, venha comigo. O resto — balançou a cabeça para a tripulação, da qual vários integrantes fitavam-no com olhos esbugalhados, claramente perplexos — permaneça onde está. Não falem — acrescentou ele em seguida.

Marsali puxou meu braço e eu percebi como a estava segurando com força.

— Desculpe — murmurei, soltando-a, mas sem tirar os olhos da praia.

— O que ele está fazendo? — sibilou Marsali no meu ouvido. Seu rosto estava pálido de emoção e as pequenas sardas deixadas pelo sol destacavam-se em seu nariz em contraste. — Como ele chegou aqui?

— Não sei! Fique quieta, pelo amor de Deus!

Os membros da tripulação do *Artemis* entreolharam-se, mexeram as sobrancelhas e cutucaram-se nas costelas, mas felizmente também obedeceram às ordens e não falaram. Eu rezava para que a óbvia agitação dos marinheiros fosse interpretada meramente como consternação frente à sua destruição iminente.

Jamie e Fergus haviam caminhado para a beira da água, confabulando em voz baixa. Em seguida, separaram-se, Fergus voltando para o navio com uma expressão de feroz determinação, Jamie ordenando aos soldados para que apeassem e se reunissem à sua volta.

Eu não conseguia entender o que Jamie dizia aos soldados, mas Fergus estava suficientemente perto para que pudéssemos ouvir.

— Eles são soldados do quartel de Cap-Haïtien — anunciou à tripulação. — Seu comandante, capitão Alessandro — disse ele, erguendo as sobrancelhas e fazendo uma careta medonha para enfatizar o nome —, diz que nos ajudarão a lançar o *Artemis*. — Essa declaração foi recebida com algumas fracas exclamações de entusiasmo por parte de alguns homens e olhares de perplexidade por parte de outros. — Mas como o sr. Fraser... — começou Royce, um marinheiro um pouco lerdo, as sobrancelhas grossas unidas numa expressão desconcertada. Fergus não deu tempo para perguntas, mergulhando no meio da tripulação, passando o braço pelos ombros de Royce e arrastando-o na direção do andaime, falando alto para abafar quaisquer observações indesejadas.

— Sim, não é uma grande sorte? — disse ele em voz bem alta. Eu podia ver que ele torcia a orelha de Royce com a mão boa. — Uma verdadeira sorte! O capitão Alessandro disse que um *habitant* ao voltar da plantação viu o navio encalhado e avisou a guarnição. Com tanta ajuda, logo teremos o *Artemis* ao mar. – Soltou Royce e bateu a mão energicamente na coxa. – Vamos, vamos, vamos começar a trabalhar agora mesmo! Manzetti, para cima! MacLeod, MacGregor, peguem seus martelos! Maitland. – Avistou Maitland, parado na praia, fitando Jamie de boca aberta, com ar de idiota. Fergus girou nos calcanhares e deu um tapa nas costas do atendente das cabines que o fez cambalear. – Maitland, *mon enfant*! Dê-nos uma canção para animar nosso trabalho! – Parecendo estupefato, Maitland começou uma hesitante versão de "The Nut-Brown Lady". Alguns marinheiros começaram a voltar aos andaimes, olhando desconfiadamente por cima do ombro. – Cantem! – berrou Fergus, olhando-os furiosamente. Murphy, que parecia estar achando alguma coisa extremamente engraçada, enxugou o rosto vermelho suado e obsequiosamente aderiu à canção, sua ressonante voz de baixo reforçando o tenor puro de Maitland.

Fergus andava para cima e para baixo ao lado do navio, exortando, dando ordens, incentivando – e fazendo um tal espetáculo de si mesmo que poucos olhares reveladores eram dirigidos a Jamie. As batidas desencontradas de martelos começaram outra vez.

Enquanto isso, Jamie dava instruções precisas a seus soldados. Vi mais de um francês lançar um rápido olhar ao *Artemis* enquanto ele falava, com uma expressão de mal disfarçada cobiça, sugerindo que um desejo altruísta de ajudar seus semelhantes talvez não fosse a motivação predominante nas mentes dos soldados, não importa o que Fergus tivesse anunciado.

Ainda assim, os soldados entregaram-se ao trabalho com bastante disposição, despindo seus coletes de couro e deixando de lado a maior parte de suas armas. Três soldados, eu notei, não se uniram ao grupo de trabalho, mas permaneceram de guarda, completamente armados, os olhos atentos a qualquer movimento dos marinheiros. Somente Jamie permaneceu distante, observando tudo.

– Deveríamos sair? – murmurou Marsali no meu ouvido. – Parece seguro, agora.

– Não – eu disse. Meus olhos estavam fixos em Jamie. Ele estava parado na sombra de uma palmeira alta, relaxado, mas ereto. Por trás da barba pouco familiar, sua expressão era impenetrável, mas percebi o leve movimento ao lado do corpo, quando os dois dedos rígidos tamborilaram uma vez contra a coxa. – Não – repeti. – Ainda não acabou.

O trabalho continuou durante toda a tarde. A pilha de toras de madeira crescia, as pontas cortadas perfumando o ar com o cheiro forte de seiva fresca. A voz de

Fergus estava rouca e sua camisa colava-se, molhada de suor, ao seu torso delgado. Os cavalos, amarrados, vagavam lentamente na borda da floresta, pastando. Os marinheiros haviam parado de cantar e concentraram-se em seu trabalho, apenas com um ou outro olhar ocasional em direção à palmeira onde o capitão Alessandro permanecia na sombra, os braços cruzados.

A sentinela perto das árvores andava devagar para cima e para baixo, o mosquete preparado, um olhar anelante em direção às sombras verdes e frescas. Ele passou bem junto de mim em uma de suas voltas para eu ver os cachos escuros, ensebados, balançando-se pelo pescoço, e as cicatrizes de acne em suas bochechas gordas. Ele tinia e estalava à medida que andava. Estava faltando a roseta da espora em uma de suas botas. Ele parecia acalorado e um pouco irritado.

Era uma longa espera e a curiosidade dos mosquitos da selva tornava-a ainda mais longa. Após o que pareceu uma eternidade, entretanto, vi Jamie fazer um sinal com a cabeça para um dos guardas e sair da praia na direção das árvores. Fiz sinal para Marsali esperar e, agachando-me sob os galhos, ignorando o mato denso, fui me esquivando e avançando loucamente em direção ao lugar onde ele desaparecera.

Emergi, ofegante, detrás de um arbusto, exatamente quando ele atava os cadarços de sua braguilha. Sua cabeça ergueu-se num movimento brusco, seus olhos se arregalaram e ele emitiu um grito que teria levantado a ovelha Arabella dos mortos, quanto mais a sentinela que o aguardava.

Voltei depressa para o meio do mato quando botas pesadas e gritos de investigação partiram em nossa direção.

– *C'est bien!* – gritou Jamie. Sua voz soou um pouco abalada. – *Ce n'est qu'un serpent!*

A sentinela falava um estranho dialeto de francês, mas parecia estar perguntando com um certo nervosismo se a serpente era perigosa.

– *Non, c'est innocent* – respondeu Jamie. Acenou para a sentinela, cuja cabeça inquiridora eu podia ver, espreitando relutantemente por cima dos arbustos. A sentinela, que não parecia gostar de cobras, mesmo inofensivas, desapareceu prontamente de volta ao seu posto.

Sem hesitação, Jamie mergulhou no mato.

– Claire! – Apertou-me com força contra o peito. Em seguida, agarrou-me pelos ombros e sacudiu-me, com força. – Desgraçada! – disse ele, num sussurro contundente. – Eu tinha certeza que você tinha morrido! Como pôde fazer uma coisa tão tola como se jogar de um navio no meio da noite? Não tem nenhuma noção de perigo?

– Solte-me! – sibilei. O tremor fizera com que eu mordesse o lábio. – Solte-me, já disse! O que quer dizer com eu fazer uma tolice? Seu idiota, o que deu em você para me seguir?

Seu rosto estava queimado de sol; logo um vermelho-escuro começou a escurecê-lo ainda mais, erguendo-se das bordas de sua nova barba.

– O que deu em mim? – repetiu ele. – Você é minha mulher, pelo amor de Deus! É claro que eu iria atrás de você. Por que não esperou por mim? Santo Deus, se eu tivesse tempo, eu... – A menção de tempo evidentemente o fez lembrar de que não dispúnhamos de muito e, com um perceptível esforço, ele sufocou quaisquer novos comentários, no que fez muito bem, porque eu mesma tinha muitas verdades a lhe dizer a respeito. Também as engoli, com certa dificuldade.

– O que em nome de Deus você está fazendo aqui? – perguntei.

O profundo rubor diminuiu um pouco, seguido pelo breve esboço de um sorriso entre o emaranhado de pelos com que eu não estava habituada.

– Sou o capitão – disse ele. – Não percebeu?

– Sim, percebi! Capitão Alessandro, uma ova! O que pretende fazer?

Em vez de responder, deu-me uma última e delicada sacudidela e dividiu um olhar colérico entre mim e Marsali, que havia enfiado a cabeça curiosa para fora do mato.

– Fiquem aqui, as duas, e não arredem o pé ou juro que vou lhes dar uma surra até perderem os sentidos.

Sem parar para ouvir uma resposta, girou nos calcanhares e voltou a passos largos pelo meio das árvores, em direção à praia.

Marsali e eu trocamos um olhar espantado, que foi interrompido um segundo depois, quando Jamie, ofegante, reapareceu na pequena clareira. Agarrou-me pelos dois braços e beijou-me rápida, mas profundamente.

– Esqueci-me. Eu a amo – disse ele, dando-me outra sacudidela à guisa de ênfase. – Fico feliz que não esteja morta. Não faça isso de novo! – Soltando-me, arremeteu-se de novo pelo meio do mato e desapareceu.

Eu mesma senti-me ofegante, e mais do que um pouco abalada, mas inegavelmente feliz.

Os olhos de Marsali estavam arregalados como dois pires.

– O que vamos fazer? – perguntou ela. – O que papai vai fazer?

– Não sei – respondi. Meu rosto estava afogueado e eu ainda podia sentir o toque de seus lábios nos meus e a estranha sensação de pinicadas deixada pelo roçar de sua barba e bigode. Minha língua tocou o pequeno ponto onde eu mordera meu lábio. – Não sei o que ele vai fazer – repeti. – Acho que teremos que esperar para ver.

Foi uma longa espera. Eu cochilava contra o tronco de uma enorme árvore, ao anoitecer, quando a mão de Marsali em meu ombro me acordou.

– Estão lançando o navio! – disse ela num sussurro entusiasmado.

E estavam; sob os olhos das sentinelas, os demais soldados e a tripulação do *Artemis* manipulavam as cordas e os rolos de troncos de árvores que fariam a embarcação deslizar pela praia até as águas da baía. Até mesmo Fergus, Innes e Murphy juntaram-se ao trabalho, mutilados ou não.

O sol descia no horizonte; seu disco brilhava imenso, laranja-dourado, ofuscante, acima de um mar da cor púrpura de moluscos. Os homens não passavam de silhuetas contra a luz, anônimos como escravos de uma pintura mural egípcia, amarrados por cordas a seu fardo colossal.

O monótono grito "Içar!" do contramestre era seguido por uma fraca exclamação de incentivo, conforme o casco deslizava os últimos metros, retirado da praia por cabos de reboque do escaler e do cúter do *Artemis*.

Vi o reflexo de cabelos ruivos quando Jamie subiu pela lateral do navio e saltou a bordo, em seguida o brilho de metal quando um dos soldados o seguiu. Ficaram montando guarda juntos, cabelos ruivos e negros não mais do que dois pontinhos na cabeceira da escada de corda, conforme a tripulação do *Artemis* entrava no escaler, remava e subia a escada, entremeada do resto dos soldados franceses.

O último homem desapareceu no topo da escada. Os homens nos barcos permaneceram sentados com seus remos, olhando para cima, tensos e alertas. Nada aconteceu.

A meu lado, ouvi Marsali expirar ruidosamente e percebi que eu também estivera prendendo a respiração por um longo tempo.

– O que estão fazendo? – disse ela, exasperada.

Como em resposta à sua pergunta, ouviu-se um grito sonoro e furioso do *Artemis*. Os homens nos barcos ergueram-se num salto, prontos a se lançarem a bordo. No entanto, não houve mais nenhum sinal. O *Artemis* flutuou serenamente nas águas da maré enchente da enseada, perfeito como uma pintura a óleo.

– Para mim chega – disse subitamente a Marsali. – O que quer que esses malditos homens andaram fazendo, já terminaram. Vamos.

Enchi os pulmões com o ar fresco do início da noite e saí do meio das árvores, Marsali atrás de mim. Conforme descíamos pela praia, uma figura escura e esbelta pulou por cima da amurada do navio e vadeou a passos largos e pesados pelas águas rasas, gotas brilhantes, púrpura e verdes, de água do mar irrompendo de suas passadas.

– *Mo chridhe chérie!* – Fergus veio correndo, pingando, em nossa direção, o rosto radiante. Agarrando Marsali, levantou-a do chão com exuberância e girou-a no ar. – Está feito! – gritou ele com alegria. – Feito sem sequer um tiro disparado! Amarrados como gansos e empilhados como arenque salgado no porão! – Beijou Marsali entusiasticamente, depois a recolocou de volta no chão e, virando-se para mim, fez uma reverência cerimoniosa, com o floreio exagerado de um chapéu imaginário. – Milady, o capitão do *Artemis* requer o prazer de sua companhia para o jantar.

O novo capitão do *Artemis* estava parado no meio de sua cabine, os olhos fechados e completamente nu, coçando os testículos com ar de absoluta felicidade.

– A-ham – eu disse, diante da visão. Seus olhos arregalaram-se e seu rosto iluminou-se de alegria. No instante seguinte, fui envolvida em seus braços, o rosto pressionado contra os anéis vermelho-dourados dos pelos de seu peito.

Não dissemos nada por um bom tempo. Eu podia ouvir o ruído surdo de passos no convés acima, os gritos da tripulação, retinindo de contentamento diante da iminência de fuga, e os rangidos e vibrações do velame. O *Artemis* estava ganhando vida novamente ao nosso redor.

Meu rosto estava quente, coçando com o roçar de sua barba. Senti-me repentinamente estranha e tímida abraçando-o, ele nu como um galo e eu igualmente nua sob os remanescentes do esfarrapado roupão do padre Fogden.

O corpo que se pressionava contra o meu com urgência crescente era o mesmo do pescoço para baixo, mas o rosto era de um estranho, de um saqueador viking. Além da barba que transformava seu rosto, seu cheiro estava diferente, seu próprio suor sobreposto por óleo de cozinhar rançoso, cerveja entornada e o mau cheiro de perfume barato e condimentos desconhecidos.

Soltei-o e recuei um passo.

– Não deveria se vestir? – perguntei. – Não que eu não goste do cenário – acrescentei, ruborizando a despeito de mim mesma. – Eu... hã... eu acho que gosto da barba. Talvez – acrescentei em dúvida, examinando-o atentamente.

– Eu não – disse ele com franqueza, coçando o maxilar. – Estou infestado de piolhos e coça como o diabo!

– Credo! – Embora eu estivesse inteiramente familiarizada com o *Pediculus humanus*, o conhecido piolho, ele não me agradava nem um pouco. Passei a mão nervosamente pelos meus próprios cabelos, já imaginando a comichão de pés no meu couro cabeludo, saltitando pelo meio dos meus cachos.

Ele abriu um largo sorriso, os dentes brancos assustadores na barba ruiva.

– Não se preocupe, Sassenach – assegurou ele. – Já mandei trazer uma lâmina e água quente.

– É mesmo? Parece uma pena raspá-la imediatamente. – Apesar dos piolhos, inclinei-me para a frente a fim de examinar seu adorno hirsuto. – É como o seu cabelo, de diversas cores. Bastante bonita, na verdade.

Toquei-a, cautelosamente. Seus pelos eram estranhos; espessos e rijos, muito encaracolados, em contraste com os cabelos lisos, cheios e macios de sua cabeça. Saltavam exuberantemente de sua pele numa profusão de cores; cobre, ouro, âmbar, canela, um castanho tão escuro que quase parecia preto. O mais surpreendente de tudo era uma mecha prateada que descia do lábio inferior à linha do queixo.

– É engraçado – eu disse, traçando-a com o dedo. – Você não tem nenhum cabelo branco na cabeça, mas tem aqui.

– Tenho? – Colocou a mão no queixo, parecendo surpreso, e percebi de repente que ele provavelmente não fazia a menor ideia de sua aparência. Em seguida, ele sorriu ironicamente e inclinou-se para pegar a pilha de roupas atirada ao chão.

– Bem, sim, não é de admirar que eu tenha. Não sei como não fiquei com a cabeça toda branca depois de tudo que passei este mês. – Parou, olhando-me por cima das calças brancas emboladas nas mãos. – E por falar nisso, Sassenach, como eu estava lhe dizendo lá no meio das árvores...

– Sim, já que mencionou – interrompi. – O que em nome de Deus você fez?

– Ah, os soldados, é isso? – Coçou o queixo pensativamente. – Bem, foi bastante simples. Eu disse aos soldados que assim que o navio fosse lançado, reuniríamos todo mundo no convés e, ao meu sinal, deveriam cair sobre a tripulação e empurrá-la para o porão. – Um largo sorriso floresceu em meio à folhagem de sua barba. – Só que Fergus mencionara isso à tripulação, sabe; então, assim que cada soldado subia a bordo, dois marinheiros agarravam-no pelos braços enquanto um terceiro o amordaçava, amarravam seus braços e retiravam suas armas. Depois, empurramos todos eles para dentro do porão. Só isso. – Ele deu de ombros, modestamente.

– Certo – eu disse, soltando a respiração. – E quanto ao fato de você estar aqui... Nesse ponto, fomos interrompidos por uma batida discreta na porta da cabine.

– Sr. Fraser? Hã... quer dizer, capitão? – O rosto jovem e anguloso de Maitland espreitou pelo batente, segurando com cuidado uma tigela de água quente. – O sr. Murphy já acendeu o fogão da cozinha e aqui está sua água quente, com seus cumprimentos.

– Pode me chamar de sr. Fraser – assegurou-lhe Jamie, pegando a bandeja com a tigela e a lâmina com uma das mãos. – Impossível imaginar um capitão menos apto a navegar. – Parou, ouvindo o barulho de pés acima de nossas cabeças. – Embora, já que sou o capitão – disse ele devagar –, imagino que isso signifique que devo dizer quando navegamos e quando paramos, não?

– Sim, senhor, é uma das coisas que o capitão faz – disse Maitland. Acrescentou prestativamente: – O capitão também diz quando os marinheiros devem receber cotas extras de comida e bebida.

– Entendo. – O canto da boca torcido para cima ainda era visível no rosto de Jamie, apesar da barba. – Diga-me, Maitland, quanto você acha que os marinheiros podem beber e ainda assim conduzir o navio?

– Ah, muito, senhor – disse Maitland fervorosamente. Franziu a testa, pensativo. – Talvez... uma porção dupla extra para todos?

Jamie ergueu uma das sobrancelhas.

– De conhaque?

– Ah, não, senhor! – Maitland parecia chocado. – Grogue. Se fosse conhaque, somente a metade de uma dose extra, ou ao fim do jantar estariam rolando no fundo do navio.

– Dose dupla de grogue, então. – Jamie fez uma reverência cerimoniosa para Maitland, sem se preocupar com o fato de que ainda estava completamente nu. – Providencie, sr. Maitland. E o navio não levantará âncora até eu terminar meu jantar.

– Sim, senhor! – Maitland devolveu a reverência; os modos de Jamie eram contagiantes. – E devo dizer ao chinês que se apresente ao senhor depois que a âncora for içada?

– Um pouco antes disso, sr. Maitland, muito obrigado.

Maitland virava-se para sair, com um último olhar admirado às cicatrizes de Jamie, mas eu o impedi.

– Outra coisa, Maitland – eu disse.

– Ah, sim, madame?

– Poderia ir até a cozinha e pedir ao sr. Murphy para mandar subir uma garrafa do seu vinagre mais forte? E depois veja onde os homens colocaram alguns dos meus remédios e traga-os também, por favor.

Sua testa estreita enrugou-se num ar de perplexidade, mas ele assentiu de boa vontade.

– Ah, sim, madame. Agora mesmo.

– Exatamente o que você pretende fazer com o vinagre, Sassenach? – Jamie fitou-me com os olhos apertados, enquanto Maitland desaparecia no corredor.

– Embebê-lo nele, para matar os piolhos – eu disse. – Não pretendo dormir com um efervescente ninho de parasitas.

– Ah – disse ele. Coçou o lado do pescoço, pensativamente. – Quer dizer, dormir comigo? – Ele olhou para o beliche, um buraco pouco convidativo na parede.

– Não sei onde, precisamente, mas sim, é o que pretendo – eu disse com firmeza. – E queria que você não raspasse a barba ainda – acrescentei, quando ele se inclinava para colocar sobre a mesa a bandeja que segurava.

– Por que não? – Olhou para mim por cima do ombro com curiosidade e eu senti minhas faces corarem.

– Hã... bem. É um pouco... diferente.

– Ah, é? – Levantou-se e deu um passo em minha direção. Nos limites acanhados da cabine, ele parecia ainda maior – e muito mais nu – do que pareceria no convés. Os olhos azul-escuros haviam se estreitado, repletos de humor.

– Diferente como? – perguntou ele.

– Bem, é... hummm... – Rocei os dedos vagamente pelo meu rosto afogueado. – Dá uma sensação diferente. Quando você me beija. Na minha... pele.

Seus olhos encontraram os meus. Ele não se movera, mas parecia muito mais perto.

– Você tem uma pele muito bonita, Sassenach – disse ele suavemente. – Como pérolas e opalas. – Estendeu o dedo e delicadamente traçou a linha do meu maxilar. Depois, meu pescoço, a curva larga da omoplata e de volta, e para baixo, numa serpentina lenta que roçou as pontas dos meus seios, escondidos na gola grande, com capuz, do roupão do padre. – Você tem muita pele bonita, Sassenach – acrescentou ele. Uma das sobrancelhas se ergueu. – Era nisso que estava pensando?

Engoli com dificuldade e umedeci os lábios, mas não desviei os olhos.

– Sim, é mais ou menos o que eu estava pensando.

Ele afastou seu dedo e olhou para a tigela de água quente.

– Sim, bem. É uma pena desperdiçar a água. Devo mandar de volta para Murphy fazer uma sopa ou devo bebê-la?

Eu ri, tanto a tensão quanto a sensação de estranheza dissolvendo-se instantaneamente.

– É melhor você se sentar – eu disse – e usá-la para se lavar. Está cheirando a bordel.

– Imagino que sim – disse ele, coçando-se. – Há um em cima da taberna onde os soldados vão beber e jogar. – Ele pegou o sabão e colocou-o dentro da água quente.

– Em cima, hein? – eu disse.

– Bem, as garotas descem, a intervalos – explicou ele. – Afinal, seria indelicado impedir que sentassem em seu colo.

– E sua mãe o educou para ser um homem de bons modos, imagino – eu disse secamente.

– Pensando melhor, acho que talvez devêssemos ficar ancorados aqui esta noite – disse ele pensativamente, olhando para mim.

– Devemos?

– E dormir em terra, onde há espaço.

– Espaço para *quê*? – perguntei, olhando-o desconfiada.

– Bem, já tenho tudo planejado, sabe? – disse ele, jogando água no rosto com as duas mãos.

– Tem o *que* planejado? – perguntei. Ele deu uma risadinha ruidosa e sacudiu o excesso de água da barba antes de responder.

– Venho pensando nisso há meses – disse ele, com entusiasmada expectativa. – Toda noite, encolhido nessa maldita concha que é o beliche, ouvindo Fergus gemer e peidar do outro lado da cabine. Planejei tudo, exatamente o que faria, se eu a tivesse nua e disposta, ninguém nos ouvindo e bastante espaço para servi-la a contento. – Fez uma espuma grossa esfregando o sabão vigorosamente entre as palmas das mãos e aplicou-a ao rosto.

– Bem, estou bastante disposta – eu disse intrigada. – E há espaço, sem dúvida. Quanto a estar nua...

– Cuidarei disso – assegurou ele. – Faz parte do plano, sabe? Devo levá-la para um lugar privado, estender uma colcha para nos deitarmos e começar sentando-me a seu lado.

– Bem, sem dúvida, é um começo – eu disse. – E depois? – Sentei-me ao lado dele no beliche. Ele se aproximou e mordeu o lóbulo de minha orelha muito delicadamente.

– Quanto ao depois, devo segurá-la sobre meus joelhos e beijá-la. – Parou para ilustrar, segurando meus braços, de modo que eu não pudesse me mover. Soltou-me um minuto depois, deixando meus lábios ligeiramente intumescidos, com gosto de cerveja, sabão e Jamie.

– Basta para a primeira etapa – eu disse, limpando espuma de sabão da minha boca. – E depois?

– Depois, eu a deitarei na colcha, enrolarei seus cabelos para cima em minha mão e provarei seu rosto, garganta, orelhas e seios com meus lábios – disse ele. – Pensei em fazer isso até você começar a dar seus gritinhos.

– Não dou gritinhos!

– Ah, dá, sim – disse ele. – Olhe, dê-me a toalha, sim? Então – continuou alegremente –, pensei em começar do outro lado. Levantarei sua saia e... – Seu rosto desapareceu nas dobras da toalha de linho.

– E o quê? – perguntei, extremamente intrigada.

– E beijarei a parte interna de suas coxas, onde a pele é mais macia. A barba vai ajudar ali, hein? – Acariciou a barba, pensando.

– Talvez – eu disse, um pouco fracamente. – O que deverei estar fazendo enquanto você faz isso?

– Bem, você pode gemer um pouco, se quiser, para me encorajar, mas caso contrário pode ficar apenas deitada, quieta.

Ele não parecia precisar de nenhum encorajamento. Uma de suas mãos descansava em minha coxa enquanto ele usava a outra para esfregar o peito com a toalha úmida. Quando terminou, sua mão deslizou para as minhas costas e apertou.

– O braço do meu amado está sob mim – citei o Cântico de Salomão. – E sua mão atrás de minha cabeça. Sustentai-me com passas, confortai-me com maçãs, porque desfaleço de amor.

Viu-se um lampejo de dentes brancos em sua barba.

– Ou talvez abóboras – disse ele, uma das mãos segurando minha nádega.

– Abóboras? – eu disse, indignada.

– Bem, abóboras selvagens às vezes ficam deste tamanho – disse ele. – Mas, sim, isso vem em seguida. – Apertou outra vez, depois retirou a mão a fim de lavar a axila daquele lado. – Eu me deito de costas e você se estende sobre mim, de modo que eu possa segurar suas nádegas e acariciá-las adequadamente.

Parou de se lavar para me dar um rápido exemplo do que ele considerava adequado e eu deixei escapar uma arfada involuntária.

– Agora – continuou ele, retomando suas abluções –, se você quiser mexer um pouco suas pernas ou talvez fazer movimentos libertinos com os quadris e respirar ofegante em meu ouvido nessa etapa dos procedimentos, eu não terei nenhuma objeção.

– Eu não respiro ofegante!

– Ah, respira, sim. Agora, quanto aos seus seios...

– Ah, pensei que tinha esquecido deles.

– Jamais – garantiu ele. – Não – continuou com ar sonhador –, isso é quando eu tiro seu vestido, deixando-a apenas com sua combinação.

– Não estou usando combinação.

– Ah! Bem, não importa – disse ele, descartando o comentário. – Eu pretendia sugá-los através do algodão fino, até seus mamilos endurecerem em minha boca e, então, despi-la completamente, mas não tem importância; darei um jeito. Assim, considerando a ausência de combinação, cuidarei dos seus seios até você fazer aquele barulhinho como um balido...

– Eu não...

– E depois – disse ele, interrompendo-me –, como você estará, de acordo com o plano, nua e, contanto que eu tenha feito tudo certo até aqui, provavelmente excitada também...

– Ah, é bem provável – eu disse. Meus lábios ainda latejavam da primeira etapa.

– ... então, abrirei suas pernas, tirarei minhas calças e... – Ele parou, à espera.

– E? – eu disse, incentivando-o.

Seu sorriso ampliou-se substancialmente.

– E veremos que tipo de barulho você não faz nesta hora, Sassenach.

Ouviu-se um ligeiro pigarro no vão da porta atrás de mim.

– Ah, perdoe-me, sr. Willoughby – disse Jamie, desculpando-se. – Não o esperava tão cedo. Talvez prefira ir jantar, não? E, se for, leve essas coisas e peça a Murphy para queimá-las no fogo da cozinha. – Atirou os restos do seu uniforme para o sr. Willoughby e inclinou-se para vasculhar o armário da cabine em busca de roupas limpas. – Nunca pensei que encontraria Lawrence Stern outra vez – observou ele, mergulhando no meio da roupa amontoada. – Como é que ele veio parar aqui?

– Ah, então ele é mesmo o naturalista judeu de quem você me falou?

– É, sim. Embora eu não diria que haja tantos naturalistas judeus por aí a ponto de causar confusão.

Expliquei como eu me deparara com Stern no manguezal.

– ... e então ele me levou até a casa do padre – eu disse, e parei, lembrando-me repentinamente. – Ah, eu quase me esqueci! Você deve ao padre duas libras esterlinas, por causa de Arabella.

– Devo? – Jamie olhou para mim, espantado, uma camisa nas mãos.

– Deve. Talvez deva pedir a Lawrence para servir de embaixador, o padre parece se dar bem com ele.

– Está bem. Mas o que aconteceu com essa tal de Arabella? Por acaso um dos marinheiros abusou dela?

– Acho que se pode dizer que sim. – Inspirei fundo para continuar a explicar, mas antes que pudesse falar, outra batida soou na porta.

– Um homem não pode se vestir em paz? – perguntou Jamie, irritado. – Entre!

A porta abriu-se, revelando Marsali, que pestanejou diante da visão de seu padrasto nu. Jamie apressadamente enrolou os quadris na camisa que segurava e balançou a cabeça para ela, o sangue-frio apenas ligeiramente afetado.

– Marsali, menina. Fico feliz de ver que está sã e salva. Precisa de alguma coisa?

A jovem avançou lentamente para dentro do quarto, assumindo uma posição entre a mesa e uma arca de marinheiro.

– Sim – disse ela. Estava queimada de sol e seu nariz descascava, mas achei que mesmo assim ela parecia pálida. Seus punhos estavam cerrados ao lado do corpo e o queixo empinado para a frente, pronta para lutar. – Preciso que você cumpra sua promessa – disse ela.

– Sim? – Jamie olhou-a, desconfiado.

– Sua promessa de deixar que Fergus e eu nos casássemos assim que chegássemos às Índias. – Uma pequena ruga apareceu entre suas sobrancelhas louras. – Hispaniola fica nas Índias, não é? Foi o que o judeu disse.

Jamie coçou a barba, relutante.

– Fica – disse ele. – E sim, suponho que se... bem, sim. Eu realmente prometi. Mas... vocês ainda têm certeza de que é o que querem, vocês dois? – Ela levantou o queixo ainda mais, o maxilar firmemente cerrado.

– Temos.

Jamie ergueu uma das sobrancelhas.

– Onde está Fergus?

– Ajudando a armazenar a carga. Eu sabia que logo zarparíamos, então achei melhor vir e perguntar de uma vez.

– Sim. Bem. – Jamie franziu o cenho, depois suspirou com resignação. – Sim, eu disse. Mas também disse que têm que ser abençoados por um padre, não foi? Não há nenhum padre mais perto do que Bayamo e são três dias de viagem até lá. Mas talvez na Jamaica...

– Não, você está se esquecendo – disse Marsali triunfalmente. – Temos um padre aqui mesmo. Padre Fogden pode nos casar.

Fiquei de queixo caído e rapidamente fechei a boca. Jamie olhou-a com uma expressão ameaçadora.

– Nós zarpamos à primeira hora da manhã!

– Não vai demorar muito – disse ela. – São apenas algumas palavras, afinal de contas. Já estamos legalmente casados; é apenas para sermos abençoados pela Igreja, certo? – Sua mão espalmou-se sobre o abdômen, onde sua certidão de casamento provavelmente ficava sob seus espartilhos.

– Mas sua mãe... – Jamie olhou desamparadamente para mim em busca de socorro. Dei de ombros, igualmente impotente. A tarefa de tentar explicar o padre Fogden para Jamie ou de tentar dissuadir Marsali estava muito além dos meus poderes. – Ele provavelmente se recusará – Jamie apresentou essa objeção com um palpável ar de alívio. – A tripulação andou se divertindo com uma de suas paroquianas chamada Arabella. Acho que ele não vai querer ter nada a ver conosco.

– Vai, sim! Ele fará isso para mim... ele gosta de mim! – Marsali estava quase dançando na ponta dos pés de ansiedade.

Jamie fitou-a por um longo instante, os olhos fixos nos dela, lendo sua expressão. Ela era muito jovem.

– Tem certeza, então, menina? – disse ele finalmente, muito delicadamente. – É isso o que quer?

Ela respirou fundo, um brilho tomando conta de seu rosto.

– É, sim, papai. É o que eu quero. Eu quero Fergus! Eu o amo!

Jamie hesitou por um instante, depois passou a mão pelos cabelos e assentiu.

– Sim, está bem. Vá e diga ao sr. Stern para vir aqui, depois vá procurar Fergus e diga-lhe para se aprontar.

– Ah, papai! Obrigada, obrigada! – Marsali atirou-se sobre ele e beijou-o. Ele segurou-a com um dos braços, segurando a camisa em volta dos quadris com o outro. Depois, beijou-a na testa e afastou-a delicadamente.

– Cuidado – disse ele, sorrindo. – Não vai querer ir às suas núpcias coberta de piolhos.

– Oh! – Isso pareceu fazê-la lembrar-se de alguma coisa. Olhou para mim e corou, levando a mão às suas próprias mechas claras, que estavam embaraçadas e suadas, soltando-se de um coque negligente e caindo num emaranhado pelo pescoço.

– Mamãe Claire – disse ela timidamente –, será que... você... poderia me emprestar um pouco do sabão especial que você faz com camomila? Eu... se der tempo... – acrescentou, com um olhar apreensivo para Jamie – gostaria de lavar os cabelos.

– Claro – eu disse, sorrindo para ela. – Venha e deixaremos você bonita para seu casamento. – Olhei-a de cima a baixo de forma avaliadora, do rosto redondo e radiante aos pés descalços e sujos. A musselina amarrotada de seu vestido encolhido pela água do mar esticava-se, apertada, sobre os seios, embora pequenos, e a barra imunda da saia pairava muitos centímetros acima de seus tornozelos cheios de areia.

Uma ideia me ocorreu e eu me virei para Jamie.

– Ela devia ter um vestido bonito para se casar – eu disse.

– Sassenach – disse ele, com uma paciência que obviamente se esgotava –, nós não temos...

– Não, mas o padre tem – interrompi. – Diga a Lawrence para pedir ao padre Fogden se poderia nos emprestar um de seus vestidos; de Ermenegilda, quero dizer. Acho que são do tamanho certo.

O rosto de Jamie ficou atônito de surpresa acima de sua barba.

– Ermenegilda? – disse ele. – Arabella? Vestidos? – Estreitou os olhos para mim. – Que espécie de padre é este homem, Sassenach?

Parei no vão da porta, Marsali pairando impacientemente no corredor.

– Bem, ele bebe um pouco. E gosta muito de ovelhas. Mas deve se lembrar das palavras de uma cerimônia de casamento.

Foi um dos casamentos mais extraordinários a que já assisti. O sol já desaparecera havia muito tempo no mar quando todos os preparativos finalmente terminaram. Para desgosto do sr. Warren, o mestre do navio, Jamie declarara que só partiríamos no dia seguinte, para permitir aos recém-casados uma noite de privacidade em terra.

– Eu é que não ia querer consumar um casamento num desses malditos beliches piolhentos – disse-me ele em particular. – Para começar, se eles ficassem encaixados lá dentro, jamais conseguiríamos arrancá-los de lá. E a ideia de possuir uma virgem numa rede...

– Tem razão – eu disse. Despejei mais vinagre em sua cabeça, sorrindo comigo mesma. – Muito atencioso de sua parte.

Agora, Jamie estava a meu lado na praia, com um forte cheiro de vinagre, mas bonito e digno num casaco azul, camisa e lenço de pescoço limpos e calças de sarja cinza, com os cabelos presos na nuca com uma fita. A desordenada barba ruiva parecia um pouco discordante acima de seus trajes sóbrios, mas fora cuidadosamente aparada e penteada com vinagre. Calçado com meias para completar, ele fazia uma bela figura como pai da noiva.

Murphy, como uma das testemunhas, e Maitland, como a outra, estavam um pouco menos elegantes, embora Murphy tivesse lavado as mãos e Maitland o rosto. Fergus teria preferido Lawrence Stern como testemunha e Marsali pedira que eu fosse sua testemunha, mas foram dissuadidos; primeiro, porque Stern não era cristão, muito menos católico, e depois por considerarem que, embora eu fosse qualificada em termos de religião, era improvável que esse fato tivesse muito peso com Laoghaire, quando ela descobrisse.

– Eu disse a Marsali que ela deve escrever a sua mãe para dizer-lhe que está casada – murmurou Jamie para mim enquanto observávamos o andamento dos preparativos na praia. – Mas talvez eu deva sugerir que ela não diga muito mais além disso.

Eu entendia o porquê; Laoghaire não iria ficar satisfeita em saber que sua filha mais velha fugira com um ex-batedor de carteiras, maneta, com o dobro de sua idade. Era improvável que seus sentimentos maternos fossem acalmados sabendo que o casamento fora realizado no meio da noite em uma praia das Índias Ocidentais por um padre amaldiçoado – se não verdadeiramente excomungado –, testemunhado por 25 marinheiros, dez cavalos franceses, um pequeno rebanho de ovelhas – todas alegremente enfeitadas com fitas em homenagem à ocasião – e um King Charles spaniel, que contribuía para o espírito festivo geral tentando copular com a perna de madeira de Murphy sempre que surgia uma oportunidade. O único fato que poderia piorar as coisas, do ponto de vista de Laoghaire, seria ouvir que eu havia participado da cerimônia.

Várias tochas foram acesas, amarradas a estacas enfiadas na areia. E as chamas corriam na direção do mar em flâmulas vermelhas e alaranjadas, luminosas contra o negro aveludado da noite. As estrelas brilhantes do Caribe cintilavam no alto como as luzes do céu. Embora não fosse uma igreja, poucas noivas tiveram um cenário mais belo para as suas núpcias.

Não sei que prodígios de persuasão foram necessários da parte de Lawrence, mas o padre Fogden estava lá, frágil e tão sem substância quanto um fantasma, as fagulhas azuis de seus olhos os únicos sinais verdadeiros de vida. Sua pele era tão cinza quanto sua batina, e as mãos tremiam sobre o couro gasto de seu livro de orações.

Jamie lançou-lhe um olhar penetrante e parecia prestes a dizer alguma coisa, mas apenas murmurou baixinho em gaélico e cerrou os lábios com força. O cheiro aromático de sangria era soprado das proximidades do padre Fogden, mas ao menos ele chegara à praia pelas próprias pernas. Estava parado, oscilante, entre duas tochas, tentando penosamente passar as páginas de seu livro conforme o leve vento que vinha do mar as embaralhava.

Ele finalmente desistiu e largou o livro sobre a areia com um pequeno *plop*.

– Hummm – disse ele, e arrotou. Olhou à volta e dirigiu-nos um sorriso beatificado. – Filhos bem-amados de Deus.

Passaram-se alguns momentos antes que a multidão irrequieta, murmurante, de espectadores percebesse que a cerimônia estava em andamento e começasse a cutucar uns aos outros e a prestar atenção.

– Aceita esta mulher? – perguntou o padre Fogden, virando-se subitamente para Murphy com um ar feroz.

– Não! – disse o cozinheiro, estarrecido. – Eu não me envolvo com mulheres. Muito confusas.

– Não? – O padre Fogden fechou um dos olhos, a órbita remanescente brilhante e acusadora. Olhou para Maitland.

– E você, aceita esta mulher?

– Eu não, senhor, não. Não que qualquer um não ficasse lisonjeado – acrescentou ele apressadamente. – Ele, por favor. – Maitland apontou para Fergus, que estava ao lado do atendente das cabines, fulminando o padre com o olhar.

– Ele? Tem certeza? Mas ele não tem uma das mãos – disse o padre Fogden, em dúvida. – Ela não se importa?

– Não, não me importo! – Marsali, soberba num dos vestidos de Ermenegilda, seda azul incrustada de bordados a ouro ao longo do decote quadrado e baixo, mangas bufantes, estava ao lado de Fergus. Estava linda, com os cabelos lavados e brilhantes como palha fresca, escovados até ficarem lustrosos e flutuando ao vento pelos ombros, soltos, como convinha a uma moça. Também parecia furiosa.

– Continue! – Bateu o pé, o que não fez nenhum barulho na areia, mas pareceu assustar o padre.

– Ah, sim – disse ele nervosamente, dando um passo para trás. – Bem, suponho que não seja um imp... impedi... impedimento, afinal de contas. Não é como se ele tivesse perdido seu pau, quero dizer. Ele não perdeu, perdeu? – perguntou o padre ansiosamente, quando a possibilidade lhe ocorreu. – Não posso casá-los, nesse caso. Não é permitido.

O rosto de Marsali já estava roxo à luz da tocha. A expressão de seu semblante neste momento me fez lembrar muito de sua mãe ao me encontrar em Lallybroch. Um visível tremor percorreu os ombros de Fergus, se de raiva ou risada, eu não sabia.

Jamie sufocou a incipiente revolta dando um passo firme para o meio do casamento e colocando a mão nos ombros de Fergus e Marsali.

– Este homem – disse ele, com um sinal da cabeça indicando Fergus – e esta mulher – com outro sinal em direção a Marsali. – Case-os, padre. Agora. Por favor – acrescentou ele, como um pensamento que obviamente só depois lhe ocorreu. Deu um passo para trás e restaurou a ordem entre os espectadores à força de olhares fulminantes de um lado para o outro.

– Ah, claro. Claro – repetia o padre Fogden, oscilando ligeiramente. – Claro, claro. – Seguiu-se uma longa pausa, durante a qual o padre estreitou os olhos para Marsali.

– Nome – disse ele abruptamente. – Eu preciso de um nome. Não se pode casar sem um nome. Exatamente como um pau. Não se pode casar sem um nome; não se pode casar sem um p...

– Marsali Jane MacKimmie Joyce! – disse Marsali em voz alta, abafando a voz do padre.

– Sim, sim – disse ele apressadamente. – Claro. Marsali. Mar-sa-lii. Certo. Bem, então, você, Marsalii, aceita este homem, embora ele não tenha uma das mãos e talvez outras partes não visíveis, como seu legítimo marido? Para amar e proteger, de hoje em diante, renunciando... – Nesse ponto, sua voz foi desaparecendo, sua atenção fixa em uma das ovelhas que se desgarrara do rebanho, entrara na luz e laboriosamente mastigava um pé de meia de lã listrada que fora jogado fora.

– Aceito!

O padre Fogden piscou, trazido de volta à realidade. Fez uma tentativa malsucedida de reprimir outro arroto e transferiu seu olhar azul e brilhante para Fergus.

– Você também tem um nome? *E* um pau?

– Sim – disse Fergus, sabiamente preferindo não ser mais específico. – Fergus.

O padre franziu ligeiramente as sobrancelhas diante da resposta.

– Fergus? – disse ele. – Fergus. Fergus. Sim, Fergus, entendi. Só isso? Mais nenhum nome? Preciso de mais nomes, sem dúvida.

– Fergus – repetiu ele, com a voz tensa. Fergus fora o único nome que ele sempre tivera, à exceção de seu nome original de Claudel. Jamie lhe dera o nome Fergus em Paris, quando se encontraram, havia vinte anos. Mas certamente um bastardo nascido num bordel não teria um sobrenome a dar à sua mulher.

– Fraser – disse uma voz grave e firme ao meu lado. Fergus e Marsali olharam para trás ao mesmo tempo, surpresos, e Jamie balançou a cabeça. Seus olhos encontraram-se com os de Fergus e ele sorriu levemente. – Fergus Claudel Fraser – disse ele, devagar e com clareza. Uma das sobrancelhas se ergueu quando ele olhou para Fergus.

O próprio Fergus parecia paralisado. Boquiaberto, os olhos arregalados, parecendo duas grandes poças escuras na luz turva. Em seguida, ele balançou a cabeça ligeiramente e seu rosto se iluminou, como se contivesse uma vela que acabara de ser acesa.

– Fraser – disse ele ao padre. Sua voz estava rouca e ele limpou a garganta. – Fergus Claudel Fraser.

O padre Fogden tinha a cabeça inclinada para trás, olhando para o céu, onde a lua crescente flutuava acima das árvores, segurando o círculo negro da lua em sua taça. Abaixou a cabeça para encarar Fergus, com um olhar sonhador.

– Bem, isso é bom – disse ele. – Não é?

Uma leve cutucada de Maitland nas costelas do padre trouxe-o de volta à realidade e às suas responsabilidades.

– Ah! Hummm. Bem. Homem e mulher. Sim, eu os declaro... não, não está certo, você não disse se a aceita. Ela tem as duas mãos – acrescentou ele, prestativamente.

– Aceito – disse Fergus. Ele segurava a mão de Marsali; neste momento, soltou-a e enfiou a mão apressadamente no bolso, surgindo com uma pequena aliança de ouro. Devia tê-la comprado na Escócia, concluí, e a guardado desde então, não querendo tornar o casamento oficial até ser abençoado. Não por um padre; por Jamie.

A praia ficou em silêncio quando ele colocou a aliança no dedo da jovem, todos os olhos fixos no pequeno aro de ouro e nas duas cabeças inclinadas sobre ela, uma clara, outra escura.

Então, ela conseguira. Uma garota de 15 anos, tendo por arma unicamente sua teimosia. "Eu o quero", ela dissera. E continuara repetindo, vencendo as objeções da mãe e os argumentos de Jamie, os escrúpulos de Fergus e seus próprios temores, 3 mil milhas de saudades de casa, dificuldades, tormenta no oceano e naufrágio.

Ela ergueu a cabeça, radiante, e encontrou seu espelho nos olhos de Fergus. Eu os vi fitarem-se apaixonadamente e senti as lágrimas aflorarem por trás de minhas pálpebras.

"Eu o quero." Eu não dissera isso a Jamie em nosso casamento; eu não o queria, na época. Mas eu o disse desde então, três vezes; em dois momentos de decisão em Craigh na Dun e novamente em Lallybroch.

"Eu o quero." Eu ainda o quero e nada poderia se interpor entre nós.

Ele olhava para mim; podia sentir o peso de seu olhar, azul-escuro e suave como o mar ao amanhecer.

– Em que está pensando, *mo chridhe*? – perguntou ele brandamente. Pisquei várias vezes para afastar as lágrimas e sorri para ele. Suas mãos eram grandes e quentes sobre a minha.

– O que eu lhe disse três vezes é verdade – eu disse. E ficando na ponta dos pés, beijei-o enquanto as aclamações e vivas dos marinheiros se erguiam no ar.

PARTE IX

Mundos desconhecidos

53

GUANO DE MORCEGO

O guano de morcego é de um verde viscoso e enegrecido quando fresco e de um marrom-claro, semelhante a pó, quando seco. Em ambos os estados, exala um mau cheiro de almíscar, amônia e putrefação que faz seus olhos lacrimejarem.

– Quanto desse negócio você disse que vamos levar? – perguntei, através do pano que eu amarrara na parte de baixo do meu rosto.

– Dez toneladas – respondeu Jamie, as palavras igualmente abafadas. Estávamos de pé no convés superior, observando os escravos empurrarem carrinhos de mão repletos da matéria fétida pela prancha de carregamento até a escotilha aberta do porão de popa.

Minúsculas partículas de guano seco voavam dos carrinhos de mão e enchiam o ar à nossa volta com uma enganadora bela nuvem de ouro, que cintilava e faiscava ao sol do final de tarde. Os corpos dos homens também estavam recobertos daquela poeira; filetes de suor esculpiam canais escuros na poeira de seus torsos nus, e as lágrimas constantes escorriam por suas faces e peito, de modo que ficavam listrados de preto e ouro, como zebras exóticas.

Jamie enxugou seus próprios olhos lacrimejantes quando o vento soprou ligeiramente em nossa direção.

– Sabe como se arrasta uma pessoa por baixo da quilha do navio, Sassenach?

– Não, mas se é Fergus que você tem em mente como candidato, estou com você. Qual a distância até a Jamaica? – Fora Fergus, fazendo investigações no mercado em Kings Street em Bridgetown, quem conseguira a primeira comissão do *Artemis* como um navio de carga e comércio; o transporte de 10 toneladas cúbicas de guano de morcego de Barbados para a Jamaica, para ser utilizado como fertilizante nas plantações de cana-de-açúcar de um certo sr. Grey, proprietário.

O próprio Fergus supervisionava vaidosamente o carregamento dos enormes blocos de guano seco, que eram tirados de seus carrinhos e levados, um a um, para dentro do porão. Marsali, que estava sempre a seu lado, neste caso afastara-se para o castelo de proa, onde permanecia sentada em um barril cheio de laranjas, o lindo xale novo que Fergus comprara para ela no mercado enrolado sobre o rosto.

– Queremos ser comerciantes, não é? – perguntara Fergus. – Temos um porão vazio para encher. Além disso – acrescentou logicamente, encerrando a discussão –, o sr. Grey nos pagará muito bem.

– Qual a distância, Sassenach? – Jamie estreitou os olhos, fitando o horizonte distante, como se esperasse ver terra firme elevando-se das ondas cintilantes. As agulhas mágicas do sr. Willoughby deixaram-no apto para navegar, mas ele se submeteu ao processo sem muito entusiasmo. – Três a quatro dias, segundo Warren – admitiu ele com um suspiro –, se o tempo continuar bom.

– Talvez o cheiro melhore no mar – eu disse.

– Ah, sim, milady – garantiu-me Fergus, ouvindo a conversa ao passar por nós. – O dono me disse que o mau cheiro se dissipa significativamente quando o material seco é removido das cavernas onde se acumula. – Ele saltou para o cordame e subiu, escalando como um macaco, apesar de seu gancho. Ao atingir a parte de cima do cordame, Fergus amarrou o lenço vermelho que era o sinal para que os marinheiros na praia subissem a bordo e deslizou para baixo outra vez, parando para dizer algo rude a Ping An, que estava empoleirado em uma verga mais baixa, observando os preparativos lá embaixo com seu olhar amarelo.

– Fergus parece estar assumindo um interesse de verdadeiro proprietário nesta carga – observei.

– Sim, bem, ele é sócio – disse Jamie. – Eu disse a ele que se tinha uma mulher para sustentar, precisava pensar como fazer isso. E como talvez leve algum tempo até voltarmos ao ramo da tipografia, ele tem que se voltar para o que aparecer. Ele e Marsali têm a metade do lucro desta carga, por conta do dote que eu prometi a ela – acrescentou ele ironicamente, e eu ri.

– Sabe – eu disse –, eu realmente gostaria de ler a carta que Marsali está enviando a sua mãe. Quero dizer, primeiro Fergus, depois o padre Fogden e Mamacita, e agora 10 toneladas de excremento de morcego como dote.

– Acho que nunca mais vou poder colocar o pé na Escócia outra vez, depois que Laoghaire a ler – disse Jamie, ainda assim sorrindo. – Já pensou o que vai fazer com sua nova aquisição?

– Nem me lembre – eu disse, um pouco sombriamente. – Onde ele está?

– Em algum lugar lá embaixo – disse Jamie, sua atenção distraída por um homem que descia o cais em nossa direção. – Murphy já lhe deu comida e Innes encontrará um lugar para ele. Com licença, Sassenach, acho que é alguém à minha procura. – Ele saltou da balaustrada e desceu a prancha de desembarque, cuidadosamente evitando um escravo que subia com um carrinho de mão cheio de guano.

Observei com interesse quando ele cumprimentou o homem, um imigrante alto numa indumentária de um próspero dono de plantações, com um rosto vermelho e castigado pelo tempo que denunciava muitos anos vivendo nas ilhas. Ele estendeu a mão para Jamie, que a apertou com firmeza. Jamie disse alguma coisa e o homem respondeu, sua expressão de desconfiança mudando para imediata cordialidade.

Este deve ser o resultado da visita de Jamie à loja maçônica em Bridgetown, onde ele fora assim que atracaram no dia anterior, seguindo a sugestão de Jared. Ele identificara-se como membro da irmandade e falara com o mestre da loja, descrevendo o Jovem Ian e pedindo qualquer informação sobre o garoto ou o navio *Bruja*. O mestre prometera espalhar a informação entre os maçons que pudessem frequentar o mercado de escravos e os embarcadouros. Com sorte, isto já era resultado de sua promessa.

Observei ansiosamente quando o fazendeiro enfiou a mão dentro do casaco e retirou um papel, que desdobrou e mostrou a Jamie, aparentemente dando uma explicação. O rosto de Jamie estava atento, as sobrancelhas ruivas unidas em concentração, mas sem demonstrar nem decepção nem júbilo. Talvez não tivesse nada a ver com Ian. Após nossa visita ao mercado de escravos no dia anterior, eu estava inclinada a esperar que não.

Lawrence, Fergus, Marsali e eu fomos ao mercado de escravos sob a excêntrica tutela de Murphy, enquanto Jamie visitava o mestre maçônico. O mercado de escravos ficava perto das docas, em uma rua de terra alinhada dos dois lados por vendedores de frutas e café, peixe seco e cocos, batata-doce e cochonilhas vermelhas, insetos dos quais se obtém um corante usado em tinturas, vendidos em pequenas garrafas de vidro tampadas com rolha de cortiça.

Murphy, com sua paixão por ordem e decência, insistira que eu e Marsali deveríamos portar, cada uma, uma sombrinha, e obrigara Fergus a comprar duas de um vendedor da beira da estrada.

– Todas as mulheres brancas em Bridgetown carregam sombrinhas – disse ele com firmeza, tentando me entregar uma.

– Não preciso de sombrinha – eu disse, impaciente em falar de algo tão inconsequente quanto a aparência da minha pele, quando podíamos estar prestes a encontrar Ian finalmente. – O sol não está tão quente assim. Vamos!

Murphy lançou-me um olhar furioso, escandalizado.

– Não vai querer que as pessoas pensem que não é uma mulher de respeito, que não se importa em manter a pele clara e bonita!

– Não pretendo fixar residência aqui – eu disse com sarcasmo. – Não me importa o que pensem. – Sem parar para continuar a discussão, comecei a descer a rua, em direção a um burburinho distante que imaginei se tratar do mercado de escravos.

– Seu rosto vai... ficar... vermelho! – disse Murphy, indignado, bufando de raiva ao meu lado, tentando abrir a sombrinha enquanto me acompanhava pesadamente com sua perna de pau.

– Ah, um destino pior do que a morte, tenho certeza! – retruquei. Meus nervos estavam tensos, na expectativa do que poderíamos encontrar. – Está bem, então, me dê a maldita sombrinha! – Arranquei-a de sua mão, abri-a com um safanão e coloquei-a sobre o ombro com um giro irritado.

No entanto, em poucos minutos, fiquei grata a Murphy pela intransigência. Embora a rua fosse ensombreada por altas palmeiras e embaúbas, o mercado de escravos, na verdade, localizava-se em um espaço amplo, com pavimento de pedras, sem a benevolência de nenhuma sombra. A única exceção era a proporcionada por barracas desmanteladas, abertas, cobertas com folhas de flandres ou folhas secas de palmeiras, nas quais os negociantes de escravos e leiloeiros buscavam ocasionalmente um refúgio do sol. Os escravos eram mantidos em grandes cercados ao lado da praça, inteiramente expostos às intempéries.

O sol era realmente escaldante em lugar aberto e a luz que ricocheteava das pedras claras era ofuscante, depois da sombra verde da rua. Pisquei, os olhos lacrimejantes, e rapidamente ajeitei a sombrinha acima de minha cabeça.

Assim protegida, eu podia ver uma desconcertante exibição de corpos, nus ou quase nus, brilhando em todos os tons de café com leite claro a um preto-azulado. Buquês de cor floresciam em frente aos tablados de leilão, onde os fazendeiros, donos das grandes plantações, e seus criados reuniam-se para inspecionar a mercadoria, vívidos em meio aos negros e brancos.

O mau cheiro do lugar era impressionante, mesmo para alguém acostumado aos odores fétidos de Edimburgo e aos espaços malcheirosos entre os conveses do *Porpoise*. Montes de excremento humano fresco enchiam os cantos dos cercados dos escravos, fervilhantes de moscas, e um fedor oleoso e denso flutuava no ar, mas o principal componente do cheiro era o odor desagradavelmente íntimo de carne humana nua e quente, cozinhando ao sol.

–Jesus – murmurou Fergus ao meu lado. Seus olhos escuros dardejavam de um lado a outro, com um ar de chocada desaprovação. – É pior do que as favelas de Montmartre. – Marsali não fez nenhum comentário, mas aproximou-se mais dele, apertando o nariz.

Lawrence era mais pragmático; imagino que ele já devia ter visto mercados de escravos antes, durante suas incursões pelas ilhas.

– Os brancos ficam lá no fim – disse ele, indicando o outro extremo da praça. – Venham, perguntaremos por rapazes brancos vendidos recentemente. – Colocou a mão grande e quadrada no meio das minhas costas e conduziu-me delicadamente pelo meio da multidão.

Perto do final do mercado, uma mulher negra e idosa agachou-se no chão, alimentando um pequeno fogareiro com carvão. Quando nos aproximamos, um pequeno grupo de pessoas abordou-a: um fazendeiro, acompanhado de dois homens negros vestidos com calças e camisas de algodão rústico, obviamente seus empregados. Um deles segurava pelo braço uma escrava recém-adquirida; duas outras jovens, nuas a não ser por uma tira de tecido ao redor dos quadris, eram conduzidas por cordas amarradas a seus pescoços.

O fazendeiro inclinou-se e entregou uma moeda à mulher. Ela virou-se e retirou diversas vergas curtas de latão do solo atrás dela, erguendo-as para inspeção do fazendeiro. Ele as examinou por um instante, escolheu duas e endireitou-se. Entregou os ferros quentes de marcar a um dos criados, que enfiou as pontas no braseiro da vendedora.

O outro criado passou para trás da jovem e segurou seus braços com força. O primeiro homem, então, retirou os ferros do fogo e plantou-os, juntos, na curva superior de seu seio direito. Ela berrou, um som agudo e sibilante, suficientemente alto para fazer algumas cabeças próximas se virarem. Os ferros foram retirados, deixando as letras HB na carne viva e rosada.

Fiquei paralisada, estupefata, diante da cena. Sem perceber que eu já não estava com eles, os demais haviam prosseguido. Virei-me de um lado para o outro, procurando em vão um sinal de Lawrence ou Fergus. Eu nunca tive nenhuma dificuldade em encontrar Jamie em meio a uma multidão; sua cabeleira de fogo era sempre visível acima de qualquer cabeça. Mas Fergus era baixo, Murphy não era mais alto do que ele e Lawrence não passava da altura mediana; até mesmo a sombrinha amarela de Marsali se perdera entre as muitas outras na praça.

Afastei-me do fogareiro com um tremor, ouvindo gritos e gemidos atrás de mim, mas não quis olhar para trás. Passei apressadamente por vários tablados de leilão, os olhos desviados, mas depois fui retardada e finalmente parada pela crescente multidão ao meu redor.

Os homens e mulheres que bloqueavam minha passagem ouviam um leiloeiro que exaltava as virtudes de um escravo sem um dos braços, parado, nu, no tablado, para inspeção. Era um homem baixo, mas corpulento, tinha coxas maciças e peito largo e forte. O braço ausente fora grosseiramente amputado acima do cotovelo; o suor escorria da ponta do toco.

– Não serve para trabalhar no campo, é verdade – admitia o leiloeiro. – Mas é um ótimo investimento para reprodução. Olhem para estas pernas! – Ele portava uma longa vara de junco, que sacudiu contra as panturrilhas do escravo, depois exibiu um sorriso forçado e gordo para a multidão.

– Você dá uma garantia de virilidade? – disse o homem atrás de mim, com um tom distinto de ceticismo. – Eu tive um rapagão há três anos, grande como um jumento, e não gerou nem uma cria; não conseguia fazer nada, segundo as garotas juba.

A multidão riu furtivamente diante disso, e o leiloeiro fingiu estar ofendido.

– Garantia? – disse ele. Passou a mão teatralmente sobre seu queixo duplo, recolhendo o suor oleoso na palma. – Vejam por si mesmos, gente de pouca fé! – Inclinando-se ligeiramente, agarrou o pênis do escravo e começou a massageá-lo vigorosamente.

O homem grunhiu de surpresa e tentou recuar, mas foi impedido pelo assistente do leiloeiro, que o agarrou com firmeza pelo único braço. Ouviu-se uma explosão de risadas da multidão e algumas aclamações dispersas, conforme a carne negra e macia endurecia e começava a aumentar de volume.

Alguma coisa dentro de mim partiu-se de repente; eu ouvi distintamente. Indignada pelo mercado, a marcação a ferro em brasa, a nudez, o palavreado grosseiro e a indiferença com o ultraje geral, e indignada acima de tudo com a minha própria presença ali, não consegui nem pensar no que estava fazendo, mas mesmo assim comecei a agir. Sentia-me estranhamente desligada do ambiente ao meu redor, como se eu estivesse fora do meu próprio corpo, observando.

– Pare! – eu disse, muito alto, mal reconhecendo minha própria voz. O leiloeiro ergueu os olhos, espantado, e sorriu obsequiosamente para mim. Encarou-me diretamente nos olhos, com um olhar intencionalmente lascivo.

– Um sólido garanhão, madame – disse ele. – Garantido, como pode ver.

Fechei minha sombrinha, abaixei-a e enfiei a ponta fina com toda a força em sua barriga gorda. Ele deu um salto para trás, os olhos arregalados de surpresa. Ergui a sombrinha e desfechei-a contra sua cabeça, depois a larguei e comecei a chutá-lo, com força.

Lá no fundo, eu sabia que meu protesto não iria fazer a menor diferença, não iria ajudar em nada, só iria causar problemas. No entanto, eu não podia ficar ali parada, consentindo com meu silêncio. Não era pelas garotas marcadas a ferro, pelo homem no tablado, nem por nenhum deles que eu reagi; foi por mim mesma.

Houve um grande tumulto ao meu redor e mãos me agarraram, afastando-me do leiloeiro. Esse ilustre senhor, suficientemente recuperado de seu choque inicial, riu odiosamente para mim, mirou e esbofeteou com força o escravo.

Olhei ao redor em busca de reforço, mas apenas vislumbrei Fergus, o rosto contorcido de raiva, abrindo caminho à força pela multidão em direção ao leiloeiro. Ouviu-se um grito e vários homens viraram-se em sua direção. As pessoas começaram a empurrar e pressionar. Alguém me fez tropeçar e eu caí sentada nas pedras.

Através de uma nuvem de poeira, vi Murphy, a 2 metros de distância. Com uma expressão resignada no rosto largo e vermelho, ele se inclinou, removeu a perna de pau, endireitou-se e, saltando graciosamente para a frente, desfechou-a com toda a força na cabeça do leiloeiro. O homem cambaleou e caiu, enquanto a multidão recuava como uma onda, tentando sair do caminho.

Fergus, frustrado em seus planos de atacar a presa, parou de repente junto ao homem caído e olhou ferozmente ao redor. Lawrence, sombrio, carrancudo e volumoso, atravessava a multidão a passos largos vindo da outra direção, a mão sobre o facão à sua cintura.

Fiquei sentada no chão, abalada. Já não me sentia distanciada. Sentia-me enjoada, aterrorizada, percebendo que eu acabara de cometer uma tolice, que provavelmente resultaria em Fergus, Lawrence e Murphy sendo surrados, se não pior.

E, então, Jamie apareceu.

– Levante-se, Sassenach – disse ele serenamente, inclinando-se sobre mim e me oferecendo suas mãos. Consegui me levantar, os joelhos trêmulos. Vi o longo bigode de Raeburn contorcendo-se em um dos lados, MacLeod atrás dele, e percebi que seus escoceses estavam com ele. Então meus joelhos cederam, mas os braços de Jamie me ampararam.

– Faça alguma coisa – eu disse numa voz engasgada, junto ao seu peito. – Por favor. Faça alguma coisa.

E ele fez. Com sua habitual presença de espírito, ele fizera a única coisa capaz de debelar o tumulto e evitar maiores danos. Ele comprou o homem de um braço. E como resultado irônico de minha pequena explosão de sensibilidade, eu era agora a horrorizada proprietária de um genuíno escravo africano, de um só braço, mas de saúde exuberante e de virilidade garantida.

Suspirei, tentando não pensar no sujeito, provavelmente agora em algum lugar sob meus pés, alimentado e – eu esperava – vestido. Os documentos de propriedade, que eu me recusara sequer a tocar, diziam que ele era um negro puro-sangue da Costa do Ouro, um iorubá, vendido por um fazendeiro francês de

Barbuda, com um único braço, ostentando no ombro esquerdo a marca de uma flor-de-lis e a inicial "A", e conhecido pelo nome de Temeraire, o Corajoso. Os documentos não sugeriam o que, em nome de Deus, eu deveria fazer com ele.

Jamie terminara de ler os papéis que seu conhecido maçônico trouxera – eram muito parecidos aos que eu recebera por Temeraire, até onde podia ver da balaustrada do navio. Ele os devolveu com uma reverência de agradecimento, a testa ligeiramente franzida. Os dois homens trocaram algumas palavras e despediram-se com outro aperto de mãos.

– Estão todos a bordo? – perguntou Jamie, descendo da prancha de embarque. Soprava uma leve brisa; ela agitou a fita azul-marinho que amarrava seus cabelos num espesso rabo de cavalo.

– Sim, senhor – disse o sr. Warren, com o descontraído movimento de cabeça usado como saudação em um navio mercante. – Vamos zarpar?

– Vamos, por favor. Obrigado, sr. Warren. – Com uma ligeira mesura, Jamie passou por ele e veio postar-se ao meu lado. – Não – disse ele à meia-voz. Seu rosto estava calmo, mas eu podia sentir a profundidade de sua decepção. Entrevistas no dia anterior com os dois homens que lidavam com contratos de serviços de brancos no mercado de escravos não forneceram nenhuma informação útil. O fazendeiro maçônico fora uma esperança de última hora.

Não havia nada útil que eu pudesse dizer. Coloquei a mão sobre a dele, pousada sobre a balaustrada, e apertei-a delicadamente. Jamie olhou para mim e esboçou um sorriso. Ele respirou fundo e endireitou os ombros, sacudindo-os para ajeitar o casaco sobre eles.

– Sim, bem. Pelo menos, aprendi uma coisa. Aquele era o sr. Villiers, dono de uma grande plantação de cana-de-açúcar aqui. Ele comprou seis escravos do capitão do navio *Bruja*, há três dias, mas nenhum deles era Ian.

– Três dias? – perguntei, surpresa. – Mas... o *Bruja* deixou Hispaniola há mais de duas semanas!

Ele balançou a cabeça, esfregando o rosto. Fizera a barba, uma necessidade antes de fazer investigações públicas, e sua pele reluzia, viçosa e avermelhada, acima do linho alvo do lenço de pescoço.

– É verdade. E chegou aqui na quarta-feira, há cinco dias.

– Então, esteve em outro lugar antes de vir para Barbados! Sabemos onde?

Ele sacudiu a cabeça.

– Villiers não sabia. Ele disse que conversou um pouco com o capitão do *Bruja* e o homem lhe pareceu muito reticente sobre onde estivera e o que andara fazendo. Villiers não achou nada de mais nisso, sabendo que o *Bruja* tem má reputação e vendo que o capitão estava disposto a vender os escravos por um bom preço.

– Ainda assim – disse ele, animando-se um pouco –, Villiers me mostrou os documentos dos escravos que comprou. Você viu os documentos de seu escravo?

– Gostaria que não o chamasse assim – eu disse. – Mas, sim. Os que você viu eram iguais?

– Não inteiramente. Três dos documentos não citavam nenhum dono anterior, embora Villiers diga que nenhum deles acabou de chegar da África; todos eles sabem algumas palavras em inglês, pelo menos. Um citava um proprietário anterior, mas o nome fora riscado; não consegui lê-lo. Os outros dois davam uma sra. Abernathy da Mansão da Rosa, Jamaica, como a proprietária anterior.

– Jamaica? A que distância...

– Não sei – interrompeu ele. – Mas o sr. Warren deve saber. Pode estar certo. De qualquer forma, acho que devemos ir para a Jamaica primeiro, nem que seja para nos livrarmos de nossa carga antes que todos morram de repugnância. – Ele franziu o longo nariz com nojo e eu ri.

– Você fica parecendo um tamanduá quando faz isso – disse-lhe.

A tentativa de distraí-lo surtiu efeito; a boca larga curvou-se ligeiramente para cima.

– Ah, é? É um animal que come formigas, não é? – Ele se esforçou o melhor que pôde para reagir à brincadeira, virando as costas para as docas de Barbados. Apoiou-se contra a balaustrada e sorriu para mim. – Não acho que elas saciem a fome.

– Imagino que ele tenha que comer uma grande quantidade delas. Afinal, não podem ser piores do que *haggis* – disse, referindo-me ao prato de miúdos de carneiro dos escoceses. Respirei fundo antes de continuar e soltei o ar rápido, tossindo. – Santo Deus, o que é isso?

O *Artemis* já havia deixado o embarcadouro e estava ao largo do porto. Quando atingimos uma distância suscetível aos ventos, um cheiro forte e penetrante tomou conta do navio, um cheiro pior e mais sinistro do que os componentes da sinfonia olfativa do cais: cracas mortas, madeira molhada, peixe, algas podres e o constante bafo morno da vegetação tropical na praia.

Apertei meu lenço com força sobre o nariz e a boca.

– O que é isso?

– Estamos passando pelo local da queima de corpos, senhora, ao pé do mercado de escravos – explicou Maitland, ouvindo minha pergunta. Apontou para a praia, onde uma nuvem de fumaça branca erguia-se por trás de uma cortina de arbustos de pimenta-da-jamaica. – Eles queimam os corpos dos escravos que não sobrevivem ao transporte da África até aqui – continuou. – Primeiro eles descarregam a carga viva e, depois, quando o navio passa pela limpeza, os corpos são removidos e atirados na pira que fica ali, para evitar que as doenças se espalhem pela cidade.

Olhei para Jamie e encontrei o mesmo temor que transparecia em meu próprio rosto.

– Com que frequência eles queimam corpos? – perguntei. – Todo dia?

– Não sei, senhora, mas creio que não. Talvez uma vez por semana? – Maitland deu de ombros e afastou-se para cuidar de seus afazeres.

– Temos que dar uma olhada – eu disse. Minha voz soou estranha a meus próprios ouvidos, calma e clara. Eu não me sentia assim.

Jamie ficara muito pálido. Virara-se outra vez e seus olhos estavam fixos na fumaça, que se elevava espessa e branca detrás das palmeiras. Seus lábios cerraram-se com força e seu maxilar enrijeceu-se.

– Sim – foi tudo que disse, virando-se então para ordenar ao sr. Warren que mudasse de direção.

O homem encarregado de manter a pira acesa, uma pequena criatura fenecida, de cor e sotaque indistinguíveis, ficou clamorosamente chocado que uma senhora entrasse no local da queima, mas Jamie afastou-o bruscamente com uma cotovelada. Ele não tentou me impedir de segui-lo nem se virou para ver se eu o fazia; sabia que eu não o deixaria sozinho ali.

Era uma pequena clareira, situada atrás de uma cortina de árvores, num local conveniente para um pequeno desembarcadouro que se estendia pelo rio adentro. Barris de piche lambuzados de preto e pilhas de madeira seca agrupavam-se em montes sinistros e pegajosos entre os verdes luxuriantes de samambaias e poincianas-anãs. À direita, uma enorme pira fora erguida, com uma plataforma de madeira, sobre a qual os corpos haviam sido atirados e respingados de piche.

A pira fora acesa havia pouco tempo. Uma boa chama começara em um dos lados da pilha de cadáveres, mas apenas pequenas línguas de fogo lambiam aqui e ali no resto da pilha. Era a fumaça que obscurecia os corpos, subindo em rolos acima da pira em um véu espesso e ondulante, que dava aos membros atirados para fora a horrível ilusão de movimento.

Jamie parara, fitando a pilha. Em seguida, saltou sobre a plataforma, sem se importar com a fumaça e o calor, e começou a puxar e empurrar corpos, remexendo implacavelmente os medonhos restos mortais.

Próximo dali, via-se uma pilha menor de cinzas e fragmentos de ossos muito brancos e quebradiços. A curva de um occipício jazia no topo da pilha, frágil e perfeito como uma casca de ovo.

– Dá uma boa colheita. – A pequena criatura suja de fuligem que cuidava do fogo estava junto ao meu cotovelo, oferecendo informações na evidente esperança de uma recompensa. Ele... ou ela. – Apontou para as cinzas. – Coloca na plantação; faz crescer, crescer.

– Não, obrigada – eu disse, fracamente. A fumaça obscureceu a figura de Jamie por um momento e eu tive a terrível sensação de que ele havia caído e estava queimando na pira. O cheiro horrível e intenso de carne assada ergueu-se no ar e eu achei que iria vomitar.

– Jamie! – gritei. –Jamie!

Ele não respondeu, mas ouvi uma tosse rouca e profunda do centro do fogo. Vários e longos minutos depois, o véu de fumaça se abriu e ele saiu cambaleando, sufocado.

Desceu da plataforma e ficou dobrado ao meio, tossindo incontrolavelmente. Estava coberto de uma fuligem oleosa, as mãos e roupas sujas de piche. Estava cego pela fumaça; as lágrimas escorriam pelo seu rosto, desenhando filetes na fuligem.

Atirei várias moedas para o responsável pela pira e, segurando Jamie pelo braço, o levei, cego e sufocado, para fora do vale da morte. Sob as palmeiras, ele deixou-se cair de joelhos e vomitou.

– Não toque em mim – disse ele, arfando, quando tentei ajudá-lo. Sacudiu-se diversas vezes pelas ânsias de vômito, mas finalmente parou, cambaleando sobre os joelhos. Em seguida, devagar e sem firmeza, colocou-se de pé. – Não me toque – repetiu ele. Sua voz, rouca pela fumaça e pelo enjoo, parecia a de um estranho.

Caminhou até a beira do píer, retirou o casaco e os sapatos, e mergulhou na água, com todas as outras roupas. Esperei por um instante, depois me abaixei e peguei seu casaco e sapatos, segurando-os cuidadosamente com o braço esticado. Pude ver no bolso interno o pequeno volume retangular das fotos de Brianna.

Esperei até ele voltar e içar-se para fora da água, escorrendo água. As manchas de piche ainda estavam lá, mas a maior parte da fuligem e o cheiro do fogo haviam sumido. Ele sentou-se no desembarcadouro, a cabeça entre os joelhos, respirando com dificuldade. Uma fileira de rostos curiosos despontava da balaustrada do *Artemis* acima de nós.

Sem saber o que fazer, inclinei-me e coloquei a mão em seu ombro. Sem levantar a cabeça, ele ergueu o braço e segurou minha mão.

— Ele não estava lá — disse ele, em sua estranha voz rouca e abafada.

A brisa era revigorante; agitava os anéis de cabelos molhados que se espalhavam sobre seus ombros. Olhei para trás e vi que a nuvem de fumaça que se erguia do pequeno vale tornara-se negra. Espalhou-se e começou a flutuar para o mar, as cinzas dos escravos mortos fugindo ao vento, de volta para a África.

54

"O PIRATA IMPETUOSO"

— Não posso ser dona de ninguém, Jamie — eu disse, olhando consternada para os documentos sob a luz do lampião. — Eu simplesmente não posso. Não é direito.

— Bem, estou inclinado a concordar com você, Sassenach. Mas o que vamos fazer com o sujeito? — Jamie sentou-se ao meu lado no beliche, suficientemente perto para ver os documentos por cima do meu ombro. Passou a mão pelos cabelos, franzindo a testa. — Poderíamos libertá-lo, é o que parece correto, mas, se o fizermos, o que acontecerá a ele? — Inclinou-se para a frente, estreitando os olhos por cima do nariz para ler os papéis. — Quase não sabe nada em inglês ou francês; não tem nenhuma habilidade específica. Se o libertássemos, ou mesmo lhe déssemos um pouco de dinheiro, ele conseguiria sobreviver por conta própria?

Dei uma pequena mordida em um pãozinho de queijo de Murphy. Era bom, mas o cheiro do óleo queimando no lampião misturava-se estranhamente com o aroma do queijo, reforçado — como tudo o mais — pelo cheiro insidioso de guano de morcego que permeava o navio.

— Não sei — eu disse. — Lawrence me disse que há muitos negros livres em Hispaniola. Muitos creoles e pessoas de raças misturadas, e muitos que têm seu próprio negócio. É assim na Jamaica também?

Ele sacudiu a cabeça e pegou um pãozinho da bandeja.

— Acho que não. É verdade, há alguns negros livres que ganham a vida por conta própria, mas são os que têm alguma habilidade, como costureiros e pescadores. Conversei um pouco com esse Temeraire. Era cortador de cana até perder um braço e não sabe fazer praticamente mais nada.

Coloquei o pãozinho sobre a mesa, quase intocado, e franzi a testa com desgosto para os papéis. A simples ideia de possuir um escravo me assustava e enojava, mas eu estava começando a compreender que poderia não ser tão simples me livrar da responsabilidade.

O homem fora tirado de um *barracoon*, uma espécie de prisão temporária para escravos e condenados que aguardavam extradição, na costa da Guiné, há cinco anos. Meu impulso original, de mandá-lo de volta à sua terra, era obviamente impossível; ainda que fosse possível encontrar um navio com destino à África que concordasse em levá-lo como passageiro, a esmagadora probabilidade é a de que ele seria imediatamente escravizado outra vez, ou pelo navio que o aceitara ou por qualquer outro traficante de escravos nos portos da África Ocidental.

Viajando sozinho, com apenas um braço e ignorante, não teria absolutamente nenhuma proteção. E ainda que conseguisse por algum milagre chegar à África a salvo e se manter longe das garras dos mercadores de escravos tanto europeus quanto africanos, não havia praticamente nenhuma chance de ele encontrar o caminho de volta ao seu vilarejo. Se tentasse, Lawrence explicara gentilmente, ele provavelmente seria assassinado ou escorraçado, já que seu próprio povo agora o consideraria um fantasma, e perigoso para eles.

– Imagino que você não consideraria vendê-lo, não é? – Jamie colocou a questão delicadamente, erguendo uma das sobrancelhas. – Para alguém que temos certeza que o trataria bem?

Esfreguei dois dedos entre as sobrancelhas, tentando acalmar uma crescente dor de cabeça.

– Não vejo em que isso seria melhor do que ele pertencer a nós mesmos – protestei. – Pior ainda, provavelmente, porque não poderíamos ter certeza do que os novos proprietários fariam com ele.

Jamie suspirou. Ele passara a maior parte do dia percorrendo os subterrâneos escuros e fétidos do navio com Fergus, fazendo inventários para nossa chegada à Jamaica, e estava cansado.

– Sim, entendo – disse ele. – Mas não é nenhuma bondade libertá-lo para que ele passe fome, isso eu sei.

– Não. – Tentei afastar o desejo pouco caridoso de jamais ter visto o escravo de um braço. Teria sido muito melhor para mim, mas provavelmente não para ele.

Jamie levantou-se do beliche e espreguiçou-se, apoiando-se na escrivaninha e flexionando os ombros para relaxá-los. Inclinou-se e me beijou na testa, entre as sobrancelhas.

– Não se preocupe, Sassenach. Falarei com o administrador da plantação de Jared. Talvez consiga encontrar alguma utilidade para o sujeito, ou então...

Um grito de alerta vindo de cima interrompeu-o.

– Navio à vista! Cuidado, aí embaixo! A bombordo! Ao largo da proa! – O grito de alerta era urgente e ouviu-se um repentino corre-corre, conforme marinheiros começaram a surgir. Em seguida, houve uma grande gritaria, um solavanco e um estremecimento quando o *Artemis* impeliu suas velas para trás.

– O que em nome de Deus... – Jamie começou a dizer. Uma colisão dilacerante abafou suas palavras e ele foi arremessado para o lado, os olhos arregalados de susto, quando a cabine inclinou-se. O banco em que eu estava caiu, atirando-me ao chão. O lampião a óleo foi lançado de seu suporte, felizmente apagando-se antes de atingir o assoalho. O lugar ficou às escuras.

– Sassenach! Você está bem? – A voz de Jamie veio da escuridão próxima, aguda de ansiedade.

– Sim – eu disse, arrastando-me debaixo da mesa. – E você? O que aconteceu? Alguém bateu em nós?

Sem parar para responder a nenhuma dessas perguntas, Jamie já havia alcançado a porta e a abria. A babel de vozes, exclamações e pancadas vinha do convés acima, pontuada pelo repentino pipocar de tiros de armas pequenas.

– Piratas – disse ele sucintamente. – Fomos abordados. – Meus olhos estavam se acostumando à penumbra. Vi sua sombra arremessar-se para a escrivaninha, para apanhar a pistola na gaveta. Parou para pegar a adaga sob o travesseiro de seu beliche e partiu em direção à porta, dando instruções enquanto saía. – Pegue Marsali, Sassenach, e leve-a para baixo. Vá em direção à popa até onde puder, o porão grande onde estão os blocos de guano. Escondam-se atrás deles e fiquem lá. – E desapareceu.

Passei um instante tateando pelo armário acima do meu beliche, à procura da caixa marroquina que madre Hildegard me dera quando a visitei em Paris. Um bisturi poderia ser de pouca utilidade contra piratas, mas eu me sentiria melhor com uma arma de algum tipo na mão, por menor que fosse.

– Mamãe Claire? – A voz de Marsali veio da porta, alta e assustada.

– Estou aqui – eu disse. Vislumbrei um reflexo de algodão claro quando ela se moveu e enfiei o abridor de cartas de marfim em sua mão. – Tome, segure isto, só para garantir. Vamos, temos que descer.

Com uma lâmina de amputação de cabo longo em uma das mãos e um monte de bisturis na outra, atravessei o navio na direção do porão de popa. Pés pesados estrondavam no convés acima e imprecações e gritos ecoavam na noite, superpostos por um terrível barulho dissonante e gemido, que eu achei que devia ser causado pelo roçar das madeiras do *Artemis* contra as do navio desconhecido que nos abalroara.

O porão estava escuro como breu e o ar era denso de vapores empoeirados. Avançamos lentamente, tossindo, em direção aos fundos do porão.

– Quem são eles? – perguntou Marsali. Sua voz soou estranhamente abafada, os ecos do porão amortecidos pelos blocos de guano empilhados ao nosso redor. – Acha que são piratas?

– Imagino que sim. – Lawrence nos dissera que o Caribe era um rico campo de caça para navios piratas e embarcações inescrupulosas de todo tipo, mas esperávamos não ter nenhum problema, já que nossa carga não era particularmente valiosa. – Acho que não têm um bom olfato.

– Hein?

– Deixe pra lá – eu disse. – Sente-se aqui. Não podemos fazer nada, a não ser esperar.

Eu sabia por experiência própria que esperar enquanto os homens lutavam era uma das coisas mais difíceis de fazer na vida, mas neste caso não havia nenhuma alternativa sensata.

Ali embaixo, os sons da batalha eram reduzidos a um ruído surdo e distante, embora o gemido constante e dilacerado das madeiras raspando umas nas outras ecoasse por todo o navio.

– Ah, meu Deus, Fergus – sussurrou Marsali, ouvindo, a voz cheia de agonia. – Virgem Maria, salve-o!

Repeti silenciosamente sua prece, pensando em Jamie, em algum lugar no caos acima. Persignei-me no escuro, tocando o pequeno ponto entre minhas sobrancelhas que ele beijara há alguns minutos, sem querer pensar que podia facilmente ser o último toque de seus lábios que eu teria na vida.

Repentinamente, houve uma explosão em cima, um rugido que fez vibrar as vigas proeminentes onde estávamos sentadas.

– Estão explodindo o navio! – Marsali levantou-se num salto, em pânico. – Vão nos afundar! Temos que sair daqui! Vamos morrer afogadas aqui!

– Espere! – gritei. – São só os canhões! – Mas ela não esperara para me ouvir. Eu podia ouvi-la, desatinada, cega de pânico, choramingando entre os blocos de guano.

– Marsali! Volte aqui! – Não havia absolutamente nenhuma luz no porão. Dei alguns passos pelo ambiente sufocante, tentando localizá-la pelo barulho, mas o efeito amortecedor dos blocos farelentos escondia seus movimentos de mim. Ouviu-se outro estrondo no convés superior e um terceiro logo em seguida. O ar estava cheio de pó agitado com as vibrações e eu me engasguei, os olhos lacrimejando.

Limpei os olhos com a manga da minha roupa e pisquei. Eu não estava imaginando aquilo; havia uma luz no porão, uma claridade turva que debruava os contornos do bloco mais próximo.

– Marsali? – chamei. – Onde você está?

A resposta foi um grito agudo aterrorizado, vindo da direção da luz. Lancei-me ao redor do bloco, desviei-me entre dois outros e emergi no espaço junto à escada, encontrando Marsali nas garras de um homem grande e seminu.

Ele era imensamente gordo, as roliças camadas de gordura decoradas com uma série de tatuagens, um estrepitoso colar de moedas e botões pendurado no pescoço. Marsali desferia tapas no sujeito, com gritos estridentes, e ele desviava o rosto, impaciente.

Então ele me viu e seus olhos se arregalaram. Ele possuía um rosto largo e chato, e cabelos negros alcatroados, com um topete no alto da cabeça. Abriu um riso largo e ameaçador para mim, exibindo uma pronunciada falta de dentes, e disse alguma coisa que soou como um espanhol arrastado.

– Solte-a! – gritei. – *Basta, cabrón!* – Esse era todo o espanhol que eu consegui lembrar. Ele pareceu achar engraçado, porque arreganhou ainda mais a boca, soltou Marsali e virou-se para mim. Atirei nele um dos meus bisturis. O objeto ricocheteou em sua cabeça, surpreendendo-o, e ele agachou-se, perplexo. Marsali esquivou-se dele e avançou para a escada.

O pirata resmungou por um instante, dividido entre nós duas, mas depois se voltou para a escada, saltando vários degraus com uma agilidade que não combinava com seu peso. Agarrou Marsali pelo pé quando ela mergulhava pela escotilha e ela gritou.

Praguejando incoerentemente à meia-voz, corri para a base da escada e, erguendo o braço, atirei a faca de amputação de cabo longo em seu pé, com todas as forças que consegui reunir. O pirata emitiu um grito longo e esganiçado. Algo passou voando pela minha cabeça e um jato de sangue atingiu meu rosto, úmido e quente em minha pele.

Aturdida, caí para trás, olhando para baixo por reflexo para ver o que caíra. Era um pequeno dedo do pé, marrom, caloso e com a unha preta, sujo de poeira.

O pirata atingiu o convés ao meu lado com um baque surdo que fez as tábuas do assoalho estremecerem, e lançou-se sobre mim. Desviei-me, mas ele me agarrou pela manga. Puxei o braço com um safanão, rasgando o tecido, e tentei golpear seu rosto com a lâmina em minha mão.

Saltando para trás, atônito, ele escorregou no próprio sangue e caiu. Dei um salto em direção à escada e subi desesperadamente, deixando cair a lâmina.

Ele estava tão perto atrás de mim que conseguiu agarrar a barra da minha saia, mas puxei-a com força e investi escada acima, os pulmões ardendo com a poeira do sufocante porão. O homem gritava uma língua que eu não conhecia. Em algum recesso turvo de minha mente, não ocupado com a sobrevivência imediata, especulei que talvez fosse português.

Irrompi do porão em cima do convés no meio de um completo caos. O ar era denso de fumaça negra de pólvora e pequenos grupos de homens empurravam-se e puxavam-se, xingando e tropeçando por todo o convés.

Eu não podia perder tempo olhando ao redor; ouviu-se um urro rouco da escotilha atrás de mim e eu me lancei na direção da balaustrada. Hesitei por um instante, equilibrada no estreito corrimão de madeira. O mar passava vertiginosamente lá embaixo, numa estonteante agitação negra. Agarrei-me ao cordame e comecei a subir.

Foi um erro; compreendi isso quase imediatamente. Ele era um marinheiro, eu não. Nem era atrapalhado por um vestido. As cordas dançavam e sacudiam-se em minhas mãos, vibrando sob o impacto do peso do meu atacante, quando ele atingiu as cordas abaixo de mim.

Ele subia pela parte de baixo das cordas, galgando-as como um gibão, enquanto eu avançava devagar pela inclinação superior do cordame. Quando ficamos na mesma altura, ele cuspiu no meu rosto. Continuei a subir, impelida pelo desespero; não havia mais nada a fazer. Ele me acompanhou, facilmente, sibilando por um riso pernicioso, quase desdentado. Não importava qual língua ele estava falando; o significado era perfeitamente claro. Segurando-se com uma das mãos, retirou o alfanje da faixa em sua cintura e girou-o num golpe maligno que por pouco não me atingiu.

Eu estava apavorada demais até para gritar. Não havia nenhum lugar para onde fugir, nada a fazer. Cerrei os olhos com força e desejei que tudo acabasse rápido.

E acabou. Ouvi um ruído surdo, um grunhido agudo e um forte cheiro de peixe.

Abri os olhos. O pirata desaparecera. Ping An estava sentado no vau, a 1 metro de distância, a crista em pé de irritação, as asas semiabertas para manter o equilíbrio.

– Gwa! – disse ele, de mau humor. Virou um olho redondo, pequeno e amarelo para mim e bateu o bico em advertência. Ping An detestava barulho e comoção. Evidentemente, também não gostava de piratas portugueses.

Havia pontos negros diante dos meus olhos e eu me sentia tonta. Agarrei-me com força às cordas, tremendo, até achar que conseguia me mexer outra vez. O barulho lá embaixo diminuíra e o teor da gritaria mudara. Algo acontecera; achei que tudo terminara.

Ouviu-se um novo barulho, o ondular repentino de velas, seguido de um som longo e rascante, com uma vibração que fazia a corda em que eu me segurava zumbir em minhas mãos. Acabara; o navio pirata afastava-se. Do outro lado do *Artemis*, vi a trama do mastro e do cordame do navio pirata começar a se mover, negros contra o céu prateado do Caribe. Muito, muito devagar, comecei a longa viagem de volta.

Os lampiões ainda estavam acesos embaixo. Uma névoa negra de pólvora pairava sobre tudo e corpos jaziam aqui e ali no convés. Meu olhar percorreu-os enquanto eu descia, à procura de uma cabeleira ruiva. Encontrei-a e meu coração deu um salto.

Jamie estava sentado num barril perto do leme, com a cabeça inclinada para trás, os olhos cerrados, um pano pressionado contra sua testa e um copo de uísque na mão. O sr. Willoughby estava ajoelhado a seu lado, administrando primeiros socorros – na forma de mais uísque – a Willie MacLeod, sentado com as costas apoiadas contra o mastro de proa, parecendo enjoado.

Todo o meu corpo tremia de exaustão e reação. Sentia-me zonza e ligeiramente fria. Eu estava em choque, imagino, e não era de admirar. Eu bem que precisava de um pouco daquele uísque também.

Agarrei as cordas menores acima da balaustrada e deslizei para o convés, sem me importar que minhas mãos ficassem esfoladas. Eu suava e tremia de frio ao mesmo tempo, e a penugem do meu rosto pinicava desagradavelmente.

Aterrissei desajeitadamente, com um baque que fez Jamie endireitar-se e abrir os olhos. O olhar de alívio em seus olhos puxou-me até ele pelos poucos metros que nos separavam. Senti-me melhor, com o músculo sólido e quente de seu ombro sob minha mão.

– Você está bem? – eu disse, inclinando-me sobre ele para olhar.

– Sim, nada mais do que um pequeno golpe – disse ele, erguendo o rosto com um sorriso para mim. Havia um pequeno corte junto à linha do seu couro cabeludo, onde algo como a coronha de uma pistola o atingira, mas o sangue já coagulara. Havia manchas de sangue escuras, quase secas, na frente de sua camisa, mas a manga também estava ensanguentada. Na verdade, estava quase encharcada, com sangue vivo e vermelho.

– Jamie! – exclamei, agarrando seu ombro, minha visão obscurecendo nas bordas. – Você não está bem, olhe, está sangrando!

Meus pés e mãos estavam dormentes e quase não senti suas mãos agarrarem-me pelos braços conforme ele se levantava, subitamente alarmado. A última coisa que vi, entre lampejos de luz, foi seu rosto, que ficou pálido sob a pele bronzeada.

– Santo Deus! – exclamou ele com a voz assustada, na escuridão em redemoinho. – Não é meu sangue, Sassenach, é seu!

...

– Eu não vou morrer – eu disse de mau humor –, a menos que seja de calor. Tire uma parte dessas cobertas de cima de mim!

Marsali, que estivera chorosamente rezando para eu não falecer, pareceu um pouco aliviada diante dessa explosão. Parou de chorar e fungou esperançosa, mas não fez nenhum movimento para retirar um dos mantos, casacos, cobertores e outros empecilhos nos quais eu estava enrolada.

– Ah, não posso fazer isso, mamãe Claire! – disse ela. – Papai disse para mantê-la aquecida!

– Aquecida! Estou sendo cozida viva! – Eu estava na cabine do capitão e mesmo com as janelas de popa completamente abertas, a atmosfera embaixo do convés era asfixiante, quente do sol e impregnada dos vapores acres da carga.

Tentei lutar para escapar do meu embrulho, mas logo um raio atingiu meu braço direito. O mundo escureceu, com pequenos flashes luminosos ziguezagueando pela minha vista.

– Permaneça deitada e quieta – disse uma voz escocesa grave, através de uma onda de tontura e náusea. Um braço segurava-me por baixo dos ombros, uma grande mão embalava minha cabeça. – Sim, isso mesmo, deite-se no meu braço. Tudo bem agora, Sassenach?

– Não – eu disse, vendo cata-ventos coloridos dentro das minhas pálpebras. – Acho que vou vomitar.

Foi o que fiz e, na verdade, foi um processo muito desagradável, com facas incandescentes sendo enfiadas no meu braço direito a cada espasmo.

– Jesus H. Roosevelt Cristo! – exclamei finalmente, voltando à minha expressão favorita.

– Terminou? – Jamie deitou-me cuidadosamente e ajeitou minha cabeça sobre o travesseiro.

– Se está perguntando se estou morta, a resposta infelizmente é não. – Entreabri um dos olhos. Ele estava ajoelhado junto ao meu beliche, ele próprio parecia-se muito com um pirata, tinha uma faixa de tecido, manchada de sangue, amarrada em volta da cabeça e ainda usava a mesma camisa ensopada de sangue.

Ele permaneceu em silêncio, assim como o resto da cabine, de modo que eu então abri o outro olho. Ele sorriu frouxamente para mim.

– Não, você não está morta. Fergus vai ficar contente em saber.

Como se isso fosse um sinal, a cabeça do francês despontou ansiosamente na porta da cabine. Vendo-me acordada, seu rosto abriu-se num sorriso deslumbrante e desapareceu. Eu pude ouvir sua voz acima, informando em altos brados à tripulação que eu sobrevivera. Para meu profundo constrangimento, a notícia foi recebida com uma entusiástica ovação no convés superior.

– O que aconteceu? – perguntei.

– O que *aconteceu?* – Jamie, servindo água em um copo, parou e fitou-me por cima da borda. Ajoelhou-se outra vez a meu lado, respirando ruidosamente, e ergueu minha cabeça para que eu tomasse um gole de água. – O que aconteceu, ela pergunta! Sim, de fato, o que aconteceu? Eu digo a você para ficar escondida com Marsali lá embaixo e quando vejo, você cai do céu e aterrissa a meus pés, ensopada de sangue!

Enfiou o rosto no compartimento do beliche e fitou-me furiosamente. Já era bastante impressionante quando estava barbeado e sem ferimentos, era consideravelmente mais feroz quando visto – a barba por fazer, sujo de sangue e furioso – a uma distância de alguns centímetros. Fechei os olhos prontamente outra vez.

– Olhe para mim! – disse ele enfaticamente, e eu o fiz, contra a própria voz da razão.

Os olhos azuis perfuraram os meus, apertados de raiva.

– Você sabe que quase morreu? – perguntou ele. – Você tem um corte no braço, fundo até o osso, da axila ao cotovelo, e se eu não tivesse amarrado um pano em volta, você estaria alimentando os tubarões a esta hora!

Um enorme punho cerrado abateu-se com toda a força no lado do beliche, sobressaltando-me. O movimento fez meu braço doer, mas não emiti nenhum som.

– Droga, mulher! Você nunca vai fazer o que eu mandar?

– Provavelmente, não – eu disse timidamente.

Virou-se para mim com uma carranca ameaçadora, mas pude ver o canto de sua boca torcer-se sob os pelos acobreados da barba.

– Meu Deus, o que eu não daria para vê-la amarrada de barriga para baixo em um canhão e eu com a ponta de uma corda na mão. – Resfolegou outra vez e retirou o rosto do compartimento do beliche. – Willoughby! – berrou ele. Imediatamente, o sr. Willoughby entrou, radiante, com um fumegante bule de chá e uma garrafa de conhaque numa bandeja.

– Chá! – sussurrei, esforçando-me para me sentar. – Manjar dos deuses. – Apesar da atmosfera tensa da cabine, chá quente era tudo de que eu precisava. A deliciosa bebida, com um toque de conhaque, deslizou pela minha garganta e assentou-se tranquilamente na boca do meu trêmulo estômago. – Ninguém faz chá melhor do que os ingleses – eu disse, inalando o aroma –, exceto os chineses.

O sr. Willoughby iluminou-se de satisfação e inclinou-se cerimoniosamente numa reverência. Jamie voltou a resfolegar, elevando o total para três nesta tarde.

– É mesmo? Bem, aproveite-o enquanto pode.

Aquilo soou um pouco sinistro, e eu o fitei por cima da borda da minha xícara.

– E exatamente o que você quer dizer com isso? – perguntei.

– Vou cuidar do seu braço quando você terminar – informou ele. Pegou o bule e espreitou o conteúdo. – Quanto sangue você disse que uma pessoa tem no corpo? – perguntou.

– Uns 9 litros – disse, intrigada. – Por quê?

Ele depositou o bule sobre a mesa e fitou-me.

– Porque – disse ele com grande precisão –, a julgar pela quantidade que você deixou no convés, talvez tenham lhe restado uns 4 agora. Tome mais um pouco de chá. – Ele encheu minha xícara outra vez, colocou o bule sobre a mesa e saiu com passadas largas e pesadas.

– Receio que Jamie esteja um pouco aborrecido comigo – observei melancolicamente para o sr. Willoughby.

– Aborrecido, não – disse ele, procurando me consolar. – Tsei-mi ficar muito apavorado. – O pequeno chinês pousou a mão em meu ombro direito, com a delicadeza de uma borboleta. – Doer muito?

Suspirei.

– Para ser franca, sim, dói.

O sr. Willoughby sorriu e deu uns tapinhas de leve em meu ombro.

– Eu ajudar – disse ele, procurando me tranquilizar. – Mais tarde. – Apesar do latejamento em meu braço, eu me sentia suficientemente recuperada para indagar sobre o resto da tripulação, cujos ferimentos, como relatado pelo sr. Willoughby, limitavam-se a cortes e contusões, mais uma concussão e uma fratura de braço não muito grave.

Uma agitação no corredor anunciou o retorno de Jamie, acompanhado de Fergus, que carregava minha caixa de remédios embaixo de um braço e outra garrafa de conhaque na mão.

– Muito bem – eu disse, resignada. – Vamos dar uma olhada.

Eu era bem familiarizada com ferimentos escabrosos e este – tecnicamente falando – não era tão mau assim. Por outro lado, era minha própria carne que estava em jogo ali e eu não estava disposta a ser técnica.

– Aaai! – disse, meio fraca. Mesmo sendo um pouco pitoresco a respeito da natureza do ferimento, Jamie também fora muito meticuloso. Era um corte longo, bem delineado, atravessando, com uma leve inclinação, a frente do meu bíceps, do ombro a uns 3 centímetros acima da junta do cotovelo. E embora eu não pudesse efetivamente ver o meu úmero, sem dúvida era um ferimento muito profundo, aberto nas bordas.

Ainda sangrava, apesar da faixa de pano que fora bem amarrada ao redor, mas a exsudação era lenta; nenhum vaso sanguíneo importante parecia ter sido seccionado.

Jamie abrira com um estalido a tampa da minha caixa de remédios e vasculhava pensativo o conteúdo com o dedo indicador.

– Você precisa de suturas e de uma agulha – eu disse, sentindo um repentino abalo de susto quando me ocorreu que eu estava prestes a levar de trinta a quarenta pontos no braço, sem nenhuma anestesia, a não ser conhaque.

– Não tem láudano? – perguntou Jamie, franzindo a testa para a caixa. Evidentemente, ele estava pensando a mesma coisa.

– Não. Usei tudo no *Porpoise*. – Controlando o tremor da minha mão esquerda, servi uma dose generosa de conhaque puro na minha xícara de chá vazia e tomei um grande gole. – Foi muita gentileza sua, Fergus – eu disse, indicando com a cabeça a nova garrafa de conhaque enquanto bebia de minha xícara. – Mas acho que não vou precisar de duas garrafas. – Considerando o teor alcoólico do conhaque francês de Jared, era improvável que conseguisse tomar mais do que uma xícara cheia.

Eu estava pensando se seria melhor ficar logo bêbada de uma vez ou me manter ao menos um pouco sóbria a fim de supervisionar as operações; não havia a menor possibilidade de eu mesma fazer a sutura, com a mão esquerda e tremendo como uma folha. Nem Fergus, com uma só mão. É verdade que as enormes mãos de Jamie podiam mover-se com surpreendente leveza em algumas tarefas, mas...

Jamie interrompeu minhas apreensões, sacudindo a cabeça e pegando a segunda garrafa.

– Esta não é para beber, Sassenach, é para limpar o ferimento.

– O quê? – Em meu estado de choque, eu me esquecera da necessidade de desinfecção. Na falta de algo melhor, eu normalmente lavava os ferimentos com álcool de cereais destilado, misturado meio a meio com água, mas já usara toda a minha reserva também, em nosso encontro com o navio de guerra.

Senti meus lábios ficarem ligeiramente dormentes e não apenas porque o conhaque que ingerira estivesse fazendo efeito. Os habitantes das Terras Altas estavam entre os mais estoicos e corajosos dos guerreiros e os marinheiros, como classe, também não ficavam atrás. Eu vira muitos homens permanecerem deitados, sem um único queixume, enquanto eu reassentava ossos quebrados, fazia pequenas cirurgias, costurava terríveis ferimentos e de um modo geral os fazia passar o diabo, mas quando se tratava de desinfecção com álcool a história era diferente – os gritos podiam ser ouvidos a quilômetros.

– Hã... espere um minuto – eu disse. – Talvez só um pouco de água fervida...

Jamie me observava, não sem compaixão.

– Não vai ficar mais fácil com o passar do tempo, Sassenach – disse ele. – Fergus, pegue a garrafa. – E antes que eu pudesse protestar, ele me carregara do beliche e me sentara em seu colo, abraçando-me com força, prendendo meu braço esquerdo para que eu não pudesse me debater, enquanto agarrava meu pulso direito e mantinha meu braço ferido firmemente estendido para fora.

Acho que foi o velho e maldito Ernest Hemingway que disse que é de se esperar que você desmaie de dor, mas infelizmente isso nunca acontece. Tudo que posso dizer em resposta a isso é que ou Ernest tinha uma ideia muito distinta dos vários estágios de consciência ou ninguém nunca despejara conhaque em vários centímetros cúbicos de *sua* carne viva.

Para ser justa, creio que eu mesma não devo ter perdido inteiramente a consciência, já que quando comecei a recobrar os sentidos, Fergus dizia:

– Por favor, milady! Não deve gritar dessa forma. Angustia os homens.

Obviamente, angustiara Fergus, seu rosto fino estava pálido e gotículas de suor escorriam pelo seu maxilar. Ele estava certo a respeito dos homens, também – vários rostos espreitavam para dentro da cabine, pela porta e pela janela, com expressões de horror e preocupação.

Reuni a presença de espírito para fazer um débil sinal com a cabeça para eles. O braço de Jamie ainda me prendia pela cintura, eu não sabia dizer qual de nós estava tremendo – ambos, eu creio.

Consegui sentar-me na larga cadeira do capitão, com considerável ajuda, e reclinei-me, tremendo, o fogo ainda ardendo em meu braço. Jamie segurava uma das minhas agulhas curvas de sutura e um pedaço de fio esterilizado de tripa de gato, parecendo tão incerto quanto eu me sentia em relação às perspectivas.

Foi o sr. Willoughby quem interveio, serenamente retirando a agulha das mãos de Jamie.

– Eu posso fazer isso – disse ele, com autoridade. – Um momento. E desapareceu em direção à popa, provavelmente para ir buscar alguma coisa.

Jamie não protestou, nem eu. Na realidade, suspiramos de alívio simultaneamente, o que me fez rir.

– E pensar que uma vez eu disse a Bree que homens grandes eram gentis e delicados e os baixos tendiam a ser desagradáveis.

– Bem, imagino que sempre haja a exceção que confirma a regra, não é? – Enxugou meu rosto banhado de suor com uma toalha úmida, com toda a delicadeza. – Não quero saber como você fez isso – disse ele com um suspiro –, mas pelo amor de Deus, Sassenach, não faça outra vez!

– Bem, eu não pretendia fazer nada... – comecei, irritada, quando fui interrompida pelo retorno do sr. Willoughby. Ele carregava o pequeno rolo de seda verde que eu vira quando ele curara o enjoo de Jamie.

– Ah, você tem aí aquelas agulhinhas? – Jamie espreitou com interesse para as pequenas agulhas de ouro, depois sorriu para mim. – Não se preocupe, Sassenach, elas não doem... não muito, pelo menos – acrescentou ele.

Os dedos do sr. Willoughby examinaram a palma da minha mão direita, cutucando aqui e ali. Em seguida, segurou cada um dos meus dedos, sacudiu-o e torceu-o delicadamente, de modo que eu sentia as juntas estalarem levemente. Depois, colocou dois dedos na base do meu pulso, pressionando o espaço entre o rádio e o cúbito.

– Este é o portão interior – disse ele mansamente. – Aqui ser tranquilo. Aqui estar a paz. – Eu esperava sinceramente que fosse verdade. Pegando uma das minúsculas agulhas de ouro, colocou a ponta sobre o ponto que assinalara e com um giro ágil do polegar e do indicador, perfurou a pele.

A picada me fez dar um salto, mas ele manteve minha mão imóvel com um aperto cálido e firme, e eu relaxei outra vez.

Ele colocou três agulhas em cada pulso e um extravagante feixe, parecendo um porco-espinho, no alto do meu ombro direito. Eu estava começando a ficar interessada, apesar da minha condição de cobaia. Fora uma picada inicial na colocação, as agulhas não causavam nenhum desconforto. O sr. Willoughby cantarolava baixinho, de um modo calmante, dando umas pancadinhas e pressionando alguns pontos no meu pescoço e ombro.

Eu honestamente não saberia dizer se meu braço direito estava dormente ou se eu estava apenas distraída com os procedimentos, mas sentia-me realmente menos angustiada – pelo menos, até ele pegar a agulha de sutura e começar a costurar.

Jamie estava sentado num banquinho do meu lado, segurando minha mão esquerda enquanto observava meu rosto. Após um instante, ele disse, com a voz um pouco rouca:

– Solte um pouco a respiração, Sassenach. Não vai ficar pior do que está.

Soltei o ar que não percebera que estava prendendo e percebi o que ele estava tentando me dizer. Era o medo da dor que me mantinha rígida como uma tábua na cadeira. A verdadeira dor dos pontos era desagradável, sem dúvida, mas nada que eu não pudesse suportar.

Comecei a respirar cautelosamente e dei-lhe uma aproximação grosseira de um sorriso. O sr. Willoughby cantava baixinho em chinês. Jamie traduzira as palavras para mim há uma semana; era uma canção de amor, na qual um jovem catalogava os encantos físicos de sua parceira, um a um. Esperava que ele terminasse a sutura antes de chegar aos pés da mulher.

– É um corte muito feio – disse Jamie, os olhos no trabalho do sr. Willoughby. Eu mesma preferi não olhar. – Seria um facão malaio ou um alfanje?

– Acho que era um alfanje – eu disse. – Na verdade, sei que era. Ele veio atrás...

– Pergunto-me o que os teria levado a nos atacar – disse Jamie, sem prestar nenhuma atenção a mim. Suas sobrancelhas cerraram-se pensativamente. – Afinal de contas, não pode ter sido pela carga.

– Acho que não – eu disse. – Mas talvez não soubessem o que carregávamos. – Isso parecia extremamente improvável; qualquer navio que se aproximasse a menos de 100 metros de nós teria sabido, o cheiro de amônia do guano de morcego pairava ao nosso redor como um miasma.

– Talvez, eles simplesmente achassem que o navio era suficientemente pequeno para tomarem. O próprio *Artemis* valeria um bom preço, com ou sem carga.

Pestanejei quando o sr. Willoughby fez uma pausa em sua canção para dar um nó. Achei que ele já devia estar no umbigo a essa altura, mas não estava prestando muita atenção.

– Sabemos o nome do navio pirata? – perguntei. – É bem verdade que provavelmente há muitos navios piratas nestas águas, mas sabemos que o *Bruja* estava nesta área três dias atrás e...

– É isso que estou pensando – disse ele. – Não pude ver muita coisa no escuro, mas tinha o tamanho do *Bruja* e aquela larga trave espanhola.

– Bem, o pirata que me perseguia falava... – comecei a dizer, mas o som de vozes no corredor me fez parar.

Fergus entrou cautelosamente, com medo de interromper, mas obviamente explodindo de entusiasmo. Segurava algo brilhante e chocalhante na mão.

– Milorde – disse ele –, Maitland encontrou um pirata morto no convés de proa.

As sobrancelhas ruivas de Jamie ergueram-se e ele olhou de Fergus para mim.

– Morto?

– Completamente morto, milorde – disse Fergus, com um pequeno estremecimento. Maitland espreitava por cima de seu ombro, ansioso para reclamar sua parte da glória. – Ah, sim, senhor – assegurou a Jamie fervorosamente. – Mortinho, sua pobre cabeça bateu em algo terrível!

Os três homens viraram-se e fitaram-me com um olhar penetrante. Dei-lhes um sorrisinho tímido.

Jamie esfregou a mão pelo rosto. Seus olhos estavam injetados e um filete de sangue havia secado na frente de sua orelha.

– Sassenach... – começou ele, pausadamente.

– Eu tentei lhe contar – eu disse com grande integridade. Entre o choque, o conhaque, a acupuntura e a crescente percepção de haver sobrevivido, eu começava a me sentir agradavelmente zonza. Mal notei os esforços finais do sr. Willoughby.

– Ele usava isto, milorde. – Fergus adiantou-se e colocou o colar do pirata na mesa à nossa frente. Ostentava os botões de prata de um uniforme militar, castanhas kona bem polidas, vários dentes grandes de tubarão, conchas também polidas de moluscos e pedaços de madrepérola, além de um grande número de moedas tilintantes, todas furadas para serem enfiadas no cordão de couro.

– Achei que deveria ver isso imediatamente, milorde – continuou Fergus. Estendeu a mão e ergueu uma das reluzentes moedas. Era de prata, sem nenhuma mancha, e através da crescente névoa do conhaque, pude ver em sua face as duas cabeças de Alexandre. Uma tetradracma, do século IV a.C., em perfeitas condições, como se tivesse acabado de ser cunhada.

Completamente exaurida pelos acontecimentos da tarde, eu logo adormeci, a dor no braço sendo embotada pelo conhaque. Agora já estava totalmente escuro e o efeito do conhaque passara. Meu braço parecia inchar e latejar a cada batida do meu coração e qualquer movimento mínimo enviava pontadas agudas através dele, como fustigações de advertência da cauda de um escorpião.

A lua estava quase cheia, enorme, desequilibrada, como uma lágrima dourada, pairando logo acima da linha do horizonte. O navio adernou um pouco e a lua saiu do meu campo de visão, o homem da lua olhando maliciosamente conforme desaparecia. Eu sentia calor e provavelmente estava um pouco febril.

Havia um jarro de água no armário no outro lado da cabine. Senti-me fraca e zonza quando atirei as pernas por cima da borda do beliche e meu braço registrou um forte protesto contra o fato de ser perturbado. Devo ter feito algum barulho, porque a escuridão no assoalho da cabine moveu-se de repente e a voz de Jamie soou sonolenta da região dos meus pés.

– Está sentindo dor, Sassenach?

– Um pouco – eu disse, não querendo ser dramática. Cerrei os lábios e ergui-me nos pés de forma instável, segurando o cotovelo direito com a mão esquerda.

– Ótimo – disse ele.

– Ótimo? – eu disse, minha voz erguendo-se de indignação. Ouviu-se uma risadinha na escuridão e ele se sentou, a cabeça tornando-se visível ao se erguer acima das sombras e entrar no luar.

– Sim, é. Quando um ferimento começa a incomodar, significa que está sarando. Você não sentiu nada quando aconteceu, sentiu?

– Não – admiti. Certamente, eu o sentia agora. O ar estava muito mais fresco no mar aberto e a sensação no meu rosto do vento salgado que entrava pela janela era agradável. Eu estava úmida e pegajosa de suor e a camisola fina grudava-se em meu corpo.

– Eu vi que não sentiu. Foi isso que me assustou. A gente nunca sente um ferimento fatal, Sassenach – disse ele brandamente.

Dei uma pequena risada, mas travei quando o movimento teve um efeito devastador em meu braço.

– E como você sabe disso? – perguntei, tateando com a mão esquerda para colocar água no copo. – Não é o tipo de coisa que se aprende em primeira mão, quero dizer.

– Murtagh me disse.

A água parecia fluir silenciosamente para dentro do copo, o som gorgolejante perdendo-se no chiado da oscilação da proa lá fora. Pousei o jarro na mesa e ergui o copo, a superfície da água negra ao luar. Jamie nunca mencionara Murtagh para mim nos meses de nosso reencontro. Eu perguntei a Fergus, que me disse que o pequeno e vigoroso escocês morrera em Culloden, mas ele não sabia nada além do fato em si.

– Em Culloden. – A voz de Jamie mal podia ser ouvida acima do estalido de madeira e do zumbido do vento que nos impulsionava. – Sabia que queimaram os corpos lá? Eu me perguntei, ouvindo-os enquanto faziam isso, como seria dentro do fogo quando chegasse a minha vez. – Pude ouvi-lo engolir em seco, acima dos rangidos do navio. – Descobri, nesta manhã.

O luar privava seu rosto de cor e profundidade; ele parecia um crânio, com os ossos largos e planos da face, o maxilar branco e os olhos negros como órbitas vazias.

– Eu fui para Culloden com a intenção de morrer – disse ele, a voz pouco mais do que um sussurro. – Mas o resto, não. Eu teria ficado feliz em interromper a trajetória de uma bala de mosquete imediatamente, e no entanto, atravessei o campo e fiz metade do caminho de volta, enquanto os homens ao meu redor eram explodidos em sangrentos pedacinhos. – Levantou-se e abaixou os olhos para mim. – Por quê? – disse ele. – Por quê, Claire? Por que estou vivo e eles não?

– Não sei – eu disse suavemente. – Por sua irmã, por sua família, talvez? Por mim?

– Eles tinham famílias – disse ele. – Esposas, namoradas, filhos para chorarem por eles. E, mesmo assim, eles se foram. E eu ainda estou aqui.

– Eu não sei, Jamie – eu disse finalmente. Toquei seu rosto, já áspero com a barba que despontava, uma incontrolável prova de vida. – Você nunca vai saber.

Ele suspirou, a maçã do rosto pressionada contra a palma de minha mão por um instante.

– Sim, sei disso. Mas não posso deixar de me perguntar, quando penso neles... especialmente em Murtagh. – Virou-se nervosamente, os olhos como sombras vazias – e compreendi que ele atravessava Drumossie Moor outra vez, com os fantasmas. – Devíamos ter ido mais cedo; os homens estavam de prontidão há horas, famintos e enregelados. Mas esperaram até Sua Majestade dar a ordem de atacar.

E Charles Stuart, empoleirado em segurança em cima de uma rocha, bem atrás da linha de combate, tendo assumido pessoalmente o comando das suas tropas pela primeira vez, havia hesitado e demorado. E os canhões ingleses tiveram tempo de se preparar e mirar direto sobre as fileiras de escoceses maltrapilhos, e abriram fogo.

– Foi um alívio, eu acho – disse Jamie à meia-voz. – Todos os homens no campo sabiam que a causa estava perdida e que estávamos mortos. E ainda assim permanecemos lá, observando os canhões ingleses surgirem e abrirem suas bocas negras diante de nós. Ninguém falava. Eu não ouvia nada além do vento e os gritos dos soldados ingleses do outro lado do campo.

E então os canhões rugiram, homens caíram e aqueles ainda de pé, reanimados por uma ordem frouxa e tardia, empunharam suas espadas e atacaram o inimigo, seus brados gaélicos abafados pelos estrondos das armas, perdidos no vento.

– A fumaça era tão densa que eu não conseguia ver mais do que alguns passos à minha frente. Chutei meus sapatos para longe e parti para cima do inimigo, gritando. – A linha exangue de seus lábios ergueu-se ligeiramente. – Eu estava feliz – disse ele, soando um pouco surpreso. – Sem medo algum. Afinal, eu pretendia morrer; não havia nada a temer, exceto ser ferido e não morrer imediatamente. Mas eu morreria e então tudo estaria terminado, e eu a reencontraria, e tudo ficaria bem.

Aproximei-me dele e sua mão ergueu-se da escuridão para segurar a minha.

– Os homens caíam à minha volta e eu podia ouvir os estilhaços e as balas de mosquete passarem zumbindo pela minha cabeça como abelhões. Mas não fui atingido.

Ele alcançara as linhas britânicas ileso, um dos pouquíssimos escoceses a terminar o ataque através da charneca de Culloden. A equipe de um canhão ergueu os olhos, estupefata, para o enorme soldado das Terras Altas que irrompeu da cortina de fumaça como um demônio, a lâmina de sua espada larga brilhando com a chuva e, em seguida, ficando embaçada de sangue.

– Havia uma pequena parte da minha mente que perguntava por que eu os estava matando – disse ele pensativamente. – Porque certamente eu sabia que estávamos perdidos; não havia nenhuma vantagem naquilo. Mas há uma grande cobiça em matar, sabia? – Seus dedos apertaram os meus, indagando, e eu devolvi o gesto numa confirmação. – Eu não conseguia parar, ou não queria. – Sua voz era tranquila, sem amargura ou recriminação. – É um sentimento muito antigo, eu acho; o desejo de levar um inimigo com você para o túmulo. Eu o podia sentir ali, algo vermelho e quente no meu peito e barriga, e... eu me entreguei a ele – concluiu simplesmente.

Havia quatro homens operando o canhão, nenhum deles armado com mais do que uma pistola e uma adaga, nenhum esperando um ataque tão de perto. Ficaram impotentes contra a furiosa força de seu desespero, e ele os matou a todos.

– O solo tremia sob meus pés – disse ele – e eu estava quase surdo com o barulho. Não conseguia pensar. E então me ocorreu que eu estava atrás da linha inimiga. – Uma risadinha veio de baixo. – Um lugar bem ruim para tentar ser morto, hein?

Assim, ele empreendeu o caminho de volta pela charneca, para se unir aos escoceses mortos.

– Ele estava sentado contra uma moita de capim no meio do campo... Murtagh. Fora atingido umas doze vezes pelo menos e havia um terrível ferimento em sua cabeça... eu sabia que ele estava morto.

Mas ele não estava; quando Jamie caiu de joelhos ao lado de seu padrinho e tomou o pequeno corpo nos braços, os olhos de Murtagh se abriram.

– Ele me viu. E sorriu.

E então, a mão do velho amigo tocou seu rosto de leve. "Não tenha medo, *a bhalaic*", dissera Murtagh, usando as afetuosas palavras para um garotinho amado. "Não dói nada morrer."

Fiquei parada por um longo tempo, segurando a mão de Jamie. Então, ele suspirou e sua outra mão fechou-se muito, muito delicadamente ao redor de meu braço ferido.

– Muita gente morreu, Sassenach, porque me conhecia... ou sofreu por me conhecer. Eu daria meu próprio corpo para lhe poupar um momento de dor... e, no entanto, eu gostaria de poder fechar minha mão agora até ouvi-la gritar para saber com certeza que não a matei também.

Inclinei-me para a frente, pressionando um beijo na pele de seu peito. Ele dormia despido no calor.

– Você não me matou. Você não matou Murtagh. E nós encontraremos Ian. Leve-me de volta para a cama, Jamie.

Algum tempo depois, quando eu cochilava à beira do sono, ele falou do chão ao meu lado.

– Sabe, eu raramente queria voltar para casa, para Laoghaire – disse ele pensativamente. – E, no entanto, quando finalmente o fazia, eu a encontrava exatamente onde a deixara.

Virei a cabeça para o lado, onde sua respiração suave vinha do chão ensombreado.

– Ah, é? E é esse o tipo de mulher que você quer? O tipo que fica parada no mesmo lugar?

Ele emitiu um pequeno ruído entre uma risadinha e uma tosse, mas não respondeu. Após alguns instantes, o som de sua respiração mudou para um ronco suave e rítmico.

55

ISHMAEL

Tive um sono agitado e acordei tarde e febril, com uma dor de cabeça latejante atrás dos olhos. Sentia-me bastante doente para não protestar quando Marsali insistiu em banhar minha testa, mas relaxei com gratidão, os olhos fechados, desfrutando o toque fresco do pano embebido em vinagre nas minhas têmporas latejantes.

Era tão calmante, na verdade, que adormeci novamente quando ela saiu. Sonhava agitadamente com passagens estreitas e escuras de uma mina e com o giz de ossos incinerados, quando fui repentinamente acordada por um estrondo que me fez sentar ereta no beliche e enviou uma dor lancinante como uma flecha rasgando minha cabeça.

– O quê? – exclamei, segurando a cabeça com as duas mãos, como se quisesse impedir que ela caísse. – O que foi isso? – A janela fora coberta para impedir que a luz me perturbasse e foi preciso um momento para minha visão aturdida se adaptar à penumbra.

No lado oposto da cabine, uma enorme figura imitava-me, agarrando a própria cabeça em aparente agonia. Então ela falou, liberando uma enxurrada de palavrões, numa mistura de chinês, francês e gaélico.

– Droga! – disse a figura, os impropérios abrandando-se em um inglês mais moderado. – Maldito inferno! – Jamie cambaleou até a janela, ainda esfregando a cabeça que batera na beira do armário. Afastou a cortina improvisada e abriu a janela, deixando entrar uma agradável lufada de ar fresco junto com uma luz ofuscante.

– O que, em nome do maldito inferno, você acha que está fazendo? – perguntei, com considerável irritação. A luz perfurou meus sensíveis globos oculares como agulhas, e o movimento requerido para segurar minha cabeça não fez nenhum bem aos pontos em meu braço.

– Eu estava procurando sua caixa de remédios – respondeu ele, encolhendo-se ao passar a mão no topo de sua cabeça. – Droga, afundei o crânio. Olhe só isso! – Enfiou dois dedos, ligeiramente sujos de sangue, sob meu nariz. Deixei cair o pano embebido em vinagre sobre seus dedos e desabei de volta sobre o travesseiro.

– Para que você precisa da caixa de remédios e por que não me perguntou antes, em vez de ficar batendo de um lado para o outro como uma abelha numa garrafa? – eu disse, irritada.

– Não queria acordá-la – disse ele, tão encabulado que eu não pude conter o riso, apesar do latejamento que grassava pelo meu corpo.

– Tudo bem, eu não estava gostando mesmo – assegurei-lhe. – Para que precisa da caixa? Alguém está ferido?

– Sim. Eu estou – disse ele, tocando levemente o alto de sua cabeça com o pano e fazendo uma careta para o resultado. – Não quer dar uma olhada na minha cabeça?

A resposta seria "Não especialmente", mas sendo prestativa, fiz sinal para que ele se inclinasse, apresentando o topo da cabeça para inspeção. Havia um calombo razoavelmente impressionante sob a cabeleira espessa, com um pequeno corte da borda do armário, mas o ferimento não chegara a ser uma concussão.

– Não está fraturado – tranquilizei-o. – Você tem a cabeça mais dura que eu já vi. – Movida por um instinto tão antigo quanto a maternidade, inclinei-me para a frente e beijei o calombo de leve. Ele ergueu a cabeça, os olhos arregalados de surpresa.

– Isso é para ajudar a sarar – expliquei. Um sorriso repuxou o canto de sua boca.

– Oh. Ah, bem. – Ele inclinou-se e delicadamente beijou a atadura em meu braço ferido. – Melhor? – perguntou ele, endireitando-se.

– Muito.

Ele riu e, estendendo a mão para a garrafa de uísque, serviu uma pequena dose, que me entregou.

– Eu queria aquele remédio que você usa para lavar arranhões – explicou ele, servindo outra dose para si próprio.

– Loção de espinheiro. Não tenho nenhuma pronta, porque não dura – eu disse, esforçando-me para sentar. – Mas, se for urgente, posso preparar um pouco, não demora muito. – A ideia de me levantar e caminhar até a cozinha era assustadora, mas talvez eu me sentisse melhor quando estivesse me movimentando.

– Não é urgente – assegurou ele. – É que temos um prisioneiro no porão que está um pouco machucado.

Abaixei meu copo, piscando para ele.

– Um prisioneiro? Onde arranjamos um prisioneiro?

– Do navio pirata. – Franziu o cenho para seu uísque. – Embora eu não ache que ele seja um pirata.

– O que ele é?

Esvaziou seu copo de uísque, num gole único e preciso, e sacudiu a cabeça.

– Não faço a menor ideia. Pelas cicatrizes em suas costas, talvez um escravo fugitivo, mas nesse caso não posso imaginar por que ele fez o que fez.

– O que ele fez?

– Mergulhou do *Bruja* no mar. MacGregor o viu e, depois que o *Bruja* zarpou, viu o homem subindo e descendo nas ondas e atirou-lhe uma corda.

– Bem, isso é engraçado. Por que ele faria isso? – perguntei. Estava começando a me interessar e o latejamento em minha cabeça parecia diminuir conforme eu bebericava meu uísque.

Jamie correu os dedos pelos cabelos e parou, encolhendo-se.

– Não sei, Sassenach – disse ele, cautelosamente alisando os cabelos no topo da cabeça. – Não seria de esperar que uma tripulação como a nossa tentasse trazer o pirata para bordo. Qualquer comerciante teria simplesmente tentado se livrar dele; não há nenhum motivo para trazê-lo. Mas se ele não pretendia fugir de nós, talvez pretendesse fugir deles, não é?

As últimas gotas douradas do uísque desceram pela minha garganta. Era o uísque especial de Jared, quase a última garrafa, e justificava plenamente o nome com que ele o batizara – *Ceò Gheasacach*. "Névoa mágica." Sentindo-me um pouco restabelecida, forcei-me a me sentar direito.

– Se ele está ferido, talvez eu devesse dar uma olhada nele – sugeri, jogando os pés para fora do beliche.

Considerando-se o comportamento de Jamie no dia anterior, eu esperava que ele me jogasse deitada na cama e chamasse Marsali para vir sentar-se no meu peito. Em vez disso, ele olhou para mim de modo pensativo e assentiu.

– Sim, bem. Tem certeza de que consegue ficar em pé, Sassenach?

Eu não tinha tanta certeza, mas resolvi tentar. O aposento inclinou-se quando me levantei e pontos negros e amarelos dançaram diante de meus olhos, mas mantive-me de pé, agarrada ao braço de Jamie. Após uns instantes, uma pequena quantidade de sangue relutantemente consentiu em reentrar em minha cabeça e os pontinhos desapareceram, mostrando o rosto de Jamie fitando-me com ansiedade.

– Tudo bem – eu disse, respirando fundo. – Prossiga.

O prisioneiro estava embaixo, no que a tripulação chamava de coberta inferior, um espaço embaixo do convés, repleto de uma miscelânea de cargas. Havia uma pequena área fechada com tábuas, junto à proa do navio, que às vezes abrigava marinheiros rebeldes ou bêbados, e ele fora preso ali.

Estava escuro e abafado nas entranhas do navio e eu mesma comecei a sentir tontura outra vez, conforme avançava devagar pela escada da escotilha, atrás de Jamie e da luz do lampião.

Quando ele destrancou a porta, no começo não vi absolutamente nada na cela improvisada. Em seguida, quando Jamie abaixou-se para entrar com seu lampião, o brilho dos olhos do homem traiu a sua presença. "Negro como o ás de espadas" foi o primeiro pensamento que surgiu em minha mente ligeiramente danificada, enquanto os contornos do rosto e da figura se delineavam contra a escuridão da madeira.

Não era de admirar que Jamie tivesse achado que se tratava de um escravo fugitivo. O homem parecia africano, não era natural da ilha. Fora o tom preto-avermelhado de sua pele, seu comportamento não era o de um homem crescido como escravo. Estava sentado num barril, as mãos amarradas atrás das costas e os pés atados, mas vi sua cabeça erguer-se e seus ombros se endireitarem quando Jamie abaixou a cabeça sob a verga da porta do minúsculo espaço. Era muito magro, mas extremamente musculoso, e vestia apenas calças maltrapilhas. Os contornos de seu corpo eram bem definidos; ele estava retesado para ataque ou defesa, mas não para a submissão.

Jamie também percebeu isso e fez sinal para que eu ficasse bem para trás, contra a parede. Colocou o lampião sobre um barril e agachou-se na frente do prisioneiro, os olhos de ambos no mesmo nível.

– *Amiki* – disse ele, exibindo as mãos vazias, as palmas para cima. – *Amiki. Bene-bene.* – Amigo. Tudo bem. Era taki-taki, um jargão multilíngue que os comerciantes entre Barbados e Trinidad falavam nos portos.

O homem fitou Jamie impassivelmente por um instante, os olhos imóveis como poças formadas pela maré. Então, uma das sobrancelhas ergueu-se e ele estendeu os pés atados à sua frente.

– *Bene-bene, amiki?* – disse ele, com uma entonação sarcástica que não podia deixar de ser compreendida, qualquer que fosse a língua. Tudo bem, amigo?

Jamie deu uma risadinha e esfregou o dedo sob o nariz.

– Não deixa de ter razão – disse Jamie em inglês.

– Ele fala inglês ou francês? – Aproximei-me um pouco. Os olhos do prisioneiro pousaram em mim por um instante, depois se desviaram, indiferentes.

– Se fala, não admite. Picard e Fergus tentaram conversar com ele ontem à noite. Ele não dizia nada, apenas ficou olhando para eles. Esta foi a primeira vez que falou desde que subiu a bordo. *Habla español?* – disse ele repentinamente ao prisioneiro. Não houve resposta. O homem nem sequer olhou para Jamie; continuou apenas a olhar impassivelmente para o vão da porta aberta atrás de mim.

– Hã, *sprechen sie Deutsche*? – eu disse, experimentalmente. Ele não respondeu, o que na verdade era bom já que eu exaurira todo o meu suprimento de alemão com aquela frase. – *Nicht* holandês tampouco, eu acho.

Jamie lançou-me um olhar irônico.

– Posso não saber muito sobre ele, Sassenach, mas tenho certeza que não é holandês.

– Eles têm escravos em Eleuthera, não é? É uma ilha holandesa – eu disse com irritação. – Ou St. Croix, é dinamarquesa, não é? – Por mais devagar que minha mente estivesse funcionando nesta manhã, não me passara despercebido que o prisioneiro era nossa única pista para as andanças dos piratas, poderia saber sobre Ian. – Você sabe o suficiente de taki-taki para perguntar-lhe sobre Ian?

Jamie sacudiu a cabeça, olhando intensamente o prisioneiro.

– Não. Além do que eu já lhe disse, eu sei dizer "não bom", "quanto?", "dê-me isso" e "pare com isso, filho da mãe", e nada disso parece servir no momento.

Frustrados, olhávamos fixamente para o prisioneiro, que impassivelmente devolvia o olhar.

– Para o inferno com isso – disse Jamie num impulso. Tirou a adaga da cintura, foi para trás do barril e cortou as tiras de couro que atavam os pulsos do prisioneiro.

Cortou as tiras dos tornozelos também, em seguida sentou-se sobre os calcanhares, a adaga sobre a coxa.

– Amigo – disse ele com firmeza em taki-taki. – Tudo bem?

O prisioneiro não disse nada, mas após um instante balançou ligeiramente a cabeça, a expressão cautelosa, intrigada.

– Há um urinol no canto – disse Jamie em inglês, erguendo-se e embainhando a adaga outra vez. – Use-o e depois minha mulher cuidará de seus ferimentos.

Uma centelha de humor atravessou o rosto do prisioneiro. Ele balançou a cabeça uma vez, desta vez aceitando a derrota. Levantou-se devagar do barril e virou-se, as mãos dormentes tateando as calças. Lancei um olhar de viés a Jamie.

– É uma das piores coisas estar amarrado assim – explicou ele de forma prática. – Você não pode urinar sozinho.

– Entendo – eu disse, sem querer descobrir como ele sabia disso.

– Isso e a dor nos ombros – disse ele. – Cuidado ao tocar nele, Sassenach. – O tom de advertência em sua voz era claro, e eu balancei a cabeça. Não era com os ombros do sujeito que ele estava preocupado.

Eu ainda me sentia ligeiramente tonta e o ar abafado do lugar fizera minha dor de cabeça retornar, mas eu estava em melhor estado do que o prisioneiro, que de fato fora machucado em algum momento do processo.

Embora machucado, seus ferimentos pareciam, na maior parte, superficiais. Um calombo inchado projetava-se de sua testa e um profundo arranhão deixara uma mancha vermelha, recoberta por uma crosta, em um dos ombros. Ele sem dúvida estava machucado em diversos lugares, mas devido ao tom notavelmente escuro de sua pele e à pouca luz do ambiente, eu não conseguia ver a extensão de suas contusões.

Havia várias faixas de pele esfolada nos tornozelos e pulsos, onde ele tentara livrar-se das tiras de couro. Eu não preparara a loção de espinheiro, mas trouxera o pote de pomada de genciana. Sentei-me no convés a seu lado, mas ele não tomou conhecimento de mim, mesmo quando comecei a passar o creme azul e fresco em seus ferimentos.

Entretanto, o que era mais interessante do que os ferimentos recentes, eram os cicatrizados. Olhando de perto, eu podia ver as fracas linhas brancas de três cortes paralelos, atravessando a curva de cada maçã do rosto e uma série de três linhas verticais curtas na testa alta e estreita, bem entre as sobrancelhas. Cicatrizes tribais. Portanto, certamente, nascera na África; tais cicatrizes eram feitas durante os rituais de iniciação, ou assim Murphy me dissera.

Sua pele era quente e lisa sob meus dedos, escorregadias de suor. Eu também sentia calor; estava suada e não me sentia bem. O convés ergueu-se suavemente sob mim e eu coloquei a mão em suas costas para manter o equilíbrio. As linhas finas e duras de marcas de açoites cicatrizadas teciam uma teia em seus ombros, como os sulcos de minúsculos vermes embaixo de sua pele. A sensação sob meus dedos foi inesperada; muito semelhante à sensação das marcas nas próprias costas de Jamie. Engoli em seco, sentindo-me nauseada, mas continuei com meu tratamento.

O sujeito ignorava-me completamente, mesmo quando eu tocava em pontos que sabia que deviam ser dolorosos. Seus olhos estavam fixos em Jamie, que observava o prisioneiro com igual intensidade.

O problema era óbvio. O homem muito provavelmente era um escravo fugitivo. Não quis falar conosco por medo de que sua fala revelasse a ilha de seu proprietário e de que nós então iríamos descobrir seu dono original e devolvê-lo ao cativeiro.

Agora que sabíamos que ele falava – ou ao menos compreendia – inglês, era provável que sua cautela aumentasse. Ainda que lhe garantíssemos que não tínhamos a intenção nem de devolvê-lo a seu proprietário nem de transformá-lo em nosso escravo, era improvável que confiasse em nós. Eu não podia dizer que o culpava, nas atuais circunstâncias.

Por outro lado, este homem era nossa melhor – e talvez única – chance de descobrir o que acontecera a Ian Murray a bordo do *Bruja*.

Quando finalmente terminei de enfaixar os pulsos e tornozelos do sujeito, Jamie deu-me a mão para me ajudar a levantar, depois falou ao prisioneiro:

– Imagino que esteja com fome – disse ele. – Venha até a cabine e comeremos. – Sem esperar uma resposta, segurou-me pelo braço são e virou-se para a porta. Havia silêncio atrás de nós quando passamos ao corredor, mas ao olhar para trás, o escravo estava lá, seguindo-nos alguns passos atrás.

Jamie conduziu-nos à minha cabine, sem se incomodar com os olhares curiosos dos marinheiros com quem cruzávamos, parando apenas junto a Fergus o tempo suficiente para mandar que enviassem comida da cozinha.

– E você volte agora para a cama, Sassenach – disse ele com firmeza ao chegarmos à cabine. Não discuti. Meu braço doía, minha cabeça doía e eu podia sentir pequenas ondas de calor adejar por trás dos meus olhos. Parecia que eu iria ter que ceder e usar um pouco da preciosa penicilina em mim mesma, afinal de contas. Ainda havia uma chance de meu corpo livrar-se da infecção, mas eu não podia me dar ao luxo de esperar demais.

Jamie servira um copo de uísque para mim e outro para nosso convidado. Ainda cauteloso, o homem aceitou-o e tomou um pequeno gole, os olhos arregalados de espanto. Imagino que uísque escocês devia ser uma novidade para ele.

Jamie serviu um copo para si próprio e sentou-se, fazendo um sinal para que o escravo ocupasse o outro banco, do outro lado da pequena mesa.

– Meu nome é Fraser – disse ele. – Sou o capitão aqui. Minha mulher – acrescentou, com um sinal da cabeça em direção ao meu beliche.

O prisioneiro hesitou, mas depois depositou o copo na mesa com ar decidido.

– Eles me chamar de Ishmael – disse ele, numa voz como mel despejado sobre brasas. – Não ser pirata. Eu ser cozinheiro.

– Murphy vai gostar disso – observei, mas Jamie ignorou-me. Havia uma leve ruga entre as sobrancelhas ruivas, conforme ele procurava um caminho na conversa.

– Cozinheiro do navio? – perguntou ele, tomando cuidado para que sua voz parecesse descontraída. Apenas as leves batidas de seus dois dedos rígidos na coxa o traíam, e isso, apenas para mim.

– Não, senhor, não tenho nada a ver com aquele navio! – disse Ishmael com veemência. – Eles me tirar na praia, dizer que me matar, eu não ir com eles, sem protestar. Não sou pirata! – repetiu ele e tardiamente compreendi que naturalmente ele não queria ser tomado por um pirata, quer fosse ou não. A pirataria era punida com a forca e ele não tinha como saber que estávamos tão ansiosos quanto ele para nos manter longe da Marinha Real.

– Sim, compreendo – disse Jamie em tom equilibrado, entre tranquilizador e cético. Ele inclinou-se ligeiramente para trás na grande cadeira de espaldar alto. – E como o *Bruja* veio a fazê-lo prisioneiro, então? Não onde – acrescentou rapidamente, quando um ar de espanto atravessou o rosto do prisioneiro. – Você não precisa me dizer de onde é, isso não me interessa. Só quero saber como veio a cair nas mãos deles e há quanto tempo está com eles. Já que, como diz, você não era um deles. – A insinuação era suficientemente ampla. Não pretendíamos devolvê-lo a seu proprietário; entretanto, se não nos desse informações, poderíamos simplesmente entregá-lo à Coroa como pirata.

Os olhos do prisioneiro turvaram-se; não sendo nenhum tolo, ele logo compreendeu as implicações. Sua cabeça inclinou-se ligeiramente para o lado e seus olhos estreitaram-se.

– Eu estar pegando peixe no rio – disse ele. – Navio grande, ele subir o rio devagar, barcos pequenos puxar ele. Homens no barquinho me ver, gritar. Eu largar peixe, correr, mas eles me alcançar. Os homens saltar do barco, me pegar perto da plantação de cana, eu imaginar que eles me pegar pra vender. Só isso, senhor. – Encolheu os ombros, indicando o fim de sua história.

– Sim, entendo. – Os olhos de Jamie fitavam intensamente o prisioneiro. Ele hesitou, querendo perguntar onde ficava o rio, mas não ousando fazê-lo, por medo de que o sujeito se calasse outra vez. – Enquanto você estava no barco... viu garotos entre a tripulação ou como prisioneiros também? Garotos, rapazes?

Os olhos do prisioneiro arregalaram-se ligeiramente; ele não esperava isso. Fez uma pausa cautelosa, mas depois balançou a cabeça, com um ligeiro brilho de escárnio nos olhos.

– Sim, senhor, eles ter meninos. Por quê? Querer um? – Seu olhar saltou para mim e de volta para Jamie, uma das sobrancelhas erguidas.

A cabeça de Jamie fez um movimento brusco e um ligeiro rubor subiu às suas maçãs do rosto com a implicação.

– Sim – respondeu ele sem alteração na voz. – Estou à procura de um jovem parente que foi levado por piratas. Eu ficaria imensamente agradecido a qualquer pessoa que pudesse me ajudar a encontrá-lo. – Ele ergueu uma das sobrancelhas significativamente.

O prisioneiro resmungou baixinho, as narinas alargando-se.

– É mesmo? O que você fazer por mim, eu ajudar você encontrar garoto?

– Eu o deixo em terra em qualquer porto que escolher, com uma boa quantia em ouro – respondeu Jamie. – Mas obviamente eu exigiria prova de que você de fato tem conhecimento do paradeiro do meu sobrinho.

– Huh. – O prisioneiro ainda estava desconfiado, mas começava a relaxar. – Dizer, senhor, como é esse garoto?

Jamie hesitou por um instante, examinando o prisioneiro, mas depois sacudiu a cabeça.

– Não – disse ele pensativamente. – Acho que assim não vai funcionar. Você descreva para mim esses rapazes que viu no navio pirata.

O prisioneiro olhou para Jamie por um instante, depois desatou numa risada baixa e sonora.

– Você nada bobo, senhor – disse ele. – Sabe disso?

– Sei – disse Jamie secamente. – Desde que você também saiba disso. Diga-me, então.

Ishmael deu uma risadinha, mas cedeu, parando apenas para servir-se da bandeja de alimentos que Fergus trouxera. O próprio Fergus recostou-se na porta, observando o prisioneiro através de olhos semicerrados.

– Uns doze garotos falando esquisito, como você.

As sobrancelhas de Jamie ergueram-se e ele trocou um olhar de assombro comigo. Doze?

– Como eu? – disse ele. – Garotos brancos, ingleses? Ou escoceses?

Ishmael sacudiu a cabeça, sem compreender; "escoceses" não fazia parte de seu vocabulário.

– Falando como cachorros brigando – explicou ele. – Grrr! Au au! – rosnou, sacudindo a cabeça para ilustrar, como um cachorro estraçalhando um rato, e eu vi os ombros de Fergus sacudirem-se numa hilaridade contida.

– Escoceses, sem dúvida – eu disse, tentando não rir. Jamie lançou-me um olhar rápido e maligno, depois retornou sua atenção a Ishmael.

– Muito bem, então – disse ele, exagerando em seu sotaque escocês natural. – Doze rapazes escoceses. Como eles eram?

Ishmael estreitou os olhos de forma duvidosa, mastigando um pedaço de manga da bandeja. Limpou o suco do canto da boca e sacudiu a cabeça.

– Eu ver eles uma vez só, senhor. Vou contar tudo que eu ver. – Fechou os olhos e franziu o cenho, as linhas verticais em sua testa unindo-se. – Quatro garotos ter cabelos amarelos, seis castanhos, dois com cabelos negros. Dois menores do que eu, um talvez do tamanho daquele *griffone* ali. – Indicou Fergus com um movimento da cabeça, e este se retesou, indignado com o insulto. – Um grande, não tão grande quanto você...

– Sim, e como estavam vestidos? – Devagar, com cuidado, Jamie conduziu-o pelas descrições, perguntando detalhes, solicitando comparações. – Que altura? Gordo ou magro? Qual a cor dos olhos? – escondendo cuidadosamente a direção de seu interesse enquanto conduzia o sujeito pela conversa.

Minha cabeça parara de girar, mas o cansaço ainda estava lá, sobrecarregando meus sentidos. Deixei meus olhos se fecharem, obscuramente acalmada pelas vozes suaves, murmurantes. Jamie, de fato, soava como um cão grande e feroz, pensei, com seus erres baixos e guturais e o som abrupto, cortado, de suas consoantes.

– Au au – murmurei baixinho e os músculos de minha barriga estremeceram ligeiramente sob minhas mãos entrelaçadas.

A voz de Ishmael era igualmente grave, mas sedosa e baixa, espessa e macia como chocolate quente feito com creme de leite. Comecei a cochilar, embalada pelo som de sua voz.

Ele soava como Joe Abernathy, pensei sonolentamente, ditando um relatório de autópsia – detalhes físicos desagradáveis, chocantes, sem disfarces, relatados com uma voz grave e calmante como uma canção de ninar.

Eu podia ver as mãos de Abernathy mentalmente, escuras na pele clara de uma vítima de acidente, movendo-se com agilidade enquanto fazia suas anotações verbais para o gravador.

"O morto é um homem alto, de aproximadamente 1,80 metro e de compleição esguia..."

Um homem alto, esguio.

– ... este, sendo alto, sendo magro...

Acordei de repente, o coração saltando pela boca, ouvindo o eco da voz de Joe vindo da mesa a alguns passos de distância.

– Não! – exclamei, repentinamente, e os três homens pararam e olharam para mim, surpresos. Empurrei para trás meus cabelos úmidos e acenei debilmente para eles. – Não se preocupem comigo. Estava sonhando, eu acho.

Eles retornaram à sua conversa e eu permaneci deitada, imóvel, os olhos semicerrados, porém não mais sonolenta.

Não havia nenhuma semelhança física. Joe era forte, troncudo, como um urso; este Ishmael era longilíneo e magro, embora o volume de músculo na curva de seus ombros sugerisse força considerável.

O rosto de Joe era largo e amável; o rosto deste homem era fino, de olhos desconfiados, com uma testa alta que tornava suas cicatrizes tribais ainda mais impressionantes. A pele de Joe era da cor de café fresco, a de Ishmael era negra com o tom vermelho-escuro de um carvão em brasa, que Stern me dissera ser característico dos escravos da costa da Guiné – não tão valorizados quanto os senegaleses negro-azulados, porém mais valiosos do que os congoleses ou yagas marrom-amarelados.

Mas se eu fechasse meus olhos completamente, eu podia ouvir a voz de Joe falando, apesar da leve cadência caribenha do inglês dos escravos. Abri uma fresta das minhas pálpebras e olhei cuidadosamente, buscando quaisquer sinais de semelhança. Não havia nenhum, mas eu vi o que já vira antes, e não notara, entre as outras cicatrizes de marcas no torso maltratado do escravo. O que eu achara que não passava de um arranhão era na verdade uma profunda abrasão que se sobrepunha a uma cicatriz plana e larga, com um formato quadrado, logo abaixo do topo do ombro. A marca era áspera e rosada, quase cicatrizada. Eu deveria tê-la visto imediatamente, se não fosse pela escuridão da coberta inferior e o arranhão que a disfarçara.

Permaneci imóvel, tentando me lembrar. "Nenhum nome de escravo", dissera Joe zombeteiramente, referindo-se ao nome adotado por seu filho. Obviamente, Ishmael havia apagado a marca de um proprietário para impedir sua identificação, caso fosse recapturado. Mas de quem? E certamente o nome Ishmael não passava de coincidência.

Entretanto, talvez uma coincidência nada irrelevante; era quase certo que "Ishmael" não era seu nome verdadeiro. "Eles me chamar de Ishmael", dissera ele. Esse, também, era um nome de escravo, que lhe fora dado por algum proprietário. E se o jovem Lenny andara subindo a árvore genealógica da família, como parecia, o que mais provável do que ter escolhido simbolicamente o nome de um dos seus ancestrais? Se. Mas se ele fosse...

Fiquei deitada, fitando o teto claustrofóbico do beliche, suposições girando pela minha cabeça. Quer este homem tivesse qualquer ligação com Joe, quer não, a possibilidade me trouxera algo à lembrança.

Jamie interrogava minuciosamente o homem a respeito do pessoal e da estrutura do *Bruja* – pois fora ele o navio que nos atacara –, mas eu não prestava nenhuma atenção. Sentei-me na cama, cautelosamente, para não piorar a sensação de vertigem, e fiz sinal para Fergus.

– Preciso de ar – eu disse. – Ajude-me a subir ao convés, sim? –Jamie olhou para mim com um ar de preocupação, mas eu lhe sorri de forma tranquilizadora, tomando o braço de Fergus. – Onde estão os documentos daquele escravo que compramos em Barbados? – perguntei, tão logo ficamos fora do alcance dos ouvidos de Jamie. – E, por falar nisso, onde está o escravo?

Fergus olhou para mim com curiosidade, mas obsequiosamente remexeu nos bolsos do casaco.

– Tenho os documentos aqui, milady – disse ele, entregando-os a mim. – Quanto ao escravo, creio que esteja nas dependências da tripulação. Por quê? – acrescentou, incapaz de conter a curiosidade.

Ignorei a pergunta, manuseando desajeitadamente os pedaços de papel sujos e repulsivos.

– Aqui está – exclamei, encontrando a parte que eu me lembrava de Jamie ter lido para mim. – Abernathy! Era Abernathy! Marcado no ombro com uma flor-de-lis. Você notou essa marca, Fergus?

Ele sacudiu a cabeça, parecendo ligeiramente confuso.

– Não, milady.

– Então, venha comigo – eu disse, virando-me na direção das acomodações da tripulação. – Quero ver o tamanho.

A marca tinha aproximadamente 8 centímetros de comprimento por 8 de largura; uma flor sobreposta à inicial "A", marcada a ferro na carne, alguns centímetros abaixo do topo do ombro. Tinha o tamanho certo e estava no mesmo lugar, combinando com a cicatriz de Ishmael. Não era, entretanto, uma flor-de-lis; esse fora o erro de uma transcrição descuidada. Era uma rosa de dezesseis pétalas, o emblema jacobita de Charles Stuart. Pestanejei, perplexa; que exilado patriótico escolhera este método bizarro de manter lealdade aos derrotados Stuart?

– Milady, acho que devia voltar para sua cama – disse Fergus. Ele franzia o cenho para mim, enquanto eu me debruçava sobre Temeraire, que suportava essa inspeção tão estoicamente quanto tudo o mais. – Está da cor de cocô de ganso e milorde não vai gostar nada se eu a deixar cair no convés.

– Não vou cair – garanti-lhe. – E não me importo com a minha cor. Acho que tivemos um golpe de sorte. Ouça, Fergus, quero que faça algo para mim.

– Qualquer coisa, milady – disse ele, segurando-me pelo cotovelo quando uma súbita mudança na direção do vento me fez cambalear pelo convés repentinamente inclinado. – Mas não – acrescentou com firmeza – enquanto não estiver a salvo em sua cama.

Deixei que ele me conduzisse de volta para a cabine, pois realmente não me sentia nada bem, mas não antes de lhe dar minhas instruções. Quando entramos na cabine, Jamie levantou-se da mesa para nos receber.

– Aí está você, Sassenach! Você está bem? – perguntou ele, franzindo a testa. – Está com uma cor horrível, parece um pudim estragado.

– Estou perfeitamente bem – eu disse entre dentes, sentando-me com cuidado na cama dura e desconfortável para evitar danos ao braço. – Você e o sr. Ishmael terminaram a conversa?

Jamie olhou para o prisioneiro, e eu vi o olhar negro e direto que enfrentou o dele. A atmosfera entre eles não era hostil, mas de algum modo era intensa. Jamie balançou a cabeça, encerrando a entrevista.

– Já terminamos... por enquanto – disse ele. Virou-se para Fergus. – Leve nosso hóspede para baixo, por favor, Fergus, e providencie para que ele seja alimentado e vestido. – Ele permaneceu de pé até Ishmael ter saído sob a tutela de Fergus. Então, sentou-se ao lado do meu beliche e estreitou os olhos na penumbra para mim. – Você está com um aspecto horrível – disse ele. – Quer que eu traga sua caixa de remédios para tomar um tônico ou algo assim?

– Não – eu disse. – Jamie, ouça. Acho que sei de onde nosso amigo Ishmael veio.

Ele ergueu uma das sobrancelhas.

– Sabe?

Expliquei sobre a cicatriz de Ishmael e a marca quase igual no escravo Temeraire, sem mencionar o que me dera a ideia em primeiro lugar.

– Cinco contra dez como eles vieram do mesmo lugar, da propriedade dessa sra. Abernathy, na Jamaica – eu disse.

– Cinco contra...? Ah – disse ele, abanando a mão para descartar minha confusa referência no interesse da continuação de nossa conversa. – Bem, você pode ter razão, Sassenach, e espero que tenha. Aquele negro astuto não quis dizer de onde era. Não que eu o culpe – acrescentou, de modo justo. – Meu Deus, se eu tivesse fugido de tal vida, nada no mundo me levaria de volta! – Falou com uma surpreendente veemência.

– Não, eu também não o culparia – eu disse. – Mas o que ele lhe contou sobre os garotos? Ele viu o Jovem Ian?

As linhas em sua testa relaxaram-se.

– Sim, tenho quase certeza de que ele o viu. – Um punho cerrou-se sobre seu joelho. – Dois dos rapazes que ele descreveu podiam ser Ian. E sabendo que era o *Bruja*, não posso pensar de outra maneira. E se você estiver certa a respeito do lugar de onde ele veio, Sassenach, nós podemos finalmente encontrá-lo, nós podemos salvá-lo! – Ishmael, embora se recusando a dar qualquer pista sobre o lugar onde o *Bruja* o capturara, chegara a dizer que os doze jovens – todos prisioneiros – foram retirados juntos do navio, logo depois de sua captura. – Doze rapazes – repetiu Jamie, sua expressão de entusiasmo desfazendo-se de novo em uma carranca. – O que em nome de Deus alguém estaria querendo, para sequestrar doze garotos da Escócia?

– Talvez ele seja um colecionador – eu disse, sentindo-me cada vez mais zonza. – Moedas, pedras preciosas e rapazes escoceses.

– Você acha que quem quer que esteja com Ian também está com o tesouro? – Olhou para mim com curiosidade.

– Não sei – eu disse, sentindo-me repentinamente muito cansada. Bocejei sofridamente. – Mas podemos saber ao certo a respeito de Ishmael. Eu disse a Fergus que providenciasse para que Temeraire desse uma boa olhada nele. Se forem do mesmo lugar... – Bocejei outra vez, meu corpo buscando o oxigênio do qual a perda de sangue me privara.

– É uma opinião muito sensata a sua, Sassenach – disse Jamie, parecendo ligeiramente surpreso por eu ser capaz de alguma lucidez. Quanto a isso, eu mesma estava um pouco surpresa; meus pensamentos estavam ficando cada vez mais fragmentados e era preciso um grande esforço para continuar a falar com lógica.

Jamie percebeu; deu uns tapinhas de leve na minha mão e levantou-se.

– Não se preocupe com isso agora, Sassenach. Descanse e eu mandarei Marsali com o chá.

– Uísque – eu disse, e ele riu.

– Está bem, então, uísque – concordou ele. Alisou os cabelos para trás e, inclinando-se para dentro do vão do beliche, beijou minha testa quente.

– Melhor? – perguntou ele, sorrindo.

– Muito. – Devolvi o sorriso e fechei os olhos.

56

SOPA DE TARTARUGA

Quando acordei novamente, no fim da tarde, meu corpo todo doía. Eu retirara as cobertas durante o sono e esparramava-me na cama em minha combinação, a pele quente e seca no ar fresco. Meu braço doía terrivelmente e eu podia sentir cada um dos 43 pontos elegantes do sr. Willoughby como alfinetes de segurança em brasa atravessados em minha carne.

Não havia como evitar; eu teria que usar a penicilina. Eu podia ser imune a varíola, febre tifoide e resfriado comum em sua encarnação do século XVIII, mas não era imortal e só Deus sabe em que imundas substâncias o português andara usando seu sabre antes de aplicá-lo em mim.

A pequena viagem através do quarto até o armário onde minhas roupas estavam penduradas deixou-me suando e tremendo, e eu tive que sentar-me subitamente, a saia agarrada ao peito, para não cair.

– Sassenach! Você está bem? – Jamie enfiou a cabeça pela porta baixa, com ar preocupado.

– Não – eu disse. – Venha cá um minuto, sim? Preciso que faça uma coisa.

– Vinho? Biscoito? Murphy fez uma sopa para você, especialmente. – Em um instante, ele estava ao meu lado, as costas de sua mão fria contra minha face afogueada. – Santo Deus, você está ardendo em febre!

– Sim, eu sei – eu disse. – Mas não se preocupe, tenho um remédio para isso.

Remexi com uma única mão no bolso de minha saia e retirei o estojo contendo as seringas e ampolas. Meu braço direito estava tão dolorido que qualquer movimento me fazia cerrar os dentes.

– Sua vez – eu disse, com um sorriso enviesado, empurrando o estojo por cima da mesa na direção de Jamie. – É a sua chance de vingança, se quiser.

Ele olhou para o estojo sem compreender, depois para mim.

– O quê? – disse ele. – Quer que eu a espete com uma dessas estacas?

– Preferia que não colocasse dessa forma, mas, sim – eu disse.

– Nas nádegas? – Os cantos de seus lábios torceram-se.

– Sim, desgraçado!

Ele olhou para mim por um instante, um dos cantos da boca torcendo-se ligeiramente para cima. Em seguida, inclinou a cabeça sobre o estojo, os cabelos ruivos brilhando no raio de sol que entrava pela janela.

– Explique-me o que tenho que fazer, então – disse ele.

Instruí-o cuidadosamente, conduzindo-o pela preparação e enchimento da seringa, depois eu mesma a peguei, verificando a existência de bolhas de ar desajeitadamente com a mão esquerda. Quando a devolvi para ele e ajeitei-me no beliche, ele já deixara de achar qualquer graça na situação.

– Tem certeza de que quer que eu faça isso? – disse ele, em dúvida. – Não sou muito bom com as mãos.

Isso me fez rir, apesar do meu braço latejante. Eu já o vira fazer de tudo com aquelas mãos, de ajudar o nascimento de um potro e construir muros a tirar a pele de um veado e alinhar tipos na gráfica, tudo com o mesmo toque leve e ágil.

– Bem, sim – disse ele, quando eu o fiz ver tudo isso. – Mas não é a mesma coisa. O mais próximo que fiz disto foi esfaquear um sujeito na barriga e, além do mais, é estranho fazer isso a você, Sassenach.

Olhei para trás por cima do ombro e o vi mastigando o lábio inferior, hesitante, o chumaço de pano embebido em conhaque em uma das mãos, a seringa cuidadosamente suspensa na outra.

– Olhe – disse. – Eu fiz isso com você. Você sabe como é. Não foi tão ruim assim, não é? – Ele estava começando a me deixar um pouco nervosa.

– Mmmhummm. – Pressionando os lábios, ajoelhou-se junto à cama e delicadamente limpou um ponto em minhas nádegas com o chumaço frio e úmido. – Está bem assim?

– Está. Pressione a ponta num pequeno ângulo, não na vertical. Está vendo como a ponta da agulha é cortada em ângulo? Empurre cerca de 5 milímetros. Não tenha medo de espetar com firmeza, a pele é mais dura do que você imagina, e depois empurre o êmbolo para baixo bem devagar, cuidado para não o fazer depressa demais.

Fechei os olhos e esperei. Após um instante, abri-os e olhei para trás. Ele estava pálido e uma fina película de suor brilhava em suas maçãs do rosto.

– Não tem importância. – Ergui-me, apoiando-me contra uma onda de vertigem. – Dê-me isso aqui. – Arranquei o chumaço de sua mão e limpei uma área na parte de cima de minha coxa. Minha mão tremia um pouco da febre.

– Mas...

– Cale-se! – Peguei a seringa e mirei-a da melhor forma que pude, com a mão esquerda; em seguida, apliquei a injeção no músculo. Doeu. Doeu ainda mais quando pressionei o êmbolo para baixo e meu polegar escorregou.

Então as mãos de Jamie estavam ali, uma segurando minha perna, a outra sobre a seringa, pressionando devagar para baixo, até que todo o líquido branco do tubo se esgotasse. Inspirei fundo, rápido, quando ele retirou-a.

– Obrigada – eu disse, após um instante.

– Sinto muito – disse ele baixinho, um minuto depois. Sua mão segurou-me pelas costas, ajudando-me a deitar.

– Tudo bem. – Meus olhos estavam fechados e pequenos desenhos coloridos pairavam por trás de minhas pálpebras. Lembravam-me do forro de uma malinha infantil que eu tivera quando criança; estrelinhas cor-de-rosa e prateadas em um fundo escuro. – Eu havia me esquecido; é difícil fazer isso nas primeiras vezes. Imagino que enfiar uma adaga em alguém seja mais fácil – acrescentei. – Afinal, você não está preocupado se vai machucá-lo.

Ele não disse nada, mas soltou o ar com força pelo nariz. Eu podia ouvi-lo andando pela cabine, guardando o estojo de seringas e pendurando minha saia. O local da injeção tinha um calombo por baixo da pele.

– Desculpe-me – eu disse. – Não falei por mal.

– Bem, deveria ter falado – disse ele sem alterar a voz. – É realmente mais fácil matar alguém para salvar a própria vida do que ferir uma pessoa para salvar a dela. Você é muito mais corajosa do que eu e não me importo que o diga.

Abri os olhos e olhei para ele.

– Pois sim que não se importa!

Ele olhou fixamente para mim, os olhos azuis apertados. O canto de sua boca ergueu-se.

– Pois sim que não me importo! – concordou ele.

Eu ri, mas isso fez meu braço doer ainda mais.

– Eu não sou e você não é, e eu não falei por mal, de qualquer modo – eu disse, fechando os olhos outra vez.

– Mmmhummm.

Eu podia ouvir o ruído de pés no convés em cima e a voz do sr. Warren, erguida numa impaciência controlada. Nós passáramos por Great Abaco e Eleuthera à noite e agora seguíamos para o sul, em direção à Jamaica, com o vento à nossa retaguarda.

– Eu não me arriscaria a ser fuzilada e retalhada, presa e enforcada, se houvesse escolha – eu disse.

– Nem eu – disse ele secamente.

– Mas você... – comecei a dizer, mas parei. Olhei para ele com curiosidade. – Você realmente acha isso – eu disse devagar. – Que não tem escolha. Não é?

Ele estava parcialmente de costas para mim, de olhos fixos no porto. O sol brilhava na ponte de seu nariz longo e reto, e ele esfregava um dedo devagar para cima e para baixo sobre ela. Os ombros largos ergueram-se ligeiramente, depois se abaixaram.

– Sou um homem, Sassenach – disse ele, brandamente. – Se eu achasse que havia escolha... talvez não conseguisse fazer o que tenho que fazer. Você não precisa ser muito corajoso se sabe que não há outro jeito, não é? – Voltou-se para mim, com um ligeiro sorriso. – Como uma mulher no parto, não é? Você tem que fazer isso e não faz nenhuma diferença se tem medo, você tem que fazer. Somente quando você sabe que pode dizer não é que precisa de coragem.

Permaneci imóvel por um instante, observando-o. Ele fechara os olhos e recostara-se na cadeira, as longas pestanas castanho-avermelhadas absurdamente infantis contra as maçãs do rosto. Elas contrastavam estranhamente com as olheiras sob os olhos e as linhas mais fundas nos cantos. Ele estava cansado; mal dormira desde que avistaram o navio pirata.

– Eu não lhe contei sobre Graham Menzies, contei? – eu disse finalmente. Os olhos azuis abriram-se imediatamente.

– Não. Quem é?

– Um paciente. No hospital em Boston.

Graham estava com quase 70 anos quando eu o conheci; era um imigrante escocês que não perdera o sotaque, apesar de quase quarenta anos em Boston. Era um pescador, ou fora; quando o conheci, era dono de vários barcos de pesca de lagosta e deixava que outros pescassem por ele.

Era muito parecido com os soldados escoceses que eu conhecera em Prestonpans e Falkirk; estoico e engraçado ao mesmo tempo, sempre disposto a fazer brincadeiras com o que fosse doloroso demais para se sofrer em silêncio.

– Tenha cuidado agora, dona – foi a última coisa que me disse quando eu observava o anestesista montar o aparelho de gotejamento intravenoso que o sustentaria enquanto eu amputava sua perna esquerda cancerosa. – Não vá tirar a perna errada.

– Não se preocupe – tranquilizei-o, batendo de leve na mão calejada pelo tempo, pousada sobre o lençol. – Tirarei a perna direito.

– O quê? Direita? – Seus olhos arregalaram-se num horror simulado. – Pensei que era a esquerda que estava ruim! – Ele ainda ria asmaticamente quando a máscara de gás desceu sobre seu rosto.

A amputação correu bem, Graham se recuperou e foi para casa, mas não fiquei realmente surpresa ao vê-lo de volta, seis meses depois. Os resultados do laboratório sobre o tumor original haviam sido dúbios e as dúvidas agora se consubstanciaram; metástase nos gânglios linfáticos na virilha.

Removi os gânglios cancerosos. O tratamento radioterápico foi aplicado. Cobalto. Removi o baço, para onde a doença se espalhara, sabendo que a cirurgia era inteiramente em vão, mas não querendo desistir.

– É muito mais fácil não desistir quando não é você que está doente – eu disse, fitando as vigas acima.

– Então ele desistiu? – perguntou Jamie.

– Não diria que sim, exatamente.

– Estive pensando – declarou Graham. O som de sua voz ecoava metalicamente através dos fones do meu estetoscópio.

– Esteve? – eu disse. – Bem, seja um bom garoto, não pense em voz alta enquanto eu não tiver terminado aqui.

Ele soltou uma risadinha, mas permaneceu quieto enquanto eu auscultava seu peito, movendo o disco do estetoscópio rápido das costelas para o esterno.

– Muito bem – eu disse finalmente, tirando os tubos do meu ouvido e deixando-os cair sobre meus ombros. – Em que andou pensando?

– Em me matar.

Seus olhos fitaram os meus diretamente, com apenas uma sugestão de desafio. Olhei para trás de mim, para ter certeza de que a enfermeira saíra, depois puxei a cadeira de plástico azul, destinada às visitas, e sentei-me a seu lado.

– A dor está piorando? – perguntei. – Podemos fazer alguma coisa, você sabe. Só precisa pedir. – Hesitei antes de acrescentar essa última frase; ele nunca pedira. Mesmo quando era óbvio que precisava de medicação, nunca aludira ao seu desconforto. Eu mesma trazer o assunto à baila parecia-me uma invasão de privacidade; vi o ligeiro endurecimento dos cantos de sua boca.

– Eu tenho uma filha – disse ele. – E dois netos; belos garotos. Mas estava me esquecendo; você os viu na semana passada, não foi?

Eu vira. Vinham ao menos duas vezes por semana para visitá-lo, trazendo cadernos da escola e bolas de beisebol autografadas para mostrar ao avô.

– E há a minha mãe, morando numa casa de repouso em Canterbury – disse ele pensativamente. – Custa muito caro, mas é limpa e a comida tão boa que ela gosta de reclamar enquanto come.

Olhou desapaixonadamente para o lençol esticado e ergueu o toco de sua perna.

– Um mês, você acha? Quatro? Três?

– Talvez três – disse. – Com sorte – acrescentei estupidamente.

Ele resfolegou e fez um movimento brusco com a cabeça, indicando o aparelho intravenoso acima de seu leito.

– Ah! Eu não desejaria uma sorte pior a um mendigo. – Olhou ao redor, para toda a parafernália; o respirador automático, o monitor cardíaco piscando, a miscelânea de tecnologia médica. – Está custando quase cem dólares por dia para me manter aqui – disse ele. – Três meses seriam... Santo Deus, dez mil dólares! – Sacudiu a cabeça, franzindo o cenho. – Um mau negócio, é o que eu acho. Não vale a pena. – Seus claros olhos cinzentos piscaram repentinamente para mim. – Sou escocês, sabe. Nasci parcimonioso e não vou deixar de sê-lo agora.

– Então, eu o fiz por ele – eu disse, ainda fitando o teto. – Ou melhor, fizemos isso juntos. Prescreveram morfina para a dor, é como láudano, só que muito mais forte. Eu retirei metade de cada ampola e substituí o que faltava por água. Assim, ele não obtinha o alívio de uma dose completa por quase 24 horas, mas essa era a maneira mais segura de conseguir uma dose grande sem risco de ser descoberto. Conversamos sobre o uso dos remédios fitoterápicos que eu estava estudando; eu sabia o suficiente para preparar alguma coisa fatal, mas não tinha certeza se seria indolor e ele não queria que eu corresse o risco de ser acusada, caso alguém suspeitasse e fizesse uma autópsia. – Vi a sobrancelha de Jamie erguer-se e abanei a mão. – Não importa; é uma maneira de descobrir como alguém morreu.

– Ah. Como um tribunal que investiga mortes suspeitas?

– Mais ou menos. De qualquer forma, seria de esperar encontrar morfina em seu sangue; isso não provaria nada. Então, foi o que fizemos.

Respirei fundo.

– Não teria havido nenhum problema se eu tivesse lhe aplicado a injeção e saído. Foi o que ele me pediu para fazer.

Jamie permaneceu em silêncio, os olhos fixos atentamente em mim.

– Mas eu não consegui. – Olhei para minha mão esquerda, vendo não minha própria pele lisa e macia, mas os nós dos dedos, grandes e inchados, de um pescador profissional, e as veias grossas e verdes que atravessavam seu pulso. – Eu enfiei a agulha – eu disse. Esfreguei um dedo sobre o local no pulso, onde uma veia grossa atravessa a cabeça distal do rádio. – Mas não consegui apertar o êmbolo.

Em minha lembrança, vi a outra mão de Graham Menzies erguer-se, arrastando os tubos, e fechar-se sobre a minha. Ele não tinha muitas forças, mas o suficiente.

– Fiquei lá sentada, segurando sua mão, até ele partir. – Eu ainda o sentia, a batida rítmica da pulsação cardíaca no pulso, sob o meu polegar, tornando-se cada vez mais fraca, e mais fraca, enquanto eu segurava sua mão, e depois esperando uma batida que não veio.

Ergui os olhos para Jamie, tentando afastar a lembrança.

– Então, uma enfermeira entrou. – Era uma das enfermeiras mais novas, uma jovem nervosinha, sem nenhuma discrição. Não era muito experiente, mas sabia o suficiente para reconhecer um morto quando o visse. E eu ali sentada, sem fazer nada... uma conduta muito imprópria de um médico. E a seringa de morfina vazia, abandonada na mesa ao meu lado. – Ela comentou, é claro.

– Imagino que o fizesse.

– Mas eu tive a presença de espírito de jogar a seringa no tubo do incinerador depois que ela saiu. Era a palavra dela contra a minha e a questão foi simplesmente abandonada.

Minha boca contorceu-se ironicamente.

– Exceto que, na semana seguinte, ofereceram-me o cargo de chefe de todo um departamento. Muito importante. Um lindo escritório no sexto andar do hospital, longe dos pacientes, onde eu não poderia matar mais ninguém.

Meu dedo continuava a esfregar meu pulso distraidamente. Jamie estendeu o braço e interrompeu o movimento colocando sua própria mão sobre a minha.

– Quando foi isso, Sassenach? – perguntou ele, a voz muito suave.

– Pouco antes de eu pegar Bree e ir para a Escócia. Aliás, foi por isso que eu fui, deram-me uma longa licença. Disseram que eu estava trabalhando demais e merecia umas boas férias. – Não tentei disfarçar a ironia contida em minha voz.

– Entendo. – Sua mão estava quente sobre a minha, apesar do calor da minha febre. – Se não fosse por isso, por perder seu trabalho... você teria vindo, Sassenach? Não apenas para a Escócia. Para mim?

Ergui os olhos para ele e apertei sua mão, respirando fundo.

– Não sei. Realmente, não sei. Se eu não tivesse vindo para a Escócia, encontrado Roger Wakefield, descoberto a seu respeito... – Parei e engoli em seco, emocionada. – Foi Graham quem me mandou para a Escócia – eu disse finalmente, com a voz ligeiramente embargada. – Ele me pediu para ir um dia... e saudar Aberdeen por ele. – Ergui os olhos repentinamente para Jamie. – Eu não fiz isso! Eu nunca fui de fato a Aberdeen.

– Não se preocupe, Sassenach. – Jamie apertou minha mão. – Eu mesmo a levarei lá, quando retornarmos. Não – acrescentou ele de modo prático – que haja alguma coisa lá para se ver.

...

Estava ficando cada vez mais abafado na cabine. Ele levantou-se e foi abrir uma das janelas de popa.

– Jamie – eu disse, observando suas costas –, o que você quer?

Ele olhou em volta, franzindo ligeiramente a testa com ar pensativo.

– Ah, uma laranja seria ótimo – disse ele. – Há algumas na escrivaninha, não é? – Sem esperar por uma resposta, ele enrolou para trás a tampa da escrivaninha, revelando uma pequena tigela de laranjas, luminosa em meio à desordem de papéis e penas de escrever. – Quer uma também?

– Está bem – eu disse, sorrindo. – Mas não foi exatamente isso que eu quis dizer. Eu quis dizer, o que você quer fazer depois que tivermos encontrado Ian.

– Ah. – Ele sentou-se junto ao beliche, uma laranja nas mãos, e fitou-a por um instante. – Sabe – disse ele finalmente –, acho que ninguém nunca me perguntou isso: o que é que eu queria fazer. – Parecia ligeiramente surpreso.

– Não que você, na maioria das vezes, tivesse escolha, não é? – eu disse sarcasticamente. – Mas agora você tem.

– Sim, é verdade. – Rolou a laranja nas palmas das mãos, a cabeça inclinada sobre a esfera grumosa. – Imagino que você tenha concluído que não podemos voltar para a Escócia, ao menos por algum tempo, não foi? – disse ele. Eu lhe contara as revelações de Tompkins sobre sir Percival e suas maquinações, é claro, mas tivemos pouco tempo para discutir a questão, ou suas implicações.

– Sim – eu disse. – Foi por isso que perguntei.

Calei-me, então, deixando que ele chegasse a uma decisão. Ele vivera como um fora da lei por muitos anos, escondendo-se primeiro fisicamente e depois por meio de segredos e nomes falsos, burlando a lei sob diferentes identidades. Agora, entretanto, todas elas já eram conhecidas; não havia condições de retomar suas atividades anteriores – ou mesmo aparecer em público na Escócia.

Seu refúgio final sempre fora Lallybroch. Mas até mesmo essa via de fuga estava perdida para ele. Lallybroch sempre seria seu lar, mas já não lhe pertencia; havia um novo senhor das terras agora. Eu sabia que ele não tinha mágoa do fato de a família de Jenny possuir a propriedade, mas certamente, já que era humano, lamentava a perda do seu legado.

Eu podia ouvir sua respiração ruidosa e achei que ele provavelmente chegara ao mesmo ponto que eu em seu pensamento.

– Nem a Jamaica nem as ilhas pertencentes à Inglaterra tampouco – observou ele melancolicamente. – No momento, Tom Leonard e a Marinha Real podem achar que estamos mortos, mas logo vão saber que não estamos, se nos demorarmos por lá algum tempo.

– Já pensou na América? – eu perguntei delicadamente. – As colônias, quero dizer.

Ele esfregou o nariz, em dúvida.

– Bem, não. Não havia realmente pensado nisso. É bem verdade que lá provavelmente estaríamos a salvo da Coroa, mas... – Deixou a voz se extinguir, franzindo a testa. Pegou sua adaga e fez uma incisão na laranja, rápido e com habilidade, depois começou a descascá-la.

– Ninguém o perseguiria lá – ressaltei. – Sir Percival não tem nenhum interesse em você, a menos que esteja na Escócia, onde prendê-lo seria bom para ele. A Marinha britânica não pode persegui-lo em terra e os governadores das Índias Ocidentais também não têm nada a ver com o que acontece nas colônias.

– É verdade – disse ele devagar. – Mas as colônias... – Segurou a laranja em uma das mãos e começou a lançá-la alguns centímetros no ar. – São muito primitivas, Sassenach – disse ele. – Um território selvagem, hein? Eu não gostaria de colocá-la em perigo.

Isso me fez rir e ele olhou incisivamente para mim, mas depois, percebendo o meu ponto de vista, relaxou com um sorriso pesaroso.

– Sim, bem, imagino que arrastá-la para o mar e deixar que fosse sequestrada e mantida num navio devastado por uma epidemia seja suficientemente perigoso. Mas ao menos eu não a deixei ser devorada por canibais, ainda.

Tive vontade de rir outra vez, mas havia um tom amargo em sua voz que me fez morder o lábio em vez de rir.

– Não há canibais na América – eu disse.

– Há, sim! – disse ele acaloradamente. – Eu imprimi um livro para a sociedade dos missionários católicos que contava tudo sobre os bárbaros iroqueses. Eles amarram seus prisioneiros e cortam pedaços deles, depois arrancam seus corações e os comem diante de seus olhos!

– Comem seus corações, hein? – eu disse, rindo a contragosto. – Está bem – disse, vendo sua expressão ameaçadora –, desculpe-me. Mas, para começar, você não pode acreditar em tudo que lê, e depois...

Não consegui terminar. Ele inclinou-se para a frente e agarrou-me pelo meu braço são, com força suficiente para me fazer emitir um guincho de surpresa.

– Droga, me escute! – disse ele. – Não é uma brincadeira!

– Bem... não, claro que não – eu disse, desconcertada. – Não pretendi rir de você... Mas, Jamie, eu vivi em Boston durante quase vinte anos. Você nunca colocou os pés na América!

– Isso é verdade – disse ele sem se alterar. – E você acha que o lugar onde você viveu tem alguma semelhança com o que é agora, Sassenach?

– Bem – comecei, depois parei. Embora eu tivesse visto incontáveis prédios históricos perto do parque Boston Common, exibindo pequenas placas de bronze atestando sua antiguidade, a maioria deles fora construída depois de 1770, bem depois. E com exceção de alguns prédios...

– Bem, não – admiti. – Não tem, sei que não tem. Mas não acredito que seja um lugar completamente bárbaro. Há cidades e vilas agora, isso eu sei.

Ele soltou meu braço e recostou-se na cadeira. Ainda segurava a laranja na outra mão.

– Imagino que sim – disse ele devagar. – Não se ouve falar das cidades, apenas que é um lugar selvagem, embora muito bonito. Mas eu não sou nenhum tolo, Sassenach. – Sua voz aguçou-se um pouco e ele enfiou o polegar brutalmente na laranja, dividindo-a ao meio. – Não acredito em alguma coisa somente porque alguém escreveu em um livro, pelo amor de Deus, eu imprimo os malditos livros! Sei muito bem como alguns escritores são charlatães e idiotas, tenho contato com eles! E certamente sei a diferença entre ficção e um fato registrado a sangue-frio!

– Está bem – eu disse. – Embora eu não tenha tanta certeza que seja assim tão fácil saber a diferença entre fato e ficção na forma impressa! Mas ainda que seja absolutamente verdade sobre os iroqueses, o continente inteiro não está pululando de selvagens sedentos de sangue. Isso eu sei. É um lugar muito grande, sabe – acrescentei, delicadamente.

– Mmmhummm – disse ele, obviamente sem se deixar convencer. Ainda assim, voltou sua atenção para a laranja e começou a separá-la em gomos.

– Isso é muito engraçado – disse melancolicamente. – Quando eu decidi voltar, li tudo que pude encontrar sobre a Inglaterra, Escócia e França da sua época, para que eu soubesse o máximo possível o que esperar. E acabamos aqui num lugar sobre o qual eu nada sei, porque nunca me ocorreu que iríamos atravessar o oceano, você sofrendo tanto com enjoo no mar.

Isso o fez rir, com certa relutância.

– Sim, bem, você nunca sabe o que pode fazer até ter que fazê-lo. Acredite-me, Sassenach, assim que eu conseguir resgatar Ian são e salvo, nunca mais pretendo pôr os pés num maldito e imundo barco outra vez em minha vida... – a não ser para voltar para a Escócia, quando for seguro – acrescentou, como uma reflexão tardia. Ofereceu-me uma parte da laranja e eu a aceitei, como símbolo de uma oferenda de paz.

– Por falar em Escócia, você ainda tem sua gráfica lá, a salvo em Edimburgo

– disse. – Poderíamos enviá-la para lá, talvez, e nos estabelecermos em uma das cidades americanas maiores.

Ele ergueu os olhos para mim, perplexo.

– Acha que seria possível ganhar a vida com uma tipografia? Há tanta gente assim? Só uma cidade razoavelmente grande precisa de um impressor ou de um livreiro.

– Tenho certeza que sim. Boston, Filadélfia... não Nova York, ainda, creio que não. Williamsburg, talvez? Não sei quais, mas há vários locais suficientemente grandes para precisar de uma gráfica... as cidades portuárias, sem dúvida. – Lembrei os cartazes anunciando datas de embarque e de chegada, venda de produtos e recrutamento de marinheiros, que decoravam as paredes de toda taverna à beira-mar em Le Havre.

– Mmmhummm. – Esse foi um ruído pensativo. – Sim, bem, se pudermos fazer isso...

Enfiou um pedaço da fruta na boca e comeu-o devagar.

– E quanto a você? – disse ele abruptamente. Olhei para ele, surpresa.

– O que é que tem?

Seus olhos estavam fixos em mim, examinando a expressão do meu rosto.

– Seria bom para você ir para um lugar assim? – Ele olhou para baixo então, cuidadosamente separando a outra metade da fruta. – Quero dizer, você também tem seu trabalho a fazer, não é? – Ergueu os olhos e exibiu um sorriso enviesado. – Aprendi em Paris que não posso impedi-la de fazer seu trabalho. E você mesma disse, talvez não tivesse vindo se a morte de Menzies não a tivesse feito parar, lá onde você estava. Será que você consegue ser uma curandeira nas colônias?

– Creio que sim – eu disse, pensativa. – Há pessoas doentes e machucadas praticamente em todo lugar aonde se vá, afinal de contas. – Olhei para ele, curiosa. – Você é um homem muito peculiar, Jamie Fraser.

Ele riu e engoliu o resto da laranja.

– Ah, sou? E o que quer dizer com isso?

– Frank me amava – falei, cautelosa. – Mas havia... partes de mim com as quais ele não sabia como lidar. Coisas a meu respeito que ele não compreendia ou que talvez o assustassem. – Olhei para ele. – Você não.

Sua cabeça inclinava-se sobre uma segunda laranja, as mãos movendo-se rápido conforme ele a cortava com sua adaga, mas pude ver um ligeiro sorriso no canto de sua boca.

– Não, Sassenach, você não me assusta. Ou melhor, assusta, mas somente quando acho que você pode se matar por falta de cautela.

Dei uma risadinha.

– Você me assusta pela mesma razão, mas imagino que não haja nada que eu possa fazer a respeito.

Uma risada profunda e fácil sacudiu-o.

– E você pensa que também não posso fazer nada a respeito, e então não deveria me preocupar?

– Não disse que não deveria se preocupar... você acha que eu não me preocupo? Mas não, provavelmente, não há nada que você possa fazer a meu respeito.

Eu o vi abrir a boca para discordar. Depois, mudou de ideia e riu outra vez. Estendeu o braço e jogou um gomo de laranja em minha boca.

– Bem, talvez sim e talvez não, Sassenach. Mas já vivi o suficiente para achar que não tem tanta importância, desde que eu possa amá-la.

Sem poder falar com o gomo da laranja, fitei-o, surpresa.

– E eu amo – disse ele ternamente. Inclinou-se para dentro do beliche e beijou-me, a boca quente e doce. Em seguida, recuou e delicadamente tocou em meu rosto. – Descanse agora – disse ele com firmeza. – Vou lhe trazer uma sopa daqui a pouco.

Dormi por várias horas e acordei ainda febril, mas faminta. Jamie trouxe-me um pouco da sopa de Murphy – uma mistura verde, nadando em manteiga e cheirando a conhaque – e insistiu, apesar dos meus protestos, em alimentar-me com uma colher.

– Uma das minhas mãos está perfeitamente sã – eu disse, contrariada.

– Sim, e eu também a vi usá-la – retrucou ele, agilmente me fazendo calar com a colher. – Se for desajeitada com uma colher como foi com aquela agulha, vai derramar tudo isso no colo e desperdiçar a sopa, e Murphy vai quebrar minha cabeça com a concha. Tome, abra a boca.

Eu abri, meu ressentimento gradualmente desfazendo-se numa espécie de estupor reconfortante e irradiante conforme eu comia. Eu não tomara nada para a dor em meu braço, mas à medida que meu estômago vazio se expandia com um agradável alívio, praticamente deixei de notá-la.

– Quer outra tigela? – perguntou Jamie, enquanto eu engolia a última colherada. – Precisa recuperar as forças. – Sem esperar uma resposta, destampou a pequena terrina que Murphy enviara e tornou a encher minha tigela.

– Onde está Ishmael? – perguntei, durante o breve hiato.

– No convés de ré. Ele não parecia confortável lá embaixo e não posso dizer que o culpo, tendo visto os escravos em Bridgetown. Mandei Maitland pendurar uma rede para ele.

– Acha seguro deixá-lo solto assim? Que sopa é essa? – A última colherada deixara um gosto persistente, delicioso, em minha língua; a próxima reavivou todo o sabor.

– De tartaruga. Stern pegou uma enorme tartaruga-de-pente ontem à noite. Mandou dizer que guardou o casco para fazer pentes para seus cabelos. – Jamie franziu ligeiramente a testa, se por causa do galanteio de Lawrence Stern ou da presença de Ishmael eu não soube dizer. – Quanto ao negro, ele não está solto. Fergus está vigiando-o.

– Fergus está em lua de mel – protestei. – Não devia dar-lhe essa incumbência. Isso é realmente sopa de tartaruga? Nunca havia provado. É maravilhosa.

Jamie não se deixou comover pela situação delicada de Fergus.

– Sim, bem, ele vai ficar casado por muito tempo – disse ele insensivelmente. – Não vai lhe fazer nenhum mal manter as calças no lugar por uma noite. E dizem que a abstinência torna o coração mais firme, não é?

– Ausência – eu disse, esquivando-me da colher por um instante. – E mais afetuoso. E se alguma coisa está ficando mais firme com a abstinência, não será seu coração.

– Essa é uma maneira muito desbocada de falar para uma respeitável mulher casada – disse Jamie com ar de reprovação, enfiando a colher em minha boca. – E falta de consideração, também.

Engoli.

– Falta de consideração?

– Eu mesmo estou um pouco firme no momento – respondeu ele serenamente, mergulhando a colher na sopa. – Você aí sentada, com os cabelos soltos e os mamilos me encarando, do tamanho de cerejas.

Olhei para baixo involuntariamente e a colherada seguinte bateu no meu nariz. Jamie estalou a língua em sinal de reprovação, pegou um pano e energicamente limpou meu colo. É bem verdade que minha camisola era feita de algodão fino e, mesmo seca, bastante transparente.

– Até parece que nunca os viu antes – eu disse, achando graça.

Ele largou o pano e ergueu as sobrancelhas.

– Bebo água desde o dia em que fui desmamado e isso não significa que eu não possa ainda assim ficar com sede. – Pegou a colher. – Quer mais um pouco?

– Não, obrigada – eu disse, esquivando-me da colher que se aproximava. – Quero saber mais sobre essa sua firmeza.

– Não, não quer. Você está doente.

– Sinto-me bem melhor – garanti-lhe. – Posso dar uma olhada? – Ele usava as calças de baixo largas como os marinheiros, nelas, ele poderia facilmente esconder três ou quatro peixes mortos, quanto mais uma firmeza passageira.

– Não, não pode – disse ele, parecendo ligeiramente chocado. – Alguém pode entrar. E acho que o fato de você olhar não vai ajudar em nada.

– Bem, isso você não pode saber até que eu tenha realmente olhado, não é? Além do mais, pode trancar a porta.

– Trancar a porta? O que você acha que vou fazer? Eu pareço o tipo de homem que se aproveitaria de uma mulher que, além de estar ferida e ardendo de febre, também está bêbada? – perguntou ele. Mesmo assim levantou-se.

– Não estou bêbada – eu disse, indignada. – Ninguém pode ficar bêbado com sopa de tartaruga! – Ainda assim, eu tinha consciência de que o forte calor em meu estômago parecia ter migrado mais para baixo, fixando residência entre minhas coxas, e havia inegavelmente uma leve tontura não estritamente tributável à febre.

– Pode, se tiver tomado uma sopa como essa preparada por Aloysius O'Shaughnessy Murphy – disse ele. – Pelo cheiro, ele colocou pelo menos uma garrafa inteira de conhaque na sopa. Uma raça muito descomedida, os irlandeses.

– Bem, continuo sóbria. – Recostei-me sobre os travesseiros da melhor forma que consegui. – Você me disse uma vez que enquanto você puder ficar de pé, não estará bêbado.

– Você não está de pé – ressaltou ele.

– Você está. E eu poderia, se quisesse. Pare de tentar mudar de assunto. Falávamos de sua firmeza.

– Bem, você pode parar de falar sobre isso porque... – interrompeu-se com um pequeno uivo, quando consegui agarrá-lo com a mão esquerda.

– Desajeitada, hein? – eu disse, com considerável satisfação. – Nossa! Você está mesmo com um problema, hein?

– Poderia me soltar? – sibilou ele, olhando freneticamente por cima do ombro em direção à porta. – Pode entrar alguém a qualquer momento!

– Eu lhe disse que deveria trancar a porta – eu disse, sem soltá-lo. Longe de parecer um peixe morto, o objeto em minha mão exibia uma disposição considerável.

Olhou-me com os olhos estreitados, respirando ruidosamente pelo nariz.

– Eu não usaria a força contra uma mulher doente – disse ele entre dentes –, mas para alguém com febre, você está com um vigor muito saudável, Sassenach. Se você...

– Eu lhe disse que estava melhor – interrompi –, mas farei um acordo. Você tranca a porta e eu provarei que não estou bêbada. – Soltei-o a contragosto, como sinal de boa-fé. Ele ficou parado, fitando-me, por um instante, distraidamente esfregando o local do meu recente ataque à sua virtude. Em seguida, levantou uma sobrancelha ruiva, virou-se e foi trancar a porta.

Quando retornou, eu já saíra do beliche e estava de pé – um pouco tropegamente, mas ainda assim ereta – contra a estrutura da cama. Ele examinou-me com ar crítico.

– Não vai dar certo, Sassenach – disse ele, sacudindo a cabeça. Ele também parecia um pouco pesaroso. – Nunca conseguiremos ficar de pé, com a oscilação sob nossos pés como está esta noite e você sabe que eu sozinho já não caibo neste beliche, quanto mais com você.

Houve um considerável balanço; o lampião, em seu suporte giratório, permanecia firme e nivelado, mas a prateleira acima dele inclinava-se visivelmente para a frente e para trás, conforme o *Artemis* cavalgava as ondas. Eu podia sentir o leve tremor das tábuas sob meus pés descalços e compreendi que Jamie tinha razão. Ao menos, ele estava absorto demais na discussão para se sentir enjoado.

– Sempre há o chão – sugeri esperançosamente. Ele abaixou os olhos para o limitado espaço no assoalho e franziu a testa.

– Sim, bem. De fato, mas teríamos que nos contorcer como cobras, Sassenach, entre as pernas da mesa.

– Eu não me incomodo.

– Não – disse ele, sacudindo a cabeça –, iria machucar seu braço. Esfregou o nó de um dedo contra o lábio inferior, pensando. Seus olhos atravessaram distraidamente meu corpo, na altura dos quadris, retornaram, fixaram-se e perderam o foco. Achei que a maldita camisola devia ser mais transparente do que eu imaginava.

Resolvendo tomar as rédeas da situação, soltei a estrutura do beliche onde me apoiava e cambaleei pelos dois passos necessários para alcançá-lo. O balanço do navio atirou-me em seus braços e ele próprio mal conseguiu manter o equilíbrio, agarrando-me com força pela cintura.

– Santo Deus! – disse ele, cambaleando e, em seguida, tanto por reflexo quanto por desejo, inclinou a cabeça e beijou-me.

Foi surpreendente. Eu estava acostumada a ser envolvida pelo calor de seu abraço; agora, era eu quem estava quente ao toque e ele quem estava fresco. Por sua reação, ele estava gostando da novidade tanto quanto eu.

Zonza e impulsivamente, mordi de leve o lado de seu pescoço, sentindo as ondas de calor do meu rosto pulsarem. Ele também sentiu.

– Meu Deus, você está parecendo um carvão em brasa! – Suas mãos desceram e pressionaram-me com força contra seu corpo.

– Firme, hein? Ah – eu disse, liberando minha boca por um instante. – Tire essas calças largas. – Deslizei pelo seu corpo e ajoelhei-me diante dele, manuseando atrapalhadamente sua braguilha. Ele desatou os cadarços com um puxão e as calças de baixo caíram no assoalho como um balão, com um sopro de vento.

Não esperei que removesse a camisa; apenas levantei-a e tomei-o em minha boca. Ele emitiu um som estrangulado e suas mãos desceram sobre a minha cabeça como se ele quisesse me conter, mas não tivesse forças para isso.

– Ah, meu Deus! – exclamou ele. Suas mãos fecharam-se sobre meus cabelos, mas ele não estava tentando me afastar. – Isso deve ser como fazer amor no inferno – sussurrou. – Com uma diaba incandescente.

Eu ri, o que foi extremamente difícil naquelas circunstâncias. Engasguei e afastei-me um pouco, sem ar.

– Acha que é isso o que um súcubo faz?

– Eu não duvidaria nem por um instante – garantiu ele. Suas mãos ainda estavam em meus cabelos, instando-me a continuar.

Ouviu-se uma batida na porta e ele ficou paralisado. Confiante de que a porta estava trancada, não me abalei.

– Sim? O que é? – disse ele, com uma calma notável para um homem em sua posição.

– Fraser? – A voz de Lawrence Stern atravessou a porta. – O francês diz que o negro está dormindo e pergunta se ele pode ir pra cama agora.

– Não – disse Jamie laconicamente. – Diga a ele para ficar onde está. Eu vou rendê-lo daqui a pouco.

– Ah. – A voz de Stern soou um pouco hesitante. – Certamente. Sua... hã, a mulher dele parece... ansiosa para ele descer.

Jamie inspirou com força.

– Diga a ela – disse ele, um ligeiro tom de irritação tornando-se evidente em sua voz – que ele irá... logo.

– Direi. – Stern parecia em dúvida sobre a reação de Marsali a essa notícia, mas depois sua voz animou-se. – Ah... a sra. Fraser está se sentindo melhor?

– Muito – disse Jamie, entusiasticamente.

– Ela gostou da sopa de tartaruga?

– Gostou muito. Obrigado. – As mãos em minha cabeça tremiam.

– Disse a ela que guardei o casco para ela? Era uma bela tartaruga-de-pente, um animal muito elegante.

– Sim. Sim, eu disse. – Com uma audível respiração ofegante, Jamie afastou-se e, abaixando-se, puxou-me para cima. – Boa noite, sr. Stern! – gritou ele. Arrastou-me para o beliche; lutamos com quatro pernas para não colidir com mesa e cadeiras, conforme o assoalho subia e descia sob nossos pés.

– Ah – Lawrence soou ligeiramente desapontado. – Imagino que a sra. Fraser esteja dormindo, então?

– Se você rir, eu a esgano – murmurou Jamie ferozmente no meu ouvido. – Está sim, sr. Stern – gritou ele através da porta. – Eu lhe darei suas recomendações pela manhã, sim?

– Desejo que ela durma bem. O mar parece estar agitado esta noite.

– Eu... notei, sr. Stern. – Empurrando-me sobre meus joelhos diante do beliche, ele ajoelhou-se atrás de mim, tateando em busca da barra de minha camisola. Uma brisa fresca entrou pela janela de popa e soprou minhas nádegas nuas, e um tremor percorreu a parte de trás de minhas coxas.

– Se o senhor e a sra. Fraser sentirem-se incomodados com o balanço, eu tenho um excelente remédio à mão, um composto de artemísia, excremento de morcego e o fruto do mangue. É só pedir.

Jamie não respondeu por um instante.

– Ah, Deus! – sussurrou ele. Mordi as cobertas da cama com força.

– Sr. Fraser?

– Boa noite, sr. Stern! – berrou Jamie.

– Ah! Hã... Boa noite.

Os passos de Stern recuaram pela escada, perdendo-se no barulho das ondas que agora se arrebentavam ruidosamente contra o casco do navio. Cuspi o bocado de colcha que estava em minha boca.

– Ah... meu.. Deus!

Suas mãos eram grandes, rijas e frescas em minha carne quente.

– Você tem o traseiro mais redondo que eu já vi!

Com uma brusca guinada do *Artemis* ajudando seus esforços para um grau desconfortável, eu emiti um grito sonoro.

– Shhhh! – Ele tampou minha boca, inclinando-se sobre mim de modo a praticamente deitar-se sobre minhas costas, as dobras de linho de sua camisa caindo ao meu redor e seu peso pressionando-me contra a cama. Minha pele, enlouquecida pela febre, estava sensível ao mais leve toque; eu tremia em seus braços, o calor interno subindo à superfície conforme ele se movia dentro de mim.

Logo suas mãos estavam sob mim, agarrando meus seios, a única âncora conforme eu perdia meus limites e me dissolvia, o pensamento consciente um elemento deslocado no caos de sensações – as cobertas emboladas, quentes e suadas sob mim, o vento frio do mar e os respingos de água salgada que borrifavam sobre nós das ondas em fúria lá fora, a respiração arquejante e o hálito quente de Jamie roçando a minha nuca, e o arrepio repentino de frio e calor, enquanto minha febre desfazia-se num suor de desejo satisfeito.

O peso de Jamie descansou sobre minhas costas, suas coxas atrás das minhas. Eram quentes e reconfortantes. Após um longo tempo, sua respiração acalmou-se e ele se levantou. O algodão fino de minha camisola estava úmido e o vento arrancava-a de minha pele, fazendo-me estremecer.

Jamie fechou a janela com um golpe rápido, depois se inclinou e pegou-me no colo como uma boneca de trapos. Depositou-me no beliche e me cobriu com a colcha.

– Como vai seu braço? – perguntou ele.

– Que braço? – murmurei sonolentamente. Sentia como se tivesse sido dissolvida e despejada numa forma para solidificar outra vez.

– Ótimo – disse ele, um sorriso na voz. – Pode ficar de pé?

– Nem por todo o chá da China.

– Direi a Murphy que você gostou da sopa. – Sua mão descansou um pouco sobre a minha testa fria, deslizou pela curva da minha face numa leve carícia e desapareceu. Não ouvi quando ele saiu.

57
A TERRA PROMETIDA

– É perseguição! – disse Jamie, indignado. Estava parado atrás de mim, olhando por cima da balaustrada do *Artemis*.

O porto de Kingston estendia-se para a nossa esquerda, brilhando como safiras líquidas à luz da manhã, a cidade acima parcialmente submersa no verde da selva, cubos de marfim amarelado e quartzo cor-de-rosa em um cenário luxuriante de esmeralda e malaquita. E no seio azul-celeste da água abaixo flutuava a visão grandiosa de um majestoso navio de três mastros, as velas recolhidas brancas como asas de gaivotas, os conveses dos canhões altivos com seus bronzes reluzentes ao sol. O navio de guerra de Sua Majestade, o *Porpoise*.

– O maldito navio está me perseguindo – disse ele, olhando fixamente e com raiva conforme passávamos por ele a uma distância segura, bem fora da boca do porto. – Aonde quer que eu vá, lá está ele outra vez!

Eu ri, embora a visão do *Porpoise* também me deixasse ligeiramente nervosa.

– Não creio que seja pessoal – eu disse. – O capitão Leonard realmente me disse que se dirigiam à Jamaica.

– Sim, mas por que não foram direto para Antígua, onde estão os alojamentos da Marinha e os estaleiros navais, apesar de todos os apuros por que estavam passando? – Ele protegeu os olhos da claridade, espreitando o *Porpoise*. Mesmo àquela distância, minúsculas figuras eram visíveis no cordame, fazendo reparos.

– Tiveram que vir para cá primeiro – expliquei. – Estavam transportando um novo governador para a colônia. – Senti uma vontade absurda de me agachar atrás da balaustrada, embora soubesse que até mesmo a cabeleira ruiva de Jamie seria indistinguível àquela distância.

– É mesmo? Quem seria? – Jamie falou distraidamente; estávamos a menos de uma hora da chegada à plantação de Jared em Sugar Bay e eu sabia que sua mente estava ocupada com planos para encontrar o Jovem Ian.

– Um sujeito chamado Grey – eu disse, afastando-me da balaustrada. – Um bom homem. Eu o conheci no navio, apenas rapidamente.

– Grey? – Espantado, Jamie olhou para mim. – Não seria lorde John Grey, por acaso?

– Sim, esse era o nome dele. Por quê? – Ergui os olhos para ele, curiosa. Ele fitava o *Porpoise* com renovado interesse.

– Por quê? – Ele me ouviu quando repeti a pergunta pela segunda vez e olhou para mim, sorrindo. – Ah. É que eu conheço lorde John. É um amigo meu.

– Verdade? – Não fiquei muito surpresa. O círculo de amizades de Jamie em certa época ia desde o ministro francês das Finanças e Charles Stuart, até mendigos escoceses e pivetes franceses. Imaginei que não era de admirar que ele agora incluísse aristocratas ingleses entre seus conhecidos, assim como contrabandistas das Terras Altas e cozinheiros irlandeses. – Bem, é uma sorte – eu disse. – Ou ao menos eu acho que é. De onde você conhece lorde John?

– Era o diretor da prisão de Ardsmuir – respondeu ele, surpreendendo-me, no final das contas. Seus olhos ainda estavam fixos no *Porpoise*, apertados, com um ar especulativo.

– E ele é um *amigo* seu? – Sacudi a cabeça. – Nunca vou entender os homens.

Ele virou-se e sorriu para mim, finalmente desviando sua atenção do navio inglês.

– Bem, os amigos estão onde você os encontra, Sassenach – disse ele. Estreitou os olhos na direção da praia, protegendo-os com a mão. – Vamos torcer para que essa sra. Abernathy seja um deles.

•••

Quando dobrávamos a ponta do promontório, uma figura negra e ágil materializou-se junto à balaustrada. Agora vestido com roupas simples de marinheiro, as cicatrizes escondidas, Ishmael parecia-se menos com um escravo e muito mais com um pirata. Não pela primeira vez, perguntei-me o quanto do que ele nos contara seria verdade.

– Eu ir embora agora – anunciou ele abruptamente.

Jamie ergueu uma das sobrancelhas e olhou por cima da balaustrada, para as serenas profundezas azuis.

– Não se detenha por mim – disse ele educadamente. – Mas você não preferia ter um barco?

Algo que poderia ser humor atravessou rapidamente os olhos de Ishmael, mas não alterou os contornos graves de seu rosto.

– Você dizer que me colocar na praia onde eu querer, eu contar sobre aqueles garotos – disse ele. Fez um sinal com a cabeça indicando a ilha, onde um desordenado crescimento de selva derramava-se pela encosta de um monte até encontrar sua própria sombra verde nas águas rasas. – Lá onde eu querer.

Jamie olhou pensativamente da praia deserta para Ishmael e depois assentiu.

– Vou mandar baixar um barco. – Virou-se para ir à cabine. – Eu também lhe prometi ouro, não foi?

– Não querer ouro, senhor. – O tom de Ishmael, assim como suas palavras, fizeram Jamie parar subitamente. Olhou para o sujeito com interesse, misturado a uma certa reserva.

– Tem alguma outra coisa em mente?

Ishmael fez um rápido aceno com a cabeça. Externamente, ele não parecia estar nervoso, mas eu notei o leve brilho de suor em suas têmporas, apesar da suave brisa do meio-dia.

– Eu querer aquele negro de um braço. – Olhou desafiadoramente para Jamie enquanto falava, mas havia um certo acanhamento por trás da fachada confiante.

– Temeraire? – perguntei, atônita. – Por quê?

Ishmael lançou um rápido olhar em minha direção, mas endereçou suas palavras a Jamie, com um ar ao mesmo tempo atrevido e adulador.

– Ele não servir para nada para o senhor, não poder trabalhar na lavoura nem no navio, só tem um braço.

Jamie não respondeu imediatamente, mas olhou fixamente para Ishmael por um instante. Em seguida, mandou Fergus trazer o escravo de um braço.

Temeraire, trazido ao convés, mantinha-se impassível como um bloco de madeira, mal piscando sob o sol. Ele também recebera roupas de marinheiro, mas faltava-lhe a elegância selvagem de Ishmael. Ele parecia um tronco sobre o qual alguém espalhara roupas para secar.

– Este homem quer que você vá embora com ele, para aquela ilha ali – disse Jamie a Temeraire, num francês cuidadoso e pausado. – Você quer fazer isso?

Temeraire de fato piscou diante da proposta e um breve ar de espanto arregalou seus olhos. Imagino que há muitos anos ninguém lhe perguntava o que ele queria – se é que algum dia perguntaram. Ele olhou com desconfiança de Jamie para Ishmael e novamente para Jamie, mas não disse nada.

Jamie tentou outra vez.

– Você não tem que ir com este homem – garantiu ele ao escravo. – Pode vir conosco e nós tomaremos conta de você. Ninguém irá machucá-lo. Mas você pode ir com ele, se quiser.

O escravo ainda hesitava, os olhos dardejando para a esquerda e para a direita, obviamente espantado e confuso com a escolha inesperada. Foi Ishmael quem decidiu a questão. Ele disse alguma coisa, numa língua estranha, cheia de vogais e sílabas vibrantes, que se repetiam como uma batida de tambor.

Temeraire deixou escapar a respiração numa arfada, caiu de joelhos e pressionou a testa no assoalho do convés, aos pés de Ishmael. Todos no convés olharam fixamente para ele, depois para Ishmael, que continuou parado, os braços cruzados, numa espécie de desafio cauteloso.

– Ele ir comigo – disse ele.

E assim foi feito. Picard levou os dois negros para a praia num pequeno barco a remo e deixou-os nas rochas à beira de uma floresta com uma pequena saca de provisões, cada um armado com uma faca.

– Por que lá? – perguntei-me em voz alta, observando as duas figuras minúsculas subirem devagar pela encosta coberta de árvores. – Não há cidades por perto, há? Ou alguma plantação? – Até onde podíamos ver, o litoral apresentava apenas uma extensão contínua de selva.

– Ah, sim, há plantações – garantiu-me Lawrence. – Bem no alto dos montes; é lá que plantam café e índigo. A cana-de-açúcar cresce melhor perto da costa. – Ele estreitou os olhos para a praia, onde as duas figuras escuras haviam desaparecido. – Porém, é mais provável que eles tenham ido se juntar a um grupo de maroons – disse ele.

– Há maroons na Jamaica, assim como em Hispaniola? – perguntou Fergus, interessado.

Lawrence sorriu, um pouco soturnamente.

– Há maroons em qualquer lugar onde haja escravos, meu amigo – disse ele. – Há sempre homens que preferem correr o risco de morrer como animais a viver como prisioneiros.

Jamie virou a cabeça abruptamente para olhar para Lawrence, mas não disse nada.

A fazenda de Jared em Sugar Bay chamava-se Casa da Montanha Azul, provavelmente por causa do pico enevoado, baixo, que se erguia no interior da ilha, a cerca de 1,5 quilômetro atrás da casa, azul por causa dos pinheiros e da distância. A casa propriamente dita ficava perto da praia, na curva rasa da baía. Na realidade, a varanda que se estendia ao longo de um dos lados da casa debruçava-se sobre uma pequena lagoa; o prédio fora construído sobre fortes pilares de madeira prateada que se erguiam da água, incrustados com uma camada de tunicados, mexilhões e as delicadas algas marinhas verdes conhecidas como cabelos de sereia.

Éramos esperados; Jared enviara uma carta por um navio que deixara Le Havre uma semana antes do *Artemis*. Devido à nossa demora em Hispaniola, a carta chegara quase um mês antes de nós e o administrador e sua mulher – um casal escocês corpulento e amável chamado MacIver – ficaram aliviados ao nos ver.

– Achei que certamente as tempestades de inverno haviam alcançado vocês – disse Kenneth MacIver pela quarta vez, sacudindo a cabeça. Ele era calvo, o topo de sua cabeça escamoso e sardento de muitos anos de exposição ao sol dos trópicos. Sua mulher parecia uma vovó bonachona, gorda e simpática, que, para meu espanto, soube que era aproximadamente cinco anos mais nova do que eu. Ela conduziu Marsali e a mim para um banho rápido, escovação e cochilo antes do jantar, enquanto Fergus e Jamie saíam com o sr. MacIver para comandar o descarregamento parcial da carga do *Artemis* e acomodar a tripulação.

Obedeci de bom grado; embora meu braço tivesse sarado o suficiente para não precisar de mais do que uma leve atadura, me impedira de tomar banho no mar como eu costumava fazer. Após uma semana a bordo do *Artemis*, sem tomar banho, eu ansiava por água doce e lençóis limpos com uma nostalgia que era quase um desejo ardente.

Eu ainda não recuperara a firmeza nas pernas de quem vive em terra; as desgastadas tábuas do assoalho da casa da fazenda davam-me a desconcertante ilusão de parecer subir e descer sob meus pés, e fui cambaleando pelo corredor atrás da sra. MacIver, esbarrando nas paredes.

A casa possuía uma banheira de verdade em uma pequena varanda fechada; de madeira, mas cheia – *mirabile dictu!* – de água quente, graças aos serviços de duas escravas que aqueciam chaleiras sobre uma pequena fogueira no quintal e as traziam para dentro. Eu deveria ter me sentido culpada demais diante dessa exploração para apreciar meu banho, mas não me senti. Rolei na água suntuosamente, esfregando o sal e a sujeira da minha pele com uma esponja de bucha e ensaboando meus cabelos com um xampu feito de camomila, óleo de gerânio, flocos de sabão de sebo e a gema de um ovo, amavelmente fornecido pela sra. MacIver.

Com um doce aroma pelo corpo, cabelos limpos e brilhantes, e lânguida pelo banho quente, desabei de bom grado na cama que me foi oferecida. Antes de adormecer, só tive tempo de pensar em como era delicioso poder esticar-me numa cama.

Quando acordei, a penumbra do crepúsculo concentrava-se na varanda para a qual as portas do meu quarto se abriam. Jamie estava deitado nu ao meu lado, as mãos entrelaçadas sobre a barriga, respirando devagar e profundamente.

Ao sentir que eu me remexia, ele abriu os olhos. Sorriu sonolentamente e, erguendo a mão, puxou-me para sua boca. Ele também tomara banho; cheirava a sabão e cedro. Beijei-o longa, devagar e apaixonadamente, passando a língua pela curva larga de seu lábio, encontrando sua língua com a minha, num embate macio e suave de sedução.

Afastei-me finalmente e respirei fundo. O quarto estava iluminado por uma ondeante luz verde, reflexos da lagoa lá fora, como se o próprio aposento estivesse debaixo d'água. O ar era ao mesmo tempo quente e fresco, cheirando a mar e chuva, com minúsculas correntes de uma brisa que acariciava a pele.

– Você está com um cheiro gostoso, Sassenach – murmurou ele, a voz rouca de sono. Sorriu, erguendo a mão para enrolar os dedos nos meus cabelos. – Vem cá, minha cabeleira de caracóis.

Livre dos grampos e recém-lavados, meus cabelos derramavam-se sobre meus ombros numa perfeita explosão de cachos como os de Medusa. Ergui a mão para alisá-los para trás, mas ele me puxou delicadamente, inclinando-me para a frente, de modo que o véu de prata, ouro e castanho caísse livremente sobre seu rosto.

Beijei-o, um pouco sufocada no meio dos cabelos, e deslizei, deitando-me sobre ele, deixando o volume dos meus seios amassar-se delicadamente contra seu peito. Ele remexeu-se devagar, esfregando-se em mim, e suspirou de prazer.

Suas mãos seguraram minhas nádegas, tentando me mover para cima o suficiente para me penetrar.

– Ainda não – sussurrei. Pressionei os quadris para baixo, rolando-os, desfrutando a sensação da rigidez sedosa presa sob minha barriga. Ele emitiu um pequeno som arquejante. – Há meses não temos espaço nem tempo para fazer amor adequadamente – eu disse. – De modo que não vamos nos apressar agora, certo?

– Você me deixa em desvantagem, Sassenach – murmurou ele no meio dos meus cabelos. Contorceu-se sob mim, pressionando o corpo para cima, com urgência. – Não acha que podemos nos demorar da próxima vez?

– Não – respondi com firmeza. – Agora. Devagar. Não se mexa.

Ele emitiu uma espécie de ruído surdo e vibrante na garganta, mas suspirou e relaxou, deixando as mãos caírem ao lado do corpo, sobre a cama. Deslizei mais para baixo em seu corpo, fazendo-o inspirar com força e coloquei a boca em seu mamilo.

Deslizei a língua delicadamente ao redor da pequena protuberância, fazendo-a empinar-se, rígida, desfrutando a sensação áspera dos pelos encaracolados e ruivos que a circundavam. Senti seu corpo retesar-se sob mim e coloquei as mãos em seus braços para mantê-lo quieto enquanto eu continuava, mordendo delicadamente, sugando e passando a língua.

Alguns minutos depois, levantei a cabeça, alisei os cabelos para trás com uma das mãos e perguntei:

– O que você está murmurando?

Ele abriu um dos olhos.

– O rosário – informou ele. – É a única maneira de eu aguentar isso. – Fechou os olhos e retornou à sua prece em latim. – *Ave Maria, gratia plena...*

Dei uma risadinha e comecei a trabalhar no outro mamilo.

– Você está misturando tudo – eu disse, quando voltei a erguer a cabeça para respirar. – Já disse o padre-nosso três vezes seguidas.

– Estou surpreso de saber que ainda estou dizendo qualquer coisa com nexo. – Seus olhos estavam cerrados e uma leve umidade reluzia em suas faces. Movimentou os quadris com crescente desassossego. – Agora?

– Ainda não. – Abaixei ainda mais a cabeça e, tomada por um impulso, soprei em seu umbigo. Ele contorceu-se e, tomado de surpresa, emitiu um barulho que só podia ser descrito como uma risadinha.

– Não faça isso! – disse ele.

– Faço, sim, se eu quiser – eu disse, repetindo a brincadeira. – Você falou exatamente como a Bree. Eu costumava fazer isso com ela quando era pequenina, ela adorava.

– Bem, eu não sou nenhum bebê, caso não tenha notado a diferença – disse ele, um pouco impaciente. – Se tem que fazer isso, ao menos tente um pouco mais abaixo, sim?

Foi o que fiz.

– Você não tem nenhum pelo na parte de cima das coxas – disse, admirando a pele branca e lisa. – Por que será?

– A vaca lambeu tudo da última vez que me ordenhou – disse ele entre os dentes. – Pelo amor de Deus, Sassenach!

Eu ri e retornei ao meu trabalho. Finalmente, parei e ergui-me sobre os cotovelos.

– Acho que já basta – eu disse, afastando os cabelos dos olhos. – Você só ficou repetindo o nome de Deus nos últimos minutos.

De repente, ele moveu-se para cima e derrubou-me de costas na cama, prendendo-me com o volume maciço do seu corpo.

– Você vai se arrepender disso, Sassenach – disse ele com um riso de satisfação.

Devolvi o sorriso, sem arrependimento.

– É mesmo?

Ele abaixou os olhos semicerrados para mim.

– Ir devagar, não é? Você vai suplicar antes de eu terminar com você.

Tentei puxar meus pulsos imobilizados e contorci-me ligeiramente sob ele, na expectativa.

– Ah, tenha compaixão – eu disse. – Animal.

Ele resfolegou levemente e inclinou a cabeça para a curva do meu seio, branco como pérola na turva luz esverdeada.

Fechei os olhos e deixei-me afundar nos travesseiros.

– *Paster noster, qui es in coelis...* – murmurei.

Nós chegamos muito atrasados para o jantar.

Durante o jantar, Jamie não perdeu tempo em perguntar sobre a sra. Abernathy da Mansão da Rosa.

– Abernathy? – MacIver franziu a testa, dando pancadinhas na mesa com sua faca para ajudá-lo a pensar. – Sim, parece que já ouvi o nome, embora não consiga me lembrar...

– Ah, você conhece Abernathy – interrompeu sua mulher, parando em suas instruções a uma criada para a preparação do pudim quente. – É aquele lugar acima do rio Yallahs, nas montanhas. Cana-de-açúcar, na maior parte, mas um pouco de café também.

– Ah, sim, claro! – exclamou seu marido. – Que memória você tem, Rosie! – Olhou radiante para sua mulher.

– Bem, eu posso não ter me lembrado dela por conta própria – disse ela modestamente –, já que aquele ministro na igreja Nova Graça na semana passada estava perguntando pela sra. Abernathy também.

– Quem é esse ministro, senhora? – perguntou Jamie, pegando um pedaço de frango assado da enorme travessa que lhe era apresentada por um criado negro.

– Que belo apetite você tem, sr. Fraser! – exclamou a sra. MacIver admirada, vendo seu prato cheio. – É o ar da ilha que faz isso, eu acho.

As pontas das orelhas de Jamie ficaram rosadas.

– Acho que sim – disse ele, tomando o cuidado de não olhar para mim. – Esse ministro...?

– Ah, sim. Campbell, esse era seu nome, Archie Campbell. – Sobressaltei-me e ela olhou interrogativamente para mim. – Conhece-o?

Sacudi a cabeça, engolindo um cogumelo em conserva.

– Encontrei-o uma vez, em Edimburgo.

– Ah. Bem, ele veio como missionário, para levar aos negros pagãos a salvação de Nosso Senhor Jesus Cristo. – Falou com admiração e olhou furiosamente para seu marido quando ele deu uma risadinha debochada. – Ora, não vá começar com seus comentários papistas, Kenny! O reverendo Campbell é um homem santo e um grande estudioso, além do mais. Eu mesma sou da Igreja Livre – disse ela, inclinando-se em minha direção com ar de confidência. – Meus pais me deserdaram quando me casei com Kenny, mas disse a eles que tinha certeza de que ele veria a luz mais cedo ou mais tarde.

– Muito mais tarde – observou seu marido, colocando uma colher de geleia em seu prato. Riu para sua mulher, que fez um muxoxo e voltou à sua história.

– Então, foi pelo fato de o reverendo ser um grande estudioso que a sra. Abernathy lhe escreveu, enquanto ele ainda estava em Edimburgo, para lhe fazer perguntas. E agora que ele veio para cá, tinha em mente ir visitá-la. Embora depois de tudo que Myra Dalrymple e o reverendo Davis lhe contaram, eu ficaria surpresa se ele colocasse os pés na casa dela – acrescentou ela afetadamente.

Kenny MacIver resmungou, fazendo sinal para um criado que estava no vão da porta com outra enorme travessa.

– Eu mesmo não coloco muita fé em nada que o reverendo Davis diz – observou ele. – O sujeito é devoto demais e fala muita bobagem. Mas Myra Dalrymple é uma mulher sensata. Aai! – Ele retirou com um safanão os dedos que sua mulher acabara de acertar com uma colher e colocou-os na boca.

– O que a srta. Dalrymple tinha a dizer sobre a sra. Abernathy? – perguntou Jamie, intervindo apressadamente antes que uma guerra conjugal completa irrompesse.

A sra. MacIver estava vermelha e exaltada, mas relaxou a ruga em sua testa ao se virar para responder à pergunta de Jamie.

– Bem, a maior parte não passa de mexericos maldosos – admitiu ela. – O tipo de coisas que as pessoas sempre falam sobre uma mulher que vive sozinha. Que ela aprecia demais a companhia de seus escravos, sabe?

– Mas houve um boato quando o marido dela morreu – interrompeu Kenny. Deslizou vários peixinhos listrados em tons do arco-íris da travessa que o criado, inclinando-se, lhe apresentava. – Lembro-me bem, agora que me lembro do nome.

Barnabas Abernathy viera da Escócia e comprara a Mansão da Rosa havia cinco anos. Administrara bem a propriedade, conseguira um pequeno lucro com cana-de-açúcar e café, e não atraiu nenhum comentário entre seus vizinhos. Então, há dois anos, ele se casara com uma mulher que ninguém conhecia, trazendo-a de uma viagem a Guadalupe.

– E seis meses depois estava morto – concluiu a sra. MacIver com uma soturna satisfação.

– E o que se diz é que a sra. Abernathy teve alguma coisa a ver com isso? – Tendo uma boa ideia da pletora de parasitas e doenças tropicais que atacavam os europeus nas Índias Ocidentais, eu me inclinava a duvidar. Barnabas Abernathy poderia facilmente ter morrido de qualquer doença, de malária a elefantíase, mas Rosie MacIver tinha razão, as pessoas têm a tendência de alimentar boatos maldosos.

– Veneno – disse Rosie, baixinho, com um olhar rápido para a porta da cozinha. – O médico que o examinou disse isso. Veja bem, poderiam ser as escravas. Falava-se de Barnabas e suas escravas e é mais comum do que as pessoas gostam de admitir que uma escrava cozinheira coloque alguma coisa na comida, mas... – Interrompeu-se quando outra criada entrou, carregando uma molheira de cristal lapidado. Todos ficaram em silêncio enquanto a mulher colocava-a na mesa e saía, fazendo uma mesura para sua patroa.

– Não precisam se preocupar – disse a sra. MacIver para nos tranquilizar, ao me ver seguir a criada com o olhar. – Temos um garoto que prova tudo antes de ser servido. É tudo muito seguro.

Engoli com certa dificuldade o bocado de peixe que mastigava.

– O reverendo Campbell foi visitar a sra. Abernathy, então? – perguntou Jamie.

Rosie ficou satisfeita em mudar de assunto. Sacudiu a cabeça, agitando os babados de renda de seu gorro.

– Não, tenho certeza que não, porque foi logo no dia seguinte que houve o tumulto por causa da irmã dele.

Na empolgação de seguir a pista de Ian e do *Bruja*, eu quase me esquecera de Margaret Jane Campbell.

– O que aconteceu com a irmã dele? – perguntei, curiosa.

– Ora, ela desapareceu! – Os olhos azuis da sra. MacIver arregalaram-se. A Casa da Montanha Azul era afastada, ficava a cerca de 16 quilômetros de Kingston por terra, e nossa presença propiciava uma oportunidade sem paralelo para os mexericos.

– O quê? – Fergus estivera concentrado em seu prato com uma dedicação obcecada, mas agora ergueu os olhos, pestanejando. – Desapareceu? Onde?

– A ilha inteira está comentando – observou Kenny, tomando a palavra de sua mulher. – Parece que o reverendo tinha uma criada encarregada de tomar conta da irmã, mas a mulher morreu com uma febre durante a viagem.

– Ah, que lástima! – Senti uma sincera pontada de dor por Nellie Cowden, com seu rosto largo e agradável.

– Sim. – Kenny balançou a cabeça apressadamente. – Bem, assim o reverendo arranjou um lugar para abrigar a irmã. Meio irresponsável, não? – Ergueu uma das sobrancelhas para mim.

– Um pouco.

– Sim, bem, a moça parecia tranquila e obediente, e a sra. Forrest, a proprietária da casa onde ela estava alojada, a levava para sentar-se na varanda nas horas mais frescas do dia. Bom, na última terça-feira, um rapaz veio dizer à sra. Forrest que ela deveria ver imediatamente sua irmã, que iria dar à luz. E a sra. Forrest ficou nervosa e partiu imediatamente, esquecendo-se da srta. Campbell na varanda. Quando se lembrou disso e enviou uma pessoa de volta para verificar... a srta. Campbell havia desaparecido. E nem sinal dela desde então, apesar de o reverendo estar revirando céus e terras, pode-se dizer assim, para encontrá-la. – MacIver recostou-se em sua cadeira, estufando suas bochechas queimadas de sol.

A sra. MacIver sacudiu a cabeça tristemente e estalou a língua em sinal de reprovação.

– Myra Dalrymple disse ao reverendo que ele deveria ir ao governador pedir ajuda para encontrá-la – disse ela. – Mas o governador acabou de chegar e ainda não está pronto para receber ninguém. Vai haver uma grande recepção para ele na próxima quinta-feira, para que ele conheça todas as pessoas importantes da ilha. Myra disse que o reverendo deve ir e falar com o governador lá mesmo, mas ele não está pensando em fazer isso, por se tratar de uma ocasião festiva, sabe?

– Uma recepção? – Jamie abaixou sua colher, olhando para a sra. MacIver com interesse. – É com convite, a senhora sabe?

– Ah, não – disse ela, sacudindo a cabeça. – Qualquer um que quiser pode ir, ou assim ouvi dizer.

– É mesmo? – Jamie olhou para mim, sorrindo. – O que acha, Sassenach? Gostaria de me acompanhar à residência do governador?

Fitei-o, atônita. Eu imaginava que a última coisa que ele queria fazer era se apresentar em público. Também me surpreendi com o fato de que alguma coisa pudesse impedi-lo de visitar a Mansão da Rosa na primeira oportunidade.

– É uma boa oportunidade de perguntar sobre Ian, não? – explicou ele. – Afinal, ele pode não estar na Mansão da Rosa, mas em algum outro lugar da ilha.

– Bem, fora o fato de eu não ter nada para usar... – contemporizei, tentando descobrir o que ele realmente pretendia.

– Ah, isso não é problema – assegurou-me Rosie MacIver. – Tenho uma das melhores costureiras da ilha; ela vai deixá-la bem-vestida num piscar de olhos.

Jamie balançava a cabeça pensativamente. Sorriu, os olhos rasgados fitando-me por cima da chama da vela.

– Seda violeta, eu acho – disse ele. Tirou as espinhas de seu peixe cuidadosamente e colocou-as de lado. – Quanto ao resto... não se preocupe, Sassenach. Tenho algo em mente. Você vai ver.

58

A MÁSCARA DA MORTE VERMELHA

– Oh, quem será este jovem pecador com algemas nos pulsos?
E o que ele andou fazendo para rugirem e brandirem os punhos cerrados?
E por que ele exibe um ar tão acabrunhado?
Ah, estão levando-o para a prisão por causa da cor de seus cabelos.

Jamie largou a peruca que tinha na mão e ergueu uma das sobrancelhas para mim pelo espelho. Sorri e continuei, declamando com gestos:

– É uma vergonha para a natureza humana, uma cabeleira como a dele;
Nos velhos e bons tempos, essa cor era punida com a forca.
Embora a forca não seja o bastante e a flagelação seja melhor,
Por causa da ultrajante e abominável cor de seus cabelos!

– Você não me disse que estudou para ser médica, Sassenach? – perguntou ele. – Ou foi para ser poeta, afinal?

– Eu não – garanti-lhe, aproximando-me para ajeitar o lenço do seu pescoço. – Esses sentimentos são de um certo A. E. Housman.

– Certamente basta um como ele – disse Jamie secamente. – Considerando a qualidade de suas opiniões. – Pegou a peruca e encaixou-a cuidadosamente na cabeça, soltando pequenas lufadas de talco perfumado conforme ele ajeitava aqui e ali. – O sr. Housman é um conhecido seu?

– Pode-se dizer que sim. – Sentei-me na cama para observar. – É que na sala de estar dos médicos no hospital onde eu trabalhava havia um exemplar das obras completas de Housman que alguém deixara lá. Não há muito tempo entre uma chamada e outra para ler romances, mas os poemas são ideais. Acho que agora já sei quase tudo de Housman de cor.

Olhou-me de viés, como se esperasse outra explosão de poesia, mas eu apenas sorri e ele voltou ao seu trabalho. Observei a transformação fascinada.

Sapatos vermelhos de salto e meias de seda decoradas em preto. Calças de cetim cinza com fivelas de prata nos joelhos. Camisa de linho imaculadamente branca, com fartos babados de renda de Bruxelas nos punhos e no jabô. O casaco, uma obra-prima em cinza-escuro com punhos de cetim azul e botões de prata decorados com brasões, pendurado atrás da porta, aguardava sua vez.

Ele terminou a cuidadosa aplicação de talco no rosto e, lambendo a ponta de um dedo, pegou uma pinta falsa – um sinal preto usado para embelezar o rosto –, untou-o com goma arábica e fixou-o com precisão, próximo ao canto da boca.

– Pronto – disse ele, girando na banqueta de vestir para ficar de frente para mim. – Estou parecendo um contrabandista escocês de cabelos ruivos?

Examinei-o atentamente, da peruca grande e completa aos sapatos marroquinos de salto alto.

– Você está parecendo uma gárgula – eu disse. Seu rosto iluminou-se num largo sorriso. Delineado em talco branco, seus lábios pareciam anormalmente vermelhos, a boca ainda maior e mais expressiva do que comumente era.

– Non! – disse Fergus, indignado, entrando a tempo de ouvir o comentário. – Ele está parecendo um francês.

– É mais ou menos a mesma coisa – disse Jamie, e espirrou. Limpando o nariz em um lenço, acrescentou: – Desculpe-me, Fergus.

Levantou-se e pegou o casaco, ajeitando-o nos ombros e nas beiradas. Em saltos de 7 centímetros, ele alcançava uma altura de 2 metros; sua cabeça quase roçava o teto de argamassa.

– Não sei – eu disse, fitando-o com ar de dúvida. – Nunca vi um francês deste tamanho.

Jamie deu de ombros, o casaco farfalhando como folhas de outono.

– Sim, bem, não tenho como esconder a altura. Mas desde que meus cabelos estejam escondidos, acho que está bem. Além do mais – acrescentou ele, olhando-me com aprovação –, as pessoas não vão olhar para mim. Levante-se para eu ver, sim?

Atendi obsequiosamente, girando devagar para exibir o brilho intenso da saia de seda violeta. Com um profundo decote na frente, o *décolletage* era preenchido com babados de renda que caíam em cascata pela frente do corpete numa série de Vs. A mesma cascata de renda projetava-se da borda da manga, na altura do cotovelo, em graciosas camadas brancas que deixavam meus pulsos descobertos.

– Que pena eu não ter as pérolas de sua mãe – observei. Não lamentava sua falta; eu as deixara para Brianna, na caixa com as fotografias e os documentos da família. Ainda assim, com o *décolletage* profundo e os cabelos presos num coque alto, o espelho mostrava uma longa extensão de pescoço e colo nus, erguendo-se com um tom perolado da seda violeta.

– Eu pensei nisso. – Com o gesto de um mágico ou ilusionista, Jamie tirou uma pequena caixa do bolso interno e entregou-a a mim, fazendo uma mesura floreada no melhor estilo de Versalhes.

Dentro da caixa, havia um peixe pequeno e brilhante, esculpido num material denso e negro, as bordas de suas escamas ornadas a ouro.

– É um broche – explicou ele. – Talvez você possa usá-lo preso a uma fita branca em volta do pescoço, não?

– É lindo! – eu disse, encantada. – De que é feito? Ébano?

– Coral negro – disse ele. – Comprei-o ontem, quando Fergus e eu fomos a Montego Bay. – Ele e Fergus deram a volta na ilha com o *Artemis*, finalmente livrando-se da carga de guano de morcego, entregue a seu comprador.

Encontrei um pedaço de fita de cetim branco e Jamie obsequiosamente amarrou-a em volta do meu pescoço, inclinando-se para espreitar por cima do meu ombro para a imagem no espelho.

– Não, não vão olhar para mim – disse ele. – Metade das pessoas estará olhando para você, Sassenach, e a outra metade para o sr. Willoughby.

– Sr. Willoughby? Será que é seguro? Quero dizer... – Lancei um olhar para o chinesinho, pacientemente sentado em um banco com as pernas cruzadas, reluzente em roupas limpas de seda azul, e abaixei a voz. – Quero dizer, eles vão servir vinho, não é?

Jamie balançou a cabeça, confirmando.

– E também uísque, chá de cambraia, clarete, Porto, ponche de champanhe... e um pequeno barril do melhor conhaque francês, cortesia de Monsieur Etienne Mareei de Provac Alexandre. – Colocou a mão no peito e fez uma nova mesura, numa pantomima tão exagerada que me fez rir. Não se preocupe – disse ele, endireitando-se. – Ele vai se comportar, ou eu tomarei seu globo de coral, não é, homenzinho bárbaro? – acrescentou ele com um largo sorriso para o sr. Willoughby.

O estudioso chinês assentiu com grande dignidade. A seda preta bordada de sua boina redonda era decorada com uma pequena bola de coral vermelho esculpido – o símbolo de sua profissão, devolvida a ele graças ao encontro fortuito com um comerciante de coral nas docas de Montego e à generosidade de Jamie.

– Tem certeza de que temos que ir? – As palpitações que eu estava sentindo deviam-se em parte ao espartilho apertado que eu estava usando, mas em mais alto grau às recorrentes visões da peruca de Jamie caindo e a festa parando completamente, quando todos os participantes voltavam-se para ele, olhando fixamente para seus cabelos, antes de correrem em massa para alertar a Marinha Real.

– Sim, tenho. – Sorriu de forma tranquilizadora. – Não se preocupe, Sassenach. Se houver alguém do *Porpoise* lá, não é provável que me reconheça. Não vestido assim.

– Espero que não. Acha que alguém do navio estará lá esta noite?

– Duvido. – Coçou ferozmente a peruca, acima da orelha esquerda. Onde foi que você conseguiu isso, Fergus? Acho que tem piolho.

– Ah, não, milorde – garantiu-lhe Fergus. – O peruqueiro de quem eu a aluguei me garantiu que ela foi bem escovada com loções de ervas medicinais para impedir essas infestações. – Fergus usava seu próprio cabelo, profusamente coberto de talco, e estava elegante, embora mais discreto do que Jamie, em um traje novo de veludo azul-marinho.

Ouviu-se uma batida hesitante na porta e Marsali entrou. Ela também mandara fazer um novo traje e resplandecia em um vestido cor-de-rosa claro com uma faixa cor-de-rosa escuro.

Na realidade, ela resplandecia mais do que se poderia atribuir ao vestido e, quando descemos o estreito corredor em direção à carruagem, consegui inclinar-me para a frente e murmurar em seu ouvido.

– Está usando o óleo de tanásia?

– Hã? – disse ela distraidamente, os olhos em Fergus enquanto ele fazia uma mesura e abria a porta da carruagem para ela. – O que você disse?

– Deixe pra lá – eu disse, resignada. Essa era a menor de nossas preocupações no momento.

...

A mansão do governador estava incandescente de luzes. Lanternas empoleiravam-se ao longo do muro baixo da varanda e penduravam-se das árvores ao longo dos caminhos do jardim ornamental. Pessoas em roupas festivas emergiam de suas carruagens no caminho de cascalhos e entravam na casa por duas enormes portas que se abriam para fora.

Nós dispensamos nossa própria carruagem – ou melhor, de Jared –, mas ficamos parados um instante no caminho de entrada, aguardando um pequeno intervalo nas chegadas. Jamie parecia ligeiramente nervoso, seus dedos torciam-se de vez em quando contra o cetim cinza, mas externamente mostrava a mesma aparência calma de sempre.

Havia uma pequena fila de recepção no foyer; diversos dignitários da ilha, de menor importância, haviam sido convidados para auxiliar o novo governador a receber seus convidados. Passei à frente de Jamie na fila, sorrindo e cumprimentando com um sinal da cabeça o prefeito de Kingston e sua mulher. Encolhi-me um pouco ao avistar o próximo na fila, um almirante pesadamente condecorado, resplandecente em um casaco com dragonas douradas, mas nenhum sinal além de uma leve surpresa atravessou suas feições quando ele apertou a mão do gigante francês e do pequenino chinês que me acompanhavam.

Lá estava meu conhecido do *Porpoise*; os cabelos louros de lorde John estavam escondidos sob uma peruca formal esta noite, mas eu reconheci as feições alvas, elegantes, e o corpo esbelto, musculoso, imediatamente. Mantinha-se um pouco afastado dos demais dignitários, sozinho. Dizia-se que sua mulher recusara-se a deixar a Inglaterra para acompanhá-lo a este posto.

Ele virou-se para me cumprimentar, o rosto fixo numa expressão de cordialidade formal. Ele olhou, pestanejou e depois abriu um sorriso de prazer extraordinariamente caloroso.

– Sra. Malcolm! – exclamou ele, segurando minhas mãos. – Estou muito feliz de revê-la!

– O sentimento é inteiramente mútuo – eu disse, devolvendo o sorriso. – Não sabia que o senhor era o governador da última vez que nos vimos. Receio ter sido um pouco informal demais.

Ele riu, o rosto radiante à luz das velas nos castiçais presos à parede. Visto claramente na luz pela primeira vez, percebi a notável beleza de seus traços.

– Certamente tinha uma excelente desculpa – disse ele. Examinou-me atentamente. – Devo dizer que está com uma aparência notável esta noite. Obviamente, o ar da ilha lhe é mais propício do que os miasmas do navio. Eu esperava encontrá-la outra vez antes de deixar o *Porpoise*, mas quando perguntei pela senhora, o sr. Leonard disse-me que estava indisposta. Espero que esteja completamente recuperada.

– Ah, completamente – disse-lhe, achando graça. Indisposta, hein? Evidentemente, Tom Leonard não estava disposto a admitir que me perdera no mar. Perguntei-me se ele teria registrado meu desaparecimento no diário de bordo.

– Posso lhe apresentar meu marido? – Virei-me para acenar para Jamie, que fora retido numa conversa animada com o almirante, mas que agora avançava em nossa direção, acompanhado do sr. Willoughby.

Virei-me novamente e deparei-me com o governador esverdeado como uma fruta fora da estação. Ele olhou de Jamie para mim e de novo para Jamie, lívido como se tivesse se deparado com dois fantasmas.

Jamie parou ao meu lado e inclinou a cabeça cortesmente para o governador.

– John – disse ele brandamente. – É bom vê-lo de novo, homem.

A boca do governador abriu-se e fechou-se sem emitir nenhum som.

– Vamos arranjar uma oportunidade de conversarmos, mais tarde – murmurou Jamie. – Mas, por enquanto... meu nome é Etienne Alexandre. – Segurou-me pelo braço e fez uma reverência formal. – E gostaria de ter o prazer de apresentar-lhe minha mulher, Claire – disse ele em voz alta, mudando com facilidade para a língua francesa.

– Claire? – O governador olhou atônito para mim. – Claire?

– Há, sim – respondi, esperando que ele não desmaiasse. Era o que parecia, embora eu não fizesse a menor ideia do motivo pelo qual a revelação do meu nome pudesse afetá-lo de tal forma.

Os recém-chegados seguintes aguardavam impacientemente que seguíssemos em frente e saíssemos do caminho. Fiz uma ligeira mesura, abanando meu leque, e entramos no salão principal da residência do governador. Olhei para trás por cima do ombro para vê-lo, apertando mecanicamente a mão do novo visitante, fitando-nos com o rosto branco como papel.

O salão era um enorme aposento, de teto baixo, apinhado de gente, barulhento e animado como uma gaiola cheia de papagaios. Senti um certo alívio diante do cenário. Naquela multidão, Jamie não se destacaria tanto, apesar de seu tamanho.

Uma pequena orquestra tocava em um dos cantos do salão, junto a duas portas abertas para um terraço. Vi diversas pessoas caminhando para lá, evidentemente buscando um pouco de ar fresco ou tranquilidade suficiente para manter uma conversa reservada. Do outro lado do salão, outro par de portas abria-se para um corredor, onde ficavam os aposentos particulares.

Não conhecíamos ninguém, nem tínhamos nenhum patrocinador social para fazer as apresentações. Entretanto, graças à perspicácia de Jamie, não tivemos necessidade de nenhum. Pouco depois de nossa chegada, as mulheres começaram a se reunir ao nosso redor, fascinadas com o sr. Willoughby.

– Um conhecido meu, sr. Yi Tien Cho. – Jamie apresentou-o a uma mulher jovem e corpulenta num vestido apertado de cetim amarelo. – Ex-membro do Reino Celestial da China, madame.

– Oh! – A jovem abanou o leque diante do rosto, impressionada. – Realmente da China? Mas de que distância inimaginável o senhor veio! Permita-me dar-lhe as boas-vindas à nossa pequena ilha, sr.... sr. Cho? – Ela estendeu a mão para ele, obviamente esperando que ele a beijasse.

O sr. Willoughby fez uma profunda reverência, as mãos dentro das mangas, e educadamente disse alguma coisa em chinês. A mulher ficou encantada. Jamie pareceu momentaneamente admirado, mas logo a máscara de urbanidade recaiu sobre seu rosto. Vi os brilhantes olhos negros do sr. Willoughby fixarem-se na ponta dos sapatos da jovem, despontando por baixo da bainha de seu vestido, e imaginei o que exatamente ele teria lhe dito.

Jamie aproveitou a oportunidade – e a mão da jovem – inclinando-se sobre ela com extrema elegância.

– Seu criado, madame – disse ele num inglês com forte sotaque. – Etienne Alexandre. Gostaria de apresentar-lhe minha mulher, Claire.

– Ah, muito prazer em conhecê-la! – A jovem mulher, afogueada de empolgação, tomou minha mão e apertou-a. – Sou Marcelline Williams; talvez conheça meu irmão, Judah? Ele é o dono de Twelvetrees, a enorme plantação de café, conhece? Vim passar uma temporada com ele e estou me divertindo muito!

– Não, receio não conhecer ninguém aqui – eu disse, desculpando-me. – Nós acabamos de chegar... da Martinica, onde ficam os negócios de açúcar do meu marido.

– Ah! – exclamou a srta. Williams, os olhos arregalando-se. – Tem que me permitir apresentá-los a meus amigos particulares, os Stephens! Acho que eles visitaram a Martinica uma vez e Georgina Stephens é uma pessoa encantadora... vai gostar dela imediatamente, garanto-lhe!

E isso foi o suficiente. Dentro de uma hora, eu já fora apresentada a dezenas de pessoas e estava sendo lentamente levada pelo salão, de um grupo para outro, passada de mão em mão pela corrente de apresentações deslanchada pela srta. Williams.

Do outro lado do aposento, eu podia ver Jamie, a cabeça e os ombros destacando-se acima de seus companheiros, a imagem da dignidade aristocrática. Ele conversava cordialmente com um grupo de homens, todos ansiosos para conhecer um próspero homem de negócios que poderia oferecer contatos úteis com o comércio francês de açúcar. Nossos olhos se encontraram uma vez, en passant, e ele me dirigiu um brilhante sorriso e uma galante mesura francesa. Ainda me perguntava o que, em nome de Deus, ele pretendia, mas descartei mentalmente a questão. Ele me contaria quando estivesse pronto.

Fergus e Marsali como sempre não precisavam da companhia de mais ninguém além de um ao outro, e dançavam em uma das extremidades do salão, o rosto rosado e radiante de Marsali sorrindo para ele. Em homenagem à ocasião, Fergus renunciara ao gancho que usava normalmente, substituindo-o por uma luva de couro preta, cheia de farelo e presa à manga do casaco. Ela repousava nas costas do vestido de Marsali, a aparência um pouco rígida, mas não tão artificial a ponto de provocar comentários.

Passei por eles dançando, girando tranquilamente nos braços de um plantador inglês baixo e gordo chamado Carstairs, que respirava ruidosamente em meu colo, murmurando galanteios, o rosto vermelho pingando de suor.

Quanto ao sr. Willoughby, desfrutava um triunfo social sem paralelo, o centro das atenções de um aglomerado de senhoras que competiam entre si para trazer-lhe guloseimas e bebidas. Seus olhos brilhavam e um leve rubor iluminava suas faces amareladas.

O sr. Carstairs depositou-me em um grupo de senhoras ao final da dança e cortesmente foi buscar uma taça de clarete. Imediatamente retornei à tarefa da noite, perguntando às mulheres se conheciam as pessoas a quem eu havia sido recomendada, chamadas Abernathy.

– Abernathy? – A sra. Hall, uma jovem matrona, abanou seu leque com um olhar vazio. – Não, não posso dizer que os conheço. Sabe se eles participam ativamente da sociedade?

– Ah, não, Joan! – Sua amiga, a sra. Yoakum, pareceu chocada, com aquele tipo particular de regozijo que precede alguma revelação escandalosa. – Você já ouviu falar dos Abernathy! Lembra-se, o homem que comprou a Mansão da Rosa, acima do rio Yallahs?

– Ah, sim! – Os olhos azuis da sra. Hall arregalaram-se. – O que morreu pouco depois de comprá-la?

– Sim, esse mesmo – disse outra mulher, ouvindo a conversa. – Malária, é o que dizem, mas eu falei com o médico que o atendeu, ele tinha vindo fazer curativo na perna doente de mamãe que, como você sabe, é uma mártir do edema, e ele me contou... em estrita confidência, é claro...

As línguas continuaram a se agitar alegremente. Rosie MacIver fora uma boa repórter; todas as histórias que ela revelara estavam ali, e mais. Peguei o fio da conversa e dei uma guinada na direção desejada.

– A sra. Abernathy tem trabalhadores contratados, além de escravos?

Aqui as opiniões eram mais confusas. Algumas achavam que ela possuía vários trabalhadores sob contrato, outras achavam que apenas um ou dois – ninguém ali presente havia de fato colocado os pés na Mansão da Rosa, mas obviamente as pessoas comentavam...

Alguns minutos mais tarde, o mexerico voltara-se para outras novidades e o inacreditável comportamento do novo cura, sr. Jones, com a viúva sra. Mina Alcott. Mas o que se poderia esperar de uma mulher com sua reputação, e por certo não era inteiramente culpa do jovem rapaz, e ela sendo tão mais velha, embora, é claro, espera-se que um homem ordenado pela Santa Igreja mantenha um padrão mais elevado... Arranjei uma desculpa e deixei a sala de descanso das mulheres, os ouvidos tilintando.

Vi Jamie ao sair, parado junto à mesa de bebidas. Conversava com uma jovem alta, de cabelos ruivos, com um vestido de algodão bordado, um traço de incauta ternura pairando em seus olhos enquanto a fitava. Ela sorria ansiosamente para ele, lisonjeada por sua atenção. Sorri diante da cena, imaginando o que a jovem pensaria, se soubesse que ele na realidade não estava olhando para ela, mas imaginando-a como a filha que ele nunca vira.

Parei diante do espelho na sala de descanso externa, ajeitando alguns anéis do cabelo desgarrados, que se soltaram durante o exercício da dança, e desfrutei o silêncio temporário. A sala de repouso era luxuosamente mobiliada, constituía-se na verdade de três cômodos distintos; havia o lavabo e uma sala para guardar chapéus, xales e outros acessórios, que se abria para o salão principal e onde eu estava agora. Havia um longo tremó e uma penteadeira completamente equipada, mas também uma chaise-longue de veludo vermelho. Fitei-a pensativamente – os sapatos que eu usava apertavam-me terrivelmente –, mas o dever me chamava.

Até agora, eu não tomara conhecimento de mais nada além do que já sabíamos sobre a fazenda Abernathy, embora eu tivesse compilado uma lista útil de várias outras plantações perto de Kingston que utilizavam trabalhos forçados. Eu me perguntava se Jamie pretendia solicitar a ajuda de seu amigo governador na busca por Ian – isso provavelmente justificaria o risco de comparecer ali naquela noite.

Mas a reação de lorde John à revelação de minha identidade era tanto intrigante quanto perturbadora; o sujeito parecia ter visto um fantasma. Estreitei os olhos para a imagem violeta refletida no espelho, admirando o brilho do peixe preto e dourado em meu pescoço, mas não notei nada de extraordinário em minha aparência. Meus cabelos estavam presos no alto por grampos decorados com brilhantes e pérolas minúsculas, e o uso discreto dos cosméticos da sra. MacIver escurecera minhas pálpebras e acrescentara um tom rosado às minhas faces de maneira muito apropriada, na minha opinião.

Dei de ombros, bati as pestanas sedutoramente para a minha imagem, depois dei uns tapinhas no meu cabelo e retornei ao salão.

Dirigi-me às longas mesas de guloseimas e bebidas, onde uma imensa coleção de bolos, doces, antepastos, frutas, bombons, pãezinhos recheados e inúmeros objetos que eu não conhecia, mas que presumivelmente eram comestíveis, estavam em exibição. Ao virar-me distraidamente da mesa de bebidas e comidas com um prato de frutas, colidi de frente com um paletó de cor escura. Desculpando-me atordoadamente com seu proprietário, ergui os olhos e deparei-me com o rosto severo do reverendo Archibald Campbell.

– Sra. Malcolm! – exclamou ele, atônito.

– Hã... reverendo Campbell! – retruquei, debilmente. – Que surpresa. – Tentei passar o guardanapo numa mancha de manga em seu abdômen, mas ele recuou um passo bruscamente e eu desisti.

Ele olhou um pouco friamente para o meu decote.

– Como vai, sra. Malcolm? – perguntou ele.

– Bem, obrigada – respondi. Esperava que ele parasse de me chamar de sra. Malcolm antes que alguém a quem eu tivesse sido apresentada como madame Alexandre o ouvisse.

– Sinto muito pelo que aconteceu a sua irmã – eu disse, esperando distraí-lo. – Já teve alguma notícia dela?

Ele inclinou a cabeça rigidamente, aceitando minha compaixão.

– Não. Minhas próprias tentativas de instigar uma busca têm sido, é claro, limitadas – disse ele. – Foi por sugestão de um dos membros da minha congregação que eu o acompanhei e à sua esposa aqui esta noite, com a intenção de apresentar meu caso ao governador, suplicando sua assistência para descobrir o paradeiro de minha irmã. Garanto-lhe, sra. Malcolm, nenhuma consideração menos grave teria impelido o meu comparecimento a um evento como este.

Lançou um olhar de profunda aversão a um alegre grupo perto de nós, onde três rapazes competiam entre si na composição de brindes espirituosos a um grupo de moças, que recebiam essas atenções com uma profusão de risadinhas e vigorosos abanos de leque.

– Lamento muito seu infortúnio, reverendo – eu disse, afastando-me devagar para o lado. – A srta. Cowden contou-me um pouco da tragédia de sua irmã. Se houver alguma coisa em que eu possa ajudar...

– Ninguém pode ajudar – interrompeu ele. Seus olhos estavam frios. – Foi culpa dos Stuart papistas, com sua maligna tentativa de usurpar o trono, e os licenciosos escoceses das Terras Altas, que os seguiram. Não, ninguém pode ajudar, a não ser Deus. Ele destruiu a casa dos Stuart, também destruirá esse tal de Fraser e, neste dia, minha irmã ficará curada.

– Fraser? – O rumo da conversa estava me deixando perceptivelmente nervosa. Olhei rápido para o outro lado do aposento, mas felizmente não se via Jamie em parte alguma.

– Esse é o nome do homem que seduziu Margaret e a fez deixar sua família e suas lealdades apropriadas. Pode não ter sido a mão dele que se abateu sobre ela, mas foi por causa dele que ela abandonou sua casa e sua segurança, colocando-se em perigo. Sim, Deus vai dar a Jamie Fraser o que ele merece – disse ele com uma espécie de sinistra satisfação diante do pensamento.

– Sim, tenho certeza que sim – murmurei. – Se me der licença, acho que vi uma amiga... – eu disse, tentando escapar, mas uma procissão de criados carregando bandejas de carne bloqueou minha passagem.

– Deus não vai permitir que a luxúria dure para sempre – continuou o reverendo, evidentemente achando que as opiniões do Todo-Poderoso coincidiam amplamente com as suas próprias. Seus pequenos olhos acinzentados pousaram com gélida reprovação em um grupo próximo, onde várias senhoras agitavam-se ao redor do sr. Willoughby como alegres mariposas ao redor de uma lanterna chinesa.

O sr. Willoughby também estava alegremente aceso, em mais de um sentido da palavra. Sua risadinha estridente erguia-se acima das risadas das senhoras e eu o vi lançar-se pesadamente na direção de um criado que passava, quase derrubando uma bandeja de taças de sorvete.

– Que as mulheres aprendam com toda a sobriedade – entoava o reverendo –, evitando qualquer ostentação nas roupas e nas tranças dos cabelos. – Ele parecia estar acertando o passo; sem dúvida, Sodoma e Gomorra seria o próximo tema. – Uma mulher que não tem marido deveria dedicar-se ao serviço do Senhor, não ficar se exibindo descaradamente em lugares públicos. Vê a sra. Alcott? E ela é uma viúva, que devia estar empenhada em obras de caridade!

Segui a direção de sua carranca e vi que ele olhava para uma mulher rechonchuda e alegre, de 30 e poucos anos, com cabelos castanho-claros arrumados em cachos, que ria animadamente para o sr. Willoughby. Olhei-a com interesse. Então, aquela era a famosa viúva alegre de Kingston!

O pequeno chinês agora estava de quatro, arrastando-se pelo chão, fingindo procurar um brinco perdido, enquanto a sra. Alcott dava gritinhos de falso alarme diante das investidas do sr. Willoughby na direção de seus pés. Achei que era melhor eu encontrar Fergus sem demora e afastar o sr. Willoughby de sua nova conhecida antes que as coisas fossem longe demais.

Evidentemente ofendido além do tolerável pela cena, o reverendo depositou bruscamente na mesa o copo de limonada que estava segurando, virou-se e atravessou a multidão em direção ao terraço, vigorosamente abrindo caminho a cotoveladas.

Dei um suspiro de alívio; conversar com o reverendo Campbell era como trocar frivolidades com o carrasco público – embora, na realidade, o único carrasco que eu conhecera pessoalmente fosse uma companhia bem mais interessante do que o reverendo.

De repente, vi a figura alta de Jamie dirigindo-se para uma porta do outro lado do salão, onde eu presumia que ficassem os aposentos particulares do governador. Ele devia estar indo conversar com lorde John agora. Movida pela curiosidade, decidi unir-me a ele.

O salão estava tão cheio agora que tive dificuldade de atravessá-lo. Quando finalmente cheguei à porta que Jamie atravessara, ele já desaparecera há muito tempo, mas eu o segui.

Era um longo corredor, fracamente iluminado por velas em castiçais e pontilhada a intervalos por longas janelas de postigos, através dos quais tremeluzia a luz vermelha das tochas no terraço lá fora, refletindo-se no brilho do metal das decorações nas paredes. Essas eram militares em sua maior parte, consistindo em arranjos ornamentais de pistolas, facas, escudos e espadas. Os suvenires pessoais de lorde John?, perguntei-me. Ou já faziam parte da casa?

Longe do burburinho do salão, a casa parecia extraordinariamente silenciosa. Desci o corredor, meus passos abafados pelo longo tapete turco que cobria o assoalho de parquet.

Havia um murmúrio indistinto de vozes masculinas à frente. Virei uma esquina, passando a um corredor mais curto e vi uma porta de onde jorrava luz – devia ser o gabinete particular do governador. Dentro, ouvi a voz de Jamie.

– Ah, meu Deus, John! – disse ele.

Parei onde estava, paralisada mais pelo tom daquela voz do que pelas palavras – estava embargada com uma emoção que eu raramente ouvi nele.

Andando muito devagar, aproximei-me. Emoldurado na porta semiaberta estava Jamie, a cabeça abaixada, enquanto pressionava lorde John Grey com força num abraço emocionado.

Fiquei imóvel, completamente incapaz de me mover ou de falar. Enquanto observava, eles se separaram. Jamie estava virado de costas para mim, mas lorde John estava de frente para o corredor; ele poderia ter me visto facilmente, caso tivesse olhado. Mas ele não estava olhando para o corredor. Ele olhava fixamente para Jamie e em seu rosto havia uma expressão de desejo tão evidente que o sangue subiu às minhas próprias faces quando a vi.

Deixei meu leque cair. Vi a cabeça do governador se virar, sobressaltado com o barulho. Saí correndo pelo corredor, de volta ao salão, meus batimentos cardíacos pulsando nos meus ouvidos.

Atravessei como um raio a porta que dava para o salão e estanquei atrás de uma palmeira em um grande vaso, o coração martelando. Os candelabros de ferro forjado estavam apinhados de velas de cera de abelha e tochas de pinho ardiam luminosamente nas paredes, mas mesmo assim, os cantos do salão eram escuros. Permaneci nas sombras, tremendo.

Minhas mãos estavam frias e eu me sentia ligeiramente enjoada. O que em nome de Deus estava acontecendo?

O choque do governador ao saber que eu era a mulher de Jamie estava agora ao menos em parte explicado; aquele único vislumbre de desejo incauto, sofrido, ardente, revelara-me exatamente o seu lado da questão. Jamie já era outro assunto inteiramente diferente.

Ele era o diretor da prisão de Ardsmuir, dissera ele, descontraidamente. E menos descontraidamente, em outra ocasião: *Sabe o que os homens fazem na prisão?*

De fato, eu sabia, mas juraria pela vida de Brianna que Jamie não o faria; não fizera, não poderia, sob nenhuma circunstância, quaisquer que fossem. Ao menos, eu teria jurado isso antes desta noite. Fechei os olhos, o peito arfante, e tentei não pensar no que eu vira.

Não consegui, é claro. E, entretanto, quanto mais eu pensava nisso, mais impossível me parecia. As lembranças de Jack Randall podiam ter desbotado com as cicatrizes físicas que ele deixara, mas eu não podia acreditar que jamais pudessem fenecer o suficiente para Jamie tolerar as atenções físicas de outro homem, quanto mais recebê-las com prazer.

Mas se ele conhecia Grey tão intimamente a ponto de tornar plausível o que eu presenciara apenas em nome da amizade, então por que não me contara sobre ele antes? Por que ir ao extremo de ver o sujeito, tão logo soube que Grey estava na Jamaica? Meu estômago contorceu-se outra vez e a sensação de enjoo retornou. Eu precisava muito me sentar.

Enquanto me apoiava contra a parede, tremendo nas sombras, a porta para os alojamentos do governador abriu-se e ele saiu, retornando à sua festa. Seu rosto estava afogueado e seus olhos brilhavam. Eu poderia facilmente, naquele momento, tê-lo assassinado, caso tivesse à mão algo mais letal do que um grampo de cabelos.

A porta abriu-se outra vez alguns minutos mais tarde e Jamie emergiu, a menos de 2 metros de onde eu estava. Sua máscara fria e reservada estava de volta ao lugar, mas eu o conhecia suficientemente bem para ver as marcas de uma forte emoção sob ela. Mas, embora eu pudesse vê-la, não conseguia interpretá-la. Excitação? Apreensão? Uma mistura de medo e alegria? Alguma outra coisa? Eu simplesmente nunca vira aquela expressão em seu rosto antes.

Ele não procurou conversa nem comidas e bebidas. Em vez disso, começou a dar um giro tranquilamente pelo salão, obviamente procurando alguém. Procurando por mim.

Engoli com dificuldade. Não podia confrontá-lo. Não diante de uma multidão. Permaneci onde estava, observando-o, até ele finalmente sair para o terraço. Então deixei meu esconderijo e atravessei o salão o mais rápido que pude, buscando o refúgio da sala de repouso. Ao menos lá eu poderia me sentar por alguns instantes.

Empurrei a porta pesada e entrei, relaxando imediatamente quando os aromas cálidos e reconfortantes do perfume e do talco das mulheres me rodearam. Em seguida, um outro cheiro atingiu-me em cheio. Também era um cheiro familiar – um dos cheiros da minha profissão. Mas que não era de se esperar ali.

A sala de repouso ainda estava silenciosa; o barulho retumbante do salão decaíra repentinamente para um fraco murmúrio, como o ruído de trovões distantes. Entretanto, não era mais um local de refúgio.

Mina Alcott jazia esparramada sobre a chaise de veludo vermelho, a cabeça pendida para trás por cima da borda, as saias desarranjadas ao redor do pescoço. Seus olhos estavam abertos, fixos numa surpresa invertida. O sangue da garganta cortada tornara o veludo negro debaixo dela e pingava numa grande poça sob sua cabeça. Seus cabelos castanho-claros haviam se soltado dos prendedores, as pontas emaranhadas de seus cachos balançando-se na poça.

Fiquei paralisada, paralisada demais sequer para pedir socorro. Então ouvi o som de vozes alegres no corredor do lado de fora e a porta sendo aberta. Houve um momento de silêncio quando as mulheres atrás de mim também viram a cena.

A luz do corredor derramou-se pela porta e pelo assoalho, e no instante que antecedeu o início da gritaria, eu vi as pegadas em direção à janela – as pegadas pequenas e nítidas de um pé com sola de feltro, delineadas em sangue.

59

QUANDO HÁ GRANDES REVELAÇÕES

Haviam levado Jamie a algum lugar. Eu, trêmula e incoerente, fora colocada – com uma certa dose de ironia – no gabinete particular do governador com Marsali, que insistia em tentar lavar meu rosto com uma toalha molhada, apesar de minha resistência.

– Eles não podem achar que papai teve alguma coisa a ver com isso! – disse ela, pela quinta vez.

– Não acham. – Consegui finalmente recuperar autocontrole suficiente para falar com ela. – Mas acham que foi o sr. Willoughby e foi Jamie quem o trouxe aqui.

Ela me olhou fixamente, os olhos arregalados de horror.

– O sr. Willoughby? Mas ele não faria isso!

– Eu também acho que não. – Parecia que eu tinha levado uma surra, todo o meu corpo doía. Estava desmoronada em um pequeno sofá de veludo, girando inutilmente um copo de conhaque entre as mãos, incapaz de bebê-lo.

Não conseguia sequer decidir o que eu deveria sentir, quanto mais elucidar os eventos e emoções conflitantes da noite. Minha mente saltava sem parar entre a terrível cena na sala de repouso e o quadro que eu vira meia hora atrás, naquele mesmo aposento.

Continuei sentada, olhando para a enorme escrivaninha do governador. Ainda podia ver os dois homens, Jamie e lorde John, como se estivessem pintados na parede diante de mim.

– Eu simplesmente não posso acreditar – eu disse, sentindo-me um pouco melhor ao fazer a afirmação em voz alta.

– Nem eu – disse Marsali. Ela andava de um lado para o outro, suas passadas mudando do clique dos saltos altos no parquet para um baque surdo quando passava ao tapete florido. – Não pode ser! Sei que ele é um bárbaro, mas temos convivido com ele! Nós o conhecemos!

Conheceríamos mesmo? Eu conhecia Jamie? Teria jurado que sim e, no entanto... lembrava-me repetidamente do que ele me dissera no bordel, em nossa primeira noite juntos. *Você vai me aceitar e se arriscar com o homem que eu sou agora, em nome do homem que conheceu?* Eu pensara na ocasião – e desde então – que não havia muita diferença entre eles. Mas e se eu estivesse errada?

– Não estou errada! – murmurei, agarrando o copo com força. – Não estou! – Se Jamie podia tomar lorde John como amante e esconder isso de mim, ele não era nem de longe o homem que eu pensava que fosse. Tinha que haver outra explicação.

Ele não lhe contou sobre Laoghaire, disse uma vozinha insidiosa dentro da minha cabeça.

– Isso é diferente – retruquei resolutamente.

– O que é diferente? – Marsali olhava para mim, surpresa.

– Não sei, não ligue para mim. – Passei a mão pelo rosto, tentando afastar a confusão e o cansaço. – Estão demorando muito.

O relógio em estojo de nogueira bateu as duas horas da manhã antes de a porta do gabinete se abrir e Fergus entrar, acompanhado por um membro da guarda nacional com um ar soturno.

Fergus parecia exausto; a maior parte do talco desaparecera de seus cabelos, sacudido sobre os ombros de seu casaco azul-marinho como caspa. O que restara dava aos seus cabelos um tom cinza, como se ele tivesse envelhecido vinte anos de um dia para o outro. Não era de surpreender; eu mesma me sentia assim.

– Podemos ir agora, *chérie* – disse ele serenamente para Marsali. Voltou-se para mim. – Quer vir conosco, milady, ou esperar por milorde?

– Vou esperar – eu disse. Eu não pretendia ir dormir enquanto não visse Jamie, por mais que demorasse.

– Mandarei a carruagem voltar para pegá-los, então – disse ele, colocando a mão nas costas de Marsali para conduzi-la para fora.

O homem da guarda disse alguma coisa à meia-voz quando passaram por ele. Eu não consegui entender, mas obviamente Fergus conseguira. Ele empertigou-se, os olhos estreitando-se, e voltou-se para o sujeito. O militar balançou-se sobre os pés, sorrindo malignamente e parecendo estar na expectativa. Ele claramente não desejava nada mais do que uma desculpa para atacar Fergus.

Para sua surpresa, Fergus dirigiu-lhe um sorriso encantador, os dentes brancos e quadrados brilhando.

– Muito obrigado, *mon ami* – disse ele –, por sua assistência nesta difícil situação. – Estendeu-lhe uma das mãos com a luva preta, que o militar aceitou com surpresa.

Em seguida, Fergus deu um puxão no próprio braço para trás. Ouviu-se um ruído de algo rasgando e um som chiado, conforme um pequeno fluxo de farelo atingiu o assoalho de parquet.

– Fique com ela – disse ele ao membro da guarda nacional indulgentemente. – Uma pequena lembrança do meu apreço. – E desapareceram, deixando o sujeito de queixo caído, fitando horrorizado a mão aparentemente decepada dentro da sua.

...

Passou-se mais uma hora até a porta abrir-se novamente, desta vez para admitir o governador. Ele ainda estava bonito e elegante como uma camélia branca, mas definitivamente começava já a amarelar nas bordas. Coloquei o copo de conhaque intacto sobre a mesa e levantei-me para encará-lo.

– Onde está Jamie?

– Ainda sendo interrogado pelo capitão Jacobs, o comandante da guarda nacional. – Deixou-se afundar em sua cadeira, parecendo confuso. – Eu não tinha noção de que ele falasse francês tão bem.

– Acho que você não o conhece tão bem assim – eu disse, tentando deliberadamente atormentá-lo. O que eu queria muito saber era até que ponto ele de fato conhecia Jamie. Mas ele não mordeu a isca; apenas retirou a peruca formal e deixou-a de lado, passando a mão pelos cabelos louros suados com alívio.

– Acha que ele vai conseguir manter o disfarce? – perguntou ele, franzindo a testa, e eu percebi que ele estava tão transtornado com os pensamentos do assassinato e de Jamie que prestava pouca, ou nenhuma, atenção a mim.

– Sim – eu disse secamente. – Onde o estão mantendo? – Levantei-me, dirigindo-me à porta.

– No salão de visitas – disse ele. – Mas não acho que deveria...

Sem parar para ouvir, abri a porta de par em par e enfiei a cabeça no corredor, depois apressadamente recuei e bati a porta.

Descendo o corredor, vinha o almirante que eu conhecera na fila de recepção, o rosto com um ar grave apropriado à ocasião. Com almirantes eu podia lidar. Entretanto, ele vinha acompanhado de um grupo de jovens oficiais e entre o séquito eu havia avistado um rosto conhecido, embora ele agora estivesse usando o uniforme de primeiro-tenente, em vez de um casaco de capitão excessivamente grande.

Estava barbeado e com ar descansado, mas seu rosto estava inchado e com manchas roxas; alguém lhe dera uma surra no passado não muito distante. Apesar das diferenças em sua aparência, não tive a menor dificuldade em reconhecer Thomas Leonard. Eu tinha a distinta sensação de que ele também não teria nenhuma dificuldade em me reconhecer, apesar de toda a seda violeta.

Olhei freneticamente pelo gabinete, em busca de um lugar onde eu pudesse me esconder, mas fora me agachar debaixo da escrivaninha, não havia nada. O governador me observava, as sobrancelhas louras erguidas em assombro.

– O que... – começou ele, mas eu me virei para ele, um dedo sobre os lábios.

– Não me delate, se dá valor à vida de Jamie! – sussurrei melodramaticamente e, assim dizendo, atirei-me sobre o sofá de veludo, agarrei a toalha úmida e coloquei-a sobre o rosto e, com um esforço sobre-humano, forcei todos os meus membros a ficarem lânguidos.

Ouvi a porta se abrir e a voz elevada, descontente, do almirante.

– Lorde John – começou ele e, então, evidentemente percebeu minha figura deitada de costas, porque parou e retomou o discurso numa voz ligeiramente mais baixa. – Oh! Vejo que está ocupado!

– Não, não exatamente ocupado, almirante, não. – Grey tinha reflexos rápidos, isso eu diria em seu favor; sua voz soou perfeitamente controlada, como se ele estivesse acostumado a ser encontrado na custódia de mulheres inconscientes. – Esta senhora não suportou o choque de descobrir o corpo.

– Oh! – exclamou o almirante outra vez, desta vez destilando compaixão. – Compreendo. Um terrível choque para uma senhora, sem dúvida. – Hesitou; depois, abaixando a voz para uma espécie de sussurro rouco, disse:

– Acha que ela está dormindo?

– Acredito que sim – assegurou-lhe o governador. – Ela tomou conhaque suficiente para derrubar um cavalo.

Meus dedos sacudiram-se num espasmo, mas consegui me manter imóvel.

– Ah, claro. A melhor coisa para um choque, conhaque. – O almirante continuou sussurrando, soando como uma dobradiça enferrujada. – Vim lhe dizer que mandei buscar mais tropas em Antígua, totalmente à sua disposição; guardas, para dar busca na cidade, se a milícia não encontrar o sujeito primeiro – acrescentou ele.

– Espero que não consigam – disse uma voz malignamente determinada entre os oficiais. – Gostaria de encontrar eu mesmo o patife amarelo. Não iria sobrar muita coisa dele para enforcar, acredite-me!

Um profundo murmúrio de aprovação diante de tal sentimento percorreu os homens, severamente silenciado pelo almirante.

– Seus sentimentos depõem a seu favor, cavalheiros – disse ele –, mas a lei será observada em todos os seus aspectos. Deixarão isso muito claro a todas as tropas sob seu comando; quando o canalha for capturado, deverá ser trazido ao governador e a justiça será adequadamente executada, asseguro-lhes. – Não gostei da maneira como ele enfatizou a palavra "executada", mas recebeu um coro rancoroso de concordância de seus oficiais.

O almirante, tendo dado esta ordem em sua voz habitual, voltou a falar num sussurro para se despedir.

– Vou pernoitar na cidade, no hotel MacAdams – grasnou ele. – Não hesite em mandar me chamar para qualquer assistência que precisar, Excelência.

Ouviu-se um murmúrio e um arrastar geral de pés quando os oficiais da marinha se despediram, observando a discrição em nome do meu sono. Depois veio o som de um único par de passadas e, em seguida, o estalido e um sopro repentino de ar de alguém se deixando cair pesadamente numa cadeira. Houve silêncio por um instante.

Então, lorde John disse:

– Pode se levantar agora, se quiser. Suponho que não esteja realmente prostrada com o choque – acrescentou ele ironicamente. – De certo modo, suspeito que um simples assassinato não seria suficiente para perturbar uma mulher que pôde lidar sozinha com uma epidemia de febre tifoide.

Retirei a toalha do rosto e joguei as pernas para fora do sofá, sentando-me para olhá-lo de frente. Ele estava apoiado na escrivaninha, o queixo entre as mãos, fitando-me.

– Há choques – eu disse com precisão, alisando meus cachos úmidos e olhando-o significativamente – e choques. Se entende o que quero dizer.

Ele pareceu surpreso; então um lampejo de compreensão atravessou sua expressão. Enfiou a mão na gaveta de sua escrivaninha e retirou meu leque, seda branca bordada com violetas.

– Isto é seu, não é? Encontrei-o no corredor. – Sua boca contorceu-se sarcasticamente enquanto olhava para mim. – Entendo. Suponho, então, que deva ter alguma noção de como seu aparecimento no começo da noite afetou a mim.

– Duvido muito – eu disse. Meus dedos ainda estavam enregelados e sentia-me como se tivesse entalada por um objeto grande e frio que pressionava meu peito desconfortavelmente. Respirei fundo, tentando forçar o objeto a descer, em vão.

– Não sabia que Jamie era casado?

Ele piscou, mas não a tempo de me impedir de ver uma pequena careta de dor, como se alguém repentinamente tivesse lhe dado um tapa no rosto.

– Eu sabia que ele fora casado – corrigiu ele. Deixou as mãos caírem, remexendo aleatoriamente nos pequenos objetos que atulhavam a escrivaninha. – Ele me disse, ou ao menos me deu a entender, que você havia morrido.

Grey pegou um pequeno peso de papel de prata e começou a revirá-lo incansavelmente nas mãos, os olhos fixos na superfície brilhante. Uma grande safira estava engastada no peso de papel, cintilando em azul à luz das velas.

– Ele nunca me mencionou? – perguntou ele brandamente. Eu não tinha certeza se o tom subjacente em sua voz era de dor ou de raiva. A despeito de mim mesma, senti uma certa compaixão por ele.

– Sim, mencionou – eu disse. – Disse que você era seu amigo. – Ele ergueu os olhos, o rosto elegantemente delineado iluminando-se um pouco.

– Disse?

– Tem que compreender – eu disse. – Ele... eu... nós fomos separados pela guerra, pela Revolução de 45. Cada um achou que o outro havia morrido. Eu só o reencontrei, meu Deus, foi apenas há quatro meses? – Sentia-me chocada, e não apenas pelos acontecimentos da noite. Parecia que eu vivera várias vidas desde o dia em que abri a porta da loja em Edimburgo, deparando-me com A. Malcolm inclinado sobre sua prensa.

As rugas de tensão no rosto de Grey amenizaram-se um pouco.

– Entendo – disse ele devagar. – Então, você não o via desde... meu Deus, são vinte anos! – Fitou-me, estupefato. – E quatro meses? Por que... como... – Ele sacudiu a cabeça, afastando as perguntas. – Bem, isso não importa agora. Mas ele não lhe contou... sobre Willie?

Fitei-o sem compreender.

– Quem é Willie?

Em vez de explicar, inclinou-se e abriu a gaveta de sua escrivaninha. Retirou um pequeno objeto e colocou-o sobre a mesa, fazendo sinal para que eu me aproximasse.

Era um retrato, uma miniatura oval, numa moldura esculpida de alguma bela madeira escura. Olhei para o rosto e sentei-me bruscamente, meus joelhos dissolvendo-se. Eu tinha apenas uma turva noção do rosto de Grey, flutuando acima da escrivaninha como uma nuvem no horizonte, quando peguei a miniatura para vê-la mais de perto.

Ele podia ser irmão de Bree, foi meu primeiro pensamento. O segundo, vindo com a força de um soco no plexo solar, foi: Santo Deus, ele é irmão de Bree!

Não podia haver muita dúvida a respeito. O garoto no retrato devia ter 9 ou 10 anos, com uma ternura infantil ainda presente em seu rosto. Seus cabelos eram macios e castanhos, não ruivos. Mas os olhos puxados e azuis olhavam audaciosamente por cima de um nariz reto e um pouco longo demais, e as maçãs do rosto altas como as de um viking pressionavam-se contra a pele lisa. A inclinação da cabeça tinha o mesmo jeito confiante do homem que lhe dera aquele rosto.

Minhas mãos tremiam tão violentamente que eu quase deixei o retrato cair. Coloquei-o de volta sobre a escrivaninha, mas mantive a mão sobre ele, como se pudesse dar um salto e me morder. Grey observava-me, não sem compaixão.

– Você não sabia? – perguntou ele.

– Quem? – Minha voz estava rouca do choque e tive que parar e limpar a garganta. – Quem é a mãe?

Grey hesitou, examinando-me atentamente, e depois deu de ombros.

– Era. Ela morreu.

– Quem era ela? – As ondas do choque ainda se espalhavam de um epicentro em meu estômago, fazendo o topo da minha cabeça latejar e os dedos dos meus pés ficarem dormentes, mas ao menos minhas cordas vocais estavam voltando ao meu controle. Eu podia ouvir Jenny dizendo: Ele não é o tipo de homem que deveria dormir sozinho, não é? Evidentemente, não era.

– Seu nome era Geneva Dunsany – disse Grey. – Irmã de minha mulher.

Minha mente girava, num esforço para dar sentido a tudo aquilo, e imagino que eu não tenha demonstrado nenhum tato.

– Sua mulher? – exclamei, arregalando os olhos para ele. Ele ruborizou-se intensamente e desviou o olhar. Se eu tivesse alguma dúvida sobre a natureza do olhar que eu o vira dirigir a Jamie, agora não tinha mais. – Acho bom você me explicar exatamente o que você tem a ver com Jamie e essa Geneva e este garoto – eu disse, pegando o retrato outra vez.

Ele ergueu uma das sobrancelhas, frio e reservado; ele também sofrera um choque, mas o impacto já estava se dissipando.

– Não creio que eu tenha nenhuma obrigação em particular de o fazer – disse ele.

Tive que conter a ânsia de arranhar seu rosto com as minhas unhas, mas o impulso deve ter ficado claro no meu semblante, porque ele empurrou a cadeira para trás e apoiou os pés com firmeza no chão, pronto para se mover rapidamente. Olhou-me com cautela por cima da madeira escura da escrivaninha.

Respirei fundo várias vezes, relaxei os punhos cerrados e falei da maneira mais calma que consegui.

– Certo. Não tem. Mas eu gostaria muito se o fizesse. E por que me mostrou o retrato se não queria que eu soubesse? – acrescentei. – Já que sei disso, certamente descobrirei o resto com Jamie. Portanto, é melhor você me contar seu lado da história agora. – Olhei para a janela; a fatia de céu que aparecia entre as persianas parcialmente abertas ainda era um veludo negro, sem nenhum sinal do alvorecer. – Há tempo suficiente.

Ele respirou profundamente e recolocou o peso de papel sobre a mesa.

– Suponho que sim. – Indicou a garrafa de bebida com um sinal da cabeça. – Aceita um pouco de conhaque?

– Aceito – respondi prontamente –, e sugiro que você também tome um pouco. Acho que precisa tanto quanto eu.

Um ligeiro sorriso surgiu por um breve instante no canto de sua boca.

– Essa é uma opinião médica, sra. Malcolm? – perguntou ele secamente.

– Sem dúvida – eu disse.

Com essa pequena trégua, ele recostou-se na cadeira, girando seu copo de conhaque devagar entre as mãos.

– Você disse que Jamie me mencionou a você – disse ele. Devo ter me encolhido ligeiramente quando ele usou o nome de Jamie, porque ele franziu a testa para mim. – Prefere que eu me refira a ele pelo sobrenome? – disse ele friamente. – Eu nem saberia ao certo qual usar, nas atuais circunstâncias.

– Não. – Abanei a mão descartando a questão e tomei um gole do conhaque. – Sim, ele o mencionou. Disse que você foi o diretor da prisão de Ardsmuir e que era um amigo, e que ele podia confiar em você – acrescentei com certa relutância. Provavelmente, Jamie achava que podia confiar em lorde John Grey, mas eu não era tão otimista.

O sorriso desta vez prolongou-se um pouco mais.

– Fico feliz em ouvir isso – disse Grey brandamente. Abaixou os olhos para o líquido âmbar em seu copo, girando-o delicadamente para que liberasse seu inebriante buquê. Tomou um gole, depois colocou o copo sobre a mesa com um gesto decisivo. – Eu o encontrei na prisão de Ardsmuir, como ele disse – começou ele. – E quando a prisão foi desativada e os outros prisioneiros vendidos para trabalhos forçados na América, arranjei para que Jamie fosse, em vez disso, colocado em liberdade condicional em um lugar na Inglaterra chamado Helwater, de propriedade de amigos da minha família. – Olhou para mim, hesitante, depois acrescentou simplesmente: – Eu não podia suportar a ideia de não vê-lo nunca mais.

Em poucas palavras, colocou-me a par dos fatos da morte de Geneva e do nascimento de Willie.

– Ele estava apaixonado por ela? – perguntei. O conhaque estava fazendo seu efeito em aquecer meus pés e minhas mãos, mas nada fez para remover o objeto grande e frio em meu estômago.

– Ele nunca me contou nada a respeito de Geneva – disse Grey. Tomou o resto de sua bebida, tossiu e estendeu a mão para a garrafa para servir nova dose. Somente quando terminou essa operação é que olhou novamente para mim e acrescentou: – Mas duvido, pelo que conheci dela. – Sua boca torceu-se ironicamente. – Ele nunca me falou de Willie tampouco, mas houve boatos sobre Geneva e o velho lorde Ellesmere e, quando o garoto tinha 4 ou 5 anos, a semelhança deixava bem claro quem era seu pai, para quem quisesse ver. – Tomou mais um grande gole de conhaque. – Acho que minha sogra sabe, mas obviamente ela jamais deixaria transparecer.

– Não?

Fitou-me por cima da borda de seu copo.

– Não, você deixaria? Se a escolha fosse entre seu único neto ser o nono conde de Ellesmere e herdeiro de uma das propriedades mais ricas da Inglaterra ou o bastardo sem um tostão de um criminoso escocês?

– Compreendo. – Tomei mais um pouco do meu próprio conhaque, tentando imaginar Jamie com uma jovem inglesa chamada Geneva, e conseguindo perfeitamente bem.

– Sem dúvida – disse Grey secamente –, Jamie também viu isso. E muito sabiamente arranjou para deixar Helwater antes que se tornasse evidente para todos.

– E é aí que você entra novamente na história, não é? – perguntei. Ele balançou a cabeça, os olhos fechados. A residência do governador estava silenciosa, embora houvesse um burburinho distante que não me deixava esquecer de que ainda havia pessoas pela casa.

– Isso mesmo – disse ele. – Jamie me deu o menino.

O estábulo em Ellesmere era bem construído; aconchegante no inverno, era um refúgio fresco no verão. O enorme garanhão baio sacudiu as orelhas preguiçosamente diante de uma mosca que passava, mas permaneceu impassivelmente satisfeito, desfrutando as atenções do cavalariço.

– Isobel está muito insatisfeita com você – disse Grey.

– Está? – A voz de Jamie era indiferente. Não havia mais necessidade de se preocupar em não desagradar nenhum dos Dunsany.

– Ela disse que você contou a Willie que iria embora, o que o deixou terrivelmente perturbado. Ele passou o dia todo chorando, desolado.

O rosto de Jamie mal estava visível, mas Grey percebeu o ligeiro endurecimento no lado de sua garganta. Ele deu um passo para trás, apoiando-se contra a parede do estábulo, enquanto observava a rascadeira descer em movimentos regulares, fortes, que deixavam trilhas escuras no pelo brilhante.

– Certamente teria sido mais fácil não dizer nada para o menino, não? – disse Grey serenamente.

– Suponho que sim... para lady Isobel. – Fraser virou-se para guardar a rascadeira e deu um tapa no traseiro do cavalo, dispensando-o. Grey achou que havia um ar de irrevocabilidade no gesto; amanhã Jamie teria partido. Sentiu um nó na própria garganta, mas engoliu-o. Levantou-se e seguiu Fraser em direção à porta do boxe.

– Jamie... – disse ele, colocando a mão no ombro de Fraser. O escocês girou nos calcanhares, as feições rapidamente se reajustando, mas não

rápido o suficiente para esconder o sofrimento em seus olhos. Ficou parado, imóvel, fitando o inglês. – Você está certo em ir embora – disse Grey. Uma expressão de alarme atravessou os olhos de Fraser, logo suplantada pela cautela.

– Estou? – disse ele.

– Qualquer um com metade da visão poderia ver – disse Grey ironicamente. – Se alguém realmente olhasse para um cavalariço, já teria notado há muito tempo. – Olhou para trás, para o garanhão baio, e ergueu uma das sobrancelhas. – Alguns procriadores marcam seus descendentes. Tenho a distinta impressão de que qualquer filho seu seria inconfundível.

Jamie não disse nada, mas Grey achou que ele ficara um pouco mais pálido do que de costume.

– Certamente você pode ver. Bem, não, talvez não – corrigiu-se. – Acho que você não tem um espelho, tem?

Jamie sacudiu a cabeça mecanicamente.

– Não – disse ele distraído. – Faço a barba no reflexo do cocho. – Inspirou profundamente e soltou o ar bem devagar. – Sim, bem – disse ele. Olhou para a casa, onde as portas abriam-se para um gramado. Willie estava acostumado a brincar lá após o almoço nos dias de bom tempo.

Fraser virou-se para ele com súbita decisão.

– Pode dar uma caminhada comigo? – disse ele.

Sem esperar por uma resposta, saiu do estábulo, descendo o caminho que levava do cercado para o pasto inferior. Somente depois de uns 400 metros ele parou, em uma clareira ensolarada, junto a um bosque de salgueiros, perto da beira do lago.

Grey viu-se meio ofegante por causa do passo acelerado – muita vida sedentária em Londres, zombou de si mesmo. Fraser, é claro, não estava sequer suando, apesar do dia quente.

Sem preâmbulos, virando-se para encarar Grey, ele disse:

– Quero lhe pedir um favor. – Os olhos azuis puxados eram diretos como o próprio Fraser.

– Se acha que eu contaria a alguém... – começou Grey, depois sacudiu a cabeça. – Certamente você não acha que eu pudesse fazer tal coisa. Afinal, eu sei disso, ou ao menos suspeitava, há bastante tempo.

– Não. – Um breve sorriso ergueu a boca de Jamie. – Não, não achei que pudesse fazer isso. Mas queria lhe pedir...

– Sim – disse Grey prontamente. O canto da boca de Jamie torceu-se.

– Não quer saber o que é primeiro?

– Imagino que eu saiba; quer que eu fique de olho em Willie; talvez lhe mandar notícias dele.

Jamie balançou a cabeça.

– Sim, isso mesmo. – Olhou para o topo da encosta, onde a casa situava-se, parcialmente escondida em seu ninho de bordos flamejantes. – Talvez seja um fardo lhe pedir que venha lá de Londres para vê-lo de vez em quando.

– Absolutamente – interrompeu Grey. – Eu vim esta tarde para lhe dar minhas próprias notícias; eu vou me casar.

– Casar? – O choque no rosto de Jamie era evidente. – Com uma mulher?

– Acho que não há muitas alternativas – retrucou Grey sarcasticamente. – Mas, sim, já que perguntou, com uma mulher. Com lady Isobel.

– Santo Deus, homem! Não pode fazer isso!

– Posso, sim – assegurou-lhe Grey. Fez uma expressão de desgosto. – Fiz um teste da minha capacidade em Londres; pode ficar certo que eu serei um marido adequado para ela. Não se precisa necessariamente ter prazer no ato para desempenhá-lo... ou será que não sabe disso?

O canto do olho de Jamie fez um pequeno movimento reflexo; não exatamente uma contração, mas suficiente para Grey notar. Jamie abriu a boca, depois a fechou outra vez e sacudiu a cabeça, obviamente pensando melhor no que estivera prestes a dizer.

– Dunsany está ficando velho demais para administrar a propriedade – ressaltou Grey. – Gordon está morto e Isobel e sua mãe não conseguem administrar o lugar sozinhas. Nossas famílias se conhecem há décadas. É um casamento perfeitamente adequado.

– É mesmo? – O ceticismo sarcástico na voz de Jamie era evidente. Grey virou-se para ele, a pele clara ruborizando-se ao responder incisivamente.

– É, sim. Há mais num casamento do que amor carnal. Muito mais.

Fraser deu-lhe as costas abruptamente. Caminhou com passos largos e pesados até a beira do lago e parou, as botas afundadas na lama coberta de vegetação pantanosa, fitando as ondulações da água por algum tempo. Grey esperou pacientemente, aproveitando o tempo para soltar a fita que prendia seus cabelos e arrumar a espessa cabeleira loura.

Finalmente, Fraser voltou, caminhando devagar, a cabeça baixa como se ainda estivesse pensando. Cara a cara com Grey, ele ergueu os olhos outra vez.

– Você tem razão – disse ele serenamente. – Não tenho nenhum direito de pensar mal de você, se não pretende nenhuma desonra à moça.

– Certamente não – disse Grey. – Além do mais – acrescentou mais animado –, significa que estarei aqui permanentemente, cuidando de Willie.

– Pretende renunciar ao seu cargo, então? – Uma sobrancelha cor de cobre ergueu-se de repente.

– Sim – disse Grey. Sorriu, um pouco melancolicamente. – Será um alívio, de certa forma. Não fui talhado para a vida militar, eu acho.

Fraser parecia estar pensando.

– Eu ficaria... muito agradecido, então, se você ficasse como padrasto do... do meu filho. – Ele provavelmente jamais pronunciara aquela palavra em voz alta antes e o som pareceu chocá-lo. – Eu... ficaria muito agradecido. – A voz de Jamie soou como se seu colarinho estivesse apertado demais, embora na verdade a gola de sua camisa estivesse aberta. Grey olhou-o com curiosidade e viu que aos poucos seu semblante estava se tornando dolorosamente vermelho. – Em troca... Se você quiser... Quero dizer, eu estaria disposto a... isso é...

Grey reprimiu uma súbita vontade de rir. Colocou a mão de leve no braço do enorme escocês e viu Jamie retesar-se para não se retrair ao contato.

– Meu caro Jamie – disse ele, dividido entre o riso e a exasperação. – Você está mesmo me oferecendo seu corpo em pagamento pela minha promessa de cuidar de Willie?

O rosto de Fraser ficou roxo até a raiz dos cabelos.

– Sim, estou – respondeu ele, os lábios cerrados. – Você quer ou não?

Diante disso, Grey realmente não conseguiu conter o riso, em longos e ofegantes espasmos, finalmente tendo que se sentar na grama da margem a fim de se recobrar.

– Ah, meu Deus – disse ele finalmente, limpando os olhos. – Não pensei que fosse viver para ouvir uma proposta como essa!

Fraser permaneceu acima dele, olhando para baixo, a luz da manhã recortando sua silhueta, incendiando seus cabelos em chamas contra o pálido azul-celeste. Grey achou que podia ver uma ligeira torção da boca larga no rosto escurecido – humor, mesclado a um profundo alívio.

– Então, você não me quer?

Grey levantou-se, batendo a poeira do traseiro de suas calças.

– Eu provavelmente vou querê-lo até o dia da minha morte – disse ele pragmaticamente. – Porém, por mais tentado que eu esteja... – Sacudiu a cabeça, limpando a grama molhada das mãos. – Você acha mesmo que eu iria exigir, ou aceitar, qualquer pagamento por tal serviço? – perguntou. – Realmente, eu devia me sentir profundamente insultado por essa oferta, se não soubesse a profundidade dos sentimentos que a motivaram.

– Sim, bem – murmurou Jamie. – Não quis insultá-lo.

Neste ponto, Grey não sabia se ria ou chorava. Em vez disso, estendeu a mão e delicadamente tocou o rosto de Jamie, agora de volta ao seu bronze pálido normal. Mais serenamente, disse:

– Além do mais, você não pode me dar o que não tem.

Grey sentiu, mais do que viu, o leve relaxamento de tensão no corpo alto à sua frente.

– Você terá minha amizade – disse Jamie brandamente –, se isso tiver algum valor para você.

– Na verdade, um grande valor. – Os dois homens permaneceram em silêncio por um instante, depois Grey suspirou e virou-se para olhar para o sol. – Está ficando tarde. Imagino que tenha muitas coisas para fazer hoje, não é?

Jamie limpou a garganta.

– Sim, tenho. Acho melhor começar a me arrumar.

– Sim, acho que sim.

Grey puxou para baixo as pontas de seu colete, pronto para ir embora. Mas Jamie demorava-se, sem jeito, e em seguida, como se tomasse uma decisão repentina, deu um passo à frente e, inclinando-se, segurou o rosto de Grey entre as mãos.

Grey sentiu as mãos grandes, quentes, na pele de seu rosto, leves e fortes como o roçar da pena de uma águia. Em seguida, a boca larga e macia de Jamie Fraser tocou a sua. Houve uma impressão fugaz de ternura e força contidas, o leve gosto de cerveja e pão saído do forno. Depois, desapareceu, e John Grey ficou parado, piscando, sob a luz brilhante do sol.

– Oh – exclamou ele.

Jamie dirigiu-lhe um sorriso tímido, enviesado.

– Sim, bem – disse ele. – Suponho que eu não esteja corrompido. – Virou-se então e desapareceu no bosque de salgueiros, deixando lorde John Grey sozinho junto ao lago.

O governador ficou em silêncio por um instante. Depois, ergueu os olhos com um sorriso melancólico.

– Essa foi a primeira vez que ele me tocou por vontade própria – disse ele serenamente. – E a última... até esta noite, quando eu lhe dei a outra cópia desta miniatura.

Permaneci sentada inteiramente imóvel, o copo de conhaque esquecido nas mãos. Eu não sabia ao certo o que sentia; choque, fúria, horror, ciúme e pena, tudo me inundava em ondas sucessivas, misturando-se em marés de emoções confusas.

Uma mulher fora violentamente assassinada ali perto, nas últimas horas. E, no entanto, a cena na sala de repouso parecia irreal em comparação a esta miniatura; um retrato pequeno e sem importância, pintado em tons de vermelho. Naquele momento, nem lorde John nem eu estávamos preocupados com crime ou justiça – ou com qualquer outro drama além daquele que nos envolvia.

O governador examinava meu rosto, com considerável concentração.

– Acho que eu deveria tê-la reconhecido no navio – disse ele. – Mas obviamente, na época, eu a imaginava morta há muito tempo.

– Bem, estava escuro – eu disse, tolamente. Passei a mão pelos meus cachos, sentindo-me tonta de conhaque e sono. Então percebi o que ele dissera. – Reconhecer-me? Mas você nunca me conheceu!

Ele hesitou, depois balançou a cabeça.

– Lembra-se de um bosque escuro, perto de Carryarrick nas Terras Altas escocesas, há vinte anos? E um garoto com o braço quebrado? Você o entalou para mim. – Ergueu um dos braços em demonstração.

– Jesus H. Roosevelt Cristo! – Tomei um gole tão grande do conhaque que engasguei e tossi. Pestanejei sucessivamente para ele, os olhos lacrimejando. Sabendo agora quem ele era, pude discernir os ossos bem delineados, delicados, e ver os contornos mais esbeltos e arredondados do rapaz que ele fora.

– Os seus foram os primeiros seios de uma mulher que eu vi – disse ele ironicamente. – Foi um grande choque.

– Do qual você parece ter se recuperado – eu disse, com certa frieza. – Ao menos, parece ter perdoado Jamie por quebrar seu braço e ameaçar matá-lo.

Ele enrubesceu ligeiramente, em seguida pousou seu copo sobre a escrivaninha.

– Eu... bem... sim – respondeu ele abruptamente.

Permanecemos ali sentados por bastante tempo, nenhum de nós sabia o que dizer. Ele respirou ruidosamente uma ou duas vezes, como se estivesse prestes a dizer alguma coisa, mas depois desistiu. Finalmente, ele fechou os olhos como se encomendasse a alma a Deus, abriu-os e olhou para mim.

– Você sabe... – começou ele, e parou. Abaixou os olhos para as mãos entrelaçadas com força, sem olhar para mim. Uma pedra azul cintilou em um nó de seus dedos, luminosa como uma lágrima. – Você sabe – disse outra vez, à meia-voz, dirigindo-se a suas mãos – o que é amar alguém e nunca, nunca!, ser capaz de lhe dar paz, alegria ou felicidade?

Ergueu os olhos então, repletos de dor.

– Saber que não pode lhe dar felicidade, não por culpa dele ou sua, mas somente porque você não nasceu a pessoa certa para ele?

Permaneci em silêncio, vendo não seu belo rosto, mas o de outra pessoa; morena, não loura. Não sentindo o ar quente de uma noite tropical, mas o toque gelado de um inverno de Boston. Vendo a pulsação da luz como sangue de um coração, esparramando-se pela neve fria dos lençóis do hospital.

... somente porque você não nasceu a pessoa certa para ele.

– Eu sei – murmurei, as mãos entrelaçadas no colo. Eu dissera a Frank: deixe-me. Mas ele não pôde, assim como eu não pude amá-lo adequadamente, tendo encontrado meu par em outro lugar.

Ah, Frank, disse, silenciosamente. Perdoe-me.

– Imagino que eu esteja lhe perguntando se acredita em destino – continuou lorde John. O fantasma de um sorriso atravessou seu rosto. – Você, mais do que ninguém, parece a mais capacitada a dizer.

– Você imaginaria que sim, não é? – eu disse desoladamente. – Mas eu não sei, não mais do que você.

Ele sacudiu a cabeça, depois estendeu a mão e pegou a miniatura.

– Tenho tido mais sorte do que a maioria, eu acho – disse ele serenamente. – Havia uma única coisa que ele poderia tirar de mim. – Sua expressão abrandou-se quando ele abaixou os olhos e fitou o rosto do menino na palma de sua mão. – E ele me deu algo muito precioso em troca.

Sem pensar, minha mão espalmou-se pela minha barriga. Jamie me dera esta mesma dádiva preciosa – e ao mesmo enorme custo para si mesmo.

O som de passos desceu o corredor, abafado pelo carpete. Ouviu-se uma forte batida na porta e um membro da milícia enfiou a cabeça no gabinete.

– A madame já se recuperou? – perguntou ele. – O capitão Jacobs terminou seu interrogatório e a carruagem de monsieur Alexandre já retornou.

Levantei-me apressadamente.

– Sim, estou bem. – Virei-me para o governador, sem saber o que lhe dizer. – Eu... agradeço-lhe...

Ele fez uma mesura formal, dando a volta à mesa para me acompanhar até a porta.

– Lamento muito que tenha sido submetida a uma experiência tão chocante, madame – disse ele, sem nenhum vestígio de emoção além do pesar diplomático na voz. Ele retomara sua atitude oficial, acetinada e polida como seu assoalho de parquet.

Segui o militar, mas voltei-me impulsivamente ao chegar à porta.

– Quando nos encontramos, naquela noite a bordo do *Porpoise*... Fico contente que não soubesse quem eu era. Eu... gostei de você. Na ocasião.

Ele continuou parado, educado, distante. Então, a máscara se desfez.

– Eu também gostei de você – disse ele à meia-voz. – Na ocasião.

Eu sentia como se estivesse viajando ao lado de um estranho. A noite começava a se acinzentar, aproximando-se da aurora, e mesmo na penumbra da carruagem, eu podia ver Jamie sentado diante de mim, o rosto abatido de cansaço. Ele tirara a ridícula peruca assim que nos afastamos da sede do governo, descartando a fachada de francês refinado e deixando que o descabelado escocês se revelasse. Seus cabelos soltos caíam em ondas sobre os ombros, escuros na obscuridade que antecede o amanhecer e que priva tudo de sua cor original.

– Acha que foi ele? – perguntei finalmente, apenas para dizer alguma coisa.

Seus olhos estavam fechados. Com a minha pergunta, ele os abriu e deu ligeiramente de ombros.

– Não sei – disse ele. Parecia exausto. – Eu me fiz a mesma pergunta mil vezes esta noite... e também a fizeram a mim mais vezes ainda. Esfregou os nós dos dedos com força na testa. – Não posso imaginar um homem que eu conheço fazer tal coisa. E, entretanto... bem, você sabe que ele é capaz de qualquer coisa quando bebe. E ele já matou antes, bêbado. Lembra-se do agente alfandegário no bordel? – Balancei a cabeça e ele inclinou-se para a frente, os cotovelos apoiados nos joelhos, afundando a cabeça entre as mãos. – Mas isso é diferente – disse ele. – Não posso imaginar... mas talvez seja verdade. Você ouviu o que ele disse sobre as mulheres no navio. E se a sra. Alcott tiver brincado com ele...

– Ela o fez – eu disse. – Eu vi.

Ele balançou a cabeça sem erguer o olhar.

– Assim como várias outras pessoas. Mas se ela o levou a pensar que pretendia mais do que realmente fez e depois o descartou, talvez rindo dele... e ele parecendo um pequinês bêbado e facas à mão por todas as paredes do lugar... – Suspirou e sentou-se direito. – Só Deus sabe – disse ele desoladamente. – Eu não sei. – Passou a mão pelos cabelos, alisando-os para trás. – Há mais uma coisa. Eu tive que dizer a eles que mal conhecia Willoughby. Disse que nós o conhecemos no paquete procedente da Martinica e achamos que seria gentil apresentá-lo às pessoas, mas que eu não sabia de onde ele vinha nem o tipo de pessoa que realmente era.

– Eles acreditaram?

Lançou-me um olhar irônico.

– Até agora. Mas o paquete chega novamente dentro de seis dias. Então, eles vão interrogar o capitão e descobrir que ele jamais viu nenhum monsieur Etienne Alexandre e sua mulher, muito menos um pequeno demônio amarelo.

– A situação pode ficar embaraçosa – observei, pensando em Fergus e no soldado da milícia. – Já somos um pouco impopulares por causa do sr. Willoughby.

– Nada em comparação com o que seremos, se seis dias se passarem e não o tiverem encontrado – garantiu ele. – Seis dias é provavelmente o tempo que vai levar para os mexericos se espalharem da Casa da Montanha Azul até Kingston sobre os hóspedes dos MacIver, pois você sabe que todos os empregados lá sabem quem nós somos.

– Merda!

Ele sorriu brevemente diante da minha imprecação.

– Você sabe usar as palavras, Sassenach. Sim, bem, tudo que isso significa é que temos que encontrar Ian em seis dias. Devo ir à Mansão da Rosa imediatamente, mas acho que preciso de um pequeno descanso antes de partir. – Ele bocejou por trás da mão e sacudiu a cabeça, piscando.

Não falamos mais até chegarmos à Casa da Montanha Azul e andar na ponta dos pés pela residência adormecida até nossos aposentos.

Troquei de roupa no quarto de vestir, deixando os pesados espartilhos caírem no chão com alívio, e retirando os prendedores dos cabelos para que caíssem livremente. Usando apenas uma camisola de seda, entrei no quarto e encontrei Jamie junto à porta que se abria para a varanda, de camisa, fitando a lagoa.

Virou-se quando me ouviu e fez sinal para que eu me aproximasse, colocando um dedo sobre os lábios.

– Venha ver – sussurrou ele.

Havia um pequeno rebanho de peixes-boi na lagoa, grandes corpos cinza deslizando sob as águas escuras e cristalinas, erguendo-se, brilhantes, como rochas molhadas e lisas. Pássaros começavam a chamar nas árvores próximas à casa; além disso, o único som era a frequente baforada da respiração dos peixes-boi quando se erguiam em busca de ar e, de vez em quando, um som sinistro, como um lamento distante, oco, quando chamavam uns aos outros.

Ficamos observando os animais em silêncio, lado a lado. A lagoa começou a se tornar verde quando os primeiros raios de sol tocaram sua superfície. Naquele estado de extrema fadiga onde cada sentido é anormalmente intensificado, eu tinha consciência da presença de Jamie como se o estivesse tocando.

As revelações de John Grey haviam me aliviado da maior parte das minhas dúvidas e temores – e, no entanto, restava o fato de que Jamie não me contara sobre seu filho. Obviamente, ele tinha razões – e boas – para sua discrição, mas ele não achou que podia confiar em mim para guardar seu segredo? Ocorreu-me repentinamente que talvez ele tivesse silenciado por causa da mãe do menino. Talvez a tivesse amado, apesar das impressões de Grey.

Ela estava morta, fazia diferença se ele a tivesse amado? A resposta é que fazia, sim. Eu acreditei que Jamie estava morto por vinte anos e isso não fizera absolutamente nenhuma diferença no que eu sentia por ele. E se ele tivesse amado essa jovem inglesa desse mesmo modo? Engoli um pequeno bolo em minha garganta, tentando encontrar coragem para perguntar-lhe.

Seu rosto estava absorto em pensamentos, a testa levemente franzida, apesar da beleza do raiar do dia na lagoa.

– Em que está pensando? – perguntei finalmente, incapaz de buscar a restauração da confiança, temendo pedir a verdade.

– É que me ocorreu um pensamento – respondeu ele, ainda fitando os peixes-boi. – Sobre Willoughby, sabe?

Os acontecimentos da noite pareciam distantes e sem importância. Entretanto, um assassinato fora cometido.

– O que foi?

– Bem, no começo eu não podia imaginar que Willoughby pudesse fazer tal coisa, como qualquer homem poderia? – Parou, correndo o dedo pela leve neblina de condensação que se formava nas vidraças conforme o sol se levantava. – E, no entanto... – Virou-se para mim. – Talvez eu possa entender. – Seu rosto estava perturbado. – Ele se sentia sozinho, muito sozinho.

– Um estranho, numa terra estranha – eu disse à meia-voz, lembrando-me dos poemas, pintados no segredo escancarado de pinceladas ousadas de tinta negra, lançados no ar, na direção da terra natal, perdida e distante, confiados ao mar em asas de papel branco.

– Sim, é isso. – Ele parou de pensar, passando a mão devagar pelos cabelos, cobre cintilante à nova luz do dia. – E quando um homem está sozinho dessa forma... bem, talvez não seja certo dizer isso, mas fazer amor com uma mulher pode ser a única coisa que o fará esquecer sua dor por algum tempo.

Ele abaixou os olhos, virando as palmas das mãos para cima, acariciando a cicatriz do dedo médio com o indicador da mão esquerda.

– Foi isso que me fez casar com Laoghaire – disse ele baixinho. – Não foi a insistência de Jenny. Nem pena dela e das meninas. Nem mesmo um par de bolas doloridas. – Sua boca curvou-se para cima em um dos cantos, depois relaxou. – Só a necessidade de esquecer que eu estava sozinho – concluiu serenamente.

Ele retornou à janela, inquieto.

– Assim, estou achando que se o chinês a procurou, desejando-a, precisando dela, e ela o rejeitou... – Encolheu os ombros, olhando ao longe, além do verde frio da lagoa. – Sim, talvez ele possa ter feito isso.

Continuei ao seu lado. No meio da lagoa, um único peixe-boi subiu lentamente à superfície, virando-se de costas para segurar o filhote em seu peito na direção do sol.

Ele ficou em silêncio por vários minutos, e eu também, sem saber como levar a conversa de volta ao que eu vira e ouvira na casa do governador.

Eu senti, mais do que vi, ele engolir em seco. Virou-se da janela para me fitar. Havia rugas de cansaço em seu rosto, mas seu semblante estava tomado por uma espécie de determinação – o tipo de expressão que surgia em seu rosto quando estava diante de uma batalha.

– Claire – disse ele, e eu imediatamente retesei o corpo. Ele só me chamava pelo nome quando o assunto era muito grave. – Claire, preciso contar-lhe uma coisa.

– O quê? – Eu estivera pensando como perguntar, mas repentinamente eu não queria ouvir. Dei um pequeno passo para trás, afastando-me dele, mas ele me segurou pelo braço.

Ele tinha algo escondido na mão fechada. Pegou minha mão, que não ofereceu resistência, e colocou o objeto dentro dela. Sem olhar, eu sabia o que era; podia sentir o entalhe da delicada moldura oval e a superfície ligeiramente áspera da pintura.

– Claire. – Pude ver o ligeiro tremor no lado de sua garganta quando engoliu em seco. – Claire... preciso lhe contar. Eu tenho um filho.

Eu não disse nada, mas abri a mão. Lá estava ele; o mesmo rosto que eu vira no escritório de Grey, uma versão infantil, arrogante, do homem diante de mim.

– Eu devia ter lhe contado há mais tempo. – Ele examinava meu rosto em busca de alguma pista dos meus sentimentos, mas desta vez meu semblante sempre tão revelador devia estar perfeitamente impassível. – Eu o teria feito... é que... – Ele respirou fundo, reunindo forças para continuar. – Nunca contei a ninguém a respeito dele – disse ele. – Nem mesmo a Jenny.

Isso me surpreendeu o bastante para me fazer falar.

– Jenny não sabe?

Ele sacudiu a cabeça e virou-se para observar os peixes-boi. Alarmados com nossas vozes, eles haviam se afastado um pouco, mas depois se acomodaram outra vez, alimentando-se das plantas aquáticas nas margens da lagoa.

– Foi na Inglaterra. Ele é... eu não podia dizer que ele era meu. Ele é bastardo, sabe? – Deve ter sido o sol nascente que afogueou suas faces. Ele mordeu o lábio e continuou: – Eu não o vejo desde que era pequeno. E nunca mais o verei... exceto talvez num pequeno retrato como este. Pegou o pequeno objeto de mim, embalando-o na palma de sua mão como a cabeça de um bebê. Pestanejou, a cabeça inclinada sobre ele. – Eu tinha medo de lhe contar – disse ele, quase num sussurro. – Por medo de que você pensasse que talvez eu tenha andado por aí gerando dezenas de bastardos... por medo de que você pensasse que eu não iria me importar tanto com Brianna se soubesse que eu tinha outro filho. Mas eu realmente me importo, Claire... muito mais do que eu posso lhe dizer. – Ele levantou a cabeça e olhou diretamente para mim. – Pode me perdoar?

– Você... – As palavras quase me sufocaram, mas eu tinha que proferi-las. – Você a amou?

Uma expressão extraordinária de tristeza atravessou seu rosto, mas ele não desviou o olhar.

– Não – disse ele brandamente. – Ela... me desejava. Eu devia ter encontrado um meio, devia tê-la impedido, mas não pude. Ela queria que eu me deitasse com ela. E eu o fiz, e... ela morreu por causa disso. – Ele por fim abaixou os olhos, as longas pestanas ocultando seus olhos. – Sou culpado de sua morte, diante de Deus. Talvez ainda mais culpado... porque eu não a amava.

Eu não disse nada, mas ergui a mão e toquei seu rosto. Ele pressionou a própria mão sobre a minha, com força, e fechou os olhos. Havia uma lagartixa na parede ao nosso lado, quase da mesma cor da argamassa amarela, começando a brilhar à crescente luz do dia.

– Como ele é? – perguntei brandamente. – Seu filho?

Ele sorriu debilmente, sem abrir os olhos.

– É mimado e teimoso – disse ele ternamente. – Malcriado. Escandaloso. Com um péssimo gênio. – Engoliu com dificuldade. – E corajoso e bonito e alegre e forte – disse ele, tão baixo que eu mal conseguia ouvi-lo.

– E seu – eu disse. Sua mão apertou a minha, segurando-a contra os pelos macios de sua barba por fazer.

– E meu – disse ele. Inspirou fundo e eu pude ver o brilho de lágrimas sob suas pálpebras cerradas.

– Você devia ter confiado em mim – eu disse por fim. Ele assentiu, devagar, depois abriu os olhos, ainda segurando minha mão.

– Talvez – disse ele serenamente. – E ainda assim não paro de pensar como eu poderia ter lhe contado tudo, sobre Geneva, e Willie, e John. Sabe a respeito de John? – Ele franziu ligeiramente a testa, mas relaxou quando balancei a cabeça.

– Ele me contou. A respeito de tudo. – Suas sobrancelhas se ergueram, mas ele continuou.

– Especialmente depois que você descobriu sobre Laoghaire. Como eu poderia lhe contar e esperar que você soubesse a diferença?

– Que diferença?

– Geneva, a mãe de Willie, ela queria meu corpo – disse ele brandamente. – Laoghaire precisava do meu nome e do trabalho de minhas mãos para se manter e manter as filhas. – Então virou a cabeça, os olhos azul-escuros fixos nos meus – John... bem. – Ergueu os ombros e deixou-os cair. – Eu não pude lhe dar o que ele queria e ele foi amigo o suficiente para não pedir. Mas como eu posso lhe dizer tudo isso – disse ele, a linha de sua boca torcendo-se. – E depois dizer-lhe que você é a única pessoa que eu já amei? Como você iria acreditar em mim?

A pergunta ficou pairando no ar entre nós dois, tremeluzindo com o reflexo da água embaixo.

– Se você disser, eu acreditarei em você.

– Acreditará? – Ele pareceu ligeiramente espantado. – Por quê?

– Porque você é um homem honesto, Jamie Fraser – eu disse, sorrindo para não chorar. – E que Deus tenha piedade de você por isso.

– Só você – disse ele, tão baixinho que eu mal podia ouvi-lo. – Adorá-la com meu corpo, dar-lhe todo o serviço de minhas mãos. Dar-lhe meu nome e todo o meu coração e minha alma também. Só você. Porque você não me deixará mentir e assim mesmo você me ama.

Eu o toquei.

– Jamie – eu disse ternamente, colocando a mão em seu braço. – Você não está mais sozinho.

Ele voltou-se, então, e segurou-me pelos braços, perscrutando meu rosto.

– Eu jurei a você – eu disse. – Quando nos casamos. Na ocasião, eu não sabia todo o significado, mas jurei e agora eu sei. – Virei a mão dele sobre as minhas, sentindo a pele fina, lisa, na base de seus pulsos, onde o sangue pulsava sob meus dedos, onde a lâmina de sua adaga cortara sua carne um dia e derramara seu sangue para misturar-se ao meu para sempre.

Pressionei meu próprio pulso contra o dele, pulsação contra pulsação, batimento contra batimento.

– Sangue do meu sangue... – murmurei.

– Ossos dos meus ossos. – Sua voz era grave e rouca. Ele se ajoelhou subitamente diante de mim e colocou as mãos entrelaçadas dentro das minhas; o gesto de um escocês das Terras Altas ao jurar lealdade a seu líder. – Eu lhe dou meu espírito – disse ele, a cabeça inclinada sobre nossas mãos.

– Até o fim de nossas vidas – eu disse suavemente. – Mas nossas vidas ainda não chegaram ao fim, Jamie.

Então, ele se levantou e tirou minha camisola. Eu me deitei nua na cama estreita, puxei-o para mim através da suave luz amarela e o trouxe para casa outra vez, e nenhum de nós dois ficou sozinho.

60

O CHEIRO DE PEDRAS PRECIOSAS

A Mansão da Rosa ficava a 16 quilômetros de Kingston, subindo uma estrada íngreme e sinuosa de terra vermelha que conduzia às montanhas azuis. A estrada estava abandonada, era tão estreita que tivemos que cavalgar em fila indiana a maior parte do percurso. Segui Jamie pelas passagens escuras, docemente perfumadas, de galhos de cedros, sob árvores de quase 30 metros. Samambaias imensas cresciam nas sombras embaixo, as pontas enroladas das folhas novas eram quase do tamanho de um braço de violino.

Havia um silêncio completo, exceto pelo canto dos pássaros nos arbustos – e até eles silenciavam quando passávamos. O cavalo de Jamie parou de repente certa vez e retrocedeu, relinchando; esperamos enquanto uma pequena cobra verde atravessou o caminho contorcendo-se e entrou no mato. Fiquei observando-a, mas não pude ver além de 3 metros da beira da estrada, mais além, apenas sombras verdes e frescas. Eu esperava que o sr. Willoughby tivesse vindo nesta direção – ninguém jamais o encontraria num lugar assim.

O chinês não fora encontrado, apesar de uma busca intensiva da milícia da ilha pela cidade. O destacamento especial de fuzileiros navais do quartel em Antígua era esperado amanhã. Nesse ínterim, toda casa em Kingston estava trancada como um cofre de banco, os donos armados até os dentes.

O humor da cidade era extremamente perigoso. Como o dos oficiais da Marinha; era opinião do coronel da milícia que se o chinês fosse encontrado, teria sorte de sobreviver tempo suficiente para ser enforcado.

– Vai ser esquartejado, eu acho – dissera o coronel Jacobs ao nos escoltar da residência do governador na noite do crime. – Vai ter seus testículos arrancados e enfiados goela abaixo, ouso afirmar – acrescentou ele, com uma óbvia e sinistra satisfação diante da ideia.

– Eu ouso afirmar – murmurara Jamie em francês, ajudando-me a subir na carruagem. Eu sabia que a questão do sr. Willoughby ainda o perturbava; mantivera-se quieto e pensativo durante o percurso pelas montanhas. E, no entanto, não havia nada que pudéssemos fazer. Se o pequeno chinês fosse inocente, não poderíamos salvá-lo; se fosse culpado, não poderíamos entregá-lo. O melhor que podíamos esperar era que ele não fosse encontrado.

Enquanto isso, tínhamos cinco dias para encontrar o Jovem Ian. Se ele realmente estivesse na Mansão da Rosa, tudo daria certo. Se não estivesse...

Uma cerca e um pequeno portão marcavam a divisa entre a plantação e a floresta ao redor. Dentro, o terreno fora desmatado e plantado com cana-de-açúcar e café. A alguma distância da casa, em uma subida separada, erguia-se uma construção grande, simples, de taipa, com telhado de sapé. Pessoas de pele escura entravam e saíam da casa, e o cheiro fraco e enjoativo de açúcar queimado pairava no ar.

Abaixo do engenho de açúcar – ou pelo menos foi o que presumi que o prédio fosse – via-se um grande engenho. Um aparato de aspecto primitivo, a prensa consistia em um par de enormes troncos de árvores cruzados em forma de X, apoiados sobre um enorme eixo, que ficava em cima do corpo do moinho, no formato de uma caixa. Dois ou três homens escalavam o moinho, mas ele não estava funcionando no momento; os bois que o movimentavam estavam amarrados a uma certa distância, pastando.

– Como é que eles escoam o açúcar daqui? – perguntei, curiosa, pensando na trilha estreita pela qual havíamos subido. – Em mulas? – Bati nos ombros do meu casaco para retirar agulhas de cedro, tornando-me apresentável.

– Não – respondeu Jamie distraidamente. – Eles o enviam rio abaixo em chatas. O rio fica logo ali, descendo o pequeno caminho que você pode ver depois da casa. – Apontou com o queixo, freando o cavalo com uma das mãos e usando a outra para bater a poeira da viagem das abas de seu casaco. – Pronta, Sassenach?

– Como nunca estive.

A Mansão da Rosa era uma construção de dois andares; comprida e elegantemente bem-proporcionada, tinha um telhado de caras lâminas de ardósia, em vez das folhas de flandres que cobriam a maioria das residências dos fazendeiros. Uma varanda comprida percorria todo um lado da casa, com longas janelas e portas que se abriam sobre ela.

Uma enorme roseira de flores amarelas crescia na entrada, subindo por uma treliça e derramando-se pela beirada do telhado. O perfume que exalava era tão inebriante que dificultava a respiração; ou talvez fosse apenas a ansiedade que tornava minha respiração entrecortada e parecia grudar em minha garganta. Olhei à volta enquanto aguardávamos que atendessem à porta, tentando vislumbrar qualquer pessoa de pele branca perto do engenho de açúcar.

– Sim, sinhô? – Uma escrava negra de meia-idade abriu a porta, olhando-nos com curiosidade. Era corpulenta, vestia um avental de algodão branco e ostentava um turbante vermelho enrolado ao redor da cabeça; sua pele era da cor do ouro-escuro e opulento do miolo das rosas amarelas na treliça.

– Sr. e sra. Malcolm, para falar com a sra. Abernathy, por favor – disse Jamie educadamente. A mulher parecia um pouco desconcertada, como se o aparecimento de visitas não fosse uma ocorrência comum, mas após um instante de indecisão, ela assentiu e deu um passo para trás, abrindo completamente a porta.

– Aguardem no salão, por favor – disse ela, numa cadência suave e musical. – Vou perguntar à patroa se vai recebê-los.

Era um aposento amplo, comprido e graciosamente planejado, iluminado por longas janelas de postigos ao longo de um dos lados. Na extremidade oposta do salão, havia uma lareira, uma enorme estrutura com um consolo de pedra e piso revestido de ardósia polida, que ocupava quase toda a parede. Seria possível assar um boi ali, sem a menor dificuldade, e a presença de um grande espeto sugeria que o proprietário da casa o fazia ocasionalmente.

A escrava nos conduzira a um sofá de vime e nos convidara a sentar. Sentei-me, olhando ao meu redor, mas Jamie ficou andando impacientemente pelo salão, espreitando pelas janelas que davam vista para os campos de cana-de-açúcar abaixo da casa.

Era um aposento estranho; confortavelmente mobiliado com móveis de vime e ratã, bem equipados com almofadas grandes e macias, mas decorado com pequenos e inusitados objetos. No peitoril de uma das janelas, havia uma fileira de sinetas de prata, arrumadas da menor para a maior. Várias figuras achatadas de pedra e terracota agrupavam-se na mesa junto ao meu cotovelo; alguma espécie de ídolos ou fetiches primitivos.

Todas tinham a forma de uma mulher, imensamente grávida e de seios enormes, redondos, e quadris exagerados – todas com uma sexualidade exuberante e ligeiramente perturbadora. Não era uma época puritana, de modo algum, mas eu não esperaria encontrar objetos como aqueles numa sala de visitas em nenhuma época.

As relíquias jacobitas eram um pouco mais ortodoxas. Uma caixa de rapé de prata, uma jarra de vidro, um leque decorado, uma grande travessa – até mesmo o grande tapete no chão; tudo decorado com a rosa branca dos Stuart. Isso não era incomum – muitos jacobitas que fugiram da Escócia depois de Culloden foram para as Índias Ocidentais para tentar fazer fortuna outra vez. Achei a visão encorajadora. Uma casa com simpatias jacobitas poderia dar as boas-vindas para um compatriota escocês e ter boa vontade em resolver a questão de Ian. Se ele estiver aqui, advertiu uma vozinha em minha mente.

Ouviram-se passos no interior da casa e houve uma agitação na porta ao lado da lareira. Jamie emitiu um pequeno som gutural, como se alguém tivesse lhe dado um soco, e eu ergui os olhos, deparando-me com a dona da casa entrando na sala.

Levantei-me bruscamente e a pequena xícara de prata que eu segurava caiu no chão com um tinido.

– Vejo que você manteve sua figura jovial, Claire. – Sua cabeça estava inclinada para o lado, os olhos verdes brilhando, cheios de humor.

Eu estava petrificada de surpresa, a ponto de não conseguir responder, mas o pensamento atravessou minha mente perplexa de que eu não podia dizer o mesmo dela.

Geillis Duncan sempre tivera uma voluptuosa abundância de seios brancos e lisos e um volume generoso de quadris arredondados. Embora sua pele ainda tivesse um tom creme e homogêneo, ela estava consideravelmente mais abundante e generosa, em todas as dimensões visíveis. Ela usava um vestido solto de musselina, sob o qual ela gingava ao caminhar. Os delicados ossos da face há muito haviam submergido nos acúmulos de gordura, mas os brilhantes olhos verdes continuavam os mesmos, cheios de malícia e humor.

Respirei fundo e consegui recuperar a voz.

– Espero que não me leve a mal – eu disse, deixando-me cair lentamente de volta no sofá de vime –, mas por que você não está morta?

Ela riu, a voz tão cristalina quanto a de uma adolescente.

– Acha que eu deveria estar, não é? Bem, você não é a primeira... e devo dizer que também não será a última a pensar assim.

Os olhos enrugados em dois brilhantes triângulos verdes, achando graça, ela afundou em sua própria poltrona, balançou a cabeça informalmente para Jamie e bateu palmas energicamente para chamar a criada.

– Aceita uma xícara de chá? – perguntou ela. – Tome e eu lerei as folhas no fundo de sua xícara, quando terminar. Afinal, tenho a reputação de ser uma adivinha; uma excelente profetisa, sem dúvida... e por que não? – Riu outra vez, as bochechas gordas ficando rosadas de alegria. Se ela estava tão chocada com a minha aparência quanto eu estava com a dela, disfarçou primorosamente seus sentimentos. – Chá – disse ela para a criada negra que apareceu em atendimento à sua convocação. – Traga o tipo especial da lata azul, sim? E os bolinhos com nozes também. Vai aceitar? – perguntou, voltando-se novamente para mim. – Afinal, é uma grande ocasião. Eu realmente me perguntava – disse ela, inclinando a cabeça para o lado, como uma gaivota avaliando as chances de abocanhar um peixe – se nossos caminhos se cruzariam outra vez, depois daquele dia em Cranesmuir.

Meu coração começava a desacelerar, o choque sobrepujado por uma enorme onda de curiosidade. Eu podia sentir as perguntas surgindo aos borbotões e escolhi uma, aleatoriamente.

– Você me conhecia? – perguntei. – Quando me encontrou em Cranesmuir?

Ela sacudiu a cabeça, as mechas de cabelos mesclados de creme e branco soltos de seus grampos e descendo por sua nuca. Ela tentou sem muito empenho ajeitar o coque, ainda me examinando com interesse.

– No princípio, não. Embora sem dúvida eu achasse que havia um ar muito estranho à sua volta... e eu não era a única a achar isso. Você não atravessou as pedras preparada, não é? Não de propósito, quero dizer?

Contive as palavras "não daquela vez" e, em vez disso, disse:

– Não, foi um acidente. Mas você veio de propósito? De 1967?

Ela assentiu, examinando-me atentamente. A carne agora mais espessa entre suas sobrancelhas estava enrugada e a ruga aprofundava-se ligeiramente conforme ela me olhava.

– Sim... para ajudar o príncipe Tearlach. – Sua boca torceu-se para um dos lados, como se ela experimentasse algo ruim e, repentinamente, ela virou a cabeça e cuspiu. O glóbulo de saliva atingiu o bem polido assoalho de madeira com um sonoro *plop*. – *An gealtaire salach Atailteach!* – disse ela. – Maldito italiano covarde! – Seus olhos escureceram-se e cintilaram com um brilho desagradável. – Se eu soubesse, teria ido para Roma e o assassinado, enquanto ainda havia tempo. Mas talvez seu irmão Henry não fosse melhor, um padre sem colhões, choramingão. Não que fizesse diferença. Após Culloden, qualquer Stuart seria tão inútil quanto outro.

Suspirou e remexeu seu corpo volumoso, a cadeira de ratã rangendo sob seu peso. Abanou a mão com impaciência, descartando os Stuart.

– De qualquer modo, isso está resolvido. Você veio por acidente, atravessou as pedras perto da data de uma das festas do fogo, não foi? É como geralmente acontece.

– Sim – eu disse, admirada. – Eu vim no Beltane. Mas o que quer dizer com "geralmente acontece"? Já encontrou muitos outros... como nós? – terminei, hesitante.

Ela sacudiu a cabeça um pouco distraidamente.

– Não muitos.

Ela parecia estar ponderando alguma coisa, embora talvez fosse apenas a ausência do lanche que pedira; pegou o sino de prata e sacudiu-o violentamente.

– Maldita Clotilda! Como nós? – disse ela, retornando à pergunta em pauta. – Não, não encontrei. Apenas um, além de você, que eu saiba. Você poderia ter me derrubado com uma pena quando eu vi a pequena cicatriz em seu braço e soube que era alguém como eu. – Ela tocou o grande volume da parte superior de seu próprio braço, onde a pequena cicatriz da vacina estava escondida sob a manga bufante de musselina branca. Ela inclinou a cabeça como um pássaro outra vez, examinando-me com um único olho verde e brilhante. – Não, quando eu disse que é assim que geralmente acontece, quis dizer, a julgar pelo que se ouve contar. Gente que desaparece em círculos de pedras e de fadas, quero dizer. Elas em geral viajam perto de Beltane ou do Samhain; algumas perto das festas do sol... o solstício de verão ou o solstício de inverno.

– Essa era a lista! – eu disse repentinamente, lembrando-me do caderno de notas de capa cinza que eu deixara com Roger Wakefield. – Você tinha uma lista de datas e iniciais, quase duzentas delas. Eu não sabia o que eram, mas vi que as datas em geral eram no final de abril ou no começo de maio, ou perto do final de outubro.

– Sim, tem razão. – Ela balançou a cabeça, os olhos ainda fixos em mim, especulativamente. – Então, você encontrou meu livrinho? Foi assim que ficou sabendo que deveria ir procurar por mim em Craigh na Dun? Era você, não? Que gritou meu nome, logo antes de eu atravessar as pedras?

– Gillian – eu disse, e vi suas pupilas aumentarem diante do nome que fora seu um dia, embora seu rosto tenha continuado impassível. – Gillian Edgars. Sim, era eu. Eu não sabia se você havia me visto no escuro. – Eu podia ver mentalmente o círculo de pedras sob a escuridão da noite e, no centro, a fogueira incandescente e a figura de uma jovem magra de pé junto a ela, os cabelos claros esvoaçando no calor do fogo.

– Eu não a vi – disse ela. – Só mais tarde, quando a ouvi gritar no julgamento de bruxas, foi que achei já ter ouvido aquela voz antes. Depois, quando vi a marca da vacina em seu braço... – Ela deu de ombros pesadamente, a musselina apertada em suas costas quando voltou à posição normal. – Quem estava com você naquela noite? – perguntou ela, curiosa. – Eu vi duas pessoas: um rapaz bonito, moreno, e uma jovem.

Ela fechou os olhos, concentrando-se, depois os abriu novamente para me fitar.

– Mais tarde, eu achei que a conhecia, mas não conseguia lembrar seu nome, embora pudesse jurar que já vira aquele rosto. Quem era ela?

– Sra. Duncan? Ou será sra. Abernathy agora? – interrompeu Jamie, dando um passo à frente e fazendo uma mesura formal. O choque inicial do seu aparecimento se desvanecia, mas ele ainda estava pálido, as maçãs do rosto proeminentes sob a pele esticada do rosto.

Ela olhou para ele, depois olhou de novo, como se somente agora notasse sua presença.

– Bem, ora se não é a pequena raposa! – disse ela, achando graça. Olhou-o cuidadosamente de alto a baixo, observando cada detalhe de sua aparência com interesse. – Cresceu e tornou-se um belo homem, hein? – disse ela. Recostou-se na poltrona, que rangeu ruidosamente sob seu peso, e estreitou os olhos para ele de forma avaliadora. – Você tem os traços dos MacKenzie, rapaz. Sempre teve, mas agora que está mais velho, parece-se muito com seus dois tios.

– Tenho certeza de que tanto Dougal quanto Colum ficariam satisfeitos em saber que se lembra deles tão bem. – Os olhos de Jamie estavam fixos nela com a mesma intensidade com que ela o fitava. Ele nunca gostara dela – e era pouco provável que mudasse sua opinião agora –, mas não podia se dar ao luxo de opor-se a ela; não se Ian estivesse ali em algum lugar.

A chegada do chá interrompeu qualquer resposta que ela pudesse ter dado. Jamie aproximou-se de mim e sentou-se ao meu lado no sofá, enquanto Geilie cuidadosamente servia o chá e nos oferecia a xícara, agindo exatamente como uma anfitriã. Como se quisesse preservar essa ilusão, ela nos ofereceu o açucareiro e a jarra de leite, depois se recostou em sua poltrona para uma conversa amena.

– Se não se importa com a minha pergunta, sra. Abernathy – disse Jamie –, como veio parar aqui? – Educadamente, Jamie deixara de lado a pergunta maior: como você escapou de ser queimada como uma bruxa?

Ela riu, abaixando suas longas pestanas faceiramente sobre os olhos.

– Bem, lembra-se que eu estava grávida, em Cranesmuir?

– Lembro-me mais ou menos disso. – Jamie tomou um gole do chá, as pontas de suas orelhas tornando-se ligeiramente cor-de-rosa. Ele tinha motivo para se lembrar disso, sem dúvida; ela arrancara as próprias roupas no meio do julgamento, revelando o volume secreto que salvaria sua vida, ao menos temporariamente.

Uma pequena língua rosada saiu de sua boca e delicadamente limpou as gotículas de chá do lábio superior.

– Você teve filhos? – perguntou ela, erguendo uma sobrancelha para mim.

– Tive.

– Uma tarefa terrível, não? Ficar se arrastando de um lado para o outro como uma porca dura de lama seca e depois ser rasgada em prol de algo que se parece a um rato afogado. – Ela sacudiu a cabeça, fazendo um ruído de desgosto na garganta. – A beleza da maternidade, hein? Ainda assim, eu não deveria reclamar, acho: o ratinho salvou minha vida. E por pior que seja dar à luz, é melhor do que ser queimada numa fogueira.

– Eu imaginaria que sim – eu disse –, muito embora, não tendo experimentado essa última, eu não possa saber ao certo.

Geillis engasgou com seu chá, borrifando o peito de seu vestido com gotículas marrons. Enxugou-as despreocupadamente, olhando-me com ar divertido.

– Bem, eu também não, mas já as vi queimar, querida. E creio que, provavelmente, ficar deitada num buraco lamacento vendo sua barriga crescer é melhor do que aquilo.

– Eles a mantiveram no buraco dos ladrões o tempo todo? – A colher de prata estava fria em minha mão, mas minhas palmas ficaram suadas à lembrança do buraco dos ladrões em Cranesmuir. Eu passara três dias ali com Geillis Duncan, acusada de ser uma bruxa. Quanto tempo ela teria permanecido ali?

– Três meses – disse ela, olhando pensativamente para dentro do seu chá. – Três meses mortíferos, de pés gelados e vermes rastejantes, restos estragados de comida e o cheiro de sepultura grudado em minha pele dia e noite.

Ergueu os olhos então, a boca torcendo-se num amargo sorriso.

– Mas, no fim, eu dei à luz em grande estilo. Quando minhas dores começaram, tiraram-me do buraco, havia poucas chances de que eu fosse fugir nessa hora, hein? E meu bebê nasceu no meu próprio quarto antigo; na casa do fiscal.

Seus olhos estavam ligeiramente anuviados e eu me perguntei se o líquido em seu copo era puramente chá.

– Eu tinha janelas com vidraças em forma de losango, você se lembra? Todas em tons de púrpura, verde e branco, a casa mais bonita da vila. – Sorriu com as lembranças. – Deram-me a criança para eu segurar e a luz verde recaiu sobre seu rosto. Ele parecia realmente um afogado. Pensei que devia estar frio ao toque como um cadáver, mas ele não estava; estava quente. Quente como os testículos de seu pai. – Ela riu repentinamente, um som desagradável. – Por que os homens são tão idiotas? Você pode levá-los aonde quiser pelo pau... durante algum tempo. Então, dê-lhes um filho e você os tem de volta pelas bolas outra vez. Mas isso é tudo que você significa para eles, quer esteja chegando ou indo embora: uma vagina.

Ela estava recostada em sua poltrona. Ao dizer isso, abriu as pernas e ergueu seu copo num brinde irônico acima de seu osso púbico, olhando para baixo com os olhos estreitados pela expansão volumosa de sua barriga.

– Bem, um brinde a ela! A coisa mais poderosa do mundo. Os negros, ao menos, sabem disso. – Tomou um longo e descuidado gole da xícara. – Eles esculpem pequenos ídolos, que são só barriga, vagina e seios. O mesmo que os homens fazem de onde nós viemos, você e eu. – Estreitou os olhos para mim, os dentes à mostra à guisa de um sorriso. – Já viu as revistas sórdidas que os homens compram por baixo do balcão, não viu?

Os olhos verdes injetados voltaram-se para Jamie.

– E você deve conhecer as gravuras e livros que os homens circulam entre eles em Paris agora, não é, raposa? É tudo igual. – Abanou a mão e bebeu outra vez, um longo gole. – A única diferença é que os negros têm a decência de venerar isso.

– Muito perspicaz da parte deles – disse Jamie calmamente. Ele estava recostado no sofá, as pernas longas estendidas, aparentemente relaxado, mas eu podia ver a tensão nos dedos da mão que segurava a xícara. – E como conhece as gravuras que os homens veem em Paris atualmente, senhora... Abernathy agora, não é?

Ela podia estar um tanto embriagada, mas não estava de modo algum bêbada. Ergueu os olhos repentinamente diante do tom da voz de Jamie e deu-lhe um sorriso enviesado.

– Ah, sra. Abernathy serve perfeitamente. Quando vivi em Paris, eu tinha outro nome: madame Melisande Robicheaux. Gosta? Achei um pouco pomposo demais, mas seu tio Dougal foi quem me deu esse nome, então eu o conservei, por sentimento.

Minha mão livre cerrou-se num punho, fora da vista, nas pregas da minha saia. Eu ouvira falar de madame Melisande, quando moramos em Paris. Não pertencendo à sociedade, ela tivera uma certa fama como vidente; as damas da Corte consultavam-na em absoluto segredo, em busca de conselhos sobre suas vidas amorosas, seus investimentos e sobre gravidez.

– Imagino que você pôde dizer coisas bem interessantes às mulheres – eu disse ironicamente.

Desta vez, sua risada foi genuína.

– Ah, pude mesmo, de fato! Mas raramente o fiz. As pessoas geralmente não pagam pela verdade, sabe. Às vezes, entretanto... Você sabia que a mãe de Jean-Paul Marat pretendia dar ao filho o nome de Rudolphe? Eu disse a ela que achava Rudolphe de mau agouro. De vez em quando penso nisso... ele teria crescido um revolucionário com um nome como Rudolphe ou iria se dedicar a escrever poemas em vez disso? Já pensou nisso, raposa? Que um nome pode fazer diferença? – Seus olhos estavam fixos em Jamie, como vidro verde.

– Muitas vezes – disse ele, colocando sua xícara na mesinha. – Então, foi Dougal que a tirou de Cranesmuir?

Ela balançou a cabeça afirmativamente, reprimindo um pequeno arroto.

– Sim. Ele foi pegar a criança... sozinho, por medo de que alguém descobrisse que ele era o pai, sabe? Mas eu não deixei. E quando ele se aproximou para tirá-la de mim... bem, eu arranquei a adaga de sua cintura e pressionei-a contra a garganta da criança. – Um pequeno sorriso de satisfação diante da lembrança fez seus belos lábios curvarem-se. – Eu disse a ele que mataria o bebê, a menos que ele jurasse pela vida do irmão e pela sua própria que me tiraria dali a salvo.

– E ele acreditou em você? – Senti um leve mal-estar ao imaginar qualquer mãe segurando uma faca na garganta de um recém-nascido, ainda que fingindo.

Seu olhar virou-se de novo para mim.

– Ah, sim – disse ela suavemente, e o sorriso ampliou-se. – Dougal me conhecia muito bem.

Suando, mesmo no frio de dezembro, e incapaz de tirar os olhos da minúscula face de seu filho adormecido, Dougal concordara.

– Quando ele se inclinou sobre mim para pegar a criança, pensei em enfiar a adaga em sua própria garganta – disse ela, evocativamente. – Mas teria sido muito mais difícil fugir por conta própria, então eu não o fiz.

A expressão do rosto de Jamie não se alterou, mas ele pegou seu chá e tomou um grande gole.

Dougal chamara o carcereiro, John MacRae, e o sacristão e, por meio de um discreto suborno, garantiu que a figura encapuzada arrastada em uma carreta para o tambor de piche na manhã seguinte não fosse a de Geillis Duncan.

– Achei que talvez fossem usar palha – disse ela –, mas ele era mais astuto do que isso. A velha avó Joan MacKenzie morrera três dias antes e deveria ser enterrada naquela mesma tarde. Algumas pedras no caixão e a tampa bem pregada, e pronto, tudo resolvido. Um corpo de verdade para ser queimado. – Ela riu e engoliu o resto de sua bebida. – Não é todo mundo que pode ver o próprio funeral; menos ainda quem possa ter visto sua própria execução, hein?

Era o auge do inverno e o pequeno bosque de sorveiras fora da vila estava desnudo, varrido por suas próprias folhas mortas, os frutos vermelhos secos aparecendo aqui e ali no chão como manchas de sangue.

Era um dia nublado, com a promessa de chuva quase congelada e neve, mas mesmo assim quase toda a vila compareceu à execução; queimar uma bruxa na fogueira não era um acontecimento a ser perdido. O pároco da vila, padre Bain, morrera três meses antes, de febre causada por um machucado infeccionado, mas um novo padre foi importado de uma vila próxima para a ocasião. Perfumando seu trajeto com um incensório levado à sua frente, o padre descera o caminho até o bosque, entoando o cântico para os mortos. Atrás dele, vinha o carcereiro e seus dois assistentes, arrastando a carreta e sua carga envolta num robe negro.

– Imagino que a vovó Joan tenha ficado muito satisfeita – disse Geilie, os dentes brancos brilhando diante da visão. – Ela não devia esperar mais do que quatro ou cinco pessoas em seu enterro. Do jeito que foi, ela teve o vilarejo inteiro, além do incenso e das preces especiais!

MacRae desamarrou o corpo e carregou-o, inerte, para o barril de piche pronto, à espera.

– O tribunal me concedeu a misericórdia de ser estrangulada antes de ser queimada – explicou Geillis ironicamente. – Assim, já esperavam que a condenada estivesse morta, nenhum problema aí, se eu já tinha sido estrangulada. A única coisa que alguém poderia ter notado é que a vovó Joan pesava a metade do que eu pesava, ainda mais tendo acabado de dar à luz, mas ninguém pareceu notar que o corpo nos braços de MacRae era muito leve.

– Você estava *lá*? – perguntei.

Ela balançou a cabeça orgulhosamente.

– Ah, sim. Bem enrolada em um manto... todos estavam, por causa do tempo... mas eu não teria perdido a cena por nada deste mundo.

Quando o padre terminou a última prece contra os males do feitiço, MacRae tomou a tocha acesa de seu assistente e deu um passo à frente.

– Deus, não exclua esta mulher de Sua misericórdia e perdoe os muitos pecados que ela, em seu corpo, cometeu – disse ele, atirando a tocha no piche.

– Foi mais rápido do que eu imaginava – disse Geillis, parecendo ligeiramente surpresa. – Um grande sopro de fogo, houve uma explosão de ar quente, gritos e aclamações da população e nada mais a ser visto além das chamas, bastante altas para chamuscar os galhos da sorveira acima.

Entretanto, o fogo diminuiu em um minuto e a figura escura em seu interior podia ser vista claramente através das chamas na claridade do dia. O capuz e os cabelos haviam desaparecido na primeira investida das labaredas e o próprio rosto estava queimado além de qualquer possibilidade de reconhecimento. Mais alguns instantes e as formas nítidas e escuras dos ossos surgiram da carne derretida, uma superestrutura muito leve erguida acima do barril carbonizado.

– Havia apenas grandes buracos vazios onde antes estavam seus olhos – disse ela. Os olhos verde-musgo voltaram-se para mim, anuviados pelas lembranças. – Achei que talvez ela estivesse olhando para mim. Mas então o crânio explodiu e tudo terminou. As pessoas começaram a ir embora, exceto algumas que permaneceram ali na esperança de pegar um pedaço de osso como lembrança.

Ela se levantou e caminhou sem muita firmeza até a mesinha perto da janela. Pegou o sino de prata e tocou-o, com força.

– Sim – disse ela, de costas para nós. – O parto provavelmente é mais fácil.

– Então, Dougal a enviou para a França – disse Jamie. Os dedos de sua mão direita torceram-se ligeiramente. – Como você veio parar aqui nas Índias Ocidentais?

– Ah, isso foi mais tarde – disse ela despreocupadamente. – Depois de Culloden. – Virou-se, então, e sorriu de Jamie para mim. – E o que trouxe vocês dois a este lugar? Certamente, não é o prazer de minha companhia.

Olhei para Jamie, vendo a leve tensão em suas costas quando ele se endireitou, empertigando os ombros. No entanto, o seu rosto manteve-se calmo. Apenas seus olhos brilhavam, alertas.

– Viemos à procura de um jovem parente meu – disse ele. – Meu sobrinho, Ian Murray. Temos alguma razão para acreditar que ele está trabalhando aqui, em regime de contrato.

As sobrancelhas claras de Geilie ergueram-se, criando sulcos em sua testa.

– Ian Murray? – disse ela, sacudindo a cabeça, confusa. – Não tenho absolutamente nenhum trabalhador branco aqui. Ninguém branco, para dizer a verdade. O único homem livre na propriedade é o administrador e ele é o que chamam de *griffone* – um quarto de sangue negro.

Ao contrário de mim, Geillis Duncan era uma ótima mentirosa. Era impossível saber, pela expressão de leve interesse, se ela já ouvira o nome Ian Murray antes. Mas que ela estava mentindo, isso eu sabia.

Jamie também sabia; a expressão que atravessou seus olhos não foi de decepção, mas de fúria, logo reprimida.

– É mesmo? – disse ele educadamente. – E você não tem medo, sozinha com seus escravos aqui, tão longe da cidade?

– Ah, não. Absolutamente.

Ela dirigiu-lhe um largo sorriso, depois ergueu o queixo duplo e sacudiu-o devagar na direção do terraço atrás dele. Virei a cabeça e vi que o vão da porta estava preenchido do batente à ombreira por um negro enorme, vários centímetros mais alto do que Jamie, de cujas mangas enroladas para cima saltavam braços que pareciam toras, cobertos de músculos proeminentes.

– Conheçam Hércules – disse Geilie, com uma risadinha. – E ele ainda tem um irmão gêmeo.

– Chamado Atlas, por acaso? – perguntei, com um tom sarcástico.

– Você adivinhou! Ela é muito sabida, não é, raposa? – Ela piscou um dos olhos conspiratoriamente para Jamie, as bochechas redondas balançando-se com o movimento. A luz atingiu-a de lado quando ela virou a cabeça, e eu vi as teias de aranha vermelhas de minúsculos vasos capilares rompidos que se espalhavam por sua papada.

Hércules não via nada disso, nem nenhuma outra coisa. Seu rosto largo era flácido e inexpressivo, e não havia nenhuma luz nos olhos fundos sob a aresta ossuda da testa. Senti uma sensação bastante desconfortável de olhar para ele e não apenas por causa de seu tamanho ameaçador; olhar para ele era como passar por uma casa mal-assombrada, de onde algo espreita por trás das cortinas das janelas.

– Tudo bem, Hércules, pode voltar ao seu trabalho agora. – Geilie pegou o sino de prata e o fez soar uma vez, delicadamente. Sem uma palavra, o gigante virou-se e afastou-se pesadamente pela varanda. – Não temo os escravos – explicou ela. – Eles é que têm medo de mim, porque acham que sou uma bruxa. Muito engraçado, considerando-se tudo, não é? – Seus olhos cintilaram por trás de pequenas bolsas de gordura.

– Geilie... esse homem... – Hesitei, sentindo-me ridícula em fazer tal pergunta. – Ele não é um zumbi, é?

Ela riu, batendo as mãos unidas, encantada com a minha pergunta.

– Nossa, um zumbi? Santo Deus, Claire! – Ela gargalhava de júbilo, um rosa vívido subindo de sua garganta a raiz dos cabelos. – Bem, concordo, ele não é muito inteligente – disse ela finalmente, ainda arfando, ofegante. – Mas ele não está morto! – E desatou em novas gargalhadas.

Jamie fitou-me, intrigado.

– Zumbi?

– Deixe pra lá – eu disse, o rosto quase tão corado quanto o de Geilie. – Quantos escravos você tem aqui? – perguntei, tentando mudar de assunto.

– Hihihi – disse ela, conseguindo reduzir as gargalhadas a uma risadinha. – Ah, mais ou menos uns cem. Não é um lugar tão grande assim. Apenas 150 hectares em cana-de-açúcar e um pouco de café nas encostas mais altas.

Retirou um lenço debruado de renda do bolso e enxugou o rosto úmido com pancadinhas, resfolegando um pouco enquanto recuperava a compostura. Eu podia sentir, mais do que ver, a tensão de Jamie. Eu tinha certeza de que ele estava tão convencido quanto eu de que Geilie sabia alguma coisa sobre Ian Murray – se por nenhum outro motivo, porque ela não demonstrara nenhuma surpresa à nossa chegada. Alguém lhe contara sobre nós e essa pessoa só podia ser Ian.

Ameaçar uma mulher para extrair informações não era uma ideia que pudesse ocorrer naturalmente a Jamie, porém a mim, sim. Infelizmente, a presença dos pilares gêmeos de Hércules pôs um fim a essa linha de pensamento. A melhor ideia depois dessa parecia ser dar uma busca na casa e no terreno, à procura de qualquer vestígio do rapaz. Cento e cinquenta hectares era uma boa área, mas se ele estivesse na propriedade, é provável que estivesse dentro ou nas proximidades dos prédios – na casa, no engenho de açúcar ou na senzala.

Despertei dos meus pensamentos ao perceber que Geilie me fizera uma pergunta.

– O quê?

– Eu disse – repetiu ela pacientemente – que você tinha muito talento para a cura quando eu a conheci na Escócia; talvez saiba mais agora?

– Acredito que sim. – Examinei-a cautelosamente. Ela desejaria minhas habilidades para si mesma? Ela não parecia saudável; bastava um olhar à sua compleição matizada e às olheiras escuras sob seus olhos para comprovar isso. Mas ela estaria mesmo doente?

– Não é para mim – disse ela, vendo meu olhar. – Não exatamente agora, de qualquer modo. Tenho dois escravos doentes. Você poderia fazer a gentileza de dar uma olhada neles?

Olhei para Jamie, que fez um breve sinal afirmativo com a cabeça. Era uma oportunidade de dar uma olhada na senzala e procurar por Ian.

– Eu vi quando chegamos que você tinha um pequeno problema com o moinho de açúcar – disse ele, erguendo-se abruptamente. Com um ar despreocupado, fez um sinal com a cabeça para Geilie. – Acho que vou dar uma olhada, enquanto você e minha mulher cuidam dos enfermos. – Sem esperar uma resposta, tirou o casaco e pendurou-o no gancho junto à porta. Saiu pela varanda, enrolando as mangas da camisa, a luz do sol cintilando em seus cabelos.

– Ele é do tipo prestativo, não? – Geilie seguiu-o com o olhar, um traço de humor em seu rosto. – Meu marido Barnabas era assim também. Não conseguia tirar as mãos de nenhum tipo de máquina. Nem das escravas novas tampouco – acrescentou ela. – Venha, os doentes estão atrás da cozinha.

A cozinha ficava num pequeno prédio separado, ligado à casa por uma passagem coberta com jasmim em flor. Caminhar por ela era como flutuar por uma nuvem de perfume, cercada por um zumbido de abelhas bastante alto para ser sentido na pele, como o bordão de uma gaita de foles.

– Já foi picada alguma vez? – Geilie deu uma pancada forte, distraidamente, derrubando um corpo peludo que voava baixo.

– Uma vez ou outra.

– Eu também – disse ela. – Muitas vezes, e nada pior acontece além de um inchaço vermelho na minha pele. Mas um desses malditos insetos ferroou uma das escravas da cozinha na primavera passada e a garota inchou como um sapo e morreu, bem diante dos meus olhos! – Olhou para mim, os olhos arregalados e zombeteiros. – Fez maravilhas pela minha reputação, posso lhe garantir. O resto dos escravos espalhou que eu tinha feito uma feitiçaria para a menina; colocado um feitiço nela para matá-la por ter queimado o pão de ló. Nunca mais tive sequer uma panela queimada. Sacudindo a cabeça, ela afastou outra abelha.

Embora assombrada com sua insensibilidade, senti-me um pouco aliviada com a história. Talvez o outro boato que eu ouvira no baile do governador tivesse igualmente tão pouco fundamento.

Parei, olhando através das folhas entrelaçadas do jasmim para os campos de plantação de cana-de-açúcar abaixo. Jamie estava na clareira junto ao moinho, olhando para cima, para as gigantescas barras transversais da máquina, enquanto um homem que eu presumi que fosse o administrador apontava e explicava. Enquanto eu observava, ele disse alguma coisa, gesticulando, e o administrador balançou a cabeça enfaticamente, abanando as mãos numa resposta loquaz. Se eu não encontrasse nenhum vestígio de Ian nas dependências da cozinha, talvez Jamie ficasse sabendo de alguma coisa através do administrador. Apesar das negativas de Geilie, todos os meus instintos insistiam que o garoto estava ali – em algum lugar.

Não havia nenhum sinal dele na cozinha propriamente dita; apenas três ou quatro mulheres, amassando pão e debulhando ervilhas, que ergueram os olhos com curiosidade quando passamos por elas. Meus olhos encontraram-se com os de uma jovem, e eu fiz um pequeno cumprimento com a cabeça e sorri para ela; talvez eu tivesse a chance de voltar e conversar com ela, mais tarde. Seus olhos arregalaram-se de surpresa e ela abaixou a cabeça imediatamente, os olhos fixos na tigela de vagens de ervilha em seu colo. Eu a vi lançar um olhar furtivo em minha direção quando atravessamos o longo cômodo e notei que ela equilibrava a tigela em frente a um pequeno volume de uma gravidez incipiente.

O primeiro escravo doente estava em uma pequena despensa à parte da cozinha propriamente dita, deitado num catre colocado sob prateleiras carregadas de pilhas de queijos envolvidos em gazes. O paciente, um jovem de 20 e poucos anos, sentou-se, piscando diante do repentino raio de luz quando eu abri a porta.

– O que é que ele tem?

Ajoelhei-me ao lado do escravo e toquei sua pele. Aquecida, úmida, sem sinal aparente de febre. Ele não parecia estar sentindo nenhum desconforto especial, meramente piscava sonolentamente enquanto eu o examinava.

– Ele tem um verme.

Olhei para Geilie, surpresa. Pelo que eu havia visto e ouvido até agora nas ilhas, achava provável que pelo menos três quartos da população negra – e não poucos brancos – sofriam de parasitas intestinais. Por mais desagradáveis e debilitantes que pudessem ser, no entanto, a maioria só era ativamente ameaçadora para os muito novos ou muito velhos.

– Provavelmente, bem mais do que um – eu disse. Empurrei delicadamente o escravo para que se deitasse de costas e comecei a apalpar seu estômago. O baço estava ligeiramente inchado, uma ocorrência também comum aqui, mas não encontrei nenhuma massa suspeita no abdômen que pudesse indicar uma importante infestação intestinal. – Ele parece moderadamente saudável; por que você o mantém aqui no escuro?

Como em resposta à minha pergunta, o escravo contorceu-se repentinamente, emitiu um grito agudo e enrolou-se numa bola. Enrolando-se e desenrolando-se como um ioiô, chegou à parede e começou a bater a cabeça com força contra ela, ainda berrando. Em seguida, tão repentinamente quanto o ataque sobreviera, ele cessou, e o jovem deixou-se cair de costas no catre de novo, arquejante e encharcado de suor.

– Jesus H. Roosevelt Cristo – eu disse. – O que foi *isso*?

– Um verme loa-loa – disse Geilie, divertindo-se com a minha reação. – Eles se alojam no globo ocular, logo abaixo da membrana externa. Eles vão e vêm, passando de um olho para o outro, e quando atravessam a ponte do nariz, parece que é bastante doloroso, segundo me disseram. – Balançou a cabeça indicando o escravo, ainda tremendo ligeiramente em seu catre. – A escuridão impede que se movimentem muito – explicou ela. O sujeito de Andros que me falou deles disse que é preciso capturá-los assim que entram num dos olhos, porque estão bem perto da superfície e você pode tirá-lo com uma agulha grande de cerzir. Se esperar muito, eles vão para o fundo e você não consegue arrancá-los. – Ela virou-se na direção da cozinha e gritou para que trouxessem uma luz. – Tome, eu trouxe uma agulha, por precaução. – Ela remexeu na bolsinha que carregava na cintura e retirou dali um quadrado de feltro com uma agulha de aço de cerca de 8 centímetros espetada, que me entregou prestativamente.

– Está louca? – fitei-a, assombrada.

– Não. Você não disse que era uma boa curandeira? – perguntou ela sensatamente.

– Sou, mas... – Olhei para o escravo, hesitei, depois peguei a vela que uma das criadas da cozinha segurava para mim. – Traga-me um pouco de conhaque e uma faca pequena e afiada – eu disse. – Mergulhe a faca e a agulha no conhaque, depois segure a ponta na chama por um instante. Deixe esfriar, mas não toque nela. – Enquanto falava, eu delicadamente levantava uma das pálpebras. O olho do rapaz fitou-me, uma íris castanho-escura, manchada, estranhamente irregular, numa esclerótica injetada de sangue e amarela como manteiga. Fiz uma investigação cuidadosa, levando a chama da vela suficientemente perto para fazer a íris se contrair, em seguida afastando-a, mas não vi nada ali.

Tentei o outro olho e quase deixei cair a vela. Lá estava, um filamento pequeno, transparente, movendo-se sob a conjuntiva. Engasguei-me ligeiramente diante daquela visão, mas controlei-me e peguei a faca que acabara de ser esterilizada, ainda segurando a pálpebra para trás.

– Segure-o pelos ombros – disse a Geilie. – Não o deixe se mexer ou eu poderei cegá-lo.

A cirurgia em si era horrível de contemplar, mas surpreendentemente simples de executar. Fiz uma incisão rápida e pequena ao longo do canto interno da conjuntiva, levantei-a ligeiramente com a ponta da agulha e, quando o verme ondulou-se preguiçosamente pelo campo aberto, enfiei a ponta da agulha sob seu corpo e retirei-o, perfeito, como um pedaço de linha.

Reprimindo um estremecimento de nojo, joguei o verme fora com um pequeno golpe. Ele atingiu a parede com um minúsculo estalo molhado e desapareceu nas sombras, sob o queijo.

Não houve nenhum sangue; após um pequeno debate comigo mesma, resolvi deixar a cargo dos próprios canais laminais do escravo que irrigassem a incisão. Esta teria que curar-se por si mesma; eu não tinha um material fino de sutura e o corte era suficientemente pequeno para não precisar de mais do que um ponto ou dois, de qualquer forma.

Prendi uma almofadinha de pano limpo sobre o olho fechado com uma atadura em volta da cabeça e recostei-me na cadeira, razoavelmente satisfeita com minha primeira incursão na medicina tropical.

– Ótimo – eu disse, afastando meus cabelos para trás. – Onde está o outro?

O paciente seguinte estava numa palhoça fora da cozinha, morto. Agachei-me ao lado do corpo, um homem de meia-idade com cabelos grisalhos, sentindo pena e indignação.

A causa da morte era mais do que óbvia: uma hérnia estrangulada. A alça de intestino contorcida, gangrenosa, projetava-se de um dos lados da barriga, a pele esticada sobre ela já tingida de verde, embora o próprio corpo ainda estivesse quente como se houvesse vida. Uma expressão de agonia imobilizara-se nas feições largas e os braços e pernas ainda estavam contorcidos, dando um testemunho infelizmente preciso do tipo de morte que ocorrera ali.

– Por que esperou? – Levantei-me, fitando Geilie com raiva. – Pelo amor de Deus, você me manteve tomando chá e conversando, enquanto isto aqui estava ocorrendo? Ele morreu há menos de uma hora, mas devia estar sofrendo há muito tempo... dias! Por que não me trouxe aqui imediatamente?

– Ele já parecia praticamente morto hoje de manhã – disse ela, sem se deixar perturbar pela minha agitação. Deu de ombros. – Já os vi assim antes; achei que não havia praticamente nada que você pudesse fazer. Não valia a pena se apressar.

Reprimi novas recriminações. Geilie tinha razão; eu poderia ter operado, se tivesse chegado mais cedo, mas as chances de conseguir qualquer resultado eram mínimas ou inexistentes. Consertar a hérnia era algo que eu poderia ter conseguido; afinal, não era nada além de empurrar de volta a protuberância do intestino e juntar de novo as camadas rompidas de músculo abdominal com suturas; a infecção é que era o único perigo real. Mas depois que a alça de intestino que escapou se torce, de modo que o suprimento de sangue é cortado e o conteúdo começa a se putrefazer, o sujeito está condenado.

Mas deixar o homem morrer ali, naquela cabana abafada, sozinho... bem, talvez ele não achasse a presença de uma mulher branca um grande conforto, de qualquer modo. Ainda assim, senti uma obscura sensação de fracasso; a que eu sempre sentia na presença da morte. Limpei as mãos devagar num pano embebido em conhaque, procurando dominar meus sentimentos.

Um para o bem, o outro para o mal – e Ian ainda tendo que ser encontrado.

– Já que estou aqui agora, talvez seja melhor eu dar uma olhada no resto dos seus escravos – sugeri. – Como medida de prevenção, sabe.

– Ah, eles estão bastante bem. – Geilie abanou a mão negligentemente. – Ainda assim, se quer se dar ao trabalho, fique à vontade. Mais tarde, porém; tenho uma visita hoje à tarde e gostaria de conversar mais com você primeiro. Vamos voltar para a casa agora, alguém cuidará disso. – Um breve sinal de cabeça para se desfazer "disso", o corpo contorcido do escravo. Ela enfiou seu braço no meu, conduzindo-me para fora da palhoça e de volta para a cozinha com suaves movimentos de seu peso.

Na cozinha, desvencilhei-me dela, dirigindo-me à escrava grávida, agora de quatro no chão, esfregando as pedras do chão da lareira.

– Vá indo; quero dar uma olhada rápida nesta menina. Ela não me parece muito saudável... não vai querer que ela sofra um aborto, não é?

Geilie lançou-me um olhar intrigado, mas depois deu de ombros.

– Ela já deu cria duas vezes sem nenhum problema, mas você é a médica; sim, se essa é a sua ideia de diversão, vá em frente. Mas não demore muito; esse padre disse que viria às quatro horas.

Fingi examinar a mulher confusa, até que os babados e pregas do vestido de Geilie tivessem desaparecido na passagem que levava à casa.

– Ouça – eu disse. – Estou procurando um rapaz branco chamado Ian, sou tia dele. Sabe onde ele pode estar?

A jovem – não devia ter mais do que 17 ou 18 anos – parecia assustada. Pestanejou e lançou um rápido olhar a uma das mulheres mais velhas, que terminara seu trabalho e atravessava a cozinha para ver o que estava acontecendo.

– Não, madame – disse a mulher mais velha, sacudindo a cabeça. – Não há garotos brancos aqui. Absolutamente nenhum.

– Não, madame – repetiu a jovem obedientemente. – Não sabemos nada sobre seu garoto. – Mas ela não dissera isso no começo e evitou me olhar nos olhos.

Agora, as outras duas ajudantes de cozinha haviam se juntado à mulher mais velha, para dar-lhe apoio. Eu estava cercada por uma parede impenetrável de afável ignorância, sem nenhum modo de atravessá-la. Ao mesmo tempo, eu percebia uma corrente circulando entre as mulheres – um sentimento de aviso mútuo; de cautela e segredo. Podia ser apenas a reação natural ao súbito aparecimento de uma estranha branca em seus domínios – ou podia ser alguma coisa mais.

Eu não podia me demorar; Geilie voltaria para me procurar. Remexi rapidamente no bolso e retirei um florim de prata, que enfiei na mão da jovem.

– Se você vir Ian, diga-lhe que seu tio está aqui para encontrá-lo. – Sem esperar uma resposta, virei-me e saí apressadamente da cozinha.

Olhei para baixo, na direção do engenho de açúcar, quando atravessava a passagem. O moinho estava abandonado, os bois pastando placidamente na grama alta na borda da clareira. Não havia sinal de Jamie nem do administrador; ele teria voltado para a casa?

Atravessei as portas que se abriam para a varanda, entrei no salão e parei. Geilie estava sentada em sua poltrona de vime, o casaco de Jamie no braço e as fotografias de Brianna espalhadas no colo. Ela ouviu meus passos e ergueu os olhos, uma sobrancelha clara arqueada acima de um sorriso astuto.

– Uma bela moça, sem dúvida. Qual o nome dela?

– Brianna. – Meus lábios pareciam dormentes. Caminhei lentamente em sua direção, lutando contra a vontade de arrancar as fotos de suas mãos e correr.

– Parece-se muito com o pai, não é? Achei que ela me parecia familiar, aquela jovem alta, de cabelos ruivos, que eu vi naquela noite em Craigh na Dun. Ele realmente é o pai dela, não é? – Ela inclinou a cabeça em direção à porta por onde Jamie saíra.

– Sim. Dê-me isso. – Não fazia diferença; ela já vira as fotos. Ainda assim, eu não podia suportar ver seus dedos grossos e brancos segurando o rosto de Brianna.

Sua boca torceu-se como se ela pretendesse recusar, mas ela ajeitou-as perfeitamente num retângulo e entregou-as a mim sem objeção. Segurei-as contra o peito por um instante, sem saber o que fazer com elas, depois as enfiei no bolso de minha saia.

– Sente-se, Claire. Já trouxeram o café. – Fez um sinal com a cabeça indicando a mesinha e a cadeira ao lado. Seus olhos me seguiram enquanto eu me dirigia à cadeira, vivos e calculistas.

Fez um gesto para que eu servisse o café para nós duas e pegou sua própria xícara sem uma palavra. Tomamos o café em silêncio por alguns instantes. A xícara tremeu em minhas mãos, derramando o líquido quente no meu pulso. Eu a coloquei de volta na mesinha, limpando a mão na saia e imaginando em algum escuro recesso de minha mente por que eu deveria ter medo.

– Duas vezes – disse ela, de repente. Olhava para mim com uma espécie de temor e admiração. – Santa Mãe de Deus, você atravessou duas vezes! Ou melhor, três vezes, pois você está aqui agora. – Sacudiu a cabeça, admirada, sem desviar os brilhantes olhos verdes do meu rosto. – Como? – perguntou ela. – Como pôde fazer isso tantas vezes e sobreviver?

– Não sei. – Vi o olhar de puro ceticismo atravessar seu rosto e respondi a ele, defensivamente. – Não sei mesmo! Eu simplesmente... fui.

– Foi a mesma coisa para você? – Os olhos verdes haviam se transformado em fendas estreitas de concentração. – Como foi para você, a travessia? Não sentiu o terror? E o barulho, capaz de rachar seu crânio e explodir seu cérebro?

– Sim, foi assim. – Eu não queria falar sobre isso; não gostava nem de pensar na viagem através do tempo. Eu a bloqueara deliberadamente de minha mente, o rugido da morte e da dissolução e das vozes do caos que tentavam me atrair para elas.

– Você teve sangue para protegê-la ou pedras? Acho que você não teria coragem para sangue, mas talvez eu esteja enganada. Pois sem dúvida você é mais forte do que eu imaginava, para ter feito isso três vezes e sobrevivido.

– Sangue? – sacudi a cabeça, confusa. – Não. Nada. Eu lhe disse. Eu... fui. Só isso. – Lembrei-me, então, da noite em que ela atravessara as pedras, em 1968; o clarão das chamas em Craigh na Dun, e a figura contorcida, enegrecida, no centro da fogueira. – Greg Edgars – eu disse. O nome de seu primeiro marido. – Você não o matou simplesmente porque ele a desmascarou e tentou impedi-la, não é? Ele foi...

– O sangue, sim. – Ela me observava intensamente. – Eu não achava que pudesse ser feita a travessia, não sem o sangue. – Ela parecia estupefata. – Os antigos... eles sempre usavam sangue. Isso e o fogo. Construíam grandes gaiolas de vime, cheia de prisioneiros, e ateavam-lhes fogo nos círculos. Achei que era assim que eles abriam a passagem.

Eu sentia minhas mãos e meus lábios frios. Peguei a xícara para aquecê-los. Onde, em nome de Deus, estaria Jamie?

– E também não usou pedras?

Sacudi a cabeça.

– Que pedras?

Ela me olhou por um instante, debatendo consigo mesma se deveria me contar. Sua pequena língua rosada passou rapidamente sobre o lábio, depois ela balançou a cabeça, tomando uma decisão. Com um pequeno resmungo, ergueu-se da poltrona e dirigiu-se à enorme lareira na outra extremidade do aposento, acenando com a mão para que eu a seguisse.

Ajoelhou-se, com uma graciosidade surpreendente para uma pessoa com seu peso, e apertou uma pedra esverdeada, encaixada na moldura da lareira, a uns 30 centímetros do chão. A pedra deslocou-se ligeiramente e ouviu-se um clique, quando uma das ardósias da lareira levantou-se suavemente de seu lugar na argamassa.

– Um mecanismo de molas – explicou Geilie, levantando a ardósia cuidadosamente e deixando-a de lado. – Um dinamarquês chamado Leiven de St. Croix o fez para mim.

Ela enfiou a mão na cavidade embaixo e retirou uma caixa de madeira, de cerca de 30 centímetros de lado. Havia pálidas manchas marrons na madeira lisa, e a caixa parecia inchada e rachada, como se tivesse ficado submersa em água do mar algum dia. Mordi o lábio com força diante da aparência da caixa e torci para que a expressão do meu rosto não me denunciasse. Se eu tivera quaisquer dúvidas sobre o fato de Ian estar ali, elas desapareceram – pois ali, a menos que eu estivesse muito enganada, estava o tesouro das focas. Felizmente, Geilie não estava olhando para mim, mas para a caixa.

– Eu fiquei sabendo das pedras através de um indiano, um hindu de Calcutá – explicou ela. – Ele me procurou, em busca de figueira-brava, e me ensinou a fazer remédios de pedras preciosas.

Olhei por cima do meu ombro em busca de Jamie, mas não havia o menor sinal dele. Onde ele estaria? Teria encontrado Ian em algum lugar da fazenda?

– Você pode adquirir pedras preciosas em pó de um boticário em Londres – dizia ela, franzindo ligeiramente a testa enquanto empurrava a tampa de deslizar. – Mas geralmente são de péssima qualidade e as *bhasmas* não funcionam muito bem. O melhor é ter ao menos uma pedra semipreciosa, que eles chamam de *nagina*. Essa é uma pedra de bom tamanho que foi polida. Uma pedra de alta qualidade é lapidada, e sem nenhum defeito, de preferência, mas a maioria das pessoas não pode se dar ao luxo de transformá-las em cinzas. As cinzas da pedra são as *bhasmas* – explicou, virando-se para olhar para mim. – É o que se usa nos remédios. Tome, veja se consegue soltar esta tampa. Ela estragou na água do mar e os encaixes da tampa incham toda vez que o tempo está úmido, o que equivale a dizer sempre, nesta época do ano – acrescentou, fazendo uma careta por cima do ombro para as nuvens que encobriam a baía, bem lá embaixo.

Enfiou a caixa em minhas mãos e levantou-se pesadamente, resmungando com o esforço.

Era uma caixa chinesa tipo quebra-cabeça, percebi; bastante simples, com um pequeno painel deslizante que destrancava a tampa principal. O problema é que o painel menor havia inchado, ficara preso na fenda.

– Dá azar quebrar uma destas – observou Geilie, vendo minhas tentativas. – Caso contrário, eu simplesmente a estraçalhava e acabava logo com isso. Tome, talvez isto ajude. – Exibiu um pequeno canivete de madrepérola dos recessos de seu vestido e o entregou a mim, depois se dirigiu ao peitoril da janela e fez soar outro dos seus sinos de prata.

Forcei delicadamente o painel para cima com a lâmina do canivete. Senti quando ela se encaixou na madeira e então a torci cuidadosamente. Pouco a pouco, o pequeno retângulo de madeira desgarrou-se do lugar, até eu poder segurá-lo entre o polegar e o indicador e puxar até soltá-lo completamente.

– Pronto – eu disse, devolvendo-lhe a caixa com certa relutância. Era pesada e houve um inconfundível tinido metálico quando a inclinei.

– Obrigada. – Quando a pegava, uma criada negra entrou pela porta mais distante. Geilie virou-se para mandar que a jovem trouxesse uma bandeja de tortinhas frescas e eu vi que ela enfiara a caixa sob as pregas de sua saia, escondendo-a. – Que criaturas abelhudas – disse ela, franzindo o cenho na direção das costas da criada que atravessava a porta. – É uma das dificuldades com escravos; é difícil manter segredos. – Ela colocou a caixa sobre a mesa e empurrou a tampa; com um pequeno e agudo guincho de protesto, a tampa deslizou para trás.

Ela enfiou a mão na caixa e retirou-a fechada. Sorriu maliciosamente para mim, cantarolando:

– A pequena Jackie Horner sentou-se no canto, comendo sua torta de Natal. Enfiou seu polegar na torta, retirou uma ameixa – abriu a mão com um floreio – ... e disse "Que boa menina eu sou!".

Eu já as esperava, é claro, mas de qualquer modo não tive nenhuma dificuldade em parecer impressionada. A realidade de uma pedra preciosa é tanto mais imediata quanto mais surpreendente do que sua descrição. Seis ou sete delas faiscavam e cintilavam na palma de sua mão, fogo e gelo, o brilho de água azul ao sol e uma grande pedra dourada como o olho de um tigre à espreita.

Sem querer, aproximei-me o suficiente para olhar no centro de sua mão, fascinada. "Bastante grandes", como Jamie as descrevera, com o característico talento escocês para minimizar os fatos.

– Eu as comprei pelo valor, para começar – dizia Geilie, remexendo nas pedras com satisfação. – Porque eram mais fáceis de carregar do que um grande peso em ouro ou prata, quero dizer; eu não sabia na época que outra utilidade poderiam ter.

– O quê, *bhasmas*? – A ideia de queimar qualquer uma daquelas pedras brilhantes, transformando-as em cinzas, parecia um sacrilégio.

– Ah, não, estas não. – Fechou a mão sobre as pedras, enfiou-a no bolso e levou-a de volta à caixa para pegar mais pedras. Despejou uma pequena chuva de fogo líquido em seu bolso e deu umas pancadinhas de leve sobre ele, afetuosamente. – Não, tenho muitas pedras menores para isso. Estas são para outro fim.

Examinou-me especulativamente, depois sacudiu a cabeça em direção à porta no final da sala.

– Suba comigo ao meu gabinete de trabalho – disse ela. – Tenho algumas coisas lá que você talvez tenha interesse em ver.

"Interesse" era dizer pouco, pensei.

Era um aposento comprido, iluminado, com um balcão de um extremo ao outro de uma das paredes. Maços de ervas postas para secar penduravam-se de ganchos no alto e descansavam em prateleiras recobertas de gaze ao longo da parede interna. Armários e cômodas de gavetas cobriam o resto do espaço nas paredes, e havia uma pequena estante de livros, com portas de vidro, no final da sala.

O aposento me deu uma ligeira sensação de déjà-vu; após um instante, percebi que era porque ele se parecia muito com o gabinete de trabalho de Geilie na vila de Cranesmuir, na casa de seu primeiro marido – não, segundo, eu me corrigi, lembrando-me do corpo em chamas de Greg Edgars.

– Quantas vezes você se casou? – perguntei, curiosa. Ela começara a construir sua fortuna com o segundo marido, procurador fiscal do distrito onde viviam, falsificando sua assinatura para desviar dinheiro para si própria e, depois, assassinando-o. Bem-sucedida nesse modus operandi, imaginei que ela o usara de novo; Geilie Duncan era uma mulher de hábitos. Ela parou por um instante para contar.

– Ah, cinco, eu acho. Desde que vim para cá – acrescentou ela displicentemente.

– Cinco? – exclamei, um pouco fracamente. Não se tratava simplesmente de um hábito, eu diria; um verdadeiro vício.

– O ar dos trópicos é muito insalubre para os ingleses – disse ela, sorrindo maliciosamente para mim. – Febres, úlceras, estômagos inflamados; qualquer coisinha os leva desta para melhor. – Ela evidentemente se preocupara com sua higiene oral; seus dentes ainda eram muito bons.

Estendeu a mão e acariciou levemente uma pequena garrafa na prateleira mais baixa. Não tinha rótulo, mas eu já vira arsênico branco, não processado, antes. No cômputo geral, fiquei satisfeita de não ter comido nada.

– Ah, você vai se interessar por isso – disse ela, olhando para uma botija na prateleira mais alta. Resmungando baixinho enquanto ficava na ponta dos pés, trouxe a botija para baixo e entregou-a a mim.

Continha um pó muito grosseiro, evidentemente uma mistura de várias substâncias, marrons, amarelas e pretas, pontuado com partículas de um material semitranslúcido.

– O que é?

– Veneno de zumbi – disse ela, e riu. – Achei que gostaria de ver.

– Hã? – eu disse, friamente. – Pensei que tivesse me dito que isso não existia.

– Não – corrigiu ela, ainda sorrindo. – Eu lhe disse que Hércules não estava morto; e ele não está. – Ela pegou a botija da minha mão e recolocou-a na prateleira. – Mas não há como negar que ele se torna muito mais maleável se toma uma dose desta substância uma vez por semana, misturada aos seus cereais.

– Que diabos é, afinal?

Ela deu de ombros.

– Um pouco disso e daquilo. O principal ingrediente parece ser um tipo de peixe, um animalzinho quadrado com pintas; de aspecto muito bizarro. Você tira a pele e a seca, bem como o fígado. Mas há algumas outras coisas que você adiciona, quisera saber o que são – acrescentou ela.

– Você não sabe o que isso contém? – Fitei-a, admirada. – Não foi você quem fez?

– Não. Eu tinha um cozinheiro – disse Geilie –, ou ao menos o venderam para mim como cozinheiro, mas pois sim que eu me sentiria segura comendo qualquer coisa que saísse da cozinha daquele sonso diabo negro. Mas ele era um *houngan*.

– Um o quê?

– *Houngan* é como os negros chamam seus médicos feiticeiros. Embora, para ser correta, eu acho que Ishmael disse que sua gente o chamava de *oniseegun* ou algo assim.

– Ishmael, hein? – Umedeci meus lábios secos. – Ele já veio com este nome?

– Ah, não. Ele tinha um nome pagão, com seis letras, e o homem que o vendeu chamava-o de "Jimmy", os leiloeiros chamam todos os machos de Jimmy. Eu lhe dei o nome de Ishmael por causa da história que o vendedor me contou sobre ele.

Ishmael fora tirado de um *barracoon* – um barracão onde os negros ficam confinados temporariamente enquanto aguardam para serem transportados – na Costa do Ouro da África, mais um num carregamento de seiscentos escravos de vilas da Nigéria e de Gana, entulhados no espaço entre os conveses do navio negreiro *Persephone*, com destino a Antígua. Ao atravessar a passagem Caicos, o *Persephone* foi surpreendido por uma ventania repentina e lançado nos recifes Hogsty, ao largo das ilhas Great Inagua. O navio se partiu, quase não dando tempo de a tripulação escapar nos barcos.

Os escravos, acorrentados e indefesos nos porões, afogaram-se. Todos menos um homem que antes havia sido tirado do porão para ajudar na cozinha, já que os dois auxiliares do cozinheiro haviam morrido de varíola no trajeto da África. Esse homem, que a tripulação do navio deixou para trás, conseguiu sobreviver ao naufrágio agarrando-se a um barril de bebida, que flutuou para uma praia de Great Inagua dois dias depois.

Os pescadores que descobriram o sobrevivente ficaram mais interessados em seu meio de salvação do que propriamente no escravo. No entanto, quando abriram o barril, ficaram chocados e horrorizados ao descobrir o corpo de um homem, mal preservado pela bebida em que fora mergulhado.

– Imagino se beberam o crème de menthe assim mesmo – murmurei, observando para mim mesma que a avaliação feita pelo sr. Overholt das afinidades alcoólicas dos marinheiros era bastante correta.

– Imagino que sim – disse Geilie, ligeiramente aborrecida por ter sua história interrompida. – De qualquer forma, quando soube da história, eu o chamei de Ishmael na mesma hora. Por causa do caixão flutuante, hein?

– Muito inteligente – felicitei-a. – Há... e descobriram quem era o homem no barril?

– Acho que não. – Ela deu de ombros displicentemente. – Deram-no para o governador da Jamaica, que mandou colocá-lo num recipiente de vidro com nova bebida, como curiosidade.

– *O quê?!* – exclamei, incrédula.

– Bem, não exatamente o corpo do homem, mas uns fungos estranhos que cresciam nele – explicou Geilie. – O governador é apaixonado por coisas assim. Quero dizer, o ex-governador. Ouvi dizer que há um novo agora.

– Sim – eu disse, sentindo uma ligeira tontura. No geral, achei que o ex-governador se qualificava melhor como curiosidade do que o homem morto.

Ela estava de costas para mim, enquanto abria as gavetas e as esquadrinhava. Respirei fundo, esperando manter um tom descontraído na voz.

– Esse Ishmael parece um tipo interessante. Você ainda o tem?

– Não – respondeu ela com indiferença. – O maldito negro fugiu. Mas foi ele quem fez o veneno de zumbi para mim. Não quis me dizer como, não importa o que eu lhe fizesse – acrescentou, com uma risada curta, sem humor, e eu tive uma lembrança vívida e repentina das marcas de açoite nas costas de Ishmael. – Ele disse que não era adequado que mulheres preparassem remédios, somente homens podiam fazê-lo. Ou as mulheres muito velhas, depois que tivessem parado de menstruar. Humpf!

Fez um muxoxo e enfiou a mão no bolso, retirando um punhado de pedras preciosas.

– Bem, eu a trouxe aqui em cima para lhe mostrar outra coisa. – Cautelosamente, ela arrumou cinco das pedras num círculo irregular sobre a bancada. Em seguida, tirou de uma prateleira um livro grosso, com uma capa surrada de couro. – Sabe ler alemão? – perguntou ela, abrindo-o com cuidado.

– Não muito bem, não – disse. Aproximei-me, para olhar por cima de seu ombro. *Hexenhammer*, dizia, numa elegante letra manuscrita.

– Martelo das bruxas? – perguntei. Ergui uma das sobrancelhas. – Feitiços? Magia?

O ceticismo em minha voz deve ter sido óbvio, porque ela me fitou por cima do ombro.

– Olhe, sua tola – disse ela. – Quem você é? Ou melhor, o que você é?

– O que eu sou? – eu disse, espantada.

– Isso mesmo. – Virou-se e apoiou-se contra a bancada, examinando-me através de olhos apertados. – O que você é? Ou eu? O que nós somos?

Abri a boca para responder, depois fechei outra vez.

– Isso mesmo – disse ela à meia-voz, observando-me. – Não é qualquer um que pode atravessar as pedras, é? Por que nós?

– Não sei – eu disse. – Nem você, garanto. Com certeza não significa que sejamos bruxas!

– Não mesmo? – Levantou uma das sobrancelhas e virou várias páginas do livro. – Algumas pessoas podem deixar seus corpos e viajar a quilômetros de distância – disse ela, fitando a página pensativamente. – Outras pessoas as veem, vagando, e as reconhecem, e você pode provar que na verdade elas estavam confortavelmente enfiadas na cama naquela hora. Eu vi os registros, todos os depoimentos das testemunhas. Algumas pessoas têm os estigmas que você pode ver e tocar, eu já vi uma. Mas nem todo mundo. Apenas certas pessoas. – Virou outra página. – Se todos podem fazer, é ciência. Se apenas algumas poucas podem, é magia, ou superstição, ou como quiser chamar – disse ela. – Mas é real. – Ergueu o rosto para mim, os olhos verdes e brilhantes como os de uma cobra por cima do livro antigo. – Nós somos reais, Claire, você e eu. E especiais. Você nunca se perguntou por quê?

Eu me perguntara. Inúmeras vezes. Mas nunca obtivera uma resposta razoável à pergunta. Evidentemente, Geilie achava que tinha uma.

Ela retornou às pedras que espalhara sobre a bancada e apontou para cada uma delas.

– Pedras de proteção: ametista, esmeralda, turquesa, lápis-lazúli e um rubi macho.

– Um rubi *macho*?

– Pliny diz que os rubis têm sexo. Quem sou eu para contestar? – disse ela impacientemente. – Mas são as pedras masculinas que se usa. As femininas não funcionam.

Reprimi a vontade de perguntar como uma pessoa pode determinar o sexo dos rubis a favor de outra pergunta:

– Não funcionam para o *quê*?

– Para a viagem no tempo – disse ela, olhando-me com curiosidade. – Através das pedras. Elas a protegem contra... o que quer que haja lá. – Seus olhos anuviaram-se ligeiramente à lembrança da travessia no tempo, e eu compreendi que ela sentia um medo mortal da viagem. Não era de admirar, eu também.

– De quando você veio? Na primeira vez? – Seus olhos fitavam intensamente os meus.

– De 1945 – eu disse devagar. – Vim para 1743, se é isso que você quer dizer. – Eu hesitava em lhe contar muito; ainda assim, minha própria curiosidade era incontrolável. Geilie tinha razão em um aspecto, ela e eu éramos diferentes. Eu poderia nunca mais ter a chance de conversar com alguém que soubesse o que ela sabia. Na verdade, quanto mais tempo eu a fizesse falar, mais tempo Jamie teria para procurar Ian.

– Hummm. – Ela resmungou, satisfeita. – Bem perto. São duzentos anos, nas lendas das Terras Altas, quando as pessoas adormecem em colinas de fadas e terminam dançando a noite toda com o Povo Antigo; geralmente, eles voltam ao seu próprio local duzentos anos depois.

– Mas não foi o que aconteceu com você. Você veio de 1968, mas já estava em Cranesmuir há vários anos antes de eu chegar lá.

– Cinco anos, sim. – Ela balançou a cabeça, distraída. – Sim, bem, isso foi o sangue.

– Sangue?

– O sacrifício – disse ela, repentinamente impaciente. – O sangue lhe dá um âmbito maior. E ao menos um pouco de controle, de modo que você tenha alguma noção do período de tempo a que está voltando. Como é que você foi e voltou três vezes, sem sangue? – perguntou.

– Eu... simplesmente vim. – A necessidade de descobrir o máximo que eu pudesse me fez acrescentar o pouco mais que eu sabia. – Eu acho... acho que tem algo a ver com ser capaz de fixar sua mente em determinada pessoa que vive no tempo para o qual você viaja.

Seus olhos estavam quase redondos de interesse.

– De fato – disse ela à meia-voz. – Agora que eu penso nisso. – Sacudiu a cabeça devagar, pensando. – Hummm. Pode ser. Ainda assim, as pedras devem funcionar bem. Há padrões que se faz, com pedras diferentes, sabe.

Retirou outro punhado de pedras brilhantes do bolso e espalhou-as na superfície de madeira, tocando-as.

– As pedras de proteção são as pontas do pentáculo – explicou ela, absorta em sua arrumação –, mas dentro dele você forma o padrão com pedras diferentes, dependendo da direção que você pretenda tomar, e até quando. E coloca uma linha de mercúrio entre elas e a acende enquanto fala as palavras mágicas. E, naturalmente, você desenha o pentáculo com pó de diamante.

– Claro – murmurei, fascinada.

– Sente o cheiro? – disse ela, erguendo o rosto por um instante e cheirando o ar. – Você não imaginaria que as pedras têm um cheiro próprio, não é? Mas têm, quando são moídas e transformadas em pó.

Inspirei profundamente e realmente percebi um cheiro fraco, diferente, entre os aromas de ervas secas. Era um cheiro seco, agradável, mas indescritível: o cheiro de pedras preciosas.

Ela segurou no alto uma determinada pedra com um gritinho de alegria.

– Esta aqui! É desta que eu preciso; não consegui encontrar uma em nenhum lugar nas ilhas e finalmente lembrei-me da caixa que eu deixara na Escócia. – A pedra que ela segurava era um cristal negro; a luz que penetrava pela janela atravessava-o e ele cintilava como um pedaço de azeviche entre seus dedos alvos.

– O que é?

– Um adamantano, um diamante negro. Os antigos alquimistas usavam-no. Os livros dizem que usar um adamantano lhe dá o conhecimento da alegria em tudo que existe. – Ela riu, um som curto, penetrante, isento de seu costumeiro encanto jovial. – Se alguma pedra pode trazer o conhecimento da alegria nessa passagem através das pedras, eu quero uma!

Algo começava a fazer sentido para mim, um pouco tardiamente. Em defesa da minha lentidão, só posso argumentar que eu estava simultaneamente ouvindo Geilie e mantendo um ouvido alerta a qualquer sinal de Jamie, retornando à sala embaixo.

– Você pretende voltar, então? – perguntei, o mais naturalmente possível.

– Creio que sim. – Um leve sorriso brincou nos cantos de sua boca. – Agora que tenho tudo de que preciso. Vou lhe dizer, Claire, eu não me arriscaria sem isso. – Olhou-me fixamente, sacudindo a cabeça. – Três vezes, sem nenhum sangue – murmurou ela. – Então pode ser feito. Bem, é melhor descermos agora – disse ela, repentinamente ativa; juntou as pedras e jogou-as de volta no bolso. – A raposa já deve estar de volta... Fraser, é o nome dele, não? Achei que Clotilda tivesse dito outra coisa, mas a idiota deve ter entendido errado.

Quando percorríamos o longo gabinete de trabalho, algo pequeno e marrom atravessou na minha frente. Geilie foi rápida, apesar do seu tamanho; seu pequeno pé pisou com força sobre a lacraia antes que eu pudesse reagir.

Ela observou o bicho semiesmagado contorcer-se no assoalho por um instante, depois se abaixou e deslizou uma folha de papel por baixo dele. Trazendo-o na folha, despejou a lacraia em um frasco de vidro.

– Você não quer acreditar em bruxas e zumbis e coisas assustadoras? – disse ela, com um sorriso furtivo para mim. Fez um sinal com a cabeça em direção à lacraia, que lutava sem parar em círculos frenéticos e desequilibrados. – Bem, as lendas são animais de muitas pernas, não é? Mas geralmente têm pelo menos um pé na verdade.

Pegou uma botija de vidro marrom transparente e despejou o líquido no frasco da lacraia. O cheiro penetrante de álcool ergueu-se no ar. A lacraia, levada pela onda de álcool, esperneou loucamente por um instante, depois caiu no fundo do recipiente, as pernas movendo-se espasmodicamente. Ela fechou o frasco com cuidado e virou-se para ir embora.

– Você me perguntou por que eu achava que podemos passar pelas pedras – eu disse às suas costas. – Sabe por quê, Geilie? – Ela me olhou por cima do ombro.

– Ora, para mudar as coisas – disse ela, parecendo surpresa. – Por que mais seria? Vamos, estou ouvindo seu homem lá embaixo.

O que quer que Jamie andara fazendo, fora trabalho pesado; sua camisa estava molhada de suor e grudada nos ombros. Ele deu meia-volta quando entramos na sala e eu vi que ele andara examinando a caixa de madeira que Geilie deixara sobre a mesa. Era óbvio por sua expressão que eu estava correta em minha suspeita – era de fato a caixa que ele encontrara na ilha das focas.

– Acredito que consegui consertar seu moinho de açúcar, madame – disse ele, curvando-se educadamente numa mesura para Geilie. – O cilindro estava rachado, e seu administrador e eu conseguimos calçá-lo com cunhas. Ainda assim, receio que logo vai precisar de um novo.

Geilie arqueou as sobrancelhas, achando graça.

– Bem, fico-lhe agradecida, sr. Fraser. Posso lhe oferecer um lanche depois de todo o seu trabalho? – Sua mão pairou acima da fileira de sinos, mas Jamie sacudiu a cabeça, pegando seu casaco do sofá.

– Muito obrigado, madame, mas receio que tenhamos que partir. É uma boa distância até Kingston e precisamos iniciar a viagem de volta se quisermos chegar antes de anoitecer. – Seu rosto ficou repentinamente pálido e compreendi que ele devia ter apalpado o bolso do casaco e percebido que as fotografias não estavam lá.

Olhou rapidamente para mim e eu fiz um breve sinal com a cabeça, tocando a lateral da minha saia, onde elas estavam.

– Muito obrigado por sua hospitalidade – eu disse, pegando meu chapéu e dirigindo-me à porta com vivacidade. Agora que Jamie retornara, tudo que eu queria era me afastar da Mansão da Rosa e de sua dona o mais rápido possível. Jamie, entretanto, demorou-se um pouco mais.

– Eu estava pensando, sra. Abernathy, já que mencionou ter vivido em Paris durante algum tempo, se por acaso teria conhecido um cavalheiro do meu próprio círculo. Por acaso, conheceu o duque de Sandringham?

Ela inclinou a cabeça loura para ele interrogativamente, mas como ele não dizia mais nada, ela confirmou.

– Sim, eu o conheci. Por quê?

Jamie deu-lhe seu sorriso mais encantador.

– Por nenhuma razão em particular, madame. Só uma curiosidade, pode-se dizer.

O céu estava completamente nublado quando atravessamos o portão e ficou claro que não iríamos conseguir voltar a Kingston sem ficarmos encharcados. Nas atuais circunstâncias, eu não me importava.

– As fotos de Brianna estão com você? – Foi a primeira pergunta que Jamie fez, freando o cavalo por um instante.

– Bem aqui. – Bati no meu bolso. – Encontrou algum sinal de Ian?

Ele olhou para trás por cima do ombro, como se receasse que estivéssemos sendo seguidos.

– Não consegui nada com o administrador nem com os escravos, eles morrem de medo da mulher e não os censuro por isso. Mas sei onde ele está – declarou ele com grande satisfação.

– Onde? Podemos voltar furtivamente e resgatá-lo? – Ergui-me ligeiramente em minha sela, olhando para trás; o telhado de ardósia da Mansão da Rosa era tudo que podia ser visto acima do topo das árvores. Eu relutaria muito em colocar os pés naquele lugar outra vez, exceto por Ian.

– Agora não. – Jamie segurou minhas rédeas, virando a cabeça do cavalo de volta para a trilha. – Vou precisar de ajuda.

Sob o pretexto de encontrar material para consertar a prensa de açúcar danificada, Jamie conseguira ver a maior parte da plantação numa área de 400 metros da casa, inclusive um agrupamento de cabanas de escravos, os estábulos, um barracão de secagem de fumo que estava abandonado e o prédio que abrigava o engenho de açúcar. A todo lugar que foi, não sofreu nenhuma interferência além de olhares curiosos ou hostis – exceto perto do engenho.

– Aquele sujeito negro enorme que veio até a varanda estava sentado no terreno do lado de fora – disse ele. – Quando me aproximei muito dele, o administrador ficou muito nervoso; não parava de me chamar, avisando-me para não chegar perto demais do sujeito.

– Parece mesmo uma ideia excelente – eu disse, estremecendo ligeiramente. –

Não chegar muito perto dele, quero dizer. Mas você acha que ele tem algo a ver com Ian?

– Ele estava sentado diante de uma pequena porta fixa no chão, Sassenach. – Jamie conduziu seu cavalo com habilidade, desviando de um tronco de árvore caído no caminho. – Deve levar a um porão sob o engenho de açúcar. – O sujeito não se mexeu nem um centímetro durante todo o tempo que Jamie conseguiu ficar por perto do engenho. – Se Ian estiver na fazenda, é ali que ele está.

– Tenho quase certeza de que ele está lá. – Contei-lhe rapidamente os detalhes da minha visita, inclusive a breve conversa com as escravas da cozinha. – Mas o que vamos fazer? – concluí. – Não podemos simplesmente deixá-lo lá. Afinal, não sabemos o que Geillis quer com ele, mas não pode ser nada de bom, se ela não admite que ele está lá, não é?

– Nada de bom mesmo – concordou ele, o rosto sombrio. – O administrador recusou-se a falar comigo sobre Ian, mas contou-me outras coisas que iriam encaracolar seus cabelos, se já não fossem cacheados como lã de ovelha. – Olhou para mim e um breve sorriso iluminou seu rosto, apesar de sua óbvia preocupação. – A julgar pelo estado de seu cabelo, Sassenach, eu diria que vai chover dentro de muito pouco tempo.

– Muito observador – eu disse sarcasticamente, tentando em vão enfiar para dentro os cachos e mechas encaracoladas que haviam se soltado de baixo do meu chapéu. – O fato de o céu estar negro como piche e o ar cheirar a relâmpagos não tem nada a ver com suas conclusões, é claro.

As folhas das árvores ao nosso redor vibravam como borboletas presas aos galhos, conforme a tempestade avançava em nossa direção, subindo pela encosta da montanha. Da pequena elevação onde nos encontrávamos, eu podia ver as nuvens da tormenta entrarem aceleradas na baía lá embaixo, com uma escura cortina de chuva pendurada sob elas como um véu.

Jamie ergueu-se em sua sela, examinando o terreno. Para meu olho pouco treinado, nossa vizinhança parecia uma selva sólida e impenetrável, mas outras possibilidades eram visíveis para um homem que vivera nos urzais por sete anos.

– É melhor encontrarmos algum abrigo enquanto podemos, Sassenach – disse ele. – Siga-me.

A pé, conduzindo os cavalos, abandonamos o caminho estreito e entramos na floresta, seguindo o que Jamie dissera ser uma trilha de porcos selvagens. Dentro de poucos instantes, ele encontrara o que procurava; um riacho que cortava fundo o solo da floresta, com uma margem íngreme, coberta de samambaias e arbustos escuros e lustrosos, entremeados por arbustos mais finos.

Mandou-me juntar samambaias, cada folha do comprimento do meu braço, e quando retornei com o máximo que conseguia carregar, ele já erguera a estrutura de um bom abrigo, formado por um arco dos arbustos vergados, amarrados a um tronco caído e cobertos com galhos cortados dos arbustos próximos. Com um telhado apressadamente armado com as folhas de samambaias espalhadas, não era inteiramente à prova d'água, mas muito melhor do que ser surpreendido a céu aberto. Dez minutos depois, estávamos dentro do abrigo, a salvo.

Houve um momento de absoluta quietude e silêncio depois que o vento que vinha à frente da tormenta passou por nós. Nenhum pássaro cantava, nenhum inseto zumbia; eram tão bem equipados quanto nós para prever a chuva torrencial. Algumas gotas grandes caíram, espatifando-se na folhagem com um som explosivo como estalidos de galhos quebrados. Em seguida, a tempestade irrompeu.

As pancadas de chuva do Caribe são repentinas e vigorosas. Nada daquela chuvinha nebulosa e persistente de uma garoa de Edimburgo. Os céus escurecem e se rompem, despejando um aguaceiro em questão de um minuto. Enquanto a chuva durar, a conversa é impossível e uma névoa fina ergue-se do solo como vapor, produzido pela força dos pingos batendo no chão.

A chuva golpeava as folhas de samambaia acima de nós e uma neblina fraca encheu as sombras verdes de nosso abrigo. Com o clangor da chuva e os trovões constantes que estrondavam entre as colinas, era impossível conversar.

Não fazia frio, mas havia um vazamento no telhado, que gotejava incessantemente no meu pescoço. Não havia espaço para mudar de lugar; Jamie tirou o casaco e colocou-o em meus ombros, depois passou o braço ao meu redor, para esperarmos a tempestade passar. Apesar da terrível algazarra lá fora, senti-me repentinamente segura e tranquila, aliviada da tensão das últimas horas, dos últimos dias. Ian praticamente fora encontrado e nada poderia nos atingir ali.

Apertei sua mão livre; ele sorriu para mim, em seguida inclinou-se e me beijou delicadamente. Ele exalava um frescor e um cheiro de terra, perfumado pela seiva dos galhos que cortara e por seu próprio suor saudável.

Já estava quase terminado, pensei. Havíamos encontrado Ian e, com a ajuda de Deus, conseguiríamos resgatá-lo são e salvo muito em breve. E depois? Teríamos que deixar a Jamaica, mas havia outros lugares e o mundo era grande. Havia as colônias francesas de Granada e Martinica, a ilha de Eleuthera, dominada pelos holandeses; talvez nos aventurássemos até o continente – com ou sem canibais. Desde que eu tivesse Jamie, não tinha medo de nada.

A chuva parou tão bruscamente quanto começara. Alguns pingos caíam aqui e ali, das árvores e arbustos, com um tamborilar que fazia eco à reverberação deixada em meus ouvidos pelos estrondos da trovoada. Uma brisa leve e fresca subia o leito do rio, levando embora a umidade, erguendo os cachos úmidos do meu pescoço com um delicioso frescor. Os pássaros e insetos recomeçaram seus sons, aos poucos, depois a plena voz, e o próprio ar parecia dançar com uma vivacidade verde.

Remexi-me e suspirei, forçando-me a levantar e tirando o casaco de Jamie.

– Sabe, Geilie me mostrou uma pedra especial, um diamante negro chamado adamantano – eu disse. – Ela disse que é uma pedra que os alquimistas usavam; ela dá o conhecimento da alegria em todas as coisas. Acho que deve haver uma aqui neste lugar.

Jamie sorriu para mim.

– Eu não ficaria nem um pouco surpreso, Sassenach – disse ele. – Tome, seu rosto está todo molhado.

Enfiou a mão no casaco para pegar um lenço, e parou.

– As fotografias de Brianna – disse ele repentinamente.

– Ah, eu me esqueci. – Enfiei a mão no bolso e devolvi-lhe as fotos. Ele as pegou e examinou-as rapidamente, em seguida parou e examinou-as outra vez, mais devagar. – O que houve? – perguntei, repentinamente assustada.

– Está faltando uma foto – disse ele calmamente. Senti um inexprimível terror começar a crescer na boca do meu estômago e a alegria do momento anterior começou a desaparecer.

– Tem certeza?

– Eu as conheço tão bem quanto conheço seu rosto, Sassenach – disse ele. – Sim, tenho certeza. É aquela em que ela está junto a uma fogueira.

Eu me lembrava bem da fotografia; mostrava Brianna já adulta, sentada em uma pedra, ao ar livre, junto à fogueira de um acampamento. Seus joelhos estavam dobrados, os cotovelos sobre eles, e ela olhava diretamente para a câmera, mas sem o conhecimento de sua presença, o rosto repleto de sonhos iluminados pelo fogo, os cabelos esvoaçando para trás.

– Geilie deve ter pegado. Ela encontrou as fotos em seu casaco enquanto eu estava na cozinha, e eu as tirei dela. Deve tê-la roubado nessa hora.

– Mulher desgraçada! – Jamie voltou-se abruptamente para olhar a estrada, os olhos turvos de raiva. Agarrava as fotos restantes com força. – O que ela quer?

– Talvez seja apenas curiosidade – eu disse, mas a sensação de terror não se dissipou. – O que ela poderia fazer com a foto, afinal de contas? Não é provável que a mostre a ninguém... quem viria aqui?

Como em resposta a essa pergunta, a cabeça de Jamie ergueu-se de repente e ele agarrou meu braço, num comando para que eu ficasse em silêncio. A certa distância abaixo, uma curva da estrada era visível através do mato, uma vereda de terra amarelada. Ao longo dessa linha, vinha uma figura subindo penosamente a cavalo, um homem vestido de preto, pequeno e escuro como uma formiga a essa distância.

Então, lembrei-me do que Geilie dissera. *Estou esperando uma visita.* E mais tarde: *O padre disse que viria às quatro horas.*

– É um padre, algum tipo de sacerdote – eu disse. – Ela disse que estava à sua espera.

– É Archie Campbell – disse Jamie, com uma expressão soturna. Que diabos... talvez eu não deva usar essa expressão em particular, com relação à sra. Duncan.

– Talvez ele tenha vindo exorcizá-la – sugeri, com uma risada nervosa.

– Se for isso, ele é talhado para o serviço. – A figura angulosa desapareceu no meio das árvores, mas somente depois de vários minutos Jamie considerou o caminho livre.

– O que planeja fazer a respeito de Ian? – perguntei, depois que voltamos à estrada.

– Vou precisar de ajuda – respondeu ele energicamente. – Pretendo subir o rio com Innes e MacLeod e o resto do pessoal. Há um lugar de desembarque, não muito longe do engenho. Deixamos o barco lá, seguimos por terra e cuidamos do Hércules... e do Atlas também, se ele resolver causar problema... abrimos o portão, pegamos Ian e debandamos. Vai ser lua nova dentro de dois dias, quisera que fosse antes, mas vamos levar mais ou menos esse tempo para conseguir um barco adequado e todas as armas de que vamos precisar.

– Usando o que como dinheiro? – perguntei sem rodeios. Os gastos com roupas e sapatos novos haviam levado uma porção substancial da parte de Jamie do lucro com o guano de morcego. O que restara nos manteria por algumas semanas e provavelmente seria suficiente para alugar um barco por um ou dois dias, mas não daria para comprar grandes quantidades de armas.

Nem pistolas nem espadas eram fabricadas na ilha; todas as armas eram importadas da Europa e, consequentemente, eram caras. O próprio Jamie possuía duas pistolas que haviam pertencido ao capitão Raines; os escoceses não tinham nada além de suas facas de peixe e um ou outro alfanje – insuficientes para uma incursão armada.

Ele fez uma leve careta, depois me olhou de esguelha.

– Vou ter que pedir ajuda a John – disse ele simplesmente. – Não acha?

Continuei cavalgando em silêncio por alguns instantes, depois assenti com um movimento da cabeça.

– Acho que será necessário. – A ideia não me agradava, mas não era uma questão de eu gostar ou não; era a vida de Ian. – Uma coisa, porém, Jamie...

– Sim, eu sei – disse ele, resignado. – Você quer vir comigo, não é?

– Sim – eu disse, sorrindo. – Afinal, e se Ian estiver ferido, ou doente, ou...

– Sim, sim, você pode vir! – disse ele, um pouco impaciente. – Só me faça um pequeno favor, Sassenach. Tente com todas as forças não ser morta ou cortada em pedaços, sim? É difícil para a sensibilidade de um homem.

– Vou tentar – eu disse, com ar grave. E, cutucando meu cavalo para mais perto da montaria dele, prosseguimos lado a lado em direção a Kingston, pelo meio das árvores gotejantes.

61

A FOGUEIRA DO CROCODILO

Havia um surpreendente tráfego no rio à noite. Lawrence Stern, que insistira em acompanhar a expedição, disse-me que a maioria das fazendas situadas no alto das colinas usava o rio como sua principal ligação com Kingston e com o porto; as estradas eram execráveis ou inexistentes, engolidas pela vegetação luxuriante a cada nova estação chuvosa.

Eu esperara que o rio estivesse deserto, mas passamos por duas pequenas embarcações e uma balsa que desciam o largo curso d'água, enquanto lutávamos para subir a correnteza, com a vela a todo o pano. A balsa, uma chata escura e imensa, com pilhas bem altas de barris e fardos, passou por nós como um iceberg negro, imenso, sombrio e ameaçador. As vozes abafadas dos escravos que a impulsionavam com varas atravessaram a água, conversando serenamente numa língua estrangeira.

– Foi muita gentileza sua ter vindo, Lawrence – disse Jamie. Tínhamos um barco aberto, pequeno, de um único mastro, que mal conseguia levar Jamie, eu, os seis contrabandistas e Stern. Apesar do espaço apertado, sentia-me agradecida pela companhia de Stern; ele tinha uma qualidade fleumática, serena, que era muito reconfortante nas atuais circunstâncias.

– Bem, confesso que vim movido por uma certa curiosidade – disse Stern, abanando a frente de sua camisa para refrescar o corpo suado. No escuro, tudo que eu podia ver dele era uma mancha branca em movimento. – Eu já me encontrei com essa senhora antes.

– A sra. Abernathy? – Parei, depois perguntei delicadamente: – Hã... o que acha dela?

– Ah... mostrou-se uma mulher muito agradável, muito... amável.

Escuro do jeito que estava, eu não podia ver seu rosto, mas sua voz tinha um tom estranho, em parte envaidecido, em parte envergonhado, que me dizia que ele achara a viúva Abernathy realmente atraente. De onde concluí que Geilie quis alguma coisa deste naturalista; eu nunca a vira tratar nenhum homem com consideração, a não ser em prol de seus próprios interesses.

– Onde você a conheceu? Na casa dela? – Segundo os participantes do baile do governador, a sra. Abernathy raramente ou nunca saía de sua fazenda.

– Sim, na Mansão da Rosa. Eu parei ali para pedir permissão de coletar um tipo raro de besouro, um da família *Cucurlionidae*, que eu encontrara perto de uma mina d'água na fazenda. Ela me convidou para entrar e... me recebeu muito bem. – Desta vez, houve um tom definitivo de autossatisfação em sua voz. Jamie, manobrando a cana do leme ao meu lado, ouviu a conversa e fez um muxoxo.

– O que ela queria de você? – perguntou ele, sem dúvida tendo tirado conclusões semelhantes às minhas sobre as motivações e o comportamento de Geilie.

– Ah, ela se mostrou muito interessada em espécimes da flora e da fauna que eu coletara na ilha; ela me perguntou sobre a localização e o uso de várias ervas diferentes. Ah, e sobre os outros lugares por onde eu andara. Estava particularmente interessada em minhas histórias sobre Hispaniola. – Ele suspirou, momentaneamente arrependido. – É difícil acreditar que uma mulher tão adorável esteja metida em atos tão condenáveis como os que você descreveu, Jamie.

– Adorável, hein? – disse Jamie secamente, mas com humor. – Ficou um pouco enamorado, não, Lawrence?

A voz de Lawrence reproduziu o sorriso de Jamie.

– Há uma espécie de mosca carnívora que eu observei, Jamie. O macho, ao escolher uma fêmea para cortejar, esforça-se para lhe levar um pouco de carne ou outra presa, perfeitamente envolvida num pequeno pacote de seda. Enquanto a fêmea está absorvida em abrir o pacote, ele salta em cima dela, realiza seus deveres de acasalamento e foge. Porque se ela terminar sua refeição antes de ele ter terminado suas próprias atividades, ou se ele for descuidado e não lhe trouxer nenhuma guloseima, ela o devora. – Ouviu-se uma risada na escuridão. – Não, foi uma experiência interessante, mas acho que não vou mais visitar a sra. Abernathy.

– Não se formos bem-sucedidos, não – concordou Jamie.

...

Os homens deixaram-me na margem do rio, tomando conta do barco, e desapareceram na escuridão, com instruções de Jamie para que eu não saísse dali. Eu tinha uma pistola preparada, que me fora entregue com a estrita injunção de não atirar no meu próprio pé. O peso da arma era reconfortante, mas à medida que os minutos se arrastavam no silêncio negro, comecei a achar a escuridão e a solidão cada vez mais opressivas.

De onde estava, eu podia ver a casa, uma forma alongada, retangular, com apenas três janelas térreas iluminadas; era o salão, pensei, e me perguntei por que não havia nenhum sinal de atividade dos escravos. Entretanto, enquanto eu observava, vi uma sombra atravessar uma das janelas iluminadas e meu coração saltou até a boca.

Não era a sombra de Geilie, por mais que eu desse asas à imaginação. Era alta, magra e estranhamente angulosa.

Olhei desesperadamente à minha volta, queria avisá-los; mas era tarde demais. Todos os homens já estavam fora do alcance da minha voz, dirigindo-se ao engenho. Hesitei por um instante, mas realmente não havia mais nada a fazer. Amarrei minhas saias na altura dos joelhos e entrei na escuridão.

Quando cheguei à varanda, estava molhada de suor e meu coração batia com tanta força que abafava todos os outros sons. Aproximei-me silenciosamente da janela mais próxima e deslizei junto à parede, tentando espreitar o interior da sala sem ser vista de dentro.

Tudo estava tranquilo e em ordem na sala. Havia um fogo baixo na lareira e o clarão das chamas refletia-se no assoalho polido. A escrivaninha de jacarandá de Geilie estava descoberta, a prateleira interna estava coberta de pilhas de papéis manuscritos e o que pareciam ser livros muito antigos. Eu não via ninguém na sala, mas também não conseguia ver o aposento inteiro.

Minha pele arrepiava-se de imaginação, pensando no Hércules de olhos mortos, silenciosamente me espreitando na escuridão. Continuei me esgueirando pela varanda, olhando por cima do ombro a cada dois passos.

Havia uma estranha sensação de abandono no lugar naquela noite. Não se ouvia nenhuma das vozes amortecidas dos escravos presentes em minha visita anterior, murmurando uns com os outros enquanto prosseguiam com suas tarefas. Mas isso podia não significar nada, eu disse a mim mesma. A maioria dos escravos parava de trabalhar e se recolhia aos seus alojamentos ao anoitecer. Ainda assim, não deveria haver criados na casa para alimentar o fogo e trazer comida da cozinha?

A porta da frente estava aberta. Pétalas caídas da roseira amarela salpicavam os degraus da porta, brilhando como antigas moedas de ouro à luz fraca da entrada.

Parei, escutando. Achei ter ouvido um leve farfalhar dentro do salão, como o ruído de alguém virando as páginas de um livro, mas não podia ter certeza. Reuni toda a coragem que podia e atravessei a soleira da porta.

A sensação de abandono era mais pronunciada ali. Havia sinais inconfundíveis, um jarro com flores murchas na superfície lustrada de um móvel, uma xícara de chá e seu pires esquecidos em cima de uma mesa, os sedimentos secos numa mancha marrom no fundo da xícara. Onde estariam todos?

Parei na porta que dava para o salão e prestei atenção. Ouvi o estalido do fogo e, novamente, o leve farfalhar, como o de páginas viradas. Enfiando a cabeça pelo umbral, pude ver que havia alguém sentado em frente à escrivaninha agora. Uma figura obviamente masculina, alta, de ombros estreitos, cabelos escuros, inclinada sobre alguma coisa à sua frente.

– Ian! – sussurrei, o mais alto que ousei. – Ian!

A figura sobressaltou-se, empurrou a cadeira para trás e levantou-se rapidamente, pestanejando na direção das sombras.

– Jesus! – eu disse.

– Sra. Malcolm? – disse o reverendo Archibald Campbell, estupefato. Engoli em seco, tentando forçar meu coração a descer da garganta. O reverendo parecia tão perplexo quanto eu, mas ele logo se recobrou. Suas feições endureceram e ele deu um passo na direção da porta.

– O que está fazendo aqui? – perguntou ele.

– Estou procurando o sobrinho de meu marido – eu disse; não havia motivo para mentir e talvez ele soubesse o paradeiro de Ian. Passei os olhos ao redor da sala, mas estava vazia, a não ser pelo reverendo e o único lampião pequeno que ele estava usando. – Onde está a sra. Abernathy?

– Não faço a menor ideia – disse ele, franzindo a testa. – Parece que ela saiu. O que quer dizer com o sobrinho de seu marido?

– Saiu? – Pestanejei. – Aonde ela foi?

– Não sei. – Ele fez uma carranca, o lábio superior pontudo fixado como um bico sobre o inferior. – Ela já se fora quando acordei hoje de manhã... e todos os criados com ela, aparentemente. Uma bela maneira de tratar um hóspede!

Relaxei um pouco, apesar do susto. Ao menos, eu não corria o risco de me deparar com Geilie. Achei que poderia lidar com o reverendo Campbell.

– Ah – exclamei. – Bem, realmente isso não parece nem um pouco hospitaleiro, concordo. Suponho que não tenha visto um garoto de cerca de 15 anos, muito alto e magro, com uma espessa cabeleira castanha? Não, achei que não. Nesse caso, acho que eu deveria...

– Pare! – Agarrou-me pelo braço e eu parei, surpresa e perturbada pela força com que ele segurava meu braço. – Qual o verdadeiro nome de seu marido? – perguntou ele.

– Ora, Alexander Malcolm – eu disse, puxando meu braço preso. – O senhor sabe disso.

– De fato. Então como é que, quando eu descrevi você e seu marido para a sra. Abernathy, ela me disse que o seu sobrenome é Fraser, que seu marido na realidade é James Fraser?

– Oh. – Respirei fundo, tentando pensar em alguma coisa plausível, mas não consegui. Nunca fui boa em inventar uma mentira de repente.

– Onde está seu marido? – perguntou ele.

– Olhe – eu disse, tentando me livrar de sua mão –, o senhor está completamente enganado a respeito de Jamie. Ele não teve nada a ver com sua irmã, ele me disse. Ele...

– Falou com ele a respeito de Margaret? – Seus dedos fecharam-se com mais força em meu braço. Dei um pequeno grunhido de desconforto e puxei meu braço com mais força.

– Sim. Ele disse que não foi ele, não era ele o homem que ela foi procurar em Culloden. Era um amigo dele, Ewan Cameron.

– Você está mentindo – disse ele sem rodeios. – Ou ele está. Não faz muita diferença. Onde está ele? – Ele me deu uma sacudidela e eu dei um safanão, conseguindo libertar meu braço.

– Estou lhe dizendo, ele não teve nada a ver com o que aconteceu a sua irmã! – Eu recuava, imaginando como me livrar dele sem deixar que ele saísse desatinado pelo terreno à procura de Jamie, fazendo barulho e chamando uma atenção indesejada aos esforços de resgate. Oito homens eram suficientes para dominar as colunas de Hércules, mas insuficientes para resistir a cem escravos incitados.

– Onde? – O reverendo avançava para mim, os olhos fixos nos meus.

– Ele está em Kingston! – eu disse. Olhei para um dos lados; eu estava perto de uma das grandes portas que se abriam para a varanda. Achei que podia fugir sem que ele me alcançasse, mas e depois? Fazê-lo me perseguir pelo terreno seria pior do que mantê-lo falando ali.

Virei-me para o reverendo, que me fitava com uma carranca de descrença, e então o que eu vira no terraço registrou-se em minha mente e eu virei a cabeça bruscamente, olhando com atenção.

Eu de fato tinha visto. Havia um enorme pelicano branco empoleirado no parapeito da varanda, com a cabeça virada para trás, o bico confortavelmente enfiado em suas penas. A plumagem de Ping An brilhava, prateada, contra a noite na luz turva da entrada.

– O que foi? – perguntou o reverendo Campbell. – Quem é? Quem está lá fora?

– Apenas um pássaro – eu disse, voltando-me novamente para ele. Meu coração batia descompassadamente. O sr. Willoughby certamente devia estar por perto. Pelicanos eram aves comuns, perto da foz dos rios, perto da praia, mas eu nunca vira um tão longe no interior. Mas, se o sr. Willoughby estava de fato espreitando ali perto, o que eu deveria fazer?

– Duvido muito que seu marido esteja em Kingston – dizia o reverendo, os olhos estreitados fixos em mim, desconfiados. – Entretanto, se está, provavelmente virá aqui buscá-la.

– Ah, não! – eu disse. – Não – repeti, com toda a segurança que consegui reunir. – Jamie não virá aqui. Eu vim sozinha, visitar Geillis... a sra. Abernathy. Meu marido não me espera de volta antes do mês que vem.

Ele não acreditou em mim, mas também não havia nada que ele pudesse fazer. Enrugou os lábios numa pequena roseta, depois os relaxou o suficiente para perguntar:

– Está hospedada aqui?

– Sim – respondi, satisfeita por conhecer bastante a geografia da casa para fingir ser uma hóspede. Afinal, se os criados haviam partido, não havia ninguém para me desmentir.

Ele permaneceu imóvel, examinando-me com os olhos estreitados por um longo instante. Então, cerrou o maxilar e balançou a cabeça, rancorosamente.

– Sei. Então suponho que deva ter alguma ideia do paradeiro de nossa anfitriã e de quando ela pretende retornar, não?

Eu estava começando a ter uma noção um tanto perturbadora de onde – se não exatamente quando – Geillis Abernathy devia ter ido, mas o reverendo Campbell não parecia a pessoa apropriada para compartilhar essa ideia.

– Não, receio que não – eu disse. – Eu... há, eu estive fora desde ontem, fazendo uma visita na fazenda vizinha. Acabei de voltar neste instante.

O reverendo olhou-me atentamente, mas eu estava de fato usando um traje de montar – porque era o único traje decente que eu possuía, além do vestido de baile violeta e duas camisolas de algodão – e a minha história passou sem contestações.

– Compreendo – disse ele. – Mmmhummm. Bem, então. – Ele se remexia, inquieto, suas mãos grandes e ossudas crispando-se e abrindo-se, como se ele não soubesse o que fazer com elas.

– Não deixe que eu o atrapalhe – eu disse, com um sorriso amável e um sinal da cabeça indicando a escrivaninha. – Tenho certeza de que tem um trabalho importante a fazer.

Ele franziu os lábios outra vez, daquela maneira desagradável que o fazia parecer uma coruja contemplando um rato suculento.

– O trabalho já foi terminado. Eu só estava fazendo cópias de alguns documentos que a sra. Abernathy solicitou.

– Que interessante – eu disse automaticamente, pensando que, com sorte, após alguns instantes de conversa fútil, eu poderia escapar sob o pretexto de me recolher ao meu quarto hipotético; todos os quartos do primeiro andar abriam-se para a varanda e seria fácil sair furtivamente para a noite, ao encontro de Jamie.

– Talvez compartilhe o interesse de nossa anfitriã, e o meu próprio, na história e na cultura escocesa? – Seu olhar tornou-se mais penetrante e, com um aperto no coração, reconheci o brilho fanático do pesquisador aficionado em seus olhos. Eu o conhecia bem.

– Bem, é muito interessante, tenho certeza – eu disse, afastando-me em direção à porta. – Mas confesso que não sei muito a respeito. – Avistei a folha de cima de sua pilha de documentos e estanquei, paralisada.

Era um mapa genealógico. Eu já vira muitos iguais àquele, vivendo com Frank, mas reconheci aquele em particular. Era um mapa da família Fraser – o maldito papel exibia até o cabeçalho "Fraser de Lovat" – começando em algum ponto por volta de 1400, até onde eu podia ver, e vindo até o presente. Pude ver Simon, o falecido – e não muito lamentado, em alguns lugares – lorde jacobita, que fora executado por sua participação na Revolução de Charles Stuart, e seus descendentes, cujos nomes eu reconheci. E embaixo, num dos cantos, com o tipo de anotação indicando ilegitimidade, estava Brian Fraser – o pai de Jamie. E embaixo dele, escrito numa letra negra e nítida, James A. Fraser.

Senti um calafrio percorrer minha espinha. O reverendo notara minha reação e observava com uma expressão divertida e árida.

– Sim, interessante que fossem os Fraser, não?

– Que... o que fossem os Fraser? – eu disse. A despeito de mim mesma, aproximei-me da escrivaninha.

– O alvo da profecia, é claro – disse ele, parecendo ligeiramente surpreso. – Não a conhece? Mas talvez, seu marido sendo um descendente ilegítimo...

– Não, não sei nada sobre isso.

– Ah. – O reverendo estava começando a se divertir, aproveitando a oportunidade para me informar. – Achei que talvez a sra. Abernathy tivesse falado com você a respeito, já que estava tão interessada a ponto de me escrever em Edimburgo sobre o assunto. – Ele folheou a pilha, extraindo um documento que parecia escrito em gaélico. – Esta é a língua original da profecia – disse ele, enfiando a prova A embaixo do meu nariz. – Do adivinho Brahan. Já ouviu falar do adivinho Brahan, não é? – O tom de sua voz denotava pouca esperança, mas na realidade eu já ouvira falar no adivinho Brahan, um profeta do século XVI considerado o Nostradamus escocês.

– Já, sim. É uma profecia referente aos Fraser?

– Os Fraser de Lovat, sim. A linguagem é poética, como eu ressaltei para a sra. Abernathy, mas o significado é bastante claro. – Seu entusiasmo aumentava à medida que ele falava, apesar de suas desconfianças a meu respeito. – A profecia diz que um novo governante da Escócia surgirá da linhagem Lovat. Isso ocorrerá depois do eclipse dos "reis da rosa branca", uma clara referência aos Stuart papistas, é claro. – Balançou a cabeça indicando as rosas brancas no desenho do tapete. – Há referências mais obscuras na profecia, é claro; a época em que esse governante surgirá e se será um rei ou uma rainha, há alguma dificuldade de interpretação, devido ao manejo errado do original...

Ele continuou, mas eu não o ouvia. Se eu tinha alguma dúvida sobre o paradeiro de Geilie, ela estava se dissipando rapidamente. Obcecada com os governantes da Escócia, ela passara a maior parte de dez anos trabalhando pela restauração da Coroa dos Stuart. Essa tentativa fracassara definitivamente em Culloden e, a partir de então, ela não expressara senão desprezo por todos os Stuart existentes. Não seria de admirar se ela soubesse o que vinha em seguida.

Mas para onde ela iria? De volta à Escócia, talvez, para se envolver com o herdeiro dos Lovat? Não, ela estava pensando em dar o salto no tempo outra vez; isso ficara evidente em sua conversa comigo. Ela estava se preparando, reunindo seus recursos – recuperando o tesouro da ilha das focas – e completando suas pesquisas.

Fiquei olhando fixamente para o documento numa espécie de horror fascinado. A genealogia, é claro, só estava registrada até o presente. Geilie saberia quem seriam os descendentes dos Lovat no futuro?

Ergui os olhos para fazer uma pergunta ao reverendo Campbell, mas as palavras congelaram-se em meus lábios. Parado na porta que dava para a varanda estava o sr. Willoughby.

O pequeno chinês evidentemente andara passando por dificuldades; seus pijamas de seda estavam manchados e rasgados, e seu rosto redondo começava a mostrar as marcas da fome e do cansaço. Seus olhos passaram por mim apenas com um sinal muito remoto de reconhecimento; toda a sua atenção voltava-se para o reverendo Campbell.

– Um homem muito santo – disse ele, e sua voz tinha um tom que eu nunca ouvira nela antes; um terrível tom de escárnio.

O reverendo girou nos calcanhares, tão rápido que seu cotovelo bateu em um jarro; água e rosas amarelas espalharam-se sobre a escrivaninha de jacarandá, encharcando os documentos. O reverendo deu um grito de raiva e arrancou os documentos da inundação, sacudindo-os freneticamente para remover a água antes que a tinta escorresse.

– Veja o que fez, pagão assassino e maligno!

O sr. Willoughby deu uma risada. Não sua risadinha estridente, mas um riso abafado e rouco. Não parecia estar achando graça nenhuma.

– Eu, assassino? – Sacudiu a cabeça devagar para a frente e para trás, os olhos fixos no reverendo. – Eu não, homem santo. É você, o assassino.

– Fora, pagão – disse Campbell friamente. – Devia saber que não deve entrar na casa de uma dama.

– Eu conhecer você. – A voz do chinês era baixa e regular, seu olhar inabalável. – Eu ver você. Ver você no salão vermelho, com a mulher que ri. Ver você também com prostitutas nojentas, na Escócia. – Bem devagar, ele levou a mão à garganta e fez um gesto de degola com a precisão de uma lâmina. – Você matar muitas vezes, homem santo, eu achar.

O reverendo Campbell ficou pálido, se de choque ou de raiva, eu não sabia. Eu também empalideci – de medo. Meus lábios ficaram secos e me forcei a falar.

– Sr. Willoughby...

– Willoughby, não. – Não olhou para mim; a correção foi quase indiferente. – Eu ser Yi Tien Cho.

Buscando fugir da presente situação, imaginei absurdamente se a maneira apropriada de me dirigir a ele seria sr. Yi ou sr. Cho.

– Saia daqui imediatamente! – A palidez do reverendo vinha da raiva. Avançou para o pequeno chinês, os punhos cerrados com força. O sr. Willoughby não se mexeu, parecia indiferente à proximidade ameaçadora do ministro.

– É melhor ir embora, Primeira Esposa – disse ele, brandamente. – Homem santo gostar de mulheres, não com pau. Com faca.

Eu não estava usando espartilho, mas sentia-me como se estivesse. Não conseguia obter fôlego suficiente para formar as palavras.

– Mentira! – disse o reverendo enfaticamente. – Vou lhe dizer outra vez: saia daqui! Ou eu...

– Fique parado aí, por favor, reverendo Campbell – eu disse. Com as mãos trêmulas, tirei do bolso a pistola que Jamie me dera e apontei-a para ele. Para minha surpresa, ele não parou, fitando-me como se eu de repente tivesse ficado com duas cabeças.

Eu nunca havia mantido ninguém sob a mira de uma arma de fogo; a sensação era estranhamente inebriante, apesar do modo como o cano da pistola tremia. Ao mesmo tempo, eu não fazia a menor ideia de qual atitude tomar.

– Senhor... – desisti e usei todos os nomes. – Yi Tien Cho. Você viu o reverendo com a sra. Alcott no baile do governador?

– Eu ver ele matar ela – disse Yi Tien Cho impassivelmente. – É melhor atirar, Primeira Esposa.

– Não seja ridículo! Cara sra. Fraser, certamente não pode acreditar em uma palavra deste selvagem, que é ele próprio... – O reverendo virou-se em minha direção, tentando exibir uma expressão altiva, um pouco prejudicada pelas gotículas de suor que se formaram na raiz de seus cabelos.

– Mas acho que acredito – eu disse. – O senhor estava lá. Eu o vi. E estava em Edimburgo quando a última prostituta foi assassinada. Nellie Cowden disse que você vivia em Edimburgo há dois anos; foi o período em que o Demônio andou matando as jovens lá. – O gatilho estava escorregadio no meu dedo indicador.

– Foi o período em que ele vivia lá também! – O rosto do reverendo estava perdendo a palidez, tornando-se mais afogueado a cada instante. Fez um movimento brusco com a cabeça indicando o chinês. – Vai acreditar na palavra do homem que traiu seu marido?

– Quem?

– Ele! – A exasperação do reverendo deixou sua voz rouca. – Foi essa vil criatura que traiu Fraser a sir Percival Turner. Sir Percival me disse!

Eu quase deixei a arma cair. As coisas estavam acontecendo rápido demais para mim. Desejei desesperadamente que Jamie e seus homens tivessem encontrado Ian e retornado ao rio – certamente viriam até a casa, se não me encontrassem no local combinado.

Ergui um pouco a pistola, pretendendo dizer ao reverendo que atravessasse a passagem para a cozinha; trancafiá-lo em uma das despensas era a melhor coisa que eu conseguia pensar em fazer.

– Acho melhor o senhor... – comecei, e ele então se arremessou sobre mim. Meu dedo apertou o gatilho em reflexo. Simultaneamente, ouviu-se o estrondo do tiro, a arma deu um coice em minha mão e uma pequena nuvem negra de pólvora passou pelo meu rosto, fazendo meus olhos lacrimejarem.

Eu não o atingira. A explosão assustara-o, mas agora seu rosto relaxava em novas linhas de satisfação. Sem falar, ele enfiou a mão dentro do casaco e retirou uma bainha de metal gravada em relevo, de 15 centímetros de comprimento. Da ponta do estojo saía um cabo branco de chifre de veado.

Com a terrível clareza que ocorre em crises de todos os tipos, eu notava tudo, do corte da lâmina da faca quando ele a retirou da bainha ao cheiro da rosa que ele esmagou sob o pé quando avançava para mim.

Não havia para onde correr. Preparei-me para lutar, sabendo que seria inútil. A cicatriz recente do corte de sabre queimava em meu braço, era um lembrete do que estava por vir e fez meus músculos se contraírem. Avistei um lampejo azul pelo canto do olho e uma sonora batida, como se alguém tivesse deixado cair um melão de uma certa altura. O reverendo virou-se muito devagar sobre um dos pés, os olhos arregalados e absolutamente sem expressão. Naquele único instante, ele se pareceu com Margaret. Então, ele caiu.

Ele caiu por inteiro, sem colocar uma mão à frente para se apoiar. Uma das mesas de pau-cetim voou, espalhando pot-pourri e pedras polidas. A cabeça do reverendo bateu no assoalho a meus pés, quicou levemente e ficou imóvel. Dei um passo espasmódico para trás e fiquei bloqueada, as costas contra a parede.

Havia uma terrível depressão em sua têmpora. Enquanto eu observava, seu rosto mudou de cor, desbotando diante dos meus olhos, do vermelho colérico a um branco pastoso. Seu peito ergueu-se, abaixou, parou, ergueu-se outra vez. Seus olhos estavam abertos; sua boca também.

– Tsei-mi está aqui, Primeira Esposa? – O chinês estava colocando a sacola que continha as bolas de pedra de volta dentro de sua manga.

– Sim, ele está aqui, lá fora. – Abanei a mão vagamente na direção da varanda. – O que... ele... você realmente...? – Senti as ondas do choque tomando conta de mim e lutei para dominá-las, fechando os olhos e respirando fundo, com todas as minhas forças. – Foi você? – eu disse, de olhos ainda fechados. Se ele ia afundar minha cabeça também, eu não queria ver. – Ele disse a verdade? Foi você que revelou o local de encontro em Arbroath para sir Percival? Que lhe falou de Malcolm e da gráfica?

Não houve nem resposta nem movimento. Após um instante, abri os olhos. Ele estava parado lá, observando o reverendo Campbell.

Archibald Campbell estava imóvel como a morte, mas ainda não estava morto. O anjo das trevas, entretanto, estava a caminho. Sua pele adquirira o leve tom esverdeado que eu já vira antes em moribundos. Ainda assim, seus pulmões moviam-se, inspirando com um chiado alto e penoso.

– Não foi um inglês, então – eu disse. Minhas mãos estavam suadas e eu as limpei na saia. – Um nome inglês. Willoughby.

– Willoughby, não – disse ele energicamente. – Eu ser Yi Tien Cho!

– Por quê? – perguntei, quase gritando. – Olhe para mim, desgraçado! Por quê?

Ele realmente olhou para mim. Seus olhos eram negros e redondos como bolas de gude, mas haviam perdido o brilho.

– Na China há... histórias. Profecia. De que um dia os fantasmas vir. Todos temer fantasma. – Balançou a cabeça uma, duas vezes, depois olhou novamente para a figura no chão. – Eu deixar China para salvar minha vida. Acordar há muito tempo, eu ver fantasmas. Toda a minha volta, fantasmas – disse ele à meia-voz. – Um grande fantasma vem, horrível rosto branco, muito horrível, cabelos de fogo. Eu achar que ele vai devorar minha alma. – Seus olhos estavam fixos no reverendo; agora, ergueram-se para meu rosto, remotos e imóveis como água estagnada. – Eu ter razão – disse ele simplesmente, e balançou a cabeça outra vez. Ele não havia raspado a cabeça recentemente, mas o escalpo sob a penugem negra brilhava à luz que vinha da janela. – Ele devorar minha alma, Tsei-mi. Eu não ser mais Yi Tien Cho.

– Ele salvou sua vida – eu disse.

Ele balançou a cabeça outra vez.

– Eu saber. Melhor eu morrer. Melhor morrer do que ser Willoughby. Willoughby! Ah! – Virou a cabeça e cuspiu. O rosto contorcido, repentinamente furioso. – Ele falar minhas palavras, Tsei-mi! Ele devorar minha alma! – O acesso de raiva pareceu passar com a mesma rapidez com que sobreveio. Ele suava, embora o aposento não estivesse terrivelmente quente. Passou a mão trêmula pelo rosto, limpando o suor. – Eu ver um homem na taverna. Ele perguntar por Mac-Doo. Eu estar bêbado – disse ele, serenamente. – Querer mulher, nenhuma mulher vir comigo, elas rir, dizer verme amarelo, apontar... – Ele abanou a mão vagamente na direção da frente de suas calças. Ele sacudiu a cabeça, o rabo de cavalo roçava a seda com um sussurro. – Não importar o que *gwao-fei* fazer. Eu estar bêbado – disse ele outra vez. – Homem fantasma quer Mac-Doo, perguntar se eu conhecer. Eu dizer sim, eu conhecer Mac-Doo. – Encolheu os ombros. – Não ter importância o que eu dizer.

Ele olhava fixamente para o ministro outra vez. Eu vi o estreito peito negro erguer-se devagar, abaixar... erguer-se outra vez, abaixar... e permanecer imóvel. Não havia nenhum ruído na sala; o chiado cessara.

– Ser uma dívida – disse Yi Tien Cho. Balançou a cabeça indicando o corpo imóvel. – Eu estar desonrado. Eu ser estrangeiro. Mas eu pagar. Sua vida pela minha, Primeira Esposa. Dizer Tsei-mi.

Balançou a cabeça outra vez e virou-se em direção à porta. Houve um leve sussurro de penas na varanda escura. Na soleira da porta, ele virou-se para trás.

– Quando eu acordar nas docas, eu pensar que fantasmas chegar, todos estar ao meu redor – disse Yi Tien Cho baixinho. Seus olhos estavam escuros, sem expressão e sem nenhuma profundidade. – Mas eu estar errado. Ser eu mesmo, eu ser o fantasma.

A brisa agitou-se nas janelas e ele desapareceu. O barulho macio e rápido de pés calçados de feltro desceram a varanda, seguido do farfalhar de asas abertas e um *Gwaaa!* fraco, queixoso, que desapareceram em meio aos sons noturnos da plantação.

Consegui chegar ao sofá antes de meus joelhos cederem. Inclinei-me para a frente e enterrei a cabeça nos joelhos, rezando para não desmaiar. O sangue martelava em meus ouvidos. Achei ter ouvido uma respiração chiada e ergui a cabeça bruscamente, em pânico, mas o reverendo Campbell ainda permanecia imóvel. Eu não podia continuar no mesmo aposento que ele. Levantei-me, dei a volta o mais longe possível de seu corpo, mas antes de chegar à porta que dava para a varanda, eu já mudara de opinião. Todos os acontecimentos da noite colidiam em minha cabeça como os cacos de vidro de um caleidoscópio.

Eu não podia parar agora para pensar, para tentar dar sentido a tudo aquilo. Mas lembrei-me das palavras do reverendo, antes de Yi Tien Cho chegar. Se houvesse alguma pista ali do paradeiro de Geillis Abernathy, ela estaria no andar de cima. Peguei uma vela de cima da mesa, acendi-a e dirigi-me à escada pela casa escura, resistindo à vontade premente de olhar para trás de mim. Sentia-me enregelada.

O gabinete de trabalho estava às escuras, mas uma claridade violeta, fraca e estranha, pairava sobre a extremidade mais distante da bancada. Havia um estranho cheiro de queimado no aposento, que aguilhoou o fundo do meu nariz e me fez espirrar. Um leve gosto metálico no fundo de minha garganta me fez lembrar de uma antiga aula de química.

Mercúrio. Queimando mercúrio. O vapor que ele desprendia não só era assustadoramente belo, mas altamente tóxico. Peguei meu lenço e coloquei-o sobre o nariz e a boca enquanto me dirigia ao local da claridade violeta.

As linhas do pentáculo haviam sulcado a madeira da bancada ao queimar. Se usara pedras para marcar o pentáculo, Geillis as levara consigo, mas deixara outra coisa para trás.

A fotografia estava bastante chamuscada nas bordas, mas o centro permanecera intocado. Meu coração deu um baque de susto. Peguei a foto, apertando o rosto de Brianna contra meu peito com um sentimento misto de fúria e pânico.

O que ela pretendia com aquilo – essa profanação? Não podia ser um gesto contra mim ou Jamie, pois ela não poderia esperar que jamais um de nós a visse.

Deve ser magia – ou a versão de Geilie de magia. Tentei freneticamente lembrar-me de nossa conversa neste aposento; o que ela dissera? Ela mostrara-se curiosa sobre o modo como eu viajara pelas pedras – esse era o ponto principal. E o que eu disse? Apenas algo vago, sobre fixar minha atenção em uma pessoa – sim, era isso –, eu disse que fixara minha atenção em uma pessoa específica que vivia no tempo para o qual eu queria ser atraída.

Inspirei fundo e percebi que estava tremendo, tanto como reação retardada à cena no salão quanto por uma terrível e crescente apreensão. Podia ser apenas que Geilie tivesse decidido tentar minha técnica – se pudesse ser elevada a essa categoria – junto com a dela e usar a imagem de Brianna como um ponto de fixação para sua viagem. Ou – pensei na pilha de documentos manuscritos do reverendo, os mapas genealógicos cuidadosamente desenhados, e achei que fosse desmaiar.

"Uma das profecias do adivinho Brahan", dissera ele. "Referente aos Fraser de Lovat. O governante da Escócia virá desta linhagem." Mas, graças às pesquisas de Roger Wakefield, eu sabia – o que Geilie provavelmente também sabia, obcecada como era pela história escocesa – que a linha direta dos Lovat fracassara nos anos 1800. Quer dizer, para todos os propósitos e intenções visíveis. Houve, de fato, um sobrevivente daquela linhagem vivendo em 1968 – Brianna.

Levei um momento para perceber que o som baixo e rouco que eu ouvia vinha de minha própria garganta, e mais um instante de esforço consciente para relaxar meus maxilares.

Enfiei a fotografia queimada no bolso de minha saia e girei nos calcanhares, correndo para a porta como se o gabinete de trabalho estivesse habitado por demônios. Eu precisava encontrar Jamie – agora.

Eles não estavam lá. O barco flutuava silenciosamente, vazio, nas sombras da grande embaúba onde nós o deixáramos, mas não havia absolutamente nenhum sinal de Jamie nem dos outros.

Uma das plantações de cana-de-açúcar estendia-se a uma curta distância à minha direita, entre mim e o retângulo do prédio do engenho que se agigantava mais além. O leve cheiro de açúcar queimado pairava sobre a plantação. Depois, o vento mudou de direção e eu senti o cheiro úmido, limpo, de musgo e pedras molhadas do rio, com todos os aromas pungentes das plantas aquáticas entremeados.

A margem do rio erguia-se abruptamente aqui, elevando-se em monturos de terra que terminavam na borda do campo de cana-de-açúcar. Arrastei-me pelo barranco acima, a palma da minha mão deslizava na lama macia e pegajosa. Sacudi as mãos com uma exclamação abafada de nojo e limpei as mãos na saia. Um estremecimento de ansiedade me percorreu. Diabos, onde Jamie estava? Ele já devia ter voltado há muito tempo.

Duas tochas queimavam no portão de entrada da Mansão da Rosa, eram pequenos pontos de luz bruxuleante a esta distância. Havia também uma luz mais próxima; uma claridade à esquerda do engenho. Jamie e seus homens teriam encontrado dificuldades ali? Eu podia ouvir uma leve cantoria daquela direção e ver um clarão mais forte que denunciava uma grande fogueira a céu aberto. Tudo parecia tranquilo, mas algo a respeito da noite – ou do lugar – me deixava muito inquieta.

De repente, tomei consciência de outro cheiro, acima do cheiro forte de agrião e açúcar queimado – um odor forte, pútrido e adocicado, que logo reconheci como o cheiro de carne podre. Dei um passo cauteloso e imediatamente um pandemônio irrompeu sob meus pés.

Foi como se um pedaço da noite tivesse repentinamente se desprendido do resto e começado a se movimentar ao meu redor, na altura dos meus joelhos. Um objeto muito grande entrou em ação perto de mim e um golpe devastador atingiu minhas pernas, derrubando-me.

Meu grito agudo e involuntário coincidiu com um som verdadeiramente assustador – uma espécie de assobio rosnado, alto, que confirmou minha impressão de que eu estava colada a algo grande, vivo e empestado com cheiro de cadáver. Eu não sabia o que era, mas não queria ter nada a ver com aquilo.

Eu caíra sentada com toda a força. Não esperei para ver o que estava acontecendo, mas virei-me e saí desembestada pelo meio de folhas e lama, de quatro, seguida por uma repetição do assobio rouco, só que mais alto, e uma espécie de corrida deslizante e arranhada. Algo atingiu meu pé com um golpe rápido e eu me levantei aos tropeções e saí correndo.

Eu estava tão apavorada que não percebi que de repente eu conseguia enxergar, até que o sujeito surgiu na minha frente. Colidi com força contra ele e a tocha que ele carregava caiu no chão, assobiando ao bater nas folhas molhadas.

Mãos agarraram-me pelos ombros e ouvi gritos às minhas costas. Meu rosto estava pressionado contra um peito sem pelos, com um forte cheiro almiscarado.

Recuperei o equilíbrio, arquejante, e inclinei-me para trás para ver o rosto de um escravo negro e alto, que me olhava boquiaberto, horrorizado e perplexo.

– Dona, o que está fazendo aqui? – disse ele. Mas antes que eu pudesse responder, sua atenção foi desviada de mim para o que estava acontecendo atrás de mim. Suas mãos em meus ombros relaxaram e eu me virei para ver.

Seis homens rodeavam o animal. Dois carregavam tochas, que erguiam acima da cabeça para iluminar os outros quatro, vestidos apenas com uma espécie de calção em torno dos quadris. Cautelosamente, formaram um círculo, segurando estacas afiadas de madeira, prontos para entrar em ação.

Minhas pernas ainda estavam bambas e formigando do golpe que haviam recebido; quando vi o que havia me atingido, quase cederam outra vez. A fera tinha quase 4 metros de comprimento, com um corpo revestido com uma armadura, do tamanho de um barril de rum. A enorme cauda chicoteou repentinamente para um dos lados; o homem mais próximo deu um salto para se desviar, gritando de susto, e a cabeça sáuria virou-se, as mandíbulas abrindo-se ligeiramente para emitir outro assobio. As mandíbulas fecharam-se com um clique audível, e eu vi o dente revelador, carnívoro, projetando-se do maxilar inferior numa expressão de gracejo sombrio e espúrio.

– Nunca sorria para um crocodilo – eu disse estupidamente.

– Não, madame, certamente não – disse o escravo, deixando-me e dando a volta cautelosamente em direção à ação.

Os homens com as estacas cutucavam a fera, evidentemente tentando irritá-la. Pareciam estar sendo bem-sucedidos neste esforço. Os membros gordos, esparramados, escavaram fundo no solo e o crocodilo atacou, urrando. O animal deu um bote com uma velocidade surpreendente; o homem diante dele soltou um grito agudo e pulou para trás, perdeu o equilíbrio na lama escorregadia e caiu.

O homem que colidira comigo lançou-se no ar e aterrissou nas costas do crocodilo. Os outros com as tochas dançavam de um lado para o outro, davam gritos de encorajamento, e um dos homens com a estaca, mais corajoso do que os outros, arremessou-se para frente e deu um golpe na cabeça larga e encouraçada, a fim de distrair o animal. Enquanto isso, o escravo que caíra arrastava-se para trás, os calcanhares nus escavando valas na lama negra.

O homem nas costas do crocodilo tentava – com o que parecia ser uma mania suicida – chegar à boca do crocodilo. Envolvendo o pescoço grosso com um dos braços, conseguiu agarrar a ponta do focinho com uma das mãos e manter a boca do animal fechada, gritando alguma coisa para seus companheiros.

De repente, uma figura que eu não notara antes saiu das sombras da cana-de-

-açúcar. Agachou-se sobre um dos joelhos diante do par em luta e, sem hesitação, deslizou um laço de corda sobre as mandíbulas do animal. A gritaria ergueu-se num brado de triunfo, interrompido por uma palavra áspera da figura ajoelhada.

Ele se levantou e gesticulou violentamente, gritando palavras de comando. Não falava inglês, mas sua preocupação era evidente; a enorme cauda ainda estava livre, fustigando de um lado para o outro com uma força que teria lançado por terra qualquer homem que estivesse ao seu alcance. Vendo a força daqueles golpes, só pude me admirar de que minhas próprias pernas estivessem apenas contundidas, e não quebradas.

Os homens com as estacas fecharam o cerco ao animal, em resposta aos comandos de seu líder. Eu podia sentir a dormência até certo ponto agradável do choque apoderando-se de mim e, nesse estado de irrealidade, de algum modo não foi nenhuma surpresa ver que o líder era o homem chamado Ishmael.

– Huwe! – disse ele, fazendo violentos gestos para cima com as palmas das mãos, deixando óbvio o que pretendia. Dois dos homens enfiaram suas estacas sob a barriga do crocodilo; um terceiro conseguiu driblar a cabeça que se arremessava de um lado para o outro e encaixou sua estaca sob o peito. – Huwe! – repetiu Ishmael, e todos os três arremessaram-se com força sobre suas estacas. Com um estalido ao desgrudar o corpo da lama, o réptil virou e aterrissou ruidosamente de costas, a parte de baixo do seu corpo com um brilho branco, à luz das tochas.

Os homens gritavam outra vez; o barulho ressoava em meus ouvidos. Então, Ishmael os calou com uma palavra, a mão estendida num gesto de comando, a palma virada para cima. Eu não pude entender qual era a palavra, mas poderia facilmente ter sido "Escalpelo!". A entonação e o resultado foram os mesmos.

Um dos homens que portavam tochas apressadamente tirou um facão de cortar cana da cintura e colocou-o na mão de seu líder. Ishmael girou no calcanhar e com o mesmo movimento enfiou a ponta do facão fundo na garganta do crocodilo, exatamente onde as escamas da mandíbula uniam-se às do pescoço.

O sangue jorrou, negro, à luz das tochas. Todos os homens deram um passo para trás e mantiveram-se a uma distância segura, observando o frenesi moribundo do enorme réptil com uma mistura de respeito e grande satisfação. Ishmael endireitou-se, sua camisa era apenas uma mancha pálida contra o canavial escuro; ao contrário dos outros homens, ele estava completamente vestido, a não ser pelos pés descalços, e tinha várias bolsinhas de couro penduradas de seu cinto.

Devido a algum capricho do sistema nervoso, eu me mantivera de pé durante todo esse tempo. Neste ponto, as mensagens cada vez mais prementes de minhas pernas conseguiram chegar ao meu cérebro e eu caí sentada abruptamente, minhas saias inflando no terreno lamacento.

O movimento chamou a atenção de Ishmael; a cabeça estreita virou-se em minha direção e seus olhos arregalaram-se. Os outros homens, ao vê-lo, também se viraram, e seguiu-se um certo volume de comentários incrédulos em várias línguas.

Eu não estava prestando muita atenção. O crocodilo ainda respirava em estertores borbulhantes, ruidosos. Eu também. Meus olhos estavam fixos na longa cabeça escamosa, seu olho com a pupila em fenda brilhando na cor dourado-esverdeada de uma turmalina, seu olhar estranhamente indiferente, parecendo fixo em mim. O esgar do crocodilo estava de cabeça para baixo, mas ainda fixo do mesmo jeito.

A lama era fria e lisa sob minha face, negra como o fluxo espesso que corria entre as escamas do réptil. O tom das perguntas e comentários havia se transformado em preocupação, mas eu já não ouvia.

Eu não perdera realmente a consciência; tinha a vaga impressão de corpos empurrando-se e de uma luz bruxuleante. Em seguida, fui erguida no ar, agarrada com força nos braços de alguém. Todos falavam agitadamente, mas eu só apreendia uma ou outra palavra. Pensei vagamente que eu deveria dizer-lhes para me deitar no chão e me cobrir com alguma coisa, mas minha língua não estava funcionando.

Folhas roçavam meu rosto conforme meu protetor brutalmente afastava os talos de cana com os ombros; era como abrir caminho por um milharal sem espigas, apenas talos e folhas farfalhantes. Não havia nenhuma conversa entre os homens agora; os murmúrios de nossa passagem abafavam até mesmo o som dos passos.

Quando entramos na clareira das cabanas dos escravos, eu já recuperara os sentidos. Fora arranhões e contusões, eu não estava ferida, mas não vi motivo para alardear o fato. Mantive os olhos fechados e continuei lânguida enquanto era carregada para dentro de uma das cabanas, lutando contra o pânico e esperando inventar algum plano sensato antes de ser obrigada a despertar oficialmente.

Onde estariam Jamie e os outros? Se tudo tivesse corrido bem – ou pior, se não tivesse –, o que fariam quando chegassem ao local de embarque e vissem que eu desaparecera, com vestígios – vestígios?, o lugar era um maldito lamaçal! – de uma luta onde eu deveria estar?

E quanto ao amigo Ishmael? O que em nome de Deus Todo-Poderoso estava ele fazendo ali? Uma coisa eu sabia – ele certamente não estava cozinhando.

Havia um grande barulho festivo do lado de fora da porta aberta da cabana e o cheiro de algo alcoólico – não era rum, mas algo cru, não refinado – flutuou para dentro, um cheiro pungente no ar abafado da cabana, cheirando a corpos suados e batatas-doces cozidas. Abri uma fenda do meu olho e vi o brilho refletido das chamas de uma fogueira no chão de terra batida. Sombras moviam-se de um lado para o outro em frente à porta aberta; eu não poderia sair dali sem ser vista.

Ouviu-se um grito geral de triunfo e todas as figuras desapareceram abruptamente, no que eu imaginei fosse a direção da fogueira. Provavelmente, faziam alguma coisa com o crocodilo, que chegara junto comigo, balançando-se de barriga para cima nas estacas dos caçadores.

Virei-me cautelosamente e fiquei de joelhos. Eu poderia sair furtivamente enquanto estavam ocupados com o que quer que estivessem fazendo? Se eu pudesse alcançar o canavial mais próximo, tinha quase certeza de que não conseguiriam me achar, mas eu não tinha absolutamente nenhuma certeza de que eu conseguiria achar o rio outra vez, sozinha no breu.

Em vez disso, será que eu deveria ir para a mansão, na esperança de me deparar com Jamie e seu grupo de resgate? Estremeci ligeiramente à lembrança da casa e da figura escura, longa e silenciosa, no assoalho do salão. Mas se eu não fosse para a casa ou para o barco, como iria encontrá-los, numa noite sem lua, escura como o sovaco do diabo?

Meu planejamento foi interrompido por uma sombra no vão da porta que bloqueou a luz momentaneamente. Arrisquei uma olhadela, em seguida sentei-me bruscamente ereta e soltei um grito.

A figura aproximou-se depressa e ajoelhou-se junto ao meu catre.

– Não faça este barulho, mulher – disse Ishmael. – Sou eu apenas.

– Eu sei – eu disse. Um suor frio porejava em minhas faces e eu podia sentir meu coração batendo como um martelo mecânico. – Eu sabia disso o tempo todo.

Eles haviam decepado a cabeça do crocodilo e retirado a língua e a parte inferior da cavidade da boca. Ele usava aquela carcaça imensa, de olhos frios, como um chapéu, seus olhos não mais do que um brilho nas profundezas sob os dentes erguidos como a grade levadiça da entrada de um castelo. O maxilar inferior vazio pendia frouxamente, gordo e sombriamente jovial, ocultando a parte inferior de seu rosto.

– O *egungun*, ele não a feriu, não é? – perguntou ele.

– Não – eu disse. – Graças aos homens. Hã... você não consideraria retirar essa máscara, não é?

Ele ignorou o pedido e sentou-se sobre os calcanhares, evidentemente considerando a minha presença ali. Eu não podia ver seu rosto, mas cada contorno de seu corpo expressava a mais profunda indecisão.

– Por que está aqui? – perguntou ele finalmente.

Por falta de uma ideia melhor, eu lhe contei. Ele não pretendia me dar um golpe na cabeça, ou já o teria feito, quando desmaiei abaixo do canavial.

– Ah – disse ele, quando terminei. O focinho do animal mergulhou ligeiramente na minha direção enquanto ele pensava. Uma gota caiu da narina sobre a minha mão nua e eu a limpei rapidamente na saia, com um estremecimento. – A patroa não está aqui esta noite – disse ele, finalmente, como se pensasse se seria seguro confiar essa informação a mim.

– Sim, eu sei – eu disse. Juntei meus pés sob meu corpo, preparando-me para levantar. – Você, ou um de seus homens, poderia me levar de volta para a árvore grande junto ao rio? Meu marido deve estar procurando por mim – acrescentei deliberadamente.

– É provável que ela esteja levando o rapaz com ela – continuou Ishmael, ignorando-me.

Meu coração se alegrara quando ele confirmou que Geilie partira; agora, ele se acabrunhou outra vez, com uma pancada distinta em meu peito.

– Ela levou Ian? Por quê?

Eu não podia ver seu rosto, mas os olhos dentro da máscara de crocodilo brilharam com algo que em parte era humor – mas apenas em parte.

– A patroa gosta de garotos – disse ele, o tom malicioso deixando seu significado bem claro.

– É mesmo? – eu disse sem emoção. – Sabe quando ela deve retornar?

O focinho longo e cheio de dentes ergueu-se repentinamente, mas antes que ele pudesse responder, pressenti alguém de pé às minhas costas e girei em cima do catre.

– Eu a conheço – disse ela, uma pequena ruga marcando a testa larga e lisa enquanto ela olhava para baixo, para mim. – Não é?

– Já nos encontramos – eu disse, tentando engolir o coração que saltara para a minha boca com o susto. – Como... como vai, srta. Campbell?

Melhor do que na última vez que a vi, evidentemente, apesar do fato de que seu fino vestido de lã fora substituído por uma espécie de camisolão solto de algodão branco rústico. Amarrado na cintura com uma faixa do mesmo tecido, larga e rasgada toscamente, tingida de azul-marinho com anil. Mas tanto o rosto quanto o corpo haviam emagrecido e ela perdera a aparência pastosa e flácida decorrente dos muitos meses passados dentro de casa.

– Eu estou bem, obrigada, madame – disse ela educadamente. Os pálidos olhos azuis ainda possuíam aquele ar desfocado e distante, e apesar da nova luminescência do sol em sua pele, era claro que a srta. Margaret Campbell ainda não estava completamente presente na realidade.

Essa impressão advinha do fato de que ela parecia não ter notado o aparato nada convencional de Ishmael. Ou mesmo ter notado o próprio Ishmael. Ela continuou me fitando, havia um vago interesse perpassando as feições alheadas.

– É muita gentileza de sua parte vir me visitar, madame – disse ela. – Posso lhe oferecer alguma coisa? Uma xícara de chá, talvez? Não temos clarete porque meu irmão diz que bebidas alcoólicas fortes são uma tentação para as luxúrias da carne.

– Imagino que sejam – eu disse, sentindo que eu bem que precisava de um trago de tentação no momento.

Ishmael levantara-se e agora fazia uma profunda mesura à srta. Campbell, a enorme cabeça deslizando precariamente.

– Está pronta, *bébé*? – perguntou ele brandamente. – A fogueira está esperando.

– A fogueira – disse ela. – Sim, claro. – Em seguida, voltou-se para mim. – Quer se juntar a mim, sra. Malcolm? – perguntou ela amavelmente. – Logo o chá será servido. Eu adoro ficar olhando uma boa fogueira – confidenciou, segurando meu braço enquanto eu me levantava. – Às vezes, você não fica imaginando que vê coisas nas chamas?

– De vez em quando – eu disse. Olhei para Ishmael, que estava parado no vão da porta. Sua indecisão era evidente em sua postura, mas quando a srta. Campbell caminhou inexoravelmente em sua direção, puxando-me atrás dela, ele encolheu os ombros ligeiramente e afastou-se para o lado para nos dar passagem.

Do lado de fora, uma pequena fogueira queimava vivamente no meio da clareira diante da fileira de cabanas. A pele do crocodilo já fora retirada; o couro cru fora estendido em uma moldura perto de uma das cabanas, fazendo uma sombra sem cabeça na parede de madeira. Vários espetos pontiagudos estavam enfiados no chão ao redor do fogo, cada qual com uma série de pedaços de carne de crocodilo, chiando com um cheiro apetitoso que ainda assim fazia meu estômago se contrair.

Talvez umas três dúzias de pessoas, homens, mulheres e crianças, estavam reunidas ao redor do fogo, rindo e conversando. Um dos homens cantarolava baixinho, curvado sobre um violão surrado.

Quando saímos, um dos homens nos avistou e virou-se bruscamente, gritando algo que soou como "Hau!". Imediatamente, a conversa e as risadas cessaram e um silêncio respeitoso recaiu sobre o grupo.

Ishmael caminhou devagar na direção do agrupamento, a cabeça de crocodilo rindo com evidente satisfação. A luz da fogueira destacava rostos e corpos semelhantes a azeviche polido e calda de caramelo, todos com olhos negros que nos observavam.

Havia um pequeno banco perto do fogo, colocado sobre uma espécie de estrado feito de tábuas empilhadas. Era, evidentemente, o lugar de honra, pois a srta. Campbell dirigiu-se a ele imediatamente e sinalizou com gestos educados para que eu me sentasse a seu lado.

Eu podia sentir o peso dos olhares sobre mim, as expressões iam da hostilidade a uma curiosidade contida, mas a maior parte da atenção era dirigida à srta. Campbell. Olhando veladamente ao redor do círculo de rostos, fiquei surpresa com sua aparência estranha. Esses eram os rostos da África, desconhecidos para mim; não rostos como o de Joe, que carregavam apenas um leve traço de seus ancestrais, diluído por séculos de sangue europeu. Negro ou não, Joe Abernathy era muito mais parecido comigo do que com aquelas pessoas – diferentes até a medula de seus ossos.

O homem com o violão deixara-o de lado e retirara um pequeno tambor que colocou entre os joelhos. As laterais eram recobertas com o couro de algum animal pintado; bode, talvez. Ele começou a batucá-lo de leve com as palmas das mãos, num ritmo entrecortado como as batidas de um coração.

Olhei para a srta. Campbell, tranquilamente sentada ao meu lado, as mãos entrelaçadas no colo. Olhava direto à sua frente para as chamas saltitantes, com um leve sorriso sonhador nos lábios.

A oscilante multidão de escravos dividiu-se ao meio e duas garotinhas surgiram, carregando uma grande cesta. A alça da cesta estava entrelaçada com rosas brancas e a tampa saltava para cima e para baixo, agitada pelos movimentos de alguma coisa que havia dentro.

As meninas colocaram a cesta aos pés de Ishmael, lançando olhares intimidados para seu grotesco chapéu. Ele pousou a mão na cabeça de cada uma, murmurou algumas palavras e em seguida dispensou-as, as palmas das mãos voltadas para cima lançando um surpreendente lampejo amarelo e rosa, como borboletas erguendo-se das carapinhas das meninas.

O comportamento dos espectadores fora, até então, tranquilo e respeitoso. Continuava assim, mas agora eles aproximaram-se mais, esticando os pescoços para ver o que iria acontecer em seguida. O tambor começou a soar mais rápido, embora baixo. Uma das mulheres segurava uma garrafa de pedra. Ela deu um passo à frente, entregou-a a Ishmael e sumiu novamente na multidão.

Ishmael pegou a garrafa de bebida e entornou uma pequena quantidade no chão, movendo-se cuidadosamente em círculo ao redor da cesta. Esta, momentaneamente inativa, oscilou de um lado para o outro, evidentemente perturbada pelo movimento ou pelo pungente cheiro de álcool.

Um homem segurando uma vara com a ponta enrolada em trapos deu um passo à frente e levou a vara à fogueira, até os trapos se incendiarem, numa vívida chama vermelha. A uma palavra de Ishmael, ele abaixou a tocha ao chão, onde o líquido fora entornado. Ouviu-se um "Ah!" coletivo dos espectadores quando um anel de fogo surgiu de chofre, queimou em azul e extinguiu-se imediatamente, com a mesma rapidez com que brotou. Da cesta, veio um sonoro canto de galo.

A srta. Campbell remexeu-se ao meu lado, olhando para a cesta com desconfiança.

Como se o cocorocó fosse um sinal – talvez fosse –, uma flauta começou a tocar e o zumbido do cantarolar da multidão elevou-se ainda mais.

Ishmael aproximou-se do tablado improvisado onde estávamos sentadas, segurando um lenço vermelho entre as mãos. Amarrou o lenço no pulso de Margaret, delicadamente recolocando sua mão no colo ao terminar.

– Ah, aqui está meu lenço! – exclamou ela, e com toda a naturalidade ergueu o pulso e limpou o nariz.

Ninguém, exceto eu, pareceu notar. As atenções estavam concentradas em Ishmael, que se postara diante da multidão, falando numa língua que eu não reconhecia. O galo na cesta cantou outra vez, e as rosas brancas na alça estremeceram violentamente com seus esforços.

– Gostaria muito que ele não fizesse isso – disse a srta. Campbell, com certa petulância. – Se repetir, serão três vezes, e isso dá azar, não é?

– Dá? – Ishmael agora despejava o resto da bebida num círculo ao redor do tablado. Eu esperava que a chama não a assustasse.

– Ah, sim, é o que Archie diz. "Antes do galo cantar três vezes, você me trairá." Archie diz que as mulheres sempre são traidoras. Você acha que é verdade?

– Depende do seu ponto de vista, eu acho – murmurei, observando os procedimentos. A srta. Campbell parecia alheia aos escravos balançando-se de um lado para o outro, cantarolando, à música, à cesta irrequieta e a Ishmael, que coletava pequenos objetos que a multidão lhe entregava.

– Estou com fome – disse ela. – Espero que o chá fique pronto logo.

Ishmael ouviu o que ela disse. Para minha surpresa, ele enfiou a mão em uma das sacolinhas que trazia à cintura e desenrolou um pequeno embrulho, que revelou uma xícara de porcelana usada e lascada, os restos da borda folheada a ouro ainda visíveis. Ele a depositou cerimoniosamente em seu colo.

– Ah, ótimo – disse Margaret alegremente, batendo palmas. – Talvez haja biscoitos.

Achei que não. Ishmael dispôs os objetos que haviam lhe dado ao longo da borda do tablado. Alguns ossinhos, com linhas esculpidas neles, um ramo de jasmins, e duas ou três figuras pequenas e rústicas feitas de madeira, cada qual enrolada num pedaço de pano, com pequenos tufos de cabelos colados com barro às cabeças feitas de espigas de milho pequenas.

Ishmael falou outra vez, a tocha foi levada ao solo e uma explosão repentina de chama azul surgiu ao redor do tablado. Quando se extinguia, deixando no ar frio da noite um cheiro forte de terra chamuscada e conhaque queimado, ele abriu a cesta e retirou o galo.

Era uma ave grande e saudável, as penas negras brilhavam à luz da tocha. O galo lutou freneticamente, emitindo gritos lancinantes, mas foi firmemente atado, tendo os pés enrolados em um pano para evitar que arranhassem. Ishmael fez uma profunda reverência, dizendo alguma coisa, e entregou a ave a Margaret.

– Ah, obrigada – disse ela gentilmente.

O galo esticou o pescoço, a barbela vividamente vermelha de agitação, e emitiu um cocoricó agudo e penetrante. Margaret sacudiu-o.

– Ave travessa! – disse ela, irritada, e levando o galo à boca, mordeu-o bem atrás da cabeça.

Ouvi o estalido suave dos ossos do pescoço e o pequeno grunhido de esforço quando ela lançou a cabeça para cima, arrancando a cabeça do galo indefeso.

Ela segurou com força a carcaça – amarrada, debatendo-se e gorgolejando – contra o peito, sussurrando palavras de conforto: "Ora, pronto, pronto, está tudo bem, querido", enquanto o sangue esguichava dentro da xícara de chá e por todo o seu vestido.

A multidão gritara no começo, mas agora permanecia em silêncio, imóvel, observando. A flauta, também, silenciara, mas o tambor continuava a soar, parecendo bem mais alto do que antes.

Descuidadamente, Margaret largou a carcaça drenada de todo o sangue, deixando-a cair para o lado, onde foi logo resgatada por um garoto que saiu correndo da multidão. Ela passou a mão distraidamente no sangue em sua saia, pegando a xícara com a mão banhada em vermelho.

– Os convidados primeiro – disse ela educadamente. – Aceita um pouco de açúcar, sra. Malcolm?

Fui, felizmente, salva de uma resposta por Ishmael, que enfiou uma tosca caneca de chifre em minhas mãos, indicando que eu deveria beber dali. Considerando a alternativa, ergui a caneca à boca sem hesitação.

Era rum novo, recém-destilado, bastante ácido e cru para esfolar minha garganta, e eu engasguei, resfolegando com um chiado. O travo de alguma erva elevou-se ao fundo de minha garganta e ao meu nariz; alguma coisa fora misturada ao rum, ou mergulhada nele. Era um pouco picante, mas não desagradável.

Outras canecas como a minha passavam de mão em mão pelos escravos. Ishmael fez um gesto incisivo, indicando que eu deveria beber mais. Obedientemente, levei a caneca aos lábios, mas deixei o líquido ardente em minha boca, sem engolir. O que quer que estivesse acontecendo ali, eu iria precisar de todos os meus sentidos.

A meu lado, a srta. Campbell bebia de sua xícara completamente abstêmia, com pequenos goles bem-educados. A sensação de expectativa na multidão crescia; os negros oscilavam agora e uma mulher começou a cantar, com voz grave e rouca, em contraponto à batida do tambor.

A sombra da máscara de Ishmael recaiu sobre meu rosto e eu ergui os olhos. Ele também oscilava levemente, para a frente e para trás. A camisa branca sem colarinho que ele usava estava respingada de pontos negros de sangue nos ombros e grudada ao peito com o suor. Pensei de repente que a cabeça crua do crocodilo deveria pesar pelo menos 15 quilos, um peso terrível para suportar; os músculos de seu pescoço e ombros estavam tensos do esforço.

Ele ergueu as mãos e também começou a cantar. Senti um tremor percorrer minhas costas e enrolar-se na base de minha espinha, onde minha cauda poderia estar. Com o rosto mascarado, a voz poderia ser a de Joe; grave e doce, com uma força que exigia atenção. Se eu fechasse os olhos, era Joe, com a luz refletindo de seus óculos e capturando o dente de ouro no fundo de sua boca quando ele sorria.

Então abri os olhos outra vez, chocada de ver, em vez de Joe, a sinistra boca aberta do crocodilo e o verde-dourado nos olhos frios e cruéis. Minha boca estava seca e havia um leve zumbido em meus ouvidos, entremeados às palavras melodiosas e fortes.

Ele estava conseguindo captar a atenção dos espectadores, sem dúvida; a noite junto ao fogo estava repleta de olhos, negros, brilhantes e arregalados, e pequenos gemidos e gritos assinalavam as pausas na canção.

Fechei os olhos e sacudi a cabeça energicamente. Segurei a borda do banco de madeira, agarrando-me à sua tosca realidade. Eu não estava bêbada, sabia; qualquer que tivesse sido a erva misturada ao rum, era potente. Podia senti-la rastejando como uma cobra pelo meu sangue e mantive os olhos fechados com força, lutando contra seu avanço.

Entretanto, eu não podia bloquear meus ouvidos ou o som daquela voz, elevando-se e abaixando-se.

Eu não sabia quanto tempo se passara. Voltei a mim com um sobressalto, ficando subitamente consciente de que o tambor e a cantoria haviam cessado.

Havia um silêncio absoluto em torno da fogueira. Eu podia ouvir o leve crepitar do fogo e o farfalhar das folhas da cana no vento da noite; a rápida corrida de um rato no telhado de folhas de palmeira da cabana atrás de mim.

A droga ainda estava em minha corrente sanguínea, mas os efeitos se extinguiam; podia sentir a clareza retornando aos meus pensamentos. O mesmo não acontecia com a multidão; os olhos estavam abertos, fixos, sem piscar, como uma parede de espelhos, e eu pensei repentinamente nas lendas de vodu da minha época – de zumbis e dos *houngans* que as criavam. O que Geilie dissera? *Toda lenda tem um pé na verdade.*

Ishmael falou. Ele retirara a cabeça de crocodilo. Ela jazia no chão aos nossos pés, os olhos sem cor no escuro.

– *Ils sont arrivés* – disse Ishmael serenamente. Eles chegaram. Ele ergueu o rosto suado, marcado pela exaustão, e virou-se para a multidão. – Quem pergunta?

Como se em resposta, uma mulher jovem, de turbante, destacou-se da multidão, ainda oscilando, aturdida, e deixou-se cair no chão em frente ao tablado. Colocou a mão sobre uma das imagens esculpidas, um tosco ícone de madeira na forma de uma mulher grávida.

Seus olhos ergueram-se, cheios de esperança, e embora eu não reconhecesse as palavras que ela proferia, era claro o que ela perguntava.

– *Aya, gado.* – A voz soou ao meu lado, mas não era a voz de Margaret Campbell. Era a voz de uma mulher velha, aguda e dissonante, mas confiante, respondendo afirmativamente.

A jovem mulher arquejou de alegria e prostrou-se no chão. Ishmael cutucou-a delicadamente com o pé; ela se levantou rápido e recuou de volta à multidão, agarrando a pequena imagem, balançando a cabeça e murmurando: "Mana, mana", sem parar.

O próximo era um homem também jovem, pelas feições irmão da primeira mulher, que se agachou respeitosamente, tocando em sua cabeça antes de falar.

– *Grandmère* – começou ele, num francês alto e nasalado. Vovó?, pensei.

Ele fez sua pergunta olhando timidamente para o chão.

– A mulher que eu amo corresponde ao meu amor? – Era dele o ramo de jasmins; segurou-o de tal modo que roçava seu pé descalço e sujo de terra.

A mulher ao meu lado riu, sua voz antiga irônica, mas não cruel.

– *Certainement* – respondeu ela. – Ela corresponde ao seu amor; e ao de mais três outros homens. Encontre outra; menos generosa, porém de maior valor.

O jovem afastou-se, cabisbaixo, sendo substituído por outro homem mais velho. Esse falou numa língua africana que eu não sabia, um tom de amargura na voz ao tocar uma das figuras de barro.

– *Setato hoye* – disse... quem? A voz mudara. Desta vez, era a voz de um homem adulto, mas não idoso, respondendo na mesma língua com um tom raivoso.

Lancei um olhar furtivo para o lado e, apesar do calor do fogo, senti um calafrio ondular pelos meus braços. Não era mais o rosto de Margaret. Os contornos eram os mesmos, mas os olhos brilhavam, alertas e focalizados no peticionário, a boca fixa num rito sombrio e a garganta pálida inchada como a de um sapo, com o esforço da fala grossa conforme a entidade, qualquer que fosse, argumentava com o homem.

Eles estão aqui, dissera Ishmael. "Eles", de fato. Ele estava para o lado, silencioso, mas alerta, e vi seus olhos pousarem em mim por um instante antes de voltarem para Margaret. Ou quem quer que Margaret fosse.

"Eles." Uma a uma as pessoas vieram até o tablado, para se ajoelhar e fazer seu pedido. Algumas falaram em inglês, algumas em francês ou no dialeto dos escravos, outras no idioma africano de sua desaparecida terra natal. Não pude entender tudo que foi dito, mas quando as perguntas eram em francês ou inglês, em geral eram prefaciadas por um respeitoso "avô" ou "avó", uma vez por "tia".

Tanto o rosto quanto a voz do oráculo ao meu lado mudavam, conforme "eles" vinham atender o chamado dos escravos; masculino e feminino, a maior parte de meia-idade ou idosa, suas sombras dançando no rosto de Margaret com o tremular das chamas da fogueira.

Às vezes, você não fica imaginando que vê coisas nas chamas? O eco de sua verdadeira voz retornou a mim, fina e infantil.

Ouvindo, eu senti os cabelos de minha nuca ficarem em pé e compreendi pela primeira vez o que trouxera Ishmael de volta a este lugar, arriscando-se a ser recapturado e escravizado outra vez. Não era amizade, nem amor, nem qualquer lealdade a seus companheiros escravos, mas poder.

Qual o preço do poder de predizer o futuro? Qualquer preço, foi a resposta que eu vi, olhando os rostos enlevados da congregação. Ele voltara por Margaret.

A cerimônia continuou durante algum tempo. Eu não sabia quanto tempo a droga duraria, mas vi uma ou outra pessoa deixar-se cair no chão e adormecer; outros desapareceram silenciosamente na escuridão das cabanas e, após algum tempo, estávamos quase sozinhos. Apenas uns poucos permaneciam ao redor da fogueira, todos homens.

Todos eles tinham um ar confiante e imponente e, pela sua atitude, acostumados a exigir um certo respeito, ao menos entre os escravos. Haviam se deixado ficar, em grupo, observando os procedimentos, até que por fim um deles, obviamente o líder, aproximou-se.

– Eles terminaram – disse o homem a Ishmael, com um sinal da cabeça na direção das formas adormecidas ao redor da fogueira. – Agora, você pergunta.

O rosto de Ishmael não demonstrava nada além de um ligeiro sorriso, mas pareceu repentinamente nervoso. Talvez fosse a aproximação dos demais homens. Não havia nada abertamente ameaçador a respeito deles, mas pareciam sérios e atentos – não a Margaret, para variar, mas a Ishmael. Finalmente, ele assentiu com um movimento da cabeça e virou-se de frente para Margaret. Durante o hiato, o rosto dela tornara-se inexpressivo, vazio.

– Bouassa – ele disse a ela. – Venha, Bouassa.

Encolhi-me involuntariamente, esquivando-me o máximo possível no banco sem cair na fogueira. Quem quer que fosse Bouassa, ele veio imediatamente.

– Eu estar ouvindo. – Era uma voz tão grave quanto a de Ishmael e deveria ser igualmente agradável. Não era. Um dos homens deu um passo involuntário para trás.

Ishmael ficou parado, sozinho; os outros homens pareciam se afastar como se ele sofresse de alguma doença contagiosa.

– Diga-me o que quero saber, Bouassa – pediu ele.

A cabeça de Margaret inclinou-se ligeiramente para o lado, uma expressão divertida nos claros olhos azuis.

– O que quer saber? – disse a voz grave, com um leve desdém. – Para quê? Você ir embora, eu lhe dizer alguma coisa ou não.

O rosto de Ishmael reproduziu o mesmo sorriso ligeiro de Bouassa.

– Você diz verdade – falou Ishmael à meia-voz. – Mas eles... – Sacudiu a cabeça indicando seus companheiros, sem tirar os olhos do rosto. – Eles vão comigo?

– É possível – falou a voz grave. Deu uma risadinha bastante desagradável. – O Verme morre dentro de três dias. Não restar nada para eles aqui. É tudo que querer de mim? – Sem esperar por uma resposta, Bouassa bocejou amplamente e um sonoro arroto irrompeu da boca delicada de Margaret.

Sua boca se fechou e seus olhos retomaram a expressão vazia e distante, mas os homens não prestavam atenção. Irromperam numa tagarelice ruidosa, silenciada por Ishmael, com um olhar significativo em minha direção. Repentinamente silenciosos, afastaram-se, ainda murmurando e lançando-me rápidos olhares enquanto se afastavam.

Ishmael fechou os olhos quando o último homem deixou a clareira e seus ombros relaxaram. Eu mesma me sentia um pouco exausta.

– O que... – comecei a dizer, e parei. Do outro lado da fogueira, um homem saíra do esconderijo do canavial. Jamie, tão alto quanto a própria cana-de-açúcar, com o fogo agonizante manchando a camisa e o rosto do mesmo vermelho de seus cabelos.

Ele levou um dedo aos lábios e eu balancei a cabeça. Juntei os pés cautelosamente sob mim, segurando a barra da minha saia em uma das mãos. Eu poderia me levantar, passar pela fogueira e entrar no canavial com ele antes que Ishmael pudesse me alcançar. Mas... e Margaret?

Hesitei, virei-me para olhar para ela e vi que seu rosto iluminara-se outra vez. Estava erguido, ansioso, os lábios parcialmente abertos e os olhos brilhantes estreitados, parecendo ligeiramente puxados, enquanto olhava através do fogo.

– Papai? – A voz de Brianna soou ao meu lado.

Os pelos dos meus braços arrepiaram-se. Era a voz de Brianna, o rosto de Brianna, os olhos azul-escuros e rasgados de ansiedade.

– Bree? – sussurrei, e o rosto virou-se para mim.

– Mamãe? – disse a voz de minha filha, da garganta do oráculo.

– Brianna – disse Jamie, e ela voltou a cabeça abruptamente para olhar para ele.

– Papai – disse ela, com firmeza. – Eu sabia que era você. Tenho sonhado com você.

O rosto de Jamie estava lívido com o choque. Vi seus lábios formarem as palavras "meu Deus", sem nenhum som, e sua mão mover-se instintivamente para se benzer.

– Não deixe mamãe ir sozinha – disse a voz com grande firmeza. – Vá com ela. Eu os manterei a salvo.

Não houve nenhum som além do crepitar do fogo. Ishmael mantinha-se paralisado, fitando a mulher ao meu lado. Então ela falou outra vez, na voz suave e melodiosa de Brianna.

– Eu o amo, papai. Também a amo, mamãe. – Inclinou-se para mim e eu senti o cheiro de sangue fresco. Em seguida, seus lábios tocaram os meus e eu gritei.

Não me lembro de ter levantado com um salto e atravessado a clareira correndo. Tudo que eu sabia é que estava agarrada a Jamie, meu rosto enterrado no tecido de seu casaco, tremendo.

Seu coração batia com força sob meu rosto e achei que ele também tremia. Senti sua mão traçar o sinal da cruz em minhas costas e seu braço envolver meus ombros com força.

– Está tudo bem – disse ele, e eu pude sentir suas costelas se erguerem e se retesarem com o esforço para manter a voz firme. – Ela foi embora.

Eu não queria olhar, mas obriguei-me a virar o rosto na direção da fogueira.

Era uma cena tranquila. Margaret Campbell sentava-se serenamente em seu banco, cantarolando consigo mesma, brincando com uma pena longa e preta da cauda do galo sobre o joelho. Ishmael estava de pé a seu lado, uma das mãos alisando seus cabelos com aparente ternura. Ele murmurou alguma coisa para ela numa voz baixa e suave – uma pergunta –, e ela sorriu placidamente.

– Ah, não estou nem um pouco cansada! – afirmou ela, virando-se para olhar carinhosamente para o rosto marcado por cicatrizes que pairava na escuridão acima dela. – Uma festa tão boa, não foi?

– Sim, *bébé* – disse ele ternamente. – Mas é preciso descansar agora, está bem? – Virou-se e estalou a língua bem alto. De repente, duas das mulheres de turbante se materializaram, surgindo da noite; deviam estar à espera, ao alcance do chamado de Ishmael. Este lhes disse alguma coisa e elas imediatamente foram cuidar de Margaret, ajudando-a a se pôr de pé e conduzindo-a dali, uma de cada lado, murmurando palavras carinhosas em uma língua africana e em francês.

Ishmael permaneceu onde estava, observando-nos do outro lado da fogueira. Estava imóvel como um dos ídolos de Geilie, esculpido na noite.

– Eu não vim sozinho – disse Jamie. Fez um gesto amplo por cima do ombro na direção do canavial atrás dele, implicando regimentos armados.

– Ah, você estar sozinho – disse Ishmael, com um leve sorriso. – Não importa. O *loa* falar com vocês; vocês estar seguro comigo. – Olhou de mim para Jamie várias vezes, avaliando a situação. – Hummm – disse ele, num tom de interesse. – Nunca ouvi um *loa* falar com *buckra*. – Depois, sacudiu a cabeça, descartando a questão. – Vocês ir agora – disse ele, em voz baixa, mas com grande autoridade.

– Ainda não. – Jamie retirou o braço do meu ombro e empertigou-se ao meu lado. – Vim buscar o rapaz Ian; não vou voltar sem ele.

As sobrancelhas de Ishmael ergueram-se, comprimindo as três cicatrizes verticais entre elas.

– Hummm – repetiu ele. – Você esquecer esse garoto; ele ir embora.

– Embora para onde? – perguntou Jamie asperamente.

A cabeça estreita inclinou-se para o lado, enquanto Ishmael o examinava atentamente.

– Embora com o Verme – disse ele. – E aonde ela ir, você não vai. Esse rapaz ir embora – repetiu ele, em caráter definitivo. – Ir embora também, você inteligente. – Parou, ouvindo. Um tambor soava, à distância, a batida nada além de uma ligeira perturbação do ar noturno. – O resto vir logo – observou ele. – Você seguro comigo, não com eles.

– Quem é o resto? – perguntei. O terror do encontro com o *loa* se desvanecia e eu já conseguia falar outra vez, embora minha espinha ainda vibrasse de medo do canavial escuro às minhas costas.

– Maroons, eu acho – disse Jamie. Ele ergueu uma das sobrancelhas para Ishmael. – Ou serão vocês?

O sacerdote balançou a cabeça, um único sinal afirmativo.

– É verdade – disse ele. – Ouvir Bouassa falar? Seu *loa* abençoar nós, nós partir. – Fez um gesto com a mão indicando as cabanas e as colinas escuras atrás deles. – O tambor chamar eles dos montes, os bastante fortes para ir.

Virou-se, a conversa obviamente terminada.

– Espere! – disse Jamie. – Diga-nos para onde ela foi, a sra. Abernathy e o garoto!

Ishmael voltou-se, tinha os ombros cobertos de sangue de crocodilo.

– Para Abandawe – disse ele.

– E onde fica isso? – perguntou Jamie com impaciência. Coloquei a mão em seu braço.

– Sei onde fica – eu disse, e os olhos de Ishmael arregalaram-se de surpresa. – Ao menos... sei que fica em Hispaniola. Lawrence me contou. Era o que Geilie queria dele, descobrir onde ela ficava.

– O que é ela? Uma cidade, uma vila? Onde? – Eu podia sentir o braço de Jamie tenso sob minha mão, vibrando com a urgência de partir.

– É uma caverna – eu disse, sentindo frio, apesar do ar calmante e da proximidade do fogo. – Uma caverna antiga.

– Abandawe um lugar mágico – disse Ishmael, a voz grave quase inaudível, como se ele temesse pronunciar a palavra em voz alta. Ele olhou para mim, reavaliando-me. – Clotilda disse que o Verme levar você ao quarto de cima. Talvez você saber o que ela fazer lá?

– Um pouco. – Eu sentia a boca seca. Lembrei-me das mãos de Geilie, macias, gordas e brancas, espalhando as pedras preciosas em seus padrões, falando de sangue frivolamente.

Como se ele tivesse captado o eco desse pensamento, Ishmael deu um passo repentino em minha direção.

– Perguntar a você, dona... você ainda sangrar?

Jamie fez um movimento brusco sob minha mão, mas eu apertei seu braço para que ele não se mexesse.

– Sim – eu disse. – Por quê? O que isso tem a ver?

O *oniseegun* estava visivelmente nervoso; olhou de mim para as cabanas atrás dele. Havia uma movimentação perceptível ali; muitos corpos moviam-se de um lado para o outro, com um murmúrio de vozes semelhante ao sussurro dos canaviais. Preparavam-se para partir.

– Se uma mulher sangrar, ela matar magia. Você sangrar, ter seu poder de mulher, a magia não funcionar para você. Mulheres velhas fazer magia; fazer feitiço, chamar os *loas*, fazer doente, curar. – Lançou-me um longo olhar avaliador e sacudiu a cabeça. – Você não fazer a magia, a que o Verme fazer. Essa magia matar ela, sem dúvida, mas matar você também. – Apontou para trás, em direção ao banco vazio. – Ouvir Bouassa falar? Ele dizer que Verme morrer, três dias. Ela levar rapaz, ele morrer. Vocês seguir eles, vocês morrer também, ter certeza.

Olhou fixamente para Jamie e ergueu as mãos diante dele, os pulsos cruzados como estivessem atados.

– Eu dizer a vocês, *amiki* – disse ele.

Deixou as mãos caírem, separando-as com um safanão, quebrando os grilhões invisíveis. Virou-se abruptamente e desapareceu na escuridão, onde o arrastar de pés se intensificava, pontuado pelo barulho de pancadas surdas, conforme objetos pesados eram movidos.

– Que Deus nos proteja – murmurou Jamie. Passou a mão com força pelos cabelos, arrepiando tufos brilhantes na luz trêmula. O fogo extinguia-se rapidamente, sem mais ninguém para atiçá-lo. – Você conhece esse lugar, Sassenach? Para onde Geillis foi com Ian?

– Não, tudo que sei é que fica em algum local no alto de montes distantes na Hispaniola e que um rio a atravessa.

– Então, temos que levar Stern – disse ele com determinação. – Vamos, os rapazes estão no rio com o barco.

Virei-me para segui-lo, mas parei na borda do canavial para olhar para trás.

– Jamie! Olhe! – Atrás de nós viam-se as brasas da fogueira do *egungun* e o obscuro círculo de cabanas dos escravos. À distância, o vulto da Mansão da Rosa formava uma mancha clara contra a encosta da colina. Ainda mais ao longe, além do topo da colina, o céu irradiava um clarão avermelhado.

– Aquela é a fazenda Howe, pegando fogo – disse ele. Ele soou estranhamente calmo, sem emoção. Apontou para a esquerda, na direção do flanco da montanha, onde um pequeno ponto cor de laranja brilhava, não mais a essa distância do que um pontinho de luz. – E aquela deve ser a Twelvetrees.

O som do tambor sussurrava na noite, acima e abaixo do rio. O que Ishmael dissera? *O tambor chamar eles dos montes, os bastante fortes para ir.*

Uma pequena fila de escravos descia das cabanas, as mulheres carregando crianças de colo e trouxas, panelas penduradas dos ombros, as cabeças envoltas em turbantes brancos. Ao lado de uma jovem, que segurava seu braço com cuidadoso respeito, caminhava Margaret Campbell, igualmente usando um turbante.

Jamie a viu e aproximou-se.

– Srta. Campbell! – disse ele enfaticamente. – Margaret!

Margaret e sua acompanhante pararam; a mulher moveu-se como se fosse se interpor entre Jamie e a pessoa que estava sob sua responsabilidade, mas ele estendeu as duas mãos enquanto se aproximava, mostrando que não pretendia causar nenhum mal, e ela relutantemente recuou um passo.

– Margaret – disse ele. – Você não se lembra de mim?

Ela o fitou com olhos vagos. Muito lentamente, ele a tocou, segurando seu rosto entre as mãos.

– Margaret – ele lhe disse, a voz baixa, urgente. – Margaret, ouça-me! Você me conhece, Margaret?

Ela piscou uma vez, duas vezes, depois o rosto liso e redondo relaxou e descongelou-se, adquirindo vida. Não foi como a possessão súbita dos *loas*; isto era um retorno lento, hesitante, de algo tímido e amedrontado.

– Sim, eu o conheço, Jamie – disse ela finalmente. Sua voz era melodiosa e pura, a voz de uma jovem. Seus lábios curvaram-se num sorriso e seus olhos se reanimaram outra vez, o rosto ainda entre as mãos de Jamie. – Já faz muito tempo desde que o vi, Jamie – disse ela, olhando para cima, fitando-o nos olhos. – Traz notícia de Ewan? Ele está bem?

Ele permaneceu imóvel por um instante, tinha no rosto aquela máscara impassível, cautelosa, que escondia um forte sentimento.

– Ele está bem – murmurou ele finalmente. – Muito bem, Margaret. Ele me deu isto, para guardar até eu encontrá-la. – Ele inclinou a cabeça e beijou-a delicadamente.

Diversas mulheres haviam parado, em silêncio, para observar. Diante disso, começaram a se mover e sussurrar, entreolhando-se nervosamente. Quando ele soltou Margaret Campbell e deu um passo para trás, elas a rodearam, cautelosas e protetoras, fazendo sinal com a cabeça para que ele fosse embora.

Margaret parecia alheia a tudo; seus olhos ainda estavam fixos no rosto de Jamie, o sorriso nos lábios.

– Obrigada, Jamie! – disse ela, enquanto sua ajudante a segurava pelo braço, instando-a a ir embora. – Diga a Ewan que logo estarei com ele! – O pequeno grupo de mulheres vestidas de branco se afastou, desaparecendo como fantasmas na escuridão do canavial.

Jamie fez um movimento impulsivo na direção das mulheres, mas eu o detive colocando a mão em seu braço.

– Deixe-a ir – sussurrei, lembrando-me do que jazia no assoalho do salão da casa da fazenda. – Jamie, deixe-a ir. Não pode impedi-la, ela estará melhor com eles.

Ele fechou os olhos depressa, então assentiu.

– Sim, tem razão. – Ele virou-se, depois parou repentinamente, e eu girei nos calcanhares para ver o que ele vira. Havia luzes na Mansão da Rosa agora. Luz de tochas, tremeluzindo por trás das janelas, no andar térreo e em cima. Enquanto observávamos, um clarão feroz começou a se intensificar nas janelas do gabinete secreto no segundo andar. – Já não é sem tempo – disse Jamie. Tomou minha mão e prosseguimos apressados, mergulhando no escuro ruge-ruge das folhas da cana-de-açúcar, correndo pelo ar que começava a ficar carregado do cheiro de açúcar queimado.

62

ABANDAWE

– Pode levar o barco do governador. É pequeno, mas bom para navegar em alto--mar. – Grey remexeu na gaveta de sua escrivaninha. Emitirei uma ordem para que os estivadores o entreguem a você.

– Sim, precisaremos do barco, não posso arriscar o *Artemis*, já que ele pertence a Jared. Mas acho que é melhor nós o roubarmos, John. – As sobrancelhas de Jamie estavam unidas na testa franzida. – Não quero vê-lo envolvido comigo de nenhuma forma evidente, entendeu? Você já vai ter problemas suficientes com que se preocupar sem isso.

Grey sorriu tristemente.

– Problemas? Sim, pode chamar de problemas, com quatro casas de fazenda incendiadas e mais de duzentos escravos fugidos, só Deus sabe para onde! Mas eu duvido muito que alguém vá se preocupar com meus contatos sociais, nas atuais circunstâncias. Entre o medo dos maroons e o medo do chinês, a ilha inteira está em tal estado de pânico que um mero contrabandista não passa da menor das trivialidades.

– É um grande alívio para mim ser considerado trivial – disse Jamie, sarcasticamente. – Ainda assim, roubaremos o barco. E se formos pegos, você nunca me viu nem ouviu falar de mim antes, certo?

Grey olhou-o fixamente, um turbilhão de emoções lutando para dominar suas feições – humor, medo e raiva entre elas.

– É mesmo? – disse ele finalmente. – Deixar que seja preso, ver você ser enforcado e ficar quieto por medo de manchar minha reputação? Pelo amor de Deus, Jamie, por quem você me toma?

A boca de Jamie contorceu-se ligeiramente.

– Por um amigo, John – disse ele. – E se eu aceitar sua amizade, e seu maldito barco, você terá que aceitar a minha, e ficar calado. Entendeu?

O governador olhou-o furioso por um instante, os lábios cerrados com força, mas depois seus ombros afrouxaram, aceitando a derrota.

– Está bem – disse laconicamente. – Mas eu consideraria um grande favor pessoal se você se esforçasse ao máximo para não ser capturado.

Jamie esfregou o nó de um dedo pela boca, escondendo um sorriso.

– Vou tentar com todas as minhas forças, John.

O governador sentou-se, cansado. Tinha olheiras fundas e escuras, e seus impecáveis trajes de linho estavam amarrotados. Obviamente, ele não mudara de roupa desde o dia anterior.

– Está bem. Não sei para onde você está indo e é melhor que não saiba mesmo. Mas, se puder, mantenha-se afastado das rotas dos navios ao norte de Antígua. Enviei um barco hoje de manhã para pedir todos os homens que os quartéis de lá puderem suprir, tanto fuzileiros navais quanto marinheiros. Virão para cá depois de amanhã no mais tardar, para guardar a cidade e o porto contra os maroons que fugiram, no caso de uma rebelião declarada.

Olhei para Jamie e levantei uma sobrancelha com ar interrogativo, mas ele sacudiu a cabeça, quase imperceptivelmente. Nós havíamos contado ao governador a respeito da rebelião no rio Yallahs e da fuga dos escravos – algo que ele ouvira de outras fontes, de qualquer forma. O que não havíamos lhe contado foi o que vimos mais tarde naquela noite, refugiados numa pequena entrada do rio, as velas abaixadas para esconder sua alvura.

O rio estava escuro como ônix, mas com lampejos fugidios da ampla extensão de água. Nós ouvimos sua aproximação e tivemos tempo de nos esconder, antes que o navio nos alcançasse; a batida dos tambores e uma exultação selvagem de muitas vozes ecoando pelo vale do rio, conforme o *Bruja* passava por nós, levado pela corrente descendente. Os corpos dos piratas sem dúvida jaziam em algum lugar rio acima, lá deixados para apodrecerem em paz entre os cedros e frangipani.

Os escravos fugitivos do rio Yallahs não foram para as montanhas da Jamaica, mas para o mar alto, provavelmente para se unirem aos seguidores de Bouassa em Hispaniola. Os cidadãos de Kingston nada tinham a temer dos escravos fugitivos – mas era bem melhor que a Marinha Real concentrasse suas atenções aqui do que em Hispaniola, para onde nos dirigíamos.

Jamie levantou-se para nos despedirmos, mas Grey interrompeu-o.

– Espere. Você não vai precisar de um lugar seguro para sua... para a sra. Fraser? – Ele não olhou para mim, mas para Jamie, os olhos firmes. – Eu ficaria honrado se a confiasse à minha proteção. Ela poderia ficar aqui, na residência do governador, até a sua volta. Ninguém a perturbaria, ou sequer precisaria saber que ela estava aqui.

Jamie hesitou, mas não havia nenhuma maneira delicada de colocar a questão.

– Ela precisa ir comigo, John – disse ele. – Não temos escolha, ela tem que ir.

Grey pestanejou em minha direção, depois desviou o olhar, mas não antes de eu perceber o ciúme em sua expressão. Senti pena dele, mas não havia nada que eu pudesse dizer; não podia contar-lhe a verdade.

– Sim – disse ele, engolindo em seco. – Compreendo. Sem dúvida.

Jamie estendeu a mão para ele. Ele hesitou por um instante, mas depois a apertou.

– Boa sorte, Jamie – disse ele, a voz um pouco embargada. – Que Deus os acompanhe.

Lidar com Fergus foi um pouco mais difícil. Ele insistiu obstinadamente em nos acompanhar, oferecendo sucessivos argumentos e tornando-se ainda mais inflexível quando descobriu que os contrabandistas escoceses navegariam conosco.

– Você os leva, mas pretende ir sem mim? – O rosto de Fergus estava afogueado de indignação.

– É o que vou fazer – disse Jamie com firmeza. – Os contrabandistas são viúvos ou solteiros, todos eles, mas você é um homem casado. – Olhou significativamente para Marsali, que observava a discussão, o rosto tenso de ansiedade. – Eu achava que ela era muito nova para se casar e estava errado; mas sei que ela é nova demais para ficar viúva. Você fica aqui. – E afastou-se, encerrando o assunto.

Já anoitecera completamente quando partimos no barco de Grey – uma corveta de 30 pés, com um único convés –, deixando dois estivadores amordaçados e amarrados na casa de barcos atrás de nós. Era um navio pequeno, de um único mastro, maior do que o barco de pesca no qual subíramos o rio Yallahs, mas quase pequeno demais para ser qualificado pela designação de "navio".

Ainda assim, ele parecia bastante apto a navegar em alto-mar e logo nos afastamos do porto de Kingston, velejando numa brisa noturna ligeira, a caminho de Hispaniola.

Os contrabandistas cuidavam da navegação, deixando Jamie, Lawrence e eu sentados em um dos longos bancos junto à balaustrada. Conversamos despreocupadamente sobre vários assuntos, mas depois de algum tempo ficamos em silêncio, absortos em nossos próprios pensamentos.

Jamie bocejou inúmeras vezes e, finalmente, diante da minha insistência, concordou em deitar-se no banco, com a cabeça em meu colo. Eu mesma estava tensa demais para querer dormir.

Lawrence, também, estava sem sono, fitando o céu, de mãos entrelaçadas atrás da cabeça.

– Há muita umidade no ar esta noite – disse ele, balançando a cabeça para cima, na direção prateada da lua crescente. – Está vendo a névoa em torno da lua? Pode chover antes do nascer do dia; algo incomum para esta época do ano.

Conversar sobre o tempo parecia suficientemente maçante para aplacar meus nervos abalados. Acariciei os cabelos de Jamie, espessos e macios sob minha mão.

– É mesmo? – eu disse. – Você e Jamie parecem capazes de prever o tempo examinando o céu. Tudo que eu sei é aquela história "Céu vermelho à noite, alegria do marinheiro; céu vermelho de manhã, marinheiro de sobreaviso". Não notei a cor do céu esta noite, você notou?

Lawrence riu descontraidamente.

– Levemente arroxeado – disse ele. – Não sei se estará vermelho de manhã, mas é surpreendente o quanto essas crenças são confiáveis. Mas naturalmente existe um princípio científico envolvido, a refração da luz na umidade do ar, exatamente como observei agora a respeito da lua.

Levantei o queixo, desfrutando a brisa que levantava meus cabelos pesados, caídos no pescoço.

– Mas e os fenômenos estranhos? Coisas sobrenaturais? – perguntei-lhe. – E quanto às coisas onde as regras da ciência parecem não se aplicar? – *Eu sou um cientista*, eu o ouvi dizer em minha lembrança, seu leve sotaque parecendo apenas reforçar sua praticidade. *Não acredito em fantasmas.*

– Quais, por exemplo, são esses fenômenos?

– Bem – procurei um exemplo, depois recorri aos da própria Geilie. – Pessoas que possuem estigmas que sangram, por exemplo? Viagem astral? Visões, manifestações sobrenaturais... coisas estranhas, que não podem ser explicadas racionalmente.

Lawrence deu um muxoxo e ajeitou-se mais confortavelmente no banco ao meu lado.

– Bem, eu digo que é função da ciência apenas observar – disse ele. – Buscar a causa onde possa ser encontrada, mas compreender que há muitas coisas no mundo para as quais nenhuma causa será encontrada; não porque não exista, mas porque sabemos muito pouco para descobri-la. Não cabe à ciência insistir em explicações, mas apenas observar, na esperança de que a explicação se manifeste por si mesma.

– Isso pode ser ciência, mas não é da natureza humana – aleguei. – As pessoas estão sempre em busca de explicações.

– É verdade. – Ele estava ficando interessado na discussão; reclinou-se, cruzando as mãos sobre o leve volume de sua barriga, na atitude de um palestrante. – É por essa razão que um cientista constrói hipóteses, sugestões para a causa de uma observação. Mas uma hipótese nunca deve ser confundida com uma explicação, com prova. Tenho visto muita coisa que pode ser descrita como peculiar. Chuvas de peixes, por exemplo, quando uma grande quantidade de peixes – todos da mesma espécie, veja bem, todos do mesmo tamanho – cai inesperadamente de um céu límpido, sobre a terra firme. Parece não haver nenhuma causa racional para isso; no entanto, seria adequado atribuir o fenômeno a interferências sobrenaturais? À primeira vista, parece mais provável que alguma inteligência celestial estaria se divertindo lançando cardumes inteiros do céu sobre nós ou que exista um fenômeno meteorológico – uma tromba-d'água, um furacão, algo do tipo? – que, embora não seja visível para nós, ainda assim está ocorrendo? Entretanto, por que, e como, pode um fenômeno natural como uma tromba-d'água remover as cabeças – e apenas as cabeças – de todos os peixes?

– Você mesmo já viu isso? – perguntei, interessada, e ele sorriu.

– Fala a mente científica! – disse ele, rindo. – A primeira coisa que um cientista pergunta é: como você sabe? Quem viu? Eu posso ver? Sim, eu já vi esse fenômeno três vezes, na realidade, embora em uma das vezes a precipitação tenha sido de rãs, em vez de peixes.

– Você estava perto do mar ou de um lago?

– Uma vez estava perto do mar, uma vez perto de um lago, foi a chuva de rãs, mas na terceira vez, isso ocorreu bem para o interior; cerca de 30 quilômetros da massa de água mais próxima. Contudo, os peixes eram de uma espécie que eu só vi nas profundezas do oceano. Em nenhum dos casos notei qualquer perturbação no ar... nenhuma nuvem, ventania, nenhum dos fabulosos repuxos de água que se erguem do mar em direção aos céus, seguramente. E, ainda assim, os peixes caíram; isso é um fato, porque eu vi.

– E não é um fato se você não tiver visto? – perguntei ironicamente.

Ele riu, encantado, e Jamie remexeu-se, murmurando alguma coisa contra a minha coxa. Alisei seus cabelos e ele relaxou em seu sono outra vez.

– Talvez sim; talvez não. Mas um cientista não poderia saber, não é? O que a Bíblia cristã diz? Abençoados aqueles que não viram e mesmo assim acreditaram.

– Sim, é o que diz.

– Algumas coisas têm que ser aceitas como fato sem explicações. – Riu novamente, desta vez sem muito humor. – Como um cientista que também é judeu, talvez eu tenha uma perspectiva diferente sobre fenômenos como os estigmas e a ideia de ressurreição dos mortos, que uma proporção muito grande do mundo civilizado aceita como fato inquestionável. No entanto, não posso sequer ventilar essa visão cética a nenhuma outra pessoa além de você mesma, sem grave risco de dano pessoal.

– São Tomé, o santo incrédulo, era judeu, afinal – eu disse sorrindo. – Para começar.

– Sim. E somente quando ele deixou de duvidar é que se tornou cristão, e um mártir. Pode-se argumentar que foi a certeza que o matou, não? – Sua voz estava carregada de ironia. – Há uma grande diferença entre esses fenômenos que são aceitos com base na fé e aqueles que são provados por determinação objetiva, embora a causa de ambos possa ser igualmente "racional", uma vez conhecida. E a principal diferença é a seguinte: as pessoas tratam com desdém os fenômenos que são provados pela evidência dos sentidos e comumente vivenciados... ao passo que defendem até a morte a realidade de um fenômeno que não viram nem vivenciaram. A fé é uma força tão poderosa quanto a ciência – concluiu ele, sua voz suave na escuridão –, porém muito mais perigosa.

Permanecemos em silêncio por algum tempo, olhando por cima da proa do pequeno navio, na direção da escuridão que dividia a noite, mais escura do que o clarão púrpura do céu ou o cinza-prateado do mar. A ilha negra de Hispaniola aproximava-se inexoravelmente.

– Onde você viu os peixes sem cabeça? – perguntei repentinamente e não fiquei surpresa ao ver a leve inclinação de sua cabeça na direção da proa.

– Lá – disse ele. – Já vi muita coisa estranha nestas ilhas, mas talvez mais ali do que em qualquer outro lugar. Alguns lugares são assim.

Não falei durante vários minutos, considerando o que estaria à nossa espera – e esperando que Ishmael estivesse certo ao dizer que fora Ian quem Geillis levara com ela para Abandawe. Um pensamento me ocorreu – um pensamento que se perdera ou que fora afastado durante os acontecimentos das últimas 24 horas.

– Lawrence... os outros garotos escoceses. Ishmael nos disse que viu doze deles, inclusive Ian. Quando vocês estavam dando busca na plantação... encontraram algum vestígio dos outros?

Ele inspirou abruptamente, mas não respondeu de imediato. Eu podia senti-lo, repassando mentalmente as palavras, tentando resolver como dizer o que o frio em meus ossos já me dissera.

A resposta, quando veio, não foi de Lawrence, mas de Jamie.

– Nós os encontramos – disse ele à meia-voz, na escuridão. Sua mão pousou em meu joelho e apertou-o ligeiramente. – Não pergunte mais nada, Sassenach, porque eu não vou lhe contar.

Eu compreendi. Ishmael tinha que estar certo; devia ser Ian que estava com Geilie, pois Jamie não admitiria nenhuma outra possibilidade. Coloquei a mão em sua cabeça e ele remexeu-se levemente, virando-se de tal modo que seu hálito tocasse minha mão.

– Abençoados sejam os que não viram – sussurrei baixinho –, mas acreditaram.

Lançamos âncora perto do amanhecer, numa baía pequena e sem nome na costa norte de Hispaniola. Havia uma praia estreita, diante de penhascos e, através de uma fenda na rocha, via-se uma trilha de areia, levando ao interior da ilha.

Jamie carregou-me na curta distância até a praia, colocou-me no chão e em seguida virou-se para Innes, que viera chapinhando até a praia com um dos fardos de comida.

– Obrigado, *a charaid* – disse ele formalmente. – Nós nos separamos aqui; com a bênção da Virgem Maria, nos encontraremos aqui outra vez dentro de quatro dias.

O rosto estreito de Innes contraiu-se numa expressão de surpresa e decepção; em seguida, a resignação tomou conta de suas feições.

– Sim – disse ele. – Ficarei tomando conta do barco, então, até vocês voltarem.

Jamie viu a expressão em seu rosto e sacudiu a cabeça, sorrindo.

– Não apenas você, rapaz; se eu precisasse de um braço forte, você seria o primeiro que eu chamaria. Não, todos vocês permanecerão aqui, exceto minha mulher e o judeu.

A resignação foi substituída por absoluta surpresa.

– Ficar aqui? Todos? Mas você não vai precisar de nós, Mac Dubh? – Ele estreitou os olhos ansiosamente na direção dos rochedos, com seu fardo de trepadeiras em flor. – Parece um lugar apavorante para se aventurar, sem amigos.

– Considerarei uma prova de grande amizade você me esperar aqui, como eu digo, Duncan – disse Jamie, e eu percebi com um ligeiro choque que nunca soubera o primeiro nome de Innes.

Innes olhou outra vez para os penhascos, o rosto magro estava transtornado, depois abaixou a cabeça em aquiescência.

– Bem, você é quem sabe, Mac Dubh. Mas sabe que estamos dispostos a ir com você, todos nós.

Jamie balançou a cabeça, o rosto virado para o outro lado.

– Sim, sei bem disso, Duncan – disse ele brandamente. Então voltou-se, estendeu o braço e Innes abraçou-o, seu único braço batendo desajeitadamente nas costas de Jamie. – Se algum navio aparecer – disse Jamie, soltando-o –, quero que vocês pensem em si mesmos. Lembrem-se de que a Marinha Real deve estar à procura desta corveta. Duvido que venham procurar aqui, mas se aparecerem, ou se surgir qualquer outra ameaça, vão embora. Fujam imediatamente.

– E deixar você aqui? Não, pode me mandar fazer muitas coisas, Mac Dubh, e eu obedecerei, mas não isso.

Jamie franziu a testa e sacudiu a cabeça; o sol nascente lançava fagulhas de seus cabelos e dos pelos curtos da barba, envolvendo sua cabeça numa coroa de fogo.

– Não vai adiantar nada para mim ou para minha mulher que você seja morto, Duncan. Preste atenção no que eu digo. Se um navio vier, fujam. – Virou-se e foi se despedir dos outros escoceses.

Innes suspirou profundamente, com o rosto marcado pela desaprovação, mas não fez mais nenhum protesto.

Estava quente e úmido na selva e houve pouca conversa entre nós três enquanto nos dirigíamos para o interior da ilha. Afinal de contas, nada havia a dizer; Jamie e eu não podíamos falar de Brianna diante de Lawrence e não havia planos a serem feitos enquanto não chegássemos a Abandawe e víssemos o que havia lá. Cochilei intermitentemente à noite, acordei várias vezes e vi Jamie de costas contra uma árvore perto de mim, de olhos fixos no fogo, sem visão.

Ao meio-dia do dia seguinte, chegamos ao lugar. Uma encosta íngreme e rochosa de calcário cinza erguia-se diante de nós, coberta de aloés espinhosos e de tufos desordenados de capim. E no topo do morro, eu as vi. Enormes pedras verticais, um monumento megalítico, num círculo irregular ao redor do cume da colina.

– Você não avisou que havia um círculo de pedras – eu disse. Sentia-me fraca e não apenas do calor e da umidade.

– Está se sentindo bem, sra. Fraser? – Lawrence espreitou-me um pouco assustado, o rosto simpático afogueado sob o bronzeado.

– Sim – eu disse, mas meu rosto devia, como sempre, estar me denunciando, porque Jamie aproximou-se imediatamente, segurando meu braço e amparando-me com a mão em volta de minha cintura.

– Pelo amor de Deus, cuidado, Sassenach – murmurou ele. – Não se aproxime daquelas pedras!

– Temos que saber se Geilie está lá com Ian – eu disse. – Vamos. – Forcei meus pés relutantes a caminharem e ele veio comigo, ainda murmurando baixinho em gaélico, achei que fosse uma prece.

– Foram erguidas há muito tempo – disse Lawrence, quando subíamos ao topo da colina, a poucos passos das pedras. – Não por escravos, mas pelos aborígines habitantes das ilhas.

O círculo estava vazio, tinha uma aparência inofensiva. Nada além de um círculo irregular de grandes pedras, colocadas na vertical, imóveis sob o sol. Jamie observava meu rosto ansiosamente.

– Consegue ouvi-las, Claire? – disse ele. Lawrence pareceu surpreso, mas não disse nada conforme avançávamos com toda a cautela em direção à pedra mais próxima.

– Não sei – eu disse. – Não é uma das datas adequadas, não é uma festa do sol nem uma festa do fogo, quero dizer. Pode não estar aberto agora; não sei.

Segurando a mão de Jamie com força, avancei cautelosamente, ouvindo com atenção. Parecia haver um leve zumbido no ar, mas podia não ser mais do que o som costumeiro dos insetos da selva. Muito delicadamente, coloquei a palma da mão contra a pedra mais próxima.

Eu estava vagamente consciente de Jamie chamando meu nome. Em algum lugar, minha mente lutava, fazendo o esforço consciente de erguer e abaixar meu diafragma, apertar e soltar os ventrículos do meu coração. Meus ouvidos estavam tomados por um zumbido pulsante, uma vibração profunda demais para ser um som, que latejava na medula dos meus ossos. E em algum lugar pequeno, silencioso, no centro do caos, estava Geilie Duncan, os olhos verdes sorrindo para os meus.

– Claire!

Eu estava deitada no chão, Jamie e Lawrence inclinados sobre mim, os rostos sombrios e ansiosos contra o céu. Minhas faces estavam molhadas e um fio de água escorria pelo meu pescoço. Pisquei várias vezes, movendo minhas extremidades com extremo cuidado, para me certificar de que eu ainda as possuía.

Jamie largou o lenço com que estivera banhando meu rosto e ergueu-me para sentar.

– Você está bem, Sassenach?

– Sim – eu disse, ainda um pouco confusa. – Jamie, ela está aqui!

– Quem? A sra. Abernathy? – As espessas sobrancelhas de Lawrence ergueram-se bruscamente e ele olhou depressa para trás, como se esperasse que ela se materializasse ali mesmo.

– Eu a ouvi... vi... sei lá. – Eu gradualmente recuperava os sentidos. – Ela está aqui. Não no círculo, aqui perto.

– Pode saber onde? – A mão de Jamie repousava em sua adaga, enquanto ele lançava olhares rápidos à nossa volta.

Sacudi a cabeça e fechei os olhos, tentando – relutantemente – recapturar aquele momento em que a vi. Havia uma sensação de escuridão, de frio úmido, e a luz trêmula e vermelha de uma tocha.

– Acho que ela está na caverna – eu disse, surpresa. – Fica perto daqui, Lawrence?

– Sim – respondeu ele, observando meu rosto com intensa curiosidade. – A entrada não fica longe daqui.

– Leve-nos até lá. – Jamie estava de pé, ajudando-me a levantar.

– Jamie. – Eu o fiz parar colocando a mão em seu braço.

– Sim?

– Jamie... ela também sabe que estou aqui.

Isso realmente o fez parar. Eu o vi engolir em seco. Em seguida, cerrou o maxilar e balançou a cabeça.

– *A Mhicheal bheannaichte, dion sinn bho dheamhainnean* – disse ele à meia voz, virando-se para a beira da colina. Bendito Miguel, defenda-nos dos demônios.

A escuridão era absoluta. Levei a mão ao rosto; senti a palma de minha mão roçar meu nariz, mas não vi nada. No entanto, não era uma escuridão vazia. O chão da passagem era irregular, tinha pequenas partículas pontudas que se trituravam sob os pés, e as paredes, em determinados pontos, aproximavam-se tanto que eu me perguntei como Geilie conseguira se espremer e passar entre elas.

Mesmo nos locais em que a passagem se alargava e as paredes de pedra estavam bastante longe uma da outra para que meus braços estendidos pudessem roçá-las, eu podia senti-los. Era como estar num quarto escuro com outra pessoa – alguém que se mantinha absolutamente silencioso, mas cuja presença eu podia sentir, a não mais do que um braço de distância.

A mão de Jamie segurava meu ombro com força e eu podia sentir sua presença atrás de mim, uma perturbação quente no vazio frio da caverna.

– Estamos indo na direção certa? – perguntou ele, quando parei por um instante para recuperar o fôlego. – Há passagens para os lados, posso senti-las conforme passamos por elas. Como você pode saber para onde estamos indo?

– Eu consigo ouvir. Ouvir. Não ouve? – Era difícil falar, formar pensamentos coerentes. O chamado aqui era diferente; não o zumbido de uma colmeia como em Craigh na Dun, mas uma espécie de vibração do ar que se segue à badalada de um grande sino. Eu podia senti-la nos ossos longos dos meus braços, ecoando pelo peito e pela espinha dorsal.

Jamie agarrou meu braço com força.

– Fique comigo! – disse ele. – Sassenach... não deixe que a levem, fique aqui!

Estendi os braços cegamente e ele me agarrou com força contra seu peito. A batida de seu coração contra a minha têmpora era mais alta do que o zumbido.

– Jamie. Jamie, abrace-me com força. – Eu nunca sentira tanto medo. – Não me deixe ir. Se isso me levar... Jamie, eu não poderei voltar outra vez. É pior a cada vez. Isso me matará, Jamie!

Seus braços apertaram-me com mais força, até eu sentir minhas costelas estalarem e arquejar, sem respiração. Após um instante, ele me soltou e, colocando-me delicadamente para o lado, passou por mim e continuou avançando na passagem, tomando o cuidado para sempre manter a mão sobre mim.

– Eu vou à frente – disse ele. – Coloque a mão em meu cinto e não solte em hipótese alguma.

Assim ligados, avançamos devagar, cada vez mais fundo na escuridão. Lawrence quis vir, mas Jamie não permitiu. Nós o deixamos na entrada da caverna, aguardando. Caso não voltássemos, ele deveria voltar à praia, para encontrar-se com Innes e os outros escoceses conforme combinado.

Caso não voltássemos...

Ele deve ter sentido minha mão apertar-se, porque parou e puxou-me para seu lado.

– Claire – disse ele baixinho. – Tenho que lhe dizer uma coisa.

Eu já sabia e tateei à procura de sua boca para impedi-lo, mas minha mão apenas roçou seu rosto na escuridão. Ele agarrou meu pulso e o segurou com força.

– Se for uma escolha entre ela e um de nós... então serei eu. Sabe disso, não é?

Eu sabia. Se Geilie estivesse lá, ainda, e um de nós fosse morto tentando impedi-la, deveria ser Jamie a correr o risco. Pois com Jamie morto, eu restaria – e eu poderia segui-la através das pedras, o que ele não poderia.

– Eu sei – murmurei finalmente. Eu sabia também o que ele não disse e que ele também sabia; que se Geilie já tivesse ido, então eu teria que ir também.

– Então me beije, Claire – sussurrou ele. – E saiba que você significa mais para mim do que a própria vida e que não me arrependo de nada.

Não consegui responder, mas beijei-o, primeiro sua mão, seus dedos aleijados quentes e rígidos, e o pulso forte de um guerreiro. Depois, sua boca – santuário, promessa e angústia misturados, e o gosto de sal de suas lágrimas.

Em seguida, soltei-o e voltei-me para o túnel à esquerda.

– Por aqui – eu disse. Dez passos adiante, eu vi a luz.

Não passava de uma fraca claridade nas rochas da passagem, mas suficiente para restaurar o dom da visão. Repentinamente, eu podia ver minhas mãos e pés, embora de maneira turva. Minha respiração exalou-se como um soluço, de alívio ou de medo. Sentia-me como um fantasma adquirindo forma conforme caminhava em direção à luz e ao suave zumbido vibrante de sino à minha frente.

A luz era mais forte agora, depois se turvou outra vez quando Jamie passou à minha frente e suas costas bloquearam minha visão. Em seguida, ele abaixou-se e atravessou uma entrada baixa, em arco. Eu o segui e endireitei-me na luz.

Era uma câmara de bom tamanho, as paredes mais distantes da tocha ainda estavam frias e negras com o som da caverna. Mas a parede diante de nós havia acordado. Tremeluzia e brilhava, partículas de mineral incrustadas refletindo as chamas de uma tocha de pinho, fincada em uma fissura da rocha.

– Então você veio, hein? – Geilie estava de joelhos, tinha os olhos fixos num fluxo brilhante de pó branco que caía de seu punho fechado, desenhando uma linha no chão escuro.

Ouvi um pequeno som de Jamie, em parte de alívio, em parte de horror, ao ver Ian. O rapaz jazia no meio do pentáculo, de lado, as mãos atadas às costas, amordaçado com uma tira de pano branco. A seu lado, via-se um machado. Era feito de uma pedra escura e brilhante, como obsidiana, tinha um gume lascado, afiado. O cabo era espalhafatosamente ornamentado com um trabalho de contas, num padrão africano de listras e zigue-zagues.

– Não se aproxime nem mais um passo, raposa. – Geilie inclinou-se para trás, sentando sobre os calcanhares, exibindo seus dentes para Jamie, numa expressão que não era um sorriso. Ela segurava uma pistola em uma das mãos; a outra pistola, carregada e engatilhada, estava enfiada no cinto de couro que cingia sua cintura.

Com os olhos fixos em Jamie, ela enfiou a mão na bolsa pendurada no cinto e retirou dali outro punhado de pó de diamante. Eu podia ver gotas de suor em sua fronte larga e branca; o zumbido de sino da travessia no tempo devia estar atingindo-a também, como atingia a mim. Sentia-me enjoada e o suor escorria pelo meu corpo, sob minhas roupas.

O desenho estava quase terminado. Com a pistola cuidadosamente apontada, ela foi despejando o filete brilhante até completar o pentagrama. As pedras já estavam dispostas dentro da figura – brilhavam no chão em fagulhas de cor, ligadas por uma linha cintilante de mercúrio derramado.

– Pronto. – Reclinou-se, sobre os calcanhares, com um suspiro de alívio e, com a mão livre, alisou para trás os cabelos espessos, de cor creme. – Em segurança. O pó de diamante mantém o barulho afastado – explicou-me ela. – Desagradável, não é?

Bateu de leve em Ian, que continuava deitado, amarrado e amordaçado, no chão à sua frente, os olhos arregalados de terror acima do pano branco da mordaça.

– Pronto, pronto, *mo chridhe*. Não tenha medo, logo tudo estará terminado.

– Tire a mão dele, megera desgraçada! – Jamie deu um passo impulsivo à frente, com a mão na adaga, depois parou, quando ela ergueu o cano da pistola.

– Você me lembra seu tio Dougal, *a sionnach* – disse ela, inclinando a cabeça para o lado, faceiramente. – Ele era mais velho do que você é agora quando o conheci, mas você tem uma certa semelhança com ele, sabe? Como alguém que toma o que quer e dane-se quem ficar no caminho.

Jamie olhou para Ian, curvado no chão, e ergueu os olhos para Geilie.

– Tomarei o que é meu – disse ele sem se alterar.

– Mas não pode, agora, não é? – disse ela, satisfeita. – Mais um passo e cairá morto. Eu o poupo agora somente porque Claire parece gostar de você. – Seus olhos voltaram-se para mim, parada nas sombras atrás de Jamie. Ela balançou a cabeça para mim. – Uma vida por outra vida, querida Claire. Você tentou me salvar um dia, em Craigh na Dun; eu a salvei do tribunal das bruxas em Cranesmuir. Estamos quites agora, não é?

Geilie pegou uma garrafinha, tirou a rolha e despejou o conteúdo cuidadosamente sobre as roupas de Ian. O cheiro de conhaque ergueu-se no ar, forte e inebriante, e a tocha queimou mais intensamente quando os vapores do álcool a alcançaram. Ian esperneou e debateu-se, forçando um resmungo de protesto através da mordaça, e ela chutou-o com força nas costelas.

– Fique quieto! – disse ela.

– Não faça isso, Geilie – eu disse, sabendo que palavras não iriam resolver nada.

– Eu tenho que fazer – disse ela calmamente. – Sou destinada a fazê-lo. Lamento ter que levar a garota, mas eu lhe deixarei o homem.

– Que garota? – Os punhos de Jamie estavam cerrados com força ao lado do corpo, os nós dos dedos brancos mesmo à luz turva da tocha.

– Brianna? É esse o nome dela, não é? – Sacudiu os cabelos pesados para trás, afastando-os do rosto. – A última da linhagem Lovat. – Sorriu para mim. – Que sorte você ter vindo me ver, hein? Se não fosse por isso, eu jamais ficaria sabendo. Pensava que todos tinham morrido antes de 1900.

Um estremecimento de horror percorreu-me como um dardo. Pude sentir o mesmo tremor percorrer o corpo de Jamie conforme seus músculos retesaram-se.

Seu rosto deve tê-lo denunciado. Geilie deu um grito estridente e saltou para trás. Ela disparou quando ele lançou-se sobre ela. A cabeça de Jamie deu um solavanco para trás e seu corpo se contorceu, as mãos ainda estendidas na direção da garganta de Geilie. Então ele caiu, o corpo lânguido sobre a borda do pentagrama brilhante. Ian emitiu um gemido abafado.

Eu senti, mais do que ouvi, um som subir à minha garganta. Não sei o que eu disse, mas Geilie virou-se em minha direção, espantada.

Quando Brianna tinha 2 anos, um carro descuidadamente chocou-se contra a lateral do meu, atingindo a porta de trás, perto de onde Brianna estava sentada. Reduzi a marcha até parar, verifiquei rapidamente para ver se ela não estava machucada e em seguida saí, direto para o outro carro, que freara um pouco adiante.

O motorista era um homem de 30 e poucos anos, corpulento, e provavelmente muito confiante em sua maneira de lidar com o mundo. Ele olhou por cima do ombro, viu que eu me aproximava e apressadamente fechou o vidro da janela, encolhendo-se em seu banco.

Eu não tinha nenhuma consciência de raiva ou de qualquer outra emoção; eu simplesmente sabia, sem nenhuma sombra de dúvida, que eu podia – e o faria – quebrar o vidro com a mão e arrastar o homem para fora pela janela. Ele sabia disso, também.

Não pensei em mais nada, nem foi preciso; a chegada de um carro da polícia trouxe-me de volta ao meu estado normal e eu comecei a tremer. Mas a lembrança daquele olhar no rosto do homem permaneceu comigo.

O fogo é uma luz ineficiente, mas teria sido necessária uma escuridão total para ocultar aquele olhar no rosto de Geilie; a repentina compreensão do que vinha em sua direção.

Ela arrancou a outra pistola da cintura e girou-a para apontá-la para mim; eu vi com clareza o buraco redondo da boca da arma – e não me importei. O estrondo do tiro ricocheteou pela caverna, os ecos provocaram uma chuva de pedras e poeira, mas a essa altura eu já havia agarrado o machado do chão.

Notei com absoluta clareza o cabo forrado de couro, decorado com desenhos de contas. Era vermelho, tinha zigue-zagues amarelos e pontos negros. Os pontos repetiam a brilhante obsidiana da lâmina, e o vermelho e o amarelo refletiam os tons da tocha em chamas atrás dela.

Ouvi um barulho atrás de mim, mas não me virei. Reflexos do fogo ardiam, vermelhos, nas pupilas dos seus olhos. *A coisa vermelha*, Jamie a descrevera. *Eu me entreguei a ela*, dissera ele.

Não precisei me entregar; ela se apossara de mim.

Não houve medo, raiva ou dúvida. Somente o golpe do machado.

O choque do golpe repercutiu pelo meu braço e eu soltei o machado, com os dedos dormentes. Permaneci absolutamente imóvel, não me mexi nem mesmo quando ela cambaleou em minha direção.

O sangue à luz do fogo é negro, não vermelho.

Ela deu um passo cego à frente e caiu, todos os seus músculos repentinamente lassos, sem fazer nenhum movimento para se salvar. A última visão que tive de seu rosto foram seus olhos; arregalados, belos como pedras preciosas, um verde claro e transparente como água e lapidado com o conhecimento da morte.

Alguém estava falando, mas as palavras não faziam sentido. A fenda na rocha zumbia alto, enchendo meus ouvidos. A tocha tremulou, inflamou-se numa chama amarela na repentina lufada de vento; o bater das asas do anjo das trevas, pensei.

O som se repetiu, atrás de mim.

Virei-me e vi Jamie. Ele se erguera sobre os joelhos, cambaleando. O sangue jorrava de seu couro cabeludo, tingia um dos lados do rosto de vermelho-escuro. O outro lado estava branco como uma máscara de arlequim.

Pare o sangramento, disse algum remanescente de instinto em meu cérebro, e eu tateei à cata de um lenço. Mas Jamie já se arrastara para o lugar onde Ian estava e procurava cegamente as amarras que prendiam o rapaz, soltando as tiras de couro, gotas de seu sangue pingando na camisa do rapaz. Contorcendo-se, Ian levantou-se, o rosto lívido como o de um fantasma, e estendeu a mão para amparar o tio.

Em seguida, a mão de Jamie estava em meu braço. Ergui os olhos, oferecendo entorpecidamente o lenço. Ele pegou-o e passou-o rápido pelo rosto, depois me puxou pelo braço, arrastando-me para a boca do túnel. Tropecei e quase caí, recuperei-me e retornei ao presente.

– Venham! – dizia ele. – Não estão ouvindo o vento? Há uma tempestade a caminho.

Vento?, pensei. Numa caverna? Mas ele tinha razão; a corrente de ar não fora obra de minha imaginação; o leve sopro exalado pela fenda perto da entrada se transformara num vento uivante e forte, quase um lamento que ressoava na passagem estreita.

Virei-me para olhar por cima do ombro, mas Jamie agarrou-me com força pelo braço e me empurrou para a frente. Minha última visão da caverna foi uma impressão nebulosa de rubis e azeviche, com uma forma branca e imóvel no meio do chão. Então, a rajada de ar entrou com um rugido e a tocha se apagou.

– Meu Deus! – Era a voz do Jovem Ian, tomada de terror, em algum lugar perto de mim. – Tio Jamie!

– Aqui. – A voz de Jamie vinha da escuridão logo à minha frente, surpreendentemente calma, erguida o suficiente para ser ouvida acima do barulho. – Aqui, garoto. Venha até mim, Ian. Não tenha medo; é apenas a respiração da caverna.

Foram as palavras erradas a dizer; quando ele disse isso, eu pude sentir o hálito frio da rocha tocar minha nuca e arrepiar meus cabelos. A imagem da caverna como uma criatura viva, respirando ao nosso redor, cega e maligna, paralisou-me de terror.

Aparentemente, a ideia era tão aterrorizante para Ian quanto o era para mim, pois o ouvi ofegar subitamente e em seguida senti sua mão tateante atingir-me e agarrar-se ao meu braço com todas as forças.

Segurei sua mão e, com a outra mão estendida, tateei a escuridão à frente, encontrando o grande e reconfortante corpo de Jamie quase imediatamente.

– Ian está aqui comigo – eu disse. – Pelo amor de Deus, vamos sair daqui!

Ele me agarrou pela mão em resposta e, assim ligados, começamos a fazer o caminho de volta pelo túnel sinuoso, tropeçando pelo breu e pisando nos calcanhares uns dos outros. E durante todo o tempo, aquele vento fantasmagórico gemia às nossas costas.

Eu não conseguia ver nada; nenhuma sugestão da camisa de Jamie diante do meu rosto, apesar de branca como neve como eu sabia que era, nem sequer um tremeluzir do movimento de minhas saias de cor clara, embora as ouvisse farfalhar ao redor dos meus pés conforme eu andava, o som misturando-se ao uivo do vento.

A fina precipitação de ar aumentava e diminuía de intensidade, sussurrando e gemendo. Tentei afastar minha mente da lembrança do que ficara para trás de nós, da ideia mórbida de que o vento possuía vozes sussurrantes, murmurando segredos quase inaudíveis.

– Eu consigo ouvi-la – disse Ian repentinamente, atrás de mim. Sua voz elevou-se, entrecortada de pânico. – Eu consigo ouvi-la! Meu Deus, ah, meu Deus, ela está vindo!

Fiquei paralisada, um grito preso na garganta. O frio observador em minha mente sabia muito bem que não era verdade – apenas o vento e o medo de Ian –, mas isso não fazia diferença para o jato de puro terror que brotava da boca do meu estômago e transformava meus intestinos em água. Eu também sabia que ela estava vindo e gritei a plenos pulmões.

Logo Jamie já me abraçava, e a Ian também, ambos pressionados com força contra ele, um em cada braço, nossos ouvidos abafados contra seu peito. Ele cheirava à fumaça de pinho, suor e conhaque, e eu quase solucei de alívio com a sua proximidade.

– Silêncio! – disse ele ferozmente. – Silêncio, vocês dois! Eu não deixarei que ela toque em vocês. Nunca! – Apertou-nos contra ele, com força; senti seu coração batendo acelerado sob minha face e o ombro ossudo de Ian, apertado contra o meu, e em seguida a pressão relaxou. – Vamos, agora – disse Jamie, mais serenamente. – É apenas o vento. As cavernas sopram através de suas fendas quando o tempo muda na superfície. Já ouvi isso antes. Há uma tempestade a caminho, lá fora. Vamos, agora.

A tormenta foi breve. Quando finalmente conseguimos chegar à superfície, piscando contra o choque da luz do sol, a chuva já passara, deixando o mundo renovado em seu rastro.

Lawrence abrigava-se sob uma palmeira gotejante, próxima à entrada da caverna. Quando nos viu, pôs-se de pé num salto, um ar de alívio relaxando as rugas de seu rosto.

– Estão bem? – disse ele, olhando de mim para Jamie, todo sujo de sangue.

Jamie deu-lhe um breve sorriso, balançando a cabeça.

– Tudo bem – disse ele. Virou-se e fez sinal para Ian aproximar-se. – Quero apresentar-lhe meu sobrinho, Ian Murray. Ian, este é o dr. Stern, que foi de grande ajuda para nós em sua busca.

– Fico-lhe muito agradecido, doutor – disse Ian, com um cumprimento da cabeça. Passou a manga da camisa pelo rosto sujo e olhou para Jamie.

– Sabia que você viria, tio Jamie – disse ele, com um sorriso trêmulo –, mas você demorou um pouco, hein? – Seu sorriso ampliou-se, depois feneceu, e ele começou a tremer. Piscava com força, lutando contra as lágrimas.

– É verdade, e sinto muito, Ian. Venha cá, *a bhalaich*. – Jamie estendeu os braços e envolveu-o num forte abraço, batendo de leve em suas costas e murmurando palavras de conforto em gaélico.

Observei-os por um instante, antes de perceber que Lawrence falava comigo.

– Está se sentindo bem, sra. Fraser? – perguntava ele. Sem esperar uma resposta, segurou-me pelo braço.

– Na verdade, não sei. – Sentia-me completamente vazia. Exausta como se tivesse dado à luz, mas sem a exultação de espírito. Nada parecia totalmente real; Jamie, Ian, Lawrence, todos pareciam figuras de brinquedo que se moviam e falavam a uma certa distância, fazendo ruídos que eu tinha que me esforçar para compreender.

– Acho melhor deixarmos este lugar – disse Lawrence, com um olhar na direção da boca da caverna de onde acabáramos de emergir. Parecia ligeiramente nervoso. Não perguntou sobre a sra. Abernathy.

– Tem razão. – A imagem da caverna que deixáramos estava vívida em minha mente, mas tão irreal quanto a selva verde e as rochas cinzentas ao nosso redor. Sem esperar pelos homens, virei-me e comecei a me afastar.

A sensação de distanciamento aumentava conforme andávamos. Sentia-me como um autômato, construído a partir de um núcleo de aço, caminhando mecanicamente. Eu segui as costas largas de Jamie através dos galhos e das clareiras, das sombras e do sol, sem ver para onde estávamos indo. O suor escorria pelo meu corpo e entrava em meus olhos, mas eu não me dava ao trabalho de enxugá-lo. Finalmente, quase ao pôr do sol, paramos numa pequena clareira perto de um riacho e levantamos um acampamento primitivo.

Eu já descobrira que Lawrence era uma pessoa muito útil de se ter em uma jornada de acampamento. Ele não só era tão bom em encontrar e construir abrigos como Jamie, mas estava bastante familiarizado com a flora e a fauna da região para poder mergulhar na selva e retornar em meia hora carregando braçadas de frutas, cogumelos e raízes comestíveis, para enriquecer a ração espartana que carregávamos em nossas sacolas.

Ian foi encarregado de recolher lenha para o fogo enquanto Lawrence explorava a área. Fiz Jamie sentar-se com uma panela de água, para cuidar do ferimento em sua cabeça. Lavei o sangue do rosto e dos cabelos, descobrindo, para minha surpresa, que a bala na realidade não escavara um sulco em seu couro cabeludo como eu pensara. Em vez disso, ela penetrara na pele logo acima da linha da raiz dos cabelos e – evidentemente – desaparecera em sua cabeça. Não havia sinal de um ferimento de saída. Assustada com a descoberta, comecei a examinar seu couro cabeludo com crescente agitação, até que um grito repentino do paciente anunciou que eu descobrira a bala.

Havia um calombo grande e dolorido nas costas de sua cabeça. O projétil viajara por baixo da pele, percorrera superficialmente a curva de seu crânio e fora parar logo acima do occipício.

– Jesus H. Roosevelt Cristo! – exclamei. Tateei-o outra vez, incrédula, mas lá estava ele. – Você sempre disse que sua cabeça era de osso maciço e agora sei que estava certo. Ela atirou em você à queima-roupa e a maldita bala deslizou em seu crânio!

Jamie, apoiando a cabeça nas mãos enquanto eu o examinava, emitiu um som entre um grunhido e um suspiro.

– Sim, bem – disse ele, a voz um pouco abafada em suas mãos –, não vou dizer que não sou cabeça-dura, mas se a sra. Abernathy tivesse usado uma carga completa de pólvora, ela não teria sido suficientemente dura.

– Dói muito?

– Não o ferimento, não, mas o lugar está dolorido. Estou é com uma dor de cabeça terrível.

– Não é de admirar. Espere um pouco, vou retirar a bala.

Não sabendo em que condições iríamos encontrar Ian, eu trouxera a menor das minhas caixas de remédios, que felizmente continha uma garrafa de álcool e um pequeno bisturi. Raspei um pouco da abundante cabeleira de Jamie, logo abaixo do inchaço, e encharquei a região com álcool para desinfecção. Meus dedos estavam gelados do álcool, mas sua cabeça estava morna e reconfortantemente viva sob o toque de minhas mãos.

– Dê três respirações profundas e aguente firme – murmurei. – Vou ter que cortá-lo, mas será rápido.

– Está bem. – Sua nuca parecia um pouco pálida, mas a pulsação cardíaca era regular. Obedientemente, ele respirou fundo, depois exalou com um suspiro. Eu mantive a área do couro cabeludo esticada entre o dedo indicador e o dedo médio de minha mão esquerda. Na terceira respiração, disse:

– Agora! – E deslizei a lâmina rapidamente e com firmeza pelo couro cabeludo. Ele gemeu um pouco, mas não gritou. Pressionei delicadamente o inchaço com o polegar direito, aumentei ligeiramente a pressão, e a bala saltou para fora da incisão que eu fizera, caindo em minha mão esquerda como uma uva. – Peguei-a – eu disse, e somente então percebi que eu estivera prendendo a respiração. Deixei a pequena bala, um pouco achatada pelo impacto em seu crânio, cair em sua mão e sorri, tremulamente. – De recordação – eu disse. Pressionei um chumaço de pano contra o pequeno corte, passei uma atadura ao redor de sua cabeça para mantê-lo no lugar e em seguida, sem nenhum aviso, comecei a chorar.

Eu podia sentir as lágrimas rolarem pelo meu rosto e meus ombros sacudirem-

-se, mas ainda me sentia distante; como se estivesse fora do meu corpo. Eu tinha consciência principalmente de um leve espanto.

– Sassenach? Você está bem? – Jamie espreitava-me, olhando para cima, os olhos preocupados sob a atadura extravagante.

– Sim – eu disse, gaguejando com a força do choro. – Eu n-n-não s-sei por que estou ch-ch-chorando. Eu n-n-não s-sei!

– Venha cá. – Tomou minha mão e puxou-me, sentando-me em seu joelho. Passou os braços ao meu redor e segurou-me apertado, repousando a face no topo de minha cabeça. – Tudo vai dar certo – sussurrou ele. – Está tudo bem agora, *mo chridhe*, está tudo bem. – Ele balançou-me delicadamente, uma das mãos acariciava meus cabelos e meu pescoço, murmurando palavras de conforto, pequenas e sem muito significado, no meu ouvido. Com a mesma rapidez com que eu me sentira distanciada, senti-me de volta ao meu corpo, quente e trêmulo, o âmago de aço se dissolvendo em minhas lágrimas.

Gradativamente, parei de chorar e recostei-me, imóvel, contra seu peito, soluçando de vez em quando, sentindo apenas paz e o conforto de sua presença.

Eu tinha a vaga consciência de que Lawrence e Ian haviam retornado, mas não prestava nenhuma atenção a eles. A certa altura, ouvi Ian dizer, com mais curiosidade do que preocupação:

– Você está sangrando por toda a nuca, tio Jamie.

– Então talvez você possa providenciar uma nova atadura para mim, Ian – disse Jamie. Sua voz era branda e tranquila. – Agora, eu só preciso abraçar sua tia. – Algum tempo depois, adormeci, ainda envolvida em seu abraço apertado.

Acordei mais tarde, enroscada em um cobertor ao lado de Jamie. Ele estava recostado contra uma árvore, uma das mãos descansava em meu ombro. Ele sentiu que acordei e apertou de leve a mão. Anoitecera e eu podia ouvir um ronco rítmico em algum lugar próximo. Devia ser Lawrence, pensei sonolentamente, pois eu podia ouvir a voz do Jovem Ian, do outro lado de Jamie.

– Não – dizia ele devagar –, não foi tão ruim assim, no navio. Éramos mantidos juntos, de modo que havia a companhia dos outros rapazes, e nos alimentavam decentemente e nos deixavam sair, dois de cada vez, para caminhar pelo convés. Claro, todos nós estávamos apavorados, porque não sabíamos por que fôramos sequestrados e nenhum dos marinheiros nos dizia nada, mas não fomos maltratados.

O *Bruja* subira o rio Yallahs e entregara sua carga humana direto na Mansão da

Rosa. Ali, os espantados rapazes foram calorosamente recebidos pela sra. Abernathy e prontamente atirados em nova prisão.

O porão do engenho de açúcar fora arranjado com bastante conforto, com camas e urinóis, e, exceto pelo barulho da produção de açúcar acima durante o dia, era bastante habitável. Ainda assim, nenhum dos rapazes conseguia imaginar por que estava ali, embora fizessem muitas suposições, cada qual mais improvável do que a outra.

– E de vez em quando, um negro enorme descia ao subsolo com a sra. Abernathy. Nós sempre suplicávamos que nos dissesse por que estávamos lá e por que ela não nos deixava ir, pelo amor de Deus. Mas ela apenas sorria, batia de leve em nossas costas e dizia que iríamos saber, no devido tempo. Então, ela escolhia um dos garotos e o negro segurava o braço do rapaz com força e o levava com eles. – A voz de Ian parecia transtornada, o que não era de admirar.

– Os garotos voltavam? – perguntou Jamie. Sua mão dava pancadinhas leves em mim e eu estendi o braço e apertei-a.

– Não... ou nem sempre. E isso nos deixava apavorados.

A vez de Ian ocorreu oito semanas após sua chegada. A essa altura, três garotos já tinham ido e não tinham voltado, e, quando os brilhantes olhos verdes da sra. Abernathy pousaram nele, ele não se mostrou disposto a cooperar.

– Dei um chute no sujeito negro, soquei-o... até mordi sua mão – disse Ian com tristeza –, e que gosto horrível ele tinha, como se estivesse recoberto com uma espécie de gordura. Mas isso não fez nenhuma diferença; ele simplesmente me atingiu na cabeça, com força suficiente para fazer meus ouvidos tinirem, depois me pegou e me carregou para fora nos braços, como se eu fosse uma criancinha.

Ian fora levado à cozinha, onde foi despido, banhado, vestido com uma camisa limpa – e nada mais – e levado à casa principal.

– Foi somente à noite – disse ele melancolicamente –, com todas as janelas da mansão iluminadas. Parecia-se muito com Lallybroch, quando você desce das colinas ao cair da noite e mamãe acabou de acender os lampiões. Quase partiu meu coração ver aquela cena e pensar em casa.

Mas ele teve pouca chance de sentir saudades de casa. Hércules – ou Atlas – o fizera subir as escadas e entrar no que obviamente era o quarto da sra. Abernathy. Ela estava esperando por ele, vestida com uma espécie de camisola solta e macia, com figuras estranhas bordadas ao redor da barra em vermelho e fio de prata.

Ela foi cordial, amável, e lhe ofereceu uma bebida. Tinha um gosto estranho, mas não era ruim, e como não tinha escolha, ele a bebeu.

Havia duas cadeiras confortáveis no quarto, de cada lado de uma mesa longa e baixa, e uma enorme cama de um lado, com baldaquins e cortinas, como a cama de um rei. Ele sentou-se em uma das cadeiras, a sra. Abernathy na outra, e ela lhe fez perguntas.

– Que tipo de perguntas? – perguntou Jamie, quando Ian pareceu hesitante.

– Bem, tudo sobre minha família, minha casa... ela perguntou os nomes de todos os meus irmãos e irmãs, tias e tios. – Sobressaltei-me. Então fora por isso que Geilie não demonstrara nenhuma surpresa com nosso aparecimento! – E todo tipo de coisa, tio. Em seguida, ela... ela me perguntou se eu já... se eu já havia me deitado com uma garota. Como se estivesse perguntando se eu comera mingau de manhã! – Ian parecia chocado com a lembrança. – Eu não queria lhe responder, mas não pude me conter. Senti um calor, como se estivesse com febre, e não conseguia me mover com facilidade. Mas respondi a todas as suas perguntas, e ela lá sentada, bem à vontade, observando-me atentamente com aqueles enormes olhos verdes.

– Você lhe disse a verdade?

– Sim. Sim, eu disse. – Ian falou devagar, relembrando a cena. – Eu disse que sim e lhe contei sobre... sobre Edimburgo, a gráfica, o marinheiro, o bordel, Mary e... todo o resto.

Pela primeira vez, Geilie parecera contrariada com uma de suas respostas. Seu rosto se endureceu e seus olhos se estreitaram. Por um instante, Ian ficou realmente com medo. Ele teria saído correndo dali, se não fosse por suas pernas pesadas e pela presença do gigante parado junto à porta, imóvel.

– Ela se levantou e caminhou pesadamente de um lado para o outro, dizendo que, então, eu estava arruinado, já que não era virgem, e porque um garotinho como eu tinha que dormir com prostitutas e se estragar?

A seguir, parou de reclamar, serviu um copo de vinho e bebeu-o, e seu humor pareceu melhorar.

– Ela riu, olhou-me cuidadosamente e disse que talvez eu não fosse um total desperdício afinal de contas. Se eu não servia para o que ela tinha em mente, talvez tivesse outras utilidades. – A voz de Ian soava ligeiramente constrita, como se o colarinho estivesse muito apertado. Mas Jamie emitiu um som interrogativo tranquilizador, e ele respirou fundo, decidido a continuar.

– Bem, ela... ela tomou minha mão e me fez ficar de pé. Então, tirou a camisa que eu estava usando e ela... juro que é verdade, tio!... ajoelhou-se no chão à minha frente e tomou meu pau em sua boca!

A mão de Jamie apertou-se em meu ombro, mas sua voz não traiu mais do que um leve interesse.

– Sim, eu acredito em você, Ian. Ela fez amor com você, então?

– Amor? – Ian pareceu atordoado. – Não... quero dizer, não sei. Ela... bem, ela fez meu pau levantar-se e depois me fez ir para a cama, deitar-me e aí ela fez coisas comigo. Mas não foi em nada parecido com o que aconteceu com Mary!

– Não, imagino que não tenha sido – disse seu tio ironicamente.

– Deus, eu me senti esquisito! – Eu pude pressentir o estremecimento de Ian pelo tom de sua voz. – Em determinado momento, olhei para cima e lá estava o negro, de pé bem junto à cama, segurando um castiçal. Ela lhe disse para suspendê-lo mais alto para que ela pudesse ver melhor. – Ele fez uma pausa e eu ouvi um pequeno som gorgolejante quando ele bebeu de uma das garrafas. Soltou uma respiração longa e trêmula. – Tio. Você já... se deitou com uma mulher quando não queria?

Jamie hesitou por um instante, a mão firme em meu ombro, mas depois disse serenamente:

– Sim, Ian. Já.

– Ah. – O garoto ficou em silêncio e eu o ouvi coçar a cabeça. – Sabe como pode ser, tio? Como você pode fazer isso, mesmo sem querer, e detestar tudo aquilo e... ainda assim... sentir prazer?

Jamie deu uma risadinha curta e seca.

– Bem, resumindo o que acontece, Ian, é que seu pau não tem consciência e você tem. – Sua mão deixou meu ombro quando ele se virou para o sobrinho. – Não fique transtornado, Ian – disse ele. – Você não pôde evitar e é provável que isso tenha salvado a sua vida. Os outros rapazes, os que não voltaram para o porão, sabe se eles eram virgens?

– Bem, alguns eu sei com certeza que eram, porque tivemos muito tempo para conversar. Após algum tempo, sabíamos muito uns dos outros. Alguns deles gabavam-se de já terem se deitado com uma garota, mas eu achei... pelo que eles disseram a respeito, sabe... que na verdade não tinham. – Parou por um instante, como se relutasse em perguntar o que precisava saber. – Tio... sabe o que aconteceu a eles? Os outros rapazes que estavam comigo?

– Não, Ian – disse Jamie, sem se alterar. – Não faço a menor ideia. – Recostou-se contra a árvore, com um profundo suspiro. – Acha que consegue dormir, Ian? Se puder, durma, porque vai ser uma caminhada cansativa até o litoral amanhã.

– Ah, eu posso dormir, tio – assegurou-lhe Ian. – Mas não é melhor eu ficar de guarda? Você é que devia descansar, depois de levar um tiro e tudo o mais. – Parou e depois acrescentou, timidamente: – Eu não lhe agradeci, tio Jamie.

Jamie riu, desta vez mais relaxado.

– Não há de quê, Ian – disse ele, o sorriso ainda na voz. – Deite a cabeça e durma, rapaz. Eu o acordarei se for necessário.

Ian obedientemente enroscou-se e, dentro de alguns instantes, respirava pesadamente. Jamie suspirou e recostou-se contra a árvore.

– Quer dormir também, Jamie? – Ergui-me para sentar ao lado dele. – Estou acordada, posso ficar de vigia.

Seus olhos estavam cerrados, a luz enfraquecida da fogueira brincando em suas pálpebras. Ele sorriu sem abri-los e tateou em busca de minha mão.

– Não. Mas, se não se importar de ficar sentada comigo um pouco, pode vigiar. A dor de cabeça melhora se eu fecho os olhos.

Permanecemos sentados num silêncio prazeroso por algum tempo, de mãos dadas. De vez em quando, um barulho estranho ou um grito distante de algum animal da floresta vinha da escuridão, mas nada parecia ameaçador agora.

– Nós vamos voltar para a Jamaica? – perguntei finalmente. – Para pegar Fergus e Marsali?

Jamie começou a sacudir a cabeça, depois parou, contendo um gemido.

– Não, acho que devemos navegar para Eleuthera. É uma possessão holandesa, e neutra. Podemos enviar Innes de volta com o barco de John e ele pode levar uma mensagem a Fergus para vir se juntar a nós. Eu prefiro não pôr os pés na Jamaica tão cedo, considerando tudo que houve.

– Sim, entendo. – Fiquei em silêncio por um instante, depois disse: – Como será que o sr. Willoughby, quero dizer, Yi Tien Cho, vai conseguir sobreviver? Acho que ninguém conseguirá encontrá-lo, se ele permanecer nas montanhas, mas...

– Ah, ele vai se sair muito bem – interrompeu Jamie. – Afinal, ele tem o pelicano para pescar para ele. – Um dos lados de sua boca contorceu-se para cima. – Quanto a isso, se ele for inteligente, encontrará um caminho para o sul, para a Martinica. Há uma pequena colônia de mercadores chineses lá. Eu lhe falei sobre isso; disse que o levaria lá, quando nosso assunto na Jamaica terminasse.

– Você não tem raiva dele? – Olhei-o com curiosidade, mas seu rosto estava tranquilo e relaxado, quase sem nenhuma ruga à luz da fogueira.

Desta vez, ele teve o cuidado de não mover a cabeça, mas deu de ombros e abriu um amplo sorriso.

– Ah, não. – Suspirou e ajeitou-se mais confortavelmente. – Acho que ele não sabia muito bem o que estava fazendo, nem compreendia como tudo acabaria. E seria tolice odiar um homem por não lhe dar algo que, para começar, ele não possui. – Abriu os olhos, com um leve sorriso, e eu soube que ele estava pensando em John Grey.

Ian remexeu-se em seu sono, roncou ruidosamente e rolou sobre as costas, os braços atirados para os lados. Jamie olhou para seu sobrinho e o sorriso ampliou-se.

– Graças a Deus – disse ele. – Ele volta para sua mãe no primeiro navio com destino à Escócia.

– Não sei – eu disse, sorrindo. – Ele pode não querer voltar para Lallybroch depois de toda essa aventura.

– Não me interessa se ele quer ou não – disse Jamie com firmeza. – Ele vai, nem que eu tenha que empacotá-lo num engradado. Está procurando alguma coisa, Sassenach? – acrescentou ele, vendo-me tatear na escuridão.

– Achei – eu disse, retirando o estojo hipodérmico do bolso. Abri a tampa para verificar o conteúdo, estreitando os olhos para enxergar na luz evanescente. – Ah, ótimo; resta o suficiente para uma dose gigante.

Jamie empertigou-se.

– Eu não estou com nem um pouquinho de febre – disse ele, olhando-me desconfiado. – E se está pensando em enfiar esse furador imundo em minha cabeça, pode esquecer, Sassenach!

– Em você, não – eu disse. – Em Ian. A menos que pretenda enviá-lo para casa, para Jenny, devastado pela sífilis e outras formas interessantes de doença venérea.

As sobrancelhas de Jamie ergueram-se até a raiz dos cabelos, e ele contraiu-se diante da sensação resultante.

– Ai. Sífilis? Você acha?

– Eu não ficaria nem um pouco surpresa. A demência acentuada é um dos sintomas da doença avançada, embora eu deva dizer que é difícil saber, no caso dela. Ainda assim, melhor prevenir do que remediar, certo?

Jamie deu uma risadinha.

– Bem, isso vai ensinar a Ian o preço do namorico inconsequente. Mas é melhor eu distrair Stern enquanto você leva o rapaz para trás de uma moita para sua penitência. Lawrence é um bom sujeito, para um judeu, mas ele é curioso. Afinal, não quero vê-la queimada na fogueira em Kingston.

– Acho que isso iria ser embaraçoso para o governador – eu disse ironicamente. – Por mais que ele, pessoalmente, possa gostar da ideia.

– Não acredito que ele fosse gostar, Sassenach. – Sua ironia comparável à minha. – Meu casaco está ao alcance de sua mão?

– Sim. – Encontrei o casaco dobrado na grama ao meu lado e o entreguei a ele. – Está com frio?

– Não. – Reclinou-se, o casaco sobre os joelhos. – É que eu quero sentir todas as crianças junto de mim enquanto eu durmo. – Sorriu para mim, entrelaçou as mãos delicadamente sobre o casaco e os retratos, e fechou os olhos outra vez. – Boa noite, Sassenach.

63

DAS PROFUNDEZAS

De manhã, encorajados pelo descanso e pelo desjejum de biscoito e banana-da-terra, prosseguimos animadamente em direção ao litoral – até mesmo Ian, que parou de mancar ostensivamente após os primeiros 400 metros. Entretanto, quando descíamos o desfiladeiro que levava à praia, deparamo-nos com uma visão extraordinária.

– Santo Deus, são eles! – exclamou Ian. – Os piratas! – Ele virou-se, pronto para fugir de volta para as montanhas, mas Jamie agarrou-o pelo braço.

– Não são piratas – disse ele. – São os escravos. Olhe!

Sem conhecimentos ou habilidades de navegação em embarcações de grande porte, os escravos fugitivos das fazendas do rio Yallahs evidentemente haviam feito um percurso lento e desajeitado em direção à Hispaniola, e tendo finalmente conseguido chegar à ilha, imediatamente levaram o navio a encalhar na praia. O *Bruja* jazia de lado nas águas rasas, a quilha afundada na lama arenosa. Um grupo de escravos muito agitados cercava a embarcação, alguns correndo para baixo e para cima na praia, gritando, outros correndo para se refugiar na selva, alguns poucos permanecendo ali para ajudar os últimos a deixarem o navio encalhado.

Um rápido olhar para o mar mostrava a causa da agitação. Uma mancha branca apontava no horizonte, crescendo enquanto a observávamos.

– Um navio de guerra – disse Lawrence, parecendo interessado.

Jamie murmurou alguma coisa em gaélico e Ian olhou para ele, estupefato.

– Vamos sair daqui – disse Jamie laconicamente. Fez Ian girar nos calcanhares e o empurrou desfiladeiro acima, depois agarrou minha mão.

– Esperem! – disse Lawrence, protegendo os olhos. – Há outro navio vindo para cá. Uma embarcação pequena.

A corveta particular do governador da Jamaica, para ser exata, inclinada num ângulo perigoso, conforme se lançava pela curva da baía, a vela enfunada pelo vento a bombordo.

Jamie parou por uma fração de segundo, avaliando as possibilidades, em seguida agarrou-me pela mão outra vez.

– Vamos! – disse ele.

Quando chegamos à orla da praia, o pequeno bote da corveta sulcava as águas rasas, Raeburn e MacLeod remavam com toda a força. Eu respirava com dificuldade, em arquejos chiados, os joelhos moles da corrida. Jamie levantou-me nos braços e correu para a arrebentação, seguido de Lawrence e Ian, arfando.

Eu vi Gordon, a 100 metros ao largo, na proa da corveta, apontar uma arma para a praia e compreendi que estávamos sendo seguidos. O mosquete disparou com uma nuvem de fumaça e Meldrum, atrás dele, prontamente levantou sua própria arma e atirou. Revezando-se, os dois cobriam nosso progresso chapinhado, até que mãos amigas puderam nos puxar por cima da amurada e levantar o bote.

– Virar de bordo! – Innes, manejando o leme, gritou a ordem, e a verga que direciona as velas girou de lado a lado, enfunando-as imediatamente. Jamie puxou-me, colocando-me de pé, e depositou-me em um banco, lançando-se em seguida ao meu lado, arfando.

– Santo Deus – disse ele, respirando ruidosamente. – Eu não... disse a você para ficar longe, Duncan?

– Poupe o fôlego, Mac Dubh – disse Innes, um largo sorriso espraiando-se sob o bigode. – Não tem o suficiente para desperdiçar. – Ele gritou alguma coisa para MacLeod, que assentiu e mexeu nas cordas. A corveta girou, mudou de curso e virou de bordo, dirigindo-se diretamente para fora da enseada, e diretamente para o navio de guerra, agora perto o suficiente para que eu visse o golfinho de lábios grossos rindo sob o gurupés.

MacLeod berrou alguma coisa em gaélico, acompanhado de um gesto que não deixava qualquer dúvida. Com um triunfante falsete de Innes, passamos a toda velocidade pelo *Porpoise*, direto sob sua proa e suficientemente perto para ver cabeças surpresas projetando-se para fora da balaustrada acima.

Olhei para trás quando saíamos da enseada e vi o *Porpoise* ainda dirigindo-se para dentro da pequena baía, colossal sob seus três grandes mastros. A corveta jamais conseguiria vencer o *Porpoise* numa corrida em mar aberto, mas em locais fechados o pequeno barco era leve e ágil como uma pena, em comparação a um leviatã como aquele navio de guerra.

– É do navio de escravos que eles estão atrás – disse Meldrum ao meu lado, virando-se para olhar na mesma direção. – Nós vimos o navio de guerra identificá-lo, a 3 milhas da ilha. Achamos que, enquanto estivessem ocupados com o navio dos escravos, nós poderíamos entrar agilmente e pegar vocês na praia.

– Ótimo – disse Jamie com um sorriso. Ele ainda arfava, mas recuperara o fôlego. – Espero que o *Porpoise* fique suficientemente ocupado por enquanto.

Entretanto, um grito de aviso de Raeburn indicou que isso não iria acontecer. Olhando para trás, pude ver o brilho de bronze no convés do *Porpoise* quando os dois canhões compridos montados na popa eram descobertos e começavam a mirar.

Agora, nós éramos o alvo, e eu não gostei nada da sensação. Ainda assim, estávamos nos locomovendo, aliás aceleradamente. Innes manobrava arduamente o leme, fazendo um caminho em zigue-zague enquanto passava pelo promontório.

Os dois canhões dispararam juntos com um estrondo. Um grande jato de água elevou-se do mar a bombordo, junto à proa, a 20 metros de distância, mas perto demais para não nos sentirmos tranquilos, considerando-se o fato de que uma bala de canhão de 12 quilos, se atingisse o assoalho do bote, nos faria afundar como uma pedra.

Innes praguejou e arqueou os ombros sobre o leme; a falta de um braço conferia-lhe uma aparência estranha, desequilibrada. Nosso curso tornou-se ainda mais errático e as três tentativas seguintes nem sequer chegaram perto. Ouviu-se, então, um estrondo maior. Olhei para trás e vi a lateral do inclinado *Bruja* voar em lascas e estilhaços quando o *Porpoise* entrou no alcance de tiro e mirou seus canhões dianteiros no navio encalhado.

Uma chuva de tiros atingiu a praia, batendo em cheio no meio de um grupo de escravos em fuga. Corpos – e partes de corpos – voaram pelos ares como finos galhos negros e caíram na areia, manchando-a de borrões vermelhos. Membros decepados espalhavam-se por toda a praia como restos de madeira de naufrágio.

– Santa Maria, Mãe de Deus. – Ian, de lábios lívidos, fez o sinal da cruz, fitando a praia, horrorizado, enquanto o bombardeio prosseguia. Mais dois tiros atingiram o *Bruja*, abrindo um grande buraco na lateral do navio. Vários outros aterraram inofensivamente na praia e mais dois atingiram os escravos em fuga. Então, dobramos a ponta do promontório e partimos em direção ao mar aberto, perdendo de vista a praia e sua carnificina.

– Rogai por nós, pecadores, agora e na hora de nossa morte. – Ian terminou sua oração num sussurro e persignou-se outra vez.

Houve pouca conversa no barco, além de Jamie dando instruções a Innes sobre Eleuthera e uma reunião entre Innes e MacLeod quanto ao curso adequado. O resto de nós estava chocado demais pelo que acabáramos de ver – e muito aliviados com a nossa própria fuga – para querer falar.

O tempo estava bom, com uma brisa ligeira e refrescante, e fazíamos um bom percurso. Ao crepúsculo, a ilha de Hispaniola já saíra da linha do horizonte e a ilha Grand Turk erguia-se à esquerda.

Comi minha pequena porção de biscoito, bebi um copo de água e enrolei-me no assoalho do barco, entre Jamie e Ian, para dormir. Innes, bocejando, foi dormir na proa, enquanto MacLeod e Meldrum se revezavam no comando do timão durante a noite.

Um grito acordou-me pela manhã. Ergui-me sobre um dos cotovelos, piscando de sono e rígida da noite passada nas tábuas nuas e úmidas. Jamie estava de pé ao meu lado; os cabelos esvoaçavam na brisa matinal.

– O quê? – perguntei a Jamie. – O que foi?

– Não acredito – disse ele, olhando em direção à popa, por cima da amurada. – É aquele maldito barco outra vez!

Levantei-me atabalhoadamente e descobri que era verdade; bem à ré, viam-se minúsculas velas brancas.

– Tem certeza? – eu disse, estreitando os olhos para ver melhor. – Você consegue saber a esta distância?

– Não, não consigo – disse Jamie com franqueza –, mas Innes e MacLeod conseguem e eles dizem que é o maldito inglês, sem dúvida. Devem ter adivinhado nosso rumo, talvez, e vieram atrás de nós, assim que acabaram de lidar com aqueles pobres-diabos em Hispaniola. – Afastou-se da balaustrada, encolhendo os ombros. – Não há nada que possamos fazer, a não ser torcer para mantermos a dianteira. Innes diz que há uma chance de driblá-los ao largo da ilha Cat, se chegarmos lá ao anoitecer.

Ao longo do dia, conseguimos apenas nos manter fora do alcance de tiro, mas Innes parecia cada vez mais preocupado.

O mar entre a ilha Cat e Eleuthera era raso e repleto de recifes de coral. Um navio de guerra jamais nos perseguiria em meio ao labirinto – mas nós também não poderíamos nos mover com rapidez e agilidade através dos recifes para não sermos afundados pelos canhões de longo alcance do *Porpoise*. Uma vez naqueles canais e bancos de areia traiçoeiros, seríamos um alvo fácil.

Por fim, relutantemente, foi tomada a decisão de rumarmos para leste, para o mar aberto; não podíamos nos arriscar a reduzir a marcha e havia uma pequena chance de despistar o navio de guerra no escuro.

Quando o dia amanheceu, qualquer sinal de terra firme havia desaparecido. O *Porpoise*, infelizmente, não. Não estava mais próximo, mas conforme o vento se intensificava à medida que o sol subia no céu, ele içou mais velas e começou a reduzir a distância que nos separava. Com todo e qualquer resquício de vela içado, e sem nenhum lugar onde se esconder, não havia nada que pudéssemos fazer além de fugir – e esperar.

Durante todas as longas horas da manhã, o *Porpoise* indefectivelmente aumentou atrás de nós. O céu começara a ficar nublado e o vento intensificara-se consideravelmente, mas isso ajudou muito mais ao *Porpoise*, com suas amplas velas, do que a nós.

Às dez horas, o navio de guerra já estava a uma distância suficiente para arriscar um tiro de canhão. Ele estava muito atrás de nós, mas ainda assim era assustador. Innes estreitou os olhos, observando o navio por cima do ombro, avaliando a distância, depois sacudiu a cabeça e concentrou-se sombriamente no curso do nosso barco. Não havia nenhuma vantagem em mudar de direção agora; devíamos seguir em frente, enquanto pudéssemos, tentando se evadir somente quando já fosse tarde demais para qualquer outra iniciativa.

Às onze, o *Porpoise* já estava a um quarto de milha da corveta e o estrondo monótono de seus canhões dianteiros começaram a soar a cada dez minutos, conforme o canhoneiro tentava nos alcançar. Se eu fechasse os olhos, poderia imaginar Erik Johansen, suando, sujo de pólvora, inclinado sobre seu canhão, o estopim fumegante na mão. Eu esperava que Annekje tivesse sido deixada em Antígua com suas cabras.

Às onze e meia, começou a chover e o mar ficou encapelado. Uma súbita rajada de vento atingiu-nos de lado e o barco adernou o suficiente para a balaustrada a bombordo ficar a 30 centímetros da água. Atirados ao chão do convés com o movimento, nos desembaraçamos, enquanto Innes e MacLeod habilmente aprumavam o barco. Olhei para trás, como fazia a curtos intervalos, de forma automática, e vi os marujos correndo para o alto no *Porpoise*, enrizando as velas superiores.

– Que sorte! – MacGregor gritou no meu ouvido, apontando a cabeça na direção em que eu olhava. – Isso vai fazê-los diminuir a velocidade.

Ao meio-dia e meia, o céu tornara-se um estranho verde-arroxeado e o vento aumentara para um lamento macabro. O *Porpoise* recolhera ainda mais velas e, mesmo assim, tivera uma vela de estai levada embora, o pedaço de lona foi arrancado do mastro e açoitado pelo vento, batendo como as asas de um albatroz. Há muito o navio de guerra deixara de atirar em nós, incapaz de mirar em um alvo tão pequeno nas ondas gigantes.

Depois que o sol desapareceu atrás das nuvens, eu não conseguia mais estimar a hora. A tormenta nos pegou em cheio, talvez uma hora mais tarde. Não havia condições de se ouvir nada: através de sinais e trejitos, Innes fez os homens abaixarem as velas; mantê-las enfunadas, ou mesmo enrizadas, era arriscar ter o mastro arrancado do chão do convés.

Eu agarrava com força a balaustrada com uma das mãos e com a outra agarrava a mão de Ian. Jamie agachou-se atrás de nós, os braços abertos para nos dar abrigo com suas costas. A chuva nos açoitava, com força suficiente para aguilhoar nossa pele, levada quase na horizontal pela força do vento e estava tão pesada que eu mal conseguia ver a forma indistinta no horizonte que eu achava ser Eleuthera.

O mar erguia-se a alturas aterradoras, com ondas gigantescas. A corveta cavalgava-as com leveza, carregada para cima, a alturas estonteantes, para em seguida cair abruptamente na depressão entre uma onda e outra. O rosto de Jamie estava lívido à luz da tempestade, os cabelos ensopados grudados na cabeça.

Foi ao anoitecer que aconteceu. O céu estava quase negro, mas havia uma estranha claridade verde no horizonte que recortava em silhueta a forma esquelética do *Porpoise* atrás de nós. Outra rajada de vento e chuva atingiu-nos de lado, lançando-nos na crista de uma imensa onda.

Quando conseguimos nos recobrar de mais uma pancada d'água, Jamie agarrou meu braço e apontou para trás de nós. O mastro de proa do *Porpoise* estava estranhamente torto, a ponta inclinada para um dos lados. Antes que eu tivesse tempo de perceber o que estava acontecendo, o mastro partiu-se a uns 5 metros do topo e mergulhou no mar, carregando com ele cordame e vergas.

O navio de guerra oscilou pesadamente em torno dessa âncora improvisada e veio deslizando de lado pela superfície de uma onda. Uma muralha de água avolumou-se acima do navio e abateu-se sobre ele com toda a força, atingindo em cheio o costado. O *Porpoise* adernou, girou uma única vez. A onda seguinte ergueu-se e pegou-o primeiro pela popa, puxando o convés para baixo da água e lançando os mastros pelo ar como galhinhos de árvores.

Foram necessárias mais três ondas para afundá-lo: sem tempo de fuga para a tripulação indefesa, mas mais do que suficiente para nós compartilharmos seu terror. Viu-se uma enorme e borbulhante agitação no vale da onda e o navio de guerra desapareceu.

O braço de Jamie estava rígido como aço sob minha mão. Todos os homens olhavam fixamente para trás, os rostos horrorizados. Todos exceto Innes, que se agachava tenazmente sobre o leme, enfrentando cada onda que surgia.

Uma nova onda agigantou-se ao lado da balaustrada e pareceu ficar pairando ali, assomando acima de mim. A enorme parede de água era límpida como cristal; pude ver, suspensos nela, os destroços e os homens do naufragado *Porpoise*, pernas e braços estendidos num balé grotesco. O corpo de Thomas Leonard ficou suspenso a menos de 3 metros de mim, a boca aberta numa expressão de surpresa, os cabelos longos e macios girando acima do colarinho dourado de seu casaco.

Então, a onda abateu-se sobre nós. Eu fui arrancada do convés e imediatamente engolfada no caos. Cega e surda, sem poder respirar, fui arremessada pelo espaço, pernas e braços desarticulados pela força da água.

Tudo escureceu; não havia nada além de sensação e toda ela intensa, mas indistinguível. Pressão, barulho e um frio avassalador. Eu não sentia o movimento de minhas roupas nem o puxão da corda em volta de minha cintura – se ela ainda estivesse lá. Um calor fraco e repentino envolveu minhas pernas, distinto no frio à volta como uma nuvem num céu claro. Urina, pensei, mas não sabia se era a minha ou o derradeiro toque de outro corpo humano, engolfada como eu estava no meio da onda.

Minha cabeça bateu em alguma coisa com um estalo nauseante e repentinamente eu estava tossindo a plenos pulmões no convés do barco, ainda milagrosamente à tona. Sentei-me devagar, engasgando e arfando. Minha corda estava firme no lugar, tão bem amarrada à minha cintura que eu tinha certeza que minhas costelas inferiores estavam quebradas. Debati-me debilmente, tentando respirar, e logo Jamie estava ao meu lado, um braço me envolvendo, o outro tateando em seu cinto para pegar a adaga.

– Você está bem? – gritou ele, a voz mal e mal audível acima do vento estridente.

– Não! – tentei gritar em resposta, mas tudo que consegui emitir foi um chiado. Sacudi a cabeça, remexendo na corda em minha cintura.

O céu era de um estranho verde-arroxeado, uma cor que eu nunca vira antes. Jamie serrava a corda, tinha a cabeça inclinada, encharcada, da cor do mogno, mechas açoitando o rosto com a fúria do vento.

A corda estalou e eu inspirei sofregamente, ignorando uma dor aguda do lado e a ardência da pele esfolada ao redor da cintura. O barco balançava violentamente, o convés oscilava para cima e para baixo como um planador. Jamie atirou-se no chão do convés, puxando-me com ele, e começou a avançar sobre as mãos e os joelhos em direção ao mastro, a cerca de 2 metros, arrastando-me junto.

Minhas roupas, encharcadas da imersão na onda, estavam coladas em meu corpo. Agora, as rajadas de vento eram tão fortes que desgrudaram as saias das minhas pernas e as lançaram para cima, quase secas, açoitando meu rosto como asas de ganso.

O braço de Jamie apertava meu peito como uma barra de aço. Agarrei-me a ele, tentando contribuir para nosso progresso impulsionando-me com os pés nas tábuas escorregadias do convés. Ondas menores jorravam por cima da balaustrada, encharcando-nos intermitentemente, mas nenhum monstro imenso seguiu-se a elas.

Várias mãos agarraram-nos e puxaram-nos pelos últimos passos até o abrigo simbólico do mastro. Innes havia amarrado o leme há muito tempo; quando olhei para a frente, vi um relâmpago fulminar o mar à nossa frente, fazendo os raios da roda do leme saltarem, negros, gravando uma imagem como a de uma teia de aranha na minha retina.

Era impossível falar – e desnecessário. Raeburn, Ian, Meldrum e Lawrence estavam amontoados em torno do mastro, todos amarrados; por mais assustador que fosse no convés, ninguém queria ir para baixo, para ser jogado de um lado para outro, contundindo-se na escuridão, sem nenhuma noção do que estava acontecendo em cima.

Eu estava sentada no convés, de pernas abertas, tinha o mastro às costas e uma corda passada ao redor do meu peito. O céu tornara-se cinza-chumbo de um lado, verde-escuro e translúcido do outro, e raios caíam aleatoriamente sobre a superfície do mar, lanças denteadas e brilhantes rasgando a escuridão. O vento rugia tão alto que até os trovões somente nos alcançavam de vez em quando, com estrondos abafados, como canhões de navios disparando à distância.

Então, um raio explodiu ao lado do navio, suficientemente perto para que ouvíssemos o chiado de água fervente no retumbante momento que se seguiu à trovoada. O cheiro pungente de ozônio tomou o ar. Innes deu as costas à luz, sua figura alta e magra tão nitidamente recortada contra o clarão que ele momentaneamente pareceu um esqueleto, ossos negros contra o céu.

A ofuscação momentânea e seu movimento fizeram parecer por um instante que ele estava inteiro de novo, dois braços balançando, como se o membro ausente tivesse emergido do mundo espectral para se unir a ele outra vez, ali, no limiar da eternidade.

Ah, o crânio é ligado ao... osso do pescoço. A voz de Joe Abernathy cantarolava baixinho em minha memória. *E o osso do pescoço é ligado à... espinha dorsal...* Tive uma horrível e repentina visão dos membros espalhados que eu vira na praia junto ao cadáver do *Bruja*, animados pelo relâmpago, contorcendo-se e ziguezagueando para se reunirem.

> *Esses ossos, esses ossos vão andar por aí.*
> *Ah, ouça... a palavra... do Senhor!*

Outro trovão e eu gritei, não pelo estrondo, mas pelo ofuscante relâmpago da memória. Um crânio em minhas mãos, de órbitas vazias, que um dia foram verdes como o céu da tempestade tropical, do furacão.

Jamie gritou alguma coisa em meu ouvido, mas não pude ouvi-lo. Só conseguia sacudir a cabeça, muda de choque, a pele arrepiada de horror.

Meus cabelos, como minhas saias, secavam com o vento; as mechas dançavam em minha cabeça, puxando os fios na raiz. Conforme secava, senti os estalidos da eletricidade estática onde uma mecha roçava meu rosto. Houve uma certa agitação entre os marinheiros ao meu redor e ergui os olhos, vendo o cordame e as vergas acima envoltas na fosforescência azul do fogo de santelmo.

Uma bola de fogo caiu no convés e rolou em nossa direção, soltando uma cauda fosforescente. Jamie golpeou-a e ela saltou delicadamente no ar e rolou para longe em cima da balaustrada, deixando um cheiro de queimado em seu rastro.

Ergui os olhos para Jamie para ver se ele estava bem e vi as pontas soltas de seus cabelos projetando-se de sua cabeça, recobertas de fogo e voando para trás como as de um demônio. Listras de azul-vivo contornaram os dedos de sua mão quando ele afastou os cabelos do rosto. Então ele olhou para baixo, viu-me e agarrou minha mão. Um choque elétrico disparou através de nós dois com o toque, mas ele não me soltou.

Não sei quanto tempo durou – horas ou dias. Nossas bocas secaram-se com o vento e tornaram-se grudentas de sede. O céu passou de cinza a negro, mas não havia como saber se era a noite ou apenas o prenúncio da chuva.

A chuva, quando finalmente chegou, foi bem-vinda. Veio com o rugido avassalador de um aguaceiro, um ribombar audível até mesmo acima do vento. Melhor ainda, era granizo, e não chuva; as pedras de gelo atingiam meu crânio como pequenos seixos, mas eu não me importava. Juntei as bolas de gelo em ambas as mãos e as engoli semiderretidas, um bálsamo frio para a minha garganta torturada.

Meldrum e MacLeod arrastavam-se pelo convés de gatinhas, recolhendo as pedras de gelo em baldes e panelas, em qualquer coisa que armazenasse a água.

Eu dormi intermitentemente, a cabeça rolando no ombro de Jamie, acordando com o vento ainda rugindo. Agora, entorpecida de terror, apenas esperei. Se iríamos morrer ou sobreviver parecia de pouca importância, se ao menos o terrível barulho parasse.

Não havia como saber se era noite ou dia, não havia como acompanhar a passagem das horas, enquanto o sol escondesse seu rosto. A escuridão às vezes parecia atenuar um pouco, mas se por virtude da luz do dia ou do luar, eu não sabia. Eu dormia, acordava e dormia outra vez.

Então, acordei e vi que o vento estava bem mais fraco. As ondas ainda se encapelavam e o pequeno barco subia e descia como uma casca de noz, lançando-nos para o alto e deixando-nos cair com uma regularidade de queimar o estômago. Mas o barulho diminuíra; eu pude ouvir quando MacGregor gritou para Ian para que passasse um copo de água. Os rostos dos homens estavam gretados e esfolados, os lábios rachados pelo vento uivante a ponto de sangrar, mas eles sorriam.

– Já passou. – A voz de Jamie era grave e áspera em meu ouvido, enrouquecida pelo tempo. – A tempestade passou.

De fato; havia intervalos no céu cinza-chumbo e pequenos vislumbres de um céu limpo e azul. Devia ser de manhã cedo, logo depois da aurora, mas não podia saber ao certo.

Embora o furacão tivesse passado, ainda havia um vento forte e as ondas gigantes formadas pela tormenta levavam-nos a uma velocidade surpreendente. Meldrum tomou o leme de Innes e, inclinando-se para verificar a bússola, deu um grito de surpresa. A bola de fogo que caíra no convés durante a tempestade não ferira ninguém, mas a bússola agora era uma massa disforme de metal derretido; o estojo de madeira ao seu redor estava incólume.

– Incrível! – disse Lawrence, tocando-a reverentemente com um único dedo.

– Sim, e inconveniente também – disse Innes secamente. Ele olhou para cima, na direção dos remanescentes esfiapados das nuvens aceleradas.

– O senhor é entendido em navegação celeste, não é, sr. Stern?

Após muito tempo com os olhos apertados para o sol nascente e para as estrelas matutinas restantes, Jamie, Innes e Stern determinaram que rumávamos, grosso modo, na direção nordeste.

– Temos que virar para oeste – disse Stern, debruçando-se sobre o mapa rústico com Jamie e Innes. – Não sabemos onde estamos, mas qualquer terra firme certamente tem que estar para oeste.

Innes balançou a cabeça, concordando, espreitando o mapa com ar grave. O mapa mostrava um punhado de ilhas salpicadas como pimenta-do-reino moída grosseiramente, flutuando nas águas do Caribe.

– Sim, é isso mesmo – disse ele. – Estamos rumando na direção do mar aberto, só Deus sabe há quanto tempo. O casco está inteiro, mas é só isso que eu posso dizer. Quanto ao mastro e as velas... bem, talvez aguentem algum tempo. – Ele pareceu extremamente em dúvida. – Só Deus sabe aonde poderemos chegar.

Jamie riu para ele, limpando o sangue de seu lábio rachado.

– Desde que seja terra firme, Duncan, não pretendo ser muito exigente.

Innes ergueu uma sobrancelha para ele, um leve sorriso nos lábios.

– Ah, é? E eu que achava que você tinha se decidido de uma vez por todas por uma vida de marinheiro, Mac Dubh. Você fica tão animado a bordo! Ora, não vomitou nem uma vez sequer nos últimos dois dias!

– Isso é porque eu não comi nada nos últimos dois dias – disse Jamie ironicamente. – Não me importo se a primeira ilha que acharmos for inglesa, francesa, espanhola ou holandesa, mas agradeceria muito se você achasse uma com comida, Duncan.

Innes passou a mão pela boca e engoliu penosamente; a menção de comida fez todo mundo salivar, apesar das bocas secas.

– Farei o melhor possível, Mac Dubh – prometeu ele.

– Terra! Terra firme! – O grito veio finalmente, cinco dias depois, numa voz tão rouca pelo vento e pela sede que não passou de um fraco grasnado, mas ainda assim cheio de alegria. Subi correndo ao convés para ver, meus pés escorregando nos degraus da escada. Todos debruçavam-se sobre a balaustrada, olhando para a forma negra e corcunda no horizonte. Estava muito distante, mas indubitavelmente era terra firme, sólida e nítida.

– Onde acha que estamos? – tentei dizer, mas minha voz estava tão rouca que as palavras saíram como um fraco sussurro e ninguém ouviu. Não importava; ainda que estivéssemos indo diretamente para a base naval em Antígua, eu não me importava.

As ondas vinham em vagas enormes e lisas, como dorsos de baleias. O vento soprava forte agora e Innes gritou ao timoneiro para que trouxesse a proa um pouco mais perto do vento.

Eu podia ver uma formação de grandes pássaros voando, uma procissão majestosa num voo rasante no litoral longínquo. Pelicanos, vasculhando as águas rasas à cata de peixe, com o sol brilhando em suas asas.

Puxei a manga da camisa de Jamie e apontei para eles.

– Olhe... – comecei a dizer, mas não fui além. Ouviu-se um estalo agudo e o mundo explodiu em negro e fogo. Recobrei os sentidos na água. Zonza e sufocada, me debati e lutei num mundo verde-escuro. Algo enrolava-se em volta de minhas pernas, arrastando-me para baixo.

Eu lutava desesperadamente para me libertar, esperneando para soltar minha perna da garra mortal. Madeira, abençoada madeira, algo ao qual me agarrar nas ondas revoltas.

Uma figura escura deslizou por mim como uma foca sob a água e uma cabeça ruiva emergiu na superfície a 2 metros de distância, arquejando.

– Segure firme! – disse Jamie. Alcançou-me com duas braçadas e mergulhou por baixo do pedaço de verga de madeira em que eu me segurava. Senti algo puxando minha perna, uma dor aguda e, em seguida, a tensão que me arrastava cessou. A cabeça de Jamie surgiu na superfície outra vez, do outro lado da verga. Agarrou meus pulsos e ficou pendurado ali, arfando, tentando recuperar o fôlego, enquanto as ondas nos carregavam para cima e para baixo.

Eu não conseguia ver o navio em parte alguma; teria afundado? Uma onda quebrou acima da minha cabeça e Jamie desapareceu temporariamente. Sacudi a cabeça, piscando, e ele estava ali outra vez. Sorriu para mim, um riso selvagem de esforço, e suas mãos apertaram meus pulsos com mais força.

– Segure firme! – berrou ele outra vez, roucamente. A madeira era áspera e cheia de farpas sob minhas mãos, mas agarrei-me a ela com unhas e dentes. Fomos levados pelas ondas, quase cegos com os borrifos de água, girando como destroços de naufrágio, de modo que às vezes eu via a praia distante, às vezes não via nada além do mar aberto de onde viéramos. E quando as ondas se abatiam sobre nós, eu não via nada senão água.

Havia algo errado com minha perna; uma dormência estranha, pontuada por lampejos de dor aguda. A visão da perna de pau de Murphy e dos dentes afiados de um tubarão de boca aberta atravessou minha mente; minha perna teria sido levada por algum animal voraz? Pensei na minha pequena reserva de sangue quente, fluindo do toco de uma perna mordida, esvaindo-se na vastidão fria do mar, e entrei em pânico, tentando arrancar meu pulso da mão de Jamie e levar o braço até embaixo para verificar por mim mesma.

Ele grunhiu alguma coisa ininteligível para mim e continuou agarrando meus pulsos com toda a força. Após um momento de batalha frenética, recobrei a razão e me acalmei, pensando que se minha perna de fato tivesse sido levada, eu já teria perdido a consciência.

Porém, eu estava mesmo começando a perder a consciência. Minha visão estava se tornando obscura nas bordas e pontos brilhantes e flutuantes cobriam o rosto de Jamie. Eu estaria realmente sangrando até a morte ou seria apenas frio e choque? Nada mais parecia importar, pensei, confusa; o efeito era o mesmo.

Uma sensação de lassidão e absoluta paz apoderou-se gradualmente de mim. Eu já não sentia meus pés ou pernas e somente o aperto esmagador das mãos de Jamie em minhas mãos me lembrava de sua existência. Minha cabeça ficou dentro da água e tive que me lembrar de prender a respiração. A onda passou e a madeira levantou-se um pouco, elevando meu nariz acima da água. Eu respirei, e minha visão clareou-se ligeiramente. A 30 centímetros estava o rosto de Jamie Fraser, os cabelos emplastrados na cabeça, as feições banhadas e contorcidas contra os respingos.

– Segure firme! – rugiu ele. – Segure firme, droga!

Sorri brandamente, mal o ouvindo. A sensação de grande paz me fazia flutuar, carregando-me além do barulho e do caos. Já não sentia nenhuma dor. Nada importava. Outra onda rolou sobre mim e desta vez eu me esqueci de prender a respiração.

A sensação de asfixia me despertou por um instante, tempo suficiente para ver o lampejo de terror nos olhos de Jamie. Em seguida, minha visão escureceu outra vez.

– Droga, Sassenach! – dizia ele, de uma grande distância. Sua voz estava embargada de emoção. – Droga! Juro que se você morrer agora, eu vou matá-la!

Eu estava morta. Tudo ao meu redor era de um branco ofuscante e havia um ruído suave, sussurrante, como o de asas de anjos. Senti-me em paz e sem corpo, livre do terror, livre da raiva, repleta de um tranquilo contentamento. Então, tossi.

Eu não estava sem corpo, afinal. Minha perna doía. Doía muito. Tornei-me gradualmente consciente de que muitas outras coisas doíam também, mas minha canela esquerda não deixava dúvidas quanto à sua precedência. Eu tinha a distinta impressão de que o osso fora removido e substituído por um atiçador de fogo, em brasa.

Ao menos a perna estava comprovadamente lá. Quando abri uma fresta dos olhos, a névoa de dor que flutuava sobre a minha perna parecia quase visível, embora talvez não passasse de um produto da confusão geral em minha cabeça. Quer fosse de origem mental ou física, o efeito geral era de uma espécie de estonteante luz branca, salpicada de pontos de luz mais brilhante. Como me feria os olhos, eu os fechei outra vez.

– Graças a Deus você acordou! – disse uma voz escocesa soando aliviada, junto ao meu ouvido.

– Não, não acordei! – eu disse. Minha própria voz emergiu como um grasnado incrustado de sal, rouca da água do mar engolida. Eu também podia sentir a água salgada nos seios da minha face, o que dava uma desagradável sensação gorgolejante à minha cabeça. Tossi outra vez e meu nariz começou a escorrer profusamente. Em seguida, espirrei. – Eca! – exclamei, com absoluta repugnância pela resultante cascata de secreção sobre meu lábio superior. Minha mão parecia distante e imaterial, mas fiz o esforço de erguê-la, limpando o rosto desajeitadamente.

– Fique quieta, Sassenach; eu limpo para você. – Havia um claro tom de divertimento em sua voz, que me irritou o suficiente para eu abrir os olhos outra vez. Vi de relance o rosto de Jamie, fitando-me atentamente, antes da minha visão desaparecer novamente nas dobras de um enorme lenço branco.

Ele limpou meu rosto com todo o cuidado, ignorando meus abafados ruídos de protesto e de iminente asfixia, depois segurou o lenço no meu nariz.

– Assoe – disse ele.

Fiz o que me mandou fazer. Para minha surpresa, senti-me bem melhor. Já conseguia pensar de forma mais ou menos coerente, agora que minha cabeça estava desobstruída.

Jamie sorriu para mim. Seus cabelos estavam emaranhados e duros com o sal seco e havia uma forte escoriação em sua têmpora, um vermelho vivo contra a pele bronzeada. Ele parecia não estar usando uma camisa, mas tinha uma espécie de cobertor enrolado ao redor dos ombros.

– Sente-se muito mal? – perguntou ele.

– Horrível – grasnei em resposta. Eu também estava começando a ficar aborrecida por estar, afinal de contas, viva e ter que prestar atenção nas coisas outra vez. Ouvindo a rouquidão em minha voz, Jamie estendeu a mão para um jarro de água na mesinha junto à minha cama.

Pestanejei, confusa, mas era realmente uma cama, não um beliche de navio ou uma rede. Os lençóis de linho contribuíam para a dominante impressão de brancura que me envolvera assim que acordei. Essa noção era reforçada pelas paredes e pelo teto caiados, bem como pelas longas cortinas de musselina branca que se enfunavam para dentro do quarto como velas de navio, farfalhando na brisa que entrava pelas janelas abertas.

A luz tremeluzente vinha dos reflexos que cintilavam no teto; aparentemente, havia água bem perto do lado de fora e o sol brilhava sobre ela. Parecia muito mais aconchegante do que um túmulo no fundo do mar. Ainda assim, senti um breve instante de intenso pesar pela perda da sensação de paz infinita que eu experimentara no meio das ondas – um pesar ainda mais exacerbado pelo leve movimento que provocou uma fisgada de pura agonia pela minha perna.

– Acho que sua perna está quebrada, Sassenach – informou Jamie desnecessariamente. – Não devia mexê-la muito.

– Obrigada pelo conselho – eu disse, através dos dentes cerrados. – Onde é que estamos, afinal?

Ele encolheu ligeiramente os ombros.

– Não sei. É uma casa de bom tamanho, é tudo que sei. Eu não estava prestando muita atenção quando nos trouxeram para cá. Um dos homens disse que o lugar chama-se Les Perles. – Segurou o copo junto aos meus lábios e eu bebi agradecidamente.

– O que aconteceu? – Desde que eu tomasse o cuidado de não me mexer, a dor em minha perna era suportável. Automaticamente, coloquei os dedos no pescoço para verificar minha pulsação: bastante forte. Eu não estava em choque; minha perna não devia estar com uma fratura muito grave, por mais que doesse.

Jamie passou a mão pelo rosto. Ele parecia muito cansado e notei que sua mão tremia de fadiga. Havia uma forte contusão em sua face e um filete de sangue seco onde algo arranhara o lado do seu pescoço.

– O mastro superior se partiu, eu acho. Uma das vergas caiu e jogou-a para fora do barco. Quando você caiu na água, afundou como uma pedra e eu mergulhei atrás de você. Consegui agarrar você, e a verga também, graças a Deus. A sua perna estava emaranhada num pedaço do cordame, arrastando-a para baixo, mas consegui arrancá-lo. – Deu um suspiro profundo e esfregou a cabeça. – Fiquei segurando-a e, depois de algum tempo, senti areia sob meus pés. Carreguei-a até a praia e, pouco depois, alguns homens nos encontraram e nos trouxeram para cá. Isso é tudo. – Encolheu os ombros.

Senti frio, apesar da brisa morna que entrava pelas janelas.

– O que aconteceu ao navio? E aos homens? Ian? Lawrence?

– A salvo, eu acho. Não puderam nos alcançar, com o mastro quebrado. Quando conseguiram improvisar uma vela, já estávamos longe. – Tossiu violentamente e passou as costas da mão pela boca. – Mas estão a salvo: os homens que nos encontraram disseram ter visto um pequeno brigue encalhar num lodaçal a 400 metros ao sul; foram para lá resgatar os homens e trazê-los para cá.

Ele tomou um gole de água, bochechou e, dirigindo-se à janela, cuspiu fora.

– Estou com areia nos dentes – disse ele, fazendo uma careta, enquanto retornava. – E nos ouvidos. E no nariz e no rabo também, posso apostar.

Estendi o braço e tomei sua mão outra vez. Sua palma estava calosa, mas ainda exibia o doloroso inchaço de crescentes bolhas, com pele esfolada e em carne viva, onde bolhas anteriores haviam arrebentado e sangrado.

– Quanto tempo ficamos na água? – perguntei, traçando delicadamente as linhas de sua palma inchada. O minúsculo "C" na base do seu polegar esmaecera até se tornar quase invisível, mas ainda podia senti-lo sob meus dedos. – Exatamente quanto tempo você ficou me segurando?

– O tempo necessário – disse ele com simplicidade.

Sorriu debilmente e segurou minha mão com mais força, apesar da dor que devia sentir. Percebi de repente que eu não estava usando nada; os lençóis de linho eram macios e frescos em minha pele nua e eu podia ver o volume dos meus mamilos, erguidos sob o tecido fino.

– O que aconteceu às minhas roupas?

– Eu não conseguia mantê-la à tona com o peso de suas saias, então arranquei-as – explicou ele. – O que sobrou não valia a pena salvar.

– Não, acho que não – eu disse devagar –, mas, Jamie, e quanto a você? Onde está seu casaco?

Ele encolheu os ombros, em seguida relaxou-os e sorriu melancolicamente.

– No fundo do mar com meus sapatos, eu acho – disse ele. – E os retratos de Willie e Brianna, também.

– Ah, Jamie. Eu sinto muito. – Peguei sua mão e segurei-a entre as minhas. Ele desviou o olhar e pestanejou uma ou duas vezes.

– Tudo bem – disse ele baixinho. – Acho que vou me lembrar deles. – Deu de ombros outra vez, com um sorriso enviesado. – E se não conseguir, posso me olhar no espelho, não é? – Dei uma risada que mais parecia um soluço; ele engoliu em seco, mas continuou a sorrir.

Ele abaixou os olhos para as suas calças esfarrapadas e, parecendo lembrar-se de alguma coisa, inclinou-se para trás e conseguiu enfiar a mão no bolso.

– Eu não saí de mãos completamente vazias – disse ele, com uma expressão irônica. – Embora eu preferisse ter salvado as fotografias e perdido isto aqui.

Abriu a mão e eu vi a cintilação em sua palma arruinada: pedras preciosas da mais alta qualidade, lapidadas, próprias para a magia. Uma esmeralda, um rubi e uma enorme opala cor de fogo, uma turquesa azul como o céu que eu podia ver pela janela, uma pedra dourada como o sol preso num favo de mel e a estranha pureza cristalina do diamante negro de Geilie.

– Você está com o diamante – eu disse, tocando-o delicadamente. Ainda estava frio ao toque, apesar de guardado tão junto ao seu corpo.

– Estou – disse ele, mas ele olhava para mim, não para a pedra, um leve sorriso no rosto. – O que um diamante lhe dá? O conhecimento da alegria em todas as coisas?

– Assim me disseram. – Levei a mão ao seu rosto e acariciei-o de leve, sentindo a rigidez do osso e, acima de todas as coisas, a carne cheia de vida, quente ao toque. – Nós temos Ian – eu disse suavemente. – E um ao outro.

– Sim, é verdade. – Então, o sorriso chegou aos seus olhos. Ele largou as pedras num montinho cintilante sobre a mesa e reclinou-se em sua cadeira, segurando minha mão entre as suas.

Relaxei, sentindo uma calmante sensação de paz tomar conta de mim, apesar das contusões, dos arranhões e da dor em minha perna. Estávamos vivos, juntos e a salvo, e quase nada mais importava; certamente não roupas nem uma tíbia fraturada. Tudo seria resolvido no devido tempo – mas não agora. Por enquanto, bastava apenas respirar e olhar para Jamie.

Permanecemos sentados num silêncio cheio de paz por algum tempo, observando as cortinas iluminadas pelo sol e o céu límpido. Poderiam ter sido uns dez minutos mais tarde ou até uma hora inteira quando ouvi o som de passos leves do lado de fora, seguido de uma batida delicada na porta.

– Entre – disse Jamie. Ele endireitou-se na cadeira, mas não soltou minha mão.

A porta abriu-se e uma mulher entrou, seu rosto amável iluminado pelas boas-vindas, com traços de curiosidade.

– Bom dia – disse ela, um pouco timidamente. – Devo me desculpar por não ter vindo atendê-los há mais tempo. Eu estava na cidade e somente soube de sua... chegada – ela sorriu diante da palavra – quando retornei, agora mesmo.

– Temos que lhe agradecer, madame, encarecidamente, pela maneira gentil como fomos tratados – disse Jamie. Levantou-se e fez uma mesura formal para ela, mas sem largar minha mão. – Seu criado, madame. Tem notícias de nossos companheiros?

Ela ruborizou-se ligeiramente e fez uma pequena reverência em resposta ao cumprimento de Jamie. Ela era jovem, de 20 e poucos anos, e parecia incerta quanto à maneira de proceder naquelas circunstâncias. Possuía cabelos castanho-claros, presos em um coque, pele clara e rosada, e o que eu achei que deveria ser um leve sotaque do Oeste.

– Ah, sim – disse ela. – Meus criados os trouxeram de volta do navio; estão na cozinha agora, comendo.

– Obrigada – eu disse, sinceramente. – É muita bondade sua.

Ela enrubesceu, encabulada.

– Não há de quê – murmurou ela, depois olhou timidamente para mim. – Peço desculpas pela minha falta de educação, madame – disse ela. – Esqueci de me apresentar. Sou Patsy Olivier, quero dizer, sra. Joseph Olivier. – Olhou com expectativa de mim para Jamie, obviamente esperando que nos apresentássemos.

Jamie e eu trocamos um olhar. Onde, exatamente, nós estávamos? A sra. Olivier era inglesa, isso era óbvio. O nome de seu marido era francês. A baía lá fora não nos dava nenhuma pista; esta poderia ser qualquer uma das ilhas Windward – Barbados, Bahamas, Exumas, Andros – até mesmo as ilhas Virgens. Ou – o pensamento me ocorreu – podíamos ter sido levados para o sul pelo furacão, e não para o norte;

nesse caso, esta poderia até ser Antígua – no colo da Marinha Britânica! – ou Martinica, ou as Granadinas... Olhei para Jamie e encolhi os ombros.

Nossa anfitriã ainda aguardava, olhando de um para outro, na expectativa. Jamie segurou minha mão com mais força e respirou fundo.

– Espero que não considere esta uma pergunta estranha, sra. Olivier... mas poderia nos dizer onde estamos?

As sobrancelhas da sra. Olivier ergueram-se até a raiz dos cabelos e ela pestanejou, perplexa.

– Bem... sim – disse ela. – Nossa propriedade se chama Les Perles.

– Obrigada – eu disse, ao ver Jamie inspirar fundo para fazer uma segunda tentativa –, mas o que queremos saber é... que ilha é esta?

Um amplo sorriso de compreensão iluminou o seu rosto redondo e rosado.

– Ah, entendo! – disse ela. – Claro, vocês naufragaram na tempestade. Meu marido estava dizendo ontem à noite que ele nunca vira uma ventania tão terrível nesta época do ano. Que sorte vocês terem se salvado! Mas, então, vocês vieram das ilhas ao sul?

O sul. Esta não podia ser Cuba. Teríamos chegado a St. Thomas, ou mesmo à Flórida? Trocamos um rápido olhar e eu apertei a mão de Jamie. Eu podia sentir as batidas de seu coração latejando em seu pulso.

A sra. Olivier sorriu indulgentemente.

– Vocês não estão em nenhuma ilha. Vocês estão em terra firme; na colônia da Geórgia.

– Geórgia – disse Jamie. – América? – Ele pareceu ligeiramente espantado, o que não era de admirar. A tormenta nos levara por aproximadamente 600 milhas.

– América – eu disse à meia-voz. – O Novo Mundo. – A pulsação sob meus dedos acelerara-se, reproduzindo a minha própria. Um mundo novo. Refúgio. Liberdade.

– Sim – disse a sra. Olivier, obviamente sem ter a menor ideia do que a notícia significava para nós, mas ainda sorrindo amavelmente de um para o outro. – É a América.

Jamie endireitou os ombros e retribuiu-lhe o sorriso. O ar claro e brilhante agitou seus cabelos, incandescendo-os.

– Neste caso, madame – disse ele –, meu nome é Jamie Fraser. – Em seguida, ele olhou para mim, os olhos azuis e brilhantes como o céu atrás dele, e seu coração bateu forte na palma da minha mão. – E esta é Claire, minha esposa.

AGRADECIMENTOS

Os mais profundos agradecimentos da autora a: Jackie Cantor, como sempre, por ser o tipo de editor raro e maravilhoso que concorda que um livro possa ser longo, desde que seja bom; meu marido, Doug Watkins, por seu olhar literário clínico, suas sugestões ("mamilos *outra vez*?") e pelas piadas que ele insiste em dizer que roubo dele para dar a Jamie Fraser; minha filha mais velha, Laura, que diz: "Se for palestrar sobre o ofício do escritor para a minha turma outra vez, fale apenas de livros e não diga nada sobre pênis de baleias, está bem?"; meu filho, Samuel, que aborda estranhos no parque e pergunta: "Você já leu o livro da minha mãe?"; minha filha mais nova, Jenny, que diz: "Por que você não usa maquiagem o tempo todo como nas capas de seus livros, mamãe?"; Margaret J. Campbell, pesquisadora acadêmica; Barry Fodgen, poeta inglês; e Pindens Cinola Oleroso Loventon Greenpeace Ludovic, cão; por generosamente permitir que eu use sua personalidade como base para os excessos de imaginação (o sr. Fodgen quer que fique registrado que seu cachorro Ludo na verdade jamais tentou copular com a perna de ninguém, de madeira ou não, mas compreende o conceito de licença artística); Perry Knowlton, que além de ser um excelente agente literário também é uma fonte de conhecimentos sobre bolinas, velas mestras e questões náuticas, bem como as sutilezas da gramática francesa e a maneira adequada de estripar um veado; Robert Riffle, consagrada autoridade sobre quais plantas crescem onde e qual sua aparência enquanto o fazem; Kathryn (cujo sobrenome era Boyle ou Frye; tudo que me lembro é que tinha a ver com culinária), pelas informações úteis sobre doenças tropicais, particularmente os hábitos pitorescos dos vermes loa loa; Michael Lee West, pelas descrições detalhadas da Jamaica, inclusive sobre o dialeto regional e anedotas folclóricas; dr. Mahlon West, pela orientação sobre febre tifoide; William Cross, Paul Block (e o pai de Paul) e Chrystine Wu (e os pais de Chrystine), pela inestimável assistência com o vocabulário, a história e as atitudes culturais chinesas; meu sogro, Max Watkins, que, como sempre, forneceu comentários úteis sobre a aparência e os hábitos dos cavalos, inclusive sobre a direção que eles tomam de acordo com a direção do vento; Peggy Lynch, por querer saber o que Jamie diria se visse uma foto de sua filha de biquíni; Lizy Buchan, por me contar a história do ancestral de seu marido, que escapou de Culloden; dr. Gary Hoff, por detalhes médicos; Fay Zachary, pelos almoços e comentários; Sue Smiley, pela leitura crítica e por sugerir o voto de sangue; David Pijawka, pelo material sobre a Jamaica e por sua poética descrição do ar após uma tempestade caribenha; Iain MacKinnon Taylor, e seu irmão Hamish Taylor, por suas sugestões e correções extremamente úteis sobre a ortografia e o uso do gaélico; e, como sempre, aos vários membros do CompuServe Literary Forum, inclusive Janet McConnaughey, Marte Brengle, Akua Lezli Hope, John L. Myers, John E. Simpson, Jr., Sheryl Smith, Alit, Norman Shimmel, Walter Hawn, Karen Pershing, Margaret Ball, Paul Solyn, Diane Engel, David Chaifetz e muitos outros, pelo seu interesse e por propiciarem discussões úteis e sorrisos nos momentos certos.

CONHEÇA A COLEÇÃO OUTLANDER

LIVRO 1
A viajante do tempo

LIVRO 2
A libélula no âmbar

LIVRO 3
O resgate no mar

LIVRO 4
Os tambores do outono

LIVRO 5
A cruz de fogo

LIVRO 6
Um sopro de neve e cinzas

LIVRO 7
Ecos do futuro

LIVRO 8
Escrito com o sangue do meu coração

LIVRO 9
Diga às abelhas que não estou mais aqui

COLETÂNEA
O círculo das sete pedras

Para saber mais sobre os títulos e autores da Editora Arqueiro,
visite o nosso site e siga as nossas redes sociais.
Além de informações sobre os próximos lançamentos,
você terá acesso a conteúdos exclusivos
e poderá participar de promoções e sorteios.

editoraarqueiro.com.br